ARTHUR SCHNITZLER

Ce volume contient :

La Ronde
Ah, quelle mélodie!
En attendant le dieu vaquant
L'Amérique
Un héritage
Mon ami Upsilon
Le prince est dans la salle
L'Autre
La Fortune
Le Fils
Les Trois Élixirs
La Fiancée
Mourir
La Petite Comédie
Les Comédiennes
Fleurs
Le Veuf
Le Dernier Adieu
Un jeune homme sensible
La Femme d'un sage
L'Apothéose
Les morts se taisent
Pour une heure
La Suivante
La Dernière Lettre d'Andreas Thameyer
Frau Berta Garlan
Un succès
Le Sous-Lieutenant Gustel
Géronimo l'aveugle et son frère
Légende
Un bienfait n'est jamais perdu
La Cravate verte
L'Étrangère
Music-hall
La Danseuse grecque
La Prédiction
Le Destin du baron de Leisenbohg
La Nouvelle Chanson
L'Ombre de Gabriel
Histoire d'un génie
La Mort du vieux garçon
Vienne au crépuscule

CLASSIQUES MODERNES

ARTHUR SCHNITZLER

ROMANS ET NOUVELLES

1

Édition préfacée, établie et annotée par Brigitte Vergne-Cain et Gérard Rudent

Traductions de M. Rémon, W. Bauer et S. Clauser Dominique Auclères, Robert Dumont, Philippe Forget et Pierre Gallissaires

La Pochothèque

LE LIVRE DE POCHE

Les traductions sont dues à
M. Rémon, W. Bauer et S. Clauser pour *La Ronde;*
Pierre Gallissaires pour *Ah, quelle mélodie!, En attendant le dieu vaquant, L'Amérique, Un héritage, Mon ami Upsilon, Le prince est dans la salle, L'Autre, La Fortune, Le Fils, Les Trois Élixirs, La Fiancée, La Petite Comédie, Les Comédiennes, Le Veuf, Le Dernier Adieu, Un jeune homme sensible, Pour une heure, La Suivante, La Dernière Lettre d'Andreas Thameyer, Un succès, Légende, Un bienfait n'est jamais perdu, La Cravate verte, L'Étrangère, Music-hall, La Danseuse grecque, La Prédiction, La Nouvelle Chanson, Histoire d'un génie;*
Dominique Auclères pour *Fleurs, La Femme d'un sage, L'Apothéose, Les morts se taisent, Berta Garlan, Géronimo l'aveugle et son frère, Le Destin du baron de Leisenbohg, L'Ombre de Gabriel, La Mort du vieux garçon;*
Robert Dumont pour *Mourir, Vienne au crépuscule;*
Philippe Forget pour *Le Sous-Lieutenant Gustel.*
Brigitte Vergne-Cain et Gérard Rudent ont révisé et complété tous les textes français quand c'était nécessaire.

Préface

POUR SORTIR DE LA RONDE!?...

Rien ne l'intéresse que l'amour et la mort.
(Maurice Muret, 1908)

On peut se demander si l'œuvre d'Arthur Schnitzler appartient vraiment à la culture des Français, car elle demeure exotique, sinon étrangère. Voilà plus de soixante ans que l'auteur est mort, et c'est seulement à l'occasion d'anniversaires jubilaires que l'on se mobilise un peu pour rappeler combien il fut important comme dramaturge et comme nouvelliste, et pour saluer son ironie, sa mélancolie, sa sentimentalité, son scepticisme, bref son appartenance profonde à tout ce que la grande métropole danubienne a pu mettre au monde, vers le tournant de ce siècle. Mais en dépit des célébrations universitaires, malgré les fervents efforts des Autrichiens de Paris, tout se passe comme si les films de Max Ophüls continuaient, en France, d'éclipser les pièces de théâtre qui firent d'Arthur Schnitzler l'une des coqueluches de Vienne et de Berlin. Quant aux nouvelles, on sait bien qu'elles peuvent constituer un genre à part entière dans le monde anglo-saxon, mais pas encore à Paris.

Il ne faudrait pourtant pas simplifier outrageusement. La «réception» d'Arthur Schnitzler outre-Rhin n'a guère été différente : en dehors des années jubilaires, beaucoup de discrétion — en tout cas, rien de comparable à la gloire qu'il connut dans les trente dernières années de sa vie. Pour l'intelligentsia germanique, l'auteur de *Liebelei (Amourette)* conserve une *aura* un peu équivoque : à moitié médecin, à moitié poète, «Literat» principalement attaché à chanter les charmes frivoles de sa ville natale ; et jamais ne lui est accordée autant de profondeur qu'à Hofmannsthal ou à Musil. C'est en Angleterre et aux États-Unis que la flamme schnitzlérienne a été entretenue. En mars 1938, lors de l'Anschluss, c'est une initiative britannique qui sauva les papiers de Schnitzler, et pendant longtemps ils furent conservés à Los Angeles avant d'être archivés à Vienne et à Marbach (Bade-Wurtemberg), patrie de Schiller…

Quoi qu'il en soit, la réception en France présente un bilan très contrasté. D'un côté, des souvenirs diffus mais vivaces, à partir de films : *La Ronde* de Max Ophüls (1950), perçue comme un chef-d'œuvre, et le «remake» de Roger Vadim (1964), perçu comme un «navet» post-nouvelle vague, à l'érotisme trop voyant ; le *Christine* de Pierre Gaspard-Huit, adaptation de *Liebelei* tournée en 1958 et complètement oubliée, malgré Alain Delon et Romy Schneider, fille de Magda Schneider qui, en 1932, interprétait déjà Christine dans le *Liebelei* d'Ophüls. Par ailleurs, la «haute-culture» semble s'être intéressée par accès à l'œuvre d'Arthur Schnitzler. Dès 1895, *Mourir* est traduit par Gaspard Valette pour *La Semaine littéraire,* avec l'autorisation de l'auteur. En 1897, c'est *Denksteine,* l'une des sept pièces en un acte du cycle d'*Anatole* qui est traduite dans la *Revue d'art dramatique* sous le titre de *Souvenirs*. Mais surtout, c'est dès 1903 que le Théâtre Antoine monte *Au perroquet vert*, dans une mise en scène brillante, sans grand succès pourtant. La même année, Émile Faguet publie un article enthousiaste, au lendemain d'une lecture de *Liebelei* («dans une excellente traduction manuscrite due à Jean Thorel», au témoignage de Muret). En 1932, Ludmilla Pitoëff incarne avec un vif succès les cinq rôles féminins de *La Ronde,* au Théâtre de l'Avenue. Au cours de la saison 33-34, les Pitoëff montent *Amourette* dans leur Théâtre du Vieux-Colombier. Ludmilla joue Christine. Mais les critiques peuvent comparer avec le tout récent film d'Ophüls, *Liebelei* (tourné en Allemagne), et ils se partagent. Les uns apprécient l'humour, la distinction et déjà le «freudisme» de l'auteur danubien ; les autres trouvent que cela date déjà terriblement et que l'auteur n'est au fond qu'un noceur viennois d'avant-guerre. De surcroît, personne ne peut rester insensible aux inventions d'Ophüls : la rivale, la promenade en traîneau, le duel — autant de séquences superbes qui n'appartiennent pas à la pièce de théâtre. Ainsi donc, dès les années 30, un stéréotype paraît constitué : Schnitzler est un Maupassant viennois… sinon il ne vaut pas mieux que les Paul Bourget, Georges de Porto-Riche, Paul Hervieu et autre Maurice Donnay…

Pourtant, le grand éditeur Samuel Fischer — la caution n'est pas mince — plaçait Arthur Schnitzler, pour la qualité humaine de son inspiration, dans la lignée de Tourguéniev, de Tchékhov et de Chopin… Et c'est au fond son opinion qui soutiendra l'interprétation des cinquante-huit récits de Schnitzler que nous présentons ici, selon le classement chronologique adopté par l'édition de référence Fischer Verlag. Avec en ouverture *La Ronde,* comme passage obligé ! Nous voudrions aussi faire écho, en toute modestie, au jugement de l'un des découvreurs de Schnitzler pour la France : Maurice Muret, étudiant en lettres à Berlin en 1889-90, esprit curieux et sensible, auteur de quelques ouvrages bien documentés sur l'Europe de son temps, publiés par la Librairie Académique Perrin, en particulier *La Littérature allemande d'aujourd'hui* (Paris 1909). Le chapitre sixième est consacré aux « romans et nouvelles de M. Arthur Schnitzler ». Son théâtre, dit-il, « est un peu artificiellement théâtral, alors que ses nouvelles sont la simplicité, la grâce même. » Et il insiste, à la toute fin, en citant La Fontaine (dans *Adonis*) : « … La Grâce, plus belle encore que la Beauté. »

Tout lecteur de *Mademoiselle Else* en tombera d'accord ! La « poésie » de Schnitzler tient essentiellement, dans ses meilleurs récits, à la qualité des voix qu'il sait nous faire entendre, directement ou en écho : celle d'Else, mais aussi celle de Berta, ou de Marcolina ou de Thérèse, toutes ces petites-filles de la Gretchen de Goethe — et combien sont suspectes, par contraste, les voix de Gustl et de Casanova, ces ténors-bouffe ! Ces voix d'amoureuses, ces voix d'outre-tombe sont mieux entendues, sans doute, dans les pays où le spiritisme a conservé des adeptes et où la poésie est plus pour l'oreille que pour l'œil — mais dans le pays de La Fontaine et de Gérard de Nerval, qui soutiendra qu'une voix gracieuse n'a aucune chance de se faire entendre… ?

« Il est un air pour qui je donnerais
Tout Rossini, tout Mozart et tout Weber »…

Les voix humaines constituent à elles seules tout un monde. La voix est un phénomène physique, mais aussi psychologique : elle est à tout moment déterminée par nos pulsions, et par notre volonté peu ou prou. Par là elle devient également sociale, culturelle, artistique : la voix se travaille, s'étudie, se raffine à des degrés prodigieux. C'est une réalité humaine très complexe ; la voix permet de distinguer les individus, de juger des personnes, de les séduire, de les tromper, de les terroriser, mais aussi de découvrir toutes sortes de secrets, parmi les plus intimes ; en tout cas, sa réalité est beaucoup plus assurée que celle de l'âme. À l'époque de Schnitzler, on citait volontiers une phrase de Rudolf

Virschow : « J'ai disséqué des centaines de cadavres, mais je n'ai trouvé d'âme nulle part. » La voix, mieux que l'âme, pouvait fournir aux esprits sceptiques comme un point d'appui, assez résistant pour ébranler toutes sortes de préjugés entretenant un matérialisme vulgaire. « Mais le Roi est nu ! » dit la petite fille dans le conte...

Or la voix humaine a pu constituer la vive substance du destin d'Arthur Schnitzler. Son père, en effet, Johann Schnitzler (1835-1893), fut à Vienne pendant plus de vingt ans un laryngologue réputé, qui avait dans sa clientèle beaucoup de comédiens et de cantatrices. Arthur, son fils aîné (1862-1931), compose très tôt des pièces de théâtre : à 13 ans il en a déjà achevé une bonne vingtaine, dans des genres très divers ; il s'efforce aussi d'imiter des comédiens célèbres ; à 23 ans, vaille que vaille, il devient lui-même médecin, et bientôt laryngologue, lui aussi. Au demeurant, son frère Julius (1865-1939) sera chirurgien ; sa sœur Gisela (1867-1953) épousera Markus Hajek, médecin aussi. D'ailleurs le grand-père maternel, Philipp Markbreiter (1811-1892) était déjà médecin, et directeur d'une revue médicale. En revanche, le grand-père paternel, Josef Schnitzler (?-1863) était un bon menuisier-charpentier, mais ivrogne notoire, quelque part en Hongrie. Le mérite de Johann était donc très grand ; et il en était convaincu : son ascension sociale avait été fulgurante ; il fut un père souriant, autoritaire et superficiel, comme en témoigne son fils dans son autobiographie qu'il intitulera *Une jeunesse viennoise*[1].

D'ailleurs, les personnages de médecin abondent dans le théâtre et dans les récits d'Arthur Schnitzler. Le *Professeur Bernhardi* (1912) est sans aucun doute le plus célèbre ; il apparaît principalement comme une victime de l'antisémitisme. Mais on ne remarque pas assez qu'il n'est pas pour autant un champion de la science, comme l'est le Docteur Pascal dans le roman homonyme de Zola (1893), à la fin des Rougon-Macquart. Les médecins de Schnitzler sont souvent des êtres ambivalents qui ne savent pas toujours très bien ce qu'ils disent vraiment, à une époque où la révision du positivisme scientifique a déjà commencé. Comment ne pas rappeler aussi, d'entrée de jeu, combien la littérature moderne la plus significative a fait la part belle aux écrivains-médecins ? Et pour s'en tenir aux contemporains de Schnitzler et aux lettres germaniques, comment ne pas évoquer Alfred Döblin, Ernst Weiss ou Gottfried Benn, comment ne pas rappeler que *La Lettre de Lord Chandos,* écrite par Hofmannsthal, l'ami de Schnitzler, est censée s'adresser à Sir Francis Bacon, l'un des

1. Nous renverrons à l'édition du Livre de Poche, Biblio n° 3091, 1987.

pères de la science expérimentale... et que Franz Kafka publie en 1917 *Le Médecin de campagne ?*

Notre insistance ne tend qu'à contredire la mauvaise réputation faite à Arthur Schnitzler : de n'être qu'un décadent, un viveur, un « héritier ». Pour suggérer ensuite que ses créations les plus originales sont en accord profond avec une problématique essentielle, aujourd'hui encore : celle des rapports conflictuels entre la science et la littérature. Si ses camarades de lycée le surnomment très tôt *poeta laureatus,* il fut aussi un *poeta doctus.* Le meilleur indice en est d'abord sa modestie : « Je suis conscient de n'être pas un artiste de premier plan. Mais il se trouve que le fait de créer est l'élément le plus essentiel de mon existence. » — Travail, Vocation, Destin — trois mots dont, en secret, Schnitzler semble avoir voulu faire comme sa devise paradoxale, et que nous allons chercher à justifier.

L'anecdotique a mauvaise presse, mais « cela fait tressaillir d'aise », comme disait Rousseau... D'ailleurs, depuis l'ouvrage de Procope, *anecdota* désigne ces petits détails cachés qui assurent le succès des ana, des almanachs où l'on cherche comme des augures.

À cet égard, les schnitzleriana sont particulièrement redoutables. Depuis 1981, année jubilaire, ils se sont beaucoup multipliés : il s'agit principalement de l'autobiographie *(Une jeunesse viennoise),* d'une grande partie de la *Correspondance,* de la plupart des *Aphorismes* et de nombreux fragments de récits. Sept volumes du *Journal* sont aujourd'hui publiés (allant jusqu'en 1922), sur les dix prévus. Arthur Schnitzler a en effet tenu depuis son plus jeune âge un journal intime qui joue un rôle considérable dans la formation de sa personnalité et de son art, et qui fut à l'occasion une pièce à conviction pour le père, tout-puissant et indiscret. Arthur a d'ailleurs très tôt appris à lire, à relire, à exploiter, à détruire son journal intime. Le résultat est monumental : ce *Tagebuch* en cours de publication commence le 19 mars 1879 (Schnitzler a 17 ans) et court jusqu'à sa mort, à près de 70 ans ; on dispose même de quelques notes fragmentaires écrites entre octobre 1876 et l'hiver 1878-79. À partir de 1902, Schnitzler a trouvé son rythme : quasi quotidien, sans interruption de plus de deux ou trois jours. Il a le souci, non pas tant de raconter sa vie que d'en fixer la réalité complexe et hétérogène. Il considère très consciemment son *Journal* comme le meilleur moyen d'assurer le développement vivant et continu de son œuvre ; il note souvent qu'il en fait lecture à ses meilleurs amis, des écrivains eux aussi : Hofmannsthal, Felix Salten, Gustav Schwarzkopf, Richard Beer-Hoffman ; il le relit quelquefois pour lui-même, systématiquement. Au demeurant, il est convaincu que son *Journal* est important non pas pour le style, mais pour la vérité du témoignage, comme un carnet de laboratoire, comme une contribution à la connaissance de la psychologie (et de la pathologie!) des écrivains. À partir de 1908, son intention est que ce *Journal* soit publié après sa mort, *in extenso* et sans aucune censure ni falsification. C'est pourquoi ce document exceptionnel est de nature intermédiaire : ce n'est ni une œuvre littéraire revue et préparée pour l'édition, ni un texte à usage purement personnel. Il joue dans la genèse de l'œuvre de Schnitzler, et sans doute plus que la *Correspondance,* un rôle décisif; à cet égard, on pourrait le comparer à l'immense *Correspondance* de Rilke, ou au *Journal* rhizomatique de Kafka, mais cela nous entraînerait trop loin...

Contentons-nous de rappeler que les anecdotes sont à l'origine de la mauvaise réputation d'Arthur Schnitzler, et qu'il serait fâcheux que l'édition des textes posthumes n'aboutisse qu'à renforcer les malentendus. Si l'on n'y prend pas garde, la lecture du *Journal* et de la *Correspondance* pourrait renforcer la réduction de l'œuvre à la biographie, en effaçant toujours davantage la véritable création poétique, en particulier pour tout ce qui concerne les femmes, les amitiés littéraires, la question juive, la médecine et la psychanalyse. On a voulu, par exemple, que *Vienne au crépuscule* (*Der Weg ins Freie,* c'est-à-dire plutôt *La Route du Large*) fût un roman à clefs, et que la plupart des récits ne fussent que des « études de cas ». Arthur Schnitzler en effet n'était-il pas un médecin, utilisant l'hypnose et la suggestion dans le service du Professeur Theodor Meynert, par où passa aussi Sigmund Freud? Et puis, ce même Freud ne l'a-t-il pas désigné comme une sorte de « double »? Dès les années 1890, Schnitzler ne manquait pas de soi-disant « admirateurs » et « admiratrices » qui s'adressaient à lui dans leurs lettres comme à Anatol. Mais il protestait vivement, en disant qu'il était bien davantage!

Dans le volume 1893-1902 du *Tagebuch* se trouve, en annexe, un texte merveilleux intitulé *Bicycle-Lection* et signé du Professeur Werner Welzig, maître d'œuvre de cette considérable publication. Nous entendons ce texte comme une protestation spirituelle contre la lecture anecdotique, avec une ironie néo-romantique digne de Jean-Paul. L'aimable savant, très viennois, attire gentiment l'attention sur les différences fort réelles et très étranges, que l'on néglige souvent par une faiblesse mentale et psychologique que Blaise Pascal avait déjà bien fustigée. Il faut donc savoir, et le *Journal* l'atteste, que du 13 juin 1893 au 1er juillet 1907 Schnitzler vécut une véritable passion... pour une bicyclette. Werner

Welzig fait remarquer d'abord que nous ne savons pas trop quel engin précis il désignait par là, que nous n'avons pas non plus la possibilité d'entendre sa voix prononcer en allemand (?) le mot même de « Bicycle », et que nous en sommes réduits à des hypothèses... Le *Journal* de Schnitzler nous apprend aussi que longtemps après avoir vendu son cher engin, il en rêvait encore : ainsi le 30 juillet 1910, ou le 22 août 1928... Anecdotes superlatives? Non pas, mais approfondissement ironique de la question — pour souligner que dans les anecdotes nous apprécions seulement ce que nous croyons savoir et qui ne nous surprend pas vraiment. Ainsi, le malicieux éditeur schnitzlérien termine en rappelant que Theodor Herzl, cet autre cycliste dandy (comme aussi « le beau Karl », alias Karl Lueger), publia, le 1er novembre 1896, dans la *Neue Freie Presse,* le grand organe du libéralisme fin de siècle, tout un éditorial à la gloire de la bicyclette, comme ouvrant un grandiose processus de transformation historique, faisant naître une immense espérance de liberté pour tous. Et il n'est pas jusqu'à Kafka qui, dans son *Journal* (4 octobre 1911) n'évoque la bicyclette et le vélodoque, petite cravache à utiliser contre les éventuels assaillants — chiens ou piétons... !

Si nous avons bien compris la leçon de Werner Welzig, il est indispensable pour tout lecteur de s'interroger sur ce qui devrait intéresser vraiment dans tous les textes autobiographiques, et notamment dans ceux d'Arthur Schnitzler, cet écrivain viennois à la réputation douteuse. Car le principal piège de l'anecdote, c'est de nous surprendre par cela même qui est, en fait, le plus stéréotypé — dans notre subconscient ou notre « médio-conscient » —, en tout cas dans une zone d'ombre où l'idéologie prospère insolemment ; comme le relevait Blaise Pascal : « La sensibilité de l'homme aux petites choses et l'insensibilité pour les grandes choses, marque d'un étrange renversement... »

On pourrait remarquer que le 2 mai 1893 mourait le père (à 58 ans) ; que le fils s'empresse alors de quitter la Polyklinik, avec un beau certificat ; qu'il ouvre un cabinet dans un appartement du centre, Falkenstrasse (rue du Faucon !) où il s'installe avec sa mère ; que le 14 juillet il prend sa première leçon de bicyclette (ô liberté chérie... !) ; que le 4 août il obtient son permis ; que le 1er décembre éclate le premier scandale lié à son œuvre, à l'occasion de la création au *Deutsches Volkstheater,* de *Das Märchen* (parce que dans ce « conte de fée », les personnages n'étaient pas amenés sur scène par autant de cigognes...) ; qu'Adele Sandrock, la brûlante diva, y jouait le rôle de Fanny Theren, jeune comédienne... Bref, à la mort du père, au début de sa grande passion pour la bicyclette, Arthur Schnitzler est présenté par les mauvaises langues comme un jeune médecin qui a «ridiculement peu de patients», mais qui s'avise soudain d'être un écrivain : il a 31 ans.

Quelles sont ensuite les grandes dates de la carrière d'Arthur Schnitzler? Elles pourraient être fixées en suivant l'idée, formulée par l'écrivain lui-même, que les récits prennent dans son œuvre une place de plus en plus significative. On retiendra d'abord la date du 9 octobre 1895 où Samuel Fischer signe avec lui un contrat d'exclusivité, après le succès de *Mourir,* le petit «roman» qui rend Schnitzler vraiment célèbre. C'est son premier long récit, qui figurera en tête des œuvres complètes de 1912. Il avait été aussitôt traduit en français, dès 1894; nous l'avons déjà signalé. Maurice Muret relève la brutalité, la cruauté de certains passages, et il note, prudemment : «Il se peut que ce soit là du naturalisme atténué, et comme viennois». En tout cas, c'est le contrat avec Fischer qui a dû favoriser l'autonomie d'Arthur Schnitzler comme écrivain — c'est-à-dire son indépendance mentale et psychologique, beaucoup plus encore que matérielle.

La deuxième date serait le 24 décembre 1900, où le *Lieutenant Gustl* (sic) paraît dans la *Neue Freie Presse,* comme supplément de Noël. That was a gift! Énorme scandale... Arthur Schnitzler sera déchu de son grade d'officier (dès le 26 avril 1901). Fait rare chez lui, il avait écrit cette nouvelle d'une seule traite, du 14 au 19 juillet 1900, et il notait tout de suite : «Impression que c'est un chef-d'œuvre.» On saisit là, sur le vif, la force de sa vocation d'artiste. Si l'on en doutait, rappelons que c'est aussi en 1900 qu'il fait imprimer à compte d'auteur et hors commerce, *Reigen, La Ronde d'amour*... et jusqu'à sa mort il n'en aura jamais fini avec cette ronde... (voir la notice, p. 44). Fidèle à la volonté de son père, Heinrich Schnitzler n'en autorisera la reprise à la scène qu'en 1981, alors qu'elle avait été écrite durant l'hiver 1896, l'année où *La Physiologie de l'amour moderne,* de Paul Bourget, était un best-seller.

Sans doute ne faut-il pas oublier le mariage avec Olga Gussmann, le 26 août 1903, un an après la naissance de Heinrich. Pourtant la consécration sociale de l'écrivain serait plutôt marquée par deux dates : le 17 juillet 1910, quand il s'installe dans une très belle maison de la Sternwartestrasse où il habitera jusqu'à sa mort (et qu'il achète à une actrice du Burgtheater, Hedwig Bleibtreu); et le 14 septembre 1911, quand *Das Weite Land (Terre étrangère),* tragi-comédie en cinq actes, est créé simultanément dans neuf théâtres de langue allemande, avec 26 personnages et beaucoup de figurants. L'action se déroule principalement dans la villa de l'industriel Hofreiter, à Baden près de Vienne ; le troisième acte est situé à l'Hôtel du Lac de Völs, au Tyrol. Le luxe, la richesse, la ville d'eaux, la montagne servent de cadre à l'adultère, au suicide, au duel. C'est comme un condensé des thèmes de Schnitzler. Mais ce pourrait être aussi la fin d'une première période de création, centrée sur l'art dramatique, avec prédominance de ce que nous appellerons « l'oralité directe », par opposition à « l'oralité écrite » qui caractérisera plusieurs de ses meilleurs récits.

Les vingt années suivantes seront assombries par la guerre, l'évolution politique, mais aussi par son divorce (26 juin 1926) et le suicide de sa fille Lili, à dix-neuf ans (26 juillet 1928). Si la gloire de Schnitzler dramaturge reste immense durant cette période, son œuvre narrative gagne en importance. Le contrat avec Samuel Fischer tient toujours : des *Œuvres complètes* sont publiées à trois reprises, en 1912, en 1922, en 1928. Et l'on constate que la part des récits progresse : trois volumes sur sept en 1912, quatre sur neuf en 1922, six sur onze en 1928. De surcroît, et pour la première fois en 1928, un agencement très significatif apparaît ; le volume cinq est consacré à *Thérèse, Chronique d'une vie de femme,* roman publié en 1928 ; le volume six est intitulé *Die Erwachenden,* c'est-à-dire « *celles* qui s'éveillent » puisqu'il contient les trois récits suivants, dans cet ordre : *Mademoiselle Else, La Femme du juge* et *La Nouvelle rêvée.* Ce sont décidément les petites-filles de Gretchen qui entraînent désormais l'œuvre… mais est-ce « vers le haut » (comme à la fin du *Faust* de Goethe) ?

Cette quasi-assomption des figures féminines dans l'œuvre narrative accompagne l'évolution d'une incontestable vocation d'écrivain vers un destin majeur de poète *(Dichter),* et cela d'autant plus que beaucoup de récits sont achevés à la suite d'une genèse très lente, mais toujours soigneusement jalonnée par des mentions très sèches dans le *Journal,* sans rien d'anecdotique — au sens vulgaire du mot, cette fois !

Passée l'heure des scandales, la gravité et la valeur de cette œuvre ont fini par s'imposer. Le destin, comme nécessité supérieure et principe d'ordre dans l'entropie universelle, est une référence assez explicite des grands récits comme *Thérèse* et *Der Weg ins Freie* — ce qui pourrait justifier le beau titre (mais tellement inexact !) de *Vienne au crépuscule.* Du reste, cette problématique n'est jamais absente des nouvelles, quelle que soit leur diversité : le duel, l'amour, le suicide, les lettres d'outre-tombe… Et c'est aussi le cas de tous les textes autobiographiques et des *Aphorismes* qui constituent la face cachée de l'œuvre — mais disposée, calculée par Schnitzler lui-même, et que l'on pourrait appeler son œuvre posthume…

La famille d'Arthur Schnitzler était juive («pour quatre quarts», comme il peut l'écrire le 13 juillet 1896 à Marie Reinhard, le grand amour de sa maturité); et même si la pratique religieuse y était presque nulle, la mémoire et la culture juives ne s'étaient pas perdues (voir *Une jeunesse viennoise*). En tout cas Schnitzler, à la différence de son ami Hugo von Hofmannsthal, évoque sans gêne ses origines juives. Le fait cependant que l'ascension fulgurante du père ait coïncidé avec les vingt années glorieuses du libéralisme autrichien a dû contribuer beaucoup à déterminer la vocation littéraire du fils aîné.

Carl E. Schorske, dans son grand ouvrage *Fin-de-siècle Vienna* (1961, traduction française en 1983) commence par un chapitre intitulé: *Politique et psyché : Schnitzler et Hofmannsthal.* Comparant l'affirmation et le développement de leurs deux vocations, il montre comment les grands écrivains viennois des années 1890 avaient été nourris par cette culture libérale, très menacée dès les années 80 et comme balayée en 1895 par l'élection à la mairie de Vienne de Karl Lueger, le leader très populaire, très catholique et très antisémite[1]. Cet événement eut de profondes répercussions psychologiques dans les familles de la grande bourgeoisie juive : l'idéologie des Lumières semblait vaincue, la raison ne pouvait plus se concevoir comme le moteur de l'Histoire, les masses ennemies de la culture triomphaient brutalement. Deux ensembles de valeurs se disputaient désormais la première place dans l'esprit des libéraux : une éthique de la connaissance d'un côté ; des valeurs esthétiques liées aux raffinements de l'individualisme, de l'autre. L'éthique de la connaissance exaltait la vertu, la loi, l'assujettissement du corps à l'esprit, l'éducation et le dur labeur. L'esthétisme développait plutôt une culture des sentiments, liée à la «vie artiste» et à l'attention orientée vers tous les états psychiques. Cette double culture de la bourgeoisie viennoise pouvait facilement renforcer le conflit des générations, lié lui-même à la très grande difficulté d'accéder réellement à l'aristocratie. Or la culture aristocratique n'avait rien à voir avec le puritanisme légaliste; elle était faite de sensualisme et de sybaritisme, et profondément attachée à la célébration de la nature comme un don de Dieu: ainsi se trouvait

1. Voir aussi notre Préface aux *Romans et Nouvelles* de Stefan Zweig, éd. La Pochothèque 1991, pp. 12 à 14.

légitimé son bonheur privilégié. Il ne faudrait pas oublier non plus que les bourgeois, à la différence des aristocrates, étaient individualistes et ne cultivaient pas d'esprit de caste.

On comprend bien dans ces conditions ce qui pouvait opposer Johann Schnitzler et son fils aîné ; car le père réussira mieux avec le cadet. Le célèbre laryngologue destinait son fils Arthur à une solide carrière médicale, mais sa clientèle brillante et souvent aristocratique, ainsi que tout le train de sa maison, donnèrent à ce fils une telle fièvre esthétique qu'elle détermina une irrésistible vocation littéraire. Le père y résista autant qu'il put ; et l'on imagine la force de son ascendant puisque Arthur, en dépit de ses dons précoces, ne devint vraiment écrivain qu'à trente ans passés, après la mort de son père ! Rien de comparable, donc, à la carrière de Hofmannsthal, qui réprouvait d'ailleurs la vie longtemps dissipée de son ami Schnitzler.

Ainsi pourrait-on dire en simplifiant beaucoup, que le farniente, la vie de café, la passion du poker, du billard et des champs de course, les innombrables femmes (« matin, midi et soir »...) sont des moyens de se distinguer d'abord du père (voir *Une jeunesse viennoise*). Ce style de vie est inspiré aussi par l'imitation des mœurs aristocratiques — avec le risque évident, dont Arthur a d'ailleurs une conscience très nette, de devenir un dilettante hypocondriaque, un héritier brillamment raté. Ces contradictions sont décrites, sans aucun pathos et avec une justesse de ton admirable, dans cette autobiographie que très tôt il résolut d'écrire. Elle devait aller jusqu'en 1900 et retracer l'affirmation originelle et le développement très lent de sa vocation littéraire. Bien que ce texte soit inachevé, on est frappé par le début et par la « fin » : « Quelques heures après ma naissance, je passai un moment couché sur son bureau... » Et le père de prophétiser, « à mainte et mainte reprise », que son fils serait écrivain. Quant à la « fin », elle insiste, avec un très grand sérieux, sur une conviction fondamentale : « Je ne crois pas à une providence qui se soucie du destin de chacun *(Einzelschicksal)*. Mais je crois que certains êtres *(Einzelne)* existent, qui *savent* ce qu'il en est d'eux [...] qui prennent librement les décisions qui sont, pour eux, vitales [...] qui sont toujours sur le bon chemin, même lorsqu'ils s'accusent de s'être trompés. »

En toute modestie, Arthur Schnitzler avoue qu'il croit « être du nombre de ces élus ».

Il ne manque donc pas de raisons historiques, sociologiques, psychologiques pour expliquer cette « vocation ». Mais il faut ajouter que ce choix effectif a toujours été vécu douloureusement, dans les doutes les plus affreux. Le journal intime, l'autobiographie, les lettres à Olga Waissnix («la Muse», et peut-être la seule place-forte qu'il ait attaquée sans pouvoir la prendre), révèlent des accès très fréquents de mélancolie, dus à la préoccupation de n'être qu'un dilettante menacé des pires déroutes. Il faut donc reconnaître à cette vocation comme une coloration tragique, au sens propre du terme, entretenue par une authentique pensée du destin, qui se révèle non pas dans un discours à prétention théorique — rien ne faisait davantage horreur à Schnitzler —, mais surtout dans ses *Aphorismes*.

La plupart des aphorismes de Schnitzler sont des publications posthumes, et sans qu'il soit possible d'indiquer une chronologie précise pour leur rédaction. De son vivant ne fut publié qu'un volume intitulé *Buch der Sprüche und Bedenken (Livre des dits et réflexions)*, en 1927. Pourtant l'impression s'impose que les aphorismes appartiennent à la fin de l'œuvre, et surtout à l'œuvre d'outre-tombe.

Mais par ailleurs, depuis la grande synthèse de William Johnston [1], on sait qu'il faut parler d'une «École Viennoise des Aphoristes», dont relèvent précisément Karl Kraus, Arthur Schnitzler et Hugo von Hofmannsthal… bref, qu'entre 1890 et 1930, Vienne est le centre mondial de l'aphorisme! Il s'agit là d'une de ces «petites formes» artistiques qui nous rendent si perplexes et que nous n'osons pas vraiment prendre au sérieux, malgré leur longue et brillante tradition. Il faut aussi rappeler l'intérêt de Schönberg, et surtout de Webern, pour les petites formes, en musique. Leur valeur, pour les artistes de cette époque, réside dans l'association de la précision à la conscience inévitable de l'incomplet, l'association du limité et de l'illimité, du continu et du discontinu — comme si, dans un étrange écho au calcul différentiel et à l'analyse mathématique, était apparu un avatar moderne et poétique du symbolisme : l'infiniment petit évoquant l'infiniment grand, selon une continuité hautement hypothétique. La limite fournit d'ailleurs une des figures du tragique : expérience vraie de la liberté pour le héros, dans le choix radical — héros qui est tout à la fois victime et sacrificateur. Les *Aphorismes* de Nietzsche et de Schopenhauer doivent aussi être passés par là. On a du reste une curieuse lettre à un correspondant anonyme, où Schnitzler dit toute son admiration pour Nietzsche : «Je le connais et je l'aime. Le fait que ce ne soit pas un philosophe, au sens de la

1. *The Austrian Mind,* 1972 ; en français : *L'Esprit viennois,* 1985.

philosophie systématique, ne me le rend que plus proche. Pourtant je ne trouve rien chez lui qui ait, de quelque manière que ce soit, influencé mes vues sur l'art.» Individualisme, clairvoyance et originalité, qualités toujours recherchées et affirmées par Arthur Schnitzler!

Une autre remarque n'est pas sans intérêt. En grec, «aphorisme» désigne un objet délimité, une petite forme, précisément! Et c'est Hippocrate de Cos, le père de l'observation clinique, qui a imposé le mot comme référence. Ses *Aphorismes* furent longtemps le texte de base pour l'enseignement de la médecine en Europe. Il est alors curieux de constater combien on a pu invoquer la qualité de médecin d'Arthur Schnitzler pour affirmer, péremptoirement, que ses récits n'étaient le plus souvent que des études de cas, rédigées avec la sécheresse du clinicien, ou bien encore que son passage par le service psychiatrique du Professeur Meynert «expliquait» son utilisation de l'hypnose et de la suggestion à des fins thérapeutiques, «expliquait» pourquoi ses intuitions s'accordaient largement avec celles de la psychanalyse —, pourtant on n'a jamais vraiment fait valoir que les *Aphorismes* de Schnitzler pourraient aussi s'inscrire dans une tradition médicale.

À les lire de près, on découvre avec quelque surprise des préoccupations métaphysiques et une esthétique tragique. Schnitzler n'est certes pas un esprit religieux, et encore moins un théologien! Il déteste surtout les discours abusifs des personnes pieuses et de tous les dogmatiques. Pour n'en donner qu'un exemple : «Il n'y a qu'une seule chose dont nous soyons absolument certains : le sentiment qu'il y a autour de nous, au-dessus ou au-dessous, un élément inconnu, intangible, totalement soustrait à notre influence.» Il en découle pour lui une conception tragique de la condition humaine. Dans deux *Aphorismes* parmi les plus courts qu'il ait composés — exceptionnels chez un auteur qui dans ce genre fait long, tandis que dans d'autres, théâtre et récits, il préfère la brièveté —, Schnitzler formule des convictions définitives :

a) «Biens absolus : la vie, la santé, l'amour.
Biens relatifs : la vertu, l'honneur, l'argent.»

b) «Pour celui qui a parfaitement compris qu'il est mortel, l'agonie commence.»

Schnitzler le sceptique dispose donc de quelques certitudes et son esthétique paraît en mesure d'y répondre, dans une perspective qu'il faut bien aussi appeler classique : «Chez l'artiste créateur, chaque production doit être marquée au coin de la nécessité, sinon elle est dévoyée, au sens propre du terme. » Et par ailleurs : « Les trois critères de l'œuvre d'art : unité, intensité, continuité. »

Sur un étrange *Diagramme* double (constitué de losanges qui ne sont pas sans rappeler le symbole du sexe féminin[1]), publié dans une mince plaquette de 1927, intitulée *Der Geist im Wort und der Geist in der Tat (L'Esprit dans le verbe et l'esprit dans l'action),* il n'est donc pas étonnant de voir Schnitzler situer le *Poète (Dichter)* dans la partie positive, *humaine,* sous *Dieu* et le *Prophète,* tandis que *l'Homme de lettres (Literat)* se trouve dans la partie négative, *inhumaine,* comme acolyte de deuxième rang après le *Diable (Teufel)* et le *Scélérat (Bösewicht).* Le commentaire qui accompagne ce *Diagramme* (inédit en France et que nous reproduisons ci-après, p. 41) correspond sans doute à ce que l'écrivain désignait, dans une lettre à Georg Brandes, comme « des amusements philosophiques non dépourvus de sens profond ». En tout cas, le *Poète* y reçoit une mission sub-prophétique, c'est-à-dire un destin, selon une conception sacralisée de l'Art — d'un art qui cherche à donner sens à l'agonie de la vie. C'est peut-être tragique, mais ce n'est pas pessimiste !

Arthur Schnitzler a donc choisi d'être un écrivain et refusé d'être un médecin. Il convient d'apprécier ce choix par rapport à des situations comparables. Parmi ses contemporains, plus jeunes d'une vingtaine d'années mais tous deux médecins et écrivains, Alfred Döblin le Prussien et Ernst Weiss le Morave firent d'autres choix — et le cas de Gottfried Benn est encore différent, ô combien... ! Döblin (1878-1957) n'a pas cessé de répéter que pour lui l'écriture répondait à une poussée intime, à une sorte de rhume, et que ce n'était chez lui qu'une activité secondaire par rapport à l'exercice de la médecine dans les quartiers déshérités de l'est berlinois[2]. Quant à Ernst Weiss (1882-1940), tout se passe au contraire comme s'il abandonnait la médecine pour la transformer en mythe dans des fictions narratives. Alfred Döblin, interrogé, ne comprend du reste pas ce que son confrère Weiss prétend faire : « C'est un homme exotique, étrange. Or la médecine, c'est d'ici et de maintenant, incontestablement. Et je n'ai jamais bien compris ce qu'elle représente pour Weiss. Il est pour ainsi dire Pragois [...] et cette définition de vrai ou de

1. Voir Wolfgang Hilbig, *Les Bonnes Femmes,* Gallimard 1993.

2. Voir notre Préface à Alfred Döblin : *L'Assassinat d'une renoncule,* collection Bilingue, Le Livre de Poche 1990, et Ernst Weiss : *Cortège de démons,* Amiot-Lenganey, 1992.

quasi-Pragois donne à tous ces gens quelque chose de l'Autrichien disparu, raffiné, amolli, quelque chose qui incline à la passivité, qui aime le mysticisme, mais tout en étant aussi sceptique et irrésolu.» Ainsi s'exprime (dans le *Pariser Tageblatt* du 17 mai 1936) l'énergique Berlinois, médecin-écrivain, militant, exilé à Paris comme Weiss à la même époque. Mais Döblin s'échappera de la nasse, tandis que Weiss se suicidera le 14 juin 1940, quand Paris fut occupé. Arthur Schnitzler reposait depuis près de dix ans déjà au Wiener Zentralfriedhof. Et comme le dit dans *Terre étrangère* l'industriel Hofreiter du jeune Otto qu'il vient d'abattre en duel : «Il a peut-être eu la meilleure part!»

Quoi qu'il en soit, si le vrai Viennois Arthur Schnitzler a abandonné la médecine, c'est sans la mythifier pour autant dans des œuvres littéraires; il est sceptique, mais très résolu; il est raffiné sans être amolli; il est très actif et n'aime pas le mysticisme (bien qu'il ne le rejette pas de son horizon). Dès le 27 octobre 1879, il notait dans son *Journal* son sentiment que jamais la Science ne pourrait représenter pour lui autant que l'Art. Plus tard, dans son autobiographie, il se rappelle que la médecine le rendait malade. Son diagnostic : l'hypocondrie, cette sorte de folie caractérisée par un ensemble de symptômes où prédominent les conceptions délirantes relatives à l'individualité physique et aux organes, et ce sur un mode obsessionnel... Par la suite, il restera cependant très attaché à sa formation médicale; il estimera que la médecine peut être considérée comme une belle profession, alors qu'écrire ne devrait jamais en constituer une. Entre donc aussi dans ses raisons le refus de tout métier, au profit d'une activité très incertaine, très individuelle... Ainsi, le choix d'écrire correspond-il chez lui à la fois à une hygiène personnelle et à un idéal profondément éthique.

Et il faut une fois de plus dénoncer le sourd travail de l'idéologie scientiste qui suggère toujours que l'œuvre d'art «positive» se situe nécessairement à proximité d'une hypothèse scientifique; et que l'artiste, dans le meilleur des cas, n'est qu'un acolyte particulièrement intuitif d'un grand savant. Or Freud jouit encore de cette réputation parmi nous; donc c'est grandir Schnitzler que d'en faire son «double», selon la formule même adressée par l'auteur de la *Traumdeutung (L'Interprétation des rêves)* à l'écrivain qui n'avait pas encore achevé la *Traumnovelle (La Nouvelle rêvée)*. Cette lettre du 14 mai 1922 de Freud à Schnitzler, à l'occasion de son soixantième anniversaire, est quasi célèbre, tant elle est citée et exploitée par tous les commentateurs. Mais on n'a pas assez remarqué que la seule réaction, aujourd'hui connue, de Schnitzler à cette lettre d'anniversaire (une parmi des centaines, faut-il le dire?) est une mention très laconique dans son Journal, à la date du 15 mai 1922 : « Reçu de Freud une belle lettre » *(schön)*.

Freud et Schnitzler s'admirent réciproquement. Mais Freud rêve de Moïse... Il voudrait plus ou moins consciemment, au-delà de cette impression troublante d'avoir trouvé son double *(Doppelgänger)*, que l'écrivain Schnitzler fût une sorte de « second », narcissique et complaisant — l'écrivain junior, Stefan Zweig, en était un autre, après tout ! — et qu'il fût lui aussi, à sa manière, un psychologue des profondeurs, scandalisant son public. Or Schnitzler est critique envers la psychanalyse freudienne : il lui reproche de se constituer en doctrine, de se précipiter vers l'inconscient comme s'il pouvait être connu, d'en faire un principe d'explication universel. « Par la surdétermination à tout prix, on peut bien sûr tout interpréter. » Le reproche de généralisation abusive porte notamment sur le prétendu complexe d'Œdipe et sur l'interprétation des rêves. Car Œdipe tue son père *par erreur*, et non par haine ; d'autre part, « il aime sa mère sans savoir que c'est sa mère ». « Affirmer qu'un sentiment sexuel pour la mère est constamment présent et que l'homme recherche toujours dans la femme aimée sa mère ou sa sœur est tout bonnement faux. » Quant à l'interprétation des rêves, elle s'est trop tôt systématisée : « La psychanalyse a fixé une fois pour toutes en symboles oniriques certaines choses et certaines formes, et quand on lui en demande les raisons, elle répond que la signification de ces symboles découle tout simplement de l'interprétation des rêves. Exemple typique de cercle vicieux. » Schnitzler accuse donc Freud d'avoir multiplié les doctrinaires, de leur avoir donné « le complexe des complexes », comme il l'écrit plaisamment de Theodor Reik (qui dès 1913 publiait un *Arthur Schnitzler, als Psycholog)*. Et il ne se contente pas de nier, il propose une troisième topique (meilleure que « ça-moi-surmoi »), une topique qui lui paraît plus conforme aux réalités psychiques. Il propose de multiplier les distinctions pour décrire la vie de l'âme et de l'esprit (âme et esprit qu'il s'applique toujours à différencier). Par exemple : « L'hystérie fait partie des maladies de l'âme et non des maladies de l'esprit ; cette différence très importante n'est pas toujours suffisamment prise en compte. » On comprend d'après le contexte que Schnitzler considère l'âme comme beaucoup plus liée à l'affectivité dans l'instant, tandis que l'esprit désignerait un ensemble d'aptitudes mentales plus général. Le malade mental n'est pas un psychasthénique (ainsi Robert dans *L'Appel des ténèbres*). La critique de la psychanalyse par Schnitzler se fonde essentiellement sur des distinctions multipliées ; sa culture médicale se manifeste par là. Et d'une façon plus générale, il affirme : « Une des caractéristiques de notre époque, c'est cette tendance à brouiller les rares frontières que nous pouvons tracer avec certitude (pour autant que la certitude existe dans les choses humaines). » Schnitzler en arrive donc à distinguer entre ce qui peut être connu et ce qui ne le peut pas. Pour lui, l'inconscient est l'inconnaissable. En revanche, il raffine sur les domaines du conscient : « Une différenciation entre *conscient, médio-conscient (Mittel-Bewusstsein)* et *subconscient* serait plus proche des faits scientifiques. » Et d'affirmer que cette *conscience intermédiaire* est négligée ; et de la faire valoir d'une façon propre à aiguiser tous les appétits : « C'est le plus gigantesque domaine de la vie de l'âme et de l'esprit ; c'est à partir de là que, de façon ininterrompue, différents éléments remontent dans la conscience ou bien qu'ils plongent dans l'inconscient. » De plus, cette *conscience intermédiaire* est riche et toujours disponible. En fait, la psychanalyse se précipite vers le subconscient (et l'inconscient ?), mais elle n'agit le plus souvent (et sans le savoir) que sur le *médio-conscient*. Comment ne pas faire l'hypothèse, dès lors, que Schnitzler en tant qu'écrivain a lié son art à la mise en valeur de ce *médio-conscient*... et qu'il ait pensé que ses fictions pouvaient « doubler » la psychanalyse, mais au sens de « la dépasser » ?...

L'art de Schnitzler procède donc bien d'un choix profondément éthique, vécu à partir de soi-même : liberté et vérité pour tout homme, mais d'abord pour soi. La problématique de la liberté l'a toujours conduit à parier en faveur du libre arbitre. Sa réflexion sur la vérité a dû être nourrie par sa formation médicale développant un scepticisme infatigable à partir de convictions déterministes. Et l'on a pu montrer[1] que si Freud était devenu, au cours de sa carrière, de plus en plus déterministe et pessimiste pour l'évolution de l'humanité, Arthur Schnitzler n'avait fait, lui, que cultiver son scepticisme, dans tous les domaines, et par là n'avait jamais exclu la possibilité d'une paix universelle — d'ici un millénaire, bien entendu... « À l'humour, cet enfant du divin, rien d'interdit, même pas de jouer avec la douleur, la détresse, la mort » (autre *Aphorisme*).

Cette tendance à l'humour chez Schnitzler, on l'a trop souvent oubliée, compte tenu de la gravité des questions évoquées dans son œuvre :

1. Mark Luprecht : *What people call pessimism*, Ariadne Press 1991, USA.

l'amour, la mort, la guerre, l'antisémitisme, l'absence de communication, l'infidélité, le vieillissement inexorable et, plus terrible que tout, la stupidité arrogante en mesure d'imposer ses lois absurdes. C'est ainsi que Schnitzler ne reprochait vraiment qu'une chose à l'antisémite Karl Lueger, c'était d'avoir des amis juifs : quel manque de cohérence, qui trahissait clairement le politicien véreux ! — Ou bien encore, il termine sa charge contre la psychanalyse par une petite annonce malicieuse : « Homme jeune et élégant, en possession de mille millions et d'un complexe d'Œdipe modeste mais avec possibilité d'évolution, recherche en tout bien tout honneur à faire connaissance d'une infanticide en puissance pour excursions dans l'inconscient et, si convenance, dans le conscient. Écrire au journal sous le code : Plutôt sublimé que refoulé. Préférence à jeunes filles moins de quatorze ans, pucelles poubelle. » (Traduction Pierre Deshusses).

L'humour, le goût du jeu sont en effet des tendances prédominantes dans la personnalité d'Arthur Schnitzler. Elles s'accordent à son scepticisme et à son adhésion *totale* à la vie. Depuis son plus jeune âge où il comprend dramatiquement qu'il mourra (voir *Une jeunesse viennoise*), jusque dans sa vieillesse où il déclare qu'il respire chaque jour avec plaisir et que chaque année l'enrichit, il a toujours dit « oui » à la vie avec une force admirable. Il déteste l'ennui et les snobs blasés. Il déteste les hommes politiques de tous les pays ; il admire Napoléon « parce qu'il est l'exemple le plus parfait d'une personnalité extraordinaire. » À la fin de sa vie, quand un journaliste américain l'interroge sur ses principales aversions, il répond « avec la rapidité d'une rafale de mitrailleuse » : « Ce sont Wilson, Poincaré et Lénine. Ces hommes-là furent les trois accidents, ruines et catastrophes de notre monde. » (interview citée par H. Schwarzinger). D'ailleurs son art s'est affirmé de plus en plus comme une exaltation de la liberté : car « même si dans la vie nos actes sont jusqu'à un certain point déterminés, nous sommes libres dans l'Art » *(Aphorisme)*. Et si l'art existe vraiment, il transforme la vie, de l'artiste au moins : « Il me faut tout de même agir comme si ma volonté était libre, ou alors la société sombrerait dans une formidable ruine. » L'art pour Arthur Schnitzler n'est donc ni la vie, ni une imitation de la vie ; mais les deux s'accordent en profondeur et de manière positive : développement d'une vie et création d'une œuvre sont, pour lui du moins, convergents. Quant à la réception par le public, Schnitzler semble miser sur la diversité pour mieux disqualifier les critiques soi-disant professionnels ; il s'interdit en tout cas la moindre complicité avec le public : « L'auteur ne doit jamais baigner dans la même atmosphère que ses lecteurs » ; ou encore : « Le seul artiste à pouvoir mener une existence pure dans le monde [...] sera celui qui aura une relation humaine avec les personnages qu'il a créés et saura créer une relation artistique avec les personnes de son entourage. » L'artiste doit rester à part.

De fait, les bonheurs et les joies de Schnitzler, en amitié comme en amour, apparaissent exclusivement liés à sa création. Même si son *Journal* révèle qu'il passe des jours entiers sans écrire une ligne, sa vie continue dans un entourage où il cultive des relations artistiques : comédiennes, écrivains, directeurs de théâtre, éditeurs qui — disons-le pour la vérité, sans aucune arrière-pensée consciente ou moyennement consciente — sont des Juifs pour la plupart.

Mais c'était une caractéristique très forte de l'intelligentsia viennoise, très différente en cela du milieu berlinois. Rappelons à cet égard la célèbre déclaration de Freud à l'adresse des membres de l'Association B'nai B'rith, en mai 1926 : « Parce que j'étais juif, je me suis trouvé libre de nombreux préjugés qui limitaient les autres dans l'usage de leur intellect, et comme Juif j'étais prédisposé à me placer dans l'opposition et à renoncer à vivre en harmonie avec la majorité compacte. » Ou bien encore, Schnitzler à l'apogée de sa gloire, dans une lettre du 4 janvier 1913 à Richard Charmatz, à propos de *Professor Bernhardi* : « Quelle que soit l'attitude qu'on puisse avoir par rapport à ce qu'on appelle la question juive, il me semble aujourd'hui impossible d'écrire une pièce autrichienne ayant pour cadre les milieux de la politique sans prendre en compte l'existence d'éléments juifs et la spécificité de l'esprit juif d'une façon réellement objective. » Cela dit, Schnitzler a toujours été favorable à la diversité des cultures et à leur reconnaissance mutuelle : « Je suis juif, autrichien et allemand. Il en est sans doute ainsi, car je me sens offensé au nom du Judaïsme, de l'Autriche et de l'Allemagne quand on dit du mal de l'un des trois. » — Ceci dans une lettre à sa belle-sœur, la comédienne Elisabeth Steinrück, le 22 décembre 1914 ! Toujours est-il qu'il déteste certains Juifs, tout comme d'autres. « Les Loews me répugnent autant qu'il est possible. Des Juifs baptisés qui se piquent de sentiments cléricaux, de goût pour le sport et de snobisme » (Lettre à Marie Reinhard, le 11 octobre 1898). Face à la question juive, son attitude est d'une indépendance remarquable, à l'époque du sionisme naissant, et elle trouvera son expression

« artistique », richement nuancée, dans le grand roman de 1908, *Der Weg ins Freie.*

Car si Schnitzler est juif, il est surtout artiste. Ses bonheurs et ses joies les plus simples sont naïvement reliés à sa création ; des échos nous en sont conservés dans la *Correspondance,* beaucoup plus que dans le *Journal.* Par exemple, à 35 ans, dans la force de l'âge et devant sa gloire toute neuve (puisque le succès de *Liebelei* au Burgtheater de Vienne ne date que d'un peu plus d'un an), il écrit le 7 janvier 1897 à Otto Brahm (*alias* Otto Abrahamsohn), le directeur du *Deutsches Theater* de Berlin : « [...] si je veux songer à un bel avenir, je m'imagine étendu dans une prairie, ma bicyclette posée contre un arbre, et écrivant en plein air dans une agréable chaleur, loin du bruit des rues, une comédie tonique et insolente » — ou bien, depuis Paris où il séjourne avec Marie Reinhard : « Elle est assise dans la pièce à côté pendant que je vous écris, et lit la scène du poète (Bibitz) et de la comédienne » (Lettre à l'ami Richard Beer-Hoffmann, le 10 avril 1897... il s'agit bien sûr de *La Ronde,* dans les deux cas). Ces témoignages qui pourraient être multipliés à l'infini de l'anecdotique expriment avant tout une exceptionnelle force vitale — comme le souligne aussi son ami danois Georg Brandes, (*alias* Moriss Cohen) dans une lettre du 11 mai 1899 : « Nous avons une chose en commun, l'inépuisable goût de vivre ». Et tel est bien Schnitzler, jusque dans ses dernières années : « Car on s'habitude à vivre dans une maison qui brûle [...]. Il est plus facile de traverser de grandes catastrophes que de se priver des petits agréments de la vie. Je me souviens d'avoir, peu après la guerre, fouillé tout Vienne, en vain, pour trouver du gâteau au chocolat. »

La maison brûlait effectivement : *Le Professeur Bernhardi* est créé à Vienne en 1918, alors que les révolutionnaires s'emparaient de la ville... l'antisémitisme n'arrêtait pas de s'enfler... la guerre... les privations... la révolution... voilà aussi le cadre historique de l'œuvre schnitzlérienne ! Dans toutes ces situations, l'artiste réagit vivement, mais toujours la création littéraire lui semble offrir une possibilité de transfiguration apaisante — même s'il est préoccupé par son hypocondrie et sa surdité, et s'il reste hanté par ses propres fantômes : jusqu'à la fin de sa vie, il commémore dans son *Journal* le 18 mars 1899, date de la mort foudroyante de Marie Reinhard après une crise d'appendicite et deux jours de septicémie. C'est que précisément, l'art réduit l'importance du hasard : « L'action apaisante des œuvres d'art s'explique surtout par le fait que dans une œuvre d'art, ce que nous appelons hasard est éliminé. »

(Aphorisme). C'est aussi parce qu'en art il faut se débarrasser du préjugé qui veut que la mort soit en elle-même quelque chose de triste. Pour Schnitzler (et dans son œuvre la mort est omniprésente), l'art est donc un moyen prodigieux de dire encore mieux « oui » à la vie. « De l'érotisme, on peut dire que c'est l'approbation de la vie jusque dans la mort », dira Georges Bataille. Si l'art de Schnitzler est érotique, c'est parce qu'il est célébration de la vie, et non parce qu'il évoquerait complaisamment toutes sortes d'adultères. Comme on l'a souvent dit, *La Ronde* est une sorte de danse macabre ; mais en réalité, elle est très gaie, cette ronde de marionnettes honnêtes pour adultes bien vivants... Quant aux adultes qui se scandalisent, ils pourraient bien n'être que des marionnettes malhonnêtes dont Schnitzler cherche à faire apparaître les invisibles fils, pour les couper d'un coup sec : clac ! comme dans sa comédie burlesque, *Au grand guignol* (*Zum grossen Wurstel*, créée en 1906)... puis les marionnettes se relèveraient et on recommencerait depuis le début... À maints égards, le monde transfiguré par Schnitzler est un monde tragi-comique. Et, parlant de tragi-comique et de marionnettes, il faut évoquer Kleist, comme Schnitzler lui-même dans un *aphorisme :* « Ce que Kleist appelle le *désarroi du sentiment* — et c'est avec lui que commence le drame moderne —, on pourrait tout aussi bien l'appeler le désarroi de la raison. » On voit par là combien la création artistique est transposition et imagination. Décidément, on ne peut réduire Arthur Schnitzler à n'être qu'un médecin-écrivain-témoin de son temps : c'est un artiste à part entière.

À propos du duel, aussi présent dans son œuvre que la médecine, on n'a pas toujours pris conscience qu'il constituait une métaphore, comme la maladie. Sans doute, le duel est-il à Vienne vers 1900 une réalité sociale et politique de première importance ; car la pratique du duel, illégale, est étroitement liée au pouvoir que la caste militaire veut affirmer sur toute la société. Grâce au duel, l'Armée exerce une ségrégation et une coercition inimaginables aujourd'hui. Mais c'est un fait qui relève d'abord de l'histoire et de la sociologie. Ce qui appartient à l'esthétique, c'est d'essayer de comprendre comment Schnitzler le transforme en œuvre d'art : principalement par le biais d'une métaphore récurrente. Le duel selon Schnitzler, c'est du même ordre que la peste selon Camus ; ce sont des symboles pour désigner un mal qui ne cesse de s'étendre et qui pourrait devenir irrémédiable. Pour vivre, il faut d'abord le reconnaître et chercher à s'en libérer. L'ampleur du scandale suscité par la publication du *Sous-Lieutenant Gustel,* le 25 décembre 1900, ne s'explique que par là : l'Armée était désignée, symboliquement (et c'était d'autant plus fort), comme un des principaux agents menaçant la civilisation… cette même Armée qui était censée défendre les valeurs les plus hautes… Quoi qu'il en soit, Gustl demeure une marionnette tragi-comique dont le désarroi se résout par l'affirmation implicite qu'il faut, pour vivre bien, disposer «d'un sentiment indéfectible ou d'une intelligence totale». Et Schnitzler, comme Kleist, suggère par toute son œuvre que le sentiment indéfectible est plus à la portée de l'humanité que l'intelligence totale : d'où la grâce de Christine ou de La Merlette blanche, figures inoubliables de *süsse Mädel,* de gentilles filles — marionnettes dignes de Kleist…

En tout cas, Schnitzler s'attache toujours davantage à la psychologie, comme démarche essentielle. Il la compare à la géométrie analytique dont un mathématicien prétendrait se passer : «Que font d'autre ces plumitifs qui s'imaginent pouvoir renoncer à la psychologie, affirmant même qu'elle est dépassée et ridicule?» Cette évolution très nette de Schnitzler est à rapprocher de son individualisme de plus en plus déclaré, et découle clairement de son scepticisme, entretenu par une fidélité réelle à sa formation scientifique. Compte tenu des événements historiques, cette évolution est aussi, à bien des égards, tout à fait paradoxale.

Comme tous les intellectuels européens, Arthur Schnitzler est confronté en 1914, dans les premiers mois de la guerre, au patriotisme en armes. Il représente un cas rarissime d'écrivain n'ayant signé aucun texte favorable à la guerre, même au tout début des hostilités — même si son *Journal* révèle qu'il est convaincu, comme tout le monde en terre germanique, que l'Angleterre et la France sont les principaux responsables. Mais la réserve qu'il observe, envers et contre tous, lui est essentiellement dictée par sa conception de l'art. Paradoxalement on pourrait dire que c'est son «esthétisme» qui l'amène à tenir bon dans un engagement des plus significatifs. Si l'on compare sa conduite à celle de son cadet, Stefan Zweig, qui a tant de mal dans les premiers mois de la guerre à s'affirmer pacifiste (comme le montrent ses lettres de 1914 à Romain Rolland), et qui se retrouve dans l'impossibilité d'écrire quoi que ce soit, sinon de discrets textes de propagande, Schnitzler continue de vivre et d'écrire, avec les mêmes exigences. C'est plus fort!

Dans les premiers mois de la guerre, il travaille à sa longue nouvelle du *Docteur Gräsler,* une nouvelle psychologique sur l'auto-compassion d'une espèce de pédant-médecin vieillissant, incapable de rien comprendre vraiment au monde qui l'entoure — et l'on peut constater que la genèse de ce récit est, comme le plus souvent, très lente, suivant une germination que le *Journal* relate, tel un carnet de laboratoire. La première idée remonte au 22 novembre 1908; puis il l'a reprise par intervalles, dictée, retravaillée, relue, corrigée : en janvier 1911, en juin 1911, en février 1914, en juillet 1914, en septembre 1914 — tout cela noté au jour près. Il termine ses corrections le 8 octobre 1914; ayant relu le texte le 8 novembre, il note : « C'est une jolie nouvelle, un peu laborieuse au début, ensuite très plaisante. » Elle sera publiée par Fischer en 1917. Manifestement, la guerre n'arrête donc pas le processus créatif. Quant au théâtre, Schnitzler écrit *La Comédie des mots* en 1914 (création le 12 octobre 1915), *Les Journalistes* en 1916 (création le 14 novembre 1917), *Les Sœurs ou Casanova à Spa* en 1917 (création en 1920) — ensemble assez étonnant, vu la situation historique. Dans le même temps, Stefan Zweig travaille essentiellement à un grand drame prophétique, *Jérémie,* qui sera créé en Suisse, en 1917, avec un impact politique incontestable. *Les Journalistes* de Schnitzler sont au contraire une ahurissante comédie où un plumitif se dédouble en *Fliederbusch (le lilas),* un libéral, et en *Fink (le rossignol),* un conservateur. Le double journaliste réussit tellement bien dans sa polémique fictive qu'il est obligé de se provoquer lui-même en duel... ce qui se termine par un sympathique déjeuner où le comte Niederhof, député conservateur, propose aux journalistes extrémistes de tous bords de fonder un nouveau journal. Une fois de plus s'affirme ici l'originalité de la création artistique : le duel et la polémique politique sont devenus des métaphores pour désigner le Mal qui menace la Civilisation, et la guerre très indirectement. Grâce à l'art de Schnitzler, on est invité à garder son humour et son exigence de liberté, même et surtout dans la maison qui brûle !

Pour la littérature européenne, cet art qui peut paraître d'une légèreté un peu trop viennoise représente aussi un dépassement très original du naturalisme. Or, ce mouvement littéraire de grande ampleur est à considérer comme l'héritier direct, dans le domaine artistique, du scientisme prédominant à la fin du XIXe siècle. Et de la même façon que Schnitzler regimbait vivement contre le scientisme latent de la psychanalyse, il a été amené à cultiver des formes artistiques qui se démarquent du naturalisme.

Dans les lettres allemandes, le naturalisme s'était tellement radicalisé que des notions comme le tempérament ou l'intuition apparaissaient à certains comme étant encore empreintes de métaphysique ; l'art naturaliste devait donc devenir réellement expérimental ; le réel devait parler de lui-même. On cherchait une équation, et on la trouva : K = N – X, où l'Art *(Kunst)* est égal à la Nature *(Natur)* moins le facteur subjectif de l'auteur *(X)*. La formule est d'Arno Holz (1863-1929). Pareil radicalisme suscite toutes sortes de protestations. Celle de Stefan George et de ses disciples est la plus éclatante : ils s'inspirent alors du symbolisme français (Mallarmé) et du décadentisme (Villiers de l'Isle-Adam, Huysmans). La réaction très réelle de Schnitzler contre le naturalisme n'a jamais eu, pour autant, cet aspect-là. Nulle religiosité vague chez lui ! Même à l'époque du cercle Jeune-Vienne et du Café Griensteidl, tellement moqués en 1897 par le grand fustigeur et critique Karl Kraus dans la *Littérature démolie*... Ce qui détermine surtout la critique de Schnitzler, c'est la volonté de puissance à l'œuvre dans le naturalisme, cette volonté hégémonique de « faire du sens » à tout prix. Et l'on pourrait s'amuser, en saluant la culture scientifique de Schnitzler, à retourner la formule d'Arno Holz. Pour l'écrivain viennois, K = N + X. Mais il s'agit bien d'un X, d'une inconnue. Car à ses yeux, cette subjectivité de l'artiste s'étend du conscient à l'inconscient — le conscient lui-même étant fait de *conscient* proprement dit, de *médio-conscient* (ou *conscience intermédiaire*) et de *subconscient*. Et si les récits prennent dans l'œuvre de Schnitzler de plus en plus d'importance, c'est peut-être parce qu'ils lui permettent mieux d'explorer cet X, ce vaste domaine, cette « terre étrangère ».

Ce n'est pas que son théâtre ne cherche aussi à dépasser le naturalisme, mais c'est beaucoup moins net. D'ailleurs, les metteurs en scène de l'époque tendent à monter ses pièces comme des « tranches de vie » : ainsi de *Liebelei*, de *Freiwild*, de *La Ronde*. Par là s'explique certainement l'intérêt précoce d'Antoine, à Paris, pour le *Perroquet Vert*. Malgré tout son succès, ce théâtre n'est cependant constitué que de formes, souvent petites, qui se cherchaient ; et Samuel Fischer pouvait, somme toute à juste titre, écrire le 27 novembre 1888 à l'auteur *d'Anatole* que ses petites pièces en un acte n'étaient encore à ses yeux que des « causeries dramatiques ».

Les récits en revanche présentent peut-être plus d'invention et de diversité. Ceci sans doute n'est pas une particularité d'Arthur Schnitzler, car « innombrables sont les récits du monde » (Roland Barthes). Le théâtre, malgré toutes ses variétés, correspond à une forme concrète, délimitée. Le plus étonnant chez Schnitzler, c'est qu'il a toujours su passer sans difficulté d'une forme à l'autre. Ni Stendhal ni Flaubert n'en avaient été capables, en dépit de tout leur génie. Dans l'œuvre de Schnitzler, le cas le plus évident concerne le personnage de Casanova. Le récit *(Le Retour de Casanova)* et la pièce de théâtre *(Les Sœurs ou Casanova à Spa)* sont conçus et réalisés en parallèle, durant la même période : 1908-1917. Et encore une fois, il s'agit d'une genèse très lente. Par ailleurs le *Journal* conserve la trace de certaines hésitations devant des sujets intéressants ; ainsi, pour *La Fiancée,* qui est une publication posthume, le *Journal* mentionne à la date du 14 février 1894 : « Un drame ? à travailler dans le genre monologue, comme Gustl ». On remarquera au passage qu'il s'agit d'une hésitation sur la forme d'oralité à retenir : oralité directe ou oralité écrite ?

Au total (mais le compte est difficile à arrêter, vu les nombreux fragments en tous genres, publiés peu à peu depuis les années soixante), Arthur Schnitzler aura laissé trente-cinq pièces de théâtre et cinquante-huit récits, dont au moins quatorze posthumes (c'est-à-dire près d'un quart... la proportion est importante, et témoigne en faveur de l'exigence et des scrupules de l'artiste). Il faut y ajouter trois livres à caractère réflexif : les *Aphorismes,* le *Diagramme* et son commentaire, et l'essai *Sur la paix et la guerre.* Même si l'on tient compte de l'ampleur des archives constituées par Schnitzler, l'impression prévaut que cette masse de textes n'est pas incommensurable et qu'il y a dans cet ensemble comme un principe d'organisation et une continuité vivante très perceptibles. Malgré les vicissitudes de l'Histoire, il n'y a pas eu dispersion, mais structuration progressive selon un processus organique vivant, et non systématique.

Il est par exemple frappant de constater que les recueils de nouvelles, publiés du vivant de Schnitzler, au nombre de huit, n'ont jamais donné lieu à une organisation thématique, au sens d'une recomposition. Certains ont été plusieurs fois réédités, mais sans être accompagnés d'une préface de l'auteur ; et il faut y voir une volonté délibérée. Arthur Schnitzler a toujours pensé que ses textes devaient se suffire à eux-mêmes, ou alors qu'ils étaient ratés ; c'est ce qu'il répond plusieurs fois à des lecteurs qui lui demandent, par lettre, des précisions... S'il est méthodique et collectionneur de vestiges textuels, Schnitzler n'est jamais systématique. Il est préoccupé de comprendre ce qu'il appelle plaisamment *la physiologie (et la pathologie !) du créateur littéraire,* mais il reste attaché avant tout au « merveilleux chaos de la vie » : il y a chez lui une sorte de vitalisme, soigneusement entretenu.

Chaque récit doit donc être considéré en lui-même, et fera l'objet dans cette édition d'une notice particulière et substantielle. Cependant, après les avoir tous révisés attentivement pour leur traduction française, nous sommes tentés d'en déduire une sorte de typologie pour faire ressortir la continuité de quelques grandes tendances dans un ensemble qui, autrement, risquerait de paraître un peu disparate. Nous trouvons d'ailleurs dans l'œuvre même de Schnitzler une bonne raison de le faire : ses propres réflexions sur le *Diagramme* que nous avons déjà évoqué plus haut et qui est reproduit page 41.

Schnitzler y présente vingt-deux « Formes d'esprit ». Et il précise dans son commentaire qu'il s'agit là de « Types purs » et non pas de métiers ou de fonctions comme on en rencontre dans la réalité. Ces Types purs se trouvent toujours modifiés par ce qu'il appelle les « Talents » et les « États d'âme ». Comme il prend soin de le préciser au Professeur Gundolf dès 1927, ce *Diagramme* résulte d'une longue genèse ; ce n'est pas là une fantaisie de « Sophiste » ou de « Journaliste » ! Au demeurant, Schnitzler se déclare convaincu que ces types répondent à des nécessités biologiques. On retrouve ici sa conviction qu'il existe des lois fondamentales qui répartissent entre *Dieu* et *Diable* les différentes formes d'esprit — qu'il n'y a donc aucun moyen d'y échapper vraiment : l'anatomie et l'histologie les déterminent. Ce qui peut varier, ce sont les intensités et les causes occasionnelles. Cela dit, Schnitzler s'interdit tout jugement de valeur sur les individus eux-mêmes. Mais il conçoit un *continuum* vital, déterminant l'espèce tout entière. Il y a donc chez lui la pensée d'une phylogenèse, et une distinction stricte entre « types humains » et « types inhumains ». Il est d'ailleurs intéressant de constater que Schnitzler ne manquait pas, dans des lettres ou dans son *Journal,* de se situer lui-même : il se considérait, sur le *Diagramme de l'action,* comme relevant du type « positif » *Naturforscher (Chercheur naturaliste),* doué d'un talent poétique. Les types qui lui étaient les plus antithétiques étaient le *Journalist* et le *Quacksalber (Potard alambiqueur)*... Le type le plus proche du sien, sur le *Diagramme du Verbe,* est celui de *l'Historien* (*Historiker,* l'homme du *continuum*). Il faut connaître ces schémas pour apprécier dans certains récits la valeur négative immédiatement attribuable, de façon ironique et tragi-comique, à certains personnages d'*Hommes de lettres,* d'*Aventuriers* (Casanova), de *Manipulateurs* (Erasmus), d'*Escrocs* en tous genres, mais principalement en amour. Somme toute, le monde de Schnitzler est fondamentalement orienté ; ses personnages, en dépit de subtiles différences, sont tous à situer entre *Dieu* et *Diable;* un diagnostic aigu a été porté sur eux par leur créateur ; ils n'ont pas été jugés mais pesés, et ils procèdent du « merveilleux chaos de la vie ». En même temps ils entrent tous dans des configurations artistiques finement élaborées et visant à l'unité, à l'intensité et à la continuité ; ils doivent contribuer à exercer une action apaisante sur le lecteur. Le « personnel » romanesque imaginé par Schnitzler doit remplir une fonction cathartique.

Dans ces conditions, il ne faut pas s'étonner que l'ensemble des récits comporte beaucoup de « fables » et de « paraboles ». C'est trop évident pour des textes comme *La Flûte de Pan* (1911) ou *Le Triple Avertissement* (1911). Mais peuvent entrer aussi dans cette catégorie des récits comme *L'Amérique* (1889) ou *En attendant le dieu vaquant* (1886). Ce sont des récits ludiques, quelque peu spéculatifs et par là, selon le *Diagramme* de Schnitzler lui-même, un peu en dessous de la ligne de démarcation... Ils peuvent sans doute présenter des intensités variables, mais ils sont trop ironiques pour être vraiment *humains*!

La deuxième catégorie pourrait être celle des nouvelles proprement dites, des récits racontés à la troisième personne le plus souvent, mais peut-être selon des critères moins goethéens qu'anglo-saxons : car ils jouent moins sur la construction d'une intrigue autour d'un « événement extraordinaire » que sur la suggestion d'un climat psychologique particulier (voir à ce sujet la notice sur *Le Destin du baron de Leisenbogh*, p. 789). Certains thèmes y prédominent : l'adultère et la jalousie, le monde du théâtre, les artistes dilettantes, les joueurs, les marginaux attirés par le crime. Particulièrement représentatifs de cette catégorie sont : *La Fortune* (1891), *Les morts se taisent* (1897), *Géronimo l'aveugle et son frère* (1900), *Un succès* (1900), *La Nouvelle Chanson* (1905) ou encore *Les Dernières Cartes* (1927). Dans ces récits, il y a peu de descriptions réalistes, même si la ville de Vienne y est fortement présente ; le narrateur est omniscient, mais il adopte souvent la perspective intérieure de ses personnages ; les dénouements sont ambigus, mais plutôt apaisants.

Une autre catégorie, reconnue généralement comme plus caractéristique de la manière de Schnitzler, serait celle des récits constitués à partir de prétendus carnets, de prétendus journaux intimes ou de lettres fictives. Il s'agit ici d'une stratégie narrative particulière où le lecteur est impliqué dans la résolution d'une énigme. L'ironie et le scepticisme de l'auteur s'y donnent libre carrière. La crédulité du lecteur y est vraiment mise à l'épreuve. Dans *La Danseuse grecque* (1902), le narrateur doit être démasqué comme partial et jaloux. Dans *La Prédiction* (1902), il y a comme un test ironique à l'intention du lecteur en ce qui concerne l'hypnose, ses limites, ses dangers. *Le Journal de Redegonda* (1909) pousse encore plus loin l'imbrication de la réalité et du rêve : Freud critiquait d'ailleurs cette confusion entretenue quelquefois par l'art de Schnitzler. Les récits reposant sur des lettres fictives pratiquent aussi cette ironie relativement cruelle, tragi-comique selon la terminologie de l'auteur : ainsi de *La Dernière Lettre d'Andreas Thameyer* (1902) ou de *La Dernière Lettre d'un homme de lettres* (achevé en 1917, mais publié seulement en 1932).

Comme quatrième ensemble, on serait tenté de réunir les «études» psychologiques et les récits-monologués parce qu'ils sont tous centrés sur un vécu douloureux et dramatique, sinon toujours tragique. Les principaux récits pouvant ici faire référence seraient : *Mourir* (1894), *L'Étrangère* (1902), *Le Meurtrier* (1911) et *L'Appel des ténèbres* (1931). C'est peut-être dans ces récits que la «maladie» apparaît le plus comme une métaphore du «malaise dans la civilisation». On trouve aussi dans cette catégorie les inventions formelles les plus originales avec *Le Sous-Lieutenant Gustel* (1900) et *Mademoiselle Else* (1924) : c'est là que Schnitzler pratique cette étonnante «oralité écrite» qui est d'abord constituée par la transcription d'un rythme d'échanges incessants entre *conscient* et *médio-conscient* : on est au cœur de la pensée et de l'art de Schnitzler. Nous allons y revenir.

Mais auparavant il faut indiquer comme dernière catégorie les «grandes formes», ensemble très remarquable où se retrouvent d'ailleurs, aux points stratégiques, les procédés artistiques élaborés par Schnitzler pour exprimer la psychologie la plus profonde et la plus vraie. Ici apparaissent de manière prépondérante certains types de personnages : les veuves (*Berta Garlan,* 1900 ; *Frau Beate,* 1912), ou les quasi-veuves (*La Femme du juge,* 1924) ; les médecins (*Docteur Gräsler,* 1917 ; Fridolin dans *La Nouvelle rêvée,* 1925) ; les aventuriers (*Casanova,* 1917). Nous pourrions dire que les femmes-veuves sont assez nettement orientées vers une forme d'héroïsme (alors que dans d'autres nouvelles, plutôt de la troisième catégorie, les veufs sont attirés vers le bas). Dans cet ensemble des grands récits, on dirait que les hommes sont guettés par «l'inhumanité» : selon les termes du *Diagramme,* les médecins ne sont pas du genre *Naturforscher,* mais plutôt du type *Cureton (Pfaffe),* mâtiné d'*Aventurier (Abenteurer);* même chose du reste pour le vieux Casanova, *Aventurier-Cureton* face à la sublime Marcolina. Quant aux deux romans, *Vienne au crépuscule* (1908) et *Thérèse* (1928), ce sont des « Chroniques » de la Vienne fin-de-siècle, et ils apparaissent aussi comme des anti-romans d'éducation. Ici encore, les personnages féminins sont doués d'une forme d'esprit supérieure, en tout cas positive, dans la mesure où elles se révèlent capables finalement de s'accorder à une continuité vraie de la vie et du monde : c'est Anna Rosner, autant que Georg von Wergenthin, qui prend le *chemin de la liberté* (désigné par le titre, *der Weg ins Freie*) ; c'est Thérèse la malheureuse qui réussit sa mort, une mort cathartique parce qu'elle parie sur la continuité de la vie en innocentant son fils parricide.

Que ressort-il de cette tentative de classement ? Il nous semble évident désormais que Schnitzler a composé ses récits dans l'esprit de *l'Historien-Continualiste* (selon son *Diagramme du Verbe,* p. 41), et il n'y a pas, au fond, à distinguer de périodes dans l'ensemble de son œuvre. Tout au plus pourrait-on dire qu'aux alentours de 1900 il maîtrise ses différentes « manières » — et qu'à partir de 1914, événement historique majeur, son inspiration le portera davantage vers des sujets empruntés au « monde d'hier ». Cependant, les mêmes préoccupations sont présentes chez lui du début à la fin : dénoncer les manipulateurs de toutes sortes, en exaltant les artisans et les martyrs du *continuum* vital pour l'espèce. Dans ces conditions, les amoureuses généreuses se situent sur l'axe principal de la vie : elles sont les auxiliaires les plus précieuses de l'humanité tout entière, entraînée par les *Héros* et les *Poètes*. Il faut donc rectifier ce qui, dès la publication des premiers récits, a constitué la rengaine de la critique : Arthur Schnitzler, l'écrivain viennois excellant à décrire les deux types traditionnels de la *süsse Mädel* (la gentille fille) et du *Lebemann* (le viveur). Or, disons-le tout net : le viveur nous apparaît désormais non pas comme un bon vivant, mais comme un escroc, plutôt faible, à situer dans le bas du *Diagramme de l'Action,* tandis que la gentille fille cesse d'être la grisette romantique ou la fille facile. La *süsse Mädel* est transfigurée par l'art de Schnitzler : elle incarne la force et la spontanéité, en amour. Pour lui rendre hommage, la meilleure formule pourrait être celle que, dans la pièce *Achats de Noël* (1891), Gabrielle « la mondaine » invente pour accompagner les fleurs toutes simples qu'elle fait offrir par Anatole à celle qui attend dans le faubourg : « Dites-lui : ces fleurs, ma... gentille fille, te sont adressées par quelqu'un qui sait peut-être aimer aussi bien que toi, mais qui n'en a pas eu le courage... » La *süsse Mädel* selon Schnitzler est sans doute au cœur de son œuvre, et en filigrane dans son *Diagramme,* comme une figure héroïque — si bien que l'on pourrait se demander si ces curieux losanges, auxquels il tenait tant, n'étaient pas pour lui un emblème secrètement angélique.

Devant la carrière d'Arthur Schnitzler, force est de constater qu'une extrême diversité est recherchée dans tous les domaines, à partir de quelques convictions très générales, mais indéracinables. Les *Diagrammes* en fournissent une illustration probante. Ceci vaut d'ailleurs pour l'ensemble des fictions narratives : la multiplicité des formes est mise au service d'une passion pour la psychologie, tout au long de sa vie — et le choix de l'Art, de préférence à la médecine, répond au souci d'échapper aux idées systématiques. « À la différence de l'artiste, il [le dilettante] oublie que *l'idée* n'est qu'une condition nécessaire, et souvent rien d'autre aussi qu'une tentation pouvant conduire à la chute. L'important sera toujours de connaître les *possibilités* de développement contenues dans une idée ; de sentir le moment où il convient de transformer l'une de ces possibilités en *réalité.* » Ce petit morceau d'*Aphorisme* mériterait d'amples commentaires pour montrer comment Schnitzler s'inscrit effectivement dans une longue tradition de réflexion esthétique qui remonte sans doute aux Grecs, en passant par Goethe et Hegel. Mais Schnitzler se garde absolument d'être un théoricien. Son « vitalisme » appartient sans doute à l'idéologie dominante chez les grands créateurs de son temps ; mais à la différence de Hofmannsthal ou de Rilke, ou même de Musil, il n'y a chez lui aucune tendance au « mysticisme », sauf peut-être dans quelques « paraboles », qui ne sont pas ce qu'il a fait de meilleur.

En revanche, *Le Sous-Lieutenant Gustel* et *Mademoiselle Else* s'imposent aujourd'hui comme ses créatures les plus originales. Publiées à vingt-quatre ans de distance, les deux nouvelles constituent comme deux phares dans l'œuvre de Schnitzler.

Le 25 décembre 1900, lorsque la *Neue Freie Presse* « offre » *Le Sous-Lieutenant Gustel* à son public libéral, Arthur Schnitzler est déjà un dramaturge célèbre, connaissant toutes les ressources de son art, et il peut aller assez tranquillement au-devant des scandales. Il vient d'éditer *La Ronde,* à deux cents exemplaires seulement et hors commerce ; la même année, il a achevé *Berta Garlan* et *Géronimo l'aveugle* ; l'Histoire, comme matière d'art, ne l'a encore inspiré que pour le théâtre, mais dans un mouvement parfaitement accordé à ses préoccupations psychologiques : *Au perroquet vert* (1898), *Paracelse* (1898), *Le Voile de Béatrice*

(1899). Cependant c'est avec la nouvelle du sous-lieutenant que Schnitzler prend place dans la grande création romanesque à côté de Flaubert, de Dostoïevski et de Joyce, de Proust et de Faulkner... et principalement grâce à sa maîtrise du monologue intérieur direct. Cette forme d'écriture ne doit d'ailleurs pas être séparée de tous les procédés stylistiques qui recherchent l'expressivité à partir des échanges constants, et très incertains, entre conscient et subconscient, entre paroles et actions, entre identités vraies et déterminations extérieures. Arthur Schnitzler a remarquablement joué des différents procédés qui visent à faire entendre *et* voir — voir *et* entendre — les sous-conversations, les pensées intimes mal formulées, toutes ces bulles de langage dans nos vies, qui traversent physiquement les surfaces successives de l'intimité, en glougloutant... Un dindon, Gustl?

Dans une lettre à son ami et aîné de vingt ans, Georg Brandes (le 11 juin 1901), Arthur Schnitzler a reconnu sa dette envers Edouard Dujardin, l'auteur très wagnérien-français du petit roman *Les lauriers sont coupés* (qu'il a sans doute lu dans l'édition de 1897, lors de son voyage à Paris avec Marie Reinhard). Mais le Viennois fait aussitôt remarquer au Danois que le Français n'a pas trouvé le bon sujet pour cette forme. Dujardin en effet a composé un texte très précieux, très mallarméen, plutôt virtuose; sans doute est-il écrit «en hommage au suprême romancier d'âmes, Racine», mais on le lit aujourd'hui comme relevant plus du «décadentisme», esthétisant et symboliste, que d'une investigation profonde dans la pénombre de la psychologie humaine. En revanche, *Le Sous-Lieutenant Gustel* a beaucoup plus d'épaisseur, parce que l'intention de l'écrivain y est moins ludique que morale, et que ce récit est inspiré par la réalité sociale la plus frémissante : encore une fois, la création artistique de Schnitzler se révèle orientée au fond par la recherche de la vérité. «Poésie et vérité» pourrait être une de ses devises, s'il n'était l'ennemi déclaré de tous les étendards. En tout cas, la force de cette nouvelle, c'est de présenter le jeu de toutes les surfaces d'un piètre personnage, d'un escroc entre vie et mort : nous serions tentés de dire que c'est du «cubisme littéraire». Dans le carnaval viennois de 1900, l'officier fantoche trahit en fait, par tous ses rapiéçages, les mascarades odieuses, laides et criminelles — c'est du grand art... et ce fut un beau scandale!

Mademoiselle Else est une création du même ordre. Pourtant, si l'on nous permet ce jugement artistique, c'est plus pathétique, mais moins fort que *Le Sous-Lieutenant Gustel*. Non pas qu'Else soit un personnage moins présent, moins complexe que l'officier ; d'ailleurs, moralement, elle est admirable parce qu'elle voit toutes les contradictions de sa situation et que pourtant elle choisit, passe à l'acte. Else est tragique, quand Gustl est tragi-comique. Son héroïsme est des plus *humains,* au-dessus de la ligne de démarcation du *Diagramme.* Else est aussi une figure neuve en ce qu'elle correspond bien au type supérieur du narcissisme, tel que Lou Andreas-Salomé a pu le présenter. C'est aussi le désir de la vraie vie qui court, comme d'une source jaillissante, dans le monologue de la jeune fille, alors que celui du sous-lieutenant révélait le comble du vide. Cependant *Mademoiselle Else* appartient au versant nostalgique de l'œuvre de Schnitzler. L'action est censée se dérouler le 3 septembre 1896, avant même l'époque de Gustl. Par ailleurs les exemples musicaux, dont l'idée provient aussi du récit de Dujardin, sont habilement insérés dans l'intrigue ; ce sont trois passages du *Carnaval* de Robert Schumann, ce compositeur romantique si attaché à la métaphore poétique dans la musique ; ils tendent ainsi à associer l'écriture poétique et musicale (voir la notice, dans le volume II). Pourtant, comment ne pas voir qu'ils ne constituent malgré tout qu'une illustration ingénieuse ? Or, si dans *Le Sous-Lieutenant Gustel* aussi, nous entendions *et* voyions une voix intérieure, elle était plus grise, moins affectée, plus vraie.

Dans ces deux récits-monologués, Arthur Schnitzler a trouvé une forme d'*oralité écrite,* virtuose sans être ludique parce qu'elle était profondément accordée à ses connaissances médicales de la psychologie humaine. Cette « oralité écrite » correspond aussi à une recherche prometteuse, car ce n'est pas pour déclarer que « l'Homme est mort » ou que « le Moi est irrécupérable » : c'est plutôt pour affirmer qu'il existe des continuités complexes et mystérieuses, qui sont bonnes à connaître parce qu'elles inscrivent l'individu dans le devenir de l'espèce. C'est aussi pour affirmer distinctement que nous vivons tant que nous disposons d'une voix intérieure — et c'est elle que l'artiste cherche à nous faire reconnaître, sans métaphore, sans rupture, sans pornographie. Le corps, le langage, la pensée, le désir se mettent à « jouer » entre eux, dans la proximité de différentes actions comme manger, déambuler, parler, aimer... Ce sont comme des strates qui interfèrent constamment, et la création artistique les rend toutes perceptibles, et compatibles — c'est d'ailleurs le creuset de son expressivité. Dans le style d'Arthur Schnitzler, discret et plein d'humour, les mots s'arrondissent pour crever les multiples surfaces ; ils sont à *voir,* autant qu'à entendre : nous pensons ici à l'importance graphique, mal reconnue encore, des signes de ponctuation très nombreux et qui contribuent fortement à constituer cette « oralité écrite », que nous appelons « indirecte ». Si la mise en théâtre peut paraître séduisante, c'en est déjà une réduction, une trahison. *Le Sous-Lieutenant Gustel* ou *Mademoiselle Else* peuvent être aussi brillamment mis en scène que *L'Expulsé* de Beckett, que *Molly Bloom* de Joyce ou que *La Servante Zerline* de Broch... Mais « l'oralité écrite » de tous ces grands textes peut très bien résonner sans intermédiaire, avec peut-être une légère subvocalisation, ce frottement qui ralentit juste un peu la lecture des yeux, parfois trop rapide... « Chaque époque donne naissance à un procédé littéraire, pratiqué aussi avec plus ou moins d'adresse par les talents mineurs, et qui parodie malgré lui le style de cette époque », écrit Schnitzler dans un *Aphorisme*. Le monologue intérieur direct est un procédé littéraire inventé au tournant du siècle, en Europe ; et Arthur Schnitzler l'a pratiqué immédiatement, dans un style qu'on pourrait dire classique, sans maniérisme.

On voit combien l'art pour Schnitzler, même dans ses formes les plus originales, cherche à être apaisant, plein d'humour et cathartique. Les critères en sont constamment rappelés : unité, intensité, nécessité, continuité ; méfiance à l'égard de l'enthousiasme ; recherche de la vérité. Toutes ces exigences sont d'ailleurs résumées dans un *Aphorisme :* « Être artiste : savoir polir les surfaces rugueuses de la réalité jusqu'à ce qu'elles reflètent l'infini, de l'empyrée jusqu'aux profondeurs de l'enfer. » Et ce travail de polissage suggère que les intuitions les plus géniales, les plus brutales aussi, valent moins que ce reflet idéal dont la recherche est entretenue, de génération en génération, et selon une continuité mystérieuse.

Mais il ne s'agit pas d'une transmission de maître à disciple. Certains *Aphorismes* expriment une suspicion très grande vis-à-vis de ce genre de relation qui favoriserait plutôt une complaisance coupable à l'égard de ses propres faiblesses. Dans les Index des noms propres pour le *Journal* ou la *Correspondance* ne s'impose aucun grand modèle de référence. De toute façon, les anciens y sont beaucoup moins nommés que les contemporains : Hofmannsthal, Beer-Hoffmann ou Salten, beaucoup plus souvent que Goethe ou Heine ; très peu d'étrangers, Shakespeare constituant une exception remarquable. On dirait que Schnitzler n'a pas eu besoin de Pères en littérature (à part peut-être Georg Brandes), mais qu'en revanche il a toujours eu le souci de se mesurer à ses Pairs. L'essentiel pour lui était de s'écrier : « Surtout, pas un mot, cher auteur ! —

pas de réponse ! La seule que tu puisses opposer à toutes les attaques, tu l'as déjà donnée : — *ton* œuvre. Si elle dure, tu as eu raison. » ... Rempli d'une telle conviction, Arthur Schnitzler mérite vraiment, nous semble-t-il, plus que tout autre d'être appelé un « classique moderne ».

Brigitte Vergne-Cain et Gérard Rudent
Parly, 1993.

À PROPOS DE TRADUCTION...

Pour un écrivain si attaché à un idéal d'art classique, les considérations de Goethe concernant les traductions sont sans doute particulièrement indiquées... Elles se trouvent dans les notes, rédigées en forme de petits essais, à la suite des poèmes du *Divan Ouest-oriental*, l'une des œuvres qui témoignent sans doute avec un éclat très vif en faveur de la « Weltliteratur » (littérature du monde entier). Désireux de faire passer en Occident la poésie la plus raffinée et la plus exotique, le Sage de Weimar suggère avec un humour souverain qu'il existe trois types de traduction, qui peuvent exister en même temps et avoir chacun des qualités incontestables. Le premier type correspond à la traduction *élémentaire et prosaïque*, qui a le grand mérite de « nous apporter l'étranger au milieu de notre vie quotidienne » ; la traduction de la Bible par Luther en étant le plus bel exemple. Le deuxième type est ce que Goethe nomme la traduction « parodique, au sens le plus propre du terme » : une traduction qui se place « à côté du chant » ; c'est la plus flatteuse, la plus paraphrastique, la plus exubérante (au sens de trop prolixe, comparé à l'original) ; c'est aussi, dit Goethe, celle que les Français préfèrent et il nomme comme le maître du genre l'abbé Jacques Delille (1738-1813), celui-là même que Victor Hugo, dans la *Préface de Cromwell*, désigne comme « le père d'une prétendue école d'élégance et de bon goût » ; pour les Allemands, ce serait plutôt Christoph Wieland (1733-1813). Quant au troisième type, c'est la traduction qui « conserve l'étranger comme tel, en renonçant parfois à l'originalité de sa propre nation » ; mais c'est celle qui permet d'accéder à l'essentiel de l'œuvre étrangère. Goethe nomme alors comme modèle Johann Heinrich Voss (1751-1826), pour ses traductions de *l'Odyssée*, de *l'Iliade* et des *Géorgiques*.

C'est dans cet esprit, avouons-le, que nous avons révisé pour cet ouvrage les traductions des récits de Schnitzler, parce que nous avons reconnu en eux une véritable exigence artistique, « poétique ». Et en touchant au terme de ce long travail, nous devons constater qu'il aurait fallu un peu plus d'audace encore : par exemple pour conserver telle quelle la ponctuation d'Arthur Schnitzler, lui qui écrivait, dictait, relisait sans relâche ses textes avant de les livrer à son éditeur ! Nous confessons avoir pratiqué à cet égard quelques menues transpositions... En revanche, nous nous sommes appliqués à restituer les paragraphes, le découpage des chapitres et des dialogues conformément aux textes originaux. Nous nous sommes acharnés à respecter les rythmes des phrases de Schnitzler, fort variés d'un récit à l'autre ou à l'intérieur d'un même récit. Il ne nous échappe pas que nous serons allés quelquefois contre le goût français qui, comme le disait déjà Goethe, préfère les traductions parodiques... « avec leurs fruits acclimatés à [nos] terroirs, qu'il s'agisse des mots, des idées, ou même des objets désignés par le texte ». Mais nous n'avons pas voulu que les voix intérieures de Schnitzler se mettent à chanter... à côté ! Nous ne prétendons pas pour autant avoir fait mieux que nos prédécesseurs ; nous avons cherché à faciliter d'une autre façon un rapprochement des langues et des cultures, en conservant à ces récits leur réelle singularité.

À l'évidence, ce n'est pas ce que recherchait Suzanne Clauser, alias Dominique Auclères, que l'on pourrait désigner comme « la traductrice historique » de Schnitzler en français. Pour une très grande partie de l'œuvre, elle a réalisé avec brio des traductions du type « parodique ». Nous les avons en général révisées dans la perspective du troisième type défini par Goethe. Il n'y a que pour *Thérèse* (voir le second volume de cette édition) qu'une telle reprise s'est avérée impossible. Nous disposions par ailleurs de traductions nouvelles, destinées à des publications bilingues, pour *Le Sous-Lieutenant Gustel, Mademoiselle Else, La Nouvelle rêvée* et *Le Témoin*. Cela n'est pas tout à fait un hasard, car ces récits représentent sans doute dans l'œuvre l'écriture narrative la plus originale, comme nous l'avons déjà suggéré.

Mais que l'on ne se méprenne pas : nous n'entendons censurer aucune traduction. Nous sommes simplement persuadés, à la suite de Goethe, de Nerval, de Heidegger, de Mounin, que traduire est un travail collectif, qui se poursuit de génération en génération de lecteurs et de liseurs. Les traductions de Dominique Auclères représentent une étape précieuse pour la diffusion de l'œuvre dans les pays francophones. Et de même que nous avons salué ailleurs le travail irremplaçable d'Alexandre Vialatte pour Kafka ou d'Alzir Hella pour Stefan Zweig, nous ne manquerons pas de saluer l'enthousiasme de Suzanne Clauser.

À l'automne de 1928, quand elle obtient un rendez-vous chez Arthur Schnitzler pour lui présenter une ébauche de sa traduction de la nouvelle *Blumen (Fleurs)*, ce n'est pas un travail de commande, c'est une passion qui s'affirme. Suzanne Clauser a admiré et aimé Arthur Schnitzler, qui le lui a bien rendu. Pendant les trois dernières années de sa vie, il a été généreusement épris de sa traductrice en français. Suzanne Clauser est un écrivain moderne, du type *Journalist*, pour reprendre une catégorie du *Diagramme* de 1927 ; mais elle a mené cette carrière avec une énergie et une intensité qu'Arthur Schnitzler approuvait totalement, puisqu'il lui a donné « plein pouvoir » (sic) pour le traduire en français, et, par testament, tous les droits sur l'exploitation commerciale de son œuvre dans notre langue. C'est sans doute pourquoi Dominique Auclères a eu tendance à annexer un peu « son poète » — et ce jusqu'à sa propre mort, en octobre 1981.

Suzanne Clauser (née von Adler en 1898, à Vienne) était fille d'un banquier possédant petits châteaux en Autriche et en France, et elle épousa par la suite un banquier. Elle fut toujours d'une discrétion raffinée quant à son amour pour Schnitzler. Elle était bilingue. Cependant, à comparer ses traductions aux textes originaux, on reste souvent plus que perplexe devant des transpositions peu convaincantes et maintes simplifications injustifiées[1]... Mais il faut comprendre le parti qu'elle avait adopté : écrire des traductions parodiques, bien dans le goût français. Nous avons tenté autre chose, et nous espérons n'avoir pas tout à fait démérité, ni de Voss — ni de Goethe !

B. V.-C. et G. R.

---

1. Voir l'article (en allemand) d'Elsbeth Dangel : *La misère de la traduction. Remarques sur les traductions de Schnitzler par Dominique Auclères,* Modern Austrian Literature, vol. 17, n° 1, 1984.

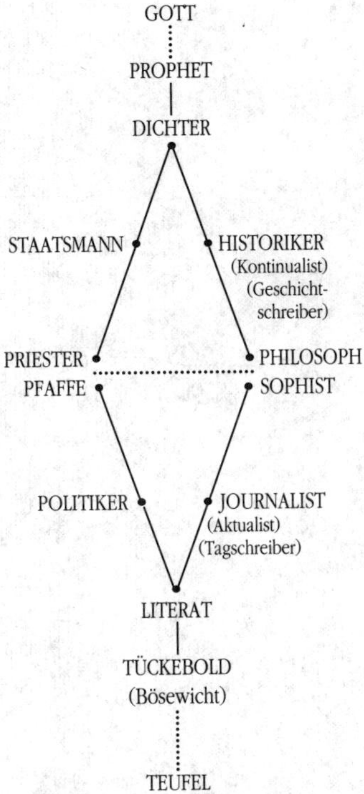

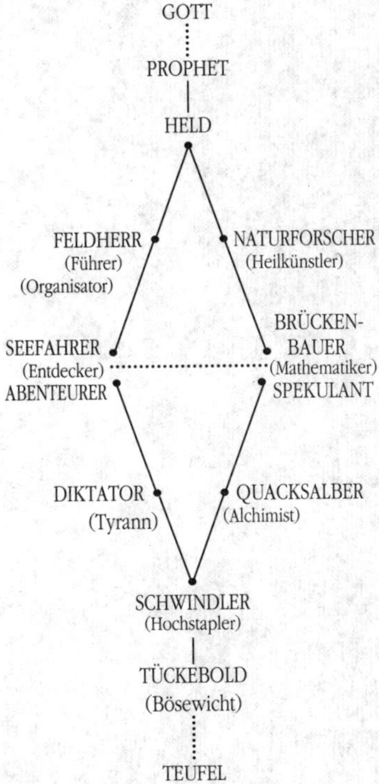

L'ESPRIT DANS LE VERBE : Gott : *Dieu* - Prophet : *Prophète* - Dichter : *Poète* - Staatsmann : *Homme d'État* - Priester : *Prêtre* - Pfaffe : *Cureton* - Politiker : *Politicien* - Literat : *Homme de lettres* - Tückebold (Bösewicht) : *Perfide (Scélérat)* - Teufel : *Diable.*
Journalist (Aktualist) (Tagschreiber) : *Journaliste (dans l'actualité) (Plumitif au jour le jour)* - *Sophiste* - *Philosophe* - Historiker (Kontinualist) (Geschichtsschreiber) : *Historien (dans la continuité) (Historiographe).*

L'ESPRIT DANS L'ACTION : Gott - Prophet - Held : *Héros* - Feldherr (Führer) (Organisator) : *Grand capitaine (Chef) (Stratège)* - Seefahrer (Entdecker) : *Navigateur (Explorateur)* - Abenteurer : *Aventurier* - *Dictateur (Tyran)* - Schwindler (Hochstapler) : *Imposteur (Escroc)* - Tückebold (Bösewicht) : *Perfide (Scélérat)* - Teufel : *Diable.*
Quacksalber (Alchimist) : *Potard alambiqueur (Alchimiste)* - Spekulant : *Spéculateur* - Brückenbauer (Mathematiker) : *Constructeur de pont (Mathématicien)* - Naturforscher (Heilkünstler) : *Chercheur naturaliste (Grand Médecin).*

N.B. — Il faut en outre signaler au lecteur français que Schnitzler a choisi des termes souvent anciens, parce qu'il veut désigner des «types purs» et non pas des professions en usage. Par exemple, *Heilkünstler* (formé sur *die Heilkunst,* littéralement «l'art de guérir», pour *die Medizin*) et non *Mediziner* ou *Arzt,* mots habituels pour «médecin».

in : *Aphorismen und Fragmente*
1967, Fischer Verlag, Herausgegeben von Robert O. Weiss (rééd. 1993,
et *La Transparence impossible* (Petite Bibliothèque Rivages, 1990).

LA RONDE

Dix dialogues

Dans un tout récent ouvrage publié sur La Ronde *(en juin 1993), on affirme qu'il n'y a pas dans la littérature mondiale d'œuvre dramatique qui ait donné lieu à un tel scandale international. Cela tient au théâtre, à la sexualité, à la simplicité subtile des dix variations sur le même thème, universel et banal, du* coïtus humanissimus… *Cela tient aussi à l'époque : la fin des empires et la montée des totalitarismes populaires. Tout était donc réuni pour que ce chef-d'œuvre, en réalité classique, fût perçu comme apocalyptique.*

Le 23 novembre 1896, Arthur Schnitzler note dans son Journal *: « Commencé un hémicycle de dix dialogues ». À notre connaissance, personne n'a encore commenté l'usage original que l'écrivain fait ici du mot « Hemicyklus » ; il s'agit sans doute d'un demi-cycle par référence au cycle intitulé* Anatole, *donc d'une forme encore plus brève, plus raffinée, encore plus « Jugendstil ». Mais le mot grec dessinait aussi comme une configuration : le poète au centre de l'*orchestra, *et ses personnages devant lui. Ce bizarre mot qui s'impose à Schnitzler suggère la vision du déploiement, nécessaire et précieux, d'une œuvre d'art digne de ce nom — le public étant des plus virtuels.*

Le 24 février 1897 : « terminé La Ronde d'amour » (Liebesreigen). *Ce constat est confirmé, deux jours plus tard, par une lettre à Olga Waissnix : « De tout l'hiver, je n'ai écrit qu'une suite de scènes qui est parfaitement impubliable et sans grande portée littéraire, mais qui, si on l'exhume dans quelques centaines d'années, jettera sans doute un jour singulier sur certains aspects de notre civilisation. » Le scandale de* La Ronde *ne faisait que commencer.*

Pour Arthur Schnitzler, le contexte affectif se reconstitue aisément à partir du Journal *et de la* Correspondance *: au milieu de toute sa gloire naissante, c'est la permanence des amitiés dans le groupe Jung-Wien, et* *de l'attachement platonique à Olga Waissnix qui n'a plus que quelques mois à vivre ; c'est la passion toujours renaissante pour Marie Glümer — c'est aussi la pleine saison de l'amour pour Marie Reinhard ; c'est la rencontre décisive avec Alfred Kerr, critique très influent ; c'est aussi l'amitié avec Paul Goldmann, journaliste dreyfusard installé à Paris et qui a un duel avec Lucien Millevoye, un des chefs du mouvement boulangiste puis nationaliste.*

« Avec ce qu'il y a en moi, continue-t-il dans la même lettre à Olga Waissnix, quelqu'un qui aurait plus que moi la force de mettre les choses en forme et qui aurait plus que moi l'effronterie de la vie, produirait des œuvres de première valeur. Mais je n'y réussirai jamais. » Avec La Ronde, *Schnitzler a voulu relever le défi qu'il se lançait à lui-même : mise en forme raffinée et effronterie de la vie plus insolente que jamais.*

Sur toute l'affaire de La Ronde *viennent d'être publiés en Allemagne deux volumes d'analyses et de documents (Pfoser / Schnevig / Renner :* 1. Der Skandal, 2. Die Prozesse, *Fischer Taschenbuch Verlag 1993). Au-dessus du taillis des pièces d'archives, ils font apparaître combien les dix dialogues peaufinés par Schnitzler appartiennent à l'Histoire — le paradoxe le plus troublant étant qu'une œuvre de facture aussi classique, aussi « inactuelle » pourrait-on dire, se soit retrouvée pendant un quart de siècle au cœur d'une agitation politique et sociale gravissime. Telle est parfois la force « événementielle » d'une œuvre classique !*

On peut sans doute distinguer deux moments principaux : la publication du texte en 1900, et les premières mises en scène (23 décembre 1920 à Berlin, et 1er février 1921 à Vienne). Ici encore il ne faudrait pas méconnaître combien Schnitzler est un génie de la continuité : il n'a jamais oublié son œuvre dans un tiroir ; il a toujours cherché à la faire connaître, mais en tant qu'œuvre d'art à part entière, et non comme « Trivialliteratur », ni comme obscène et badine pornographie.

Les lettres à Otto Brahm (le directeur du Deutsches Theater, *puis du* Lessing-Theater *de Berlin) et à l'éditeur Samuel Fischer montrent clairement que Schnitzler est conscient que les diverses censures, ici et là, en ces temps d'empires autoritaires, ne laisseront jamais passer son texte. Et c'est Alfred Kerr, consulté lui aussi, qui lui suggère de modifier le titre de* Liebesreigen *en* Reigen. *D'ailleurs, Schnitzler n'acceptera jamais d'autre modification ! Cette préparation minutieuse aboutit à une étrange publication en 1900 : deux cents exemplaires hors commerce « imprimés comme manuscrit », comme si l'auteur faisait un cadeau à ses amis. Contrairement à son habitude, Schnitzler gratifie aussi ses lecteurs d'une brève préface ; il y déclare qu'« une publication des scènes suivantes est exclue pour l'instant », mais se dit convaincu de « leur valeur en dehors du fait que leur sujet et les critères en vigueur semblent en interdire la parution », étant donné « la sottise et la malignité ambiantes ».*

Samuel Fischer ne se décidera à éditer La Ronde *qu'en 1931 ! Entretemps, 100 000 exemplaires auront déjà été publiés, en Autriche, avec des péripéties éditoriales très compliquées. La première édition « publique » est de 1903, au* Wiener Verlag *(petite maison, fondée en 1899) : c'est un livre élégant avec des éléments décoratifs, plutôt floraux, de Berthold Löffler, sans rien de canaille — à la différence des illustrations de Stefan Eggeler pour l'édition de 1921, qui multiplient les femmes plus ou moins dénudées, à la différence aussi des gravures de William Hogarth (*Before *and* After, *1730), souvent citées comme une des sources possibles de* La Ronde.

La qualité du texte de Schnitzler est réelle : on a depuis longtemps remarqué qu'un réseau serré d'échos et d'allusions rieuses se tissait d'un dialogue à l'autre ; que les personnages sont désignés comme des « types » semblant appartenir déjà à l'expressionnisme ; que les différents niveaux de langue sont marqués avec une subtilité toujours saluée par la critique ; que la topographie des arrondissements viennois est indiquée dans sa valeur symbolique ; que maintes répliques jouent avec des citations plus ou moins célèbres. Tout montre qu'une exigence poétique s'efforçait de servir la vérité. Arthur Schnitzler a toujours recherché le metteur en scène exceptionnel qui pourrait faire valoir ces dialogues au-delà des effets scandaleux. C'est pourquoi il fut vivement intéressé par la proposition de Gustav Meyrink, projetant un spectacle de marionnettes, et plus encore par les offres réitérées de Max Reinhardt. Il fallait en effet une mise en scène « poétique » qui dépassât le naturalisme de la « tranche de vie ». Malheureusement, il en fut tout autrement ; à chaque fois la société déréglée pervertit le spectacle (et même le grand film de Max Ophüls ne va pas assez loin dans la « poésie »). La comédie plutôt optimiste de Schnitzler fut régulièrement dénoncée, à droite comme une indécence pornographique, et interprétée à gauche comme une « danse macabre » moderne, consacrant l'égalité de tous devant le sexe. Nous pensons au contraire que la vis comica *de Schnitzler a toujours été méconnue. Il faudrait reprendre au pied de la lettre le premier titre de* Liebesreigen — Ronde d'amour… *comme danse de vie — et non pas danse de mort.*

En 1921, après la première mondiale, à Berlin, il y eut deux procès : du 3 au 6 janvier, et du 5 au 8 novembre. À chaque fois, les accusés (direction du théâtre, metteur en scène et acteurs) furent acquittés. Le premier procès ressemble beaucoup à une intrigue administrative, menée au nom de la morale. Le second apparaît nettement plus sinistre : orchestré par Karl Brunner, le procureur en bottes de cuir, protecteur de la moralité publique, ancien censeur impérial désormais au cœur de l'agitation démagogique et puritaine, exploitant toutes les angoisses liées à la sexualité. On croirait déjà entendre les accusations contre « l'art dégénéré », contre les « cochonneries juives », et toutes les litanies débiles et sinistres des autodafés ultérieurs : « Contre la surestimation de la vie sexuelle, corruptrice des esprits ! Pour l'ennoblissement de l'âme humaine !... Je livre à la flamme La Ronde *d'Arthur Schnitzler »...*

Dans le Berlin de la République de Weimar, l'ex-censeur impérial avait pu continuer sa tâche au ministère de la Culture ! À Vienne, la République avait aboli toute forme de censure ; mais cela n'empêcha pas les ligues nationalistes, fidèles à l'idéal monarchiste, de multiplier leurs attaques et leurs provocations (notamment dans de violents articles de presse). Il faut signaler que c'est l'une de leurs émeutes, le 17 février 1921 au « Deutsches Volkstheater » où se donnait La Ronde, *qui relança, à Berlin, l'agitation des « anti-Rondistes ». À Vienne,* La Ronde *fut interdite pour un an.*

Le soir de l'émeute, Arthur Schnitzler ne s'était pas dérobé ; il était dans les coulisses, prêt à résister physiquement auprès des comédiens. Dans son Journal, *il note beaucoup plus de détails qu'à son ordinaire : les bombes puantes, le goudron ; le public attaqué doit se réfugier sur le plateau ; on baisse le rideau de fer ; on se défend avec les lances d'incendie. Il tient à noter encore que parmi les vingt personnes arrêtées il y avait deux étudiants en lettres...*

Malgré tout son courage, il eut la lucidité politique de ne plus fournir de prétexte commode aux nationalistes antisémites : et il n'autorisa plus la représentation de sa pièce. On n'a pas retrouvé de document formel — pour ne négliger aucune possibilité, sans doute... Mais l'injonction orale à son fils a dû être des plus nettes ; car Heinrich Schnitzler, lui-même acteur et metteur en scène, attendit 1981 (année où La Ronde *tombait dans le domaine public en Suisse) pour autoriser de nouveau les « dix dialogues écrits pendant l'hiver 1896-1897 ».*

Aujourd'hui, La Ronde *peut donc continuer d'être « inactuelle », et rester « intempestive » !*

Personnages [1]

La fille
Le soldat
La femme de chambre
Le jeune monsieur
La jeune dame
L'époux
La grisette
Le poète
L'actrice
Le comte

I

LA FILLE ET LE SOLDAT

Tard le soir. Près du pont du Jardin d'Augarten[1]*, au bord du Danube.*

LE SOLDAT, *arrive en sifflant, il rentre au quartier.*

LA FILLE : Tu viens, mon bel ange?

LE SOLDAT, *se retourne et continue son chemin.*

LA FILLE : Tu ne veux pas venir avec moi?

LE SOLDAT : Ah! c'est moi, le bel ange?

LA FILLE : Bien sûr, qui d'autre?... Viens chez moi, dis, j'habite tout près.

LE SOLDAT : J'ai pas le temps. Il faut que je rentre à la caserne[2].

LA FILLE : T'as bien le temps d'y être, à la caserne! Il fait meilleur chez moi.

LE SOLDAT, *se rapprochant d'elle* : Ça, c'est possible!

LA FILLE : Chut! Il peut toujours arriver un flic...

LE SOLDAT : Tu veux rire! Un flic! Moi aussi, j'ai mon arme.

LA FILLE : Allez, viens avec moi.

LE SOLDAT : Laisse-moi tranquille! De toute façon, j'ai pas d'argent.

LA FILLE : J'ai pas besoin d'argent.

LE SOLDAT *s'arrête. Ils sont près d'un réverbère* : T'as pas besoin d'argent? T'es donc une princesse?...

LA FILLE : Chez moi, c'est les civils qui casquent. Pour un gars comme toi, c'est toujours à l'œil.

LE SOLDAT : Alors t'es peut-être bien celle dont Huber m'a parlé?

LA FILLE : Je connais pas de Huber.

LE SOLDAT : Sûrement que c'est toi. Tu sais bien — au café, dans la *Schiffgasse*[1] —, et vous avez filé chez toi.

LA FILLE : Il y en a tant que j'ai ramené du café... oh là là !

LE SOLDAT : Alors, on y va ? Allons-y !

LA FILLE : Quoi, t'es pressé maintenant?

LE SOLDAT : Ben, qu'est-ce qu'on attend? Et puis, à dix heures, il faut que je sois à la caserne.

LA FILLE : Y a longtemps que t'es dans l'armée?

LE SOLDAT : Qu'est-ce que ça peut bien te faire? T'habites loin?

LA FILLE : Dix minutes de marche.

LE SOLDAT : C'est trop loin pour moi. Donne-moi un bisou.

LA FILLE, *l'embrassant* : Toute façon, c'est ce que je préfère, quand j'ai un béguin pour quelqu'un.

LE SOLDAT : Pas moi. Décidément, je ne t'accompagne pas, c'est trop loin pour moi !

LA FILLE : Tiens, tu devrais venir demain après-midi...

LE SOLDAT : Entendu. Donne-moi ton adresse.

LA FILLE : Mais si ça se trouve, après tu viendras pas.

LE SOLDAT : Puisque je te le dis !

LA FILLE : Tiens, tu ne sais pas?... Si tu trouves que c'est trop loin ce soir, de venir chez moi... par là... par là... *Montrant le Danube*[2].

LE SOLDAT : Où ça, là ?

LA FILLE : On y est bien tranquille aussi... Il ne passe pas un chat à cette heure.

LE SOLDAT : Bah ! ça ne me dit guère.

LA FILLE : Moi, ça me dit toujours... Allez, reste avec moi ! Qui sait si demain on sera encore en vie !

LE SOLDAT : Alors viens... mais vite !

LA FILLE : Attention, c'est qu'il fait noir. Si tu fais un faux pas, tu te fiches dans le Danube.

LE SOLDAT : Toute façon, ça serait le mieux !

LA FILLE : Chut !... Attends encore un peu. On va trouver un banc là, tout près.

LE SOLDAT : On dirait que tu connais le coin, par ici !

LA FILLE : C'est un type comme toi que je voudrais pour ami !

LE SOLDAT : Je serais bien trop jaloux pour toi !

LA FILLE : Je me chargerais de te faire passer ça.

LE SOLDAT : Ha !...

LA FILLE : Pas si fort! Tout de même, un flic pourrait s'égarer par ici. Dire qu'on est en plein Vienne, c'est pas croyable, non?

LE SOLDAT : Allez, viens là.

LA FILLE : Mais qu'est-ce qui te prend? Si nous glissons, nous roulons dans le fleuve.

LE SOLDAT, *se jetant sur elle* : Ah! tu...

LA FILLE : Surtout, cramponne-toi bien.

LE SOLDAT : Aie pas peur...

. . . .

LA FILLE : Sur le banc, ç'aurait été plus commode.

LE SOLDAT : Ici ou là... Allons, remonte, grouille!

LA FILLE : Qu'est-ce que t'as à courir comme ça...?

LE SOLDAT : Faut que je rentre... Toute façon, je suis déjà en retard.

LA FILLE : Dis donc, comment t'appelles-tu?

LE SOLDAT : Qu'est-ce que ça peut bien te faire, comment je m'appelle?

LA FILLE : Moi, je m'appelle Léocadia.

LE SOLDAT : Oh!... Jamais entendu un nom pareil!

LA FILLE : Dis?

LE SOLDAT : Ben quoi?

LA FILLE : Tu me donneras tout de même bien dix balles pour ma chambre?

LE SOLDAT : Non, mais!... tu me prends peut-être pour un micheton? Bonjour chez toi, Léocadia!

LA FILLE : Marlou! Voyou!

Il a disparu.

II

LE SOLDAT ET LA FEMME DE CHAMBRE

Au Prater[1]*. Un dimanche soir.*

Un chemin qui mène du Wurstelprater[2] *aux allées sombres. On entend encore les échos de la musique et les flonflons de la Fünfkreuzertanz*[3]*, une polka assez vulgaire, jouée par des instruments à vent.*

La femme de chambre : Alors, dites-moi enfin pourquoi vous avez voulu partir si tôt !

Le soldat *rit d'un air embarrassé et niais.*

La femme de chambre : On s'amusait si bien. J'aime tant danser !

Le soldat *la prend par la taille.*

La femme de chambre, *le laissant faire* : Pourquoi me serrez-vous comme ça, puisque nous ne dansons plus ?

Le soldat : Comment vous appelez-vous ? Kathi ?

La femme de chambre : Vous avez toujours une Kathi dans la tête...

Le soldat : Ah oui... je sais... Marie !

La femme de chambre : Dites, il fait bien noir ici... ça me fait peur, à moi.

Le soldat : Faut pas avoir peur quand je suis avec vous !... Heureusement qu'on est là, nous autres !

La femme de chambre : Mais, où c'qu'on arrive par là ? Il n'y a plus personne. Allez, retournons... Ce qu'il fait noir !

Le soldat *tirant sur son cigare dont le bout devient tout rouge* : Voilà qu'il fait déjà plus clair ! Ha ha ! C'est toi, ma poulette !

La femme de chambre : Mais qu'est-ce que vous faites là ? Si j'avais su ça...

Le soldat : Parole d'honneur, il n'y en avait pas une plus chouette que vous, ce soir, chez Swoboda, mam'selle Marie !

La femme de chambre : Vous les avez donc toutes tâtées ?

Le soldat : On sent ça, en dansant. On sent beaucoup de choses en dansant ! Ha ha !

La femme de chambre : Oui, mais la blonde avec sa figure de travers, vous l'avez fait danser plus souvent que moi.

Le soldat : C'est une vieille connaissance à un ami à moi.

La femme de chambre : Le caporal qui a la moustache à la redresse ?

Le soldat : Mais non... le civil, vous savez, celui qui était assis à une table avec moi... qui a la voix enrouée.

La femme de chambre : Ah ! oui... je sais. Il en a du toupet, celui-là.

Le soldat : Est-ce qu'il vous a fait quelque chose ? Ah, il aurait affaire à moi ! Qu'est-ce qu'il vous a fait ?

La femme de chambre : Oh ! rien... Seulement j'ai bien vu comment il était avec les autres.

Le soldat : Dites, mam'selle Marie...

La femme de chambre : Vous allez me brûler avec votre cigare.

Le soldat : Paârdon... Mam'selle Marie ! Et si on se disait *tu* ?

LA FEMME DE CHAMBRE : Nous nous connaissons pas encore assez pour ça…

LE SOLDAT : Il y a des tas de gens qui ne peuvent pas se sentir et qui se disent *tu* tout de même.

LA FEMME DE CHAMBRE : La prochaine fois, quand nous… Mais, monsieur Franz…

LE SOLDAT : Vous avez retenu mon nom ?

LA FEMME DE CHAMBRE : Mais, monsieur Franz…

LE SOLDAT : Dites Franz, mam'selle Marie…

LA FEMME DE CHAMBRE : Tenez-vous donc tranquille !… Voyons, si quelqu'un venait !

LE SOLDAT : Et quand même il viendrait quelqu'un… on y voit pas à deux pas devant soi.

LA FEMME DE CHAMBRE : Mais je vous en prie ! Où est-ce que ça mène, par là ?

LE SOLDAT : Regardez… par là en voilà deux, tout comme nous.

LA FEMME DE CHAMBRE : Où ça ? Je ne vois rien.

LE SOLDAT : Là… devant nous.

LA FEMME DE CHAMBRE : Pourquoi dites-vous : « deux comme nous » ?…

LE SOLDAT : Dame, je veux dire qu'ils s'aiment bien, comme nous.

LA FEMME DE CHAMBRE : Mais faites donc attention… qu'est-ce qu'il y a là, un peu plus, je tombais.

LE SOLDAT : Ah ! ce sont les arceaux qui entourent les pelouses.

LA FEMME DE CHAMBRE : Poussez donc pas comme ça, vous allez me faire tomber.

LE SOLDAT : Chut, pas si fort !

LA FEMME DE CHAMBRE : Dites, je vais crier pour de bon… Mais qu'est-ce qui vous prend… voyons…

LE SOLDAT : Il n'y a pas un chat, que je vous dis !

LA FEMME DE CHAMBRE : Alors, retournons là où il y a du monde.

LE SOLDAT : On n'a pas besoin de monde, dis, Marie, on a besoin de personne… pour ça… ha ha !

LA FEMME DE CHAMBRE : Voyons, monsieur Franz, je vous en prie, pour l'amour du ciel ! Dites donc, si j'avais… su ça… oh… oh… Viens !…

. . . .

LE SOLDAT, *aux anges* : Bon Dieu de bon Dieu !… ah…

LA FEMME DE CHAMBRE : Je ne vois pas ta figure !

LE SOLDAT : Oh, il s'agit bien de figure…

. . . .

LE SOLDAT : Hé, mam'selle Marie, vous ne pouvez pas rester couchée comme ça, dans l'herbe.

LA FEMME DE CHAMBRE : Dis voir, Franz, aide-moi.

LE SOLDAT : Allez, hop là !

LA FEMME DE CHAMBRE : Ah ! mon Dieu, Franz !

LE SOLDAT : Eh bien ! qu'est-ce que tu lui veux, à Franz !

LA FEMME DE CHAMBRE : C'est mal, ce que tu as fait là, Franz !

LE SOLDAT : Oui, entendu... Une seconde, attends un peu.

LA FEMME DE CHAMBRE : Pourquoi que tu t'éloignes ?

LE SOLDAT : Tu me permettras bien de rallumer mon Virginia ?

LA FEMME DE CHAMBRE : C'est qu'il fait si noir !

LE SOLDAT : Dès demain matin, il fera jour.

LA FEMME DE CHAMBRE : Dis-moi au moins, tu m'aimes ?

LE SOLDAT : Ben, t'as dû quand même t'en apercevoir, mam'selle Marie, ha ha !

LA FEMME DE CHAMBRE : Où allons-nous par là ?

LE SOLDAT : Ben, on y retourne.

LA FEMME DE CHAMBRE : Dis, je t'en prie, pas si vite !

LE SOLDAT : Pourquoi que tu grognes ? Moi, j'aime pas me balader dans le noir.

LA FEMME DE CHAMBRE : Dis, Franz, est-ce que tu m'aimes ?

LE SOLDAT : Mais je viens de te l'dire, que je t'aime !

LA FEMME DE CHAMBRE : Et dis, tu ne voudrais pas me donner un baiser ?

LE SOLDAT, *avec condescendance* : Voilà... Écoute un peu... on entend déjà la musique.

LA FEMME DE CHAMBRE : Si ça se trouve, t'as encore envie de danser ?

LE SOLDAT : Pour sûr... pourquoi pas ?

LA FEMME DE CHAMBRE : Vois-tu, Franz, moi je suis obligée de rentrer... Toute façon, ils vont m'attraper... Ma patronne est une de ces... Ce qu'elle voudrait, c'est qu'on sorte jamais !

LE SOLDAT : Ben alors, t'a plus qu'à rentrer.

LA FEMME DE CHAMBRE : Je pensais, monsieur Franz, que vous me feriez un bout de conduite.

LE SOLDAT : Vous faire un bout de conduite ? Ah !

LA FEMME DE CHAMBRE : Vous savez, c'est trop triste de rentrer toute seule à la maison !

LE SOLDAT : Et où habitez-vous ?

LA FEMME DE CHAMBRE : C'est même très loin... dans la *Porzellangasse*[1].

LE SOLDAT : Ah oui ? C'est mon chemin aussi... Mais c'est trop tôt pour moi… ça guinche encore là-bas, et aujourd'hui, j'ai encore le temps… je n'ai pas besoin d'être à la caserne avant minuit… Je retourne danser.

LA FEMME DE CHAMBRE : Ah, je vois… ça va être le tour de la blonde qui a la figure de travers.

LE SOLDAT : Ha !… Je trouve pas qu'elle a la figure tellement de travers !

LA FEMME DE CHAMBRE : Mon dieu, que les hommes sont dégoûtants ! Je parie que vous faites la même chose avec toutes.

LE SOLDAT : Ça, ce serait trop !…

LA FEMME DE CHAMBRE : Franz, je vous en prie, arrêtez pour aujourd'hui… restez avec moi ce soir, dites… Voyez-vous, je…

LE SOLDAT : D'accord, ça va !… Mais j'ai le droit de danser, tout de même !

LA FEMME DE CHAMBRE : Moi, je ne danserai plus avec personne, ce soir !

LE SOLDAT : Tiens, nous y voilà !

LA FEMME DE CHAMBRE : Où ça ?

LE SOLDAT : Chez Swoboda ! Comme on est vite revenu !… On joue toujours le… tadarada tadarada. *Il fredonne l'air.* Alors, si tu veux m'attendre, je te reconduirai chez toi… Autrement… Salut !…

LA FEMME DE CHAMBRE : Bon, j'attendrai.

Ils entrent dans la salle où l'on danse.

LE SOLDAT : Vous savez, mam'selle Marie, vous pouvez vous faire servir un bock. *Se tournant vers une blonde qui passe devant lui au bras d'un garçon et sur un ton cérémonieux :* Mademoiselle, voulez-vous me faire l'honneur ?…

III

LA FEMME DE CHAMBRE ET LE JEUNE MONSIEUR

Une chaude après-midi d'été. — Les parents sont partis à la campagne. — C'est le jour de sortie de la cuisinière. — Dans la cuisine, la femme de chambre écrit une lettre au soldat, qui est son petit ami. — On a sonné, dans la chambre du jeune monsieur. Elle se lève et va voir. Le jeune monsieur est couché sur le canapé, en train de lire un roman français, tout en fumant.

La femme de chambre : Monsieur a sonné?

Le jeune monsieur : En effet, Marie… j'ai sonné. Oui… Qu'est-ce que je voulais donc vous… J'y suis… Baissez les stores, Marie… Il fait plus frais quand les stores sont baissés… Oui… *(La femme de chambre se dirige vers la fenêtre et baisse les stores.)*

Le jeune monsieur, *continuant sa lecture* : Qu'est-ce que vous faites donc là, Marie? Ah oui… Mais on n'y voit plus pour lire, maintenant.

La femme de chambre : Ce que Monsieur travaille!

Le jeune monsieur *faisant élégamment semblant de ne pas avoir entendu* : Là, c'est bien.

Marie sort.

Le jeune monsieur *essaie de continuer à lire; mais il ne tarde pas à laisser tomber son livre, et sonne de nouveau.*

La femme de chambre *revient.*

Le jeune monsieur : Dites-moi, Marie… Qu'est-ce que je voulais donc vous dire?… Oui… Il n'y aurait pas, par hasard, du cognac à la maison?

La femme de chambre : Oui, mais il doit être sous clé.

Le jeune monsieur : Et qui a les clés?

La femme de chambre : C'est Lini qui les a.

Le jeune monsieur : Qui est Lini?

La femme de chambre : La cuisinière, monsieur Alfred.

Le jeune monsieur : Alors, allez les demander à Lini.

La femme de chambre : C'est que, aujourd'hui, c'est son jour de sortie, à Lini…

Le jeune monsieur : Ah…

La femme de chambre : Monsieur désire-t-il que j'aille voir au café si…?

Le jeune monsieur : Ma foi non… il fait bien assez chaud. Je n'ai pas besoin de cognac. Savez-vous, Marie? Vous allez m'apporter un verre d'eau. Pst? Marie!… laissez bien couler… pour qu'elle soit fraîche.

La femme de chambre sort.

Le jeune monsieur la suit des yeux. Arrivée près de la porte, elle se retourne et le regarde; le jeune monsieur fixe le plafond… Elle tourne le robinet du lavabo, et laisse couler l'eau… Pendant ce temps, elle va dans sa chambrette, se lave les mains puis se place devant un miroir et arrange ses anglaises. Ensuite elle apporte au jeune monsieur le verre d'eau. Elle s'approche du canapé.

Le jeune monsieur *se relève à moitié; la femme de chambre lui tend le verre d'eau; leurs doigts se touchent* :

C'est bien! Je vous remercie… Eh bien! qu'est-ce qui vous arrive?…

Faites attention ; remettez le verre sur la soucoupe... *(Il s'étend à nouveau, puis s'étire.)* Quelle heure est-il donc ?...

La femme de chambre : Cinq heures, Monsieur.

Le jeune monsieur : Ah ! cinq heures ?... C'est bien...

La femme de chambre *s'éloigne ; près de la porte, elle se retourne ; le jeune monsieur l'a suivie du regard ; elle s'en aperçoit et sourit.*

Le jeune monsieur *reste étendu un instant ; puis il se lève subitement. Il se dirige vers la porte, puis revient et se recouche sur le canapé. Il essaie de nouveau de lire. Au bout de quelques minutes, il sonne de nouveau.*

La femme de chambre *paraît avec aux lèvres un sourire qu'elle ne cherche pas à dissimuler.*

Le jeune monsieur : Qu'est-ce que je voulais donc vous demander, Marie ?... Est-ce que le docteur Schüller n'est pas venu, ce matin ?

La femme de chambre : Non, il n'est venu personne, ce matin.

Le jeune monsieur : Tiens, c'est étrange. Alors, le docteur Schüller n'est pas venu ? Est-ce que vous le connaissez seulement, le docteur Schüller ?

La femme de chambre : Si je le connais ?... C'est le grand monsieur, qui a une grosse barbe noire.

Le jeune monsieur : C'est cela. Il ne serait pas venu, tout de même ?

La femme de chambre : Non, il n'est venu personne, Monsieur.

Le jeune monsieur, *d'un air décidé* : Venez ici, Marie.

La femme de chambre, *se rapprochant un peu* : Monsieur désire ?

Le jeune monsieur : Plus près... là... ah !... j'avais cru seulement...

La femme de chambre : Qu'est-ce que Monsieur a... ?

Le jeune monsieur : J'ai cru... j'avais cru... C'est simplement à propos de votre corsage... Qu'est-ce que ce... ? Voyons, approchez-vous donc un peu. Je ne vous mangerai pas !

La femme de chambre, *se rapprochant de lui* : Qu'est-ce que Monsieur trouve à mon corsage ? Est-ce qu'il ne plaît pas à Monsieur ?

Le jeune monsieur *palpant le corsage et attirant la femme de chambre à lui* : Bleu ? C'est un très joli bleu. *Avec simplicité.* Vous êtes très gentiment habillée, Marie.

La femme de chambre : Mais... Monsieur...

Le jeune monsieur : Eh bien ! qu'est-ce qu'il y a ?... *Il a dégrafé le corsage. Sur un ton neutre :* Vous avez la peau joliment blanche, Marie.

La femme de chambre : Monsieur me flatte.

Le jeune monsieur, *l'embrassant sur la poitrine* : Je vous fais pas mal, j'espère ?

La femme de chambre : Oh non !

LE JEUNE MONSIEUR : Comme vous avez soupiré!... Pourquoi soupirez-vous comme ça!

LA FEMME DE CHAMBRE : Oh! Monsieur Alfred...

LE JEUNE MONSIEUR : Et quelles jolies mules vous avez!...

LA FEMME DE CHAMBRE : Mais... Monsieur... Et si quelqu'un sonnait, dehors?

LE JEUNE MONSIEUR : Qui pourrait bien sonner à cette heure?

LA FEMME DE CHAMBRE : Mais Monsieur... Regardez... il fait si clair...!

LE JEUNE MONSIEUR : Vous n'avez pas besoin de vous gêner avec moi. D'ailleurs, vous n'avez besoin de vous gêner avec personne... Quand on est jolie comme vous l'êtes... Ma parole, Marie, vous êtes... Et vous savez que vos cheveux embaument!

LA FEMME DE CHAMBRE : Monsieur Alfred...

LE JEUNE MONSIEUR : Ne faites donc pas tant de façons, Marie... Je vous ai déjà vue autrement que ça... Un soir, dernièrement, que je suis rentré tard et que je suis venu chercher de l'eau, la porte de votre chambre était ouverte... alors...

LA FEMME DE CHAMBRE, *se cachant le visage* : Oh! Dieu, je n'aurais jamais cru que monsieur Alfred puisse être aussi polisson.

LE JEUNE MONSIEUR : Et j'ai vu bien des choses... j'ai vu ça... et ça... et ça... et...

LA FEMME DE CHAMBRE : Mais, monsieur Alfred!

LE JEUNE MONSIEUR : Viens, viens... ici... comme ça, oui, comme ça...

LA FEMME DE CHAMBRE : Mais si quelqu'un sonnait maintenant...

LE JEUNE MONSIEUR : Arrêtez donc de parler de ça... On n'ouvrira pas, c'est tout...

. . . .

On sonne.

LE JEUNE MONSIEUR : Nom d'un chien...! Et il en fait un vacarme, celui-là!... Qui sait, il y a peut-être longtemps qu'il sonne, et nous n'avons rien entendu!

LA FEMME DE CHAMBRE : Oh! moi, j'ai écouté tout le temps.

LE JEUNE MONSIEUR : Allez quand même voir qui c'est... par le judas...

LA FEMME DE CHAMBRE : Monsieur Alfred... ce que vous êtes... non... Quel polisson!

LE JEUNE MONSIEUR : Allez voir maintenant, je vous prie...

LA FEMME DE CHAMBRE *sort*.

LE JEUNE MONSIEUR *relève vivement les stores*.

LA FEMME DE CHAMBRE, *revenant* : En tout cas, il a dû s'en aller… il n'y a plus personne. C'était peut-être le docteur Schüller.

LE JEUNE MONSIEUR, *désagréablement impressionné* : C'est bien.

LA FEMME DE CHAMBRE *s'approche de lui.*

LE JEUNE MONSIEUR *se dégage* : Dites-moi, Marie… je vais au café !

LA FEMME DE CHAMBRE, *avec tendresse* : Déjà… Monsieur Alfred…

LE JEUNE MONSIEUR, *d'un ton sévère* : Je vais au café. Si le docteur Schüller venait me demander…

LA FEMME DE CHAMBRE : Il ne viendra plus aujourd'hui.

LE JEUNE MONSIEUR, *sur un ton de plus en plus sévère* : Si le docteur Schüller venait me demander… je… je… je suis au café.

Il passe dans la pièce voisine.

LA FEMME DE CHAMBRE *prend un cigare sur la table, le fourre dans sa poche et sort.*

IV

LE JEUNE MONSIEUR ET LA JEUNE DAME

Le soir. — Un salon meublé avec une élégance banale dans une maison de la Schwindgasse[1]. *— Le jeune monsieur vient d'arriver; sans enlever son chapeau ni son pardessus, il allume les bougies. Puis il ouvre la porte qui donne sur une autre pièce et y jette un coup d'œil. La lumière des bougies du salon est reflétée par le parquet jusque sur un lit à baldaquin qui se dresse contre le mur du fond. Depuis la cheminée, qui est dans un coin de la chambre à coucher, une lueur rougeâtre se projette sur les rideaux du lit. — Le jeune monsieur passe également la chambre en revue. Il prend sur l'étagère un vaporisateur et asperge les oreillers, de quelques petits coups, d'un parfum à la violette. Puis avec son vaporisateur, il traverse les deux pièces, en appuyant toujours sur la petite poire, de sorte que tout l'appartement embaume la violette. Ensuite il enlève son chapeau et son pardessus. Il s'assied sur le fauteuil de velours bleu, allume une cigarette et se met à fumer. Au bout de quelques instants, il se lève de nouveau, et va vérifier si les jalousies vertes sont bien fermées. Brusquement, il retourne dans la chambre à coucher et ouvre le tiroir de la table de nuit. Il y fouille un peu et trouve une épingle à cheveux en écaille. Il cherche un* *endroit où la cacher et finit par la mettre dans la poche de son pardessus. Il ouvre ensuite une armoire qui est dans le salon, en tire un plateau d'argent avec une bouteille de cognac et deux verres à liqueur, et pose le tout sur la table. Puis il retourne vers son pardessus et tire de sa poche un petit paquet blanc. Il l'ouvre et en pose le contenu à côté du cognac. Il revient vers l'armoire, et y prend deux petites assiettes et des couverts. Il choisit un marron glacé dans le petit paquet et le mange. Puis il se verse un cognac qu'il avale d'un trait. Ensuite il regarde sa montre. Il arpente la pièce. — Il s'arrête un instant devant la grande glace fixée au mur, et avec un peigne de poche, lisse ses cheveux et sa petite moustache. — Il se dirige vers l'antichambre et écoute. Rien ne bouge. On sonne. Le jeune monsieur sursaute légèrement. Puis, il s'assied dans le fauteuil et ne se lève qu'au moment où la porte s'ouvre et où la jeune dame entre.*

LA JEUNE DAME. *Un voile épais cache sa figure. Elle ferme la porte derrière elle, s'arrête un instant en posant sa main gauche sur son cœur, comme pour maîtriser une émotion violente.*

LE JEUNE MONSIEUR *s'avance vers elle, lui prend la main gauche, et dépose un baiser sur le gant blanc brodé de noir. Il dit à mi-voix*: Je vous remercie.

LA JEUNE DAME : Alfred... Alfred!

LE JEUNE MONSIEUR : Venez, chère Madame... Venez, ma chère Emma...

LA JEUNE DAME : Laissez-moi encore un instant... je vous prie... je vous en supplie, Alfred! *Elle n'a toujours pas bougé de la porte.*

LE JEUNE MONSIEUR *reste debout devant elle et lui tient la main.*

LA JEUNE DAME : Où suis-je donc, au juste?

LE JEUNE MONSIEUR : Chez moi!

LA JEUNE DAME : Cet immeuble est épouvantable, Alfred.

LE JEUNE MONSIEUR : Pourquoi cela? Il est habité par des gens très bien.

LA JEUNE DAME : J'ai croisé deux messieurs dans l'escalier.

LE JEUNE MONSIEUR : Des connaissances?

LA JEUNE DAME : Je ne sais pas... C'est possible.

LE JEUNE MONSIEUR : Je vous demande pardon, madame... mais vous devez reconnaître vos amis.

LA JEUNE DAME : C'est que je n'ai rien vu du tout.

LE JEUNE MONSIEUR : D'ailleurs, même si c'était vos meilleurs amis, ils ne vous auront pas reconnue. Moi-même... si je ne savais pas que c'est vous... avec cette voilette...

LA JEUNE DAME : J'en ai mis deux.

LE JEUNE MONSIEUR : Approchez-vous un peu… Vous enlèverez bien au moins votre chapeau ?

LA JEUNE DAME : Vous n'y pensez pas, Alfred ! Ne vous ai-je pas dit : cinq minutes… C'est inutile, je ne resterai pas plus longtemps… je vous le jure…

LE JEUNE MONSIEUR : Alors, la voilette…

LA JEUNE DAME : Il y en a deux.

LE JEUNE MONSIEUR : Alors, les deux voilettes… Vous me permettrez au moins de voir votre visage ?

LA JEUNE DAME : Vous m'aimez donc, Alfred ?

LE JEUNE MONSIEUR, *très froissé* : Emma… Vous me le demandez…

LA JEUNE DAME : Ce qu'il fait chaud ici !

LE JEUNE MONSIEUR : Cela n'est pas étonnant… avec cette cape de fourrure… Vous allez prendre froid, c'est sûr.

LA JEUNE DAME *entrant enfin dans la pièce et se jetant dans un fauteuil* : Je suis exténuée.

LE JEUNE MONSIEUR : Vous permettez ? *Il lui enlève ses voilettes, retire l'épingle de son chapeau et dépose le tout.*

LA JEUNE DAME *se laisse faire.*

LE JEUNE MONSIEUR *est debout devant elle, il hoche la tête.*

LA JEUNE DAME : Qu'est-ce que vous avez ?

LE JEUNE MONSIEUR : Vous êtes plus belle que jamais.

LA JEUNE DAME : Comment cela ?

LE JEUNE MONSIEUR : Seul… seul avec vous… Emma… *Il met un genou à terre, à côté du fauteuil qu'elle occupe, lui prend les deux mains et les couvre de baisers.*

LA JEUNE DAME : Et maintenant… vous allez me laisser m'en aller… J'ai fait ce que vous m'aviez demandé.

LE JEUNE MONSIEUR *pose sa tête sur ses genoux.*

LA JEUNE DAME : Vous m'avez promis d'être sage.

LE JEUNE MONSIEUR : Oui.

LA JEUNE DAME : On étouffe dans cette pièce.

LE JEUNE MONSIEUR, *se levant* : Vous avez toujours votre cape.

LA JEUNE DAME : Posez-la à côté de mon chapeau.

LE JEUNE MONSIEUR *prend la cape, qu'il dépose aussi sur le canapé.*

LA JEUNE DAME : Et maintenant… adieu…

LE JEUNE MONSIEUR : Emma !… Emma !…

LA JEUNE DAME : Les cinq minutes sont écoulées depuis longtemps.

LE JEUNE MONSIEUR : Non, pas une seule encore !…

LA JEUNE DAME : Alfred, dites-moi bien exactement quelle heure il est.

LE JEUNE MONSIEUR : Il est tout juste six heures et quart.

LA JEUNE DAME : Je devrais être chez ma sœur depuis longtemps.

LE JEUNE MONSIEUR : Vous avez souvent l'occasion de voir votre sœur…

LA JEUNE DAME : Alfred, pourquoi m'avez-vous entraînée ici ?

LE JEUNE MONSIEUR : Parce que je… je vous adore, Emma.

LA JEUNE DAME : À combien de femmes avez-vous déjà dit cela ?

LE JEUNE MONSIEUR : À aucune, depuis le jour où je vous ai rencontrée.

LA JEUNE DAME : Mon Dieu, quelle écervelée je fais ! Celui qui m'aurait prédit cela… il y a huit jours… hier encore…

LE JEUNE MONSIEUR : Mais avant-hier… vous m'aviez déjà promis…

LA JEUNE DAME : C'est que… vous m'aviez tellement tourmentée… Mais je ne voulais pas venir. Dieu m'est témoin que je ne le voulais pas !… Hier, j'étais fermement résolue… Savez-vous que je vous ai écrit une longue lettre, hier soir ?…

LE JEUNE MONSIEUR : Je n'en ai reçue aucune.

LA JEUNE DAME : Je l'ai déchirée. Oh ! j'aurais mieux fait de vous l'envoyer !

LE JEUNE MONSIEUR : Non ! C'est mieux ainsi.

LA JEUNE DAME : Oh ! c'est affreux… ce que je fais ! Je ne me comprends pas moi-même ! Adieu, Alfred, laissez-moi… Adieu…

LE JEUNE MONSIEUR *la prend dans ses bras et lui couvre le visage de baisers ardents.*

LA JEUNE DAME : C'est comme ça… que vous tenez parole ?…

LE JEUNE MONSIEUR : Encore un baiser… un seul !

LA JEUNE DAME : Le dernier… *Il l'embrasse ; elle lui rend son baiser ; leurs lèvres restent longtemps unies.*

LE JEUNE MONSIEUR : Puis-je vous dire une chose, Emma ? Je viens seulement de comprendre ce que c'est que d'être heureux.

LA JEUNE DAME *se laisse retomber dans le fauteuil.*

LE JEUNE MONSIEUR, *s'asseyant sur un accoudoir et lui passant délicatement le bras autour du cou :* … Ou plutôt, je viens seulement de comprendre ce que pourrait être le bonheur.

LA JEUNE DAME *pousse un profond soupir.*

LE JEUNE MONSIEUR *l'embrasse de nouveau.*

LA JEUNE DAME : Alfred, Alfred, qu'est-ce que vous faites de moi !

LE JEUNE MONSIEUR : N'est-ce pas… on n'est pas mal ici… Et puis, on n'a absolument rien à craindre ! C'est tout de même infiniment plus agréable que ces rendez-vous à l'extérieur…

LA JEUNE DAME : Ne me les rappelez pas, je vous en prie !

LE JEUNE MONSIEUR : Moi, je m'en souviendrai toujours avec un plaisir infini… Pour moi, la moindre minute que j'ai passée avec vous est un souvenir exquis…

LA JEUNE DAME : Vous rappelez-vous le bal des Industriels?

LE JEUNE MONSIEUR : Si je me le rappelle…? Pendant le souper, j'étais assis à côté de vous, tout près de vous. Et le champagne, c'est votre mari qui…

LA JEUNE DAME *le regarde avec reproche.*

LE JEUNE MONSIEUR : Je ne voulais parler que du champagne. Dites-moi, Emma, ne voulez-vous pas boire un peu de cognac?

LA JEUNE DAME : Une goutte, mais avant, donnez-moi un verre d'eau.

LE JEUNE MONSIEUR : Oui… Où est donc?… Ah! oui… *Il relève la portière et passe dans la chambre.*

LA JEUNE DAME *le suit du regard.*

LE JEUNE MONSIEUR *revient avec une carafe d'eau et deux verres.*

LA JEUNE DAME : Où étiez-vous donc?

LE JEUNE MONSIEUR : Dans… la chambre à côté. *Il lui verse un verre d'eau.*

LA JEUNE DAME : Je vais vous poser une question, Alfred… mais vous me jurez de me dire la vérité?

LE JEUNE MONSIEUR : Je le jure.

LA JEUNE DAME : Est-ce qu'une autre femme est jamais venue ici?

LE JEUNE MONSIEUR : Mais, Emma… Cet immeuble existe depuis vingt ans.

LA JEUNE DAME : Vous savez ce que je veux dire, Alfred… Avec vous ! Chez vous !

LE JEUNE MONSIEUR : Avec moi… ici… Emma !… C'est très mal à vous d'imaginer pareille chose.

LA JEUNE DAME : Alors, vous avez… comment dire… Eh bien ! non, je préfère ne pas vous questionner. Il vaut même mieux que je ne vous questionne pas. C'est de ma faute. Tout se paie.

LE JEUNE MONSIEUR : Mais qu'est-ce qui vous arrive? Qu'avez-vous donc? Qu'est-ce qui se paie?

LA JEUNE DAME : Non, non, non, il ne faut pas que je reprenne conscience… Autrement, je mourrais de honte.

LE JEUNE MONSIEUR, *la carafe à la main, hochant tristement la tête* : Si vous saviez le chagrin que vous me faites, Emma…

LA JEUNE DAME *se verse un peu de cognac.*

LE JEUNE MONSIEUR : Je vais vous dire une chose, Emma. Si vous avez honte d'être ici… si je vous suis à ce point indifférent… si vous ne sentez pas que vous êtes pour moi toute la félicité du monde… alors, il vaut mieux que vous vous en alliez…

LA JEUNE DAME : C'est ce que je vais faire, en effet.

LE JEUNE MONSIEUR, *lui prenant la main* : Mais si vous sentez que je ne peux pas vivre sans vous, qu'un baiser sur votre main est plus pour moi que toutes les caresses de toutes les femmes de la terre… Emma, je ne suis pas comme les autres jeunes gens qui savent faire la cour… je suis peut-être trop naïf… je…

LA JEUNE DAME : Et si vous étiez tout de même comme les autres jeunes gens ?

LE JEUNE MONSIEUR : Alors, vous ne seriez pas ici aujourd'hui… car vous, vous n'êtes pas comme les autres femmes.

LA JEUNE DAME : Comment le savez-vous ?

LE JEUNE MONSIEUR, *l'attirant vers le canapé, et s'asseyant tout près d'elle* : J'ai beaucoup réfléchi sur vous… Je sais que vous êtes malheureuse.

LA JEUNE DAME *est ravie.*

LE JEUNE MONSIEUR : La vie est si médiocre, si vide… et puis… si courte… si affreusement courte ! Il n'y a qu'un seul bonheur… rencontrer sur sa route un être qui vous aime…

LA JEUNE DAME *a pris une poire confite sur la table et la porte à sa bouche.*

LE JEUNE MONSIEUR : Donne-m'en la moitié ! *Elle la lui tend avec les lèvres.*

LA JEUNE DAME, *saisissant les mains du jeune monsieur qui menacent de s'égarer* : Qu'est-ce que vous faites, Alfred… c'est ainsi que vous tenez votre promesse ?

LE JEUNE MONSIEUR, *avalant la poire, puis devenant plus audacieux* : La vie est si courte !

LA JEUNE DAME, *faiblissant* : Mais ce n'est pas une raison…

LE JEUNE MONSIEUR, *machinalement* : Mais si…

LA JEUNE DAME, *toujours plus faible* : Voyons, Alfred !… Vous m'aviez cependant promis d'être sage… Et il fait si clair ici…

LE JEUNE MONSIEUR : Viens, viens, mon trésor… mon unique… *Il la fait lever.*

LA JEUNE DAME : Qu'est-ce que vous faites ?

LE JEUNE MONSIEUR : Il ne fait pas clair par là.

LA JEUNE DAME : Vous avez une chambre par là ?

LE JEUNE MONSIEUR, *l'y entraînant* : Une belle chambre... où il fait très sombre.

LA JEUNE DAME : Restons plutôt ici.

LE JEUNE MONSIEUR *l'a emmenée derrière la portière, dans la chambre à coucher, et tente de lui dégrafer sa robe.*

LA JEUNE DAME : Ce que vous êtes...! O mon Dieu, que faites-vous de moi!... Alfred!

LE JEUNE MONSIEUR : Je t'adore, Emma!

LA JEUNE DAME : Attends... attends un peu... *Vaincue.* Va-t'en... je t'appellerai.

LE JEUNE MONSIEUR : Laisse-moi... laisse-toi me... *Il s'embrouille...* laisse... moi... t'aider.

LA JEUNE DAME : Tu vas tout déchirer.

LE JEUNE MONSIEUR : Tu n'as pas de corset?

LA JEUNE DAME : Je ne porte jamais de corset. Madame Odilon[1] non plus n'en porte pas. Mais tu peux défaire plutôt mes bottines.

LE JEUNE MONSIEUR *lui déboutonne ses souliers et lui baise les pieds.*

LA JEUNE DAME *s'est glissée dans le lit* : Oh! j'ai froid!

LE JEUNE MONSIEUR : On aura vite chaud.

LA JEUNE DAME, *riant doucement* : Tu crois?

LE JEUNE MONSIEUR, *fâcheusement impressionné, à part :*

Elle n'aurait pas dû dire ça! *Il se déshabille dans l'obscurité.*

LA JEUNE DAME, *avec tendresse* : Viens, viens, viens!

LE JEUNE MONSIEUR, *qui a retrouvé sa bonne humeur* : Tout de suite...

LA JEUNE DAME : Ce que ça embaume la violette, ici!

LE JEUNE MONSIEUR : C'est toi qui embaumes... oui... *Tout contre elle :* c'est toi!

LA JEUNE DAME : Alfred... Alfred!!!!

LE JEUNE MONSIEUR : Emma...

....

LE JEUNE MONSIEUR : C'est certainement que je t'aime trop... je suis comme fou.

LA JEUNE DAME : ...

LE JEUNE MONSIEUR : J'ai été comme fou toute la journée. Je m'en doutais!

LA JEUNE DAME : Ne t'inquiète pas.

LE JEUNE MONSIEUR : Oh, bien sûr... C'est presque normal, quand on a...

LA JEUNE DAME : Non... Ne parle pas... Tu es nerveux. Calme-toi, voyons...

LE JEUNE MONSIEUR : Est-ce que tu connais Stendhal?

LA JEUNE DAME : Stendhal?

LE JEUNE MONSIEUR : La «Psychologie de l'Amour»[1]?

LA JEUNE DAME : Non… pourquoi me demandes-tu ça?

LE JEUNE MONSIEUR : Il s'y trouve une histoire très significative.

LA JEUNE DAME : Qu'est-ce que c'est que cette histoire?

LE JEUNE MONSIEUR : Il y a tout un groupe d'officiers de cavalerie…

LA JEUNE DAME : Bon.

LE JEUNE MONSIEUR : Et ils se racontent leurs aventures amoureuses. Chacun rapporte qu'avec la femme qu'il a le plus aimée, le plus ardemment désirée, tu vois… il l'a… elle l'a… bref, qu'il lui est arrivé ce qui vient de m'arriver à moi.

LA JEUNE DAME : Oui.

LE JEUNE MONSIEUR : C'est très caractéristique.

LA JEUNE DAME : Oui.

LE JEUNE MONSIEUR : Et ce n'est pas tout. Il y en eut un seul dans le nombre qui prétendit que… pareille chose ne lui était jamais arrivée… mais, ajoute Stendhal… c'était un baratineur de première.

LA JEUNE DAME : Bon…

LE JEUNE MONSIEUR : Et cependant, ce qui est bête, c'est qu'on s'en trouve contrarié, même si, au fond, c'est insignifiant.

LA JEUNE DAME : Sans doute. Du reste, tu sais bien que… tu m'as promis d'être sage.

LE JEUNE MONSIEUR : Oh! Ne plaisante pas, cela n'arrange rien.

LA JEUNE DAME : Mais je ne plaisante pas!… L'histoire de Stendhal est vraiment intéressante! Je croyais que seuls les gens âgés… ou seuls ceux… tu sais bien… qui ont beaucoup vécu…

LE JEUNE MONSIEUR : En voilà une idée!… Ça n'a pas le moindre rapport. D'ailleurs, j'allais oublier de te raconter le plus amusant de l'histoire. Un des officiers de cavalerie raconte même qu'il a passé trois nuits ou bien six… je ne me souviens plus… avec la femme qu'il avait ardemment désirée… tu comprends… mais *désirée* pendant des semaines… et que durant toutes ces nuits ils n'ont fait que… pleurer de bonheur… tous les deux…

LA JEUNE DAME : Tous les deux?

LE JEUNE MONSIEUR : Oui. Cela t'étonne? Je trouve ça compréhensible… justement quand on s'aime…

LA JEUNE DAME : Mais il y en a beaucoup qui ne pleurent pas, c'est certain.

LE JEUNE MONSIEUR, *nerveux* : C'est certain... mais aussi, c'est un cas exceptionnel !

LA JEUNE DAME : Ah?... Je croyais que Stendhal disait que tous les officiers de cavalerie pleuraient dans ces cas-là.

LE JEUNE MONSIEUR : Tu vois, tu te moques de moi...

LA JEUNE DAME : Moi, me moquer ! Ne fais donc pas l'enfant, Alfred !

LE JEUNE MONSIEUR : Cela me rend nerveux, malgré moi... Il me semble que tu y penses toujours... C'est cela qui me gêne, surtout.

LA JEUNE DAME : Je n'y pense absolument pas.

LE JEUNE MONSIEUR : Vrai ? Si j'étais sûr seulement que tu m'aimes...

LA JEUNE DAME : Les preuves que je t'ai données ne te suffisent pas ?

LE JEUNE MONSIEUR : Tu vois... tu te moques toujours...

LA JEUNE DAME : Comment ça ? Allons, approche et pose-là ta petite tête chérie.

LE JEUNE MONSIEUR : Ah, que c'est bon !

LA JEUNE DAME : Est-ce que tu m'aimes ?

LE JEUNE MONSIEUR : Oh ! Je suis si heureux !

LA JEUNE DAME : Mais toi, tu n'as pas besoin de pleurer, par-dessus le marché.

LE JEUNE MONSIEUR, *s'éloignant d'elle, irrité* : Encore, encore ! Quand je t'ai suppliée...

LA JEUNE DAME : Puisque je te dis que tu n'as pas besoin de pleurer...

LE JEUNE MONSIEUR : Tu as dit : de pleurer par-dessus le marché.

LA JEUNE DAME : Tu es nerveux, mon trésor.

LE JEUNE MONSIEUR : Je le sais.

LA JEUNE DAME : Mais je ne veux pas que tu le sois. Je suis même ravie que... nous soyons restés... comment dire... de bons camarades.

LE JEUNE MONSIEUR : Voilà que tu recommences.

LA JEUNE DAME : Tu ne te souviens donc pas ! Ce fut le sujet d'une de nos premières conversations. Nous nous étions promis d'être deux bons camarades, et rien de plus. Oh, c'était exquis !... c'était au mois de janvier, au grand bal que donnait ma sœur, pendant le quadrille... O mon Dieu ! je devrais être partie depuis longtemps... Ma sœur m'attend... Qu'est-ce que je vais lui dire... Adieu, Alfred...

LE JEUNE MONSIEUR : Emma !... Tu veux me quitter ainsi !

LA JEUNE DAME : Oui... tout simplement !...

LE JEUNE MONSIEUR : Encore cinq minutes...

LA JEUNE DAME : Bon. Cinq minutes encore. Mais il faut que tu me promettes... de ne pas bouger !... C'est convenu ?... Je veux te donner un dernier baiser, un baiser d'adieu… Chut… reste tranquille… ne bouge pas, je te dis, sinon je me lève immédiatement, mon chéri… mon am…

LE JEUNE MONSIEUR : Emma… mon ador…

. . . .

LA JEUNE DAME : Mon Alfred…

LE JEUNE MONSIEUR : Ah ! Tu es divine !

LA JEUNE DAME : Oui, mais maintenant il faut vraiment que je parte. Il n'y a pas d'erreur.

LE JEUNE MONSIEUR : Ta sœur t'attendra bien…

LA JEUNE DAME : Je rentre directement chez moi. Il est trop tard de toute façon pour ma sœur. Quelle heure est-il exactement ?

LE JEUNE MONSIEUR : Comment veux-tu que je le sache ?

LA JEUNE DAME : Tu n'as qu'à regarder ta montre.

LE JEUNE MONSIEUR : Ma montre est dans mon gilet.

LA JEUNE DAME : Va la chercher, alors.

LE JEUNE MONSIEUR, *faisant un effort pour se lever* : Huit heures.

LA JEUNE DAME, *se levant vivement* : O mon Dieu !… Vite, Alfred, passe-moi mes bas… Qu'est-ce que je vais dire chez moi ? Sûrement, on doit m'attendre déjà… Huit heures !

LE JEUNE MONSIEUR : Quand est-ce que je te reverrai ?

LA JEUNE DAME : Jamais !

LE JEUNE MONSIEUR : Emma ! Tu ne m'aimes donc plus ?

LA JEUNE DAME : Si, c'est pour cela… Donne-moi mes bottines.

LE JEUNE MONSIEUR : Plus jamais ?… Tiens, tes bottines.

LA JEUNE DAME : Dans mon sac, il y a un tire-bouton… Vite, je t'en supplie…

LE JEUNE MONSIEUR : Voici le tire-bouton.

LA JEUNE DAME : Alfred, cela peut nous perdre tous les deux.

LE JEUNE MONSIEUR, *désagréablement affecté* : Comment ?

LA JEUNE DAME : Eh bien, quand il me demandera d'où je viens, qu'est-ce qu'il faudra que je dise ?

LE JEUNE MONSIEUR : Dis-lui : de chez ta sœur.

LA JEUNE DAME : Ah ! si je savais mentir…

LE JEUNE MONSIEUR : Bah ! il faudra bien.

LA JEUNE DAME : Et tout ça pour l'amour de ce petit monsieur-là ! Allons, viens… encore un baiser. *Elle l'embrasse*. Laisse-moi… seule maintenant. Et va dans l'autre pièce… Je ne pourrai pas m'habiller si tu es là.

LE JEUNE MONSIEUR *se rend au salon où il s'habille… Il mange quelques petits gâteaux et vide un verre de cognac.*

LA JEUNE DAME *appelant, au bout d'un instant* : Alfred !

LE JEUNE MONSIEUR : Mon trésor ?

LA JEUNE DAME : Somme toute, il vaut mieux que nous n'ayons pas pleuré.

LE JEUNE MONSIEUR, *souriant, non sans orgueil* : Quelle légèreté… comment peux-tu…

LA JEUNE DAME : Comment allons-nous faire, maintenant… quand le hasard voudra que nous nous retrouvions un jour en société ?

LE JEUNE MONSIEUR : Le hasard… un jour… Mais tu vas sans doute chez les Lobheimer, demain ?

LA JEUNE DAME : Oui. Toi aussi ?

LE JEUNE MONSIEUR : Bien sûr ! Peux-tu me réserver le cotillon ?

LA JEUNE DAME : Oh ! je n'irai pas. À quoi penses-tu ?… Je n'oserais pas… *Elle entre dans le salon, complètement habillée, et prend un petit four au chocolat.* … te regarder en face.

LE JEUNE MONSIEUR : Allons, à demain, chez les Lobheimer ! Ce sera très amusant.

LA JEUNE DAME : Non, non… je n'irai pas. C'est décidé…

LE JEUNE MONSIEUR : Alors, après-demain… ici.

LA JEUNE DAME : Tu n'y penses pas !

LE JEUNE MONSIEUR : À six heures…

LA JEUNE DAME : Il y a des fiacres, au coin de la rue, n'est-ce pas ?…

LE JEUNE MONSIEUR : Oui, tant que tu voudras… Alors, après-demain, ici, à six heures… Dis oui, mon trésor adoré.

LA JEUNE DAME : … Nous en reparlerons demain, au cotillon.

LE JEUNE MONSIEUR, *l'embrassant* : Mon petit ange !

LA JEUNE DAME : Tu vas encore me décoiffer !

LE JEUNE MONSIEUR : À demain, chez les Lobheimer, et après-demain dans mes bras…

LA JEUNE DAME : Adieu !…

LE JEUNE MONSIEUR, *devenu subitement inquiet* : Et qu'est-ce que tu… vas lui dire, aujourd'hui ?…

LA JEUNE DAME : Ne me le demande pas… ne me le demande pas… C'est trop affreux… Pourquoi est-ce que je t'aime comme ça ?… Au revoir… Si je rencontre encore du monde dans l'escalier, je me trouve mal… Au revoir !…

LE JEUNE MONSIEUR *lui baisant encore une fois la main.*

LA JEUNE DAME *s'en va.*

LE JEUNE MONSIEUR *reste seul. Alors, il s'assied sur le canapé. Il sourit béatement et dit à haute voix*: Me voilà donc l'amant d'une femme honnête!

V

LA JEUNE DAME ET LE MARI

Une chambre à coucher confortable.

Il est dix heures et demie du soir. — La jeune dame est couchée, en train de lire.

Le mari entre, en robe de chambre.

LA JEUNE DAME, *sans lever les yeux*: Tu ne travailles plus?

L'ÉPOUX : Non! je suis trop fatigué. Et puis...

LA JEUNE DAME : Et puis?...

L'ÉPOUX : Je me suis senti subitement si seul à ma table de travail... J'ai eu envie de toi.

LA JEUNE DAME, *levant les yeux*: C'est vrai?

L'ÉPOUX *s'assied près d'elle sur le lit*: Arrête de lire, pour ce soir. Tu vas t'abîmer les yeux.

LA JEUNE DAME, *fermant le livre*: Qu'est-ce que tu as donc?

L'ÉPOUX : Rien, mon petit... Je suis amoureux de toi! Et tu le sais bien!

LA JEUNE DAME : Parfois, on pourrait presque l'oublier.

L'ÉPOUX : Parfois, on est même obligé de l'oublier.

LA JEUNE DAME : Pourquoi cela?

L'ÉPOUX : Parce qu'autrement, le mariage serait quelque chose d'imparfait. Il... comment dire... il perdrait son caractère sacré.

LA JEUNE DAME : Oh!...

L'ÉPOUX : Crois-moi... c'est ainsi... Si depuis cinq ans que nous sommes mariés nous n'avions pas oublié de temps en temps que nous sommes amoureux l'un de l'autre... nous ne le serions sans doute plus du tout.

LA JEUNE DAME : C'est trop profond pour moi!

L'ÉPOUX : C'est bien simple, cependant : nous avons déjà eu ensemble une dizaine, une douzaine peut-être de liaisons... Ça ne te fait pas cet effet-là?

LA JEUNE DAME : Je ne les ai pas comptées!

L'ÉPOUX : Eh bien, si nous avions savouré goulûment notre première liaison, si dès le début je m'étais abandonné corps et âme à ma passion pour toi, il nous serait arrivé ce qui arrive à des milliers de couples amoureux… Ça serait fini, nous deux !

LA JEUNE DAME : Ah !… c'est ça que tu voulais dire ?

L'ÉPOUX : Crois-moi… Emma… dans les premiers jours de notre mariage, j'avais peur que cela n'arrivât.

LA JEUNE DAME : Moi aussi.

L'ÉPOUX : Tu vois ? Est-ce que je n'ai pas raison ? Voilà pourquoi il faut, parfois, vivre quelques temps ensemble comme de bons amis.

LA JEUNE DAME : Ah bon.

L'ÉPOUX : De cette façon, nous avons le privilège de vivre de temps à autre quelques semaines d'une nouvelle lune de miel, d'autant plus que je veille à ce que ces semaines…

LA JEUNE DAME : … ne deviennent pas des mois.

L'ÉPOUX : Tu l'as dit.

LA JEUNE DAME : Et maintenant… on dirait qu'une période de pure amitié est en train de finir… ?

L'ÉPOUX, *l'attirant à lui, très tendre* : Je crois que oui.

LA JEUNE DAME : Mais si, de mon côté… je ne me sentais pas disposée…

L'ÉPOUX : Tu es dans les mêmes dispositions que moi… N'es-tu pas l'être le plus intelligent et le plus délicieux qui existe ? Je suis très heureux de t'avoir trouvée.

LA JEUNE DAME : Mais… comme tu sais être gentil et me faire la cour… quand ça te prend !

L'ÉPOUX, *se mettant également au lit* : L'homme qui connaît un peu la vie… tiens, mets ta tête sur mon épaule… qui connaît un peu la vie, considère le mariage comme une chose infiniment plus mystérieuse que vous autres, les jeunes filles de bonne famille… Vous venez à nous, pures et… ignorantes, du moins jusqu'à un certain point, et c'est pour cela que vous avez de l'amour une vision plus claire que nous.

LA JEUNE DAME, *riant* : Oh !

L'ÉPOUX : Certainement. Car les multiples aventures par lesquelles nous avons dû passer avant le mariage nous ont donné des idées confuses et bien flottantes. Vous entendez beaucoup de choses, vous e[illegible] et vous lisez plus qu'il ne faudrait ; malgré cela, vous n[illegible] vraiment savoir ce que nous avons vécu, nous les homm[illegible] qu'il y a de quoi être dégoûté de l'amour quand on c[illegible] créatures auxquelles nous sommes condamnés.

La jeune dame : Ah bon ! comment sont-elles, ces créatures ?

L'Époux, *lui baisant le front* : Mon petit, estime-toi heureuse de ne pas te rendre compte de leur situation ! Du reste, la plupart d'entre elles inspirent la pitié… et il ne faut pas leur jeter la pierre.

La jeune dame : Je t'en prie… cette pitié… ne me paraît guère à sa place.

L'Époux, *avec une noble mansuétude* : Si, elles la méritent. Vous, les jeunes filles de bonne famille qui avez grandi sous l'œil vigilant de vos parents, en attendant l'homme d'honneur qui vous épouserait, vous ne pouvez pas comprendre la misère qui fait sombrer la plupart de ces malheureuses dans le péché.

La jeune dame : Alors, elles se vendent toutes ?

L'Époux : Ce n'est pas ce que je dis. D'ailleurs, je ne parle pas uniquement de la misère matérielle… Mais il y a aussi… comment dirais-je… une misère morale, une manière défectueuse de comprendre ce qui est permis, et surtout de concevoir le bien.

La jeune dame : Mais pourquoi sont-elles à plaindre ?… car elles s'en sortent très bien, non ?

L'Époux : Tu as de drôles d'idées, mon petit. N'oublie pas que ces créatures-là sont fatalement condamnées à tomber toujours plus bas ! Impossible de s'arrêter sur la pente.

La jeune dame, *se serrant contre lui* : La chute a l'air d'être assez agréable.

L'Époux, *péniblement surpris* : Comment peux-tu dire ça, Emma ? Il me semble qu'il ne doit rien y avoir de plus abject pour vous autres, les femmes honnêtes, que celles qui ne le sont pas.

La jeune dame : Certainement, Karl, certainement… Du reste, j'ai dit cela… comme ça !… Raconte encore… J'aime tellement t'entendre parler de ces choses-là… Raconte-moi quelque chose.

L'Époux : Quoi donc ?…

La jeune dame : Eh bien… parle-moi de ces créatures.

L'Époux : Mais tu n'y penses pas !

La jeune dame : Écoute, tu te souviens qu'autrefois, tout à fait au début, je te demandais souvent de me parler de ta jeunesse.

L'Époux : En quoi cela peut-il t'intéresser ?

La jeune dame : Est-ce que tu n'es pas mon mari ? N'est-ce pas tout de même un peu injuste que j'ignore tout de ton passé ?

L'Époux : Tu ne voudrais pas que j'aie le mauvais goût de te… Assez, Emma… il me semble que nous profanons quelque chose.

La jeune dame : Et pourtant… tu as serré dans tes bras je ne sais …en de ces femmes, exactement comme moi en ce moment.

L'ÉPOUX : Ne dis pas « femmes », voyons. La femme, c'est toi.

LA JEUNE DAME : Mais il faut que tu me répondes… sinon… sinon… pas question de lune de miel.

L'ÉPOUX : Tu as des façons de parler… souviens-toi que tu es mère… que notre petite fille dort à côté…

LA JEUNE DAME, *se serrant contre lui* : Et je voudrais aussi un petit garçon !

L'ÉPOUX : Emma !

LA JEUNE DAME : Voyons, ne sois pas si… je suis ta femme, c'est entendu… mais je voudrais aussi être un peu… ta maîtresse.

L'ÉPOUX : Tu voudrais ?…

LA JEUNE DAME : Donc… réponds d'abord, toi !

L'ÉPOUX, *résigné* : Eh bien, voyons ?

LA JEUNE DAME : Est-ce que… parmi elles… il y a eu une femme mariée ?

L'ÉPOUX : Comment ?… Qu'est-ce que tu veux dire ?

LA JEUNE DAME : Mais c'est pourtant clair !

L'ÉPOUX, *un peu inquiet* : Comment une pareille question te vient-elle à l'esprit ?

LA JEUNE DAME : Je voudrais savoir s'il… s'il y a… je sais qu'il y a des femmes comme ça… mais je te demande si toi…

L'ÉPOUX, *grave* : Est-ce que tu en connais, de ces femmes-là ?

LA JEUNE DAME : Ma foi, je n'en sais rien !

L'ÉPOUX : Parmi tes amies, y en aurait-il une, de ces femmes-là ?

LA JEUNE DAME : Comment veux-tu que je réponde oui… ou non avec certitude à une chose pareille ?

L'ÉPOUX : Est-ce que par hasard un jour une de tes amies… car entre femmes, comme ça… on parle de tant de choses… il n'y en aurait pas une qui t'aurait avoué ?

LA JEUNE DAME, *hésitante* : Non.

L'ÉPOUX : Est-ce que tu soupçonnes quelqu'une de tes amies de…

LA JEUNE DAME : Soupçonner… oh… soupçonner…

L'ÉPOUX : Tu m'en as tout l'air.

LA JEUNE DAME : Certainement non, Karl, certainement non. En y réfléchissant bien, je n'en crois aucune capable de cela.

L'ÉPOUX : Aucune ?

LA JEUNE DAME : Aucune de mes amies.

L'ÉPOUX : Promets-moi une chose, Emma.

LA JEUNE DAME : Quoi donc ?

L'ÉPOUX : De ne jamais te lier avec une femme… dont tu aurais le plus léger soupçon qu'elle… ne mène pas une vie irréprochable.

LA JEUNE DAME : Tu as besoin d'une promesse ?

L'ÉPOUX : Je sais bien que tu ne rechercheras pas les femmes de ce genre. Mais enfin le hasard... Il arrive d'ailleurs très souvent que des femmes dont la réputation est douteuse recherchent la société des femmes honnêtes, soit pour faire les intéressantes, soit par une certaine... comment dirais-je... une certaine... nostalgie de la vertu.

LA JEUNE DAME : Ah !

L'ÉPOUX : Oui. Je crois que ce que je viens de dire est très juste. Une nostalgie de la vertu. Car toutes ces femmes sont très malheureuses, au fond, tu peux me croire.

LA JEUNE DAME : Pourquoi ?

L'ÉPOUX : Pourquoi, Emma ?... Comment peux-tu poser une question pareille ?... Rends-toi compte de l'existence que mènent ces femmes ! Tout y est mensonge, ruse, infamie, et que de dangers !

LA JEUNE DAME : Oui sans doute. Tu dois avoir raison.

L'ÉPOUX : Vraiment... elles paient cher le peu de bonheur... le peu de...

LA JEUNE DAME : De plaisir.

L'ÉPOUX : Pourquoi, plaisir ? Comment peux-tu avoir l'idée d'appeler cela du plaisir ?

LA JEUNE DAME : Enfin... il faut bien que ce soit agréable... Autrement, elles ne le feraient pas !

L'ÉPOUX : Ce n'est rien... c'est une griserie.

LA JEUNE DAME, *pensive* : Une griserie.

L'ÉPOUX : Non, ce n'est même pas une griserie... En tout cas, ce qui est certain, c'est que... ça se paye cher !

LA JEUNE DAME : Alors, tu en as fait l'expérience, une fois... n'est-ce pas ?

L'ÉPOUX : Oui, Emma... Et c'est le plus triste de mes souvenirs.

LA JEUNE DAME : Qui était-ce ? Dis-le moi ! Est-ce que je la connais ?

L'ÉPOUX : Jamais de la vie !

LA JEUNE DAME : Est-ce qu'il y a longtemps ? Était-ce très longtemps avant notre mariage ?

L'ÉPOUX : Ne me questionne pas, je t'en supplie, ne me questionne pas.

LA JEUNE DAME : Mais Karl !

L'ÉPOUX : Elle est morte.

LA JEUNE DAME : Sérieusement ?

L'ÉPOUX : Oui... ce que je vais dire est peut-être ridicule, mais j'ai l'impression que toutes ces femmes-là meurent jeunes.

LA JEUNE DAME : Est-ce que tu l'as beaucoup aimée ?

L'ÉPOUX : Les menteuses, on ne les aime pas.

LA JEUNE DAME : Alors, pourquoi…

L'ÉPOUX : Une griserie…

LA JEUNE DAME : Ah bon ! tout de même…

L'ÉPOUX : N'en parlons plus, je t'en prie… Tout cela est passé depuis longtemps. Je n'en ai aimé qu'une… c'est toi. On ne peut aimer que lorsqu'on trouve la vérité et la pureté.

LA JEUNE DAME : Karl !

L'ÉPOUX : Oh ! quelle douceur, quelle sécurité l'on éprouve dans ces bras-là ! Pourquoi ne t'ai-je pas connue tout enfant ? Je crois que je n'aurais jamais regardé une autre femme !

LA JEUNE DAME : Karl !

L'ÉPOUX : Et tu es belle !… belle !… Oh ! viens !… *Il éteint la lumière.*

....

LA JEUNE DAME : Sais-tu à quoi je pense, ce soir ?

L'ÉPOUX : À quoi, mon trésor ?

LA JEUNE DAME : À… à… à Venise.

L'ÉPOUX : Notre première nuit…

LA JEUNE DAME : Oui… c'est…

L'ÉPOUX : Eh bien ?… Dis-moi donc !

LA JEUNE DAME : C'est ainsi que tu m'aimes aujourd'hui.

L'ÉPOUX : Oui, c'est exactement ainsi.

LA JEUNE DAME : Ah… Si tu voulais, toujours…

L'ÉPOUX, *dans ses bras* : Comment ?

LA JEUNE DAME : Karl chéri !

L'ÉPOUX : Que veux-tu dire ? Si je voulais toujours… ?

LA JEUNE DAME : Oui ! enfin…

L'ÉPOUX : Eh bien ! qu'est-ce qu'il y aurait, si je… toujours… ?

LA JEUNE DAME : Je saurais toujours, alors, que tu m'aimes.

L'ÉPOUX : Oui. Mais il faut que tu t'en souviennes de toute façon. On n'est pas toujours le mari amoureux. Il faut aussi, de temps en temps, se lancer dans la mêlée, affronter la vie avec ses bagarres et ses risques [1]. Ne l'oublie pas, mon petit… Il y a un temps pour tout, dans le mariage… c'est là sa beauté. Tu sais qu'il n'y a pas beaucoup de gens qui au bout de cinq ans se souviennent encore de leur… Venise.

LA JEUNE DAME : Sans doute !

L'ÉPOUX : Et maintenant… bonne nuit, mon petit.

LA JEUNE DAME : Bonne nuit !

VI

L'ÉPOUX ET LA GRISETTE

Un cabinet particulier *au Riedhof*[1]*. C'est confortable, mais plus ou moins élégant. Le poêle à gaz est allumé…*

L'époux. La grisette.

Sur la table, on voit les restes d'un souper… meringues à la crème, fruits, fromages… Dans les verres, un vin blanc de Hongrie.

L'ÉPOUX *fume un havane, assis dans le coin du canapé.*

LA GRISETTE *est assise à côté de lui sur une chaise, et avec une cuillère prend la crème d'une meringue qu'elle savoure avec délice.*

L'ÉPOUX : C'est bon?

LA GRISETTE *sans s'interrompre* : Oh!

L'ÉPOUX : En veux-tu une autre?

LA GRISETTE : Non, j'ai déjà trop mangé.

L'ÉPOUX : Ton verre est vide! *Il lui verse à boire.*

LA GRISETTE : Non… je vous en prie. De toute façon, je ne le boirai pas!

L'ÉPOUX : Voilà que tu me redis *vous.*

LA GRISETTE : Ah bon?… c'est que vous savez, je ne m'y habitue pas.

L'ÉPOUX : Tu sais…

LA GRISETTE : Quoi donc?

L'ÉPOUX : Il faut me dire «tu sais» et non pas «vous savez»… Viens t'asseoir près de moi.

LA GRISETTE : Un instant… je n'ai pas encore fini.

L'ÉPOUX *se lève, passe derrière la chaise et enlace la grisette en attirant sa tête à lui.*

LA GRISETTE : Eh bien, qu'est-ce qu'il y a?

L'ÉPOUX : Je voudrais un baiser.

LA GRISETTE, *l'embrassant* : Vous êtes… oh! pardon, tu es joliment entreprenant.

L'ÉPOUX : Tu viens de t'en apercevoir?

LA GRISETTE : Oh! non… je m'en suis déjà aperçue tout à l'heure… dans la rue… Vous devez…

L'ÉPOUX : Tu dois.

LA GRISETTE : Qu'est-ce que tu dois penser de moi !

L'ÉPOUX : Pourquoi ?

LA GRISETTE : Parce que j'ai accepté votre invitation comme ça, tout de suite, en cabinet particulier.

L'ÉPOUX : Oh ! pas vraiment tout de suite.

LA GRISETTE : C'est que vous savez si gentiment demander...

L'ÉPOUX : Tu trouves ?

LA GRISETTE : Et après tout, quel mal y a-t-il ?

L'ÉPOUX : Aucun !

LA GRISETTE : Qu'on se promène ensemble ou...

L'ÉPOUX : D'ailleurs, il fait beaucoup trop froid pour se promener.

LA GRISETTE : Certainement, il faisait trop froid.

L'ÉPOUX : Mais il fait bon ici, n'est-ce pas ? *Il s'est de nouveau assis, enlace la grisette et l'attire à lui.*

LA GRISETTE, *mollement* : Oh !...

L'ÉPOUX : Dis-moi vite... m'avais-tu remarqué avant ?

LA GRISETTE : Mais oui, dans la *Singerstrasse*[1].

L'ÉPOUX : Non, je ne parle pas d'aujourd'hui. Avant-hier, et avant avant-hier, quand je t'ai suivie...

LA GRISETTE : Il y en beaucoup qui me suivent...

L'ÉPOUX : J'en suis persuadé... mais, est-ce que tu m'avais remarqué ?

LA GRISETTE : Savez-vous... ah... sais-tu ce qui m'est arrivé dernièrement ? Le mari de ma cousine m'a suivie, dans l'obscurité, et ne m'a pas reconnue.

L'ÉPOUX : Est-ce qu'il t'a abordée ?

LA GRISETTE : Penses-tu !... Tout le monde n'a pas ton toupet.

L'ÉPOUX : Ça arrive cependant.

LA GRISETTE : Évidemment, ça arrive.

L'ÉPOUX : Et alors, que fais-tu ?

LA GRISETTE : Ben, rien... Je ne réponds pas, voilà.

L'ÉPOUX : Hum... mais à moi, tu m'as répondu.

LA GRISETTE : Oh ! Est-ce que vous m'en voudriez, par hasard ?

L'ÉPOUX, *l'embrassant avec passion* : Tes lèvres ont un goût de meringue.

LA GRISETTE : Oh ! elles sont naturellement sucrées.

L'ÉPOUX : Beaucoup d'hommes t'ont dit ça ?

LA GRISETTE : Beaucoup !! Qu'est-ce que c'est encore que cette histoire-là ?

L'ÉPOUX : Voyons, sois franche, pour une fois. Combien y en a-t-il qui ont déjà embrassé cette bouche?

LA GRISETTE : Pourquoi me le demandes-tu? Tu ne me croirais pas, si je te le disais!

L'ÉPOUX : Pourquoi ne te croirais-je pas?

LA GRISETTE : Devine, un peu!

L'ÉPOUX : Eh bien, mettons... mais tu ne te fâcheras pas?

LA GRISETTE : Pourquoi je me fâcherais?

L'ÉPOUX : Voyons... vingt à peu près.

LA GRISETTE, *se dégageant* : Oh!... pourquoi pas cent, tout de suite?

L'ÉPOUX : J'ai essayé de deviner.

LA GRISETTE : Mais tu as mal deviné.

L'ÉPOUX : Dix, alors?

LA GRISETTE, *amère* : Évidemment. Quand on s'est laissé aborder en pleine rue et emmener immédiatement en cabinet particulier!

L'ÉPOUX : Ne fais pas l'enfant... qu'on soit ici ou dans la rue... Nous sommes dans un restaurant, ici! le garçon peut entrer à tout moment... il n'y a aucun mal à cela...

LA GRISETTE : C'est exactement ce que je me suis dit.

L'ÉPOUX : Avais-tu jamais été dans un cabinet particulier?

LA GRISETTE : Eh bien... à dire la vérité... oui.

L'ÉPOUX : Vois-tu, cela me fait plaisir que tu sois sincère, au moins.

LA GRISETTE : Mais ça ne s'est pas passé comme... comme tu crois... J'y ai été un soir avec une amie et son fiancé, un soir de cette année, pendant le carnaval.

L'ÉPOUX : Et même si tu y étais allée une fois... avec ton ami... ce ne serait pas un crime...

LA GRISETTE : Bien sûr que ce ne serait pas un crime. Mais je n'ai pas d'ami.

L'ÉPOUX : Tu te fiches de moi!

LA GRISETTE : Ma parole, que je n'en ai pas!

L'ÉPOUX : Tu ne vas pourtant pas me faire croire que je suis...

LA GRISETTE : Quoi donc?... Je n'en ai pas... voilà six mois que je n'en ai pas.

L'ÉPOUX : Ah! je comprends!... Et avant? Qui était-ce?

LA GRISETTE : Mais pourquoi êtes-vous si curieux?

L'ÉPOUX : Je suis curieux parce que je t'aime bien.

LA GRISETTE : C'est vrai?

L'ÉPOUX : Bien sûr ! Tu ne t'en aperçois pas ? Voyons raconte-moi. *Il la serre contre lui.*

LA GRISETTE : Qu'est-ce que tu veux que je te raconte ?

L'ÉPOUX : Ne te fais pas prier si longtemps ! Je voudrais savoir qui c'était.

LA GRISETTE, *riant* : Un homme, pardi.

L'ÉPOUX : Alors... alors... qui était-ce ?

LA GRISETTE : Il te ressemblait un peu.

L'ÉPOUX : Ah ?

LA GRISETTE : S'il n'y avait pas eu cette ressemblance...

L'ÉPOUX : Eh bien... quoi ?

LA GRISETTE : Quelle question ! Tu ne t'en doutes pas... ?

L'ÉPOUX, *comprenant* : Ah ! c'est pour ça que tu m'as laissé t'aborder ?

LA GRISETTE : Mais oui.

L'ÉPOUX : Dans ce cas, je ne sais pas du tout si c'est flatteur pour moi ou vexant.

LA GRISETTE : Moi, à ta place, je serais flatté.

L'ÉPOUX : D'accord.

LA GRISETTE : D'ailleurs, tu as la même façon de parler... et le même regard, aussi...

L'ÉPOUX : Quel était son métier ?

LA GRISETTE : Non, ces yeux... !

L'ÉPOUX : Comment s'appelait-il ?

LA GRISETTE : Non, ne me regarde pas comme ça, je t'en supplie.

L'ÉPOUX *l'étreint. Long baiser ardent.*

LA GRISETTE *frissonne et veut se lever.*

L'ÉPOUX : Pourquoi t'éloignes-tu de moi ?

LA GRISETTE : Il est temps de rentrer.

L'ÉPOUX : Plus tard !

LA GRISETTE : Non, il est vraiment temps que je rentre... Qu'est-ce que tu crois que va dire ma mère ?

L'ÉPOUX : Tu habites chez ta mère ?

LA GRISETTE : Bien entendu, j'habite chez ma mère. Qu'est-ce que tu croyais ?

L'ÉPOUX : Bon... chez ta mère... Et tu habites seule avec elle ?

LA GRISETTE : Oh là là, seule ! Nous sommes cinq ! Deux garçons et deux autres filles.

L'ÉPOUX : Voyons, ne te mets pas si loin de moi... Tu es l'aînée ?

LA GRISETTE : Non, je suis la seconde. L'aînée, c'est Kathi ; elle travaille dans un magasin, chez un fleuriste... après, c'est moi.

L'ÉPOUX : Et toi, qu'est-ce que tu fais?

LA GRISETTE : Ben, je suis à la maison.

L'ÉPOUX : Toujours?

LA GRISETTE : Il faut bien qu'il en reste une à la maison.

L'ÉPOUX : C'est juste… À propos, qu'est-ce que tu dis à ta mère quand tu… rentres tard comme ça, à la maison?

LA GRISETTE : Cela m'arrive si rarement!

L'ÉPOUX : Ce soir, par exemple? Ta mère va te poser des questions, non?

LA GRISETTE : Bien sûr qu'elle va m'en poser… J'ai beau marcher à pas de loup… elle se réveille toujours quand je rentre.

L'ÉPOUX : Et alors, que lui diras-tu?

LA GRISETTE : Eh bien, que j'ai été au théâtre.

L'ÉPOUX : Et elle te croira?

LA GRISETTE : Pourquoi ne me croirait-elle pas? Je vais souvent au théâtre. Dimanche encore, j'ai été à l'Opéra avec mon amie, son fiancé et mon frère aîné.

L'ÉPOUX : Comment vous étiez-vous donc procuré les places?

LA GRISETTE : C'est que mon frère est coiffeur!

L'ÉPOUX : Ah oui, les coiffeurs… et sans doute coiffeur dans un théâtre…

LA GRISETTE : Mais pourquoi me poses-tu tant de questions?

L'ÉPOUX : C'est que cela m'intéresse. Et ton autre frère?

LA GRISETTE : Il va encore à l'école. Il veut être instituteur… Drôle d'idée!

L'ÉPOUX : Et puis, tu as encore une petite sœur?

LA GRISETTE : Oui, c'est encore une gamine, mais il faut déjà avoir l'œil sur elle. Tu n'as pas idée comme les petites filles se dévergondent à l'école. Figure-toi que, dernièrement, je l'ai surprise à un rendez-vous.

L'ÉPOUX : Comment ça?

LA GRISETTE : Oui! Elle est allée se promener à sept heures et demi du soir dans la *Strozzigasse*[1] avec un garçon de l'école d'en face… Tu parles d'une gamine!

L'ÉPOUX : Et qu'est-ce que tu as fait?

LA GRISETTE : Ben, elle a reçu une raclée.

L'ÉPOUX : Tu es si sévère?

LA GRISETTE : Et qui donc le serait, sinon? Notre aînée travaille au magasin, et la mère ne fait que geindre du matin au soir. Alors, c'est sur moi que tout retombe.

L'ÉPOUX : Mon Dieu, que tu es gentille. *Il l'embrasse et devient plus tendre.* Toi aussi, tu me rappelles quelqu'un.

LA GRISETTE : Ah!... qui donc?

L'ÉPOUX : Personne de spécial... tu me rappelles l'époque de... le temps où j'étais jeune, voilà. Allons, bois, mon petit!

LA GRISETTE : D'ailleurs, quel âge as-tu?... Dis... je ne sais même pas comme tu t'appelles.

L'ÉPOUX : Karl.

LA GRISETTE : Pas possible! Tu t'appelles Karl?

L'ÉPOUX : Il s'appelait Karl, lui aussi?

LA GRISETTE : Non, mais c'est inouï, c'est formidable... C'est vraiment... et ces yeux... ce regard... *Elle secoue la tête.*

L'ÉPOUX : Et qui c'était... tu ne me l'as toujours pas dit...

LA GRISETTE : C'était un pas grand-chose... c'est certain, sans quoi il ne m'aurait pas plaquée.

L'ÉPOUX : Est-ce que tu l'as beaucoup aimé?

LA GRISETTE : Je crois bien que je l'ai aimé!

L'ÉPOUX : Je sais ce qu'il était... lieutenant!

LA GRISETTE : Non, ce n'était pas un soldat... Ils n'ont pas voulu de lui... Son père est propriétaire d'une maison, rue... mais tout ça ne te regarde pas...

L'ÉPOUX *l'embrasse* : Tiens, en fait tu as les yeux gris; j'avais d'abord cru qu'ils étaient noirs.

LA GRISETTE : Ils ne sont peut-être pas assez beaux pour toi, mes yeux?

L'ÉPOUX *lui baise les yeux.*

LA GRISETTE : Non, non... ne m'embrasse pas comme ça!... Ça me... oh! non, je t'en prie!... laisse-moi me lever... un instant seulement... je t'en supplie!

L'ÉPOUX, *de plus en plus tendre* : Oh, non...

LA GRISETTE : Si, je t'en supplie, Karl...

L'ÉPOUX : Quel âge as-tu?... dix-huit, c'est ça?

LA GRISETTE : Dix-neuf passés...

L'ÉPOUX : Dix-neuf... Et moi...?

LA GRISETTE : Tu as trente...

L'ÉPOUX : Et quelques... N'en parlons pas.

LA GRISETTE : Lui aussi avait trente-deux ans, quand je l'ai connu.

L'ÉPOUX : Il y a combien de temps?

LA GRISETTE : Je ne sais plus... Dis donc, il devait y avoir quelque chose dans ce vin?

L'Époux : Pourquoi cela ?

La grisette : Je suis toute… tu sais… j'ai la tête qui tourne.

L'Époux : Serre-toi fort contre moi… Là, c'est ça. *Il la serre contre lui et devient de plus en plus tendre… c'est à peine si elle se défend.* Dis-moi, mon trésor, il serait peut-être temps de nous en aller.

La grisette : Oui… à la maison…

L'Époux : Pas tout à fait à la maison…

La grisette : Qu'est-ce que tu as dit ?… Jamais de la vie ! Non, non… y a rien à faire !…

L'Époux : Eh bien, écoute, mon petit, la prochaine fois que nous nous verrons, nous nous arrangerons de façon que… *Il s'est laissé glisser à terre et met sa tête sur les genoux de la grisette.* Ah ! que c'est bon… que c'est bon !

La grisette : Qu'est-ce que tu fais ? *Elle lui baise les cheveux…* Il devait y avoir quelque chose dans le vin… je tombe de sommeil… Dis, qu'est-ce qui arrivera si je ne peux plus me relever ?… Oh ! Karl… Karl… qu'est-ce que tu fais… Si quelqu'un venait… non, je t'en supplie… le garçon…

L'Époux : Il n'y a pas de garçon qui tienne… il n'entrera pas… je te le jure…

………………………………………………………………

La grisette, *les yeux clos, est étendue dans le coin du canapé.*

L'Époux *arpente la petite pièce… il a allumé une cigarette.*

Silence prolongé.

L'Époux *considère longuement la grisette… À mi-voix* : Qu'est-ce que c'est que cette petite, au fond… Je n'en sais rien ! Nom de Dieu !… je me suis emballé… Pas très prudent, tout ça… Hum…

La grisette, *sans ouvrir les yeux* : Il devait y avoir quelque chose dans le vin.

L'Époux : Mais pourquoi donc ?

La grisette : Sans quoi, je ne…

L'Époux : Pourquoi veux-tu que ce soit le vin ?…

La grisette : Mais où es-tu ? Tu es loin… viens près de moi.

L'Époux *s'assied près d'elle.*

La grisette : Dis-moi maintenant, si tu m'aimes vraiment.

L'Époux : Tu le sais bien… *Il s'interrompt aussitôt.* Évidemment je t'aime !

La grisette : Parce que, tout de même… Allons, dis-moi la vérité, qu'est-ce qu'il y avait dans le vin ?

L'ÉPOUX : Ah çà, est-ce que tu me prends pour… tu crois que je suis un empoisonneur ?

LA GRISETTE : C'est que, tu vois, je n'y comprends rien. Je t'assure que je ne suis pas si… Voyons, nous ne nous connaissons que depuis… Vraiment, jamais, jamais, je n'ai été aussi… Jésus Marie… si tu allais croire que…

L'ÉPOUX : Mais non, ne te mets donc pas martel en tête… Je ne crois rien de mal… Je crois seulement que tu m'aimes bien.

LA GRISETTE : Oui…

L'ÉPOUX : Tu sais, quand deux jeunes gens soupent ensemble, qu'ils sont seuls, et qu'ils boivent du vin… il n'y a pas besoin de quelque chose dans le vin pour…

LA GRISETTE : Oh ! j'ai dit ça pour la forme.

L'ÉPOUX : Comment, pour la forme ?

LA GRISETTE, *butée* : Ben quoi, j'étais honteuse.

L'ÉPOUX : C'est ridicule… Il n'y a aucune raison, d'autant moins que je te rappelle ton premier amant.

LA GRISETTE : Oui.

L'ÉPOUX : Le premier…

LA GRISETTE : Mais oui…

L'ÉPOUX : J'aimerais tout de même savoir qui étaient les autres.

LA GRISETTE : C'était personne.

L'ÉPOUX : Ce n'est pas vrai, ce n'est pas possible.

LA GRISETTE : Allons, je t'en prie, ne m'embête pas…

L'ÉPOUX : Veux-tu une cigarette ?

LA GRISETTE : Non, je te remercie.

L'ÉPOUX : Sais-tu l'heure qu'il est ?

LA GRISETTE : Alors ?

L'ÉPOUX : Onze heures et demie.

LA GRISETTE : Ah !…

L'ÉPOUX : Eh bien… et ta mère ? Elle y est habituée, hein ?

LA GRISETTE : Tu veux vraiment que je rentre déjà ?

L'ÉPOUX : Mais tu disais tout à l'heure que…

LA GRISETTE : Oh ! Tu es tout changé ! Qu'est-ce que je t'ai fait ?

L'ÉPOUX : Mais mon petit, qu'est-ce qui te prend, en voilà des idées !

LA GRISETTE : Ah ! là là… Si t'avais pas eu ce regard… parole d'honneur… t'en aurais été pour tes frais… t'es pas le premier qui m'avait demandé de venir en cabinet particulier… eh bien, jamais…

L'ÉPOUX : Si tu veux, nous reviendrons ici tous les deux... tu veux bien?... ou nous irons ailleurs?...

LA GRISETTE : Je sais pas.

L'ÉPOUX : Comment, tu ne sais pas?

LA GRISETTE : C'est pas une question qu'on pose.

L'ÉPOUX : Bon. Alors quand? Mais je dois tout de suite te dire que je n'habite pas Vienne. Je n'y viens que de temps en temps et pour quelques jours seulement.

LA GRISETTE : Comment ça, que t'es pas viennois, toi?

L'ÉPOUX : Si, je suis viennois. Mais pour l'instant, j'habite les environs.

LA GRISETTE : Où ça?

L'ÉPOUX : Mon Dieu, c'est sans importance.

LA GRISETTE : Oh! N'aie pas peur... j'irai pas t'y chercher.

L'ÉPOUX : Mon Dieu, tu peux venir si ça t'amuse... j'habite Graz[1].

LA GRISETTE : Sérieusement?

L'ÉPOUX : Mais oui, qu'est-ce qui t'étonne?

LA GRISETTE : Tu es marié, hein?

L'ÉPOUX, *très étonné* : D'où te vient cette idée?

LA GRISETTE : Il m'a semblé, c'est tout...

L'ÉPOUX : Cela ne te gênerait pas, n'est-ce pas?

LA GRISETTE : Ben, je préférerais que tu sois garçon... Mais, puisque tu es marié!

L'ÉPOUX : Dis-moi quand même, comment cette idée t'est venue?

LA GRISETTE : Quand un homme vous dit qu'il n'habite pas Vienne et qu'il n'est pas souvent libre...

L'ÉPOUX : Cela ne me semble pas invraisemblable.

LA GRISETTE : Je te crois pas.

L'ÉPOUX : Et tu n'aurais pas de remords de débaucher un homme marié?

LA GRISETTE : Tu parles... D'ailleurs ta femme en fait sans doute autant...

L'ÉPOUX, *très indigné* : Dis donc, je te défends de parler ainsi...

LA GRISETTE : Je croyais que tu n'avais pas de femme...

L'ÉPOUX : Que j'en aie une ou non... ce sont des choses qu'on ne dit pas. *Il se lève.*

LA GRISETTE : Karl, voyons, Karl, qu'est-ce qu'il y a? Tu es fâché? Écoute, je savais pas que tu étais marié... J'ai dit ça en l'air... Viens là, et ne te fâche pas...

L'ÉPOUX *revenant près d'elle au bout de quelques secondes*: Quelles étranges créatures vous êtes, vous les femmes! *Il redevient tendre.*

LA GRISETTE : Non... assez... il est trop tard...

L'ÉPOUX : Alors, écoute-moi bien. Parlons sérieusement, pour une fois. Je désirerais te revoir, te revoir souvent.

LA GRISETTE : C'est vrai?

L'ÉPOUX : Mais il faudrait aussi que... je puisse avoir confiance en toi... Je ne peux pas te surveiller.

LA GRISETTE : Ah! Je me surveillerai bien toute seule.

L'ÉPOUX : Tu es... je ne dirais pas naïve... mais très jeune... et... les hommes, ce n'est pas la conscience qui les étouffe, en général!

LA GRISETTE : Oh! là là!

L'ÉPOUX : D'abord..., il y a la morale, mais il y a autre chose aussi... Tu me comprends, n'est-ce pas?...

LA GRISETTE : Dis donc, pour qui me prends-tu au juste?

L'ÉPOUX : Donc... si tu veux m'aimer... n'aimer que moi... nous pourrions nous arranger... quoique j'habite Graz. J'aimerais trouver quelque chose... ici ce n'est pas très commode, quelqu'un peut entrer à tout moment.

LA GRISETTE *se serre contre lui.*

L'ÉPOUX : La prochaine fois... nous nous retrouverons ailleurs, n'est-ce pas?

LA GRISETTE : Oui.

L'ÉPOUX : Quelque part où personne ne viendra nous déranger.

LA GRISETTE : Oui.

L'ÉPOUX *l'étreignant avec passion*: Viens, nous parlerons de tout cela en rentrant. *Il se lève, ouvre la porte et crie.* Garçon... l'addition!

VII

LA GRISETTE ET LE POÈTE

Une petite pièce meublée avec goût et confort. Des rideaux plongent la chambre dans la pénombre. Stores roses aux fenêtres. Un grand bureau couvert de livres et de papiers. Contre le mur, un piano droit. — La grisette et le poète entrent ensemble. Le poète ferme la porte.

LE POÈTE : Nous y voilà, mon trésor. *Il l'embrasse.*

LA GRISETTE, *portant une cape et un chapeau* : Ah! Mais c'est très bien ici. Seulement on n'y voit rien.

LE POÈTE : Il faut que tes yeux s'habituent à la pénombre… ces jolis yeux. *Il lui baise les paupières.*

LA GRISETTE : Oui, mais ces jolis yeux n'en auront pas le temps.

LE POÈTE : Pourquoi donc?

LA GRISETTE : Parce que je ne reste qu'une minute.

LE POÈTE : Tu ôtes ton chapeau, tout de même?

LA GRISETTE : Pour quelques minutes?

LE POÈTE, *retirant l'épingle du chapeau et le posant sur une table* : Et ta cape…

LA GRISETTE : Pourquoi faire?… Puisqu'il faut que je reparte tout de suite.

LE POÈTE : Mais tu as besoin de te reposer! Nous avons marché pendant trois heures.

LA GRISETTE : Nous étions en voiture…

LE POÈTE : Oui, pour rentrer… Mais nous avons fait une trotte de trois bonnes heures le long de la rivière, à *Weidling am Bach*[1]. Allons assieds-toi, mon petit… où tu voudras… tiens, ici, près du bureau… ou plutôt non, on n'est pas bien là. Assieds-toi sur le canapé… là, comme ça. *Il la fait asseoir.* Et si tu es très fatiguée, tu peux aussi t'étendre… là. *Il l'étend sur le canapé.* Comme ça, ta petite tête sur le coussin.

LA GRISETTE, *riant* : Mais je ne suis pas fatiguée du tout!

LE POÈTE : C'est ce que tu crois. Là… et si tu as sommeil, tu peux aussi dormir. Je ne ferai pas de bruit. Je vais d'ailleurs te jouer une berceuse… qui est de moi… *Il va au piano.*

LA GRISETTE : De toi?

LE POÈTE : Oui.

LA GRISETTE : Je croyais que tu étais docteur, Robert.[2]

LE POÈTE : Comment? Je t'ai pourtant dit que j'étais écrivain.

LA GRISETTE : Mais tous les écrivains sont des doctaires.

LE POÈTE : Non, pas tous. Moi, par exemple, je ne le suis pas. Pourquoi me dis-tu ça maintenant?

LA GRISETTE : Eh bien, parce que tu dis que le morceau que tu joues est de toi.

LE POÈTE : Oui… Cela n'a pas d'importance, après tout. Mais au fond, peut-être qu'il n'est pas de moi?… De moi ou d'un autre d'ailleurs, peu importe… il suffit qu'il soit joli… pas vrai?

LA GRISETTE : Bien sûr… faut qu'il soit joli… c'est le principal.

LE POÈTE : Comprends-tu ma pensée ?

LA GRISETTE : Laquelle ?

LE POÈTE : Comprends-tu ce que je viens de dire ?

LA GRISETTE, *d'un air endormi* : Oui, bien sûr.

LE POÈTE *se levant et allant lui caresser les cheveux* : Tu n'y as rien compris.

LA GRISETTE : Avec ça, je ne suis pas si bête !

LE POÈTE : Mais si, tu es si bête… et c'est pour ça que je t'aime. C'est si bon les petites filles bêtes… je veux dire bêtes à ta façon.

LA GRISETTE : Dis donc, qu'est-ce que tu as à me dénigrer ?

LE POÈTE : Mon ange ! Mon petit chéri !… Alors, n'est-ce pas qu'on est bien sur mon tapis persan ? Il est moelleux ?

LA GRISETTE : Oh ! oui. Dis, tu ne voudrais pas encore me jouer quelque chose ?

LE POÈTE : Non, j'aime mieux être à côté de toi. *Il la caresse.*

LA GRISETTE : Si tu allumais, dis ?

LE POÈTE : Oh ! non… C'est si bon ce clair-obscur ! Toute la journée, nous avons pris un vrai bain de soleil. Et à présent nous en émergeons et nous jetons le crépuscule sur nous… comme un peignoir… *Il rit…* Ah ! non… il faudrait trouver un autre mot… Qu'en dis-tu ?

LA GRISETTE : Je ne sais pas.

LE POÈTE, *s'écartant légèrement d'elle* : Divine, cette bêtise ! *Il prend un carnet et y inscrit quelques mots.*

LA GRISETTE : Qu'est-ce que tu fais ? *Elle se tourne vers lui.* Tu notes quelque chose ?

LE POÈTE, *à mi-voix* : Soleil, bain, crépuscule, peignoir… là. *Il remet le carnet dans sa poche. À voix haute.* Rien… Maintenant, dis-moi, mon trésor, tu ne voudrais pas boire ou manger quelque chose ?

LA GRISETTE : Non, je n'ai pas soif. Mais j'ai faim.

LE POÈTE : Hem… j'aimerais mieux que tu aies soif. J'ai du cognac ici, mais pour manger, il faudrait que j'aille chercher quelque chose.

LA GRISETTE : Tu ne peux pas envoyer quelqu'un ?

LE POÈTE : C'est difficile, ma domestique n'est plus là, à cette heure-ci… attends… je vais y aller moi-même… Qu'est-ce que tu voudrais ?

LA GRISETTE : Non, ce n'est plus la peine, au fond ; de toute façon il faut que je rentre.

LE POÈTE : Mon petit, il n'en est pas question. Je vais te dire une chose : quand nous repartirons nous irons dîner quelque part.

La grisette : Oh ! non, je n'aurai pas le temps. Et puis où pourrions-nous aller ? Quelqu'un de ma connaissance risquerait de me voir.

Le poète : Tu connais tant de monde que ça ?

La grisette : Il suffirait que quelqu'un de précis nous voie, et ce serait la catastrophe.

Le poète : Quel genre de catastrophe ?

La grisette : Ben, tu sais… si ma mère apprenait quoi que ce soit…

Le poète : Nous pouvons aller quelque part où personne ne nous verra ; il y a des restaurants avec des cabinets particuliers.

La grisette, *chantonnant* : « Oui, nous souperons en cabinet particulier. »

Le poète : Tu y as déjà été, en cabinet particulier ?

La grisette : Eh bien, pour être franche… oui.

Le poète : Quel était l'heureux mortel ?

La grisette : Oh ! cela ne s'est pas passé comme tu crois… j'y ai été avec mon amie et son fiancé. C'est eux qui m'avaient emmenée.

Le poète : Tiens ! Et tu voudrais que je croie cela ?

La grisette : Tu n'es pas forcé de me croire !

Le poète : Est-ce que tu as rougi ? On n'y voit plus rien. Je ne distingue plus tes traits. *De sa main il lui caresse les joues*. Mais je te reconnais tout de même.

La grisette : Oui, fais bien attention ! Tu pourrais me confondre avec une autre.

Le poète : C'est singulier, je n'arrive plus à me rappeler à quoi tu ressembles.

La grisette : Charmant !

Le poète, *sérieux* : Dis, c'est presque inquiétant, ton image se dérobe… Dans un certain sens, je t'ai déjà oubliée… Et si je ne me rappelais pas le son de ta voix… que serais-tu, au fond ?… Toute proche, si loin et à la fois… c'est troublant.

La grisette : Qu'est-ce que tu me racontes là ?

Le poète : Rien, mon ange, rien. Où sont tes lèvres… *Il lui donne un baiser*.

La grisette : Tu ne voudrais pas allumer ?

Le poète : Non… *Il devient très tendre*. Dis-moi si tu m'aimes.

La grisette : Beaucoup… oh ! oui, beaucoup !

Le poète : En as-tu déjà aimé un autre comme moi ?

La grisette : Je te l'ai déjà dit, non.

Le poète : Pourtant… *Il soupire*.

La grisette : Celui-là, c'était mon fiancé.

LE POÈTE : J'aimerais mieux que tu ne penses pas à lui en ce moment.

LA GRISETTE : Mais qu'est-ce que tu fais… Écoute… Arrête…

LE POÈTE : Tiens, nous pourrions nous imaginer maintenant que nous sommes dans un palais, aux Indes…

LA GRISETTE : Là-bas, ils sont sûrement moins polissons que toi.

LE POÈTE : Quelle sottise ! C'est prodigieux… Ah, si tu savais ce que tu es pour moi !

LA GRISETTE : Dis voir ?

LE POÈTE : Ne me repousse pas tout le temps ! Je ne te fais rien… pour le moment.

LA GRISETTE : Dis donc, mon corset me gêne !

LE POÈTE, *très simple* : Ôte-le.

LA GRISETTE : Oui, mais ce n'est pas une raison pour que tu fasses des bêtises !

LE POÈTE : Bien sûr. *La grisette s'est levée et ôte sa robe dans l'obscurité.*

LE POÈTE, *qui pendant ce temps est resté assis sur le divan* : Dis-moi, tu n'es pas curieuse du tout de connaître mon nom de famille ?

LA GRISETTE : Ah ! si, comment t'appelles-tu ?

LE POÈTE : Je ne vais pas te dire comment je m'appelle, mais plutôt le nom que j'ai choisi.

LA GRISETTE : Ah bon ! quelle différence ?

LE POÈTE : Je veux dire, le nom que j'ai choisi comme écrivain.

LA GRISETTE : Ah ! tu n'écris pas sous ton vrai nom ?

Le poète se rapproche d'elle.

LA GRISETTE : Ah… mais !… non…

LE POÈTE : Quel parfum tu as !… C'est exquis. *Il lui met des baisers sur la poitrine.*

LA GRISETTE : Tu déchires ma chemise.

LE POÈTE : Ôte-la… ôte-la… Tout cela est superflu.

LA GRISETTE : Voyons, Robert !

LE POÈTE : Et maintenant, viens dans notre palais des Indes.

LA GRISETTE : Dis-moi d'abord si tu m'aimes vraiment.

LE POÈTE : Mais je t'adore. *Il l'embrasse passionnément.* Je t'adore, mon trésor, mon printemps… mon…

LA GRISETTE : Robert… Robert…

. . . .

LE POÈTE : Ce fut un bonheur supraterrestre… le nom que j'ai choisi…

LA GRISETTE : Oh ! Robert… mon Robert !

LE POÈTE : C'est Biebitz.

LA GRISETTE : Pourquoi t'as choisi Biebitz?

LE POÈTE : Je ne m'appelle pas Biebitz... c'est le nom que j'ai pris... voyons... est-ce que tu ne connais pas ce nom-là?

LA GRISETTE : Non.

LE POÈTE : Tu ne connais pas le nom de Biebitz? Ah... c'est exquis. Vraiment? Tu dis que tu ne le connais pas, mais ce n'est pas vrai?

LA GRISETTE : Ma parole, c'est la première fois que je l'entends!

LE POÈTE : Tu ne vas donc jamais au théâtre?

LA GRISETTE : Oh! si... j'y ai été tout récemment avec un... tu sais, l'oncle d'une amie à moi, et avec mon amie, nous sommes allées à l'Opéra, voir *Cavalleria*[1].

LE POÈTE : Hem! Alors, tu ne vas jamais au Burgtheater[2]?

LA GRISETTE : Là, on ne me donne jamais de places à l'œil.

LE POÈTE : Je t'enverrai un billet, très bientôt.

LA GRISETTE : C'est ça! Mais n'oublie pas! Et pour quelque chose d'amusant!

LE POÈTE : Ah bon, amusant... et quelque chose de triste, tu ne veux pas y aller?

LA GRISETTE : Je n'aime pas beaucoup ça.

LE POÈTE : Même si la pièce est de moi?

LA GRISETTE : Allez... une pièce de toi? Tu écris pour les théâtres?

LE POÈTE : Excuse-moi, je vais allumer. Je ne t'ai pas encore vue depuis que tu es ma maîtresse... Petit ange! *Il allume des flambeaux.*

LA GRISETTE : Dis donc, ça me gêne. Passe-moi au moins une couverture.

LE POÈTE : Tout à l'heure. *Il s'approche d'elle avec un flambeau et la contemple longuement.*

LA GRISETTE, *se cachant le visage dans ses mains* : Voyons... Robert!

LE POÈTE : Tu es belle, tu es la beauté, peut-être même es-tu la nature... tu es la simplicité toute pure.

LA GRISETTE : Oh là là! tu fais tomber des gouttes sur moi! Pour quoi est-ce que tu ne fais pas attention!

LE POÈTE, *reposant le flambeau* : Tu es ce que j'ai toujours cherché. Tu m'aimes pour moi, tu m'aimerais même si j'étais commis chez un drapier. Cela fait du bien. Jusqu'à maintenant, j'ai eu des doutes, je te l'avoue. Dis-le moi franchement : tu ne savais vraiment pas que j'étais Biebitz?

LA GRISETTE : Mais allez! Je ne connais personne qui s'appelle Biebitz.

LE POÈTE : Et l'on parle de gloire! Non, oublie tout ce que j'ai dit, oublie même le nom que je t'ai dit! Je suis Robert pour toi, et je veux le rester.

Tout ça, c'était pour rire. *D'un ton léger.* D'ailleurs, je ne suis pas écrivain ; je suis commis et le soir j'accompagne au piano des chanteurs de caf'conc'.

LA GRISETTE : Eh bien maintenant... je n'y comprends plus rien... Et ces yeux que tu fais ! Qu'est-ce que tu as à me regarder comme ça ?

LE POÈTE : Quelle étrange chose... j'en ai les larmes aux yeux, mon trésor, et cela ne m'était pour ainsi dire jamais arrivé... Tu m'émeus profondément. Nous ne nous quitterons plus, dis... nous nous aimerons beaucoup.

LA GRISETTE : Dis donc, c'est vrai, que tu accompagnes des chanteurs de caf'conc' ?

LE POÈTE : Oui, mais ne me pose pas de questions. Si tu m'aimes, ne me pose aucune question. Dis-moi : tu ne pourrais pas te rendre absolument libre, pour quelques semaines ?

LA GRISETTE : Comment ça, absolument libre ?

LE POÈTE : Eh bien, vis-à-vis de ta famille.

LA GRISETTE : Comment ? Mais c'est impossible ! Qu'est-ce qu'elle dirait, ma mère ? Et puis, sans moi, tout irait de travers à la maison.

LE POÈTE : L'idée me paraissait si belle : vivre quelque part avec toi, seul avec toi, n'importe où, dans la solitude, dans la forêt, en pleine nature, pendant quelques semaines. La nature... en pleine nature !... et puis, un beau jour, adieu... on s'en irait chacun de son côté, sans savoir où.

LA GRISETTE : Ça y est, tu parles déjà de se dire adieu, et moi qui croyais que tu m'aimais tant !

LE POÈTE : Mais justement... *Il se penche vers elle et lui met un baiser sur le front.* Petit être aimé !

LA GRISETTE : Tiens, serre-moi bien fort, j'ai froid !

LE POÈTE : Il va être temps de te rhabiller. Là, j'allume encore quelques bougies pour toi.

LA GRISETTE, *se levant* : Tu ne regarderas pas ?

LE POÈTE : Non. *À la fenêtre.* Dis-moi, mon petit, es-tu heureuse ?

LA GRISETTE : Qu'est-ce que tu veux dire ?

LE POÈTE : Je veux dire, d'une manière générale, est-ce que tu es heureuse ?

LA GRISETTE : Couci-couça.

LE POÈTE : Tu ne me comprends pas. Tu m'en as dit assez sur ta situation, sur ta famille : je sais que tu n'es pas une princesse. Mais, abstraction faite de tout cela, si tu regardes ta vie en toute simplicité... est-ce que tu te sens vivre ?

LA GRISETTE : Dis, t'aurais pas un peigne ?

LE POÈTE, *va à sa table de toilette, lui donne un peigne et la considère* : Grand Dieu ! ce que tu es jolie !

LA GRISETTE : Non... pas maintenant !

LE POÈTE : Allez, reste ici, reste encore, je vais aller chercher de quoi dîner, et...

LA GRISETTE : Mais il est déjà beaucoup trop tard.

LE POÈTE : Il est neuf heures à peine.

LA GRISETTE : Tu es très gentil, mais il faut que je me trotte.

LE POÈTE : Et quand nous reverrons-nous ?

LA GRISETTE : Mais... quand veux-tu me revoir ?

LE POÈTE : Demain.

LA GRISETTE : Quel jour c'est, demain ?

LE POÈTE : Samedi.

LA GRISETTE : Oh ! je peux pas, le samedi, il faut que j'aille chez notre tuteur avec ma petite sœur.

LE POÈTE : Eh bien, dimanche... hein... dimanche... dimanche... écoute, je vais t'expliquer quelque chose : je ne suis pas Biebitz, mais Biebitz est un de mes amis. Je te le présenterai une fois. Mais dimanche, on joue une pièce de Biebitz ; je t'enverrai un billet et j'irai te prendre à la sortie du théâtre. Tu me diras si tu as aimé la pièce. Ça va ?

LA GRISETTE : Bon, voilà l'histoire de Biebitz qui recommence... Là, je n'y comprends vraiment plus rien.

LE POÈTE : Ce sera seulement quand tu m'auras dit ce que tu penses de cette pièce que je te connaîtrai vraiment.

LA GRISETTE : Voilà... je suis prête.

LE POÈTE : Viens, mon trésor. *Ils sortent.*

VIII

LE POÈTE ET L'ACTRICE

Une chambre dans un hôtel, à la campagne. C'est un soir de printemps ; le clair de lune baigne les prairies et les collines ; les fenêtres sont ouvertes. Un grand silence. Le poète et l'actrice entrent ; au moment où ils franchissent le seuil, la bougie que le poète tient à la main s'éteint.

LE POÈTE : Oh…

L'ACTRICE : Qu'y a-t-il ?

LE POÈTE : La lumière… Mais nous n'en avons pas besoin. Regarde comme il fait clair. C'est merveilleux !

L'ACTRICE *tombe soudain à genoux près de la fenêtre, les mains jointes.*

LE POÈTE : Qu'as-tu donc ?

L'ACTRICE *ne répond pas.*

LE POÈTE, *allant à elle* : Qu'est-ce que tu fais donc ?

L'ACTRICE, *furieuse* : Tu ne vois pas que je prie ?…

LE POÈTE : Tu crois en Dieu ?

L'ACTRICE : Certainement, je ne suis pas une misérable crapule !

LE POÈTE : Ah bon !

L'ACTRICE : Approche-toi un peu, agenouille-toi près de moi. Tu peux prier aussi, pour une fois. Cela ne fera pas pâlir l'auréole de ta gloire.

LE POÈTE *s'agenouille près d'elle et la prend dans ses bras.*

L'ACTRICE : Débauché !… *Elle se relève.* Et sais-tu qui j'ai prié ?

LE POÈTE : Le bon Dieu, je suppose.

L'ACTRICE, *avec un profond dédain* : Comment donc ! c'est toi que j'ai prié.

LE POÈTE : Alors, pourquoi regardais-tu par la fenêtre ?

L'ACTRICE : Réponds-moi plutôt, séducteur, où m'as-tu entraînée ?

LE POÈTE : Mais mon petit, c'est toi qui as voulu venir ici. Tu avais envie de campagne… et tout précisément de celle-ci.

L'ACTRICE : Eh bien, n'ai-je pas eu raison ?

LE POÈTE : Mais si, c'est délicieux ici. Dire que nous sommes à deux heures de Vienne… et dans une solitude complète ! Sans parler de la région !

L'ACTRICE : Tu vois ! Te rends-tu compte de ce que tu pourrais écrire ici, si le hasard voulait que tu aies du talent ?

LE POÈTE : Tu étais déjà venue ici ?

L'ACTRICE : Comment, si j'y étais venue ? Ha ! Mais j'y ai vécu pendant des années.

LE POÈTE : Avec qui ?

L'ACTRICE : Avec Fritz, naturellement.

LE POÈTE : Ah, bon !

L'ACTRICE : Je l'ai adoré, cet homme !…

LE POÈTE : Oui, tu me l'as déjà dit.

L'ACTRICE : Dis donc… je peux aussi repartir, si je t'ennuie !

LE POÈTE : M'ennuyer, toi ?… Tu ne sais pas ce que tu es pour moi. Tu es tout un monde… Tu es le divin, tu es le génie… tu es… tiens, tu es la simplicité toute pure… Oui, tu… Mais tu ne devrais pas parler de Fritz en ce moment.

L'ACTRICE : C'était sans doute un lapsus… voilà!

LE POÈTE : Je suis heureux que tu t'en rendes compte.

L'ACTRICE : Viens, embrasse-moi! *Le poète l'embrasse.* Là, on va se dire bonne nuit, maintenant. Bonsoir, mon trésor.

LE POÈTE : Qu'est-ce que cela signifie?

L'ACTRICE : Hé bien, que je vais me coucher, tout simplement.

LE POÈTE : Oui, évidemment… mais pour se dire bonne nuit… où est-ce que je vais dormir, moi?

L'ACTRICE : Il reste sûrement beaucoup de chambres disponibles dans cette demeure.

LE POÈTE : Mais les autres n'ont aucun attrait pour moi. D'ailleurs, je vais allumer à présent, n'est-ce pas?

L'ACTRICE : Oui.

LE POÈTE, *allumant une lampe qui est posée sur la table de nuit* : Quelle jolie chambre!… Et on est très pieux dans ce pays. Des images de dévotion partout… Ce serait intéressant de passer quelque temps avec ces gens-là… c'est un monde différent. Au fond, nous savons si peu de choses des autres.

L'ACTRICE : Ne dis pas d'âneries et passe-moi plutôt mon petit sac, là… sur la table.

LE POÈTE : Voici, mon trésor unique.

L'ACTRICE *tire de son sac une petite image encadrée, et la pose sur la table de nuit.*

LE POÈTE : Qu'est-ce que c'est?

L'ACTRICE : C'est la Sainte Vierge.

LE POÈTE : Tu l'as toujours avec toi?

L'ACTRICE : C'est mon porte-bonheur. Et maintenant va-t'en, Robert.

LE POÈTE : Mais qu'est-ce que c'est que cette plaisanterie? Tu ne veux pas que je t'aide?

L'ACTRICE : Non, je veux que tu t'en ailles, maintenant.

LE POÈTE : Et je suis censé revenir quand?…

L'ACTRICE : Dans dix minutes.

LE POÈTE, *l'embrassant* : Au revoir.

L'ACTRICE : Où vas-tu aller?

LE POÈTE : Je vais me promener sous ta fenêtre. J'adore faire les cent pas, la nuit, dehors. C'est alors que j'ai mes meilleures idées. Et surtout près de toi, porté pour ainsi dire par le souffle du désir… et inspiré par ton art.

L'ACTRICE : Tu parles comme un imbécile…

LE POÈTE, *tristement* : Il y a des femmes qui diraient, peut-être, comme un poète.

L'ACTRICE : Allons, va-t'en ! Mais ne tourne pas autour de la serveuse, autant que possible…

LE POÈTE, *sort.*

L'ACTRICE *se déshabille. Elle écoute le poète descendre l'escalier de bois, puis entend résonner ses pas sous sa fenêtre. Dès qu'elle a achevé sa toilette de nuit, elle va à la fenêtre et regarde : il est là ; elle l'appelle à mi-voix :* Viens !

LE POÈTE *remonte vite, se précipite vers elle, qui pendant ce temps s'est mise au lit et a éteint la lumière ; il ferme la porte à clef.*

L'ACTRICE : Là, maintenant tu peux t'asseoir sur mon lit et me raconter quelque chose.

LE POÈTE *s'asseyant près d'elle sur le lit* : Tu ne veux pas que je ferme la fenêtre ? Tu n'as pas froid ?

L'ACTRICE : Oh, non !

LE POÈTE : Qu'est-ce que tu veux que je te raconte ?

L'ACTRICE : Dis-moi un peu qui tu trompes en ce moment.

LE POÈTE : Personne encore, malheureusement.

L'ACTRICE : Eh bien, si cela peut te consoler, moi aussi, je trompe quelqu'un.

LE POÈTE : Je m'en doute.

L'ACTRICE : Et tu sais qui c'est ?

LE POÈTE : Ça, mon petit, je n'en ai pas la moindre idée.

L'ACTRICE : Voyons, devine.

LE POÈTE : Attends… Ah ! ton directeur.

L'ACTRICE : Mon cher, je ne suis pas une figurante !

LE POÈTE : Ce n'était qu'une idée parmi d'autres.

L'ACTRICE : Cherche encore.

LE POÈTE : Eh bien, tu trompes ton camarade… Benno.

L'ACTRICE : Allons donc… il n'aime pas les femmes, celui-là… tu ne le sais pas ? Il est au mieux avec son facteur.

LE POÈTE : Pas possible !…

L'ACTRICE : Allons, embrasse-moi plutôt !

LE POÈTE *la prend dans ses bras.*

L'ACTRICE : Mais qu'est-ce que tu fais ?

LE POÈTE : Arrête un peu de me faire souffrir.

L'ACTRICE : Écoute, Robert, je vais te faire une proposition. Viens te coucher près de moi.

LE POÈTE : J'accepte!

L'ACTRICE : Mais vite, vite!

LE POÈTE : Je me précipite... Si ça n'avait dépendu que de moi... il y a longtemps... Oh, tu entends?...

L'ACTRICE : Quoi donc?

LE POÈTE : Les grillons qui chantent, là dehors.

L'ACTRICE : Tu perds la tête, mon petit, il n'y a pas de grillons ici.

LE POÈTE : Pourtant tu les entends.

L'ACTRICE : Enfin, viendras-tu?

LE POÈTE : Me voici. *Il est près d'elle.*

L'ACTRICE : Là, tu vas rester tranquille... bien gentiment... Chut!... pas bouger.

LE POÈTE : Mais qu'est-ce qui te prend?

L'ACTRICE : Tu voudrais être mon amant, n'est-ce pas?

LE POÈTE : Tu commences à t'en apercevoir?

L'ACTRICE : Il y en a d'autres qui le voudraient...

LE POÈTE : Oui, mais pour le moment mes chances à moi sont les plus sérieuses.

L'ACTRICE : Eh bien, viens, mon Grillon. Je ne t'appellerai plus que Grillon, désormais.

LE POÈTE : Très bien...

L'ACTRICE : Alors, qui est-ce que je trompe?

LE POÈTE : Qui?... moi peut-être...

L'ACTRICE : Mon petit, tu as le cerveau joliment fêlé.

LE POÈTE : Ou bien... quelqu'un que tu n'as jamais vu... quelqu'un que tu ne connais pas... quelqu'un qui est fait pour toi et que tu ne pourras jamais trouver...

L'ACTRICE : Arrête, je t'en prie, ta bêtise tient du prodige.

LE POÈTE : ... C'est curieux... toi aussi... on croirait cependant... Mais non, ce serait t'enlever ce que tu as de meilleur que de vouloir te... Viens dans mes bras... viens...

....

L'ACTRICE : Ah! Ça vaut mieux que de jouer dans des pièces imbéciles... qu'en penses-tu?

LE POÈTE : Hé bien je pense... qu'il est heureux que tu aies malgré tout l'occasion de jouer de temps en temps dans des pièces de valeur.

L'ACTRICE : Espèce de prétentieux, c'est sûrement de la tienne que tu parles encore ?

LE POÈTE : Mais oui.

L'ACTRICE, *très sérieuse* : C'est sans doute une pièce magnifique.

LE POÈTE : Ah, enfin !

L'ACTRICE : Oui, tu es un vrai génie, Robert.

LE POÈTE : Tu ne voudrais pas m'expliquer alors pourquoi tu t'es décommandée avant-hier. Tu allais parfaitement bien, pourtant.

L'ACTRICE : Eh bien, je voulais te faire enrager.

LE POÈTE : Mais pourquoi ? Qu'est-ce que je t'ai fait ?

L'ACTRICE : Tu as été prétentieux.

LE POÈTE : Comment cela ?

L'ACTRICE : C'est l'avis de tout le monde au théâtre.

LE POÈTE : Ah !

L'ACTRICE : Mais je leur ai dit : il a bien le droit d'être prétentieux, cet homme.

LE POÈTE : Et qu'est-ce qu'ils ont répondu ?

L'ACTRICE : Qu'est-ce que tu veux que les gens me répondent ? Je ne parle à personne.

LE POÈTE : Ah ! bon.

L'ACTRICE : S'ils le pouvaient, ils m'empoisonneraient tous. Mais ils n'y réussiront pas.

LE POÈTE : Ne pense donc pas à ces gens-là en ce moment. Réjouissons-nous plutôt d'être ici, et dis-moi que tu m'aimes.

L'ACTRICE : Ne te l'ai-je pas prouvé ?

LE POÈTE : Ces choses-là ne se prouvent pas.

L'ACTRICE : Elle est forte, celle-là ! Qu'est-ce qu'il te faut donc encore ?

LE POÈTE : Il doit y avoir beaucoup d'hommes à qui tu as donné les mêmes preuves… les as-tu tous aimés ?

L'ACTRICE : Oh ! non. Je n'en ai aimé qu'un.

LE POÈTE, *l'embrassant* : Ma…

L'ACTRICE : Fritz.

LE POÈTE : Je m'appelle Robert. Que suis-je alors pour toi, si tu penses à Fritz en ce moment ?

L'ACTRICE : Tu es un caprice.

LE POÈTE : Très heureux de l'apprendre.

L'ACTRICE : Comment, tu n'es pas fier ?

LE POÈTE : De quoi suis-je censé être fier ?

L'ACTRICE : Tu as toutes les raisons de l'être.

LE POÈTE : Ah ! parce que…

L'ACTRICE : Mais oui, parce que… mon pauvre petit grillon !… À propos, est-ce qu'ils chantent encore, tes grillons ?

LE POÈTE : Sans arrêt. Tu ne les entends donc pas ?

L'ACTRICE : Si, je les entends. Mais ce sont des grenouilles, mon petit.

LE POÈTE : Tu te trompes ; celles-là, elles coassent.

L'ACTRICE : Bien sûr qu'elles coassent.

LE POÈTE : Or, ceci n'est pas un coassement, c'est un chant.

L'ACTRICE : Tu es le garçon le plus entêté que je connaisse. Tiens, embrasse-moi, ma grenouille.

LE POÈTE : Je t'en prie, ne m'appelle pas ainsi, ça m'énerve positivement.

L'ACTRICE : Mais comment veux-tu que je t'appelle ?

LE POÈTE : J'ai un nom : Robert.

L'ACTRICE : Ah ! il est trop ridicule.

LE POÈTE : Pourtant je te prie de m'appeler tout simplement par mon nom.

L'ACTRICE : Eh bien ! Robert, embrasse-moi… Ah ! *Elle l'embrasse*. Tu es content, ma grenouille ? Hahahaha !

LE POÈTE : Tu ne me permettrais pas de fumer ?

L'ACTRICE : Mais si ; passe-moi une cigarette aussi. *Il prend son étui à cigarettes sur la table de nuit, en sort deux, les allume et lui en passe une.*

L'ACTRICE : Au fait, tu ne m'as pas encore parlé de mon succès d'hier.

LE POÈTE : Quel succès ?

L'ACTRICE : Allons…

LE POÈTE : Ah ! oui. Je n'étais pas au théâtre.

L'ACTRICE : Tu aimes à plaisanter.

LE POÈTE : Pas du tout. Comme tu t'étais décommandée avant-hier, j'ai pensé que tu ne serais pas encore en pleine possession de tes moyens hier, et j'ai préféré ne pas y aller.

L'ACTRICE : Eh bien, tu as eu grand tort.

LE POÈTE : Ah !

L'ACTRICE : Ç'a été sensationnel ! Le public en est devenu tout pâle.

LE POÈTE : Tu as vu ça nettement ?

L'ACTRICE : Benno m'a dit : Ma petite, tu as joué divinement.

LE POÈTE : Hem !… Alors qu'avant-hier tu étais si malade !

L'ACTRICE : Oui, parfaitement, je l'étais. Et sais-tu de quoi ? Malade du désir de toi.

LE POÈTE : Tu m'as raconté tout à l'heure que tu voulais me faire enrager, et que c'était pour ça que tu n'étais pas venue.

L'ACTRICE : Mais tu ne sais pas ce que c'est que mon amour pour toi. Toi, tout te laisse froid, n'est-ce pas? Mais moi, j'ai déjà eu quarante de fièvre pendant des nuits entières.

LE POÈTE : Pour un caprice, c'est un peu fort.

L'ACTRICE : Tu appelles ça un caprice? Je meurs d'amour pour toi, et tu appelles ça un caprice?

LE POÈTE : Mais… Fritz…?

L'ACTRICE : Fritz?… Ne me reparle jamais de ce vil truand!…

IX

L'ACTRICE ET LE COMTE

La chambre à coucher de l'actrice. Très luxueusement meublée. Il est midi; les stores sont encore baissés; sur la table de nuit un flambeau est allumé; l'actrice est couchée dans son lit à baldaquin. Sur la couverture, une quantité de journaux.

Le comte entre, en uniforme de capitaine de dragons. Il reste debout sur le seuil.

L'ACTRICE : C'est vous, Comte!

LE COMTE : Madame votre mère m'a autorisé, autrement je ne me serais pas…

L'ACTRICE : Je vous en prie, entrez donc.

LE COMTE : Mes hommages. Pardon… quand on vient du dehors… je n'y vois pas encore bien. Ah… si, m'y voilà. — *Il est près du lit.*… Mes hommages!

L'ACTRICE : Asseyez-vous, mon cher Comte.

LE COMTE : Madame votre mère m'a dit que vous étiez souffrante mademoiselle… mais j'espère que ce n'est rien de grave.

L'ACTRICE : Rien de grave? J'ai frôlé la mort!

LE COMTE : Grand Dieu, est-ce possible?

L'ACTRICE : En tout cas, vous êtes trop aimable d'être venu.

LE COMTE : Frôlé la mort! Et hier encore vous avez joué divinement.

L'ACTRICE : Oui, ça a été un vrai triomphe.

LE COMTE : Un triomphe inouï! Toute la salle était emballée. Je ne parle pas de moi.

L'ACTRICE : Merci de vos jolies fleurs.

LE COMTE : Oh! je vous en prie, Mademoiselle.

L'ACTRICE, *indiquant des yeux une grande corbeille, posée sur une petite table devant une fenêtre* : Les voilà.

LE COMTE : Vous avez été comblée de fleurs et de bouquets, hier.

L'ACTRICE : Elles sont restées dans ma loge. Je n'ai fait apporter ici que votre corbeille.

LE COMTE, *lui baisant la main* : Vous êtes trop gentille. *L'actrice lui prend soudain la main et la lui baise.*

LE COMTE : Mais... Mademoiselle...

L'ACTRICE : Ne craignez rien, mon cher Comte, cela ne vous engage à rien.

LE COMTE : Vous êtes une personne singulière... On pourrait presque dire : énigmatique. *Un silence.*

L'ACTRICE : Mademoiselle Birken est sans doute moins mystérieuse?

LE COMTE : Évidemment, la petite Birken n'est pas compliquée, quoique... D'ailleurs, je la connais très peu, vous savez.

L'ACTRICE : Ah!

LE COMTE : Vous pouvez me croire. Mais vous, vous êtes une énigme faite femme. Et le mystère m'a toujours attiré. Que de temps, que de plaisir perdu quand je songe que c'est hier... que je vous ai vue jouer pour la première fois.

L'ACTRICE : Est-il possible?

LE COMTE : Que voulez-vous, Mademoiselle, ce n'est pas facile d'aller au théâtre. Je suis habitué à dîner tard... alors quand on arrive, le plus intéressant est passé. Vous comprenez?

L'ACTRICE : Eh bien, désormais, vous dînerez plus tôt.

LE COMTE : Oui, j'y ai déjà pensé. Je pourrais aussi ne pas dîner. Ce n'est pas un plaisir, le dîner.

L'ACTRICE : Quels sont exactement les plaisirs que vous goûtez encore, jeune vieillard?

LE COMTE : Je me le demande quelquefois moi-même. Mais je ne suis pas un vieillard. Il doit y avoir un autre motif.

L'ACTRICE : Croyez-vous?

LE COMTE : Oui. Mon ami Loulou, par exemple, me dit souvent que je suis un philosophe. Vous savez, Mademoiselle, il veut dire par là que je réfléchis trop.

L'ACTRICE : Oui... réfléchir, c'est le grand malheur.

LE COMTE : J'ai trop de temps, c'est pour cela que je réfléchis. Vous voyez, Mademoiselle, je pensais qu'en venant à Vienne tout cela changerait, que je m'amuserais, que je me distrairais ! Mais pas du tout, c'est la même chose que là-haut.

L'ACTRICE : Où donc, là-haut ?

LE COMTE : Eh bien, par là-bas, vous savez, Mademoiselle, en Hongrie, dans les petits trous où j'ai été en garnison, le plus souvent.

L'ACTRICE : Ah ! oui. Et qu'est-ce que vous faisiez en Hongrie ?

LE COMTE : Eh bien, Mademoiselle, du service, comme je vous le disais.

L'ACTRICE : Mais pourquoi êtes-vous resté si longtemps en Hongrie ?

LE COMTE : Ça s'est trouvé comme ça.

L'ACTRICE : Il y a de quoi devenir fou.

LE COMTE : Pourquoi donc ? On a bien plus à faire qu'ici, vous savez, Mademoiselle. Il y a l'instruction des recrues, le dressage des jeunes chevaux... et puis le pays n'est pas si vilain qu'on le dit. Cette vaste plaine a ses charmes... et les couchers de soleil là-bas, c'est dommage que je ne sois pas peintre ; je me disais souvent : si j'étais peintre, je le ferais. Il y en avait un, dans le régiment, le jeune Splany, il avait un talent fou... Mais mes histoires doivent vous ennuyer, Mademoiselle ?

L'ACTRICE : Oh ! pas du tout, je m'amuse follement.

LE COMTE : Vous savez, Mademoiselle, avec vous, on peut parler. Mon ami Loulou me l'avait bien dit, et c'est cela qui est rare.

L'ACTRICE : Bien sûr, en Hongrie, surtout.

LE COMTE : Mais à Vienne aussi ! Les gens sont les mêmes partout ; plus il y en a et plus grande est la bousculade, c'est toute la différence... Dites-moi, Mademoiselle, aimez-vous les gens, au fond ?

L'ACTRICE : Si je les aime... ? Je les déteste ! Je ne peux pas les voir ! D'ailleurs je ne vois jamais personne. Je suis toujours seule, ma porte est condamnée.

LE COMTE : Voyez-vous, c'est bien ce que je pensais, que vous étiez une misanthrope. Cela doit arriver souvent, dans l'Art. Quand on plane à des hauteurs pareilles... Je vous envie. Au moins, vous avez un but dans l'existence !

L'ACTRICE : D'où tenez-vous cela ? Je ne sais pas du tout pourquoi je vis !

LE COMTE : Comment, Mademoiselle... célèbre... fêtée...

L'ACTRICE : Croyez-vous que ce soit le bonheur ?

LE COMTE : Le bonheur ? Pardon, Mademoiselle, mais le bonheur n'existe pas. D'ailleurs, ce sont précisément les choses dont on parle le plus qui n'existent pas... L'amour, par exemple. C'est aussi une de ces choses-là.

L'ACTRICE : Comme vous avez raison !

LE COMTE : Le plaisir… l'ivresse… ils existent, c'est indéniable… c'est quelque chose d'assuré. Mettons que j'aie du plaisir… bon ! je sais que j'en ai. Ou encore que je sois ivre : bon ! ça aussi, c'est un fait. Et quand c'est fini, eh bien, c'est fini.

L'ACTRICE, *avec importance* : C'est fini.

LE COMTE : Mais quand… comment dire… quand on ne s'abandonne pas au moment présent, quand on pense à plus tard ou à autrefois… ah ! alors c'est la fin de tout, n'est-ce pas ? Autrefois… c'est triste… plus tard, c'est flou… En un mot… on ne sait pas où on en est. Est-ce que je n'ai pas raison ?

L'ACTRICE *fait un signe d'assentiment en ouvrant ses grands yeux* : Vous avez percé le sens des choses.

LE COMTE : Et voyez-vous, Mademoiselle, une fois qu'on a compris cela, peu importe qu'on vive à Vienne, ou dans la Pušta ou à Pétaouchnok[1]. Tenez, par exemple… d'ailleurs, où puis-je mettre ma casquette ? Là… merci… de quoi parlions-nous ?

L'ACTRICE : De Pétaouchnok.

LE COMTE : Tout juste. Eh bien, comme je vous le disais, il n'y a pas de différence. Que je passe la soirée au mess ou au Club, c'est la même chose.

L'ACTRICE : Et l'amour, qu'en faites-vous, alors ?

LE COMTE : Quand on y croit, on trouve toujours quelqu'un pour vous aimer.

L'ACTRICE : Mademoiselle Birken, par exemple.

LE COMTE : Mais, Mademoiselle, pourquoi me parlez-vous tout le temps de la petite Birken ?

L'ACTRICE : Parce que c'est votre maîtresse.

LE COMTE : Ah ! par exemple !

L'ACTRICE : Tout le monde le sait.

LE COMTE : Excepté moi, c'est extraordinaire.

L'ACTRICE : Mais vous avez eu un duel, pour elle ?

LE COMTE : J'ai peut-être même été tué sans m'en apercevoir.

L'ACTRICE : Enfin, mon cher Comte, vous êtes un galant homme !… Asseyez-vous plus près de moi.

LE COMTE : Mais certainement.

L'ACTRICE : Ici. *Elle l'attire près d'elle et lui passe la main dans les cheveux.* Je savais que vous viendriez aujourd'hui !

LE COMTE : Comment cela ?

L'ACTRICE : Je le savais au théâtre, hier soir, déjà.

LE COMTE : Vous m'avez donc vu, depuis la scène?

L'ACTRICE : Malheureux… vous n'avez donc pas compris que je ne jouais que pour vous?

LE COMTE : Mais comment est-ce possible?

L'ACTRICE : J'ai frémi quand je vous ai vu assis au premier rang.

LE COMTE : Vous avez frémi, à cause de moi? Mais moi, je ne savais même pas que vous m'aviez remarqué.

L'ACTRICE : Ce que vous pouvez être désespérant, avec vos grands airs distingués!

LE COMTE : Oh! Mademoiselle…

L'ACTRICE : «Oh! Mademoiselle!…» Détachez donc votre sabre, au moins!

LE COMTE : Si vous le permettez. *Il ôte son sabre et le pose contre le lit.*

L'ACTRICE : Embrasse-moi donc, enfin!

LE COMTE *l'embrasse et elle le retient.*

L'ACTRICE : Il eût mieux valu que je ne t'aie jamais regardé!

LE COMTE : Je ne suis pas de cet avis!…

L'ACTRICE : Monsieur le Comte, vous êtes un poseur.

LE COMTE : Moi… pourquoi donc?

L'ACTRICE : Vous n'imaginez donc pas que beaucoup d'hommes seraient heureux à votre place!

LE COMTE : Mais je suis très heureux.

L'ACTRICE : Tiens, je croyais qu'il n'y avait pas de bonheur. Mais quels yeux tu me fais! Je crois que vous avez peur de moi, mon cher Comte!

LE COMTE : Je maintiens, Mademoiselle, que vous êtes une énigme.

L'ACTRICE : Ah, laisse-moi tranquille avec ta philosophie… viens près de moi. Et maintenant demande-moi quelque chose… tu auras tout ce que tu voudras. Tu es trop beau.

LE COMTE : Eh bien, alors, je demande l'autorisation… *lui baisant la main…* de revenir ce soir.

L'ACTRICE : Mais… je joue, ce soir.

LE COMTE : Après la représentation.

L'ACTRICE : Et tu ne demandes rien d'autre?

LE COMTE : Je demanderai tout le reste après la représentation.

L'ACTRICE, *vexée*: Alors, tu en seras pour tes frais… misérable poseur!

LE COMTE : C'est que, voyez-vous — ou vois-tu — nous avons été très franc vis-à-vis l'un de l'autre, n'est-ce pas?… Eh bien, moi j'aimerais mieux ça le soir, après le théâtre… on serait plus à l'aise que maintenant où… j'ai toujours peur de voir la porte s'ouvrir…

L'ACTRICE : On ne peut pas l'ouvrir du dehors.

LE COMTE : Vois-tu, je trouve que l'on ne doit pas gâcher d'avance une chose qui pourrait être délicieuse...

L'ACTRICE : Qui pourrait!...

LE COMTE : Le matin, pour être franc, je trouve l'amour détestable.

L'ACTRICE : Ah là là!... a-t-on jamais entendu pareille absurdité!

LE COMTE : S'il s'agissait de la première venue... cela n'aurait aucune importance, en fin de compte. Mais les femmes comme toi... non, traite-moi d'imbécile tant que tu voudras... mais les femmes comme toi... on ne les consomme pas avant déjeuner. Et alors... tu sais... alors...

L'ACTRICE : Mon Dieu, que tu es mignon!

LE COMTE : Tu comprends maintenant ce que je veux dire, n'est-ce pas? Je vois la chose comme...

L'ACTRICE : Ah! voyons comment tu vois la chose!

LE COMTE : Eh bien, je m'imagine... : je t'attends dans une voiture après la représentation, et nous allons souper ensemble, quelque part...

L'ACTRICE : Je ne suis pas Mademoiselle Birken.

LE COMTE : Ce n'est pas ce que je dis. Je trouve seulement qu'en toute chose il y a la manière. Ce n'est jamais qu'en soupant que je me sens en forme. Et puis, le plus beau, c'est le moment de sortir du restaurant, de rentrer tous les deux en voiture, alors...

L'ACTRICE : Alors, quoi?...

LE COMTE : Eh bien... tout est dans l'évolution des choses.

L'ACTRICE : Mets-toi plus près de moi... plus près.

LE COMTE, *s'asseyant sur le lit*: Je dois dire que de tes oreillers, monte un de ces... c'est du réséda, n'est-ce pas?

L'ACTRICE : Il fait très chaud ici, tu ne trouves pas?

LE COMTE *se penche et lui met un baiser dans le cou.*

L'ACTRICE : Ça, mon cher Comte, c'est contraire à votre programme.

LE COMTE : Qui parle de cela? Je n'ai pas de programme.

L'ACTRICE *l'attire à elle.*

LE COMTE : Il fait vraiment chaud.

L'ACTRICE : Tu trouves? Et il fait noir, on dirait la nuit... *Elle l'attire vivement à elle.* C'est le soir... c'est la nuit... Ferme les yeux, s'il fait trop clair pour toi. Viens... viens!...

LE COMTE *ne se défend plus.*

....

L'ACTRICE : Eh bien, que dis-tu de l'ambiance à présent, espèce de poseur?

LE COMTE : Tu es un petit démon.

L'ACTRICE : Qu'est-ce que c'est que cette expression?

LE COMTE : Enfin je veux dire, un ange.

L'ACTRICE : Et toi, tu aurais dû être acteur! Ma parole! Tu connais les femmes! Sais-tu ce que je vais faire, maintenant?

LE COMTE : Non.

L'ACTRICE : Je vais te dire que je ne veux plus jamais te revoir.

LE COMTE : Et pourquoi ça?

L'ACTRICE : Non, non. Tu es trop dangereux pour moi! Il y a vraiment de quoi affoler une femme. Et tu es là devant moi, comme s'il ne s'était rien passé.

LE COMTE : Mais…

L'ACTRICE : Comte, je vous demande de vous souvenir que je viens d'être votre maîtresse.

LE COMTE : Je ne l'oublierai jamais!

L'ACTRICE : Et pour ce soir, alors?

LE COMTE : Que veux-tu dire?

L'ACTRICE : Eh bien… tu voulais m'attendre à la sortie du théâtre?

LE COMTE : Eh bien, mettons… après-demain, par exemple.

L'ACTRICE : Comment, après-demain? Il était question d'aujourd'hui.

LE COMTE : Cela n'aurait pas vraiment de sens.

L'ACTRICE : Espèce de vieillard!

LE COMTE : Tu ne me comprends pas bien. Je le dis plutôt moralement… comment dois-je m'exprimer, du point de vue de l'âme.

L'ACTRICE : Mais qu'ai-je à faire de ton âme?

LE COMTE : Pourtant, crois-moi, elle joue un rôle dans ces choses-là. C'est une idée fausse, à mon avis, que de vouloir séparer les deux.

L'ACTRICE : Garde ta philosophie pour toi. Si j'en veux, je n'ai qu'à ouvrir un livre.

LE COMTE : On ne peut pas tout apprendre dans les livres.

L'ACTRICE : C'est bien vrai! Et c'est pour ça qu'il faut que tu viennes m'attendre, ce soir. Et au sujet de l'âme, nous trouverons moyen de nous mettre d'accord, espèce de crapule!

LE COMTE : Eh bien, si tu permets, je prendrai ma voiture…

L'ACTRICE : C'est ici que tu m'attendras, dans ma chambre…

LE COMTE : … Après le théâtre.

L'ACTRICE : Bien entendu!

LE COMTE *remet son sabre.*

L'ACTRICE : Qu'est-ce que tu fais?

LE COMTE : Il est temps que je m'en aille, il me semble. Je crois que pour une visite de politesse, je suis resté pas mal de temps.

L'ACTRICE : Bon, mais ce soir, ce ne sera pas une visite de politesse.

LE COMTE : Tu crois?

L'ACTRICE : Compte sur moi. Maintenant donne-moi encore un baiser, mon petit philosophe. Là, mon séducteur, là... mon joli mignon, mon voleur d'âmes, mon petit putois... *Elle lui donne encore quelques baisers ardents, puis le repousse vivement loin d'elle.* Très heureuse, mon cher Comte, d'avoir fait votre connaissance.

LE COMTE : Mes hommages respectueux, Mademoiselle. *Depuis la porte.* Au revoir.

L'ACTRICE : Adieu, Pétaouchnok!

X

LE COMTE ET LA FILLE

Il est environ six heures du matin.

Une chambre misérable, avec une seule fenêtre ; le store d'un jaune sale est baissé ; rideaux verdâtres, très fatigués. Une commode sur laquelle sont disposées quelques photographies et un chapeau de femme bon marché, d'un mauvais goût criard. Derrière la glace, des éventails japonais à dix sous. Sur la table, que recouvre un tapis rougeâtre, une lampe à pétrole qui fume et empeste ; l'abat-jour est en papier jaune ; à côté, un cruchon avec un reste de bière et un verre à demi plein. Par terre, près du lit, des vêtements de femme tombés en tas, comme si on venait de les y jeter à la hâte. La fille dort dans le lit, la respiration calme... Sur le divan, le comte est étendu, tout habillé, en pardessus de flanelle ; son chapeau est posé par terre, à la tête du divan.

LE COMTE *se retourne, se frotte les yeux, se redresse vivement, reste assis et regarde autour de lui* : Mais, comment diable suis-je... Ah! oui... J'ai donc fini par suivre cette femme chez elle... *Il se lève brusquement, aperçoit le lit.* La voilà, elle est couchée... Dire que ces choses-là m'arrivent encore, à mon âge... Je ne me souviens de rien... Est-ce qu'on m'a monté ici? Non... j'ai déjà vu tout ça... je suis entré dans cette chambre, pas de doute... j'étais encore éveillé... ou bien je me suis réveillé juste à ce moment-là... ou bien est-ce simplement que cette chambre me rappelle quelque chose?... Mais, ma parole... c'est hier que je l'ai vue, en entrant... *Il regarde sa montre.* Comment ça, hier? Non, il y a quelques heures... Je savais bien qu'il allait m'arriver quelque chose... je l'ai senti... Quand j'ai commencé à boire, hier, j'ai senti que... Mais que s'est-il passé?... Rien, je pense... Ou bien est-ce que...? Ma parole... voilà... oui, voilà bien dix ans qu'il ne m'est plus arrivé de ne pas savoir... En un mot, j'étais soûl. Si seulement je savais à partir de quel moment... Voyons, que je me rappelle : j'étais avec mon ami Loulou, et nous sommes entrés dans ce café plein de filles, et puis... non, non... nous étions encore ensemble en sortant de chez Sacher[1]... et c'est en route que... Oui, c'est ça, nous sommes montés avec Loulou dans ma voiture... Mais à quoi bon me casser la tête. Ça n'a aucune importance... Le tout, c'est de filer à présent... *Il se lève, la lampe vacille.* Oh! *Il regarde la femme endormie.* Elle a un sommeil paisible. Je ne sais pas du tout si... De toute façon, je vais laisser de l'argent sur sa table de nuit... et... Salut!... *Debout devant elle, il l'examine longuement.* Si on ne savait pas ce qu'elle est! *Il la contemple fixement.* J'en ai connu beaucoup qui n'avaient pas l'air aussi vertueux que celle-là, il s'en faut, même en dormant. Ma parole... Loulou dirait encore que je philosophe, mais c'est vrai, le sommeil rend tout le monde pareil, il me semble... exactement comme sa grande sœur, c'est-à-dire la mort[2]. Hum! Je voudrais tout de même bien savoir si... Non, je m'en souviendrais quand même... Non, non, je suis tombé tout de suite là, sur le divan... et il ne s'est rien passé... C'est incroyable ce que toutes les femmes se ressemblent, quelquefois... Allons, partons! *Il s'apprête à sortir.* Ah! au fait. *Il prend son portefeuille et va en tirer un billet de banque.*

LA FILLE, *s'éveillant* : Ah!... qui c'est, de si bon matin...? *Elle le reconnaît.* Bonjour, mon joli!

LE COMTE : Bonjour. Tu as bien dormi?

LA FILLE, *se redressant* : Allons, viens. Donne un bisou.

LE COMTE *se penche vers elle, puis se ravise et s'écarte un peu* : J'étais sur le point de partir...

LA FILLE : De t'en aller?

LE COMTE : Il est vraiment grand temps.

LA FILLE : Tu veux me quitter comme ça?

LE COMTE, *presque gêné* : C'est que...

LA FILLE : Eh bien salut. À une autre fois.

LE COMTE : C'est ça, au revoir. Tu ne veux pas me donner ta petite main?

LA FILLE *sort sa main de dessous la couverture.*

LE COMTE *lui prend la main, la lui baise machinalement, s'en aperçoit et, en riant* : Telle une princesse… D'ailleurs quand on ne voit que…

LA FILLE : Qu'est-ce que tu as à me regarder comme ça ?

LE COMTE : Quand on ne voit que cette petite tête, comme en ce moment… au réveil, elles ont toutes le même air innocent… ma parole, on pourrait se figurer tout ce qu'on voudrait, si ça ne puait pas tant le pétrole.

LA FILLE : Oui, quelle vacherie, ces lampes !

LE COMTE : Quel âge as-tu exactement ?

LA FILLE : Ben, d'après toi ?

LE COMTE : Vingt-quatre ?

LA FILLE : Hé ben, c'est ça !

LE COMTE : Davantage ?

LA FILLE : J'vais sur vingt ans.

LE COMTE : Et depuis combien de temps es-tu…

LA FILLE : Voilà un an que je fais le métier.

LE COMTE : Hé bien, tu as commencé de bonne heure.

LA FILLE : Vaut mieux trop tôt que trop tard.

LE COMTE, *s'asseyant sur le lit* : Et dis-moi un peu, est-ce que tu es heureuse ?

LA FILLE : Quoi ?

LE COMTE : Enfin, je veux dire, est-ce que tout marche bien ?

LA FILLE : Oh ! moi, ça va toujours !

LE COMTE : Tant mieux… Mais n'as-tu jamais songé que tu pourrais faire autre chose ?

LA FILLE : Et qu'est-ce que je pourrais bien faire ?

LE COMTE : Pourtant… tu es quand même une très jolie fille. Tu pourrais par exemple, avoir un amant.

LA FILLE : Non mais, est-ce que tu crois que je n'en ai pas ?

LE COMTE : Oui, je sais bien… mais je veux dire un amant… qui t'entretienne pour que tu n'aies pas besoin d'aller avec le premier venu.

LA FILLE : Mais je ne vais pas avec le premier venu. Dieu merci, j'en suis pas là : je les choisis.

LE COMTE *regarde tout autour de lui dans la chambre. Elle le remarque.*

LA FILLE : Le mois prochain nous irons habiter en ville, dans la Spiegelgasse[1].

LE COMTE : Nous ? Qui ça ?

LA FILLE : Eh bien, la patronne et les autres filles qui habitent ici.

LE COMTE : Ah ! il y en a d'autres…

LA FILLE : Là, à côté, t'entends rien ?… c'est Milli, celle qu'était au café avec moi.

LE COMTE : Il y a quelqu'un qui ronfle.

LA FILLE : Sûrement, c'est Milli ; elle va ronfler comme ça toute la journée, jusqu'à dix heures du soir. Après elle se lève et elle va au café.

LE COMTE : Mais c'est une vie épouvantable.

LA FILLE : Bien sûr. D'ailleurs la patronne, elle enrage… Moi, je suis déjà dans la rue à partir de midi.

LE COMTE : Et qu'est-ce que tu fais à midi dans la rue ?

LA FILLE : Ce que je fais ?… Ben, le tapin, pardi !

LE COMTE : Ah ! oui… c'est vrai… *Il se lève, tire son portefeuille de sa poche et dépose un billet sur la table de nuit.* Adieu.

LA FILLE : Tu t'en vas déjà… Salut… À bientôt, hein ? *Elle se couche sur le côté.*

LE COMTE, *s'arrêtant* : Dis donc… ça ne te fait plus rien du tout, n'est-ce pas ?

LA FILLE : Quoi ?

LE COMTE : Je veux dire, ça ne te fait plus aucun plaisir ?

LA FILLE, *bâillant* : Ce que j'ai envie de dormir !

LE COMTE : Ça t'est bien égal qu'on soit jeune ou vieux, ou bien qu'on…

LA FILLE : Pourquoi que tu me demandes ça ?

LE COMTE : Eh bien… *Saisi d'une idée soudaine.* Ça y est, ma parole, … je sais qui tu me rappelles, c'est…

LA FILLE : Je ressemble à quelqu'un ?

LE COMTE : Incroyable, c'est incroyable ! Et maintenant, je t'en supplie, ne parle pas, pendant au moins une minute… *Il la regarde.* C'est tout à fait le même visage, exactement le même. *Brusquement il lui met un baiser sur les yeux.*

LA FILLE : Eh bien…

LE COMTE : Ma parole, quel dommage que tu ne sois pas autre chose… sinon, ton bonheur serait assuré.

LA FILLE : Tiens, t'es tout comme Franz.

LE COMTE : Qui ça, Franz ?

LA FILLE : C'est le garçon de notre café.

LE COMTE : Et en quoi suis-je comme Franz ?

LA FILLE : Il me répète tout le temps que je pourrais faire mon bonheur et qu'il faut que je l'épouse.

LE COMTE : Pourquoi ne le fais-tu pas ?

La fille : Ah là là ! Me marier !… Non merci, très peu pour moi ! On verra plus tard.

Le comte : Les yeux… tout à fait les mêmes yeux… Loulou dirait sûrement que je suis un imbécile… laisse-moi mettre encore un baiser sur tes yeux… là… et maintenant, adieu, je m'en vais.

La fille : Salut…

Le comte, *près de la porte* : Dis un peu… il n'y a rien qui t'étonne ?

La fille : Quoi donc ?

Le comte : Que je ne te demande rien.

La fille : Il y a beaucoup d'hommes à qui ça ne dit pas le matin.

Le comte : C'est vrai… *À part*. C'est trop bête de vouloir qu'elle s'étonne… Allons, salut… *Il est tout contre la porte*. Tout de même, ça me vexe un peu. Je sais bien qu'il n'y a que l'argent qui compte pour ces femmes-là… Et quand je dis pour ces femmes-là… celle-là est déjà franche, au moins… il faut s'en réjouir… Dis-moi… je reviendrai te voir, tu sais.

La fille, *les yeux fermés* : Bon.

Le comte : Quand est-on sûr de te trouver ?

La fille : Je suis toujours à la maison. Tu n'as qu'à demander Léocadia.

Le comte : Léocadia… Bon. Allons, au revoir. *Sur le seuil*. Le vin me brouille encore les idées. Et le plus fort, tout de même… c'est que je suis venu chez une femme comme ça et que je n'ai rien fait, sinon mettre un baiser sur ses yeux, parce qu'elle m'a rappelé quelqu'un… *Il se retourne vers elle*. Dis, Léocadia, ça t'arrive souvent qu'on te quitte comme ça ?

La fille : Comme ça… comment ?

Le comte : Comme moi.

La fille : De bonne heure le matin ?

Le comte : Non… je te demande si on est déjà venu souvent te voir… sans rien vouloir de toi ?

La fille : Non, ça m'est encore jamais arrivé.

Le comte : Que penses-tu de moi, alors ? Crois-tu que tu ne me plaises pas ?

La fille : Pourquoi que je te plairais pas ? Je t'ai bien plu, cette nuit.

Le comte : Et tu me plais encore.

La fille : Mais cette nuit, je te plaisais mieux.

Le comte : Pourquoi cette idée ?

La fille : Ben, en v'là une question !

Le comte : Cette nuit ?… Tiens… dis-moi… je ne me suis pas effondré tout de suite sur le canapé ?

LA FILLE : Mais si… avec moi.

LE COMTE : Avec toi?

LA FILLE : Oui, tu ne t'en souviens donc plus?

LE COMTE : J'ai… nous sommes… vraiment…?

LA FILLE : Mais tu t'es endormi tout de suite.

LE COMTE : Je me suis… Ah!… C'est donc ça!…

LA FILLE : Oui, mon mignon. Faut vraiment que tu aies eu une cuite pas ordinaire, pour que tu ne te rappelles rien.

LE COMTE : Oui… Et pourtant… il y a une ressemblance lointaine… Salut. *Prêtant l'oreille.* Qu'est-ce que c'est?

LA FILLE : C'est la femme de chambre qui est levée. Dis, tu lui donneras quelque chose en t'en allant. Et puis la porte de la rue est ouverte, tu t'économiseras le concierge.

LE COMTE, *dans l'entrée* : Oui. Dommage… c'eût été si joli si je n'avais fait que lui mettre un baiser sur les yeux. Cela aurait été presque une aventure… enfin, je n'en étais pas digne, sans doute. *La femme de chambre paraît, ouvre la porte.* Ah! tenez, voilà… Bonne nuit…

LA FEMME DE CHAMBRE : Bonjour.

LE COMTE : Oui, c'est vrai… bonjour… bonjour!

AH, QUELLE MÉLODIE !

Daté de 1885, ce texte (Welch eine Melodie) *ne fut publié qu'en 1932, donc à titre posthume, d'abord en revue dans la* Neue Rundschau, *puis en livre dans le recueil intitulé* Die kleine Komödie (La Petite Comédie). *Il inaugure le genre de la parabole, que Schnitzler pratiquera assez souvent.*

Cette fable en prose a pour morale ironique que le génie créateur est le produit du hasard, ou de forces inconscientes que seuls le talent et le travail peuvent exploiter. L'œuvre d'art digne de ce nom est donc indépendante des circonstances de sa naissance. Plus schnitzlérien peut-être, si l'on veut bien se reporter aux Diagrammes *(reproduits p. 41), est le thème de la malédiction qui s'abat sur l'art pratiqué sans honnêteté.*

La transposition artistique est ici déjà très complexe, si l'on admet que cette histoire de chanson peut renvoyer à celle de Gustav Pick, un lointain cousin de la mère de Schnitzler (in Une jeunesse viennoise, *p. 289), et que le personnage d'Ännchen rappelle une petite blonde des faubourgs, rencontrée pendant le Carnaval de 1883. «Et si d'aventure, au cours de quelque mauvais rêve d'examen, il me fallait, parmi les jeunes filles que j'ai connues, désigner à un pédant professeur de littérature celle qui fut le véritable archétype de la* süsses Mädel, *ce ne pourrait être que la blonde petite Anni» (ibid. p. 192). À ce propos, Schnitzler note encore : «Ce fut la seule occasion où je m'essayai à écrire dans le style des chansons populaires.* [...] *Je m'étais cru obligé de donner à la mignonne enfant viennoise — au lieu du nom d'Anni — Annerl eût été mieux encore — celui d'Ännchen.»*

Toutes les composantes de l'art schnitzlérien se trouvent déjà réunies, mais encore avec une certaine gaucherie... L'auteur l'écrit d'ailleurs lui-même, à la fin de son récit : «Ne dirait-on pas un conte... une histoire ridicule, affligeante et étonnante à la fois?»

On dirait le début d'un conte… Un enfant était assis à la fenêtre d'une maison de campagne et jetait de temps à autre un coup d'œil sur la forêt qui s'étalait sous ses yeux jusqu'aux abords de la villa, et qui était immobile au point que pas une branche ne semblait bouger sur toute son étendue. L'air bleu foncé d'un somnolent après-midi d'été faisait peser sur la terre une lourde chaleur… Machinalement, en songeant à mille autres choses, l'enfant dessinait des notes sur une partition posée devant lui sur le rebord de la fenêtre, et il en disposait un certain nombre sans ordre sur le papier, leur ajoutant ensuite, avec une sorte de zèle enfantin, des barres de mesure et des dièses ; lorsqu'il en avait rempli une ligne, il considérait le résultat de son jeu avec un sourire de satisfaction. Il n'avait pas la moindre notion de ce qu'il avait écrit. Fatigué au bout d'un moment par l'accablante chaleur qui s'élevait jusqu'à la fenêtre ouverte, il posa son crayon et resta là, le regard perdu dans le vague et les yeux dans son rêve. Une légère, très légère brise se leva… et fit s'envoler la partition ; l'enfant la suivit des yeux sans regret… la vit se prendre dans les branches puis descendre en une lente glissade jusque sur le sentier forestier au bord duquel elle s'immobilisa. Et, sans plus s'en soucier, il se rendit peu après dans sa chambre, s'assit devant son piano et se mit à faire des gammes…

Quelques instants plus tard, un jeune homme dont l'apparence dénotait, même pour un observateur superficiel, l'artiste débutant ou du moins le fervent amateur d'art, s'avança sur le sentier ; il se dirigeait vers la route en chantonnant, lorsque son regard s'arrêta sur la feuille de papier poussée là par le vent et dont le côté écrit, tourné vers l'extérieur, se présentait à sa vue. L'ayant prestement ramassée, il la considéra avec curiosité : « Voyez-moi ça, s'exclama-t-il en plaisantant, alors, même dans ce bois éloigné de la ville, je ne suis pas le seul compositeur !... Diable, quelles belles pattes de mouche mon collègue inconnu a griffonnées là, à l'ombre de ces arbres ! » Et, cherchant à s'y reconnaître, il se mit à fredonner lentement la mélodie dont il déchiffrait peu à peu des fragments sur la page du petit cahier de musique... « Hé ! ça n'est vraiment pas mal !... Pas de doute... il y a là quelque chose et, pour se permettre de jeter ça, il faut certainement avoir des tas d'autres idées dans la tête... Bon Dieu, si j'en avais de semblables, je n'irais pas les laisser traîner dans la forêt ! » Il se remit à chantonner, de façon suivie cette fois, la mélodie tracée avec une si belle inconscience par l'enfant, puis s'écria en hochant la tête : « Voilà qui est senti, très profondément senti, c'est quelque chose pour les enfants, quelque chose pour Ännchen ! »

Et il se hâta d'aller voir son aimée, d'aller voir son Ännchen [1]. Cette douce enfant, tout à fait ravissante, était l'unique joie de sa mère, une pauvre veuve dont elle faisait le bonheur. Son visage respirait la pure innocence et le jeune artiste brûlait pour elle d'un amour ardent et passionné dont l'âme chaste de la jeune fille n'avait pas encore perçu la véritable profondeur. Et le voici entrant dans la chambre où elle se trouvait seule, sa mère étant allée voir une parente. Il la salua distraitement, presque à la hâte puis, s'étant mis au piano, il commença à improviser. Elle s'assit à côté de lui et prêta l'oreille à son jeu en le regardant silencieusement de ses doux yeux, aimables et sereins. Cependant, son visage changea d'expression dès qu'elle eut entendu les premiers accords ; elle devint encore plus attentive, une légère rougeur colora ses joues pâles... ses yeux, l'instant d'avant encore clairs et sérieux, se mirent à briller d'un éclat étrangement humide... Une intense émotion se peignit sur ses traits et, comme touchée, bouleversée par quelque chose d'infiniment profond, elle murmura : « Ah, quelle mélodie ! » Le jeune artiste continua d'improviser sur le thème qu'un hasard cocasse lui avait fait trouver dans la forêt. Ses doigts faisaient naître des touches, comme par enchantement, toute une série de variations magnifiques du sein desquelles s'élevait toujours la merveilleuse, l'*unique* mélodie, plus profonde et plus belle encore à chacune de ses apparitions !... Ah, quelle mélodie ! Seul un génie pouvait avoir de telles idées ! Seul un génie pouvait, avec un motif aussi bref et aussi simple, agir avec autant de force sur l'auditeur, le transportant loin du monde pour le plonger dans le plus sublime et le plus incomparable ravissement…

Ah, quelle mélodie! Elle s'évanouissait lentement, après que le jeune artiste l'eut une dernière fois reprise et développée… puis frémissait encore en longs échos dans l'air qui semblait aspirer à longs traits toute cette harmonie comme pour s'en griser…

Ravie et comme perdue dans un rêve céleste, la jeune fille resta quelques instants sans bouger, puis ses grands yeux brillants se levèrent sur le bien-aimé et le fixèrent, s'attachant à lui avec une expression d'admiration passionnée et sans réserve. Il allait dire quelque chose… mais déjà elle s'était jetée à ses pieds et, saisissant les mains du jeune homme étonné, les portait à sa bouche et les couvrait d'ardents baisers. Il se pencha vers elle sans rien dire et c'est alors que, soupirant et riant à la fois, elle l'enlaça avec une fougue qu'il ne lui avait jamais vue et à laquelle il ne s'était jamais attendu de sa part. Elle était dans ses bras, son souffle l'enveloppait d'une enivrante douceur…

Ah, quelle mélodie!… Elle fut pour tous deux le prélude de délices sans fin…

Non certes qu'il l'ait épousée — un grand artiste ne conclut pas d'aussi triviale manière ses aventures les plus intéressantes! Mais il lui resta longtemps fidèle… quelques mois, au cours desquels il écrivit une pièce pour piano et devint célèbre.

Oui, on dirait vraiment un conte!

Les enthousiastes parlaient du thème incroyable de ce morceau et un critique écrivit que «si l'œuvre avait été exécutée avec talent, son idée, quant à elle, était géniale». Le monde musical, et particulièrement les femmes, ne parlait plus que de ce morceau… il n'était pas d'un amoureux, non, seul l'amour lui-même pouvait en être l'auteur! Oui, c'était aussi un thème… particulièrement pour les dames… et tu l'as appris à tes dépens, pauvre Ännchen!

Rarement fut-on plus impatient et plus curieux d'une œuvre que de la deuxième grande pièce de notre compositeur. Elle se fit attendre longtemps, cependant que celui que tous considéraient comme l'heureux inventeur de cette belle idée musicale, fêté dans tous les milieux et porté aux nues dans de nombreux cercles, oubliait bientôt son Ännchen dans les bras des plus belles et des plus élégantes dames de la ville… Les femmes, en effet, sont extraordinairement généreuses envers les artistes, car elles aiment rendre les plaisirs qu'on leur a offerts.

Sa pièce pour piano devint populaire… on en fit un arrangement pour orchestre à cordes et le thème fit le tour des salles de concert du monde entier… Mais quand le compositeur écrirait-il à nouveau ? On attendit en vain… puis on commença à se montrer déçu… On ne connut bientôt plus de lui que ce thème magnifique et peu s'en fallut que le nom du compositeur ne tombât lentement dans l'oubli.

C'est alors que, environ un an plus tard, une nouvelle se répandit dans la ville : celui que l'on avait récemment encore tellement fêté s'était logé une balle dans le cœur. Et le bruit se confirma… le jeune artiste était mort ! Pourquoi ce suicide ? Personne, parmi ses proches, ne pouvait évidemment en connaître la raison. Quant à savoir si une grande œuvre avait disparu avec lui… qui pouvait en décider ?…

Il est simplement vraisemblable qu'il avait soudain pris conscience, dans une heure sombre, de devoir sa brusque célébrité moins à ses propres capacités qu'aux suites d'un étrange hasard… à l'heureuse idée de Dieu sait quel rêveur, qui avait un jour perdu dans la forêt cette page couverte de notes. Peut-être était-ce ainsi le remords qui l'avait tué, la vanité blessée, voire un sentiment de jalousie envers l'inventeur de ce thème. Quoi qu'il en soit, il avait quitté ce monde, où il n'avait plus rien à faire au milieu de ceux qui le vénéraient.

Et le véritable, bien qu'inconscient auteur de la mélodie ? — Ne dirait-on pas un conte… une histoire, ridicule, affligeante et étonnante à la fois ?

L'enfant essaya de jouer le célèbre morceau… n'y parvenant pas, il se le fit jouer par son professeur de piano. Et il écouta avec recueillement, la tête dans la main, cette merveilleuse musique… qui eut sur lui le même effet que sur tous ceux que ravissait la beauté de son thème. Le monde nouveau et inconnu qui s'en élevait s'empara de lui comme le pressentiment d'une lointaine et fantastique merveille, que l'on peut profondément ressentir mais qu'il est presque impossible de concevoir…

C'était la musique des sphères, qui l'environnait de son jaillissement… Ah, quelle mélodie !

Traduction révisée par Brigitte Vergne-Cain et Gérard Rudent.

EN ATTENDANT LE DIEU VAQUANT

Cette esquisse (Er wartet auf den vazierenden Gott) *a été publiée une première fois le 12 décembre 1886 dans une revue hebdomadaire, la* Deutsche Wochenschrift. *Elle était signée «Arth. Sch.». C'était à la fois dans le ton des écrivains Jeune-Vienne et très ironique. D'ailleurs ce récit ne fut jamais réédité par Schnitzler; il n'a paru ensuite qu'en 1932, dans le recueil posthume intitulé* Die kleine Komödie (La Petite Comédie). *À l'évidence, l'auteur ne devait pas y accorder beaucoup d'importance.*

*Cependant, l'intérêt de cette petite histoire est au moins double. Il s'agit d'abord d'une des premières «scènes de café», comme cadre de la vie littéraire, à Vienne. C'est ensuite une évocation savoureuse de Peter Altenberg, ce «génie du fragment» — qui à cette époque ne s'appelait encore que Richard Engländer (1859-1919). À cette époque aussi, une petite amoureuse, Anni Holitscher, une jolie brune, paraissait hésiter un peu entre les deux poètes comme entre deux «négros» (sic) : «... et comme elle prétendait trouver entre lui et moi une étrange ressemblance intérieure, un reflet de sa sympathie pour lui m'éclairait également.» Tout le passage (*Une jeunesse viennoise, *p. 263), est drôle et profond : car c'est déjà la «littérature et son double» — selon Arthur Schnitzler...*

Cette esquisse au titre peu maniable (littéralement : Il attend le dieu vaquant — *celui qui vaque, qui erre) se révèle donc comme assez subtile : elle constitue une pochade, un vrai tableau, irisé et polyvalent. Caricature de Peter Altenberg à ses tout débuts, elle est en même temps un autoportrait ironique du jeune médecin Arthur Schnitzler qui souffre secrètement de n'avoir pas su encore conquérir son autonomie d'artiste.*

Et par lui-même ce titre est au fond une réussite — car il montre que l'auteur a su trouver la bonne distance critique par rapport au dandysme littéraire du cercle Jung-Wien, et qu'il ne risque pas, n'en déplaise à Karl Kraus («le petit Kraus», disait Schnitzler), d'être démoli en même temps que le Café Griensteidl !

C'est mon ami Albin qui l'attend, Albin le poète ou, plus précisément, le génie du fragment : il n'a encore jamais terminé une seule de ses œuvres. Il m'a souvent raconté comment les idées affluaient dans sa tête et j'ai eu l'occasion de le voir, assis dans son coin au café et fixant des yeux la plaque de marbre de la table, se lever soudain d'un bond — car elles ne lui laissaient pas de répit. Je compris aussitôt qu'il fuyait devant les centaines de figures qui l'entouraient en dansant dans l'atmosphère enfumée de la salle où j'étais assis en face de lui, et le suivis d'un regard rempli d'admiration. Je savais déjà qu'il m'annoncerait en me revoyant le lendemain : « J'ai commencé une nouvelle cette nuit, à une heure… » À moins que ce ne soit un drame ! Il arrivait aussi qu'il me dise : « Écoute un peu ! »… puis se mette à me lire des pensées, des phrases sans suite, voire de simples mots relevés par quelque surprenante épithète.

Ses pensées se terminent généralement par un de ces tirets qui sont là pour vous dire : « Je vous en prie, développez donc cette idée, si vous le pouvez ! » Je me rappelle avoir été un jour piqué au vif par l'un d'eux, m'étant trouvé incapable du développement souhaité, principalement parce que je ne comprenais pas du tout l'aphorisme en question. Albin n'en continue pas moins de me faire comme par le passé l'honneur de son amitié ; car je suis, malgré tout, le seul qui le comprenne. On saura maintenant pourquoi j'ai quelquefois l'air orgueilleux.

Je ressens une étrange sensation, lorsque mon ami me permet de feuilleter ses papiers. Fragments de scènes, brouillons de comédies, une quantité impressionnante de premiers chapitres, des esquisses, des plans… devant cet essaim de feuilles détachées, je suis pris d'une sorte de respectueux frisson. Je sais pourquoi Albin n'élabore aucun de ses textes : il a trop d'idées.

Récemment il apporta ses papiers au café. Il ne me lut ce jour-là que de courtes phrases, des mots ou bien encore ce qu'il avait intitulé, avec beaucoup de goût : «Soudainetés». Je dus, au début, l'interrompre de temps en temps pour lui demander : «Que signifie cela?» Et j'obtins le plus souvent des réponses du genre : «Ça deviendra clair dans le contexte!» ou bien : «Je ne sais plus moi-même!», ou «Cela doit s'intégrer dans un ensemble qui reste à trouver!», ou encore : «Comment? Tu ne comprends pas?…» Puis il poursuivait sa lecture sans se laisser déconcerter… Laissez-moi vous donner un exemple : «Il jouait tangentiellement au cercle…» Moi : «Qui ça?» Lui, reprenant après un regard foudroyant à mon adresse : «La fidélité, qu'est-ce? Hasard, manque d'occasion d'être infidèle… une sorte de maladie.» (Pause) «Ouragan mort» (Nouvelle pause) «Elle venait de bâiller lorsque je la vis pour la première fois.» (Pause) «Il s'avançait, tel un dieu vaquant.»

Moi, l'interrompant : «Qui?

— Je ne le sais pas encore, répliqua-t-il, presque irrité; j'attends le dieu vaquant.

— Ah, tu l'attends!… Mais qu'est-ce que c'est, au juste, un dieu vaquant?

— Ça ne s'explique pas, il faut le sentir…

— J'y suis, je le sens! dis-je… un peu inconsidérément sans doute. Un dieu, hum… un dieu qui vaque… celui à qui s'applique une telle image doit sûrement être un sacré bonhomme!

— Imagine-toi… dit Albin.

— Oui, j'imagine, répondis-je. Je le vois s'avancer… pleinement conscient d'une divinité dont il n'a seulement pas l'emploi… un Jupiter sans fonction…

— Encore un peu et tu vas t'en faire une idée! conclut mon ami.

Ce modeste éloge me fut à lui seul un puissant stimulant : «Bon, me demandai-je avec zèle, de qui peut-il s'agir? D'un prince détrôné, par exemple… Je vois très bien ça… Le manteau de pourpre jeté sur le bras, comme le commun des mortels fait de son pardessus, et la couronne de travers sur la tête, il se balade, désœuvré, par le monde…»

Je crus lire dans le regard d'Albin qu'il me demandait si je plaisantais. Alors que j'étais on ne peut plus sérieux! Toujours est-il que je me tus.

Tout à coup je l'entendis s'écrier : —… Là !… Là ! en montrant quelque chose par la fenêtre du café.

Une jeune fille, l'allure fière, passait dans la rue, un carton à musique à la main. Je la suivis attentivement du regard jusqu'à ce qu'elle eût disparu de ma vue. Me dévisageant alors avec un sourire empreint de je ne sais quelle hardiesse, auquel je n'osai que timidement répondre, Albin eut un geste interrogateur qui devint, en quelques secondes, presque menaçant et si décidé que je me sentis obligé d'y répondre d'une manière ou d'une autre et m'écriai : « Ah oui… c'est elle… ! »

— La déesse vaquante ! fit-il et son exclamation sonore fit naître en moi un sentiment de confusion et de délivrance à la fois.

— Oui, oui, confirmai-je, la déesse sans engagement…

— Elle va, dit Albin, le front marqué au sceau du génie, mais qui le sait, hormis les voyants ? La reconnaissance est un art difficile et le monde est aveugle !

— Oui, aveugle, aveugle !… m'écriai-je, bouleversé.

— Le dieu vaquant… continua-t-il de rêver… plus d'un vaque ainsi dans les sphères profondes jusqu'à ce que se perde l'ultime trace de sa merveilleuse existence…

— Oui, ajoutai-je, traînant son manteau après lui dans la fange…

— Sais-tu, dit-il en se tournant cette fois vers moi avec vivacité, qu'il fut un temps où le Dieu de la Bible lui-même n'eut rien à faire ?

Cette remarque me remplit d'étonnement.

Mais il continua : « Certes, il a maintenant suffisamment de besogne, mais que faisait-il avant de créer le monde ; avant ces fameux six jours, dont il employa le dernier à créer le père de notre malheureuse espèce ? »

Et, en disant ces mots, il saisit son carnet et son crayon pour noter à la hâte cet aperçu qui ne devait pas être perdu pour la postérité.

Je regardais par la grande vitre du café, laissant mon imagination aller à la découverte du dieu vaquant parmi les innocents flâneurs de la rue. Mais les gens avaient tous un air si banal… Certes, l'un ou l'autre me parut bien vaquer, mais c'est en vain que j'épiais sur leurs visages le sceau de la divinité.

Tout d'un coup, Albin se mit à parler : « Les génies auxquels l'ultime inspiration fait défaut, ce sont eux ! Tu m'entends : l'ultime inspiration ! Si elle leur était donnée, ils pourraient en effet créer l'œuvre merveilleuse et parfaite qui les transporterait au ciel… comme des dieux qui ont trouvé leur pays d'origine. En revanche, ceux auxquels la nature a pour ainsi dire oublié de mettre la dernière main, qu'elle a jetés sur le marché des grands esprits sous forme de torses et qui vont maintenant à l'aventure parmi les humains avec, en leur sein, cette étincelle d'un autre monde... ce sont eux! Ce sont eux les dieux vaquants!»

Je l'approuvai d'un signe de la tête: «Ta comparaison est juste en général, dis-je. Mais, ajoutai-je en hésitant, ne serait-ce pas plutôt ceux qui, bien que capables d'achever et en possession de l'ultime inspiration, la laissent passer, continuant de se baguenauder tout à leur aise avec leurs plans grandioses et, sans rien entreprendre de valable, se contentent de la conscience de leur dignité divine? Ils se mêlent aux mortels, laissant pour ainsi dire se dégrader l'immortalité pour laquelle ils ont une assignation dans la poche.»

Albin m'avait écouté avec attention et souriait. «Oui, oui, murmura-t-il comme pour lui-même, c'est juste, c'est juste... c'est bien nous!

Nous... Bien nous...?

Le regard qu'il me lança m'apprit que ce n'était pas le moins du monde à moi qu'il avait pensé. Nous?... Lui, bien sûr!...

Je regardai l'ami Albin et il dut lire quelque chose comme du respect dans mes yeux.

Il se leva, traversa la salle du café à grands pas et prit sa redingote et son chapeau au portemanteau. Je le comprenais.

Il allait, fort de ce sentiment, se mêler maintenant au commun des mortels, aux milliers de gens ordinaires. Il me tendit la main sans mot dire, et partit... comme un dieu vaquant.

Traduction révisée par Brigitte Vergne-Cain et Gérard Rudent.

L'AMÉRIQUE

Encore une «esquisse», et des plus courtes. Amerika *fut publiée le 1er juin 1889 dans la revue* An der schönen blauen Donau (Au beau Danube bleu). *Par la suite, elle ne fut jamais rééditée avant le recueil posthume de 1932,* Die kleine Komödie (La Petite Comédie).

En ce temps-là (septembre 1887-juin 1889), le jeune médecin Schnitzler cherchait un éditeur pour ses œuvres littéraires. Samuel Fischer, entre autres, refusa quatre de ses pièces en un acte, déclarant «qu'il n'y avait rien à attendre de causeries dramatiques». C'est alors Rudolph Spitzer, «Lothar» en littérature, qui se mit en tête de devenir l'agent littéraire d'Arthur Schnitzler, cet écrivain méconnu. Rudolph était un camarade de classe de Julius, le frère cadet. Ce jeune Lothar fournit d'ailleurs un bon exemple du goût que nourrissaient alors les bourgeois viennois pour la littérature et les beaux-arts. Rudolf était en effet le fils unique d'un commerçant aisé qui n'avait jamais eu d'autre projet pour son héritier que de le voir devenir poète !

Ce même Lothar, qui prenait part aux petits soupers avec Jeanette (sic), organisés dans la chambre du médecin-assistant à l'Hôpital Général de Vienne, dicta la lettre que l'on envoya à Fedor Mamroth, rédacteur en chef de la Blaue Donau *(«revue divertissante pour les familles», qu'il avait fondée en 1886). Ce Fedor Mamroth était un «journaliste de la meilleure espèce»; il répondit avec bienveillance à Schnitzler; il lui fit connaître son neveu et représentant Paul Goldmann qui allait devenir l'un des meilleurs amis de l'écrivain. C'est donc dans une revue des plus* *viennoises que parurent, à partir de 1889, les premières œuvres d'Arthur Schnitzler, sous le pseudonyme d'*Anatol.

Dans son autobiographie (Une jeunesse viennoise), *il rappelle qu'il eût pu dédier* Amerika *à Jeanette (selon l'état-civil : Anna Heeger, née en 1865). C'est aussi pour elle qu'il «écrivit pour la première fois dans son* Journal *ce tendre petit nom de* süsses Mädel *» (p. 338). Anni (voir la notice de* Ah ! quelle mélodie*) fournit l'archétype ; mais Jeanette fut la bien-nommée : Schnitzler l'avait aperçue par un soir de septembre de l'année 87, depuis la plate-forme d'un tramway à chevaux, sur le Ring... La liaison dura près de deux ans — mais sans exclusivité !*

*Quant à ce petit récit, l'écrivain n'a pas manqué de formuler son jugement, dans son autobiographie, rédigée vingt-cinq ans plus tard (p. 383) : «Beaucoup d'amateurisme dans la construction, avec une pointe de sentimentalité, mais une certaine originalité.» Et cette originalité ne devait pas tenir seulement au fait qu'*Amerika *pût être un quasi-synonyme de «catleya»... C'était aussi qu'un nom de pays pût renvoyer, non sans une certaine ironie, à une chambre, et qu'un narrateur s'exprimant à la première personne pût affecter d'être surpris par sa mémoire involontaire.*

Chez Schnitzler, il y avait encore beaucoup en germe... D'ailleurs, «Lothar ne craignait pas de prophétiser que tôt ou tard, je mettrais la médecine au clou» (ibid. p. 370).

Le navire accoste. Je pose le pied sur le Nouveau Continent...

Une grise matinée d'automne assombrit la mer et la terre ; tout vacille encore, je sens toujours sous mes pieds le balancement nerveux de la houle... Surgissant du brouillard, la ville se dresse devant moi... À mes côtés la foule se hâte, vivante, les yeux ouverts. Les gens ne voient pas ce qu'il y a d'étrange dans ce spectacle, mais seulement sa nouveauté. J'entends l'un ou l'autre murmurer : L'Amérique ! — comme s'il cherchait à bien se convaincre qu'il est vraiment arrivé là, aussi loin... !

Resté seul sur le rivage, ce n'est pas à cette Amérique nouvelle, à laquelle je viens réclamer le bonheur que mon pays natal m'a refusé, que je pense — mais à une autre Amérique.

Je revois la petite chambre, je la vois aussi nettement que si je l'avais quittée hier et non pas depuis tant d'années. La lampe à l'abat-jour vert sur la table, le fauteuil brodé dans le coin. Les estampes au mur, dont les images se fondent dans la pénombre. Anna est près de moi. Elle est allongée à mes pieds, sa tête bouclée repose sur mes genoux et je dois me pencher sur elle pour la regarder dans les yeux.

Nous avons cessé de bavarder ; le soir continue de descendre et tout est silencieux dans la chambre. Dehors, il commence à pleuvoir, nous entendons les gouttes frapper contre les vitres, lentes et lourdes. Anna me sourit et je me penche sur sa bouche. J'embrasse ses lèvres, son front, ses yeux fermés, tandis que mes doigts jouent avec les fins cheveux blonds qui frisent derrière son oreille. Je les repousse et pose mes lèvres là où la peau est blanche et tendre derrière l'oreille. Levant à nouveau les yeux, elle rit et murmure, comme étonnée : « C'est nouveau ! » Je presse un moment encore mes lèvres derrière son oreille. Puis j'approuve en souriant : « Oui, nous avons découvert quelque chose de nouveau ! » Alors, éclatant de rire, elle s'écrie avec une joie d'enfant : « L'Amérique ! »

Comme c'était drôle, ce soir-là ! Saugrenu et d'un bête ! Je vois encore devant moi son visage, le regard de ses yeux espiègles levés vers moi et ses lèvres rouges prononçant ce mot : « L'Amérique ! » Comme nous avons ri et comme je me suis grisé du parfum qui s'échappait de ses cheveux bouclés pour se répandre sur notre Amérique…

Nous adoptâmes cette merveilleuse dénomination. Ce fut d'abord une exclamation, chaque fois que l'un de mes innombrables baisers venait s'égarer derrière son oreille ; puis ce fut un chuchotement… puis seulement une pensée ; mais pas une seule fois elle ne manqua de nous venir à l'esprit.

Et voici qu'affluent mes souvenirs. Ainsi ce jour où nous avions lu sur l'affiche d'une colonne Morris reproduisant un grand bateau : « Départ de Liverpool… Arrivée à New York… Départ de Brême… Arrivée à New York… » Nous avions alors éclaté de rire au milieu de la rue et elle s'était écriée très fort, faisant s'arrêter les gens tout autour : « Dis, il faut que nous partions aujourd'hui même pour l'Amérique ! » Les gens la regardaient, surpris ; en particulier un jeune homme à la moustache blonde qui, de surcroît, souriait. « Sûrement un qui serait volontiers du voyage ! » pensai-je, très contrarié…

Une autre fois, nous étions allés au théâtre voir je ne sais plus quelle pièce et quelqu'un, sur scène, avait parlé de Christophe Colomb. C'étaient des iambes et je me souviens du vers : « Alors Colomb, lui-même apparu sur le pont… » Le bras d'Anna poussa légèrement le mien, je la regardai et compris son regard plein de dédain. Pauvre Colomb !… Comme si c'était lui qui avait découvert la véritable Amérique ! Assis chez un marchand de vin après la représentation, nous avions longuement parlé de ce brave homme qui s'était fait tant d'idées sur sa pauvre Amérique. À vrai dire, nous le plaignions ! Pendant longtemps, je ne pus me le représenter autrement que debout, le regard désolé, sur la côte de son nouveau continent, bizarrement vêtu d'un très modeste pardessus et coiffé d'un haut-de-forme, hochant la tête d'un air déçu. Nous le dessinâmes un jour ensemble, sur la plaque de marbre d'une table de café, en inventant toujours de nouveaux détails. Outre le cigare qu'Anna voulut absolument qu'il fumât, le grand navigateur avait sur notre dessin un parapluie et son haut-de-forme était aplati — une conséquence de la mutinerie, naturellement. Ainsi Colomb était-il devenu pour nous le personnage le plus humoristique de toute l'histoire mondiale. Une idée bien saugrenue ! Et d'un bête !...

Me voici maintenant au milieu de cette grande ville froide, dans la fausse Amérique, et rêvant de mon Amérique au doux parfum, là-bas, de l'autre côté... Comme il y a longtemps de cela ! Bien, bien des années. Une douleur, une douleur folle m'envahit à l'idée que tout cela est irrémédiablement perdu. Que je ne sais même pas où une nouvelle de moi, où une lettre pourrait la joindre — à l'idée que je ne sais plus rien, plus rien du tout d'elle...

Je poursuis mon chemin et m'enfonce dans la ville, suivi de mon porteur. Puis, m'arrêtant un instant, je ferme les yeux et sens flotter autour de moi, par une étrange duperie de mes sens, le parfum qui montait des boucles d'Anna, le soir où nous découvrîmes l'Amérique...

Traduction révisée par Brigitte Vergne-Cain et Gérard Rudent.

UN HÉRITAGE

À la date du 19 octobre 1887, Arthur Schnitzler note dans son Journal : *«Écrit deux esquisses, "Héritage", "La folie de mon ami Y".» Et «pour de telles esquisses et petites nouvelles j'ai encore des masses d'idées, peut-être aussi sous forme de lettres. Papa ne veut pas que je publie des nouvelles dans les journaux sous mon nom, car alors personne ne me prendrait plus au sérieux comme médecin.»*

Erbschaft *ne fut jamais publié du vivant de l'écrivain. Et pourtant on y voit fonctionner, déjà bien ajustée, la mécanique de la mort et de l'honneur. Le personnage du veuf, particulièrement propre à incarner la jalousie rétrospective vécue par Schnitzler, se profile nettement ; le duel apparaît, qui restera dans toute son œuvre un rituel problématique. Mais surtout — et pour la première fois aussi — fugaces, encadrées par des points de suspension, on y trouve quelques lignes d'un incontestable monologue intérieur direct... (voir p. 136 «... C'était il y a trois jours» jusqu'à «pressée contre son cœur...»).*

De plus, ne l'oublions pas, avec la vie qu'il menait, Arthur Schnitzler s'exposait souvent à connaître le même sort qu'Emil. Alors... le Café Impérial, le billard, le Ring, le Wienerwald et le Salzkammergut... tout devait apparaître en effet «moins clair que d'habitude»...

«Elle viendra à ma rencontre et nous prendrons le chemin à travers la forêt»... avec Annette ?... non, ce sera l'Autre ! L'humour de Schnitzler a quelquefois des accents baroques. Mais décidément ces «esquisses» préfiguraient bien Liebelei *et* Leutnant Gustl.

«Rien ne l'intéresse que l'amour et la mort», écrivait déjà Maurice Muret en 1908 (voir Préface, p. 5).

C'était un de ces moments de ferveur où le sentiment de son bonheur s'emparait de lui avec une irrésistible douceur. Il était assis à la terrasse du *Café Impérial*[1], devant l'une des petites tables que l'on avait transportées des salles enfumées dans la rue grillant sous les rayons du soleil de ce torride après-midi d'été. Il fumait avec recueillement son havane en songeant à Annette.

Annette… ! avec ses grands yeux bruns et ses cheveux noirs, coiffés en nattes pendant l'été. Il pensait à sa maison de campagne, cette villa isolée bien que toute proche de Vienne, à la porte de laquelle il pouvait aller frapper le soir une ou deux, voire trois fois par semaine, assuré d'être accueilli par les mille baisers de lèvres douces et ardentes. Puis il pensa au mari qui, invisible pendant des jours entiers, avait l'habitude, quand on le trouvait enfin là-bas le dimanche, de s'étendre après le repas sur le divan pour y rouler ses cigarettes et les fumer, les yeux mi-clos.

Pour un peu, Emil se fût pris d'affection pour cet homme sérieux et mûr, aux tempes et à la barbe grisonnantes, et un sentiment fait de profonde estime et de pitié le gagnait chaque fois qu'il voyait le grand front serein de ce mari trompé et ne se doutant de rien. Il pensa alors à leur dernière rencontre : Annette et lui étaient assis près de la petite table sur laquelle était posé le café. Elle buvait à petites gorgées en plongeant ses regards brûlants dans ses yeux, lorsque la cigarette était tombée des mains du mari… Il dormait. Elle sourit, se leva et, allant rapidement sur la pointe des pieds jusqu'à la porte du jardin, fit signe à

Emil. Il la suivit lentement tandis qu'elle courait devant lui et la trouva allongée dans le hamac tendu entre deux grands arbres, les lèvres gonflées, le regard humide et la respiration haletante ! Elle l'embrassa et lui mordit si avidement la joue qu'il aurait crié s'il ne s'était souvenu de l'homme qui dormait là-bas, dans la maison. Semblant deviner ses pensées, elle dit : « Non, il ne va pas se réveiller ! », puis prit en riant la tête d'Emil entre ses mains, qui sentit sur ses cheveux le souffle chaud de son haleine.

... C'était il y a juste trois jours et pourtant, comment se fait-il donc que je n'y sois pas retourné, pensait Emil. Pourquoi ne m'a-t-elle pas écrit ? Peut-être vais-je trouver une lettre en rentrant chez moi, une de ces lettres de deux mots seulement : "Ce soir !" Alors, je monterai dans le compartiment et partirai ; elle viendra à ma rencontre et nous prendrons le chemin à travers la forêt. Et peut-être me montrera-t-elle, comme l'autre jour, ma dernière lettre qu'elle garde serrée dans son corsage après l'avoir froissée, couverte de baisers et pressée contre son cœur...

Tout à ses pensées, Emil regardait sans le voir vraiment un homme de grande taille et vêtu de noir traverser la rue et se diriger vers le café. Celui qui venait ainsi droit vers sa table... n'était autre que le mari d'Annette ! On l'avait vu cet été venir deux ou trois après-midi au *Café Impérial*, lire un journal et repartir. Aujourd'hui cependant, après un salut poli mais glacial, il s'assit à la table d'Emil et lui dit : « Je pensais bien vous trouver ici ! »

Emil tenta de faire passer par une plaisanterie le léger pincement qu'il ressentit au cœur. Avec un sourire, en considérant le costume noir de son interlocuteur, il observa : « Quelle sombre mise par un si beau jour d'été ! »

L'autre ne prêta pas attention à son propos et se contenta de dire : « J'ai lu vos lettres. »

Malgré l'horrible pressentiment qui montait en lui, Emil sourit à nouveau et répliqua : « Mais je ne vous ai jamais écrit ! »

Il sentit, à l'instant où il prononçait ces mots, tout ce qu'ils avaient de pitoyable et de niais. Le mari pourtant, sans rien perdre de son calme, rectifia : « Vos lettres à ma femme. »

Emil tressaillit. Prenant l'air outragé, il voulut dire quelque chose. Mais il rencontra le regard terriblement grave et fascinateur de l'autre et ne put que dire d'une voix étouffée : « Comment... »

— Comment je les ai lues ? dit son interlocuteur. Eh bien, c'est très simple : j'en ai fait l'héritage.

Emil le regardait fixement.

Il continua, très calme : « Annette est morte hier. Une crise cardiaque, d'après le médecin ; mais cela n'a, je crois, d'importance ni pour vous ni pour moi. Lorsqu'elle s'est trouvée mal, on a défait ses vêtements, ouvert son corset et découvert des lettres. Vous comprendrez que j'aie éprouvé quelque intérêt à entrer immédiatement en possession de cet héritage et c'est ainsi que je savais deux minutes plus tard que vous étiez l'amant d'Annette. »

Tout s'écroulait devant Emil. La belle journée d'été, la rue sous le soleil… une lumière d'une éclatante blancheur lui brûlait les yeux… et, au milieu de cette lumière, il y avait l'homme en habit de deuil, immobile en face de lui. Le crêpe qu'Emil vit alors à son chapeau fit soudain naître en lui, à son grand étonnement, la désagréable idée qu'il devrait aussi en porter un. Mais il restait sans voix, incapable de prononcer une syllabe.

L'autre poursuivit : « Je vous remercie, monsieur, d'avoir estimé toute réplique superflue, nous épargnant ainsi une conversation prolongée. Je n'ai sans doute pas besoin non plus de vous expliquer l'ultime raison de ma venue ? » Puis il se tut et, ôtant son chapeau, se passa la main sur le front et les yeux.

— Je suis à tout instant à votre disposition, parvint à dire Emil, la voix blanche mais suffisamment intelligible.

— Je n'attendais pas autre chose, répondit le veuf. Je dois seulement, si pénible que ce soit, insister pour que cette affaire soit réglée avec quelque diligence. L'enterrement d'Annette aura lieu demain à midi.

— Eh bien, après-demain matin, proposa Emil d'un air extrêmement courtois, car il s'était aperçu que quelques messieurs les regardaient aux tables voisines.

— Ce serait trop tard, lui répondit le mari. Je dois vous faire remarquer que je trouverais indécent qu'au moment où l'on enterrera ma… la morte, les deux hommes d'Annette soient encore en état de pleurer tous les deux sur sa tombe… à supposer qu'ils soient encore tous deux parmi les vivants. Je suppose que vous le comprendrez ?

— Parfaitement, répondit Emil, qui était parvenu à recouvrer son sang-froid. Disons donc demain matin, si cela vous convient. Il voulut se lever, et ajouta : Nous pouvons laisser dès maintenant aux témoins le soin de se charger du reste. En ce qui concerne le médecin, je vais…

— Nous n'aurons pas besoin de médecin, répliqua le veuf en se levant.

C'est alors seulement qu'Emil remarqua les grosses gouttes de sueur qui coulaient de son front jusque dans sa barbe. « Vous savez où j'habite, conclut l'autre en remettant son chapeau. Veuillez faire savoir à messieurs vos témoins que les miens les attendront ce soir chez moi, à huit heures. »

Emil se leva à son tour. L'autre le salua et partit, traversant la rue d'un pas mesuré. Emil, qui s'était légèrement incliné en réponse à son salut, se rassit et prit devant lui d'un geste machinal la tasse qu'il n'avait pas touchée. Il but son café en s'étonnant qu'il fût encore tout chaud. S'apprêtant à rallumer son cigare, il constata qu'il n'était pas éteint. Il fut pris de honte en sentant son cœur battre et ses genoux se mettre à trembler. Soit ! Il allait se mettre en route à la recherche de ses témoins. Il avait déjà arrêté son choix sur le lieutenant Fechner, du 8e Hussards, et le docteur Willner. Il se rappela alors qu'il n'avait pas encore payé le garçon. Demain ! pensa-t-il un instant. Alors l'idée lui traversa l'esprit qu'il n'y aurait peut-être pas de lendemain matin pour lui. Il avait l'impression de ne plus pouvoir se lever. Il voyait l'autre en face de lui, le pistolet à la main. Auquel serait-il donné de tirer le premier ? Il pensa involontairement à une caricature qu'il avait vue dans un journal satirique, représentant deux duellistes qui s'affrontaient, le pistolet au poing et, touchés l'un et l'autre, tombaient de tout leur long sur le sol. Il chercha à se rappeler la légende qui l'illustrait. Mais il n'y parvint pas. Les deux messieurs assis à la table voisine se levèrent et entrèrent dans le café. « Bon, dit l'un d'eux, faisons une partie de carambole ! Je te donne dix points d'avance. »

Peut-on jouer au billard aujourd'hui ? se dit Emil. Cette idée lui parut vraiment curieuse. Le garçon se présenta — visiblement, il l'avait appelé sans même s'en rendre compte. Il paya et se leva : « Si le docteur Willner vient, priez-le de m'attendre ! Et le lieutenant Fechner également ! » Il jeta son cigare, auquel il ne trouvait plus aucun goût, et s'engagea sur la chaussée. Le pavé était dur et il avait mal aux pieds. Une actrice passait en fiacre devant lui et il regarda cette jolie personne droit dans les yeux tout le temps qu'il dut s'arrêter, la dévisageant fixement. Il avait envie de crier. Et pour la première fois depuis qu'il avait appris la nouvelle, il pensa à Annette…

Un seul de ses deux hommes se tenait le lendemain devant la tombe d'Annette. Son mari légitime ! L'autre gisait sur une civière, la poitrine traversée d'une balle. Il s'était écroulé sur place, dans l'herbe haute et molle, et le lieutenant du 8e Hussards lui avait fermé les yeux.

« De ma vie je n'oublierai ce retour à Vienne, racontait celui-ci le soir même à ses camarades réunis au café. Nous étions, le mort et moi, dans un fiacre aux rideaux baissés, car je n'avais pu trouver d'autre véhicule… Ce fut un lugubre voyage ! Le sang séchait sur sa chemise et je devais tout le temps lui tenir la tête pour qu'elle ne tombe pas en avant, entraînant le reste de son corps… »

Tous se taisaient, le visage grave. Il leur semblait que les flammes du gaz étaient moins claires que d'habitude et le cognac moins brûlant. Et, dans la rue, l'omnibus et ses sonnailles étaient, eux aussi, tristes et las.

Traduction révisée par Brigitte Vergne-Cain et Gérard Rudent.

MON AMI UPSILON

Pages du carnet d'un médecin

Mein Freund Ypsilon *a été composé en 1887, et publié en mai 1889 dans le n° 2 de la revue* An der schönen blauen Donau (Au beau Danube bleu). *Le récit est donc strictement contemporain du précédent,* Un héritage. *D'ailleurs l'auteur ne manque pas de les associer dans ses souvenirs, et il les appelle des « esquisses ».*

Cependant Upsilon *semble avoir constitué très vite un type dans le milieu littéraire Jung-Wien : celui du poète authentique, qui pourtant ne produit rien de bon. Par exemple, une lettre de Hofmannsthal à Schnitzler (17 janvier 1901) compare un obscur poète hospitalisé, Hans Wagner, au héros malheureux de la nouvelle : « C'est vraiment un poète, c'est-à-dire un homme atteint d'une fièvre de l'imagination, tout à fait comme* Mon ami Upsilon. »

Y a-t-il un rapport entre le génie artistique et la folie ? C'est une question qui, à l'époque, préoccupe toute l'école de médecine de Vienne. Les thèses de Cesare Lombroso sur le caractère névrotique de la création artistique sont déjà une référence, mais elles sont aussi très discutées. Il ne faut donc pas s'étonner que Schnitzler ait d'abord choisi un titre médical : La Folie de mon ami Upsilon. *L'approche qu'il retient est plus psychologique que sociologique : il ne s'agit pas d'évoquer la place du génie dans la société, mais la façon dont un artiste vit dans l'œuvre qu'il élabore — comment le génie poétique est nécessairement visionnaire.*

Pour la première fois aussi, Schnitzler compose son récit comme un ensemble de documents fictifs. La nouvelle a en effet pour sous-titre :

Pages du carnet d'un médecin. *Et Schnitzler reviendra souvent à cette formule : lettres, journaux intimes, notes... Il s'efforce ainsi de conférer plus de vraisemblance à des histoires où se rencontrent le rationnel et l'irrationnel. La mise en miroir du poète et du médecin est aussi très révélatrice de certains choix esthétiques : c'est ce qu'on pourrait appeler le procédé hypnotique d'Arthur Schnitzler.*

Il faut du reste s'interroger sur le choix de l'initiale Y. Médicalement, le choix d'un pseudonyme (et, qui plus est, d'une simple initiale) traduit une tendance à la paranoïa schizoïde. Poétiquement, on peut rêver à l'infini : «Avez-vous remarqué combien l'Y est une lettre pittoresque?» s'exclamait Victor Hugo. Rappelons aussi qu'en mathématique, l'Y est la deuxième inconnue, après X; c'est un symbole moral très ancien (chez Epictète, par exemple); c'est un des chromosomes sexuels qui, lorsqu'il est en surnombre dans le caryotype d'un individu, peut donner des aberrations diverses; signalons enfin qu'on le prononce «Upsilonne», et que d'ailleurs les habitants de la commune d'Y, dans la Somme, s'appelle les Upsiloniens...

S'il y eut un jour sur terre destin auquel puisse s'appliquer le mot de «tragi-comédie», c'est certainement celui de feu mon ami Upsilon, sur la tombe duquel je suis retourné hier déposer une couronne — une couronne d'immortelles, agrémentées de quelques branches de laurier. Très rares ont été en effet, à mon avis, les poètes qui la méritèrent autant que lui… non pas en vertu de son génie, qui était loin de pouvoir résister à toutes les attaques de la critique, mais pour le culte sublime qu'il avait pour son art. Je ne lui ai pas connu de pair sur ce plan, et plus d'un parmi les grands poètes que le monde loue tant devrait aller au *Währinger Friedhof*[1] faire une prière muette devant la petite croix portant l'inscription :

CI-GIT DANS LA PAIX DU SEIGNEUR

MARTIN BRAND.

C'est ainsi qu'il s'appelait en effet, et que l'on n'aille pas s'étonner que le nom de celui dont je vénère la mémoire n'évoque aucune réussite particulière. Ses poèmes, dont quelques-uns, signés «Upsilon», furent publiés dans une petite feuille de Salzbourg ou de Graz, n'avaient rien de particulièrement remarquable, et l'étudiant en philologie Martin Brand — car telle était son activité dans la vie — ne parvenait que rarement à trouver un véritable encouragement ou la reconnaissance de son talent, même auprès de moi, à qui il lui arrivait de présenter les produits de son imagination.

Comme la plupart des jeunes poètes, il attachait cependant peu d'importance au jugement de ceux auxquels ses écrits ne plaisaient pas, et il se sentait si remarquablement bien auprès de la muse invisible qui ne le quittait jamais que, jusqu'à un certain moment, je le tins pour l'un des hommes les plus heureux que j'aie rencontrés. Sans doute était-il parfois mélancolique ; mais cette humeur n'était jamais imputable à quelque fâcheux hasard de la méprisable vie quotidienne ; elle n'apparaissait que lorsque ses pensées étaient occupées par un thème particulièrement triste... lorsqu'il travaillait à un drame où se mouraient des reines au cœur brisé et des princes au crâne fendu ou bien lorsqu'il écrivait l'histoire d'une fée dont la méchanceté innée menaçait de ruiner le bonheur terrestre de deux innocents enfants des hommes. En revanche, il était à nouveau d'une gaieté folle quand il chantait le printemps ou une nuit de bal au cours de laquelle un beau masque, embrassant sur la bouche un étudiant des beaux-arts déguisé en riche Nubien, lui déclarait : « Oui, c'est toi que je veux, toi que je ne laisserai personne me ravir ! »

Pourtant, il est malheureusement incontestable que c'est ainsi que commença de se manifester la folie de mon ami Upsilon. J'avais coutume de le morigéner plus gravement que ne le faisait maint autre : il ne devait pas, lui disais-je, cultiver trop étroitement l'amitié de ces ombres, mais aussi considérer un peu le monde autour de lui, où vivait plus d'une créature digne d'être regardée... entre autres des jeunes filles, brunes ou blondes, qui me paraissaient personnellement bien plus aimables que ses éphémères créatures aériennes.

Certes, il s'engagea un jour dans une petite aventure amoureuse — après le théâtre, naturellement — avec une figurante qui, il faut bien le dire, lui tomba plus dans les bras qu'il ne brigua lui-même ses faveurs ; l'affaire eut cependant une fin si fâcheuse, voire si triste, que je n'en ai vraiment compris l'étrangeté et la folie que lorsque tout fut terminé.

Je vis la jeune fille accourir chez moi un après-midi où, assis devant mon piano, je venais de céder à la somnolence. Une de mes mains était encore posée sur les touches, tandis qu'une dissonance achevait de mourir à mes oreilles.

Je dévisageai la petite avec un étonnement d'autant plus grand que je ne voyais pas à côté d'elle l'ami Upsilon, sans lequel elle n'était jamais venue chez moi jusque-là. Mon rapide coup d'œil en direction de la porte dut lui suggérer la question que j'avais sur les lèvres, car elle me dit, d'une voix que faisaient trembler ses larmes retenues : « Il est chez lui... il écrit !

— Tu en viens ? lui demandai-je en me levant et en l'invitant à prendre place sur le divan, à côté duquel je plaçai une chaise pour moi.

À peine se fut-elle assise qu'elle éclata en violents sanglots.

— Qu'y a-t-il, mon petit, voyons ? demandai-je.

Mais elle ne répondit pas.

J'attendis patiemment. Puis je répétai ma question d'une voix très calme : Allons, voyons… ?

Elle sortit son mouchoir et sécha ses larmes : Jouez-moi une valse, quelque chose de gai, et je vous raconterai…

Retournant au piano, je me mis à jouer. Dès les premiers accords, j'entendis sa voix blanche, tout près de moi :

— Il ne m'aime pas !

Je m'arrêtai de jouer et lui lançai un regard surpris, mais à vrai dire pas tout à fait sincère, car je m'étais attendu à une déclaration de ce genre.

— Continuez de jouer ! dit-elle tristement.

— Soit, mais je ne peux plus jouer une valse, maintenant ! répondis-je en plaisantant pour essayer de nous aider tous les deux à surmonter ce moment pénible… et j'entamai une marche funèbre… Ah, que je voudrais aujourd'hui ne pas l'avoir fait, tant ce souvenir me tourmente de façon ridiculement superstitieuse !

La petite reprit : Il doit en avoir une autre, car il s'est écrié à plusieurs reprises aujourd'hui : "Tu n'es pas comme elle… non, pas comme elle !" et comme, très effrayée, je l'embrassais, il m'a regardée… de haut, comme ça… et m'a dit : "Allez, ne vois-tu pas que tu me déranges ?" Et je suis restée là, stupéfaite, tandis qu'il continuait d'écrire, les joues en feu et les yeux brillants. Au bout d'un moment, il s'est retourné et voyant que je n'avais pas bougé, il m'a dit : "Tu es encore là ?" Alors, je suis partie.

— Et qu'est-ce que tu en déduis, au juste ? demandai-je.

La seule réponse fut un haussement d'épaules.

— Je vais te le dire, continuai-je ; écoute-moi, même si tu ne comprends pas bien au début. Tu n'as pas de rivale de chair et d'os… cette autre, dont tu parles… elle n'existe pas ailleurs que dans l'imagination de notre ami Upsilon.

Elle me regardait fixement.

— Je le connais, dis-je, je sais bien qu'il est fou !

Je lus sur son visage l'étonnement que le calme avec lequel j'avais énoncé cette vérité suscitait en elle. « Ce n'est pas la première fois qu'il tombe amoureux des produits de son imagination. Laisse-le en finir avec son poème, le jeter dans son tiroir et ce fantôme n'existera plus !

— Mais alors, on ne peut qu'avoir peur de lui ! s'écria-t-elle.

— Non, justement pas, répliquai-je, mais j'ai quelquefois pensé qu'il serait sûrement très profitable à son amour que tu lui dises un jour : "Upsilon, mon doux ami, je n'existe pas ; je me suis échappée d'un conte de fées et l'aimable réalité que tu tiens dans tes bras n'est qu'un rêve..."

— Comment donc ? demanda-t-elle, ne comprenant guère ce que je lui disais.

— Je veux simplement t'expliquer que tu n'as aucun motif raisonnable d'être jalouse. Laisse-le travailler encore deux ou trois jours et il viendra de lui-même te voir pour te supplier d'être à nouveau comme avant. Fais-moi confiance !

— Mais alors, il est à moitié fou ! s'écria-t-elle.

— À moitié fou ? Ou à moitié poète, c'est-à-dire complètement fou ! Mais calme-toi et ne pleure plus, maintenant !

Je me remis au piano et lui jouai une valse.

Elle avait pendant ce temps gagné la porte et, lorsque je voulus me lever pour l'accompagner, elle me retint d'un geste de la main en disant : « Je reviendrai ! » Puis elle disparut et je laissai retomber mes mains sur mes genoux...

Le lendemain matin, j'allai voir mon ami Upsilon. Bien qu'il fît grand jour dans sa chambre, quatre bougies rouges étaient allumées sur son bureau (il ne pouvait travailler qu'à la lueur de bougies rouges), et assis devant lui, l'œil terne, il laissait sa plume courir sans trêve sur le papier. J'éteignis les bougies une à une et il ne s'aperçut de ma présence que lorsque je soufflai la dernière : Ah, c'est toi ! dit-il.

— Upsilon, lui déclarai-je gravement, laisse-moi ça tout de suite et viens prendre un petit déjeuner avec moi, si tu ne veux pas que j'emploie les grands moyens pour que l'on te fourre chez les fous !

Il me fixa de ses grands yeux éteints.

— La petite est venue hier chez moi, continuai-je. Qu'est-ce que tu as encore fait ?

Il sourit : Ne me parle pas de cette pitoyable créature ! J'en ai plus qu'assez des personnes de son sexe !

— Naturellement, répliquai-je ... Ces femmes vivantes ! Qui sont assez grossières pour manger, boire, aimer et donner dans leur vie mille et mille autres preuves d'une existence bien réelle !

Il m'interrompit : Ne me parle pas d'elles ! Il n'en existe plus qu'*une* pour moi, à laquelle tu ne réussiras pas à m'arracher. Écoute : Il était une fois — — —

Et il se mit à me raconter une histoire, en jetant de temps à autre un coup d'œil sur les feuilles éparses sur la table devant lui. Il y était question d'une étrange damoiselle du nom de Turquise, vivant sur une île de l'océan Indien, et certainement la plus gracieuse créature qui ait jamais existé de mémoire d'homme ou de dieu. Upsilon, qui n'avait pas assez de mots pour décrire le charme infini émanant de sa personne, me déclara finalement, le regard extasié, qu'il était incapable d'éprouver le moindre intérêt pour quelque chose ou quelque personne que ce fût, depuis que Turquise avait établi son empire sur sa tête et son cœur.

— Je suppose que tu l'aimes ? dis-je.

— Je l'adore, répondit-il avec le plus profond sérieux, mais elle va malheureusement devoir mourir !

Je hochai la tête d'un air horrifié.

Il poursuivit son récit, m'annonçant qu'il y avait « aussi un prince africain » et me donnant des détails sur ce personnage qui avait conçu une passion funeste pour Turquise.

— Et tu es jaloux, bien sûr ? m'enquis-je.

— Cela ne sert à rien, me répondit-il d'une voix étouffée... son amour est payé de retour !

— Mais, espèce de fou ! l'apostrophai-je. Réveille-toi et réfléchis : tu peux faire dévorer ton prince africain par un tigre, puis un poète allemand du nom de Upsilon peut débarquer sur le rivage de ton île et...

— Oh non, c'est impossible ! répliqua Upsilon sur le ton de la plus profonde conviction.

— Comment ?... Et pourquoi pas ? m'écriai-je. Mais c'est toi qui décides ! C'est dans *tes* mains que sont rassemblés les fils de cette histoire, c'est *ton* cerveau qui a engendré ces extravagances et cette Turquise n'existe que dans ton imagination !

— Qu'importe, dit-il calmement, il doit en être ainsi, les choses suivent leur cours, je n'y puis rien changer.

— Tu es complètement fou ! m'écriai-je alors en me levant d'un bond.

Ses lèvres esquissèrent un pâle sourire et il se contenta de me répondre avec le plus grand calme : « Non ! »

J'allai de long en large à grands pas dans la pièce, en proie à une violente excitation.

— S'il te plaît, me dit-il, va-t'en, tu me déranges !

Je m'arrêtai et, lui lançant un regard exaspéré : Je reviendrai à midi pour voir si tu veux aller déjeuner.

Je vis, en fermant la porte derrière moi, qu'il rallumait ses bougies rouges. Pour ma part, je me retrouvai en pleine lumière, parmi les gens foulant comme tous les jours le pavé des rues d'un pas énergique et je m'étonnai presque de tant de vitalité. La santé paraît étrange à qui sort de chez les déments…

Mon ami Upsilon ne m'ouvrit pas, lorsque je frappai chez lui à midi. « Reviens ce soir, me dit-il à travers la porte, je travaille, tu me déranges ! »

Ayant au soir reçu le même accueil, je lui criai, railleur : « Turquise n'est pas encore morte ? »

J'entendis un profond soupir. La fin de la pauvre enfant était sûrement proche, et j'en éprouvai une sorte de joie, espérant qu'ainsi le charme serait rompu.

Le matin suivant, je frappai de bonne heure à sa porte. Je n'obtins pas de réponse, mais le loquet céda et je trouvai mon ami Upsilon assis à son bureau, pâle et rongé de chagrin.

— Upsilon ! m'écriai-je.

Il me regarda avec des yeux mourants.

— Qu'est-ce qui t'arrive ? lui demandai-je.

— Elle est en train de mourir ! murmura-t-il.

— Dieu soit loué ! rétorquai-je.

Son regard se voila, il n'était plus en état de comprendre ma joie.

— Viens Upsilon, lui dis-je, sentant l'angoisse me serrer le cœur, viens !

— Je ne peux pas ! répondit-il en me montrant les feuilles couvertes de son écriture, puis sa tête.

— Tu es ridicule, Upsilon, regarde-toi : tu es malade !

— Vite, vite, ce sera bientôt fini, dit-il comme se parlant à lui-même et en se serrant le front dans la main.

Je lui saisis les mains et les pris dans les miennes : Mais qu'est-ce qui t'oblige ? C'est inutile !

Et lui, me dévisageant à nouveau avec un sourire mélancolique :

— Inutile, dis-tu ?… Ah, tu ne peux comprendre !

— Mais si, Upsilon, je te comprends fort bien ! Tu t'es surmené et la violente excitation provoquée par les débauches de ton imagination folle te rend les nerfs malades… Un souffle d'air sain, vivant et frais, venant du monde réel fera passer tout ça !

Et, allant à la fenêtre, je l'ouvris toute grande : Ne sens-tu pas le vent du matin ? Vois avec quelle allégresse il farfouille dans les feuillets sur ton bureau et avec quelle impertinence les rayons du soleil caressent en passant ta tête fatiguée et font briller la poussière sur le parquet ! Vois le monde et ses innombrables couleurs se noyer dans le bleu glorieux du ciel !

Il regarda par la fenêtre en suivant mon regard et cligna des yeux, car la lumière lui faisait mal. Me retournant alors, je le tirai de sa chaise et il se laissa faire comme si toute volonté l'avait abandonné.

Sans dire un mot, afin de ne plus troubler cet inconscient laisser-aller, je l'accompagnai jusqu'à la cage d'escalier. Il eut un sursaut, mais très bref, puis il me suivit d'un pas traînant dans l'escalier et prit sans protester le bras que je lui tendis lorsque nous fûmes dans la rue. Alors j'osai enfin lui adresser à nouveau la parole :

— Eh bien, Upsilon, lui dis-je, cet air ne te fait-il pas du bien?

Il ne me répondit pas et laissa également sans réponse chacune de mes tentatives ultérieures pour engager la conversation.

Nous longions maintenant les jardins de villas des faubourgs, pleins du merveilleux parfum que répandent les fleurs au matin. Les effluves épicés des jeunes bourgeons se mêlaient à nos haleines. La poitrine se soulevait avec plus de force et l'on sentait son propre pas devenir plus souple et plus ferme à la fois. Upsilon pourtant continuait d'avancer comme dans un paysage mort… Nous nous installâmes quelque part pour le petit déjeuner et j'eus l'impression, à le voir siroter comme moi son café, qu'il revenait à la vie réelle. Il secoua lui aussi la tête après la première gorgée, puis se passa la main sur les yeux.

— Si nous allions faire un tour à la campagne? proposai-je, il fait si beau!

— Oh oui! s'écria-t-il, et je me réjouis d'entendre à nouveau le son de sa voix.

Nous montâmes dans une voiture et nous fîmes conduire dans le Wienerwald[1]. Upsilon resta d'abord assis sans bouger à côté de moi; mais lorsque nous fûmes en pleine campagne, sous l'ombrage des grands arbres bordant la route, je le vis jeter des regards étonnés autour de lui, comme s'il voulait reprendre ses sens. Enfin il eut un sourire.

— C'est beau par ici, n'est-ce pas? lui dis-je.

Le sourire qu'il m'adressa semblait vouloir dire : «Pauvre fou, crois-tu donc vraiment que cela puisse m'aider?»

Je continuai à parler du mieux que je le pus malgré mon cœur qui se serrait, vantant la solitude grandiose et apaisante de la forêt que nous traversions…

Il ferma les yeux, des rides apparurent sur son front. Puis il secoua la tête. Et j'eus l'impression qu'il voulait dire : «Tu as beau faire, tu n'arrangeras rien!»

Je menai ainsi une conversation imaginaire avec lui, sans qu'il ouvrît une seule fois la bouche.

Nous nous fîmes servir un déjeuner dans une auberge tranquille, entourée par les mystérieux murmures de la forêt dont le vent caressait la cime des grands arbres.

J'exhortai mon ami à toucher aux plats déposés devant lui, et il finit par s'exécuter. Mais il repoussa son couvert dès les premières bouchées et me dit, en me regardant en face : « Tu es un brave garçon, mais tu n'arrangeras rien ! »

Je le savais, hélas ! Sa mine sombre et rongée de chagrin me l'avait déjà clairement dit.

— Non, je n'arrangerai peut-être rien, rétorquai-je, mais tout ira bien si tu es raisonnable. Bien sûr, je te comprends, je ne suis pas fermé à ton âme de poète et à ta sensibilité malade… tu ne serais pas un poète si tu n'étais pas amoureux de ta Turquise…

— Oui, et maintenant qu'elle se meurt, je ne puis qu'être malheureux, m'interrompit-il en me regardant, tout tremblant.

Poursuivi par son idée fixe, il ne répondit plus à mes encouragements que par des signes de refus. Devant cette folie, je sentis ma sagesse impuissante.

Nous restâmes longtemps à table, puis nous allâmes nous promener dans la forêt. Ce fut une effroyable journée. À peine si je sais comment je la passai… tant les heures en furent pénibles, pesantes et remplies d'inquiétude.

Le soleil déclinait déjà quand nous reprîmes place dans la voiture. Les chevaux, bien reposés, se mirent à trotter avec entrain sur le chemin forestier.

Au bout de quelque temps, je remarquai que l'inquiétude gagnait mon ami.

Le soleil commençait à se coucher et le crépuscule s'étendait lentement sur les prés… « Plus vite ! », dit-il à voix basse…

Nous roulions suffisamment vite et, comme l'on distinguait déjà les premières maisons de la ville au bout de la route, on pouvait penser que nous serions rentrés avant la tombée de la nuit ; mais les ombres du soir étaient trompeuses.

— Plus vite ! Plus vite ! cria Upsilon, assez fort pour que le cocher l'entende et se mette à pousser ses chevaux…

— Mais qu'as-tu ? lui demandai-je.

— Rentrons, murmura-t-il, il faut que je termine !

Sa respiration s'accélérait ; le visage parcouru de tressaillements, il restait calme quelque temps, puis se mettait à pousser des soupirs lamentables. Les feuilles des marronniers bruissaient des deux côtés du chemin et un vent frais se leva… Je fus pris d'un léger frisson…

— Je veux rentrer, je veux rentrer ! criait maintenant Upsilon d'une voix gémissante, mais forte.

— Laisse, tentai-je de l'apaiser, nous arriverons bien assez tôt. Que veux-tu donc faire chez toi ?… Il ne faut plus que tu travailles ce soir.

Il me regarda, ébahi. « Mais si, il le faut ! » dit-il.

Nous roulions entre les premiers réverbères des faubourgs. De plus en plus inquiet, Upsilon agitait les mains et roulait des yeux égarés, respirant comme s'il avait eu la fièvre…

Il haletait si fort que le cocher se retourna et le considéra avec étonnement. Puis il fouetta ses chevaux et nous filâmes à grand bruit sur les pavés, en direction de la demeure de mon ami. Je l'appelai encore à plusieurs reprises : « Upsilon ! Upsilon ! » Mais il ne m'écoutait pas : son esprit semblait entièrement absorbé par un travail extrêmement pressant, tandis qu'une humeur toujours plus sombre envahissait le mien.

Nous allions par les rues mal éclairées, lorsque se présenta à moi une image dont je n'arrivai plus à me défaire ensuite… la princesse Turquise était étendue dans un cercueil de verre et, debout devant lui, mon malheureux poète la regardait, les yeux secs et le regard navré de douleur.

La voiture s'arrêta devant chez lui ; Upsilon en descendit d'un bond et se précipita dans l'escalier. Lorsque je le rejoignis, il était déjà assis devant son bureau aux quatre bougies rouges et il ne m'entendit pas entrer.

Il s'était remis à écrire. Plus rien n'existait autour de lui. La mourante Turquise le tenait sous son charme.

Je m'allongeai sur le divan dans l'intention de passer la nuit là, car l'état de mon ami m'inquiétait sérieusement.

Sa plume courait fébrilement sur le papier ; la fenêtre était ouverte, et les flammes des bougies dansaient. Les feuillets détachés de son histoire s'amoncelaient en désordre sur la table où il les lançait l'un après l'autre. Son visage, qui prenait une expression de plus en plus agitée, était d'une pâleur mortelle.

J'eus à un moment donné le sentiment très net que Turquise était en train de mourir. La main d'Upsilon ralentit en effet brusquement son allure tandis que, respirant avec difficulté, il considérait d'un regard fixe les lignes qu'il avait sous les yeux. Puis, lâchant sa plume, il s'affaissa sur son bureau et se mit à pleurer en longs sanglots amers et déchirants. Je me sentis soulagé et libéré. C'en est fait, me dis-je, le charme est rompu et l'effrayante fiction où il a vécu plusieurs jours s'est évanouie, dissoute en poussière. Et même il me sembla que toute l'atmosphère autour de nous était en train de se transformer et que les esprits mauvais s'envolaient par la fenêtre… cependant que la lueur rouge des bougies, dans la pièce, se faisait aussi plus douce et plus claire. Même les feuillets, sur la table, ne bougeaient plus : la paix était revenue et mon pauvre ami pleurait, pleurait de plus en plus calmement.

Je m'assoupis lentement sur le divan…

Je dus rester assez longtemps ainsi car, lorsque je m'éveillai, les bougies étaient presque entièrement consumées. Mais Upsilon était toujours assis à sa table, la tête baissée.

Je m'approchai de lui et il m'adressa un regard sans détour et tout à fait rassurant.

— Tu devrais aller dormir, lui dis-je.

— Vas-y, toi, me répondit-il d'une voix ferme et mesurée, et ne t'inquiète plus de rien !

— Alors Upsilon, m'écriai-je, tout joyeux, c'est bien fini maintenant !

— C'est fini ! répéta-t-il et il m'embrassa sur le front.

— Alors, permets-moi de terminer la nuit ici, Upsilon, sur ton divan !

— Reste, si tu veux, répondit-il avec un regard amical.

Il ne me quitta pas des yeux tandis que je m'allongeais et, lorsque je m'exclamai à son intention : « Allons, au lit ! » il me fit signe de la tête en souriant. Je sentis ses yeux encore fixés sur moi quand le sommeil commença à s'emparer de moi.

Un air chaud pénétrait dans la chambre, une des bougies s'éteignit tandis que les trois autres continuaient de répandre leur tranquille lueur vacillante — je vis tout cela dans mon demi-sommeil et m'endormis tout à fait…

Je me réveillai à l'aube. Upsilon n'était plus dans la chambre.

Je me levai sans penser encore à rien et m'approchai de la table où j'aperçus, à la lueur indécise du petit matin, une feuille de papier pliée en quatre.

Avant de la déplier, je m'approchai jusqu'au lit de mon ami : il n'avait pas été défait.

Saisi d'un frisson, je cherchai d'abord du regard les bougies… j'étais déjà en proie au trouble qui, en des moments semblables, nous envahit et fait de nous ses jouets. Elles n'étaient plus sur la table, mais, jetées sur le sol avec les bougeoirs, elles gisaient dans le coin près du poêle. Je cherchai alors des yeux les feuillets manuscrits : ils étaient toujours là, éparpillés sur la table.

C'est seulement alors que, dépliant le papier, je lus ces mots : « Turquise est morte, tout est fini ! »

Mes dents se mirent à claquer. Où était-il, où pouvait-il bien être ?

Je courus dans l'entrée — personne ! J'ouvris la porte et m'avançai dans la cage d'escalier — il y faisait tout noir… Revenant sur mes pas, je ramassai l'une des bougies dans le coin près du poêle, l'allumai et sortis sur le palier. Quelque chose de noir, là, tout en bas, gisait sur le sol ! Je tendis la bougie à bout de bras par-dessus la rampe pour mieux y voir. Une goutte de cire rouge tomba, je dévalai l'escalier, mon lumignon à la main… et me trouvai devant son cadavre…

D'autres gens, que ma course précipitée dans l'escalier avait sans doute réveillés, me rejoignirent et aperçurent le corps.

Des questions fusèrent : « Qu'y a-t-il ? » et quelques-uns se mirent à pousser de grands cris.

Estimant de mon devoir de donner une explication, je dis simplement : Il était fou.

Quelqu'un me prit la bougie des mains — je crois qu'elle tremblait.

J'ai lu le dernier conte de mon ami Upsilon ; il est tout à fait manqué et c'est à peine si l'on peut y déceler quelque talent.

Cette conclusion, certes bien affligeante, est toutefois indispensable pour que mon récit soit complet.

Upsilon n'en fut pas moins un véritable, un grand poète ! Quelle imagination ne faut-il pas, en effet, pour créer un personnage dont on puisse tomber amoureux jusqu'à la folie ! Amoureux au point de ne plus pouvoir vivre lorsque l'imagination créatrice, poursuivant ses jeux, replonge dans le néant la créature imaginée.

La Muse a parfois des caprices… mon ami Upsilon fut l'instrument de l'un d'eux. Il en perdit la raison et mourut.

Peu de gens l'ont connu, du temps qu'il vivait… et ses œuvres ne lui vaudront pas l'immortalité. Sa folie, cependant, le rendra aimable à plus d'un, dont l'intérêt sera suscité par les tristes facéties auxquelles se complaît parfois la nature.

Ô capricieuse imagination ! Tu brilles comme l'or et fais de l'un, en le circonvenant du parfum flatteur de ton amitié, le plus heureux des fous — un poète... et de l'autre, en fondant sur lui comme sur un ennemi, le plus pitoyable des poètes — un fou !

Traduction révisée par Brigitte Vergne-Cain et Gérard Rudent.

LE PRINCE EST DANS LA SALLE

Composé en 1888, ce récit (Der Fürst ist im Haus) *n'est certainement pas l'un des chefs-d'œuvre de Schnitzler. Il ne fut d'ailleurs jamais publié de son vivant. On l'exhuma pour fêter malgré tout, le 15 mai 1932, le soixante-dixième anniversaire de sa naissance, dans une feuille socialiste de Vienne : l'*Arbeiter-Zeitung ; *on le retrouve dans le recueil posthume de 1932,* Die kleine Komödie (La Petite Comédie).

Il fut également repris en 1965 dans une anthologie de ses récits en RDA, et l'on pouvait lire dans la postface à cette édition, signée par Eduard Zak et Rudolf Walbiner : « La dégradation des relations humaines, qui alla en s'aggravant à la fin de la société de type bourgeois, aboutit à une solitude que révèlent beaucoup des personnages d'Arthur Schnitzler. L'appartenance à une communauté est le plus souvent purement formelle. C'est pourquoi la mort du flûtiste Florian Wendelmayer n'est qu'un incident fatal, vite dissimulé et vite oublié. »

Cette lecture sociologique et politique n'était pas entièrement fausse. Mais il nous semble que la description du malaise mortel du vieux musicien, au printemps et dans un théâtre où l'on donne un vaudeville très gai, relève davantage d'une esthétique en marge du naturalisme, et pourtant humanitaire — celle d'un jeune médecin sceptique qui cherche encore sa voie.

Le prince est dans la salle *appartient à la catégorie des paraboles et des fables. Ce récit a le mérite de rappeler que la question sociale n'est pas étrangère à Schnitzler; bref, qu'il n'est pas seulement « le poète des boudoirs et des paravents », selon le méchant mot de Karl Kraus !*

Assis à sa place, la flûte aux lèvres, Florian Wendelmayer ne quittait pas des yeux le chef d'orchestre, qui venait de donner deux petits coups de baguette sur son pupitre. Lorsqu'un silence complet se fut établi dans la salle, l'orchestre attaqua l'ouverture. Tous les jours, depuis dix-sept ans, Florian Wendelmayer jouait de la flûte. Il ne regardait plus la partition, connaissant par cœur ce morceau qu'ils avaient déjà exécuté cent fois, et tenait machinalement sa partie, à vrai dire sans même écouter. Il s'asseyait là depuis dix-sept ans, sur la même chaise, devant le même pupitre. Trois collègues s'étaient succédé à ses côtés ; l'un était mort et les deux autres partis, engagés dans d'autres théâtres. C'était maintenant un jeune homme qui occupait la chaise voisine — un jeune homme qui, accessoirement, donnait aussi des leçons particulières. Florian avait perdu les siennes et il y pensa pendant l'ouverture, se demandant s'il ne devrait pas mettre encore une fois une annonce dans le journal hebdomadaire pour essayer d'en trouver de nouvelles…

Vint la longue pause pour la flûte. Quarante-deux mesures pendant lesquelles elle n'avait pas à intervenir, et Florian regardait la salle, par-delà la rampe d'orchestre : belle, brillante et pleine. Il connaissait la plupart des spectateurs. La ville n'était pas grande et c'étaient toujours les mêmes qui allaient au théâtre. Un léger mouvement courut soudain dans la salle et tous les regards se dirigèrent vers la loge réservée à la Cour, où le prince venait de faire son apparition, en compagnie de son aide de camp. Poussant tout doucement sa chaise, il s'installa avec son extrême discrétion habituelle, presque sans faire aucun bruit.

Les quarante-deux mesures étaient passées et les flûtes se remirent à jouer. La fin de l'ouverture approchait. Tous les instruments jouèrent ensemble dans un grand fracas, puis il y eut trois larges accords, accompagnés du roulement des tambours, et le rideau se leva. On donnait une vieille comédie, dont Florian avait vu la première représentation dix ans auparavant. La plupart des musiciens se hâtèrent de sortir. Par une chaude soirée de printemps comme celle-ci, ils aimaient aller se promener derrière le théâtre ou s'asseoir dehors, sur le banc peint en vert, pour bavarder et fumer.

Florian resta assis à sa place. Qu'aurait-il fait dehors? Pour ces quelques minutes! C'était aussi ennuyeux que superflu. Il posa son instrument devant lui sur le pupitre et regarda ce qui se passait sur la scène. Oui, c'était bien la vieille pièce qu'il connaissait! Les rires des gens lui parurent étranges. C'étaient toujours les mêmes plaisanteries et l'on applaudissait, riait et on s'amusait toujours. Florian aurait voulu que ce fût déjà fini. Alors il aurait pu se rendre au café en face, boire un verre de bière puis rentrer se coucher. Il était las et se sentait vieux.

Combien de temps, combien d'années y avait-il qu'il occupait cette place... il se souvenait à peine qu'il ait jamais pu en être autrement. Et pourtant, il avait été quelqu'un, autrefois! Il avait composé des lieder, des symphonies; on avait même eu l'occasion d'entendre les premiers à plus d'un concert, il y a quinze ou vingt ans. Mais maintenant, finies les mélodies! Son amour de la musique s'était éteint peu à peu. Tout n'était plus que bruit et vacarme à ses oreilles et il trouvait insupportable le violon ou la flûte dont le jeu ravissait les gens. Mais il fallait bien malgré tout qu'il continue à souffler dans sa flûte, puisqu'il en vivait. Ah, comme il avait aimé son art, autrefois! Il n'avait pas fini ses classes, pas fait d'études. Mais il s'était promené pendant des heures dans la forêt et les mélodies bruissaient en lui, il n'avait qu'à prêter l'oreille. Il en notait peu, car il lui était impossible de retenir cette profusion : le souffle du vent, le frémissement des arbres, le crissement de ses propres pas, tout alors devenait musique...

Cette époque était depuis longtemps révolue, comme était passée la tristesse que lui avait causée sa disparition. Maintenant, il jouait de la flûte, faisait son devoir et sa vie s'écoulait, médiocre et paisible.

Toute la salle riait. Florian sourit aussi... pour la centième fois il sourit des mêmes plaisanteries stupides. La fin du premier acte approchait. La petite porte de la fosse d'orchestre s'ouvrit et les musiciens reparurent. Tous ils se baissèrent pour ne pas se cogner au chambranle, à l'exception du petit contrebassiste qui gagna sa place sans courber la tête. Le chef entra enfin, s'assit sur son siège surélevé et, saisissant sa baguette, se tint prêt à donner le signal aux musiciens dès que le rideau tomberait. Il s'abaissa au milieu d'énergiques applaudissements. Et aussitôt l'orchestre attaqua, tandis que les rires et les conversations de la salle se mêlaient à la musique. Le public était étonnamment bruyant aujourd'hui, c'est du moins ce qu'il sembla à Florian Wendelmayer. Il faisait aussi plus chaud que d'habitude, et lorsqu'il eut à tenir une note assez longue sur son instrument, il ressentit un léger vertige. Ayant repris son souffle, il recommença... eut l'étrange sensation que ses mains s'alourdissaient. Il continua de jouer. Un nouveau vertige le prit. La salle s'obscurcit... vacilla... et les lumières s'éteignirent. La flûte s'échappa en même temps de ses mains. Quel bruit! Le théâtre s'écroule? Et Florian voulut se lever, se sauver... mais il ne voyait plus rien. Ses pieds étaient lourds comme du plomb. Il ne pouvait pas bouger. Et c'est alors qu'il s'effondra devant son pupitre, faisant tomber sa chaise en arrière. Ce fut un bruit sourd. Les musiciens se retournèrent pour voir. Le voisin de Florian, effrayé, se leva d'un bond. Dans le public, on remarqua toute cette agitation et des gens se levèrent. Le prince se pencha par-dessus l'appui de sa loge mais le chef d'orchestre, la sueur au front, continuait d'élever et d'abaisser sa baguette, et dit, d'une voix suffisamment perceptible : «Continuons à jouer!» Les gens demandaient : «Qu'y a-t-il, qu'y a-t-il?» et la directrice quitta la scène et se précipita vers la petite porte. On était déjà au courant : un flûtiste venait d'avoir un malaise. Le chef battait toujours la mesure, mais plus personne ne jouait. Tous les regards étaient tournés vers la porte de la fosse. On vit apparaître deux employés qui, passant entre les tambours et les trombones, se dirigèrent vers l'endroit où Florian Wendelmayer était étendu. Ils le soulevèrent : il avait les yeux à demi ouverts et sa lèvre inférieure, flasque, pendait. Le prenant par les bras, ils le posèrent contre leur épaule, lui passèrent un bras derrière le dos et le traînèrent ainsi jusqu'à la sortie. Depuis la salle, on pouvait croire qu'il marchait. Il y eut à nouveau des chuchotements dans le public : «Qu'y a-t-il, que se passe-t-il? — Ce n'est rien, répondit-on, non, non, rien du tout! Un musicien a eu un malaise, mais il peut marcher.» Dès que la porte fut refermée, le chef frappa deux coups sur son pupitre et la musique reprit. L'autre flûtiste releva la chaise de Florian et y posa la flûte de son collègue. Cependant, les spectateurs ne semblaient pas vouloir se calmer et la directrice, debout derrière la porte, s'écria : Ah, tout ce remue-ménage aujourd'hui… justement aujourd'hui, en présence de Son Altesse ! Il ne pouvait donc pas sortir tout seul ?

Les deux hommes étendirent le flûtiste sur le sol dans l'étroit couloir conduisant à la rue et restèrent là, attendant tranquillement. — Il a eu une attaque, dit l'un d'eux à la directrice, qui regardait le mourant. Les murmures du public parvenaient jusque-là. Quelques messieurs vinrent même s'enquérir, posant des questions d'un air très soucieux. Oh, ce n'est rien, dit la directrice, je vous en prie, ne vous dérangez pas, ce n'est rien du tout ! Il a déjà rouvert les yeux et nous avons fait le nécessaire. A-t-on prévenu le médecin ?

— Müller est allé le chercher, répondit un ouvrier.

Les gens entraient maintenant de la rue dans le petit couloir. La directrice, au désespoir, suppliait : Je vous en prie, pas d'éclat, il ne s'est rien passé ! Je prie ces messieurs et dames de bien vouloir s'en aller. Mais que fait le docteur ?

Il arrivait, on lui fit place. Qu'est-ce que cela signifie, dit-il, on ne pose tout de même pas un malade comme ça sur le plancher, c'est incroyable ! Vite, une civière !

— Une civière ! répéta la directrice.

Se penchant alors sur le flûtiste, le docteur lui prit le pouls. Tout le monde se taisait, on n'entendait plus que le sourd murmure en provenance de la salle.

— De la lumière, s'il vous plaît, dit le docteur, je n'y vois rien !

Quelqu'un décrocha du mur la lampe à huile. Une faible lueur tomba sur le visage de Florian Wendelmayer. Le médecin, sans lâcher son poignet, l'examina avec attention, puis il s'écria : Cet homme est bel et bien mort ! Tous restaient là, épouvantés, lorsqu'un laquais entra et dit : « Son Altesse désire être informée de la santé du musicien malade.

— Je vous prie de transmettre mes très respectueux remerciements à Son Altesse, répondit la directrice d'une voix un peu étouffée, le musicien se sent déjà mieux. » Le laquais sortit. La directrice remercia tous les gens présents pour leur aimable manifestation de sympathie, et leur demanda très poliment de s'éloigner du couloir, où il était déjà si malaisé de se tenir en temps normal. Ceux qui étaient venus de la salle étaient très émus. Ils trouvaient singulier de devoir maintenant retourner à leur place pour assister à un spectacle comique ; ils virent là une nouvelle preuve de l'étrangeté de l'existence, si pleine de contradictions. Et ils s'en allèrent lentement. La porte donnant sur la rue, devant laquelle s'étaient arrêtés des promeneurs ayant remarqué l'agitation qui régnait dans le couloir, était grande ouverte. Elle laissait entrer la douce brise de cette soirée de printemps. La directrice dit alors aux personnes venues de la salle : Il n'est pas nécessaire que cela se sache dans le public, n'est-ce pas ?

Bien sûr, bien sûr, ils ne diraient rien.

— A-t-il de la famille ? demanda le docteur.

— Mais non, répondit la directrice, c'est Wendelmayer.

— Ah oui, c'est juste, Wendelmayer, dit le docteur d'une voix tout à fait rassurée, comme s'il avait voulu dire : « Les Wendelmayer peuvent toujours mourir, aucune importance ! » Puis il se leva et raccrocha la lampe au mur. Deux ouvriers étaient arrivés : la civière, dehors, était prête ; ils soulevèrent le corps pour l'y déposer.

Dans la salle, l'atmosphère s'était apaisée. La musique jouait. On attendait le début du deuxième acte. Calmes et dignes, les messieurs qui avaient vu le musicien mort prodiguaient des paroles graves et rassurantes à ceux qui leur demandaient de ses nouvelles. Le rideau se levait tout juste lorsque la porte de la loge du prince s'ouvrit, et l'on aperçut un laquais qui entrait. Le prince se retourna vers lui. Le domestique déclara : Altesse, le musicien va bien !

Le prince regarda à nouveau dans la salle au-dessous de lui, et plusieurs têtes se tournèrent dans sa direction. Ayant cru y lire une interrogation, il répondit d'un aimable signe de la tête. Son sourire rassurant portait à la connaissance de ses fidèles sujets que le flûtiste Florian Wendelmayer se sentait tout à fait bien.

Traduction révisée par Brigitte Vergne-Cain et Gérard Rudent.

L'AUTRE

Pages du journal d'un survivant

Dans Der Andere, *Arthur Schnitzler a trouvé une de ses meilleures formules narratives : le document fictif, ici le journal intime, pour faire surgir le monde secret des idées fixes.* L'Autre *fut composé en 1889 et publié la même année, dans le n° 21 de la revue* An der schönen blauen Donau (Au beau Danube bleu) ; *puis dans le recueil posthume de 1932, intitulé* Die kleine Komödie (La Petite Comédie).

Ces Pages du journal d'un survivant *(tel est le sous-titre) constituent déjà un monologue intérieur. Mais c'est peut-être un peu trop artificiel. Le lecteur entre sans doute dans la subjectivité du narrateur, comprend sa souffrance, ses insomnies, sa jalousie rétrospective attisée par le doute le plus torturant. Cependant, derrière le flux des phrases pathétiques, la composition et l'arrangement ironiques choisis par l'écrivain restent trop perceptibles. La forme est donc impure, un peu bâtarde. L'ensemble est aussi plutôt mélodramatique, morbide sans être vraiment délirant. En tout cas, le champ du « médio-conscient » n'est pas encore suggéré dans sa mystérieuse ampleur : le veuf est ici un grand bourgeois trop habitué à écrire dans son journal intime des phrases claires — correctes, mais un peu creuses.*

Manifestement, Schnitzler n'a pas encore trouvé le ton de l'oralité écrite qui marquera son style. Mais il fallait à tout le moins conserver en français le jeu des interlignes et des paragraphes. Nous les avons rétablis scrupuleusement, pour que soit bien suggérée la succession des nuits et des faux-jours...

À la fin du récit, l'invention paraît aussi un peu faible : il eût fallu que « l'Autre » tombât jaloux, ou que le Veuf se remît à sourire... En fait, cela tourne court. Schnitzler a trouvé sa manière, mais l'invention et le style sont encore loin d'être à la hauteur du Sous-Lieutenant Gustel *et de* Mademoiselle Else.

Seul !... Tout seul !...

Je suis assis à mon bureau, les chandeliers sont allumés... La porte de la chambre qui fut la sienne est grande ouverte et mon regard se perd dans son obscurité quand je lève les yeux. Les reflets scintillants des lumières des maisons d'en face jouent sur les vitres de ma fenêtre... Que tout cela est nouveau et brutal !... Elle fermait toujours les rideaux dans mon bureau, lorsque le soir tombait ; aucun bruit de la rue, aucune lumière ne devait pénétrer chez nous...

Les heures ont passé. J'ai fait les cent pas dans ma chambre, puis dans la sienne. Je me suis étendu sur le divan et j'y suis resté longtemps, contemplant d'un œil fixe le monde inutile qui s'étend dehors, sous les fenêtres... Debout près de son bureau, j'ai tenu un moment dans mes mains les porte-plume encore imprégnés du parfum de ses doigts... puis, penché sur l'âtre où le feu s'était éteint, j'ai fouillé les cendres avec le tisonnier... faisant crisser et craquer des restes de papier et de charbon calcinés.

Tous les matins, jour après jour, je vais au cimetière... Un insolent soleil froid éclaire cette fin d'automne et les yeux me brûlent du plus loin que j'aperçois le mur blanc. Je vais par les rangées de tombes en observant les gens qui viennent là prier et pleurer. J'en connais déjà quelques-uns... Et je suis frappé par ce qu'ils ont de typique, qui se retrouve inévitablement chez chacun d'eux... Ainsi la jeune fille qui s'effondre, toujours avec les mêmes sanglots et les mêmes violettes qu'elle dépose sur la terre humide, devant la croix près de la chapelle, puis se relève avec le même air rasséréné, avant de s'en aller d'un pas rapide… Elle pleure un jeune homme… mort à vingt-quatre ans et dont elle était sans doute la fiancée… Je ne peux m'empêcher de me dire : comment parvient-elle chaque fois à se relever et où puise-t-elle la consolation qui se lit dans son regard quand elle repart?… J'ai envie de me précipiter derrière elle en criant : Pauvre folle, il n'existe pas de consolation!… Mais moi, qui viens ici tous les jours, qu'est-ce donc que je cherche?… Ces gens avec leur crêpe sur leur chapeau et leurs gants noirs m'agacent parfois… mais sans doute leur suis-je moi aussi semblable, pâle et les yeux gonflés par les pleurs comme eux tous… Oh, je sais… je suis jaloux de la douleur des autres, j'éprouve le même sentiment qu'autrefois à l'égard des choses les plus nobles et les plus exaltantes de la vie. Je ne pouvais pas supporter alors de voir l'enthousiasme sur le visage d'autrui, quand un sentiment élevé m'avait grisé… et je regardais d'un œil envieux le voisin qui me semblait tressaillir du même frisson que moi… Et maintenant, quelque chose s'insurge en moi à la pensée que tous ces gens errant au milieu des tombes ressentent la même douleur que moi, indicible et éternelle… Hélas, quelle pitié! Ils ressentent tous la même chose, et puis les jours s'écoulent… apportant de nouvelles pensées et des espoirs plus vifs… et c'est, pour finir, encore une fois le printemps avec sa trompeuse douceur et cette façon qu'il a de s'épanouir sans aucune discrétion sous vos yeux… L'air s'émeut doucement, les fleurs embaument et les femmes rient — nous sommes une fois de plus bernés, frustrés de notre grande et éternelle douleur…

Je me tiens le plus souvent à quelques pas du tertre sous lequel elle repose… Lorsque la pierre sera posée, je pourrai m'appuyer aux marches froides du monument, m'incliner et m'agenouiller sur la tombe, ce que je n'ose pas faire sur la terre. Je frissonne à l'idée d'entendre du sable ou des cailloux éboulés sous moi rouler sur son cercueil… Et pourtant une envie frénétique et presque irrépressible me prend parfois de me jeter sur cette terre et de la fouiller de mes mains… Ma douleur n'a rien de calme… je grince des dents, plein de colère, haïssant les choses et les gens… Principalement ceux qui souffrent comme moi… Hommes, femmes et enfants, tous ces êtres que je rencontre là-bas me répugnent, je voudrais les chasser… La pensée, en particulier, que l'un d'eux y est sans doute allé hier pour la dernière fois m'emplit d'une indescriptible amertume. Il a épuisé son chagrin… Il l'a senti s'apaiser peu à peu… il est reparti plus soulagé chaque jour. Et un matin en se réveillant, il est capable à nouveau de sourire... Ah, comme je hais ceux qui peuvent à nouveau sourire!... Et pourtant, je sourirai moi aussi, un matin... Moi aussi, j'oublierai!... Aujourd'hui, c'est ma jeunesse qui me revient à la mémoire... je me vois dans la forêt au côté de ma douce bien-aimée, ah, que j'aurais pu être heureux, infiniment!... Et je l'étais, bien sûr. Il est des instants où tout s'engloutit, le passé et l'avenir, des instants qui sont l'éternité même... Toutefois, je n'ai jamais été de ces promeneurs qui, allant tranquillement leur chemin sur la grand-route, s'enfoncent de temps à autre dans les prés et les bois pour s'allonger dans l'herbe et respirer avec ravissement l'air du matin. Non, je grimpais aux arbres en quête d'horizons nouveaux, de ces lointains gris où la route s'estompe et où le printemps commence à mourir... Et ici... oui, c'est ici, dans cette chambre, près de la fenêtre, qu'un frisson glacé me courut par tout le corps, un jour que ma femme, blottie contre moi, m'embrassait tendrement sur les joues... Les minutes, les heures, les jours et les années s'enfuirent à une allure folle et notre temps fut révolu... Nous étions tous les deux vieux, c'était la fin... la fin!... Et, comme je profanai alors mon amour, en pensant qu'il lui faudrait aussi passer... Et voici que je profane ma douleur en pensant que je sourirai un jour à nouveau!...

Quel est cet homme aux cheveux blonds et aux yeux dolents? Qui pleure-t-il? La tombe sur laquelle il va jour après jour est à quelques pas de celle de mon épouse... Je ne parviens pas à le haïr autant que les autres, c'est ce qui me l'a fait remarquer. Il arrive avant moi et reste lorsque je m'en vais... Peut-être n'aurais-je pas fait attention à lui, si je n'avais un jour senti se poser sur moi son regard, où éclatait une si profonde pitié que je me suis presque mis à trembler. Je le fixai des yeux; il se détourna lentement et s'éloigna en longeant le mur... Il me semble d'ailleurs le connaître... qu'autrefois... Mais où?... Nous sommes-nous rencontrés au cours d'un voyage?... L'ai-je vu au théâtre?... Ou simplement dans la rue...? Il doit se douter de mon sort malheureux, avoir vécu quelque chose d'analogue; comment expliquer autrement ce regard que je n'oublierai plus jamais...? C'est un homme jeune et beau...

Une fois de plus... je suis assis à mon bureau. Devant moi, des fleurs fanées encadrent le portrait de l'être cher qui fut ma femme, mon tout, mon bonheur, mon univers... et lentement la conscience des choses me revient. Des journées comme celle que je viens de passer rendent vraiment impossible tout jugement clair… J'ai aujourd'hui de grands projets… pour la première fois depuis un mois : j'ai décidé d'ouvrir ma bibliothèque, d'essayer à nouveau de lire, de trier des papiers, de réfléchir…

Je n'ai rien fait de tout cela, je n'ai pu m'empêcher de retourner là-bas… alors qu'il faisait presque nuit… Désert, le cimetière. Personne à la ronde… Et pour la première fois, je me suis prosterné sur sa tombe, j'ai baisé la terre sous laquelle elle repose. Puis j'ai pleuré, oui, pleuré… Il régnait un profond silence… l'air était calme et froid. Après m'être relevé, j'ai gagné la sortie du côté de l'église, à travers les rangées de tombes. Il n'y avait toujours personne, c'était désert et la lune éclairait les croix et les pierres d'une lumière si nette qu'aucune présence humaine ne pouvait m'échapper. C'est ainsi qu'en partant je vis une femme, avec son voile noir flottant et son mouchoir… je connais bien ces femmes, maintenant! La grande route, vers la ville, était blanche sous la lumière de la lune. J'entendais chacun de mes pas, personne ne me suivait et j'atteignis ainsi, toujours seul, les premières maisons des faubourgs et les premières auberges. Il y eut alors, d'un seul coup, à nouveau des voix humaines, des bruits de pas et du vacarme. Cela m'a fait beaucoup de bien et, rentré chez moi après cette promenade au crépuscule, j'ai éprouvé l'envie étrange et depuis longtemps oubliée d'ouvrir ma fenêtre et d'entendre des voix humaines et les bruits de la rue. Mais la nuit est déjà avancée et le silence se fait peu à peu en bas… De plus, j'ai en écrivant les doigts glacés, car il commence à faire froid; et la lumière tremble, bien qu'il n'y ait pas un souffle d'air…

Je me tenais tout contre le mur, un grand saule me dérobait à ses regards. J'étais arrivé de grand matin — le premier de tous. La lumière brillait encore dans la maisonnette du fossoyeur. D'autres arrivèrent bientôt, surtout des femmes… Puis enfin lui…! Il s'approcha tranquillement de l'endroit où il a coutume de s'arrêter… Il avait toujours ses grands yeux dolents… Et il s'agenouilla… Je regardai, regardai mieux… Il était à genoux devant la tombe de mon épouse!… Je restai là, retenant mon souffle, les doigts crispés sur les branches du saule. Des minutes passèrent… Il était agenouillé, mais ne priait pas… Il ne pleurait pas non plus… Puis il se releva… partit au hasard des allées, selon son habitude, et reparut au bout d'un moment à proximité de l'endroit où j'étais… Je m'étais approché de la tombe de mon épouse et me tenais appuyé à la grille d'une sépulture voisine… Il passa devant moi en me regardant avec calme… Je voulus l'interpeller, mais je ne l'ai pas fait… Je l'ai suivi des yeux, je l'ai vu gagner la sortie du côté de l'église et je suis resté sans bouger à ma place… Je ne sais pas ce que je ressentais alors… Je ne sais pas non plus ce que j'éprouve maintenant… Mais un jour viendra, demain… demain peut-être, où je le verrai, où je l'interrogerai, où je saurai tout…

Ah, quelle nuit! Impossible de dormir!… Il est à peine plus de minuit… Oui, mais je vais y retourner… que ferais-je ici, dans ma maison?… Allons, plus que quelques heures et ma folie appartiendra au passé… Tout sera clair!… Mais jusque-là?… Patience, ce ne sont après tout que quelques heures…

Oui, oui! Sur la tombe de mon épouse! Je viens encore une fois de le voir s'y agenouiller; j'étais seulement à dix pas de lui… Pourquoi ne me suis-je pas aussitôt précipité sur lui? Pourquoi l'ai-je laissé librement se lever et s'éloigner? Comment? Ne suis-je pas en droit de lui demander qui il est…? Et qui interroger sinon lui?… Mais il a entendu que je le suivais, comme il gagnait la porte… Et, je ne me trompe pas, il a accéléré. Mais j'ai continué derrière lui… et il l'a bien remarqué…! Je l'ai naturellement perdu de vue une minute, lorsqu'il eut franchi la porte… Mais j'ai continué… J'ai alors vu une voiture partir au grand trot… la seule qu'il y eût aux alentours… Je me suis lancé à sa poursuite… Mais… je n'ai pu le rattraper… Je l'ai encore vue un certain temps, car la route est toute droite à cet endroit — jusqu'à ce qu'elle disparaisse enfin… Et je suis resté là… comme maintenant devant ma feuille de papier… dans un état voisin de la folie… Quel est cet homme, qui ose s'agenouiller sur la tombe de mon épouse?… Qu'était-il pour elle…? Comment l'apprendre…? Où pourrai-je le retrouver?… Tout mon passé, brusquement, s'altère… Suis-je fou…? Ne m'aimait-elle donc pas…? N'a-t-elle pas, des centaines de fois, debout derrière cette chaise, pressé ses lèvres sur mon front en serrant ses bras autour de mon cou…? N'étions-nous pas heureux…? Mais qui est alors ce beau jeune homme blond?… Pourquoi son visage m'a-t-il paru si connu…? J'ai maintenant l'impression de l'avoir vu à plusieurs reprises en face de nous, ne la quittant pas du regard, au théâtre ou au concert. N'est-ce pas lui qui, un jour, a suivi si longtemps des yeux la voiture dans laquelle nous faisions une promenade…? Qui est cet homme? Qui? Qui? Peut-être un adorateur exalté, qu'elle ne connaissait même pas… auquel elle n'a pas même adressé un regard… J'aurais dû le connaître, moi aussi… Il a dû essayer de nous approcher un jour, dans une société quelconque… Mais non… peut-être m'évitait-il… A-t-il seulement connu ma femme et pas moi…? Il la suivait dans la rue… a osé lui parler… Non! elle me l'aurait dit… raconté!… Et si elle l'aimait…? Ah, c'est moi qu'elle aimait… Moi…? Et d'où me vient cette certitude? Parce qu'elle me le disait…? Elles le disent toutes, et les plus fausses plus souvent encore que les meilleures…! Oh, je le retrouverai… je le retrouverai… et je l'interrogerai… Mais lui… même si elle l'a aimé, que me répondra-t-il?… Je suis allé sur sa tombe parce que je l'aimais… mais elle n'en a jamais rien su… Puis-je le forcer à me dire la vérité…? Oui… que faire? Continuer à vivre…? À vivre ainsi…?

Voilà trois jours que je ne l'ai pas revu. J'y suis allé tout le temps, mais il n'a pas reparu. Les fossoyeurs ne le connaissent pas… Je vais, dans les jours qui viennent, monter et descendre la route du cimetière, il faut que je le trouve… Peut-être est-il parti en voyage… Mais il reviendra bien un jour… Il reviendra sûrement… Et s'il était mort?… S'il ne pouvait vivre sans elle…? Ah, voilà qui ne manque pas d'humour : encore un qui ne peut vivre sans elle!… Tout ce que je voudrais, c'est lui dire : … Cher monsieur, ne vous affligez pas outre mesure! Elle m'a en tout cas aimé moi aussi… Oui, je voudrais le rendre jaloux… Quant à son portrait sur mon bureau, je l'ai jeté par terre, il est là, au milieu de la pièce… Au milieu de la pièce, à côté de ses lettres, les lettres qu'elle gardait dans ses armoires et ses tiroirs… Oui, j'ai tout ouvert, j'ai fouillé partout… Et pour trouver quoi? Des lettres que je lui avais écrites, des fleurs que je lui avais offertes, des rubans, des nœuds… peut-être une de ces fleurs venait-elle de lui…? mais comment le voir sur une fleur…? Et que croyais-je donc trouver…? Une femme conserve-t-elle un objet qui pourrait la trahir…? J'ai aussi fouillé dans ses vêtements, qui pendent encore là… on oublie facilement un petit billet, un papier longtemps serré dans la main… Mais elle n'a rien oublié…

Je ne suis plus retourné au cimetière. Je frémis à l'idée de revoir cette tombe… Je vais avoir maintenant des moments plus calmes… Les premiers jours ont passé sans que j'aie perdu la raison et il faut que je me résigne à l'idée de ne jamais apprendre la vérité… Comme j'envie ces maris trompés qui ont acquis la certitude de leur infortune! Comme j'envie même le sort de ceux qui, torturés par le soupçon, peuvent continuer à surveiller, à épier l'infidèle, attendant le bienheureux instant où elle se trahira d'un mot, d'un regard... Je suis en revanche condamné pour l'éternité, car la tombe ne répond rien... Et parfois, la nuit, l'atroce idée que je profane peut-être la mémoire d'une innocente me réveille en sursaut de mes rêves confus... Ah, que je voudrais pouvoir aimer encore la femme qui m'a donné tant de bonheur... Et que je voudrais pouvoir haïr la misérable qui m'a trompé, bafoué!... J'ai à nouveau son portrait devant les yeux sur le bureau, je l'ai ramassé et remis à sa place. Ah, que ne puis-je t'adorer, me prosterner devant ton image comme devant celle d'une sainte et pleurer! Que ne puis-je te mépriser, briser et piétiner ce portrait... !

Et, des soirées, des nuits entières, je m'abîme dans la contemplation de ces yeux muets, souriants, énigmatiques...

Traduction révisée par Brigitte Vergne-Cain et Gérard Rudent.

LA FORTUNE

Reichtum *est le plus long récit qu'Arthur Schnitzler ait jamais écrit depuis ses débuts : huit chapitres ! Et nous en avons même deux versions. La première, publiée trop vite, malgré lui, comportait deux chapitres de plus.*

C'est aussi le récit qui lui ouvre les colonnes de la revue littéraire la plus prestigieuse de Vienne (Die Moderne Rundschau), *en quatre livraisons, du 1er septembre au 15 octobre 1891. La deuxième version, remaniée pour le début et pour la fin, fut publiée séparément dans un numéro spécial de la revue. C'était donc le signe d'une certaine notoriété.*

Un échange de lettres avec Hofmannsthal révèle que si Schnitzler était très mécontent de son début, son ami et génial cadet (de 12 ans), ne portait pas le même jugement que lui. Loris conserva toujours un faible pour La Fortune, *puisqu'il l'évoque encore en 1922, publiquement, pour les soixante ans de Schnitzler, comme une œuvre déjà accomplie, à côté d'*Anatole.

Dans la première version de Reichtum, *les deux aristocrates jouent un rôle beaucoup plus déterminant pour l'ensemble. Dans le texte définitif, Schnitzler préfère la forme du retour en arrière, pour installer son lecteur au cœur du souvenir problématique de son malheureux peintre en bâtiment. L'effet produit était tout différent. Pour Hofmannsthal il s'agit d'un conte «arnimien», d'un conte bizarre. Le travail de Schnitzler fait apparaître un récit moins maniéré, moins symbolique, un peu plus ibsénien de couleur. Il est clair que ni Schnitzler ni Hofmannsthal ne veulent adhérer au naturalisme ; mais le jeune médecin-écrivain résiste aussi au symbolisme, en tout cas plus que son jeune ami Loris.*

La Fortune *est une «fable», centrée sans doute sur les questions d'hérédité, mais dans le domaine de la création artistique. En réalité, c'est un récit emblématique, une transposition de la situation personnelle d'Arthur Schnitzler en 1891 : le Père régalien, le Fils guetté par la Folie, l'Art secrètement lié au Jeu, l'Aristocratie comme référence préoccupante.*

Il faut d'ailleurs rappeler qu'Arthur Schnitzler signe la même année (dans la revue «familiale», Die Internationale Medizinische Rundschau) *un compte rendu intitulé «L'homme génial» (Der geniale Mensch), pour la traduction en allemand d'un ouvrage de Cesare Lombroso :* Genia e follia *(1864). Signalons aussi que depuis 1885 et poussé par son père, le jeune médecin passe de service en service : neurologie chez Moritz Benedikt (1885), psychiatrie chez Theodor Meynert (1886), maladies vénériennes chez Isidor Neumann (1887), chirurgie chez Joseph Weinlechner (1888), puis auprès de son père pour la laryngologie (jusqu'à la mort de Johann, en 1893 !).*

Arthur Schnitzler est donc un écrivain qui est également capable d'extraire une dent et de recoudre la lèvre déchirée d'un ivrogne sans laisser de cicatrice ! N'en déplaise à Karl Kraus, le grand fustigeur du cercle Jeune-Vienne, et aux intellectuels les plus exigeants, Arthur Schnitzler est un écrivain qui a des choses à dire et qui, pour les dire, cherche les formes artistiques les plus accomplies, les plus adéquates... «Les trois critères de l'œuvre d'art : unité, intensité, continuité» — comme l'affirme un de ses Aphorismes *(voir notre Préface, p. 18).*

I

De bon matin, Weldein fut tiré de son sommeil par la voix de sa femme. Debout près de son lit, habillée et prête à partir, elle lui disait : «Bonjour, Karl, je vais travailler!» Elle faisait des travaux de couture chez les gens. Il se rappela confusément, en tirant la couverture par-dessus son menton, s'être jeté tout habillé sur son lit et répondit : «Bonjour!» Elle le regarda d'un œil à la fois pitoyable et résigné et demanda : «Le petit est déjà à l'école... et toi, que vas-tu faire?

— Je n'ai pas de travail aujourd'hui, laisse-moi dormir!» Elle s'en alla, rien de tout cela n'étant nouveau pour elle, puis se retourna, arrivée près de la porte : N'oublie pas, c'est aujourd'hui le terme. L'argent est dans le tiroir, il y a le compte. Cependant, regardant encore une fois son mari, elle se ravisa et, se dirigeant vers l'armoire à linge, ouvrit le tiroir et prit l'argent : Je préfère m'en occuper moi-même!

— Bon, occupe-t'en! dit-il en riant.

Elle partit, sur un dernier regard plein de tristesse. Et Karl Weldein resta seul, à moitié éveillé sur son lit, les yeux ouverts. La chambre, quoique pauvre, était bien tenue. Les rayons d'un soleil printanier étincelaient à travers les vitres reluisantes des deux fenêtres et, contre le mur, le tic-tac d'une horloge rythmait l'heure...

Weldein sauta brusquement à bas du lit. En habit noir à cravate blanche, la chemise fripée et les souliers couverts de poussière, ses cheveux courts en broussaille et les paupières rougies, il s'approcha du miroir tout simple suspendu au-dessus de la commode, s'y regarda et sourit : « Bonjour, monsieur Weldein, dit-il, bonjour ! » Puis il se mit à sautiller tout autour de la pièce en sifflotant une chanson, s'assit sur le bord du lit, croisa les jambes et réfléchit… Il fallait qu'il se rappelle tout peu à peu : il ne pouvait avoir rêvé, c'était évident — sans quoi, comment se serait-il couché avec cet habit ? Tout était donc bien vrai, tout était réellement arrivé.

Il se revit à l'auberge où son aventure avait commencé, à la table où il jouait aux cartes avec des gens pauvrement habillés, ses partenaires habituels. Il lui sembla même sentir l'odeur de la lampe, qui fumait comme toujours sur la table, et voir la silhouette replète de l'aubergiste, qui était adossé à la porte lorsque les étrangers étaient entrés… Était-il possible que cela fût arrivé hier soir… ?

Il avait perdu tout son argent… tout ce qu'il possédait ! Et les inconnus, qui suivaient la partie avec un plaisir plein de curiosité, lui avaient donné de l'argent, afin qu'il pût continuer de jouer et… la chance avait commencé à lui sourire, une chance inouïe et mystérieuse.

… Weldein se leva et se mit à marcher de long en large, revivant son étrange aventure, les yeux étincelants… Il quittait en compagnie des deux inconnus cette morne salle d'auberge où il n'avait plus rien à faire, tandis que les autres joueurs, qu'il avait complètement dépouillés, se levaient de fort méchante humeur.

Et dans la ruelle du faubourg où ils allaient, il examinait ses deux compagnons, apparus ce soir-là dans sa vie comme deux bons génies dans les contes de fées !… Il ne put s'empêcher de leur dire quel était l'homme qu'ils venaient d'aider. Ah oui, parlons-en ! Un pauvre peintre en bâtiment, qui avait autrefois rêvé de devenir peintre et n'avait jamais… mais vraiment jamais réussi quoi que ce soit dans la vie ! Il avait maintenant femme et enfant, aux besoins desquels il devait subvenir et gagnait péniblement et honnêtement son pain, même si parfois une espèce de mauvais sort s'abattait sur lui. Et ces semaines-là, il partait jouer et boire — il ne pouvait faire autrement, qu'il le veuille ou non ! Cependant, sa vieille malchance le poursuivait aussi à la table de jeu… ce soir comme tous les autres soirs !

Mais à qui donc avait-il l'honneur… ? Il le demanda sans plus de façons aux deux messieurs, qui se nommèrent : comte Spaun et baron de Reutern ! Il n'en fut pas autrement surpris, ayant vu du premier coup d'œil qu'il avait affaire à de jeunes aristocrates.

… Et c'est alors, comme ils marchaient dans les rues des faubourgs par cette calme soirée, que la destinée de Weldein s'était jouée !… Les deux hommes à ses côtés étaient hardis, de joyeuse humeur et d'esprit inventif. Un plan aussi étrange leur serait-il sans cela passé par la tête et auraient-ils seulement conçu le tour qu'ils mirent ensemble à exécution?

L'une après l'autre, les scènes de cette nuit singulière défilèrent alors devant ses yeux. Il se vit d'abord chez le coiffeur chargé de lui couper soigneusement les cheveux et de lui tailler la barbe, puis dans le cabinet de toilette du comte, où on lui fit revêtir l'élégant habit de soirée qu'il portait encore. Enfin... il se revoyait, assis devant le tapis vert, parmi tous ces messieurs riches et bien mis, dans la somptueuse grande salle de jeu du Club, avec ses glaces miroitantes aux murs. Il se rappelait avoir joué comme convenu le rôle d'un Américain taciturne que le hasard de ses voyages avait amené dans cette ville, où il rendait visite à ses deux vieux amis, connus autrefois à... mais voyons, où donc les avait-il...? à Moscou... ou à Paris. Les deux jeunes gens qui l'avaient introduit là n'avaient sans doute pas pensé à la manière dont leur blague de Carnaval se terminerait... Weldein revoyait tout avec une terrible netteté, il avait l'impression de sentir les cartes lisses entre ses doigts et de voir pièces d'or et billets s'amonceler devant lui. Il se souvenait aussi du seau plein de glace avec la bouteille de champagne, sur la chaise à côté de lui, et de l'avidité avec laquelle il vidait une coupe après l'autre du grisant breuvage. Il revoyait même avec une précision parfaite l'étrange expression des visages qui l'entouraient, dont l'étonnement à voir la chance ne jamais l'abandonner s'était changé peu à peu en consternation. Car il gagnait à chaque carte... et lorsqu'il se leva enfin, les yeux brillants et muet de stupéfaction devant ce qui lui arrivait, il était un homme riche!

Alors le comte l'avait raccompagné, descendant sans dire un mot le large escalier. Ils s'étaient retrouvés en bas, près de la grande porte d'entrée ouverte. La rue devant eux était déserte. Les réverbères l'illuminaient, et l'air de la nuit était merveilleusement doux.

— Allez... monsieur Weldein... lui avait dit le comte, ... rentrez chez vous! Et Weldein s'était retrouvé seul dans la rue... avec une fortune en poche. Il regarda derrière lui et vit son noble protecteur disparaître dans l'escalier sans même se retourner... Weldein partit alors d'un pas vacillant, entre les flammes qui dansaient dans les réverbères...

Il chercha à se souvenir de la suite des événements de cette nuit, mais ses idées se brouillaient. C'est à peine s'il parvint à se rappeler comment il était rentré chez lui. Cependant, il n'avait pas rêvé, il avait véritablement vécu tout cela et il était riche, cela ne faisait plus aucun doute... Et il murmura, en faisant les cent pas dans sa chambre :

— Et maintenant?... Cette nuit doit rester mon secret... elle n'est que le début d'une existence nouvelle... Dans quelques jours, je disparaîtrai d'ici, oui, je disparaîtrai... Ma femme n'a pas à se faire de soucis, je lui écrirai où me rejoindre. J'irai dans le Midi... à Monte-Carlo... où je ne serai plus le peintre en bâtiment Weldein, où personne ne me connaît!... Et il s'abîma dans sa rêverie.

— Bien, très bien... Il se dépouilla de son habit et en fit un paquet avec tous les autres accessoires qui avaient fait de lui l'élégant personnage de la veille. Vêtu à nouveau de sa blouse, il se regarda dans le miroir et un nouveau rire le prit... Bonjour, monsieur Weldein! s'écria-t-il très fort et avec une espèce de jubilation dans la voix, puis il alla à la fenêtre et regarda dans la rue. Quelle belle matinée ensoleillée de printemps! Il ouvrit les deux battants et la brise du matin caressa son front. Il respira profondément et leva la tête vers le ciel d'un air fier et conquérant... Dans la maison en face, tout allait son train habituel : les rideaux étaient encore baissés à quelques fenêtres; à d'autres, on voyait des ménagères en robe de chambre, nettoyant et époussetant, qui ensuite disparaissaient au fond de la pièce. En bas, la porte de son magasin ouverte, le cordonnier maniait son marteau... Tout le monde était au travail, chacun s'activait.

S'éloignant de la fenêtre, Karl Weldein alluma un cigare et s'allongea de tout son long sur son lit. Il était riche, il était heureux. Il resta ainsi pendant une heure peut-être et son cigare était par terre, aux trois quarts consumé à côté du lit, lorsqu'il se réveilla. Il se leva, préoccupé par un sentiment obscur... Il venait de penser à quelque chose d'essentiel. Où était son argent?... Il en avait fait quelque chose. Mais quoi? Ah oui, bien sûr... il avait brusquement pensé, en titubant par les rues après avoir quitté le club, qu'il ne pouvait pas le rapporter chez lui... il y en avait trop!... Et, cédant à une folle inspiration, il avait décidé de cacher sa fortune...

La tête brûlante et bourdonnante sous l'effet du champagne, cette nuit, il lui avait semblé tout à fait naturel et nécessaire de cacher l'argent à sa femme, à ses voisins, au monde entier!... Il avait eu une curieuse sensation de peur et presque de faute, en allant par les rues de son pas incertain, et cette sensation lui paraissait maintenant presque plus étrange que toute son aventure elle-même...

... Mais quelle importance?... Sa femme aurait effectivement trouvé l'argent trop tôt... et... il aurait pu être mis dans un coin, rouiller dans l'armoire... Bon maintenant, c'était fait!... il avait caché son argent... et il ne lui restait plus qu'à aller le chercher. Certes, pas maintenant… pas avant la nuit ! Oui, il fallait y aller cette nuit… y aller… y aller… Il se prit le front à deux mains — Aller où… ? Eh bien… il retournerait devant le Club et prendrait cette longue avenue et puis… oui, et puis ?… ah oui, à gauche !… et puis, et puis ? Où était-il allé ensuite… ? — À gauche… à gauche… à gauche…, se répétait Weldein en fouillant sa mémoire. Il se passa les mains dans les cheveux, trépignant sur place, murmurant puis criant : — Où ?… Où ? Il allait de long en large, tournait en rond dans sa chambre, la tête baissée, et se mit à répéter en chantonnant : — Où ?… où ?… mais où ?

Il revint près de la fenêtre. Des voitures passaient en bas, à grand bruit sur le pavé, il referma violemment la fenêtre… Des bruits de voitures. Il en avait entendu cette nuit, peu avant de… Allons, du calme, se dit-il. Bon… il y avait des voitures dans la rue… bien… et j'ai tourné à gauche ! Immobile, le front contre la croisée, il réfléchissait. Il se rappelait avec précision la longue avenue sombre… ensuite, il y avait un carrefour… il avait pris sur sa gauche… et, de là… ?

Il resta là plusieurs minutes, livide et la sueur au front. Il y avait de quoi devenir fou ! Saisissant alors son chapeau sur la table, il s'en coiffa, ouvrit précipitamment la porte, dégringola l'escalier et partit… là-bas… là-bas !

II

La longue avenue était là, s'étirant sans fin devant lui sous le clair soleil matinal, et il longea à grands pas les maisons. Il atteignit bientôt le carrefour où… c'était là qu'il avait tourné à gauche, dans une belle rue, mais encore plus longue ! Naturellement, il la connaissait, mais il ne se rappelait plus l'avoir prise cette nuit. Mais oui, il faisait si noir ! Un détail important lui revint alors à l'esprit… il s'était baissé. Il en était tout à fait sûr… mais quand s'était-il baissé ? Après avoir marché combien de temps… plusieurs minutes… une heure ?… Du calme, du calme, se répéta-t-il en s'arrêtant. Il resta là, laissant la vie s'écouler autour de lui… Des promeneurs de tous âges, en vêtements d'été, allaient et venaient, jouissant de cette nouvelle belle journée, et pas un ne se souciait de lui… Il essaya de siffler quelque chose, le premier air qui lui viendrait, mais il n'y parvint pas, tant il avait la gorge nouée. Pourquoi es-tu si excité ? se dit-il alors… tu as pris à gauche… un bon moment… et tu t'es baissé.

Donc, c'est par terre, par terre quelque part… c'est déjà beaucoup… c'est bien de le savoir… car hier, à cette heure-ci, tu étais encore un pauvre diable… Voyons… pourquoi se baisse-t-on…? Pour enfouir quelque chose !… Voilà, je l'ai enfoui… oh… ce n'est pas tout… je me souviens aussi du murmure du vent dans les arbres… C'était donc dans un jardin… Non… ce n'était pas un jardin… il y avait un écho… une source…? Oui, c'était une source, ce qui explique le murmure !… je suis descendu et c'est là que j'ai entendu l'écho ! Il continuait d'aller et venir, se répétant sans arrêt : Le murmure… l'écho… Il s'arrêta au bout de quelque temps… Si c'était une source… où était-ce donc… où ? Mais non, c'est stupide, ce n'était pas une source… sûrement pas ! Et tant mieux, car je ne la trouverais jamais, c'est mieux ainsi !… Il riait en claquant des dents et crut qu'il allait perdre la raison. Puis il recommença « le murmure, l'écho » sans fin… et se trouva tout d'un coup devant la boutique d'un marchand de vin… Il entra et se fit servir un petit verre… Il voyait par la fenêtre les gens dans la rue, gais et indifférents… Et il vida son verre, ainsi que plusieurs autres. Maintenant, ça va sûrement me revenir… car on y voit plus clair quand on est ivre… C'est certain !… j'ai trouvé mon chemin dans l'obscurité cette nuit… uniquement parce que j'étais ivre… je vais le retrouver à présent. Il chancelait un peu en sortant, mais il avait le cœur plus léger… Me voici tout joyeux, murmura-t-il… Tralala… tout joyeux !… Et pourquoi suis-je joyeux?… Parce que je sens la mémoire me revenir… À gauche, oui… à gauche ! C'est là que… et ensuite… j'ai continué… et je suis arrivé quelque part où il y avait un murmure et un écho… Surtout, garde ta bonne humeur, Weldein… et tu vas trouver !

Il était arrivé au bout de la rue et se trouvait à l'entrée d'un grand parc ; un vent léger faisait frissonner les feuilles des arbres…

— Tu vois, Weldein… nous avons déjà le murmure… Il avançait en titubant… sur un large chemin recouvert de gravier et bordé de grands arbres au feuillage éclatant. Des bonnes d'enfants et de jeunes mères étaient assises sur les bancs peints en vert ; de vieux messieurs et des étudiants passaient à côté de lui ; des enfants couraient en tous sens, jouant au cerceau et aux billes. Ayant pris un chemin transversal, Weldein se trouva bientôt sur une vaste pelouse sans clôture, inondée de soleil… les enfants venaient y jouer le soir, à l'ombre ; mais on n'y voyait à cette heure que quelques jeunes gars, endormis sur le gazon. Weldein la traversa d'un pas mal assuré ; les feuilles des arbres murmuraient tout doucement sous la brise légère. Le murmure, le murmure… balbutia

Weldein en se laissant tomber sur le gazon tout chaud, où il s'assoupit lourdement.

Il s'éveilla peu après, s'assit et resta là, regardant fixement devant lui... La tête plus libre, il se remit à réfléchir : Il doit être plus de midi et hier, à la même heure, j'étais encore un pauvre diable... Il faut maintenant, oui, bien sûr, il faut que je retrouve suffisamment mon calme pour me souvenir de tout. Sottises ! Ça me reviendra sûrement... Il fait trop chaud maintenant... on ne peut pas réfléchir à midi, avec le soleil qui vous tape sur le crâne... Alors, du calme et... attendons qu'il fasse plus frais ! Il se leva et se promena tranquillement dans les allées du parc. Mais il était parfois tenté de se jeter par terre pour fouiller le sol de ses ongles. Il grinçait des dents et se mordait les lèvres. Il s'assit à plusieurs reprises sur un banc, sans jamais pouvoir y rester longtemps. Il lui semblait qu'il allait se mettre à crier et à jurer. Brusquement il partit... il quitta en toute hâte ce parc où les arbres ne cessaient pas de murmurer. Il ne comprenait pas ce qu'il avait pu y faire aussi longtemps... Il erra dans les ruelles et les rues ; tantôt vite, tantôt lentement, et sans penser qu'il n'avait encore rien mangé... Après avoir sillonné en tous sens la moitié de la ville, des larmes de rage dans les yeux, il se retrouva au soir, mort de fatigue, dans la longue rue, devant le marchand de vin. Il y entra de nouveau, s'assit à une toute petite table et se fit apporter un verre d'alcool parmi les plus forts. Mais il ne put le boire, lorsqu'on l'eut déposé devant lui et qu'il le porta à ses lèvres ; les larmes lui coulaient sur les joues et il pleura, le visage dans les mains, secoué de sanglots comme quelqu'un qui vient de perdre sa bien-aimée ! Au début, tous le regardèrent ; la jolie fille derrière le comptoir et aussi les gens venus chercher là, qui de nouvelles forces, qui une nouvelle ivresse ; mais personne ne se soucia sérieusement de lui et on le laissa pleurer tout son saoul. Au bout d'un certain temps, il s'essuya le visage et but son verre d'eau-de-vie... puis en commanda un autre, un autre encore et continua de boire pendant une heure environ. Dans la rue, les réverbères s'allumèrent ; c'était la nuit. Une pluie fine et chaude se mit à tomber, le bruit des voitures décrut et le flot des passants se fit moins dense. Weldein sortit et enleva son chapeau, laissant la pluie couler sur ses cheveux et l'air de la nuit lui rafraîchir le front... Il continua de marcher lentement... se sentant plus calme qu'il ne l'avait été depuis le matin... Et maintenant au travail, se dit-il... C'est maintenant que tu vas trouver ! Il se répéta pour la centième fois... « à gauche » ... il y avait le murmure et l'écho... Ce n'est pas tout... ça ne suffit pas, se dit-il en secouant la tête. Il regardait devant lui, les yeux dans le vague… lorsqu'une lueur d'espoir éclaira soudain son visage… Je suis parti hier soir du Club… attendons encore un moment et refaisons comme hier ! Oui, oui, c'est comme ça qu'il faut que je fasse… et maintenant, du calme, du calme ! Et il reprit son errance ; ayant sorti son brûle-gueule de son sac, il le bourra et l'alluma… Le temps va vite passer… et Weldein se remit à sillonner la ville… Faudrait peut-être que je jette un coup d'œil à la maison… Bah, laissons ça !… Mais où vais-je manger ?… À l'auberge où ces messieurs m'ont trouvé hier soir ? Non, non, plus tard, quand j'aurai faim… !

Les minutes et les quarts d'heures passaient lentement… le temps s'étirait interminablement. De temps à autre, Weldein se reposait un instant sur un banc, puis il se relevait ; minuit semblait ne devoir jamais arriver. Les rues étaient désertes… La pluie tombait plus fort qu'avant… Il y eut un nouveau moment d'animation ; on rencontrait davantage de voitures et de piétons : c'était la sortie des théâtres. Il était donc plus de dix heures… Encore deux heures… Et que faire jusqu'à minuit ?… Comme un aimant, la longue rue l'attirait à nouveau. Manger ? non, il ne pourrait pas. Mais boire, oui !… Ça me calmera encore un peu. Allons, refaisons les bistrots ! Mais non, pas ceux où on le connaissait déjà… Plutôt un restaurant quelconque et manger une bouchée. Ça coule mieux en mangeant… Tiens… ici par exemple ! Il entra dans un petit restaurant et commanda un plat et du vin. Il mangeait lentement, en espaçant ses bouchées. Il y avait une horloge au-dessus de la porte d'entrée… vraisemblablement arrêtée… Non, non, mais les aiguilles avançaient si lentement ! Il entendit l'heure sonner, dehors, et compta : neuf… dix… onze… Oh… onze heures ! Et ici, il était à peine moins le quart passé… Ah, le patron ! Bien sûr… Pour que le client reste plus longtemps et consomme davantage ! S'étant fait apporter un journal, il le lut de la première à la dernière ligne, les yeux brûlants et bien décidé à ne penser qu'à ce qu'il lisait, mais il n'arrivait pas à comprendre un seul mot… Il paya et sortit. L'horloge indiquait onze heures et quart, il était donc la demie… Déserte, la rue, comme morte. Il se dirigea lentement vers le Club… Le voilà — il était juste en face du bâtiment au portail ouvert et aux fenêtres illuminées, qui scintillait au milieu de la rue faiblement éclairée par les lumières vacillantes des réverbères… Il resta là, le cœur battant à le contempler. Son énorme masse lui parut une puissante forteresse dont les fenêtres éclatantes le regardaient aussi… Elles le dévoraient du regard comme cent prunelles flamboyantes. Et l'instant lui revint à l'esprit… le grand instant où il avait fait sauter la banque et avait été l'égal de tous ces messieurs distingués assis avec lui autour de la table de jeu... Oui, cela s'était passé là-haut... Derrière ces fenêtres. Et maintenant, en route... il lui fallait gagner à nouveau, encore une fois, cet argent!

Il avançait lentement, avec circonspection... il tourna au coin... prit la longue, longue rue... marcha, marcha encore... puis à gauche, s'efforçant de ne penser à rien... comme ça... bien! Oui, c'était le bon chemin!... maintenant, cette autre rue... bien... c'était là... quelque chose le poussait dans cette direction... comme ça... et maintenant, oui... là-bas!... le murmure..., le murmure... mais oui!... qu'est-ce que c'était?... Ah, le fleuve... peut-être était-ce là?... sûrement...! oui!... non!... Sous ses yeux, scintillant du reflet des réverbères sur ses rives, le ruban du fleuve coupait la ville, moutonnant doucement. De l'autre côté, d'autres rangées de maisons... et sur le tout, un ciel chargé de nuages, duquel tombait sans discontinuer la pluie chaude. Le clapotis se mêlait étrangement au murmure somnolent des flots. C'était donc là?... Il longea le bord, à gauche... puis, faisant demi-tour... à droite... et s'arrêta près d'un majestueux lion de pierre, à l'extrémité d'un pont. Il s'y engagea au moment où passait une voiture lourdement chargée...

Le bruit s'éteignit et ce fut à nouveau le silence autour de lui, troublé seulement par la pluie et le bruit de l'eau, en bas. Penché par-dessus le parapet, tremblant et désemparé, il regardait le fleuve... Qu'est-ce qui m'a conduit jusqu'ici?... N'y ai-je pas été invinciblement poussé? Et maintenant? Il continuait à regarder au-dessous de lui... et fut pris de vertige. Brusquement, une idée horrible le fit frémir : Et si... je l'avais jeté dans l'eau? Il se mit à gémir comme un enfant : Jeté dans le fleuve... parce que j'étais saoul... Je me suis saoulé! Et pourquoi? Du haut de ce pont! Pourquoi donc avoir voulu le cacher? À cause de ma femme? de mon fils? Mais ils ne me l'auraient pas volé! J'étais fou, qu'ai-je fait... Mais qu'ai-je donc fait?... Je sais pourtant bien que le vin me trouble les idées... Et voilà ton argent dans le fleuve, là, en bas! Suis-le, Weldein, saute, pauvre imbécile, ivrogne, misérable!

Cramponné au parapet, il criait et tempêtait... Ah, le cacher! Il a fallu que je le cache... Dans le fleuve... Au fond du fleuve?... Non, je ne peux pas l'avoir jeté! Le plus grand des fous n'est pas si fou!... Mais alors, où est-il?... Où? Où? Où...?

La pluie se calmait... des rayures bleu foncé, quelques étoiles apparaissaient au firmament. La ville, profondément assoupie, était plongée dans un silence qu'interrompait de temps à autre un bruit vague et venu de loin... le faible écho d'une chanson, des pochards noctambules rentrant chez eux... puis le calme revint; seuls, les flots, au-dessous de lui, continuaient de couler, s'éloignant dans un murmure régulier vers les montagnes encore voilées par l'obscurité... Il resta longtemps là, très longtemps, jusqu'à ce qu'il ait de nouveau les yeux secs; il retrouva son calme... Il y eut une nouvelle bouffée de vie... Cela venait de l'autre côté du pont... Une voiture isolée; puis deux ou trois en même temps, tirées par de lourds chevaux... des paysans se rendaient au marché... L'heure sonna à l'horloge d'un clocher proche... un coup... deux coups... Et ce fut une nouvelle fois la paix, une grande et profonde paix. Weldein quitta le pont et le murmure s'éteignit peu à peu derrière lui... Lorsqu'il ne l'entendit plus, il voulut faire demi-tour et revenir sur ses pas... Mais il repartit avec un hochement de tête... continuant machinalement de marcher... Il regardait les pavés sous ses pieds... au bout d'un moment, il se mit à compter ses pas... Il compta inlassablement... jusqu'à cent... trois cents... six cents... Puis il s'arrêta. Ça le reprenait, il ne pouvait s'empêcher d'y penser... Mais peut-on vivre ainsi? Et que vais-je devenir? se demandait-il. Suis-je riche? Suis-je pauvre? Trouverai-je mon argent? Ne dois-je pas nécessairement le trouver un jour? Bien sûr que si... Le moment viendra, où je saurai... dans mon lit... demain... ou dans quelques jours... quand je serai plus calme...

En route... il allait regagner le faubourg où il habitait. On voyait une lueur grise à l'est... Bientôt, tout s'éveillerait, ce serait le début d'une nouvelle journée de travail. Et moi, pensa Weldein, vais-je moi aussi reprendre le travail?... Moi, le millionnaire?... Remonter sur mon échelle et manier à nouveau le pinceau?... Alors que, ce matin encore, le monde entier m'appartenait...! Il reconnut brusquement la maison où il habitait... Il fut pris de peur à sa vue... sa fenêtre, là-haut, était ouverte; les rideaux étaient seulement baissés, et la brise les soulevait doucement... Weldein resta un moment appuyé contre la porte d'entrée, puis il sortit sa clé et ouvrit. Il entendit retomber la porte avec un bruit sinistre. Il laissait derrière lui tout son bonheur et tout son espoir! Et il gravit lentement l'escalier... retournant à sa vieille misère.

III

Les années passèrent. Karl Weldein peignait des plafonds et des murs de chambres, s'enivrait de temps en temps, mais ne jouait plus. Lui, un homme riche, jouer pour gagner quelques sous ! Et parfois, lorsque l'eau-de-vie lui montait à la tête, il était parcouru d'un tressaillement et croyait avoir trouvé. Puis, d'un seul coup, tout s'assombrissait à nouveau. Il lui arrivait d'être énormément étonné de ne pas avoir jadis cédé au désespoir. Mais tout était effectivement allé mieux dès qu'il eut surmonté les premiers jours. Au début, il avait refait chaque soir le trajet de cette nuit-là... mais avec un calme croissant et en pensant même parfois tout simplement qu'il faisait une très belle promenade. Il y eut cependant d'autres soirs, des journées et des nuits entières où il sentit la folie proche. Mais ensuite... le schnaps ! Qui lui procurait toujours quelques instants d'espoir, un semblant de bonheur. Quand, en haut de son échelle et son grand pinceau à la main, il peignait un plafond, il souhaitait quelquefois tomber pour en avoir enfin fini avec cette vie stupide ! En était-ce, une existence ! Une femme qui n'avait pas de santé et qui devenait plus pâle tous les jours à faire des travaux de couture qui lui rapportaient bien peu d'argent. Le gosse, avec ses vêtements rapiécés, qui criait toujours famine lorsqu'il revenait de l'école, turbulent et sauvage. Ah, les maigres repas, à midi, dans la pièce misérable, pendant lesquels on ne se disait pas grand-chose. Et les camarades, au bistrot, qui ne pensaient jamais qu'à eux. Alors qu'il y avait dehors, dans le monde, tant de bonheur et de beauté à côté desquels il lui fallait passer — lui, un homme riche !... De plus, il ne pouvait confier son chagrin à personne : on aurait bien ri, s'il s'était mis à clamer : Je suis très riche... immensément riche... seulement, je ne sais pas où est mon argent !... Ah, on aurait bien ri ! Ri ? On l'aurait plutôt fourré à l'asile !

Un jour, il lut dans un journal que le baron de Reutern venait de mourir. Il en éprouva quelque consolation. Oui, on finit toujours par mourir. Et il eut l'impression d'avoir lui-même complètement oublié cette heureuse solution. Une seule personne connaissait donc encore son aventure d'un soir, le comte Spaun. Weldein, pour cette raison, le haïssait. Un jour, il fut bouleversé à l'idée de ce qui pourrait arriver si le comte Spaun, subitement ruiné, se souvenait de lui et venait lui dire : Mon cher Weldein, j'ai fait ta fortune, donne-m'en une part !...

Cette idée se mit à le hanter. Elle le faisait trembler de peur, chaque fois qu'il pensait au comte Spaun. Et que se passerait-il, s'il allait tout raconter à ses amis, dans un moment de gaieté ? Et que ceux-ci viennent chez lui... tous... mis en joie et railleurs : Holà ! Monsieur le peintre, assez lésiné ! On ne laisse pas femme et enfant mourir de faim, quand on a de l'argent plein son armoire ! Et lui, que pourrait-il répondre ? — Il n'est pas dans mon armoire... il est... je ne sais où ! Qui croirait de telles sornettes ? Alors il réfléchissait encore à sa situation : le mieux serait qu'il allât voir le comte et lui racontât son infortune... Son infortune ! C'était bien pis ! Le plus grand malheur qui fût jamais arrivé à un être humain.

Mais ni le monde ni le temps ne se souciaient de lui. Et il continua de peindre, perché sur son échelle. Ses tempes grisonnèrent ; il prit de l'embonpoint, devint asthmatique et se mit à tousser. Les buveurs vieillissent vite.

Lorsque le petit eut douze ans, sa mère mourut. Elle ne fut pas longue à s'éteindre ; car elle ne se coucha que lorsqu'elle sut sa fin proche. Pleine de douceur et de bonté pendant les derniers jours, elle embrassait les mains de son mari, assis à son chevet, et caressait les cheveux de l'enfant.

« Allons, Karl..., dit-elle le dernier jour... permets au petit de faire dans la vie ce qu'il voudra... il aura plus de chance que toi et moi. » Tous les deux pleuraient en silence, le gosse à genoux auprès du lit et l'homme assis sur une chaise boiteuse et grinçante. Et le soir vint, un soir de printemps aussi doux et parfumé que le soir fatidique, six ans plus tôt. Weldein y pensait... il se revoyait sur le pont, écoutant les flots murmurer et la pluie tomber. Il venait de passer deux nuits à veiller... à présent il s'endormit... Lorsqu'il se réveilla, la chambre était plongée dans l'obscurité ; le petit l'avait doucement secoué, dans un geste plein d'angoisse. Qu'y a-t-il ? demanda Weldein... Plus aucun bruit ne parvenait du lit : sur l'oreiller, le souffle de la respiration avait cessé... Fais de la lumière ! cria-t-il d'une voix contenue et, se levant d'un bond, il se pencha sur sa femme en criant : Femme... dis... dis... m'entends-tu ?... m'entends-tu ? Le garçon avait apporté la lampe. Il n'osait pas s'approcher davantage. Son père, la lui prenant des mains, la tint au-dessus du chevet. Une minute peut-être, il resta ainsi, à regarder fixement le visage pâle qui reposait sur l'oreiller blanc. Derrière lui, le petit pleurait... Weldein posa la lampe sur la petite table de nuit et, se retournant, lui dit doucement : Tu as raison de pleurer, Franz ; ta mère est morte.

IV

Le jeune Weldein voulait devenir artiste-peintre et son père en était fier : Puisse-t-il réussir là où j'ai échoué ! pensait-il. Mais les premiers temps furent bien difficiles ! Le jeune garçon inaugura sa carrière d'artiste en se faisant renvoyer de l'école. Il n'était bon à rien ; il dessinait pendant les heures de classe et ne se souciait pas de faire ce que l'on exigeait de lui. Et à la maison ! Il s'asseyait de temps à autre devant une feuille de papier pour s'exercer à dessiner ; mais le plus souvent il restait près de la fenêtre à ne rien faire, les yeux dans le vide. Il descendait ensuite dans la cour et faisait le fou avec les gamins et les gamines de son âge. Son père rentrait tard — après le travail, il y avait le bistrot et après seulement, la famille… Plus d'un soir, quand il n'avait plus assez d'argent pour aller boire, il prenait son fils avec lui et ils se promenaient par les rues de la ville. C'était presque chaque fois le même chemin… devant le Club, la longue avenue… puis à gauche… encore à gauche… en direction du fleuve. Et il pensait : Que n'aurait-il pas pu faire, si j'avais l'argent ! Alors qu'il va devoir peiner, jusqu'à ce que l'on s'avise seulement de son existence… et il sera mort de faim, avant d'être devenu un grand peintre !

Ils longeaient ainsi le fleuve, côte à côte et pauvres tous les deux, le père vieillissant avec ses yeux à demi éteints dans un visage bouffi et l'adolescent au regard impatient et ardent… Le père, en le regardant, se disait parfois qu'il avait eu lui aussi de grandioses ambitions, jadis, et trouvé le monde beau et vaste. Et ce même soir où, plus tard, il était devenu riche, oui, il avait encore une fois trouvé le monde si beau et si vaste. Et un calme désespoir le reprenait alors… son tourment n'aurait-il pas de fin ? Et il ne cessait d'emprunter, comme irrésistiblement attiré, le même chemin, vers le même pont. Oh, mieux valait s'enivrer que de toujours y penser !… Franz continuait de dessiner et de peindre — surtout des têtes, auxquelles il donnait une certaine expression passionnée dans laquelle son père croyait voir du talent ; à plusieurs reprises, il le lui avait dit : « Va les montrer à l'Académie [1], on t'acceptera peut-être !… » Mais le jeune homme ne s'y décidait pas ; il éparpillait ses feuilles et passait des semaines et des mois dans l'oisiveté la plus complète… Il lui arrivait aussi d'aider son père. Et parfois de sentir soudain, au milieu de ces misérables travaux de peinture, son véritable génie se réveiller ; il lâchait alors les couleurs et le pinceau grossier, renonçait au salaire de la journée et se précipitait dans sa chambre, où il s'enfermait pendant des heures pour dessiner ou pour peindre. Il lui semblait qu'il allait créer une grande œuvre, une œuvre magnifique mais, lorsqu'il avait terminé, c'était encore une fois manqué. Il jetait tout dans un coin et retombait dans une période de désœuvrement, dépensant son argent à boire et à jouer avec d'insouciants compagnons.

Les mois et les années s'écoulaient. Le père et le fils Weldein avaient tout juste de quoi vivre au jour le jour. En rentrant un matin très tôt à la maison où les premiers rayons du soleil commençaient à pénétrer, Franz, qui était alors dans sa vingtième année, trouva le lit de son père vide ; il était allongé sur le sol, le visage rouge ; ses cheveux gris pendaient en désordre sur le front ; il respirait avec peine. Franz le contempla un long moment ; il avait mal à la tête, au retour d'une nuit de dissipation ; il venait de jouer ses derniers sous, comme son père avait bu les siens… Cette vision fit frissonner le jeune homme : il avait sous les yeux l'image d'une vie… et de quelle existence, vide et misérable ! Et brusquement, il poussa la table près de la fenêtre, prit une feuille de papier et commença une esquisse… Il eut quelque difficulté au début, puis tout alla mieux au fil des heures. Il continuait de travailler, sentant bien son sujet et convaincu qu'il allait en tirer quelque chose de bon. Il oubliait toujours plus le monde qui l'entourait, comme si rien alentour ne pouvait l'inquiéter. — La feuille était trop petite… il la déchira, en prit une plus grande et recommença. Une merveilleuse exaltation s'empara de lui… Il travaillait maintenant avec une telle facilité qu'il ne ressentait plus aucune peine. Les heures s'enfuyaient, l'après-midi tirait à sa fin… L'esquisse était terminée… Une petite table de bistrot, autour de laquelle buvaient et jouaient quelques personnages, c'était tout. Et comme d'habitude, le plus réussi était l'expression des passions sur les visages. Il contempla son œuvre, les yeux brillants. Au moins, il y retrouvait un peu de ce qu'il avait voulu dire. Il vit alors, en se retournant, son père debout derrière lui : Bonjour… Franz ! balbutia-t-il. — Bonsoir… repartit le jeune homme… Ah, c'est déjà le soir… comme j'ai bien dormi ! dit l'autre en riant. Et je me suis bien amusé hier soir… ça oui !… Tu as encore fait quelque chose ? Fais voir !… Oh !… Il examinait attentivement l'esquisse… et redevint sérieux… sentit naître en lui quelque chose comme de l'orgueil paternel : Dis donc, c'est beau… très beau… Eh bien, Franz… Il s'interrompit.

— Qu'en penses-tu, père... ? Je n'ai jamais aussi bien réussi... même à ma meilleure période !

Et tous deux, le père et le fils, laissèrent leur regard s'attarder sur l'esquisse.

Au bout d'un moment, le vieil homme prit l'esquisse sur la table et la tendit à son fils en lui disant : Cette fois, vas-y... sans faute ! Porte-la à l'Académie !

V

Quelques années plus tard, une petite toile du jeune Weldein fut exposée au Salon. On commençait à parler de lui, de son talent original et sûr. Certes on s'étonnait qu'il ne puisse apparemment peindre que des joueurs et des buveurs. C'était une sorte de fatalité. Car il s'était bien essayé à d'autres sujets, mais aucun ne lui avait vraiment réussi. Chaque fois qu'il tentait de représenter une image de l'amour ou de la félicité, il voyait, plein de désespoir devant son chevalet, apparaître et grimacer sur la toile... des figures grotesques, au lieu de visages angéliques. Il dut finalement se soumettre à l'indéfinissable contrainte qui pesait sur lui. Suis-je fou, se demandait-il parfois, ou est-ce parce que j'ai l'air d'avoir moi-même succombé à ces vices?... Il tentait alors de se dominer, décidait de ne plus s'adonner au vin et au jeu — mais c'était impossible... il se sentait brisé et mortellement abattu, dès qu'il s'était abstenu de venir boire et jouer quelques jours dans le cercle de ses amis. Il perdait toute envie de créer. Et courait reprendre sa place à la table de jeu, devant les bouteilles... Et quand il rentrait le lendemain, dans la clarté de l'aube, comme le jour où il avait trouvé son père allongé par terre, il était à nouveau un grand artiste en possession de son talent et en proie au vrai plaisir de la création. Il dut en prendre son parti. Son père était devenu un vieillard malade. Il resta dans leur ancienne maison, tandis que son fils avait loué une petite chambre claire dans un quatrième étage, tout près du ciel et de la lumière, dans le même faubourg. Le vieux Weldein venait de temps à autre le voir et, fatigué d'avoir monté les escaliers, s'asseyait en face de la fenêtre, restant tranquillement là tandis que Franz peignait ou fumait, étendu sur le sofa. Il leur arrivait de parler et ce n'étaient alors que plaintes... Le vieillard déplorait la pauvreté de ses gains et le jeune homme la lenteur avec laquelle la célébrité et la richesse venaient à lui...

Le père disait parfois : C'est ma faute, si tu ne sais peindre que ces sujets-là. J'ai le sang vicié, oui, vicié ! Et le fils ne répondait pas, continuant de peindre.

Quand Weldein restait ainsi, des heures entières, assis dans le silence de cette chambre, la pensée de son âge l'accablait d'une profonde et douloureuse tristesse. Car il avait devant lui quelqu'un que le sort n'avait pas davantage favorisé… Et ce qui aurait pu faire leur bonheur à tous les deux… où était-ce ? Comme un rêve, la nuit fatidique revenait parfois le hanter.

Le jeune homme, interrompant sa méditation, lui racontait alors ce qu'il était en train de peindre… un groupe de joueurs dans une maison mal famée… avec quelques femmes, debout entre les tables de jeu, une coupe de champagne à la main.Cette toile était presque achevée. Ensuite ce serait un petit tableau… un couple… Ils jouent au bésigue… devant la cheminée… lui et elle… et ils se regardent en souriant par-dessus leurs cartes… Celle-là enfin, une toile à demi terminée, dans un coin… une scène moyenâgeuse… des lansquenets jouant aux dés… Pas vraiment réussie, car le sujet n'était pas assez moderne… Et pendant que le vieil homme l'écoutait, la nuit commençait à tomber. Le jeune peintre le rejoignit alors près de la fenêtre, qu'il ouvrit toute grande pour laisser pénétrer l'air du soir.

C'était un soir d'été, lourd et triste. Le bruit de la rue emplissait la pièce de son écho assourdi ; une vie privée de sens continuait. Toujours le même bruit, le même monotone déroulement. Quelle que soit leur activité, en bas, c'était toujours le même écho, un pesant bourdonnement… Les derniers rayons du soleil glissaient doucement le long des toits pour aller mourir peu à peu tout en haut, les ombres s'étendaient et des nuages, éparpillés au hasard et comme négligemment jetés, flottaient dans le ciel où s'esquissaient de larges bandes blanches… Le vieux Weldein contemplait ce long crépuscule au firmament, où s'achevait une fois de plus une de ses journées vides.

Il lui arrivait plus souvent qu'autrefois de se demander si ce serait bientôt la fin. Et à plus d'un signe, il sentait l'approche prématurée de l'âge.

Ils regardèrent ainsi fixement le soir qui tombait, pendant un long moment, et ce fut le père qui brisa le silence :

— As-tu une nouvelle idée ?

— Une nouvelle idée ?

— Oui, je veux dire : pour un grand tableau.

— En gros, oui !

— Ah, et qu'est-ce que ce sera ?

— Je voudrais peindre le Club.

— Le Club ?

— Oui, le salon de jeu du Club de l'aristocratie !

Le vieux Weldein se leva brusquement : Tu veux peindre... ?

— Tu crois que c'est trop difficile ?...

— Oh non, mais où prendras-tu tes modèles ?

— Mais au Club, tout simplement !

— Mais tu n'y es jamais allé !

— Que si, déjà deux fois.

— Là-bas... ? Au salon de jeu ?... Comment as-tu fait ?

— Un des membres m'a présenté — celui qui a acheté ma dernière toile...

— La boule noire ?

— Oui... Il m'a récemment abordé à l'exposition et m'a déclaré qu'il s'intéressait à mon talent... puis il est monté jusqu'ici voir mes esquisses. C'est à cette occasion que je l'ai prié d'avoir l'amabilité de m'introduire au Club, afin que je puisse rassembler des observations pour ma prochaine grande toile.

— Ah !... Et comment t'a-t-il remarqué ?

— En voyant ma toile à l'exposition, je suppose...

— Et comment s'appelle-t-il ?

— C'est le comte Spaun.

... Weldein sursauta, puis se laissa retomber sur sa chaise. Mais la nuit, qui était maintenant complètement tombée, dissimula à son fils l'émotion qui se peignait sur son visage.

— Tu as bien dit... Spaun... ?

— Oui, un homme proche de la cinquantaine, très connaisseur en art et qui ne semble pas dépourvu d'imagination.

— De l'imagination... à coup sûr !... ne t'a-t-il pas posé de questions sur moi ?

— Sur toi, père ? répéta le fils avec un sourire.

— Je veux dire sur ta famille.

— Oui, comme ça, en passant... Si mes parents vivaient encore, s'ils étaient riches...

— Et tu as répondu ?

— Quelles curieuses questions tu me poses ! Je lui ai dit la vérité !

— Il a dû être bien étonné, le comte !

— Étonné?... Pourquoi?

— Eh bien, qu'un jeune homme né dans une famille si pauvre ait si bien réussi!

— Si bien réussi! Le crois-tu vraiment, père?

— Mais oui! On te connaît déjà. On dit bien : Weldein le peintre!

Franz sourit à nouveau; ce qu'il considérait comme de la vanité paternelle le remplissait d'une douce mélancolie... Il s'éloigna de la fenêtre et, coupant court à la conversation, déclara : Je vais allumer.

— Ah bon! Tu ne sors pas?

— Je reste encore un peu.

— Tu attends quelqu'un?

— Mais oui, le comte.

Le vieux Weldein se leva. — Il va venir? Le comte Spaun? Sa voix résonna comme un cri d'angoisse.

— Qu'as-tu donc, père?

— Rien... mais je... je ne sais pas comment me comporter avec ces messieurs... Non, non, laisse-moi!... Je suis très content... il peut te rendre de grands services. Adieu, Franz!

— Mais qu'est-ce que tu as? Et il regarda avec étonnement le vieillard qu'éclairait faiblement la lumière de la bougie.

— Mais rien... Franz... Tu es drôle, que veux-tu que j'aie? Je m'en vais, comme d'habitude le soir, est-ce que je suis jamais resté aussi longtemps?... Mes amis m'attendent au bistrot... Et toi sans doute...

— J'irai au Club avec le comte... Et ce qu'il y a de bien, ajouta-t-il en souriant, c'est que là, je ne peux pas jouer... Ils jouent des sommes, père... rien que de voir ça... Mais toi, tu n'as jamais joué?

— Non, jamais!

Tous deux regardaient dans l'obscurité, dans le vide, par-delà la fenêtre. Et tous deux virent la même image leur apparaître. La grande table verte, dans l'éclat féerique des lumières... les cartes qui s'abattent et les fortunes qui vont et viennent... Une ivresse s'empara d'eux... l'ivresse des joueurs qui se souviennent et songent qu'il suffit d'un caprice du sort pour les rendre riches et pleinement heureux. Mais un coup de vent entra par la fenêtre, faisant vaciller la flamme de la bougie... La table verte s'évanouit et les brillantes lumières s'éteignirent d'un seul coup...

Le vieil homme prit son chapeau et sortit. Après un « bonsoir, mon fils », adressé de la porte à son fils, il descendit l'escalier aussi vite qu'il put... Il était temps. À peine avait-il franchi la porte cochère qu'il aperçut, de l'autre côté, la silhouette de l'homme qu'il n'avait certes plus revu depuis ce soir-là, mais jamais oublié. Weldein s'arrêta, les yeux écarquillés... Il le vit pénétrer sous la voûte, monter les premières marches et disparaître — comme jadis dans l'escalier du Club, lorsqu'il l'avait abandonné tard dans la nuit avec son trésor, au milieu de la rue. S'éloignant un peu plus de la porte, Weldein leva la tête vers la fenêtre de la chambre de son fils et attendit. Des ombres se profilèrent et bougèrent sur le mur d'en face... son fils et le comte Spaun!... Un frisson le traversa de part en part... Pourquoi, au fond? Alors une idée lui vint à l'esprit... Il va lui porter malheur! Il voulut alors revenir sur ses pas, monter pour sauver son Franz... Mais la vive clarté de la lumière dans l'entrée le ramena à la raison... Il s'immobilisa en murmurant : Fou que je suis! Et il partit faire sa tournée des bistrots.

VI

Franz Weldein rentra chez lui au petit matin; avec une ample moisson d'impressions; il s'assit à sa table pour esquisser quelques dessins, dans une humeur voisine de l'enthousiasme. Et pourtant... il y avait quelque chose qui le tracassait. Je sais ce que c'est, se dit-il. Je sais ce qui me manque... Oui, si je pouvais m'asseoir au milieu de ces gens-là et partager leurs sensations, ce serait tout autre chose! Ça ferait une de ces toiles, ensuite!... Oui, sûrement!

Il continua de dessiner, mais se sentit fatigué au bout d'une heure. Je vais me reposer un peu, se dit-il, ... sans me coucher... simplement réfléchir un peu... Et il s'étendit sur le sofa... Il ferma les yeux et le tableau prit peu à peu consistance derrière ses paupières closes. Ici, la salle aux lignes froides et sobres... Les quatre grandes glaces dans leur cadre doré... Les reflets bizarres qu'elles se renvoient l'une à l'autre. La haute silhouette d'un homme à la moustache blonde, un gardénia à la boutonnière, debout près de la porte... À l'une des grandes fenêtres, un groupe de fumeurs qui bavardent, indifférents à ce qui se passe dans la salle... Les joueurs enfin, autour de la table... Celui à la grande barbe noire... Mais non... ils ne devaient pas être reconnaissables!... Il ne garderait qu'un détail de chaque modèle... La passion du jeu s'exprime chez chacun d'eux d'une manière particulière et bien personnelle. Presque tous ont l'air calme, mais lui, l'artiste, perçoit ce qui reste caché aux autres… Le reflet du même feu sur les lèvres de l'un, au coin de l'œil d'un autre, sur le front du troisième.

Étendu les yeux fermés, Franz Weldein sentit qu'il approchait de la vérité. Des pas lourds le firent sursauter. Quelqu'un venait d'entrer. Il ouvrit les yeux et demanda : Qui est là? Le nom lui était inconnu. Weldein se leva rapidement.

Le chapeau à la main, le jeune garçon lui expliqua, à la hâte et en bredouillant : S'il vous plaît, monsieur Weldein… Votre père… j'habite la même maison… il est malade… il faudrait que vous veniez…

— Malade? Comment?… Qu'est-il arrivé?

— Cette nuit, en rentrant, votre père…

— Oui, eh bien, quoi?

— … a crié et chanté toute la nuit et maintenant, il a la fièvre…

— La fièvre? Le médecin est-il venu?

— Non, dans l'immeuble, on m'a envoyé vous chercher d'abord…

— Venez!

Ils descendirent rapidement. Franz Weldein lui cria, encore dans l'escalier :

— Il y a un médecin dans la maison à côté… Amenez-le avec vous, compris?

— Très bien!

Et le jeune artiste se mit à courir vers la maison de son père, qui était à une centaine de pas à peine. Et quelques minutes plus tard, il se trouvait auprès du malade. Une voisine avait veillé jusque-là.

Le visage cramoisi et les yeux mi-clos, le vieux Weldein était étendu sur le lit et poussait des gémissements… Il ne reconnut pas son fils, qui se mit à l'appeler : Père! père! La voisine, une vieille femme compatissante, lui dit alors, voulant le rassurer : Il est plus calme maintenant!

— Bon, ah bon… balbutia Franz. Ils restèrent là, tous les deux perplexes, à contempler le vieillard. — Ah, voici le docteur! fit la voisine.

— Oh, enfin! s'écria Franz, en allant au-devant du médecin, un homme encore jeune qu'il connaissait pour l'avoir quelquefois consulté. — Eh bien, qu'y a-t-il? demanda le médecin. Votre père, à ce que j'entends dire…

— Oui, docteur, il s'agit de mon père…, répondit-il puis, s'adressant à la voisine : Merci beaucoup… auriez-vous l'amabilité de revenir un peu plus tard?… La vieille femme sortit.

Le médecin s'était approché du lit et examinait le vieux Weldein, l'air grave. Étreint par l'angoisse, le fils le suivait du regard… Il vit le praticien appliquer son oreille sur la poitrine du malade, l'ausculter, puis lui saisir le poignet pour prendre le pouls… Au bout de quelques minutes, l'examen parut terminé…

— Est-ce grave? demanda le fils.

— Votre père a une congestion pulmonaire.

— Une congestion pulmonaire… on en réchappe!…

— Certainement. Mais il semble que… Votre père ne détestait pas les boissons fortes… n'est-ce pas?

— C'est exact. Y a-t-il un rapport?

— Oui, malheureusement, monsieur Weldein! Cependant, il n'y a encore aucune raison de perdre courage. Bon… eh bien, nous verrons…

— C'est donc grave…, murmura Franz.

Sans répondre, le docteur donna prescriptions et conseils. Le jeune homme l'écouta, l'air triste et attentif. Puis le médecin prit congé avec quelques mots cordiaux, et Franz resta seul auprès du malade. Il y eut un moment où le vieil homme sembla partiellement retrouver sa connaissance, prenant comme en rêve la main que lui tendait son fils dans la sienne. — Désires-tu quelque chose… père? Désires-tu quelque chose? Il bougea les lèvres… Franz se pencha pour tenter d'y lire les mots qu'il prononçait. Mais le vieux Weldein dit alors, d'une voix rauque et tout à fait intelligible : À boire! Puis il se mit à tousser, longtemps, douloureusement…

VII

Les deux premiers jours furent encore supportables; mais au cours de la troisième nuit, les quintes de toux redoublèrent, les gémissements du malade se chargèrent d'angoisse et sa physionomie s'altéra. Il eut le sommeil agité, parla dans son sommeil, et à plusieurs reprises, une dizaine de fois peut-être, le malade voulut sauter à bas de son lit; il ne se calma qu'au matin. Le jour suivant fut également mauvais. Et au soir du cinquième jour, le médecin dit au fils : Mon cher monsieur Weldein, c'est grave. Il est de mon devoir de vous avertir d'avoir à vous préparer au pire. — Au pire… répéta Franz, profondément bouleversé… au pire! — Allons, du calme, cher ami!… Vous êtes un homme, n'est-ce pas? reprit le docteur et il s'éloigna… Le jeune Weldein resta, comme cloué sur place, à le suivre des yeux, le regard fixe… pendant de longues minutes.

La lumière, au chevet du malade, vacillait et la lampe à huile posée sur la table au milieu de la pièce fumait.

Franz fit à plusieurs reprises quelques pas de long en large, comme s'il cherchait quelque chose, puis revint se poster au pied du lit, les bras appuyés contre le bois. Recru de fatigue, il faillit plusieurs fois s'assoupir… mais son bras s'engourdit et le bois du lit craqua… Il sursauta et s'éloigna. Il sortit un moment dans le couloir, où l'air frais pénétrait par la fenêtre ouverte. La pleine lune faisait briller les dalles de pierre. Dans la tendre douceur de cette lumière, il y avait quelque chose d'agréable, comme une consolation. L'idée vint alors au jeune homme de laisser cette lumière se répandre dans la chambre du malade ; il y retourna et remonta les rideaux… La lumière entra à flots dans la pièce, glissant du rebord de la fenêtre sur le parquet et jusqu'au lit, dont elle éclaira les draps blancs de reflets bleus. Le visage émacié du vieillard s'en détachait de tout l'éclat de son effrayante pâleur… Avec ses lèvres toutes blanches… Et, sur l'armoire, les fioles vides des médicaments chatoyaient… Debout près de la fenêtre, accablé, sans volonté ni force, le jeune Weldein songea alors, à cet instant précis et pour la première fois depuis la maladie de son père, à autre chose qu'au malade… Il revit sa toile, se vit lui-même assis devant le chevalet… en train de peindre. Et tandis que le tableau s'esquissait, trait après trait, dans son esprit… il oublia un moment le reste du monde autour de lui… Soudain, il entendit la voix de son père. Il s'était réveillé !… Il parlait, était-ce possible ? La voix répétait : Franz ! mon fils ! — Tu m'appelles, père ? Père ! S'élançant auprès du lit, il saisit la main du vieillard, qui le regardait avec de grands yeux, sans rien dire. Tu désires quelque chose, père ?

Le vieux Weldein pencha la tête. Quoi ? Que veux-tu me dire ? demanda Franz. Et il s'assit au bord du lit et interrogea le malade du regard. Un miracle, mon fils, c'est un miracle !… dit celui-ci.

— Comment ? Tu te sens mieux… guéri ?

— Non… oh non ! Je vais mourir… mais… oh… pourvu que je puisse te le dire ! Il ferma les yeux et respira profondément ; comme s'il avait voulu retenir de toutes ses forces la vie qui lui échappait.

— Approche-toi… mon fils… viens tout près de ma bouche… un miracle !… pendant vingt ans, j'ai oublié et la mémoire vient de me revenir. Écoute…

— J'écoute…

— Franz, tu es riche… Il y a un trésor enterré pour toi !

Franz jeta un regard effrayé et plein de pitié sur le malade... à présent, c'était clair, le vieillard enfiévré délirait... Mais lui, lisant sur le visage de son fils, insista : Je dis la vérité... un trésor... près du pont... Le Pont aux Lions[1]... J'ai gagné de l'argent... l'ai enfoui ; gagné, oui, au Club et puis je l'ai caché...

— Au Club, toi ? De l'argent ?

— Oui, le comte Spaun... Demande-lui... il te racontera comment il m'a amené là un soir et comment j'ai gagné autant d'argent... Et puis j'ai bu... beaucoup, beaucoup trop... Et ensuite, caché l'argent. J'avais oublié où... ah, quelle misère !... Tu as vécu cette misère, toute une vie... Et à présent, à présent...

Il s'était dressé sur son lit ; sa voix s'était affermie ; tout comme la pression de sa main enserrant celle de son fils qui l'écoutait, retenant son souffle.

... À présent... tout d'un coup... dans mon lit, ça m'est revenu ! Toute cette nuit ! Et le pont, oui, le pont !... C'est là-bas, je le savais bien ! Sous le pont... sous les pavés... il y avait un marteau... j'ai creusé... enterré l'argent et tapé par-dessus à coups de marteau... voilà pourquoi j'entendais ce murmure et cet écho !

— Père, où est-ce ? Je ne comprends pas ! Où y a-t-il un trésor... sous le pont... où ?

— Le Pont aux Lions... le chemin sous le pont, de ce côté-ci, tout près du fleuve... à deux pieds de l'eau en cette saison. Un sentier conduit au débarcadère... pavé. Il y avait des travaux à cette époque, ils n'étaient pas tout à fait terminés. J'ai enlevé des pavés avec un marteau... C'est là que se trouve l'argent !

— Mais...

— Tu ne me crois pas ! C'est pourtant ainsi...

— Sous le Pont aux Lions ?

— Sous le chemin pavé... il y est certainement encore... Je le vois ! Je me vois le mettre sous les pavés. On n'a pas pu l'emporter, non... tu vas le trouver, et tu seras riche et heureux.

— Père... Tu rêves !

— Non ! Je ne rêve pas ! J'en suis sûr.

— Bon, mais le chemin, sous le pont, est long...

— Oh non, pas long... près de la deuxième pile, tu trouveras certainement, au premier coup de marteau...

Franz se prit la tête à deux mains ; il ne comprenait pas encore très bien toute cette histoire.

— Va… mon fils… hâte-toi!

— Maintenant?

— Oui, maintenant qu'il fait nuit. Prends ma blouse… et le marteau, dehors… près du poêle… oui… vas-y tout de suite… je veux le revoir!… Il est enveloppé dans un chiffon, de l'or et des billets. Va… va!…

À demi inconscient, Franz se leva et sortit en hâte. Il prit au crochet, dans l'entrée, la blouse de travail blanche de son père et le marteau, qu'il dissimula sous sa veste. Il ne pensait plus qu'à ce trésor… et plus du tout au mourant… l'argent tournait et dansait devant lui… l'argent!… De l'or, qui brillait et dansait! Et il partit en courant… Les rues étaient désertes… il arriva dans cette interminable rue que le vieux Weldein avait parcourue, bien des années auparavant, transportant l'argent qu'il venait de gagner… et il fut bientôt sur le pont où son père était venu, le lendemain, gémir de désespoir, alors que la fortune qui eût fait son bonheur était enterrée sous ses pieds. C'était là!… il était auprès de la deuxième pile… La voûte du pont s'arrondissait au-dessus de lui et, à côté de lui, les eaux du fleuve, miroitantes sous la lune, coulaient en murmurant.

Franz Weldein se mit à l'œuvre. En quelques minutes, il fit sauter deux rangées de pavés. Rien… rien! Là-haut, sur le pont, une lourde voiture passa avec un bruit sourd… Franz se remit à creuser… et alors… oui, il vit quelque chose qui ressemblait à un bout de chiffon… encore un pavé!… Il entendait le murmure et l'écho… et ceci? qu'est-ce que c'était! Il faisait noir sous le pont, Franz enfonça ses deux mains et saisit quelque chose de blanc qui était enfoui là : un linge… noué! Dans sa hâte, il déchira le nœud… De l'or!… Des billets de banque!… Oui, c'était bien lui! Le trésor! La fortune, le bonheur! Franz fourra tout sous sa blouse… les mains tremblantes… Était-ce possible? Quand il se retrouva sur le pont joliment éclairé, il fut sur le point de tomber à genoux et de pleurer… de joie… de bonheur. Il se mit à courir… puis s'arrêta brusquement… Il regarda de tous côtés. Personne dans les environs? Si, quelques promeneurs inoffensifs… Mais courir, au milieu de la nuit, pouvait éveiller les soupçons. Les soupçons? Il n'avait rien fait de mal, pourtant… sait-on jamais?… Et il repartit d'un pas plus mesuré, la main gauche dans la poche de son pantalon, comme si de rien n'était, et la droite protégeant sa fortune sous la blouse.

Un immense sentiment de paix prenait peu à peu possession de lui… Désormais, tout était bien. Son tableau pour ainsi dire terminé… La tranquillité, la fortune… tous les plaisirs de la terre! Et le vieil homme qui allait mourir?… Le jeune Weldein pressa le pas… peut-être la vue de son argent retrouvé rendrait-elle la santé au vieillard? Qu'est-ce qui l'avait rendu malade, en effet, sinon la pauvreté, l'absence de tout espoir et la misère? Et du coup, il se hâta, pour lui apporter plus vite encore le bonheur et la certitude de beaux jours... Quand il parut dans l'entrée, tout était calme. Pas de précipitation, surtout! Il se changea et suspendit la blouse à son crochet. Et mit le chiffon avec l'argent sous sa chemise... Maintenant, il pouvait entrer dans la chambre. Père, cria-t-il, je l'apporte! Je l'ai! Et il se précipita vers le lit où le malade était étendu sans connaissance, la respiration haletante. Le front couvert d'une sueur froide. La fin était manifestement proche.

— Père! cria Franz une nouvelle fois... Pas de réponse!

Il s'efforça en vain de réveiller le vieillard... il l'appelait, criait, lui passait la main dans ses cheveux ébouriffés. Il souffla sur son visage... Il frictionna de ses mains chaudes les bras et les jambes glacés... Il lui sembla un instant voir trembler les paupières. Mais rien, pas un mouvement, pas un mot... rien! La respiration faiblissait... le temps passait... Franz se tenait maintenant debout auprès du lit, ne sachant plus que faire... sinon répéter : Père!... J'ai l'argent! Je l'ai sur moi!

Sur le matin, le médecin arriva. Saluant d'une voix à peine perceptible, il se dirigea rapidement vers le lit... Il saisit le poignet du vieux Weldein et dit : Le pouls n'est plus sensible...

— Comment?... Voulez-vous dire?...

— S'il vous plaît! murmura le médecin, un doigt sur les lèvres. Il lui fallait du silence pour examiner la respiration. Il resta un moment debout, immobile... puis se pencha sur la poitrine du vieillard et y appliqua l'oreille... Se redressant lentement au bout de dix ou vingt secondes, sans dire un mot, il tendit la main au jeune homme qui, debout au pied du lit, le fixait d'un regard anxieux... Il est mort? s'écria Franz... en saisissant sa main.

— Il ne souffre plus, répondit le médecin d'une voix émue. Franz s'affala sur une chaise et entendit le tintement des pièces d'or contre sa poitrine. Il sursauta, y porta la main en regardant le docteur... Avait-il remarqué quelque chose?... non, il était allé vers la fenêtre. Puis l'ouvrit en disant à voix basse : On étouffe ici! Dehors, le soleil matinal pointait au-dessus des toits des maisons voisines.

VIII

Deux hommes montaient côte à côte l'escalier du Club… le comte Spaun et Franz Weldein.

— Vous sentez-vous vraiment d'humeur à venir ici? demanda le comte…

— Cela vous surprend?

— C'est compréhensible, pensez : la tombe de votre père est à peine refermée, et vous accourez chez moi et me suppliez de vous conduire dans ce lieu de luxe et de plaisir.

— C'est un lieu d'une autre nature pour moi! C'est un lieu d'étude… Et cette toile me tient à cœur, il faut que je la fasse, que je la fasse bientôt…

— Elle est déjà bien avancée, n'est-ce pas?

— Des esquisses… oui… mais il manque encore quelque chose… je ne sais pas quoi! Ils avaient pénétré dans le vestibule et allaient tout droit vers la salle de jeu.

— Et qu'est-ce qui vous manque? demanda le comte.

— Vous allez vous moquer de moi…

— Je ne me moque jamais d'un caprice d'artiste, mon cher! Ils étaient entrés ensemble dans la salle et se tenaient maintenant tout près de la table verte qu'entouraient les joueurs.

— Eh bien, monsieur le comte, continua le jeune Weldein, qui ne quittait pas les cartes des yeux, ce qui me manque encore pour ce tableau, c'est l'enthousiasme!

— Vraiment?… Mais il n'y a là rien d'étrange, et cet heureux moment viendra sûrement!

— Quand cela?

— Je ne puis vous le dire, répondit le comte en souriant.

— Moi, je le sais, repartit le peintre avec une telle véhémence que le comte, le dévisageant avec surprise, lui demanda :

— Que voulez-vous dire?

— Moi-même, oui, monsieur le comte, il faut que je ressente moi-même ce qu'éprouvent ces gens!

— Et comment?

— Comprenez-moi bien, monsieur le comte! Il y a malheureusement… je le sais… quelque chose de maladif dans mon art… Vous le savez… je ne peux peindre que certains sujets, et ce n'est pas tout à fait normal.

— Oui, oui, dit le comte, c'est votre petit grain de folie!

— Oui, de folie, insista Weldein, c'est le mot… et je suis assez fou, poursuivit-il en scandant chaque syllabe, oui, assez fou pour vouloir jouer ici, moi aussi…

Le comte Spaun le regarda sans sourciller… Ici?

— Oui…

— Hum!

— Je veux emporter une étincelle de ce feu… Vous me comprenez, n'est-ce pas? Cette… c'est cette étincelle qu'il me faut!…

— Votre idée, mon ami, est difficilement réalisable… En soi, je ne la trouve pas si folle… Oui, elle dénote même une réflexion très juste… Mais si, comme vous savez, on a plaisir à voir ici l'artiste talentueux que vous êtes, venu chercher le souffle de la vie pour ses créations, on ne peut en revanche…

— Comment? Monsieur le comte? Un mot de vous ne suffirait-il pas à me faire accorder pour… pour un soir seulement une place à cette table?…

— Certes, on ne pourrait me refuser cette faveur… mais…

— Qu'est-ce qui vous retient alors?… Les yeux brillants, le jeune peintre observait les énormes sommes que misaient les différents joueurs.

— Vous le voyez, mon jeune ami, on joue ici pour des sommes…

— Oh, monsieur le comte… Ce n'est pas un obstacle.

— Pas un obstacle? Il me semble pourtant que si!

— J'ai encore autant d'argent… dit alors Franz en fixant son interlocuteur dans les yeux… que mon père en avait, le soir où il quitta cette table! Le comte resta un instant sans voix… Puis, faisant un pas en arrière, demanda, rapidement et tout bas, au jeune Weldein: «Depuis quand savez-vous?

— Depuis l'instant de sa mort! — C'est donc bien ce que je pensais. J'ai d'abord cru qu'il avait continué de jouer, et tout reperdu… Mais non! Il l'avait mis sous clef, il était devenu avare!

— Non, monsieur le comte… c'est différent… il en a été autrement… Je vous raconterai plus tard… sachez seulement que j'ai hérité cet argent et qu'il est en ma possession.» Sans dire un mot de plus, le comte s'avança vers la table avec le jeune homme: Messieurs, notre jeune ami le peintre Weldein, que vous connaissez tous… sollicite l'honneur d'être pour une fois admis à votre partie…

— Mais avec plaisir… s'il vous plaît, veuillez prendre place!… lui répondit-on de tous côtés. Et il se retrouva en un clin d'œil assis là. Il ne rêvait pas!

Il était là, devant le tapis vert, et une voluptueuse excitation s'empara de lui… Sortant ses billets, il les posa devant lui… Là… quelque chose vola sous ses yeux sur la table — une carte! Il voulut la saisir… Veuillez excuser, dit le croupier… elle est à votre voisin!

Ah oui, bien sûr… ce n'était pas son tour… le voisin perdit. C'était une chance pour lui, Weldein. Il pouvait risquer une somme plus importante, car la probabilité d'un gain était maintenant beaucoup plus grande. Voilà… sa carte était devant lui.

Il perdit… Bah, la première mise! Elle se rattrape vite… Il misa un peu plus que la première fois et perdit à nouveau. La troisième mise de Weldein… encore plus élevée… perdue encore.

Ses compagnons de jeu le regardaient, surpris — ne le sachant pas si riche…

Il était là, souriant mais le regard étrangement fixe… Le comte Spaun lui dit doucement : Voilà assez d'émotions maintenant, je suppose?

Mais le jeune homme ne bougea pas… il continua de jouer et perdit sans arrêt. Quelques spectateurs s'étaient assemblés autour de lui ; l'on s'étonnait de la hardiesse de son jeu. Il fut bientôt clair aux yeux de tous que le jeune peintre avait fait un gros héritage, dont il venait de perdre une bonne partie. Le comte Spaun intervint à nouveau : Ne voulez-vous vraiment pas vous reposer un peu?

Mais Weldein continua de jouer. Et il perdit coup sur coup. On commença à le plaindre, tout en hochant la tête à la vue des mises folles qu'il ne cessait de risquer, malgré son incroyable malchance… On crut un instant que les choses allaient changer, mais non! L'ancienne déveine revint aussitôt. Cependant, son sourire ne le quittait pas et on le vit même, à la fin, éclater de rire! Puis il se leva. C'était fini! Il salua : Bonsoir, messieurs! On s'écarta devant lui comme devant un homme dont on respecte le malheur. Tous les yeux le suivirent… tandis qu'il se dirigeait vers la sortie… Le comte se leva. Weldein dégringola l'escalier, puis se précipita dans la rue. Il arrivait au coin, lorsque le comte le rejoignit.

— Weldein… Weldein!

— Ah… c'est vous, monsieur le comte!

— Où allez-vous donc si vite?

— Je ne sais pas...

— Ne faites pas de bêtises! Vous m'entendez, pas de bêtises! En fin de compte, vous n'avez rien perdu.

— Oui, rien du tout!

— De l'argent gagné au jeu! Ah, si vous l'aviez gagné à la sueur de votre front, par votre travail...

Le jeune artiste ne répondit pas; il marchait à grands pas et s'engagea dans la longue rue... comme autrefois son père. Le comte, qui avait peine à le suivre, lui demanda à nouveau : Mais où courez-vous ainsi? Venez donc... venez prendre quelque chose avec moi!

— Vous êtes trop aimable, monsieur le comte; mais si vous vouliez me suivre... il faut que je me rende à un endroit précis, il le faut absolument...

— Où donc?

— Où? À l'endroit où mon père a enfoui l'argent, ce soir-là...

— Il l'avait donc enterré?

— Oui, puis... oublié l'endroit.

— Oublié?

— Oui, oublié. Et il a vécu ainsi pendant vingt ans, un homme riche auquel il ne manquait que de savoir où est son argent. Une savoureuse histoire, n'est-ce pas? Et la mémoire lui est revenue sur son lit de mort.

— Comment? Qu'est-ce que c'est que cette fable?

— C'est la vérité, monsieur le comte! Comme la vie qu'il a eue! Un éternel tourment... être riche et devoir endurer les pires privations... et moi! Tout m'est brusquement tombé du ciel! Et j'étais là, indépendant...

— Mais où me conduisez-vous?

— Venez, nous arrivons bientôt!

— Qu'allez-vous faire là-bas?

— Un caprice!

Ils continuèrent un moment en silence, jusqu'à ce qu'ils arrivent près du fleuve :

— Là... le pont!

— Et alors? demanda le comte.

— Suivez-moi! Il descendit en courant sous le pont... puis, se jetant à terre près de la seconde pile, il s'écria : Ici! C'est ici!

— Comment...?

— C'est ici... ici que je l'ai déterré et... voyez!... Vous ne voyez rien?

— Quoi donc? Je vois des pierres éclaboussées par l'eau.

— Comment? Mais regardez là! Et, mettant un genou en terre, il s'attaqua aux pavés avec ses mains.

— Eh bien, qu'y a-t-il donc à voir?

— Regardez, n'est-ce pas encore de l'argent?

— Quoi?

— Oh, beaucoup d'argent! des sommes d'argent!

— Mais qu'est-ce qui vous prend?

— Oh, dit Franz en creusant le sable de ses ongles, entre les pavés... je suis à nouveau riche!

— Weldein! Ne délirez pas!

Mais celui-ci, emplissant ses poches de sable et de gravier, balbutiait : Ah, quel bonheur!... quel bonheur!

— Voyons... Weldein, vous n'avez pas toute votre raison, reprenez vos esprits! Pensez que vous avez encore quelque chose à faire en ce monde! Rassemblez vos idées! Une grande œuvre vous attend... votre toile! Mais le peintre ne l'écoutait pas, il continuait de creuser et de remplir ses poches de cailloux. Le saisissant alors aux épaules, le comte cria : Assez maintenant! Venez! Venez! Alors Weldein se releva lentement : Oh, je viens... Ramenez-moi... monsieur le comte!

— Où ça?

— Eh bien au Club! Je peux à nouveau jouer!

L'autre le regardait, perplexe. Était-ce donc possible? La perte de cet argent l'avait-elle rendu fou? Ils étaient remontés tous les deux et se tenaient à côté du pont. Le comte saisit la main du jeune artiste et lui dit : Calmez-vous! — Il est tard... repartit Weldein, dépêchons-nous de retourner!

— Mais...

Weldein, s'étant dégagé d'une secousse, s'enfuit en courant à toute vitesse par les rues désertes. Le comte se mit à sa poursuite en l'appelant. Mais le jeune homme l'eut tellement distancé au bout de quelques minutes qu'il ne lui était plus possible de le rattraper. Où avait pu courir cet insensé? Sans doute au Club, finalement... Et le comte pressa le pas. «Cette crise lui sera vraisemblablement passée, se dit-il en marchant. Cette soudaine émotion est bien compréhensible, après tout... Mais où a-t-il pu aller? Vais-je le trouver? Et s'il s'était...? Non!» Et il se hâtait. Arrivé bientôt à proximité du Club, il vit l'autre venir à sa rencontre.

— Ah, vous voilà, Weldein!... Eh bien?

— Oh, monsieur le comte, monsieur le comte! lui répondit une voix plaintive.

— Qu'avez-vous ? Vous avez retrouvé votre calme, n'est-ce pas ?

— Oh, monsieur le comte, regardez ! Et Franz retourna ses poches bourrées de sable et de cailloux.

— Eh bien, qu'y a-t-il ? demanda le comte, agacé.

— Vous ne voyez pas ? Des cailloux... du sable !

— Oui... vous le savez, maintenant ! N'est-ce pas ? Que je suis content ! Vous m'avez fait vraiment peur !... Mais tout est arrangé maintenant.

Cependant, le jeune homme recommença à se lamenter : Oh, monsieur le comte, mon argent, mon argent !

— Oui, bien sûr... c'est triste... il est perdu !

— Perdu !

— Mais vous possédez autre chose, qui vaut mieux que l'argent !

— Mon argent !

— Allons, calmez-vous ! Des gens passaient et se retournaient sur eux dans la nuit.

— Je l'ai enfoui ! Je l'ai enfoui !

— Quoi ? Quelle est cette nouvelle lubie ?

— Enfoui ! Caché, et je ne sais pas où !

— Vous l'avez perdu au jeu ! Weldein... Écoutez-moi donc, vous l'avez perdu au Club !

— Oh non, oh non, j'en ai tellement, tellement gagné ! Je l'ai caché et je ne sais plus où. Oh, ma pauvre femme ! Et mon enfant ! Mon petit Franz ! Le comte le regardait en frissonnant... Et il lui sembla voir le visage du peintre s'altérer brusquement sous l'effet d'une étrange transformation, et qu'il avait soudain véritablement devant lui le vieux Weldein, levant au ciel ses yeux secs et gémissant doucement : Mon fils, mon pauvre fils !

Traduction révisée par Brigitte Vergne-Cain et Gérard Rudent.

LE FILS

Pages du carnet d'un médecin

À la date du 8 septembre 1889, Schnitzler note dans son Journal : *« Cet été, ai terminé deux récits,* Reichtum *et* Der Sohn, *ainsi que quelques poèmes. » Entre les deux, il n'y a pas de solution de continuité : les mystères de la filiation s'imposent comme un thème préoccupant. On saisit sur le vif que l'écrivain est effectivement un « continualiste » (selon les* Diagrammes, *p. 41) — océanique plutôt que tellurique, pour user d'une distinction classique et goethéenne. Ajoutons comme preuve supplémentaire que le même sujet sera repris dans le dernier roman,* Thérèse, *publié en 1928 (dans le volume II).*

Pour la deuxième fois aussi (cf. Mon ami Upsilon*) figure en sous-titre :* Pages du carnet d'un médecin. *Et comme dans le cas de* Mon ami Upsilon, *il s'agit d'aborder un mystère devant lequel un médecin « positiviste » est a priori désarmé : l'affirmation, par la malheureuse mère, que son fils meurtrier se souvient confusément des premières heures de sa vie. Le médecin-narrateur doit opérer une véritable conversion, avant d'aller témoigner en faveur du fils, selon le vœu déraisonnable de la mère.*

Ce récit fut publié pour la première fois en janvier 1892 dans une revue berlinoise progressiste, si l'on en juge par son titre : Freie Bühne für den Entwicklungskampf der Zeit (Libre Tribune pour le combat progressiste d'aujourd'hui — *qui fut l'un des premiers noms de la future* Neue Rundschau). *Mais Schnitzler ne republia pas* Le Fils. *Par la suite, diverses anthologies attestent en effet que ce récit était perçu comme naturaliste.*

Cependant, Heinrich Schnitzler enregistra un disque (Preiser Records LW 4) avec Vilma Degischer. S'y trouvaient associés Le Fils *(lu par la comédienne),* L'Étrangère *(lue par le comédien) et* À une heure et demie, *pièce en un acte, écrite en 1894 (lue à deux voix). Ce choix témoigne d'une perception plus psychologique de ces textes, liée en tout cas à une réflexion sur les rôles respectifs des deux sexes : l'homme conservateur, pantouflard ou négatif; la femme plus aventureuse et généreuse. C'est aussi une conception chère à Rilke. D'ailleurs, Lou Andreas-Salomé écrivait à Schnitzler, le 15 mai 1894 : « On est frappé de voir à quel point l'homme dans vos œuvres fait piètre figure à côté de la femme, — une figure si peu reluisante qu'on serait tenté de se demander s'il n'y a pas chez vous une part de calomnie envers votre propre sexe. »*

Quoi qu'il en soit, l'écrivain comme le médecin décident de témoigner devant le tribunal… de l'Espèce.

Il est près de minuit et je suis encore assis à ma table de travail. Je pense à cette malheureuse femme et ne puis trouver le repos… Je revois la chambre sombre donnant sur la cour, avec ses gravures vieillottes ; et le lit, et sur l'oreiller rougi de sang, ce visage blême aux yeux à demi fermés. Et c'était en plus une matinée pluvieuse et maussade ! Dans le coin opposé, les jambes croisées sur sa chaise et l'air buté, cet infortuné, le fils qui avait levé la hache sur la tête de sa mère… Oui, de tels êtres existent et ce ne sont pas toujours des déments ! Je considérais ce visage fermé, essayant d'y lire quelque chose. Ce visage au teint pâle, méchant sans être laid ni bête, les lèvres exsangues, les yeux assombris, le menton enfoui dans le col de chemise froissé et une cravate flottant autour du cou, dont il tournait et retournait un bout entre ses doigts effilés. — Ainsi il attendait l'arrivée de la police, qui l'embarquerait. Pendant ce temps quelqu'un restait là en surveillance dehors, devant la porte. J'avais bandé les tempes de la malheureuse mère, restée sans connaissance. En la quittant, après qu'une voisine eut proposé de veiller à son chevet, je croisai dans l'escalier les gendarmes qui venaient chercher le parricide. Une vive émotion s'était emparée des habitants de cet immeuble de banlieue ; en petits groupes devant la porte, ils commentaient le triste événement. Quelques-uns me demandèrent comment allaient les choses là-haut et s'il y avait quelque espoir pour la blessée. Mais je fus incapable de donner une réponse précise.

Une personne que je connaissais, l'épouse plus très jeune d'un petit fonctionnaire chez qui je m'étais un jour rendu en consultation, me retint un peu plus longtemps. Appuyée à la rampe de l'escalier, elle paraissait anéantie : — C'est encore bien plus effroyable que vous ne le pensez, docteur! me dit-elle en hochant la tête. — Encore plus effroyable? — Oui, docteur! Si vous saviez comme elle l'aimait! — Elle l'aimait? — Oui, elle le gâtait, le dorlotait! — Ce drôle? Et pourquoi donc? — Oui, pourquoi?... Voyez-vous, docteur, bien que ce gosse ait été dépravé depuis sa plus tendre enfance, elle lui a tout passé... elle lui a pardonné les pires frasques... Nous avons souvent dû la mettre en garde, ici, dans l'immeuble. Le vaurien se saoulait déjà étant gamin et lorsqu'il a été plus âgé, voilà que ces histoires... — Quelles histoires? — Il a été quelque temps employé dans un magasin, mais il fut obligé d'abandonner! — Obligé?... — Oui, il faisait toutes les sottises possibles, il volait même son patron... Et sa mère a remboursé, la pauvre femme, elle qui avait à peine de quoi vivre!

— Que fait-elle exactement?

— De la couture et du raccommodage... ça ne lui rapportait presque rien. Et le gamin, au lieu de l'aider, lui prenait le peu qu'elle gagnait pour aller au bistrot, ou Dieu sait où encore! Mais ce n'est pas tout : la vaisselle, les deux ou trois tableaux, l'horloge, presque tout ce que l'on pouvait emporter, a pris le chemin du mont-de-piété...!

— Et elle supportait ça?...

— Si elle supportait? ... Elle l'aimait toujours davantage! Personne, parmi nous, n'a compris... Et puis il a voulu de l'argent... Elle lui donnait tout ce qu'elle avait... Et lui menaçait, il lui fallait encore de l'argent!...

— Comment savez-vous tout cela?

— On en parlait dans l'immeuble. On l'entendait souvent crier dans la cage d'escalier et quand il rentrait ivre, la nuit, voire dans la journée, il se mettait à gronder et à pester dès l'entrée. La pauvre femme avait des dettes partout; et quelquefois il n'y avait pas de pain là-haut... On l'aidait de temps en temps, dans l'immeuble, bien qu'il n'y ait pas de gens riches parmi nous. Mais ça ne faisait que s'aggraver. On aurait dit qu'elle était complètement aveuglée. Elle considérait tous ses écarts comme des fredaines de jeunesse et elle nous a souvent demandé de l'excuser pour le tapage qu'il faisait la nuit, lorsqu'il montait l'escalier en titubant. Oui, docteur, voilà le fils que c'était!... Mais que ce soit allé jusque-là... Et elle se mit à me raconter toute l'histoire : Aujourd'hui, il est rentré au petit matin; je l'ai entendu trébucher sur les marches devant notre logement. Il chantait je ne sais quoi de sa voix rauque. Et je suppose qu'en haut il aura encore une fois réclamé de l'argent. Il avait laissé la porte ouverte… on l'entendait tempêter jusque chez nous… imaginez-vous, du quatrième étage au deuxième ! Et, tout à coup, il y a eu un cri. Puis encore un autre ! Les gens se sont précipités là-haut et ils ont vu. Il paraît qu'il était là, debout, l'air complètement buté, haussant les épaules… !

Je partis. J'entendis des pas lourds derrière moi : on emmenait le parricide. Tous dans les couloirs, hommes, femmes et enfants regardaient fixement ; personne ne disait un mot. J'avais fait demi-tour sur le palier, puis je descendis l'escalier, sortis de l'immeuble et commençai mon travail de la journée de bien triste humeur. Peu après midi je retournai dans la maison de la tragédie ; je trouvai la blessée telle que je l'avais laissée, toujours sans connaissance et respirant avec peine. La garde-malade me dit qu'entre-temps la commission d'enquête était venue dresser le procès-verbal. Il faisait si sombre dans la chambre que je lui dis d'allumer une bougie et de la poser sur la petite table de nuit au chevet du lit… quel insondable abîme de souffrance révélait le visage de la moribonde… Je lui posai une question. La malade s'agita, gémissant et entrouvrant les yeux. Mais elle ne put parler. Je me retirai, après avoir prescrit le nécessaire… Lorsque je revins le soir, la pauvre femme semblait aller un peu moins mal ; quand je lui demandai comment elle se sentait, elle répondit : « Mieux… » et esquissa un sourire. Puis elle retomba dans le même état d'inconscience qu'auparavant…

Six heures du matin !…

Il était plus de minuit… je venais d'écrire la dernière ligne dans mon journal… quand un violent coup de sonnette retentit à la porte… Martha Eberlein — ainsi se nommait la blessée — me réclamait. Le jeune garçon de l'immeuble que l'on m'avait dépêché me dit que je devais y aller immédiatement… tout de suite, tout de suite !… Délirait-elle, était-ce la fin ?… Il ne savait rien, si ce n'est que je devais venir de toute urgence. Je marchai sur ses talons, puis grimpai à la hâte l'escalier de l'immeuble, muni de ma trousse chirurgicale, tandis que le garçon, resté en bas, m'éclairait, un petit bâton de cire à la main. Mais les dernières marches étaient plongées dans une profonde obscurité et la faible lueur vacillante ne m'éclaira qu'au début. J'eus toutefois bientôt rejoint le rai de lumière qui sortait de la porte à demi ouverte du logement. J'entrai et, traversant l'antichambre qui faisait office de cuisine, pénétrai dans la chambre donnant sur la cour. La garde-malade s'était levée en m'entendant arriver, et vint à ma rencontre. — Que se passe-t-il? murmurai-je... — Elle veut absolument vous parler, docteur!

Je fus tout de suite auprès du lit; la malade, immobile, me regarda de ses yeux grands ouverts. Puis elle me dit tout bas : — Merci, docteur... merci!... Je lui pris la main; le pouls n'était pas particulièrement mauvais. Je pris alors le ton enjoué que nous devons toujours affecter, même quand il ne correspond pas à notre état d'âme : — Eh bien, madame Eberlein, je vois que l'on va mieux, c'est très bien!

Elle sourit : — Oui, ça va mieux... et il faut que je vous parle!...

— Ah oui? dis-je. Eh bien, je vous écoute!

— Mais rien qu'à vous, docteur!...

Je dis à la garde qu'elle pouvait se reposer un moment.

La malade reprit : Dehors!

Après m'avoir encore une fois interrogé du regard, la garde sortit en fermant doucement la porte derrière elle. Je restai seul avec la malade.

— S'il vous plaît! dit-elle en me montrant des yeux la chaise qui se trouvait au pied du lit. Je m'assis, pris sa main dans la mienne et m'approchai afin de mieux l'entendre.

Elle se mit à parler, d'une voix assez basse : — Je me suis permis, docteur... car il faut vraiment que je vous parle!

— Que désirez-vous, ma chère dame? lui demandai-je... Prenez seulement garde à ne pas trop vous fatiguer!

— Oh non!... je n'ai que quelques mots à vous dire... Docteur, il faut que vous le fassiez libérer!

— Qui ça?

— Lui... mon fils!

— Chère madame Eberlein, répondis-je, très ému... vous savez bien que cela n'est pas en mon pouvoir!

— Oh si, c'est en votre pouvoir, s'il y a une justice!...

— Je vous en supplie... tâchez de ne pas vous énerver... Je vois que vous me considérez comme votre ami et je vous en remercie; mais je suis aussi votre médecin et j'ai le droit de vous commander un peu, n'est-ce pas?... Bon — eh bien, du calme, du calme avant tout!

— Du calme... répéta-t-elle, tandis que des tressaillements de douleur agitaient ses lèvres et ses paupières... docteur... Il faut que vous m'écoutiez... cela me pèse tellement!

Ayant cru lire une invitation à parler sur mon visage resté muet, elle commença, en me serrant fortement la main :

« Il est innocent… en tout cas moins coupable que les gens ne peuvent l'imaginer. J'ai été une mauvaise, une misérable mère…

— Vous ?

— Oui, moi… j'ai été une criminelle !

— Madame Eberlein !

— Vous allez comprendre… Il n'y a pas de madame Eberlein… je suis mademoiselle Martha Eberlein… On me croit veuve… Et je n'ai rien fait pour détromper les gens, je ne pouvais tout de même pas raconter ces vieilles histoires à tout le monde…

— Sans doute, mais… aujourd'hui, vous ne devriez plus vous tourmenter autant à ce sujet !

— Oh, ce n'est pas que ça ! Il y a vingt ans que j'ai été abandonnée… abandonnée avant qu'il vienne au monde, lui, notre fils — à moi et à lui. Et alors… oh, c'est un pur hasard qu'il soit en vie, docteur, car… la première nuit, j'ai voulu le tuer… Oui, vous pouvez me regarder !… J'étais seule et désespérée… Mais je ne veux pas me blanchir !… J'ai pris les couvertures et les draps et je l'ai fourré dessous, pensant qu'il étoufferait… Et, au matin, lorsque j'ai soulevé en tremblant les couvertures… il s'est mis à geindre ! Oui, à geindre… il respirait — il était vivant ! » La pauvre femme pleurait. J'étais moi-même incapable de dire le moindre mot. Elle reprit cependant, après quelques instants de silence :

— … Il me regardait avec de grands yeux et n'arrêtait pas de gémir ! Et moi, devant ce petit être qui n'avait pas encore un jour de vie, je me suis mise à trembler… Je me souviens très bien de l'avoir regardé pendant une heure peut-être, en pensant : Vois quel reproche il y a dans ces yeux ! Peut-être a-t-il compris et t'accusera-t-il ? Peut-être a-t-il une mémoire et t'accusera-t-il toujours, toujours… ? Puis ce petit être a grandi… et il y avait toujours le même reproche dans ses grands yeux d'enfant. Quand il tendait ses menottes vers mon visage, je me disais : Voilà… il veut te griffer, il veut se venger, il se souvient de la première nuit de sa vie où tu l'as enfoui sous les couvertures… ! Puis il a commencé à balbutier, à parler. J'avais peur du jour où il saurait vraiment parler. Mais c'est venu lentement… très lentement !… Et j'attendais toujours… me disant, chaque fois qu'il ouvrait la bouche : Ça y est, il va te le dire ! Oui, oui, il va te dire qu'il n'est pas dupe, que tous tes baisers, toutes tes caresses, tout ton amour ne peuvent faire de toi une vraie mère. Il se défendait, ne se laissait pas embrasser, il regimbait, il ne m'aimait pas… Et je l'ai laissé me frapper, à cinq ans et plus tard aussi, je l'ai laissé me frapper en souriant… Je désirais éperdument être délivrée de ma faute, tout en sachant que c'était impossible ! Pourrais-je jamais expier ?... Et il avait toujours les mêmes yeux terrifiants pour me regarder !... Lorsque, plus tard, il alla à l'école, je compris clairement qu'il me devinait... Et j'acceptai tout, le cœur contrit... Ah, ce n'était pas un enfant gentil... mais... je ne pouvais pas lui en vouloir ! Lui en vouloir ! Alors que je l'aimais, je l'aimais à en devenir folle !... Je me suis jetée plus d'une fois à ses pieds en lui baisant les mains... les genoux... les pieds ! ... Oh, il ne me pardonnait pas... Jamais il n'eut pour moi un regard d'amour, un sourire amical... ! Il grandissait — dix... douze ans... et me haïssait ! À l'école, il n'a rien fait de bon... Jusqu'à ce qu'il revienne un soir, le défi à la bouche : « L'école, c'est fini ! Ils ne veulent plus de moi ! » Oh, comme j'ai tremblé ce jour-là ! Et j'ai voulu lui faire apprendre un métier... je l'ai prié, supplié... il est resté inflexible — il ne voulait pas entendre parler de travail. Il s'est mis à traîner dans les rues... Que pouvais-je lui dire... lui reprocher ?... Un seul de ses regards m'ôtait tout courage... Je tremblais à la pensée du jour où il me jetterait au visage : « Mère ? mère ? Tu n'as plus aucun droit sur moi ! » — Mais il ne l'a pas dit... Souvent, lorsqu'il rentrait ivre à la maison, je pensais que l'ivresse lui délierait la langue... Mais non... Il lui arrivait quelquefois de tomber et de rester étendu sur le plancher jusqu'en plein jour. Et quand il s'éveillait et me voyait assise à côté de lui, il me regardait avec mépris... avec un sourire aux lèvres, comme s'il avait tout compris et voulait me dire : « Oui, nous savons à quoi nous en tenir tous les deux !... » Et il avait besoin d'argent, de beaucoup d'argent, il fallait que je me le procure... Mais ça n'allait pas toujours comme il le voulait, alors il devenait méchant, extrêmement méchant... et levait souvent la main sur moi... Quand j'étais tombée sur le lit, morte de fatigue, il restait là, debout devant moi, avec ce rire méprisant qui signifiait : « Non, je ne te donnerai pas le coup de grâce ! »... Enfin, ce matin... il a monté l'escalier avec fracas... « De l'argent ! de l'argent ! » Ah, grand Dieu, je n'en avais pas ! — « Comment ? Tu n'en as pas ? »... Et je l'ai supplié d'attendre jusqu'à la semaine prochaine, jusqu'à demain, jusqu'à ce soir ! Non... Il fallait que je lui en donne... je l'avais caché... il criait en cherchant partout, ouvrant les armoires et le lit... il jurait... Et puis... et puis...

Elle se tut... Après une seconde, elle ajouta :

— N'était-ce pas son droit ?

— Non, m'écriai-je... Non, madame Eberlein !... Vous vous étiez depuis longtemps déjà rachetée. Depuis longtemps déjà, vous aviez expié par vos bontés mille fois répétées la faute commise dans un moment de trouble, dans un coup de folie… !

— Non, docteur, rétorqua-t-elle… pas de folie ! Je ne me rappelle que trop bien cette nuit !… je n'étais pas folle, je savais ce que je voulais… ! C'est pour cela… allez dire au tribunal, docteur, ce que je viens de vous raconter — on le libérera, il le faut !…

Voyant qu'il serait difficile d'essayer d'aller contre sa volonté, je lui dis :

— Eh bien, madame Eberlein, nous en reparlerons demain… aujourd'hui, vous avez besoin de repos… vous vous êtes déjà beaucoup trop fatiguée… !

Elle secoua la tête.

— Docteur !… Le souhait d'une mourante est sacré… Promettez-le-moi !

— Mais vous n'allez pas mourir !… Vous allez vous remettre !…

— Si, je vais mourir… parce que je veux mourir !… Irez-vous au tribunal ?…

— Pour commencer, vous allez m'obéir, n'oubliez pas que je suis votre médecin ! Je vous ordonne maintenant de vous taire et de vous reposer !

Je m'étais levé en disant ces mots et j'appelai la garde. Mais Madame Eberlein ne lâcha pas la main que je lui avais tendue pour prendre congé… ses yeux brûlants m'interrogeaient.

— Oui, lui dis-je.

— Je vous remercie ! répondit-elle. Je donnai encore les indications nécessaires à la garde-malade et partis, avec l'intention de revenir le plus tôt possible le lendemain matin…

Au matin, je trouvai la malade sans connaissance ; à midi, elle était morte… Son secret est encore entre mes mains, dissimulé dans ces pages, et je suis libre d'accomplir ou non sa dernière volonté. Que j'aille ou non au tribunal… cela ne changera rien au sort du misérable fils de cette mère infortunée ! Aucun juge au monde n'acceptera de considérer comme une circonstance atténuante pour le crime d'un fils, passible de mort, le moment d'égarement de la mère. Cette malheureuse avait expié de façon plus que suffisante, tourmentée par la folie qui ne cessait de lui faire voir, comme un reproche éternel dans les yeux de son fils, le souvenir de cette épouvantable nuit…

Ou bien serait-ce possible ? Conservons-nous des souvenirs estompés des premières heures de notre vie elles-mêmes, que nous ne pouvons plus interpréter mais qui ne disparaissent toutefois pas sans laisser de traces? … Un rayon de soleil tombant par la fenêtre serait-il à l'origine d'un caractère paisible? … Et lorsqu'un premier regard maternel nous a entourés de son amour infini, son inoubliable et doux reflet ne brille-t-il pas dans l'azur des yeux de l'enfant?… En revanche, la puissance destructrice d'un regard de désespoir et de haine ne continue-t-elle pas de brûler dans l'âme enfantine, perméable à mille impressions différentes bien avant d'être capable de les déchiffrer? Que peut-il se produire dans la sensibilité d'un enfant dont la première nuit s'est passée dans les affres inconscientes de la mort? Personne jusqu'ici n'a pu rendre compte de la première heure de sa vie… et aucun de vous — pourrais-je dire aux juges — ne peut savoir ce que la part de bien et de mal en lui doit à un premier souffle d'air, à un premier rayon de soleil, à un premier regard maternel!… Oui, j'irai au tribunal : je m'y suis décidé, car nous sommes encore fort éloignés, ce me semble, de savoir avec clarté combien peu de choses il nous est permis de vouloir et à combien nous sommes obligés.

Traduction révisée par Brigitte Vergne-Cain et Gérard Rudent.

LES TROIS ÉLIXIRS

Cette parabole orientalisante est composée en 1890. Schnitzler a essayé de la publier à Berlin dans la même revue que Le Fils. *Mais Wilhelm Bölsche, le rédacteur en chef, l'appréciait moins : il la trouvait beaucoup moins « actuelle ». Par la suite, dans ses lettres à Loris, Schnitzler se plaint parfois du goût de la « clique de Bölsche », trop naturaliste sans doute. C'est pourquoi il forme le projet, à la même époque, de créer une revue avec ses amis viennois pour faire valoir « leur propre climat », et qui pourrait aussi, par exemple, publier leurs histoires et leurs propos de café littéraire.*

Les Trois Élixirs *parurent à Munich, en 1893, dans le* Moderner Musenalmanach auf das Jahr 1894 (Almanach poétique moderne pour l'année 1894). *Et ils ne furent réédités qu'en 1932, dans le recueil posthume intitulé* Die kleine Komödie (La Petite Comédie). *Otto P. Schinnerer, dans la postface à ce recueil, commente ce récit : « Ici est présenté, avec une simplicité paradigmatique, le problème de la jalousie qui tourmenta si fort le poète dans sa jeunesse ; en témoignent assez des œuvres comme* Anatole, Conte de fée, *et nombre de poèmes. »*

Ajoutons cependant que dans ce récit l'homme est de nouveau implicitement condamné, non sans ironie, pour son inconséquence — puisqu'il souhaite que la femme qu'il aime soit tout à la fois libre et rien qu'à lui : c'est effectivement la vouloir morte...

D'ailleurs, Schnitzler écrit dans son Journal, *le 10 mars 1893 : « En fin d'après-midi, seul en barque avec Sophie [à propos de laquelle il a noté, le 4 mars précédent : « charmante créature, mariée depuis six semaines ; n'aime pas son mari, d'ailleurs impuissant »], — Lui ai lu* Les Élixirs ; *elle a pleuré »... !*

Ses tourments ne connaissaient pas de fin : le doute le torturait et il ne pouvait jamais trouver le bonheur auprès d'une femme. Il lui était impossible de ne pas penser aux autres, à ceux qu'elle avait aimés avant lui, qu'elle aimerait après lui. Et il était au supplice chaque fois que se répétait le grand, l'éternel mensonge qui leur faisait inévitablement dire que tout ce qui avait précédé s'était évanoui comme un rêve et que c'est seulement dans ses bras qu'elles avaient eu la révélation de la vie et de l'amour. Elles inventaient pour lui un passé rempli d'erreurs : elles n'avaient hélas connu personne… avaient été abusées… s'étaient abusées elles-mêmes… et c'est lui, lui seul qu'elles avaient cherché, indiciblement heureuses maintenant qu'elles l'avaient enfin trouvé. Cependant, son inquiétude demeurait : il lui fallait savoir qui l'on avait adoré avant ; qui, avant lui, s'était grisé de ces plaisirs… et la réponse qu'il ne manquait jamais d'obtenir le faisait frissonner : — J'ai tout oublié !… Car il sentait, au tréfonds de son âme, que, pendant qu'elles lui tenaient ce langage, des images du passé traversaient à la fois leur mémoire et la sienne… Il voulait une certitude… et partit pour l'Orient, antique pays des merveilles où pour les poètes, ces enfants prodiges de la terre auxquels la révélation de leur mystère est réservée, croissent encore aujourd'hui de fabuleuses fleurs…

Après un long, très long voyage, il trouva la fleur dont les sucs lui fournirent un merveilleux élixir. Une seule goutte, répandue sur les lèvres d'une femme, possédait le perfide et magique pouvoir de lui faire irrésistiblement nommer l'image qui se présentait au même moment à son esprit…

Grande était sa joie en retournant dans son pays — ses doutes et sa misère allaient prendre fin!… Il courut chez sa maîtresse et versa une goutte de son élixir dans le premier verre de vin qu'elle porta à ses lèvres… elle tomba aussitôt dans une profonde rêverie, ses grands yeux éteints fixant le vide. — À quoi penses-tu? lui demanda-t-il alors en tremblant… Et elle répondit : — Au grand homme blond qui m'embrassait avant que je te connaisse! Alors il frissonna… et ne l'interrogea pas davantage ; mais le lendemain matin il la quitta.

Il n'osa plus poser la question à la femme dont il s'approcha ensuite, bien qu'il eût versé quelques gouttes du breuvage révélateur dans son verre. Ils étaient assis côte à côte et il la vit sourire comme l'autre ; mais il se tut… car il voulait préserver son bonheur. Cependant, comme ils entraient dans la pénombre de la chambre où il allait connaître la félicité et qu'agités par une douce brise printanière les arbres du parc les saluaient de leurs frémissements par la fenêtre ouverte, il ne put se retenir plus longtemps et dit : — À quoi penses-tu? — Ah… au chanteur, répondit-elle avec un sourire noyé de mélancolie, qui, un soir du printemps dernier semblable à celui-ci, attendait mes baisers et mes caresses sous les arbres de ce parc!… Il frissonna, comme la première fois, et il l'abandonna… Maintenant, il maudissait son élixir et il lui sembla qu'il était mille fois plus heureux jadis, quand le doute le tenaillait. Il fut plus d'une fois sur le point de s'en débarrasser, mais à peine avait-il surmonté son impulsion qu'il n'en apportait que plus de précautions à le conserver…

Vint une longue période pendant laquelle il ne voulut pas user du breuvage. Il vivait alors avec une femme d'une merveilleuse beauté, qui le vénérait à l'égal d'un dieu. Il voyait qu'elle avait banni de son cœur, depuis qu'il y régnait, tout ce qui n'était pas lui. Un sentiment inattendu de sécurité envahit son âme et l'heure vint où il se dit : Tu peux maintenant tenter ta chance!

Ils séjournaient à Venise, au bord de la mer ; et ils venaient de rentrer d'une promenade en gondole. La lumière bleue de la lune se coulait furtivement jusqu'au-dessus de leur couche et ils se murmuraient de très vieux mots, toujours aussi doux à entendre… Sur le balcon, la table où ils avaient pris leur repas n'avait pas été desservie ; on y voyait encore le verre où elle avait bu sans s'en douter la goutte magique qu'il y avait versée. Sûr de sa victoire, il lui demanda en souriant : — À quoi penses-tu ? Et elle répondit, le regard humide et brillant : — Aux yeux noirs du gondolier qui nous a ramenés chez nous... Alors, un tremblement le saisit et il s'enfuit, le cœur plein d'amertume...

Il poursuivit sa quête fiévreuse. Il voulait une pure et gracieuse créature qui n'eût appartenu à personne avant lui... Et il la trouva. Elle était virginale, douce et franche comme nulle autre au monde. Elle l'aima et il la séduisit... Ce fut par une nuit qu'embaumaient le printemps et l'amour. Il sentit à ses lèvres offertes avec passion que personne ne pouvait les avoir effleurées avant son premier baiser. Et il lui demanda à elle aussi : — À quoi penses-tu, mon enfant chérie ?

Le regardant alors sans le voir de ses yeux perdus dans un rêve lointain, elle répondit : — Ah, au jeune garçon aux boucles brunes avec qui j'ai joué sur l'herbe verte, l'été dernier, au crépuscule, et que j'aurais si volontiers embrassé...

Desserrant son étreinte, il la quitta sans même se retourner une seule fois.

Et il se remit en route, car il voulait trouver un autre breuvage magique, qu'il lui fallait absolument posséder pour pouvoir être heureux. Il trouva le meilleur, l'élixir béni entre tous dont une goutte, touchant les lèvres d'une femme, lui faisait oublier d'un seul coup tout ce qu'elle avait vécu jusque-là... et prendre l'homme qui reposait sur son cœur pour le seul, le premier qu'elle ait connu. Ah, quelles délicieuses amours furent désormais les siennes ! Plus de rivaux, partant plus de douleurs. Il possédait des femmes qui ne se rappelaient pas être mariées, d'autres oublieuses même de leur dernier amant ; il s'enivrait de volupté dans les bras de femmes tombées, qui ne se souvenaient plus de leur séducteur, et il ramassait dans la rue des filles auxquelles ses baisers rendaient leur pureté, les faisant rire et se déchaîner dans de nouveaux ravissements inconnus d'elles. Tant de chasteté, venant à sa rencontre sur tous les chemins qu'il empruntait, le grisait : la plus dépravée lui donnait maintenant ce qu'il ne lui était jamais arrivé de ressentir auprès de la plus pure — la certitude d'être « lui », le seul homme à ses yeux !

Il devint orgueilleux. Car il jouissait d'un sort dont aucun autre avant lui n'avait joui. Il n'avait pas à se soucier, comme nous autres malheureux, d'effacer les baisers donnés par d'autres, non plus que de dissiper les rêves qu'ils avaient inspirés ; jamais un soupir arraché par le souvenir ne venait se mêler à l'égale et profonde respiration de ses amours... il était sans doute le seul homme sur terre, avec les naïfs, à ne pas connaître la jalousie.

Cependant il ne révéla jamais son secret à une femme ; car une vive douleur le saisissait à l'idée qu'on pût l'oublier aussi, comme on avait oublié les autres pour l'amour de lui...

Il n'était toutefois pas encore pleinement heureux. Certes, chaque femme lui appartenait avec tout son passé et tout son présent, mais il n'était pas maître de son *avenir*. Sans doute, chacune lui disait : — Je suis à toi pour toujours ! Mais ne le disent-elles pas toutes ? Et ne l'avaient-elles pas murmuré à l'oreille de ces hommes-là *aussi* dont le souvenir s'était aujourd'hui effacé de leur mémoire ?...

Il repartit donc, cherchant et cherchant sans relâche. Il parcourut à nouveau les forêts de l'Orient, en quête de la potion qui lui donnerait l'ultime, le suprême bonheur... la certitude que personne ne serait aimé après lui.

Son voyage dura bien des jours et bien des nuits ; enfin il découvrit, visible pour lui seul dans le secret de la forêt, la fleur rare dont la sève recelait ce prodigieux pouvoir. Et, plus heureux que jamais, il se hâta de regagner son pays.

Une douce enfant, belle comme le printemps, l'y attendait. Son cœur brûlait pour elle d'un amour tel qu'il n'en avait encore jamais éprouvé. Oui, c'est pour *elle* qu'il avait entrepris son lointain voyage, c'est elle qu'il voulait pouvoir dire sienne pour la vie, elle qu'il lui fallait donc posséder plus complètement qu'aucune autre auparavant.

Elle l'avait fasciné dès leur première rencontre, sur la route, un triste matin d'automne. Et jamais depuis lors l'envie de tout connaître du passé d'une femme ne l'avait tant tourmenté. Alors il lui avait fait boire de son premier élixir. Et elle s'était mise à raconter. Des larmes de colère dans les yeux, il avait avidement prêté l'oreille à ses multiples aventures. Elle s'était abandonnée, au gré de ses caprices, dans les bras de jeunes garçons, de poètes aux boucles folles, d'élégants cavaliers et de noceurs aux tempes grises... Ces insupportables aveux avaient failli lui faire perdre la raison. Se sentant sur le point de pousser des hurlements de douleur, il lui avait versé en toute hâte le second élixir, qui lui fit tout oublier. Il l'avait alors écoutée. Lui seul. Toujours lui, de toute éternité, c'est lui qu'elle avait toujours aimé, lui qui la tenait maintenant dans ses bras, la comblait et l'enivrait... Il n'existait qu'un être au monde — lui, lui ! Elle avait été sienne corps et âme. Mais il voulait davantage — il voulait aussi posséder son avenir et pour cela il lui fallait ce troisième élixir sans lequel il ne pouvait y avoir pour lui de bonheur parfait.

Ils eurent à son retour des retrouvailles pleines d'une surnaturelle félicité. Elle l'avait attendu avec une si ardente nostalgie qu'elle crut mourir de joie lorsqu'il la serra à nouveau sur son cœur. La nuit venue, il prit d'une main tremblante, pendant son sommeil, le flacon qu'il avait rapporté et fit lentement tomber deux gouttes sur ses lèvres entrouvertes, encore humides de leur dernier baiser. Et, poussant un soupir de délivrance, il murmura : — Désormais, tu es mienne à jamais et tu ne pourras aimer personne après moi ! À partir de cet instant, tu m'appartiens tout entière !

Les deux gouttes fondirent lentement, absorbées par les lèvres rouges. Assis tout près du front de la dormeuse immobile, il respirait le parfum flottant autour de ses boucles.

Le matin était venu, mais sa bien-aimée ne se réveillait pas. Quand il se pencha sur sa bouche pâle pour y poser un baiser, un frisson le parcourut : les lèvres étaient froides, étrangement froides... Et la douce enfant n'aima plus personne après lui... car elle était morte !

Traduction révisée par Brigitte Vergne-Cain et Gérard Rudent.

LA FIANCÉE

Étude

Le 22 janvier 1892, Schnitzler note dans son Journal : *« Viens de terminer* Die Braut *». Le 19 mai 1893 : « En avril, envoyé* La Fiancée *à la* Freie Bühne *» et le 16 juin : « Bölsche m'a retourné* La Fiancée. *» Décidément le climat schnitzlérien ne convenait plus à la revue berlinoise...*

Au demeurant, cela pouvait être une question de style. Quelques années plus tard en effet, le 27 octobre 1901, Schnitzler note : « Lu deux anciennes nouvelles de moi, La Fiancée *et* Le Lit à baldaquin ; *c'est étonnant comme je racontais mal. » Mais le sujet lui tient à cœur, puisqu'il a songé plusieurs fois à le reprendre, soit pour une pièce de théâtre, soit en utilisant la technique du monologue intérieur, « dans le genre de Gustl ». Par la suite, elle ne fut rééditée que dans le recueil posthume de 1932,* Die kleine Komödie (La Petite Comédie).

Pour le sous-titre de « Studie » (Étude), on a pu s'interroger sur la différence avec le mot de « Skizze » (esquisse) que Schnitzler a souvent utilisé pour ses premiers récits (par exemple à propos de En attendant le dieu vaquant, L'Amérique *et* Un Héritage*). « Studie » signifie plus une observation qu'une invention, et implique aussi un travail plus original que les esquisses, souvent répétées comme des approximations successives.*

D'une certaine façon, La Fiancée *est la « réponse de la bergère » à tous les jaloux inconséquents : c'est l'historiette symétrique des* Trois Élixirs. *Encore une fois, c'est la continuité qui caractérise le processus créatif chez Schnitzler. Dans ces deux récits, il faut admettre comme une conclusion logique et naturelle que la vie est une force qui l'emporte sur toute prétendue individualité.*

Et ce n'est pas du pessimisme : « il y avait sur son visage la sérénité des gens heureux qui ont trouvé leur véritable vocation, sans se soucier de l'opinion d'autrui. » Voilà qui annonçait clairement La Ronde...

J'ai fait sa connaissance à un bal masqué, après minuit. Ses yeux intelligents et calmes m'avaient plu, ainsi que sa robe bleu foncé. Elle n'avait pas de masque et ne cherchait aucunement à dissimuler sa véritable identité. Appartenant à la catégorie des grues déclarées, elle n'éprouvait pas du tout le besoin de jouer la comédie, même dans le tourbillon de la mascarade qui y incite tellement toutes les femmes. Comme j'étais fatigué et dégoûté du bourdonnement trivial du mensonge carnavalesque qui m'entourait, cette rencontre fut pour moi un véritable rafraîchissement.

Elle était d'une intelligence peu commune, et ses paroles autant que ses gestes témoignaient d'une honorable naissance. La question que l'on pose si souvent aux femmes de son espèce, pour s'entendre à la fin raconter toujours la même banale histoire paraissait dans son cas particulièrement tentante : comment en était-elle arrivée là ? Présumant que j'obtiendrais une autre réponse de cette femme aux yeux si intelligents, je demeurai en sa compagnie.

Le matin approchait lorsque, légèrement grisés par le champagne, nous prîmes une voiture et nous fîmes conduire au Prater. C'était en mars, par une nuit remarquablement douce. J'avais à certains moments l'impression de connaître depuis longtemps, très longtemps, cette femme à côté de moi et d'avoir pour elle une grande affection. Je me sentais très bien auprès d'elle et nous restâmes longtemps sans rien dire. Je ne pouvais me décider à la considérer tout bonnement comme la conclusion d'une joyeuse nuit, je voulais la connaître. Je voulais en savoir plus sur sa vie, sa jeunesse et les hommes qu'elle avait aimés avant de se décider à aimer tous ceux qui la voudraient.

Il y avait là une destinée à découvrir et finalement, après un long silence et alors que la voiture était déjà profondément engagée dans le Prater, je la questionnai. Elle ne se fit pas longtemps prier pour me répondre ; j'ai certes oublié les mots qu'elle employa pour cette confession, faite de bonne grâce et très simplement, mais l'histoire elle-même m'est encore plus clairement présente à l'esprit qu'au moment où je l'entendis de sa bouche. Les transitions me sont venues sans difficulté et j'ai instinctivement comblé, en y songeant et en fouillant ma mémoire, les lacunes de son récit.

Issue d'une bonne famille, qu'elle me dit même très connue et estimée, elle avait reçu une éducation sévère. Cependant, ses sens s'étaient vite éveillés, manifestant de violentes exigences. Elle avait dû surmonter bien des tourments au cours de ses nuits solitaires de jeune fille précocement mûre, et l'étrange résolution que ses obscurs désirs avaient alors fait naître en elle n'avait plus cessé de se préciser par la suite. Elle attendrait que le mari se soit présenté, puisqu'elle ne pouvait faire autrement, mais ensuite, une fois le danger passé, elle s'abandonnerait aux instincts originels et sauvages de sa nature et se jetterait dans les bras de tous ceux qui lui plairaient… tirant plaisir de la beauté et de la force viriles, chaque fois qu'elles se présenteraient à elle.

Avec ses fiançailles, à dix-sept ans, commença une courte période de sa vie dont elle parlait en termes presque sentimentaux. J'y découvris un aspect étonnant de son âme, cette nostalgie de l'innocence que l'on trouve même chez les plus réprouvées, car le mal du pays atteint aussi les sans-patrie, qui sont peut-être même ceux qui le ressentent le plus douloureusement. En effet, avoir une patrie est déjà une légère consolation, et ils ne l'ont même pas.

Il se passa cependant quelque chose d'étrange. Elle se prit à aimer sérieusement son fiancé, lui qu'elle ne considérait au début que comme un moyen d'arriver à ses fins. Elle ne voulut d'abord pas le croire elle-même, mais dut finalement se rendre à l'évidence : quelle autre explication aurait-elle pu donner en effet à la honte qu'elle commença brusquement à ressentir de ses intentions précédentes… une honte plus intense et plus douloureuse peut-être que celle d'une véritable pécheresse au souvenir de ses fautes passées… quelle autre cause à son remords ? Elle résolut d'être une épouse sage, fidèle et soumise. Elle se calma. Ses sentiments prirent une curieuse teinte de paix et de chasteté, et elle aimait profondément son fiancé. Cet état d'esprit dura quelques mois ou quelques semaines seulement, je ne sais plus… Le jour du mariage approchait. Alors son ancienne frénésie reprit insensiblement possession d'elle. Peut-être cette réapparition eut-elle une cause particulière dont elle ne se rendit pas clairement compte elle-même, peut-être était-ce le cours naturel des choses et la brève phase d'apaisement ne prenait-elle fin que parce que son tempérament le voulait ainsi. Ce fut épouvantable à vivre. Elle fut dix fois sur le point — non pas de se donner à son fiancé, oh non… mais de le prendre, de le prendre elle-même en l'entraînant dans l'obscure chambre attenante au salon… ou là-bas, dans l'alcôve, ou ailleurs… Mais les circonstances ne lui étaient jamais favorables, elle n'était jamais seule avec lui. Peut-être aussi le courage l'abandonna-t-il, lorsque l'occasion se présenta ; bientôt elle commença à remarquer que son ardeur se faisait à nouveau plus générale et que le jeune homme n'était plus, à vrai dire, son bien-aimé. Bien sûr, elle le voulait mais elle voulait aussi celui-là… cet autre… et cet autre encore… tous, au fond. Elle sentit que c'en était irrévocablement fini de son unique amour et de l'amour, tout simplement. L'instinct s'était réveillé en elle ; un instinct exaspéré, assoiffé d'homme, de l'homme en général et non pas de celui-là seul ! Cependant, quelque chose demeurait en elle de sa profonde inclination passée : elle se sentait redevable en quelque manière à celui qui lui avait fait éprouver un sentiment aussi sublime et l'avait tirée pour quelque temps de la fiévreuse torpeur du désir, pour la transporter sur les hauteurs sereines de l'amour. Sincèrement !… Toute cette agitation la rongeait, l'empêchait de trouver le repos. Il fallait qu'elle s'en ouvre à lui. Sachant quelle serait l'inévitable fin, elle souhaita lui épargner cette peine et cet affront. Si elle n'était pas née pour être une bonne épouse, elle ne voulait pas non plus devenir celle d'un homme qu'elle aurait peut-être dû tromper aussitôt après leur première nuit… et qu'il aurait chassée de chez lui dès le lendemain… ainsi qu'elle se représentait obscurément les choses. L'idée qu'il pourrait finalement lui suffire et que sa possession apaiserait et guérirait sa folie n'était plus pour elle qu'un souvenir puéril ; mais elle voulait tout lui avouer et lui dire : Je ne suis pas faite pour être une épouse sage et une bonne maîtresse de maison, laisse-moi libre !

Le temps continuait d'avancer. Les frontières sûres et tranquilles de son amour pour un seul homme s'estompaient chaque jour davantage, se désagrégeant jusqu'à n'être plus que les lignes floues et tremblantes d'un douloureux désir inassouvi des hommes, qu'elle n'était déjà presque plus en mesure de refréner.

Un soir enfin — elle m'en décrivit l'atmosphère avec l'étonnante force que donne seule la certitude consciente de l'importance d'un événement —, un soir qu'elle se tenait à côté de lui près de la fenêtre qui donnait sur les lumières d'une rue opulente, dans le salon familial faiblement éclairé par des lampes de couleur, elle lui parla. Lui avoua tout. Les désirs brûlants de sa jeunesse à peine éveillée, la courte période de paix d'une félicité naissante et, pour finir, le rapide déclin de ce rêve. Stupéfait, il resta comme paralysé. Jamais il n'avait soupçonné semblables sentiments chez la sage jeune fille de bonne famille qu'il avait l'intention de prendre pour femme, avec l'heureux consentement de ses parents, et chez laquelle il espérait vraisemblablement trouver ce que nous attendons tous d'une future épouse : un étrange contraste, fait de sainteté et de vertu, avec la folle passion de nos amours de jeunesse... Il tenta de protester. Il chercha à lui faire comprendre qu'elle se trompait sur son propre compte en rabaissant et en profanant par pudeur et fierté virginales un désir naturel et fondamentalement beau. Ce fut en vain. Plus il mettait d'insistance à la rassurer sur son état, plus grandissaient la violence, la netteté et la hardiesse des mots qu'elle trouvait pour lui décrire les frémissements et les feux au tréfonds de son âme. Elle lui déclara qu'elle reprenait sa parole et lui rendait la sienne. Elle le supplia de l'abandonner à son destin et de ne plus se montrer dans cette maison. Son plan était arrêté, concernant son avenir. Dès le lendemain elle s'enfuirait et peut-être même dès la nuit venue, quittant d'un seul coup le milieu familial et disparaissant loin de tous ces êtres paisibles, satisfaits et sains au milieu desquels elle n'avait pas sa place ; elle irait loin d'ici se jeter avec une folle allégresse dans la vie de plaisir effréné pour laquelle elle était faite et dans laquelle elle devait se plonger, si elle ne voulait pas perdre la raison et aller au-devant de sa perte.

À l'écouter parler ainsi, son fiancé dut la trouver plus belle que jamais, d'une beauté plus sauvage et plus flamboyante encore. Et l'expression de douleur plaintive dans ses yeux se changea peu à peu en un désir tremblant dont l'éclat se fit de plus en plus intense.

Debout tout près d'elle, il venait de lui saisir les mains dans un geste d'implorante supplication — elle l'entendait encore lui dire d'une voix affligée qu'elle se méprenait sur elle-même et qu'il lui pardonnait tout, si elle consentait seulement à rester avec lui ; mais d'un seul coup, ses mains se firent plus chaudes et plus pressantes, et le tremblement de désespoir dans sa voix se transforma en un tremblement de désir ; d'un seul coup, ses paroles sonnèrent différemment, tout à fait différemment, jusqu'à ce que ne parviennent plus, à l'oreille que ses lèvres frôlaient, que d'impudentes paroles, sifflantes et brutales : — Puisqu'il en est ainsi, puisque tu veux partir et refuses d'être une bonne épouse et maîtresse de maison, puisque tu veux appartenir à tous ceux qui te voudront, commence donc par être à moi, qui te veux comme personne au monde, à moi que tu as aimé, à moi... à moi... à moi... qui t'adore !

Mais elle recula brusquement, et le repoussa avec horreur en arrachant ses mains des siennes.

Il ne comprit pas tout d'abord ; il chercha encore à lui expliquer, en l'implorant maladroitement, que c'était ce qu'elle pouvait faire de plus sensé. Mais cet homme, qu'elle avait tant aimé, était devenu en un instant le seul qu'elle ne pût plus aimer, qu'elle détestât et qui la dégoûtât. L'haleine de sa bouche, ses mains chaudes et sèches, le regard fixe de ses yeux grands ouverts, le vibrement plaintif de sa voix — tout lui était devenu d'un seul coup tellement insupportable qu'il lui fallait le quitter au plus vite pour en trouver un autre, n'importe qui, pourvu que ce soit un autre homme que lui. C'est ainsi qu'elle abandonna cette même nuit la maison de ses parents, allant errer dans l'accablante chaleur des rues de la ville, et que, cette même nuit, elle s'offrit à un promeneur heureux, qui marchait devant elle dans la rue d'un pas léger et qu'elle voyait pour la première fois. Il la prit et la renvoya — et ce fut son premier amant !

Elle se tut après m'avoir raconté cela, sans me donner plus de détails sur cet homme. Elle avait piqué ma curiosité et je voulus en savoir davantage. Qui il était, si elle l'avait aimé, si elle l'avait pleuré après l'avoir perdu, ce qu'elle avait éprouvé lorsqu'il l'avait prise, et ressenti lorsqu'elle avait été abandonnée pour la première fois. Me regardant avec de grands yeux, elle me dit alors, comme s'il s'était agi d'une chose allant tout à fait de soi, et avec un accent de certitude que j'entends encore aujourd'hui résonner à mes oreilles : « Cela n'a aucune espèce d'importance ! » Je ne la compris pas tout de suite, mais la clarté se fit brusquement en moi lorsque je l'eus regardée un moment : il y avait sur son visage la sérénité des gens heureux qui ont trouvé leur véritable vocation, sans se soucier de l'opinion d'autrui ; je fus alors en mesure de comprendre ce qu'elle avait voulu dire. En effet, savoir quel était l'homme avec lequel elle avait passé cette première nuit n'avait pas d'importance, pas plus qu'il n'était important de savoir qui lui avait succédé — pas important non plus que ce soit moi ou un autre qui était assis maintenant à côté d'elle dans cette voiture. Non pas parce qu'elle était une de celles que nous nommons bien légèrement des réprouvées. Ne nous est-il pas en effet arrivé à tous, cent fois, auprès des femmes qui nous aimaient véritablement, de disparaître pour elles, au moment même de l'accomplissement de notre amour, et de frissonner alors d'un muet désespoir, car toute la majesté de notre moi et notre personnalité, devenues indifférentes, se réduisaient en cet instant à la loi toute-puissante qui nous avait constitués ses représentants accidentels.

Et lorsqu'elles renaissent lentement de leurs moments d'extase, ne les voyons-nous pas nous considérer avec un étonnement étrange et inquiétant ? Que dis-je, comme si elles nous revoyaient et cherchaient à se souvenir de nous qui, avec tous les aspects les plus personnels de notre caractère, avec notre esprit et notre beauté, toutes les vertus et tous les vices grâce auxquels nous avons gagné leur cœur, leur sommes devenus au moment du ravissement suprême indescriptiblement superflus en face du principe éternel qui ne peut opérer que sous le masque de l'individu : car le bref moment d'inconscience, pendant lequel la nature fait prévaloir sa fin, n'a besoin que d'un homme et d'une femme, et toute la richesse d'invention de notre esprit a beau parer ce qui le précède et ce qui le suit des multiples lumières de notre individualité — toutes, elles s'éteignent chaque fois que nous environne la lourde et sombre nuit de l'accomplissement.

Traduction révisée par Brigitte Vergne-Cain et Gérard Rudent.

MOURIR

Vienne. Fin juillet 1892. Le docteur Arthur Schnitzler est dans son cabinet, car c'est l'heure de sa consultation. Mais il n'est pas dérangé par les patients. Il a vraiment le temps de terminer sa nouvelle... Si elle s'intitule Mourir, *est-ce de l'humour noir?... — Il l'a achevée le 27 juillet, de nuit, dans un café en face de l'Hôtel de Ville ; car il l'a écrite sous l'emprise d'une sorte de nécessité. En tout cas, il se sent maintenant un peu solitaire ; dans une lettre à Hofmannsthal, il se compare à l'*Ami Upsilon *(voir le récit homonyme).*

Son petit roman s'appelait d'abord « Une mort prochaine » (Naher Tod), et il lui paraissait beaucoup trop long ; c'est pourquoi il opérera plusieurs coupures. Mourir *comportera quand même vingt-trois chapitres, non numérotés — avec un début que Schnitzler continuera à juger trop long, d'accord là-dessus avec Theodor Herzl, à qui il le confirme dans sa lettre du 30 novembre 1894.*

Après avoir donné lecture de Sterben *à ses amis, Schnitzler envoie bientôt son texte à différentes revues. Mais, comme il l'écrit à Olga Waissnix (le 11 décembre 1893) : « Ma nouvelle, depuis des mois, fait le tour des rédactions ; elle sera sans doute publiée dans sept ans... » Le 15 janvier 1894, il l'expédie à Samuel Fischer, et le 3 avril, il signe avec lui un contrat. La nouvelle paraîtra d'abord en trois livraisons, d'octobre à décembre 1894, dans la* Neue Deutsche Rundschau, *revue qui appartient désormais à Fischer ; puis en livre à Berlin, en 1895. Il y aura huit rééditions entre 1895 et 1911. C'est le premier récit que Schnitzler retiendra pour ses œuvres complètes, en 1912, en 1922 et en 1928.* Mourir *sera très vite traduit, notamment en français, par Gaspard Vallette en 1894. C'est donc le début d'une consécration internationale ; d'autant plus que* Liebelei (Amourette), *pièce créée le 9 octobre 1895 au Burgtheater de Vienne, a connu un grand succès.*

On n'a pas manqué de dire que c'était une nouvelle cruelle, et «typique» d'un médecin. Pourtant les médecins sont tellement divers, qu'ils soient des personnages littéraires ou eux-mêmes écrivains : c'est tout un monde, du Diafoirus de Molière au Docteur Pascal de Zola, et de Rabelais à Céline !... Du reste, Schnitzler a toujours reconnu que dans Mourir, *son égoïsme s'était donné libre carrière. Son petit roman est un anti-*Tristan. *Car on n'y meurt pas d'amour... C'est plutôt comme un éloge de la fuite, et au nom de la vie ! Au-delà des belles déclarations de façade, s'affirme un égoïsme vital — chez Félix, le mal-nommé qui meurt, autant que chez Marie qui se sauve : «Non, non, cria-t-elle, je ne veux pas ! Et elle se précipita vers la porte.»*

Les critiques berlinois, patriotiques, trouvaient cette humanité méprisable, sans doute d'autant plus qu'elle était viennoise — les références à l'Autriche et à Vienne étant très explicites, dans ce récit pour la première fois. Mais c'est à Schnitzler d'ironiser à son tour : «Quels drôles de gens ! On dirait que de grandes formules se sont abattues sur eux, comme des coups de massue dont ils n'ont jamais pu se remettre.» (Journal, *25 août 1896).*

Au demeurant, Hofmannsthal qui désignait parfois Berlin comme «la ville des singes» (die Affenstadt) trouvait que c'était «un livre sec et torturant, comme il ne devrait pas en exister». Pour Herzl, c'était un chef-d'œuvre de «la grisaille» (en français dans sa lettre), tout l'intérêt de Mourir *étant dans les réticences, dans ce qui est entre les lignes. Il n'en reste pas moins que la brutalité du titre correspond bien à ces situations inexorables devant lesquelles les plus brillants médecins sont, aujourd'hui encore, aussi impuissants que dans les années 1890...*

Le 23 mars 1912, Schnitzler note dans son Journal : *«Après relecture, ce qui me paraît maintenant vraiment caractéristique de* Mourir *et de mes premières nouvelles, c'est l'intensité de la description d'événements purement psychiques.» De fait, ni la maladie (sans doute le mal asthmatique) ni la situation sociale des personnages ne sont vraiment précisés ; ils sont comme évités.*

Le soir tombait, Marie se leva du banc. Elle y était assise depuis déjà une demi-heure. Au commencement elle avait lu un peu, puis avait fixé son regard sur l'entrée de l'allée par laquelle Félix avait coutume d'arriver. D'habitude, il ne se faisait pas attendre longtemps. L'air était un peu plus frais, bien qu'il gardât la douceur d'une fin de journée de mai.

Il n'y avait plus beaucoup de monde dans le Parc d'*Augarten*[1] et le cortège des promeneurs se dirigeait vers la porte que l'on devait bientôt fermer. Marie était proche de la sortie quand elle aperçut Félix. Quoi qu'il fût en retard, il marchait lentement, et ce ne fut qu'en découvrant le regard de Marie qu'il hâta un peu le pas. Elle s'arrêta, l'attendit et, comme il pressait en souriant la main qu'elle lui tendait nonchalamment, elle lui demanda avec un doux reproche dans la voix : «Étais-tu vraiment obligé de travailler jusqu'à maintenant?» Il lui offrit son bras sans répondre. «Eh bien?» fit-elle. «Oui, mon petit, dit-il alors, j'ai complètement oublié de regarder l'heure.» Elle l'observait de côté; il lui paraissait plus pâle qu'à l'ordinaire. «Ne crois-tu pas, dit-elle tendrement, qu'il vaudrait mieux te consacrer un peu plus à ta Marie? Abandonne pour quelque temps tes travaux. Nous allons nous promener davantage. Veux-tu? À partir de maintenant, tu sortiras toujours avec moi.

— Mais…

— Parfaitement, Félix. Plus question de te laisser seul.»

Il lui jeta un coup d'œil rapide, comme effrayé. «Qu'as-tu donc? demanda-t-elle.

— Rien. »

Ils étaient parvenus à la sortie. L'animation joyeuse de la rue dans le soir bourdonnait autour d'eux. Pour tous les êtres, il semblait flotter dans l'air une bouffée de bonheur inconscient apportée par le printemps. « Sais-tu ce que nous pourrions faire ? dit-il. Aller au Prater [1].

— Oh non, il y faisait si froid la dernière fois.

— Mais vois donc, on étouffe presque dans la rue. Et nous pourrons revenir rapidement. Allons-y ! » Il parlait par saccades, semblait ailleurs.

« Mais, qu'est-ce que tu me racontes, Félix ?

— Comment ?...

— À quoi penses-tu donc ? N'es-tu pas près de moi, près de ta petite chérie ? » Il la fixa d'un regard absent.

« Félix ! » cria-t-elle, inquiète, en pressant plus fort son bras.

« Oui... oui, dit-il, se ressaisissant, on étouffe, c'est sûr. Je ne suis pas distrait, et si c'est le cas, tu ne dois pas m'en vouloir. » Ils se dirigèrent vers le Prater, en prenant des petites rues. Félix était encore plus silencieux que d'habitude. La lumière brûlait déjà dans les lampadaires.

« As-tu rencontré Alfred aujourd'hui ? interrogea-t-elle soudain.

— Pourquoi ?

— N'en avais-tu pas l'intention ?

— Comment cela ?

— Tu t'étais senti si fatigué, hier soir.

— C'est vrai.

— Et tu n'es pas allé voir Alfred ?

— Non.

— Voyons, hier tu étais encore souffrant, et tu veux t'exposer à l'humidité du Prater. C'est vraiment imprudent.

— Ah, ça n'a pas d'importance.

— Ne parle pas ainsi, tu vas encore te faire du mal.

— Je t'en prie, dit-il, d'une voix presque larmoyante, allons-y, allons-y ! J'ai une telle envie d'une promenade au Prater. Nous irons là où nous nous sommes trouvés si bien, la dernière fois. Tu sais, dans la véranda de la guinguette. L'air n'y est pas trop frais.

— Si on veut...

— Il ne l'est vraiment pas. Et aujourd'hui le temps est particulièrement chaud. Nous ne pouvons pas rentrer chez nous, il est trop tôt. Et je ne veux pas dîner en ville, parce que je n'ai aucune envie aujourd'hui de m'asseoir entre les quatre murs d'un restaurant : la fumée ne me vaut rien, je ne veux pas voir beaucoup de monde, et je ne supporte pas le bruit !... »

D'abord il avait parlé rapidement et plus fort que de coutume, mais aux derniers mots sa voix s'éteignit. Marie se pendit plus fort à son bras. Elle était anxieuse, et ne parla plus, car elle sentait des larmes dans sa propre voix. Félix lui avait communiqué son désir d'aller dans l'auberge paisible du Prater, de terminer cette soirée de printemps dans la verdure et dans le calme. Après un moment de commun silence, elle vit se dessiner peu à peu sur les lèvres de Félix un pâle sourire, et en se tournant vers elle, il essaya de donner à ce sourire une expression de bonheur. Mais elle, qui le connaissait bien, en ressentit sans peine l'aspect forcé.

Ils étaient au Prater. La première allée qui se détachait du chemin principal, et qui disparaissait presque dans l'obscurité, les conduisit au but. L'auberge rustique apparut. Le grand jardin était à peine éclairé, les tables n'étaient pas mises et les chaises étaient juste appuyées contre elles. À côté, au sommet de minces poteaux peints en vert, des lumières rouge sombre dansaient dans des globes. Quelques clients étaient assis, avec l'aubergiste au milieu d'eux. Marie et Félix passèrent près du groupe. L'aubergiste se leva et les salua. Ils ouvrirent la porte de la véranda où sifflaient quelques lampes à gaz presque éteintes. Un jeune serveur qui sommeillait dans un coin se leva rapidement, s'empressa de remonter le gaz, les aida à quitter leurs manteaux. Ils s'assirent dans un angle de la salle où la pénombre était propice à l'intimité, et rapprochèrent leurs sièges tout près l'un de l'autre. Ils commandèrent sans longue recherche à manger et à boire, et se retrouvèrent seuls. De l'entrée ne leur parvenait que la lueur rouge sombre des globes, les coins de la salle restant plongés dans la pénombre.

Ils demeurèrent encore longtemps silencieux jusqu'au moment où Marie, torturée par l'anxiété, commença à parler à mots hésitants : « Dis-moi donc, Félix, qu'as-tu ? Je t'en prie, dis-le-moi ! »

Le même sourire passa sur ses lèvres. « Rien, mon petit, ne me questionne pas. Tu connais mes sautes d'humeur, ce n'est pas possible que tu ne les connaisses pas encore !

— Tes sautes d'humeur, bien sûr. Mais tu n'es pas de mauvaise humeur, tu es soucieux, je le vois bien, et il doit y avoir une raison. Je t'en prie, Félix, qu'y a-t-il ? Dis-le moi, je t'en prie ! »

Le visage de Félix manifesta son agacement, d'autant que le serveur arrivait, apportant la commande. Et comme elle reprenait : « Dis-le-moi, dis-le-moi », il désigna du regard le jeune homme et eut un mouvement de contrariété. Le serveur s'éloigna. « Maintenant nous sommes seuls », dit Marie. Elle se rapprocha, prit ses deux mains dans les siennes. « Qu'as-tu ?

Qu'y a-t-il? Je dois le savoir. Est-ce que tu ne m'aimes plus?» Il se taisait. Elle embrassa sa main. Il la lui retira lentement. «Eh bien, parle!» Du regard, il parcourut la pièce comme pour chercher de l'aide. «Je t'en prie, laisse-moi, ne m'interroge pas, ne me tourmente pas.» Elle libéra sa main, le regarda bien en face. «Je veux le savoir.» Il se leva, fit une profonde inspiration, puis il prit sa tête à deux mains et dit : «Tu vas me rendre fou, ne me questionne pas.» Il resta encore debout un long moment, les yeux fixes; elle observait avec inquiétude ce regard perdu dans le vide. Ensuite il se laissa tomber sur sa chaise, respira plus calmement, et un voile de douceur tomba sur ses traits fatigués. Après quelques secondes, il sembla délivré de toute anxiété et dit doucement, aimablement à Marie : «Bois donc, mange un peu.»

Obéissante, elle prit fourchette et couteau, et demanda d'un ton soucieux : «Et toi? — Oui, oui», répondit-il, mais il resta immobile sur son siège, sans toucher à rien. «Si c'est ainsi, je ne peux pas non plus», dit-elle. Alors il commença à manger et à boire... Mais bientôt il reposa sans un mot ses couverts, appuya sa tête dans sa main sans regarder Marie. Elle l'observa un instant, les lèvres serrées, puis écarta le bras qui lui masquait le visage. Elle vit alors une lueur humide dans ses yeux et, au moment où elle s'exclamait : «Félix, Félix!», il commença à pleurer à chaudes larmes, à sangloter. Elle attira sa tête sur sa poitrine, caressa ses cheveux, l'embrassa sur le front, voulut boire ses larmes par ses baisers. «Félix, Félix!» Il continuait à pleurer, de plus en plus doucement. «Qu'as-tu, mon chéri, mon trésor, mon seul trésor, dis-le-moi donc!» Alors il parla, la tête toujours blottie contre sa poitrine, si bien que ses paroles ne lui parvenaient qu'étouffées, à peine audibles. «Marie, Marie, je ne voulais pas te le dire. Plus qu'un an et c'est fini.» Ses pleurs reprirent, bruyants, convulsifs. Quant à elle, pâle comme une morte, les yeux hagards, elle ne comprenait pas, ne voulait rien comprendre. Une étreinte glaciale, épouvantable, nouait sa gorge, jusqu'à ce qu'enfin un cri jaillît : «Félix, Félix!» Elle se précipita à ses pieds, contempla son visage ravagé, baigné de pleurs, qu'il laissait tomber lourdement. Il la vit, agenouillée devant lui, et murmura : «Lève-toi, relève-toi.» Elle se redressa, obéissant machinalement à ses paroles, et s'assit en face de lui. Elle ne pouvait parler, ne pouvait questionner. Lui, après quelques secondes d'un profond silence, fit entendre soudain, les yeux levés vers le ciel, une plainte aiguë comme si quelque chose d'inconcevable l'accablait : «Épouvantable, c'est épouvantable!»

Elle retrouva sa voix. «Viens, viens!» Elle ne put en dire davantage.

« Oui, partons », dit-il, avec le geste de secouer un fardeau. Il appela le serveur, paya, et tous deux quittèrent rapidement la salle.

Dehors, le silence de la nuit printanière les accueillit. Dans l'allée obscure, Marie s'arrêta, saisit la main de son amant. « Vas-tu m'expliquer enfin... ? »

Il était redevenu parfaitement calme, et il s'exprima simplement, sobrement, comme s'il ne s'agissait de rien d'extraordinaire. Il dégagea sa main et caressa les joues de Marie. Il faisait si sombre qu'ils pouvaient à peine se voir.

« Il ne faut pas t'effrayer, Mizzel[1]. C'est long une année, si long ! Et voilà, je n'ai plus qu'une année à vivre. » Elle poussa un cri : « Mais tu es fou, tu es fou !

— C'est lamentable de te dire cela, et même c'est stupide. Mais vois-tu, être seul à le savoir, et traîner, solitaire, avec cette obsession... je n'aurais probablement pas pu le supporter longtemps. C'est peut-être un bien que tu t'habitues à cette idée. Mais viens donc, que faisons-nous là ? Moi-même, Marie, je me suis déjà fait à cette pensée. Il y avait longtemps que je n'avais plus confiance en Alfred.

— Tu n'as donc pas été voir Alfred ? Mais les autres n'y entendent rien.

— Vois-tu, mon petit, durant ces dernières semaines l'incertitude me torturait. C'est mieux maintenant. Je sais au moins à quoi m'en tenir. J'ai vu le professeur Bernard, et lui m'a dit la vérité.

— Mais non, il ne t'a pas dit la vérité, il a certainement voulu simplement te faire peur pour que tu sois plus prudent.

— Ma chère petite, je lui ai parlé très gravement. Il me fallait une certitude, ne serait-ce que pour toi.

— Félix, Félix ! cria-t-elle en le prenant dans ses bras. Que dis-tu là ? Sans toi je ne vivrais pas un jour, pas une heure.

— Viens, dit-il posément, calme-toi. » Ils avaient atteint la sortie du Prater. Ils se retrouvaient dans l'agitation, le bruit, la lumière. Vacarme des voitures dans les rues, sifflet et sonnette du tramway, le lourd roulement d'un train sur le pont au-dessus d'eux. Marie sursauta. Toute cette vie avait pris soudain un caractère railleur, hostile, elle en souffrait. Elle traîna Félix hors de la large artère, et ils regagnèrent leur domicile par de petites rues tranquilles.

Un moment, elle pensa qu'il serait mieux pour lui de prendre un fiacre, mais elle hésita à le lui dire. Il suffisait de marcher lentement.

« Tu ne mourras pas, non, non », dit-elle à voix basse, en se blottissant contre l'épaule de Félix. « Je ne pourrais pas vivre non plus, sans toi.

— Ma chère enfant, tu te raviseras. J'ai tout bien considéré. Absolument. Vois-tu, une fois la limite tracée, j'ai vu en toute clarté la situation.

— Il n'y a pas de limite.

— Mais si, ma chérie. On ne peut y croire. Moi-même je n'y crois peut-être pas à cet instant. C'est une chose inconcevable, n'est-ce pas? Imagine-toi que moi qui marche à ton côté, qui prononce à voix haute des paroles que tu entends, dans un an je serai couché sous la terre, froid, peut-être déjà en pourriture.

— Tais-toi, arrête!

— ... Et toi, tu ne seras pas changée. Tu seras exactement comme maintenant. Peut-être encore un peu pâle d'avoir pleuré, mais un soir viendra, et beaucoup d'autres, et l'été, et l'automne, et l'hiver, puis de nouveau le printemps... et moi, je serai depuis un an déjà mort, froid. Parfaitement... Mais qu'as-tu donc?... »

Elle pleurait amèrement. Les larmes coulaient sur ses joues, dans son cou.

Un sourire désespéré passa alors sur les traits de Félix, et il murmura entre ses dents d'une voix rauque, âpre : « Pardon. »

Elle continuait à sangloter tout en marchant, et il se tut. Leur chemin passait près du *Stadtpark*[1], par des rues larges et calmes sur lesquelles les arbustes du parc répandaient un léger et triste parfum de lilas. Ils poursuivaient lentement leur marche. De l'autre côté ils longeaient de hauts immeubles aux murs uniformément gris et jaunes. La coupole majestueuse de la *Karlskirche*[2], se détachant sur le ciel bleu nuit, se rapprochait d'eux. Ils prirent une rue latérale, et eurent bientôt atteint l'immeuble où ils habitaient. Tandis qu'ils gravissaient lentement l'escalier faiblement éclairé, ils entendaient les servantes papoter et rire derrière les fenêtres et les portes sur chaque palier. Au bout de quelques minutes ils furent chez eux, à l'abri derrière leur porte. La fenêtre était ouverte. Quelques roses rouge foncé dans un vase tout simple, posé sur la table de chevet, répandaient leur parfum dans la pièce. De la rue montait une légère rumeur. Ils allèrent tous deux à la fenêtre. Dans la maison d'en face, tout était silencieux et sombre. Alors il alla s'asseoir sur le divan, elle ferma les volets et abaissa les rideaux. Puis elle alluma une bougie qu'elle plaça sur la table. Indifférent à tout cela, il restait là, plongé dans ses pensées. Elle s'approcha de lui. « Félix! » s'écria-t-elle. Il leva les yeux et sourit. « Quoi donc, mon petit? » En l'entendant prononcer ces mots de sa voix douce et faible, elle fut saisie d'une angoisse infinie. Non, elle ne voulait pas le perdre. Jamais, jamais,

jamais ! D'ailleurs ce n'était pas vrai. Ce n'était absolument pas possible. Elle tenta de parler, voulut lui dire tout cela. Elle se jeta à ses pieds, mais ne trouva pas la force de s'exprimer. Elle posa sa tête sur ses genoux et pleura. Les mains de Félix reposaient sur ses cheveux. « Il ne faut pas pleurer, murmura-t-il tendrement, il ne faut plus, Miez[1]. » Elle releva la tête, saisie d'un fol espoir. « Ce n'est pas vrai, dis? Ce n'est pas vrai? » Il l'embrassa sur les lèvres longuement, passionnément, puis d'un ton presque brutal : « C'est vrai. » Il se leva, alla à la fenêtre, y resta, plongé dans l'ombre… Seule la lueur de la bougie jouait à ses pieds. Après un certain temps, il reprit la parole : « Il faut que tu te fasses à cette idée. Imagine simplement que c'est une manière de se séparer. Tu n'as pas besoin de savoir que je ne suis plus de ce monde. »

Elle ne semblait pas l'écouter. Elle avait enfoui sa tête dans les coussins du divan. Il poursuivit : « Quand on examine la chose d'un point de vue philosophique, ce n'est pas si terrible. Tant de jours nous restent pour être heureux, n'est-ce pas, Miez? »

Elle releva soudain les yeux, de grands yeux qui ne pleuraient plus. Puis elle se précipita vers lui, se cramponna à lui, le pressa des deux mains contre sa poitrine. Elle murmura : « Je veux mourir avec toi. » Il sourit. « Ce sont des enfantillages. Je ne suis pas si mesquin que tu le penses. Et je n'ai pas du tout le droit de t'entraîner avec moi.

— Je ne peux exister sans toi.

— Combien de temps as-tu vécu sans moi? J'étais déjà perdu lorsque j'ai fait ta connaissance, l'an passé. Je ne le savais pas, et cependant j'en avais déjà l'intuition.

— Tu ne le sais pas davantage aujourd'hui.

— Si, je le sais, et c'est pourquoi je te rends aujourd'hui ta liberté. » Elle se pressa encore plus fort contre lui. « Reprends-la, reprends-la », dit-il. Elle ne répondit pas, leva les yeux vers lui comme si elle ne pouvait comprendre.

« Tu es si belle, oh ! … si florissante ! Une vie magnifique t'attend. Laisse-moi seul. »

Elle se récria : « J'ai vécu avec toi, je mourrai avec toi. »

Il l'embrassa sur le front. « Tu ne le feras pas, je te l'interdis, il te faut chasser cette idée de ta tête.

— Je te jure…

— Ne jure pas, tu me supplierais peut-être un jour de te délier de ton serment.

— Tu crois si peu en moi?

— Oh ! Tu m'aimes, je le sais. Tu ne m'abandonneras pas jusqu'à l'heure où…

— Jamais, jamais je ne te quitterai. » Il secoua la tête. Elle se blottit contre lui, saisit ses mains et les baisa.

« Tu es si bonne, dit-il, et c'est ce qui me rend si triste.

— Ne sois pas triste. Quoi qu'il advienne, un même destin nous unira.

— Non, dit-il d'un ton sérieux, décidé. Laisse cela. Je ne suis pas comme les autres. Je ne veux pas l'être. Je comprends tout. Il serait lamentable de ma part de t'écouter plus longtemps, de me laisser griser par des paroles que t'inspire le premier moment de la douleur. Il me faudra partir, il te faudra rester. »

Elle s'était remise à pleurer. Pour la calmer, il la caressa, l'embrassa. Ils restèrent debout devant la fenêtre en silence. Les minutes passaient, la bougie était en partie consumée.

Au bout de quelque temps, Félix s'écarta et alla s'asseoir sur le divan. Une fatigue extrême l'accablait. Marie s'approcha, s'assit près de lui. Elle prit doucement la tête de Félix et l'appuya sur son épaule. Il la regarda avec tendresse, ferma les yeux et s'endormit.

L'aube pointait, pâle et froide. Félix était réveillé. Sa tête reposait encore sur l'épaule de Marie. Celle-ci dormait d'un sommeil profond. Il se dégagea doucement, alla à la fenêtre et regarda dans la rue qui s'étendait déserte dans la grisaille du matin. Il frissonna. Quelques minutes plus tard, il s'étendit tout habillé sur le lit et fixa le plafond.

À son réveil, il faisait grand jour. Marie était assise au bord du lit ; elle l'avait tiré du sommeil en l'embrassant. Tous deux sourirent. Cela n'avait-il été finalement qu'un cauchemar ? Lui-même se sentait si plein de santé, si alerte. Dehors, le soleil resplendissait. De la rue montaient des rumeurs, partout bruissait la vie. Dans la maison d'en face, de nombreuses fenêtres étaient ouvertes. Et ici, sur la table, le petit déjeuner était prêt comme chaque matin. La pièce était si lumineuse, le jour pénétrait dans tous les recoins. De fines particules de poussière dansaient dans les rayons du soleil, et partout, partout, l'espoir, l'espoir, l'espoir !

*

Le docteur fumait son cigare de l'après-midi lorsqu'on lui annonça une dame. C'était avant l'heure de ses consultations, et Alfred en fut irrité. « Marie ! » s'exclama-t-il, étonné, en la voyant entrer.

« Ne m'en veuillez pas de vous déranger si tôt. Continuez tranquillement de fumer.

— Si vous le permettez… Mais qu'y a-t-il donc? Qu'est-ce qui vous arrive?»

Elle se tenait devant lui, une main appuyée sur le bureau, tenant de l'autre son ombrelle. «Est-ce vrai, dit-elle brusquement, que Félix est si malade? Ah, vous blêmissez. Pourquoi ne me l'avez-vous pas dit? Pourquoi?

— Qu'allez-vous penser là?» Il fit quelques pas. «Vous êtes folle. Asseyez-vous, je vous en prie.

— Répondez-moi.

— Il est certainement souffrant, mais vous le saviez déjà.

— Il est perdu! s'écria-t-elle.

— Allons, allons!

— Je le sais et *lui* aussi. Il a vu hier le professeur Bernard, qui le lui a dit.

— Il arrive à plus d'un professeur de se tromper.

— Vous l'avez souvent examiné, dites-moi la vérité.

— Dans ce domaine, il n'y a pas de vérité absolue.

— Oui, parce qu'il est votre ami, vous ne voulez pas le dire, c'est ça? Mais je le lis sur votre visage. C'est vrai, c'est donc vrai! Oh, mon Dieu! mon Dieu!

— Ma chère enfant, calmez-vous.»

Elle lui jeta un regard rapide. «C'est vrai?

— Il est malade, c'est certain. Ne le saviez-vous pas déjà?

— Ah…

— Mais pourquoi lui a-t-on dit cela? Et d'ailleurs…

— Alors, quoi? Je vous en prie, ne me donnez pas d'espoir, s'il n'y en a pas.

— On ne peut jamais prévoir avec certitude. Cela peut durer si longtemps.

— Oui, je sais, un an.»

Alfred se mordit les lèvres. «Et dites-moi, quelle idée d'avoir été consulter un autre médecin?

— Tout simplement… parce qu'il savait que vous ne lui diriez jamais la vérité.

— C'est trop bête! s'emporta le docteur, c'est trop bête. Je ne peux pas comprendre ça. Comme s'il était de première nécessité qu'un homme…»

À cet instant la porte s'ouvrit, et Félix entra.

«Je m'en doutais, dit-il en apercevant Marie.

— Tu m'en fais de belles, s'exclama le docteur, de belles sottises, vraiment !

— Pas de phrases, mon cher Alfred, répliqua Félix. Je te remercie de tout cœur pour tes bonnes intentions, tu as agi en ami, tu t'es remarquablement comporté. »

Marie intervint alors : « Il dit que certainement le professeur... »

Félix l'interrompit : « Pas de ça. Aussi longtemps qu'il était possible, vous deviez me bercer d'illusions. À partir de maintenant, ce serait une comédie de mauvais goût.

— Tu te conduis comme un enfant, dit Alfred. Des tas de gens circulent dans Vienne, auxquels on a prédit leur fin depuis vingt ans déjà.

— La plupart d'entre eux pourtant sont déjà enterrés. »

Alfred arpentait la pièce. « Avant toute chose, dis-toi bien qu'il n'y a rien de changé entre hier et aujourd'hui. Tu dois te ménager, un point c'est tout. Tu suivras mieux mes recommandations, c'est la seule bonne chose de cette affaire. Il y a huit jours, un homme dans la cinquantaine m'a consulté, et...

— Je connais l'histoire, l'interrompit Félix. Le fameux monsieur de cinquante ans, condamné par les médecins dès sa vingtième année, qui maintenant respire la santé et a huit enfants vigoureux.

— Ce sont des choses qui arrivent, on ne peut en douter, rétorqua Alfred.

— Vois-tu, dit Félix, je ne fais pas partie des gens qui bénéficient de miracles.

— Des miracles? s'exclama Alfred. Mais ce sont des choses tout à fait naturelles.

— Et il n'y a qu'à le regarder, dit Marie. Je trouve qu'il a bien meilleure mine que cet hiver.

— Il n'a besoin que de se ménager », dit Alfred en s'arrêtant devant son ami. « Vous allez maintenant partir pour la montagne, et vous y paresserez tout à loisir.

— Et quand devons-nous partir? demanda Marie, très vite.

— Tout cela est ridicule, dit Félix.

— Puis à l'automne vous irez dans le Midi.

— Et au printemps prochain? questionna Félix ironiquement.

— Tu seras, j'espère ! en bonne santé, s'écria Marie.

— C'est ça, en bonne santé, ricana Félix, guéri... En tout cas plus du tout souffrant !

— Je l'ai toujours dit, reprit le docteur, ces grands spécialistes ne sont, ni les uns ni les autres, de grands psychologues.

— Parce qu'ils ne comprennent pas que nous ne supportions pas la vérité, répliqua Félix.

— La vérité n'existe pas, te dis-je. Le professeur a pensé qu'il devait te ficher la frousse pour que tu ne fasses pas d'imprudence. Voilà à peu près ce qu'il a dû penser. Si tu guéris en dépit de son pronostic, ce ne sera pas vexant pour lui, il t'aura simplement mis en garde. »

Ici Félix s'emporta : « Assez d'enfantillages ! J'ai parlé très sérieusement avec ce professeur, je lui ai fait clairement comprendre qu'il me fallait une certitude. Des problèmes familiaux. Cela en impose toujours. Je dois t'avouer sincèrement que vivre dans l'incertitude était trop éprouvant.

— Comme si tu avais maintenant la certitude ! protesta Alfred.

— Parfaitement je l'ai. Tu te donnes en vain du mal. Il s'agit simplement de passer maintenant cette dernière année aussi raisonnablement que possible. Tu verras, mon cher Alfred, que je suis homme à quitter ce monde le sourire aux lèvres. Voyons, ne pleure pas, Miez, tu ne te doutes pas comme le monde te paraîtra encore beau, même sans moi. Tu n'es pas de mon avis, Alfred ?

— Tais-toi, tu tortures la petite tout à fait inutilement.

— C'est vrai, il serait plus sage d'en finir tout de suite. Il faut me quitter, Miez ! Allez, laisse-moi mourir seul ! »

Marie soudain, dans un cri du cœur : « Donnez-moi du poison !

— Mais vous êtes fous tous les deux ! s'exclama le docteur.

— Du poison ! Je ne veux pas lui survivre une seconde, il faut qu'il me croie. Pourquoi ne veut-il pas me croire, pourquoi donc, pourquoi ?

— Maintenant, Miez, écoute-moi bien. Si tu parles encore une fois de cet acte stupide, *une seule fois,* je disparaîtrai de ta vie sans laisser de trace. Tu ne me verras jamais plus. Je n'ai aucun droit d'enchaîner ton destin au mien, je refuse d'accepter cette responsabilité.

— Sais-tu, mon cher Félix, commença le docteur, tu vas me faire le plaisir de partir, et aujourd'hui plutôt que demain. Ça ne peut pas continuer ainsi. Je vous conduirai ce soir au train ; le bon air et le repos vous rendront tous deux raisonnables, espérons-le.

— Je suis tout à fait d'accord, dit Félix. Le lieu m'est parfaitement indifférent où…

— C'est bien, l'interrompit Alfred. Il n'y a pas la moindre raison de désespérer pour le moment et tu peux nous dispenser de tes remarques lugubres. »

Marie sécha ses larmes et jeta au docteur un regard reconnaissant.

« Voilà le grand psychologue, dit Félix en souriant. Quand un médecin vous parle brutalement, on se sent sur-le-champ en parfaite santé.

— Je suis avant tout ton ami, tu sais donc…

— Partons… demain… et pour la montagne !

— Parfait, c'est dit.

— En tout cas, je te remercie beaucoup, dit Félix en tendant la main à son ami. Et maintenant, partons, j'entends déjà à côté une toux discrète. Viens, Miez.

— Je vous remercie, docteur, dit Marie en prenant congé.

— Il n'y a pas de quoi remercier. Soyez seulement raisonnables, et veillez bien sur lui. Au revoir. »

Dans l'escalier, Félix dit soudain : « Un brave homme, le docteur, non ?

— Oh, oui !

— Et jeune, et bien portant. Il a peut-être encore quarante années devant lui… ou même cent. »

Ils étaient dans la rue. Et tous ces gens autour d'eux marchaient, parlaient, riaient et vivaient, et ne pensaient pas à la mort.

*

Ils s'installèrent dans une petite maison tout au bord du lac. Elle se trouvait à l'écart du village, à l'extrémité d'une rangée de villas espacées le long de l'eau. Derrière elle s'étendaient des prairies en pente, et plus haut, des champs luxuriants sous le soleil d'été. À une grande distance on distinguait, à de rares moments, les contours flous de montagnes lointaines. Quand, sortant de chez eux, ils s'avançaient sur le grand balcon planté sur quatre pilotis bruns et humides, et qui surplombait l'eau claire, ils voyaient en face d'eux, sur l'autre rive, la longue ligne d'arêtes rocheuses baignée de l'éclat glacé d'un ciel silencieux.

Dans les premières journées passées en ce lieu, ils avaient goûté une paix merveilleuse qu'ils trouvèrent eux-mêmes incompréhensible. L'impression que le destin commun n'avait barre sur eux qu'à leur domicile habituel, tandis qu'ici, dans de nouvelles conditions de vie, son décret, pris dans un autre monde, était sans valeur. D'ailleurs, depuis qu'ils se connaissaient, ils n'avaient jamais joui d'une solitude aussi réconfortante. Il leur semblait parfois, quand ils se regardaient, qu'une histoire insignifiante leur était arrivée, quelque dispute ou quelque malentendu dont on ne devait plus parler. Félix se sentait si dispos par ces beaux jours d'été qu'il voulut, peu après leur arrivée, reprendre ses travaux. Marie ne le lui permit pas. « Tu n'es pas encore complètement rétabli», dit-elle avec un sourire. Et sur la petite table où Félix avait empilé ses livres et ses papiers, les rayons du soleil dansaient, tandis que, venant du lac, un souffle d'air ensorceleur pénétrait par la fenêtre, une brise qui ignorait toute la misère du monde.

Un soir, suivant leur habitude, ils se firent conduire sur le lac par un vieux paysan. Ils étaient installés dans une barque large et solide, avec un siège rembourré sur lequel s'asseyait habituellement Marie, tandis que Félix s'allongeait à ses pieds, enveloppé chaudement dans un plaid gris qui lui servait à la fois de matelas et de couverture. Sa tête reposait sur les genoux de Marie. De légères bandes de brume s'étendaient sur la vaste surface tranquille du lac, et l'obscurité donnait l'impression de s'élever lentement de l'eau pour gagner progressivement les rives. Ce jour-là, Félix s'enhardit à fumer un cigare tout en observant, par-delà la nappe ondoyante de l'eau, les rochers aux sommets baignés par la lueur jaune d'un soleil déclinant.

«Dis, Miez, commença-t-il, as-tu le courage de regarder là-haut?

— Où cela?»

Il désigna du doigt le ciel. «Là, tout droit dans la profondeur bleue. Moi, je ne peux pas. Cela m'impressionne.»

Elle leva les yeux, demeura quelques secondes à fixer le ciel. «Pour moi, c'est plutôt agréable, dit-elle.

— Vraiment? Quand la lumière est comme aujourd'hui si intense, je n'y arrive pas. Cette distance, cette distance effroyable! Quand il y a des nuages, je suis plus à mon aise, les nuages font partie de notre monde, ils sont de la famille.»

«Il va probablement pleuvoir demain, dit soudain leur batelier. Les montagnes apparaissent aujourd'hui trop proches.» Il laissa retomber les rames, si bien que le bateau glissa sur les flots en silence de plus en plus lentement.

Félix toussa pour s'éclaircir la voix. «C'est bizarre, je ne supporte encore pas bien le cigare.

— Eh bien, jette-le donc!»

Félix le tourna un moment entre ses doigts, puis le lança dans l'eau. Alors, sans se retourner vers Marie, il dit: «Hein! je ne suis pas encore complètement rétabli?

— Tais-toi!» dit-elle, éludant la question, et elle lui passa légèrement la main dans les cheveux.

«Qu'allons-nous faire, demanda Félix, s'il commence à pleuvoir? Tu seras bien forcée de me laisser travailler.

— Tu ne dois pas. »

Elle se pencha vers lui, le regarda en face. Elle remarqua que ses joues étaient empourprées. « Je me charge de chasser tes idées sombres. Et si nous rentrions maintenant… ? La fraîcheur tombe.

— La fraîcheur ? Je ne la sens pas.

— Évidemment, avec un plaid aussi épais.

— Oh ! quel égoïste je fais ! J'ai complètement oublié que tu étais en robe d'été. » Il se tourna vers le batelier. « Rentrons ! » L'homme rama quelques temps en direction de leur maison dont on fut bientôt tout près. C'est alors que Marie s'aperçut que Félix serrait de la main droite son poignet gauche. « Qu'est-ce que tu as ?

— Miez, je ne suis pas encore vraiment bien portant.

— Mais…

— J'ai de la fièvre. Ha !… C'est trop bête !

— Tu te trompes certainement, dit Marie, inquiète. Je vais aller tout de suite chercher le médecin. — Oui, c'est vrai, ce serait peut-être une bonne idée. »

Le canot accosta, ils débarquèrent. À l'intérieur de la maison il faisait presque nuit, mais la chaleur du jour y demeurait encore. Tandis que Marie préparait le dîner, Félix se reposa dans un fauteuil.

« Dis donc, fit-il brusquement, les premiers huit jours sont écoulés. »

Elle quitta la table où elle avait mis le couvert, vint vite vers lui, le prit dans ses bras. « Qu'as-tu encore ? »

Il se dégagea. « N'en parlons plus ! » Il se leva, passa à table. Elle le suivit. Les doigts de Félix tambourinaient sur la nappe. « Je me sens si désarmé. Ça vous prend tout d'un coup.

— Voyons, Félix… Félix. » Elle approcha sa chaise de la sienne.

De ses yeux grands ouverts, Félix parcourait la pièce. Puis il secoua la tête avec irritation comme s'il ne pouvait comprendre quelque chose. « Désarmé ! Désarmé ! Nul ne peut rien pour moi. La chose en elle-même n'est pas si terrible… mais qu'on soit aussi désarmé !

— Félix, je t'en prie, tu t'excites. Ce n'est sûrement rien. Veux-tu… juste pour te rassurer, que j'aille chercher le docteur ?

— Je t'en prie, laissons cela. Excuse-moi de t'avoir parlé une nouvelle fois de ma maladie.

— Mais…

— Ça ne m'arrivera plus. Verse-moi donc à boire. Oui, oui, verse… Merci ! … Eh bien, dis quelque chose.

— Oui, mais quoi ?

— N'importe quoi. Fais-moi la lecture, si rien ne te vient à l'esprit. Non… excuse-moi ! Après le repas évidemment. Mange, maintenant. Je vais manger aussi. » Il se servit. « J'ai même de l'appétit, je trouve ça très bon.

— Tu vois bien », dit Marie en se forçant à sourire.

Et tous deux commencèrent leur repas.

*

Les jours suivants, une pluie tiède tomba. Ils demeuraient alors jusqu'au soir tantôt dans leur chambre, tantôt sur le balcon. Tous deux lisaient ou regardaient par la fenêtre ; ou bien il l'observait quand elle se livrait à quelque travail de couture. Parfois ils jouaient aux cartes, et il lui enseigna les bases du jeu d'échecs. À d'autres moments, il s'allongeait sur le divan ; elle s'asseyait près de lui et lui faisait la lecture ; des journées et des soirées tranquilles s'écoulaient ainsi, et Félix se sentait tout à fait bien. Il se réjouissait de voir que le mauvais temps n'avait pas de prise sur lui. La fièvre n'était pas revenue.

Un après-midi, comme le ciel se dégageait pour la première fois après une pluie tenace, ils s'assirent de nouveau sur le balcon, et Félix déclara soudain, sans aucun rapport avec des propos précédents : « En fait, sur cette terre il ne circule que des condamnés à mort. »

Marie leva les yeux de son ouvrage.

« Parfaitement, continua-t-il. Imagine par exemple que quelqu'un vienne te dire : “Très chère Mademoiselle, vous mourrez le 1er mai 1970.” Tu passerais le reste de ta vie à attendre dans une angoisse indicible le 1er mai 1970, bien que tu ne croies pas sérieusement aujourd'hui vivre jusqu'à cent ans. »

Elle ne répondit pas.

Il continuait à parler, les yeux fixés sur le lac, où commençaient à étinceler les rayons du soleil qui perçaient les nuages.

« D'aucuns paradent, fiers de leur santé, et un hasard stupide les fauchera dans quelques semaines. Et ceux-là ne pensent pas du tout à la mort, n'est-ce pas ?

— Écoute, dit Marie, laisse donc ces pensées ridicules. Tu dois bien te rendre compte aujourd'hui que tu es en train de guérir. »

Il sourit.

« Parfaitement, tu fais justement partie de ceux qui guérissent. »

Il éclata de rire. « Ma chère petite, penses-tu vraiment que je me leurre sur mon destin ? Penses-tu que ce bien-être factice dont la nature me fait cadeau aujourd'hui puisse me duper ? Il se trouve que, par hasard, je sais où j'en suis. Et la pensée de la mort prochaine fait de moi, comme ce fut le cas aussi pour de grands hommes, un philosophe.

— Cesse donc enfin, veux-tu ?

— Ooh, mademoiselle, moi je dois mourir, et vous ne devriez même pas supporter le petit désagrément de m'entendre en parler ? »

Elle rejeta son ouvrage et vint à lui. « Je le sens bien, dit-elle sur un ton de conviction totale, que tu me resteras. Tu ne peux pas juger toi-même des progrès de ta santé. Maintenant tu ne dois plus y penser, et aucun nuage noir n'ombragera notre vie. »

Il l'observa longuement. « Tu parais vraiment incapable de pouvoir le comprendre. Il faut te le mettre sous les yeux. Regarde ça. » Il saisit un journal. « Que lis-tu là ?

— Le 12 juin 1890.

— Oui, 1890. Et maintenant, imagine le chiffre un à la place du zéro. Et tout cela sera fini depuis longtemps. Comprends-tu maintenant ? »

Elle lui arracha le journal, le jeta à terre dans un mouvement de colère.

« Il n'y est pour rien, lui », dit-il calmement. Il se leva, et soudain, l'air décidé à chasser loin de lui toutes ces pensées, il s'écria : « Regarde comme c'est beau ! Comme le soleil vient sur l'eau, par là » — se penchant au coin du balcon d'où la vue s'étendait sur la plaine, de l'autre côté — « comme les champs ondulent. J'aimerais m'y promener un peu.

— Ne fera-t-il pas trop humide ?

— Non, viens, il faut que je sorte. »

Elle n'osa pas le contredire.

Tous deux prirent leur chapeau, jetèrent un manteau sur leurs épaules, et s'engagèrent dans le chemin qui conduisait aux champs. Le ciel était presque complètement dégagé. Au loin sur la chaîne de montagnes glissaient des nappes opalines de brume aux contours changeants. On avait l'impression que le vert des prairies se perdait dans un blanc lumineux qui paraissait borner l'horizon. Un sentier les mena au beau milieu des blés, ils durent marcher l'un derrière l'autre, et les tiges bruissaient contre les bords de leurs manteaux. Bientôt ils prirent un autre sentier et pénétrèrent dans une forêt d'arbres feuillus pas trop épaisse, parcourue d'allées bien entretenues, avec des bancs assez rapprochés pour les promeneurs. Là ils marchèrent en se donnant le bras.

« N'est-ce pas beau ! s'exclama Félix. Et quel parfum ! »

Marie l'interrompit : « Ne crois-tu pas que maintenant, juste après la pluie… » elle ne termina pas sa phrase.

Il eut de la tête un mouvement d'impatience. « Qu'importe, quelle importance ? Il est désagréable de toujours s'entendre rappeler cela. »

Comme ils poursuivaient leur marche, les arbres se firent plus clairsemés. Le lac brilla à travers les feuilles. Ils n'en étaient plus qu'à une centaine de pas. Une langue de terre passablement étroite, où la forêt se terminait par quelques arbustes épars, avançait dans l'eau. Il s'y trouvait plusieurs tables avec des bancs en planches de sapin, une balustrade de bois courait tout au bord du lac. Un léger vent du soir s'était levé, qui poussait les vagues contre la rive. Et soudain son souffle gagna les buissons, les arbres, si bien que du feuillage humide des gouttes tombèrent. Sur l'eau s'étendait la lueur douce du jour finissant.

« Je n'avais jamais soupçonné une pareille beauté, dit Félix.

— Oui, c'est charmant.

— Tu n'en sais absolument rien, s'écria Félix. Tu ne peux pas le savoir. Il ne te faut pas dire adieu à tout cela. » Il avança lentement de quelques pas, s'appuya des deux bras sur la balustrade légère dont l'eau baignait les montants étroits. Il contempla longuement la surface miroitante. Lorsqu'il se retourna, Marie se tenait derrière lui, le regard attristé par des larmes contenues.

« Vois-tu, dit Félix sur le ton de la plaisanterie, je te lègue tout cela. Oui, oui, car cela m'appartient. Voilà le secret d'une compréhension intime de la vie à laquelle je suis parvenu : cela vous procure le sentiment immense de posséder des biens infinis. Je pourrais user de toutes ces choses selon mon bon plaisir. Là-bas, sur ce rocher aride, je pourrais faire jaillir des fleurs, je pourrais chasser du ciel ces nuages blancs. Je ne le fais pas, car, tel qu'il est, tout ce monde est beau. Ma chère petite, ce n'est que lorsque tu seras seule que tu me comprendras. Oui, alors tu ressentiras sans aucun doute que tout cela est entré en ta possession. »

Il la prit par la main, l'attira près de lui, puis il tendit son autre bras comme pour lui montrer toutes ces splendeurs.

« Tout cela, tout cela », répéta-t-il. Comme elle continuait à se taire et qu'elle le regardait intensément, retenant ses larmes, il s'interrompit abruptement et dit : « Maintenant, on rentre. »

Le crépuscule s'annonçait ; ils suivirent le sentier du bord de l'eau et atteignirent bientôt leur maison. « Ce fut une belle promenade, malgré tout », déclara Félix.

Elle approuva de la tête en silence.

« Il faudra la refaire souvent, Miez.

— Oui, dit-elle.

— Et, ajouta-t-il sur un ton de pitié dédaigneuse, je ne veux plus jamais te torturer.»

*

Un des après-midi suivants il décida de reprendre ses travaux. Penché sur le papier, le crayon à la main, il jeta à Marie un certain regard malicieux, curieux de voir si elle allait l'en empêcher. Mais elle ne dit mot. Bientôt il abandonna papier et crayon, et prit un livre au hasard. Cela le distrayait davantage. Il n'était pas encore capable de travailler. Il lui fallait d'abord lutter pour parvenir à un mépris total de la vie, et alors, envisageant calmement le silence de l'éternité, il rédigerait comme un sage ses dernières volontés. Voilà ce qu'il voulait. Mais pas de ces dernières volontés comme les écrivent les individus vulgaires, textes qui révèlent toujours la crainte secrète de la mort. Pas question non plus d'y évoquer des objets que l'on peut saisir et toucher, car ils finiront eux aussi par disparaître après lui, un jour ou l'autre. *Les siennes* devaient être un poème, un adieu tranquille et souriant à ce monde dépassé. Il ne parla pas à Marie de cette pensée. Elle ne l'aurait pas compris. Il se sentait tellement différent d'elle! Non sans une certaine fierté, il restait assis en face d'elle pendant de longs après-midi quand elle s'assoupissait sur son livre, ce qui lui arrivait fréquemment, et que ses boucles tombaient en désordre sur son front. Le sentiment de sa supériorité s'affirmait en considérant tout ce qu'il pouvait lui cacher. Sa solitude croissait, et sa grandeur.

Un de ces après-midi, comme Marie venait une fois de plus de fermer les yeux, il se glissa sans bruit au-dehors. Et partit se promener dans la forêt. Le calme d'une lourde journée d'été s'étendait partout dans les alentours. Et une chose devenait très claire pour lui : à présent, il était prêt. Il respira profondément, il se sentait si léger, si libre. Il marcha encore sous l'ombre épaisse des arbres. La lumière du jour atténuée l'enveloppait voluptueusement. Tout le rendait heureux : l'ombre, le silence, la tiédeur de l'air. Il en jouissait. La pensée qu'il dût perdre toute cette douceur de la vie ne lui causait aucune douleur. «Perdre, tout perdre...», se répéta-t-il à mi-voix. Il fit une profonde inspiration, et, comme l'air tiède et léger pénétrait délicieusement dans sa poitrine, il lui parut soudain incompréhensible qu'il pût être malade. Pourtant il était malade, il était perdu. Et ce fut tout d'un coup comme une illumination. Il n'y croyait pas. C'était cela la raison d'où lui venait cette légèreté, ce bien-être, c'était pour cela qu'il lui avait semblé qu'aujourd'hui l'heure était arrivée. Il n'avait pas surmonté la joie de vivre ; c'était seulement la peur de la mort qui l'avait quitté, parce qu'il ne croyait plus à la mort. Il savait qu'il était de ceux qui guérissent. Il avait l'impression que dans un recoin caché de son âme quelque faculté endormie se réveillait. Il ressentait le besoin d'ouvrir tout grands les yeux, d'avancer à pas redoublés, de respirer plus largement. La journée devenait plus sereine, et la vie plus vivante. C'était donc cela, oui cela ! Et pourquoi ? Pourquoi fallait-il qu'il se retrouve soudain ivre d'espoir ? Ah, l'espoir ! C'était bien davantage, c'était une certitude. Dire que ce matin encore la souffrance le tenaillait, lui nouait la gorge, alors que maintenant, maintenant il était guéri, guéri. Il lança à voix haute : « Guéri ! »... Il était arrivé au débouché du bois ; devant lui s'étendait le miroir lisse bleu sombre du lac. Il se laissa tomber sur un banc et resta assis, les yeux fixés sur l'eau, plongé dans un profond bien-être. Il méditait sur l'étrangeté du phénomène : la joie de la guérison confondue avec la satisfaction d'un fier adieu.

Derrière lui, un bruissement léger. Il eut à peine le temps de se retourner. C'était Marie. Ses yeux brillaient, son visage était un peu empourpré.

« Qu'as-tu donc ?

— Pourquoi es-tu parti ? Pourquoi m'avoir laissée seule ? J'ai eu très peur.

— Allons ! » dit-il, et il l'attira auprès de lui. Il lui sourit et l'embrassa. Elle avait des lèvres chaudes, pulpeuses. « Viens », dit-il, et il la fit asseoir sur ses genoux. Elle se blottit tout contre lui, lui passa les bras autour du cou. Comme elle était belle ! Une senteur capiteuse émanait de ses cheveux blonds, et il sentit monter en lui une tendresse infinie pour cet être au corps souple et parfumé, serré contre sa poitrine. Des larmes lui vinrent aux yeux, il saisit les mains de Marie pour les embrasser. Comme il l'aimait !

Venu du lac, un faible chuintement leur fit dresser la tête. Ils se levèrent et, se donnant le bras, se rapprochèrent de la rive. On pouvait apercevoir le vapeur dans le lointain. Ils attendirent qu'il fût suffisamment proche pour pouvoir distinguer les silhouettes des gens sur le pont ; puis ils s'en retournèrent et, d'un pas de promenade, regagnèrent par la forêt leur maison. Ils marchaient enlacés, lentement, se souriant par moments. Ils retrouvaient les mots anciens, les mots de leurs premières journées d'amoureux. Ils échangeaient les questions tendres qu'inspire l'affection inquiète, et les paroles ferventes qui apaisent et câlinent. Redevenus des enfants, ils étaient gais, le bonheur était là.

*

Un été lourd, ardent s'était installé, apportant des jours torrides, brûlants, et des nuits tièdes, lascives. Chaque journée répétait celle de la veille, chaque nuit recommençait la précédente ; le temps était arrêté. Ils étaient seuls, ils ne se souciaient que d'eux-mêmes ; la forêt, le lac, la petite maison, c'était leur univers. Une touffeur exquise les enveloppait qui les faisait oublier de penser. Pour eux s'écoulaient des nuits insoucieuses, ponctuées de rires, puis des journées lasses et tendres.

Au cours d'une de ces longues nuits, la bougie brûlait encore, Marie, étendue les yeux ouverts, se redressa. Elle examina le visage de son amant reposant calmement dans un profond sommeil. Elle épia sa respiration. Il n'y avait plus de doute, chaque heure le rapprochait de la guérison. Une tendresse indicible la submergea, elle se pencha tout contre lui, avide de sentir sur ses joues le souffle de sa respiration. Oh ! quelle joie c'était de vivre ! Et toute sa vie, c'était lui, lui seul. Elle l'avait retrouvé, elle l'avait retrouvé, et pour toujours !

À une inspiration du dormeur qui fit un bruit différent des précédentes, elle sursauta. Un gémissement faible, étouffé. Sur les lèvres de Félix soudain entrouvertes était apparue une expression de douleur, et Marie découvrit avec effroi des gouttes de sueur sur son front. Il avait légèrement tourné la tête de côté. Mais ensuite ses lèvres se refermèrent, son visage reprit une expression paisible, et sa respiration un moment agitée elle aussi redevint régulière, presque silencieuse. Marie fut pourtant brusquement saisie d'une anxiété torturante. Elle aurait voulu le réveiller, se blottir contre lui, sentir sa chaleur, sa vie, son existence. Un étrange sentiment de culpabilité l'envahit, cette confiance joyeuse dans la guérison lui parut tout d'un coup de la présomption. Voilà qu'elle s'efforçait à présent de se convaincre elle-même que non, sa confiance n'avait pas été si assurée, qu'il ne s'agissait que d'un espoir léger, d'un élan de gratitude pour lequel elle ne méritait pas d'être punie aussi durement. Elle se promit de ne plus être aussi inconsidérément heureuse. Soudain toute cette période d'ivresse exaltante n'était plus qu'un péché de légèreté, et qu'elle devait expier. Oui ! Pourtant ce qui peut être jugé communément péché, n'était-ce pas chez eux quelque chose de différent ? N'était-ce pas l'amour qui pouvait peut-être accomplir des miracles ? N'étaient-ce pas justement ces dernières nuits exquises qui lui rendraient la santé ?

Un gémissement affreux s'échappa de la bouche de Félix. À demi endormi, il s'était dressé dans le lit, affolé, les yeux grands ouverts, perdus dans le vague. Marie ne put retenir un cri, qui le réveilla complètement. «Qu'est-ce qu'il y a? Qu'est-ce qu'il y a?» souffla-t-il. Marie ne trouvait rien à répondre. «As-tu crié, Marie? J'ai entendu crier.» Sa respiration était très rapide. «J'avais l'impression d'étouffer. J'ai également rêvé, mais je ne sais plus quoi.

— J'ai eu si peur, balbutia-t-elle.

— Sais-tu, Marie, voilà que j'ai froid.

— C'est normal, dit-elle, si tu as fait des cauchemars.

— Allons donc!» Il leva vers elle un regard courroucé. «J'ai de nouveau de la fièvre, c'est simple.» Ses dents claquaient, il se recoucha, tira sur lui la couverture.

Elle regardait autour d'elle, désemparée. «Est-ce que je dois...? Veux-tu que je...?

— Rien du tout. Dors donc! Je suis fatigué, je vais dormir aussi. Laisse brûler la bougie.» Il ferma les yeux et remonta la couverture jusque sur son nez. Marie n'osa plus le questionner. Elle savait à quel point la pitié pouvait l'exaspérer quand il ne se sentait pas bien. Au bout de quelques minutes il s'était déjà rendormi, mais elle-même ne trouva plus le sommeil. Bientôt la lueur grise de l'aube s'infiltra dans la chambre. Ces premiers signes discrets du matin proche réconfortèrent Marie. C'était pour elle comme une visite amicale, souriante. Cédant à une impulsion étrange, elle voulut courir au-devant du matin. Elle descendit tout doucement du lit, passa rapidement un peignoir et se glissa sur le balcon. Le ciel, la montagne, le lac, tout baignait encore dans une grisaille vaporeuse. Elle éprouva un certain plaisir à forcer un peu sa vue pour distinguer plus nettement les contours. Marie s'assit dans un fauteuil, et laissa ses regards plonger dans le crépuscule. Reposer ainsi, en plein air, dans le calme profond d'un matin d'été naissant, lui procura un bien-être indicible. Autour d'elle tout était si paisible, si doux, si éternel. C'était si bon d'être un moment seule dans le silence... hors de cette chambre étroite, étouffante. Et soudain, dans un éclair de lucidité, elle comprit qu'elle était heureuse de n'être plus à son chevet, heureuse d'être là, heureuse d'être seule!

*

Tout le jour suivant, les pensées suscitées par la nuit dernière la hantèrent. Elles n'étaient plus aussi torturantes, aussi inquiétantes que dans l'obscurité, mais plus nettes, et réclamaient des décisions. Elle résolut en premier lieu de résister autant que possible aux élans amoureux de Félix. Elle n'arrivait pas à comprendre que, pendant si longtemps, elle n'y eût pas songé. Ah, elle allait se montrer si douce et si sage que son attitude ne serait pas interprétée comme un refus, mais comme une nouvelle forme d'amour, comme un amour supérieur.

Cependant, il ne lui fut pas nécessaire de faire preuve particulièrement de sagesse et de douceur. Chez Félix, depuis cette nuit-là, tous les orages de la passion paraissaient dissipés. Lui-même témoignait à Marie une tendresse lasse qui au début la rassura, puis finalement l'inquiéta. Il lisait beaucoup pendant ces journées, ou du moins faisait semblant, car elle pouvait remarquer assez souvent que, par-dessus son livre, son regard se perdait au loin dans le vague. Leurs conversations ne portaient que sur mille choses banales, jamais sur des sujets importants. Sans pourtant que Marie eût l'impression qu'il ne lui confiait plus ses pensées intimes. Cela se faisait tout naturellement, comme si ce ton feutré, indifférent, ne provenait chez lui que de la douce lassitude de la convalescence. Il restait longtemps couché le matin, tandis qu'elle avait pris l'habitude de se précipiter hors de la chambre dès les premières lueurs du jour. Ou bien elle restait assise sur le balcon, ou bien elle descendait jusqu'au lac et montait dans une barque pour se laisser mollement bercer par les vagues sans s'éloigner de la rive. Elle allait parfois se promener dans la forêt, et c'était habituellement au retour d'une de ces petites sorties matinales qu'elle entrait dans la chambre pour le réveiller. Elle était si heureuse qu'il eût un bon sommeil, ce qu'elle interprétait comme un signe favorable. Combien de fois il s'éveillait la nuit, elle ne le savait pas, et elle ne voyait pas le regard empreint d'une tristesse infinie qu'il abaissait sur elle, plongée dans le profond sommeil que procurent la jeunesse et la santé.

Un matin, à l'heure où l'aurore répandait sur le lac ses premières étincelles d'or, elle était de nouveau montée dans la barque lorsque l'envie la prit de se risquer pour une fois loin du rivage, sur l'eau claire et chatoyante. Elle rama sur une longue distance ; et fort peu entraînée à cet exercice, elle dut produire un effort exceptionnel, ce qui augmenta encore sa joie. Même de si bonne heure on ne se trouvait jamais parfaitement seul sur le lac. Quelques barques croisèrent la sienne, et elle crut remarquer que certaines s'approchaient non pas par hasard. Un petit canot élégant dans lequel ramaient deux jeunes messieurs glissa rapidement tout près de sa barque. Ils rentrèrent leurs rames, et soulevant leurs casquettes, la saluèrent poliment avec un sourire.

Marie ouvrit de grands yeux, et leur dit machinalement : « Bonjour. » Puis, d'un mouvement inconscient, elle se retourna vers les deux jeunes gens. Ils s'étaient retournés eux aussi, et la saluèrent de nouveau. Alors elle s'aperçut soudain qu'elle avait fait quelque chose d'inconvenant, et, aussi vite que le lui permirent ses modestes moyens, elle rama vers la maison. Le retour lui demanda presque une demi-heure, et elle arriva les joues en feu, les cheveux dénoués. Déjà du lac elle avait aperçu Félix, assis au dehors. En toute hâte elle se précipita dans la maison. Bouleversée comme si elle était coupable de quelque faute, elle courut sur le balcon, attrapa Félix par derrière et lui demanda en plaisantant, avec un entrain forcé : « Qui est-ce ? »

Il se dégagea lentement, la regarda calmement de côté. « Qu'as-tu donc ? Pourquoi es-tu si joyeuse ?

— Parce que je te retrouve.

— Pourquoi es-tu si excitée ? Tu es cramoisie !

— Mon Dieu ! Je suis si contente, si contente, si contente ! » D'un geste fougueux, elle rejeta le plaid qui couvrait Félix et s'assit sur ses genoux. Elle s'en voulut de son propre embarras, puis en voulut à Félix de montrer un visage aussi contrarié, et elle l'embrassa sur les lèvres.

« Qu'est-ce qui te rend si contente ?

« N'ai-je donc pas une bonne raison ? Je suis si heureuse que... » — elle hésita un instant — « que tu en sois libéré.

— De quoi... ? » Dans son interrogation perçait la méfiance.

Il fallait qu'elle s'explique, à présent. Pas d'échappatoire possible. « Eh bien, de la peur.

— Tu veux dire de la peur de la mort ?

— Ne parle pas de cela.

— Pourquoi dis-tu que *moi,* j'en suis libéré ? *Toi,* tu l'es bien aussi, n'est-ce pas ? » À ces paroles, son regard prit un air inquisitorial, presque méchant. Et, comme, au lieu de répondre, elle lui passait les mains dans les cheveux et approchait la bouche de son front, il rejeta un peu la tête en arrière et continua, impitoyable, glacial : « N'as-tu pas eu, une fois au moins, l'intention de partager mon destin ?

— Et cela sera », s'exclama-t-elle vivement avec flamme. Il l'interrompit gravement : « Non, cela ne sera pas. Pourquoi nous bercer d'illusions ? Je n'*en* suis pas libéré. *Cela* se rapproche chaque jour, je le sens.

— Mais... » Elle s'était insensiblement écartée, et s'appuyait maintenant à la rambarde du balcon. Il se leva, marcha de long en large.

« Oui, je le sens. De toute façon il est de mon devoir de t'en faire part. Si cela te frappait à l'improviste, le choc serait probablement par trop violent. Je te rappelle donc qu'à peu près le quart de mon sursis est écoulé. Il se peut que je m'imagine seulement que je dois te le dire... et que la seule raison soit ma lâcheté.

— M'en veux-tu de t'avoir laissé seul, demanda-t-elle, inquiète ?

— C'est ridicule ! répliqua-t-il vivement. Je pourrais accepter que tu sois *sereine*. Moi-même, tel que je me connais, j'attendrai le jour en question avec sérénité. Mais ta *gaieté*, sincèrement, je ne puis la supporter. Je te laisse donc toute liberté de séparer dès les jours prochains ton destin du mien.

— Félix ! »... De ses deux bras elle l'arrêta dans sa marche. Il se dégagea.

« La période la plus pitoyable commence. Jusqu'à présent j'étais le malade intéressant, un peu pâle, un peu toussoteux, un peu mélancolique. Dans une certaine mesure cela peut encore plaire à une femme. Mais ce qui doit venir maintenant, ma chère petite, tu devrais te l'épargner. Cela empoisonnerait le souvenir que tu garderas de moi. »

Elle cherchait en vain une réponse, et le regardait toute désemparée.

« C'est dur à admettre, t'imagines-tu ? Une attitude que l'on taxerait d'insensibilité, et peut-être même d'ignominie. Je te déclare ici qu'il n'est pas question de cela, et que, bien au contraire, tu rendras un fier service à ma vanité si tu acceptes ma proposition. Car je veux au moins que tu gardes de moi un douloureux souvenir, que tu verses sur moi des larmes sincères. Mais ce que je ne veux pas, c'est de te voir des jours et des nuits penchée à mon chevet avec une unique pensée : si seulement c'était fini, puisqu'il faut bien que cela finisse !... et que mon départ soit pour toi une délivrance. »

Elle s'efforçait désespérément de trouver quelque chose à lui dire. Finalement, elle s'écria : « Je resterai auprès de toi pour l'éternité. »

Il n'y fit pas attention. « Nous n'allons plus en parler. Dans huit jours, je pense, je partirai pour Vienne. Je voudrais mettre encore un certain nombre d'affaires en ordre. Avant que nous quittions cette maison, je t'adresserai encore une fois cette question... ou plutôt cette demande.

— Félix ! Je... »

Il l'interrompit avec violence. « Je t'interdis de prononcer encore une parole à ce sujet avant la date que j'ai fixée. » Il quitta le balcon et se dirigea vers la chambre. Elle voulut le suivre. « Laisse-moi maintenant, dit-il très doucement, je veux être un peu seul. »

Retenant ses pleurs, elle resta sur le balcon à fixer l'étendue étincelante. Félix s'était rendu dans la chambre à coucher et s'était jeté sur le lit. Il contempla longtemps le plafond, puis il se mordit les lèvres, serra les poings. Enfin, dans un rictus méprisant, il murmura : « Se résigner ! Se résigner ! »...

*

À partir de cette heure un élément étranger s'était introduit dans leurs relations et, en même temps, un besoin nerveux de causer de mille choses. Ils discutaient des sujets les plus quotidiens avec une grande prolixité. Ils étaient saisis d'anxiété dès qu'ils cessaient de parler. D'où venaient les nuages gris qui se posaient sur les montagnes, quel temps devait-on attendre pour demain, pourquoi l'eau prenait-elle des teintes changeantes aux divers moments de la journée... de telles questions donnaient lieu à de longues discussions. Allaient-ils se promener, ils quittaient alors plus souvent qu'auparavant les environs immédiats de leur maison et s'acheminaient vers les rives du lac, plus animées. Là s'offrait mainte occasion de se livrer à des remarques sur les gens qu'ils rencontraient. Quand par hasard des jeunes gens les croisaient, Marie prenait une attitude particulièrement réservée, et si Félix émettait un vague jugement sur le costume d'été de quelque canotier ou alpiniste, Marie, avec une mauvaise foi à peine consciente, allait jusqu'à prétendre qu'elle n'avait pas vu ces personnes, et ne consentait qu'à contrecœur à les observer attentivement lors d'une nouvelle rencontre. Dans de telles occasions, elle se sentait frôlée par un regard qui lui était désagréable. Puis il leur arrivait de nouveau de marcher un quart d'heure côte à côte sans échanger une parole. Parfois ils restaient assis ensemble sur le balcon en silence jusqu'à ce que Marie, assez souvent, mais sans parvenir à dissimuler son manège, recourût à l'expédient de lui faire la lecture du journal. Même quand elle remarquait qu'il n'écoutait plus, elle continuait à lire, heureuse d'entendre le son de sa propre voix, heureuse qu'entre eux le silence ne fût plus complet. Et cependant, en dépit de ces efforts épuisants, chacun d'eux restait plongé dans ses propres pensées.

Félix dut s'avouer qu'il avait dernièrement joué à Marie une comédie ridicule. S'il avait eu le sincère désir de lui épargner les pitoyables moments à venir, le mieux aurait sans doute été de disparaître simplement de sa vie. Il trouverait bien un lieu tranquille et isolé pour y mourir en paix. Il s'étonnait lui-même de considérer ces choses avec un sang-froid total. Mais quand il se mit à réfléchir sérieusement à l'exécution de ce plan, quand au cours d'une interminable, d'une effroyable nuit blanche, il en envisagea les détails — il partirait le lendemain au petit jour sans dire adieu, il partirait pour la solitude et la mort prochaine en laissant Marie dans une vie ensoleillée, riante, une vie perdue pour lui — alors il sentit toute son impuissance et comprit qu'il ne le pouvait pas, qu'il ne le pourrait jamais. Que faire alors? Le jour viendra, se rapprochera inexorablement où il devra disparaître et laisser derrière lui Marie. Toute son existence ne sera plus que l'attente de ce jour, rien d'autre qu'un sursis déchirant, pire que la mort elle-même. Si seulement il n'avait pas appris dès sa jeunesse à s'observer lui-même ! Tous les symptômes de sa maladie lui auraient échappé, ou bien ils auraient à peine retenu son attention. Sa mémoire lui restituait l'image de gens qu'il avait connus et qui, minés par cette même maladie mortelle, avaient encore, quelques semaines avant leur mort, envisagé l'avenir d'un œil serein, brillant d'espoir. Comme il maudissait l'heure où l'incertitude sur son cas l'avait conduit chez ce médecin auquel, à force de mensonges et par l'étalage d'une force d'âme illusoire, il avait arraché la vérité entière, impitoyable. Et il était là maintenant, individu cent fois réprouvé, n'ayant rien à envier à un condamné qui chaque matin verrait le bourreau s'approcher pour le conduire sur le lieu de l'exécution ; il comprit qu'à aucun moment il n'était vraiment parvenu à se représenter toute l'horreur de son existence. Dans quelque recoin de son cœur restait tapi un espoir perfide, séducteur, qui ne l'abandonnerait jamais complètement. Mais sa raison était la plus forte, et elle lui donnait un conseil clair et net qu'elle lui répétait inlassablement, qu'il entendait dix fois, cent fois, mille fois pendant ces nuits de veille interminables, et pendant ces journées monotones qui pourtant s'écoulaient trop vite, à savoir qu'il n'y avait pour lui qu'une issue, qu'un salut : ne pas attendre, pas une heure, pas une seconde de plus, pour y mettre fin lui-même... ce serait moins lamentable. Et c'était presque une consolation de savoir qu'il n'était pas forcé d'attendre. À chaque instant, s'il le voulait, il pouvait en finir.

Mais elle, elle ! Dans la journée, en particulier, quand elle marchait près de lui ou lui faisait la lecture, il avait souvent le sentiment qu'il ne lui serait pas si pénible de se séparer de cette femme. Elle ne représentait pour lui rien de plus qu'un élément de l'existence. Elle faisait partie de la vie qui l'entourait et qu'il lui faudrait bien un jour quitter, elle ne lui appartenait pas en propre. Mais à d'autres moments, et surtout la nuit quand elle reposait près de lui, les paupières closes, lourdes d'un profond sommeil, dans la beauté de sa jeunesse, il l'aimait éperdument, et, plus son repos à elle était paisible, plus il l'isolait du monde, plus son âme perdue dans des rêves s'éloignait de lui et de ces souffrances qui le tenaient éveillé, plus il l'aimait à la folie. Et une certaine nuit, avant leur départ du lac, un désir irrésistible le prit de la tirer brutalement de ce sommeil délicieux qui lui semblait une méchante infidélité, et de lui crier à l'oreille : « Si tu m'aimes, meurs avec moi, meurs maintenant. » Cependant il la laissa dormir, il le lui dirait demain, demain... peut-être.

Plus souvent qu'il ne s'en doutait, elle avait senti son regard posé sur elle, pendant ces nuits-là. Plus souvent qu'il ne s'en doutait, elle avait simulé le sommeil parce qu'une peur paralysante l'empêchait d'ouvrir complètement les paupières à travers lesquelles, par intermittences, elle percevait la pénombre de la chambre et la silhouette dressée sur le lit. Le souvenir de leur dernier entretien sérieux ne la quittait pas, et elle tremblait à la pensée du jour où il lui reposerait la même question. Mais pourquoi tremblait-elle à ce propos ? La réponse n'était-elle pas claire dans son esprit ? Demeurer courageusement auprès de lui jusqu'à la dernière seconde, recueillir chaque soupir de ses lèvres, embrasser sur ses cils chaque larme arrachée par la douleur ! Doutait-il donc de sa résolution ? Une autre réponse était-elle possible ? Comment ? Laquelle ? Par exemple : « Tu as raison, je vais te quitter. Je veux garder seulement le souvenir du malade intéressant. Je te laisse seul à présent pour pouvoir mieux chérir ta mémoire. » Et après… Elle était irrésistiblement forcée de se représenter tout ce qui devait suivre cette réponse. Elle le voit devant elle, froid, souriant. Il lui tend la main et dit : « Je te remercie. » Puis il se détourne, et elle s'en va rapidement. C'est un matin d'été rayonnant de l'éveil de mille joies. Et elle se hâte dans l'aube aux rayons d'or pour s'éloigner de lui aussi vite que possible. Soudain, tout l'envoûtement s'évanouit. Elle est de nouveau seule, libérée de la pitié. Elle ne sent plus reposer sur elle le regard triste et interrogateur du mourant, qui l'a si terriblement tourmentée tous ces derniers mois. Elle appartient à la joie, à la vie, elle a de nouveau le droit d'être jeune. Elle s'enfuit, et le vent du matin virevolte à sa suite dans un éclat de rire.

Et comme sa détresse redoublait quand cette vision née de ses rêves troubles s'évanouissait ! Elle se tourmentait d'avoir même pu l'imaginer.

Et comme cette pitié pour le malade torturait son cœur, comme elle frémissait d'horreur de le voir conscient, désespéré ! Et comme elle l'aimait d'un amour d'autant plus profond que le jour approchait où elle devait le perdre ! Ah, sa réponse ne pouvait faire aucun doute. Tenir bon auprès de lui, souffrir avec lui, c'était si peu de chose ! Le voir attendre sa dernière heure, partager avec lui pendant des mois la peur de la mort, tout cela n'était rien. Elle veut faire plus pour lui, le plus beau don, le don suprême. Si elle lui promettait de se tuer sur sa tombe, il mourrait avec un doute, allait-elle vraiment le faire ? C'est avec lui, non, … *avant* lui qu'elle veut mourir. Lorsqu'il lui posera la question, elle aura la force de répondre : « Mettons fin à cette torture, mourons ensemble, et mourons tout de suite ! » Et tandis qu'elle se grisait de cette idée, cette femme dont l'image venait de lui apparaître, — qui se hâtait à travers champs dans la caresse du vent matinal, qui se précipitait au-devant de la vie et de la joie, cette femme qu'elle était — lui apparut pitoyable et méprisable.

*

Le jour du départ arriva. Un matin d'une douceur merveilleuse, comme si le printemps revenait. Marie était déjà assise sur le balcon, et le petit déjeuner était prêt quand Félix sortit de la salle de séjour. Il respira profondément. « Ah, quelle journée magnifique !

— N'est-ce pas ?

— Je vais te dire quelque chose, Marie.

— Quoi donc ? » Et rapidement elle ajouta, semblant vouloir devancer sa réponse : « Nous restons encore ici ?

— Non pas, mais nous ne rentrerons pas tout de suite à Vienne. Je ne me sens pas mal aujourd'hui, pas mal du tout. Nous allons nous arrêter quelque part en route.

— Comme tu veux, mon chéri. » Elle se sentit bien soudain, mieux que tous ces derniers temps. De toute la semaine, il n'avait jamais parlé de façon si détendue.

« Je me disais, mon petit, que nous nous arrêterons à Salzbourg.

— Comme tu veux.

— Nous arriverons toujours assez tôt à Vienne, n'est-ce pas ? Et puis, je trouve le trajet en chemin de fer trop long.

— Bien sûr, approuva vivement Marie, rien ne nous presse.

— Alors Miez ? les bagages sont prêts ?

— Depuis longtemps. Nous pouvons partir sur l'heure.

— Je pense que nous prendrons une voiture. C'est une course de quatre à cinq heures, et plus agréable que par le train. Les wagons doivent avoir conservé la forte chaleur d'hier.

— D'accord, comme tu veux, mon chéri. » Elle l'invita à boire son verre de lait, et attira son attention sur les beaux reflets argentés qui jouaient sur les crêtes des vagues. Elle était volubile, exubérante. Il lui répondait aimablement, calmement. Enfin elle proposa d'aller commander la voiture qui, à midi, les conduirait jusqu'à Salzbourg. Il accepta en souriant. Elle se coiffa rapidement de son grand chapeau de paille, embrassa plusieurs fois Félix sur la bouche, et courut dans la rue.

Il n'avait pas posé la question… et il ne la poserait pas. C'était inscrit sur son front serein. Son amabilité présente ne cachait aucune agressivité, alors qu'il lui arrivait parfois d'interrompre à dessein, par une invective, une conversation innocente. Quand cela devait se produire, elle l'avait toujours pressenti, et maintenant il semblait à Marie qu'il lui avait fait une grande faveur. Cette douceur était aussi une sorte de cadeau, un gage de réconciliation.

Revenant sur le balcon, elle le trouva en train de lire le journal arrivé pendant son absence.

« Marie », cria-t-il, en l'invitant d'un regard à s'approcher, « viens voir, quelque chose de surprenant !

— Eh bien, quoi ?

— Lis donc !... Cet homme... le professeur Bernard, est mort.

— Qui ?

— Celui-là même auprès de qui... enfin... celui qui m'avait annoncé de si sombres perspectives. »

Elle lui prit le journal des mains. « Quoi, le professeur Bernard ? » Elle avait sur les lèvres un « Bien fait pour lui ! », mais elle ne l'exprima pas. Il leur semblait que cet événement revêtait pour eux une grande importance. Oui, celui qui, avec toute la science arrogante de sa propre santé inébranlable, avait enlevé tout espoir au malheureux quêtant un secours, avait été lui-même emporté en quelques jours. Ce n'est qu'à cet instant que Félix se rendit compte à quel point il avait haï cet homme... et le fait qu'il fût victime d'un destin vengeur semblait au malade un présage des plus favorables. Il avait l'impression qu'une ombre maléfique disparaissait de son voisinage. Marie repoussa le journal et déclara : « Vraiment, que savons-nous, les humains, de l'avenir ? »

Il reprit ces paroles avec véhémence. « Que savons-nous du lendemain ? Nous ne savons rien, rien ! » Après une courte pause, il passa sans transition à un autre sujet. « Tu as commandé la voiture ?

— Oui, dit-elle, pour onze heures.

— Dans ce cas, nous pouvons bien faire encore un petit tour sur l'eau, non ? »

Elle prit son bras, et tous deux marchèrent jusqu'au hangar à bateaux. Ils avaient le sentiment qu'une réparation bien méritée leur avait été accordée.

*

Tard dans l'après-midi, ils arrivèrent à Salzbourg. À leur grand étonnement, ils virent la plupart des maisons pavoisées. Les gens qu'ils rencontraient étaient en grande tenue, certains arboraient des cocardes. À l'hôtel où ils étaient descendus, en prenant une chambre donnant sur le *Mönchsberg*[1], on leur expliqua qu'un grand gala de chant était organisé, et on leur proposa des billets pour le concert qui devait avoir lieu à huit heures dans le *Kurpark*[1] somptueusement éclairé. Leur chambre se trouvait au premier étage, la Salzach coulait sous leur fenêtre. Tous deux avaient souvent sommeillé pendant le trajet, et ils se sentaient si dispos qu'ils ne restèrent que peu de temps à l'hôtel et redescendirent dans la rue avant la tombée de la nuit.

Une joyeuse animation régnait dans la ville. On eût dit que tous les habitants étaient dans la rue, et les chanteurs avec leurs insignes déambulaient parmi la foule, en groupes enjoués. On pouvait voir également de nombreux étrangers ; un afflux de visiteurs était même venu des villages environnants, paysans en costume du dimanche qui jouaient des coudes dans la cohue. Aux pignons, des oriflammes aux couleurs de Salzbourg claquaient au vent, des arcs de triomphe décorés de fleurs ornaient les grandes artères, par toutes les rues un fleuve humain paisible ondoyait dans la douceur exquise d'une soirée d'été embaumée.

Quittant la rive de la Salzach, délicieux asile de silence, Félix et Marie parvinrent soudain au beau milieu de l'agitation, et après les jours monotones passés dans le calme au bord du lac, la rumeur inhabituelle les étourdissait presque. Cependant ils eurent bientôt retrouvé leur aisance de citadins, et purent jouir en toute quiétude de l'animation. Comme par le passé, Félix ne goûtait pas particulièrement la gaieté populaire ; Marie, par contre, parut vite s'y complaire, s'arrêtant comme une enfant devant des femmes en costumes salzbourgeois, ou suivant des yeux quelques chanteurs à la belle prestance, ceints de leurs écharpes, qui les croisaient en flânant. Parfois elle regardait en l'air pour admirer la décoration particulièrement somptueuse d'un édifice. Elle se retournait de temps en temps vers Félix qui marchait à son côté sans manifester un grand intérêt, et poussait une exclamation : « Regarde comme c'est beau ! » mais sans obtenir d'autre réponse qu'un hochement de tête silencieux.

« Sérieusement, ne crois-tu pas que nous avons eu une heureuse inspiration ? » dit-elle enfin.

Elle ne put déchiffrer le regard qu'il lui jeta. Il se décida à dire : « Tu souhaiterais probablement aller dans le *Kurpark* entendre le concert ? »

Elle se contenta de sourire, puis répliqua : « Nous n'allons pas commencer à nous montrer radins. »

Son sourire exaspéra Félix. « Serais-tu vraiment capable d'exiger cela de moi ?

— Mais qu'est-ce qui te prend ?» dit-elle effrayée, puis elle se retourna aussitôt pour contempler un couple gracieux, élégant, visiblement en voyage de noces, qui passait en devisant joyeusement de l'autre côté de la rue. Marie reprit la promenade au côté de Félix, mais sans lui prendre le bras. Par moments le flot humain les séparait pour quelques secondes, puis elle le retrouvait longeant les murs, manifestant ainsi sa répugnance à côtoyer tous ces gens. Peu à peu la nuit tombait, les lumières brûlaient dans les réverbères, et à certains endroits de la ville, en particulier le long des arcs de triomphe, on avait suspendu des lampions multicolores. La majorité des promeneurs se dirigeaient vers le *Kurhaus*. L'heure du concert approchait. Tout d'abord ils furent entraînés par la foule ; puis Félix prit soudain le bras de Marie, ils obliquèrent dans une rue plus étroite, atteignirent bientôt un quartier plus calme et moins illuminé. Après quelques minutes d'une marche silencieuse ils se trouvèrent au bord de la Salzach, en un endroit tout à fait écarté où seul le bruissement monotone de la rivière leur parvenait.

« Que cherchons-nous donc là ? demanda-t-elle.

— Le calme », dit-il d'une voix presque autoritaire. Et comme elle ne répliquait rien, il continua sur un ton d'irritation nerveuse : « Nous ne sommes pas à notre place là-bas. Les lumières chatoyantes, les chants joyeux, les gens qui rient, la jeunesse ne sont plus pour nous. Voici l'endroit qui nous convient, où les bruits de la fête ne résonnent pas, où nous sommes solitaires. C'est *ici* que nous devons être. » Puis il ajouta, d'un accent contenu où perçait de nouveau un mépris glacial : « ... *Moi,* tout au moins. »

En l'écoutant, elle se rendit compte que cela ne la touchait pas aussi profondément que d'habitude. Mais elle se dit qu'elle l'avait souvent entendu, et puis qu'il exagérait visiblement... Aussi sa réponse fut-elle empreinte d'une douceur conciliante. « Je ne mérite pas cela, vraiment pas. »

Et lui, là-dessus, retrouvant un ton fielleux qu'il avait souvent eu, déjà : « Excuse-moi. » Saisissant son bras, se blottissant contre lui, elle continua : « *Nous deux,* nous ne sommes pas ici à notre place.

— Oui ! » Il le cria presque.

« Moi non plus, dit-elle doucement, je ne veux pas retourner dans la foule. J'en ai autant horreur que toi. Mais quelle raison avons-nous donc de fuir comme si nous étions des pestiférés ? »

À cet instant, la musique de l'orchestre résonna jusqu'à eux dans l'air pur, sans le moindre souffle de vent, et dans toute son ampleur. On pouvait presque distinguer nettement chaque note. C'étaient de solennels appels de trompettes, manifestement l'ouverture du concert.

« Partons », dit soudain Félix, après qu'ils furent restés un moment immobiles à écouter. « Rien au monde ne me rend plus triste qu'une musique dans le lointain.

— Oui, approuva-t-elle, c'est vraiment un son mélancolique. »

Ils regagnèrent aussitôt la ville. Là on entendait moins distinctement la musique qu'en bas au bord de la rivière, et quand ils retrouvèrent les rues éclairées, animées, Marie fut reprise d'une tendre compassion pour son bien-aimé. Elle le comprit de nouveau, lui pardonna tout. « Rentrons-nous ? demanda-t-elle.

— Non, pourquoi ? As-tu sommeil ?

— Oh non !

— Alors restons encore un peu dehors, veux-tu ?

— D'accord... Mais l'air n'est-il pas un peu frais ?

— Non, il fait lourd, il fait même très chaud, répondit-il, agacé. Nous allons dîner en plein air.

— Très volontiers. »

Ils arrivèrent au voisinage du *Kurpark*. L'orchestre avait terminé le premier morceau. De l'enceinte illuminée leur parvenait à présent le brouhaha des conversations, des exclamations de plaisir. Quelques retardataires passèrent près d'eux en courant. Deux chanteurs aussi qui, dans leur hâte, les frôlèrent très vite. Marie les suivit des yeux et, tout de suite après, les reporta sur Félix, un peu inquiète, comme pour réparer une faute. Il se mordait les lèvres, une colère péniblement réprimée marquait son front. Elle crut qu'il allait dire quelque chose, mais il resta muet. Se détournant d'elle, son regard assombri suivit les deux hommes qui disparurent à l'entrée du parc. Il savait bien ce qu'il éprouvait. Devant lui passait ce qu'il haïssait mortellement. Une partie de ce qui serait encore là quand lui n'y serait plus, des êtres qui seraient encore jeunes et vivants, qui riraient quand lui ne pourrait plus ni rire, ni pleurer. Et à côté de lui, s'accrochant à son bras plus étroitement qu'auparavant avec un certain sentiment de culpabilité, marchait un représentant de cette jeunesse vivante et rieuse, inconsciemment sensible à cette parenté. Et *lui* le savait, et une douleur furieuse le déchirait. Pendant quelques longues secondes, ils restèrent muets tous les deux. Puis un profond soupir sortit de la poitrine de Félix ; elle voulut voir son visage, mais il l'avait détourné. Tout à coup il dit : « Ici ce serait très bien. » Sur le moment, elle ne comprit pas sa pensée. « Comment ? »

Ils se trouvaient devant un restaurant en plein air tout près du *Kurpark*. De grands arbres déployaient leurs feuillages au-dessus des tables aux nappes blanches, faiblement éclairées par des lampadaires. Ce jour-là, les clients étaient rares. Ils purent à loisir choisir leur place, et s'installèrent finalement dans un coin du jardin. Il y avait en tout à peine vingt personnes. Tout près d'eux était assis le jeune couple élégant qu'ils avaient déjà rencontré. Marie les reconnut aussitôt. De l'autre côté, dans le parc, un chœur se fit entendre. Les voix leur parvenaient un peu affaiblies, mais parfaitement nettes ; et les feuilles des arbres semblaient vibrer au souffle éclatant des voix joyeuses. Félix avait commandé un bon vin du Rhin et le dégustait, les yeux mi-clos, s'abandonnant au charme de la musique, sans se demander d'où elle venait. Marie s'était approchée tout contre lui, et il sentait la chaleur de son genou contre le sien. Après la terrible exaltation des derniers moments, une sorte d'apathie bienfaisante l'avait soudain envahi, et il se félicitait d'être parvenu à force de volonté à cette indifférence. Car, au moment même où ils s'étaient assis à la table, il avait pris la ferme résolution de dominer sa douleur lancinante. Il manquait d'énergie pour examiner plus en détail la part de sa volonté dans ce contrôle de soi. Car plusieurs considérations contribuaient maintenant à l'apaiser : le fait qu'il avait interprété le regard de Marie plus gravement qu'il ne le méritait, qu'elle n'aurait peut-être pas observé différemment quelqu'un d'autre, et qu'elle observait le couple inconnu à la table voisine tout comme précédemment les chanteurs.

Le vin était bon, la musique ensorceleuse, cette soirée d'été avait une douceur grisante, et comme Félix levait les yeux vers Marie, il vit briller dans les siens l'éclat d'une bonté et d'un amour infinis. Il eut envie de plonger de tout son être dans l'instant présent. Il fit un dernier appel à sa volonté pour qu'elle le libère de tout, du passé comme de l'avenir. Il voulait être heureux, ou tout au moins grisé. Et soudain, à l'improviste, un sentiment entièrement nouveau lui vint, gage merveilleux de délivrance : l'impression qu'il ne lui en coûterait presque rien de se décider à se suicider. Oui, maintenant, sur-le-champ. Et cela lui serait toujours possible ; une ambiance pareille à celle-ci se retrouverait bientôt. De la musique, une légère ivresse, une jolie fille à son côté… ah oui, c'était Marie. Il réfléchit. Peut-être n'importe quelle autre lui aurait-elle plu tout autant. Elle aussi dégustait le vin avec grand plaisir. Félix dut bientôt commander une autre bouteille. Il y avait longtemps qu'il ne s'était pas senti aussi content. Il se l'expliqua en pensant qu'il avait simplement bu un peu plus d'alcool que d'habitude. Mais qu'importait ?

Puisque c'était possible… Vraiment, la mort avait perdu pour lui son aspect effrayant. Ah, tout était tellement égal !

« Eh bien, Miez ? » dit-il.

Elle se blottit contre lui.

« Que veux-tu donc savoir ?

— Tout est tellement égal, n'est-ce pas ?

— Oui, tout, répondit-elle, si ce n'est que je t'aime pour l'éternité. »

Qu'elle lui déclare cela maintenant avec tant de sérieux lui parut très étrange. La personnalité de Marie lui était presque indifférente. Elle se fondait dans l'ensemble. Oui, c'était bien ainsi, voilà comment il fallait traiter les choses. Ah, non, ce n'est pas le vin qui crée ces visions, le vin ne fait que nous débarrasser de ce qui d'ordinaire nous rend lourds et lâches… il dépouille de leur importance les choses et les gens. Là, maintenant, un peu de poudre blanche versée dans le verre… comme ce serait simple ! À cette pensée il sentit des larmes lui monter aux yeux. Il s'apitoyait un peu sur lui-même.

Là-bas le chœur se terminait. On percevait maintenant les applaudissements et les bravos, puis ce fut une rumeur assourdie, et bientôt l'orchestre reprit avec une polonaise majestueuse au rythme allègre. Félix de la main battait la mesure. Une idée lui passa par la tête : « Ah, ce lambeau de vie, je veux le vivre aussi bien que possible. » Mais cette pensée n'impliquait rien de lugubre, elle avait plutôt quelque chose de fier, de royal. Comment ? Attendre dans l'angoisse son dernier souffle, alors que c'est le sort commun ? Gâcher ses jours et ses nuits à remâcher des considérations fastidieuses, alors qu'il se sent au tréfonds de lui-même encore mûr et vigoureux pour goûter tous les plaisirs, alors qu'il sent que la musique l'enthousiasme, que le vin a un goût exquis, et que son plus cher désir serait de prendre cette fille splendide sur ses genoux et de la couvrir de baisers ? Non, il est encore un peu trop tôt pour se laisser démoraliser ! Et quand l'heure viendra où il n'y aura plus pour lui aucun objet d'enthousiasme ou de désir… une fin rapide, volontaire, fière et royale ! Il prit la main de Marie, la garda longtemps dans la sienne. Puis lentement l'effleura du bout des lèvres.

« Voyons… », murmura Marie, avec une expression de plaisir. Il l'observa longuement. Qu'elle était belle… belle ! « Viens », dit-il alors.

Elle répondit ingénument : « Et si nous écoutions encore un morceau ?

— Oh, oui, dit-il, nous ouvrirons notre fenêtre, et le vent nous l'apportera dans la chambre.

— Es-tu déjà fatigué ? » demanda-t-elle, un peu soucieuse.

D'un air mutin, il lui caressa les cheveux et dit en riant : « Oui !

— Alors, partons. »

Ils se levèrent et quittèrent le jardin. Elle prit son bras, s'y appuya très fort et mit sa joue contre son épaule. Sur le chemin du retour, un chœur que les chanteurs venaient d'entonner les accompagnait, de plus en plus faiblement. Sur un rythme de valse fort gaie, avec un refrain très impétueux qui vous faisait marcher d'un pas plus libre et plus léger. L'hôtel était à peine à quelques minutes de là. Lorsqu'ils grimpèrent l'escalier, ils n'entendirent plus la musique, mais, dès l'entrée dans la chambre, le refrain de la valse les accueillit avec ses accents endiablés.

Ils trouvèrent la fenêtre grande ouverte. La clarté bleue de la lune répandait ses rayons dans la pièce. En face, les contours du Mönchsberg avec le château fort se détachaient très nettement. Il n'était pas nécessaire de donner de la lumière, un large rai argenté s'étendait sur le plancher, et seuls les angles de la chambre restaient dans l'ombre. Dans l'un, près de la fenêtre, se trouvait un fauteuil. Félix s'y jeta et attira violemment Marie dans ses bras, il l'embrassa, elle lui rendit ses baisers. Là-bas, dans le parc, le chant était terminé, mais on applaudit si longtemps qu'il fut repris du début. Soudain Marie se redressa et courut à la fenêtre. Félix la suivit. « Qu'est-ce que tu as ? » demanda-t-il.

— Non, non ! »

Il frappa du pied. « Pourquoi donc, non ?

— Félix ! » Elle joignit les mains comme pour une prière.

« Non ? » dit-il, les dents serrées. « Non ? Il vaut mieux que je me prépare dignement à la mort ?

— Mais, Félix ! » Et déjà elle se laissait tomber devant lui, et embrassait ses genoux.

Il l'attira à lui. « Tu es vraiment une enfant », murmura-t-il, puis, dans le creux de l'oreille : « Je t'aime beaucoup, sais-tu ? Et nous allons être heureux aussi longtemps qu'il nous restera un peu de vie. Je renonce à une année vécue dans la détresse et l'angoisse, je ne veux plus que quelques semaines, quelques jours et quelques nuits. Mais je veux les *vivre*, je ne veux rien me refuser, rien, puis ce sera là en bas, si tu veux... » Et, entourant d'un bras sa taille, il désigna de l'autre la rivière qui coulait sous la fenêtre. Les chanteurs s'étaient tus, et l'on entendait à présent le léger bruissement de l'eau.

Marie ne répondit rien. Elle s'était pendue étroitement à son cou, Félix respirait le parfum de sa chevelure. Comme il l'adorait ! Oui, encore quelques jours de bonheur, et puis...

Autour d'eux le silence s'était fait, et Marie s'était endormie à son côté. Depuis longtemps, le concert était terminé ; sous leur fenêtre, les derniers participants à la fête passaient en bavardant et en riant très fort. Que ces individus bruyants fussent ceux-là mêmes dont le chant l'avait si profondément ému était pour Félix un fait déconcertant. Enfin les dernières voix se turent, et il n'entendit plus que le murmure plaintif de la rivière… Oui, encore quelques jours et quelques nuits, et ensuite… Pourtant, elle aimait tellement la vie. Aurait-elle jamais le courage ? Mais elle n'avait même pas besoin de courage, pas même besoin de le savoir. À une heure quelconque elle se sera endormie dans ses bras… comme maintenant… mais pour ne plus se réveiller. Et quand il en sera parfaitement sûr… oui, *ensuite* il pourra disparaître. Mais il ne lui dira rien, elle aime trop la vie ! Elle se mettrait à avoir peur de lui, et en fin de compte, il lui faudra, lui seul… Quelle horreur ! Le mieux serait de… tout de suite… maintenant — — — Elle dort si bien ! Lui serrer fortement le cou, et ce serait accompli. Non, quelle stupidité ! Il a encore des heures délicieuses devant lui, il saura bien laquelle devra être la dernière. Il contemplait Marie, et il lui semblait tenir dans ses bras une esclave endormie…

*

La décision qu'il venait enfin de prendre l'apaisa. Un sourire mauvais passait sur ses lèvres quand, flânant par les rues avec Marie les jours suivants, il remarquait un homme dont le regard admiratif la frôlait. Ensemble à la promenade, ou assis le soir dans le jardin, ou la nuit quand il l'étreignait, il se sentait plus fier que jamais de la posséder. Une seule chose le contrariait parfois, c'était qu'elle ne le suive pas de son plein gré dans la mort. Mais des indices lui prouvaient qu'il pourrait y parvenir. Elle n'osait plus se refuser à ses désirs ardents, son abandon n'avait jamais été aussi enchanté que dans ces dernières nuits. Frémissant de joie, il voyait le moment approcher où il oserait lui dire : « Nous mourrons ensemble aujourd'hui. » Mais il repoussait cet instant. À certaines heures il imaginait un tableau aux couleurs romantiques : il lui planterait un poignard dans le cœur, et elle, exhalant son dernier soupir, baiserait la main bien-aimée. Il se demandait toujours si elle était parvenue à ce stade. Mais il était bien obligé d'en douter encore.

Un matin, au réveil, Marie fut prise d'une grande frayeur : Félix n'était plus à côté d'elle. Elle se redressa dans le lit et l'aperçut assis dans un fauteuil près de la fenêtre, blême comme un mort, la tête penchée, la chemise ouverte sur sa poitrine. Prise de panique, elle se précipita vers lui. « Félix ! »

Il ouvrit les yeux. «Quoi? Qu'est-ce qu'il y a?» Il porta les mains à sa poitrine et gémit.

«Pourquoi ne m'as-tu pas réveillée? cria-t-elle, affolée.

— Maintenant, ça va», dit-il. Elle courut au lit, saisit la couverture, l'étala sur ses genoux. «Dis-moi, au nom du ciel, ce que tu fais ici!

— Je ne sais pas. J'ai dû rêver. Quelque chose m'étreignait la gorge. Je ne pouvais pas respirer. Je n'ai pas pensé à toi. Ici, près de la fenêtre, je me suis senti mieux.»

Marie avait jeté rapidement un vêtement sur ses épaules et fermé la fenêtre. Un vent désagréable s'était levé, du ciel gris commençait à tomber une pluie fine qui apportait dans la pièce un souffle d'humidité traîtresse. La chambre avait tout d'un coup perdu cette douce intimité d'une nuit d'été, elle était devenue grise, étrangère. Un matin d'automne désolé avait surgi, qui raillait et balayait tout le charme que leurs rêves y avaient créé.

Félix était parfaitement calme. «Pourquoi donc ce regard affolé? Qu'y a-t-il là d'extraordinaire? Des mauvais rêves, j'en ai déjà fait quand j'étais en bonne santé.»

Elle ne se laissa pas calmer. «Je t'en prie, Félix, rentrons, retournons à Vienne.

— Mais…

— De toute façon, l'été est fini. Regarde, dehors tout est désert, c'est lugubre! De plus, si le froid vient, ce sera dangereux.»

Il l'écoutait attentivement. À son propre étonnement, il ressentait juste en ce moment un bien-être comme celui d'un convalescent fatigué. Il respirait sans effort, et la langueur qui l'enveloppait avait quelque chose de doux, de berceur. Il comprenait très bien qu'ils dussent quitter la ville. La perspective de changer de lieu lui était plutôt agréable. Il se réjouissait à l'idée de passer cette journée pluvieuse et froide dans un compartiment, la tête appuyée sur la poitrine de Marie.

«Bon, dit-il, nous partirons.

— Aujourd'hui même?

— Oui, aujourd'hui même. Par le rapide de midi, si tu veux.

— Mais cela ne te fatiguera pas?

— Que vas-tu penser? Voyager n'est pas une épreuve! Et tu te chargeras de tous les détails qui me sont insupportables en déplacement, n'est-ce pas?»

Elle se félicitait de l'avoir si facilement convaincu de partir. Elle se mit sur-le-champ à s'occuper des bagages, régla la note, commanda une voiture, et fit réserver un compartiment. Félix fut bien vite habillé, il ne quitta pas la chambre et resta allongé sur le divan toute la matinée. Il regardait Marie s'affairer dans la pièce, et souriait parfois. Mais la plupart du temps il sommeillait. Il était si épuisé, si épuisé ; et quand il levait les yeux vers elle, il était heureux de savoir qu'elle resterait partout avec lui, et la pensée qu'ils reposeraient ensemble lui traversa l'esprit comme en rêve. « Bientôt, bientôt », pensa-t-il. En vérité, cela ne lui avait jamais semblé si éloigné.

*

Et, tout comme il se l'était représenté le matin, Félix se retrouva l'après-midi confortablement étendu de tout son long dans un compartiment, la tête sur la poitrine de Marie, le plaid étalé sur lui. Par les vitres fermées il observait la grisaille du jour, il voyait la pluie tomber doucement, plongeait ses yeux dans le brouillard d'où surgissaient parfois des collines et des maisons proches ; les poteaux télégraphiques défilaient rapidement, leurs fils dansaient, montant et descendant, de temps en temps le train s'arrêtait dans une gare, mais Félix, dans sa position, ne pouvait apercevoir les gens qui devaient se tenir sur le quai. Les pas, les voix, les sonneries, les sifflets ne lui parvenaient qu'assourdis. Au commencement il se fit lire le journal par Marie, mais elle devait par trop forcer sa voix, et bientôt ils y renoncèrent. Tous deux étaient heureux de rentrer chez eux.

La nuit tombait, la pluie ruisselait. Félix éprouvait le besoin de voir clair en lui-même, mais ses pensées restaient confuses. Il réfléchissait. Ici nous avons un homme gravement malade... Il a passé ces jours-ci à la montagne, car c'est là que se rendent les grands malades en été... Et voici sa bien-aimée, elle l'a soigné fidèlement, et cela l'a beaucoup fatiguée... Elle est si pâle, à moins que cela ne tienne seulement à l'éclairage ?... Ah oui, la lampe là-haut est déjà allumée ! Pourtant, dehors il ne fait pas tout à fait nuit... Voici l'automne... L'automne si triste et silencieux... Ce soir, nous retrouverons notre chambre viennoise... J'aurai l'impression de ne l'avoir jamais quittée... Ah, c'est une bonne chose que Marie dorme, je n'aimerais pas l'entendre parler maintenant... Y a-t-il des chanteurs du concert dans le train ?... Je suis seulement fatigué, je ne suis pas du tout malade. Dans le train, il y en a de beaucoup plus malades que moi... Quel bienfait que la solitude !... Comment s'est passée toute cette journée ? Était-ce vraiment aujourd'hui que j'étais allongé sur un divan à Salzbourg ? C'est si loin... Au fond, le temps et l'espace, qu'en savons-nous ?... L'énigme du monde... nous la résolvons peut-être à notre mort… Et voilà qu'une mélodie chantait dans sa tête. Il savait que cela était dû seulement au roulement du train… Et pourtant c'était une mélodie… Un chant populaire… russe… monotone… très beau…

« Félix, Félix !

— Qu'y a-t-il ? » Marie, debout devant lui, caressait sa joue.

« Bien dormi, Félix ?

— Que se passe-t-il ?

— Dans un quart d'heure, nous serons à Vienne.

— Oh, pas possible !

— Ce fut un sommeil réparateur. Il t'aura sûrement fait du bien. »

Elle rassembla les bagages, le train fonçait dans la nuit. De minute en minute, un sifflement aigu prolongé retentissait. Dehors, vite disparues derrière les vitres, des lumières scintillaient. Le train traversait les gares de la banlieue de Vienne.

Félix s'assit. « D'être resté si longtemps allongé m'a éreinté. » Il s'installa dans le coin, regarda par la vitre. Il pouvait déjà apercevoir, de loin, les rues éclairées de la ville. Le train ralentissait. Marie ouvrit la vitre et se pencha au-dehors. Le convoi entrait en gare. Marie agita la main. Puis elle se tourna vers Félix et s'écria : « Le voilà, le voilà !

— Qui ?

— Alfred !

— Alfred ? »

Elle agitait toujours la main. Félix, qui s'était levé, regarda par-dessus son épaule. Alfred approchait rapidement de leur compartiment. Il tendit la main à Marie. « Bonjour à vous ! Salut, Félix.

— Qu'est-ce qui t'amène ?

— Je lui ai télégraphié, dit Marie vivement, pour lui annoncer notre arrivée.

— Eh bien, tu es un drôle d'ami, dit Alfred. La poste est une invention que tu sembles ignorer ! Mais viens donc.

— J'ai tant dormi, dit Félix, que je suis encore tout abruti. » Il souriait en descendant les marches du wagon, et chancelait un peu. Alfred prit son bras, et Marie, comme pour lui donner le sien, le soutint vite de l'autre côté.

« Vous devez être vannés tous les deux, n'est-ce pas ?

— Je ne tiens plus debout, dit Marie, on sort tout courbaturé de cet abominable chemin de fer, hein, Félix ? »

Ils descendirent lentement les marches. Marie cherchait le regard d'Alfred, il évitait le sien. En bas, il appela une voiture. « Je suis heureux de t'avoir vu, mon cher Félix. Demain matin, je viendrai te voir pour bavarder plus longuement.

— Je suis complètement abruti », répéta Félix. Alfred voulut l'aider à monter dans la voiture. « Oh, ça ne va pas si mal, oh non! » Il s'installa et tendit la main à Marie. « Tu vois. » Marie le suivit.

« Eh bien donc, à demain! » dit-elle en prenant congé d'Alfred par la vitre ouverte. Il y avait dans son regard interrogateur une telle frayeur qu'Alfred se força à sourire. « Oui, à demain, je prendrai le petit déjeuner avec vous. » La voiture s'éloigna. Alfred resta un moment immobile, la mine soucieuse.

« Mon pauvre ami! » murmura-t-il.

*

Le lendemain matin, Alfred vint de très bonne heure, et Marie l'accueillit à la porte. « Il faut que je vous parle, lui dit-elle.

— Laissez-moi plutôt le voir. Quand je l'aurai examiné, tout ce que nous aurons à nous dire aura plus de portée.

— Je vous demanderai une seule chose, Alfred. Quel que soit, à votre avis, son état, je vous en conjure, ne lui en dites rien.

— Qu'allez-vous penser là! Et puis, ce ne sera pas si grave. Dort-il encore?

— Non, il est réveillé.

— Comment s'est passée la nuit?

— Il a dormi profondément jusqu'à quatre heures du matin. Ensuite, il s'est agité.

— Laissez-moi d'abord le voir seul. Il vous faut ramener un peu de sérénité sur cette petite figure blême. Vous ne devez pas aller le voir dans cet état. » Il lui serra la main en souriant, et pénétra seul dans la chambre.

Félix avait tiré la couverture jusqu'au-dessus de son menton, il salua son ami d'un signe de tête. Celui-ci s'assit sur le lit et dit : « Alors, on est heureux d'être rentré chez soi, non?... Tu t'es bigrement reposé, et j'espère que tu as laissé ta mélancolie à la montagne!

— Oh oui! répondit Félix sans broncher.

— Ne peux-tu pas te redresser un peu? Quand je viens de si bonne heure, c'est en qualité de médecin.

— Si tu veux », dit Félix d'un ton indifférent.

Alfred ausculta le malade, posa quelques questions qui n'obtinrent que de brèves réponses, et dit en conclusion : « Eh bien, pour le moment, on peut se déclarer satisfait.

— Cesse de raconter des histoires, répliqua Félix avec humeur.

— Et toi, cesse plutôt de dire des bêtises. Nous allons prendre le taureau par les cornes. Tu dois avoir la volonté de guérir, et ne pas jouer les victimes résignées. Ça ne te va pas du tout.

— Alors, que dois-je faire?

— Avant tout, rester quelques jours au lit, compris?

— Je n'ai d'ailleurs aucune envie de me lever.

— C'est tant mieux.»

Félix s'anima : «Il y a seulement une chose que je voudrais savoir. Qu'est-ce qui m'est arrivé hier? Sérieusement, Alfred, il faut que tu me l'expliques. L'impression de vivre un rêve confus. Le voyage en train, l'arrivée, comment je suis venu à la maison, comment je me suis couché...

— Qu'y a-t-il à expliquer? Tu n'es pas un athlète, ce sont des choses qui arrivent quand on est mort de fatigue.

— Non, Alfred, je n'ai jamais connu auparavant un épuisement semblable à celui d'hier. Aujourd'hui, je suis encore fatigué, mais j'ai retrouvé mes idées claires. Hier, ce ne fut pas si désagréable, mais le souvenir en est horrible. Quand je pense que cela pourrait m'arriver de nouveau!...»

À cet instant, Marie entra dans la chambre.

«Remercie Alfred, dit Félix, te voilà promue par lui garde-malade. À partir d'aujourd'hui je dois garder la chambre, et j'ai l'honneur de te présenter ici mon lit de mort.»

L'épouvante se peignit sur le visage de Marie.

«Ne vous laissez pas démoraliser par cet insensé, dit Alfred. Il doit rester couché quelques jours, et vous aurez la bonté de le surveiller.

— Oh! Alfred, si tu pouvais te douter quel ange veille à mes côtés», dit Félix avec un enthousiasme ironique.

Alfred donna ensuite des prescriptions détaillées concernant les soins à prendre, les précautions à observer, et dit enfin : «Je t'annonce, mon cher Félix, qu'à partir de maintenant je ne te rendrai visite comme ton médecin qu'un jour sur deux. Davantage, ce n'est pas nécessaire. Les autres jours, nous ne parlerons pas de ton état; je viendrai pour bavarder avec toi comme à l'accoutumée.

— Mon Dieu, s'écria Félix, quel psychologue, cet homme! Mais réserve tes singeries pour les autres patients, surtout quand elles sont aussi épaisses!

— Mon cher Félix, je vais te parler d'homme à homme. Écoute-moi bien. Tu es malade, c'est certain. Mais il est tout aussi certain qu'avec un traitement sérieux tu guériras. Je ne peux t'en dire ni plus, ni moins. » Sur ces mots, il se leva.

Félix le suivit d'un regard soupçonneux. « On serait presque tenté de le croire.

— C'est ton affaire, mon cher Félix, répliqua brièvement le docteur.

— Eh bien, Alfred, tu viens à nouveau de tout gâcher, dit le malade. Ce ton sec envers les grands malades… c'est un truc connu.

— À demain », dit Alfred en se dirigeant vers la porte. Marie le suivit et voulut l'accompagner jusqu'à la sortie. « Restez là », lui souffla-t-il d'un ton impératif. Elle ferma la porte derrière lui.

« Viens vers moi, ma petite », dit Félix, alors que Marie, arborant un sourire enjoué, s'installait à la table avec de la couture. « Oui, viens ici. Tu es une brave, une très gentille petite fille. » Ces paroles tendres, il les prononça d'un ton âpre et dur.

*

Les jours suivants, Marie ne quitta pas son chevet, elle n'était que bonté et dévouement. Tout son être respirait une sérénité tranquille, naturelle, qui devait être salutaire au malade, et qui l'était en effet, par moment. Cependant, à certaines heures, le climat de bonne humeur paisible que Marie s'efforçait de créer autour de lui quand elle commençait à commenter quelque nouvelle lue dans le journal, ou à parler de l'amélioration constatée dans son état, ou à envisager la façon dont ils organiseraient sous peu leur vie dès qu'il serait complètement rétabli, ce climat l'agaçait, et il l'interrompait, la priant de bien vouloir le laisser en paix et de lui faire grâce de ses discours. Alfred venait tous les jours, parfois à deux reprises, mais semblait à peine s'intéresser à l'état physique de son ami. Il parlait de relations communes, racontait des histoires de l'hôpital, entamait des discussions sur l'art ou la littérature, mais en veillant à ce que Félix ne soit pas forcé de trop parler. Tous les deux, son amante et son ami, paraissaient si détendus que Félix avait parfois de la peine à repousser les espérances audacieuses qui s'imposaient à lui. Il se disait que c'était évidemment le devoir des deux autres de lui jouer cette comédie qu'on offre depuis toujours aux grands malades avec plus ou moins de succès. Et même lorsqu'il s'imaginait se prêter à leur jeu et y participer lui-même, il se surprenait souvent à parler du monde et des hommes comme si son destin était de passer encore de nombreuses années sous la lumière du soleil, parmi les vivants. Puis il se souvenait que ce curieux sentiment de bien-être chez les malades de son espèce signifiait souvent l'approche de la fin, et il rejetait alors rageusement loin de lui toute espérance. Il en arrivait même à considérer de vagues impressions d'anxiété ou des accès d'humeur noire comme des signes favorables, et était presque tenté de s'en réjouir. Puis il redécouvrait l'absurdité d'une telle logique… pour admettre finalement qu'il n'y avait en ce domaine aucune vérité, aucune certitude. Il avait repris ses lectures, mais ne trouvait aucun plaisir aux romans ; ils l'ennuyaient, et certains, en particulier ceux qui évoquaient à loisir une existence prospère et aventureuse, le rendaient de méchante humeur. Il se tourna vers les philosophes et pria Marie d'aller chercher dans son armoire des livres de Schopenhauer et de Nietzsche. Mais les effluves apaisants qui émanaient de cette sagesse ne durèrent que peu de temps.

Un soir, Alfred le trouva venant de laisser retomber sur sa couverture un volume de Schopenhauer et regardant dans le vague d'un air sombre. Marie était assise à côté de lui, occupée par un travail de couture.

« Je vais te dire quelque chose, Alfred », cria-t-il au visiteur d'une voix presque furieuse. « Je vais malgré tout me remettre à lire des romans.

— Qu'y a-t-il donc ?

— Voilà au moins une affabulation honnête. Bonne ou mauvaise, œuvre d'artiste ou de bousilleur. Mais ces messieurs-là » — il désigna des yeux le volume posé sur la couverture — « sont de méprisables poseurs.

— Oh ! »

Félix se redressa dans son lit. « Mépriser la vie quand on jouit d'une santé du tonnerre, et regarder calmement la mort en face quand on voyage pour son plaisir en Italie et qu'autour de vous la vie resplendit de toutes ses couleurs… j'appelle cela tout simplement de la pose. Qu'on enferme ce monsieur dans une chambre, qu'on le condamne à la fièvre, à la suffocation, et qu'on lui dise : “Vous serez enterré entre le 1er janvier et le 1er février de l'année prochaine”, on verra alors quels discours philosophiques il vous tiendra…

— Allons ! dit Alfred, que signifient ces paradoxes !

— Tu ne comprends pas cela. Tu ne peux pas le comprendre ! Cela me dégoûte au sens propre. Ce sont tous des poseurs.

— Et Socrate ?

— C'était un comédien. Un homme normal a peur de l'inconnu, et cette peur on peut tout au plus la dissimuler. Je veux être totalement honnête : on fausse la psychologie des mourants parce que toutes les célébrités de ce monde dont on connaît la mort se sont senties obligées de jouer la comédie pour la postérité. Et moi ! Qu'est-ce que je fais ?

Hein? Quand je discute avec vous de tous les sujets possibles qui ne me concernent plus, qu'est-ce que je fais?

— Allons, ne parle pas tant, surtout pour dire de telles bêtises.

— Moi aussi je me sens tenu de dissimuler, tandis qu'en vérité j'éprouve une peur immense, ravageante, dont les êtres bien portants n'ont aucune idée, et cette peur les étreint tous, y compris les héros et les philosophes... la seule différence est qu'ils sont meilleurs comédiens.

— Calme-toi donc, Félix, supplia Marie.

— Vous deux aussi, vous croyez probablement, continua le malade, que vous pouvez regarder tranquillement l'éternité en face parce que vous n'en avez pas la moindre idée. Il faut être condamné comme un criminel... ou comme moi, pour pouvoir en parler. Le pauvre diable qui marche dignement jusqu'au gibet, le sage éminent qui prononce des maximes après avoir vidé la coupe de ciguë, le héros de la liberté emprisonné qui regarde en souriant les fusils pointés sur sa poitrine sont tous des imposteurs, *moi,* je le sais... et leur maîtrise, leur sourire ne sont que pose, car ils ont tous peur, une peur épouvantable de la mort, phénomène aussi naturel que celui de mourir. »

Alfred s'était assis calmement sur le lit, et lorsque Félix eut terminé, il répondit : « En tout cas, il n'est pas raisonnable de ta part de parler autant et de crier si fort. Deuxièmement, tu es aussi ridicule que possible, et un affreux hypocondriaque.

— Tu vas si bien maintenant, s'exclama Marie.

— Est-ce qu'elle le croit vraiment? » demanda Félix, tourné vers Alfred. « Ne peux-tu pas l'informer une bonne fois pour toutes?

— Cher ami, dit le docteur, ici c'est toi qui as besoin d'une information. Mais, vu ton entêtement présent, je dois y renoncer. D'ici deux à trois jours, si dans l'intervalle tu t'abstiens de discourir, tu pourras te lever, et nous aurons alors un entretien sérieux sur ton état affectif.

— Dommage que je perce si bien à jour tes pensées! dit Félix.

— C'est bon, c'est bon », répliqua Alfred, puis en se tournant vers Marie : « Ne faites pas une figure si désolée. Ce monsieur aussi redeviendra raisonnable. Et maintenant, dites-moi pourquoi il n'y a pas de fenêtre ouverte? Nous avons dehors une des plus belles journées d'automne qu'on puisse imaginer. »

Marie se leva et ouvrit la fenêtre. Le soir commençait à tomber, et un air si rafraîchissant pénétra dans la pièce que Marie éprouva le besoin de le sentir sur sa peau plus longuement. Elle resta à la fenêtre, pencha la tête au-dehors. Tout à coup, il lui semblait avoir quitté la chambre. Elle se sentait seule et comme à l'air libre. Il y avait des jours qu'elle n'avait pas connu une sensation si agréable. Mais quand elle rentra la tête à l'intérieur, une bouffée d'air confiné, l'air d'une chambre de malade, la suffoqua. Elle voyait Félix et Alfred bavarder sans entendre distinctement les mots, mais n'éprouvait pas le besoin de participer à leur conversation. De nouveau, elle se pencha à la fenêtre. La rue était assez silencieuse et déserte, on n'entendait qu'un faible roulement de voitures venant du boulevard proche. Quelques promeneurs cheminaient sans hâte sur le trottoir opposé. Devant une porte cochère, des bonnes papotaient et riaient. Une jeune femme, dans l'immeuble en face, regardait comme Marie par la fenêtre. En ce moment, celle-ci ne pouvait comprendre pourquoi cette femme n'allait pas plutôt se promener. Marie enviait tous ces gens : tous étaient plus heureux qu'elle.

*

Un temps de septembre plutôt doux et agréable s'établit sur le pays. Les soirées commençaient de bonne heure, mais restaient chaudes en l'absence de vent.

Marie avait pris l'habitude d'écarter sa chaise du lit du malade dès qu'elle le pouvait, et de s'asseoir près de la fenêtre ouverte. Elle y restait des heures entières, en particulier quand Félix sommeillait. Elle se sentait sans aucune énergie, incapable de se rendre compte clairement de la situation, et sans la moindre envie d'y réfléchir. Il arrivait que, des heures durant, il n'existât pour elle ni souvenirs, ni projets d'avenir. Elle rêvassait les yeux ouverts, et il suffisait à son bonheur qu'un peu de vent venu de la rue souffle un air frais sur son front. Puis, quand un léger gémissement venait du lit du malade, elle sursautait. Elle s'apercevait que sa disposition à la compassion faiblissait peu à peu. Sa pitié s'était changée en irritation nerveuse, sa douleur en un mélange d'anxiété et d'indifférence. Elle n'avait rien à se reprocher, c'était certain, et quand le docteur dernièrement lui avait dit très sérieusement qu'elle était un ange, elle avait pu, à bon droit, n'en être qu'à peine gênée. Mais elle était fatiguée, terriblement fatiguée. Depuis dix ou douze jours, elle n'avait pas quitté la maison. Pourquoi donc ? Pourquoi ? Elle dut y réfléchir. Et ce fut soudain la révélation : elle restait pour ne pas contrarier Félix ! Bien sûr, elle aimait toujours être près de lui. Elle l'adorait toujours, pas moins qu'auparavant. Seulement, elle était fatiguée, et c'était bien humain. Son désir de passer quelques heures hors de la maison se fit soudain plus pressant. C'était puéril de se le refuser. Et lui, il devrait bien le comprendre. Elle mesura de nouveau à quel point elle devait l'aimer pour vouloir lui épargner l'ombre même d'une contrariété. Elle avait laissé glisser à terre son travail de couture, elle jeta un coup d'œil sur le lit déjà entièrement plongé dans l'ombre, contre le mur. C'était le crépuscule, et le malade s'était endormi après une journée plus tranquille. Elle aurait pu sortir maintenant sans qu'il s'en aperçût. Ah, oui ! descendre, se retrouver au coin de la rue et de nouveau parmi les gens, aller dans le *Stadtpark*, sur le Ring [1], passer devant l'Opéra illuminé à l'électricité, se mêler à la foule, cette foule qui lui manquait tant. Quand retrouverait-elle tout cela ? Elle pourrait seulement le retrouver quand Félix serait rétabli ; d'ailleurs qu'étaient pour elle la rue, le parc, la foule ? que lui importait la vie sans lui ?

Elle resta à la maison. Elle rapprocha sa chaise du lit, prit la main du malade qui sommeillait, et pleura silencieusement, douloureusement ; et ses larmes continuèrent à couler et à tomber sur la main pâle de l'homme alors qu'en pensée elle s'était déjà depuis longtemps éloignée de lui.

*

L'après-midi suivant, quand Alfred fit sa visite à Félix, il le trouva en meilleure forme que les jours précédents. « Si ça continue ainsi, lui dit-il, je te permettrai de te lever dans quelques jours. » Comme tout ce qu'on lui disait, le malade écouta ces paroles avec méfiance et répondit par un « oui, oui » excédé. Alfred se retourna alors vers Marie, assise à la table, et lui dit : « Vous aussi, vous pourriez avoir un peu meilleure mine. »

À ces mots, Félix observa Marie de plus près et fut frappé de sa pâleur extrême. Il s'était habitué à vite chasser de son esprit les pensées que lui inspirait parfois le dévouement généreux de son amie. Par moments ce sacrifice ne lui paraissait pas tout à fait authentique, et la mine patiente qu'elle montrait l'irritait. Il aurait souhaité à certaines heures la voir manifester de l'agacement. Il guettait le moment où d'un mot, d'un regard elle se trahirait, afin de pouvoir lui jeter au visage en termes injurieux qu'il n'avait pas été dupe une minute, que son hypocrisie l'écœurait, qu'elle n'avait qu'à le laisser mourir en paix.

Lorsque Alfred avait parlé de la mine de Marie, elle avait rougi un peu et souri. « Je me sens très bien », avait-elle dit.

Alfred s'approcha d'elle. « Non, ce n'est pas si simple. Votre Félix profitera peu de son rétablissement, si vous devez à votre tour tomber malade.

— Mais je me porte vraiment très bien.

— Dites-moi, n'allez-vous jamais prendre un peu l'air ?

— Je n'en éprouve pas le besoin.

— Dis donc, Félix, elle ne quitte jamais ton chevet?

— Tu le sais bien, Alfred, c'est un ange.

— Excusez-moi, Marie, mais c'est trop bête. Il est inutile et puéril de vous échiner de cette façon. Il vous faut prendre l'air. Je vous affirme que c'est nécessaire.

— Mais que voulez-vous de moi? dit Marie avec un pâle sourire. Je n'en ai nulle envie.

— Cela ne compte pas. C'est du reste un mauvais signe de ne pas en avoir envie. Vous allez sortir aujourd'hui même. Allez vous asseoir une heure dans le *Stadtpark*, ou, si cela ne vous dit rien, prenez une voiture et faites-vous promener, par exemple dans le Prater. L'atmosphère y est délicieuse en ce moment.

— Mais…

— Il n'y a pas de mais. Si vous continuez à vous comporter ainsi en créature angélique, vous ruinerez votre santé. Regardez-vous donc dans une glace, vous dépérissez.»

En entendant ces mots d'Alfred, Félix ressentit un coup douloureux au cœur. Une rage rentrée le consumait. Il croyait discerner dans les traits de Marie l'expression d'une résignation délibérée qui suscitait la pitié, tandis que, dans son esprit, une vérité intangible se faisait jour : c'était le devoir de cette femme de souffrir avec lui, de mourir avec lui. Elle ruinait sa santé? Quoi de plus normal! Avait-elle peut-être l'intention de garder ses joues roses et ses yeux brillants tandis qu'il approchait à grands pas de sa fin? Alfred croyait-il vraiment que cette femme, son amante, avait le droit d'envisager l'avenir au-delà de sa dernière heure à lui? Elle-même l'osait peut-être…

En proie à une colère farouche, Félix scrutait les mouvements du visage de Marie tandis que le docteur répétait inlassablement ses propos agaçants. Finalement Alfred obtint de Marie la promesse qu'elle sortirait le jour même, en lui déclarant que l'accomplissement de cette promesse faisait partie de ses devoirs de garde-malade au même titre que tous les autres. «Parce que moi, je ne compte plus, pensa Félix, parce qu'on abandonne à son sort celui qui de toute façon est perdu.» Quand Alfred partit, il lui tendit une main négligente. Il le haïssait.

Marie n'accompagna le docteur que jusqu'à la porte de la chambre et revint sans tarder auprès de Félix. Celui-ci restait allongé dans son lit, les lèvres serrées, une profonde crispation de colère barrait son front. Marie le comprit, elle comprenait tout. Elle se pencha sur lui, avec un sourire. Il respirait fortement, voulait parler, voulait lui jeter au visage la pire des insultes. Il estimait qu'elle l'avait bien mérité. Mais elle, avec le même sourire patient, fatigué, lui caressa les cheveux, et murmura tendrement tout contre ses lèvres : « Mais non, je ne sortirai pas. »

Il ne répondit rien. Toute une longue soirée jusque tard dans la nuit elle resta assise à son chevet, et s'endormit finalement dans son fauteuil.

*

Quand Alfred revint le jour suivant, Marie s'efforça d'éviter de converser avec lui. Pourtant il ne semblait pas s'intéresser à sa mine et ne s'occupait que de Félix. Mais il ne parla plus de faire lever le malade, et celui-ci n'osa pas l'interroger. Il se sentait plus faible que les jours précédents. Il répugnait à parler comme jamais, et fut heureux lorsque le docteur l'eut quitté. Aux questions de Marie, il ne répondait que brièvement et de mauvais gré. Et comme en fin d'après-midi, après de longues heures de silence, elle lui avait demandé une fois encore : « Comment te sens-tu maintenant ? », il avait répondu : « Quel intérêt ? » Il avait croisé les bras au-dessus de sa tête, fermé les yeux, et s'était endormi peu après. Marie demeura quelques temps auprès de lui à le contempler, puis ses pensées se brouillèrent et elle se mit à rêver. Quand elle reprit ses esprits un peu plus tard, elle sentit un étrange bien-être parcourir ses membres, comme si elle sortait d'un sommeil profond, réparateur. Elle se leva, remonta les rideaux, qui avaient été baissés. On eût dit que du parc voisin un parfum de fleurs tardives s'était égaré dans l'étroite rue. Jamais l'air qui s'engouffrait maintenant dans la pièce ne lui avait paru plus délicieux. Elle se retourna vers Félix, qui dormait toujours, la respiration régulière. D'habitude, en de tels moments, l'émotion la clouait dans la chambre, engendrait dans tout son être une langueur accablante. Aujourd'hui elle resta calme, se réjouit de voir dormir Félix, et décida sans débat intérieur, aussi naturellement que si elle le faisait tous les jours, d'aller passer une heure au-dehors. Elle alla dans la cuisine sur la pointe des pieds, ordonna à la servante de se tenir dans la chambre du malade, prit rapidement chapeau et ombrelle, et descendit, ou plutôt dévala l'escalier. Une fois dehors, elle gagna le parc d'un pas rapide et par des rues tranquilles, heureuse de voir à ses côtés des buissons, des arbres, et au-dessus d'elle un ciel bleu sombre qui lui manquait depuis si longtemps. Elle s'assit sur un banc ; à côté d'elle et sur les bancs voisins étaient installées des nurses, des bonnes. Des petits enfants jouaient dans les allées. Comme le soir tombait, cette agitation touchait pourtant à sa fin. Les nurses rappelèrent les petits, les prirent par la main et quittèrent le parc. Bientôt Marie se retrouva presque seule, quelques personnes passaient encore, un monsieur parfois se retournait vers elle.

Elle était donc dehors, à l'air libre. Où en était-elle au juste? Le moment lui semblait venu d'embrasser d'un regard lucide la situation présente. Elle avait besoin de trouver pour exprimer ses pensées des mots précis qu'elle pourrait prononcer dans son for intérieur. Je suis auprès de lui parce que je l'aime. Ce n'est pas un sacrifice, puisque je ne puis faire autrement. Quelle sera la suite? Combien de temps cela durera-t-il encore? Il n'y a pas d'espoir... Et après?... Qu'arrivera-t-il? J'ai voulu un jour mourir avec lui... Pourquoi sommes-nous devenus maintenant si étrangers l'un pour l'autre?... Il ne pense plus qu'à lui. *Souhaiterait-il* même encore mourir avec moi? Pour elle, à ce moment, la certitude s'imposa qu'il devait le souhaiter. Mais ce n'était plus la vision d'un être jeune et tendre qui voulait qu'elle repose auprès de lui pour l'éternité. Non, il lui semblait qu'il l'attirait de force avec lui dans la tombe par égoïsme, par envie, parce qu'elle lui appartenait.

Un jeune homme qui avait pris place près d'elle sur le banc fit une remarque. Elle était si distraite qu'elle répondit : «Comment?» Mais tout de suite après, elle se leva et s'éloigna rapidement. Les regards des promeneurs rencontrés dans le parc la gênaient. Elle sortit sur le Ring, fit signe à un fiacre, et poursuivit ainsi sa promenade. Le soir était tombé. Confortablement installée dans un coin, elle prenait plaisir à la marche agréable et souple du véhicule, aux images changeantes qui défilaient devant elle, surgies de la pénombre et de l'éclat des becs de gaz. La belle soirée de septembre avait attiré la foule dans les rues. Passant devant le *Volksgarten*[1], elle entendit les accents martiaux d'une musique militaire, ce qui lui remit involontairement en mémoire la soirée de Salzbourg. Elle cherchait en vain à se persuader que toute cette vie autour d'elle était quelque chose de dérisoire, de périssable, et qu'il importait peu de la quitter. Elle ne pouvait chasser de ses sens une impression d'euphorie qui commençait à l'envahir. Voilà qu'elle se sentait bien. Là, se dressait l'imposant théâtre avec ses globes étincelants; ici, des promeneurs sortant du *Rathauspark*[2] traversaient nonchalamment la rue; plus loin, des consommateurs étaient assis à la terrasse d'un café[3]; et penser qu'il existait des gens dont elle ignorait les soucis, qui peut-être n'en avaient pas, respirer cet air si doux, si tiède, pouvoir encore contempler de telles soirées en grand nombre, des centaines de nuits et de jours exquis, sentir bouillonner dans ses veines la santé et la joie de vivre, tout cela lui faisait du bien. Et quoi? Elle n'allait tout de même pas se reprocher, après d'innombrables heures de tension mortelle, de se consacrer pour ainsi dire une minute à elle-même ! Ne pouvait-elle à bon droit prendre conscience qu'elle existait ? Elle était bien portante, jeune ; soudain de toutes parts, de mille sources, la joie de vivre la submergeait. Quelque chose d'aussi naturel que sa respiration ou le ciel au-dessus d'elle... et elle en aurait honte ? Elle se met à penser à Félix. Si un miracle se produit et qu'il recouvre la santé, elle continuera certainement à vivre avec lui. Penser à lui est une souffrance, mais empreinte de douceur et de pardon. Il est bientôt temps d'aller le retrouver. Mais au fond, est-il vraiment content de l'avoir près de lui ? Sait-il apprécier sa tendresse ? Comme ses paroles sont rudes et son regard inquisiteur ! Et son baiser ! Cela fait si longtemps qu'ils ne se sont pas embrassés ! Elle ne peut s'empêcher de penser à ses lèvres maintenant si pâles, si sèches. Elle ne l'embrassera plus que sur le front. Son front est froid et moite. Qu'être malade est une chose affreuse !

Elle s'enfonça dans son siège. Délibérément elle détourna ses pensées du malade, et pour ne pas être obligée de songer à lui, elle fixa son attention sur la rue, en observa chaque aspect en détail comme si elle devait tout conserver fidèlement en mémoire.

*

Félix ouvrit les yeux. Une bougie brûlait près de son lit et répandait une faible lueur. La vieille femme était assise à côté de lui, les mains sur ses genoux, indifférente. Elle sursauta quand le malade l'interpella : « Où est-elle ? » La femme expliqua que Marie était sortie, et qu'elle allait revenir tout de suite.

« Vous pouvez partir ! » répondit Félix. Et, comme elle hésitait : « Partez, je vous dis ! Je n'ai pas besoin de vous. »

Il resta seul. Une inquiétude d'une intensité jusqu'alors inconnue le saisit.

Où est-elle ? Où est-elle ? Il ne tenait plus en place dans son lit, mais n'osait pourtant pas se lever. Soudain, une pensée lui traversa l'esprit. Elle est partie pour de bon ! Elle veut le laisser seul, seul pour toujours. Elle ne supporte plus la vie auprès de lui. Elle a peur de lui. Elle a lu dans ses pensées. Peut-être a-t-il parlé dans son sommeil, et dit tout haut ce qui reste toujours tapi dans les profondeurs de sa conscience même si dans la journée il ne se le formule pas avec netteté. Et elle *ne veut pas* mourir avec lui, voilà tout... Dans sa tête les pensées se succédaient à une vitesse folle. C'était l'heure de la fièvre, comme tous les soirs. Depuis longtemps il ne lui a pas dit un mot gentil, c'est peut-être simplement cela ! Il l'a torturée par ses sautes d'humeur, ses regards soupçonneux, ses propos amers, alors qu'elle attend de la reconnaissance !... Non, non, seulement de l'équité ! Oh, si seulement elle était là ! Il a besoin d'elle ! Révélation combien douloureuse : il ne peut se passer d'elle. S'il le faut, il lui demandera pardon pour tout. Il lui fera de nouveau les yeux doux, trouvera pour elle les paroles les plus affectueuses. Pas un mot ne trahira sa souffrance. Il sourira quand un poids pèsera sur sa poitrine, il lui baisera la main quand il luttera contre la suffocation. Il lui racontera qu'il fait des rêves absurdes et que les paroles qu'il prononce dans son sommeil ne sont que divagations dues à la fièvre. Il lui jurera qu'il l'adore, qu'il lui accorde — qu'il lui souhaite même une vie longue et heureuse ; qu'elle reste seulement près de lui jusqu'à la fin, qu'elle ne s'éloigne pas de son lit, elle n'a pas le droit de le laisser mourir seul. Il verra venir cette heure épouvantable en sage et l'esprit en paix, s'il a la certitude qu'*elle* sera près de lui ! Et cette heure peut venir si vite, elle peut venir chaque jour. C'est pourquoi il faut qu'elle demeure toujours près de lui, car il a peur quand elle n'est pas là.

Où est-elle ? Où est-elle ? Le sang lui montait à la tête, ses yeux se troublaient, sa respiration devenait plus difficile ; et personne auprès de lui. Ah, pourquoi avoir renvoyé cette femme ? C'était malgré tout une âme humaine. Maintenant il était abandonné, sans recours. Il se redressa, il se sentit plus fort qu'il l'eût cru, si ce n'était le souffle, le souffle. Une vraie torture, épouvantable ! Il n'y tint plus, sauta du lit et, à peine habillé, courut à la fenêtre. Là il y avait de l'air, de l'air. Il fit quelques profondes inspirations, quel soulagement ! Il s'enveloppa dans l'ample robe de chambre posée sur le bord du lit et s'affaissa sur une chaise. Pendant quelques secondes toutes ses pensées se brouillèrent, puis l'une se détacha, fulgurante, toujours la même. Où est-elle ? Où est-elle ? Peut-être l'a-t-elle déjà souvent abandonné ainsi pendant qu'il dormait ? Qui sait ? Où peut-elle bien aller ? Veut-elle seulement échapper pour quelques heures à l'atmosphère lourde d'une chambre de malade, ou veut-elle lui échapper *à lui* parce qu'il est malade ? Son voisinage lui est-il odieux ? Craint-elle l'ombre de la mort qui plane déjà ici ? Est-elle avide de vivre ? Cherche-t-elle la vie ? Ne représente-t-il plus la vie pour elle ? Que cherche-t-elle ? Que veut-elle ? Où est-elle ? Où est-elle ?

Les pensées tourbillonnantes se changèrent en syllabes murmurées, puis en paroles plaintives. Et il cria, hurla : « Où est-elle ? » Il se l'imaginait descendant d'un pas rapide l'escalier, avec le sourire de la délivrance sur les lèvres, puis s'en allant n'importe où, vers un lieu qui ne connaissait ni maladie, ni dégoût, ni lente agonie, vers un domaine inconnu plein de parfums et de fleurs. Il la voyait s'effacer, s'enfoncer dans une brume légère qui la dissimulait, mais d'où résonnait son rire éclatant, un rire de bonheur, de joie. Et la brume se dissipait, et il la voyait qui dansait. Elle s'éloignait en tourbillonnant et disparaissait. Alors un roulement sourd se fit entendre, se rapprocha, s'arrêta soudain. Où est-elle? Il sursauta. Alla vite voir à la fenêtre. C'était le bruit d'une voiture qui venait de s'arrêter devant le porche. Oui, c'est ça, il pouvait le voir. Quelqu'un en sortait, oui... c'était Marie! C'était elle! Il devait aller à sa rencontre; il se précipita dans l'antichambre, mais elle était plongée dans la pénombre. Il ne parvint pas à trouver la poignée de la porte. Une clé tourna dans la serrure, la porte s'ouvrit brusquement, Marie entra. Venant du couloir, la faible lumière ondoyante du gaz l'enveloppait. Elle se cogna contre lui, ne l'ayant pas vu, et poussa un cri. Il la saisit par les épaules, la tira dans la pièce. Il ouvrit la bouche, mais ne put émettre un son.

« Qu'est-ce qui te prend? s'exclama-t-elle, terrifiée. Es-tu devenu fou? » Elle se dégagea. Debout devant elle, il lui parut plus grand que d'habitude. Finalement, il retrouva la parole :

« D'où viens-tu... d'où?

— Pour l'amour du ciel, Félix, reprends-toi! Comment as-tu pu...? Je t'en prie, au moins assieds-toi.

— D'où viens-tu? » Il le répéta moins fort, l'air égaré. « D'où?... d'où? » murmura-t-il. Elle saisit ses mains qui étaient brûlantes. Presque inconsciemment, il se laissa conduire sans résistance jusqu'au divan où elle le fit asseoir lentement dans le coin. Il regardait autour de lui comme pour retrouver peu à peu ses esprits. Puis il répéta, distinctement cette fois, mais de la même voix monotone : « D'où viens-tu? »

Elle avait repris en partie son calme; elle jeta son chapeau derrière elle sur une chaise, s'assit sur le divan près de lui, et lui dit d'un ton câlin : « Mon trésor, j'ai juste été prendre l'air une heure. Je craignais de tomber malade moi-même. Quel secours aurais-tu pu alors attendre de moi? Et je suis rentrée en voiture pour te retrouver bien vite. »

Complètement épuisé maintenant, il restait allongé dans l'angle du divan. Il la regardait de côté et ne répondait rien.

Elle continua tout en caressant tendrement ses joues brûlantes : « Tu ne m'en veux pas, n'est-ce pas? J'avais d'ailleurs chargé la servante de rester près de toi jusqu'à mon retour. Tu ne l'as pas vue? Où est-elle donc?

— Je l'ai renvoyée.

— Pourquoi donc, Félix? Elle devait attendre jusqu'à ce que je revienne. Tu m'as tellement manqué! Que me fait l'air frais du dehors si je ne t'ai pas avec moi?

— Miez, ma petite Miez!» Il posa la tête sur sa poitrine tel un enfant malade. Comme autrefois, les lèvres de Marie effleurèrent ses cheveux. Il leva alors vers elle des yeux suppliants. «Miez, dit-il, il faudra toujours rester près de moi, toujours, promis?

— Oui», répondit-elle, et elle embrassa ses cheveux dépeignés et tout mouillés. Elle était si malheureuse, infiniment malheureuse! Elle aurait aimé pleurer, mais son émotion avait quelque chose de desséché, de fané. Elle ne trouvait nulle part une consolation, même pas dans sa propre douleur. Et elle envia Félix lorsqu'elle vit des larmes couler sur ses joues.

*

À partir de là, elle passa à son chevet toutes les nuits et tous les jours suivants; elle lui apportait ses repas, lui faisait boire ses remèdes, et, quand il était assez dispos pour le demander, elle lui lisait des passages du journal, parfois même un chapitre d'un roman. Durant la matinée qui avait suivi sa promenade la pluie s'était mise à tomber, et un automne précoce arriva. Pendant des heures et des jours, presque sans arrêt, une pluie fine et grise ruisselait aux fenêtres. Dans les derniers temps, Marie entendait parfois le malade délirer, la nuit. Alors d'un geste machinal elle passait ses mains sur son front, ses cheveux, et murmurait : «Dors, Félix. Dors…!» comme on apaise un enfant agité. Il s'affaiblissait visiblement, mais ne souffrait pas beaucoup, et quand les courtes crises de suffocation, rappel violent de sa maladie, étaient passées, il sombrait le plus souvent dans un état d'apathie qu'il ne pouvait même plus s'expliquer. Bien qu'il lui arrivât parfois de s'en étonner un peu. «Pourquoi tout m'est-il si indifférent?» Voir dehors tomber la pluie l'amenait à penser : «Ah, oui, c'est l'automne», sans chercher à approfondir le rapport. À vrai dire, il n'apercevait aucune possibilité de changement. Ni la fin, ni la guérison. Marie elle-même avait renoncé pendant ces journées à envisager une évolution quelconque. Les visites d'Alfred avaient pris, elles aussi, un aspect routinier. Pour ce dernier qui venait de l'extérieur, pour qui la vie continuait, l'image qu'offrait la chambre du malade se modifiait chaque jour. Il avait abandonné tout espoir. Il remarquait bien, et ceci était aussi valable pour Félix que pour Marie, qu'une période avait commencé que connaissent parfois les êtres qui ont subi les émotions les plus violentes, une période vide d'espoir et de crainte pendant laquelle, faute de perspectives d'avenir et de regards en arrière, le sentiment du temps présent devient incertain et flou. Lui-même ne pénétrait jamais dans la chambre du malade sans un profond malaise, et il était très soulagé quand il les retrouvait tous deux tels qu'il les avait quittés. Car il faudrait bien que l'heure arrive où ils seraient forcés de penser à ce qui les attendait.

Un jour, comme il montait l'escalier remâchant cette idée, il trouva Marie dans l'antichambre, les joues blêmes et se tordant les mains. «Venez, venez!» cria-t-elle. Il la suivit rapidement. Félix était assis tout droit dans son lit. À leur arrivée, il les gratifia d'un regard mauvais et s'exclama : «Qu'est-ce que vous mijotez tous les deux?»

Alfred s'était vite approché du lit. «Qu'est-ce qui ne va pas, Félix? demanda-t-il.

— Je voudrais savoir ce que tu comptes faire de moi.

— En voilà une question puérile!

— Vous me laissez périr, périr misérablement», cria Félix d'une voix qui s'étranglait presque.

Alfred vint tout près de lui et voulut lui saisir la main. Mais le malade retira vivement la sienne. «Laisse-moi, et toi, Marie, cesse de te tordre les mains. Je voudrais savoir ce que vous mijotez, savoir comment cela va continuer.

— La suite serait bien meilleure, dit Alfred calmement, si tu ne t'énervais pas sans raison.

— Enfin, je suis couché depuis je ne sais combien de temps et vous, vous me regardez, et me laissez dans mon lit. Qu'as-tu l'intention de faire?» Il se tourna tout d'un coup vers le docteur.

«Ne dis pas de bêtises!

— On n'entreprend rien, absolument rien. Un mal s'abat sur moi, et personne ne lève la main pour l'écarter.

— Félix», commença Alfred d'une voix persuasive en s'asseyant sur le lit et en cherchant à reprendre sa main.

«Tu me juges perdu, hein! Tu me laisses au lit et tu me donnes de la morphine.

— Il te faut patienter encore quelques jours…

— Mais tu vois bien que ça ne sert à rien! Je me rends parfaitement compte de mon état! Pourquoi me laissez-vous périr ainsi sans recours? Vous le voyez bien, que je crève. Je n'en peux plus! Il doit bien y avoir un remède, quelque traitement. Réfléchis donc, Alfred, tu es quand même médecin, c'est ton devoir!

— Bien sûr, il y a des remèdes, dit Alfred.

— Et si ce n'est pas un remède, un miracle peut-être. Mais ici, aucun miracle ne se produira. Il faut que je parte. Je veux partir.

— Dès que tu auras repris des forces, tu quitteras le lit.

— Mais Alfred, je te le dis, ce sera trop tard. Pourquoi dois-je rester dans cette chambre épouvantable ? Je veux m'en aller, quitter la ville. Je sais ce qu'il me faut. Il me faut le printemps, une contrée du Midi. Quand le soleil brillera, je retrouverai la santé.

— Mais tout cela est très raisonnable, dit Alfred. Certainement tu iras dans le Sud, mais il faut un peu de patience. Aujourd'hui, tu n'es pas en état de voyager, demain non plus. Par contre, dès que ce sera possible…

— Je peux partir aujourd'hui, je le sens. Une fois sorti de cette effroyable chambre mortuaire, je serai déjà un autre homme. Chaque jour de plus où tu me gardes ici représente un danger.

— Mon cher ami, tu dois considérer que moi, en tant que médecin…

— Tu es médecin, et tu juges selon les critères traditionnels. Les malades sont les mieux placés pour savoir ce qu'il leur faut. Me faire garder la chambre et m'y laisser dépérir est ridicule, déraisonnable. Un climat plus chaud peut accomplir des miracles. On ne se croise pas les bras tant qu'il y a une ombre d'espoir, et un espoir demeure. Il est inhumain d'abandonner quelqu'un à son sort, comme vous le faites avec moi. Je veux partir pour le Sud, retrouver le printemps.

— Bon, tu le retrouveras », dit Alfred.

Marie intervint rapidement : « Nous pourrions nous en aller dès demain, n'est-ce pas ?

— Si Félix me promet de rester trois jours tranquille, je le laisse partir. Mais aujourd'hui, maintenant… ce serait un crime. Je ne puis l'autoriser sous aucune condition. Regardez-moi donc ce temps » — il se tournait vers Marie — « la pluie, la tempête, je ne conseillerais pas à la personne la mieux portante de voyager aujourd'hui.

— Alors demain ! s'écria Félix.

— Si le temps s'améliore un peu, dit le docteur, dans deux ou trois jours. Tu as ma parole. »

Le malade lui jeta un regard ferme et scrutateur. Puis il demanda : « Ta parole d'honneur ?

— Oui.

— Eh bien, tu l'entends ! » s'exclama Marie.

Le malade se tourna vers Alfred. « Penses-tu qu'il n'y a pas pour moi d'espoir de guérison ? As-tu voulu me laisser mourir chez moi ?… Voilà de la charité mal comprise ! Quand on est sur le point de mourir, il n'y a plus de chez soi. On est chez soi là où est la vie. Et je ne veux pas, non, je ne veux pas mourir sans lutter.

— Mon cher Félix, tu sais fort bien que j'ai l'intention de te faire passer l'hiver dans le Sud. Mais je ne peux pourtant pas te laisser partir par un temps pareil.

— Marie, dit le malade, prépare tout! » Inquiète, celle-ci interrogea des yeux le docteur.

« Pourquoi pas, fit Alfred, cela ne peut pas nuire.

— Prépare tout. Je vais me lever dans une heure. Nous partirons dès qu'il y aura un rayon de soleil. »

Félix se leva dans l'après-midi. Il semblait presque que la perspective d'un changement de lieu exerçât sur lui une influence bénéfique. Il resta tout le temps éveillé, allongé sur le divan, sans se laisser aller à des accès de désespoir, ni retomber dans une morne apathie comme les jours précédents. Il s'intéressait aux préparatifs de Marie, donnait des conseils, des instructions, désignait dans sa bibliothèque les livres qu'il voulait emporter. Il sortit lui-même de son secrétaire toute une pile de documents qu'il fallait emballer. « Je veux revoir mes anciens travaux », dit-il à Marie, et plus tard, comme elle s'évertuait à placer ces écrits dans la malle, il revint sur le sujet : « Qui sait si cette période de repos n'aura pas été profitable à ma réflexion? Je me sens vraiment mûrir. À certaines heures, une merveilleuse clarté se répand sur tout ce que j'ai pensé jusqu'ici. »

Dès le lendemain, pluie et vent se dissipèrent, et le beau temps revint. Au cours de la journée suivante la température se réchauffa, et l'on put ouvrir les fenêtres. L'éclat d'un après-midi d'automne doux, agréable, pénétra dans la pièce, et quand Marie s'agenouilla devant la malle, les rayons du soleil jouèrent dans les boucles de sa chevelure.

Alfred arriva au moment où Marie emballait soigneusement les papiers, alors que Félix, toujours allongé sur le divan, commençait à exposer ses projets.

« Je devrais te permettre déjà cela? interrogea Alfred en souriant. J'espère que tu seras assez soucieux de ta santé pour ne pas te mettre au travail trop tôt.

— Oh, dit Félix, pour moi ce ne sera pas un travail. Tous les cheminements jusqu'alors obscurs de ma pensée m'apparaissent sous mille éclairages nouveaux.

— Voilà qui est fort bien », dit Alfred d'un ton appuyé, tout en observant le malade dont le regard se perdait dans le vague.

« Ne te méprends pas sur mes paroles, dit Félix. À vrai dire, je n'ai aucune idée précise. Mais la sensation que quelque chose se prépare.

— Tiens, tiens !

— Vois-tu, je crois entendre s'accorder les instruments d'un orchestre. Ce qui, dans la réalité, m'a toujours produit une forte impression. Savoir que dans quelques moments tous les instruments retentiront, et que de parfaites harmonies s'élèveront… » Puis, changeant brusquement de sujet : « As-tu retenu les places ?

— Oui, répondit le docteur.

— Alors, demain matin », s'écria gaiement Marie. Elle n'arrêtait pas de s'affairer, allait de la commode à la malle, de là à la bibliothèque, puis revenait à la malle, disposait, emballait. Alfred se sentit bizarrement ému. Était-il chez des jeunes gens préparant dans la joie un voyage d'agrément ? Il régnait aujourd'hui dans cette pièce une ambiance si optimiste, presque exempte de tout souci. Lorsqu'il prit congé, Marie sortit avec lui de la pièce.

« Mon Dieu ! s'écria-t-elle, quelle bonne idée, ce voyage ! J'en suis si heureuse. Maintenant qu'elle se réalise, Félix est vraiment transformé. »

Alfred ne sut que répondre. Il lui tendit la main et se tourna pour partir. Pourtant il fit de nouveau face à Marie : « Vous devez me promettre…

— Quoi donc ?

— Je veux dire qu'un ami compte plus qu'un médecin. Vous savez que je serai toujours à votre disposition. Vous n'avez qu'à me télégraphier. »

Marie resta sidérée. « Vous pensez que cela pourrait être nécessaire ?

— Je le dis seulement à tout hasard. » Là-dessus il s'en alla.

Songeuse, elle demeura immobile un instant, puis rentra rapidement dans la pièce, craignant que Félix ait pu s'inquiéter de son absence de plusieurs minutes. Mais il semblait n'avoir attendu son retour que pour reprendre le fil de ses déclarations.

« Vois-tu, Marie, dit-il, le soleil a toujours une bonne influence sur moi. Si le froid augmente, nous irons encore plus au sud, sur la Riviera, et plus tard, qu'en dirais-tu… en Afrique ? Oui ? Sous l'équateur, je réussirai mon chef-d'œuvre, c'est sûr. »

Il continuait ainsi à discourir. Marie finit par s'approcher de lui, caressa ses joues, et déclara dans un sourire : « Maintenant c'est assez. N'allons pas trop vite, à faire les écervelés. À présent tu dois retourner au lit, car demain il faudra se lever tôt. » Elle vit que ses joues s'étaient empourprées et que ses yeux brillaient, et comme elle saisissait ses mains pour l'aider à se lever du divan, elle constata qu'elles étaient brûlantes.

*

Félix s'éveilla dès les premières lueurs du matin, joyeux, tout excité comme un enfant qui s'en va en vacances. Deux heures avant le départ pour la gare, il attendait déjà, fin prêt, assis sur le divan. Marie, elle aussi, avait terminé depuis longtemps ses préparatifs. Elle avait jeté sur ses épaules son cache-poussière gris, coiffé son chapeau à la voilette bleue, et se tenait à la fenêtre pour apercevoir à temps le fiacre commandé. Toutes les cinq minutes Félix lui demandait s'il était déjà arrivé. Il s'impatientait. Il proposait d'en envoyer chercher un autre, lorsque Marie s'écria : « Le voilà, le voilà ! »

« Dis donc, ajouta-t-elle aussitôt, Alfred est là aussi. »

Alfred était apparu au coin de la rue en même temps que le fiacre, et il leur adressa d'en bas un salut amical. Peu après, il pénétrait dans la pièce. « Vous êtes déjà fin prêts ! s'exclama-t-il. Que ferez-vous à la gare de si bonne heure, d'autant plus que vous avez déjà pris le petit déjeuner, à ce que je vois ?

— Félix est si impatient », dit Marie. Alfred s'avança vers lui, et le malade lui sourit, radieux. « Un temps magnifique pour voyager, n'est-ce pas ?

— Oui, vous aurez une journée splendide », approuva le docteur. Il saisit une biscotte sur la table. « Vous permettez ?

— N'auriez-vous encore rien pris ? s'écria Marie, toute surprise.

— Si, si. J'ai bu un verre de cognac.

— Attendez, il y a encore du café dans la verseuse. » Elle n'eut de cesse qu'elle lui eût donné une tasse avec le reste du café, puis elle passa dans l'antichambre pour faire quelques recommandations à la servante. Alfred garda longtemps la tasse à ses lèvres. Il lui était pénible de rester seul avec son ami, il n'aurait pas pu lui parler. Marie rentra, et annonça que plus rien n'empêchait de partir. Félix se leva et fut le premier à la porte. Il portait une houppelande grise, un chapeau mou de couleur foncée, et tenait à la main une canne. Il voulut aussi descendre le premier l'escalier. Mais à peine avait-il posé la main sur la rampe qu'il commença à chanceler. Alfred et Marie se précipitèrent pour le soutenir. « La tête me tourne un peu », dit Félix.

« C'est tout à fait normal, assura Alfred, quand on quitte le lit pour la première fois après tant de semaines. » Il prit son ami par un bras, Marie s'empara de l'autre, et ils le conduisirent ainsi jusqu'en bas. Le cocher souleva son chapeau quand il vit le malade.

Aux fenêtres d'en face, apparurent quelques visages féminins, pleins de compassion. Et comme Alfred et Marie aidaient Félix, pâle comme un mort, à monter dans la voiture, le concierge s'approcha en hâte pour proposer son aide. Lorsque le fiacre s'en alla, il échangea avec les voisines compatissantes, restées aux fenêtres, des regards de connivence apitoyés.

Debout sur le marchepied du wagon, Alfred bavarda avec Marie jusqu'au dernier coup de cloche. Félix s'était assis dans un coin, l'air indifférent. Ce n'est que lorsque retentit le sifflet de la locomotive qu'il parut revenir à son entourage, et prit congé de son ami d'un signe de tête. Le train se mit en marche. Alfred demeura encore un moment sur le quai, à le suivre des yeux. Puis il se détourna lentement et partit.

À peine le train était-il sorti de la gare que Marie s'assit tout près de Félix et lui demanda ce qu'il souhaitait. Devait-elle ouvrir le flacon de cognac, lui sortir un livre, ou lui faire la lecture du journal ? Il parut sensible à tant de prévenance, et lui pressa la main, tendrement. Ensuite, il lui demanda : « Quand serons-nous à Meran[1] ? » Comme elle ne connaissait pas l'heure exacte d'arrivée, il la pria de lui lire dans l'indicateur des chemins de fer tous les renseignements importants. Il voulait savoir où se trouvait l'arrêt buffet, à quel endroit la nuit commencerait ; il s'intéressait à une foule de détails qui d'habitude lui étaient parfaitement indifférents. Il chercha à calculer combien de voyageurs pouvaient se trouver dans le train, se demanda s'il y avait d'autres jeunes couples. Au bout d'un certain temps, il réclama du cognac, mais celui-ci provoqua un accès de toux si violent qu'il enjoignit à Marie avec colère de ne plus lui en donner sous aucun prétexte, même s'il lui arrivait d'en réclamer. Plus tard, il se fit lire le bulletin météorologique du journal et hocha la tête, satisfait en entendant que les prévisions étaient favorables. Ils franchirent le *Semmering*[2]. Il observait attentivement collines, forêts, prairies et montagnes, mais ses remarques se bornaient à un discret « charmant, très beau » dépourvu de toute nuance joyeuse. À midi, il toucha à peine au repas froid qu'ils avaient prévu, et il se fâcha quand Marie lui refusa un cognac. Elle dut se décider à lui en donner. Il le supporta très bien, se sentit ragaillardi et commença à manifester de l'intérêt pour toutes sortes de choses. Bientôt il cessa de parler de ce qui défilait devant les fenêtres du wagon, de ce qu'il voyait dans les gares, pour en revenir à sa propre personne. « J'ai lu des histoires de somnambules qui avaient découvert en rêve un remède auquel aucun médecin n'avait songé, et dont l'emploi les avait guéris. Je dis que le malade doit suivre son inspiration.

— Certainement, répondit Marie.

— Le Sud ! L'air du Sud ! Ils pensent que toute la différence réside en ceci qu'il y fait chaud, et qu'on y trouve des fleurs toute l'année, et peut-être plus d'ozone, pas de tempêtes et pas de neige. Qui sait ce que cet air renferme encore ? Des éléments mystérieux que nous ne connaissons pas.

— Sûrement, tu guériras là-bas », dit Marie. Elle prit la main du malade et la porta à ses lèvres.

Il parla encore des nombreux peintres que l'on rencontrait en Italie, de la nostalgie qui avait attiré tant d'artistes et de rois à Rome ; il parla de Venise où il était allé bien avant de connaître Marie. Il finit par se fatiguer, et souhaita s'allonger sur les sièges du compartiment. Il y resta, plongé la plupart du temps dans un léger sommeil, jusqu'à la tombée du jour.

Assise en face de lui, elle l'observait. Elle avait retrouvé son calme. Seul un faible regret subsistait en elle. Il était si pâle. Et il avait tellement vieilli ! Comme ce beau visage s'était transformé depuis le printemps ! C'était une autre pâleur que celle de ses propres joues. La sienne les rendait plus jeunes, presque virginales. Comme son sort à elle valait mieux que le sien ! Jamais cette pensée ne lui était venue avec une telle acuité. Mais pourquoi sa douleur n'est-elle pas plus poignante ? Non par manque d'intérêt, c'est sûr, mais tout simplement à cause d'une immense fatigue qui depuis des jours ne la quitte pas, même si, par moments, elle croit se sentir plus vaillante. Pourtant elle se réjouit de cette fatigue, car elle redoute les douleurs qui viendront lorsqu'elle cessera d'être fatiguée.

Un sursaut de frayeur tira Marie du sommeil dans lequel elle était plongée. Elle regarda autour d'elle, il faisait presque complètement noir. La lampe là-haut avait été mise en veilleuse et ne répandait dans le compartiment qu'une faible lueur verdâtre. Et dehors, devant les vitres, la nuit… la nuit ! L'impression de rouler dans un long tunnel. Pourquoi ce réveil brutal, ce réveil affreux ? Le silence était presque total, à part le grincement uniforme des roues. Petit à petit elle s'habitua au faible éclairage, et parvint de nouveau à distinguer les traits du malade. Il semblait dormir très calmement, reposait immobile. Soudain il poussa un profond soupir suivi d'une plainte inquiétante. Le cœur de Marie se mit à battre plus fort. Il avait certainement déjà gémi auparavant, et c'est ce qui avait dû la réveiller. Mais que se passait-il ? Elle l'examina de plus près. Non, il ne dormait pas. Il gisait les yeux tout grands ouverts, elle pouvait le voir nettement maintenant. Ces yeux qui fixaient le vide, le lointain et l'obscurité l'effrayèrent. Il gémit de nouveau, une plainte encore plus pitoyable que la précédente. Il s'agita, poussa encore un soupir, cette fois non de douleur, mais plutôt de fureur. Brusquement il s'était redressé, s'appuyant des deux mains sur les coussins. À coups de pied il avait projeté à terre le manteau gris qui le recouvrait, et il s'efforçait de se lever. Mais le mouvement du train l'en empêchait, et il retomba dans son coin. Marie avait bondi et voulut enlever le voile vert de la lampe. Mais elle se sentit soudain prise dans ses bras, et il l'attira sur ses genoux, toute tremblante. « Marie, Marie », dit-il d'une voix altérée.

Elle tenta de se dégager, mais n'y parvint pas. Il semblait avoir retrouvé toutes ses forces, il la pressait furieusement contre lui. « Es-tu prête, Marie ? » murmura-t-il, collant ses lèvres contre son cou. Elle ne comprenait pas, mais était en proie à une terreur panique. Incapable de se défendre, elle voulut crier. « Es-tu prête ? » répéta-t-il en la serrant un peu moins fort. Ses lèvres, son souffle, sa voix s'éloignèrent alors légèrement, et elle put respirer plus librement.

« Que veux-tu ? demanda-t-elle, apeurée.

— Tu ne comprends pas ? répliqua-t-il.

— Laisse-moi, laisse-moi ! » cria-t-elle, mais sa voix se perdit dans le roulement du train.

Il paraissait absent. Il laissa retomber ses mains ; elle se redressa et s'assit en face de lui, dans le coin.

« Tu ne me comprends pas ? demanda-t-il encore.

— Que veux-tu ? murmura-t-elle de son coin.

— Je veux une réponse » lança-t-il.

Elle se taisait, elle tremblait, elle avait hâte qu'il fît jour.

« L'heure approche », dit-il plus bas en se penchant vers elle, si bien qu'elle put percevoir plus distinctement ses paroles. « Je te demande si tu es prête ?

— Quelle heure veux-tu dire ?

— La nôtre, la nôtre ! »

Elle le comprit. La peur lui noua la gorge.

« Te souviens-tu, Marie ? » continua-t-il, et sa voix devint plus douce, presque implorante. Il prit ses deux mains dans les siennes. « Tu m'as donné le droit de poser cette question, murmura-t-il. Te souviens-tu ? »

Elle avait recouvré un peu son sang-froid, car même s'il prononçait des paroles effrayantes, ses yeux avaient perdu leur expression figée, et sa voix, l'accent menaçant. Il parlait comme un suppliant. Au bord des larmes, il demanda une nouvelle fois : « Te souviens-tu ? » Elle eut alors la force de répondre, les lèvres encore frémissantes : «Félix, tu es un enfant !»

Il sembla ne pas l'entendre. D'une voix égale, comme si des faits à demi oubliés lui revenaient en mémoire avec une précision nouvelle, il continua : «La fin arrive, il nous faut partir, Marie. Notre temps est écoulé !» Bien qu'à peine audibles, il émanait de ces paroles une force envoûtante, précise, implacable. Il aurait été préférable qu'il menace, elle aurait pu mieux se défendre. L'espace d'un instant, comme il se rapprochait encore, elle s'affola, croyant qu'il allait se jeter sur elle et l'étrangler. Elle envisageait déjà de se réfugier à l'autre extrémité du compartiment, de briser la vitre et d'appeler au secours. Mais, au même moment, il lâcha ses mains et s'adossa à sa place comme s'il n'avait plus rien à dire. Ce fut elle qui parla :

«Que nous contes-tu là, Félix? Aujourd'hui où nous partons vers le Sud, là où tu dois guérir complètement?» Il restait appuyé en face d'elle, comme perdu dans ses pensées. Elle se leva, et d'un geste brusque elle ôta de la lampe le voile vert. Oh, quel soulagement ! La lumière revint d'un seul coup. Son cœur battit moins vite et sa peur disparut. Elle se rassit dans son coin. Félix cessa de fixer le sol et releva les yeux vers elle. Puis il dit lentement :

«Marie, je ne me laisserai pas leurrer par la lumière du matin, ni par le Sud. Aujourd'hui, je sais.»

Pourquoi parle-t-il maintenant si posément? pensa Marie. Veut-il endormir ma méfiance? Craint-il que j'essaie de sauver ma vie?... Elle résolut de rester sur ses gardes. Elle l'observait continuellement, écoutait à peine ses propos, suivait le moindre de ses mouvements, de ses regards. Il dit :

«Tu es libre, bien sûr, même ton serment ne te lie pas. Est-ce que je peux te forcer? Tu ne veux pas me tendre la main?»

Elle la lui donna, mais en la gardant sur celle de Félix.

«Si le jour pouvait être là ! murmura-t-il.

— Écoute-moi, Félix, dit-elle alors, essaie donc de dormir un peu ! C'est bientôt le matin, dans quelques heures nous serons à Merano.

— Je ne peux plus dormir !» répondit-il en relevant la tête. À ce moment, leurs regards se rencontrèrent. Il remarqua une expression de méfiance, de vigilance dans les yeux de Marie. À l'instant même il crut tout comprendre. Elle voulait qu'il s'endorme pour pouvoir, à son insu, descendre à la prochaine gare et s'enfuir. «Qu'est-ce que tu trames?» hurla-t-il.

Elle sursauta. «Rien.»

Il essaya de se lever. À peine l'eut-elle remarqué qu'elle se réfugia dans l'autre coin du compartiment, loin de lui.

«De l'air, cria-t-il, de l'air!» Il ouvrit la fenêtre, passa sa tête au-dehors dans l'air nocturne. Marie se rassura, ce n'était qu'une crise d'étouffement qui l'avait fait se lever brusquement. Elle revint vers lui, l'écarta doucement de la fenêtre. «Ce n'est pas bon pour toi», dit-elle. Il retomba dans son coin; il respirait difficilement. Elle resta un moment devant lui, la main appuyée sur le rebord de la fenêtre, puis elle reprit sa place en face de lui. Au bout d'un certain temps la respiration de Félix devint plus calme, un léger sourire passa sur ses lèvres. Embarrassée, inquiète, elle le regardait. «Je vais fermer la fenêtre», dit-elle. Il approuva de la tête. «Le matin! C'est le matin!» s'écria-t-il. À l'horizon, des traînées d'un gris rougeâtre apparaissaient.

Ils restèrent alors longtemps face à face en silence. Ce fut lui qui le rompit tandis que le même sourire jouait sur ses lèvres: «Tu n'es pas prête!» Elle aurait voulu répliquer comme d'habitude qu'il était un enfant ou quelque chose de ce genre. Elle ne le put. Ce sourire interdisait toute réponse.

Le train ralentit. Après quelques minutes, il pénétra dans la gare où le petit déjeuner était prévu. Sur le quai, des serveurs allaient et venaient, portant du café et des petits pains. De nombreux voyageurs quittèrent le wagon; il y eut du bruit, des appels. Marie avait l'impression de sortir d'un cauchemar. La banalité de cette agitation la réconfortait. Se sentant parfaitement en sûreté, elle se leva, jeta un regard sur le quai. Finalement elle fit signe à un serveur qui lui tendit une tasse de café. Félix la regarda le déguster, cependant il secoua la tête quand elle voulut lui en offrir.

Bientôt le train se remit en marche, et lorsqu'ils sortirent de la gare, il faisait déjà grand jour, et c'était le beau temps! Voilà que surgissaient des montagnes baignées des couleurs roses de l'aurore. Marie résolut de ne plus jamais avoir peur de la nuit. Félix regardait obstinément par la fenêtre, il paraissait vouloir éviter son regard. Elle pensa qu'il avait un peu honte des événements de la nuit.

Le train s'arrêta plusieurs fois à de courts intervalles, il entra en gare de Merano par une matinée magnifique d'une chaleur estivale. «Nous y voilà, s'exclama Marie, enfin, enfin!»

*

Ils avaient loué une calèche et circulèrent par la ville à la recherche d'un logement qui leur convînt. «Pas besoin d'économiser, dit Félix, mes ressources dureront bien encore assez longtemps.» Ils firent arrêter le cocher devant différentes villas, et tandis que Félix restait dans la voiture, Marie faisait la visite des pièces et du jardin. Ils eurent bientôt trouvé un logis satisfaisant. Une petite maison avec un entresol et un jardinet. Marie demanda à la logeuse de venir avec elle pour expliquer au jeune homme assis dans la voiture les différents avantages de la villa. Félix se déclara d'accord à tous points de vue, et quelques minutes plus tard le couple s'installait.

Tandis que Marie se livrait à une inspection minutieuse des lieux, Félix, qui s'en désintéressait, se retira dans la chambre à coucher. Un court examen lui révéla une pièce spacieuse, agréable, tapissée d'une couleur claire tirant sur le vert, avec une grande fenêtre, ouverte à cette heure, si bien que le parfum du jardin l'embaumait tout entière. Les lits étaient disposés en face de la fenêtre ; Félix était si épuisé qu'il se jeta de tout son long sur l'un d'eux.

Pendant ce temps, Marie poursuivait la visite avec la logeuse, et apprécia particulièrement le jardinet entouré d'une haute grille, auquel on pouvait accéder aussi par une petite porte située à l'arrière sans entrer dans la maison. De ce côté passait un large chemin qui conduisait directement à la gare, trajet plus court que celui par la grande route devant la façade.

Quand Marie revint dans la chambre où elle avait laissé Félix, elle le trouva étendu sur le lit. Elle l'appela, il ne répondit pas. Elle s'approcha, il était encore plus pâle que de coutume. Elle appela de nouveau ; pas de réponse... il ne bougeait pas... Prise d'une frayeur épouvantable, elle appela la logeuse, lui demanda d'aller chercher un docteur. La femme à peine partie, Félix ouvrit les yeux. Mais, au moment même où il voulut dire quelque chose, il se redressa, la face ravagée par l'angoisse, et retomba sur le lit dans un râle. Un peu de sang coulait sur ses lèvres. Marie se pencha sur lui, désemparée, désespérée ; après avoir couru à la porte pour voir si le médecin arrivait, elle revint affolée auprès du malade en criant son nom. Si seulement Alfred était là ! pensa-t-elle.

Enfin le docteur arriva, un homme d'un certain âge avec des favoris gris. À sa vue, Marie s'écria : « Faites quelque chose, faites quelque chose ! » Puis elle lui donna des explications aussi précises que son trouble le lui permettait. Le médecin observa le malade, lui prit le pouls, dit qu'il ne pouvait l'examiner aussitôt après l'hémorragie, et prescrivit des mesures d'urgence. Marie sortit de la chambre avec lui et lui demanda à quoi elle pouvait s'attendre. « Je ne peux rien dire, répondit le docteur ; un peu de patience ! Nous gardons espoir. » Il promit de revenir le soir même, et de sa voiture salua Marie, restée dans la maison, d'une manière aussi aimable et dégagée que s'il lui avait rendu une visite de politesse.

Marie resta sur place, désemparée une seconde ; mais dans la suivante une idée lui vint qui sembla lui promettre le salut, et elle courut jusqu'au bureau de poste pour envoyer un télégramme à Alfred. Après l'avoir expédié, elle se sentit soulagée. Elle remercia la logeuse qui s'était occupée du malade en son absence, s'excusa auprès d'elle du tracas qu'elle lui causait dès la première journée, et promit qu'on saurait se montrer reconnaissant.

Félix était toujours étendu tout habillé sur le lit, sans connaissance, mais sa respiration était redevenue régulière. Tandis que Marie s'asseyait à la tête du lit, la logeuse la réconforta, lui parla des nombreux grands malades qui avaient guéri à Meran, lui confia qu'elle-même s'était mal portée dans sa jeunesse et que — comme on pouvait voir — elle s'était merveilleusement rétablie. Et pourtant, que de malheurs elle avait connus ! Son mari mort dans la troisième année de leur mariage, ses fils partis au loin — oui, tout aurait pu se passer bien autrement... cependant elle était très heureuse d'avoir ici cette place. On pouvait d'autant moins se plaindre du propriétaire qu'il venait tout au plus deux fois par mois de Bolsano pour voir si tout était en ordre. Elle passait ainsi d'un sujet à l'autre, et débordait de complaisance. Elle s'offrit à défaire les bagages, ce que Marie accepta avec gratitude, et plus tard elle apporta le déjeuner dans la chambre. Du lait était déjà prêt pour le malade, chez qui on pouvait constater de légers mouvements, signes avant-coureurs d'un réveil proche.

Enfin Félix revint à lui, tourna plusieurs fois la tête d'un côté puis de l'autre et fixa son regard sur Marie qui s'était penchée sur lui. Il sourit alors et lui pressa doucement la main. « Qu'est-ce qui m'est arrivé ? » demanda-t-il... Le médecin, revenu dans l'après-midi, le trouva déjà beaucoup mieux et permit qu'on le déshabillât pour le mettre au lit. Félix se laissa faire sans protester.

Marie ne quitta pas le chevet du malade. Quel après-midi interminable ce fut ! Par la fenêtre, restée ouverte sur l'ordre formel du docteur, entraient les doux parfums du jardin... et quel calme ! Marie suivait machinalement des yeux l'éclat des rayons du soleil sur le parquet. Félix tenait presque toujours sa main. La sienne était froide et humide, ce qui causait à Marie une sensation désagréable. Parfois elle rompait le silence par quelques mots qu'elle devait se forcer à prononcer : « Ça va mieux, n'est-ce pas ! — Tu vois bien ! — Ne parle pas ! — Tu ne dois pas ! —

Après-demain, tu iras déjà dans le jardin.» Il hochait la tête et souriait. Puis Marie calculait la date d'arrivée d'Alfred. Demain, dans la soirée, il pouvait être ici. Encore une nuit et un jour, donc. Si seulement il était là !

L'après-midi n'en finissait pas. Le soleil disparut, l'intérieur de la chambre commençait à être plongé dans l'ombre. Mais quand Marie regardait vers le jardin, elle voyait encore des rayons jaune pâle glisser sur le gravier blanc des allées et là-bas sur les grilles. Soudain, comme elle portait de nouveau ses regards vers l'extérieur, elle entendit la voix du malade : «Marie !» Elle tourna vite la tête vers lui.

«Je me sens maintenant beaucoup mieux, dit-il à voix haute.

— Tu ne dois pas parler si fort», dit-elle en le sermonnant tendrement.

«Beaucoup mieux. Cette fois, ça s'est bien passé. Peut-être était-ce la phase critique.

— Certainement, affirma-t-elle.

— Je mets tous mes espoirs dans le bon air. Mais il ne faudrait pas que ça se produise une seconde fois, je serais perdu.

— Allons donc ! Tu vois bien que tu te sens déjà plus vaillant.

— Tu es gentille, Marie, je te remercie. Mais soigne-moi bien. Fais attention, fais très attention !

— As-tu besoin de me le dire ?» répondit-elle, un léger reproche dans la voix.

Il poursuivit, dans un murmure : «Car si je dois partir, je t'emmènerai avec moi.»

À ces mots, une angoisse mortelle l'envahit. Pourquoi donc ? Il ne pouvait représenter un danger, il était trop faible pour user de violence. Elle était aujourd'hui dix fois plus forte que lui. À quoi pouvait-il bien songer ? Que cherchait-il des yeux en l'air, sur le mur, dans le vide ? Il ne pouvait se redresser et ne possédait pas d'arme. Mais du poison peut-être. Il pouvait s'en être procuré, le gardait peut-être sur lui pour le verser goutte à goutte dans son verre à elle. Mais où pourrait-il le cacher ? Elle-même l'avait aidé à se déshabiller. Peut-être une poudre dans son portefeuille ? Mais celui-ci était dans sa veste. Non, non, non ! Ce n'étaient que des paroles provoquées par la fièvre et la joie maligne de la torturer, rien de plus... Mais, si la fièvre peut inspirer de telles *paroles,* de telles *pensées,* pourquoi pas aussi l'*acte* ? Il pourrait lui suffire d'un instant pendant qu'elle dort pour l'étrangler. Cela ne demande pas beaucoup de force. Elle peut s'évanouir tout de suite, alors elle sera à sa merci. Oh ! Elle ne dormira pas cette nuit... et demain Alfred sera là !...

La soirée avançait, la nuit vint. Félix n'avait plus dit un mot, et tout sourire avait disparu de ses lèvres ; le visage immuablement sombre, sévère, il regardait dans le vague. Quand l'obscurité se fit, la logeuse apporta des bougies allumées, et se disposa à préparer le lit près de celui du malade. D'un signe, Marie lui donna à comprendre que ce n'était pas nécessaire. Félix l'avait remarqué. « Pourquoi pas ? » demanda-t-il. Puis il ajouta aussitôt : « Tu es trop bonne, Marie, il faut te coucher, je me sens mieux. » Elle crut entendre du sarcasme dans ces paroles. Elle ne se coucha pas. Elle passa toute la nuit, une interminable nuit, auprès de son lit, sans fermer l'œil. Félix reposait presque toujours calmement. Parfois elle se demandait s'il ne faisait pas seulement semblant de dormir pour engourdir sa méfiance. Elle le regardait de plus près, mais la lumière vacillante de la bougie simulait sur les lèvres et les yeux du malade des frémissements rapides qui la troublaient. Elle alla une fois à la fenêtre et regarda dans le jardin. Il était baigné d'une faible lueur gris-bleu, et en se penchant un peu ou en levant la tête, elle pouvait apercevoir la lune qui semblait flotter au-dessus des arbres. Elle ne sentait aucun souffle d'air, et dans le silence et le repos infinis qui l'enveloppaient, elle eut l'illusion que les barreaux de la grille qu'elle distinguait avec netteté avançaient lentement, puis s'arrêtaient. Après minuit, Félix se réveilla. Marie arrangea ses oreillers et, obéissant à une inspiration subite, profita de cette occasion pour chercher s'il n'avait pas caché quelque chose dessous. Elle croyait encore entendre : Je t'emmènerai, je t'emmènerai avec moi ! Mais l'aurait-il dit s'il l'avait sérieusement pensé ? ... S'il avait la possibilité d'ourdir un plan, la première idée qui lui serait venue aurait été de ne pas se trahir. C'était vraiment très puéril de se laisser inquiéter par les fantasmes sans consistance d'un malade. Le sommeil la gagnait, elle écarta sa chaise loin du lit... à tout hasard. Pourtant elle *ne voulait pas* s'endormir ! C'étaient ses pensées qui commençaient à perdre de leur netteté et qui, échappant à la conscience claire du jour, s'envolaient dans la grisaille des rêves. Des souvenirs surgissaient. Souvenirs de jours et de nuits resplendissants de bonheur. De ces heures où il la tenait dans ses bras tandis que le souffle d'un printemps nouveau traversait leur chambre. Elle avait la vague sensation que les parfums du jardin n'osaient pas entrer ici. Elle dut retourner à la fenêtre pour les respirer. Les cheveux humides du malade semblaient exhaler une odeur fade et douceâtre, qui imprégnait l'atmosphère de la pièce de façon écœurante. Qu'attendre ? Si seulement c'était fini, oui, fini ! Elle ne reculait plus devant cette pensée ; le mot perfide lui vint à l'esprit, qui transforme le plus effroyable des vœux en pitié hypocrite : « S'il était délivré ! » ... Et quoi alors ? Elle se vit dehors dans le jardin, assise sur un banc sous un grand arbre, pâle, en pleurs. Mais ces signes de deuil n'étaient que sur son visage. Un calme si délicieux qu'elle n'avait pas connu depuis longtemps, très longtemps, était descendu sur son âme. Puis elle vit sa silhouette se lever, gagner la rue, s'éloigner lentement. Car maintenant elle pouvait aller où elle voulait.

Elle garda cependant au cours de cette rêverie un esprit assez éveillé pour guetter la respiration du malade qui se changeait parfois en gémissement. Enfin, le matin peu à peu approchait. Dès les premières lueurs, la logeuse apparut à la porte et s'offrit aimablement à relever Marie de sa garde pour les heures suivantes. Celle-ci accepta avec une joie non dissimulée. Après un dernier coup d'œil rapide sur Félix, elle quitta la chambre pour la pièce voisine où un divan avait été aménagé en confortable lit de repos. Ah ! comme elle s'y sentait bien ! Tout habillée, elle se jeta sur cette couche et ferma les yeux.

*

Elle ne se réveilla qu'au bout de plusieurs heures. Une douce pénombre l'entourait. Par les fentes des volets fermés, les rayons du soleil dessinaient d'étroites bandes. Elle se leva rapidement, eut aussitôt une vision précise de la situation. Alfred devait arriver aujourd'hui ! Cela lui permettrait de faire face plus courageusement à l'atmosphère pénible des prochaines heures. Sans hésiter, elle passa dans la pièce voisine. En ouvrant la porte, elle fut aveuglée une seconde par la couverture blanche étendue sur le lit du malade. Puis elle aperçut la logeuse qui mit un doigt sur sa bouche, se leva de son siège et alla sur la pointe des pieds à sa rencontre. « Il dort profondément », murmura-t-elle, et elle lui raconta que, jusqu'une heure auparavant, il était resté éveillé avec une forte fièvre, et avait réclamé Madame à plusieurs reprises. Le docteur était déjà passé de bonne heure, et avait jugé l'état du malade inchangé. Elle avait alors voulu réveiller Madame, mais le docteur ne le lui avait pas permis ; du reste, il devait revenir dans l'après-midi.

Marie écouta attentivement cette brave vieille, la remercia de ses services, et prit sa place.

C'était une journée chaude, presque lourde. Midi approchait. Le jardin s'étendait immobile sous l'éclat écrasant du soleil. Quand Marie tourna son regard vers le lit, elle vit tout d'abord les deux mains frêles du malade qui reposaient sur la couverture, tout en tressaillant par instants. Le menton s'était affaissé, le visage était d'une pâleur cadavérique, les lèvres légèrement entrouvertes. Pendant quelques secondes la respiration s'arrêtait, puis reprenait péniblement, par saccades. « Si ça se trouve, il mourra avant l'arrivée d'Alfred », pensa brusquement Marie. Dans son attitude présente, le visage de Félix exprimait de nouveau la souffrance d'un être jeune, un visage marqué par une lassitude, comme après des douleurs sans nom, et par une résignation comme après des combats sans espoir. Marie se rendait soudain compte de la cause qui, dans les derniers temps, en avait si cruellement altéré les traits, et qui en ce moment était absente : c'était l'amertume qui se peignait sur eux chaque fois qu'il *la* contemplait, *elle*. Maintenant qu'aucune haine ne hantait ses rêves, il retrouvait sa beauté. Elle souhaitait qu'il se réveillât. À le voir ainsi, elle se sentait remplie d'un indicible chagrin, d'une affreuse peur pour lui. C'était de nouveau son bien-aimé qu'elle voyait mourir ici. Tout d'un coup elle comprit de nouveau ce que cela signifiait. Toute la détresse de ce destin inéluctable, effroyable, la submergea, et de nouveau elle comprit tout, absolument tout. Qu'il avait été son bonheur et sa vie, qu'elle avait voulu le suivre dans la mort, et que l'instant était maintenant terriblement proche où tout cela serait révolu à jamais. La carapace de glace qui avait couvert son cœur, son insensibilité durant des jours et des nuits fondaient, devenaient confusément incompréhensibles. Maintenant, oui maintenant, tout est encore bien. Il vit toujours, il respire, il rêve peut-être ; mais après, il sera étendu rigide, mort, on l'enterrera et il reposera au fond de la tombe, dans le calme d'un cimetière sur lequel les jours passeront uniformes tandis qu'il pourrira… Et elle, elle vivra, vivra parmi les hommes tout en sachant qu'il y a là-bas une tombe muette où il gît… lui qu'elle a aimé ! Elle ne put retenir ses larmes et laissa éclater de bruyants sanglots. À ce moment il s'agita, et comme elle passait rapidement son mouchoir sur ses joues, il ouvrit les yeux, la fixa longuement d'un regard interrogateur, mais ne dit rien. Puis, après quelques minutes, il murmura : « Viens ! » Elle se leva, se pencha sur lui, il leva le bras comme pour enlacer son cou, mais il le laissa retomber et demanda :

« Tu as pleuré ?

— Non… », répondit-elle brusquement en relevant les cheveux de son front.

Il fixa sur elle un long regard grave, puis il se détourna. On eût dit qu'il méditait.

Marie s'interrogeait : devait-elle parler au malade du télégramme qu'elle avait expédié à Alfred ? Devait-elle le préparer à sa venue ? Non, pourquoi donc ? Le mieux sera de se montrer la première surprise de l'arrivée d'Alfred. Les nerfs tendus, elle passa le reste de la journée dans l'attente. Les événements extérieurs défilèrent comme dans un brouillard. La visite du médecin fut promptement expédiée. Il trouva le malade dans un état d'apathie complet, n'émergeant que rarement d'un demi-sommeil entrecoupé de gémissements, pour formuler des questions ou des souhaits anodins. Il demandait l'heure, désirait de l'eau. La logeuse entrait et sortait. Marie ne bougea pas de la journée, assise la plupart du temps dans un fauteuil près du malade. Parfois elle restait debout au pied du lit, accoudée au montant, parfois elle allait à la fenêtre et regardait dans le jardin où l'ombre des arbres s'allongeait peu à peu, jusqu'à ce qu'enfin le crépuscule tombât sur la pelouse et les allées. La soirée était étouffante, et la lumière de la chandelle posée sur la table de nuit, près de la tête du malade, remuait à peine. Ce n'est que lorsque la nuit fut complète, et que la lune apparut au-dessus des montagnes gris bleu qui se distinguaient dans les lointains, qu'un léger souffle se leva. Marie se sentit soulagée quand il passa sur son front, et l'air sembla aussi faire du bien au malade. Il tourna la tête, dirigea ses yeux grands ouverts vers la fenêtre. Et poussa enfin un profond soupir.

Marie saisit sa main qu'il laissait pendre sur le bord de la couverture. «Veux-tu quelque chose?» demanda-t-elle.

Il retira lentement sa main et dit : «Viens, Marie!»

Elle s'approcha plus près, sa tête frôlant presque l'oreiller. Alors, comme s'il la bénissait, il posa sa main sur ses cheveux, et l'y laissa. Il dit ensuite doucement : «Je te remercie pour tout ton amour.» La tête de Marie reposait maintenant sur l'oreiller à côté de la sienne, elle sentit de nouveau les larmes lui monter aux yeux. Dans la chambre, le silence était total. On entendit seulement se perdre au loin le sifflet d'un train. Et de nouveau le calme d'une lourde soirée d'été, un calme pesant, fade, incompréhensible. Tout d'un coup, Félix se redressa dans son lit d'un mouvement si rapide, si violent que Marie sursauta d'effroi. Elle redressa la tête, fixa son regard sur Félix. Il saisit alors des deux mains la tête de Marie, comme il l'avait fait souvent dans un geste de folle tendresse. «Marie, s'écria-t-il, il est temps que tu te souviennes.

— De quoi?» demanda-t-elle, et elle voulut dégager sa tête. Mais il semblait avoir retrouvé toute sa force, et il ne la lâcha pas.

«Je veux te rappeler ta promesse, dit-il d'une voix haletante… ta promesse de mourir avec moi.» Il lui avait parlé de tout près. Elle sentait son souffle passer sur sa bouche, et ne pouvait reculer. Il parlait tout contre ses lèvres, comme s'il voulait lui faire boire ses paroles. «Je t'emmène, je ne veux pas partir seul. Je t'aime, et je ne te laisserai pas ici. »

Elle était comme paralysée par la peur. Un cri rauque, si étouffé qu'elle put elle-même à peine l'entendre, sortit de sa gorge. Sa tête restait bloquée entre les mains de Félix qui la comprimaient convulsivement aux tempes et aux joues. Il continuait à parler, et son souffle chaud, humide brûlait le visage de Marie.

« Ensemble, tous les deux ! N'était-ce pas ta volonté ? Moi aussi, j'ai peur de mourir seul. Veux-tu, le veux-tu ? »

Elle avait du pied repoussé le fauteuil, et finalement, comme s'il lui fallait se dégager d'un étau, elle arracha sa tête à l'emprise de ces deux mains. Il continuait à les tenir en l'air comme si elles agrippaient toujours sa tête, et son regard figé semblait ne pas comprendre ce qui venait de se passer.

« Non, non ! cria-t-elle, je ne veux pas ! » et elle se précipita vers la porte. Il se redressa, on eût dit qu'il allait sauter du lit. Mais ses forces l'abandonnèrent, et avec un bruit sourd il retomba comme une masse inerte sur sa couche. Elle ne le voyait plus, elle avait ouvert violemment la porte et traversa la pièce voisine en courant jusqu'à l'entrée. Elle ne se possédait plus. Il avait voulu l'étrangler ! Elle sentait encore ses mains glisser sur ses tempes, sur ses joues, sur son cou. Elle atteignit le portail d'entrée : personne. Elle se rappela que la logeuse était sortie faire des courses pour le dîner. Que faire ? Elle revint précipitamment sur ses pas et, traversant l'entrée, elle bondit dans le jardin, courut à travers pelouse et sentiers jusqu'à l'autre extrémité, comme si elle était poursuivie. Alors elle se retourna et put entrevoir, grande ouverte, la fenêtre de la chambre d'où elle était sortie. Elle aperçut la lueur tremblotante de la chandelle, mais rien d'autre. « Que s'est-il passé ? Que s'est-il passé ? » se murmura-t-elle. Elle ne savait pas ce qu'elle devait faire. Indécise, elle arpenta les allées le long de la grille. Soudain, elle pensa : « Alfred ! Il doit arriver maintenant, il faut qu'il arrive maintenant ! » À travers les barreaux, elle scruta le chemin éclairé par la lune qui conduisait à la gare. Elle se précipita à la porte du jardin, l'ouvrit. Le chemin s'étendait devant elle, blanc, désert. Peut-être viendra-t-il par l'autre route ?… Non, non… voilà une ombre là-bas qui avance, qui se rapproche de plus en plus, et de plus en plus vite. Une silhouette d'homme. Est-ce lui ? À quelques pas de distance, elle court à sa rencontre. « Alfred ! — Est-ce vous, Marie ? » C'était bien lui. Elle aurait pu pleurer de joie. Quand il se tint devant elle, elle voulût lui embrasser la main. « Qu'y a-t-il ? » demanda Alfred. Elle l'entraîna sans répondre.

Félix n'était resté qu'un moment immobile ; puis il se redressa, regarda autour de lui. Elle était partie, il était seul ! Une angoisse oppressante le saisit. Une seule chose était claire, il devait l'avoir là, près de lui. D'un bond il sauta du lit, mais il ne put tenir debout et retomba en arrière sur sa couche. Il sentait dans sa tête un bourdonnement, un grondement. Il s'appuya sur une chaise et avança en la poussant devant lui. « Marie, Marie ! murmura-t-il, je ne veux pas mourir tout seul, je ne peux pas ! » Où était-elle ? Où pouvait-elle bien être ? Progressant toujours à l'aide de la chaise, il avait atteint la fenêtre. Le jardin s'étendait là, sous l'éclat bleuâtre de la nuit étouffante. Nuit chatoyante, nuit bruissante ! Comme les plantes et les arbres dansaient ! Oh, c'était là le printemps qui devait lui rendre la santé. Quel air pur ! quel bon air ! S'il pouvait le respirer toujours, sa guérison était assurée. Mais là-bas, qu'y avait-il là-bas ? Sur les cailloux blancs, brillants, il voyait venir depuis la grille qui lui paraissait plongée dans un abîme, une silhouette féminine auréolée par l'éclat bleuâtre de la lune. Comme elle planait, comme elle filait, et pourtant elle ne se rapprochait pas ! Marie, Marie ! Et un homme, juste derrière elle. Un homme avec Marie — fantastiquement grand. Alors la grille se mit à danser, à les suivre en dansant, et aussi le ciel noir, derrière eux, et tout, tout dansait à leur suite. Du lointain montaient des sons, des accords, des chants, si beaux, si beaux. Puis tout s'obscurcit...

Marie et Alfred arrivaient. Tous deux couraient. Parvenue à la fenêtre, Marie s'arrêta et jeta dans la pièce un coup d'œil inquiet. « Il n'est pas là ! » cria-t-elle, son lit est vide ! Soudain, elle poussa un cri déchirant et s'affaissa dans les bras d'Alfred. Celui-ci l'écarta doucement et, se penchant sur la barre, vit contre l'appui de fenêtre, dans sa chemise blanche, son ami étendu de tout son long sur le sol, les jambes écartées, avec, à côté de lui, une chaise renversée dont il tenait encore le dossier. Un filet de sang coulait de sa bouche sur son menton. Les lèvres semblaient tressaillir, les paupières aussi. Mais quand Alfred l'observa de plus près, c'était seulement l'éclat trompeur de la lune qui jouait sur le visage blême.

Traduction révisée par Brigitte Vergne-Cain et Gérard Rudent.

LA PETITE COMÉDIE

On lit dans le Journal, *à la date du 28 janvier 1893 : « Après un an et demi, me suis remis à écrire Métamorphoses. » Il s'agit de la nouvelle qui s'intitulera* Die kleine Komödie. *Schnitzler l'aurait donc commencée au printemps 91 ; début août 93, comme il l'écrit à Hofmannsthal, il l'a terminée « à quelques lignes près ». Par conséquent, sa genèse est contemporaine de celle de* Mourir. *Le contraste est frappant, et manifeste bien les talents multiples de l'écrivain. D'ailleurs son autre ami très proche, Richard Beer-Hofmann, souhaitait que cette « nouvelle amusante » parût avec une indication de date, tendant à souligner que* La Petite Comédie *était antérieure à* Mourir. *En réalité, on ne peut trancher : les deux récits appartiennent effectivement à la même période de création.*

*Cette nouvelle amusante est une histoire de snobs — un type social que Schnitzler a toujours vilipendé comme « inhumain » (voir les divers types d'*Escrocs *dans ses* Diagrammes, *p. 41). Le lecteur comprend et apprécie que l'écrivain adopte une forme de récit particulièrement affectée, « comme une pièce en cinq actes ». De Vienne, treize lettres se succèdent selon un parallélisme strict : Alfred von Wilmers (riche dilettante) écrit sept fois à Theodor Dieling (qui en est un autre), séjournant à Naples, tandis que Josefine Weininger (cocotte de luxe) écrit six fois à Helene Beier (qui en est une autre), séjournant à Paris. Selon Schnitzler lui-même, c'est « la nouvelle parallélisée » qui peut d'une certaine façon entrer en résonance avec la « Doppelnovelle », comme il désignera plus tard* La Nouvelle rêvée *(cf. volume II). Les masques, les doublures, les travestis-*

sements préoccupent fondamentalement cet écrivain épris avant tout de vérité.

Métamorphoses *était en fait un titre plus ironique et plus cruel, car Schnitzler est convaincu, du début à la fin de sa carrière, que l'on ne peut échapper à sa nature première. Dans* La Petite Comédie *(titre plus souriant et plus humain), les déterminismes qui pèsent sur les personnages principaux sont en réalité plus psychologiques que sociaux.*

Les amis viennois de Schnitzler aimaient beaucoup cette nouvelle, sans doute parce qu'elle était d'abord un spirituel témoignage sur la faune du Prater, des Faubourgs et du Wienerwald. La Petite Comédie *est une viennoiserie incontestable : on croit voir passer le Comte Bobby…*

Mais ceci explique cela : du vivant de l'auteur, La Petite Comédie *ne fut publiée qu'une fois ; en revanche on s'empressa de la reprendre dans le volume posthume de 1932, et comme nouvelle-titre !*

La première publication avait eu lieu en août 1895 dans la Neue Deutsche Rundschau, *que Schnitzler désigne encore comme la* Freie Bühne *(voir les notices des récits* Le Fils *et* La Fiancée*). Il est vrai que cette revue changea souvent de nom. Quant à Samuel Fischer qui la dirigeait désormais, il avait été particulièrement âpre au gain, n'offrant à l'écrivain que 25 marks pour sa nouvelle amusante ; quelques lettres s'ensuivirent, où Schnitzler se montra tour à tour « très ironique » et « très ferme ». Il obtint 50 marks et l'illustrateur qu'il souhaitait : Theo Zasche, dessinateur et caricaturiste.*

Et pourtant l'éditeur berlinois (originaire des Carpathes) souhaitait manifestement s'attacher un nouveau talent viennois : le 6 juin 1895, Arthur Schnitzler avait déjà reçu de Samuel Fischer un contrat général pour trois ans, qui fut par la suite régulièrement renouvelé. C'est le début d'une collaboration quasi exclusive de plus de trente-cinq ans. (Leur correspondance, signalons-le au passage, comporte 1 500 lettres, conservées à Cambridge en Angleterre ; elle a été étudiée par Peter de Mendelsohn).

Les prochains manuscrits d'Arthur Schnitzler ne devaient donc plus faire le tour des rédactions…

Alfred von Wilmers à Theodor Dieling,
à Naples.

Mon cher Theodor,

Merci beaucoup pour ta lettre. Ah, comme je t'envie ! Ces gerbes d'étincelles, ce feu dans chacune de tes lignes… quelle vie tu dois avoir ! Bien sûr, tu sais vivre seul, toi, et si tu passes une heure à contempler le bleu du ciel, il t'en reste plus qu'à nous autres après une année de vagabondage et d'aventure.

Je t'en supplie, n'appelle pas mal du siècle l'état dans lequel je me trouve — ce n'est qu'un très ordinaire mal du moi, mais non, même pas, c'est de l'ennui… rien de plus. Je ne peux me dissimuler à moi-même que le monde et ses souffrances me sont tout à fait indifférents… J'ai été interrompu l'autre jour par Fritz — Dieu du ciel, encore une de ces soirées ! Alors que je voulais être joyeux. Je pensais faire un dernier essai ! J'ai bu et, au lieu de l'ivresse attendue, ce fut le mal de tête ! Sa maîtresse m'a fait du charme et cela m'a mis en colère au lieu de m'amuser. Un vide, te dis-je, un vide !

Une chose est sûre : pour me secouer, il faut qu'il arrive quelque chose de tout à fait particulier. Mais serais-je seulement capable de m'en rendre compte, si jamais cette chose particulière avait la bonté de se manifester ? Et puis, quoi qu'il en soit, je serai tourmenté par le doute : ne s'agit-il pas en fait du train ordinaire, et ne suis-je déjà pas trop borné pour le reconnaître sous un de ses déguisements?... Vois-tu... j'en suis au point où je regrette non seulement de n'avoir pas de talent, mais encore de n'en avoir pour rien! Je me rappelle avec une sorte de honte l'époque où il m'arrivait de sourire de toi parce que tu avais du talent. Cela me paraissait un tel manque de *chic* — et j'avais un souverain mépris pour tous ceux qui voulaient faire quelque chose. Et maintenant, je serais déjà heureux, je te le dis, si j'étais capable de peindre des portraits! Car j'ai complètement abandonné la photographie, même là je ne suis arrivé à rien. Mes deux chefs-d'œuvre sont le Kahlenberg vu du Leopoldiberg[1] et le Leopoldiberg vu du Kahlenberg! Et comme tu vois, j'ai aussi perdu le seul et modeste talent que j'avais, celui de m'amuser. Oui, j'évite anxieusement toute occasion où il me serait encore possible de le faire... car les dernières déceptions m'ont donné de l'humeur. Des maux de tête au lieu de l'ivresse, voilà la formule qui définit toute mon existence — rien d'étonnant, donc, à ce que je me méfie du vin! C'est aujourd'hui dimanche et tous, en bas, sont aux courses, tandis que je te griffonne ces quelques lignes au crayon, vautré sur mon divan. À deux heures, Fritz a envoyé quelqu'un me demander... si je n'avais pas envie de me joindre à eux; je suis allé à la fenêtre et lui ai fait signe que non. Le fiacre a filé comme une flèche et Stangelberger, son cocher, a cligné de l'œil en me voyant penché à la fenêtre en robe de chambre, l'air de dire : Tiens, tiens, une aventure nocturne qui se prolonge jusqu'à midi!... Ah, où sont donc les temps où Stangelberger aurait eu raison? Il est maintenant cinq heures. Il fait encore assez chaud, mes stores sont baissés et il n'y a pas un bruit, pas un seul bruit! J'ai dormi une heure après déjeuner, à présent je vais m'habiller et, promeneur parmi les autres, descendre au Prater pour voir le retour du derby[2].

Te souviens-tu de ce beau premier mai, là-bas, avec ces deux charmantes créatures... il y a maintenant dix ans? Nous avions cavalé une bonne heure et demie derrière les deux mignonnettes, jusqu'à ce que l'on ait perdu maman... Après quoi nous leur avons montré le chemin!... Te souviens-tu?... D'ailleurs, le chemin, elles le connaissaient bien!... Il ferait beau voir que quelqu'un me propose aujourd'hui de courir une heure et demie derrière une femme...! Où est celle pour laquelle je serais capable d'un tel sacrifice?

J'ai rendez-vous avec Fritz, Weidenthaler et compagnie, sur le Konstantinhügel[3]. Avec les femmes bien sûr!... Mais je n'irai pas. Mizi n'a qu'à tromper Fritz avec quelqu'un d'autre; de toute façon c'est bien plus le fait de le tromper que ma personne qui lui importe!... Non, je n'irai pas au Konstantinhügel, mais au Wurstlprater[1], je veux m'encanailler pour de bon!... D'abord voir le Guignol, où je m'amuserai comme un ouvrier-tailleur lorsqu'on assommera le Juif! Puis je me rendrai au Vélocircus[2], où l'on voit pédaler des dames qui se vendent, avec leurs bas aux sept couleurs de l'arc-en-ciel... puis j'irai chez le diseur de bonne aventure et chez Präuscher[3], en loge séparée. Et chez Calafatti[4].

Au revoir, mon cher. Écris-moi et salue de ma part les belles Napolitaines.

Ton Alfred.

Josefine Weninger à Helene Beier,
à Paris.

Ma chère bonne Helene,

Une grande nouvelle...! Tu as déjà deviné : c'est fini avec Emil! On est toujours un peu triste, bien sûr, car une séparation, c'est quand même une séparation, et un adieu, un adieu pour toujours, comme je disais plus haut, c'est quelque chose de très mélancolique. Et pourtant, quand il m'arrive de ne pas y penser, je me sens bien mieux que tous ces derniers temps. Les derniers jours avant la rupture ont en effet été très désagréables. Comme je te l'ai écrit récemment, ma bonne Helene, il y a longtemps que je l'avais remarqué : des excuses chaque fois qu'il devait venir le soir, deux fois en une semaine, et puis il me laissait souvent aller seule au Prater et m'a même envoyée au théâtre un soir où il n'était pas!... Bon, on connaît ça, ce n'est déjà plus le véritable amour! Je ne lui en veux pas car ces derniers temps je n'étais plus vraiment passionnée. Mais laisse-moi tout te raconter en détail et comment ça a fini par arriver.

Mardi dernier, il y a donc aujourd'hui huit jours, je reçois encore un de ses petits mots, à sept heures et demie du soir; il ne peut pas venir! Il se permettra de passer demain à midi « pour demander si j'ai bien reposé »... il a toujours eu, tu le sais, de ces formules de politesse, ça me plaisait beaucoup : jamais rien de brutal, jamais... toujours comme s'il ne lui avait été permis que de me baiser la main, tout au plus!... C'était une belle soirée et je me voyais déjà morte d'ennui... alors je me suis dit : tu vas prendre une voiture et aller te promener! Comme il faisait déjà presque noir, j'ai simplement jeté mon manteau sur mes épaules, puis descendu l'escalier en courant. Une fois dans la voiture, sur le Ring, je me suis sentie fabuleusement bien, il faisait si bon et l'air était si doux, je me suis dit que c'était parfait que toute cette histoire se termine enfin. À ce moment-là, tous les hommes m'étaient complètement indifférents — mais alors complètement ! Et pas seulement lui, avec qui j'y étais déjà habituée.

Je demande alors au cocher d'aller lentement, je descends au *Stadtpark*[1] et je continue à pied en lui disant de me suivre ; arrivée au *Musée*, je remonte et nous longeons tout le quai, puis le *Ring*... bref, il est plus de neuf heures quand j'arrive à la maison. Je monte tranquillement ; là, Lina m'annonce : — Mademoiselle, monsieur est ici depuis une heure !

— Quoi ? me dis-je et je vais au salon, où il fait tout noir, puis dans la chambre rouge... Et en effet il est là, installé sur le divan avec son manteau, donnant de petits coups de canne sur le plancher tout autour de lui. Il lève la tête à mon entrée et me demande : — Et d'où vient-on, mademoiselle ?... Ceci d'un ton très calme... N'ayant aucune raison de mentir, je lui dis la vérité : — Comme tu m'avais écrit que tu ne viendrais pas, j'ai commandé une voiture et fait le tour du Ring, il faisait si beau ! — Ah ! fait-il puis il se lève et, toujours en manteau, se met à arpenter la chambre sans me regarder. — Qu'as-tu donc ? lui dis-je... — Pas de réponse. Je le laisse là et je retourne dans le salon, d'où je l'entends toujours marcher de long en large. Je donne mon manteau à Lina, l'envoie chercher des cigarettes, m'apercevant que je n'en ai plus ; puis je rejoins Emil, car je trouve cette histoire finalement trop bête. — Mon cher Emil, lui dis-je, je ne supporte pas ça ! Si tu ne trouves pas bien que j'aille me promener, dis-le franchement, ça ne me fait de toute façon ni chaud ni froid. Par ailleurs, quand tu m'écris que tu ne viens pas, je ne suis pas obligée de m'enfermer dans ma chambre et de broyer du noir. J'aurais belle mine, en ce moment surtout, où ça peut m'arriver trois fois par semaine ! etc.... S'arrêtant alors au milieu de la pièce, il croise les mains derrière le dos par-dessus son manteau, si bien qu'on voit le bout de sa canne dépasser derrière sa tête, et il se met brusquement à parler : — Tu as raison, me dit-il, ça ne peut pas continuer ainsi et je ne peux vraiment pas me permettre d'exiger que tu restes seule à la maison trois fois par semaine, je le vois bien !

Haha ! me dis-je et lui demande : — Bon, alors qu'est-ce que tu veux et pourquoi fais-tu cette tête ? Pourquoi viens-tu quand même alors que tu t'es décommandé, et pourquoi te décommandes-tu, si tu viens quand même ? Il rétorque : — Il fut un temps, Pepi[2], où tu étais si heureuse quand j'arrivais sans prévenir... mais ce temps-là n'est plus, bien sûr ! Là-dessus, je fais la moue… Il continue : — Ainsi vont les choses, je l'ai remarqué depuis longtemps et si je ne savais pas que cela te vexe fort peu, je m'excuserais vraisemblablement moins souvent. Mais je suppose que tu te passes de moi sans trop de peine… Voilà à peu près ce qu'il m'a dit, et tout ce que je sais, c'est que je lui ai répondu : — Je ne te courrai pas après ! — Je ne te le demande pas, fait-il alors, au contraire !… Ça y est, nous y étions presque et je lui ai dit : — Au contraire ? Cela veut dire, je suppose, que tu es bien content que je ne le fasse pas ?… Avec un geste d'impatience, il va se mettre devant la fenêtre et, me tournant le dos, il murmure : — Ne déforme donc pas aussitôt mes paroles ! Sur quoi, allant calmement auprès de lui, je lui déclare : — Ah, dis-moi plutôt franchement ce que tu as à me dire… il y a certainement une raison pour que tu commences par m'envoyer un mot pour t'excuser, puis que tu montes ici et que tu te montres aussi désagréable ! Et comme je suis là, à côté de lui, il me prend soudain la tête entre les mains et m'embrasse sur le front… tout cela devant la fenêtre, mais les stores étaient baissés. Il m'embrasse une fois, encore une fois puis une autre et, pour finir, très, très longuement. Je ne bouge pas, je me laisse faire tranquillement et je lui demande simplement à voix basse, pendant qu'il est encore en train de m'embrasser : — Tu es venu aujourd'hui pour me dire adieu ? Du coup, il me lâche : — Qu'est-ce que c'est que cette idée ? dit-il avec un sourire forcé. Et moi, en lui prenant les mains : — Tu devrais être content que je te rende la chose aussi facile ! Tu n'y serais pas arrivé aussi bien ! — Oui, bien sûr, éclate-t-il alors, puisque c'est toi qui t'en réjouis et qui as envie d'être débarrassée de moi !… Et il se met à me faire des reproches, à me dire qu'il a depuis longtemps déjà remarqué que je ne l'aime pas vraiment, que ma tendresse n'est que comédie et que sais-je encore ? Que ça n'aurait pas forcément dû en venir là, absolument pas, mais qu'un homme voit ces choses et que ce n'est finalement pas un miracle, quand en plus on est pressé d'un autre côté, si l'on a envie d'un amour véritable, etc… Je n'ai pas perdu mon calme un instant : — Tu as tout à fait raison, lui dis-je, mais je ne crois pas que ce soit de ma faute et ce n'est vraisemblablement pas non plus de la tienne : il fallait que ça finisse ainsi, c'est dû aux circonstances. Tout ce que je puis te dire, c'est que je t'ai toujours beaucoup aimé et que je te souhaite de trouver quelqu'un qui t'aime autant que moi et qui te rende heureux… et ainsi de suite, tout ce que l'on dit en pareil cas ; pourtant j'ai senti, à ce moment-là, que je l'avais vraiment beaucoup aimé et qu'une séparation comme ça a toujours quelque chose d'émouvant, même si l'on se réjouissait depuis longtemps déjà à son idée. Nous nous sommes ensuite assis sur le canapé, il a fini par enlever son manteau et nous voilà qui nous mettons à bavarder pour de bon! Je lui raconte que je lui suis restée fidèle tout au long de ces deux années et comme ça avait été bien, il me dit qu'il me sera reconnaissant toute sa vie de mes bontés et de ma tendresse et qu'il n'est pas vrai du tout que l'on cesse d'aimer quelqu'un… oui, ce sont seulement les circonstances et il restera en tout cas toujours mon ami et c'est en tant qu'ami véritable qu'il doit sincèrement me dire adieu. M'attirant alors à lui, il me caresse les cheveux et recommence à m'embrasser, mais pas seulement sur le front cette fois. Si je t'avoue, ma bonne Helene, que j'ai même un peu pleuré, tu le comprendras, pas vrai?

Et c'est ainsi que, à force d'adieux, nous nous sommes retrouvés à minuit et il y eut encore un moment bien émouvant lorsque, plus tard, il s'est mis à genoux devant le canapé et m'a embrassé les mains! C'est le dernier souvenir que j'ai de lui, car je me suis endormie à ce moment-là, et quand je me suis éveillée au milieu de la nuit, la lampe était baissée et lui parti — envolé!

Voilà. Je ne l'ai plus revu depuis et n'ai plus eu de nouvelles, l'histoire est finie… Qu'en dis-tu? Et ne me demande pas ce que je fais ou ce que j'ai l'intention de faire, je ne le sais pas moi-même… Je suis pour le moment tout à fait satisfaite. Je me repose, je dors sublimement bien, je fume mes vingt cigarettes par jour et me dis : — Si seulement ça pouvait durer toujours! Tout n'est qu'affaire d'habitude. C'est vrai qu'il n'y a pas plus de huit jours, mais si ça ne dépendait que de moi, je passerais tout l'été de cette façon. Je lis des romans toute la journée, dont un, récemment, que je te recommande vivement : J'y ai trouvé quelque chose que je pense depuis longtemps, à savoir que c'est *nous* les femmes convenables. Oui, nous ne sommes pas moins que les autres, c'est écrit dans le roman; nous sommes même plus, parce que nous sommes naturelles — et il le prouve aussi dans le roman! Il faut absolument que tu le lises… attends, je vais dire à Lina de faire un paquet et de te l'envoyer.

Maintenant, je suis curieuse de voir si tu vas m'écrire une lettre aussi longue! À quoi passez-vous votre temps, dis-moi? Allez-vous beaucoup au théâtre? Est-ce que tu es sage et ne fais pas trop de charme à messieurs les Parisiens?

Eh bien, ma bonne Helene, qui nous aurait prédit cela? Mon Dieu, quand je pense à mes débuts au *Wieden*[1] et que j'y allais avec le plus grand sérieux parce que je me disais que je serais bien contente de toucher mes cinquante gulden par mois ! Anton venait me chercher tous les soirs et nous allions au restaurant manger un rosbif pommes sautées. Ma mère d'ailleurs, dont tu me demandes des nouvelles, va très bien, elle est même venue me voir une fois ces huit derniers jours et t'envoie ses salutations. Mais en voilà vraiment assez, je crois… écris-moi, je te prie, une aussi longue lettre en réponse. Mes amitiés à ton chéri !

Avez-vous déjà mis au point vos projets pour l'été ? Et, s'il te plaît, ne fais pas d'imprudences ! J'ai comme le pressentiment que tu es en bonne voie de nous devenir une madame X… Allons, réserve-toi les éventuels beaux Parisiens pour plus tard… ou ne les réserve pas du tout !

Mais ne va pas devenir prétentieuse, s'il t'épouse : tu verras dans le roman qu'on vaut alors beaucoup moins qu'avant.

Encore une fois salutations et bons baisers.

Ta vieille Josefine.

Alfred von Wilmers à Theodor Dieling,
à Naples.

Cher poète et ami,

C'est bien ce que je pensais ! On ne reste pas à Naples en été sans raison ! Tu t'exprimes certes avec une telle discrétion que je ne puis me douter s'il s'agit d'une princesse ou d'une marchande d'oranges ni si le « témoin de ta félicité » est la lune brillant à travers des branches d'olivier ou bien la lumière bleue d'un lustre de cristal, mais cela n'a qu'une importance secondaire. Et ces aventures amoureuses à l'étranger ont un attrait si particulier ! La fin vient si naturellement — on s'en va un beau matin sans même avoir… pris congé la veille. Elles ne vont tout de même pas nous suivre ! D'abord, le voyage coûte trop cher, deuxièmement le traître n'en vaut pas la peine et, troisièmement, il ne manque pas d'autres hommes à proximité. Pour ce qui est de moi, mon cher poète, c'est à peine si j'ai du neuf à te conter. Sinon que je suis devenu encore plus solitaire depuis le jour du derby où je t'ai écrit ma dernière lettre. Oui, je suis bien allé ce jour-là au *Wurstlprater*, mais… c'était dégoûtant. Aussi longtemps que les bains de vapeur et les parfums n'auront pas gagné le bas peuple, j'aurai de la peine à éprouver de la sympathie pour lui. C'est vraisemblablement ignoble de ma part, mais je n'y peux rien. Je voudrais tant qu'il n'y ait pas de malheureux, mais je pose simplement la question suivante : si tous les gens heureux se sentaient sans arrêt malheureux à l'idée qu'il existe des malheureux, y aurait-il encore des gens heureux?

Heureux — c'est une façon de parler. J'appartiens à cette sorte de gens que l'on tient pour tels; alors qu'à vrai dire plus d'un de ceux qui peuvent se payer pour quatre kreuzer de rhum et, partant, de joie de vivre, se sentent bien mieux... Oui, après le *Wurstlprater*, je suis tout de même monté sur le *Konstantinhügel*... Ah oui! Je pensais d'abord que le contraste agirait! Je cherchais à m'en persuader moi-même le plus clairement possible : — Rends-toi compte, tu étais il y a un moment au milieu de tous ces gens aux pantalons déchirés, aux chapeaux graisseux et aux voix rudes... qui fument des ninas, qui se sont éreintés au travail toute la semaine et dont les cheveux gardent l'odeur de renfermé des maisons des faubourgs... au milieu de femmes absorbées par la cuisine, tourmentées par leurs enfants et toutes sortes de soucis domestiques... de filles qui se laisseront caresser ce soir dans les prairies du Prater... — et tu arrives maintenant chez les messieurs tirés à quatre épingles en élégants costumes d'été... qui parlent à voix basse, ont pris leur bain ce matin, fument des cigarettes égyptiennes ou de gros cigares à 2,50 gulden et peuvent boire douze verres de cognac sans que leur visage en devienne un soupçon plus rouge... chez les dames aux ongles roses et soignés... qui ont des bas de soie noirs — et parfois aussi des chemises de soie de la même couleur, (c'est ce que prétend Fritz, tandis que Weidenthaler sourit à part soi)... qui embaument la *Violette de Parme* et dont toute la bassesse est dans l'âme!... Que c'est joli et plein de tact! Elles sont, puisque je ne me soucie pas de leur âme, tout simplement ravissantes. — J'étais donc, comme je disais, tout réjoui en arrivant là-haut, où je les trouvai tous ensemble sous une des tentes : Fritz et son élue, Malkowsky et la sienne, Weidenthaler seul... ils avaient également amené Fellner, tu le connais, bien sûr : c'est lui qui imite Girardi[1], chante des couplets en patois cracovien et qui, d'ailleurs, a beaucoup trop d'esprit pour ses voisins, auxquels il doit entre cinq et deux cents gulden, suivant le rang et l'âge.

Et voici que, brusquement replongé dans leur compagnie, je prends d'un seul coup conscience du contraste! Je me pénètre du parfum qui émane des vêtements froufroutants et de la chevelure des femmes, je touche du pied de petits pieds chaussés de façon ravissante... tout cela pour ainsi dire par intérêt scientifique. J'écoute Fellner chanter ses couplets, je ris avec les autres et je me dis que c'est vraiment un charmant garçon. Je fraternise, le verre à la main, avec la petite amie de Fritz qui ne cesse de m'exhorter : — Allons, donnez-vous un bécot, c'est ridicule... entre camarades ! Je me laisse donner un bécot et je sens ses quenottes sur mes lèvres, ce qui n'est plus à vrai dire tout à fait égal, même entre camarades... je bois quatre verres de cognac, du Prunier six étoiles, fume un bâton de chaise à 2,50 gulden et sans arrêt, vraiment sans arrêt, j'ai le sentiment désagréable que tout ça n'est pas amusant du tout ! Puis il se fait tard, et les fiacres attendent en bas : Weidenthaler monte dans l'un d'eux avec Malkowsky et sa petite, Fellner grimpe sur le siège à côté du cocher... comme par plaisanterie, et comme s'il n'eût pas été obligé sans cela de rentrer en ville à pied ! Fritz et sa lady me hissent dans l'autre voiture, elle s'assied entre nous deux. Et alors, l'ambiance était si joyeuse et le soir si beau que nous sommes encore descendus à toute allure jusqu'au *Lusthaus*[1] par les allées sombres, si sombres qu'on n'y distinguait plus sa propre maîtresse, ce dont Mizi sut fort bien profiter... en remontant, Fellner, là-haut sur son siège, chantait « le cœur d'un vrai Viennois[2]... », la petite de Malkowsky voulait changer, que Weidenthaler aille dans l'autre voiture et moi avec eux, mais celle de Fritz ne voulait pas me lâcher. Bref, une ambiance extraordinaire ! Et maintenant, au Prater ! Mais où ? Allons voir chez *Sacher*[3], décide-t-on, en cabinet particulier, on jouera du piano et on dansera un peu. Va pour Sacher ! Fellner saute de son siège et, jouant au laquais, ouvre les portières, les dames descendent d'un saut gracieux, le petit salon avec le piano est libre, on apporte du champagne et du cognac. Weidenthaler se met au piano et joue une valse, Fritz me presse de danser avec Mizi... la danse de la fraternisation ! La danse de la fraternisation !... on valse donc, mais la noble dame de Malkowsky se sent mal et s'allonge sur le canapé, Weidenthaler dégrafe sa robe à la taille et son corset rose fait l'admiration générale... Tout à coup, elle s'écrie : — Ça va mieux, les enfants !... et l'on recommence à valser, Fellner exécute de magnifiques cabrioles, improvisant un solo de danse qui fait se tordre de rire tout le monde. Il imite la Cereale[4], la Rathner[5] et, pour finir, Girardi. Fritz, vautré dans un coin, n'ouvre plus les yeux que par intermittence, tandis que Weidenthaler tape stupidement sur les touches, à l'aveuglette. Un garçon, l'air soucieux, apparaît à la porte... Le calme revient, on s'assied en groupes pittoresques tout autour de la table et Malkowsky, avec sa fabuleuse élégance, s'éloigne et va sur le seuil régler l'addition. Après le champagne et le cognac, on passe au champagne avec du cognac et c'est la fin de cette belle fête... Alors nous sortons tous. Les deux couples nous font de leur fiacre de très bienveillants signes d'adieu et nous voilà, Weidenthaler, Fellner et moi, dans la rue.

Nous voulons entrer chez *Scheidl*, mais les chaises sont déjà empilées sur les tables, les garçons balaient et les lumières sont en partie éteintes. Donc il faut se rabattre sur un café ouvert la nuit. Weidenthaler et Fellner ne pouvant y renoncer, je leur serre amicalement la main et je les quitte... Là-dessus, longue promenade solitaire en suivant le Ring... Le jour se levait, l'air était d'une merveilleuse pureté et je me dis... il faut que ça change! Ça ne peut continuer ainsi, cette société, ce ton, ce vide, cet abêtissement, non, non, non!... Hommes et femmes me dégoûtent également, les parfums et les bas de soie ne sont pas tout, même là où il n'y a rien d'autre!... Je longeais le *Stadtpark* où l'on voyait s'annoncer déjà les premières lueurs de l'aube — c'est alors que les souvenirs ont surgi... Les souvenirs de ce que j'appelle un amour de jeunesse. Je ne veux pas parler de cet amour platonique où l'on se promène sous ses fenêtres jusqu'à ce qu'elle vous échappe pour se marier parce que vous n'avez encore que dix-sept ans. Non, je parle de l'autre, que l'on n'apprécie pas comme il le mérite, du premier amour raisonnable... pour une de ces petites jeunes filles des faubourgs qui travaille le jour dans un magasin et que l'on attend, le soir, au coin de la rue, pour l'accompagner jusqu'à *Mariahilf* ou *Fünfhaus*[1]... et qui ne demande rien d'autre qu'une excursion le dimanche, une soirée chez les chansonniers, une place à la troisième galerie pour la nouvelle opérette ou un bracelet à un gulden et beaucoup, beaucoup, beaucoup d'amour. Ah, comme c'était beau, jadis! Les retours de *Hietzing*[2] en omnibus!... les promenades à *Weidlingau*[3], où l'on s'enfonçait dans la forêt... Oui, voilà ce dont j'ai besoin! Mon goût s'est incroyablement gâté depuis que je suis devenu si prodigieusement élégant et que j'ambitionne d'avoir la maîtresse la mieux habillée de Vienne! Qui sait à côté de combien d'exquises créatures je suis passé sans faire attention? Et qui sait si je vaudrais encore quelque chose à leurs yeux, elles qui ont besoin de beaucoup, beaucoup, vraiment beaucoup d'amour... avec la finesse naturelle de leur instinct féminin, elles liraient la fatigue et la surexcitation dans mes yeux et sur mon front! On devrait pouvoir être encore une fois ce frais jeune homme, cet amoureux plein de gaieté rêvant de l'odeur des sureaux, de printemps et de tendresse. Oh, les gentilles petites ne s'y trompent pas, désireuses elles aussi de printemps et d'amour, et l'on a soudain l'une de ces charmantes créatures suspendue à son bras et une bien-aimée au lieu d'une *maîtresse*... Cette nostalgie m'apprend que je suis plus jeune que je ne le pensais, elle explique aussi pourquoi je me sens mieux que ces derniers temps. Qui sait si tu n'es pas pour quelque chose dans cette découverte, avec ton amour napolitain...? Mais il est tard, mon cher, voilà maintenant trois heures que je t'écris. Je vais descendre faire un tour dans la rue. Qui sait?... Il y a des aventures dans l'air! Les senteurs du soir, par la fenêtre ouverte, me rajeunissent de dix ans et me rendent plus fou d'autant! Et maintenant... maintenant? Peut-être une demoiselle de seize ans est-elle en ce moment même, à *Fünfhaus* ou dans le faubourg de l'*Alser*[1], en train de fixer une fleur à son corsage, debout devant son miroir au simple cadre de bois, sans se douter qu'elle m'est destinée!

Si seulement je savais où, à *Fünfhaus* ou dans le faubourg de l'*Alser*? Ah, n'avoir aucun but précis! Mais adieu...

Ton fidèle Alfred.

Josefine Weninger à Helene Beier,
à Paris.

Ma chère Helene,

Tu me demandes ce qu'il y a de neuf? Eh bien, j'ai à peine mis le pied dehors depuis que je t'ai écrit. Je suis allée deux ou trois fois me promener en voiture; et même au théâtre, je n'y suis retournée qu'hier. Devine où? Au balcon, premier rang — on y est tout de même plus à l'aise qu'en bas! La comédie qu'ils donnent attire les gens et, bien qu'on la joue depuis six semaines, c'était encore plein. Oui, et même un public élégant! Beaucoup de connaissances, quelques gens aimables en bas, au premier rang, j'en ai profité pour faire le point et voir où j'en suis. Tu sais, je les ai passés en revue, tout le premier rang. Et le résultat a été tout à fait curieux! Les derniers temps avec Emil, il arrivait quelquefois que l'un ou l'autre me plaise; un jour même, je peux te le dire aujourd'hui en confidence, l'un de tes anciens, Karl Zabelberger... une tête sympathique, même si c'est à peu près tout ce qu'il a! Eh bien, il était là aussi, à l'orchestre, notre Karl Zabelberger, et tu ne peux t'imaginer à quel point il m'a laissée indifférente. Il y avait à côté de lui un de ses amis que j'ai aussi connu, mais je ne sais pas son nom, très *chic*, plus *chic* même que Karl à vrai dire; puis un volontaire aux dragons, pas mal, et le baron Zenger, grand et fade — il a dormi pendant la représentation.

Ensuite deux étrangers, visiblement des Roumains ou des Italiens, noirs avec des dents très blanches, et très élégants. Et puis encore un monsieur d'un certain âge, que je connais de vue et qui me plaît beaucoup d'habitude. Mais pas besoin de t'en raconter tant! Je me suis simplement posé la question : Lequel de tous ces messieurs aurait maintenant une chance avec toi? et, à ma grande surprise, la réponse a été : Aucun!

Et ça n'a pas mieux marché avec le public des loges.

Je ne te dis pas ma joie à la pensée du souper qui m'attendait chez moi — toute seule, je l'avais commandé à *un seul* couvert... et la paix, ensuite, pour m'endormir!

Girardi a été fantastique; d'ailleurs, j'ai eu l'impression qu'il m'a saluée d'en bas... à part ça, on ne m'a pas trop remarquée. À la fin, je suis descendue, comme tout le monde; dehors, c'était une belle soirée tiède et ça m'a rappelé comme je filais par-derrière, par la sortie des artistes, autrefois... ah, il y a pas mal d'années, et comme Anton venait me chercher. C'est vraiment incroyable, toutes les idées qui vous passent par la tête, des soirs comme celui-là, quand on se retrouve à l'air frais, en sortant des odeurs du théâtre! Et, de m'imaginer aussi nettement une aventure passée, j'en aurais pleuré de bonheur... Dieu merci, je ne suis pas encore trop vieille pour ça. Ça ne peut pas tenir à moi. Il faut absolument qu'il arrive du nouveau, c'est clair : une aventure de jeunesse semblable et me voilà jeune à nouveau, capable de rivaliser avec toutes ces petites délurées de seize et dix-sept ans! Il faudrait que ce soit quelqu'un d'intéressant. Emil en avait amené un, il y a quelques mois, oui, un de ces artistes intéressants, comme on dit, mais il était d'un *fade*!... Exactement pareil aux autres, à ceci près qu'il parlait moins et qu'il s'est tout le temps plaint d'avoir mal à la tête. Non, ce n'est pas un artiste de ce genre que je veux dire, mais un *vrai*, sans mal à la tête, prodigieusement vivant et, pourquoi pas? avec les cheveux très longs et pas du tout d'argent. Bref, un artiste comme dans les romans d'autrefois, ah oui, celui-là aurait eu sa chance hier soir, mais va demander aux artistes où ils étaient hier soir! Et qui sait si l'un d'eux — un de ceux comme je les vois — aurait osé m'aborder s'il m'avait vue dans tous mes atours, avec mes pierres bleues aux oreilles? Et poudrée aussi, et même un peu maquillée. Mais en me regardant dans le miroir, maintenant, telle que je suis, en *négligé*, je dois m'avouer que je ne suis pas si mal, même sans maquillage ni poudre... Ce serait une jolie expérience à faire, hein, de partir un jour comme ça sur le sentier des conquêtes? Sérieusement — il ne s'agit pas tellement pour moi d'être sage. Ce dont j'ai envie, en réalité, c'est d'un formidable changement, n'importe lequel ! Sais-tu que j'ai pensé aller à Paris ? Mais, seule... de quoi aurais-je l'air ? Avec le premier venu, non, non ! Et je ne me sens vraiment aucun goût, en ce moment, pour les gens qui peuvent se permettre d'aller à Paris.

As-tu lu le roman que Lina t'a envoyé ? Écris ça et beaucoup d'autres choses encore à

Ta fidèle Pepi.

Alfred von Wilmers à Theodor Dieling,
à Naples.

Bonjour, mon cher,

Il y a de quoi raconter aujourd'hui ! Je suis à nouveau jeune et, hourra, j'ai fondé ma cause sur rien !... Bon, je ne t'en veux pas de ne pas comprendre !... C'était dimanche. Voilà au moins un début ! Dimanche donc, à deux, trois heures de l'après-midi. Très chaud, et le soleil brillait au-dessus de la ville. Les habitants des faubourgs, pris d'une formidable envie de vert et d'espace, sortaient aux barrières et tous étaient de joyeuse humeur. Au moment où commence notre petite histoire (que dis-tu de mon style ?) il n'y avait plus beaucoup d'animation dans les rues. Parmi les promeneurs allant tranquillement leur petit bonhomme de chemin vers les confins de la ville se trouvait... non, je ne peux pas, je suis incapable d'écrire des nouvelles — Je vais me limiter aux faits. En un mot comme en cent, j'avais eu une idée folle. J'avais envie de me déguiser. M'ennuyant en ma propre compagnie, je voulais être pour une fois un autre. Je revêtis donc une veste de velours, mis un col rabattu, une cravate flottante, me coiffai d'un chapeau mou et, laissant mes gants à la maison, je partis me promener dans cet accoutrement ! Tu ne peux imaginer combien j'avais l'impression d'être déguisé : je ressemblais à un peintre en bâtiment ! Ce n'était toutefois pas seulement le goût de la mascarade. J'avais aussi une idée précise derrière la tête : je voulais être sûr de ne pas devoir une éventuelle conquête à sa croyance en ma solvabilité ni à mon tailleur. Je changeai aussi ma manière de marcher, je « flânai », y mettant quelque chose de naïf, d'insouciant et de léger. Par Dieu, je n'étais pas reconnaissable ! Imagine-toi, un chapeau mou tout cabossé et une cravate flottante ! Arrivé à trois heures aux fortifications [1], je m'appuie quelques instants à un réverbère, j'allume une cigarette et regarde passer les braves bourgeois et les couples d'amoureux qui se promènent là. Je laisse aussi passer quelques jeunes filles allant par deux ou trois, charmantes et jolies à croquer. Deux autres, qui viennent d'arriver, font des signes à une grosse femme d'un certain âge qui regarde à sa fenêtre, la mine réjouie, et je m'aperçois alors qu'il y a beaucoup de monde aux fenêtres, des hommes en bras de chemise et des femmes plutôt négligées. Il y a du soleil là où je suis, et des enfants en train de jouer sur les remparts. Et brusquement, j'ai un nouvel accès de mélancolie. Sans trop savoir pourquoi. Je sens se déverser sur moi toute la répugnante et sinistre atmosphère de ce dimanche bourgeois et je ne puis m'empêcher d'imaginer chez elles les deux jeunes filles de tout à l'heure, absorbées par la cuisine et la lessive, et lisant pour se divertir le *Weltblatt*[1], monsieur leur père pestant contre les impôts et qui sait quoi encore. Et cette différence, que tous ressentent ici, entre aujourd'hui dimanche et les six autres jours de la semaine qui n'en sont pas un… bref, une très répugnante impression !…

Soudain s'offre à mes yeux une ravissante vision : une jeune fille, plus tout à fait jeune, vingt-deux ou vingt-trois ans. Merveilleusement belle… et toute seule. Une simple robe à fleurs, mais très élégante, un joli chapeau de paille à larges bords, des yeux magnifiques, la taille mince et souple, pas très grande, l'ombrelle ouverte… Elle me regarde avec de grands yeux en passant devant moi, sourit, puis fait demi-tour et, revenant sur ses pas, repasse devant moi sans me regarder. Vingt pas plus loin, nouveau demi-tour… Ah, on a rendez-vous ! J'ai le temps, j'attends aussi. Et l'incroyable se produit… cette petite attend en vain !… Je l'examine de plus près — vraiment charmante ! Et si gentille ! Plus dans la toute première jeunesse ni, Dieu soit loué, dans la toute première innocence ! De petits plis révélateurs autour des yeux et un trait autour de la bouche qui ne vient que lorsqu'on a beaucoup embrassé et mordu, une taille souple et habituée à la souplesse… Mais quelque chose de naïf pourtant dans cet accomplissement conscient de sa féminité. Si charmante !… Et *lui*… qui n'arrivait pas ! Je la regarde aller et venir, ne se souciant guère de moi, bien que cela n'aille sans doute pas sans quelque coquetterie ; enfin, au bout d'une dizaine de minutes, elle fait une moue mi-fâchée, mi-méprisante et repart d'un pas pressé non pas en direction de la ville, mais vers la *Währinger Hauptstrasse*[2]. Je la suis et, sans perdre une seconde, je tente ma chance. Je lui adresse quelques paroles insignifiantes. Elle me répond sur un ton presque sinistre, en se retournant vers moi : — Qu'est-ce que vous voulez, *vous* ? Je ne me laisse toutefois pas démonter et la conversation s'engage rapidement. Elle avait

« justement » l'intention d'aller à la campagne, parce que de toute façon, le bon air lui importait plus que lui, et elle ne voyait pas d'inconvénient à ce que je l'accompagne dans sa promenade, si cela me faisait plaisir.

Nous en vînmes avec une remarquable rapidité à bavarder tranquillement. Et je dois me féliciter d'avoir si bien tenu mon rôle. Ainsi, lorsqu'elle m'a demandé : — Et qu'est-ce que vous faites dans la vie ? je lui ai répondu : — Devinez ! — Oh, que pouvez-vous bien être ? dit-elle... Artiste ! — Et quelle sorte d'artiste ? demandai-je alors, vraiment curieux de voir quelle serait sa réponse. « Poète ! » dit-elle brusquement, d'une voix très décidée. Et moi de la regarder d'un air qui signifiait : non seulement tu es une fille très jolie, mais aussi très intelligente ! — Eh bien, ai-je deviné juste ? dit-elle en souriant. Puis elle me demanda s'il y avait longtemps que j'écrivais, si j'écrivais de beaux poèmes, si j'y prenais du plaisir, etc... Je me suis alors mis à mentir avec un joyeux entrain ! C'est incroyable, tout ce que j'ai pu lui raconter, et c'était sans doute non seulement intéressant mais encore crédible. Car elle m'a écouté avec une attention proche du recueillement. Hé oui, les combats difficiles de ma jeunesse pour arriver à percer, ma pauvre mère, laissée là-bas dans une petite ville lointaine, puis les femmes et les grandes douleurs et l'amour enterré... c'était véritablement émouvant et la seule chose que je regrette, c'est de ne pas avoir exactement retenu tous ces événements de ma vie ! Et tout d'un coup nous fûmes dans la verdure. Vraiment loin de la ville, au sein de la belle nature ; nous nous promenions dans la forêt, dans une solitude et un calme grandissants. Nous nous sommes assis sur un banc. Des gens passaient de temps en temps, et à travers les buissons, nous apercevions une prairie, plus loin, devant un autre bois et, là-bas, les braves excursionnistes du dimanche étendus sous leurs ombrelles ouvertes. Leurs cris et leurs rires bruyants nous parvenaient de temps à autre. Puis ce fut à nouveau le silence... un après-midi lourd et muet. Elle se mit alors à parler d'elle à son tour... l'histoire est connue, mais elle lui allait fort bien. Elle est brodeuse d'art, a perdu ses parents... habitait encore récemment chez sa tante, mais c'était provisoire. Elle m'a laissé entendre qu'une histoire d'amour... certainement pas la première qu'elle ait vécue... avait été décisive. Elle semble cependant approcher aussi de sa fin. — L'aimiez-vous beaucoup ? ai-je demandé. — Oh oui, me répondit-elle, les yeux fixés au sol, ajoutant aussitôt : — Bien sûr, il entre beaucoup d'habitude dans mon sentiment. Puis, soudain : Mais vous avez certainement aussi une petite chérie ?

Je ne voulus pas nier entièrement la petite chérie, cela m'aurait incontestablement porté tort… mais je déclarai que, pour moi aussi, l'affaire était en train de mourir de sa belle mort. Je ne voulus pas lui en dire davantage… et elle ne me posa pas non plus beaucoup de questions. Nous fûmes en tout cas d'avis que l'on ne pouvait pas dire que notre rapprochement était dû à un simple hasard : la similitude de nos destins, le moment particulier de notre rencontre, alors que nous étions tous deux las d'un amour finissant, n'était-ce pas de la prédestination?… Et nous bavardâmes ainsi dans la verte forêt et il faisait une chaleur, tellement lourde! Enfin, après ce long bavardage arriva le silence. Elle s'était assise tout près de moi… et un parfum merveilleusement agréable flottait autour du corps de cette douce jeune fille. Que ces petites faubouriennes sont gentilles de se tenir toujours aussi soignées! La petite s'était, en tout cas, fait offrir un très bon parfum pour sa fête. Mais un autre, beaucoup plus personnel, s'exhalait de sa chevelure bouclée. Je l'attirai contre moi : — Sommeil? demandai-je… Elle fit signe que oui et, posant la tête sur ma poitrine, ferma vraiment les yeux. Je ne pus me retenir de baiser ces aimables yeux fermés, elle me laissa faire et ce fut alors le tour de ses joues, puis de sa bouche. — Mais…! fit-elle, puis elle me rendit mon baiser.

Des gens passaient, nous nous levâmes… Il était maintenant tout à fait entendu que nous avions été réunis par la mystérieuse volonté du destin qui, conformément à sa nature, ne pouvait avoir que notre bonheur en vue. Et, à tout hasard, nous nous tutoyâmes… Je ne saurais te décrire notre bonne humeur. Elle me dit qu'elle avait toujours, dans le secret de son cœur, désiré connaître un poète. Et moi? Je fus sublime, affirmant n'avoir jamais eu d'autre désir que de la connaître, elle précisément, la douce petite Pepi qui, en ce dimanche de juin, était venue se promener sur le glacis de *Währing*, avec son ombrelle et son chapeau de paille! Mais comme le temps passait! C'était déjà le crépuscule — qu'allions-nous faire? Souper ensemble, naturellement!… Mais elle voulait être à la maison avant dix heures en tout cas. Nous allâmes donc au restaurant qui se trouve juste au bout du chemin forestier. Une de ces auberges pour petits-bourgeois que je fuis généralement. Mais ce jour-là tout me paraissait beau. Nous entrâmes dans le jardin, où des tables étaient disposées sous les grands arbres, éclairées chacune par une lampe rustique et, de loin en loin, par de grandes lanternes. Ce n'était pas très plein; quelques tables isolées étaient occupées par des familles au complet, terriblement fatiguées et assoiffées; à d'autres on voyait des couples se tenant tendrement par la main et, par-ci par-là, de petits groupes de philistins. En y regardant de plus près, je découvris aussi un public plus élégant, venu pour une partie de campagne et installé aux tables des habitués. Nous nous sommes assis à une petite table un peu à l'écart, j'ai commandé, eh oui ! un souper sans prétention... nous avions tous les deux un fameux appétit et nous étions terriblement heureux.

Il faisait maintenant tout à fait noir et une ombre profonde nous environnait. Voilà que je me sentis envahi par une sorte de tendresse ! C'était même, pourrais-je dire, une sorte de pitié, qui n'est en fait jamais entièrement absente de la tendresse. Elle me parlait de chez elle : imagine, c'est une petite chambre au troisième étage, avec vue sur les cours, très simple naturellement, mais où une seule chose ne doit jamais lui manquer : les fleurs. Avant, c'était toujours *lui* qui les envoyait, mais il est devenu plus négligent ces derniers temps. Alors, elle s'achète quelquefois des violettes ou du lilas qu'elle met dans le petit vase sur le rebord de la fenêtre... Enfin, nous sommes partis, elle prenant mon bras. — Quelle heure est-il donc ? me dit-elle. Il était neuf heures et demie. Des voitures attelées attendaient devant le portail du jardin, nous en prîmes une. Elle refusa de se faire transporter au-delà de la barrière de *Währing*, près de laquelle elle habite, ne voulant absolument pas arriver en voiture dans sa petite rue, à cause des voisins et surtout du concierge... et sans doute aussi à cause d'Emil ? insinuai-je. Elle était presque allongée, plutôt qu'assise dans la voiture, tenant son chapeau sur ses genoux, tandis que son odorante chevelure reposait sur mon épaule. — Avec Emil, c'est fini ! me dit-elle. Depuis déjà plusieurs semaines à vrai dire. Il ne veut plus entendre parler de moi, et c'est tout à fait raisonnable. Si tu veux me revoir, ne me parle plus d'Emil ! De mon côté, je ne te poserai pas non plus de questions... Puis elle se tut et nous roulâmes en silence, moi lui caressant les joues. Nous fûmes à la barrière en un quart d'heure, nous descendîmes et je voulus l'accompagner jusque devant chez elle... — En voilà une idée, s'écria-t-elle, ici tous les enfants me connaissent ! Et, m'ayant donné un baiser, elle me laisse là et part en courant.

Je suis rentré à pied d'excellente humeur. Non sans m'être d'abord assis à la terrasse d'un café pour boire mon petit noir... impossible d'aller au *Kremser* ou à l'*Impérial*, accoutré comme je l'étais ! Et assis là, j'éprouvai ce sentiment de bien-être qui précède un nouvel amour, me réjouissant des baisers que m'apporterait le lendemain et de tout ce qui suivra demain ou, au pire, après-demain. Le lendemain dont je parle, c'est aujourd'hui et, comme il est grand temps que j'aille changer de masque, je termine ici, cher ami et poète, cette longue lettre en te disant le plaisir que j'aurai à recevoir bientôt de tes nouvelles.

Alfred,
jeune premier.

Josefine Weninger à Helene Beier,
à Paris.

Ma chère Helene,

J'ai baissé les stores et me suis assise, en *négligé*, pour t'écrire la grande nouvelle en toute tranquillité.

As-tu reçu ma lettre ? Bon, alors tu sais tout ce qui m'est passé par la tête ces derniers temps et comme j'ai subitement perdu tout plaisir aux bamboches nocturnes. Non, me suis-je dit, le prochain doit être beau, mais surtout pas, pour l'amour du ciel, un grand monsieur ! Et j'aimerais bien avoir à nouveau une gentille petite aventure comme autrefois ! Eh bien, imagine-toi que l'idée m'est venue peu à peu de m'habiller un jour comme la Pepi d'autrefois : je sors de mon armoire la robe d'indienne que j'avais portée une fois, il y a quelques années, pour un rôle de soubrette et je me coiffe d'un simple chapeau de paille — bref, je m'attife comme une jeune fille des faubourgs. Lina n'arrêtait pas de s'exclamer : — Non, mais que c'est beau, que c'est beau !... Et moi-même, en me regardant dans la glace, je fus tout à fait satisfaite du résultat (d'ailleurs je vais me faire photographier dans ce déguisement et t'enverrai une photo). De toute façon, j'aurai d'autres occasions de le mettre, comme la suite de mon récit va te l'apprendre. C'est hier, dimanche, que je l'ai étrenné. Et j'étais bien décidée : Aujourd'hui, je m'en trouve un, mais un pour le sentiment cette fois ! Je prends la *Währingerstrasse* — tout à fait par hasard, ça aurait aussi bien pu être l'*Alserstrasse* — et je regarde les gens autour de moi, de dessous mon ombrelle. Oh, je dois dire qu'au début l'envie a failli me passer !... J'arrivai enfin à la barrière, déjà de très mauvaise humeur, au fond. Il y avait là un jeune homme appuyé à un réverbère, qui m'a regardée avec une certaine admiration naïve. Ma première impression fut qu'il attendait quelqu'un ; la deuxième, qu'il était joli garçon. Un artiste, c'était tout à fait clair : veste de velours marron, cravate flottante, sans aucune élégance, mais un beau teint bien soigné, une petite moustache et l'air très sympathique... Juste ce qu'il me fallait!... Allons, me suis-je dit, il vaut la peine d'essayer!... Je fais donc aussi comme si j'attendais quelqu'un, je vais et je viens, et pour finir, je m'en vais. Lui me suit et m'adresse la parole! Je ne te cacherai pas que j'ai trouvé ça très agréable. Je ne me suis montrée qu'un tout petit peu brusque au début, puis je l'ai laissé m'accompagner et l'affaire a suivi son cours. Bien sûr, je ne m'étais pas trompée et il a été fabuleusement étonné que j'aie pu lire sur sa figure qu'il était poète. Il parle de façon merveilleusement agréable, d'une voix si douce, si flatteuse, et pourtant toujours avec une nuance de respect. Il a certainement déjà beaucoup vécu et une femme a dû se moquer effroyablement de lui ces derniers temps... ou je ne connais plus rien aux hommes... Quant à la fortune... la fortune... rien à craindre de ce côté-là avec lui, les soupers chez *Sacher* et les superbes cadeaux sont exclus! Et puis il était tout ému par ce que je lui ai raconté! Ma foi, si tu avais entendu ça! Une histoire à faire frémir, avec un amoureux qui ne m'aime plus, une vieille tante avec laquelle je me suis fâchée et une petite chambre... quelle fille pauvre et sérieuse je suis, et que sais-je encore? Imagine-toi, nous sommes partis à pied en direction de *Pötzleinsdorf*[1], puis nous sommes restés assis pendant des heures dans la forêt et je ne me suis pas ennuyée une seule seconde! Et quand il m'a prise dans ses bras et embrassée sur le banc, il y a longtemps, longtemps que je n'avais pas ressenti une sensation aussi agréable. Je ne sais pas tout ce que j'aurais été capable de faire, si ça n'avait pas eu lieu en plein après-midi, avec les gens qui passaient à chaque instant auprès de nous. Mais, à vrai dire, j'ai éprouvé moi aussi une sorte d'émotion. Je me suis mise à penser à toutes les épreuves que doit subir un pauvre écrivain comme lui, qui, en plus, consacre la moitié de ses revenus à faire vivre sa mère et se voit naturellement en butte à l'hostilité permanente de ses concurrents.

Le soir, nous avons mangé dans le jardin d'une petite auberge et il a été d'un tendre!... Et quels yeux!... Son regard a suffi pour me rajeunir de plusieurs années. Et, en même temps, quelle simplicité! J'ai été très contente qu'il soit resté si simple et si calme toute la soirée, c'était vraiment bien! Je crois qu'il n'aurait pas traité autrement sa fiancée. Le retour en cabriolet aussi a été délicieux. Tu me croiras ou pas... j'aurais trouvé terrible qu'il se mette à devenir entreprenant. Mais pas le moins du monde! Il m'a seulement demandé un rendez-vous pour le lendemain, et c'est tout. À la barrière, j'ai sauté de la voiture. Car pour lui, j'habite là, dans une rue transversale, au quatrième... J'ai dû courir à pied au moins un quart d'heure avant de trouver un fiacre! Chez moi, je me sentais toute drôle. Comme changée ! Et puis, bien sûr, cette chance exceptionnelle : non seulement c'est un pauvre diable, mais aussi un poète ! Un artiste ! Tu vois, je vais enfin jouer la comédie pour quelque chose ! Mais il faut que je m'arrête, car j'entre à nouveau en scène dans une heure.

Je t'embrasse.
Ta fidèle Josefine.

Alfred von Wilmers à Theodor Dieling,
à Naples.

Mon cher Theodor,

Depuis combien de temps ne t'ai-je pas écrit ? Un jour ou huit ? Un mois ou la moitié d'une jeunesse ? Et pourquoi est-ce que je prends la plume maintenant ? Pourquoi ne pas rester, comme il m'arrive si souvent ces temps-ci, étendu des heures entières sur mon divan, prolongeant en rêve les beaux moments dont je rapporte le souvenir à la maison ? Qui m'aurait prédit cela il y a une semaine ? Ah, voici que je m'y retrouve au moins dans la chronologie : c'est à nouveau dimanche aujourd'hui ! Oui, oui, il n'y a pas plus de huit jours que tout a commencé ! Que veux-tu, cher Theodor, je vis une tendre idylle où un jour ressemble à l'autre, qui paraît ne pas avoir de fin et à laquelle on a peine à imaginer un commencement. Oui, je la vis, car je n'ai plus l'impression de jouer un rôle. Lorsque le soir je prends mon grand chapeau mou et ma veste de velours, il me semble qu'il ne saurait plus en être autrement désormais et quand je sors avec ma douce enfant, quand nous flânons bras dessus bras dessous, à l'autre bout de la ville ou dans la forêt, c'est tout juste si je suis encore conscient de ne lui raconter que des mensonges sur mon compte, car l'essentiel est malgré tout vrai : je ne me suis pas senti aussi bien depuis une éternité.

Oui, c'est encore une fois l'amour de jeunesse, le premier amour, si tu veux… que revivent de temps en temps ceux qui sont nés sous une bonne étoile ou que le sort veut récompenser d'une bonne idée qu'ils ont eue… Sais-tu que je me dis parfois que j'allais déguisé par le monde, ces dernières années, et que je viens de poser mon masque maintenant ? Je ne comprends pas moi-même les mots qui me viennent aux lèvres quand je suis avec elle, ni l'atmosphère qui m'environne. Oh ces heures passées ensemble, le soir, à la campagne ! Et ce matin, il n'y a pas longtemps, quand nous nous sommes éveillés dans une petite auberge je ne sais où, non loin de Vienne, mais en tout cas un de ces endroits où jamais un Viennois ne va... avec le ciel bleu tout riant qui pénétrait par la fenêtre ! Ayant fait mettre notre table dans le petit verger, nous y avons bu notre café, tandis que la brise matinale bruissait doucement dans les arbres... Lorsque nous sommes séparés, qu'elle retourne à son travail et moi soi-disant au mien... j'éprouve le besoin enfantin d'aller faire les cent pas sous sa fenêtre, uniquement pour être près d'elle. Et le comique de la chose, c'est que je sais seulement depuis hier où est sa fenêtre ! Je connaissais la rue où elle habite, mais la fenêtre derrière laquelle elle travaille... eh bien, « je devais la trouver moi-même et je ne pouvais me tromper, si je l'aimais vraiment »... tu as là une de ces tendres idées qui s'ébattent dans sa cervelle d'enfant ! J'ai donc passé et repassé devant les soixante-seize fenêtres qu'il y a au troisième étage de cette rue (je les ai comptées !) et — oui, tu peux rire ! — je suis tombé juste, j'ai deviné laquelle c'était, parmi les soixante-seize ! Elle était aux anges, lorsque je le lui ai dit. C'est aux fleurs que je l'ai reconnue. Je vais même t'avouer que, cette nuit, j'ai fait les cents pas dans la rue en question et suis resté sous sa fenêtre, au clair de lune, comme un gamin stupide !... L'insensible et continuel passage de l'atmosphère d'un chaste amour de jeunesse à celle de la plus mûre jouissance : voilà ce qui rend pour moi la chose si singulière et si neuve. Et imagine, je suis aimé uniquement pour moi-même ! Elle embrasse mille fois les violettes que je lui porte... Et nos soirées dans les jardins des petites auberges des faubourgs ! Les histoires de ma vie passée que je lui raconte alors, lorsque nous sommes assis devant notre verre de vin blanc à l'eau de Selz ! Tu ne m'en voudras sûrement pas si je t'avoue que j'utilise partiellement ta biographie et tout spécialement tes années d'apprentissage, d'études et d'amour à Münich, avec les modifications rendues nécessaires par ma mauvaise mémoire. Je me permets également d'adapter à mon usage personnel tes randonnées à pied à travers la Thuringe et la Suisse, et tout particulièrement ton aventure genevoise avec cette artiste peintre anglaise. Ah, si tu voyais comme elle est suspendue à mes lèvres ! Comme l'émotion se lit sur son visage !... Puis je lui demande de me raconter encore quelque chose et parfois les larmes me viennent vraiment aux yeux ! À côté de combien de douces tristesses ne passons-nous pas, parce que nous leur préférons les fadeurs de la gaieté ? Car l'état d'amoureux ne fait pas du tout de moi un aveugle et je suis convaincu qu'il existe cent autres créatures semblables à ma petite Josefine. J'ai pourtant parfois l'impression qu'elle ne se rend clairement compte que maintenant de ce qu'elle a vécu jusqu'à présent et je sens combien elle m'est reconnaissante pour la manière dont je la traite ! Aussi une étrange mélancolie m'envahit-elle lorsque je pense à son avenir, car, vois-tu, je sais bien que je la quitterai, malgré tout ! Et la séparation ne sera peut-être même pas particulièrement triste... Mais c'est justement ce qui me fait mal... n'est-ce pas étrange ?

Je me demande souvent ce qu'elle ferait, si je me montrais tout à coup sous mon vrai visage. Et si tout le charme ne s'évanouirait pas. N'est-ce pas seulement mon masque qu'elle aime ? Elle souffrirait sans doute de découvrir combien nous sommes éloignés l'un de l'autre dans la vie, car maints événements de mon passé lui sont devenus chers. Il y a des choses qu'elle aime se faire raconter à nouveau : c'est ainsi que je lui ai déjà raconté trois ou quatre fois l'histoire tout à fait incroyable de ces quelques jours de désespoir où, quasi mourant de faim, je fus sur le point de me suicider. C'est en effet la pauvreté qui nous rapproche. En fait, je crois qu'elle gagne suffisamment et ne manque pour le moment de rien, mais tu ne peux t'imaginer quelle envie folle me prend parfois de procurer à cette pauvre et douce créature une existence aisée et dénuée de soucis, alors que je n'oserais même pas faire une allusion en ce sens devant elle. Oui, car tout serait fini ! Elle se laisse offrir des fleurs et dans les jours qui viennent, je vais me risquer à lui offrir une babiole, un de ces minuscules petits cœurs en or, par exemple, qu'elle pourrait porter en sautoir. Mais assez, car je ne suis pas en état de te dire les mots justes. Un amour de jeunesse — je n'en trouve pas d'autre ! Je ne t'envie même plus, toi avec Naples et ta Napolitaine... Nous avons l'intention d'aller ce soir encore à la campagne et je ne sais ce qui m'enchante le plus, les tendres heures dans la forêt ou le retour. Nous sommes maintenant revenus plusieurs fois déjà par l'omnibus... bien entendu... parce que c'est moins cher... et je ne devrais pas dépenser autant d'argent, m'a-t-elle dit récemment, comme je voulais à nouveau prendre un cabriolet. Je ne lui pose pas beaucoup de questions sur la vie qu'elle a eue avant de me rencontrer. Le sentiment de représenter pour elle une sorte de délivrance me suffit. Je ne voudrais pas qu'elle n'ait rien à oublier ! Car alors, elle ne serait pas celle que je cherchais. Non, je ne voulais pas séduire une jeune fille qui s'afflige ensuite de mon départ et me regrette, non, je veux être pour elle une de ses aventures adultes, mais la meilleure, celle qu'à l'avenir, elle n'aura ni à se reprocher ni à me reprocher. Un jour, je disparaîtrai de sa vie comme j'y suis entré. Lorsque je sentirai que le dénouement approche, je partirai en voyage et je lui écrirai d'ici ou là, mais sans lui dire que j'ai joué la comédie. Ainsi aurai-je été pour elle un beau rêve… Mais assez, assez! Mes prochaines nouvelles ne te parviendront peut-être pas de Vienne. Nous avons en effet l'intention de nous retirer quelques jours à la campagne, dans une complète solitude… sous les arbres, pour y faire de doux rêves, comme dit le poète de la comtesse Mélanie[1].

Adieu pour aujourd'hui, et ne tarde pas à m'écrire à ton tour.

Ton Alfred.

Josefine Weninger à Helene Beier,
à Paris.

Ma chère Helene,

Ah, que ta lettre m'a fait rire! Eh oui, si tu as tellement peur pour moi, je ne vais presque plus oser t'écrire la moindre chose… Mais risquons quand même! Je suis amoureuse, oui, oui, et même fabuleusement: c'est un si gentil garçon!… As-tu déjà eu une liaison avec un poète? Avec un vrai, j'entends, pas un de ceux dont on représente les pièces ou les opérettes mais un qui n'est rien, qui n'a rien et ne deviendra vraisemblablement rien — un véritable poète, qui écrit des poèmes et vous idolâtre! Oh, c'est une espèce bien particulière! Je ne parle même pas de l'amour, mais ce grand respect! Quand nous nous promenons ensemble le soir, tu croirais vraiment une fiancée avec son fiancé. Nous avons passé récemment une nuit à la campagne et cela nous a tellement plu que nous avons décidé de nous retirer une semaine ou deux dans une totale solitude. J'espère que ce projet va se réaliser, mais je n'ai qu'une peur, c'est qu'il soit obligé d'emprunter l'argent nécessaire. Car c'en est comique, d'être pauvre à ce point! Je le vois à son soulagement lorsque je le retiens de faire de grosses dépenses, comme par exemple — là, tu vas rire! — de prendre un cabriolet! Bon, je ne peux naturellement rien lui offrir, ce serait une erreur… moi, la pauvre brodeuse! Oh, tu serais étonnée, si l'envie te prenait de connaître la biographie de ma vie: oui, j'ai déjà été amoureuse et j'ai souvent menti… mais autant que cette fois-ci et aussi amoureuse, ça jamais! Bien sûr, je ne peux pas lui raconter des choses aussi émouvantes que celles qu'il me raconte… ça ne s'invente pas!… Je suis trop paresseuse aujourd'hui pour t'écrire beaucoup, mais quand nous nous reverrons, je te raconterai ce qui lui est arrivé à Berlin. Je suis si contente de pouvoir lui donner un peu de bonheur, après la façon honteuse dont les gens — et particulièrement les femmes — l'ont traité! Il m'en est reconnaissant et me dit qu'il voit bien que je ne suis pas du tout comme les autres. Il y en a plus d'une qui aurait pu devenir tout autre chose que ce qu'elle est… Mais non, ma petite Helene, n'aie pas peur, il est beaucoup trop correct pour vouloir lier mon sort au sien, qui est si «incertain». Il parle en effet souvent de son sort incertain et devient alors tout triste. Et puis, il ne m'est encore jamais arrivé d'aimer pour toujours, ma chère Helene, et ta peur n'a pas de sens. Évidemment, ça serait beau, mais on ne peut tout de même pas passer toute sa vie à rentrer de la campagne en omnibus!… Adieu pour aujourd'hui; mes amitiés au petit Felix, mais ne lui parle pas de mon histoire. C'est à cause de plus tard.

Ta Josefine.

Alfred von Wilmers à Theodor Dieling,
à Naples.

Cher Theodor,

Regarde d'aussi près que tu voudras le cachet de la poste… tu ne sauras pas d'où vient cette lettre! D'abord, il n'y a pas de poste ici. C'est le facteur qui prend les lettres. Bien qu'à deux heures à peine de Vienne, nous vivons aussi cachés que si cent lieues nous en séparaient… Une confortable auberge, isolée dans la forêt à l'écart de la grand-route; en réalité, elle fait partie d'un moulin. Des gens du pays viennent de temps à autre s'y restaurer; mais en général nous sommes seuls, c'est tout au plus si l'aubergiste vient s'asseoir à notre table à midi. Nous nous levons avec le soleil du bon Dieu (ici on peut vraiment parler de «soleil du bon Dieu») et toutes les merveilleuses odeurs du matin nous arrivent de la forêt, qui commence juste derrière la maison… Nous y montons et passons là-haut la moitié de la matinée ou même la matinée entière, allongés l'un à côté de l'autre sur un plaid gris, contemplant le ciel et respirant la douce paix qui nous entoure. Oui, nous nous aimons beaucoup car, tu l'avoueras, il faut beaucoup s'aimer pour supporter pareille solitude. Mais c'est vraiment beau et je ne peux pas non plus me plaindre de la table et du logis… L'après-midi, nous restons en général longtemps dans notre chambre, et elle dort, comme en ce moment par exemple. Je me suis assis près du rebord de la fenêtre et je laisse affluer vers moi les odeurs apportées de la forêt par le vent. C'est le seul divertissement que l'on ait ici. Mais ce qu'il y a de bien, c'est que l'on ne ressent nullement le besoin d'autre chose. À son réveil, nous irons bien sûr encore dans la forêt, car il n'y a pas d'autre promenade ici. Un joli petit chemin ombragé conduit au village voisin, un village vraiment misérable, rien que des petites maisons très basses sans étage — où nul ne vient en partie de campagne ! Oui, c'est ce qui est bien. Il n'y a pas âme qui vive, très loin à la ronde, rien que des paysans, des villageois, etc. Après la promenade, nous revenons le soir à notre auberge par la grand-route, quand il y a beaucoup d'ombre. Nous croisons des voitures de poste et des chariots, et surtout des garçons meuniers. Puis nous prenons notre souper dans le jardin... C'est seulement le dimanche, paraît-il, qu'il arrive à des excursionnistes venus de Vienne de s'égarer par ici. Alors, bien sûr, nous nous enfuyons, car si nous sommes ici, c'est pour être absolument seuls. D'ailleurs, cette solitude a un charme merveilleux ! Surtout le premier et le deuxième jour, c'est d'un charme vraiment indescriptible. Quand on s'aime, on supporte tout ! Ce qui m'a un peu gêné, c'est que ma chambre soit peinte et non pas tapissée. On a une sensation désagréable quand on passe la main sur le mur. Mais c'est rustique, et puis nous restons si peu dans la chambre — n'avons-nous pas la forêt ? En un mot : nous sommes très heureux et ma douce chérie (ici on peut dire « ma douce chérie ») est belle et tendre. Quand je la regarde, couchée comme elle est là, souriant dans son léger sommeil... on a vraiment de la peine à l'idée que cela aura une fin et qu'il y aura des adieux !... Mais voici qu'elle bouge, il faut que je mette ma lettre sous enveloppe. Elle va s'éveiller dans quelques minutes et me demander ce que j'ai écrit aujourd'hui... Car pendant qu'elle dort, je suis censé faire des vers. Oui, j'ai même essayé le premier jour, pour lui faire plaisir... mais, tu sais, c'est vraiment difficile !... J'avais pourtant choisi un thème tout à fait populaire... l'amour, mais ça ne va pas. Maintenant elle est très vexée d'avoir un poète pour amant, et qu'il n'ait pas encore... Elle ouvre les yeux, adieu !

Ton Alfred.

Josefine Weninger à Helene Beier,
à Paris.

Ma bonne Helene,

En hâte, car je ne suis pas seule une seconde. Nous sommes à la campagne, dans un endroit tout à fait isolé. Nous nous aimons toujours énormément et c'est la raison pour laquelle nous sommes partis à la campagne, où nous pouvons vivre notre amour sans être gênés… La campagne — c'est beaucoup dire : nous logeons dans une auberge perdue dans la forêt à cent lieues des hommes. La région est splendide. L'air est excellent bien qu'un peu oppressant ; je dors des demi-journées entières. Mais c'est l'endroit rêvé pour les amoureux. On y a une paix… quelque chose d'incroyable ! C'est un vrai bonheur que nous nous aimions tant ; sans quoi l'ennui nous rendrait sûrement fous furieux. Et puis c'est vraiment un gentil garçon. Et je sens que ça lui fait tellement de bien, après tout ces coups du sort, de pouvoir se reposer dans la solitude de la forêt ! Je regrette un peu qu'il soit aussi totalement démuni car j'imagine comme ce serait merveilleux de voyager avec lui et la surprise que vous auriez en me voyant débarquer un jour chez vous, à Dieppe, avec mon poète ! Mais bon, ça ne va pas… ! Oui, c'est un vrai bonheur que je l'aime autant, sinon je serais peut-être quand même allée à Dieppe cet été. Mais non, c'est très bien ainsi : être aimée et aimer, voilà le véritable bonheur !… Alors, on est bien partout. On supporterait même de vivre au désert, j'en suis fermement convaincue. Pourvu seulement qu'il ne pleuve pas, je dois le dire… car alors la vie ici doit être désespérante. Tu peux écrire de nouveau à Vienne, nous ne restons plus longtemps ici… nous sommes de trop pauvres diables !

Adieu, mille baisers
de ta Pepi.

Alfred von Wilmers à Theodor Dieling,
à Naples.

Cher Theodor,

Rentrés à Vienne, et depuis deux jours. Nous avons été absents toute une semaine, et quand j'y repense, je dois dire que ce fut vraiment très bien. Seul le dernier jour a été un peu moins agréable… imagine-toi… il a plu à verse du matin au soir — c'est aussi la raison pour laquelle ce fut le dernier jour. Oh… sans cela… Mais pense un peu : devoir rester des heures entières devant la fenêtre dans une chambre misérable et ne pouvoir faire un pas dehors sans s'enfoncer dans la boue… C'était dégoûtant ! Donc nous avons décidé de rentrer. Te dire notre bonne humeur en faisant nos paquets… ah, je crois que nous n'avions jamais été aussi joyeux durant ces huit jours ! Il semble qu'une trop grande tendresse exclue l'exubérance… La mélancolie en amour a décidément du bon, et j'ai eu raison de désirer connaître à nouveau ce genre de sentiment. Bien que l'on ne puisse pas exactement parler de mélancolie… Mais à quoi bon la théorie?… ce fut merveilleux, voilà qui est sûr! Ce fut, dis-je? Hum, non… c'est, et ce le sera, je l'espère, encore longtemps, comme tu vas le comprendre. J'ai en effet clairement pris conscience là-bas qu'il me serait impossible, à la longue, de maintenir cette histoire de col rabattu, d'omnibus et de tentatives poétiques… Je n'éprouve aucun penchant non plus pour les voyages en troisième classe… Bon, alors écoute un peu! Le soir de notre retour à Vienne, j'ai tenté le coup et pris un billet de première. Ah, si tu avais vu la tête de la petite! Lorsque le train s'arrête et que je la conduis tranquillement… de wagon en wagon jusqu'à une voiture de première, vide bien sûr. Mais qu'est-ce que tu fais? s'écrie-t-elle. Et moi, presque comme si je l'invitais à une fête: Viens donc, viens donc!… Nous voilà d'un seul coup assis dans les confortables sièges en velours, avec leurs appuie-tête de dentelle blanche, et elle qui ne cesse de tout regarder… À ce moment-là, c'était la vraie jeune fille des faubourgs entrant dans un salon! — Alors, qu'est-ce qui te prend? s'écrie-t-elle; mais au lieu de faire la tête, comme je m'y attendais pour les premiers instants, elle se jette à mon cou, m'embrasse et se met à sauter comme une enfant dans tout le compartiment, et pour finir elle me tombe dans les bras lorsque le train démarre avec une forte secousse. Ce fut l'une des plus belles heures que nous ayons passées ensemble! Je pouvais désormais avoir plus de courage et, à la gare de Vienne… je tente à nouveau le coup et prends un fiacre.

Là, elle m'a regardé, en me disant: Non mais, est-ce que tu es fou? Alors je me suis senti obligé de risquer une explication: n'avions-nous pas, en partant plus tôt que prévu, économisé quelques journées de pension…? Et, arrivés au coin de sa rue — bien sûr, le fiacre n'a pas eu le droit de la conduire jusque devant chez elle —, elle a pris tendrement congé de moi… C'était hier. Et voici ce qui va se passer aujourd'hui: je la revois dans une heure… et cette fois je vais lui apparaître tel que je suis vraiment. Je peux prendre ce risque… puisqu'elle m'aime. Nous avons rendez-vous près de la barrière… comme d'habitude, mais aujourd'hui, je ne m'y rendrai pas à pied, la cravate flottante et le regard passionné; non, j'arriverai en fiacre, dans un costume d'été d'une indescriptible élégance, avec une *écharpe* à huit gulden et un chapeau de paille anglais: inclinant aimablement la tête, j'inviterai mademoiselle Pepi à prendre place à côté de moi et je lui avouerai que je lui ai joué un tour infâme et que je suis un homme aisé, malheureusement incapable d'écrire des poèmes… Ce sera un rude coup pour elle ; mais son attitude dans le compartiment de première me fait espérer que je réussirai à la consoler. Tout est prêt… ah, comme je suis heureux de pouvoir être à nouveau un homme raisonnable, ce soir dans la rue !

Elle range maintenant son travail et se prépare pour la promenade. Pauvre enfant ! Ça me fait vraiment du bien de penser que je vais être maintenant en mesure, je l'espère, d'améliorer un peu sa situation. Et puis pendant tout un temps — à savoir, quinze jours — j'ai été aimé pour moi-même, il ne peut plus rien m'arriver de fâcheux ! Il se fait tard, cher Theodor, je t'écrirai une autre lettre demain.

Ton Alfred.

Josefine Weninger à Helene Beier,
à Paris.

Ma bonne Helene,

Avant tout, je te demande instamment une chose : ne regarde pas la dernière page de cette lettre avant d'avoir lu la première, si tu ne veux pas te gâcher tout le plaisir. Mais attends, je dois d'abord réfléchir à ce que je t'ai écrit la dernière fois… ah oui, la campagne ! Eh bien, figure-toi : après une semaine que nous sommes là-bas, il se met à pleuvoir pour de bon. Tu imagines notre désespoir ! Mais Dieu soit loué… les voitures et les chemins de fer existent et, le soir même, nous décidons de rentrer à Vienne. Mais maintenant, imagine un peu… en arrivant à la gare, mon pauvre poète prend des billets de première classe ! Je me dis naturellement qu'il fait la dépense pour que nous soyons sûrs d'être seuls et ensuite, dans le compartiment, je me comporte en conséquence. Et à la descente du train, il hèle un fiacre ! Pour le coup, j'étais baba. Mais je dois dire que je me suis sentie remarquablement bien de retrouver toutes ces commodités… Donc, en descendant près de la barrière et en prenant comme d'habitude une autre voiture pour rentrer, puis en me retrouvant à la maison dans ma chère belle chambre, tapissée et confortable, près de mon lit à baldaquin, une idée m'est venue. Je me suis dit que ça ne pouvait pas durer ainsi. Oui, cette comédie doit prendre fin — mais pourquoi ce qu'elle a de vrai devrait-il finir aussi ? Et le vrai, c'est, ma foi, que j'étais encore très amoureuse de mon poète, je l'ai bien remarqué en me retrouvant d'un seul coup toute seule dans ma chambre, après ces huit jours… Bon, ai-je pensé, il faudra bien que je me démasque un jour ou l'autre... alors, mieux vaut un peu plus tôt qu'un peu plus tard ! Une idée surtout n'a cessé de me tracasser, à savoir qu'il faudrait que je l'aie ici un jour, près de moi, dans cette chambre confortable, pour lui montrer vraiment combien je l'aime. Bref, pour finir, avant même de m'endormir, j'étais fermement décidée à tout lui dire le lendemain. Que fait alors ta Pepi le lendemain, ou plutôt le lendemain soir ? Au lieu de sa robe de soubrette, elle enfile une élégante toilette de promenade (la vert foncé, tu la connais), elle se met sur la tête un chapeau *chic* (un que tu ne connais pas, je me le suis acheté en juin), elle prend l'ombrelle à poignée en écaille de tortue du baron Lenghausen, elle s'assied dans un fiacre et se fait conduire à la barrière... où était fixé notre rendez-vous... Il était sept heures et demie, il faisait déjà presque noir, et je fais arrêter la voiture ; mais je reste à l'intérieur. Je dois t'avouer que j'avais le cœur qui battait, car ça aurait pu mal se passer. Je le voyais déjà arrivant là-bas, au coin, dans son paletot de velours : son visage, en me reconnaissant, s'assombrit et il me méprise... ou du moins il me fait une scène... Je reste donc dans mon fiacre et j'attends. Mais il n'arrive pas ! Il fait bientôt presque tout à fait noir. Je ne comprends pas ce qui se passe, je me dis qu'il m'a peut-être vue et s'est aussitôt enfui... Car il ne m'a encore jamais fait attendre. C'est alors que je remarque une autre voiture, arrêtée à une vingtaine de pas de la mienne environ... il y a sans doute un moment qu'elle est là, car je n'en ai vu arriver aucune dans les dernières minutes. Et quelqu'un en descend... Un monsieur élégant ; très élégant. Il se met à arpenter le trottoir et au début, je ne peux pas bien distinguer ses traits ; mais lorsqu'il passe tout à côté de ma voiture... je n'en crois pas mes yeux, c'est lui !... Cet élégant monsieur, c'est lui, mon poète ! Descendu de ce fiacre, là-bas ! Ah oui, ça m'a d'abord coupé le souffle et je l'ai laissé passer. Cependant, il se retourne aussitôt, comme s'il avait oublié de regarder dans la voiture où je suis assise, il ouvre de grands yeux et... dit seulement : Non, Pepi !!! Et moi : Alfred ! Alfred ! Nous éclatons alors tous les deux de rire et nous rions tellement que les passants s'arrêtent... Il s'écrie enfin :

— Est-ce donc possible ? Pepi, Pepi ! Pepi ! Pepi... Ah ! Helene, si tu savais comme nous étions heureux tous les deux... je ne peux pas te dire à quel point ! Il m'a fait descendre, il a renvoyé mon fiacre et nous sommes montés dans le sien, sans avoir encore prononcé une seule parole sensée. Une fois assis — il faisait entre-temps tout à fait nuit —, il s'exclama : Ah ! mais c'est une véritable opérette ! une véritable opérette ! et ainsi de suite, au moins dix fois. Et comme le cocher se penchait vers nous, l'air interrogateur : — Ah oui, c'est juste, s'écria mon faux poète, où allons-nous? Et sans attendre ma réponse : — Au Prater!... Pendant le trajet, nous avons commencé à nous raconter... Figure-toi que nous nous étions tous les deux joué la même comédie! Nous nous sommes fait réciproquement les plus beaux compliments — même si, pour ma part, j'ai toujours eu un léger soupçon sur son compte. Au Prater, ce fut merveilleux. Nous sommes allés jusqu'au *Lusthaus* et là, pour nous amuser, nous avons récapitulé toute notre histoire, depuis le dimanche où nous nous sommes rencontrés pour la première fois. Et, à neuf heures, nous sommes montés au *Konstantinbügel.*

Il n'y a plus beaucoup de monde actuellement à Vienne, et la plupart des gens là-haut étaient des étrangers. Nous nous sommes fait servir sous une tente un somptueux souper, comme nous n'en avions eu depuis bien longtemps. Et une gaieté folle s'est emparée de nous. Au champagne, il m'a promis que nous irions ensemble à Dieppe... Voilà la nouvelle la plus importante pour toi... car j'espère bien que tu vas y aller également avec le tien. Ensuite, nous irons sans doute à Paris... De toute façon, je pense... que c'est une bonne *acquisition* et, si tu ajoutes à ça que je l'aime vraiment, on peut dire que j'ai trouvé mon compte à ma petite comédie. Ah, quand je me rappelle qu'avant-hier encore je le tenais pour un poète!!

Je termine avec ce souper au *Konstantinbügel*; en effet, au retour, j'avais tellement bu de champagne que je me suis presque endormie contre sa poitrine.

Adieu, ma bonne Helene, n'attends plus de lettre de moi, je t'aviserai par télégramme de la date de mon départ.

Avec les baisers de
ta Josefine.

Alfred von Wilmers à Theodor Dieling,
à Naples.

Cher ami,

Mes valises sont faites... je pars. Mais pas seul. Envoie tes lettres à Dieppe, je voulais seulement t'annoncer cela en bref. Je t'écrirai de là-bas ce qui m'est arrivé depuis cinq jours. Aujourd'hui, je n'en ai pas le temps. L'aventure avec la petite brodeuse d'art est terminée : elle a pris fin le soir où j'ai enlevé mon masque. Nous avons beaucoup ri ce soir-là, car elle m'avait joué une comédie semblable à la mienne. Oh, Theodor, elle faisait tout aussi peu de broderie que moi de poésie ! Elle est habituée aux toilettes de 500 à 1 000 gulden et aux chapeaux à 80, elle a des brillants et des perles. Et derrière elle un passé tumultueux. Je pars pour Dieppe avec elle et règle ses factures. Je l'entretiens, et après-demain elle me trompera. Ne me tiens pas pour un optimiste : si je dis *après*-demain, c'est qu'il n'y a vraiment pas d'occasion en chemin de fer... La petite comédie est terminée, comme tu vois, mais je saurai échapper à temps à la tragédie sur laquelle elle pourrait déboucher. Après le premier acte (la scène est à Dieppe), je disparaîtrai en souriant derrière les coulisses.

Ton Alfred.

Traduction révisée par Brigitte Vergne-Cain et Gérard Rudent.

LES COMÉDIENNES

Le monde du théâtre occupe à l'évidence une très grande place dans les récits de Schnitzler. Pourtant Die Komödiantinnen *n'est pas vraiment un titre ; plutôt un simple repérage, sans grande valeur artistique, pour deux « esquisses » que l'écrivain désigne respectivement comme* Helene *et* Fritzi *ou* La Comédienne *et* Un sauvetage miraculeux, *dans son* Journal *ou sa correspondance. Dès le début, Arthur Schnitzler est convaincu que ces deux récits sont ratés ; par exemple quand il en fait lecture au café, le 22 octobre 1893, à Felix Salten, Richard Beer-Hofmann et Leo Van-Jung.*

De toute façon, il traverse une mauvaise période. Il l'écrit à Olga Waissnix, le 26 octobre 1893. Chose exceptionnelle, il détaille beaucoup son malaise dans son Journal, *à la date du 17 décembre 1893 notamment. Il souffre d'hypocondrie ; d'ailleurs il est toujours le rédacteur de la* Revue Médicale Internationale *de son père, et cela n'arrange rien ! Il a des réactions superstitieuses ; il note qu'il pleure. C'est aussi le début de ses relations tapageuses avec la star du théâtre, Adèle Sandrock (1863-1937) ; mais il reste passionnément épris de « l'infidèle » Mizi Glümer, tout en ayant une liaison avec Jenny Singer, et sans parler d'autres aventures sans lendemain… Cela aboutit quelquefois à des notations étonnantes. Ainsi, le 22 décembre 1893 : « À midi chez Dilly [Adèle] — le soir avec Jenny, me fait beaucoup de bien. — depuis ma liais. avec Dilly, je l'aime nettement plus, et depuis ma liais. avec Jenny et Dilly, j'aime de nouveau davantage Miz. » Dilly et Mizi sont des comédiennes. Or, qu'est-ce qu'aimer une comédienne ? et être aimé d'elle ? un délire de passion, un abîme de perplexité et un vertige de jalousie !*

Ces subtilités sentimentales inspirent directement Les Comédiennes. *Mais c'est raté, parce que les deux récits sont trop nettement transposés d'expériences vécues, et que le résultat est hétérogène : cela manque d'art.*

Schnitzler ne chercha même pas à les publier. Les Comédiennes *figurent à leur place chronologique dans le recueil posthume de 1932,* Die kleine Komödie (La Petite Comédie).

HELENE

Il marchait de long en large dans sa chambre… une petite chambre avec une seule fenêtre qui ne laissait pas passer beaucoup de lumière, parce que les rideaux vert foncé retombaient de chaque côté en larges plis. D'ailleurs, le jour déclinait aussi ; la pièce était presque obscure, seuls le buste jaunâtre de Platon, sur le poêle, et sur le piano les bougies de cire blanche luisaient faiblement. Il réfléchissait, se demandant si les sentiments divers qui l'agitaient en ce moment ne pouvaient pas être tout simplement qualifiés de bonheur. Non, ce n'était pas du bonheur — car il y entrait trop d'impatience et d'incertitude. Hier, en revanche, c'était bien une heure de bonheur qu'il avait vécue ! S'il cherchait à comparer avec quelque autre chose le long et unique baiser sur lequel elle l'avait quitté sans qu'ils eussent échangé un mot de plus, comme si toute parole eût été une profanation, il devait en effet remonter par la pensée jusqu'à l'époque où il était pour ainsi dire encore un garçonnet ; à ses paisibles promenades avec une petite fille blonde, dans un chemin forestier désert, entrecoupées de haltes sur des bancs, pendant lesquelles il lui caressait les joues et les cheveux… Oui, cette heure avait eu quelque chose de doux et de chaste, et toute la chaleur qu'elle avait mise dans son aveu, toute la passion avec laquelle elle l'avait serré contre elle en prenant congé, et même la sourde ivresse qu'il avait ressentie lorsqu'elle l'avait laissé seul — il y avait dans tout cela quelque chose qui lui rappelait cette atmosphère d'un premier amour, avec ses désirs tremblants qui ne connaîtront pas l'accomplissement.

Et le dernier «demain!», prononcé dans un souffle sur le pas de la porte, exprimait un refus si inquiet en même temps qu'une si prometteuse faiblesse! Qu'elle viendrait aujourd'hui, il le savait. Ils n'avaient pas beaucoup de temps devant eux, puisqu'elle devait partir dans quelques jours en Allemagne, pour le petit théâtre de cour où elle débuterait dans la carrière d'artiste. Cherchant alors à déceler en lui la profonde douleur que cette idée aurait dû en fait susciter, il n'en trouva pas trace. Peut-être était-ce là ce qui faisait la beauté de cette histoire — qu'elle ne se perdît pas dans un lointain plein d'angoisse, mais qu'il en vît la fin devant lui, claire et précise. Il lui était presque agréable qu'elle le fît attendre aussi longtemps... elle viendrait sûrement lorsqu'il ferait tout à fait noir et que les bougies seraient allumées sur le piano. Il les alluma, baissa les stores et défit la chaîne de métal qui tenait attachés les rideaux verts. Leurs plis lourds se déployèrent en bruissant. C'est alors que la porte s'ouvrit. Debout sur le seuil dans sa robe unie de couleur foncée, elle dit de sa voix calme : «Bonsoir!».

Il alla vers elle en souriant, sans ressentir l'émotion à laquelle il s'était attendu; il n'éprouvait qu'une profonde satisfaction. Elle lui tendit la main, entra et, relevant sa voilette rose, elle retira la longue épingle qui était piquée dans son chapeau de paille clair et plat, très haut dans son chignon. Elle déposa voilette, épingle et chapeau sur le piano. Les bougies ne diffusaient qu'une faible lumière, mais qui se répandait dans tous les coins de la pièce. Elle s'assit sur le tabouret rond devant le piano, s'appuyant d'un bras sur le couvercle, tandis qu'elle portait l'autre main sur son front, au-dessus des yeux.

Il était debout devant elle. Il était impossible à présent de dire un mot. Ôtant brusquement la main de ses yeux, elle leva la tête et leurs regards se rencontrèrent : ils se dévisagèrent et sourirent tous deux. Il se pencha un peu vers elle, mais comme il approchait ses lèvres de ses yeux, elle s'écarta en disant : — Non! Se laissant alors tomber à genoux devant elle, il lui prit les mains et les embrassa... Mais elle se leva d'un seul coup, si vite qu'il put à peine la suivre. Elle alla vers la fenêtre et, debout entre les rideaux, elle dit en laissant ses doigts jouer avec leurs plis : — J'aimerais bien entendre à nouveau le son de votre voix!

— Que puis-je vous dire maintenant? répondit-il.

— Il n'est pas bon que vous vous taisiez, Richard... Je vous en prie, dites-moi quelque chose... Qu'avez-vous fait aujourd'hui, toute la journée? Où êtes-vous allé hier soir, après mon départ? Avez-vous pensé à moi?

— Si j'ai pensé à vous? s'écria-t-il. Qu'aurais-je pu... mais il ne continua pas. Il appréhendait de dire les mots que tous disent et que l'on dit à toutes. C'était bien qu'elle lui eût posé des questions sur la soirée d'hier et la journée d'aujourd'hui. Il se mit à lui raconter qu'il était resté seul, hier, dans le fauteuil devant son bureau, avant d'aller finalement se promener, assez tard, dans les rues où flottait la brume d'un soir étouffant du mois d'août.

— Je suis aussi allé dans la rue où vous habitez, mais il n'y avait pas de lumière aux fenêtres. Naturellement, il était déjà tard, onze heures ou minuit, mais je n'ai pas pu m'empêcher d'y aller. Oui, Helene, j'ai eu envie de sentir l'air que vous respirez et figurez-vous que j'avais même en tête l'idée à la fois inquiétante et familière que vous deviez nécessairement sentir que j'étais près de vous et que cela vous rendait heureuse.

— ... Et que cela me rendait heureuse! répéta-t-elle à mi-voix d'un ton froid.

Il s'était approché d'elle.

— Pourquoi cela aurait-il dû me rendre heureuse? Je ne vous aime pas, Richard, ajouta-t-elle brusquement, la voix cassante.

Il s'arrêta, saisi.

Elle secoua plusieurs fois la tête en répétant avec le plus grand calme : Je ne vous aime pas, pas du tout!

Mais lui, la regardant en face : — Et hier soir?

— Hier soir non plus, je ne vous aimais pas. J'ai simplement un peu joué la comédie.

Un rire secoua Richard.

— Peut-être dois-je vous demander de me pardonner, cher ami, mais vous êtes justement celui qui peut me comprendre!

Richard fit un pas vers elle, puis recula et se mit à arpenter la pièce. Il finit par s'asseoir devant son bureau, sur lequel il appuya sa main.

— Préférez-vous que je m'en aille? demanda Helene.

— J'aimerais malgré tout entendre votre explication, répondit Richard sans la regarder. Pourquoi cette comédie? Uniquement pour l'amour de la comédie?

— En un certains sens, oui, rétorqua calmement Helene.

— Vraiment?

— Vous me comprenez, bien sûr. Je voulais savoir si je suis capable de représenter de manière crédible un sentiment que je n'éprouve en rien. Je voulais...

Richard l'interrompit : — Bien des femmes y sont déjà parvenues, sans être pour autant de grandes artistes !

— Je ne le crois pas. Mais elles ont tout de même une idée de ce qu'elles disent et si elles n'aiment pas expressément celui qu'elles assurent de leur amour, elles ont toutefois dans l'âme un souvenir quelconque ou un espoir qui provoque leur enthousiasme. Ou bien une certaine nostalgie de l'amour les habite du moins... moi, je n'ai rien de tout cela.

— En êtes-vous si sûre ?

— Oui, je n'ai plus vingt ans. On m'a déjà souvent parlé d'amour et implorée en son nom, comme vous pouvez le penser, mais aujourd'hui encore je ne comprends pas ce que signifie connaître la tentation...

— Et vous voulez que je vous croie ?

— Comme il vous plaira. Mais songez que je n'ai aucune raison de vous mentir.

— Peut-être prenez-vous encore une fois plaisir à jouer la comédie ?

— Il faudrait en conclure que je disais la vérité hier... et donc que je vous aime ?

— Pas exactement. Vous pouvez vous être laissé entraîner hier soir, pour vous apercevoir ensuite que vous vous étiez abusée vous-même.

— Haha ! Et j'ai maintenant honte de le reconnaître !

— Ce n'est pas impossible ! Car je ne comprends pas très bien ce qui vous aurait poussée à me choisir, moi, comme... victime de votre talent ?

— Mais qui, sinon vous, aurait dû l'être ? Personne au monde n'est plus méfiant que vous !

— On ne peut s'empêcher, à chaque nouvelle occasion, de se croire aimé !

— S'il en est ainsi, c'est sans doute à tort que je me suis enorgueillie de mon savoir-faire. Mais je me souviens de tout ce que vous m'avez raconté sur votre vie. Je savais que vous vous étiez déshabitué de nous croire, nous autres femmes. Vous m'avez même dit un jour que vous pouviez flairer le mensonge dans chacune des paroles que vous adresse une femme.

— C'est ce que je m'étais imaginé.

— Je vous assure pourtant que, chaque fois qu'une autre vous a parlé d'amour, c'était encore mille fois plus vrai que lorsque je l'ai fait. Si vous avez remarqué le mensonge chez les autres, vous auriez dû frémir d'épouvante dès mes premiers mots, ou bien éclater de rire !

Richard se leva : — Et vous n'avez pas réfléchi un seul instant à ce que vous me… que ce jeu… vous n'avez pas pensé que vous…

Il se tut, ne pouvant terminer.

— Que je pouvais peut-être vous faire du mal, voulez-vous dire?… Eh bien, c'était inévitable. Et, à parler franchement, je n'y ai guère songé. Une fois que l'idée de jouer ce rôle a pris possession de moi, de telles considérations ne pouvaient plus avoir d'influence.

Elle parlait sans bouger, continuant à jouer avec les plis du rideau qu'elle faisait glisser entre ses doigts. Elle lui lançait de temps à autre un regard clair qui s'attardait sur lui avant d'aller se poser dans un coin de la chambre.

— Vous n'avez pas pensé non plus qu'une nouvelle expérience de ce genre…

— Non, vous avez été déjà si souvent trompé!

— Mais aussi complètement, sans aucune émotion…

— Oui, s'écria-t-elle presque joyeusement, sans aucune émotion! Et vous qui pensiez que je n'étais plus qu'amour pour vous!

— Pourquoi êtes-vous venue aujourd'hui? demanda-t-il avec véhémence.

— Il le fallait. Comment aurais-je donc su si j'avais bien joué?

— N'aviez-vous pas remarqué que je vous croyais hier?

— Si, je le pensais. Mais je n'en étais pas suffisamment sûre. J'ignorais par exemple que vous aviez fait cette nuit les cent pas sous mes fenêtres. Je pouvais aussi croire que vous aviez commencé à douter après mon départ. Cette idée m'a beaucoup tracassée. Vous auriez pu m'accueillir avec des questions méfiantes, manifester votre découragement, vos doutes au sujet de mon amour.

— Et que se serait-il passé dans ce cas? Vous auriez essayé de me tranquilliser et peut-être continué de jouer votre rôle.

— Oh non, j'aurais dû me contenter d'un succès d'estime. Et puis je n'aurais plus eu le temps, car je m'en vais dès demain matin…

— Ah?

— Oui, j'ai reçu un télégramme du directeur qui me réclame plus tôt que je ne m'y attendais.

— Demain, donc… eh bien, c'est à vrai dire une agréable nouvelle pour moi, puisqu'elle vous prive de la possibilité de continuer votre jeu.

— Je ne l'aurais fait en aucune façon.

— Qui sait? Vous me permettrez, je suppose, une question : quand l'idée de cette comédie vous est-elle venue? Y aviez-vous déjà songé avant de mettre pour la première fois le pied sur le seuil de ma chambre?

— Non.

— Alors, pourquoi êtes-vous venue, au fond? Pourquoi chez moi?

— Vous le savez bien. Vous m'avez joué Schumann et Chopin, et vous m'avez tenu des propos très sensés.

— Ne me dites pas que l'on va chez un jeune homme pour se faire jouer du Schumann et du Chopin!

— Et pourquoi pas? Quel danger y avait-il à cela, puisque vous m'avez toujours été parfaitement indifférent?

— Il n'est pas possible que vous n'ayez pas eu cette idée plus tôt. Je n'ai pas du tout été surpris lorsque vous m'avez avoué votre amour. Tout allait dans ce sens depuis des jours, ce n'est pas venu tout d'un coup.

— C'est l'impression que vous avez aujourd'hui. Mais hier il ne vous aurait nullement paru étrange que je vous dise en arrivant : Cher ami, je passe juste vous dire adieu, je pars, conservez-moi vos bonnes grâces! N'est-ce pas vrai? Mais pourquoi faut-il que je me donne un tel mal à vous expliquer tout cela? Vous ne parvenez pas à comprendre aujourd'hui que je ne vous aime pas, alors que vous ne croyiez pas à l'amour il y a quelques jours encore!

— Eh bien soit, vous avez magnifiquement joué! Êtes-vous satisfaite?

— Pas tout à fait, je veux encore vous entendre dire une chose : que vous n'êtes pas blessé.

— Voilà qui n'est pas peu demander!

— Vous me comprendrez sûrement, si vous êtes un artiste. Je suis tout simplement différente des autres : vous ne sauriez imaginer combien ma solitude dans un monde totalement étranger m'épouvante parfois! Que n'ai-je pas vu et que ne m'a-t-on pas raconté! Il me faut bien croire que toutes ces joies et ces peines existent, qui sont la trame même de l'amour... Je le vois tout autour de moi et toutes les comédies dans lesquelles je jouerai n'ont, semble-t-il, guère d'autre contenu. Or tout cela, oui, tout, m'est étranger. Toute la sensibilité dont je suis capable est absorbée par la passion que j'éprouve pour mon art. Il faut que je joue, que je joue la comédie, toujours et partout. J'en ressens constamment le besoin, et en particulier là où d'autres éprouveraient un grand bonheur ou une profonde peine. Je cherche partout l'occasion d'un rôle.

— Et en avez-vous déjà souvent joué un semblable à celui d'hier soir chez moi?

— Oui, autrefois... inconsciemment. J'étais coquette; cependant ma coquetterie ne provenait pas, comme chez d'autres jeunes filles, d'un obscur désir d'amour, mais encore une fois uniquement du plaisir de jouer un rôle. Les autres ne font qu'exagérer un sentiment qui commence à s'éveiller en elle. Tandis que moi, je devais toujours créer à partir de rien.

— Mais vous n'aviez encore jamais joué aussi parfaitement qu'hier soir? Et vous n'étiez jamais allée aussi loin dans la composition de votre rôle? Dites-moi donc pourquoi!

— Je vous l'ai déjà dit. Il me fallait pour cela un homme comme vous... quelqu'un qui ne se laisse convaincre qu'avec beaucoup de peine et auquel je puisse ensuite demander sereinement ce qu'il pensait de ma création.

— Vous vous trompez peut-être. Peut-être n'avez-vous joué aussi bien hier et n'êtes-vous allée aussi loin que parce que quelque chose d'authentique se mêlait, sans que vous le soupçonniez, à votre invention.

— Non, rien!... rien... rien! Ne soyez donc pas si vaniteux!

— Bon, eh bien, ma chère, je regrette seulement que vous n'ayez pas eu le courage de... jouer tout à fait jusqu'au bout.

Helene tressaillit imperceptiblement. Puis elle lui tendit la main en souriant : — Je suis tout à fait satisfaite de mon petit triomphe et vous prie de me permettre maintenant de m'en aller. Je ne vous dirai pas au revoir, votre sympathie pour moi s'étant sans doute évanouie... Adieu donc! Et elle prit son chapeau et sa voilette sur le piano.

— Pensez à ce que serait votre situation maintenant, reprit-elle en plantant l'épingle dans son chapeau, si vous m'aimiez! Si nous devions prendre congé l'un de l'autre, peut-être pour toujours, si vous laissiez partir à l'étranger un être adoré pour lequel il vous faudrait trembler! Alors que nous nous séparons en souriant, ce qui est en fait beaucoup plus beau.

— Puisque vous le désirez, Helene, je vais sourire!

Elle lui tendit à nouveau la main. — Si vous ne le faites pas maintenant, ce sera dans quelques heures ou demain. Je ne puis douter que vous me comprendrez, le premier sentiment de colère passé. On dit l'amour opiniâtre et dépourvu d'égards. Pourquoi vous étonneriez-vous que l'on puisse aimer l'art de manière aussi folle, quand on ne connaît pas d'autre amour? N'est-ce pas? Et maintenant... adieu!

Il fit sans répondre un signe de la tête, tout en restant au milieu de la chambre. Elle était sur le seuil. Elle se retourna encore une fois, comme si elle avait quelque chose à dire. Mais elle partit sans un mot, le laissant seul.

Elle descendit très vite l'escalier et fut tout de suite dans la rue ; ayant rapidement gagné le coin, elle tourna et s'engagea dans la rue transversale, de sorte que l'on ne pouvait plus la voir de la fenêtre. Elle s'arrêta alors un moment, respira profondément. Mais ensuite, elle repartit à grands pas rapides, toujours plus rapides, comme si elle s'enfuyait.

FRITZI

J'ai passé mon habit et me suis assis à mon bureau. Avant de me rendre à cette soirée chez les Weissenberg où je dois la revoir, je veux feuilleter encore un peu ces vieilles pages devant moi. Il y en a un nombre imposant déjà, les premières commencent à jaunir et si j'étais un romantique, je pourrais parler des « pages jaunies » de mon journal ! Que l'on sait mal apprécier l'importance de chaque chose au moment où on la vit et où on la consigne ! Je retrouve, notées ici dans de longues phrases et avec de grands mots, des aventures que je puis à peine me rappeler aujourd'hui. Comme si ces histoires étaient celles d'étrangers. Et des allusions, de brèves remarques, que personne d'autre ne comprendrait, à part celui qui les a écrites... et voici qu'une de ces petites remarques suffit à faire refleurir sous mes yeux toute une époque avec son parfum, et tous ses détails redeviennent frais et vivants. Je me suis reporté huit ans en arrière, car ce sont les soirs de cet hiver-là que je voulais retrouver. Son nom apparaît peu dans ces pages anciennes ; une fois tout simplement « Fritzi », et ailleurs « Fritzi — ravissant petit minois de grisette aux yeux dolents et rieurs. » Le soir de décembre où, devant quitter la ville le lendemain, je la vis pour la dernière fois, n'a lui-même pas droit à plus de deux lignes : « Fritzi... L'adieu... une lueur rouge dans le ciel... les passants se précipitent... elle s'est envolée »... ! Comme tout est resté vivant et net en moi, bien que je n'aie guère pensé à elle pendant toutes ces années ! Peut-être aussi me serais-je cru tenu de lui accorder plus de place dans ces feuillets, il y a huit ans, si j'avais soupçonné dans cette petite élève du Conservatoire la future grande artiste dont raffole aujourd'hui tout le public viennois... Ah, ces histoires finissent, ou pour mieux dire, s'interrompent parfois bien étrangement ! Et où peut-on bien conserver ces souvenirs, dont on ne se soucie plus pendant des années, pour les retrouver un jour, passé un certain temps, aussi nets, clairs et inchangés que si la mémoire en avait quotidiennement ravivé la fraîcheur? Ainsi toute cette aventure, depuis l'instant précis où elle a commencé jusqu'à ce dernier soir où elle a pris fin si singulièrement, se déroule-t-elle maintenant devant moi comme dans un rêve et il me semble voir cette grande lueur de braise au-dessus de la ville. Il devait être onze heures lorsque nous sortîmes de l'immeuble. La nuit était froide. Fritzi, d'un geste frileux et tendre, se serra contre moi. En débouchant dans la *Währingerstrasse*[1], depuis la rue étroite où j'habitais, nous remarquâmes tout de suite qu'il se passait quelque chose d'insolite. Il y avait plus de monde que d'habitude dans la rue et tous se hâtaient dans la même direction, vers le *Ring*. C'est alors que nous vîmes le reflet rouge au firmament. Les gens criaient : — Au feu! Au feu! — Viens vite! me dit Fritzi. D'autres encore passèrent en courant et en criant : — C'est le *Ringtheater*[2] qui brûle! — Quoi? s'écria Fritzi. Et les gens nous dépassaient toujours, courant et criant : — C'est le *Ringtheater* qui brûle! Fritzi poussa soudain un cri de folle. Elle lâcha mon bras et s'arrêta un moment, pour regarder le ciel qui s'empourprait toujours davantage. Puis, frémissant comme si elle venait de prendre conscience de quelque chose d'effroyable, elle se précipita en avant, sans même se retourner vers moi. J'essayai de la rattraper, mais je la perdis aussitôt dans la foule qui devenait de plus en plus dense. Je dois avouer que je n'en fus à tout prendre pas autrement ému; je me souviens même qu'après avoir appelé deux ou trois fois : «Fritzi! Fritzi!», je me dis très calmement à part moi : Quelle hystérique! puis je me consolai à l'idée que cette brutale séparation avait permis d'éviter les adieux certainement très désagréablement pathétiques — et peut-être même définitifs — qui auraient eu lieu près de chez elle. Je continuai de me promener la moitié de la nuit; je m'arrêtai même un moment devant le théâtre en flammes. Le lendemain je partis pour Munich. J'écrivis à Fritzi quelques lignes de là-bas, qui restèrent sans réponse. Il y a huit ans de cela. Entre-temps, la petite Fritzi est devenue une grande cantatrice et c'est elle que je vais revoir dans une demi-heure...

(Plus tard) — Oui, j'ai revu Fritzi, je l'ai entendue et lui ai parlé. Lorsque j'arrivai, elle était en conversation avec deux messieurs devant la grande glace du salon. Elle m'a reconnu dès que je l'ai saluée et m'a tendu la main d'un air cordial et anodin. Seul son sourire manifestait comme une ombre de souvenir. — Il y a longtemps que nous ne nous sommes vus! dit-elle. J'avais aussitôt perdu le sentiment de mon importance, ce qui ne m'empêchait pas de me sentir tout à fait à mon aise, et je sollicitai de Fritzi la faveur d'être placé à côté d'elle au dîner.

— Dommage, me répondit-elle, que vous ne soyez pas arrivé plus tôt, on s'est arraché les places autour de moi. Au mieux, je serai en face de vous, mais de biais… j'ai déjà donné les places à droite et à gauche de moi, et celle juste en face !

Je fus donc, pendant le dîner, de biais en face d'elle et ne pus la voir qu'en contournant pour ainsi dire du regard un grand milieu de table composé de raisins, de pêches et de noix. J'avais du reste une spirituelle voisine, et je ne tardai pas à entamer avec elle une agréable conversation. C'était la Flegendorfer. C'est ainsi que dès le rôti, il parut évident que, hormis cette dame et moi, tous les autres convives étaient d'un incroyable ridicule. C'était des plus amusants. Le brouhaha des voix, autour de la table richement garnie et pourvue d'excellents vins, se fit de plus en plus vif et intense et bientôt régna l'atmosphère qui accompagne la crème et le champagne. C'est alors qu'il se produisit quelque chose de singulier. Au milieu de toutes les autres, je distinguai soudain la voix de Fritzi comme si elle venait de commencer à parler, et deux mots vinrent frapper mon oreille : « les flammes… »

Elle avait manifestement dû les prononcer plus fort, car le reste de la phrase m'échappa, se perdant dans le bruit. Cependant, j'entendis à nouveau sa voix quelques secondes après, si nettement cette fois que je pus distinguer chaque syllabe. Je remarquai aussi que c'était maintenant Fritzi qui dominait la conversation. Elle avait capté l'attention générale et tous l'écoutaient. De même tous les regards se tournaient vers elle. Je n'en fis d'ailleurs la constatation qu'au bout de quelques minutes, tellement j'avais tout d'abord été surpris…

— Les flammes gagnaient la salle, racontait-elle. Au premier moment, je n'eus pas vraiment l'impression d'un terrible danger et je me rappelle très bien m'être dit : Ah ! que c'est beau ! Quel merveilleux spectacle !

— Qu'est-ce qu'elle raconte là ? demandai-je tout bas à la Flegendorfer.

— Ah, me répondit celle-ci, c'est sa fameuse histoire, son numéro bien connu ! Dans quelque société qu'elle aille, elle ne peut s'empêcher de la placer. D'ailleurs, écoutez-la, elle fait ça remarquablement bien !

J'écoutai… c'était bouleversant, en effet.

— Ces flammes, disait-elle, ne me semblaient pas du tout hostiles, ni rien avoir de menaçant. J'y plongeais mes regards et les fixais avec intérêt, peut-être avec enthousiasme, mais certainement pas avec crainte. Soudain, je me sentis poussée, non… pas poussée, mais soulevée, au milieu d'un vacarme effroyable, monstrueux, comme si tout s'écroulait autour de moi ; c'était comme si un ouragan avait balayé la salle, une fumée d'un gris foncé s'élevait devant la fournaise rougeoyante. Il y eut une brusque et violente poussée dans une certaine direction. Brusquement, l'obscurité se fit et je me trouvai coincée, incapable de bouger. J'entendais jurer et gémir autour de moi. C'est alors que, oui, je me suis d'un seul coup mise à crier moi aussi ! Je me souviens avoir crié pendant quelques secondes, sans comprendre pourquoi. Et soudain j'ai senti des ongles, des griffes me rentrer dans le cou : quelqu'un s'agrippait à moi ! Mon col fut déchiré, mon corsage tout simplement arraché…

— Et voilà pourquoi le *Ringtheater* devait brûler ce soir-là ! me murmura Mme Flegendorfer à l'oreille.

— Chut ! fis-je, car j'étais curieux d'entendre la suite, si curieux que j'en retenais mon souffle.

Et Fritzi, poursuivant son récit, raconta comment, mystérieusement heurtée, poussée et soulevée à travers un dédale de couloirs et d'escaliers obscurs, elle était enfin parvenue à l'air libre dans la rue.

— J'étais là, dit-elle, fascinée, ne pouvant m'en aller. Il me semblait qu'il fallait que je reste là, debout, jusqu'à ce que tout fût terminé. J'étais plus calme que tous les gens autour de moi et ma présence même, peu de temps auparavant, à l'intérieur de ce bâtiment en flammes m'apparaissait comme un rêve confus. C'est alors qu'une idée me traversa soudain l'esprit : Mon Dieu, et ma mère ! ce qui — chose incompréhensible — ne m'avait pas encore une seconde effleuré la conscience jusque-là, alors que je lui avais justement annoncé que j'irais au *Ringtheater*. En effet, toute jeune débutante, j'allais alors presque tous les soirs au théâtre, qui était déjà ma grande passion.

Je ne fus pas sans ressentir quelque gêne à ce passage du récit. Nous sommes tout de même un peu mieux, nous les hommes !

— Je partis alors en courant, continuait Fritzi, non… je me précipitai à la maison. Et figurez-vous qu'il était déjà onze heures quand j'arrivai ; pendant plus de trois heures, j'étais restée plantée devant le théâtre sans avoir conscience que le temps passait… Je ne me représente pas autrement la folie ! Je renonce à vous décrire la scène des retrouvailles avec ma mère. La seule chose que je sais, c'est que je n'oublierai jamais l'instant où nous tombâmes dans les bras l'une de l'autre, jamais !

Fritzi termina son récit au milieu de l'émotion générale. Des messieurs se levèrent et, allant vers elle avec leur verre, burent à sa santé. C'est alors que nos regards se rencontrèrent. Elle me fixa un moment d'un air tout à fait absent, puis un très étrange sourire passa sur son visage… ah, un sourire que je reconnus bien ! Et, prenant son verre, elle le choqua contre le mien.

— À votre miraculeux sauvetage ! m'écriai-je, avant de vider mon verre.

Elle vint vers moi aussitôt après la fin du dîner et me tendit les deux mains, comme si elle avait voulu me demander pardon. — C'était donc bien vous, apparemment, me dit-elle.

— Apparemment... ? fis-je, un peu déconcerté.

— Oui, dit-elle, j'ai souvent soupçonné que tout ne s'était pas passé exactement comme je le raconte, mais j'ai commencé à croire à mon histoire... et si nous nous étions revus seulement quelques années plus tard vous n'auriez déjà presque plus pu me convaincre. Car il me semble maintenant l'avoir véritablement vécue de cette manière. On m'a si souvent demandé de la raconter, la famille, puis les collègues et tous les gens imaginables, qu'elle est devenue presque vraie, et en tout cas célèbre !

— Vous voyez là, Fritzi, répondis-je, combien la gloire est chose injuste, au fond. Elle passe sans le remarquer à côté de celui qui la mérite le plus !

— Comment cela ? fit-elle.

— Mais, Fritzi, répondis-je, je pense que si quelqu'un la mérite, c'est bien moi... et, me penchant vers elle, tout près de son oreille, je lui murmurai : — moi, Fritzi, moi qui t'ai sauvé la vie !

Traduction révisée par Brigitte Vergne-Cain et Gérard Rudent.

FLEURS

Cette nouvelle est terminée le 28 février 1894. Plus d'un an après (le 30 avril 1895), Schnitzler en consigne dans son Journal l'origine complexe : « À la maison, une lettre — d'Helene K., que je croyais morte, son oncle m'ayant raconté il y a deux ans qu'elle était morte folle, cinq ans plus tôt — ce que j'ai en partie utilisé dans Fleurs. — Tragi-comique : les Fleurs découlent de deux histoires entremêlées : qu'Helene fût morte et que je n'eusse pas pardonné à Mz. I [Mizi Glümer] — Maintenant j'ai pardonné à Mz. I, et Helene est en vie. » Il désigne sa nouvelle comme « La femme morte ». Plus troublant encore, le 11 novembre 1895 il revoit Helene K. qui lui raconte qu'elle est tombée gravement malade quand il l'avait quittée... Comme les rêves, les « histoires » procèdent d'associations d'idées... et ce n'est pas vrai de Schnitzler seulement ! En tout cas, et notamment à cause de son spiritisme discret, cette nouvelle est plus anglo-saxonne que goethéenne (cf. Préface, pp. 31-32).

Ce récit se développe sur le thème de l'absence et de la mort. Il est écrit à la première personne, avec des interlignes, mais sans indication de dates ; il se présente comme des extraits du « Journal intime d'un survivant » (voir aussi p. 166, la notice de L'Autre). Et le recours au document fictif remplit toujours la même fonction : il facilite la présentation de « l'invraisemblable » ; il contourne une censure (car « le vrai peut quelquefois n'être pas vraisemblable » — Boileau le disait déjà...). Schnitzler, en effet, ne semble pas croire à la survie ; ses personnages de « veufs », non plus. Mais ils éprouvent fortement la présence des morts. On a une lettre de Schnitzler à Georg Brandes (le 3 février 1897) où il lui confie que « l'odeur des choses mortes » ne le lâche que très difficilement, et que cela l'épuise.

En mars 1894, dans le cercle des amis viennois, la nouvelle Blumen a par deux fois beaucoup de succès quand Schnitzler la lit. Il note aussi (le 28 mars) qu'elle fait pleurer Dilly (Adèle Sandrock). Il eut cependant du mal à la placer dans une revue ; elle fut refusée deux fois avant de paraître, le 1er août 1894 dans la Wiener Neue Revue. Mais par la suite, en 1898, Samuel Fischer la publiera dans le recueil de Schnitzler intitulé La Femme du Sage, composé de cinq récits (après la nouvelle-titre, Le Dernier Adieu, L'Apothéose, Fleurs et Les morts se taisent, dans cet ordre).

Rappelons enfin qu'en allant trouver Schnitzler en octobre 1928, Suzanne Clauser lui apportera ces Fleurs en français, dans une traduction « parodique »... (voir la Préface, p. 38).

J'ai flâné tout l'après-midi dans les rues où tombait doucement la neige silencieuse… et me voilà rentré ; j'ai allumé ma lampe et pris un cigare, mes livres sont à portée de ma main, et tout devrait m'inviter au confort… Mais c'est en vain, car une seule pensée m'obsède.

N'était-elle pas morte depuis longtemps pour moi… ? oui, morte, ou même, selon l'expression puérile et pathétique de ceux qui ont été trompés, « pire que morte » ?… Et à présent que je sais qu'elle n'est pas « pire que morte », mais qu'elle est morte, tout simplement, et inhumée là-bas, sous la terre profonde, comme tant d'autres, et pour toujours… sans espoir de retour… ni au printemps, ni pendant les lourdes journées d'été, ni quand la neige tombera comme aujourd'hui… à présent je me rends compte qu'elle n'avait pas cessé d'exister, pour moi comme pour les autres, une seule minute avant sa fin ! Douleur ? Non… Simplement l'horreur générale qui nous saisit quand nous voyons glisser dans la tombe quelque chose qui fut à nous et dont la personnalité agit encore sur notre mémoire par la lumière de ses yeux et le son de sa voix.

Ce fut évidemment très triste quand je découvris sa trahison… mais que de sentiments divers !… colère, haine subite, dégoût de la vie, et… certainement aussi !… vanité blessée… je ne me suis rendu compte de ma douleur que peu à peu ! Puis la consolation qu'elle-même devait souffrir me devint un bienfait… Je les ai encore toutes, j'ai conservé des douzaines de lettres que je pourrais relire si je voulais, autant de sanglots, de gémissements pour implorer son pardon !… — Et je la vois encore avec son tailleur anglais de teinte sombre et son petit chapeau de paille, m'attendant au coin de la rue quand je sortis à la tombée de la nuit… et me suivant longtemps du regard… Et je me souviens de notre dernière entrevue, de sa figure d'enfant toute ronde rongée et pâlie par le chagrin, de ses grands yeux étonnés… Je la laissai partir sans même lui tendre la main… pour la dernière fois… De ma fenêtre je pus la voir contourner le coin de la rue et disparaître… à jamais. Elle ne peut plus revenir, à présent…

C'est par hasard que j'ai su la chose. Des semaines, des mois auraient aussi bien pu passer. Ce matin, je rencontrai son oncle que je n'avais pas vu depuis un an et qui ne vient que rarement à Vienne. Je ne lui ai pas souvent parlé jusqu'ici. Une fois, il y a trois ans de cela, à une partie de quilles où elle était venue aussi avec sa mère… Et puis pendant l'été qui suivit : là, j'étais avec quelques amis au Prater, à La Csarda. Et la table à côté de nous était occupée par cet oncle et deux ou trois autres messieurs; il était confortablement installé, semblait guilleret et trinqua avec moi. Avant de quitter le jardin il s'arrêta et m'attendit pour me confier en grand secret que sa nièce m'admirait avec ferveur… Je me sentais à demi lucide seulement et je trouvai curieux, amusant, extravagant que ce vieillard me dise cela au son des cymbales et des clairs violons… à moi qui devais le savoir, puisque j'avais encore sur mes lèvres la saveur de son dernier baiser… Et voilà, ce matin! Je faillis passer à côté de lui sans le voir. Je lui demandai des nouvelles de sa nièce par politesse pour lui, plutôt que par intérêt pour elle… Je ne savais plus rien d'elle; ses lettres aussi avaient cessé depuis longtemps; seul un envoi de fleurs régulier persistait. Souvenir d'un de nos jours bienheureux; elles arrivaient une fois par mois; pas un mot ne les accompagnait, ces fleurs humbles et muettes… Or le vieux monsieur parut étonné de ma question. « Vous ne savez pas que la pauvre enfant est morte il y a une semaine? » Je fus saisi, sursautai… Il me donna des détails : elle avait été souffrante pendant bien longtemps, mais à peine une semaine alitée… De quelle maladie elle était morte?… « Mélancolie maladive… Anémie… Les médecins ne savent jamais, au fond. »

Je restai longtemps immobile à la place où le vieux monsieur m'avait quitté… j'étais fatigué comme après un gros effort physique…

À présent il me semble qu'il me faut considérer cette journée comme marquant la fin d'un chapitre de ma vie. Pourquoi… Mais pourquoi?… Il ne m'est rien arrivé qui me touchât intimement. Je n'éprouvais plus rien pour elle, presque jamais je n'y pensais. Mais je me sens bien d'avoir noté tout cela : me voici plus calme… Je ressens enfin le confort de ma maison… Inutile de me tourmenter sans raison… Il y a certainement de par le monde quelqu'un dont le deuil est aujourd'hui plus profond et plus motivé que le mien.

J'ai fait une promenade. Sereine journée d'hiver. Le ciel si pâle, si froid, si lointain… Et je suis très calme. Est-ce hier seulement que j'ai rencontré ce vieux monsieur… n'y a-t-il pas déjà des semaines? … Et quand j'évoque son image à elle, les contours en sont singulièrement précis; une seule chose a disparu : la colère qui, ces derniers temps encore, se mêlait à mon souvenir. Je n'ai pas encore très bien réalisé qu'elle ne soit plus de ce monde, qu'on l'ait mise dans un cercueil et qu'on l'ait enterrée… Je ne ressens aucune douleur. Aujourd'hui, le monde m'a paru plus silencieux que de coutume. À un moment précis j'ai compris que la joie et les peines n'existaient pas… non, il n'y a que des grimaces de plaisir, des grimaces de chagrin. Nous rions ou nous pleurons, et nous convoquons notre âme pour nous regarder. Si je voulais lire en ce moment des livres sérieux et profonds, il me semble que j'en pénétrerais toute la sagesse. Et si je revoyais des tableaux qui ne me disaient rien naguère, je crois que j'en comprendrais à présent l'obscure beauté… Et quand je songe à des êtres aimés qui sont morts, mon cœur ne se serre plus comme avant… la mort m'est devenue familière; elle se promène parmi nous sans nous vouloir de mal.

La neige, très haut et blanche, dans toutes les rues. Ma petite Gretl est venue me voir et a trouvé que c'était le moment ou jamais de faire un tour en traîneau. Nous sommes donc partis à la campagne, et au son des clochettes nous avons parcouru des chemins clairs et glissants, à une allure vertigineuse; au-dessus de nous, le ciel pâle et gris, vite, vite, toujours plus vite; des deux côtés, les collines blanches et étincelantes. Gretl avait appuyé sa tête contre mon épaule; elle regardait d'un œil satisfait la longue route devant nous. Nous nous arrêtâmes dans une auberge que nous avions connue tout entourée de verdure cet été; elle nous sembla changée, si solitaire et tellement coupée du reste du monde qu'il nous sembla la découvrir à nouveau. Nous éloignâmes notre table du grand poêle de la salle d'auberge qui chauffait si fort que la joue gauche et l'oreille de la petite Gretl en étaient écarlates. Aussitôt j'embrassai son autre joue, la plus pâle. Puis le retour, dans la demi-obscurité. Gretl, pelotonnée contre moi, tenait mes deux mains dans les siennes… Enfin te voilà à moi de nouveau ! fit-elle. Sans chercher elle avait trouvé le vrai mot qui me rendait tout heureux. Peut-être aussi l'air neigeux et rude de la campagne a-t-il libéré mes sens, car oui, je me sens libre et léger, bien plus que tous ces derniers jours…

L'autre jour, c'était l'après-midi et je somnolais sur ma chaise longue, une idée curieuse me vint. Il me sembla que j'étais froid et dur. Comme quelqu'un qui, debout près d'une tombe où l'on vient de descendre un être aimé, est privé de pleurs, incapable de rien ressentir. Comme quelqu'un qui est endurci au point même de ne pouvoir être réconcilié par une mort prématurée… Irréconciliable, voilà le mot…

C'est fini, fini. La vie, les plaisirs et un petit peu d'amour chassent toutes ces niaiseries. Je me remets à voir du monde. Et j'aime bien les personnes que je vois ; elles sont sans méchanceté ; elles me racontent toutes sortes de choses distrayantes. Et Gretl est un être charmant et tendre ; elle est si jolie quand elle se tient dans l'embrasure de ma fenêtre, l'après-midi, et que les rayons du soleil dorent sa tête blonde.

Quelque chose d'étrange s'est passé aujourd'hui… Nous sommes le jour du mois où elle avait l'habitude de m'envoyer des fleurs… Eh bien, les fleurs sont arrivées comme si… comme si rien n'était changé… Elles sont arrivées par le courrier de ce matin, dans un étroit carton blanc. Il était encore très tôt. Mon front et mes yeux étaient encore lourds de sommeil. La lucidité ne me revint qu'en défaisant le carton… Et malgré moi j'eus peur… Je vis devant moi, gracieusement attachés par une ficelle dorée, des œillets et des violettes… ils étaient posés là comme dans un cercueil. Je les pris et me sentis frissonner jusqu'au cœur… Je comprends pourquoi ces fleurs sont arrivées, aujourd'hui encore. Se sentant malade, et pressentant peut-être sa fin prochaine, elle fit la commande habituelle chez la fleuriste. Elle ne voulait pas que cette marque de tendresse me fît défaut… Voilà certainement ce qui explique cet envoi ; une explication toute naturelle et même en quelque sorte touchante… Et cependant, quand je les sentis dans ma main se pencher et trembler, ces fleurs eurent pour moi quelque chose de spectral, et toute ma raison, toute ma volonté ne purent m'empêcher de les considérer comme un salut… comme venant d'elle, comme chargées par la morte de me parler de son amour, de sa tardive… fidélité… Ah ! nous ne comprenons pas la mort, nous ne la comprenons certainement jamais ; et un être n'est réellement mort que lorsque se sont éteints tous ceux qui l'ont connu…

Ces fleurs, mes mains ne les ont pas serrées comme d'habitude ; j'ai été plus délicat pour ne pas leur faire de mal… plus doux comme si leurs âmes muettes allaient se mettre à gémir doucement. Sur mon bureau, dans un étroit cristal vert, je crois voir leurs corolles s'incliner vers moi en un remerciement attristé. Leur arôme est pénétré de toute la douleur, de toute la nostalgie d'un amour inutile et je crois que si je comprenais la langue de tout être vivant, et non seulement celle des êtres… parlants, ces fleurs me raconteraient leur histoire.

Je ne veux pas que mes pensées m'égarent. Ce sont des fleurs et voilà tout. Un petit bonjour de l'autre monde… Ce n'est pas un appel, non ce n'est pas un appel d'outre-tombe… Ce sont des fleurs ; et une vendeuse chez un fleuriste en a machinalement fait un bouquet, y a mis un peu d'ouate, les a disposées dans ce carton blanc et portées à la poste… D'où leur présence ici. Pourquoi tant y réfléchir ?…

Je prends beaucoup l'air, je fais de longues promenades solitaires. Au milieu du monde il me semble que je n'ai plus de contact avec mes semblables ; tous les fils se rompent. Il y a comme une solution de continuité entre eux et moi. Je m'en aperçois aussi quand ma gentille petite blonde, installée chez moi, me raconte des tas d'histoires concernant… tiens, je ne sais plus quoi. À l'instant même où elle part, je la sens déjà lointaine, comme si le flot des passants me l'avait enlevée pour toujours, comme si elle avait disparu sans laisser de traces. Si elle ne revenait plus, j'en serais à peine étonné.

Les fleurs sont toujours dans le beau vase de cristal vert, leurs tiges trempent dans l'eau et ma chambre est toute parfumée…

Oui, elles embaument encore… quoique légèrement fanées, car voilà une semaine que je les ai… Et je commence à admettre toutes sortes d'absurdités dont je me riais autrefois ; je comprends le dialogue de l'homme avec la nature… je comprends qu'on attende une réponse quand on adresse la parole aux nuages ou aux sources. Mon temps à moi ne se passe-t-il pas à fixer ces fleurs comme si elles devaient me parler ?… Mais non, je sais qu'elles murmurent… qu'elles se plaignent sans cesse… même en ce moment… et que je suis près de les comprendre.

Je suis content de voir l'hiver rigide tirer à sa fin. Un pressentiment du printemps tout proche flotte déjà dans l'air. Le temps passe d'une façon étrange. Ma vie est restée la même et pourtant les grandes lignes de démarcation ne m'en semblent plus tracées d'une main ferme. Ce qui fut hier pour moi n'a déjà plus rien de net et les jours précédents s'embrouillent dans le vague du rêve. Chaque fois que Gretl me quitte, et surtout quand je ne l'ai pas vue depuis quelques jours, cette affaire m'apparaît comme de l'histoire ancienne, très ancienne. C'est de si loin qu'elle me revient à chaque fois, de si loin!... Quand elle se met à bavarder, je la retrouve bien sûr, et dès cet instant le sentiment du présent et de la réalité me revient. Mais les couleurs et les sons me paraissent presque trop crus ; car la présence de la chère petite est pour moi vivace et intense, exactement comme son absence m'est indiciblement lointaine. D'habitude, il me restait toujours un écho, une image de ces instants animés et lumineux ; mais à présent, rien d'elle ne subsiste ; tout s'éteint, soudain, étouffé comme dans une grotte sombre... Alors je reste seul en face de mes fleurs. Elles sont fanées, toutes fanées. Elles n'ont plus de parfum. Pendant longtemps Gretl ne les a pas remarquées ; aujourd'hui pour la première fois, son regard s'est arrêté dessus et j'ai vu une question sur ses lèvres. Puis elle s'est ravisée, comme si une crainte secrète l'avait retenue... dès ce moment elle n'a plus soufflé mot, très tôt elle a pris congé de moi et s'est en allée.

Elles s'effeuillent lentement. Je ne les touche jamais ; mes doigts les réduiraient en poussière. Je ne puis dire combien je souffre de les voir fanées. Pourquoi n'ai-je pas la force d'en finir avec cette hantise ? Ces fleurs mortes me rendent malade. Par moments, je ne peux plus les supporter, je me précipite dehors. Puis dans la rue cela me reprend, il faut alors que je rentre les voir. Je les retrouve dans le vase vert comme je les ai quittées — tristes et lasses. J'ai pleuré hier soir, en les regardant comme on pleure devant une tombe, sans songer même à celle qui me les a envoyées... Peut-être est-ce une erreur, mais je crois que Gretl aussi sent la présence de quelque chose d'insolite dans ma chambre. Elle ne rit plus quand elle est chez moi, elle ne parle plus de sa voix habituelle claire et fraîche. Et moi non plus je ne la reçois pas comme avant. J'ai peur de la question qu'elle pourrait poser et je sens que toute question me serait intolérable.

Souvent elle apporte son ouvrage et, si elle me trouve penché sur mes livres, elle s'installe patiemment à la table avec son crochet ou sa tapisserie en attendant que je range mes papiers, et que je me lève pour m'approcher d'elle, et lui enlever son ouvrage des mains. Alors j'écarte l'abat-jour vert de la lampe près de laquelle elle travaillait, et une lumière agréable et douce se répand dans toute la pièce. Je n'aime pas qu'il reste de l'obscurité dans les coins.

Le printemps!... Ma fenêtre est grande ouverte. Hier soir j'ai longuement regardé la rue obscure en compagnie de Gretl. L'air autour de nous était tiède et doux. Je jetai un coup d'œil vers le coin de rue qu'éclairait faiblement un bec de gaz : une ombre s'y dressa. Je la vis et je ne la vis pas... Je sais que je n'ai pas pu la voir... Je fermai les yeux mais, à travers mes paupières closes, je la sentais, je la voyais, cette pauvre petite créature misérable dans la pâle lumière du réverbère. Je distinguai sa figure avec une précision horrible comme éclairée par un soleil jaune; et dans son pauvre visage pâle et défait deux grands yeux étonnés... Je quittai ma fenêtre lentement et je m'assis à mon bureau. Le vent du dehors faisait vaciller la flamme de ma bougie. Et je restai immobile, car je savais que cette pauvre créature m'attendait au coin de la rue; et si j'avais osé toucher les fleurs mortes je les aurais sorties du vase pour les lui apporter... Voilà ce que je pensais, ce que je pensais fixement, tout en comprenant que c'était absurde. Gretl quitta la fenêtre à son tour, elle s'arrêta derrière ma chaise et effleura mes cheveux de ses lèvres. Puis elle partit, me laissant seul...

Je fixai des yeux mes fleurs. Non, ce ne sont pas des fleurs, ce sont des tiges dénudées, sèches et pitoyables... Elles me rendent malade, elles me rendent fou... Cela doit se sentir; sans quoi Gretl m'aurait déjà interrogé à leur sujet; mais elle aussi s'en rend compte... elle prend la fuite parfois comme s'il y avait des fantômes dans ma chambre...

Les fantômes!... Ce sont eux, ils existent... Des objets morts font le simulacre de la vie. Lorsque des fleurs se fanent, se décomposent, ce n'est qu'un souvenir du temps où elles s'épanouissaient et embaumaient. Et les morts reviennent, tant que nous ne les avons pas oubliés...

Même si elle ne peut plus me parler... je l'entends encore! Elle n'apparaît plus, mais moi je peux encore la voir!... Et le printemps au dehors, le soleil qui se répand sur mon tapis ou la brise embaumée de lilas, qui souffle du jardin voisin et tous ces passants dont je ne me soucie pas — est-ce que tout cela est vivant? Je puis baisser les rideaux et le soleil sera mort... je ne veux plus rien savoir de tous ces passants, et ils seront morts. Je ferme ma fenêtre; le parfum du lilas ne m'environne plus et le printemps est mort. Je suis plus puissant que la masse des humains, que le soleil, que le printemps. Mais plus puissant encore est le souvenir qui vient quand il veut, et que l'on ne peut fuir. Et ces tiges desséchées dans le vase sont plus fortes que les senteurs du lilas et que le printemps même.

J'étais encore penché sur ces pages lorsque Gretl entra. Jamais elle n'était venue si tôt ; c'est rare avant le crépuscule. J'en fus étonné, presque saisi. Elle s'arrêta quelques secondes sur le seuil de la porte et je la regardai sans lui dire bonjour. Alors elle sourit et s'approcha. Elle portait un bouquet de fleurs fraîches dans les mains. Puis, sans mot dire, elle posa ces fleurs devant moi sur mon bureau, et dans la seconde qui suivit elle s'empara du bouquet fané dans le vase vert.

J'en eus le cœur serré, mais je ne pouvais pas parler… Et quand j'essaye de me lever, de lui prendre le bras, elle me regarde en riant. Elle tient en l'air les fleurs fanées au bout de son bras, passe derrière mon bureau et les jette tout simplement par la fenêtre.

Il me semble d'abord que je doive les suivre, mais la petite s'adosse à l'appui de la fenêtre, tourne sa figure vers moi. Et le soleil chaud, le soleil vivant se répand sur sa chevelure blonde… Le lilas d'en face embaume. Et je regarde le cristal vert, qui est vide sur mon bureau ; je ne sais ce que je ressens, je crois que je suis soulagé… beaucoup plus léger qu'avant. Gretl s'approche, prend son petit bouquet et le porte à mon visage ; du lilas blanc et frais… Une bonne odeur, si agréable… que c'est doux, que c'est rafraîchissant ! Je voudrais y plonger tout entier mon visage… Fleurs blanches, riantes et tendres… et je sentis que c'en était fini de ma hantise… Gretl, debout derrière moi, m'ébouriffa les cheveux d'un grand geste : « Grand fou ! » me dit-elle… S'est-elle rendu compte de ce qu'elle a fait ?… Je portai ses mains à mes lèvres… — Et ce soir nous avons été prendre l'air à la rencontre du printemps. Nous venons de rentrer ensemble. J'ai allumé ma bougie ; nous avons beaucoup marché, et Gretl est si lasse qu'elle s'est endormie dans le fauteuil près du poêle. Qu'elle est jolie quand elle sourit en sommeillant !

Devant moi, l'étroit cristal vert avec le lilas blanc… Et en bas, dans la rue… mais non, non, elles n'y sont plus depuis longtemps. Le vent les a déjà emportées avec tant d'autre poussière.

Traduction révisée par Brigitte Vergne-Cain et Gérard Rudent.

LE VEUF

Août 1894, à Salzbourg. Il fait beau. On excursionne beaucoup, et en bonne compagnie. C'est dans sa chambre d'hôtel que Schnitzler écrit Der Witwer… *Commencée le 1*er *août, la nouvelle est achevée le 10 (selon le* Journal*). Mais dès le mois de septembre, l'auteur est convaincu que ce n'est pas bon. La nouvelle paraît cependant dans le numéro de Noël de la* Wiener Allgemeine Zeitung, *le 25 décembre 1894. Par la suite, elle ne fut rééditée que dans le recueil posthume de 1932,* Die kleine Komödie (La Petite Comédie).

Or, durant l'été 1894, Schnitzler travaillait surtout à des pièces de théâtre : Liebelei *et* Paracelsus. *Il a dû penser très tôt que* Le Veuf *conviendrait mieux à la scène. On a d'ailleurs le cas inverse avec* L'Ombre de Gabriel *qui fut d'abord conçu pour le théâtre. De toute façon, entre septembre 1896 et octobre 1898, Schnitzler « terminera » à plusieurs reprises la pièce, intitulée finalement* La Compagne (Die Gefährtin). *Pièce en un acte, qui fut créée le 1*er *mars 1899 au Burgtheater, à Vienne, le même soir que* Paracelse *et* Au perroquet vert. *Bizarre trilogie que l'on pourrait appeler : La Maison qui brûle ou L'Adultère trompe l'Histoire…*

Dans le récit comme dans la pièce, l'action se déroule dans un lieu de villégiature à proximité de Vienne ; mais le personnage du Veuf s'est beaucoup étoffé : il est devenu un Professeur en médecine, qui tolère que son assistant soit l'amant de sa femme (de vingt ans plus jeune que lui) ; ce qu'il n'accepte pas, en revanche, c'est que sa femme ait su que son amant était attaché à une autre, avec laquelle il s'était secrètement fiancé.

La comparaison permet donc de mieux saisir la portée du mot de la fin, dans le récit : « Canaille ! » (Schurke). De comprendre aussi que les œuvres de Schnitzler sont souvent un peu plus retorses qu'un lecteur non averti aurait tendance à le penser de prime abord…

Il ne comprend pas encore tout à fait — c'est arrivé si vite.

Malade, elle est restée couchée deux jours dans la villa, deux jours d'été si beaux qu'ils avaient laissé tout le temps grandes ouvertes les fenêtres de la chambre donnant sur le jardin et les fleurs ; puis elle est morte le soir du deuxième jour, pour ainsi dire tout d'un coup et sans que personne s'y attendît... Et aujourd'hui on l'a emmenée là-haut, par cette rue en pente douce qu'il peut maintenant, de son fauteuil sur le balcon, suivre des yeux jusqu'au bout, jusqu'au petit mur blanc du cimetière où elle repose.

C'est le soir ; la route que le soleil brûlait il y a quelques heures, lorsque les voitures noires la gravissaient lentement, est maintenant dans l'ombre ; et les murs blancs du cimetière ne luisent plus sous la lumière.

On l'a laissé seul, comme il l'a demandé. Tous ceux qui étaient venus pour la cérémonie funèbre ont regagné la ville ; les grands-parents ont aussi emmené l'enfant, selon son vœu, car il désire être seul pendant ces premiers jours. Dans le jardin aussi règne un profond silence qu'interrompt seulement un murmure de temps à autre : les domestiques, sous le balcon, se parlent à voix basse. Il se sent fatigué comme jamais il ne l'a été, ses paupières lourdes retombent et se ferment sans cesse... et il revoit, les yeux clos, la route dans la chaleur torride de cet après-midi, les voitures montant lentement, les gens pressés autour de lui... il entend même encore leurs voix résonner à ses oreilles.

Presque tous ceux que l'été n'avait pas chassés trop loin étaient là et tous, bouleversés par la mort prématurée et rapide de la jeune femme, lui avaient adressé des paroles de consolation et de sympathie. Plusieurs d'entre eux étaient venus même de loin, des gens auxquels il n'avait pas pensé et plus d'un dont il aurait à peine pu dire le nom lui avait serré la main. Seul était absent celui qu'il aurait le plus souhaité avoir près de lui, son ami le plus cher. Se trouvant assez loin — sur les bords de la mer du Nord —, il avait certainement reçu la nouvelle trop tard pour pouvoir se mettre en route à temps… il ne sera là que demain matin.

Richard rouvre les yeux. La route est maintenant complètement noyée dans l'ombre et seuls, là-bas, luisent encore dans l'obscurité les murs blancs dont la vue le fait frissonner. Se levant alors, il quitte le balcon et pénètre dans la chambre contiguë. C'est la chambre de sa femme… c'était… Il n'y a même pas pensé, tellement il est entré vite. Il ne voit rien non plus dans le noir ; il reconnaît simplement le parfum qui flotte autour de lui. Il allume la bougie bleue sur le bureau et, embrassant du regard la pièce claire et riante, il s'effondre sur le divan et se met à pleurer.

Il pleure longtemps… un flot de larmes, sans penser à rien, et quand il se relève, il a la tête lourde et embrumée. Sa vue se trouble à la lumière sans éclat de la bougie. S'essuyant les yeux, il allume les sept bougies du chandelier placé sur la petite colonne près du piano. La lumière se répand dans la pièce, en éclairant tous les recoins, le fond doré de la tapisserie scintille doucement et la chambre prend l'aspect familier qu'il lui a souvent vu, le soir, quand à son retour il *la* trouvait penchée sur un livre ou sur des lettres. Et, levant la tête, elle se tournait vers lui avec un sourire, attendant son baiser… L'indifférence des objets autour de lui le blesse : toujours immobiles et rigides, ils continuent de scintiller comme s'ils ignoraient combien ils sont devenus tristes et inquiétants. Jamais il n'a ressenti aussi intensément qu'en cet instant la profondeur de sa solitude, jamais aussi fortement éprouvé le désir de revoir son ami. Il se dit cependant qu'il sera bientôt là, lui prodiguant d'affectueuses paroles, et il sent à cette pensée que, malgré tout, le destin lui réserve aussi quelque chose qui pourrait être une consolation… S'il était enfin là… ! Il va venir, il sera là demain matin. Et il faudra qu'il reste longtemps, plusieurs semaines… il ne le laissera partir que lorsqu'il ne pourra vraiment plus faire autrement. Ils se promèneront ensemble au jardin en devisant, comme ils le faisaient si souvent autrefois, de choses singulières et profondes situées dans une sphère *au-dessus* du destin commun. Et, le soir, assis comme autrefois sur le balcon, ils bavarderont jusqu'à une heure avancée sous la grande paix du ciel nocturne — comme il leur arrivait si souvent de le faire autrefois, après qu'*elle*, dont la nature vive et spontanée avait peu de goût pour les conversations sérieuses, leur avait depuis longtemps souhaité bonne nuit en souriant, pour aller se retirer dans sa chambre. Ces entretiens qui l'avaient si souvent arraché aux soucis et aux mesquineries de la vie quotidienne... ils allaient maintenant avoir encore plus d'importance, être un bienfait pour lui et même le salut.

Richard arpente toujours la chambre, mais le bruit régulier de ses propres pas finit par l'incommoder. Il s'assied alors devant le petit bureau sur lequel est posée la bougie bleue et considère avec une sorte de curiosité tous les jolis menus objets qui s'y trouvent. Il n'y a pas vraiment fait attention jusqu'ici, n'ayant toujours regardé que l'ensemble. Les porte-plume d'ivoire, le coupe-papier effilé, le cachet à l'élégant manche d'onyx, les petites clefs retenues par leur chaîne en or; il prend chacun d'eux l'un après l'autre, les tourne et les retourne dans sa main avant de les reposer avec précaution à leur place, comme s'il s'agissait de choses précieuses et fragiles. Puis, ayant ouvert le tiroir du milieu, il aperçoit dans une boîte en carton ouverte le papier à lettres gris pâle qu'*elle* avait coutume d'employer, les petites enveloppes avec *son* chiffre et les longues cartes de visite rectangulaires à *son* nom. Sa main glisse machinalement vers le petit tiroir sur le côté, qui est fermé à clef. Il ne s'en aperçoit pas tout de suite et le tire à plusieurs reprises sans y penser. Prenant peu à peu conscience de son geste machinal, il *veut* maintenant l'ouvrir et s'y efforce; il saisit le trousseau de clefs devant lui et la première qu'il essaie se trouve être la bonne... le tiroir est ouvert. Il a sous les yeux les lettres qu'il a écrites à sa femme, soigneusement nouées par des rubans bleus. Celle qui se trouve au-dessus et qu'il reconnaît immédiatement est la première qu'il lui ait écrite, à l'époque de leurs fiançailles. Et, tandis qu'il lit le tendre début, ces mots qui ressuscitent comme par magie une vie trompeuse dans cette pièce désertée, sa poitrine se serre et il répète un mot à voix basse, toujours le même, rempli de désarroi, d'horreur : — Non... non... non!

Il dénoue le ruban de soie et laisse glisser les lettres entre ses doigts; des mots isolés passent devant ses yeux, il n'a même pas le courage d'en lire une en entier. Il prend seulement la dernière, qui ne contient que quelques courtes phrases... qu'il ne quittera la ville que tard le soir... qu'il se réjouit énormément de revoir le doux visage aimé... Il la lit avec attention, un mot après l'autre, et sa surprise est grande, tant il lui semble avoir écrit ces mots tendres il y a bien des années — et non pas une semaine seulement, comme c'est pourtant le cas.

Il tire davantage le tiroir vers lui pour voir s'il s'y trouve encore quelque chose.

Il y a d'autres petits paquets, tous entourés de rubans de soie bleue et il a malgré lui un triste sourire. Voici des lettres de sa sœur qui vit à Paris — elle voulait toujours qu'il les lise en même temps qu'elle ; des lettres de sa mère, dont l'écriture étrangement masculine n'avait cessé de l'étonner. Il y en a d'autres encore, d'une écriture qu'il ne reconnaît pas immédiatement ; il dénoue le ruban et cherche la signature... Ah ! oui, elles viennent d'une de ses amies, qui était là ce matin, très pâle et les yeux noyés de larmes... Enfin, tout au fond du tiroir, un dernier paquet qu'il en retire comme les autres et qu'il considère... Quelle est donc cette écriture qu'il ne connaît pas ? Mais si, il la connaît... c'est l'écriture de Hugo ! Et le premier mot que lit alors Richard, avant même d'avoir défait le ruban de soie bleue, le pétrifie, l'espace d'un instant... Les yeux écarquillés, il regarde autour de lui pour s'assurer que rien n'est changé dans la chambre, puis il contemple le plafond et à nouveau ces lettres encore muettes sous ses yeux, mais qui, dans la minute suivante, vont lui révéler ce que lui a fait pressentir le premier mot... Il a l'impression que le ruban, qu'il essaie de dénouer, résiste à ses mains tremblantes et il finit par le déchirer. Alors il se lève. Tenant le paquet dans ses deux mains, il se dirige vers le piano dont le couvercle noir étincelle sous la lumière des sept bougies du chandelier. Il s'y appuie des deux mains et commence à lire tous ces billets, tracés d'une petite écriture chargée de fioritures, l'un après l'autre et avec une curiosité renaissante, comme si chacun d'eux était le premier. Il les lit tous jusqu'au dernier, arrivé de cet endroit au bord de la mer du Nord... quelques jours plus tôt. Puis le jetant sur les autres, il se met à fouiller dans le tas, comme s'il y cherchait encore quelque chose, comme si, d'entre ces feuilles éparses, pouvait surgir quelque élément nouveau encore ignoré de lui, quelque chose qui puisse réduire leur contenu à néant et transformer en erreur la vérité qui vient de lui être brusquement révélée... Lorsque ses mains s'immobilisent enfin, il lui semble qu'un grand silence s'est fait autour de lui, mettant tout à coup fin à un monstrueux vacarme... Tous ces bruits sont encore présents à sa mémoire : celui des jolis petits objets sur le bureau, qu'il manipulait... le grincement du tiroir... la serrure qui s'ouvre... les bruissements et les froissements du papier... ses pas précipités... sa respiration haletante et entrecoupée de gémissements... mais maintenant il n'y a plus aucun bruit dans la pièce. Et il s'étonne seulement de tout comprendre si parfaitement et d'un seul coup, bien qu'il n'y ait jamais pensé auparavant. Il préférerait comprendre cela aussi peu que la mort ; il aspire à ressentir le douloureux et violent frémissement que fait naître l'incompréhension, mais la seule sensation qu'il éprouve est celle d'une immense clarté affluant à chacun de ses sens : il voit chaque objet dans la chambre avec plus de netteté qu'avant et il lui semble même percevoir le profond silence qui l'entoure. Se dirigeant alors lentement vers le divan, il s'y assied et réfléchit…

Que s'est-il donc passé ?

Il est arrivé une fois de plus ce qui arrive tous les jours, il a été l'un de ceux dont beaucoup se moquent. Et demain, ou dans quelques heures, il éprouvera sûrement aussi tous les terribles sentiments auxquels personne n'échappe dans de telles circonstances… il pressent déjà la rage sans nom qui s'emparera de lui à l'idée que cette femme est morte trop tôt pour qu'il puisse se venger ; et quand l'autre reviendra, il l'assommera de ses propres mains, comme un chien. Ah, comme il aspire à ce que l'assaillent ces sentiments d'une si violente franchise… et comme il se sentira mieux alors, délivré du morne hébétement qui pèse maintenant sur son âme… !

Tout ce qu'il sait, c'est qu'il a d'un seul coup tout perdu et qu'il lui faut, tel un enfant, recommencer sa vie depuis le début ; car il ne peut plus s'appuyer sur un seul de ses souvenirs. Il faudrait d'abord qu'il arrache à chacun le masque qui lui a servi à le berner. Car il n'a rien vu, absolument rien ! Il a cru, il a fait confiance et, comme dans les comédies, c'est son meilleur ami qui l'a trompé… Si seulement c'eût été un autre, un autre que lui ! Il sait, pour l'avoir éprouvé lui-même, qu'il est des effervescences du sang dont les remous montent à peine jusqu'à l'âme et il lui semble qu'il pourrait pardonner à la morte une faute qu'*elle* aurait rapidement oubliée, commise avec quelqu'un qu'*il* n'aurait pas connu, un individu quelconque qui lui aurait au moins *été indifférent* — mais pas avec celui-ci qui lui avait été plus cher qu'aucun autre au monde, et à qui l'attachaient plus de liens qu'avec sa propre femme, qui, elle, ne l'avait jamais suivi sur les sentiers obscurs où s'aventurait son esprit et qui lui avait certes donné plaisir et agrément, mais jamais cette profonde joie de la compréhension totale. Et comment n'avait-il pas songé, lui qui avait toujours su que les femmes sont des êtres vides et faux, que son épouse était une femme comme les autres, vide, vouée au mensonge et au plaisir de la séduction ? Comment n'avait-il jamais pensé que son ami, quelle que fût par ailleurs l'élévation de son esprit, était un homme comme les autres dans ses relations avec les femmes, susceptible de succomber à l'ivresse d'un moment? Plus d'un mot inquiet, dans ses lettres enflammées et frémissantes, ne révélait-il pas que ce n'est qu'après un rude combat avec lui-même et maintes tentatives pour se détacher qu'il avait fini par adorer cette femme et connaître les tourments de la passion?... Et Richard s'inquiète presque de voir maintenant tout cela avec une telle lucidité, comme si un étranger, debout près de lui, le lui racontait. Pourtant, quelque envie qu'il en ait, il ne peut s'emporter — il *comprend* tout simplement la chose, comme il a toujours compris quand il s'agissait des autres. Et, en pensant à sa femme, qui repose là-haut dans la paix du cimetière, il sait aussi qu'il ne pourra jamais la haïr : toute sa puérile colère, dût-elle parvenir à franchir le mur blanc, retomberait sur sa tombe, les ailes brisées. Il aperçoit alors que plus d'une formule banale, plus d'une phrase qui se survit misérablement, révèle son éternelle vérité sous la lumière crue d'un semblable moment et il saisit soudain le sens profond d'une expression qui lui paraissait autrefois fade : la mort réconcilie. Il sait que s'il se trouvait maintenant, d'un seul coup, en présence de l'autre, il ne chercherait pas de mots accablants ou vengeurs : ceux-ci, en face de la majesté de la mort, lui apparaîtraient comme une ridicule fanfaronnade de la mesquinerie humaine. Non, il se contenterait de lui dire calmement : — Va, je ne te hais pas !

Il ne *peut* le haïr, il est trop lucide. Il voit si profondément dans l'âme d'autrui qu'il en est presque décontenancé. C'est comme s'il ne s'agissait plus du tout de sa propre expérience... il lui semble que seul le hasard a voulu que cette histoire lui soit arrivée précisément à lui, et le seul détail incompréhensible à ses yeux, c'est qu'il ne l'ait pas toujours su et... compris dès le début. Tout était si simple, allait tellement de soi et les causes n'étaient pas différentes de celles de mille cas semblables. Il se souvient de sa femme, telle qu'il l'avait connue dans les deux premières années de leur mariage, de cet être tendre et presque sauvage, qui était pour lui plus une maîtresse qu'une épouse. A-t-il vraiment cru que cet être en plein épanouissement et rempli de désir était devenu un autre parce qu'il avait, *lui*, glissé sans y penser dans la fatigue conjugale? A-t-il tenu ce feu pour brusquement éteint parce que *lui* n'en désirait plus la chaleur? Et devait-il s'étonner que ce fût précisément... *Celui-là* qui lui ait plu? Que de fois, assis en face de son jeune ami, dont les traits et la voix avaient conservé toute la fraîcheur et la douceur de l'adolescence en dépit de ses trente ans... que de fois ne s'était-il pas dit : En voici un qui doit sûrement plaire aux femmes!... Il lui revint aussi en mémoire que l'an dernier, au moment où… cela avait dû commencer, Hugo avait tout un temps espacé ses visites et que lui … en véritable mari, lui avait alors demandé : — Pourquoi ne viens-tu pas plus souvent nous voir?

Et il était parfois allé le chercher lui-même à la sortie de son bureau pour l'amener à la campagne et l'avait retenu par ses gronderies amicales lorsqu'il voulait partir. Et il n'avait jamais rien remarqué, jamais conçu le moindre soupçon. N'avait-il donc pas vu les regards qu'ils échangeaient, de leurs yeux humides et brûlants? N'avait-il pas perçu le tremblement de leur voix quand ils se parlaient? Ni su interpréter le silence lourd de peur qui planait parfois au-dessus d'eux, quand ils se promenaient dans les allées du jardin? Et n'avait-il pas remarqué, enfin, les fréquentes distractions de Hugo, ses sautes d'humeur et ses accès de tristesse depuis ces jours de l'été dernier où… cela avait commencé? Si, pourtant, il l'avait remarqué, et plus d'une fois il s'était même dit que des histoires de femmes devaient le tracasser… pour se réjouir ensuite, lorsqu'il pouvait entraîner son ami dans une conversation sérieuse et l'élever au-dessus de ces mesquines souffrances… Et en passant ainsi rapidement en revue toute l'année écoulée, ne prend-il pas soudain conscience que Hugo n'a jamais tout à fait retrouvé son ancienne gaieté et qu'il ne s'y était, pour sa part, habitué que peu à peu, comme à tout ce qui vient lentement pour ne plus s'en aller…

Un étrange sentiment surgit alors en lui, qu'il ose à peine concevoir au début : une profonde mansuétude… une grande pitié pour cet homme sur lequel une misérable passion s'est abattue comme une fatalité ; qui, en ce moment, souffre peut-être, non… il souffre certainement plus que lui, puisqu'il vient de perdre une femme qu'il aimait et va devoir affronter un ami qu'il a trompé.

Non, il ne peut le haïr ; car il l'aime encore. Il sait qu'il en serait autrement si… *elle* était encore de ce monde. *Son* existence et *son* sourire donneraient à cette faute l'apparence de l'importance. Tandis qu'à présent l'inexorable fin prive cette pitoyable aventure de tout ce qui pouvait lui donner un semblant de signification.

Un léger frémissement trouble le profond silence… des pas dans l'escalier… Il tend l'oreille, retenant son souffle, le cœur battant.

Dehors, on ouvre la porte.

Il lui semble un court instant que tout l'édifice intérieur qu'il vient de construire va s'écrouler ; mais la seconde d'après il s'est ressaisi… Et il sait comment il va l'accueillir à son entrée : « J'ai tout compris… reste ! »

Puis, une voix dehors — la voix de son ami.

Une idée lui traverse alors l'esprit : l'homme qui va entrer ne se doute de rien, il devra d'abord le lui dire lui-même…

Il a envie de se lever du canapé et d'aller fermer la porte… car il sent bien qu'il ne pourra pas dire un mot. Mais, incapable du moindre mouvement, il reste là comme paralysé. Il ne lui dira rien aujourd'hui, pas un mot… pas avant demain… demain…

Dehors quelqu'un chuchote… et Richard entend la question posée à voix basse : — Est-il seul ?

Il ne dira rien aujourd'hui, pas un mot… demain seulement… ou plus tard.

La porte s'ouvre, son ami se tient devant lui. Très pâle, il reste un moment sur le seuil, comme s'il devait se recueillir, puis il s'élance vers Richard, s'assied à côté de lui sur le canapé, prend ses mains dans les siennes et les serre… il veut parler, mais la voix lui manque.

Richard le regarde fixement, sans retirer ses mains. Et ils restent assis l'un à côté de l'autre, en silence.

— Mon pauvre ami ! dit enfin Hugo tout doucement.

Richard hoche simplement la tête, ne pouvant parler. S'il y parvenait, ce ne pourrait être que pour lui dire : Je sais tout…

Au bout de quelques secondes, Hugo reprend : — J'aurais voulu être là ce matin, mais je n'ai trouvé ton télégramme qu'en rentrant, tard dans la soirée.

— C'est ce que j'ai pensé, répond Richard en s'étonnant de parler d'une voix si claire et si calme. Son regard plonge dans les yeux de l'autre… et il songe brusquement que les lettres… sont toujours là-bas sur le piano. Il suffit qu'Hugo se lève et fasse quelques pas pour qu'il les voie… et sache tout. Richard saisit alors machinalement les mains de son ami — non, il ne faut pas ! C'est *lui* que cette idée fait trembler.

Puis Hugo se remet à parler. Avec discrétion et délicatesse, en évitant de prononcer le nom de la morte, il s'enquiert de sa maladie et des circonstances de sa fin. Et Richard lui répond. Il est d'abord surpris d'en être capable et de trouver les mots ordinaires et atroces pour exprimer toute la tristesse des derniers jours. Son regard effleure par moments le visage de l'ami qui l'écoute, pâle et les lèvres tremblantes.

Lorsque Richard se tait, l'autre secoue la tête comme s'il venait d'entendre quelque chose d'incompréhensible, d'impossible, et dit :

— J'ai trouvé affreux de ne pouvoir être auprès de toi aujourd'hui… on aurait dit une fatalité.

L'air interrogateur, Richard le regarde.

— Ce jour-là, à cette heure précise… nous étions en mer.

— Oui, oui…

— Ah, les pressentiments n'existent pas! Nous avons mis la voile, le vent était favorable et nous de si bonne humeur… C'est horrible, horrible!

Richard se tait.

— Tu ne vas pas rester ici, maintenant, n'est-ce pas?

Richard lève la tête et le regarde. Pourquoi?

— Non, non, il ne faut pas!

— Où veux-tu que j'aille?… Je pensais que tu resterais auprès de moi… Et il a brusquement peur qu'Hugo reparte sans savoir ce qui s'est passé.

— Non, répond l'ami, je t'emmène, tu pars avec moi!

— Moi, avec toi?

— Oui… et Hugo dit ce «oui» avec un doux sourire.

— Et où vas-tu?

— Je retourne là-bas…

— Au bord de la mer du Nord?

— Oui, avec toi. Ça te fera du bien. Non, je ne vais pas te laisser ici!… Et, l'attirant à lui comme pour l'étreindre… Il faut que tu viennes chez nous!…

— Chez vous…?

— Oui.

— Que veut dire ce «chez nous»? Tu n'es pas seul?

Gêné, Hugo sourit : — Si, bien sûr, je suis seul…

— Mais tu disais «nous»…

Hugo hésite un instant, puis déclare : — Je ne voulais pas te l'annoncer tout de suite…

— Quoi?…

— La vie est tellement bizarre… je me suis fiancé!

Richard le regarde, l'œil fixe…

— Voilà pourquoi je disais «chez nous»… et pourquoi je retourne à la mer du Nord… Et il faut que tu viennes avec moi… D'accord? Et il le regarde en face de ses yeux clairs.

Richard sourit : — Un climat bien dangereux, la mer du Nord.

— Pourquoi?

— Si vite, si vite…! Et il secoue la tête.

— Non, mon cher, réplique l'autre, vite n'est pas le mot. C'est même une vieille histoire.

Richard, sans cesser de sourire : — Comment cela… une vieille histoire?

— Oui.

— Tu connais ta fiancée depuis longtemps?...

— Oui, depuis cet hiver.

— Et tu l'aimes...?

— Depuis que je la connais, répond Hugo en regardant devant lui comme à l'évocation de charmants souvenirs.

Richard se lève alors, d'un mouvement si brusque que Hugo sursaute et lève la tête vers lui. Il voit deux grands yeux inconnus, dans un visage pâle et tourmenté dont il reconnaît à peine les traits, et qui sont posés sur lui. Comme il se lève à son tour, saisi de peur, il entend ces mots brefs, comme proférés entre des dents serrées par une voix lointaine et étrangère : «Je sais tout!» Puis deux mains saisissent les siennes et l'entraînent près du piano avec tant de violence que le chandelier vacille sur son pied. Le lâchant enfin et glissant les deux mains sous les lettres en tas sur le couvercle noir, Richard s'en saisit et les fait voler dans tous les sens...

— Canaille! hurle-t-il, puis il lui jette les feuilles à la figure.

Traduction révisée par Brigitte Vergne-Cain et Gérard Rudent.

LE DERNIER ADIEU

On dit que le succès appelle le succès : après le contrat signé en juin 1895 avec Samuel Fischer, Arthur Schnitzler est en effet entré dans une très bonne période. Mais sa vie sentimentale demeure fort compliquée, entre Mizi I, Mizi II et Dilly (voir la notice sur Les Comédiennes, *p. 350). Il pleure souvent en écrivant à Mizi I. À lire son* Journal, *on a d'ailleurs l'impression que pour lui les pleurs font partie de l'amour authentique : pleurs de dépit, pleurs d'apitoiement mutuel et réciproque, pleurs de joie, pleurs cathartiques — c'est le signe qu'on a pu conserver le « cœur pur ». Schnitzler semble trouver dans les pleurs d'amour comme une purification, et faire alors l'expérience paradoxale de l'innocence. Dans ses œuvres, les amants les plus sincères sont, dans le meilleur des cas, en proie à l'alternative cruelle de vivre dans la dépendance obsessionnelle ou de choisir la voie de l'égoïsme fondamental.*

Ein Abschied *présente cette situation comme si on l'observait « derrière un judas ». Ce mot apparaît à plusieurs reprises dans le récit ; il est repris dans l'étrange compliment que Max Burckhard, le directeur du Burgtheater, adresse à Schnitzler par un beau jour de printemps (le 24 mars 1896) devant son théâtre : « J'ai eu l'impression, en l'entendant, que vous étiez debout derrière le judas. » Car des lectures publiques (ou dans des salons privés), faites par de grands comédiens, sont désormais organisées à Berlin comme à Vienne pour les œuvres de Schnitzler ; se succèdent notamment dans ce rôle de* Rezitator : *Salzer, Jarno, Kainz,*

Tressler. Ce sont des « événements », très germaniques, car là-bas les grands textes sont aussi pour l'oreille...

L'Historiette, *comme la désigne Schnitzler, avait été commencée en août 1895. Il la travaille en même temps que* La Femme du Sage. *Et le dimanche 15 décembre, il peut lire les deux récits à Marie Reinhard (Mizi II). Le 15 janvier suivant, il note avec satisfaction qu'il a trouvé chez lui les tantièmes du Burgtheater, et l'acceptation d'*Un adieu *par Oskar Bie, le rédacteur en chef de la* Neue Deutsche Rundschau. *La première publication eut donc lieu dans le numéro de février 1896 ; le récit figura ensuite, dès 1897, dans une anthologie intitulée* Chefs-d'œuvre de la nouvelle contemporaine (Meisterwerke der zeitgenössischen Novellistik, *Hg. Schmidt, Leipzig), puis en 1898, chez Fischer, dans le recueil intitulé* La Femme d'un Sage.

Dans son Journal, *en août 1895, Schnitzler désigne « provisoirement » le récit comme « Celui qui attend » (Der Wartende) ; mais dès le mois de décembre, il adopte* Un adieu (Ein Abschied — *et non* Un dernier adieu, *qui serait* Der letzte Abschied, *une formule plus convenue). Qui ne voit combien le titre qu'il choisit est supérieur, avec cette hésitation entre fantastique et réalisme, comme s'il s'agissait vraiment d'un signe de l'au-delà...*

Notons aussi que le cas médical de l'encéphalite typhique qui en quelques jours emporte Anna (prénom d'ailleurs très présent dans les récits de Schnitzler) est d'un intérêt secondaire par rapport à la description des obsessions, des hallucinations auditives et visuelles d'Albert, par rapport à sa torture morale...

Il attendait déjà depuis une heure. Son cœur battait et il avait par moments l'impression d'avoir oublié de respirer ; alors il aspirait l'air à longs traits, mais sans ressentir aucun soulagement. Bien sûr, il aurait dû être habitué, c'était toujours la même chose : il devait attendre… une, deux ou trois heures, et bien souvent en vain. Et il ne pouvait même pas le lui reprocher, car elle n'osait pas sortir quand son mari s'attardait à la maison. Dès qu'il était parti, elle se précipitait chez lui et, tout à fait désolée, l'embrassait en hâte, avant de dégringoler aussitôt les escaliers, le laissant à nouveau seul. Après son départ, il allait d'ordinaire s'étendre sur le divan, brisé par l'énervement de cette horrible attente qui lui rendait tout travail impossible et le minait lentement. Voici maintenant trois mois, depuis la fin du printemps, que tous les après-midi à partir de trois heures, il l'attendait dans sa chambre aux stores baissés, incapable d'entreprendre quoi que ce soit ; trop impatient pour lire un livre ou même un journal, hors d'état d'écrire une lettre, il ne parvenait qu'à fumer cigarette sur cigarette, emplissant peu à peu la pièce d'une fumée grise et bleue. Il laissait toujours ouverte la porte donnant sur l'entrée ; et il était seul dans l'appartement, car elle ne voulait pas que le domestique fût là quand elle devait venir ; le moindre coup de sonnette l'effrayait et le faisait sursauter. Mais qu'importe, tout était bien si seulement c'était *elle* enfin, vraiment elle ! Alors, comme délivré d'un envoûtement, il lui semblait redevenir un être humain et il lui arrivait de pleurer de bonheur rien qu'à la voir enfin et à ne plus devoir attendre. Il l'entraînait bien vite dans la chambre, fermait la porte à clef et ils connaissaient une intense félicité.

Ils étaient convenus qu'il resterait tous les jours chez lui jusqu'à sept heures du soir — après quoi, il était *hors de question* qu'elle vînt —, et il lui avait expressément dit qu'il s'en irait toujours à sept heures, l'attente le rendant trop nerveux. Il restait néanmoins toujours plus longtemps chez lui et ne sortait généralement pas avant huit heures… Dans la rue, il frémissait en pensant aux heures écoulées et se rappelait avec mélancolie l'été précédent où, comme il disposait librement de son temps, il avait souvent passé de beaux après-midi à la campagne, et était parti dès le mois d'août pour le bord de mer, avait été heureux et en bonne santé… et il songeait avec nostalgie à la liberté, aux voyages, à des horizons nouveaux et à la solitude, mais il ne pouvait pas la quitter ; car il l'adorait.

Aujourd'hui, c'était pire que jamais, lui semblait-il. Hier, elle n'était pas venue et ne lui avait fait parvenir non plus aucune nouvelle… Il était maintenant près de sept heures mais aujourd'hui, il n'arrivait pas à se calmer. Il ne savait pas ce qu'il devait faire. Le plus terrible, c'est qu'il n'avait aucun moyen de la joindre. Sa seule ressource était d'aller devant chez elle et de faire les cent pas sous ses fenêtres, mais il ne pouvait monter ni lui envoyer quelqu'un ou demander lui-même de ses nouvelles. Car personne ne soupçonnait seulement qu'ils se connaissaient. Vivant dans l'inquiétude et la peur d'une tendresse passionnée, ils auraient à chaque instant craint de se trahir devant les autres. Pour sa part il appréciait que leur liaison se prolongeât dans le secret le plus complet ; mais des journées comme celle-là ne lui en étaient que plus insupportables.

Il était maintenant huit heures… et elle n'était pas venue. Il avait passé cette dernière heure près de la porte, scrutant sans cesse le palier à travers le judas. Les lampes à gaz venaient de s'allumer dans l'escalier. Il retourna dans sa chambre et se jeta sur son canapé, harassé. Il faisait tout à fait sombre dans la pièce et il s'assoupit. Une demi-heure plus tard, il se leva et décida de sortir. Il avait mal à la tête et les jambes douloureuses comme après des heures de marche.

Il prit la direction de chez elle. Et ce lui fut une sorte de soulagement de voir les stores baissés à toutes les fenêtres. De la lumière filtrait à travers ceux de la salle à manger et de la chambre à coucher… Pendant une demi-heure, il fit les cent pas sur le trottoir opposé, sans quitter les fenêtres des yeux. Il y avait peu de monde dans la rue. Il ne s'éloigna qu'en voyant quelques femmes de chambre et la concierge apparaître devant la porte d'entrée, afin de ne pas attirer l'attention. Il dormit cette nuit-là d'un sommeil calme et profond.

Le matin suivant il fit la grasse matinée ; il avait laissé dans le vestibule un mot demandant qu'on ne l'éveillât pas. À dix heures, il sonna. Le domestique lui apporta son déjeuner, avec le courrier posé sur la sous-tasse… Il n'y avait aucune lettre d'*elle*. Mais il se dit aussitôt qu'elle n'en viendrait que plus sûrement dans l'après-midi et jusqu'à trois heures il fut assez calme.

À trois heures précises et pas une minute plus tôt, il revint chez lui après avoir déjeuné. Il s'assit sur une chaise dans l'entrée, pour ne pas devoir courir d'une pièce à l'autre chaque fois qu'il entendrait du bruit dans la cage d'escalier. Son cœur bondissait de joie en percevant le moindre pas dans le hall d'entrée, en bas, car c'était chaque fois une nouvelle bouffée d'espoir. Mais toujours en pure perte. Il fut quatre… cinq… six… sept heures — elle ne vint pas. Il se mit alors à arpenter sa chambre dans tous les sens en gémissant doucement, jusqu'à ce que la tête lui tourne et qu'il se jette sur son lit. Cette attente l'avait complètement désespéré : c'était insupportable… Le mieux c'était de partir, de partir loin… il payait trop cher son bonheur… Ou bien il fallait qu'il trouve un nouvel arrangement, par exemple ne plus attendre qu'*une* heure ou deux… mais ça ne pouvait pas durer ainsi, car son énergie, sa santé et en fin de compte son amour aussi, tout allait à la ruine. Il s'aperçut qu'il ne pensait plus du tout à *elle* et que ses pensées tournaient en rond comme dans un rêve incohérent. Il sauta à bas du lit. Et ouvrit précipitamment la fenêtre, dirigea ses regards vers la rue, dans le crépuscule… Ah… là !… là-bas, au coin… il croyait la reconnaître dans chaque passante. Il s'éloigna de la fenêtre ; non, elle ne pouvait plus venir puisque l'heure était passée maintenant. Et soudain, il lui parut incroyablement stupide d'avoir fixé ces quelques heures seulement à son attente… peut-être était-elle libre maintenant… peut-être aurait-elle pu venir ce matin… et il eut déjà sur les lèvres la phrase qu'il allait lui dire, il la murmurait : — Dorénavant, je t'attendrai chez moi toute la journée… du matin au soir et jusque dans la nuit ! Mais à peine l'eut-il prononcée qu'il se prit à rire et dit tout bas : — Je deviens fou, fou, complètement fou !

Puis il se précipita à nouveau chez elle… Tout était comme la veille. La lumière filtrait à travers les stores baissés et une nouvelle fois il fit les cent pas pendant une demi-heure sur le trottoir opposé… une nouvelle fois, il s'éloigna en voyant apparaître la concierge et des femmes de chambre devant la porte cochère. Il lui sembla ce soir qu'elles le regardaient et il était persuadé qu'elles parlaient de lui, disant : — C'est celui qui est venu hier à la même heure et qui a fait les cent pas de l'autre côté! Il alla errer dans les rues avoisinantes, mais lorsque dix heures sonnèrent et que l'on commença de fermer les portes, il revint sur ses pas et s'arrêta devant la maison, fixant les fenêtres du premier étage. Seule la dernière, celle de la chambre à coucher, laissait filtrer un rayon de lumière. Et il ne pouvait détacher son regard, comme fasciné... Il restait là, désemparé, ne pouvant rien faire ni rien demander... Il songea en frémissant aux heures qui l'attendaient — une nuit, un matin, puis à nouveau une journée jusqu'à trois heures de l'après-midi... Oui, jusqu'à trois heures... mais si elle ne venait pas une fois de plus?... Un fiacre vide passait, il fit signe au cocher et se fit lentement transporter au hasard dans les rues noires... Il se souvint de leur dernier rendez-vous... non, non, elle n'avait pas cessé de l'aimer... non, certainement pas!... À moins qu'on n'ait conçu quelque soupçon chez elle?... Non, c'était impossible... il n'y en avait pas eu la moindre trace jusqu'ici... et elle était si prudente!... Il ne pouvait y avoir qu'une raison : elle était souffrante, elle s'était alitée. Voilà pourquoi elle n'avait même pas pu lui faire parvenir de nouvelles... Elle se lèverait demain et son premier souci serait de lui envoyer quelques lignes pour le rassurer... Oui, mais si elle ne pouvait quitter le lit que dans deux ou trois jours, ou encore plus tard... si elle était gravement malade... grand Dieu!... si elle était très sérieusement malade?... Mais non, mais non, mais non... pourquoi l'imaginer aussitôt gravement malade!...

Une idée lui vint alors, qui lui parut susceptible de mettre fin à son tourment : puisque sans doute elle était malade, il pouvait faire prendre de ses nouvelles demain! Le messager n'avait pas besoin de savoir qui l'avait envoyé — il pouvait avoir mal compris le nom... Oui, oui, c'était la solution!... Et il était tout heureux d'avoir eu cette idée.

Il fut donc plus calme la nuit et le matin suivant, bien qu'il n'eût pas reçu de nouvelles, et il passa même l'après-midi en étant moins agité que d'habitude... sachant que son incertitude prendrait fin le soir même. Il pensait nostalgiquement à elle, avec plus d'amour et de tendresse que pendant les derniers jours.

À huit heures il sortit. À un coin de rue assez éloigné de chez lui, il engagea un commissionnaire qui ne le connaissait pas et lui fit signe de le suivre. Puis il s'arrêta à proximité de chez elle, où il lui donna des instructions précises et insistantes.

Il consulta sa montre à la lumière d'un réverbère, puis se mit à marcher de long en large. Mais aussitôt une idée lui traversa l'esprit : si le mari, ayant malgré tout conçu quelque soupçon, questionnait son messager et se faisait conduire jusqu'ici ? Il se lança alors à la poursuite de ce dernier puis, ralentissant le pas, le suivit à quelque distance. Enfin il le vit disparaître dans la maison. Comme Albert était très loin de la porte d'entrée, il ne la quitta pas des yeux, le regard tendu… Trois minutes plus tard, le commissionnaire reparut… Albert attendit quelques secondes, pour s'assurer que son homme n'était pas suivi ; personne ne vint. Alors il se précipita à sa rencontre : « Eh bien, quelles nouvelles ? demanda-t-il. — Monsieur m'a chargé de vous faire ses meilleurs compliments ; quant à Madame, elle ne va pas encore mieux et ne pourra pas se lever avant quelques jours.

— À qui avez-vous parlé ?

— À une bonne ; elle est entrée dans la chambre et ressortie tout de suite, je crois que le docteur était là…

— Et que vous a-t-elle dit ? » Il se fit répéter plusieurs fois le message et s'aperçut finalement qu'il en savait à peine plus qu'avant. Elle était sans doute gravement malade et l'on prenait manifestement de ses nouvelles de différents côtés, puisque personne ne s'était étonné de la venue de son commissionnaire… Il pouvait toutefois se montrer d'autant plus audacieux — et il donna rendez-vous à l'homme le lendemain à la même heure…

Elle ne se lèverait que dans quelques jours — voilà tout ce qu'il savait… Pensait-elle à lui, pouvait-elle imaginer combien il s'inquiétait à son sujet… ? Il ignorait tout…

Peut-être avait-elle deviné que c'était *lui* qui avait fait prendre de ses nouvelles ?… Monsieur m'a chargé de vous faire ses compliments… c'était donc *lui* qui répondait et non pas elle ; peut-être ne pouvait-on même pas le lui faire dire… ? Oui, et qu'avait-elle ? Les noms de cent maladies se présentèrent simultanément à son esprit… Bon, ça ne pouvait être grave, puisqu'elle se lèverait dans quelques jours… Mais n'était-ce pas ce que l'on disait toujours, ce que l'on avait aussi répondu aux gens lorsque son propre père agonisait ?… Il s'aperçut qu'il s'était mis à courir, en se retrouvant dans une rue plus animée où les nombreux passants le gênaient. Il comprit que le temps jusqu'au lendemain soir lui semblerait une éternité.

Au fil des heures, il s'étonna à maintes reprises de ne pouvoir croire à la gravité de la maladie de sa maîtresse. Mais aussitôt son sang-froid lui paraissait coupable… Cet après-midi-là, pour la première fois depuis longtemps, il put lire pendant quelques heures, comme s'il n'avait eu rien à craindre ni à espérer…

Le soir, quand Albert arriva, le commissionnaire l'attendait déjà au coin de la rue… Outre la consigne de la veille, il reçut aussi mission d'essayer d'entrer en conversation avec la femme de chambre pour apprendre quelle était la maladie dont souffrait madame… L'homme fut plus long à revenir que la veille, et Albert commençait à s'inquiéter. Il s'écoula presque un quart d'heure avant qu'il ne le vît ressortir ; Albert courut au-devant de lui…

— Il paraît que Madame ne va pas bien du tout…

— Comment ? cria Albert.

— Il paraît que Madame ne va pas bien du tout, répéta l'autre.

— Avec qui avez-vous parlé ? Que vous a-t-on dit ?…

— La femme de chambre m'a dit que c'était très grave… Trois docteurs sont déjà venus aujourd'hui et il paraît que monsieur est tout à fait désespéré.

— Continuez… Continuez… Qu'a-t-elle ? Vous ne l'avez pas demandé ? Je vous avais pourtant…

— Mais si !… C'est une encéphalite typhique, paraît-il, et madame n'a plus sa connaissance depuis deux jours.

Albert s'arrêta, regardant l'homme d'un air absent… Puis il demanda :

— C'est tout ce que vous avez appris ?

L'autre lui débita encore une fois son histoire depuis le début et Albert l'écouta comme si chacune de ses paroles lui eût apporté un nouveau détail. Puis il le paya et retourna tout droit devant chez sa maîtresse. Maintenant, il pouvait rester là sans être inquiété… qui se souciait de lui, là-haut ? Il fixait des yeux la fenêtre de la chambre, il aurait voulu pouvoir traverser du regard les vitres et les rideaux. Une chambre de malade… mais oui… bien sûr ! Seule la maladie, une grave maladie pouvait se cacher derrière ces fenêtres silencieuses !… comment ne l'avait-il pas compris dès le premier soir, alors qu'il voyait si bien aujourd'hui qu'il ne pouvait en être autrement ?… Une voiture arrivait. Albert traversa la rue en hâte, et il vit un monsieur, qui devait être le médecin, en descendre puis disparaître dans la porte d'entrée. Albert se posta tout près pour attendre sa sortie, espérant vaguement pouvoir lire une indication quelconque sur son visage… Il resta quelques minutes sans bouger, puis il sentit le sol osciller lentement avec lui. Alors il se rendit compte que ses yeux s'étaient fermés ; et en les rouvrant, il eut l'impression d'être demeuré là pendant des heures à rêver et de se réveiller maintenant tout ragaillardi. Il voulait bien croire qu'elle était gravement malade, mais que sa vie fût en danger, non... un être si beau, si jeune et si ardemment aimé!... Soudain les mots «encéphalite typhique» lui revinrent en mémoire... Il ne savait pas bien ce que c'était au juste. Il se rappelait seulement l'avoir lu quelquefois, imprimé sur des avis de décès... Et il se représenta celui de son amie : le nom, l'âge et les mots «morte d'une encéphalite typhique le 20 août...»... C'était impossible, tout à fait impossible... d'autant plus impossible, maintenant qu'il venait de se le représenter... ce serait véritablement trop extraordinaire de voir, dans quelques jours, ces mots imprimés noir sur blanc!... Et il crut vraiment avoir dupé le destin... Le médecin reparut sous le porche. Albert qui l'avait presque oublié... sentit sa respiration s'arrêter. Il le vit donner, l'air impassible et grave, une adresse au cocher et monter dans la voiture, qui démarra... Pourquoi ne l'ai-je donc pas interrogé? se demanda Albert... mais il se réjouit aussitôt de ne pas l'avoir fait : il aurait peut-être appris de très mauvaises nouvelles. Tandis que l'incertitude lui permettait d'espérer encore... Et il s'éloigna lentement, se promettant de ne revenir que dans une heure... Soudain, il l'imagina lui faisant sa première visite après sa guérison... Il fut étonné de la netteté de sa vision. Il savait même que ce serait une journée grise, où tomberait une pluie fine et serrée. Elle avait un manteau qui lui glissait des épaules dès qu'elle arrivait dans le vestibule, elle se précipitait dans ses bras, et elle pleurait, pleurait sans pouvoir s'arrêter... Elle murmurait enfin... me voici revenue... je suis là, je suis à toi comme avant! Brusquement, Albert tressaillit... prenant conscience que cette scène n'aurait jamais, jamais lieu... Maintenant c'était le destin qui l'avait dupé!... Elle ne retournerait jamais plus chez lui... elle y était venue pour la dernière fois voilà cinq jours et il l'avait laissée partir pour toujours, sans le savoir...

Il alla marcher de nouveau par les rues et les pensées se succédaient si rapidement dans sa tête qu'il souhaita perdre conscience. C'est ainsi qu'il se retrouva à nouveau devant chez elle... La porte cochère était encore ouverte, et là-haut la salle à manger et la chambre à coucher étaient éclairées... Albert s'enfuit en courant. Il savait que s'il restait là un instant de plus, il n'aurait pu s'empêcher de se précipiter dans l'escalier et de monter chez elle... à son chevet... près de sa bien-aimée... Et, à son habitude, il lui fallut se représenter la scène jusqu'au bout : le mari, ayant d'un seul coup tout compris, accourait au chevet de la malade, inerte dans son lit, et se mettait à la secouer en lui criant dans l'oreille : — Ton amant est là ! Ton amant est là !... Mais elle était morte, déjà...

... Il eut toute la nuit des cauchemars et se réveilla le lendemain, accablé de fatigue. Il envoya dès onze heures prendre des nouvelles ; il n'avait plus besoin de s'inquiéter, car qui se souciait encore de ceux qui venaient s'enquérir ! La réponse fut laconique : État stationnaire... Il passa l'après-midi chez lui, étendu sur son divan, dans un état de torpeur incompréhensible : tout lui était totalement indifférent et il se disait que, malgré tout, il était bon d'être aussi fatigué... Il dormit beaucoup. Mais le soir venu, il se leva d'un bond, pris d'une sorte d'étonnement comme s'il avait retrouvé sa lucidité pour la première fois depuis le début de cette période de confusion complète. Un immense désir de certitude avait pris possession de lui : il fallait absolument qu'il parle aujourd'hui au médecin... Il se rendit rapidement devant chez elle. La concierge était devant la porte. Il l'aborda et, surpris lui-même de son propre calme, lui demanda sur un ton anodin : — Comment va madame... ? La concierge lui répondit : — Oh, elle va très mal... elle ne s'en relèvera pas...

— Ah ! fit Albert, très courtois, et il ajouta : Que c'est triste !

— Je comprends que c'est triste, reprit la concierge en rentrant sous le porche, une aussi belle jeune femme !...

Albert la suivit des yeux... Elle ne s'est aperçue de rien, se dit-il, et, au même instant, l'idée lui vint qu'il pourrait peut-être se risquer à monter dans l'appartement, puisqu'il savait si bien dissimuler... Mais la voiture du médecin arrivait. Albert le salua lorsqu'il en descendit et on lui rendit poliment son salut. Il ne put que s'en féliciter... connaissance était faite et il pourrait le questionner, tout à l'heure, lorsqu'il redescendrait...

Il attendit sans broncher, soulagé de savoir le médecin près d'elle. Celui-ci mit longtemps à reparaître... Il y avait sûrement encore quelque espoir de la sauver, sinon il ne resterait pas aussi longtemps là-haut. Ou bien l'agonie aurait-elle commencé... Ou bien... Ah, assez, assez, assez !... Il devait chasser toutes ces pensées... qui étaient bien inutiles... puisque tout était possible... Soudain, il crut entendre le docteur parler... et même distinguer les mots : — C'est la crise ! Machinalement, il leva les yeux vers la fenêtre qui était fermée au premier étage. Il se demanda s'il n'était pas possible, en certaines circonstances, dans le cas par exemple d'une sensibilité enfiévrée et par conséquent aiguisée, de percevoir les paroles de quelqu'un à travers des volets clos ? Car il avait bien *entendu* ces mots, il ne les avait pas imaginés, mais véritablement entendu prononcer... Cependant, au même instant, le médecin sortit. Albert fit un pas vers lui et le médecin, le prenant sans doute pour un parent de la malade et lisant dans ses yeux une question muette, secoua tristement la tête. Refusant de comprendre, Albert commença : — Puis-je vous demander, docteur, comment... ? Un pied sur le marchepied du fiacre, l'autre hocha une nouvelle fois la tête et dit : — Très mal... puis, regardant le jeune homme : — Vous êtes le frère, n'est-ce pas ? — Oui, dit Albert... Le médecin lui adressa alors un regard plein de compassion. Puis, ayant pris place dans le fiacre, lui fit un signe d'adieu et partit.

Le cœur serré, Albert suivit la voiture des yeux, comme si son dernier espoir disparaissait avec elle. Alors il s'en alla. Il monologuait à voix basse, proférant en claquant des dents des phrases décousues et presque dépourvues de sens : — Eh bien, qu'allons-nous faire aujourd'hui ?... Trop tard pour une excursion, trop tard. Il est trop tard, trop tard... Oui, je suis triste ! Suis-je triste ? Suis-je triste à mourir ? Non, je me promène, je ne ressens rien, rien du tout. Je pourrais aller au théâtre, oui, ou faire une excursion... Oh non, ce n'est pas vrai... c'est du délire, parce que je suis tellement ému. Oui... je suis ému, et bouleversé ! C'est un grand moment, il ne faut pas que je l'oublie ! Comprendre exactement quelque chose et ne rien ressentir... rien... rien !... Il frissonna... — Rentrons, rentrons ! J'ai certainement déjà vécu une situation semblable... mais quand ? quand ?... Peut-être une fois en rêve ?... Ou bien est-ce maintenant que je rêve... ? Oui, je vais rentrer chez moi comme tous les soirs, comme si rien ne s'était passé, comme s'il ne s'était pas passé la moindre chose... Mais qu'est-ce que j'essaie de me faire croire ? Jamais je ne pourrai rester chez moi, je me lèverai au milieu de la nuit pour courir jusque chez ma bien-aimée, ma bien-aimée qui se meurt... Et ses dents s'entrechoquaient...

Il se retrouva brusquement dans sa chambre, sans pouvoir se rappeler comment il y était parvenu. Il alluma la lumière et s'assit sur le canapé. — Je sais ce qui se passe, se dit-il : la douleur frappe à ma porte et je ne la laisse pas entrer. Je sais cependant qu'elle est là, dehors, je la vois par le judas... — Ah, sottises ! effroyables sottises !... Donc, ma bien-aimée va mourir... oui, c'est ça, c'est ça ! Ou bien ne suis-je si calme que parce que j'ai encore quelque espoir ? Non, je le sais pertinemment. Ah, et ce médecin qui m'a pris pour son frère ! Et si je lui avais répondu : Non, je suis son amant ! ou bien : Je suis son Céladon. Je suis son Céladon au désespoir...

— Dieu du ciel, s'écria-t-il tout à coup en se levant d'un bond et en parcourant sa chambre à grands pas précipités... Je lui ai ouvert ! La douleur est entrée !... Anna, Anna, ma douce, mon unique, Anna ma bien-aimée…! Dire que je ne puis être auprès de toi! Moi qui suis justement le seul qui ne devrait pas être séparé de toi!… Peut-être n'a-t-elle même pas perdu connaissance! Que sait-on de ces choses? Peut-être veut-elle me voir… et je ne peux pas y aller… je n'ai pas le droit d'y aller! Ou bien peut-être dira-t-elle dans un murmure, en rejetant au moment suprême les scrupules terrestres : Appelez-le… je veux le voir encore une fois… Que fera-t-il alors, *lui*…?

Et, un moment après, toute la scène se déroulait devant ses yeux. Il grimpait en hâte l'escalier, le mari le recevait et le conduisait lui-même au chevet de la moribonde, qui lui souriait de ses yeux déjà à moitié éteints… il se penchait sur elle, elle le tenait embrassé et… lorsqu'il se relevait, elle avait rendu le dernier soupir… Le mari intervenait alors et lui disait : Et maintenant sortez, monsieur, nous aurons bientôt l'occasion de nous parler plus longuement… Mais la vie ne va pas ainsi, non… C'était pourtant la plus belle chose, la plus belle qu'il pût imaginer : la revoir une fois encore et sentir une fois encore qu'elle l'aimait!… Il fallait qu'il la revoie, d'une manière ou d'une autre… non, pour l'amour du ciel, il ne pouvait pas la laisser mourir sans l'avoir revue. Ce serait trop horrible! Jamais il ne s'était imaginé… Oui, mais comment faire? Il était près de minuit! Sous quel prétexte puis-je monter chez elle maintenant, se demanda-t-il. Mais ai-je seulement besoin d'un prétexte… maintenant que la mort… Mais, même si elle… meurt… ai-je le droit de trahir *son* secret, de souiller sa mémoire auprès de son mari, de sa famille…? … Je pourrais aussi simuler la folie… Ah! ne suis-je pas un excellent simulateur? … Mon Dieu… voilà encore une invention de cabotin!… Et pourtant, si l'on jouait bien le rôle et se retrouvait aussitôt enfermé pour le restant de sa vie dans un asile… Ou si elle guérissait et déclarait alors que je suis un dément qu'elle ne connaît pas, qu'elle n'a jamais vu…? … Oh, ma tête, ma tête!… Il se jeta sur son lit et prit peu à peu conscience de la nuit et du silence autour de lui… — Réfléchissons calmement, se dit-il. Une chose est sûre… de toute façon… je veux la voir encore une fois.

Et le tourbillon de ses pensées le reprit; il se vit chez elle, montant les marches de l'escalier sous cent déguisements différents : assistant du docteur, aide-pharmacien, domestique, employé des pompes funèbres, mendiant… et c'est finalement en qualité d'embaumeur qu'il passait la nuit assis au chevet de cette morte qu'il était censé ne pas connaître, et il l'enveloppait dans un linceul et l'étendait dans son cercueil…

Il se réveilla à l'aube. La fenêtre était restée ouverte et il frissonna, bien qu'il se fût couché tout habillé, car une pluie légère s'était mise à tomber et des gouttes, poussées par le vent, pénétraient dans la chambre…

— Déjà l'automne, se dit Albert… Puis il se redressa et consulta sa montre. — J'ai tout de même dormi cinq heures… Pendant ce temps… bien des choses ont pu se passer… Et un nouveau frisson le parcourut… — C'est curieux, tout d'un coup je sais très bien ce qu'il faut que je fasse ! Je vais aller jusque devant chez elle, relever mon col et… aller demander… moi-même…

Il se versa un verre de cognac et le vida d'un trait. Puis il s'approcha de la fenêtre. — Quelle triste mine ont les rues ! Il est encore très tôt… et tous ces gens, qui ont déjà de quoi faire à sept heures du matin… Oui, aujourd'hui, je suis comme eux — quelqu'un qui a déjà de quoi faire à sept heures du matin… Le docteur a dit hier : « Elle va très mal »… Mais cela n'a jamais fait mourir personne… Pourtant, j'ai sans arrêt eu l'impression, hier, qu'elle était déjà… allons, en route !… Il enfila son pardessus, prit un parapluie et passa dans l'entrée. Son domestique le regarda d'un air étonné. — Je n'en ai pas pour longtemps, lui dit-il et il sortit…

Il allait à petits pas, sans se presser ; au fond, l'idée de devoir monter là-haut lui était très désagréable. Qu'allait-il bien pouvoir dire ?

Il se rapprochait cependant et, parvenu dans sa rue, il aperçut de loin la maison. Il eut l'impression de ne pas la connaître. C'est vrai qu'il ne l'avait encore jamais vue à cette heure. Comme la pluie matinale répandait sur la ville une étrange lumière blafarde. Oui, voilà un vrai jour pour mourir… Si Anna lui avait dit adieu la dernière fois qu'elle était venue, peut-être l'eût-il déjà oubliée. Oui, sûrement… car cette dernière visite, de manière très insolite, lui paraissait tellement lointaine… Incroyable comme une matinée pluvieuse pouvait fausser votre notion du temps !… Ah, mon Dieu !… Albert était si fatigué, si distrait… qu'il faillit passer devant la maison sans s'en apercevoir.

La porte cochère était ouverte et un jeune garçon en sortait, portant des bidons de lait. Albert s'engagea très calmement sous la voûte… soudain, alors qu'il s'apprêtait à gravir les premières marches de l'escalier, il prit pleinement conscience, en un éclair, non seulement de tout ce qui s'était passé jusqu'alors mais encore de ce qui se passait maintenant et de ce qui l'attendait en haut. Il eut l'impression d'être venu jusque-là dans un demi-sommeil et de se réveiller en sursaut. Il porta ses deux mains à son cœur avant de continuer à monter. C'était donc là cet escalier… il n'avait jamais eu l'occasion de le voir avant. Il était encore plongé dans la pénombre, éclairé seulement par les minuscules flammes des becs de gaz le long du mur... Et c'était donc ici, au premier étage, qu'elle habitait. Mais que se passait-il?... La porte était ouverte à deux battants... Il pouvait voir le vestibule... mais il n'y avait personne. Il ouvrit une petite porte, qui donnait sur la cuisine. Elle était déserte elle aussi. Il restait là, indécis. Alors la porte donnant sur les chambres s'ouvrit. Une servante sortit doucement, sans le remarquer. Albert s'approcha et lui demanda :

— Comment va madame?

La servante le regarda, l'air absent :

— Elle est morte il y a une demi-heure, répondit-elle. Puis, lui tournant le dos, elle disparut dans la cuisine.

Albert eut l'impression qu'un silence de mort s'était brusquement abattu sur le monde environnant; il aurait juré que, à l'instant même, les cœurs avaient cessé de battre dans les poitrines, les gens de circuler dans les rues, les voitures de rouler et les montres de marcher. Il lui sembla que tout ce qui vivait et bougeait dans le monde avait cessé de vivre et de bouger. — C'est donc cela, la mort, pensa-t-il... Hier, je ne l'avais pas compris...

— Excusez-moi, fit une voix près de lui; Albert, debout dans la porte d'entrée, barrait le passage à un homme vêtu de noir qui venait de déboucher de l'escalier. Il fit un pas à l'intérieur pour le laisser passer. L'autre, sans se soucier davantage de lui, se dirigea rapidement vers la porte des chambres et entra en la laissant à demi ouverte. Albert put alors jeter un coup d'œil dans la pièce voisine : les rideaux étaient baissés et, dans le demi-jour, il distingua quelques silhouettes assises autour d'une table, et qui se levèrent pour accueillir le nouvel arrivant. Il entendit des murmures... Puis tous disparurent dans la pièce à côté. Albert, immobile devant la porte, songeait : Elle est là, dans cette chambre... Il y a une semaine à peine, je la tenais dans mes bras... Et aujourd'hui, je n'ai pas le droit d'entrer!... Il entendit des voix dans l'escalier. Deux femmes en débouchèrent et passèrent à côté de lui. La plus jeune avait les yeux gonflés de larmes. Elle ressemblait à sa bien-aimée. C'était certainement sa sœur, dont elle lui avait quelquefois parlé. Une dame âgée s'approcha d'elles et les embrassa en sanglotant doucement : — Il y a une demi-heure, dit-elle, tout d'un coup... et les pleurs étouffèrent sa voix; traversant alors la pièce plongée dans la pénombre, elles disparurent toutes les trois dans la chambre voisine. Personne ne fit attention à lui.

— Je ne peux pas rester ici, pensa Albert. Je vais descendre et revenir dans une heure… Il s'en alla, et en quelques secondes, il fut dans la rue. L'animation matinale avait commencé ; les fiacres roulaient en tous sens et des gens pressés le dépassèrent.

— Dans une heure, il y aura plus de gens là-haut et je pourrai facilement me mêler à eux. Oui, la certitude console !… Je me sens mieux qu'hier, bien qu'elle soit morte… Il y a une demi-heure… Dans mille ans, elle ne sera pas plus loin du monde des vivants qu'elle ne l'est maintenant… et pourtant, à l'idée qu'elle respirait encore il y a une heure, j'ai l'impression qu'elle ne peut pas avoir déjà perdu tout contact avec la vie ; quelque chose doit lui en être resté, que l'on ne soupçonne pas aussi longtemps que l'on respire… peut-être notre pauvre éternité est-elle cet inconcevable instant où nous passons de vie à trépas… Oui, c'en est fini aussi de l'attente, chaque après-midi… plus de coups d'œil par le judas… plus jamais, plus jamais !…

… Et il revit encore une fois toutes ces heures, dans leur inexprimable beauté… Il avait été si heureux, il y a quelques jours encore, oui, heureux. D'une brûlante et profonde félicité. Ah, la hâte avec laquelle elle grimpait les dernières marches de l'escalier… venait se jeter dans ses bras… puis ces heures dans le demi-jour de la chambre où flottait l'odeur des fleurs et des cigarettes, étendus tous les deux sur les oreillers blancs, immobiles, sans parler… Fini, fini…

Je vais partir en voyage, c'est la seule chose que je puisse faire. Serais-je même capable de revoir ma chambre ? Je vais pleurer, des journées entières sans m'arrêter, pleurer, toujours pleurer…

Il passa devant un café. Et il se rappela qu'il n'avait rien mangé depuis la veille à midi ; il entra pour prendre un petit déjeuner… Il était plus de neuf heures quand il sortit… Maintenant, je peux y retourner… il faut que je la revoie… mais comment vais-je faire… ? Y arriverai-je… ? Il le faut… oui, il faut que je voie une dernière fois ma bien-aimée, mon Anna, ma pauvre Anna… ! Mais me laissera-t-on pénétrer dans la chambre mortuaire ?… Oui, bien sûr : il y aura beaucoup de monde et toutes les portes seront ouvertes…

Et il pressa le pas… La concierge, à la porte, le salua au passage ; dans les escaliers, il dépassa deux messieurs qui montaient eux aussi. Il y avait déjà quelques personnes dans le vestibule. La porte était grande ouverte ; Albert entra. On avait écarté les rideaux d'une fenêtre, et il faisait un peu plus clair dans la pièce. Une douzaine de personnes, assises ou debout, s'entretenaient à voix basse. La vieille dame, qu'il avait vue plus tôt, était effondrée dans le coin d'un canapé de velours rouge foncé. Albert passa devant elle et elle le regarda ; il s'arrêta et lui tendit la main… elle hocha la tête et se remit à pleurer. Albert regarda autour de lui ; il vit que l'autre porte, qui donnait sur la chambre voisine, était fermée. S'adressant alors à un monsieur debout près de la fenêtre, qui regardait par la fente du rideau, l'air absent… il lui demanda : « Où est-elle ? » Le monsieur fit un geste de la main vers la droite. Albert ouvrit sans bruit la porte. Il fut aveuglé par un flot de lumière. Il se trouvait dans une petite pièce très claire à la tapisserie blanc et or et aux meubles bleu clair. Il n'y avait personne. La porte ouvrant sur la pièce suivante était entrebâillée — il entra : c'était la chambre à coucher…

Les volets étaient clos ; une lampe brûlait. La morte était étendue sur le lit. Une couverture la recouvrait jusqu'au menton ; sur la petite table de nuit à son chevet brûlait un cierge, dont la lumière crue tombait sur le visage couleur de cendre. Il ne l'aurait pas reconnue, s'il n'avait su que c'était elle. La ressemblance lui apparut cependant, peu à peu… peu à peu il reconnut Anna, son Anna, étendue là, et il sentit pour la première fois depuis le début de ces effroyables journées, les larmes lui venir aux yeux. Une douleur brûlante, terrible, l'oppressait ; il aurait voulu crier, tomber à genoux devant elle, embrasser ses mains… Mais il s'aperçut qu'il n'était pas seul avec elle. Quelqu'un, à genoux au pied du lit et la tête enfouie dans la couverture, tenait une des mains de la morte dans les siennes. Au moment même où Albert allait s'approcher encore d'un pas, l'homme leva la tête. Que vais-je lui dire ?… Mais aussitôt il sentit l'autre, toujours agenouillé, lui saisir la main droite et la lui serrer en murmurant, d'une voix étouffée par les larmes, des merci ! merci !… Puis il se détourna, laissa retomber la tête et se remit à sangloter doucement dans la couverture. Albert resta encore un moment debout près du lit, contemplant le visage de la morte avec une sorte de froide attention. Il n'avait à nouveau plus de larmes. Sa douleur était brusquement devenue sèche et irréelle. Il avait conscience que cette rencontre lui paraîtrait un jour macabre et saugrenue à la fois. Il se serait trouvé lui-même vraiment ridicule de mêler ses sanglots à ceux de cet homme en face de lui.

Il se détourna pour s'en aller. À la porte il s'arrêta encore une fois pour regarder derrière lui. Il lui sembla que le reflet du cierge mettait un sourire sur les lèvres d'Anna. Il lui fit un signe de la tête, comme pour lui dire adieu et comme si elle avait pu le voir. Puis il voulut partir, mais il eut l'impression qu'elle le retenait, avec son sourire. Et cela devint, d'un seul coup, un sourire méprisant qu'il ne lui connaissait pas, qui semblait s'adresser à lui et dont il comprenait la signification. Ce sourire disait : Je t'ai aimé et voilà que tu es là comme un étranger et me renies. Dis-lui un peu que j'étais à toi, que c'est *toi* qui as le droit de t'agenouiller devant ce lit et de me baiser les mains… Dis-le-lui ! Pourquoi ne le lui dis-tu pas ?

Mais il n'osa pas. Il porta sa main devant ses yeux pour ne plus voir ce sourire… Il se retourna sur la pointe des pieds et quitta la chambre en fermant la porte derrière lui. Il traversa en frissonnant le salon clair, puis se faufila, dans la pénombre de l'autre pièce, entre tous ces gens qui chuchotaient et parmi lesquels il ne pouvait pas rester. Il traversa rapidement le vestibule, descendit l'escalier, et quand il eut franchi la porte cochère, il s'en alla en rasant le mur. Pressant le pas dans sa hâte de s'éloigner de cette maison, il allait au hasard des rues, et se sentait accablé de honte ; car il lui semblait qu'il n'avait pas le droit de pleurer comme les autres et que la défunte, sa bien-aimée, l'avait chassé parce qu'il l'avait reniée.

Traduction révisée par Brigitte Vergne-Cain et Gérard Rudent.

UN JEUNE HOMME SENSIBLE

Histoire burlesque

Le 25 juin 1895, Schnitzler note dans son Journal *: « Travaillé au "Sage" ; puis au "Sentimental" ; ce sont des historiettes que j'ai très envie d'écrire. »*

En effet, toutes les composantes du « climat » schnitzlérien s'y trouvent réunies : le sage qui ne dit rien ; le sentimental qui se suicide, sans métaphysique, par horreur de soi. Et puis : le café, le cercle des amis, la cantatrice, le médecin, la vision tragi-comique, les marionnettes... et Vienne, tout autour, comme un grand décor. Schnitzler reprendra d'ailleurs le mot de « burlesque » pour caractériser une pièce en un acte : Au grand Guignol (Zum grossen Wurstel), *comédie burlesque en un acte, créée le 16 mars 1906 au Lustspieltheater, à Vienne.*

Au demeurant, c'est aussi dans son cabinet de consultation que le laryngologue Arthur Schnitzler fait connaissance de Marie Reinhard, professeur de chant (c'était en juillet 1894 ; il en devint l'amant en mars suivant, selon son Journal*). C'est aussi à elle que, le 10 janvier 1897, il lit successivement la pièce en un acte* Une heure et demie (Halbzwei) *et* Der Empfindsame (Le Sentimental).

Il s'agit donc bien d'une historiette typique du goût de Schnitzler. Cependant, il ne l'a jamais publiée de son vivant. Pour l'élaboration artistique, c'était trop directement inspiré par ce qu'il a vécu — sans doute notamment par les souffrances et les « scènes » occasionnées par les comédiennes Marie Glümer et Adèle Sandrock — c'était trop anecdotique ; on n'y sentait pas assez nettement le problème qui le préoccupe : comment la passion de l'Art peut contrecarrer la passion amoureuse ; comment, dans les époques les plus raffinées, peuvent exister des spécimens d'humanité décadente, foncièrement immoraux et pervers.

Car si Arthur Schnitzler a toujours voulu être un artiste, il a aussi toujours redouté d'être un artiste inhumain, *comme le montrent ses* Diagrammes *de 1927 (reproduits p. 41)...*

Ce jour-là, les jeunes gens étaient très tristes. Ils pensaient au malheureux Fritz Platen, qui avait si souvent été des leurs, prenant part à leurs conversations et à leur gaieté, buvant avec eux son café et fumant en leur compagnie. Puis, un soir, huit jours plus tôt, Fritz n'était pas venu ; il était resté chez lui, s'était assis devant son bureau et tiré une balle dans la tête. Personne ne savait pourquoi. Fritz Platen était un gentil garçon, jeune et très beau, assez fortuné et quelque peu sensible. Et ses amis conversaient en se disant qu'il était stupide, ou du moins incompréhensible de la part d'un être jeune, aimable, charmant, riche et sensible comme lui, de décider un beau jour de ne pas aller au café, mais de rester chez soi et de se tuer d'un coup de revolver.

— Trop sensible, dit brusquement l'un de ces jeunes gens, en l'occurrence Albert Rhode, le meilleur ami du défunt et le seul à porter son deuil. — Comment? demandèrent les deux autres, Hugo Friedel et le petit Willner.

— C'est sa sensibilité qui l'a tué, répondit Albert, et je vais vous lire une curieuse lettre qui le prouve.

— Ah ! on en a donc tout de même trouvé une?

Rhode secoua la tête : — Pas une lettre de lui, vous savez qu'il n'a rien laissé. Mais, en rangeant ses papiers aujourd'hui, j'en ai trouvé une qui lui est parvenue le jour de son suicide, et elle donne la clef du mystère.

— Et de qui est-elle? demandèrent les deux autres, très intrigués.

— Je ne peux pas révéler le nom de celle qui l'a écrite, car elle sera bientôt, selon toute vraisemblance, une personne très célèbre.

— Mais d'où venait-elle?

— Cela non plus je ne puis le dire, cela vous mettrait trop facilement sur la voie.

— Alors, lis-nous-la! s'écrièrent-ils en chœur.

Ayant sorti son portefeuille, Albert Rhode y prit une lettre pliée en quatre. Pendant qu'il la dépliait, les autres cherchèrent vainement à déchiffrer la signature... Il leur tendit alors la feuille en hochant la tête. Il montra du doigt la dernière page : à l'endroit de la signature, le papier était gris et rugueux... Il l'avait gratté pour effacer le nom.

— Qu'importe, dit le petit Willner, qui était très discret de nature, c'est secondaire! — Bien sûr, dit Albert Rhode, écoutez plutôt! Il prit la lettre et commença à lire lentement : «Cher, très cher Fritz!»...

Albert Rhode s'interrompit aussitôt. Sa voix avait tremblé. Il se mordit les lèvres. Les autres, assez gênés, regardaient devant eux dans le vide. Albert se ressaisit, il secoua la tête, se gratta le cou en passant et repassant plusieurs fois les doigts de sa main gauche dans le col de sa chemise. Puis il reprit sa lecture :

«Lorsque tu recevras cette lettre, je serai loin, bien loin, partie pour toujours peut-être. Je n'ai pas voulu te le dire. Cela t'aurait fait du mal et à moi aussi. Je préfère te dire adieu de cette manière, mon dernier souvenir restera l'image de ton cher visage et de ton sourire, l'écho de tes paroles : À demain soir donc, ma chérie!... Tu aurais pleuré, je n'aurais pu m'empêcher de pleurer avec toi, ça aurait été un triste spectacle... Donc c'est mieux ainsi. Je t'aime aussi beaucoup comme ça, quand je pense à toi et te revois en fermant les yeux. Il y a juste une heure que je t'ai quitté, tu es encore étendu sur ton divan et tu revis en rêve les moments de bonheur que nous venons d'avoir, n'est-ce pas? Moi aussi, je suis seule dans ma chambre, où je me suis mise à l'aise. Il y a une valise à côté de mon lit et dans l'entrée, ma bonne mère s'affaire avec bruit, finissant de préparer les paquets, car demain matin tôt, mon petit Fritz, bien avant que cette lettre ne te soit parvenue — demain matin nous partons, ma mère et moi, et dans huit jours je monterai pour la première fois sur les planches... Oui, Fritz, j'ai un engagement et c'est à toi que je le dois, justement à toi qui ne m'aurais peut-être jamais laissée te quitter! À ton amour, qui fut pour moi plus que tu ne pensais et moins que tu ne voulais.

Il est de mon devoir, je le sens bien, de t'expliquer ces paroles sibyllines. Je crois aussi avoir un peu besoin de ton pardon, car il est possible que tu m'en veuilles.

Te souviens-tu du soir où nous nous sommes rencontrés ? Mais quelle question... ! N'avons-nous pas évoqué de multiples fois cette soirée ? Aujourd'hui encore, tu m'as redit l'étonnement qui avait été le tien à te retrouver dans les bras de la jeune fille inconnue — et, de plus, innocente — à laquelle tu avais souri pour la première fois une heure plus tôt dans la rue. Eh bien, ton étonnement, auquel se mêlait un peu de fierté, n'est-ce pas, Fritz chéri, va bientôt cesser : en effet, ce qui t'a réussi aurait aussi pu réussir à d'autres, ce soir-là. Ton seul motif de fierté, c'est que je te sois restée fidèle, un détail que je n'avais pas prévu alors.

Te souviens-tu ? Je suis passée devant la table du *Café Impérial* [1] où tu étais assis, tout seul avec une pile de journaux sur la chaise à côté de toi, auxquels tu ne jetais même pas un coup d'œil. Les yeux fixes et perdus dans le vide, tu m'as d'abord regardée également comme si je n'avais pas été là, jusqu'à ce que tu t'aperçoives que je te regardais aussi. Alors tu m'as souri, tu t'es levé et m'as suivie un moment à une distance respectueuse puis, la distance et, mon Dieu, le respect aussi diminuant de plus en plus, tu t'es de plus en plus approché de moi. À la grille du *Stadtpark*, je t'entendais déjà siffloter doucement, pour te donner du courage. C'est alors que tu m'as abordée : — M'autorisez-vous, Mademoiselle, à vous accompagner dans votre promenade solitaire... et cetera... L'entrée en matière n'était pas très spirituelle, mais elle aurait pu l'être moins encore, tant je t'avais attendu et avais désiré que tu viennes ! Était-ce vraiment toi que j'attendais ? Sans doute, puisque tu as été le bon...

Ce soir-là, mon cher Fritz, je sortais de chez un médecin — le vingt-quatrième, je crois. J'avais couru de l'un à l'autre sans répit puis, le temps passant, pour ainsi dire sans espoir, car je voulais retrouver la belle, la splendide voix de mes seize ans, et aucun d'eux n'avait pu me la rendre. Non, Mademoiselle, m'assuraient-ils l'un après l'autre... vous n'avez rien... ce qui ne les empêchait toutefois pas de me prescrire un traitement. Tu ne peux pas savoir tout ce que j'ai dû endurer ! On m'a badigeonnée, traitée à l'électricité, cautérisée, massée... oui, massé tout le corps à cause de deux petites cordes vocales qui ne voulaient pas bien fermer ! On m'a traitée avec rudesse, avec douceur... parfois avec tendresse. Chacun m'assurait que je retrouverais ma voix... mais ils le disaient tous, après des semaines de traitement... — Vous êtes en parfaite santé ! En parfaite santé, moi ! Moi qui ne pouvais concevoir de vivre sans mon art, qui depuis ma quatorzième année n'avais rêvé que de succès sur la scène, de triomphes par le monde et d'un avenir de grande, de célèbre cantatrice !

Trois années passèrent ainsi, trois années pleines. Et durant cette période, j'allais aussi d'un professeur de chant à l'autre. Je pensais que mon mal provenait peut-être d'une mauvaise éducation de ma voix, et chacun d'eux, en prétendant que son prédécesseur me l'avait abîmée, me faisait reprendre espoir. Mais tout fut vain, rien n'y fit… C'est seulement le vingt-quatrième médecin consulté — j'exagère peut-être un peu, mais restons-en, pour abréger, à ce chiffre — me sauva enfin ou, du moins, m'indiqua le moyen de me sauver. Cependant, j'ai parfois pensé depuis que j'étais injuste envers les vingt-trois autres, qui ne m'avaient pourtant pas ménagé les allusions, mais le vingt-quatrième fut si clair, il s'exprima avec une telle concision et une si divine brutalité que son conseil, loin de m'apparaître comme une plaisanterie, une galanterie, une sottise ou une impertinence, me sembla tout de suite représenter le seul moyen, difficile mais sûr, de guérir.

Plus d'un m'avait déjà dit : — Ah ! Mademoiselle, nerveuse comme vous l'êtes, vous devriez vous marier ; d'autres, s'exprimant avec infiniment de prudence parlaient d'un changement radical de ma manière de vivre et quelques-uns, prenant un air très malicieux, me demandaient : — N'avez-vous encore jamais été amoureuse, mademoiselle ?… D'autres, enfin, devenaient insolents : — Voyez-vous, ce qu'il vous faudrait… et ils me faisaient des yeux si enflammés que c'en était répugnant… Certes, j'y pensais moi-même de temps en temps, mais comme à une chose pas vraiment sérieuse et je ne pouvais m'empêcher de rire à l'idée de retrouver un jour par ce moyen-là ma belle, ma splendide voix. Cependant, le désespoir me gagnait. Ma voix ne s'améliorait pas. J'étais épuisée au bout de deux notes, tandis que mes anciennes camarades, leurs études finies, obtenaient des engagements et connaissaient le succès. Je menais une vie invraisemblable : il m'arriva d'être soignée par trois ou quatre médecins en même temps, de courir comme en rêve de l'un chez l'autre et de suivre trois traitements à la fois. J'avais des nuits épouvantables. Je rêvais des succès de mes camarades — sais-tu ce que cela signifie ? Une fois, après avoir eu la nuit précédente trois de ces rêves, avoir été le matin chez deux professeurs de chant et m'être soumise l'après-midi au traitement de deux médecins, j'allai à cinq heures du soir chez un troisième — justement le vingt-quatrième. On me l'avait déjà souvent nommé comme spécialiste. Mais le hasard avait fait que je n'aie pas encore eu recours à lui. Il était cinq heures, je viens de te le dire. Sa voiture l'attendait devant chez lui et je trouvai monsieur le Professeur en personne dans le vestibule, en haut de l'escalier, manteau et chapeau en mains, prêt à partir. Il me demanda presque en criant : Que voulez-vous? et ajouta, avant même que j'aie pu répondre... — Je n'ai pas le temps, je dois m'en aller, revenez demain!... Il n'était pas vieux, quarante-cinq ans peut-être. Sa brusquerie ne me fit pas du tout peur. — Examinez-moi tout de même, s'il vous plaît! lui demandai-je simplement. Les bras faillirent lui en tomber, d'autant plus que j'entrai sans attendre sa réponse. Il me suivit. Traversant la salle d'attente, je m'arrêtai devant la porte de son cabinet de consultation. Il l'ouvrit, m'y précéda et, consentant alors à enlever son chapeau, il le jeta sur une chaise, s'assit à son bureau et commença à m'interroger, presque sans me regarder. Puis il m'examina, me regarda la gorge avec son miroir et me posa encore quelques questions auxquelles je répondis avec la plus grande franchise. Il me considéra alors un moment, d'un air sérieux et presque méchant et me dit en se levant : — Vous n'avez rien, adieu! Furieuse, je m'écriai : — Ils m'ont tous dit ça, ce n'est pas nouveau! Et lui, encore plus furieux que moi : — Je ne suis pas ici pour vous dire quelque chose de nouveau... — Je veux retrouver ma voix! fis-je alors, les dents serrées.

— Votre voix?... mais on ne peut pas écrire d'ordonnance pour votre voix!

Une lueur d'espoir me traverse : — Peut-être pouvez-vous me dire... Et lui, en reprenant son chapeau : — Vous dire, oui... Oubliant alors, dans mon énervement, toute politesse, je lui crie avec rage, presque en pleurs : — Alors, que faut-il que je prenne?

Alors, s'avançant vers moi l'air furieux, comme s'il allait m'agresser, il hurle : — Un amant...

Ah, Fritz, voilà le ton sur lequel il fallait me le dire! C'était clair. Dans l'instant même où je l'entendis, il me revint que ce conseil m'avait déjà été donné par nombre de ses collègues, peut-être même par tous. Mais incidemment, sans aucun caractère scientifique sérieux. Et, pour la plupart, dans un but égoïste trop mal dissimulé. Lui, au contraire, me dit cela du même ton qu'il aurait dit « de la quinine ou du cyanure... ». Pour la première fois, je venais de recevoir un avis médical. Et avant même d'être rendue au bas de l'escalier, j'avais fermement décidé de le suivre.

Et je passai par hasard devant le *Café Impérial*. Allons, ne sois pas trop fâché! Je m'étais déjà promenée pendant une heure, j'avais rencontré beaucoup de jeunes et beaux garçons, dont plus d'un m'avait regardée et souri. Mais tu fus le premier au sourire duquel je répondis, pas vrai, car sinon aurais-tu été assez audacieux pour me suivre? Ne m'en veuille pas non plus de ne pas t'avoir tout avoué dès le début. J'étais sur le point de le faire, les premiers jours. Mais j'ai pensé que la contrariété serait sans doute trop forte pour toi... que ta tendresse s'en ressentirait, et moi aussi naturellement... Et puis, je peux bien te le dire, il y eut vraiment des moments où j'oubliai presque ce que tu signifiais pour moi à l'origine et commençai à m'éprendre de toi comme d'un amant que l'on a seulement pour son plaisir. Vois-tu, Fritz, je dois être sincère avec toi, je te dois trop pour ne pas l'être. Tu sais que ma voix a retrouvé toute sa splendeur. De jour en jour, j'ai constaté les progrès. Mon professeur de chant en a été frappé. Les imprésarios, aux auditions, furent ravis et X..., le directeur du théâtre de... (ici, Rhode passa les noms sous silence) qui m'a entendue il y a une semaine, m'a immédiatement engagée pour trois ans, avec des émoluments progressifs et pour chanter les premiers rôles. Ah, Fritz! Fritz!... je vais pouvoir vivre pour mon art, réaliser le rêve de mes années d'enfance et d'adolescence! Je vais devenir une cantatrice célèbre et tu jouiras de l'intime conviction que c'est dans tes bras que je le suis devenue. Et, si tu m'aimes vraiment autant que tu me l'as souvent assuré, cette certitude te consolera d'avoir perdu ta maîtresse.

Ah, comme je t'aurais aimé, si je n'avais dû penser tout le temps qu'en réalité tu m'avais été prescrit par ordonnance! Adieu, mon Fritz chéri, crois bien que je ne t'écris pas cette histoire de ma vie sans qu'une larme ne coule le long de ma joue, et conserve ton amitié à celle qui te sera reconnaissante aussi longtemps qu'elle pourra respirer et chanter!»

— Suit la signature... conclut Albert Rhode, en laissant retomber la lettre sur le marbre de la table.

Les amis se taisaient.

— Et tu crois, demanda finalement Hugo, que c'est pour cela...?

Albert Rhode fit oui de la tête : — Bien sûr. Moi aussi, cela me paraît épouvantable. Imagine un peu... se croire adoré d'une jeune fille et apprendre qu'elle vous a... pris comme un médicament! Après avoir reçu cette lettre, il n'a pu que se faire horreur à lui-même et se sentir comme irréel. Tout le temps qu'il avait passé avec elle a dû lui paraître empoisonné.

Qu'il se soit tué à cause de cette femme sans cœur, les amis persistèrent à trouver cela exagéré et guère compréhensible.

— Quand on est trop sensible, dit Rhode...

— C'est bien triste ! Et tu ne veux pas nous dire le nom de cette dame ?

— Non. Elle sera très célèbre, grâce à notre pauvre Fritz.

L'autre hocha la tête.

— Et, conclut Albert Rhode en froissant la lettre et en la mettant dans sa poche… l'on cherchera en vain le nom de notre ami dans les histoires de la musique… tant la gloire est injuste !

Traduction révisée par Brigitte Vergne-Cain et Gérard Rudent.

LA FEMME D'UN SAGE

L'amour conjugal — ou plus exactement ce que l'amour devient dans le mariage — est une question qui passionne Schnitzler. Elle est présente dans toute son œuvre. Les adultères, les veufs, les veuves forment une cohorte innombrable, dans ses récits comme dans son théâtre. Et la mort, elle aussi, est le plus souvent au rendez-vous! La conclusion pratique que Schnitzler semble en avoir toujours tiré pour lui-même, c'est que, loin d'apporter la paix dans la vie sentimentale, le mariage expose à toutes les tempêtes…

Dans Die Frau des Weisen, *l'étude de l'amour conjugal est au premier plan. La nouvelle a été commencée en 1894, et fut retravaillée à plusieurs reprises, pendant deux ans. Elle paraît pour la première fois en janvier 1897 dans un hebdomadaire viennois,* Die Zeit *(n°s 118, 119 et 120, les 2, 9 et 16 janvier). En mai 1898, elle fournit le titre général du recueil* La Femme du Sage *(selon une traduction plus juste), publié par Fischer et qui, outre le présent récit, comporte* Le Dernier Adieu, Fleurs *et* Les morts se taisent *(dans cet ordre). Tout le recueil repose sur le thème de l'amour et de la mort, de la vérité et du non-dit.*

La forme retenue pour La Femme d'un Sage *est encore une fois celle du* Journal *fictif. Et, poursuivant notre hypothèse que cette forme signifie chez Schnitzler moins un jeu que le contournement d'une censure, il nous semble que le véritable sujet du récit, c'est l'impuissance du héros à désirer cette femme qui ressurgit dans sa vie. Friederike, en effet, la «Femme d'un Sage», est aussi effrayante qu'*Helene *la comédienne. Elle est inquiétante («unheimlich»), parce qu'elle a vécu l'amour conjugal en baignant dans le compromis et le non-dit. Même si son époux est un sage, la situation est effarante. Il faut songer ici à Ibsen, à Strindberg. Le mariage est, au mieux, une danse de mort. Et l'on comprend que Schnitzler ait cherché à l'éviter le plus longtemps possible… (il a 41 ans quand il épouse en 1903 Olga Gussmann, la mère de son fils Heinrich)… puis à y échapper… (il divorcera en juin 1921, et difficilement). La Femme du Sage est un spectre.*

Hofmannsthal admirait beaucoup cette nouvelle, comme il l'écrit à Schnitzler le 16 janvier 1897. Il en trouvait la fin particulièrement simple, évidente, élégante «comme une belle solution» en mathématique; il appréciait aussi beaucoup que les paysages fussent translucides… C'est que Schnitzler est déjà un maître accompli de l'intériorisation : chez lui, l'événement est entièrement psychologique.

Je compte rester ici. L'ennui mélancolique qui s'étend sur ce pays, entre la mer et la forêt, me fait du bien. Tout y est immobilité et silence. Seuls les nuages blancs se meuvent lentement; et le vent s'élève au-dessus des vagues, au-dessus des cimes, trop lointain pour faire murmurer la mer et les arbres. La solitude est profonde ici, car on ne cesse de la sentir; même à l'hôtel, ou à la promenade, quand on est parmi les gens. L'orchestre de la station ne joue guère que des chansons suédoises ou danoises aux rythmes mélancoliques, les airs gais eux-mêmes semblent manquer d'entrain, tant leur timbre est assourdi. Quand les musiciens ont terminé, ils descendent sans rien dire les quelques marches du kiosque et disparaissent lentement, tristement, dans les allées du parc, emportant leurs instruments.

Je note cela sur une feuille volante, tandis qu'un canot à rames m'emporte le long du rivage.

Ce rivage est riant et vert. Des maisons fort rustiques entourées de jardins; dans ces jardins, des bancs tout près de l'eau. Derrière les maisons, l'étroite route blanche et au-delà de cette route, la forêt. Qui s'étend bien avant dans le pays, monte en pente légère, et là où elle s'arrête, c'est le soleil. De l'autre côté, le mince îlot de terre est baigné par les rayons du soleil couchant. Le rameur m'assure que nous pourrions y être en deux heures de temps. Je voudrais bien y aller une fois. Mais, chose étrange, on se sent retenu ici; je ne quitte pas les environs du petit bourg, ce que je préfère, c'est ma terrasse, ou le bord du rivage.

Je suis étendu à l'ombre des grands hêtres, dont les branches s'abaissent comme accablées par l'air lourd de cette journée ; de temps à autre j'entends non loin d'ici les pas de gens qui viennent par le sentier de la forêt ; mais je ne vois personne, car je ne fais pas le moindre mouvement et mes regards se perdent dans les cimes. Un clair rire d'enfant sonne aussi à mes oreilles, mais le grand silence qui m'environne absorbe tout bruit, et au bout d'une seconde ce rire éteint semble déjà infiniment loin. Si je ferme les yeux et les rouvre aussitôt, j'ai la sensation d'avoir dormi une nuit entière. Ainsi je me glisse hors de moi-même et je me dissous, tel un morceau de la nature, dans le grand calme qui m'environne.

C'en est fini de ma douce quiétude. Elle ne reviendra plus, pas plus dans ma barque que sous les grands hêtres. Soudain tout semble transformé. Les airs que joue l'orchestre sont gais et enfiévrés ; les passants bavardent ; les enfants crient et rient avec éclat. Même la mer, cette mer silencieuse que j'aimais, fouette bruyamment le rivage durant les nuits. La vie pour moi est redevenue sonore. Jamais je n'étais parti de chez moi le cœur aussi léger que cette fois-ci, car je n'avais rien laissé sans conclusion. Je venais d'obtenir mon doctorat et j'avais définitivement enterré l'illusion artistique de ma jeunesse, et mademoiselle Jenny était devenue l'épouse d'un horloger. J'avais donc eu le rare bonheur de partir en voyage, sans laisser derrière moi une maîtresse et sans emporter une illusion. L'impression d'avoir ainsi clos un chapitre de ma vie m'avait procuré une réelle jouissance. Et, voilà que de nouveau tout cela a disparu… car Friederike est là.

Tard le soir, sur ma terrasse ; j'ai posé une lampe sur ma table et j'écris. Le moment est venu de chercher à comprendre. Je vais noter les paroles que nous avons échangées, les premières depuis sept ans, les premières depuis l'instant mémorable…

Cela se passait à la plage, vers midi. J'étais assis sur un banc. Des personnes allaient et venaient, passant parfois devant moi. Une jeune femme se tenait sur le débarcadère avec un petit garçon ; elle était trop loin pour que je pusse distinguer les traits de son visage ; du reste, je ne l'avais pas remarquée, je savais seulement qu'elle se trouvait là depuis assez longtemps quand soudain elle quitta la digue et se rapprocha de moi. Elle tenait son petit garçon par la main. Je vis alors qu'elle était jeune et mince. Son visage me sembla connu. Quand elle fut à dix pas de moi, je me levai vivement pour aller à sa rencontre. Elle avait souri et je savais qui elle était.

« Oui, c'est bien moi, dit-elle en me tendant la main.

— Je vous ai reconnue tout de suite, dis-je.

— J'espère que vous n'avez pas eu trop de mal, répondit-elle. Vous non plus, du reste, vous n'avez pas changé du tout.

— Sept ans… » dis-je.

Elle acquiesça de la tête : « Sept ans… »

Nous nous tûmes tous deux. Elle était bien belle. Un sourire passa sur son visage, elle se tourna vers l'enfant qu'elle tenait toujours par la main : « Donne la main au monsieur. » Le petit fit ce qu'on lui disait, mais sans me regarder.

« C'est mon fils », dit-elle.

C'était un joli petit garçon brun aux yeux clairs.

« C'est bien, tout de même, que nos chemins se croisent de nouveau, reprit-elle, je ne croyais pas…

— C'est très curieux aussi, répondis-je.

— Pourquoi ? questionna-t-elle, et ses yeux rieurs me regardèrent bien en face pour la première fois. C'est l'été… tout le monde voyage, n'est-ce pas ? »

J'allais lui demander des nouvelles de son mari ; mais je ne pus me décider à poser la question.

« Combien de temps comptez-vous rester ? lui demandai-je.

— Quinze jours. Après cela, j'irai retrouver mon mari à Copenhague. »

Je l'examinai d'un coup d'œil rapide ; son regard candide sembla me répondre : « Cela t'étonnerait-il par hasard ? »

Je me sentis mal à l'aise, presque inquiet. Je n'arrivai pas à comprendre qu'il fût possible d'oublier à ce point certaines choses. Car je venais de me rendre compte que je n'avais plus pensé depuis bien longtemps à ce qui s'était passé sept ans plus tôt, pas plus que si je ne l'avais jamais vécu.

« Mais vous devez avoir beaucoup de choses à me raconter, reprit-elle encore, oui, un tas de choses. Vous êtes sans doute docteur depuis longtemps ?

— Il n'y a pas si longtemps… J'ai été reçu il y a un mois.

— Et vous avez toujours votre figure d'enfant, dit-elle. Votre moustache a l'air d'avoir été collée dessus. »

Venant de l'hôtel, très fort, on entendit la cloche annonçant le déjeuner.

« Au revoir, dit-elle alors, comme si elle n'avait attendu que ce signal.

— Ne puis-je rentrer avec vous ? demandai-je.

— Je déjeune dans ma chambre avec le petit, je n'aime pas être au milieu de tout ce monde.

— Quand nous reverrons-nous ? »

Elle sourit et, de ses yeux, me désigna la petite promenade le long de la grève. « Il me semble qu'ici on ne peut faire autrement que de se rencontrer » dit-elle... et, s'apercevant sans doute que sa réponse m'impressionnait désagréablement, elle ajouta : « Surtout lorsqu'on en a envie... Au revoir. »

Elle me tendit la main et s'éloigna sans se retourner. Mais le petit garçon tourna la tête une fois pour me regarder.

J'ai arpenté la digue toute l'après-midi et toute la soirée, elle n'est pas venue. Serait-elle déjà repartie ? Je n'aurais pas le droit de m'en étonner.

Une journée entière s'est écoulée sans que je l'aie revue. Ce matin, il a plu sans discontinuer, j'étais seul à peu près sur la promenade. J'ai passé et repassé devant la maison où elle habite, mais je ne connais pas ses fenêtres. La pluie a cessé dans l'après-midi, j'ai suivi la route le long de la mer jusqu'à la bourgade voisine. Il faisait sombre et lourd.

Chemin faisant, je n'ai fait que penser au passé. J'ai tout revu très nettement. La gentille maison que j'habitais alors, le petit jardin avec ses tables et ses chaises badigeonnées en vert. La petite ville avec ses rues blanches et silencieuses. Et les collines lointaines qui s'estompaient dans le brouillard. Au-dessus de cela, un grand pan de ciel d'un bleu pâle, qui faisait tellement partie du paysage qu'on eût dit que nulle part au monde il ne savait être si pâle et si bleu. Je revis également les personnes que j'avais connues là-bas, mes camarades, mes professeurs, le mari de Friederike aussi. Il ne m'apparut pas tel que je l'avais entrevu à la minute de l'adieu... je le revis avec cette expression bienveillante et un peu lasse qu'il avait à la sortie des classes, lorsque, dans la rue, il passait à côté de nous autres grands garçons en nous saluant d'un geste amical ; ou bien à table lorsqu'il se trouvait assis entre Friederike et moi, silencieux le plus souvent ; je le revis encore comme je l'avais souvent observé de la fenêtre de ma chambre dans son jardin : corrigeant les devoirs de ses élèves sur la table verte. Et je me souvins du jour où Friederike, lui apportant son goûter au jardin, avait jeté un regard vers ma fenêtre et m'avait souri d'un sourire qu'alors je n'avais pas compris... que je compris seulement à l'heure de l'adieu...

Je sais à présent que j'ai souvent pensé à tout cela. Mais ce n'était plus un souvenir vivant, cela m'apparaissait plutôt comme un tableau calme, paisiblement accroché au mur de ma chambre.

Assis côte à côte sur la plage, nous nous sommes parlé aujourd'hui comme deux étrangers. À nos pieds l'enfant s'amusait avec du sable et des cailloux. On eût dit que rien ne pesait sur nous : nous étions comme deux indifférents que le hasard de la vie de plage a réunis pour un moment ; nous avons parlé du temps, des environs, des personnes qui se trouvaient là, et aussi de musique et de quelques livres nouvellement parus. D'être assis à côté d'elle ne me semblait pas désagréable, mais lorsqu'elle se leva pour s'en aller, cela me fut soudain insupportable. J'aurais voulu lui crier : Laisse-moi quelque chose, au moins ; mais elle n'aurait même pas compris. Et en y réfléchissant je sais que je ne pouvais pas m'attendre à autre chose. L'amabilité qu'elle avait déployée lors de notre première rencontre ici n'était due sans doute qu'à la surprise, à la joie peut-être aussi de retrouver un vieil ami loin de chez elle. Comme moi, elle a eu, depuis, le temps de se souvenir ; et ce qu'elle avait espéré oublier à jamais ressuscite et s'impose à sa mémoire. Je ne puis sans doute mesurer l'étendue de la souffrance qu'elle a endurée à cause de moi, des peines qu'elle endure peut-être encore. Je vois bien qu'elle ne l'a pas quitté, je comprends qu'ils se sont réconciliés, le petit garçon de quatre ans en est la preuve vivante — mais on peut se réconcilier sans pardonner, et l'on peut pardonner sans oublier —... Je devrais partir, ce serait préférable pour nous deux.

Toute cette année-là m'apparaît maintenant dans une singulière et nostalgique beauté, et j'en revis toutes les phases une à une. Certains détails insignifiants me reviennent à l'esprit. Je me souviens de cette matinée d'automne, où j'arrivais accompagné de mon père dans la petite ville où je devais passer ma dernière année de lycée. Le bâtiment m'apparaît distinctement au milieu d'un parc planté de grands arbres. Je me rappelle mes travaux paisibles dans ma belle chambre spacieuse, les entretiens cordiaux que j'avais à table avec mon professeur, à propos de mon avenir, tandis que Friederike nous écoutait en souriant ; mes promenades sur la grande route que je faisais avec mes camarades et qui avaient pour but le village voisin ; tous ces petits riens me bouleversent comme s'ils contenaient l'essence même de ma jeunesse. Sans doute tous ces souvenirs seraient-ils depuis longtemps recouverts par l'ombre de l'oubli, si l'heure du départ n'avait jeté une lueur de son mystère sur eux. Et voici le plus étrange : depuis que Friederike est ici, ces jours-là me semblent plus proches que ceux de mai dernier, où j'étais amoureux de cette jeune personne qui, au mois de juin, a épousé un horloger.

Ce matin, en m'approchant de la fenêtre, je vis Friederike et son petit garçon, installés à l'une des tables de la terrasse ; ils étaient les premiers à réclamer leur déjeuner. Leur table se trouvait exactement sous ma fenêtre et je leur envoyai un petit bonjour. Elle leva la tête : « Déjà réveillé ? dit-elle. Ne voulez-vous pas venir auprès de nous ? »

J'étais à leur table quelques instants plus tard. La matinée était splendide, fraîche et ensoleillée. Nous causâmes à nouveau de choses indifférentes, comme la veille, et cependant tout était changé. Derrière chacune de nos paroles brûlait le souvenir. Nous prîmes le chemin de la forêt. Et elle se mit alors à parler d'elle et de sa maison.

« Rien n'est changé chez nous, dit-elle, seul notre jardin a embelli. Mon mari s'en occupe avec grand soin depuis que nous avons l'enfant. Il va même faire construire une serre l'année prochaine. »

Elle poursuivit gaiement. « Nous avons aussi un théâtre depuis deux ans ; il joue tout l'hiver jusqu'au dimanche des Rameaux. J'y vais deux ou trois fois par semaine, le plus souvent avec ma mère, qui adore cela.

— Veux aussi théâtre, s'écria le petit garçon que Friederike tenait par la main.

— Bien sûr, toi aussi. Le dimanche, dit-elle en s'adressant à moi, on donne parfois des matinées pour enfants, et j'y vais avec le petit. Je m'y amuse, du reste, de tout mon cœur.

Elle me fit aussi parler de moi. Mais sans me poser de questions sur ma carrière ou sur d'autres points importants de ma vie ; elle voulait surtout savoir comment je passais mes heures de liberté et écoutait avidement mes récits sur les plaisirs de la grande ville.

Nous parlions simplement et agréablement ; aucune allusion ne fut faite à notre souvenir commun — et cependant j'étais sûr qu'il lui était sans cesse aussi présent qu'à moi. Notre promenade dura quelques heures, et je me sentais presque heureux. L'enfant, parfois, passait entre nous, et nos mains se rencontraient alors dans sa chevelure bouclée. Mais nous faisions semblant de ne pas nous en apercevoir et poursuivions sans sourciller notre conversation.

Quand je me retrouvai seul, ma bonne humeur s'envola aussitôt. Car je me rendis compte encore une fois que je ne savais rien de Friederike. Il me sembla étrange que cette incertitude ne m'eût point tourmenté durant notre entretien, et je trouvai curieux aussi que Friederike elle-même n'ait pas ressenti le besoin d'en parler. En admettant même que depuis des années il n'ait plus été question de cette minute critique entre son mari et elle... il était inconcevable qu'elle-même ait pu l'oublier. Quelque chose de grave avait dû suivre mon départ sans un mot... comment a-t-elle pu ne pas m'en parler? S'attendait-elle à ce que j'en parle le premier? Et qu'est-ce qui m'a retenu? La même gêne peut-être qui lui interdit d'effleurer ce sujet? Avons-nous peur tous les deux d'y toucher?... C'est possible. Il faudra pourtant que nous revenions là-dessus; car jusque-là il restera quelque chose qui nous séparera. Et l'idée que quelque chose nous sépare m'est plus pénible que tout le reste.

J'ai flâné cet après-midi dans les sentiers de la forêt que nous avons parcourue ensemble ce matin. Je ressentais comme la nostalgie d'une femme infiniment aimée. Tard dans la soirée, je passai près de chez elle après l'avoir vainement cherchée partout. Elle était à sa fenêtre. Je lui criai comme elle m'avait crié ce matin : « Ne voulez-vous pas descendre? » Elle répondit, d'un ton qui me parut distant : «Je suis fatiguée, bonne nuit! » et referma sa fenêtre.

Dans mon souvenir, Friederike m'apparaît sous deux aspects différents. La plupart du temps je la revois comme une femme pâle et douce, vêtue d'un peignoir blanc, installée dans son jardin et me caressant les joues d'un geste maternel. Si c'était cette Friederike-là que j'avais retrouvée ici, elle ne m'aurait pas troublé, et je passerais encore mes après-midi, étendu à l'ombre des hêtres, comme au début de mon séjour.

Mais elle m'apparaît aussi toute autre, et comme je ne l'ai vue qu'une fois, à l'heure même où je quittai la petite ville.

C'était le jour où je venais d'être reçu bachelier. J'avais déjeuné, comme toujours, avec le professeur et sa femme, et j'avais pris congé d'eux en me levant de table, n'entendant pas être accompagné à la gare. Je n'étais nullement ému. Seulement, quand je me retrouvai dans ma chambre aux murs dénudés, quand, assis sur mon lit, j'aperçus à mes pieds mes bagages déjà faits, quand par la fenêtre je vis le feuillage des arbres de notre jardin, et au-delà les nuages blancs, immobiles au-dessus des collines, la légère mélancolie de l'adieu, presque plaisante, s'empara de moi. La porte s'ouvrit soudain et Friederike entra. Je me levai vivement. Elle s'approcha, appuya les deux mains sur la table derrière elle et me regarda gravement : « C'est donc pour aujourd'hui ? » dit-elle à voix basse. Je fis simplement signe que « oui » et je sentis, pour la première fois, toute la tristesse de ce départ. Elle fixa un instant le parquet, en silence. Puis elle leva la tête et s'approcha de moi. Elle posa doucement ses mains sur mes cheveux. Puis elle laissa glisser lentement ses mains sur mes joues en me fixant d'un regard infiniment tendre, comme elle l'avait fait souvent déjà, mais je compris qu'il n'avait plus, à cette minute, sa signification habituelle. Elle hochait la tête avec une expression douloureuse, comme si elle ne parvenait pas à comprendre certaines choses.

« Faut-il donc que tu partes aujourd'hui déjà ? questionna-t-elle à voix basse. — Oui, dis-je. — Pour toujours ? s'écria-t-elle. — Non, non, répondis-je. — Si, reprit-elle, et ses lèvres tremblaient douloureusement, c'est pour toujours. Tu reviendras peut-être nous voir... dans deux ou trois ans... mais c'est aujourd'hui que tu nous quittes pour toujours. » Elle dit cela avec une tendresse qui n'avait plus rien de maternel. Je frissonnai. Et soudain elle m'embrassa. Je pensai d'abord : Elle n'a jamais fait cela. Mais comme ses lèvres ne voulaient plus quitter les miennes, je compris la signification de ce baiser. J'étais troublé et heureux. J'aurais voulu pleurer. Elle enlaçait mon cou de ses deux bras, je tombai assis dans le coin du canapé, comme si elle m'eût poussé là. Friederike, assise à genoux près de moi, attirait ma bouche vers la sienne. Puis elle me prit les deux mains et y cacha son visage. Je murmurai son nom, étonné moi-même de la douceur des sons. Le parfum de ses cheveux montait vers moi, je les respirais avec délice... À cet instant — je crus que la frayeur me pétrifiait — la porte, qui n'était que repoussée, s'ouvre doucement, et j'aperçois le mari de Friederike. Je veux crier, mais je n'en ai pas la force. Je ne peux détacher mes yeux de son visage — je ne sais pas si ses traits s'altèrent — car il disparaît aussitôt en refermant la porte derrière lui. Je veux me lever, libérer mes mains dans lesquelles repose toujours le visage de Friederike, je veux parler mais je n'arrive que péniblement à articuler son nom... alors elle se lève, pâle comme la mort : « Tais-toi ! » murmure-t-elle sur un ton presque impérieux ; puis elle se tourne vers la porte et, immobile, semble prêter l'oreille. Elle entrouvre doucement et regarde par l'entrebâillement. Je retiens mon souffle. La voilà qui ouvre tout à fait, et me saisissant par la main elle murmure : « Va-t'en, va-t'en vite ! » Elle me pousse... je m'engage à pas de loups dans le petit couloir et, arrivé près de l'escalier, je me retourne une dernière fois... et je la vois sur le seuil, le visage bouleversé par la peur, qui de la main me fait énergiquement un geste qui signifie : Pars, pars ! Et je me sauve, précipitamment.

Ce qui suivit a gardé pour moi le caractère d'un rêve incohérent. Terrifié, je courus à la gare. Je voyageai toute la nuit en m'agitant sur ma banquette sans trouver le sommeil. J'arrivai à la maison, m'attendant presque à trouver mes parents prévenus de ce qui s'était passé et je fus étonné d'y trouver un accueil cordial et joyeux. Pendant des journées entières une vive émotion m'étreignit, et je croyais de minute en minute voir surgir la catastrophe ; chaque coup de sonnette, chaque lettre qui arrivait me faisaient tressaillir. Enfin je reçus des nouvelles qui me rassurèrent : c'était une carte d'un de mes camarades qui habitait la petite ville et qui me racontait quelques petits faits sans importance, en m'envoyant un bonjour amical. Rien d'épouvantable ne semblait donc s'être passé, du moins était-il certain qu'il n'y avait pas eu de scandale. Je pus espérer que tout s'était passé à huis clos entre le mari et la femme, qu'il avait pardonné ; qu'elle s'était repentie.

Malgré cela, cette première aventure garda pour moi quelque chose de triste, de presque pesant, et je me faisais l'effet de quelqu'un qui avait détruit sans le vouloir l'harmonie d'un foyer. Peu à peu cette impression se dissipa, mais ce fut seulement plus tard, quand d'autres expériences m'eurent appris à comprendre le sens profond de ces instants, que je fus pris parfois d'un étrange désir de revoir Friederike… et du regret peut-être aussi de cette promesse merveilleuse qui ne s'était jamais réalisée. Mais ce désir lui aussi s'était évanoui peu à peu et j'en étais arrivé à oublier presque totalement la jeune femme… Or voilà qu'aujourd'hui, tout ce qui avait contribué à ce que cet épisode fasse époque dans ma vie vient de ressurgir ; et tout est plus violent qu'alors, parce que j'aime Friederike.

Tout ce qui me semblait énigmatique ces derniers temps me paraît clair aujourd'hui. Nous avons passé la soirée sur la plage, seuls tous les deux ; l'enfant avait été mis au lit. Dans le courant de la matinée je lui avais demandé de venir ce soir ; sans faire mine de rien ; je n'avais parlé que de la beauté nocturne de la mer et du bonheur qu'il y aurait à se trouver sur le rivage, environné de silence, à contempler l'insondable ténèbre. Elle n'avait pas répondu, mais je savais qu'elle viendrait. Alors nous nous sommes assis à côté l'un de l'autre sur cette grande plage, la main dans la main, presque silencieux, et j'ai compris que Friederike serait mienne le jour où je le lui demanderais. Pourquoi parler du passé ?

pensais-je... et je me sentis certain qu'elle avait eu la même pensée depuis que nous nous étions revus. D'ailleurs, sommes-nous les mêmes qu'autrefois ? Nous sommes tellement légers et libres ; nos souvenirs volent au-dessus de nous, très haut, comme les oiseaux en été. Peut-être y a-t-il eu autre chose dans sa vie depuis sept ans, comme dans la mienne... est-ce que cela me regarde ? Aujourd'hui, nous vivons le présent, et nous sommes attirés l'un vers l'autre. Peut-être a-t-elle été malheureuse hier, malheureuse ou frivole ; à présent, assise à mes côtés au bord de l'eau, elle tient silencieusement ma main et n'aspire qu'à être dans mes bras.

Je l'accompagne lentement vers chez elle, à quelques pas de là. Sur notre route les arbres jettent leurs grandes ombres noires.

« Nous pourrions sortir en voilier demain matin.

— Oui, répondit-elle.

— Je vous attendrai sur l'embarcadère à sept heures...

— Où irons-nous ? demanda-t-elle.

— Sur l'île, là-bas... vous voyez le phare ?

— Oh oui, la lumière rouge. Est-ce loin ?

— Une heure ; nous serons très vite revenus.

— Bonne nuit ! » me dit-elle en entrant dans le vestibule.

Je m'en allai — ... Tu m'auras peut-être oublié à nouveau dans quelques jours, pensais-je, mais la journée de demain sera belle ! »

Je me trouvai sur l'embarcadère avant elle ; le petit bateau était prêt ; le vieux Jansen avait hissé la voile et nous attendait, assis au gouvernail tout en fumant sa pipe. Je sautai auprès de lui et me laissai bercer par les vagues. Je savourai ces quelques minutes d'attente comme un nectar matinal. La route que j'observais était encore déserte. Au bout d'un quart d'heure Friederike apparut. Je la vis de loin, il me semblait qu'elle marchait plus vite que de coutume ; quand elle mit le pied sur le ponton, je me levai ; elle n'avait pas pu me voir plus tôt et m'envoya un sourire en guise de bonjour. Enfin elle arriva au bout de l'embarcadère, et je lui tendis la main et l'aidai à monter dans le canot. Jansen détacha l'amarre et notre embarcation s'éloigna. Nous étions assis serrés l'un contre l'autre ; elle me prit le bras. Toute habillée de blanc, elle avait absolument l'air d'une jeune fille de dix-huit ans.

« Que verrons-nous dans cette île ? » demanda-t-elle.

Je ne pus m'empêcher de sourire.

Elle rougit et dit : « Le phare, tout de même ?

— Peut-être l'église aussi, ajoutai-je.

— Interrogez cet homme… » Elle désignait Jansen.

Je lui demandai : « De quand date l'église de l'île ? »

Mais il ne comprenait pas un mot d'allemand et cette tentative nous permit de nous sentir encore plus seuls ensemble, tous les deux.

« Par là, dit-elle, c'est une île aussi ? »

Je suivis la direction de son regard. « Non, répondis-je, par là c'est la Suède, c'est le continent.

— Que ce doit être beau ! dit-elle.

— Oui, repris-je, mais il faudrait pouvoir y rester… longtemps… toujours. »

Si à ce moment-là elle m'avait dit : Viens, partons ensemble pour un autre pays et ne revenons plus… j'aurais accepté. Tandis que nous glissions dans ce bateau, caressés par cet air pur, je ne voyais de tous côtés que l'eau miroitante, que le ciel clair au-dessus de nous ; ainsi je croyais faire un voyage triomphal, et que nous étions tous deux un couple royal, et que toutes les autres réalités de notre vie d'avant étaient abolies.

Nous discernâmes bientôt les petites maisons construites dans l'île et l'église blanche se profila de plus en plus nettement, en haut de la colline qui montait doucement sur toute la longueur de l'île. Notre bateau piquait droit sur la côte. Nous croisâmes de tout près des barques de pêcheurs ; quelques-unes d'entre elles dont les avirons avaient été garés, semblaient voguer à la dérive. Friederike la plupart du temps avait gardé les yeux fixés sur l'île ; mais sans la *regarder* vraiment. Moins d'une heure après notre départ nous entrions dans le petit port que fermait une digue de bois, si bien que l'on eût pu se croire à l'intérieur d'un petit étang.

Quelques enfants se tenaient sur le débarcadère ; nous le parcourûmes lentement, jusqu'au rivage ; les enfants derrière nous ; mais ils s'égaillèrent bientôt. On avait devant soi tout le village : composé tout au plus de vingt maisonnettes disséminées de-ci de-là. Nos pieds enfonçaient dans le sable fin et brun que les vagues avaient poussé jusque-là. Quelques filets de pêche étaient étalés pour sécher en plein soleil sur un talus qui descendait jusqu'à la mer ; plus loin, sur le pas de leurs portes, quelques femmes étaient assises, à raccommoder des filets. À cent pas de là nous nous retrouvâmes seuls. Nous étions sur l'étroit sentier qui, partant des maisons, conduisait à l'autre bout de l'île, jusqu'au phare. À notre gauche la mer, dont nous séparaient des bandes de terre à l'aspect pauvre et mal labourées, qui devenaient plus étroites à mesure que l'on avançait ; à notre droite la colline sur la crête de laquelle nous distinguions le chemin de l'église, qui se retrouvait derrière nous. Sur tout cela planaient lourdement le soleil et le silence... Pendant tout ce temps, Friederike et moi n'avions pas échangé une parole, je n'en ressentais d'ailleurs pas le moindre besoin, j'étais infiniment heureux de marcher avec elle dans ce grand calme.

Mais ce fut elle qui se mit à parler.

« Il y a huit jours, dit-elle...

— Eh bien... ?

— Je ne savais rien encore... même pas où j'allais partir. »

Je ne répondis pas.

« Ah ! que c'est beau ici ! » s'écria-t-elle en saisissant ma main.

Je me sentais attiré vers elle ; j'aurais voulu la serrer dans mes bras, embrasser ses yeux.

« Vraiment ? » fis-je doucement.

Elle se tut et devint plutôt grave.

Nous étions arrivés à la maisonnette bâtie tout contre le phare ; le chemin s'arrêtait là ; nous dûmes faire demi-tour. Un étroit sentier, assez escarpé, montait à travers les champs. J'hésitai.

« Venez ! » me dit-elle.

Marchant ainsi, nous voyions devant nous l'église. Et nous nous en rapprochions pas à pas. Il faisait très chaud. Je pris par le cou Friederike qui, pour ne pas glisser, se serrait contre moi. J'effleurai de la main ses joues brûlantes.

« Pourquoi ne nous avoir jamais donné signe de vie depuis tant d'années ? demanda-t-elle subitement. Vous auriez pu écrire... à moi du moins, ajouta-t-elle en me regardant.

— Pourquoi... répétai-je interloqué.

— Mais oui !

— Voyons, je ne pouvais pas !

— Ah ! c'est *pour cela,* dit-elle alors, vous m'en vouliez donc ? »

J'étais trop surpris pour pouvoir répondre.

« Dites-moi, qu'avez-vous pensé, qu'avez-vous cru ?

— Ce que j'ai...

— Oui... vous semblez presque ne plus vous souvenir ?

— Si, si, je me souviens. Mais pourquoi m'en parlez-vous à présent ?

— Je voulais le faire depuis longtemps, dit-elle.

— Alors parlez, répliquai-je, très ému.

— Vous avez pris cela pour un caprice ? Si, certainement, ajouta-t-elle avec vivacité en voyant que j'allais répondre, mais moi je vous dis que ce n'était pas un caprice. Personne ne sait ce que j'ai pu souffrir cette année-là...

— Quelle année?

— Mais enfin… celle que vous avez passée chez nous… quelle étrange question!… Au début je me suis… Mais à quoi bon vous dire cela?»

Je pris violemment son bras. «Racontez-moi tout… je vous le demande… Vous savez bien que je vous aime.

— Et moi je t'aime aussi, cria-t-elle soudain et, s'emparant de mes mains, elle les embrassa… «je t'aime… toujours…

— Je t'en supplie, dis-je, raconte vite… raconte-moi tout.»

Et elle parla tandis que nous avancions lentement, au soleil, sur le sentier escarpé.

«Je m'étais dit, au début : c'est un enfant… je l'aime comme une mère, mais plus le jour de votre départ approchait…»

Elle s'interrompit un instant et poursuivit :

«Cette heure arriva enfin… Je ne voulais pas monter chez toi… je ne sais ce qui m'a poussée. Et quand je me suis trouvée auprès de toi, je ne voulais pas non plus t'embrasser… et pourtant…

— Continue donc, lui dis-je.

— Et soudain je t'ai dit de partir… tu as dû croire que tout cela n'était qu'une comédie, n'est-ce pas?

— Je ne te comprends pas.

— Je m'en doutais. J'ai même songé à t'écrire… Mais à quoi bon?… Enfin… la raison pour laquelle je te fis partir si précipitamment était… J'ai eu peur, tout d'un coup.

— Je le sais bien.

— Mais si tu le savais… pourquoi n'ai-je plus jamais reçu de tes nouvelles? s'écria-t-elle vivement.

— Pourquoi as-tu eu peur? questionnai-je encore, comprenant peu à peu.

— Parce qu'il m'a semblé que quelqu'un était là.

— Il t'a semblé? Comment cela?

— J'ai cru entendre des pas dans le couloir. Oui, c'est cela. Des pas! J'ai pensé que c'était *lui*… Alors la peur m'a prise… car c'eût été trop affreux s'il… oh, j'aime mieux ne pas y songer… Mais il n'y avait personne… personne. Il n'est revenu que bien plus tard, dans la soirée, tu étais parti depuis longtemps, très longtemps!»

À mesure qu'elle parlait je sentais quelque chose se glacer en moi. Et quand elle eut terminé, je la regardai comme pour lui demander : Qui donc es-tu?… Je me tournai machinalement vers le port où je vis briller les voiles de notre bateau. Depuis combien de temps, pensai-je, depuis quelle éternité avons-nous débarqué dans cette île?... Car je suis arrivé ici avec une femme que j'aimais et je marche à présent auprès d'une étrangère. Il m'était impossible de rien dire, fût-ce une parole. Mais elle ne s'en aperçut pas; elle avait passé son bras sous le mien, prenant sans doute mon mutisme pour un silence plein de tendresse. Je pensais à *lui*. Il ne lui avait donc rien dit! Elle ne savait pas, elle n'avait jamais su qu'il l'avait vue à mes pieds. Il s'était furtivement éloigné de la porte, et il était parti pour ne revenir que plus tard... après plusieurs heures... et il n'avait rien dit! Durant toutes ces années il avait vécu à ses côtés sans qu'un mot le trahisse! Il lui avait pardonné... et elle ne s'en était jamais douté!

Nous arrivions près de l'église; elle n'était plus qu'à dix pas de nous. Sur le côté, un sentier à pic devait mener en quelques minutes au village. Je le pris. Elle me suivit.

« Donne-moi la main, dit-elle; je glisse. » Je lui tendis la main sans me retourner. « Qu'as-tu donc? » demanda-t-elle.

Je ne pouvais parler, et pour toute réponse, je lui serrai violemment la main, ce qui sembla la rassurer. « C'est dommage, nous aurions pu visiter l'église », observai-je enfin pour dire quelque chose. Elle se mit à rire :

« Nous avons passé à côté sans nous en apercevoir.

— Voulez-vous rebrousser chemin? demandai-je.

— Non, je serai contente de me retrouver bientôt assise dans le bateau. Je voudrais faire un jour une sortie en voilier seule avec vous, sans cet homme.

— Je ne connais rien aux voiliers.

— Oh! » dit-elle, s'interrompant comme si elle avait eu subitement une pensée mais qu'elle ne pouvait pas la dire... Je ne la questionnai pas. Nous arrivâmes bientôt au débarcadère. Le bateau était prêt. Les enfants qui nous avaient accueillis à l'arrivée se retrouvaient là. Ils nous fixaient de leurs grands yeux bleus. Nous mîmes à la voile. La mer s'était calmée; en fermant les yeux on n'avait pas la sensation d'avancer.

« Vous devriez vous étendre à mes pieds », dit Friederike, et je m'allongeai aussitôt dans le fond du canot, posant ma tête sur ses genoux. J'étais content de pouvoir éviter son regard. Elle parlait et ses mots résonnaient à mes oreilles comme à distance. Je saisissais tout ce qu'elle disait sans perdre pour autant le fil de ma pensée.

Sa voix me donnait le frisson.

« Nous irons sur la mer tous les deux ce soir », dit-elle.

Il me semblait que quelque chose de spectral l'enveloppait.

« Ce soir, nous irons sur la mer, répéta-t-elle, lentement, dans un canot à rames. Tu sais manier l'aviron, je suppose ?

— Oui », dis-je. La profonde mansuétude qui l'environnait silencieusement sans qu'elle s'en doutât, me faisait frissonner.

Elle reprit : « Nous laisserons aller notre barque bien loin dans la mer et nous serons seuls... Pourquoi ne dis-tu rien ?

— Je suis heureux », répondis-je.

Le destin muet qui à son insu était le sien depuis plusieurs années me faisait frémir.

Nous glissions sur l'eau.

Pendant un instant je pensai : Dis-lui tout. Détache d'elle cette chose inquiétante ; alors elle redeviendra pour toi une femme comme les autres, et tu pourras la désirer. Mais je n'en avais pas le droit... Nous accostâmes.

Je sautai hors du bateau et l'aidai à descendre.

« Mon petit garçon m'a sûrement demandée. Je vais aller lui jeter un coup d'œil. Laissez-moi seule, maintenant. »

Il y avait du monde sur la plage ; je vis que quelques personnes nous observaient.

« Et ce soir, dit-elle, à neuf heures je serai... mais qu'as-tu ?

— Je suis très heureux, répondis-je.

— Ce soir, reprit-elle, à neuf heures, je serai sur la plage, je serai près de toi... Au revoir ! »

Et elle s'en alla vivement.

« Au revoir », dis-je à mon tour, sans quitter la place où j'étais... Mais je ne la reverrai jamais.

Tandis que j'écris ces lignes, je suis déjà loin, très loin, et je m'éloigne de seconde en seconde ; je les écris dans un compartiment du train qui a quitté Copenhague il y a une heure. Il est neuf heures précises. Elle est sur la plage, et elle m'attend. En fermant les yeux, je vois sa silhouette. Mais non, ce n'est pas une femme qui dans la pénombre se promène sur le rivage... c'est une ombre qui glisse le long de l'eau.

Traduction révisée par Brigitte Vergne-Cain et Gérard Rudent.

L'APOTHÉOSE

Cette nouvelle fut considérée très vite comme l'une des meilleures de Schnitzler. On appréciait la composition magistrale et l'évocation de la vie viennoise, mais faite ici de l'intérieur, par un pur Viennois ; on était profondément ému par cette farce macabre, qui se présentait d'abord comme un récit naturaliste et qui s'achevait en conte néo-symboliste : le comédien raté pouvant faire songer aux vieux saltimbanques chers à Baudelaire...

D'abord, Schnitzler appelle sa nouvelle Sturys Ehrentag (Jour de gloire pour Stury), *patronyme qui peut évoquer en allemand quelqu'un qui se retrouve comme un figurant, planté là,* tout raide (starr/stur), *sans savoir bouger.*

Le Journal *révèle que l'écrivain a conçu ce récit dès la première heure pour la lecture en public. De fait,* L'Apothéose *figurera souvent au programme de telles manifestations. Nous voyons là une confirmation de notre hypothèse (voir la Préface, pp. 36-37) que le style de Schnitzler est principalement orienté par l'oralité, directe ou indirecte. Dans* Der Ehrentag, *il a cherché des effets qu'un bon* Rezitator *doit pouvoir rendre sensibles : présences de voix multiples, brusques changements d'intensité, formules à double entente. Il en a peut-être trop fait... car en lisant lui-même sa nouvelle à ses amis, il constate que le deuxième chapitre plaît moins que les deux autres. Toujours est-il qu'il faudrait envisager sous cet angle très concret les rapports souvent relevés entre récits et pièces de théâtre dans l'œuvre de Schnitzler.*

Signalons aussi que cette «Novelette» comporte des personnages qui reparaissent plusieurs fois : August Witte et Emerich Berger, étudiants, étaient déjà présents dans Le Conte de fée (Das Märchen) *pièce en trois actes, de 1891. August Witte figurera encore dans une autre nouvelle,* Exzentrik, *en 1902,* (Music-Hall). *C'est un «Lebemann», un viveur. Dans la liste des personnages de* Das Märchen, *il est décrit de la façon suivante : «Étudiant. Visage jeune, encore puéril. Courts favoris. Porte un monocle. Exagérément élégant, a un très haut faux-col qui donne aux mouvements de sa tête quelque chose d'artificiel. Très bon garçon.» Il n'empêche : sur les* Diagrammes *(voir p. 41), il devrait figurer dans le triangle des êtres inhumains. Le comédien raté, Friedrich Roland, pourrait au contraire être rapproché de l'ami Upsilon.*

Schnitzler avait achevé sa nouvelle le 22 mars 1897. Elle fut publiée d'abord dans une revue, Die Romanwelt, *la même année. Elle figurera ensuite dans le recueil publié par Fischer en 1898, intitulé* La Femme d'un Sage, *qui comporte, après la nouvelle-titre et dans l'ordre suivant :* Le Dernier Adieu, L'Apothéose, Fleurs *et* Les morts se taisent.

Six ans plus tard, en 1903, Der Ehrentag *est traduit en français, par Maurice Rémon et Gaspard Valette sous le titre :* Jour de gloire. *Et Schnitzler pour sa part trouve même que son récit est meilleur en français… ! Il développe sa pensée dans une lettre à Hofmannsthal, le 10 novembre 1903. Il en ressort principalement que «dans son allemand», le récit «ne respire pas assez», est encore un peu trop une esquisse de cas, ne laisse pas assez d'ampleur aux personnages — bref, que sa nouvelle est encore loin d'être assez imprégnée «d'âme et d'humanité».*

I

August Witte se trouvait depuis une demi-heure au café, ayant devant lui un monceau de journaux, auxquels il n'avait pas touché, lorsque la porte s'ouvrit, livrant passage à Emerich Berger, qui entra en grande hâte.

« Enfin te voilà ! lui cria August du plus loin qu'il le vit. Il était vraiment temps. Tu aimes à trouver la besogne toute faite !

— Je te demande pardon, dit Emerich en s'asseyant ; j'ai été obligé de faire une visite et je n'arrivais pas à filer... je n'ai rien manqué, j'espère ? Tout est bien au point ?

— Certainement ! répondit August en fronçant un peu les sourcils. Mais heureusement que je suis là, moi !

— Alors, il n'y a plus rien à faire jusqu'à l'heure convenue ?

— Plus rien, pour l'instant. J'ai simplement avisé Dobrdal d'avoir à passer ici pour recevoir mes dernières instructions.

— *Ici ?...* c'est ici que tu as fait venir Dobrdal ?

— Mais pourquoi pas ? Il a l'air convenable, cet homme. Et puis chacun verra bien qu'il n'est pas des nôtres. »

Emerich acquiesça d'un signe de tête, puis il demanda : « Qu'as-tu fait des couronnes de laurier ?

— Elles ont été envoyées au théâtre directement.

— Bon ! alors tout va pour le mieux... Et personne n'est au courant, sauf toi et moi ?

— Personne ; nous devrons prévenir Fred cependant, puisqu'il partage notre loge. »

Emerich secoua la tête.

« Ne penses-tu pas qu'il vaudrait mieux que ce soit une surprise... pour Fred aussi ?

— Et pourquoi ça ?

— Tu sais, Fred a parfois des idées singulières ; il est capable de ne pas être d'accord.

— Tant pis pour lui ! Nous avons bien le droit de nous amuser, je pense. Et nous sommes prêts à en supporter les conséquences tout seuls, pas vrai ?

— Dis plutôt toi. *Toi* seul.

— Oui, moi. Moi seul. Je parie qu'aucun de vous n'aurait eu une idée aussi originale.

— Sans doute, concéda Emerich en souriant, mais je parie que la petite Blandini doit être pour quelque chose dans cette affaire... j'ai idée que... »

Un regard sévère d'August l'arrêta net ; il inclina la tête d'un air embarrassé, prit un morceau de sucre, le fit tomber dans son café et se mit à siffloter.

« Bonjour, vieux ! » dit Fred, qui venait d'entrer et qui tendit la main à chacun des jeunes gens. « Je te remercie de m'avoir invité dans ta loge, fit-il en se tournant vers August, mais permets-moi une question : pourquoi allons-nous revoir cette opérette imbécile ?

— Tu vas tout savoir, répliqua August ; du reste voici le sieur Dobrdal.

— Qui ? questionna Fred.

— Hé garçon ! cria August. Voyez-vous ce monsieur, près du billard, qui parle à Franz ? Dites-lui de venir à notre table.

— Dobrdal ? dit Fred en s'adressant à Emerich. Qu'est-ce que cela signifie ? Qui est Dobrdal ? »

Des yeux Emerich désigna le monsieur qui, prévenu par le garçon, s'approchait de leur table en saluant très bas.

C'était un petit homme, en long paletot marron, avec sur la tête un bonnet de fourrure. Son lorgnon se balançait au bout d'un ruban.

August lui fit un signe de tête protecteur : « Bonsoir, monsieur Dobrdal, voulez-vous prendre quelque chose ?

— Oh ! merci, ce n'est pas la peine.

— Eh bien, asseyez-vous !

— Avec votre permission.

— Je vous ai demandé de venir au café pour convenir une dernière fois... Mais voyons, qu'est-ce que je peux vous offrir ? Tenez, voici le garçon.

« Apportez-moi un *mélange*[1], dit Dobrdal en enlevant son bonnet de fourrure qu'il posa sur la table.

Emerich s'en saisit délicatement et le mit sur une chaise.

« Merci beaucoup ! fit Dobrdal.

— Eh bien ! reprit August, de combien d'hommes disposez-vous ?

— De quarante, monsieur, et *très bien* répartis dans tous les coins de la salle.

— À l'orchestre aussi ?

— Naturellement, le balcon ne suffirait pas, c'est l'orchestre qui importe !

— Et reverrez-vous ces gens avant le début des opérations ?

— Naturellement, j'ai tous les billets sur moi.

— C'est bien. Écoutez, monsieur Dobrdal, nous allons récapituler une dernière fois : Au premier acte — rien. J'aimerais même que les applaudissements fussent moins vifs que de coutume.

— Pardon, monsieur von Witte[2], voilà une chose qui n'est guère possible. Le directeur demande qu'on fasse trois rappels.

— C'est ennuyeux.

— Mais si vous voulez, monsieur von Witte, je puis toujours imposer silence à l'orchestre après le premier acte.

— Bon ! alors ensuite vient le second acte... *là,* ça devient sérieux. Nous avons d'abord le chœur.

— Je sais bien, monsieur von Witte.

— Écoutez-moi tout de même. Après le chœur, mademoiselle Blandini reste seule en scène, comme chacun sait ; elle est terriblement triste ; puis elle se jette sur la chaise longue. C'est alors qu'apparaît M. Roland.

— Et c'est alors que tout se déclenche, compléta Dobrdal.

— Roland ? s'exclama Fred.

— Mais c'est en cela que consiste la farce, lui confia Emerich à voix basse.

— À l'instant où Roland entre en scène, poursuivit August, des applaudissements retentissent.

— Bon ! acquiesça Dobrdal.

— Au milieu des applaudissements on distingue déjà quelques voix qui crient « Bravo ! » Les applaudissements se poursuivent, tandis que depuis la fosse des couronnes de laurier sont déposées sur la scène. Roland doit alors dire : Belle dame... ou jolie dame... mon maître vous envoie cette parure ! Sur quoi mademoiselle Blandini chante son grand air, tandis que Roland se tient près de la porte. Puis la Blandini s'approche de Roland et lui rend la parure.

— Cela ne m'étonne pas, c'est bien d'elle», remarqua Emerich. Mais il rougit aussitôt, en voyant l'œil sombre d'August se poser sur lui. Celui-ci poursuivit : «Roland prend la parure et dit : Que dirai-je à mon maître ? ou bien à peu près. — Rien ! » répond la Blandini. — Roland salue alors et sort... À cet instant : énorme salve d'applaudissements.

— Un vrai triomphe ! ajouta Dobrdal.

— C'est cela : acclamations, rappels enthousiastes ; des cris : Encore !... Et alors vos gens ne cesseront pas de crier avant que Roland ne soit forcé de revenir en scène saluer et remercier... Vous m'avez bien compris, monsieur Dobrdal ?

— Soyez tranquille monsieur von Witte !

— Et voilà ! c'est tout pour le moment», conclut August.

Dobrdal comprit, se hâta d'avaler son *mélange*, se leva, salua et disparut.

«M'expliqueras-tu enfin, dit Fred, ce que tout cela signifie ?

— Je vais te le dire, répliqua August.

— Je grille d'impatience», fit Fred.

Emerich écoutait attentivement.

«D'abord, commença August, je ne vois absolument pas pourquoi toute chose doit avoir une signification.»

Emerich sembla déçu ; Fred se mit à rire. «Ensuite, poursuivit August rapidement et sur un ton irrité, vous ne me poseriez pas de questions si vous aviez un don de pénétration suffisant pour comprendre le fond des choses. Je ne veux pas prétendre, certainement, avoir pensé tout d'abord à autre chose qu'à mettre en scène une bonne blague ; mais au fond c'est davantage, c'est une bonne action, je dirais presque que c'est fort sensé de faire plaisir, pour une fois, à un pauvre bougre auquel personne, hormis nous, ne pense. Les grands artistes sont suffisamment fêtés et choyés, je trouve ; mais pour jouer la comédie, on a tout autant besoin des petits cabotins.

— C'est juste, remarqua Emerich.

— Ma farce a donc un sens profond et caché, et si le public, ce soir au théâtre, se joint à la claque, ce dont je ne saurais douter, il aura peut-être sans le savoir rendu hommage en la personne de monsieur Roland à tous les artistes méconnus qu'il oublie d'ordinaire.

— Certainement sans le savoir, dit Fred. Comme toi, qui ignorais, il y a dix minutes, combien tu étais généreux.

— Emerich avait raison», remarqua August.

Emerich, l'air important, se demanda en quoi il avait eu raison.

« Il m'avait conseillé de ne rien te dire », poursuivit August. Cette fois, Emerich, effaré, regarda Fred, avec un air de compréhension affectionnée.

« Tu es un père rabat-joie, dit August.

— Je ne te comprends vraiment pas, reprit Fred en riant. Tu te montes la tête comme si tu te croyais visé. Voyons, une action généreuse n'est pas consciente, sinon il n'y a pas de générosité. Si un individu vulgaire s'avise de faire une blague, celle-ci devient tout naturellement une infamie ; si c'est toi qui t'en avises, cela devient une bonne action. »

August lui lança un coup d'œil courroucé : « Voudrais-tu nous priver ce soir du plaisir de ta compagnie au spectacle ?

— Je n'y songe pas, répondit Fred d'un air candide, surtout que tu m'as invité à souper après avec Emerich et mademoiselle Blandini.

— J'avais oublié.

— Mais pas moi.

— Il est temps de partir », dit August.

Ils payèrent, quittèrent le café et se rendirent au théâtre. Durant le trajet, Emerich observait tantôt l'un, tantôt l'autre, se rendant compte obscurément qu'il avait devant lui deux êtres dont les vues divergeaient sur un point important. En montant l'escalier qui conduisait à leur loge il prit donc son courage à deux mains et leur dit : « Allons les enfants, ne faites pas les idiots !... »

August ne répondit rien. Mais Fred lui serra la main et dit : « J'essaierai ».

La porte de la loge s'ouvrit et les trois amis entendirent résonner les premiers accords fort entraînants de l'ouverture.

II

Le premier acte était terminé.

Friedrich Roland était seul dans sa loge. Vêtu d'un costume fantastiquement pompeux — pourpoint de velours rouge et noir, maillot bleu foncé — sa perruque d'admirables boucles brunes surmontée d'un béret, son épée posée sur ses genoux, il regardait fixement la glace qui reflétait les traits de son visage rajeuni par le maquillage, le fard rouge et une fausse moustache. Il était resté assis là, quasiment sans bouger depuis le début de la pièce. À travers la porte fermée il entendait à présent des bruits de pas et de voix ; c'étaient les choristes, revenant de la scène, qui se hâtaient de gagner la salle d'habillage ; puis le silence se rétablit. Roland était content d'être seul, il en arrivait à aimer cette nouvelle opérette parce qu'aucun des deux autres acteurs qui partageaient d'habitude cette loge avec lui n'y avait de rôle. C'étaient des hommes avec lesquels il ne pouvait pas s'entendre ; deux gaillards satisfaits de la médiocrité de leur art, qui l'avaient toujours pratiqué en artisans consciencieux et qui ne lui demandaient rien que de subvenir à leurs besoins et de leur assurer un gagne-pain, ce qui était le cas. Roland sentait bien qu'à présent on le rangeait dans la même catégorie qu'eux, mais il savait aussi qu'il n'avait en réalité rien de commun avec eux. Tout aurait pu être différent pour lui s'il avait eu de la chance. Et il y pensait, assis là immobile, tout maquillé devant la glace, comme il y songeait toujours, à chaque instant de sa vie. Il y avait dix ans que durait son engagement à ce théâtre, et aujourd'hui encore il ne pouvait pas s'y rendre sans éprouver un sentiment de sourde rancœur et de honte qu'il n'avait jamais su dissimuler. Ses camarades, guidés par le flair propre aux âmes basses, eurent vite fait de trouver le point vulnérable de l'acteur ; tout en lui leur était sujet de moquerie : sa façon de parler sans élever la voix, comme lassé d'avance, sa démarche lente qu'on qualifiait de majestueuse, et même un geste familier qui lui faisait incliner légèrement la tête en fermant les yeux à demi… tout cela n'était pour eux que la manifestation comique de son insatisfaction. Avait-il eu du talent, on n'en savait rien, et c'était une question que l'on ne s'était jamais posée : les rôles qu'il incarnait depuis des années étaient des pages, des valets, des conspirateurs dont le nom précis ne figurait pas sur le programme ; et le plus souvent, il était second valet ou troisième conspirateur. On n'avait pas lieu de supposer qu'il eût plus à se plaindre que tous les autres que l'on avait choisis pour ces rôles-là ; ils avaient fait la même carrière que Roland, ayant joué autrefois, dans de petits théâtres, des rôles de héros, de jeunes premiers ou de maîtres-fourbes. L'un ou l'autre d'entre eux devait se souvenir douloureusement parfois de cette époque, et le laisser peut-être transparaître çà et là. Cependant tous les quolibets, toutes les piques étaient pour Roland parce que l'on voyait qu'il en souffrait plus que tout autre. Il avait bien commencé par se défendre, par essayer de répondre aux taquineries, mais il avait été trop maladroit ; et quand il avait voulu faire un esclandre, le courage lui en avait manqué. C'est ainsi qu'il s'habitua bientôt à tout accepter en silence, s'enfermant dans un mutisme tel que des jours passaient sans qu'on l'entendît proférer une parole. Cette singularité cadrait parfaitement avec l'idée que ses camarades s'étaient faite de lui, elle faisait partie en quelque sorte de la fierté comique du « génie méconnu ». Sa réputation avait peu à peu dépassé le cercle étroit de ses activités ; tous ceux qui dans la ville s'intéressaient au théâtre connaissaient son nom auquel s'attachaient tant de bons mots. Ce nom de Roland dont se servaient les échotiers dans des entrefilets pleins de verve, que le public aimait à citer plaisamment, servait à désigner le type même de l'acteur médiocre et infatué. Ainsi, la célébrité à laquelle Roland avait aspiré autrefois lui semblait accordée, mais combien différente du rêve de sa jeunesse ! Il en arrivait à envier les artistes inconnus. Tous ceux qui pouvaient encore espérer que leur destin prenne un tour heureux et qu'un jour la gloire viendrait les tirer de leur obscurité présente. Cet espoir n'existait plus pour lui. Il y avait deux ans déjà que, pour la dernière fois, il avait osé implorer le directeur de lui donner un vrai rôle. Roland n'avait obtenu qu'un refus accompagné d'un éclat de rire, et il avait compris. Une dernière fois aussi il songea à quitter la ville, à retourner en province, à y recommencer la vie nomade des dix premières années de sa carrière ; mais les agents de théâtre lui déclarèrent tous qu'il était trop tard ; du reste, les expériences qu'il avait faites jadis comme jeune premier dans les petites villes de Bohême et de Moravie n'avaient pas été assez encourageantes pour lui donner l'énergie nécessaire à se lancer tout seul dans cette entreprise. Il n'avait pu que se résigner à accomplir, pour en vivre, simplement sa tâche quotidienne comme tant d'obscurs ouvriers. Le vide s'était fait autour de lui ; il ne voulait frayer ni avec les grands ni avec les petits artistes. Autrefois il avait été l'habitué d'un petit restaurant où se réunissait après le spectacle une société de gens très quelconques, petits-bourgeois et employés du théâtre, fiers de leur commerce avec des théâtreux. Mais là comme partout, les quolibets, les plaisanteries avaient fusé dès que Roland arrivait ; avec la méfiance qui lui était devenue naturelle, il avait pris pour de l'ironie aussi toute marque de cordiale sympathie. Et il ne s'y montrait plus guère qu'après avoir avalé auparavant et en solitaire quelques verres de vin, se sentant capable alors de croire à la bienveillance des hommes, et même de supporter leurs petites malices avec indifférence. Dans ces moments-là l'espérance incongrue renaissait en lui d'un retournement grandiose : il croyait à la possibilité de hasards, qui lui vaudraient une situation plus digne de lui, d'où il pourrait mépriser les sarcasmes incessants dont il était l'objet… Mais le vin n'agissait pas toujours et, la plupart du temps, il se promenait comme un être auquel la vie a infligé une irréparable humiliation. Quelques petites aventures galantes lui avaient autrefois procuré un semblant de bonheur, mais depuis quelques années c'était fini aussi, et il ne croyait plus à la sincérité de l'amour, à la muette interrogation d'un tendre regard de femme parfois posé sur lui. Depuis quelques semaines déjà, il avait trouvé de temps à autre un bouquet de violettes sur sa tablette ; il ne s'était même pas enquis d'où il venait ; ce ne pouvait être autre chose qu'une plaisanterie, une de ces plaisanteries habituelles qui lui étaient réservées. Cela entrait dans la catégorie des « poulets », des rendez-vous qu'on lui donnait et auxquels il se rendait pour ne trouver personne, ou pour voir apparaître le souffleur ou même quelques chanteuses du chœur, fort amusées par sa mine éberluée.

Ces violettes s'étaient encore trouvées là, ce soir ; il n'y avait pas touché. En admettant même qu'elles fussent sincères, ces fleurs, que lui importait?... Son accablement était tel qu'aucune joie ne pouvait l'atteindre. Il ne connaissait plus que sa solitude et le ridicule. Il s'était bien demandé parfois comment cela finirait, et des idées bizarres lui étaient venues, qu'il avait chassées aussitôt. Une fois, cependant, une pensée nouvelle le poursuivit pendant assez longtemps : il voulait insérer un avis dans le journal, en appeler au public, lui dire les horribles tourments que l'humanité lui infligeait, et il commencerait ainsi : Aux hommes nobles et bons ! Un jour il avait même commencé la lettre dans sa loge, car dans sa chambre il n'avait qu'une table boiteuse... mais il n'y était pas arrivé. Il aurait eu l'impression de demander l'aumône. Ce texte aurait été accueilli par une hilarité générale. Par la suite, il songea à autre chose. Ne serait-il pas plus efficace de parler sérieusement à mademoiselle Blandini, la prima donna du théâtre qui, pendant les répétitions, lui adressait parfois quelques mots bienveillants... il lui expliquerait qu'il n'était pas aussi ridicule que les gens voulaient bien le dire, mais... il n'osa pas. Un soir qu'il rentrait passablement éméché de sa gargote, le projet le plus insensé traversa son esprit ; à la prochaine occasion, il allait se jeter à genoux au beau milieu d'une scène et adresser une supplique à la salle : O généreux public... et il leur raconterait sa misère, sa détresse, d'une voix poignante qui saurait trouver le chemin de leur cœur et il faudrait bien alors qu'on voie qu'il était un grand artiste, les larmes ruisselleraient sur bien des joues, et peut-être aussi sur les siennes... Cette image le hantait, non pas comme une chose qui pourrait un jour se produire, mais comme le souvenir d'un rêve beau et vivant.

La sonnerie qui l'appelait en scène retentit. Il se leva, sortit de sa loge, descendit posément les dix marches de bois. Il se trouvait derrière les coulisses. Quelques choristes le saluèrent. Roland s'avança un peu et se plaça près de la porte par laquelle il devait entrer. Mademoiselle Blandini chantait encore, et il attendait sa réplique… voilà… c'est le moment ; le régisseur à côté de lui donna le signal : deux machinistes ouvrirent les portes et Roland entra en scène. Mais c'était un peu trop tôt. Le régisseur s'était trop pressé de faire ouvrir la porte. Car des applaudissements venaient d'éclater, en l'honneur de la Blandini, sans doute. Décidément elle est en vogue, pensa-t-il ; quel enthousiasme au bout de quelques mesures !… Et cela ne s'arrêtait pas… Machinalement Roland consulta du regard la Blandini qui, le dos au public, s'était tournée vers lui. Il l'entendit murmurer : « Y comprenez-vous quelque chose ? »… Les applaudissements redoublaient. Roland leva les yeux vers le balcon… Soudain, au milieu des bravos, il crut très nettement entendre son nom. Mais… il devait s'être trompé. « Entendez-vous ? dit la Blandini. — Oui, répliqua Roland. — C'est votre nom », dit la Blandini. Les applaudissements ne tarissaient pas. De tous côtés l'on criait : « Roland ! Roland ! » de plus en plus fort. Qu'est-ce donc, pensa Roland, est-ce un rêve ? Ou suis-je devenu fou ? — Parlez ! murmura la Blandini. — Que dire ? demanda Roland qui se troublait. — Hé bien, votre rôle… l'histoire du joyau. » Roland se ressaisit et dit : « Belle dame, ce joyau… » Mais sa voix n'arriva pas à dominer la foule. Le tonnerre des bravos se poursuivait ; quelques sifflements qui s'y glissèrent furent vite étouffés. « Des couronnes », dit la Blandini. Et Roland, persuadé qu'elles étaient destinées à l'actrice, se précipita vers la rampe, se pencha et se saisit d'une immense couronne de laurier pour la présenter à la cantatrice. Mais elle lui murmura : « C'est pour vous »… Il s'arrêta, interdit ; ses yeux tombèrent sur le ruban et il aperçut son nom. Durant l'espace d'une seconde, quelque chose de très étrange se passa en lui : « Je suis un grand acteur, pensa-t-il, et le public s'en est aperçu, malgré l'insipidité de mes rôles » ; machinalement il prit le ruban dans la main gauche et lut l'inscription : « Au génial artiste Friedrich Roland, ses contemporains reconnaissants… » Soudain un immense éclat de rire dans la salle lui fit lever la tête ; le ruban glissa de ses mains… il regarda le public et vit des milliers de mains qui l'applaudissaient à tout rompre, et des visages illuminés par le plaisir qui se tournaient vers lui… Il ne comprenait pas. Les rires redoublèrent. Alors il comprit. Il eût voulu se jeter par terre et cacher son visage ; car c'était de lui qu'on riait… c'était lui qu'on bafouait… L'idée de le fêter, *lui*, Friedrich Roland, avait déchaîné cette folle hilarité. Le sommet de la gloire était atteint, pour lui… il le sentit, et l'impression en fut si violente que soudain il ne vit plus rien, n'entendit plus rien, et qu'au milieu de cette foule bruyante le silence et le vide se firent pour lui. Et soudain — comme si son regard eût maîtrisé la salle, le silence se rétablit effectivement. Il savait qu'il n'avait pas encore parlé, peut-être aussi la Blandini lui avait-elle rappelé son rôle à voix basse? Fixant la cantatrice et, d'une voix qui ne tremblait pas, il lui dit : «Belle dame, ce joyau est un présent de mon maître...» La Blandini prit l'écrin après avoir longuement regardé le messager. «Voilà une nouvelle nuance dans son jeu, pensa-t-il, pourquoi fait-elle cela?»... Soudain il l'entendit lui dire : «Ne vous chagrinez pas». Il s'aperçut alors que l'orchestre jouait à nouveau et, au bout de quelques mesures, la Blandini entonna son aria, une aria indéfiniment longue. Roland, qui se tenait près de la porte, écoutait chaque note de cet air bien connu; et il lui sembla que la Blandini chantait depuis des heures. Roland ne pensait à rien; devant lui la scène paraissait osciller, d'un mouvement continu et régulier, mille voix confuses bourdonnaient à ses oreilles; mais l'aria chantée par la voix claire de la Blandini lui semblait puissante et sonore comme si au loin, au-delà des murailles du théâtre, tous ceux qui le voulaient pouvaient l'entendre, dans le monde entier. Qu'elle était bonne de chanter ainsi, de chanter longtemps, car il avait peur que cette aria finisse; il pensa aux applaudissements, aux rires qui avaient précédé le grand air; tout cela allait sûrement recommencer aussitôt après... et il aurait besoin de tout son courage pour le supporter encore une fois... ç'avait été une atroce aventure...

L'aria était terminée; la Blandini lui tendit le joyau. Roland demanda : «Que dirai-je à mon maître? — Rien», répondit la Blandini, et sa voix tremblait comme elle n'avait jamais tremblé auparavant. Et ses yeux l'imploraient, comme si elle voulait le retenir sur scène, alors qu'il devait sortir. Roland salua, la porte s'ouvrit, il disparut... Alors les cris de la foule éclatèrent à nouveau : «Bravo, Roland! Roland, bravo!» Derrière la scène le régisseur et quelques choristes curieux étaient venus le rejoindre; le jeune comique se trouvait parmi eux : «Vous avez battu un record», dit-il à Roland. Le directeur s'approcha : «Mais qu'est-ce qui arrive, ils sont fous ces gens-là? Voyons, Roland, y comprenez-vous quelque chose?» Roland secoua la tête. «Qu'allons-nous faire? s'écria le directeur très animé. Les applaudissements continuent. Allez saluer et remercier, Roland, vous ne pouvez pas faire autrement. — Bien!» dit Roland. Il s'aperçut alors qu'il tenait toujours la couronne et voulut s'en défaire. «Gardez-la, lui dit le directeur, cela fait très bien!» «Ouvrez!» cria-t-il. Les portes s'ouvrirent et Roland revint en scène. Les bravos redoublèrent, au milieu de rires retentissants. Le comique se tourna vers le directeur : « Il doit s'agir d'un pari, lui dit-il. — Possible ! répondit le directeur. Enfin il aura eu son apothéose, lui aussi. »

Roland revint auprès d'eux, les portes se fermèrent. Il laissa tomber la couronne et s'apprêta à regagner sa loge ; quelques-unes des jeunes choristes voulurent lui serrer la main ; il ne s'en aperçut pas. Ses bras pendaient le long de son corps. Soudain, quelqu'un le retint : « Retournez saluer encore une fois, le public est déchaîné. » Roland fit volte-face, revint en scène et salua très bas. Il semblait accepter de si bonne grâce le rôle qu'on lui avait imposé que le rire dans la salle devint de plus en plus joyeux ; à ce moment précis beaucoup de gens l'aimaient. Mais lui songea soudain au rêve qu'il avait souvent fait et se demanda si l'instant n'était pas venu de se jeter à genoux et de crier : Grâce, généreux Public ! grâce…

Mais il savait bien que dans toute cette salle personne ne lui eût fait grâce. Et au milieu des rires tumultueux, de la joie débordante qui l'entouraient, sa solitude fut si affreuse que, durant un instant, son cœur s'arrêta de battre. En sortant il jeta un regard furtif à la Blandini. Elle avait les larmes aux yeux et détourna la tête. Le vacarme avait enfin cessé ; le directeur tapota l'épaule de Roland et lui dit en riant : « Quelle apothéose ! » Des acteurs, des choristes, des machinistes, qui se tenaient derrière les coulisses, auraient bien aimé continuer la plaisanterie commencée par le public ; mais Roland n'entendait et ne voyait rien. Tête basse, il se dirigea lentement vers l'escalier, gravit les sept marches de bois, traversa le couloir, ouvrit la porte de sa loge et entra ; puis il ferma à double tour. La serrure grinça derrière lui, tandis qu'en bas l'opérette suivait son cours.

III

Il y avait une heure que trois jeunes gens attendaient dans un *cabinet particulier*. Mademoiselle Blandini n'avait pas paru.

« Elle ne viendra pas, dit Fred.

— Impossible ! repartit August. Nous avons convenu de ce rendez-vous pas plus tard qu'hier et de plus je lui ai mis un mot cet après-midi.

— Tu sais ce que je trouve ? fit Emerich.

— Eh bien ? demanda August.

— Pour Roland nous devrions…

— Ah ! ne recommence pas ; la plaisanterie est finie : tout le monde s'est amusé ; c'était très inédit. Et maintenant… n'en parlons plus.

— Bon bon, dit Emerich, je pensais simplement que nous devrions lui faire envoyer quelque chose demain.

— De l'argent? demanda Fred.

— Certainement, de l'argent; nous lui devons bien ça; qu'en penses-tu, Gustl?

— Oui, nous pouvons le faire», répondit brièvement August.

Fred fixait le mur devant lui; tout le monde se taisait. August se leva soudain et dit : «J'y vais.

— Au théâtre? demanda Emerich.

— Non, chez elle. Car elle ne peut plus être au théâtre, c'est exclu!

— Alors tu crois possible qu'elle ait tout de même oublié ton invitation?

— Mais laisse-moi donc! répondit August, irrité, tout en enfilant son pardessus.

— Tu reviendras ici? demanda Emerich.

— Certainement et *avec* elle! À tout à l'heure.»

Il s'éloigna rapidement. En passant à côté des autres cabinets particuliers, il entendit le son d'une valse mal jouée sur un mauvais piano par quelqu'un qui n'avait aucun sens de la musique. Enfin August se retrouva en plein air. La rue était déserte, mais non pas obscure. La neige qui s'amoncelait par terre répandait une lumière blanchâtre, et sans aucun relief. Il continuait à neiger à gros flocons paresseux. August Witte trouva qu'un peu de marche lui ferait du bien; il était agité, nerveux, et il comptait sur la blancheur bienfaisante de cette nuit d'hiver pour l'apaiser. Il eut envie, un instant, de rendre Fred responsable de son mécontentement, car il avait gâché la soirée dès le début, par son hostilité, par son ironie.

Seulement, que la Blandini ne soit pas venue, il ne pouvait vraiment pas en rendre Fred responsable, bien qu'il en eût fort envie... il devait y avoir une autre raison. Probablement lui en voulait-elle après tout; bon... Au fond, avait-il voulu autre chose? Jamais il n'aurait songé à préparer et à exécuter la farce de ce soir si la Blandini elle-même ne l'y avait incité, depuis quelque temps, en lui parlant avec insistance et admiration de ce pauvre diable de figurant, en assurant qu'il avait la tête la plus intéressante qu'elle eût jamais vue, et certainement beaucoup plus de talent que tous les autres. Tout cela n'avait été au début qu'une simple plaisanterie; mais August avait eu l'imprudence de la contredire, et elle s'était butée, allant jusqu'à déclarer qu'August parlait ainsi par jalousie... La colère s'était alors emparée de lui : jaloux de monsieur Roland!... Ah!

Il savait bien de qui il avait sujet d'être jaloux. Dès le début il avait compris que le jeune comique était un rival sérieux : il s'en était accommodé... mais ce monsieur Roland, non, il n'en avait cure ! À chaque nouvelle rencontre avec la Blandini, il se promettait de ne pas parler de lui... mais à peine était-il auprès d'elle depuis cinq minutes, que la querelle recommençait... Il sentait que c'était stupide, qu'il poussait ainsi la Blandini dans la voie qu'il redoutait depuis longtemps... Et à présent, en se hâtant dans les rues, il savait ce qu'il redoutait. Il comprenait que la blague de ce soir n'était pas une plaisanterie innocente ; il n'avait pas songé non plus à faire plaisir à monsieur Roland, quoiqu'il ne doutât pas un instant de la satisfaction de l'acteur ; non... il avait surtout voulu, au fond, ridiculiser irrémédiablement ce médiocre comédien aux yeux de la Blandini, pour qu'elle s'en amuse et qu'ils redeviennent tous deux complices ; il avait espéré la regagner par cette invention spirituelle et remettre définitivement monsieur Roland à la place que, selon lui, il devait occuper. D'avance il s'était fait une joie de ce dîner qui devait suivre la représentation, d'avance il avait cru la voir se jeter à son cou, indifférente à la présence de ses amis, s'écriant comme dans leurs plus heureux moments : « Mon petit singe chéri, tu es par trop malin ! » Au théâtre déjà il s'était aperçu cependant que les événements ne suivaient pas le cours qu'il leur avait tracé. Aux premiers applaudissements qui suivirent l'apparition de Roland, la Blandini avait lancé un coup d'œil irrité vers la loge où il était assis avec ses deux amis et une fois que Roland eut quitté la scène elle l'avait suivi d'un regard éperdu et si tendre qu'August avait senti une immense colère le gagner. Et maintenant qu'il approchait de chez elle, il s'avouait enfin la crainte qui le possédait en réalité... c'était de les trouver ensemble, lui et elle. Il hâta le pas — c'était juste là, au coin —, et vit la porte de sa maison. Elle habitait une des larges avenues qui se trouvent derrière le Ring ; on ne voyait âme qui vive. Il écouta ; de loin, sur le pavé couvert de neige, on entendait le sourd roulement d'une voiture qui approchait ; sa main, qui s'apprêtait à sonner, retomba, et il attendit.

La voiture contourna le coin et s'arrêta devant la porte. Il la reconnut aussitôt comme étant celle qu'il louait lui-même pour la Blandini. Vivement il se dissimula et il eut l'impression que son agitation se dissipait soudain. Car il était convaincu que dans une seconde elle allait descendre de voiture en compagnie de Roland... et alors le sort en serait jeté, tout serait perdu, fini... La portière s'ouvrit, livrant passage à une dame puis se referma bruyamment. C'était la Blandini. August s'approcha de la voiture et regarda à l'intérieur ; elle était vide. Il poussa un soupir de soulagement. Puis il s'écria : « Albine ! »... Elle fit volte-face et, le reconnaissant, s'approcha vivement de lui : « C'est toi, tu oses venir ici ?

— Voilà qui est drôle, répondit August, comme conscient de ses droits sur elle, si j'ose ? Où donc étais-tu ? Et à faire quoi ? Voilà deux heures que je t'attends ! Que signifie ?

— Mon petit, tu attendras tant que tu voudras, répondit la Blandini, tout est fini entre nous.

— Pourquoi ?

— Tu oses demander pourquoi ?

— D'abord ne crie pas, ce n'est pas la peine que le cocher nous entende ; ensuite... »

À cet instant, la porte cochère s'ouvrit. La Blandini s'engouffra sous le porche et referma bruyamment derrière elle. August tremblait de colère, mais il ne voulait pas se ridiculiser devant le cocher et le concierge et ne broncha pas. Il réfléchit. Que devait-il faire ? Attendre ?... Foncer derrière elle ? S'exposer à être éconduit ? Faire les cent pas jusqu'au matin ? Lui faire une scène, le lendemain, dès qu'il l'apercevrait dans la rue ? La colère l'étouffait au point qu'il entendait le halètement de sa propre respiration... Deux minutes plus tard, la porte s'ouvrit à nouveau et Albine apparut.

Elle s'approcha de la voiture, ouvrit la portière et donna un ordre au cocher. August, qui l'avait suivie, la retint par le bras. « Où vas-tu ?

— De quoi te mêles-tu ? » Elle se dégagea et sauta lestement dans la voiture. Il monta aussi.

« J'ai le droit de me servir de *ma* voiture, je suppose, siffla-t-il entre ses dents.

— À ta guise ! »

Les chevaux se mirent en marche.

« Daigneras-tu enfin m'expliquer ? » interrogea August.

Elle ne répondit pas.

« D'où viens-tu ? »

Elle se tut.

« Étais-tu avec lui ?

— Non, dit-elle, mais je le cherche.

— Comment ?

— Mais oui !

— Tu es sa maîtresse ?

— Non, mais crois-moi, je le serai sans tarder, aujourd'hui même. »

August leva la main vers le cornet acoustique pour parler au cocher.

Elle lui saisit violemment le bras pour l'en empêcher.

August se détourna, regarda par la fenêtre et vit qu'ils traversaient le Ring.

Albine le regarda de côté.

« Tu veux savoir où nous allons ? »

August, blême et tremblant de rage, ne répondit pas. Elle poursuivit, cruelle et avec une certaine satisfaction :

« Je l'ai attendu à la sortie, mais il était parti... j'ai été chez lui, il n'y était pas. Je me suis fait conduire à la gargote où il se rend parfois ; encore une fois il n'y était pas. Et sais-tu pourquoi je suis repassée chez moi ? parce que partout où j'ai été, chez lui, dans la gargote, j'ai donné ordre qu'on l'envoie tout de suite à mon adresse. Et nous retournons au théâtre maintenant, car je n'aurai pas de cesse que je ne l'aie trouvé... comprends-tu ? »

August n'avait pas soufflé mot ; mais s'il avait pu, il l'aurait étranglée.

La voiture s'engagea sur le pont du Danube[1] et quelques instants après, s'arrêta dans une petite rue derrière le théâtre devant l'entrée des artistes. La Blandini sortit d'un bond ; August la suivit. La porte était close depuis longtemps. Un gardien de nuit passa et regarda d'un œil étonné la jeune femme qui à minuit carillonnait ici. Quelques secondes après, la petite porte s'ouvrit, et le concierge apparut, une lanterne à la main. « Seigneur, mademoiselle Blandini, qu'y a-t-il ? Qu'est-ce qui arrive ? Vous avez oublié quelque chose ?

— Éclairez-moi, c'est tout. »

August se tenait derrière elle.

« Ce monsieur n'a rien à faire ici, dit la Blandini, fermez à clé. »

Elle repoussa August et ferma la porte que le concierge verrouilla aussitôt. Suivie de cet homme, elle s'engagea dans l'étroit couloir qui mène à la scène. « Avez-vous vu partir Roland ? » lui demanda-t-elle.

Le concierge réfléchit : « Oh, mademoiselle, il n'y a certainement plus personne là-haut. Il y a deux heures que j'ai tout fermé.

— L'avez-vous vu partir ? » répéta-t-elle d'un ton presque suppliant.

Ils se trouvaient maintenant sur la vaste scène, complètement obscure. Un rai de lumière, venant de la lanterne que tenait le concierge, tombait sur la boîte blanche du souffleur. Des deux côtés les coulisses s'élevaient, immenses dans la nuit. Le rideau de fer baissé semblait une muraille gigantesque.

« Si je l'ai vu... de mes yeux..., dit le concierge, non... je ne me rappelle pas... Il passe tant de monde, mademoiselle, vous pensez bien que je ne peux pas regarder chacun, n'est-ce pas ? »

La Blandini réfléchit un instant puis, traversant la scène, elle disparut derrière les coulisses et s'apprêta à gravir les premières marches de l'escalier.

« Mais mademoiselle, cria le concierge qui la suivait avec la lanterne, vous allez du côté des loges des messieurs. »

Elle ne répondit pas, mais, hâtant le pas, elle monta si vite qu'elle se trouva bientôt dans l'obscurité et qu'elle dut attendre l'homme qui la suivait avec peine en portant la lanterne. Elle reprit haleine. Quand le concierge fut auprès d'elle et que le couloir se trouva faiblement éclairé, elle lui demanda : « Où est la loge de Roland ?

— Je n'en sais rien, mademoiselle ; vous savez que je ne monte guère ici. Mais les noms se trouvent sur les portes. »

Elle lui prit la lanterne des mains et essaya au hasard d'ouvrir la première porte.

« Mais voyons, mademoiselle, ça ne va pas, c'est fermé. Ces messieurs ont l'habitude d'emporter leur clé. Du reste, ce n'est pas la loge de monsieur Roland. »

Mademoiselle Blandini poursuivit ses recherches. Allant de porte en porte, elle éclairait, en soulevant la lanterne, les noms qui y étaient inscrits. Enfin elle s'arrêta, ayant trouvé. Une feuille de papier blanc portait les trois noms suivants : Engelbert Brunn, Oswald Friedmann et Friedrich Roland. Elle appuya sur le loquet, mais la porte résista comme les autres.

Le concierge secoua la tête : « Allons, mademoiselle, si vous avez oublié quelque chose là-dedans, vous le retrouverez, cela y sera encore demain.

— Écoutez… écoutez-moi, lui dit la Blandini. Roland avait terminé après le deuxième acte, donc il a dû partir avant les autres, comment se fait-il que vous ne l'ayez pas vu ?

— Mais mademoiselle, je ne dis pas que je ne l'ai pas vu, on voit tant de choses. Mais je n'ai pas fait attention à lui. »

La Blandini s'arrêta un instant, ne sachant quel parti prendre ; soudain une idée lui vint. Elle chercha dans son sac et poussa un soupir de soulagement. Peut-être ma clé ouvre-t-elle, dit-elle à mi-voix. Elle rendit la lanterne au concierge et aussitôt elle essaya cette clé. Qui entra dans la serrure. Elle tourna une fois, deux fois, elle actionna la poignée, et la porte s'ouvrit… Une silhouette gigantesque semblait appuyée à la fenêtre qui se trouvait en face d'elle. C'est un costume, pensa-t-elle tout d'abord. Elle saisit de nouveau la lanterne des mains du concierge, la souleva à hauteur de bras… et poussa un hurlement.

«Mon Dieu!» cria le concierge qui se précipita vers la fenêtre. On eût dit que Friedrich Roland se tenait debout là, ses bras pendaient le long de son corps, sa tête était inclinée sur sa poitrine. Il portait encore le costume de la veille au soir; sa fausse moustache était encore collée à son visage; seule la perruque était enlevée et ses rares cheveux gris et plats se hérissaient sur son crâne.

«Il s'est pendu, articula péniblement le concierge... pendu.» Il posa la lanterne sur la tablette, à côté des pots de fard et de la perruque. Puis il toucha les mains du mort et à tâtons, remonta le long de ces bras ballants jusqu'au cou... «C'est avec son mouchoir, dit-il. Eh bien qu'allons-nous faire, mademoiselle?»

La Blandini, immobile, fixait le cadavre.

«Vous ne savez pas, mademoiselle, reprit le concierge, je vais faire monter le monsieur qui attend en bas, et pendant ce temps j'irai prévenir la police.»

La Blandini tressaillit alors et répondit à voix basse :

«C'est cela, allez prévenir la police, je reste là... mais au monsieur qui m'attend, dites-lui de s'en aller, de s'en aller très vite, afin que je ne le voie plus; dites-le-lui bien, et dites-lui encore que si j'ai le malheur de le trouver en descendant, je lui cracherai à la figure.»

Ces dernières paroles furent criées d'une voix si terrible que le concierge sursauta et que leur écho le poursuivit dans la nuit tandis qu'il traversait en courant la scène déserte.

Traduction révisée par Brigitte Vergne-Cain et Gérard Rudent.

LES MORTS SE TAISENT

Le 22 mars 1897, tandis qu'il amorçait la rédaction définitive de cette nouvelle, Die Toten schweigen, *Schnitzler la désigne encore, dans son* Journal, *comme «l'autre adieu»* (den andern Abschied). *Il fait évidemment référence à la nouvelle de 1895* (Le Dernier Adieu). *Il s'agit en effet, une fois encore, d'un couple adultère et du mari, face à la mort. Mais, à la différence du premier «Adieu», c'est l'amant qui meurt brutalement. Et c'est la même atmosphère spectrale où les hallucinations assiègent celui qui survit, où le soliloque échappe à la volonté, où le «médio-conscient» affleure de plus en plus nettement. «Rêvais-tu?» demande le mari à son épouse. La femme va parler. Mais auparavant, elle va coucher leur petit enfant. En germe, c'est déjà* La Nouvelle rêvée *(voir le second volume de cette édition).*

«L'Autre Adieu» comme désignation fait donc pressentir qu'il existe en quelque sorte des symétries conscientes, sinon délibérément calculées, dans l'œuvre d'Arthur Schnitzler. (Rappelons que La Ronde d'amour, *cette suite de rencontres entre joyeux vivants, vient d'être terminée, le 24 février précédent). Mais il ne s'agit pas d'une logique architecturale; ce sont plutôt des variations sur certains thèmes qui s'imposent à l'écrivain, non pas des thèmes formels: des thèmes vivants.* Les morts se taisent *se termine sur l'espoir d'Emma (qui ne va pas s'empoisonner à l'arsenic, comme la Bovary) de vivre mieux qu'avant. Elle se découvre un vrai devoir dans son mariage, en échappant au carcan des convenances; elle progresse en énergie, et dans l'art de vivre. Albert au contraire, le*

malheureux héros du Dernier Adieu, *était réduit au désespoir. Rappelons aussi que Marie Reinhard, compte tenu de son appartenance à la bonne bourgeoisie (elle n'est pas une «süsses Mädel»), a fait un choix courageux en acceptant de vivre avec le docteur Schnitzler. Lui-même note d'ailleurs, dans son* Journal, *qu'il envisage de l'épouser. La vie et l'œuvre se trouvent ainsi intimement liées, dans une continuité indiscutable. Toute cette matière vivante deviendra d'ailleurs un grand roman :* Der Weg ins Freie (Vienne au crépuscule, *1908).*

Pour en rester à la nouvelle de 1897, le génie artistique de Schnitzler s'y reconnaît aussi dans le choix du titre définitif : Les morts se taisent *fait évidemment écho à une formule «médio-consciente», échappée à Emma en proie à une vision obsessionnelle. Mais au-delà, ce titre sonne aussi comme une injonction : les vivants doivent parler — pour échapper à l'inhumanité des zombis. Et l'artiste digne de ce nom doit proclamer cette vérité ; c'est alors qu'il peut monter sur le podium, juste en dessous du* Prophète *(voir les* Diagrammes, *p. 41).*

Les morts se taisent *eut toujours beaucoup de succès. L'évocation précise des lieux du drame, le parler populaire du cocher, l'humour du narrateur en faisaient aussi une viennoiserie des plus brillantes. La nouvelle fut cependant publiée d'abord, en octobre 1897, dans une revue qui s'appelait* Cosmopolis. *Par la suite, elle fut très souvent lue en public et rééditée. Dans le recueil de 1898, elle figure à la dernière place, comme en réponse à* La Femme d'un Sage *qui ouvre le recueil. Mais elle fut introduite ultérieurement, en 1914, dans la deuxième édition du recueil intitulé* La Danseuse grecque *(recueil publié d'abord en 1904 par le* Wiener Verlag*). C'était cette fois dans un ensemble de récits plus pittoresques. La maison Fischer, avec l'approbation de l'auteur (cela va sans dire) sut faire valoir toutes les facettes de ces chefs-d'œuvre... Mais aujourd'hui, c'est un vrai puzzle !!*

Au fait, a-t-on dit que «Schnitzler» en allemand signifie le «ciseleur» (de «schnitzeln», «couper en petits morceaux»)?

Il ne put rester en place plus longtemps, descendit de voiture et marcha de long en large. Il faisait déjà nuit ; la flamme de quelques becs de gaz qui éclairaient cette petite rue tranquille et un peu à l'écart vacillait au vent. La pluie avait cessé ; les trottoirs semblaient secs ; mais la chaussée non pavée restait humide et çà et là on voyait des flaques d'eau.

C'est curieux, pensa Franz, on est à cent pas à peine de la *Praterstraße*[1] et on pourrait se croire dans une petite ville de la province hongroise. Quoi qu'il en soit... ici au moins nous serons à l'abri des curieux, nous ne rencontrerons aucune de ses connaissances qu'elle craint tant.

Il consulta sa montre... Sept heures — et il fait déjà nuit noire. L'automne est en avance cette année ; et puis cette sacrée tempête...

Il remonta le col de son pardessus et hâta le pas. Les vitres des becs de gaz tremblaient. « Encore une demi-heure, se dit-il, et je pourrai m'en aller ! Ah... pour un peu, je voudrais déjà y être. » Il s'arrêta à un carrefour d'où il observait aisément les deux rues par lesquelles elle pouvait venir.

Elle viendra aujourd'hui, pensait-il, tandis qu'il retenait son chapeau qui menaçait de s'envoler... Vendredi... Réunion du Corps Professoral... elle osera certainement sortir, et pourra même rentrer plus tard que de coutume... La sonnerie du tramway tinta à ses oreilles, la cloche de l'église voisine, Saint Jean Népomucène[2], se fit entendre. La rue se peupla soudain ; plusieurs personnes le croisèrent : pour la plupart, lui sembla-t-il, des employés des magasins fermant à sept heures. Tout ce monde marchait péniblement, luttant selon toute évidence contre le vent. Personne ne fit attention à lui ; seules quelques vendeuses le dévisagèrent avec quelque curiosité... Soudain il aperçut une silhouette animée qui lui parut familière. Il alla vivement à la rencontre de la jeune femme. Sans voiture ? pensa-t-il, est-ce bien elle ?

C'était elle ; en l'apercevant, elle hâta le pas.

« Tu arrives à pied ? dit-il.

— J'ai renvoyé ma voiture près du *Karltheater*[1]. Je crois que le même cocher m'a déjà conduite une fois. »

Un passant regarda un instant cette dame. Mais le jeune homme fixa l'indiscret d'un air sévère, presque menaçant et le monsieur fila. Elle le suivit du regard. « Qui était-ce ? demanda-t-elle, apeurée.

— Je ne le connais pas, et je t'assure que personne ici ne nous connaît... Allons, viens vite, nous allons monter en voiture.

— C'est ta voiture ?

— Oui.

— Découverte ?

— Il faisait si beau, il y a une heure. »

Ils rejoignirent la voiture, la jeune femme monta.

« Cocher ! appela le jeune homme.

— Où donc est-il ? » demanda la jeune femme.

Franz inspecta les environs. « C'est inouï ! dit-il, je ne l'aperçois pas.

— Seigneur ! murmura-t-elle.

— Attends une minute, mon petit ; il doit être par là. »

Le jeune homme ouvrit la porte de la petite auberge ; à une table était installé le cocher avec quelques camarades ; il se leva vivement.

« J'arrive, monsieur, dit-il en se levant et en vidant d'un trait son verre de vin.

— À quoi pensez-vous ?

— Votre Grâce[2], voyons, je suis à vous dans une minute. »

Il s'approcha de ses chevaux en titubant un peu. « Où faut-il conduire Votre Grâce ?

— Au Prater... *Lusthaus*[3]. »

Le jeune homme monta. La jeune femme se dissimulait, blottie dans le coin de la voiture, et disparaissait sous la capote relevée.

Franz lui prit les deux mains. Elle resta immobile... « Tu ne veux pas me dire bonsoir, au moins ?

— Laisse-moi une minute, je t'en supplie... le temps de reprendre haleine. »

Il se serra dans son coin à lui. Tous deux restèrent silencieux un moment. La voiture avait pris la Praterstraße, passa au trot devant le monument de Tegetthoff[1] et s'engagea bientôt dans la large allée ombragée du Prater. Soudain Emma enlaça son amant de ses deux bras ; il releva doucement la voilette qui le séparait encore de ses lèvres et l'embrassa.

« Enfin me voilà auprès de toi ! dit-elle.

— Et sais-tu depuis quand nous ne nous sommes pas vus ? s'écria-t-il.

— Depuis dimanche.

— Oui, et seulement de loin.

— Comment cela, tu es venu chez nous.

— Oui, justement… chez *vous*. Vraiment, cela ne peut pas continuer ainsi. Je ne retournerai plus jamais chez vous. Mais qu'as-tu ?

— Une voiture nous a dépassés.

— Mon petit, je t'assure que les gens qui se promènent au Prater ce soir ne s'inquiètent absolument pas de nous.

— Je le sais bien. Mais quelqu'un pourrait nous regarder par hasard.

— Il est impossible de reconnaître qui que ce soit.

— Allons ailleurs, je t'en supplie !

— Comme tu voudras. »

Il appela le cocher qui ne parut pas l'entendre. Alors, se penchant un peu, il le poussa d'un léger mouvement de la main. Le cocher se retourna.

« Nous allons rebrousser chemin, dit-il. Mais pourquoi tapez-vous ainsi sur vos pauvres chevaux ? Nous ne sommes pas pressés du tout, vous savez ! Conduisez-nous dans l'avenue… vous savez, l'avenue qui mène à la *Reichsbrücke*[2] !

— Sur la *Reichsstraße* ?

— Oui, mais ne filez pas à cette allure, cela n'a pas le sens commun.

— Excusez, monsieur, c'est que le vent énerve mes pauvres bêtes.

— Allons donc ! le vent… » fit Franz en se rasseyant.

Le cocher fit virer les chevaux. On rebroussa chemin.

« Pourquoi ne t'ai-je pas vu hier ? demanda-t-elle.

— Comment aurais-je fait ?

— Je croyais que tu étais toi aussi invité chez ma sœur ?

— Ah oui !

— Pourquoi n'es-tu pas venu ?

— Parce que je ne supporte pas de te voir au milieu des gens. Non, jamais plus. »

Elle haussa les épaules.

« Où sommes-nous ? » demanda-t-elle.

Passant sous le viaduc, ils s'engageaient sur la *Reichsstraße*.

« Il nous conduit vers le grand Danube, dit Franz, c'est le chemin de la *Reichsbrücke*. Et tu ne rencontreras pas de connaissances ici ! ajouta-t-il, narquois.

— Cette voiture nous secoue horriblement.

— Oui, il y a de nouveau des pavés.

— Mais pourquoi va-t-il en zigzag comme ça ?

— C'est une idée que tu te fais. »

Lui-même se rendait compte cependant que les cahots devenaient de plus en plus forts, mais il n'en dit rien pour ne pas l'inquiéter davantage.

« J'ai beaucoup de choses à te dire aujourd'hui, Emma, des choses sérieuses.

— Dis vite alors, car je dois être rentrée à neuf heures.

— Tu n'aurais que deux mots à répondre... et tout serait réglé.

— Mon Dieu, qu'est cela ?... » cria-t-elle.

Les roues de la voiture se trouvaient prises dans les rails du tramway, et la voiture faillit verser, du fait du brusque virage qu'exécuta le cocher pour se dégager. Franz saisit l'homme par son manteau : « Arrêtez, cria-t-il, vous êtes complètement gris. »

À grand-peine le cocher arrêta ses chevaux : « Mais, monsieur...

— Viens, Emma, nous allons descendre.

— Où sommes-nous ?

— Près du pont, déjà. D'ailleurs, le vent s'est calmé. Marchons un peu. On ne peut pas vraiment causer en voiture. »

Emma rabattit sa voilette et suivit Franz.

« Plus de vent, dis-tu ? » s'écria-t-elle en descendant de voiture, sous une bourrasque. Il passa son bras sous le sien. « Suivez-nous ! » ordonna-t-il au cocher.

Tous deux marchèrent sans rien dire sur le pont qui montait en pente douce, et ils s'arrêtèrent un instant pour écouter le murmure de l'eau au-dessous d'eux. L'obscurité devenait opaque. Le fleuve large et grisâtre ne semblait plus avoir de limites définies ; au loin ils voyaient des lumières rouges danser sur l'eau et s'y refléter. Du côté de la rive qu'ils venaient de quitter, de tremblants rais de lumière plongeaient dans l'eau, tandis que de l'autre côté le fleuve paraissait se perdre dans les prairies humides et ombreuses. Puis ce fut comme un lointain roulement de tonnerre qui se rapprocha peu à peu ; instinctivement ils regardèrent vers l'endroit où brillaient les lumières rouges ; des trains aux fenêtres éclairées passaient sous les arcs de fonte qui surgirent dans la nuit et s'évanouirent aussitôt. Le sourd grondement se perdit dans le lointain et le calme se rétablit ; seul le vent soufflait encore par à-coups.

Après un long silence, Franz dit : « Nous devrions partir !

— Sans doute ! acquiesça Emma.

— Nous devrions partir, reprit-il vivement, partir tout à fait, je veux dire…

— C'est impossible.

— Nous sommes lâches, Emma, voilà pourquoi c'est impossible.

— Et mon enfant ?

— Il te le laisserait, j'en suis persuadé !

— Et comment ? demanda-t-elle à voix basse… Fuir clandestinement ?

— Pas du tout. Tu n'as qu'à lui dire que tu ne peux plus rester auprès de lui parce que ta vie appartient à un autre.

— Tu n'es pas fou, Franz ?

— Si tu veux, je t'épargnerai cela… c'est moi qui lui parlerai.

— Franz ! tu ne feras pas cela. »

Il essaya de la regarder ; mais dans l'obscurité il ne put que se rendre compte qu'elle avait levé la tête vers lui.

Il se tut un instant, puis il dit calmement : « Ne t'inquiète pas, je ne le ferai pas. »

Ils approchaient de l'autre rive du fleuve.

« Écoute, dit-elle, qu'est-ce donc ?

— Cela vient de là-bas, dit-il. »

Dans l'obscurité quelque chose s'approchait d'eux à grand fracas ; ils virent un timon sur lequel se balançait une lanterne rouge, un chariot sortit de l'ombre et passa devant eux sans qu'ils aient pu se rendre compte s'il était chargé ou s'il allait à vide. Deux autres chariots semblables suivaient derrière. Sur le dernier, ils distinguèrent un paysan en train d'allumer sa pipe. Puis les chariots disparurent. Alors de nouveau ils n'entendirent plus que le bruit du fiacre qui avançait lentement, à vingt pas de distance. Maintenant le pont redescendait doucement vers la rive. Devant eux la route filait à perte de vue entre deux rangées d'arbres. À droite et à gauche les prairies humides s'étendaient en contrebas et le regard y plongeait comme dans un abîme.

Franz dit soudain, après un long silence : « Donc, c'est la dernière fois…

— Quoi donc ? demanda Emma inquiète.

— Que nous nous voyons. Reste auprès de lui. Moi, je te dis adieu.

— Parles-tu sérieusement?

— Tout à fait.

— Tu vois, c'est toujours toi qui gâches les quelques heures que nous passons ensemble, ce n'est pas moi!

— C'est vrai, tu as raison, dit Franz; viens, nous allons rentrer.»

Elle serra son bras avec force. «Non, dit-elle tendrement, à présent c'est moi qui ne veux pas. Je ne me laisse pas renvoyer comme cela!»

Elle l'attira vers elle et l'embrassa longuement. «Où irions-nous, demanda-t-elle, si nous continuions sur cette route?

— À Prague directement, mon petit.

— Oh! pas si loin! dit-elle en souriant, mais juste un peu plus loin par ici, si tu veux.» Elle montrait l'obscurité.

«Hé cocher!» appela Franz. L'autre n'entendit pas.

Franz cria : «Mais arrêtez donc!»

La voiture continuait. Franz courut pour la rejoindre. Alors il vit que le cocher dormait. Il éleva la voix et parvint enfin à le réveiller.

«Nous allons continuer un peu... tout droit sur cette route... comprenez-vous?

«Entendu, monsieur...»

Emma monta, Franz la suivit. Le cocher brandit son fouet; les chevaux partirent à fond de train sur la route détrempée. Tendrement enlacés, les deux jeunes gens ne sentaient pas les cahots.

«Ne sommes-nous pas heureux comme cela?», fit doucement Emma dans un long baiser.

À cet instant, il lui sembla que la voiture s'élevait dans l'espace... elle se sentit projetée en l'air, et ses mains qui cherchaient un appui ne trouvèrent que le vide; elle eut l'impression que son corps décrivait une rotation vertigineuse, elle ferma les yeux... et soudain elle se retrouva étendue sur le sol, et le silence autour d'elle devint si profond qu'elle se crut dans une solitude totale. Des bruits confus parvinrent alors à ses oreilles; des sabots qui cognaient contre le sol non loin, un sourd gémissement; mais elle ne voyait rien. Une peur atroce l'étreignit; elle cria; sa peur ne fit que croître, car elle ne percevait pas le son de sa voix. Elle comprit tout à coup très distinctement ce qui s'était passé : la voiture avait buté contre quelque chose, une borne sans doute, s'était renversée, et ils avaient été projetés. Où est-il, *lui*? pensa-t-elle aussitôt après. Elle cria son nom. Aucune réponse ne vint, mais cette fois elle s'entendit, elle entendit le faible son de sa propre voix. Alors elle essaya de se mettre debout. Et ne parvint qu'à s'asseoir; ses mains qui exploraient en tâtonnant le sol autour d'elle rencontrèrent un corps humain. Ses yeux commençaient à percer l'obscurité. Franz était étendu à côté d'elle, sans connaissance. Elle allongea le bras, toucha son visage : quelque chose de chaud et d'humide coula entre ses doigts. Le souffle lui manqua. Du sang?... Qu'était-il arrivé? Franz était blessé, évanoui. Et le cocher... où donc était-il? Elle l'appela. Pas de réponse. Elle était toujours assise par terre. Je n'ai aucun mal, pensa-t-elle, quoiqu'elle sentît tous ses membres meurtris. Seulement que vais-je faire, que vais-je faire... est-il possible qu'il ne me soit rien arrivé? « Franz! » appela-t-elle. Une voix tout près d'elle répondit : « Où donc êtes-vous, mademoiselle, où est monsieur? Il ne vous est rien arrivé, j'espère? Attendez, mademoiselle... j'allume juste ma lanterne pour y voir un peu clair; je ne sais vraiment pas ce qu'avaient mes vieilles rosses aujourd'hui. C'est pas de ma faute, vrai de vrai... elles ont été se mettre dans un tas de pierres, ces sacrées bêtes. »

Emma, quoique toute meurtrie, s'était enfin relevée, et en constatant que le cocher était sain et sauf elle se calma un peu. Elle entendit l'homme ouvrir sa lanterne et frotter son allumette. Elle attendit anxieusement la lumière. Elle n'osait pas toucher encore une fois Franz, étendu sur le sol devant elle; elle pensait : Quand on ne voit pas, tout semble plus affreux encore; il a certainement les yeux ouverts... ce ne sera rien.

Une vague lueur filtra vers elle. Alors elle vit que la voiture n'était pas renversée, mais seulement accotée au talus qui bordait la route, comme si une roue s'était brisée. Les chevaux ne bronchaient pas. La lueur approcha; elle suivit un rayon lumineux qui éclairait successivement la borne, le tas de pierres, le fossé; puis glissant sur les pieds et le corps de Franz, il s'arrêta enfin sur son visage. Le cocher avait posé la lanterne par terre, tout près de la tête de l'homme étendu. Emma s'était agenouillée, elle crut que son cœur allait s'arrêter de battre lorsqu'elle aperçut ce visage. Il était pâle; les paupières à moitié fermées ne laissaient paraître que le blanc des yeux. Un filet de sang venait de la tempe droite, ruisselait lentement sur la joue et se perdait dans le cou, sous le col. La lèvre inférieure était serrée par la morsure des dents. « Ce n'est pas possible! » dit Emma, se parlant à elle-même.

Le cocher s'était agenouillé lui aussi et regardait fixement ce visage. Puis il saisit la tête entre ses deux mains et la souleva. « Que faites-vous? » cria Emma d'une voix étranglée, épouvantée par cette tête qui semblait se dresser.

« Mademoiselle, je crois qu'il est arrivé un grand malheur.

— Ce n'est pas vrai, dit Emma, ce n'est pas possible. Vous n'êtes pas blessé, vous, n'est-ce pas, ni moi... »

Le cocher laissa doucement retomber la tête inerte... sur les genoux d'Emma qui tremblait. « Si quelqu'un pouvait venir... si ces paysans avaient pu passer un quart d'heure plus tard...

— Mais qu'allons-nous faire ? demanda Emma, les lèvres frémissantes.

— Ah, Mademoiselle ! si ma voiture n'était pas abîmée... mais dans l'état où elle est... Il nous faut attendre que quelqu'un passe par ici. » Il continuait à parler, sans qu'Emma discernât le sens de ses paroles ; mais pendant ce temps, elle se ressaisit et comprit ce qu'elle devait faire.

« Y a-t-il quelque part des maisons par ici ? demanda-t-elle.

— Pas très loin, mademoiselle, on est tout près de la Terre de François-Joseph [1]... Nous les verrions sûrement s'il faisait clair. Nous devons être à cinq minutes de distance à peine.

— Allez-y, je vous attends, ramenez quelqu'un.

— Mademoiselle, je crois qu'il vaudrait mieux que je reste ici auprès de vous... nous n'en avons pas pour longtemps à attendre. C'est la *Reichsstraße* et...

— Ce sera peut-être trop tard, oui, trop tard. Il nous faut un médecin. »

Le cocher observa le visage immobile du jeune homme, puis il secoua la tête en tournant les yeux vers Emma.

« Vous n'en savez rien, lui cria Emma, et moi non plus.

— Mais, mademoiselle... comment trouver un médecin sur la Terre de François-Joseph ?

— Eh bien ! que quelqu'un aille en ville et...

— Écoutez, mademoiselle ! Quelqu'un a certainement le téléphone là-bas. On pourrait appeler les *Premiers Secours* [2].

— Oui, c'est ce qu'il y a de mieux à faire. Allez, mais faites vite ! Et amenez du monde... Et... mais allez donc, pourquoi restez-vous planté là ? »

Le cocher regarda le pâle visage qui reposait sur les genoux d'Emma : « L'ambulance, le docteur, tout cela ne servira plus à grand-chose.

— Allez ! Au nom du ciel ! Allez vite !

— Bon, j'y vais !... mais il ne faudra pas avoir peur toute seule dans l'obscurité, mademoiselle. » Il traversa la route et partit à grands pas. « J'y suis vraiment pour rien, parole d'honneur, marmonnait-il. Quelle idée, aussi, d'aller se promener en pleine nuit sur la *Reichsstraße*... »

Emma resta seule à côté de ce corps inerte, sur la route obscure. Que faire, maintenant ? pensa-t-elle... « Ce n'est pas possible... se répétait-elle sans cesse… non, ce n'est pas possible… » À côté d'elle elle crut entendre le bruit d'une respiration. Elle se pencha vers les lèvres exsangues. Non, il n'en sortait pas le moindre souffle. Sur la joue et la tempe, le sang paraissait sécher. Elle fixa les yeux, ces yeux vitreux, et tressaillit. Pourquoi donc ne puis-je y croire, aucun doute n'est permis… c'est la mort ! Un frisson la parcourut, une seule pensée l'agitait : C'est un mort. Je suis seule avec un mort, un mort sur mes genoux. Et, de ses mains tremblantes, elle posa de nouveau la tête sur le sol. Subitement elle prit conscience de l'abandon total dans lequel elle se trouvait. Pourquoi avait-elle renvoyé le cocher ? Quelle folie ! Qu'allait-elle faire, seule sur la grande route avec un homme mort ? Si quelqu'un passait… oui, mais que ferait-elle si quelqu'un passait ?… Combien de temps va-t-il falloir qu'elle attende comme cela ? De nouveau elle regarda le mort. Je ne suis pas seule avec lui, se dit-elle, cette lumière est avec nous. Et cette lanterne lui apparut dès lors comme un objet amical et réconfortant auquel elle devait de la reconnaissance. Cette petite flamme contenait à elle seule plus de vie que la vaste nuit autour d'elle ; elle avait presque l'impression que cette petite flamme la protégeait contre l'homme terrible et livide qui gisait à côté d'elle sur le sol… Elle fixa cette lumière si longtemps que ses yeux se brouillèrent et que la flamme se mit à danser. Et soudain ce fut comme un réveil : elle se leva d'un bond ! C'est impossible, voyons, c'est impossible, il ne faut pas qu'on me trouve ici avec lui… Et elle se vit debout à côté du mort, la lanterne posée à ses pieds ; devant ses yeux surgit sa propre image, gigantesque dans l'obscurité. Qu'est-ce que j'attends ? se demanda-t-elle, et ses pensées couraient sans trêve… Qu'est-ce que j'attends ? Les gens qui vont venir ?… Ils n'ont pas besoin de moi. Ces gens viendront et m'interrogeront… et moi… qu'est-ce que je fais ici ? Tout le monde demandera qui je suis. Qu'est-ce que je répondrai ? Rien. Je ne dirai rien quand ils viendront, je me tairai. Pas un mot… ils ne peuvent pas me forcer.

Des voix se firent entendre.

Déjà ! pensa-t-elle. Elle écouta, angoissée. Les voix venaient du côté du pont. Ce n'étaient donc pas les gens que le cocher avait été trouver. Mais peu importe qui c'était… de toute façon, ils allaient remarquer la lumière… et voilà ce qu'il fallait éviter, car elle serait découverte aussitôt.

Et d'un coup de pied elle poussa la lanterne qui se renversa. La lumière s'éteignit. Elle se retrouva dans une obscurité complète. Elle ne voyait plus rien. Lui aussi avait disparu avec tout le reste. Il y avait seulement un reflet blanc sur le tas de pierres. Les voix se rapprochaient.

Elle se mit à trembler de tout son corps. Non… surtout ne pas être découverte ici. Au nom du ciel, c'est la seule chose qui importe, ne pas être découverte ; à présent rien d'autre ne compte plus… elle est perdue si quelqu'un apprend qu'elle était la maîtresse de… Elle joint les mains et les serre convulsivement. Elle prie, elle demande que les gens de l'autre côté de la route passent sans la voir. Elle écoute. Oui, c'est de l'autre côté… Que disent-ils ?… Ce sont deux femmes, trois peut-être. Elles ont aperçu la voiture, car elles en parlent. Emma distingue quelques mots. Une voiture… renversée… Que disent-elles encore ? non, elle ne comprend pas. Les voilà qui passent… elles sont loin… Dieu merci ! Et maintenant, que faire ? Oh, pourquoi n'est-elle pas morte comme lui ? Il a de la chance… tout est fini pour lui… il ne connaît plus la peur… ni le danger. Par contre, c'est elle qui tremble, terrifiée à la pensée de tout ce qui l'attend. Elle craint qu'on la trouve ici et qu'on lui demande : qui êtes-vous ?… Elle craint d'être conduite au poste, que tout le monde apprenne la vérité… son mari… son petit…

Et elle ne comprend plus qu'elle ait pu rester là comme clouée au sol… Elle peut partir, personne n'a plus besoin d'elle ici, et sa vie à elle est brisée si elle reste. Et elle essaye de faire un pas… prudemment… elle doit traverser le fossé… passer de l'autre côté… un pas vers le haut — oh, comme on s'enfonce ! — … encore deux pas, et la voilà au milieu de la route… elle s'arrête et, du regard, explorant les environs, suit la ligne grisâtre de la route. Là-bas… là-bas c'est la ville. Elle ne distingue rien… mais c'est la bonne direction. Elle se retourne encore une fois. En réalité il ne fait pas si noir. Elle reconnaît la silhouette des chevaux, de la voiture aussi… Et en regardant mieux, elle aperçoit aussi quelque chose qui ressemble à un homme étendu par terre. Ses yeux s'agrandissent, il lui semble que quelque chose la retient… C'est le mort qui veut la garder, et sa puissance l'épouvante… Mais violemment elle se dégage et elle s'aperçoit alors que c'est le sol qui est tout détrempé… elle est sur la route glissante, et la boue colle à ses semelles… La voilà partie… elle marche plus vite… elle court… ne plus voir cet endroit… retourner là-bas… vers la lumière, vers le bruit, vers les gens ! Elle court sur la route, remontant sa robe pour ne pas tomber. Dans son dos le vent semble la pousser. Elle ne sait pas très bien ce qu'elle fuit. Il lui semble qu'elle a été obligée de fuir devant l'homme livide couché sur le bord de la route là-bas, loin derrière… puis elle songe qu'elle veut plutôt échapper aux vivants qui surgiront bientôt auprès de lui et qui la chercheront. Que penseront-ils ? Et si on allait la poursuivre ? Mais il sera impossible de la rejoindre, elle a une grosse avance sur eux, elle est déjà près du pont, elle va être sauvée. Personne ne peut se douter, personne ne peut avoir un soupçon sur l'identité de la femme qui roulait dans la voiture sur la *Reichsstraße*, avec cet homme. Le cocher ne la connaît pas, il ne la reconnaîtra pas non plus, s'il la revoit jamais. On ne s'occupera pas d'elle, du reste… Cela ne regarde personne, n'est-ce pas?… Elle a été très sage de s'en aller ainsi et elle n'a pas mal agi. Franz lui-même l'aurait approuvée. Car elle doit rentrer chez elle, elle a un enfant, un mari, elle serait perdue si on l'avait trouvée auprès du corps de son amant. Voilà le pont, la route paraît plus claire… elle entend déjà le murmure de l'eau comme tout à l'heure; voici l'endroit où elle marchait avec lui, bras dessus bras dessous… quand cela? quand donc? Il y a combien d'heures? Il ne peut pas y avoir longtemps encore. Pas longtemps? Peut-être que si! Peut-être est-elle restée longtemps là-bas, sans connaissance; peut-être est-il minuit passé, peut-être l'aube est-elle proche et l'on s'inquiète déjà de sa disparition! Non, non, ce n'est pas possible, elle sait bien qu'elle ne s'est pas évanouie; ses souvenirs sont plus précis maintenant, elle sait qu'elle a été projetée hors de la voiture et qu'elle a aussitôt tout compris. Elle traverse le pont en courant, avec le bruit de ses pas dans les oreilles. Elle ne regarde ni à droite ni à gauche. Alors elle aperçoit une silhouette qui vient dans sa direction. Elle ralentit son allure. Qui est-ce qui vient à sa rencontre? C'est quelqu'un en uniforme. Elle avance très lentement. Il ne faut pas qu'elle attire l'attention. Elle croit sentir peser sur elle le regard de l'inconnu. Va-t-il la questionner? Il la croise et elle reconnaît son uniforme: un sergent de ville; elle le dépasse. Puis elle entend que dans son dos l'homme s'est arrêté. Elle a toutes les peines du monde à ne pas se remettre à courir; ce serait suspect. Sans accélérer le pas elle poursuit son chemin. La sonnerie du tramway à chevaux retentit à ses oreilles. Il ne peut donc pas être déjà minuit, loin de là. Elle se remet à marcher plus vite, elle veut enfin atteindre la ville et ses lumières qu'elle voit briller au bout de la route, sous le viaduc du chemin de fer, la ville dont elle croit entendre déjà les rumeurs confuses. Encore cette route solitaire, et puis c'est le salut. Elle entend des sifflements stridents qui, lointains d'abord, se rapprochent de minute en minute; une voiture passe à toute allure. Sans le vouloir, elle s'arrête et la suit des yeux : ce sont les premiers secours. Elle sait bien où ils vont. Quelle vitesse! pense-t-elle… c'est de la sorcellerie. Durant l'espace d'une minute, il lui semble qu'elle devrait les appeler, demander à ces gens de la ramener à l'endroit d'où elle vient… l'espace d'une minute elle se sent saisie d'une immense honte, comme elle n'en a jamais connue ; elle sait qu'elle a été lâche et qu'elle a mal agi. Mais tandis que bruits de roues et cliquètements se perdent dans le lointain, elle ne sent plus qu'une âpre joie et elle avance comme une rescapée. Elle croise des gens ; elle n'a plus peur d'eux... le plus dur est passé, maintenant. Les rumeurs de la ville deviennent plus distinctes, les lumières se rapprochent ; elle aperçoit déjà l'alignement des maisons de la Praterstrasse, et il lui semble être attendue par une foule compacte où elle pourra se perdre sans laisser de trace. Arrivée près d'un bec de gaz, elle se sent assez calme pour regarder l'heure à sa montre. Il est neuf heures moins dix. Elle approche la montre de son oreille... non, elle ne s'est point arrêtée. Et elle pense : je suis en vie, je ne suis pas blessée... même ma montre marche... et lui... lui... est mort... le destin... Il lui semble que tout lui est pardonné... et même qu'elle n'a jamais commis la moindre faute. C'est un fait acquis, oui, c'est un fait acquis. Elle s'entend prononcer ces paroles à haute voix. Et si le destin en avait décidé autrement ? ... si c'était elle qui gisait inerte dans le fossé, et lui qui avait survécu ? Lui n'aurait pas fui, non... pas lui. Mais il est un homme. Tandis qu'elle est une femme... et elle a un enfant, un mari... Elle a eu raison... elle a fait son devoir... rien que son devoir. Elle sait bien, au fond, qu'elle n'a pas agi ainsi par devoir... mais, quoi qu'il en soit, elle a bien fait. Sans le savoir peut-être... comme toutes les âmes droites. Elle serait déjà découverte, à l'heure qu'il est. Les médecins lui poseraient des questions. Et votre mari, madame ? Mon dieu !... et demain les journaux... et sa famille... Sa vie à elle eût été anéantie, et lui n'en resterait pas moins mort. C'était là le plus important ; elle eût gâché sa vie en pure perte... La voilà sous le viaduc... Plus vite... plus vite encore ! Elle atteint la colonne de Tegetthoff où aboutissent de nombreuses avenues. Les rues ne sont guère fréquentées en cette soirée d'automne pluvieuse et éventée, mais il lui semble à elle que toute la vie de la grande ville se concentre en ce lieu ; car là d'où elle vient, régnait le plus épouvantable des silences. Elle a le temps. Elle sait que son mari ne rentre que vers dix heures ce soir... elle pourra même encore se changer. Elle songe à examiner ses vêtements. Tout à coup, elle s'aperçoit avec horreur qu'ils sont tout éclaboussés. Que dira-t-elle à sa femme de chambre ? Soudain l'idée lui vient que demain les journaux raconteront tous cet accident. Et ils parleront certainement tous d'une femme qui se trouvait dans la voiture et qui a disparu sans laisser de trace ; aussitôt, la peur la reprend... à la moindre imprudence, toute sa lâcheté n'aura servi de rien. Mais non, elle a les clefs de chez elle; elle n'aura pas à se faire ouvrir... personne ne l'entendra rentrer. Elle monte vivement dans un fiacre. Sur le point de lui donner son adresse, elle songe aussitôt que ce serait peu avisé. Et elle lui crie le premier nom de rue qui lui passe par la tête. Tout en roulant dans la *Praterstraße*, elle se sent vide, incapable de rien éprouver; rien sinon le désir d'être rentrée, d'être en sûreté. Tout le reste lui est indifférent. À l'instant où elle a décidé de laisser cet homme mort tout seul sur la route, elle a dû imposer silence à tout ce qui en elle voulait s'abandonner à la douleur et le pleurer. À présent, elle ne peut plus rien éprouver que le souci de sa propre sécurité. Ce n'est pas qu'elle soit sans cœur... oh non! elle est sûre qu'il y aura des jours où elle sera désespérée; peut-être même en mourra-t-elle de chagrin; mais pour le moment elle ne veut plus qu'une chose, se retrouver à la maison, l'œil sec, et s'asseoir tranquillement avec son mari et son enfant à la table familiale. Elle regarde par la vitre. La voiture traverse le centre de la ville; tout y est éclairé, et dans les rues il y a du monde. Tout ce qu'elle a vécu durant ces dernières heures lui paraît subitement irréel. Comme si c'était un mauvais rêve... impossible à comprendre dans son irrémédiable réalité. Emma fait arrêter la voiture dans une petite rue, au-delà du Ring, elle descend, tourne le coin de la rue et prend un autre fiacre, en donnant sa véritable adresse au cocher. Soudain elle a l'impression que ses pensées s'embrouillent complètement. Où est-il à présent, se dit-elle tout d'un coup. Fermant les yeux, elle le voit sur une civière dans la voiture des secours... puis brusquement elle s'y voit, assise à ses côtés. Et la voiture se met à tanguer et elle a peur d'être à nouveau projetée à l'extérieur... et elle pousse un cri. La voiture s'arrête. Elle tressaille en reconnaissant la porte cochère... Vite elle descend, franchit le porche avec précaution pour ne pas être vue du concierge assis derrière sa fenêtre, monte les escaliers, ouvre doucement la porte sans qu'on puisse l'entendre... traverse l'entrée... arrive dans sa chambre... Victoire! Elle allume la lumière, enlève rapidement ses vêtements et les cache avec soin au fond de l'armoire. Ils sécheront durant la nuit... demain elle les brossera et les nettoiera elle-même. Puis elle se lave la figure et les mains, et enfile un peignoir.

Alors la sonnette retentit. Elle entend la femme de chambre qui va ouvrir la porte d'entrée. Elle entend la voix de son mari; elle l'entend poser sa canne. Elle sent que le moment est venu d'être forte; il le faut, sans quoi tous ses efforts peuvent avorter encore. Elle se dirige vers la salle à manger et y entre au même instant que son époux.

« Ah ! tu es déjà rentrée ! dit-il.

— Mais oui, répond-elle, depuis longtemps !

— Apparemment, on ne t'a pas vu arriver. » Elle sourit d'un air très naturel ; mais elle se sent épuisée, d'être obligée de sourire. Il pose un baiser sur son front.

Le petit s'est déjà mis à table ; il a attendu longtemps et s'est endormi. Il a la figure dans son livre grand ouvert, et son livre dans son assiette. Elle s'assied auprès de l'enfant, en face de son mari. Celui-ci prend son journal et y jette un coup d'œil. Au bout d'une seconde, il le pose et dit : « Les autres siègent encore et continuent à débattre.

— À débattre de quoi ? » questionne-t-elle.

Il se met à parler de la séance de ce soir avec force détails. Emma fait semblant d'écouter, et acquiesce de temps à autre d'un signe de tête.

Mais elle n'entend rien, elle n'a aucune idée de ce qu'il dit ; elle se sent comme quelqu'un qui a par miracle échappé à un grand danger… elle se dit seulement : Je suis sauvée, je suis chez moi. Et tandis que son mari poursuit son histoire, elle rapproche sa chaise de celle du petit garçon, lui prend la tête et la serre contre elle. Une fatigue indicible l'accable… elle ne peut plus résister ; elle sent que le sommeil la gagne ; elle ferme les yeux.

Soudain une possibilité nouvelle lui traverse l'esprit, à laquelle elle n'avait plus pensé depuis qu'elle s'était relevée sur le bord du fossé. S'il n'était pas mort ! S'il… Mais non, aucun doute n'était permis… Ces yeux… cette bouche… et puis… ces lèvres sur lesquelles elle n'avait pu recueillir le moindre souffle… Pourtant la mort apparente, c'est une réalité. Il y a des cas où même des yeux exercés s'y trompent. Et elle n'a sûrement pas l'œil exercé… S'il vit, s'il a repris connaissance, s'il s'est retrouvé seul, la nuit, abandonné sur cette route… s'il l'appelle… s'il crie son nom… il craindra peut-être qu'elle ne soit blessée… s'il dit aux médecins : Une jeune femme était avec moi, elle a dû être projetée plus loin. Alors… alors… que se passera-t-il ?… On la cherchera. Et le cocher qui doit revenir de la Terre de François-Joseph avec du monde… il dira… Mais elle était là lorsque je suis parti, cette femme… et Franz d'ailleurs comprendra, il la connaît… il comprendra qu'elle s'est enfuie et dans une affreuse colère il donnera son nom pour se venger d'elle. Il est perdu, n'est-ce pas… et la pensée qu'elle ait pu le laisser seul en ses heures dernières le bouleversera au point de lui faire oublier toute réserve. Il dira : Elle s'appelle Emma, elle était ma maîtresse… lâche et sotte à la fois ; car, messieurs les médecins, je suppose que vous n'auriez pas insisté pour savoir son nom si elle vous avait demandé d'être discrets. Vous l'auriez laissée partir, et moi aussi, oh oui… seulement, elle eût dû vous attendre. Mais puisqu'elle s'est si mal comportée, je vais vous dire qui elle est… c'est… Ah!

— Qu'as-tu? dit le professeur en se levant, l'air grave.

— Quoi… comment?… Qu'y a-t-il?

— Mais enfin, qu'as-tu?

— Rien.» Elle serre plus fort contre elle son petit garçon.

Le professeur la regarde longuement : «Sais-tu que tu allais t'endormir, et…

— Et quoi?

— Tu as poussé un cri tout à coup.

— … Vraiment?

— Un cri comme on en pousse lorsqu'on fait un cauchemar. Rêvais-tu?

— Je ne sais plus. Je ne sais plus rien.»

Dans la glace en face d'elle, au mur, elle aperçoit un visage qui sourit, l'air cruel, et les traits déformés. Elle est sûre que c'est son visage à elle, mais il lui fait peur… Sa bouche est comme en train de se figer, et elle sent que ses lèvres garderont le sourire qu'elle y voit toute sa vie durant. Elle essaye de crier. Alors elle sent que deux mains se posent sur ses épaules et l'image que reflète le miroir lui est cachée par le visage de son mari; ses yeux qui questionnent et menacent à la fois, scrutent ses yeux à elle. C'est la dernière épreuve, et elle sait que si elle en sort vaincue, tout est perdu, encore une fois. Elle se ressaisit, elle recouvre la maîtrise de ses membres, de son visage : en cet instant, ils lui obéissent de nouveau, mais cela ne va pas durer, et, saisissant les mains de son époux, qui sont restées posées sur ses épaules, elle l'attire à elle en posant sur lui un regard tendre et serein.

Et tandis qu'elle sent ses lèvres sur son front, elle pense : «Évidemment… un mauvais rêve. Il ne le dira à personne, il ne se vengera pas, jamais… il est mort… il est certainement mort… et les morts se taisent.»

«Pourquoi dis-tu cela?» Elle entend soudain la voix de son mari. Elle est épouvantée. «Qu'ai-je dit?» Il lui semble soudain qu'elle vient de tout raconter, à haute voix… qu'elle a raconté, ici à table, toute l'histoire de cette soirée… et, défaillante sous son regard horrifié, elle demande encore : «Qu'ai-je dit, alors?»

Lentement, très lentement, son mari répète : «Les morts se taisent.

— Oui… dit-elle, oui…»

Et dans ses yeux elle lit clairement qu'elle ne peut plus rien lui cacher ; ils se regardent longuement tous les deux. « Va coucher le petit, dit-il, je crois que tu as quelque chose de plus à me dire…

— Oui », répond-elle.

Et elle sait que dans l'instant qui va suivre elle dira toute la vérité à cet homme qu'elle a trompé depuis des années.

Et tandis qu'emmenant son petit garçon, elle franchit le seuil sans que le regard de son mari la quitte une seconde, elle sent un calme immense l'envahir comme si bien des choses allaient s'arranger…

Traduction révisée par Brigitte Vergne-Cain et Gérard Rudent.

POUR UNE HEURE

En 1898, Schnitzler se consacre au théâtre : Les Dernières Volontés (Das Vermächtnis), Paracelse, La Compagne (Die Gefährtin), Au Perroquet Vert (Der grüne Kakadu), Le Voile de Béatrice (Der Schleier der Beatrice). *On peut observer que les sujets à caractère historique se multiplient. Mais une scène revient très souvent, comme s'il s'agissait d'une obsession douloureuse : le moment de mourir survenant pour l'un des deux amants, que fait l'autre ?*

C'est précisément avec cette scène que Schnitzler revient à la composition d'un récit. Pourtant, cela donne une «parabole» qui manque un peu de chair : Um eine Stunde. *C'est un raté, Schnitzler en est conscient ; son entourage aussi. Mais Theodor Herzl avait beaucoup insisté pour publier quelque chose de son ami dans le supplément de Noël de la* Neue Freie Presse. *Arthur Schnitzler s'était laissé forcer la main : c'est quelquefois la rançon du succès, et le début d'une très mauvaise pente. Mais Schnitzler se rétablira vite, et superbement... dès le 25 décembre de l'année suivante : ce sera* Lieutenant Gustl *!*

La nouvelle paraît donc le 25 décembre 1899. Elle sera reprise une fois, le 2 janvier 1907, dans la revue Wiener Bilder (Tableaux viennois) ; *mais elle ne figurera dans aucun des recueils publiés chez Samuel Fischer du vivant de l'auteur.*

Pour une heure *est une parabole sans aucun pittoresque, très répétitive, avec une conclusion amère. D'ailleurs, seul le dénouement est intéressant ; il présente d'une manière explicite le thème de l'inconscient : «Crois-tu donc qu'il te soit donné de voir dans les profondeurs de ton âme, où résident tes véritables désirs ?» dit l'Ange de la mort — sur un ton qui ne présage rien de bon...*

Après ses premiers succès littéraires, Arthur Schnitzler cherche à se renouveler. Et il en éprouve d'autant plus le besoin que Marie Reinhard est morte subitement, le 18 mars 1899, en deux jours ; elle avait été «ma bien-aimée, mon amie, ma fiancée» (meine Geliebte, Freundin und Braut), celle qui «pendant quatre ans, a donné à ma vie tout son sens et toute sa joie» (Lettre à Georg Brandes, le 8 mai 1899). Pour une heure *peut donc être entendu comme un moment pathétique dans le «travail du deuil».*

Mais une chose est sûre : le «message» de ce récit n'est ni très chrétien, ni très romantique...

Il lui tenait la main, contemplant ce visage blême d'où toute trace de vie semblait avoir disparu. Elle ouvrit alors encore une fois les yeux. Il eut conscience que si ses paupières retombaient, ce serait pour toujours. Sa poitrine se souleva avec difficulté et il sut que c'était son dernier souffle. Une peur effroyable le saisit et il se mit à prier pour elle, sans bouger les lèvres : — Laisse-la-moi, inexorable divinité, laisse-la-moi ! Laisse-la-moi encore un jour, encore une heure, ne me la prends pas maintenant, pas tout de suite ! Et, tout d'un coup, il vit l'ange de la mort, debout dans l'encadrement de la fenêtre ; il avait entendu ses supplications et lui dit : — Que veux-tu de moi ? Elle a été ta femme pendant trois ans. Que pourrait vous apporter cette dernière heure, à toi, le vivant, comme à elle, la mourante ?

— Tout ! s'écria le jeune homme. Car ces trois années n'ont rien été. Je ne lui ai jamais dit combien je l'aimais, et je ne pouvais pas le lui dire, car je ne le savais pas moi-même. Et maintenant, elle devrait s'en aller, sans l'avoir entendu ! C'est pourquoi, je t'en supplie, accorde-moi encore une heure pour que je puisse le lui dire et je ne te maudirai pas, si cruel sois-tu !

Et l'ange de la mort lui répondit : — Je ne peux t'accorder cette heure moi-même. Car la vie, si elle surabonde sur la terre, est exactement mesurée et il n'existe dans l'infini, ni l'excès ni l'insuffisance. Je ne puis que demander pour toi, à un autre humain auquel n'est plus impartie qu'une heure de vie, et pas davantage, qu'il veuille t'accorder ce que tu me réclames.

Les yeux brillants d'un nouvel espoir, le jeune homme lui dit : Si cela est en ton pouvoir, hâte-toi de te mettre en route, car le temps passe ! — Ne crains rien, dit l'ange en hochant la tête. Aussi longtemps que je te parle, le temps poursuit son chemin sans avoir prise sur toi. Viens, je vais te prendre sous mon aile, car il faut que tu sois avec moi pour que mes prières aient quelque force ; mais tu resteras invisible.

À peine l'ange eut-il prononcé ces paroles que le jeune homme se sentit soulevé de terre et emporté dans l'air du jour naissant. Au même instant, il se retrouva à côté de l'ange dans la grande allée d'une haute forêt. Ils rencontrèrent un homme entre deux âges qui, plongé dans une profonde méditation, ne leva les yeux que lorsque les deux ailes noires lui eurent barré le chemin. Après un premier mouvement de peur, l'homme se ressaisit et demanda, avec beaucoup de dignité : — Je crois te reconnaître et je vois avec satisfaction que tu ressembles beaucoup à l'image que je m'étais faite de toi. Mais pourquoi viens-tu si tôt ?

— Je sais, répondit l'ange, que tu as consacré ta vie à réfléchir à mon sujet et à te préparer à ma venue pour m'accueillir décemment. Je sais aussi que tu considères le non-être comme le seul état souhaitable accordé à l'homme. Réjouis-toi ! Dans une heure, tu toucheras au but !

L'homme respira avec soulagement.

— Toutefois, continua l'ange, tu n'as qu'un mot à dire pour pouvoir accéder tout de suite à ce que tu nommes le royaume du non-être. Cette heure, qui ne peut représenter pour toi qu'un retard importun, accorde-la-moi pour un autre être humain qui y trouvera un incommensurable bonheur !

— Je n'en ferai rien, répondit le philosophe avec beaucoup d'amabilité, j'ai en effet plus de chances pendant cette heure ultime de ma vie que dans n'importe quelle autre de parvenir à résoudre définitivement l'énigme du monde… et je ne voudrais à aucun prix renoncer à cette possibilité ; je trouve en outre l'éternité bien assez longue, même si c'est l'état le plus satisfaisant accordé à l'homme. J'aimerais donc que tu me laisses tranquillement poursuivre ma promenade et que tu veuilles avoir la bonté de ne pas apparaître plus tôt que le Destin ou Dieu, ou l'esprit du monde — j'en apprendrai bientôt davantage sur la question — ne t'a chargé de le faire… Sur ces mots, il fit demi-tour et l'ange de la mort reprit son vol en compagnie du jeune homme.

Ils se trouvèrent au même instant dans une chambre faiblement éclairée, étouffante, au pied d'un lit où un homme misérable et décharné ne cessait de se tourner et de se retourner en geignant et en gémissant.

Sans doute avait-il perçu le bruissement des ailes de l'ange, car il ouvrit brusquement les yeux et le fixa, l'air épouvanté.

— Je suis enfin là, dit celui-ci d'une voix douce. Me voici, moi que tu as appelé de tes vœux au cours de tant de jours et de nuits de douleur. Je peux t'emmener avec moi tout de suite, si tu m'accordes l'heure de vie que te laissent encore les décrets divins et qui serait plus effroyable que toutes celles que tu as dû supporter jusqu'ici. Tu ne cesseras de suffoquer, une sueur froide s'échappera de tes pores ; tu voudras parler et bouger, mais tu ne pourras plus ni remuer ni dire un mot d'adieu à tes enfants éplorés et à ta femme accablée de désespoir. Tu connaîtras, pendant cette heure, l'absence totale d'espérance et ce sera la plus horrible de toutes les tortures auxquelles tu es condamné.

Le malade s'était dressé sur son séant et frappait l'air de ses mains tout autour de lui, comme s'il avait voulu chasser l'apparition, en criant :
— Va-t'en, va-t'en ! Tu viendras toujours assez tôt ! Si tu étais venu il y a un an, je t'aurais remercié, mais maintenant, je me suis habitué depuis longtemps à mes peines et je sais que je suis vivant malgré tout. Oui, je vis, je vis ! Je viens d'ailleurs de faire quérir le plus célèbre médecin de la ville, il va arriver et même si les cent autres que j'ai consultés avant lui n'ont pu me sauver, peut-être celui-ci y réussira-t-il. Allez, va-t'en !

La femme qui le veillait et qui s'était endormie à son chevet tomba alors dans ses bras, tandis que ses enfants, surgissant de la pièce voisine, se précipitaient vers lui ; et l'ange de la mort repartit avec le jeune homme.

Ils étaient maintenant au milieu d'une large vallée baignée par la brume du matin, près d'une pauvre cabane. Une très vieille femme aveugle se trouvait là assise toute seule sur un banc… — Qui est donc là ? murmurèrent ses lèvres fanées.

— C'est moi, l'ange de la mort !

La vieille se mit à trembler et demanda : — Alors, me faut-il déjà mourir ?

L'ange lui répondit : — Combien de fois t'es-tu plainte que je t'aie tout à fait oubliée ! Tu as vécu cent années dans le besoin et la misère, tu as vu enterrer tes enfants ; tes petits-enfants sont disséminés par le monde et ne se soucient pas de toi, tu es solitaire et aveugle… Je suis enfin là… et tu ne salues pas avec joie ma venue ?

Et la vieille femme répéta dans un murmure : — Dois-je vraiment déjà partir ? Dois-je vraiment déjà partir ?

L'ange répondit :

— Tu aurais certes encore droit à une heure de vie, mais que signifierait-elle pour toi ? Offre-la-moi, je t'en prie, je la donnerai à quelqu'un pour qui elle est cent mille fois plus précieuse que pour toi, car personne ne va venir auprès de toi, en cette dernière heure, pour te tenir la main et te fermer les yeux, et tu ne peux pas non plus voir le soleil se lever. Qu'attends-tu donc encore ?

Alors la vieille, tombant à genoux, l'implora : — Laisse-moi cette heure, puisqu'elle m'appartient ! Si sombre et solitaire qu'elle soit, il fera encore plus sombre et je serai encore plus seule, là où ils me porteront demain. Va-t'en, ange de la mort, et ne reviens pas avant le temps prescrit !

Et l'ange de la mort, ayant repris le jeune homme sous son aile, s'envola une nouvelle fois. Ils furent à l'instant même dans une cellule étroite. Un homme pâle, les pieds et les mains enchaînés, était assis à une petite table de bois sur laquelle brûlaient deux bougies, fixant le vide à travers les barreaux de la fenêtre. Il sursauta en voyant soudain l'ange debout entre la fenêtre et lui. Se passant la main sur le front, il tenta de se lever dans un cliquetis de chaînes.

— Déjà ! cria-t-il d'une voix rauque, que veux-tu donc ?

— Te libérer, dit l'ange de la mort.

— Déjà ? Déjà ? Je n'ai pourtant pas encore entendu la petite cloche ; tu viens trop tôt !

— Tu as raison, dit l'ange, il est vrai que tu ne dois être exécuté que dans une heure pour le meurtre de ta mère. Cependant, si tu m'accordes cette dernière heure d'épouvante pour un autre, qui peut en faire un meilleur usage que toi, je suis prêt à t'emmener dès maintenant. Dans un instant, tu vas entendre dresser la potence dans la cour, puis grincer le portail de la prison par lequel entreront ceux qui viennent assister à ton exécution. Enfin, la porte de ta cellule s'ouvrira pour la dernière fois ; le bourreau et ses aides te traîneront au bas de l'escalier étroit jusqu'à l'échafaud dehors, sur lequel ta vie trouvera une fin horrible et infamante.

— Va-t'en ! Va-t'en ! se mit à crier le condamné. Si j'avais voulu renoncer ne fût-ce qu'à une infime partie de ma vie, il y a longtemps que j'aurais pu me fracasser la tête contre ce mur et tout serait fini. Mais je ne veux pas ! Je ne veux pas ! Non, je veux entendre le bruit des coups de marteau dans la cour et les grincements du portail, je veux que ces pieds me portent jusqu'à l'échafaud, au bas de l'escalier étroit, je veux voir ces spectateurs dont tu parles et entendre leurs murmures ; je veux regarder une dernière fois le ciel avant de devoir aller là où je ne verrai ni n'entendrai plus rien. Et puis, j'ai aussi entendu parler de cet homme qui avait tué père et mère, et qu'ils ont gracié, alors qu'il se trouvait déjà sous la potence, la corde autour du cou. Et même si l'on me jetait au fond du cachot le plus sombre, condamné à vie au pain sec et à l'eau en compagnie des souris et des rats, même si je devais ne jamais revoir le soleil, je serais encore satisfait et préférerais mon sort à celui de n'importe quel noble personnage dans sa tombe! Disparais donc de ma vue, exécrable fantôme, disparais de ma vue!

La malédiction du condamné résonnait encore aux oreilles du jeune homme, lorsqu'il se trouva transporté dans la lumière tamisée d'une chambre magnifique. Une lampe rouge suspendue au plafond éclairait doucement un lit à baldaquin, où était étendu un couple étroitement enlacé. La jeune femme, qui seule avait vu l'apparition, sourit :

— Es-tu l'ange de l'amour? demanda-t-elle.

— Non, je suis l'ange de la mort, venu pour réaliser ton vœu le plus ardent : t'enlever à ton bien-aimé pendant que tu reposes entre ses bras.

— En même temps que lui?

— Non… seule.

— Alors, je ne veux pas! murmura la jeune femme.

— Refuseras-tu encore, lorsque je t'aurai dit que tu dois mourir dans une heure?

— Dans une heure?

— Oui, ainsi le veut ta destinée. Mais tu seras seule et tendras en vain les bras vers ton amant… Ne crois pas que tu rêves : ce que je te dis est vrai, si jeune sois-tu.

Se serrant alors contre son amant, elle dit : — Je ne veux pas mourir, je ne veux pas mourir!

— Qu'as-tu donc, ma pauvre petite? lui demanda son amant avec un sourire.

L'ange dit alors : — Tu m'accorderas volontiers cette heure, si je te dis que j'en ai besoin pour une de tes sœurs humaines qui, bien qu'aussi tendrement aimée que toi, doit quitter cette terre sans l'avoir su!

— Non, je ne te donne pas cette heure! répondit la jeune femme. Sans doute ai-je ardemment désiré mourir dans les bras de mon bien-aimé, aussi longtemps que tu as été loin; mais maintenant, en te voyant devant moi, je veux vivre aussi cette heure ultime, fût-ce seule… et sans amour!

Et l'ange, emportant le jeune homme dans les airs, lui dit : — Allons, je vais te ramener chez toi!

Mais le jeune homme, en proie à un désespoir sans nom, s'agrippa à l'ange de ses deux bras et s'écria : — Non, ne m'abandonne pas ! Je ne peux rentrer ainsi ! La vie est si surabondamment riche qu'il n'est pas possible que l'unique heure que je réclame, et pour laquelle je t'implore à nouveau, n'existe pas quelque part dans le monde !

— Il en est comme tu le dis, répliqua l'ange, mais il n'y a plus maintenant qu'une seule personne au monde qui puisse te la donner et si elle ne le fait pas, son refus te rendra plus malheureux que toutes les déceptions que tu as connues jusqu'ici. En effet, cette personne, c'est toi et tu n'obtiendras cette unique heure qu'au prix de ta vie tout entière.

— Eh bien, prends-la ! s'écria le jeune homme avec un cri de joie.

— Écoute-moi, dit l'ange ; je n'ai pas terminé : sache encore que c'est une vie de misère, de maladie et de solitude qui t'attend. Si tu acceptes de me l'abandonner, tu mourras dans une heure et tu t'en iras avec celle que tu aimes.

— Sois remercié, ange miséricordieux, s'écria le jeune homme, d'avoir entendu mes supplications !

Il se retrouva au même instant assis auprès du lit de la femme aimée ; il lui prit la main et s'apprêtait à lui dire l'immensité de son amour. Alors il vit ses paupières se fermer et son sein retomber. Il attendit un regard, un nouveau souffle de vie… mais en vain. Elle ne respirait plus, ne voyait plus — tout était fini. S'abattant alors sur le lit, terrassé par le désespoir, il s'écria : — Ange de la mort, pourquoi m'as-tu trompé ?

Et l'ange de la mort, qui se tenait à la tête du lit, lui répondit :

— Pauvre humain que tu es ! Crois-tu donc qu'il te soit donné de voir, à travers tout ton amour et toute ta douleur, jusque dans les profondeurs de ton âme, où résident tes véritables désirs ? Lorsque tu me reverras, je te demanderai si c'est moi qui t'ai trompé aujourd'hui… ou si tu t'es trompé toi-même.

Traduction révisée par Brigitte Vergne-Cain et Gérard Rudent.

LA SUIVANTE

Il y a comme un mystère qui plane autour de cette nouvelle, Die Nächste. *On ne s'explique pas que Schnitzler l'ait retenue par devers lui, toute sa vie. Il doit y avoir là-dessous comme une crainte superstitieuse, une censure...*

Car il a commencé La Suivante *le 12 mars 1899. Il l'a interrompue le 15. Marie Reinhard fut emportée le 18, par une septicémie qui s'est déclarée le 16. Arthur Schnitzler reprend sa nouvelle le 12 juin. Le 6 juillet, il note dans son* Journal *qu'elle est « provisoirement achevée ». Et il ne l'a jamais reprise. Dans toute son œuvre, il n'y a qu'un cas comparable, c'est* L'Appel des ténèbres, Flucht in die Finsternis *(dans le second volume); Schnitzler le publiera in extremis, après l'avoir aussi retenu très longtemps. On a l'impression que ces récits tiennent à lui de trop près — qu'il n'arrive pas à en faire des œuvres d'art.*

C'est d'ailleurs ce qui ressort assez clairement d'une note du 3 novembre 1904 : « Ai relu plusieurs vieilles choses de moi, que je n'ai pas encore tout à fait mises au point : Suivante, Prédiction, Légende — *tout cela me paraît plutôt pesant, et je sens combien j'ai eu raison de dire récemment à Hugo, avec l'air de plaisanter, que je n'étais absolument pas un artiste — que je suis seulement intéressant sur le plan culturel et historique. » Toujours cette hésitation entre artiste et historien ! mais en tout cas, un « continualiste » ! (selon les* Diagrammes, *reproduits p. 41).*

À relire cette nouvelle « inachevée », nous y percevons presque une manière expressionniste, en germe. Gustav, le modeste employé devenu prématurément veuf, en proie aux saisons, tourmenté par des désirs peu conscients, de plus en plus halluciné, et qui sombre dans une démence intermittente, n'est pas si loin du héros d'Alfred Döblin, l'assassin de la renoncule, Herr Michael Fischer (1910).

En tout cas, ce récit passionnant appartient à cette période intermédiaire où Schnitzler est en train de trouver un deuxième souffle. Au fond, il ne manque que le monologue intérieur à Gustav *pour qu'on l'entende comme...* Gustl... *c'est-à-dire dans une oralité complice, diminutive ! Mezzo voce. (Car en Autriche ou en Allemagne du sud, Gustl est le « petit nom » amical pour Gustav ou pour August). Mais c'est qu'un sous-lieutenant de l'armée austro-hongroise devait inspirer plus de désirs confus à Arthur Schnitzler qu'un modeste employé des chemins de fer... !*

La Suivante *ne fut découvert par le public qu'en 1932; le récit parut dans le supplément de Pâques de la* Neue Freie Presse, *avant de figurer dans le recueil de* La Petite Comédie, *chez Fischer.*

Ce terrible hiver était passé. La première fois qu'il put laisser à nouveau la fenêtre de sa chambre ouverte et respirer les premiers souffles de l'air printanier en écoutant monter vers lui les bruits sourds de la rue, il commença à sentir que la vie n'était pas encore finie pour lui. Désormais, il passa des heures entières, l'après-midi après être rentré du bureau, auprès de sa fenêtre ouverte. Il approchait une chaise, prenait un livre, et essayait de lire. Mais il laissait bientôt retomber le livre sur ses genoux pour regarder dehors ; il habitait au dernier étage et n'avait, en s'asseyant ainsi, que le ciel pâle devant les yeux. Et la brise, fréquente en ces derniers jours de mars, lui apportait depuis le *Stadtpark*[1] le frais parfum des premières fleurs.

Sa femme était morte le dernier jour du mois d'octobre précédent. Depuis lors il avait vécu comme sous le coup d'une anesthésie. Il ne lui était jamais venu à l'esprit auparavant que sa femme pourrait mourir jeune, le laissant seul sur terre, et jeune encore lui aussi. Au cours des premières semaines après le décès, son beau-père était quelquefois venu le voir depuis le petit magasin qu'il avait dans les faubourgs, mais ses relations avec le vieil homme, qui avaient toujours été très espacées, avaient bientôt définitivement pris fin. Ses propres parents étaient morts prématurément. Ils habitaient autrefois dans une petite localité éloignée de la capitale, qu'il avait quittée dès son enfance pour aller au lycée à Vienne. Ainsi avait-il dû passer presque toute sa jeunesse parmi des étrangers. Après la mort de son père, qui était notaire, Gustav avait abandonné des études secondaires poursuivies avec application, mais sans aptitudes particulières, jusqu'à sa dix-septième année. Il était entré dans l'administration des chemins de fer, qui lui offrait de modestes revenus en début de carrière et l'espoir d'un avancement lent mais sûr. Il avait eu une adolescence paisible. Il faisait consciencieusement son travail au bureau et ne se permettait que de rares plaisirs. Il allait au théâtre une fois par mois et ne manquait pas la réunion hebdomadaire du samedi soir avec ses collègues. Une fois cependant, mais pour peu de temps, un événement avait troublé la tranquillité de son existence : au cours de sa vingt-troisième année, une jeune femme, dont il avait fait la connaissance lors d'une soirée donnée par la chorale, devint sa maîtresse. Il connut alors plus d'une fois les affres de la jalousie et ressentit un violent chagrin lorsqu'elle dut quitter Vienne avec son mari. Mais il ne fut cependant pas long à se réjouir que cette époque d'intenses émotions eût pris fin et retourna avec soulagement à sa vie d'avant.

Quatre ans plus tard, il rencontrait une jeune fille qui venait de temps en temps voir les gens chez lesquels il habitait. Bientôt il fut convaincu qu'il ne trouverait jamais quelqu'un susceptible de faire une meilleure épouse. Il questionna ses logeurs et apprit d'eux tout ce qu'il désirait savoir sur son compte. Elle avait été fiancée durant une année, puis son fiancé était mort subitement et elle semblait s'être abandonnée tout entière à une tristesse calme et discrète. Elle avait reçu la simple éducation des jeunes filles de la bourgeoisie moyenne et possédait en outre un réel talent musical. On lui raconta qu'elle chantait même mieux que mainte cantatrice célèbre. Gustav mit alors toute son ambition à ramener le sourire sur les lèvres de la jeune fille, et il prenait même plaisir à se remémorer l'aventure de sa première jeunesse pour y puiser le sentiment qu'il pouvait de son côté ne pas être indifférent à des femmes au cœur noble. Aussi son bonheur fut-il grand lorsque, pour la première fois, Thérèse sourit en s'adressant à lui ; il éprouva ce soir-là une sorte d'ivresse qui le rendit fier sans qu'il sût pourquoi. Elle devint sa femme quelques mois plus tard et il eut l'impression que sa vie commençait seulement. La pensée de tenir dans ses bras un être jeune et n'ayant appartenu à personne avant lui le plongeait dans le ravissement. Il craignit au début que l'ardeur de sa tendresse ne profanât tant de pureté, mais il put s'abandonner bientôt à son bonheur en la voyant venir au-devant de ses désirs avec la même franchise. Leur mariage resta sans enfants, sans que leurs relations en soient le moins du monde affectées au cours des années. Son foyer était pour lui un havre de paix et de joie. Il cessa de voir ses anciennes connaissances. Le jeune couple n'avait plus que quelques visiteurs, et qui venaient rarement, le père de Thérèse par exemple et l'une de ses amies, une jeune fille dont la beauté commençait à se faner et qui n'intéressait Gustav que parce qu'elle accompagnait de temps en temps sa femme. Cependant, Thérèse chantait souvent seule et c'est ce qu'il préférait. Il trouvait dans sa voix tout le reflet de son âme, cette merveilleuse alliance de pureté et de passion. Et parfois, la nuit, il lui demandait de chanter tout bas un lied de Schubert. L'attirant alors contre elle, elle chantait, les lèvres à son oreille, et l'obscurité, autour d'eux, s'emplissait de frissons de ravissement et d'admiration.

La modeste dot de Thérèse avait juste suffi à aménager confortablement un logement très simple ; ils devaient se contenter, pour vivre, du salaire du mari. Mais la manière sage et économe dont la jeune femme gérait le ménage ne leur donnait jamais l'impression d'avoir à se priver ; l'été, ils pouvaient même se permettre un séjour dans un petit village de Basse-Autriche, en pleine forêt, pendant les trois semaines de ses congés. L'avenir se présentait à eux sous la forme d'une vie commune que rien ne viendrait troubler, l'âge et sa mélancolie n'étaient qu'un horizon lointain, et ni l'un ni l'autre ne pensait à une fin : après sept années de mariage, ils étaient encore un couple d'amoureux.

En septembre, peu après leur retour de la campagne, Thérèse était tombée malade. Dès le début, le médecin n'avait laissé aucun espoir, mais Gustav ne le crut pas, tant il lui semblait impossible que Thérèse pût mourir. Elle s'en alla simplement, sans beaucoup de plaintes. Il ne s'en rendit pas vraiment compte et ce fut seulement dans les derniers jours qu'il commença à comprendre ce qui allait arriver ; il resta alors chez eux, ne quittant plus son chevet. Une immense angoisse s'empara de lui. Il fit venir deux professeurs célèbres, qui ne purent que le préparer à la fin prochaine. La dernière nuit, Thérèse, se sentant elle-même perdue, prit congé de lui. Il y eut encore, après cette nuit, une interminable journée de pluie et Gustav, assis près du lit de Thérèse, la vit mourir. Ce fut à l'heure du crépuscule.

Ensuite vint ce terrible hiver, qui maintenant, avec les premières brises printanières lui paraissait n'avoir été qu'une longue nuit, morne et accablante. Il avait continué de remplir ses obligations professionnelles comme dans un demi-sommeil dont il commençait à se réveiller lentement. Mais avec chacune de ces journées de printemps, il eut toutefois l'impression de renaître un peu plus à la conscience. La douleur dont l'implacable hostilité l'avait enserré, relâchait insensiblement son étreinte. Gustav respirait de soulagement ; il se sentait à nouveau vivant. Il sortit le soir prendre l'air. Il reprit les longues promenades qu'il avait coutume de faire des années auparavant, ne parcourant d'abord que les rues de la ville, puis s'aventurant plus loin dans la campagne en direction des prés, des bois et des collines, lorsque les jours s'allongèrent. Il aimait marcher jusqu'à ce qu'il soit fatigué. L'idée de retourner à la maison lui donnait une certaine appréhension : la nuit, l'angoisse l'étreignait entre les murs étroits de sa chambre et en se réveillant, il versait des larmes dont le chagrin n'était pas la seule cause mais aussi la peur. Il renoua avec ses anciennes connaissances, et se rendit le soir de temps à autre au restaurant où quelques collègues avaient l'habitude de dîner. Lorsqu'il raconta qu'il dormait mal, on lui conseilla de boire un peu plus de vin que de coutume. Il suivit ce conseil et constata avec étonnement qu'il prenait alors une part active aux conversations et ressentait une sorte de joyeuse excitation. Seul sur le chemin du retour, plus tard, il lui sembla se souvenir que ses amis l'avaient regardé d'un air étrange, en quelque sorte désapprobateur, et il eut un peu honte.

Les jours devinrent plus chauds et les soirées étaient très douces. Sa nostalgie de la défunte s'accrut et il connut des heures où la conscience terriblement douloureuse de sa perte inexorable resurgissait en lui avec tout le poids d'un nouveau malheur. Lorsqu'un dimanche après-midi il alla se promener au parc de *Dornbach*[1] — le printemps déployait toute sa splendeur au-dessus de lui, les arbres avaient un épais feuillage vert et les prés scintillaient de cent couleurs claires, les chemins étaient remplis de joyeux promeneurs et d'enfants tout à leurs jeux et à leurs courses, et des jeunes gens s'étaient étendus sur l'herbe à la lisière de la forêt — il se rendit pour la première fois pleinement compte de sa solitude et se demanda, sans trouver de réponse, comment il supporterait plus longtemps sa peine. Il avait envie de se mettre à crier et, remarquant plus d'un regard étonné, il eut conscience d'aller au milieu de tous ces gens avec une hâte singulière et des yeux démesurément ouverts. Il décida de fuir la foule, chercha des chemins plus calmes, escalada la *Sofienalpe*[2] entre de grands bouleaux et des sapins, et arriva au sommet au moment où le soleil se couchait. Les vallées et les collines s'étalaient sous ses yeux dans l'éclat d'une lumière d'un blanc rougeâtre et, en se retournant, il vit la ville s'enfoncer dans une pâle vapeur argentée. Il resta longtemps là sans bouger, et la paix revint en lui. Des nuages de poussière légers et bas volaient au-dessus de la route que son œil suivait jusque dans les profondeurs de la vallée, et il entendait le roulement sourd des voitures, tandis que des voix sonores et des rires clairs montaient jusqu'à lui. Il prit lentement le chemin du retour, non plus à travers la forêt comme à l'aller, mais par la grande route carrossable. Il s'arrêta plusieurs fois en chemin pour respirer avec soulagement, comme si une consolation lui était venue d'on ne sait où. Le soir tombait rapidement. Il passa devant de belles maisons de campagne et, porté par le flot des promeneurs, se trouva bientôt devant le jardin d'un grand restaurant où les clients se pressaient. Les lanternes étaient allumées et, assis à une table au fond, des musiciens — un violoniste, un flûtiste et un accordéoniste — accompagnaient un chanteur qui roucoulait des chansons viennoises de sa voix aiguë et douceâtre. Gustav prit place assez loin d'eux, tout près de l'entrée. Il se mit à observer les gens autour de lui ; il y avait à la table à côté deux jeunes filles, qui lui parurent très jolies et qu'il regarda très longtemps. Cela lui rappela le temps où il était célibataire, car il ne lui était plus jamais arrivé depuis lors de regarder les femmes avec ce regard-là. Des silhouettes féminines, aperçues ces derniers temps sur le chemin qu'il empruntait régulièrement pour aller à son bureau, lui revinrent aussi à la mémoire, mais elles l'avaient laissé indifférent. Aujourd'hui, assis en face de ces jeunes filles blondes, il eut pour la première fois à nouveau la sensation d'être encore un homme jeune. S'avisant également qu'il arrivait de temps à autre que les femmes le regardent dans la rue, il prit conscience, avec une joie mêlée d'effroi, que sa vie n'était sans doute pas terminée et qu'il existait de belles femmes et de belles jeunes filles qu'il prendrait peut-être un jour dans ses bras. Une sorte de frisson courut sur son cou et ses lèvres à l'idée des baisers que le destin lui réservait encore, il fut pris du singulier besoin de se représenter une des deux jeunes filles en face de lui dans ses bras et il ferma les yeux. Cependant, à peine eut-il baissé les paupières que le visage de la morte lui apparut et qu'il vit sa bouche s'approcher lentement de la sienne, avec le doux tressaillement qui lui était propre. Épouvanté, il rouvrit les yeux. Il avait perdu tout intérêt pour cette jeune fille. Il sentit qu'aucune femme au monde ne pourrait désormais signifier quelque chose pour lui. Sa douleur réapparut avec la même violence que pendant la promenade et il comprit qu'il était perdu pour le monde et ses joies. Honteux de ses pensées précédentes, il fut envahi de confusion et de dégoût à l'idée de tenir un jour à nouveau une femme dans ses bras. Il se leva, anéanti, et prit le chemin du retour. Il lui semblait qu'il devait se mortifier ; il fit le long trajet à pied et arriva chez lui dans un état de fatigue tel qu'il lui sembla n'en avoir encore jamais ressenti, le corps et l'âme brisés. Il tomba dans un sommeil lourd et inquiet ; et il s'éveilla avec le sombre pressentiment qu'il allait lui arriver quelque chose d'horrible.

Les jours suivants, il se tortura l'esprit pour trouver un nouvel ordre et un nouveau contenu pour son existence. Il comprenait qu'il ne pouvait pas s'abandonner plus longtemps à la douleur qui le désolait, s'il ne voulait pas finir par être incapable de continuer à vivre. Il s'étonnait maintenant, lorsqu'il y repensait, de la manière dont il avait passé sa vie avant de rencontrer sa femme : il lui semblait l'avoir vécue en rêve. En dehors de son travail au bureau, qu'il avait toujours accompli avec le plaisir que lui donnait sa confiance en ses capacités, ses besoins intellectuels avaient été médiocres. Il écoutait volontiers de la musique et lisait parfois des récits de voyage, mais ceux-ci le captivaient en général moins par leurs aventures que par leurs descriptions de la nature. Et quand il se demandait à présent ce qui lui ferait le plus envie, il devait s'avouer que c'était les voyages. Mais il lui était impossible d'abandonner son métier, et le bref congé qu'il aurait pu obtenir était sans intérêt pour lui ; en y réfléchissant de plus près, il ressentait même une certaine angoisse à l'idée de partir à l'aventure dans des contrées étrangères, seul et entièrement livré à ses souvenirs. C'est ainsi que le léger apaisement que le début du printemps lui avait procuré se dissipa. La compagnie de ses collègues, au restaurant, lui devint également désagréable, il y alla moins souvent et en repartit plus tôt. Une nuit qu'il rentrait chez lui, sa chandelle s'éteignit dans l'escalier et il fut pris d'une telle peur qu'il s'assit sur les marches et se mit à gémir, recroquevillé sur lui-même. Il chercha ses allumettes d'une main tremblante. Lorsqu'il en eut enfin trouvé une et fait de la lumière, et qu'une vacillante clarté se fit autour de lui, il essaya de sourire de son comportement. Il se força à conserver son sourire sur ses lèvres jusqu'à ce qu'il fût dans sa chambre. Alors il s'aperçut dans le miroir et ne se reconnut pas. Il s'approcha... si près que son haleine en ternit la surface. Il posa le bougeoir, qu'il avait gardé à la main, sur la commode au-dessus de laquelle était suspendu le miroir, puis alla s'asseoir à reculons sur son lit et se déshabilla rapidement avec le sentiment de devoir chercher refuge dans son lit. Lorsqu'il s'y fut étendu, il tira la couverture par-dessus son visage. S'avisant alors que la bougie brûlait encore, il n'osa pas se lever, mais il se promit de rester éveillé jusqu'à ce qu'elle fût entièrement consumée. Il écarta lentement la couverture de ses yeux, regarda la flamme sur la commode, puis encore une fois son reflet dans le miroir. Il le fixa du regard et s'endormit quelques secondes après.

À son réveil, le lendemain matin, ce ne fut pas tellement la peur qu'il avait eue le soir précédent qui lui revint à l'esprit, mais plutôt la promenade qu'il avait faite quelques jours auparavant sur la *Sofienalpe*. Il en avait gardé le souvenir d'une agréable aventure et, comme une solution, se fit jour en lui l'idée qu'il pourrait aller chaque après-midi à la campagne, puis passer la soirée dans un jardin d'auberge à regarder les femmes et les jeunes filles. Il trouva même cette idée salutaire et fut incapable en travaillant ce jour-là à son bureau de penser à autre chose qu'à des forêts et à des prairies où allaient et venaient, sous leurs claires ombrelles, des jeunes filles et des jeunes femmes en robes d'été légères. Il était cependant si fatigué, quand il envisagea sérieusement de se mettre en route, l'après-midi, qu'il lui parut tout simplement impossible de mettre son projet à exécution. Il s'étendit tout habillé sur son lit, avec l'impression d'être un convalescent se remettant peu à peu d'une grave maladie. Le soir, il alla se promener à pas lents sur le Ring, éprouvant une sorte de joie tranquille chaque fois que ses regards croisaient ceux des jeunes filles qui passaient à côté de lui. Nombre d'entre elles le regardèrent avec plus d'insistance, retournant même la tête, et il lui sembla sentir dans tous ces regards une chaleur qu'il ne connaissait plus depuis longtemps et dont il avait une grande nostalgie. Ses désirs n'allaient pas plus loin. Il ne songeait pas à lier connaissance ou à prendre l'une de ces femmes dans ses bras ; il jouissait simplement du plaisir de leur présence et de leurs regards.

Plusieurs jours s'écoulèrent dans cette atmosphère qui tenait du rêve — il rêvait effectivement le matin, au bureau, de prairies, de forêts et de jolies femmes, puis passait les après-midi allongé sur son lit dans un demi-sommeil ; le soir il allait se promener avant de dîner, assez tôt encore, dans un restaurant, le plus souvent dehors, à une table derrière la clôture à claire-voie.

Il était debout au milieu de sa chambre, après l'une de ses siestes quotidiennes, lorsque la vie qu'il avait menée ces derniers jours lui apparut tout d'un coup incompréhensible. Ce qui lui sembla le plus étrange, c'est de n'avoir plus pensé à sa femme pendant des jours entiers et de n'avoir en tout cas pas ressenti de véritable chagrin à son souvenir, et il fut brusquement pris, à cette idée, d'une forte envie de pleurer, comme s'il avait pu réparer ainsi son tort. Cependant, ses yeux restaient secs. Ce fut seulement plus tard, quand il se retrouva dans la rue, dans le flot des femmes passant autour de lui, que les larmes lui vinrent, coulant lentement sur ses joues, comme honteuses de ce retard et de leur rareté. Il eut aussitôt la sensation d'avoir effacé une faute ; il se mit à marcher plus vite, éprouvant une sorte de joie à aller ainsi d'un bon pas. Brusquement, il acquit la certitude qu'il voulait à nouveau être heureux et qu'il avait le droit de l'être. Il se sentit même envahi d'une délicieuse joie secrète à l'idée de tout ce dont il pouvait disposer ; il songea aux centaines de belles femmes qui ne se refuseraient pas à lui, s'il le voulait ; chaque sourire qui semblait lui être adressé, chaque frôlement dû au hasard lui faisait passer un frisson par tout le corps. Il se réjouissait à la pensée de quelque chose qui lui arriverait sous peu et qu'il pourrait avoir, s'il le désirait... dans une semaine ou demain, ou bien aujourd'hui, dans un quart d'heure, s'il lui plaisait, et la part d'incertitude elle-même qu'il y avait dans cette certitude constituait un attrait supplémentaire. Il s'assit sur un banc près du *Volksgarten*[1]. On y entendait de la musique, et les gens qui passaient semblèrent à Gustav se balancer en rythme. Il enleva son chapeau, le posa sur ses genoux et ce fut comme s'il avait ôté un lourd bandeau de fer de son front. Il sentit qu'il pouvait maintenant se mettre à faire des projets. Car il avait la sensation qu'à six heures cet après-midi, son deuil avait pris fin, et qu'il avait désormais des devoirs et des droits différents de ceux qui étaient les siens quelques heures plus tôt. Il se sentait pourtant tout à fait calme et n'avait pour ainsi dire aucune espèce d'envie, éprouvant seulement un sentiment d'apaisement, que son désir n'était plus une faute et sa réalisation plus une difficulté.

Il était depuis longtemps déjà sur son banc, lorsqu'il s'aperçut de la présence à côté de lui d'un couple de jeunes gens qui venaient certainement d'arriver. Ils s'entretenaient à voix basse, mais il comprit une grande partie de leur conversation ; il s'agissait, lui sembla-t-il, d'un rendez-vous pour le jour suivant.

Cela le fit penser qu'il lui faudrait aussi dire quelque chose à celle dont il voudrait s'approcher, ce qui lui parut si difficile à cet instant que le rouge de l'angoisse lui monta au visage. Il se mit à réfléchir à la manière dont il entamerait la conversation avec une femme, imaginant ce qu'il dirait à chacune en particulier. Une jeune fille passait devant lui avec un petit garçon. Là il dirait : « Bonsoir, mademoiselle ! Quel charmant bambin... certainement monsieur votre frère ? » Et il ne put s'empêcher de rire en se disant que c'était sans aucun doute un bon mot, qui aurait sûrement fait rire aussi la jeune fille, que d'appeler « monsieur votre frère » un aussi petit garçon. Elle était encore maintenant... à dix pas de lui —

mais il n'osa pas. Vint ensuite une femme bien en chair, des partitions à la main. À elle, il aurait pu demander l'autorisation de l'aider à les porter. Et à la deuxième de ces gamines là-bas, celle qui avait une ombrelle et parlait très vite et sur un ton important à l'autre, avec son carton à la main, il aurait pu dire : « Racontez-moi donc aussi quelque chose, mademoiselle ! » Mais n'était-ce pas un propos trop insolent ? C'est alors qu'il vit venir une jeune personne, qui marchait très lentement en balançant la tête et qui paraissait perdue dans ses pensées, entièrement indifférente au reste du monde. Arrivée à sa hauteur, elle regarda Gustav et lui sourit, comme s'il ne lui était pas inconnu. Il se leva — non pas parce qu'elle lui avait souri, mais parce qu'il y avait dans toute sa personne, et particulièrement maintenant qu'il la voyait de dos, une si extraordinaire ressemblance avec sa défunte femme qu'il en fut presque effrayé. Oui, c'était la même coiffure... et sa femme avait certainement porté une fois un chapeau semblable à celui-là. Plus la jeune fille s'éloignait, plus il aurait pu penser que c'était la morte. Il eut peur qu'elle se retourne, car son visage lui-même n'était pas du tout ressemblant, contrairement à la démarche, à la silhouette, à la coiffure et au chapeau.

Il la suivit. Quelle sorte de femme était-ce ? Il n'avait pas assez d'expérience pour le déterminer exactement... Son sourire n'avait rien eu de vulgaire, c'est à peine s'il avait été encourageant. Elle le précédait d'une dizaine de pas et il fit en sorte de rester à la même distance. Il distinguait très nettement sa silhouette, chaque fois qu'elle passait près d'un réverbère ; son illusion persistait : il croyait toujours retrouver dans cette démarche l'allure de sa défunte femme. Et, comme s'il prenait plaisir à sa folie, il tentait de se convaincre que c'était effectivement elle. Il se disait : Maintenant, à cette distance, cette silhouette... cette démarche... cette coiffure — c'est elle ! Si les miracles existaient et s'il m'était donné de revoir quelque chose d'elle, ne fût-ce que sa silhouette, sa démarche... ne serais-je pas heureux ?... La jeune femme, ne paraissant pas soupçonner qu'on la suivait, continuait d'aller son chemin sans manifester la moindre inquiétude. Elle longea de tout près la grille du *Stadtpark* en faisant glisser ses doigts sur les barreaux. Gustav tressaillit. Il se rappela que sa femme avait eu cette habitude d'effleurer de ses doigts les cloisons, les murs et les grillages. Il eut l'impression que celle qui allait là, à dix pas devant lui, reproduisait intentionnellement son geste, bien qu'il eût conscience en même temps de la complète absurdité de cette idée. À partir de cet instant, il lui sembla qu'il y avait dans chaque mouvement de cette femme quelque chose de voulu, de voulu par rapport à lui — c'était comme s'il entendait cette personne, là-bas devant lui, se dire : Je fais tout comme sa femme ! Une sorte d'indignation monta en lui et il eut un instant envie de faire demi-tour et de s'en aller de son côté, refusant de supporter plus longtemps cette raillerie. Mais c'était comme si elle le tirait après elle et il continua de la suivre. Elle obliqua dans la *Wollzeile*[1] puis dans une rue latérale dont il ne connaissait pas le nom ; là elle disparut dans un des premiers immeubles sans s'être retournée. Il demeura un moment devant la porte d'entrée ; peut-être allait-elle redescendre… Il examina les fenêtres. L'une d'elles s'ouvrit bientôt, au troisième étage. C'était bien la femme qu'il avait suivie ; il ne pouvait voir dans l'obscurité ni son visage ni la direction de son regard, mais le mouvement de sa tête lui révéla qu'elle regardait vers le haut ; puis, s'appuyant des coudes sur le rebord de la fenêtre, elle pencha la tête. Il s'en alla précipitamment, ne voulant pas qu'elle le remarque. En repensant à elle, dans sa fuite à travers les rues, il se dit pourtant que ce n'était pas une étrangère quelconque qu'il avait vue là pour la première fois… non, c'était sa femme, sa femme morte qui, il y a quelques instants, s'appuyait là-haut sur le rebord de sa fenêtre. Il n'arrivait pas à voir quelqu'un d'autre à sa place et il eut derechef l'impression que l'étrangère elle-même savait ce qui se passait en lui. Tous ses efforts pour chasser ces imaginations se révélèrent inutiles et vains, et il finit par aller s'asseoir dans un restaurant où il but et mangea. Il faisait extraordinairement lourd. Lorsque Gustav eut bu davantage, ces idées cessèrent de le tourmenter et lui apparurent même presque consolantes. Il y avait tout à coup un être, un être bien précis, qui signifiait quelque chose pour lui… cet être était une femme, presque sa femme, et elle pensait à lui… du moins l'imaginait-il.

Il rêva cette nuit-là de la défunte. Il se voyait avec elle dans une forêt, là où ils avaient passé leur dernier été ; ils étaient étendus tous les deux dans une très grande prairie d'un vert lumineux et seules leurs joues brûlantes se touchaient ; mais ce léger contact l'emplissait d'un bonheur tel qu'il n'en avait jamais éprouvé de semblable, même dans ses étreintes les plus passionnées. Puis elle disparaissait brusquement et il la voyait s'éloigner en courant à l'autre bout de la prairie, longeant l'orée de la forêt, les bras levés au ciel comme la danseuse de ballet fuyant les flammes dont il avait vu la veille la photographie dans un journal illustré. Il sentit alors, avec cette netteté qui n'existe que dans les rêves, qu'il lui serait tout à fait impossible de survivre à cette perte, pourtant il resta couché dans l'herbe, se contentant de pousser des cris terribles. Il s'était alors réveillé et entendu gémir. Les premiers bruits du matin, très confus, entraient par sa fenêtre ouverte et il ne distingua que le gazouillis des oiseaux s'éveillant dans le *Stadtpark*. Il n'avait jamais ressenti sa solitude avec autant d'effroi que ce jour-là. Ses sentiments pour la femme allongée dans l'herbe à son côté quelques instants auparavant, dont il avait senti la joue vivante et chaude contre la sienne, l'emplissaient d'un désir si incommensurable et si douloureux qu'il aurait préféré en mourir plutôt que de devoir souffrir ainsi plus longtemps. Il aimait cette morte comme l'on n'a le droit d'aimer que des créatures vivantes et le désir qu'il avait de la posséder le consumait. Il se sentit à nouveau environné par le parfum de sa peau et se mit à bouger doucement les lèvres comme si, allongée auprès de lui, elle avait été prête à recevoir son baiser. Puis il cria son nom, à plusieurs reprises, chaque fois plus fort, se dressa sur son séant et se leva en étendant les bras, puis les laissa retomber, sentant la honte l'envahir, comme s'il venait de manquer à celle qui ne pouvait désormais pas plus partager ses joies que son désir et ses rêves, et qu'il avait seulement le droit de pleurer, mais pas de désirer.

Il se leva très tôt, il alla se promener une heure dans le parc, puis travailla avec zèle au bureau, comme s'il avait voulu réparer une faute par l'honnêteté de sa conduite. Il lui vint une idée, qu'il s'étonna de ne pas avoir eue plus tôt : pourquoi ne se retirerait-il pas tout à fait d'un monde dans lequel il ne trouverait sans doute plus que des tentations et jamais le plaisir ? Il pensa à un parent éloigné de sa mère, qui s'était jadis enfermé dans un cloître, à l'âge mûr. L'idée de cette possibilité le tranquillisa.

L'après-midi, il s'étendit comme d'habitude et sortit au soir. Il connaissait son chemin. Il allait au même endroit, sur le même banc que la veille. Il attendit en laissant vagabonder ses pensées, et tandis que dans l'accablante chaleur de cette soirée, il tombait dans une sorte de somnolence, il s'éveilla soudain avec la sensation qu'il attendait sa femme. Cette imagination s'imposa à lui avec une telle force qu'il dut faire appel à toute sa volonté pour la repousser. Il attendit, espérant que celle qu'il attendait ne viendrait pas. Il avait conscience, dans son trouble et sa fatigue, d'être en quelque sorte livré sans défense au destin qui lui était réservé. Beaucoup de gens passèrent, dont de nombreuses femmes et jeunes filles ; elles n'étaient pour lui que comme des images aperçues par hasard en feuilletant un livre alors que l'on en cherche une bien précise. — Et si elle ne venait pas ? pensa-t-il soudain. Bon, il savait où elle habitait et pourrait aller attendre en bas devant la porte, entrer, monter l'escalier… non, il ne ferait surtout pas ça ; qui sait si elle habitait seule… Quoi qu'il en soit, elle ne pouvait lui échapper.

Il se faisait tard ; l'obscurité grandissait. Brusquement, il aperçut celle qu'il attendait. Elle était passée devant lui sans qu'il la vît. Et c'est encore une fois seulement à sa démarche qu'il l'avait reconnue. Son cœur battait avec violence. Il se leva aussitôt et la suivit. Quelque chose le poussait à l'appeler du nom de sa défunte femme, mais il sentait en même temps qu'il ne devait pas le faire. Il allait si vite qu'il se trouva tout d'un coup à sa hauteur, sans s'y être attendu. Elle tourna la tête vers lui et sourit, comme si elle se souvenait de lui. Mais ensuite elle accéléra seulement l'allure. Il la suivait, comme grisé. Il s'abandonnait entièrement à l'illusion qu'il s'agissait de sa femme ; et ne cherchait plus à y résister. Ses yeux fascinés restaient fixés sur sa nuque. Il murmura le prénom de la morte, le murmura une deuxième fois, un peu plus fort, et finit par le prononcer distinctement… — Thérèse…

Elle s'arrêta. Il se tenait à côté d'elle, visiblement effrayé. Elle le dévisagea, hocha la tête d'un air étonné, et allait repartir. D'une voix à moitié étouffée, il lui dit alors : — Je vous en prie… je vous en prie… ! Elle répondit très doucement : — Mais que voulez-vous ? Avec une voix qui lui était tout à fait étrangère. Quand par la suite il se rappela cette scène, il s'y revoyait plus jeune de quelques années, imberbe, presque un enfant, car elle l'avait regardé comme on regarde un enfant qui vous plaît.

Elle reprit : — D'où me connaissez-vous ? Comment savez-vous donc mon nom ?

Il ne lui parut pas du tout étrange qu'elle eût effectivement le même prénom que la défunte. Il répondit : — Je vous ai déjà… je vous ai vue hier.

— Ah bon ! dit-elle, croyant visiblement qu'il avait demandé son nom dans son immeuble. Il sentit croître son courage.

— J'ai bien senti, hier soir, que quelqu'un me suivait, dit-elle. Je ne me retourne jamais dans la rue, mais on le sent tout de suite, pas vrai ?

Ils marchaient l'un à côté de l'autre et Gustav se sentit brusquement plein d'entrain, comme s'il venait de boire quelques verres de vin.

— Il y a longtemps que ça m'est pas arrivé, que quelqu'un m'aborde comme ça. Faut dire, c'est pas si souvent que je sors toute seule dans la rue, le soir. Le jour, bien sûr, c'est pas pareil… hein, pas vrai ?… Le jour, on a toujours quelque chose à faire en ville.

Il l'écoutait. Un sentiment de bien-être commençait à l'envahir. Le son de cette voix féminine lui faisait du bien. Lorsqu'elle se tut et le regarda de côté en souriant, comme si elle attendait un mot de lui, il dit :

— Oui, mais ces temps-ci, il fait si chaud dans la journée qu'on ne devrait jamais sortir avant le soir, si on n'y est pas obligé. Dans la journée, il ne fait nulle part aussi frais que dans sa chambre. Il fut content de s'être exprimé avec autant d'aisance et d'habileté — il n'aurait pas cru y arriver.

— Ah oui, vous avez raison ! Surtout là où j'habite… d'ailleurs, vous connaissez… dit-elle avec un sourire amical… on n'y voit jamais le soleil. Vraiment, je peux dire, quand je vais sur le Ring, à midi, c'est comme si on rentrait dans un poêle chauffé au rouge !

Saisissant l'occasion, il parla de la chaleur qui régnait dans son bureau et de ses collègues, auxquels il arrivait de s'endormir sur leur travail. Son récit la fit rire et, encouragé, il se mit à en raconter toujours davantage, prenant un réel plaisir à ses propres paroles et à la voir l'écouter. Il lui dit comment il passait ses journées, qu'il était veuf depuis quelque temps… il prononça le mot comme s'il s'agissait de quelque chose de tout à fait ordinaire, bien qu'il fût conscient de ne se l'être encore jamais appliqué. Le regard compatissant qu'elle lui lança alors lui fit du bien.

Là-dessus, elle se mit à parler d'elle. Il apprit qu'elle était la maîtresse d'un très jeune homme, qui était parti pour quelque temps à la campagne avec ses parents et ne devait rentrer que dans trois semaines.

— Autrement, il est toujours chez moi à sept heures du soir, et j'y suis tellement habituée que je sais pas quoi faire quand il est pas là ! Autrement, on va naturellement se promener, lui et moi, mais maintenant je dois courir toute seule à droite et à gauche ; il en sait rien… oh, il faudrait pas qu'il l'apprenne, il est tellement jaloux ! Mais, dites, on peut tout de même pas exiger que je reste enfermée dans ma chambre, toutes ces belles soirées… hein, pas vrai ? Ah, j'arrête pas de vous parler… je devrais sûrement pas. Mais vous savez, quand on a pas échangé une parole sensée avec quelqu'un pendant huit jours comme moi, ça fait vraiment du bien !

Ils étaient arrivés près de chez elle.

— Voulez-vous vraiment déjà rentrer, mademoiselle ? demanda-t-il. Si nous allions nous asseoir et bavarder encore un peu au *Stadtpark* ?

Ils rebroussèrent chemin et firent les quelques pas qui les séparaient du parc ; puis s'assirent sur un banc dans une allée plutôt sombre. Elle était tout près de lui, il ferma les yeux à moitié et, comme elle se taisait, il eut à nouveau nettement l'impression que sa femme était assise à côté de lui. Mais il tressaillit lorsqu'elle se remit à parler. Il lui sembla qu'en se taisant et en lui laissant sentir la chaleur de sa présence toute proche, elle avait intentionnellement essayé de contrefaire la morte. Une fois encore, l'idée qu'elle savait ce qui se passait en lui traversa son esprit. Et une légère contrariété lui vint. Il sentit que s'exerçait sur lui un certain pouvoir que rien ne justifiait et dont il devait se libérer. Qui était donc cette personne? Une femme comme beaucoup d'autres, qui ne le concernait en rien; la maîtresse d'un jeune homme qui se trouvait en ce moment à la campagne avec ses parents, et sans doute la maîtresse de dix ou de cent autres avant lui! Et pourtant... rien n'y faisait; la même tiédeur irradiait de sa robe que de celle de sa femme, autrefois. Elle avait la même démarche, la même nuque et aussi ce curieux tressaillement des lèvres, exactement comme elle. Il se rapprocha encore. Il respira avec avidité le parfum qui émanait de ses cheveux. Il avait trop envie de lui embrasser le cou, il le fit et elle se laissa embrasser. Elle dit quelque chose, mais si doucement qu'il ne comprit pas et lui demanda, les lèvres toujours contre son cou : — Comment, Thérèse?

— Il faut que je rentre, il est tard...

— Vous avez donc quelque chose à faire?

— Non, ce n'est pas ça! répondit-elle et elle se leva brusquement. C'était à nouveau une tout autre femme qu'il avait devant lui. Il eut envie de se montrer menaçant, comme envers quelqu'un qui s'arroge un droit qu'il n'a pas. Il avait l'impression d'avoir à défendre un être qui ne pouvait plus le faire soi-même. Il se leva, lui saisit la main et lui serra le poignet, cherchant à lui faire mal. Mais aussitôt sa colère retomba, son étreinte se relâcha, se fit plus douce et ils quittèrent le jardin côte à côte, presque serrés l'un contre l'autre.

Ils ne prononcèrent pas un mot tout le long du chemin. Devant la porte de son immeuble, elle s'arrêta : — Je vous remercie de m'avoir accompagnée! dit-elle.

— Est-ce que je ne peux pas...?

— Oh, dit-elle, vous n'y pensez pas! Si le concierge remarque quelque chose... toute la maison le saura aussitôt et...

Les yeux de Gustav brillaient. Elle le regarda d'un air presque apitoyé, mais très agréablement touché.

— Écoutez, dit-elle tout bas, demain à quatre heures de l'après-midi... on attire pas l'attention à cette heure-là. Et il fera encore jour quand vous repartirez!

Il approuva de la tête, comme délivré d'un poids.

— Eh bien, adieu! Il faut vous en aller, maintenant! Et, retirant la main qu'il avait gardée dans la sienne, elle monta rapidement les escaliers.

Gustav ne ferma pas l'œil de la nuit. Dans son vague demi-sommeil, il pensait à la morte et il lui sembla qu'il devait la venger sur cette femme vivante qui avait le même parfum, répandait la même chaleur et déchaînait en lui les mêmes désirs qu'elle qui reposait maintenant dans sa tombe. Il songea aussi qu'il existait cent, mille femmes comme celle qui avait été à côté de lui sur le banc du *Stadtpark* et qui ne valait guère mieux qu'une grue. Ressentant plus que jamais l'immense injustice faite à la défunte, il pressentait qu'il allait être lui-même la victime d'une duperie dérisoire. Et quand il pensait à l'après-midi du lendemain, il ne pouvait pas se représenter une autre femme que la sienne dans ses bras. Il se sentait sans défense et ce sentiment le remplissait de colère.

Pendant la matinée, au bureau, il retrouva un peu de calme. Il pensa un moment ne pas aller du tout chez cette personne. Et il respira plus librement à cette idée. Puis une autre lui vint : il se rendrait chez elle et, après ce dernier moment de plaisir, il prendrait congé d'elle et de toutes les joies du monde pour se retirer dans un cloître, comme il se l'était récemment proposé.

Il resta longtemps à table, but un meilleur vin que d'habitude et se rendit chez elle. L'après-midi était très chaud et les pavés blancs de soleil. Mais il sentit un air plus frais en arrivant dans la *Wollzeile*. Sa rue était plongée dans l'ombre et complètement déserte. La fenêtre où il l'avait vue se pencher deux jours plus tôt, était ouverte et un souffle d'air faisait doucement bouger les rideaux baissés.

Il franchit la porte d'entrée et monta l'escalier. Il se souvint de son aventure de jadis. C'était aussi à cette heure-là qu'il avait coutume de se rendre chez sa maîtresse. En haut, il trouva la porte entrebâillée, l'ouvrit et vit Thérèse devant lui, sans distinguer toutefois ses traits dans l'obscurité de l'antichambre. Elle ferma très vite la porte et ouvrit si rapidement celle qui donnait sur l'autre pièce que le rideau de la fenêtre, poussé par le courant d'air, se souleva, et Gustav aperçut un instant le faîte de la maison d'en face. La porte de la chambre contiguë était ouverte. Gustav posa son chapeau sur la table et s'assit, elle le rejoignit.

— Avez-vous beaucoup marché? demanda-t-elle.

Il regardait par la porte ouverte. Il vit au-dessus du lit une mauvaise peinture à l'huile, représentant une Vierge à l'enfant.

— Non, c'est tout près, répondit-il.

Elle avait une robe de chambre rouge foncé à très larges manches, qui lui laissait le cou dégagé. Son regard lui parut effronté et son visage moins jeune que la veille au soir. À présent, il se dit qu'il allait partir sans même lui avoir effleuré le bout des doigts.

— Il y a pas bien longtemps que j'habite ici, dit-elle, et elle se mit à bavarder, racontant que son appartement précédent ne «lui» avait pas plu et qu'il lui avait loué celui-là. Elle parla ensuite de sa sœur mariée, qui vivait à Prague, de son «premier» — le fils d'un propriétaire, qui l'avait laissée tomber, puis d'un voyage à Venise qu'elle avait fait avec un «étranger». Gustav restait assis, immobile, et la laissait parler... Où s'était-il fourvoyé! Lui, il y a peu de mois encore l'époux d'une femme vertueuse, qui n'appartenait qu'à lui et n'avait appartenu à personne avant lui... Que venait-il chercher ici? Qu'avait-il à faire avec cette femme?... Où étaient son désir, ses souhaits?... Il se leva, comme pour partir, mais elle se leva aussi et, lui passant les bras autour du cou, l'attira contre elle. Il était si près d'elle qu'il ne voyait plus que l'éclat de ses yeux. Il sentit à nouveau le parfum qui émanait de son cou, puis ses lèvres chaudes sur les siennes... Ce fut un baiser vraiment tout à fait semblable à ceux de l'automne dernier. Il en avait toute la douceur et la chaleur, c'était la même intimité et le même plaisir...

Il s'éveilla tout d'un coup. Il avait les bras croisés sous la tête, comme il le faisait souvent la nuit, mais le plafond au-dessus de lui était différent. Et juste au-dessus, il y avait une Vierge à l'enfant et, à côté de lui, une étrangère aux yeux lourdement fermés avec un sourire sur les lèvres alors que, quelques minutes avant, c'était Thérèse, sa femme défunte, qu'il avait tenue dans ses bras. Il ne souhaitait plus qu'une chose : que celle-ci reste paisiblement étendue là, n'ouvre pas les yeux, ne bouge pas les lèvres jusqu'à ce qu'il se soit levé et éloigné. Il savait que, si elle recommençait à le regarder, à lui sourire et surtout à avoir ce tressaillement des lèvres comme celle qui était maintenant morte... il ne pourrait pas le supporter, ne le permettrait pas. Ce que cette femme avait osé faire, c'était trop infâme. Il la considéra d'un air furieux. Comment était-il possible que cette misérable, une créature qui avait eu cent amants, ait pu imiter sa pauvre femme, morte et décomposée maintenant, qu'elle ait carrément contrefait chacune de ses mines, chacun de ses mouvements, au moment même où elle lui dispensait la volupté suprême? Et il était là, couché près d'elle... Il se secoua, se leva rapidement et sans bruit. Elle ne bougeait pas. Il s'habilla en hâte. Puis il resta debout devant elle, à côté du lit, et la contempla en suivant du regard la ligne de son cou. Il eut l'impression que cette femme s'était rendue coupable d'un vol horrible et que la morte, sa Thérèse, avait été volée et dupée... Non, il n'était pas possible que, tandis qu'elle gisait dans son cercueil, sa chair se détachant peu à peu de ses os, les autres continuent de vivre et de rire et puissent être pour lui ce qu'Elle avait été, lui donner ce qu'Elle lui avait donné ! Et il eut honte que tout le bonheur de la terre n'ait pas été enterré avec elle.

C'est alors qu'elle bougea, remuant et s'étirant exactement comme Thérèse dans son demi-sommeil. Elle ouvrit les yeux... oui, comme elle. Un tressaillement fit frémir ses lèvres — oui, tout à fait comme... Ah, n'était-ce pas assez...? Elle ouvrait maintenant les bras, comme pour l'attirer à elle... — Parle ! s'écria-t-il. Il voulait entendre le son de sa voix. Cela lui aurait fait retrouver une raison qu'il sentait lui échapper. Mais elle ne dit rien. « Parle ! » cria-t-il encore une fois, d'une voix presque étranglée. Mais elle le regarda sans comprendre et lui tendit à nouveau les bras. Il chercha du regard quelque chose autour de lui, n'importe quoi pour se libérer. Sur la commode, en face du lit, il vit alors son chapeau, avec l'épingle fichée dedans ; il la retira et, la serrant dans son poing gauche, la lui plongea dans la poitrine à travers la chemise... Il avait bien visé : un spasme la souleva, elle poussa un cri, battit l'air de ses bras, saisit l'épingle, mais n'eut pas assez de force pour la retirer et s'affaissa sur le lit.

Debout près d'elle, Gustav la vit tressaillir ; les yeux se révulsèrent, la tête se souleva encore, puis elle retomba en arrière... morte. Il enleva l'épingle... il n'y avait pas une goutte de sang... Il resta un moment sans comprendre ce qui s'était passé. Puis, quand il en prit brusquement conscience, il courut à la fenêtre de la pièce voisine, releva le rideau et, passant la tête au dehors, cria de toutes ses forces en direction de la rue : — Au meurtre ! Au meurtre ! Il vit les gens s'attrouper et montrer du doigt les étages supérieurs ; alors il s'éloigna de la fenêtre et alla calmement s'asseoir dans le fauteuil, où il attendit. Il se dit qu'il avait bien fait d'agir ainsi. Il pensa à sa femme, couchée depuis longtemps déjà dans son cercueil avec des vers dans les orbites, et, pour la première fois depuis sa mort, il sentit quelque chose en lui comme une grande paix.

Un violent coup de sonnette retentit. Gustav se leva aussitôt et alla ouvrir — — —

Traduction révisée par Brigitte Vergne-Cain et Gérard Rudent.

LA DERNIÈRE LETTRE D'ANDREAS THAMEYER

Cette nouvelle fut écrite très rapidement : du 7 au 9 février 1900. Elle confirme l'impression que, dans cette période (1898-1900), Arthur Schnitzler est en train de se renouveler. En effet, si le thème fondamental reste celui de l'amour et de la mort, il est traité ici sur le mode comique : un employé de la Caisse d'Épargne, encore relativement jeune, se suicide par donquichottisme; on se trouve devant un martyre burlesque. La matière du récit est fournie par des lectures médicales (que Schnitzler avait dû multiplier, au-delà de ses études, en étant rédacteur dans la Revue Médicale Internationale *de son père) ; en l'occurrence, il s'agit d'un ouvrage récent de Gerhard von Welsenburg, publié à Leipzig en 1899 (voir la note 1 sur la page 507). Et ces données sont complétées par un événement viennois : l'Exposition sur la Chasse, de 1897, où l'on pouvait admirer en particulier un campement de chasseurs africains (Achantis du Ghana), installé dans le Prater. D'où une énorme farce tragi-comique, digne du* Chasseur français *et d'Alphonse Allais !*

Mais cela dépasse nettement la gaudriole ; Schnitzler anticipe aussi sur la dénonciation du scientisme, cette forme d'obscurantisme moderne (voir la Préface, p. 19 et p. 28). Il ne démérite pas, ce faisant, de l'inventeur du pharmacien Homais, et des fameux « bonshommes », Bouvard et Pécuchet. Sa manière à lui est plus insidieuse, plus préoccupante encore. Nous avions songé à Alfred Döblin pour le récit précédent; ici, on pourrait aussi penser à Borgès. L'écrivain viennois apparaît donc profondément lié à l'évolution de la littérature mondiale.

Quoi qu'il en soit, La Dernière Lettre d'Andreas Thameyer *n'est pas beaucoup évoqué dans le* Journal, *comme si le récit restait un peu extérieur à son auteur. En revanche, il eut beaucoup de succès. Il fut publié d'abord, le 26 juillet 1902, dans un hebdomadaire viennois,* Die Zeit. *Il parut ensuite, en 1905, dans le recueil intitulé* La Danseuse grecque, *au* Wiener Verlag, *chez l'éditeur de* La Ronde. *Fischer le reprit pour le recueil portant le même titre, en 1914, mais augmenté d'un récit* (Les morts se taisent). *Entre-temps, le 16 juin 1911, le récit avait paru une autre fois dans une revue,* Die Quelle.

Cette nouvelle pittoresque repose aussi sur le procédé de la lettre fictive. Et l'on peut observer que cette formule conserve sa fonction habituelle dans l'œuvre de Schnitzler : contourner une censure, faire reconnaître l'invraisemblable comme vrai. Il s'agit cette fois d'inviter le lecteur à admettre que la démence est plus répandue qu'on ne croit ; qu'elle menace tout le monde, même les plus modestes d'entre nous ; que cette folie ordinaire a une étiologie double : biologique et sociale. Ce faisant, Schnitzler assigne à son art une fonction civilisatrice ; il s'affirme à la fois comme Dichter (Poète) *et comme* Naturforscher (Chercheur naturaliste) *— selon les types désignés par ses* Diagrammes *de 1927, reproduits p. 41.*

Il ne m'est plus possible de vivre. Car aussi longtemps que je vivrai, les gens se moqueront et personne ne comprendra la vérité. Or, la vérité, c'est que ma femme m'a été fidèle… je le jure par tout ce qui m'est sacré et ma mort va sceller ce serment. J'ai consulté de nombreux livres traitant cette question ardue et mystérieuse, et même s'il est des gens pour mettre le fait lui-même en doute, d'illustres savants se sont déclarés profondément convaincus de sa réalité ; d'ailleurs j'ai l'intention de présenter ici même des exemples qui paraîtront sûrement incontestables à toute personne impartiale. Malebranche[1] nous rapporte ainsi qu'une femme regarda avec tant d'insistance, pendant les cérémonies de sa canonisation, le portrait de saint Pie, que l'enfant qu'elle mit au monde peu après ressemblait en tout point à ce saint… Ses traits accusaient la fatigue de l'âge, ses bras étaient croisés sur sa poitrine, ses yeux levés vers le ciel et il avait, de surcroît, l'épaule marquée d'une tache reproduisant la forme de la mitre. Mais ceux auxquels l'autorité de ce témoin, disciple du célèbre philosophe Descartes, ne semblerait pas suffisante pour certifier ce récit, se satisferont peut-être de la garantie de Martin Luther. On lit en effet dans ses *Propos de table* qu'il connut à Wittemberg un bourgeois ayant une tête de mort, et il était avéré que la mère de ce malheureux homme avait, pendant sa grossesse, éprouvé une peur violente à la vue d'un cadavre. Cependant l'histoire la plus significative à mes yeux, et dont il n'existe aucune raison valable de douter, nous est racontée par Héliodore dans ses *Libri Aethiopicorum*. Cet estimable auteur relate que la reine Persina, épouse d'Hydaspès, roi d'Éthiopie, mit au monde après dix ans de mariage une fille de couleur blanche, qu'elle fit exposer aussitôt après sa naissance par crainte du trop prévisible courroux de son époux. Non sans la munir toutefois d'une ceinture sur laquelle était inscrite la véritable raison de ce funeste hasard. Dans le jardin du palais royal où la reine s'abandonnait aux étreintes de son époux à la peau noire, se trouvaient de magnifiques statues en marbre de dieux et de déesses grecs, et elle les avait contemplées avec ravissement. Mais le pouvoir de l'esprit ne s'arrête pas là et les personnes superstitieuses ou incultes ne sont pas les seules à adopter cette manière de voir, comme le prouve l'histoire suivante, qui s'est passée en France en l'an 1637. Une femme, ayant accouché d'un garçon quatre ans après le départ de son mari, jura qu'elle avait rêvé neuf mois plus tôt et de façon parfaitement convaincante que celui-ci l'étreignait avec ardeur. Les médecins et les sages-femmes de Montpellier déclarèrent la chose possible, sous la foi du serment, et le tribunal du Havre reconnut au nouveau-né tous les droits d'un enfant légitime. Je lis aussi dans l'ouvrage de Hamberg *Énigmes de la nature,* p. 74, l'histoire d'une femme qui mit au monde un enfant à tête de lion, après avoir assisté avec son mari et sa mère, au septième mois de sa grossesse, au spectacle donné par un dompteur. J'ai également trouvé dans le livre de Limböck intitulé *Sur le regard des femmes enceintes,* Bâle 1846, p. 19, le cas d'un enfant venu au monde avec une grande cicatrice de brûlure sur la joue, sa mère ayant vu, quelques semaines avant la naissance, les flammes consumer la maison située en face de la sienne. Il y a dans ce livre nombre d'autres faits extrêmement curieux. Je l'ai sous les yeux, sur ma table, tandis que j'écris ces lignes, et je viens de le feuilleter encore une fois : les faits qu'il rapporte sont authentiques et scientifiquement établis, comme est authentique ce qui m'est arrivé à moi-même ou plutôt à mon excellente femme, dont je suis aussi sûr qu'elle m'est fidèle que je le suis d'être encore vivant en cet instant. Me pardonneras-tu, chère épouse, d'aller maintenant à la mort ? Tu dois me pardonner, comprends-le. C'est seulement pour l'amour de toi que je meurs, car je ne peux supporter que les gens se moquent et rient à tes dépens et aux miens ! Sans doute vont-ils cesser de rire, maintenant, et comprendre comme je comprends moi-même. Vous qui trouverez mon corps, qui trouverez cette lettre, sachez que, pendant que je l'écris, ma femme dort dans la chambre à côté d'un sommeil paisible, du sommeil de quelqu'un qui a la conscience tranquille ; et son enfant… notre enfant qui a maintenant deux semaines, dort lui aussi dans son berceau près du lit. Et avant de quitter la maison, j'irai effleurer des lèvres le front de ma femme et de mon enfant, sans les réveiller. Si je note tout cela avec tant de précision, c'est pour que l'on n'aille pas me croire fou… non, j'ai bien réfléchi et suis parfaitement calme. Dès que j'aurai terminé cette lettre, je m'en irai dans la nuit noire, à travers les rues désertes, toujours plus loin sur ce chemin que j'ai si souvent parcouru avec ma femme, la première année de notre mariage, jusqu'à *Dornbach*[1]… puis, au-delà, jusque dans la forêt. Oui, j'agis après mûre réflexion et je suis en possession de toute ma raison. Voici donc ce qu'il en est. Je m'appelle Andreas Thameyer[2], trente-quatre ans, fonctionnaire à la Caisse d'épargne autrichienne, domicilié Hernalser Hauptstrasse 64, marié depuis quatre ans. J'ai rencontré ma femme sept ans avant de l'épouser et elle a refusé deux autres prétendants, parce qu'elle m'aimait et voulait m'attendre — un commissaire avec 1 800 gulden d'émoluments et un étudiant en médecine originaire de Trieste, un très beau jeune homme qui louait une chambre chez ses parents… Notez bien : elle les a éconduits par amour pour moi, qui n'étais ni riche ni beau, et contraint de repousser notre mariage d'année en année. Et maintenant les gens vont prétendre que cette femme m'a trompé, après m'avoir patiemment attendu pendant sept ans ! Les hommes sont bêtes et mesquins ; incapables, si j'ose dire, de lire dans notre âme, ils se réjouissent du malheur des autres et sont extraordinairement vils ! Mais ils vont tous se taire, maintenant… et je les entends dire : nous avons eu tort, nous le voyons… ta femme était fidèle et il n'était pas nécessaire de te tuer… Mais moi, je vous le dis : c'est nécessaire ! Car vous continueriez de vous moquer, tous tant que vous êtes, aussi longtemps que je vivrais. Seul le vieux docteur Walter Brauner a fait preuve de noblesse d'âme et de bonté… Oui, il me l'a dit tout de suite ! Avant de me faire entrer, il m'a dit : « Mon cher Thameyer, n'ayez pas peur, ne vous inquiétez pas et n'inquiétez pas votre femme ! Ces choses-là arrivent. Je vous apporterai demain le livre de Limböck et quelques autres ouvrages traitant du regard des femmes enceintes. » — J'ai ces livres devant moi… mais oui ! et je prie mes proches de bien vouloir les faire remettre avec mes plus sincères remerciements à cet excellent homme qu'est le docteur Brauner. Je n'ai pas d'autres dispositions à prendre. Mon testament est fait depuis longtemps et je n'ai aucune raison de le modifier, car ma femme m'a été fidèle et l'enfant qu'elle m'a donné est mon enfant. Quant à la singulière couleur de sa peau, je vais en donner une explication très simple. Seuls des esprits méchants ou incultes peuvent la refuser. J'ose même prétendre que, si les hommes parmi lesquels nous vivons n'étaient ni méchants ni stupides, je ne serais pas obligé de me tuer, car tout le monde comprendrait. Mais personne ne veut comprendre, tous sourient et se moquent. Même l'oncle de ma femme, monsieur Gustav Rengelhofer, un homme auquel j'ai toujours manifesté le plus grand respect, a eu un clin d'œil qui m'a beaucoup blessé, lorsqu'il a vu mon fils pour la première fois ; et ma mère elle-même... m'a serré la main d'une manière particulièrement bizarre, comme si j'avais besoin de sa sympathie. Mes collègues, lorsque je suis arrivé hier au bureau, se sont mis à chuchoter et le concierge, aux enfants duquel j'avais donné ma vieille montre détraquée à Noël, — un boîtier de montre peut encore faire un bon jouet ! — le concierge, dis-je, a étouffé un rire quand je suis passé hier devant la loge ; quant à notre cuisinière, elle fait une si drôle de tête qu'on croirait qu'elle a bu et l'épicier du coin m'a déjà suivi du regard trois ou quatre fois... L'autre jour il est resté à la porte de son magasin et a dit à une vieille dame : — C'est lui !... Les bruits les plus insensés se répandent avec promptitude... la preuve, c'est qu'il y a des gens que je ne connais pas et qui le savent, je ne sais comment. Ainsi ces trois vieilles femmes qui parlaient de moi, quand je suis rentré par le tramway avant-hier ; j'étais sur la plate-forme et j'ai très distinctement entendu mon prénom. Je demande donc à haute et intelligible voix (employant intentionnellement cette expression, bien que ceci soit une lettre) : — Que dois-je faire ? Me reste-t-il une autre solution ? Je ne peux dire à tout un chacun de lire les *Prodiges de la nature* de Hamberg ou l'excellent ouvrage de Limböck *Sur le regard des femmes enceintes !* Je ne puis me jeter à leurs genoux et les supplier : « Ne soyez pas si cruels... comprenez donc... ma femme m'a toujours été fidèle ! » Elle a eu un regard, au Jardin Zoologique[1] où elle est allée avec sa sœur, en août dernier, et où campaient ces étrangers, ces Noirs si inquiétants ! Oui, elle a eu un regard, je le jure et je peux raconter comment ça s'est passé : ce jour-là — et depuis quelques jours déjà — j'étais à la campagne chez mes parents, mon père était malade, très malade... on s'en convaincra si j'ajoute qu'il est mort quelques semaines plus tard — mais revenons à nos moutons !... Donc, Anna était seule. Et à mon retour, je la trouvai au lit... l'émotion, l'impatience... que sais-je ? elle était couchée... Mon absence n'avait duré que trois jours, mais tel était l'amour de ma femme pour moi ! Et je dus m'asseoir aussitôt à son chevet et, sans que j'aie besoin de la questionner, elle me raconta tout ce qu'elle avait fait durant ces trois journées. Je rapporterai son récit avec l'exactitude requise dans un tel cas. Elle était restée à la maison tout le lundi matin. Puis, l'après-midi, elle était allée faire des courses en ville avec Fritzi — c'est ainsi que nous appelons sa sœur célibataire, dont le nom de baptême est Friederike... Fritzi est fiancée à un très gentil garçon, qui a trouvé une place en Allemagne, dans une grosse maison de commerce de Brême, où elle doit bientôt le rejoindre pour se marier... mais ces détails aussi sont sans importance. Je le sais fort bien. Ma femme a passé toute la journée du mardi chez elle, car il pleuvait... Il a aussi plu ce jour-là à la campagne chez mes parents, je m'en souviens précisément. Enfin, arriva le mercredi. Vers le soir, ma femme et Fritzi allèrent au Jardin Zoologique, où il y avait un campement de nègres. J'ajoute ici que j'ai vu moi-même ces gens un peu plus tard, en septembre : nous y sommes allés, Rudolf Bittner, sa femme et moi, un dimanche soir ; Anna a catégoriquement refusé de venir, tant le souvenir de ce mercredi lui causait d'horreur. Elle m'a dit n'avoir jamais ressenti une horreur semblable à celle qu'elle éprouva ce soir-là, en se retrouvant seule au milieu des nègres... Seule, car Fritzi s'était soudain égarée... il ne m'est pas possible de taire ce fait... Je ne veux bien sûr pas dire du mal de Fritzi dans ce qui est ma dernière lettre. Mais il ne me semble pas déplacé de l'exhorter sérieusement à ne pas peiner son fiancé, un garçon si honnête qu'il en aurait beaucoup de chagrin. C'est pourtant un fait que ce soir-là, monsieur... mais pourquoi écrire ici son nom ?... bref, Fritzi s'est perdue ce soir-là avec ce monsieur, que je connais très bien et qui, quoique marié, ne jouit pas de la meilleure réputation, de sorte que ma pauvre femme s'est tout à coup retrouvée seule. Il y avait de la brume ce soir-là, comme c'est parfois le cas à la fin de l'été ; pour ma part, je ne vais jamais au Prater le soir sans pardessus... Je me souviens des vapeurs grises qui flottent souvent sur les prairies, là-bas, et dans lesquelles se reflètent les lumières... Eh bien, le mercredi en question était justement un de ces soirs, Fritzi soudain avait disparu, et mon Anna était seule... seule tout d'un coup... qui ne comprendrait, dans ces conditions, la formidable peur qui s'empara d'elle à la vue de ces géants aux yeux luisants et aux longues barbes noires ?... Elle attendit Fritzi pendant deux heures, espérant la voir revenir à chaque instant ; à la fermeture des portes enfin, elle dut quitter le jardin. Voilà les faits. Exactement tels qu'Anna me les a rapportés le lendemain matin, alors que j'étais assis à son chevet, comme je l'ai déjà dit... elle avait passé ses bras autour de mon cou et tremblait, le regard troublé, et j'en vins à prendre peur moi-même, bien qu'ignorant ce jour-là tout autant qu'elle, ce que j'ai su plus tard. Si j'avais su, en effet, qu'elle portait déjà notre enfant dans son sein, je n'aurais jamais, au grand jamais, permis qu'elle aille au Prater avec Fritzi, un soir de brume, et s'expose ainsi à toutes sortes de dangers. Car, pour une femme dans son état, tout est un danger… Évidemment, si Fritzi ne s'était pas perdue, ma femme n'aurait jamais, au grand jamais, éprouvé une si épouvantable frayeur, mais voilà… son grand malheur fut de devoir rester seule, en tremblant pour Fritzi… Désormais, c'est du passé et je ne jette la pierre à personne ; si j'ai tout noté par écrit, c'est qu'il m'a paru nécessaire de vraiment éclaircir cette affaire. Si je ne le faisais pas, qui sait si les gens ne seraient pas capables de dire, dans leur pitoyable mesquinerie : il s'est suicidé parce que sa femme l'a trompé… Non, braves gens, je le répète, ma femme est fidèle et l'enfant qu'elle a mis au monde est mon enfant ! Et je les aimerai tous les deux jusqu'à mon dernier soupir… C'est vous, et vous seuls, qui me poussez à la mort, tous trop mesquins ou trop méchants pour croire ou pour comprendre. Et plus j'essaierai de vous expliquer le cas de manière scientifique… plus vous vous moquerez, je le sais bien, et rirez derrière mon dos, si vous n'osez le faire en face — allant même jusqu'à dire : « Thameyer est fou ! » Eh bien, mesdames et messieurs, vous n'en aurez pas l'occasion : je meurs pour ma conviction, pour la vérité et, avant tout, pour l'honneur de ma femme ; en effet, lorsque je serai mort, vous ne vous moquerez pas d'elle et vous ne rirez pas de moi ; vous comprendrez que les choses rapportées par Hamberg, Héliodore, Malebranche, Welsenburg, Preuss[1], Limböck et d'autres, existent… Et toi aussi, ma chère mère… tu n'étais vraiment pas obligée de me serrer la main comme si j'étais à plaindre ! Maintenant, tu vas demander pardon à ma femme… je le sais… Bon, il me semble que je n'ai plus rien à ajouter. J'entends sonner une heure du matin. Bonne nuit, vous que j'aime ! Je vais aller dans la chambre à côté embrasser pour la dernière fois mon enfant et ma femme… puis je partirai — Adieu.

Traduction révisée par Brigitte Vergne-Cain et Gérard Rudent.

FRAU BERTA GARLAN

Ce petit roman, commencé le 1er *janvier 1900, est terminé le 16 avril. Schnitzler n'avait encore jamais fait aussi long. Pour l'ampleur, ce récit occupe la troisième place, après* Der Weg ins Freie (Vienne au crépuscule) *et* Thérèse *(dans le second volume) ; il représente un peu plus du tiers du roman de 1908, et les deux tiers de la «Chronique» de 1928.*

C'est l'histoire d'une veuve, âgée de trente-deux ans, appartenant à la bourgeoisie moyenne, et vivant en province — douze chapitres non numérotés, séparés par des interlignes. Le récit se termine par une méditation de l'héroïne devant le cadavre de son amie : deux femmes, l'une veillant l'autre — puis avec le mari infirme de celle qui vient de s'éteindre. C'est toujours l'amour, la mort et l'adultère. Mais cette fois-ci, la scène est renouvelée : face à la société injuste, mais face aussi aux iniquités naturelles, surgit un trio solidaire.

*L'histoire repose d'abord sur une donnée autobiographique. En 1899, Arthur Schnitzler a revu Fännchen, son premier amour (Franziska Reich, 1862-1930), évoquée dans le deuxième chapitre d'*Une jeunesse viennoise. *En 1900, dans le temps même où il travaille à son récit, Fännchen lui envoie une lettre qui ressemble beaucoup à celle que Berta écrit à Emil. Pour Schnitzler, c'est une expérience troublante : comme écrivain, il a donc une connaissance spéciale de l'humanité, qui lui permet d'anticiper, de deviner, de prophétiser peut-être… Cela donne de la force et de l'audace pour continuer, pour intérioriser le rôle de* Dichter *(Poète) — et rien d'anecdotique ici : car les temps sont tout proches où* *l'écrivain décidera, très lucidement, de publier* La Ronde *et le* Lieutenant Gustl. Frau Berta Garlan *est une œuvre de combat.*

C'est d'ailleurs ce que Hofmannsthal salue, chaque fois qu'il relit le grand récit de son ami. La correspondance en témoigne clairement. Par exemple en janvier 1901 : «J'ai relu la première partie de Frau Bertha Garlan [*sic*], *et je trouve cela magnifique, si mûr, si léger, plein de sérénité, si accompli, avec des couleurs si délicates, très aéré, très beau.» Et encore, le 8 décembre 1903 : «J'ai relu* Frau Bertha Garlan *avec un plaisir encore plus vif, quasi sans mélange. Ce livre et votre nouvelle pièce* [Le Chemin solitaire] *sont sans doute vos œuvres les plus belles. Comment imaginer que ce soit la même main qui ait fait un livre aussi sec et torturant que* Sterben [Mourir], *un livre comme il ne devrait pas en exister. Dans* Bertha Garlan *se trouvent réunis la force et la chaleur, la perspicacité, la sensibilité, le sentiment de l'universel et la connaissance du cœur humain, et tout cela avec tellement de bonté et d'intelligence.» — L'éloge est dithyrambique : Arthur Schnitzler a changé ! Et en bien !*

Cette humanisation progressive de l'écrivain a dû s'accompagner d'une confiance en soi accrue, parce qu'elle repose désormais sur des convictions indéracinables. Cela va lui conférer désormais une autorité morale paradoxale : le Poète *se révèle, tout près des* Prophètes… *(voir les* Diagrammes, *reproduits p. 41). Il se rapproche aussi de ses personnages, sans que cela exclue jamais la distance critique ; mais de plus en plus c'est avec humour, et de moins en moins avec ironie.*

Schnitzler étend son champ de compréhension et de sympathie : à côté des aristocrates, des blasés mélancoliques, des gentilles filles (les süsse Mädel*) apparaissent les médiocres, les timides — les anonymes de la bourgeoisie très moyenne. L'écrivain se découvre de l'intérêt pour des individus dont la situation sociale entraîne toutes sortes de conduites d'évitement, de lâchetés. Ce n'est pas un hasard si le rêve, pour de tels personnages, occupe une place de plus en plus significative ; car les rêves correspondent à des appétits plutôt lâches, contrariés et repoussés… On peut ainsi se demander si dans l'esprit de Schnitzler il n'y a pas un rapport entre le «médio-conscient» et les classes moyennes. Au demeurant, une théorie du rêve apparaissait déjà dans* Le Voile de Béatrice *(1899), soutenue par Filippo Loschi, le terrible poète. En 1900, Sigmund Freud publie* Die Traumdeutung (L'Interprétation des rêves). *Mais Schnitzler reste critique… (voir notre Préface, p. 20 et suivantes).*

Frau Berta Garlan *parut pour la première fois en revue, dans la* Neue Deutsche Rundschau *(en janvier, février et mars 1901). Puis, toujours chez Samuel Fischer et la même année, en livre ; il fut réimprimé sept fois jusqu'en 1908. Il figura aussi dès 1912 dans une collection bon marché : la «Bibliothek zeitgenössischer Romane» (Bibliothèque des romans contemporains). À partir de 1912,* Frau Berta Garlan *est repris dans chaque édition des œuvres complètes.*

Elle descendait lentement la colline, non par la grande route qui serpente jusqu'à la ville, mais sur l'étroit sentier à travers les vignobles. Son petit garçon, qu'elle tenait par la main, la précédait d'un pas car il n'y avait pas assez de place pour deux. Le soleil couchant qui la frappait en plein visage était encore si intense que Berta enfonça un peu son chapeau de paille sombre et baissa les yeux. Une brume dorée scintillait sur les coteaux auxquels s'adossait la petite ville; plus bas, les toits étincelaient et un peu en dehors des maisons le fleuve venant des plaines ombreuses poursuivait son chemin lumineux. Aucun souffle dans l'air n'annonçait encore la fraîcheur du soir.

Berta s'arrêta pour jeter un regard autour d'elle. Elle était seule avec son enfant, un silence étrange l'environnait. Au cimetière non plus, elle n'avait rencontré personne aujourd'hui, pas même la vieille femme chargée d'arroser les fleurs et d'entretenir les tombes, avec laquelle parfois elle échangeait quelques paroles. Il lui semblait avoir quitté sa maison depuis très longtemps et n'avoir plus parlé à personne depuis un bon moment. L'horloge du clocher sonna six heures. Une heure à peine la séparait de son départ de chez elle et moins encore de l'instant où, dans la rue, elle avait parlé à la belle Mme Rupius. La visite au cimetière sur la tombe de son mari lui paraissait déjà lointaine.

«Maman», entendit-elle soudain s'écrier son petit garçon. Ayant quitté sa main, il s'était éloigné de quelques pas. «Maman, je marche plus vite que toi!

— Attends-moi, Fritz, cria-t-elle, tu ne vas pas laisser ta maman toute seule ! » Elle le rejoignit et reprit sa main.

« Rentrons-nous déjà ? demanda le petit.

— Oui, Fritz, nous allons nous mettre près de la fenêtre ouverte jusqu'à ce que la nuit soit tombée. »

Arrivés au pied de la colline, ils poursuivirent leur promenade, longeant la grande route poudreuse à l'ombre des marronniers, vers la ville. On ne voyait presque personne. Quelques chariots seulement les croisèrent, dont les charretiers, le fouet à la main, marchaient sur le côté ; deux cyclistes venant de la ville disparurent à l'horizon, laissant un nuage de poussière derrière eux. Berta s'arrêta machinalement pour les suivre des yeux.

Pendant ce temps le petit était monté sur un banc. Il criait à sa mère : « Regarde ce que je sais faire, Maman… » et il s'apprêtait à sauter. Sa mère le prit par les bras et le posa doucement par terre. Puis elle s'assit.

« Tu es fatiguée ? demanda l'enfant.

— Oui », fit-elle, toute surprise qu'il en fût ainsi. Car elle sentait seulement maintenant que l'air lourd l'avait abattue et lui donnait sommeil. Elle ne se souvenait pas d'avoir jamais connu des journées aussi chaudes à la mi-mai.

Du banc où elle était assise, elle voyait le sentier qu'elle avait parcouru : en plein soleil, il se faufilait à travers les vignobles pour aboutir au mur clair du cimetière. Ce chemin qu'elle prenait deux ou trois fois par semaine était depuis longtemps pour elle un simple but de promenade. Là-haut, sur le gravier bien ratissé, elle flânait parmi les croix et les pierres tombales, et jamais la moindre émotion douloureuse ne l'assaillait plus devant la tombe de son mari où elle disait une courte prière et sur laquelle elle déposait parfois quelques fleurs des champs, cueillies en chemin. Voilà trois ans déjà qu'elle l'avait enterré et leur vie commune n'avait elle aussi duré que trois ans.

Elle ferma les yeux. Elle revit soudain son mariage qui avait eu lieu à Vienne et son arrivée dans la petite ville quelques jours après. Ils avaient fait tout d'abord un bien bref voyage, tel que l'impose la situation modeste d'un homme sans fortune qui épouse une fille sans aucune dot. À Vienne ils avaient pris le bateau et, remontant le fleuve, ils s'étaient installés pour quelques jours dans un des petits villages de la *Wachau*[1], non loin de la ville où elle devait vivre désormais. Berta se souvenait distinctement de la petite auberge qu'ils habitaient, du jardinet au bord du fleuve où ils venaient s'asseoir au crépuscule, de l'uniformité ennuyeuse de ces soirées de jeunes mariés, si différentes de l'idée qu'avait pu s'en faire une toute jeune fille. C'est vrai qu'elle avait dû s'accommoder de bien des choses !

Quand Victor-Mathias Garlan l'avait demandée en mariage, elle avait vingt-six ans et se trouvait seule au monde. Ses parents venaient de mourir. L'un de ses frères, en Amérique depuis longtemps, essayait de réussir dans les affaires ; le plus jeune, qui faisait du théâtre, avait épousé une actrice et jouait la comédie sur des scènes allemandes de troisième ordre. De ses autres parents elle ne voyait qu'une cousine mariée à un avocat, mais cette amitié aussi se relâchait d'année en année, car l'intérêt de la jeune femme s'était exclusivement concentré sur son mari et ses enfants, et elle n'éprouvait plus beaucoup d'affection pour la célibataire.

Victor-Mathias Garlan était un cousin éloigné de la mère de Berta ; autrefois, il était venu beaucoup chez eux, et d'une façon un peu gauche il avait fait la cour à la jeune fille. Berta n'avait aucune raison de l'encourager alors, car elle concevait la vie et le bonheur en dehors de lui. Elle était jeune et jolie, ses parents aisés sans être riches ; l'espoir d'être un jour une grande pianiste, peut-être la femme d'un artiste connu, de parcourir le monde avec lui, la tentait plus que la vie d'une paisible et modeste mère de famille. Bientôt cependant ce rêve s'évanouit : le jour où son père, repris par ses idées bourgeoises, lui défendit de continuer ses cours au Conservatoire et qu'ainsi se trouvèrent anéanties à la fois sa carrière d'artiste et ses relations avec un jeune violoniste devenu célèbre depuis. Quelques années passèrent, étrangement mornes ; elle avait sans doute été déçue, peinée même tout d'abord, mais en fait cela n'avait pas duré. Des partis s'étaient présentés par la suite : un jeune médecin et un négociant qu'elle avait refusés tous les deux ; le médecin parce qu'il était trop laid, le négociant parce qu'il habitait la province. Ses parents, du reste, ne la poussèrent pas. Mais quand Berta eut vingt-six ans et que son père eut perdu sa petite fortune dans une faillite, on l'accabla soudain de reproches pour des choses qu'elle avait depuis longtemps oubliées : ses anciennes aspirations artistiques, la vieille histoire du violoniste, les refus opposés aux sollicitations du vilain médecin et du négociant de province. Victor-Mathias Garlan n'habitait plus Vienne à ce moment-là ; sur sa demande, la compagnie d'assurances pour laquelle il travaillait depuis sa vingtième année l'avait nommé deux ans auparavant directeur d'une succursale qu'elle venait de fonder au bord du Danube dans la petite ville où vivait son frère marié, négociant en vins. Quand il vint faire ses adieux chez Berta il parla longuement de cette décision et d'une manière qu'elle ne put oublier; se sentant vieillir et ne comptant plus se marier, il avait demandé à être transféré dans cette petite ville pour trouver malgré tout une sorte de foyer dans la maison de gens qui le touchaient de près. Les parents de Berta l'avaient plaisanté sur ses raisonnements d'hypocondriaque, car Garlan avait quarante ans à peine. Mais Berta avait trouvé cette décision des plus raisonnables, puisque pour elle il n'avait jamais été jeune. Durant les années qui suivirent, Victor-Mathias Garlan vint souvent à Vienne pour affaires et ne manqua jamais d'aller les voir. Après le dîner Berta se mettait au piano, et il l'écoutait quasi religieusement; parfois aussi il parlait de son neveu et de sa petite nièce, très doués tous les deux pour la musique et auxquels il avait vanté Mlle Berta comme la meilleure pianiste qu'il eût jamais entendue. La mère de Berta trouvait ces visites étranges et dissimulait mal son étonnement de ce que M. Garlan, depuis ses timides avances d'autrefois, n'eût jamais tenté la moindre allusion au passé ni à un avenir possible; et Berta eut à subir de nouveaux reproches à cause de sa complète indifférence, voire de sa froideur envers M. Garlan. Elle hochait seulement la tête; car pas plus qu'autrefois elle ne pensait à épouser cet homme gauche qui vieillissait avant l'âge. Après la mort subite de la mère de Berta, qui survint à un moment où le père lui-même était gravement malade depuis plusieurs mois, M. Garlan vint soudain à Vienne, déclarant qu'il avait pris quatre semaines de congé, le seul qu'il eût jamais sollicité. Berta comprit qu'il n'était venu que pour l'aider à traverser cette douloureuse période. Et quand son père mourut une semaine après l'enterrement de la mère, Garlan lui fut alors un ami dévoué, et déploya une énergie dont elle ne l'avait pas cru capable. Il fit venir sa belle-sœur à Vienne pour quelques semaines, lui demanda de s'occuper de l'orpheline pendant les premiers temps, de la distraire un peu, tandis qu'avec adresse et célérité il arrangeait ses affaires de succession. Au cours de ces journées terribles Berta apprécia beaucoup sa cordialité, et lorsque Garlan à la fin de son congé lui demanda de devenir sa femme, elle accepta avec une reconnaissance infinie. Elle savait bien qu'autrement, d'ici quelques mois sans doute, elle aurait été obligée de gagner sa vie en donnant des leçons; du reste elle s'était habituée à Garlan et avait pour lui tant d'estime que, dans la voiture qui les menait à l'église pour la bénédiction nuptiale, quand il lui demanda pour la première fois si elle l'aimait, elle put lui répondre oui en toute sincérité.

Dès les premiers jours elle comprit cependant que ce n'était pas là de l'amour. Elle supportait la tendresse de son mari, étonnée et déçue d'abord, indifférente bientôt : et c'est seulement lorsqu'elle se sentit mère qu'elle mit de la bonne volonté à y répondre. Elle s'était vite accoutumée à la petite vie de province, d'autant plus qu'à Vienne aussi elle avait vécu retirée du monde. La famille de son mari lui plaisait ; le frère de Garlan lui semblait aimable et gai, quoique parfois vulgaire ; sa femme, une excellente personne, paraissait seulement un peu triste. Le neveu, âgé de treize ans quand Berta vint vivre parmi eux, était un beau garçon hardi et déluré ; la nièce de neuf ans, gentille et douce, avec de grands yeux étonnés, l'aima tout de suite tendrement. Quand son petit garçon vint au monde, ses cousins l'accueillirent comme un joujou longtemps désiré, et Berta fut parfaitement heureuse pendant les deux ans qui suivirent. Il lui semblait même parfois qu'elle n'aurait pu connaître un meilleur destin. Elle avait désormais de l'appréhension, presque de la répugnance pour le mouvement et le bruit de la capitale et, après s'y être une fois rendue avec son mari pour faire des emplettes, le hasard ayant voulu que ce fût par un jour de pluie particulièrement désagréable, elle avait juré de ne plus jamais entreprendre ce voyage de trois heures, ennuyeux et inutile.

Son mari mourut soudain, par une matinée de printemps, trois ans après leur mariage. La consternation de Berta fut extrême ; elle comprit qu'elle n'avait jamais envisagé pareille éventualité. Les ressources qu'il lui laissait étaient plus que modestes. Mais sa belle-sœur trouva bientôt un moyen élégant de tirer d'embarras la veuve sans que celle-ci pût avoir l'impression de recevoir une aumône. Elle lui demanda de s'occuper de la formation musicale de ses enfants, et lui procura d'autres leçons chez plusieurs familles de la ville. Par un accord tacite, tout le monde semblait admettre qu'elle ne donnait ces leçons que pour se distraire un peu, et que chacun la payait pour ne pas lui faire perdre son temps et sa peine. Ce qu'elle gagnait ainsi complétait ses revenus et suffisait au train de vie qu'elle menait. Aussi, lorsque après la disparition de son mari, sa douleur d'abord, puis sa tristesse se dissipèrent peu à peu, elle se retrouva sereine et satisfaite de son sort. De sa vie antérieure elle ne regrettait rien, désormais rien ne semblait lui manquer. Pour l'avenir, elle ne pensait au fond qu'au bon développement de son petit garçon, l'éventualité d'un second mariage ne l'effleurait que rarement, et toujours très vite : du reste elle ne connaissait personne à qui elle pût penser sérieusement. Il lui arrivait parfois, très tôt le matin, en s'éveillant, d'éprouver encore le vague désir d'être jeune, mais ce sentiment s'était toujours effacé dans le cours uniforme de ses journées. Cependant, depuis le début de ce printemps, elle avait des nuits agitées, traversées de rêves ; le jour elle ressentait parfois un vague ennui ; et le plus étonnant était une lassitude immense, instants de faiblesse où elle croyait sentir la pulsation du sang dans tout son corps, ce qui lui rappelait l'époque lointaine où elle était petite fille. Cette sensation lui fut d'abord si étrangère qu'elle eut l'impression qu'une de ses amies lui en avait seulement parlé un jour. Mais quand cela devint de plus en plus fréquent, elle se souvint de l'avoir elle-même déjà vécu dans le passé.

Elle tressaillit, puis elle ouvrit les yeux, avec le sentiment d'avoir dormi. Autour d'elle, elle crut sentir la vibration mouvante de l'air. La route était déjà à moitié envahie par l'ombre, et le mur du cimetière en haut de la colline ne brillait plus ; Berta secoua la tête plusieurs fois de suite comme pour se réveiller tout à fait. Depuis quand était-elle sur ce banc ?... Depuis un jour et une nuit peut-être ?... Comment était-il possible de perdre ainsi la notion du temps ? Elle regarda autour d'elle. Où était donc son fils ? Il jouait là, derrière le banc, avec les enfants du docteur Friedrich ; leur bonne, agenouillée par terre, les aidait à construire un château fort dans le sable. L'allée se peuplait de promeneurs. Berta les connaissait presque tous, les voyait tous les jours ; mais comme elle leur parlait rarement, elle les voyait plutôt passer comme des ombres. Vint d'abord le sellier Peter Novak, accompagné de sa femme, puis dans son cabriolet de campagne passa le docteur Rellinger qui la salua de loin ; après ce furent les deux filles du propriétaire Wendelein et finalement elle vit le lieutenant Baier et sa fiancée qui partaient lentement à bicyclette faire un tour dans les champs. La route redevint déserte un instant et Berta n'entendit plus que le rire des enfants derrière elle. Puis une silhouette se détacha sur l'horizon et un promeneur qu'elle reconnut de loin se dirigea lentement vers elle. C'était M. Klingemann qui, depuis quelque temps, lui adressait plus souvent la parole que par le passé. Il y avait douze ou quinze ans qu'il habitait la petite ville et l'on racontait que, médecin à Vienne, il avait dû fermer son cabinet autrefois à cause d'une erreur professionnelle ou d'une faute plus grave encore. D'autres prétendaient qu'il n'était jamais parvenu à obtenir son diplôme de médecin et que, vieil étudiant las d'étudier, il avait fini par y renoncer. Lui se faisait passer pour un philosophe dégoûté des plaisirs de la capitale dont il avait grandement usé, et qui s'était retiré dans une petite ville pour y vivre tranquillement du reste de sa fortune. Il n'avait pas plus de quarante-cinq ans et n'était pas mal à ses heures, mais la plupart du temps sa figure semblait plutôt marquée, désagréable.

De loin il sourit à la jeune veuve, sans pourtant presser le pas, puis il s'arrêta devant elle avec un geste ironique de la tête qui était sa manière habituelle de saluer.

— Bonsoir, belle madame, dit-il.

Elle lui rendit son salut. Il semblait avoir aujourd'hui des velléités de jeunesse et d'élégance. Moulé dans une redingote gris foncé, il portait un canotier marron à gros-grain noir et un tout petit nœud rouge un peu de travers. Après un instant de silence dont il profita pour taquiner sa moustache naguère blonde, maintenant grisonnante, il reprit : « Vous venez sans doute de là-haut, madame ? » Et, d'un geste de l'épaule, sans daigner tourner la tête ni même les yeux, il désigna le cimetière derrière lui. Monsieur Klingemann passait en ville pour un homme qui ne respectait rien ; et Berta, en le voyant ainsi devant elle, se souvint sans le vouloir de tout ce qu'on lui avait raconté : il entretenait à la fois une liaison avec sa cuisinière, qu'il désignait du reste comme sa « gouvernante », et avec la propriétaire d'un bureau de tabac qui le trompait à son tour avec un capitaine du régiment en garnison dans la ville — Klingemann lui-même le lui avait confié avec une tristesse mêlée de fierté. Par ailleurs, il y avait encore dans la ville des filles à marier qui lui accordaient quelque intérêt. La moindre allusion à cela provoquait de sa part des remarques ironiques sur l'institution du mariage en général et la plupart des gens s'en formalisaient, tout en sentant grandir leur respect pour lui.

« … J'ai fait un tour, dit Berta.

— Seule ?

— Oh ! non, avec mon petit garçon.

— C'est juste, le voilà… Je te salue, petit mortel. » Ses yeux regardaient par-dessus la tête de l'enfant. « Puis-je m'asseoir un instant auprès de vous, madame Garlan ? » Il prononça son nom d'un air moqueur et, sans attendre sa réponse, s'installa sur le banc. Il poursuivit : « Je vous ai entendue au piano ce matin et savez-vous mon impression ? C'est que la musique doit vous tenir lieu de tout ! » Il répéta « tout » et la regarda de façon à la faire rougir. « Quel dommage, ajouta-t-il, que j'aie si rarement l'occasion de vous entendre ! Si le hasard ne me faisait pas passer parfois sous vos fenêtres quand vous jouez… »

Berta sentit qu'il se rapprochait d'elle et que son bras touchait le sien. Machinalement elle s'écarta. Soudain, derrière elle, deux bras la saisirent, sa tête fut renversée contre le dossier du banc et une main lui couvrit les yeux. Berta crut sentir les doigts de Klingemann sur ses paupières et s'écria : « Mais vous êtes fou ! » Derrière elle la voix rieuse d'un adolescent répondit :

« Que c'est drôle quand tu me dis "vous", tante Berta !

— Mais laisse-moi au moins ouvrir les yeux, Richard, dit Berta, essayant de se débarrasser de ces mains sur ses yeux ; puis se tournant vers lui, elle demanda : Viens-tu de la maison ?

— Oui, ma tante, et je t'ai apporté le journal. » Berta le lui prit des mains et se mit à lire. Klingemann se leva et, s'adressant à Richard : « Avez-vous fait vos devoirs ? demanda-t-il.

— Nous n'avons plus de devoirs, monsieur Klingemann, car nous passons notre bachot en juillet.

— Vraiment ? Alors l'année prochaine vous serez donc étudiant ?

— L'année prochaine ? À l'automne déjà ! Ce que disant, il donna une chiquenaude au journal de sa tante.

— Que me veux-tu, garnement ?

— Dis donc, ma tante, viendras-tu me voir à Vienne ?

— Jamais de la vie ! Je serai trop contente d'être débarrassée de toi.

— Voici monsieur Rupius », dit Richard.

Berta posa son journal. Elle regarda dans la même direction que Richard. Dans l'allée qui menait à la ville, une servante s'approchait, poussant devant elle une voiture d'infirme. L'homme assis dans cette voiture était tête nue, son chapeau mou reposait sur ses genoux, et un grand plaid l'enveloppait jusqu'aux pieds. Il avait le front haut, des cheveux blonds grisonnant à la naissance du front, et des yeux étrangement grands. En passant près de leur banc, il inclina légèrement la tête, sans sourire. Berta savait qu'il se serait certainement fait arrêter si elle avait été seule. D'ailleurs, il n'avait regardé qu'elle en passant et son salut n'avait été que pour elle. Jamais son regard ne lui avait semblé aussi grave qu'aujourd'hui. Elle se sentit triste, pleine d'une pitié profonde pour cet homme paralysé.

« Pauvre diable, dit Klingemann quand il se fut éloigné… Et pour changer, sa petite femme est sans doute à Vienne ?

— Non, riposta Berta, presque irritée, je lui ai parlé il y a une heure. » Klingemann se tut, sentant que d'autres remarques sur les mystérieux voyages de Mme Rupius nuiraient à sa propre réputation d'homme sans préjugés.

— Est-ce que vraiment il ne marchera plus jamais ? demanda Richard.

— Jamais », dit Berta. M. Rupius lui-même le lui avait dit, un jour qu'elle était allée le voir pendant que sa femme était à Vienne. Elle le trouvait particulièrement à plaindre aujourd'hui car à l'instant même où il passait dans sa petite voiture, elle venait de tomber dans le journal sur le nom d'un homme qu'elle jugeait un privilégié du bonheur. Machinalement elle relut : « Notre célèbre compatriote Emil Lindbach, rentrant après une tournée à travers la France et l'Espagne, est de retour à Vienne depuis quelques jours. À Madrid, ce remarquable artiste a eu l'honneur de jouer devant la reine. Pour le 24 de ce mois, M. Lindbach a promis son concours pour un concert de bienfaisance au profit des malheureux sinistrés du Voralberg, victimes des inondations. Malgré la saison avancée, on se dispute les places. »

Emil Lindbach. Elle dut faire un effort pour comprendre que c'était celui-là même que jadis... était-ce douze ans plus tôt... qu'elle avait aimé... ? Douze ans plus tôt ! Une bouffée de chaleur lui monta au visage. Et elle se sentit comme honteuse de vieillir.

Le soleil s'était couché. Berta prit son petit garçon par la main, dit adieu aux autres et s'achemina vers la ville. Elle habitait le premier étage d'une maison située dans un quartier neuf et de sa fenêtre elle voyait les collines d'en face et des terrains vagues. Elle confia le petit à la bonne, s'assit près de la fenêtre et continua la lecture de son journal. Elle consultait d'abord la rubrique des arts, par une habitude d'enfance qui datait du temps où avec son frère, devenu comédien, elle assistait aux spectacles du *Burgtheater*[1], depuis la quatrième galerie. Son intérêt grandit naturellement quand elle fut élève du Conservatoire[2] ; à ce moment-là elle connaissait le nom du moindre acteur, chanteur ou pianiste. Plus tard, quand elle eut renoncé à ses études au Conservatoire et à une carrière d'artiste, quand elle n'alla presque plus au théâtre, elle garda cependant une vive sympathie pour ce monde joyeux, comme une vague nostalgie. Durant les dernières années de son séjour à Vienne, ces choses avaient déjà perdu de leur intérêt pour elle, et encore bien davantage aujourd'hui, dans sa petite ville où un concert d'amateurs était le *summum* des jouissances artistiques qu'on pouvait espérer. Peu de temps après son arrivée ici, elle avait participé à l'une de ces soirées de dilettantes, à l'auberge de *La Pomme rouge* : avec une autre dame de la ville elle avait joué à quatre mains deux marches de Schubert, mais son émotion avait été telle qu'elle avait juré de ne jamais recommencer et s'était secrètement félicitée d'avoir abandonné cette carrière. Il fallait être d'une tout autre trempe... comme par exemple Emil Lindbach... qui semblait fait pour cela. Elle s'en était rendu compte dès la première audition d'élèves au Conservatoire, à la façon dont il était entré en scène, au geste désinvolte dont il avait rejeté ses cheveux en arrière, au regard hautain et narquois qu'il avait lancé aux spectateurs et au calme avec lequel il avait accueilli les premiers applaudissements, comme si de sa vie il n'avait jamais connu autre chose. C'était singulier!... quand elle pensait à lui, elle le revoyait toujours comme l'adolescent, presque le jeune garçon qu'il était au temps où ils s'étaient connus et aimés. Dernièrement, au café où elle était allée un soir avec son beau-frère et sa belle-sœur, elle avait vu une photo de lui dans un magazine et elle l'avait trouvé très changé. Il ne portait plus sa longue chevelure, sa moustache noire semblait frisée au fer vers le bas, son col était extraordinairement haut et sa cravate nouée à la mode. Sa belle-sœur avait trouvé qu'il ressemblait à un comte polonais.

Berta reprit son journal pour continuer à lire, mais il faisait déjà trop sombre. Elle se leva et appela la bonne. Celle-ci apporta la lampe et mit le couvert. La mère et l'enfant dînèrent près de la fenêtre ouverte. Berta ressentait ce soir pour son fils une tendresse plus vive que de coutume, elle pensait au temps où son mari vivait encore et une foule de souvenirs l'assaillait. Tandis qu'elle couchait Fritz, son regard s'attarda sur le portrait du défunt, suspendu au-dessus de son lit dans un cadre ovale en bois, marron. C'était une photographie en pied pour laquelle il avait voulu endosser son habit avec la cravate blanche et tenir à la main son chapeau haut de forme, en souvenir du jour de leur mariage. Berta fut certaine, à cet instant, que M. Klingemann aurait eu un sourire ironique s'il avait aperçu ce portrait.

Plus tard dans la soirée elle se mit au piano, comme elle le faisait souvent, moins par amour de la musique que pour ne pas se coucher trop tôt. Elle jouait alors en général les quelques pièces qu'elle connaissait encore de mémoire, des mazurkas de Chopin, un mouvement d'une sonate de Beethoven ou des *Kreisleriana* [1]; parfois aussi elle improvisait au hasard sans pouvoir jamais produire autre chose qu'une série d'accords, toujours les mêmes. Ce soir, commençant par là, elle joua un peu plus doucement que de coutume des modulations nouvelles; et en plaquant un dernier triple accord, qu'elle prolongea en appuyant sur la pédale, les mains déjà posées sur ses genoux, elle jouit quelques instants de l'harmonie qui l'environnait. La phrase de Klingemann lui revint alors en mémoire : « La musique vous tient lieu de tout. » Il n'avait pas tort, en effet. La musique certainement lui tenait lieu de bien des choses... mais de tout? Oh, non!...

Qu'est-ce que c'était? Des pas dans la rue... Bon, il n'y avait là rien d'extraordinaire... Mais ces pas lents et réguliers étaient ceux de quelqu'un qui marche de long en large. Elle s'approcha de la fenêtre. Il faisait sombre et elle ne put reconnaître tout de suite l'homme qui se promenait ; elle savait cependant que c'était Klingemann. Quelle singulière idée ! Était-ce pour elle qu'il paradait ?

« Bonsoir madame », dit-il d'en bas, et malgré l'obscurité elle vit qu'il soulevait son chapeau. Elle répondit « Bonsoir », gênée malgré elle.

« Vous avez admirablement joué, chère madame.

— Vraiment ! » fit-elle si bas qu'il ne l'entendit peut-être pas.

Il resta encore quelques secondes, puis il dit : « Bonne nuit, madame Berta, dormez bien. » Il appuya sur le mot « dormir » d'une façon presque impertinente. Elle pensa : le voilà qui rentre auprès de sa cuisinière. Et elle se souvint de quelque chose qu'on lui avait raconté depuis déjà longtemps, mais à quoi elle n'avait plus jamais repensé : cet homme avait dans sa chambre un tableau obscène, soigneusement recouvert par un rideau. Qui donc lui avait dit cela ? Ah oui, c'était Mme Rupius, l'automne dernier, au cours d'une promenade le long du Danube ; et elle le tenait de quelqu'un d'autre, mais de qui... ? Quel être répugnant il était ! Berta se trouva un peu indécente de penser à lui et à des choses pareilles. Elle resta près de la fenêtre. Il lui semblait avoir vécu une journée difficile. Elle chercha pourquoi et fut tout étonnée de constater qu'au fond, c'était une journée semblable aux centaines qui l'avaient précédée et sans doute à toutes celles qui suivraient.

On se leva de table après un de ces déjeuners du dimanche que Garlan, négociant en vins, aimait offrir à ses amis. Le maître de maison s'approcha de sa belle-sœur et la prit par la taille, ce qui, après le repas, faisait partie de ses habitudes.

Elle savait ce qu'il voulait. Quand il recevait des amis, il demandait à Berta de faire un peu de musique après le déjeuner, parfois de jouer à quatre mains avec Richard. Cette transition permettait de jouer aux cartes ; souvent même la musique accompagnait agréablement le jeu. Elle se mit au piano. On avait ouvert la porte du fumoir ; Garlan, le docteur Friedrich et M. Martin s'installèrent devant une petite table verte et commencèrent la partie. Les épouses de ces trois messieurs étaient restées dans la salle à manger, et Mme Martin prit une cigarette, l'alluma et s'assit sur le canapé en croisant les jambes. Le dimanche, elle ne manquait jamais de mettre des escarpins et des bas de soie noire. Mme Friedrich regardait, comme fascinée, les pieds de Mme Martin. Richard, qui s'intéressait déjà au tarot, avait suivi les hommes. Elly était venue s'accouder au piano en attendant que Berta commençât. La maîtresse de maison allait et venait sans trêve, et donnait des ordres en agitant un immense trousseau de clefs. Dès qu'elle fut rentrée, Mme Friedrich lui lança un coup d'œil pour lui dire : Regardez donc quelle allure se donne Mme Martin!

Berta se rendait compte de tout cela pour la première fois avec la netteté d'observation que donne par moments la fièvre. Ses doigts n'avaient pas encore effleuré le clavier. D'un regard, son beau-frère en se tournant vers elle, la rappela à ses devoirs. Elle débuta par une marche de Schubert aux accents sonores. Mais à nouveau Garlan fit volte-face et dit : « Plus doucement.

— Le tarot avec accompagnement de musique, c'est vraiment une spécialité de la maison! remarqua le docteur Friedrich.

— Romances sans paroles [1], en quelque sorte », ajouta M. Martin. Tout le monde se mit à rire. Pour la troisième fois Garlan se tourna vers Berta, qui s'était brusquement arrêtée de jouer.

« J'ai un peu mal à la tête », dit-elle. Puis, sentant la maladresse d'une pareille excuse, elle s'empressa d'ajouter : « Et je n'ai pas envie de jouer, voilà. »

Tous les yeux se fixèrent sur elle et chacun comprit qu'il se passait quelque chose d'insolite. « Veux-tu venir t'asseoir près de nous? » lui demanda Mme Garlan. Elly, qui sentait confusément que sa tante avait besoin de tendresse, vint lui prendre le bras; elles restèrent ainsi toutes les deux appuyées au piano.

« Irez-vous ce soir à *La Pomme rouge*? demanda Mme Martin à son hôtesse.

— Non, je ne crois pas. »

De la pièce voisine, Garlan intervint. « Mais si, cria-t-il, puisque nous avons dû renoncer à notre concert cet après-midi, nous pourrions, ce soir... À vous de jouer, docteur.

— Concert militaire? » interrogea Mme Friedrich.

La maîtresse de maison s'était levée et interrogea son mari. « Est-ce sérieux : tu veux aller à *La Pomme rouge* ce soir?

— Certainement.

— Tiens! fit-elle, et, toute désemparée, elle se précipita à la cuisine pour donner de nouvelles instructions.

— Richard, fit Garlan à son fils, va donc au restaurant et dis à l'hôtelier de nous retenir une table au jardin. »

Richard s'élança et, près de la porte, il bouscula sa mère qui rentrait, et qui, l'air épuisé, se laissa tomber sur le canapé. « Vous ne pouvez pas savoir, confia-t-elle à Mme Friedrich, ce qu'il est difficile d'expliquer les plus simples choses à Brigitta ! »

Mme Martin, installée auprès de son mari, lança un coup d'œil à Berta et à Elly qui n'avaient pas changé de place. Elle caressa les cheveux de son mari, posa sa main sur son genou avec l'évident besoin d'étaler son bonheur conjugal. Soudain Elly dit à sa tante :

« Je vais te proposer quelque chose. Allons au jardin, cela dissipera ton mal de tête… »

Elles descendirent dans une espèce de cour au milieu de laquelle on avait aménagé une pelouse. Un mur la fermait, le long duquel poussaient quelques buissons et deux jeunes arbres soutenus par des tuteurs. Au-delà, on ne découvrait que le ciel bleu ; les jours d'ouragan on entendait ici le sourd grondement du fleuve tout proche. Deux fauteuils de jonc devant une petite table étaient adossés au mur ; Berta et Elly s'y assirent sans que cette dernière eût quitté le bras de sa tante.

« Dis-moi, tante Berta…

— Quoi donc, Elly ?

— Écoute, me voici grande… Parle-moi de lui. »

Berta tressaillit un peu, comme si cette question ne concernait pas son mari défunt, mais un autre. Et brusquement elle revit le portrait d'Emil Lindbach comme elle l'avait aperçu dans le magazine ; mais son trouble et cette vision s'effacèrent aussitôt, et elle se sentit presque émue par la question naïve de la jeune fille qui, croyant qu'elle pleurait encore son mari, avait essayé de la consoler en la faisant parler de lui.

À cet instant précis, elle entendit la voix de Richard qui les appelait d'une des fenêtres donnant sur la cour : « Puis-je vous rejoindre ou avez-vous des secrets ? » Berta s'aperçut pour la première fois qu'il ressemblait à Emil Lindbach. Mais peut-être ne le rappelait-il que par sa grande jeunesse et ses cheveux un peu longs, pensa-t-elle. Il avait à peu près le même âge qu'Emil alors.

« La table est réservée, dit-il en arrivant ; viens-tu avec nous, tante Berta ? » Il s'assit sur le bras du fauteuil qu'elle occupait, lui caressa la joue et ajouta de sa voix enjouée, un peu câline : « Viens pour me faire plaisir, jolie petite tante. »

Involontairement, Berta ferma les yeux. Une sensation de bien-être l'envahit, comme si des mains d'enfant ou les doigts de son petit garçon lui caressaient la joue. Mais elle s'aperçut bientôt qu'un autre souvenir s'y mêlait, et qu'elle repensait à une promenade avec Emil au *Stadtpark*[1], un soir en sortant du Conservatoire. Il s'était assis sur un banc près d'elle et il lui avait caressé la joue ! Une fois seulement ? Non… dix fois, vingt fois peut-être ils étaient venus là tous les deux, et il lui avait caressé la joue ainsi. Comme il était étrange qu'elle y resongeât précisément maintenant !

Jamais elle n'aurait repensé à ces promenades si par hasard Richard n'avait pas… Mais combien de temps pourrait-elle encore le lui permettre ? « Richard ! » fit-elle en ouvrant les yeux. Et elle le vit sourire, comme s'il l'avait devinée. Par bonheur la plupart des gens ignoraient ici qu'elle connaissait le violoniste Emil Lindbach. Du reste, elle-même le connaissait-elle encore aujourd'hui ? C'était à un autre qu'elle pensait sans doute, au joli garçon que jadis, toute jeune fille, elle avait aimé. Ses pensées ne cessaient de vagabonder et retournaient en arrière, dans le passé ; il lui parut impossible de revenir à la réalité et de bavarder avec les deux enfants. Elle prit congé d'eux et s'en alla.

Le soleil étouffant de l'après-midi tombait d'aplomb sur les rues. Les magasins étaient fermés, les chemins presque déserts. Devant un café, sur la place du Marché, les petites tables étaient occupées par des groupes d'officiers. Berta leva les yeux vers les fenêtres du premier étage où habitaient les Rupius. Il y avait longtemps qu'elle n'avait été chez eux ; elle savait exactement que sa dernière visite datait du lendemain de Noël. Ce jour-là elle avait trouvé M. Rupius seul chez lui et c'est alors qu'il lui avait raconté que son mal était incurable. Elle se rendit compte qu'elle n'était pas revenue depuis, ayant gardé sans se l'avouer une sorte de crainte à remettre les pieds dans cet appartement qu'elle avait quitté bouleversée. Mais ce jour-là elle eut l'impression de devoir monter ; il lui semblait que durant les derniers jours un lien secret s'était établi entre elle et le malade, que le regard même qu'il lui avait jeté la veille en la croisant à la promenade devait avoir une signification.

Lorsqu'elle entra, la pénombre qui régnait dans la pièce la gêna d'abord ; à travers le plus haut interstice des jalousies baissées, il y avait seulement un rayon de soleil qui filtrait sur le poêle blanc. M. Rupius était assis dans un fauteuil près de la table, au milieu de la pièce ; il avait devant lui des feuillets, et s'apprêtait à en mettre un sur le côté pour examiner le suivant. Berta vit que c'étaient des gravures.

« Merci d'être revenue me voir, dit-il en lui tendant la main. Vous voyez à quoi je m'occupe ? C'est une collection de gravures d'après les vieux maîtres hollandais. Croyez-moi, madame, c'est un grand plaisir de regarder des gravures anciennes.

— Oh ! certainement.

— Voyez-vous, j'ai là six volumes, ou plutôt six cartons, dont chacun contient vingt feuilles; il me faudra sans doute tout l'été pour les connaître à fond.

Berta debout à ses côtés regardait attentivement une gravure qu'il avait devant lui qui représentait une kermesse de Téniers[1]. «Tout l'été», dit-elle distraitement.

Rupius se tourna vers elle. «Mais oui, fit-il, les dents un peu serrées comme s'il défendait un principe, ce que j'appelle vraiment connaître un tableau. J'entends par là de pouvoir mentalement le reconstituer trait pour trait. Ceci est un Téniers dont l'original est à La Haye[2]. Pourquoi donc, madame, n'allez-vous pas à La Haye où il y a de si beaux Téniers et d'autres merveilles?»

Berta sourit. «Comment pourrais-je envisager de pareils voyages?

— Oui, bien sûr, dit M. Rupius. Pourtant, La Haye est une belle ville; j'y suis allé il y a quatorze ans; j'avais vingt-huit ans alors, maintenant j'en ai quarante-deux, ou aussi bien quatre-vingt-quatre si vous voulez!...» Il prit une autre estampe. «Ceci est un Van Ostade[3] : *Le Fumeur de pipe*... Oui, c'est vrai, on voit qu'il fume sa pipe. L'original est à Vienne.

— Je crois me souvenir de ce tableau.

— Ne voulez-vous pas vous asseoir en face de moi, chère madame, ou à mes côtés, si vous désirez regarder ces gravures avec moi?... Voici un Falckenborgh[4]. Admirable, n'est-ce pas? C'est seulement le premier plan qui paraît insignifiant, si mesquin; tenez, rien qu'un couple de paysans qui dansent, là une vieille que cela irrite, plus loin une maison et, par la porte ouverte, un homme portant un seau d'eau... Cela n'a vraiment l'air de rien, mais au fond vous voyez tout un monde : des montagnes bleues, des villes verdoyantes, le ciel chargé de nuages et de plus un tournoi! — Ha ha! — qui d'une certaine façon ne semble pas faire partie du tableau, mais qui dans un autre sens en fait partie... tout de même. Il y a des arrière-plans à tout et c'est pour cela qu'il est juste que derrière cette maison de paysans on découvre le monde avec ses tournois, ses montagnes, ses fleuves, ses forteresses, ses vignobles et ses forêts.» Avec un mince coupe-papier d'ivoire il désignait les parties du tableau dont il parlait. «Il vous plaît? D'ailleurs il se trouve au musée, à Vienne. Vous devez le connaître.

— Il y a six ans déjà que je n'habite plus Vienne et, même alors, il y avait longtemps que je n'avais plus visité de musée.

— Ah? Moi j'y suis allé souvent, et j'ai le souvenir de m'être arrêté devant ce tableau. Oui, j'ai *marché,* autrefois...» Il la regarda presque en riant et elle se sentit gênée au point de ne pouvoir lui répondre. Puis sans transition, il continua : « Je crains de vous ennuyer avec mes gravures. Attendez, ma femme va bientôt rentrer, vous savez, n'est-ce pas, qu'elle fait maintenant deux heures de marche après les repas parce qu'elle a peur de grossir.

— Votre femme est si mince et a l'air si jeune que… Enfin je trouve qu'elle n'a pas changé depuis que j'habite cette ville. » Berta crut voir les traits de Rupius se figer. Puis il dit très vite, d'un ton léger qui démentait l'expression de son visage :

« La vie paisible d'une petite ville comme la nôtre conserve la jeunesse. Notre idée à tous deux de nous retirer ici était vraiment raisonnable. Qui sait, à Vienne tout serait peut-être déjà fini ! »

Berta ne comprit pas ce qu'il voulait dire par : « Tout serait fini » ni s'il parlait de sa vie à lui, de la jeunesse de sa femme ou d'autre chose. Elle regrettait d'être venue, elle se sentait presque honteuse de sa bonne santé.

« Vous ai-je dit, poursuivit Rupius, que c'est Anna qui m'a fait cadeau de ces gravures ? Une occasion, car ce recueil est en général très cher. Un libraire avait inséré une annonce et Anna a télégraphié immédiatement à son frère de l'acheter pour nous… Vous savez que nous avons beaucoup de parents à Vienne tous les deux. Elle va parfois les voir. Et ils doivent venir prochainement nous rendre visite. Je serai content de les avoir chez moi, surtout le frère d'Anna et sa belle-sœur envers qui j'ai une dette de reconnaissance. Quand Anna est à Vienne, elle prend ses repas avec eux, elle passe ses nuits chez eux… enfin vous comprenez, chère madame. »

Il disait cela froidement et d'un ton détaché, comme s'il avait parlé d'une affaire ; on aurait pu croire qu'il avait pris la résolution de raconter cela à toute personne venant le voir ce jour-là. C'était la première fois qu'il parlait à Berta des voyages de sa femme.

« Elle y retourne demain, dit-il, je crois que cette fois il s'agit de sa toilette d'été.

— Je trouve cela très avisé de la part de votre femme, répondit Berta, heureuse d'avoir trouvé quelque chose à répondre.

— Et de plus c'est meilleur marché, ajouta Rupius. Je vous assure, même en comptant le voyage. Pourquoi ne faites-vous pas comme ma femme ?

— Mais comment cela, monsieur Rupius ?

— Eh bien, pour vos chapeaux et vos robes ! Vous aussi, vous êtes jeune et jolie !

— Grands dieux, mais pour qui me ferais-je belle ?

— Pour qui ? Et pour qui donc ma femme se fait-elle si belle ? »

La porte s'ouvrit et Mme Rupius entra, une ombrelle rouge à la main, dans une robe claire de demi-saison, avec un chapeau blanc garni d'un ruban rouge posé sur ses cheveux sombres relevés en chignon. L'aimable sourire qui lui était habituel flottait sur ses lèvres tandis que, calme et sereine, elle s'avançait vers Berta pour lui souhaiter le bonjour. « On vous revoit enfin », dit-elle. La bonne était entrée derrière elle, Anna lui remit son chapeau et son ombrelle. « Ces gravures vous intéressent aussi, madame Garlan ? » Elle s'approcha de son mari et passa doucement la main sur son front et ses cheveux.

« Je m'étonnais justement de ce que madame Garlan n'aille jamais à Vienne, dit Rupius.

— C'est vrai, interrompit sa femme, pourquoi ne le faites-vous pas ? Vous y avez certainement encore d'anciennes relations, accompagnez-moi donc un jour... Tenez, demain ! Pourquoi pas ? »

Tandis que sa femme parlait, Rupius regardait droit devant lui, comme s'il n'osait poser les yeux sur elle.

« Vous êtes vraiment très aimable, madame », dit Berta qui sentit un flot de joie l'envahir. Elle s'étonna de n'avoir plus pensé pendant longtemps à la possibilité d'un voyage pourtant si facile et il lui sembla subitement qu'il y avait là un remède à l'étrange découragement dont elle souffrait depuis quelques jours.

« Eh bien ! Est-ce entendu, madame Garlan ?

— Je ne sais vraiment pas... demain j'aurais le temps ; je n'ai qu'une leçon à donner chez ma belle-sœur et elle n'y regarde pas de si près ; mais est-ce que je ne vous dérangerai pas ? »

Un léger nuage passa sur le front de Mme Rupius. « Me déranger, mais à quoi pensez-vous ? Je serai enchantée d'avoir une compagne de voyage agréable pour l'aller et le retour. Et à Vienne... mon Dieu, nous aurons certainement quelques courses communes.

— Monsieur votre mari, dit Berta en rougissant comme une jeune fille qui parle de son premier bal, m'a dit... m'a conseillé...

— Il vous a certainement chanté les louanges de ma couturière », dit en riant Mme Rupius.

Rupius, toujours immobile, ne regardait ni l'une ni l'autre.

« Eh bien, je vous remercie, madame Rupius. Je l'avoue, j'ai envie d'être bien habillée, comme vous.

— Rien de plus facile, reprit Mme Rupius, je vous emmène chez ma couturière et j'ai ainsi l'agréable perspective de ne pas entreprendre seule mes prochains voyages. J'en suis aussi contente pour toi, dit-elle à son mari en caressant la main qu'il avait posée sur la table, et pour vous, ajouta-t-elle en se tournant vers Berta. Vous verrez comme cela vous fera du bien. Pouvoir marcher dans des rues où personne ne vous connaît, quelle joie! J'en ai besoin de temps en temps... Cela me vivifie, et après, ajouta-t-elle en regardant son mari de côté d'un air à la fois craintif et tendre, je reviens ici et je me sens très heureuse, la femme la plus heureuse du monde, me semble-t-il.» Elle s'approcha de son mari et l'embrassa sur la tempe. Berta l'entendit murmurer: «Mon chéri...» Pourtant il regardait toujours droit devant lui, comme s'il avait eu peur de rencontrer le regard de sa femme. Tous deux se taisaient, comme absorbés, oubliant que Berta était là. Berta sentit obscurément qu'un mystère planait dans leurs relations, qu'elle ne pouvait comprendre faute de pénétration, d'expérience, ou peut-être même de bonté. Le silence se prolongea quelques minutes et Berta se sentit si mal à l'aise qu'elle eut envie de s'en aller; mais il fallait encore fixer les détails pour le voyage du lendemain. Ce fut Anna qui parla la première :

«Eh bien, c'est entendu, nous nous retrouverons à la gare demain matin, pour le premier train, n'est-ce pas? Je m'arrangerai pour que nous reprenions ensemble le train du soir, à sept heures. On fait déjà bien des choses en huit heures de temps.

— C'est d'accord, dit Berta, je voudrais simplement que vous ne vous dérangiez en rien pour moi.»

Anna l'interrompit avec une certaine irritation. «Ne vous ai-je pas dit que je serai ravie de voyager avec vous? Du reste, aucune jeune femme de la ville ne m'est aussi sympathique que vous.

— Oui, dit M. Rupius, je peux vous l'affirmer. Vous savez que ma femme ne voit presque personne ici... d'ailleurs, vous avez été si longtemps sans venir que j'ai craint qu'elle ne vous perde aussi.

— Mais quelle idée, monsieur Rupius, et vous, madame, j'espère que vous n'avez pas pu croire une minute...» Berta sentit son cœur déborder d'affection pour le mari et la femme. Elle était si émue qu'elle en avait des tremblements dans la voix.

Mme Rupius eut un sourire étrange et supérieur : «Je n'ai rien pensé du tout; d'ailleurs il y a des choses auxquelles je ne réfléchis pas. Je ne tiens pas à voir beaucoup de monde, mais vous, Berta, je vous aime vraiment.» Elle lui tendit la main. Berta jeta un regard sur le visage de Rupius, certaine d'y trouver enfin une ombre de satisfaction; mais elle fut tout étonnée de voir ses yeux comme remplis d'épouvante fixer un coin de la pièce.

La femme de chambre entra, apportant le café. On reparla des projets du lendemain et l'on finit par arrêter un plan assez détaillé que Berta s'empressa de noter sur son calepin, ce qui fit sourire Mme Rupius.

Quand Berta se retrouva dans la rue, le ciel s'était obscurci et l'atmosphère alourdie présageait un orage imminent. Les premières grosses gouttes tombaient comme elle atteignait sa maison ; arrivée au premier étage, elle s'aperçut avec quelque inquiétude que l'enfant et la bonne n'étaient pas rentrés. Elle s'approcha de la fenêtre pour la fermer et les vit accourir tous deux. Le premier coup de tonnerre la fit tressaillir ; un éclair fulgura simultanément.

L'orage fut court, mais particulièrement violent. Berta, assise sur son lit, tenait son petit garçon sur ses genoux et lui racontait une histoire pour l'empêcher d'avoir peur ; elle avait l'impression qu'il existait une relation secrète entre son état d'âme depuis deux jours et cette perturbation du temps. Au bout d'une demi-heure, tout s'était calmé. Elle ouvrit la fenêtre : l'air était rafraîchi, le ciel clair et dégagé dans le crépuscule du soir. Berta respira profondément ; elle était pénétrée par un sentiment de paix et d'espérance.

Il était temps de s'habiller pour le dîner en musique. En arrivant, elle trouva tout le monde installé autour d'une grande table sous un arbre. Elle eût voulu parler à sa belle-sœur de son projet pour le lendemain, mais une légère crainte la retint tout d'abord comme si ce voyage avait été quelque chose de défendu. Monsieur Klingemann, avec sa gouvernante, passa à côté de leur table. Cette femme, personne opulente, entre deux âges, était plus grande que lui et marchait comme une somnambule. Klingemann salua avec une politesse exagérée, les messieurs répondirent froidement, et les dames firent semblant de n'avoir rien vu. Berta, seule, inclina la tête en les regardant passer. Richard, assis à côté de sa tante, lui chuchota : « C'est sûrement sa maîtresse… Si, je le sais ! »

On mangeait, on buvait, on devisait ; de temps à autre, des personnes de connaissance qui se trouvaient à d'autres tables venaient bavarder un instant, puis retournaient à leur place. La musique résonnait aux oreilles de Berta sans lui faire la moindre impression ; la question de savoir comment elle allait faire pour annoncer son projet la préoccupait exclusivement. Soudain, profitant d'un crescendo de la musique, Berta dit à Richard : « Je ne pourrai pas te donner ta leçon demain parce que je vais à Vienne.

— À Vienne ? » dit Richard, et, interpellant sa mère par-dessus la table, il s'écria : « Dis donc, maman, tante Berta va à Vienne demain.

— Qui va à Vienne? questionna Garlan, qui était à l'autre bout.

— Moi, dit Berta.

— Tiens tiens!» fit Garlan en la menaçant plaisamment du doigt.

La chose était dite. Berta en fut tout heureuse. Pendant ce temps, Richard se moquait des gens assis dans le jardin, du gros chef d'orchestre entre autres, qui sautillait en mesure tout en dirigeant, et du trompette qui gonflait ses joues et qui avait l'air de pleurer. Berta ne cessait de rire. On plaisanta sa bonne humeur, et le docteur Friedrich lança qu'elle allait certainement à Vienne pour un rendez-vous galant.

«Ça, je te le défends bien!» cria Richard, tellement piqué que la gaieté devint générale. Seule Elly, demeurée silencieuse, fixait sa tante d'un œil étonné.

Par la fenêtre ouverte du compartiment, Berta regardait le paysage; aussitôt après le départ du train, Mme Rupius avait pris un livre dans son petit sac et s'était mise à lire. Elle avait presque l'air de vouloir éviter une conversation avec Berta et celle-ci s'en trouva un peu froissée. Elle avait toujours désiré se lier avec Mme Rupius, mais depuis la veille surtout ce désir avait pris de telles proportions qu'il lui rappelait l'adoration romanesque qu'elle avait éprouvée, petite fille, pour certaines amies. Tout d'abord elle s'était sentie malheureuse, comme abandonnée, peu à peu cependant les images variées qu'elle apercevait derrière la fenêtre la distrairent agréablement. Tandis qu'elle regardait les rails qui semblaient courir à sa rencontre, les haies et les poteaux télégraphiques qui sautaient ou volaient vers elle, elle se souvint des quelques petits voyages qu'elle avait faits, enfant, avec ses parents, dans le *Salzkammergut*[1] et du plaisir immense qu'elle prenait alors à être assise près de la fenêtre, dans le train. Puis elle regarda au loin, jouissant du miroitement du fleuve, des ondulations gracieuses des collines et des prairies, du bleu du ciel et du blanc des nuages. Au bout d'un certain temps, Anna posa son livre, se mit à bavarder avec Berta et lui sourit comme à une enfant.

«Si on nous avait prédit cela… dit Mme Rupius.

— Qu'ensemble nous irions à Vienne?

— Non, non; que toutes les deux… comment dire?… nous passerions notre vie là-bas — de la tête elle fit un geste pour indiquer la direction d'où elles venaient —, ou même que nous y finirions nos jours!

— Évidemment, fit Berta, qui n'avait jamais réfléchi à ce que cela pouvait avoir de curieux.

— Vous encore, vous le saviez en vous mariant; mais moi…» Mme Rupius regardait droit devant elle.

«Vous n'êtes venue vous fixer dans notre petite ville que lorsque… demanda Berta, qui s'interrompit, gênée.

— Mais oui, vous devez le savoir!» Mme Rupius la regardait avec une sorte de blâme dans les yeux. Puis elle ajouta, souriant doucement, comme si ce à quoi elle pensait n'était pas si triste: «Oui, je ne me doutais pas qu'un jour je devrais quitter Vienne; mon mari, qui était fonctionnaire dans un ministère, aurait pu malgré sa maladie conserver encore longtemps sa situation, mais il a voulu partir.

— Il pensait sans doute que le bon air, le repos…» commença Berta, qui sentit aussitôt qu'elle ne disait rien de sensé.

Cependant, Anna répondit gentiment: «Non, ni le repos ni le climat n'y peuvent quelque chose; mais il pensait que de toute façon ce serait préférable pour nous deux. Et il avait raison, qu'avions-nous encore à faire dans la capitale?»

Berta comprit qu'Anna lui cachait quelque chose; elle aurait voulu la prier de lui parler à cœur ouvert, mais ne se sentait pas assez adroite pour bien formuler cette demande. Et comme si Mme Rupius avait deviné sa pensée, elle donna un autre cours à la conversation; elle demanda à Berta des nouvelles de son beau-frère, la questionna sur les dispositions musicales de ses élèves, sur sa méthode d'enseignement; puis elle reprit son roman et Berta fut livrée à elle-même. À un moment, levant les yeux de dessus son livre, Anna demanda: «Vous n'avez donc rien pris à lire?

— Si, si», répondit Berta, qui se rappela avoir emporté le journal; elle le prit et le feuilleta avec attention. On approchait de Vienne. Mme Rupius ferma son livre d'un coup sec et le remit dans son sac. Elle regarda Berta avec une certaine affection, comme une enfant qu'on va livrer à un sort hasardeux. «Encore un quart d'heure, fit-elle, et nous voilà… j'allais dire chez nous.»

La ville s'étendait devant elles. De l'autre côté du fleuve se dressaient de grandes cheminées d'usine; de longues rangées de maisons badigeonnées de jaune s'alignaient et des clochers pointaient. Tout cela était éclairé par le doux soleil de mai.

Berta sentit battre son cœur. Elle avait l'impression de rentrer dans une patrie d'où elle avait été longtemps bannie, qui avait sans doute beaucoup changé et où toutes sortes de découvertes et de surprises l'attendaient. Quand le train entra en gare, elle se sentit presque sans appréhension.

Les deux jeunes femmes prirent une voiture et se firent conduire dans le centre. Quand elles traversèrent le *Ring*[1], Berta se pencha à la fenêtre; elle vit un jeune homme dont la silhouette et la démarche lui rappelaient Emil Lindbach. Elle eût voulu qu'il se retournât, mais elle le perdit de vue sans qu'il le fît.

La voiture s'arrêta devant une maison du *Kohlmarkt*[2]; les deux femmes en descendirent et montèrent au troisième étage où se trouvait l'atelier de la couturière. Tandis que Mme Rupius avait son essayage, Berta se faisait montrer des tissus et choisit un modèle; une jeune fille prit ses mesures et il fut convenu que Berta reviendrait huit jours plus tard pour un essayage. Mme Rupius entra, venant de la pièce voisine; elle demanda qu'on prît soin de la commande de son amie. Berta eut soudain l'impression d'être l'objet de regards un peu railleurs et que tous les yeux se fixaient sur elle presque avec pitié. Elle s'aperçut dans la glace et prit conscience du parfait mauvais goût de sa mise. Quelle idée avait-elle donc eue de choisir cette toilette du dimanche, qui sentait sa province à mille pas, au lieu du tailleur simple qu'elle portait toujours et qui lui allait si bien? Elle rougit de dépit. Elle avait une robe de foulard rayée noir et blanc qui avait été à la mode trois ans auparavant et un chapeau surchargé de roses, trop relevé sur le devant, et qui l'écrasait, en rendant sa fine silhouette presque ridicule. Pour comble, Mme Rupius lui dit en descendant, comme si elle avait tenu à la consoler: «N'importe comment, vous êtes toujours jolie!»

Elles se trouvaient toutes les deux sous la porte cochère.

«Et maintenant? questionna Mme Rupius, quels sont vos projets?

— Vous voulez donc me... c'est-à-dire...» Berta, effarée, eut la sensation d'être abandonnée.

Mme Rupius l'observait avec une pitié bienveillante.

«Je pense, dit-elle, que vous allez rendre visite à votre cousine, n'est-ce pas? Et je suppose qu'elle vous gardera à déjeuner.

— Certainement, Agathe m'invitera.

— Eh bien, je vais vous emmener chez elle, si cela vous convient, puis j'irai chez mon frère et, si cela m'est possible, je viendrai vous reprendre à trois heures.»

Elles s'engagèrent ensemble dans les rues les plus fréquentées du centre et s'arrêtèrent pour regarder les devantures. Berta fut d'abord étourdie par tout ce bruit, puis il lui procura un certain plaisir. Elle observa les passants, et la vue de ces hommes élégants, de ces femmes bien mises la charma. Tout ce monde semblait habillé de neuf et avait l'air beaucoup plus heureux que là-bas. Elle s'arrêta devant un magasin d'objets d'art et immédiatement ses yeux se posèrent sur un portrait qu'elle connaissait ; c'était celui d'Emil Lindbach, dont elle avait vu la reproduction dans le magazine. Berta fut contente comme si elle avait rencontré un ami. « Je le connais, celui-là, dit-elle à Mme Rupius.

— Qui donc ?

— Celui-là. (Du doigt elle montrait le portrait.) J'ai été au Conservatoire avec lui, pensez donc !

— Vraiment ? » interrogea Mme Rupius. Berta, levant les yeux, constata qu'Anna n'avait pas accordé la moindre attention à la photographie et que ses pensées étaient ailleurs. Mais Berta n'en fut pas fâchée, car elle craignait déjà de s'être trahie par le ton trop chaleureux de sa voix. En même temps elle se sentit légèrement fière d'avoir été aimée et embrassée jadis par le tout jeune homme dont le portrait aujourd'hui était exposé là. Elle continua son chemin avec une satisfaction intime. Et elle s'arrêta bientôt dans la *Riemerstrasse*[1] devant la maison de sa cousine.

« C'est entendu, n'est-ce pas, dit-elle, vous viendrez me chercher à trois heures ?

— Oui, répliqua Mme Rupius, ou alors... si je me mettais en retard, ne restez que le temps qu'il plaira à votre cousine ou à vous-même ; convenons en tout cas de nous retrouver à la gare à sept heures. Au revoir. » Elle tendit la main à Berta et s'en alla rapidement. Surprise, Berta la suivit des yeux. Elle eut la même sensation d'abandon que dans le train, lorsque Mme Rupius s'était plongée dans son roman.

Elle monta deux étages. Sa cousine n'avait pas été prévenue de sa visite et Berta craignit soudain d'arriver mal à propos. Elle n'avait pas vu Agathe depuis des années et la correspondance entre elles s'était beaucoup espacée.

Mais Agathe la reçut comme si elles s'étaient quittées la veille, sans étonnement et sans cordialité. Berta, qui souriait déjà à la façon des gens qui croient faire une surprise, réprima vite ce sourire.

« Tu te fais bien rare, dit Agathe ; pourquoi ne nous donnes-tu jamais de tes nouvelles ?

— Mais, Agathe, c'est toi qui me dois une lettre depuis trois mois.

— Vraiment ? fit Agathe. Oh ! moi, j'ai une excuse, tu sais le travail que donnent trois enfants ; t'ai-je écrit que Georg allait déjà en classe, à présent ? » Agathe fit entrer sa cousine dans la chambre des enfants, où la bonne était en train de faire déjeuner Georg et les deux petites filles. Berta leur posa quelques questions, mais les enfants étaient sauvages. La plus petite se mit même à pleurer. Finalement Agathe dit à Georg : « Demande donc à tante Berta de nous amener Fritz la prochaine fois. »

Berta remarqua combien sa cousine avait vieilli durant ces dernières années. Quand elle se penchait sur ses enfants, elle avait tout l'air d'une vieille femme, et Berta savait pertinemment qu'Agathe avait juste un an de plus qu'elle !

Quand elles rentrèrent dans la salle à manger, tous les sujets de conversation étaient épuisés entre elles, et lorsque Agathe invita Berta à déjeuner avec eux, on aurait pu penser que c'était seulement pour dire quelque chose. Malgré cela, Berta accepta et sa cousine s'en fut à la cuisine donner des ordres. Berta jeta un regard circulaire sur la pièce meublée avec économie et mauvais goût. Il faisait assez sombre, la rue étant étroite. Elle prit un album de photographies qui était posé sur la table et n'y retrouva guère que des figures de connaissance : tout d'abord les parents d'Agathe, morts depuis longtemps, puis ses propres parents et ses frères dont elle n'avait aucune nouvelle, des portraits d'amis de jeunesse, qu'elle avait perdus de vue, et enfin une photo dont elle avait presque entièrement oublié l'existence : Agathe et elle, très jeunes filles. À ce moment-là elles se ressemblaient beaucoup, étaient très amies, et Berta se souvenait de toutes leurs confidences… Et cette ravissante petite personne aux nattes relevées était presque une vieille femme maintenant. Quant à elle, pourquoi persistait-elle à se croire jeune ? Les autres ne la voyaient-ils pas comme elle voyait Agathe ? Elle se proposa d'observer dans l'après-midi les regards que lui jetteraient les passants. Quelle horreur si elle devait avoir l'air aussi vieille que sa cousine ! Non, cette idée était ridicule ! Elle songea à son neveu qui l'appelait toujours « jolie tante » ; à la promenade nocturne de Klingemann la veille au soir… et même aux amabilités de son beau-frère, rassurantes, au fond. Regardant la glace en face d'elle, elle aperçut deux yeux clairs et un visage sans rides : ses propres yeux et son visage !

Lorsque Agathe rentra, Berta se mit à parler de leur adolescence commune, mais Agathe semblait avoir oublié ses relations d'autrefois, comme si le mariage, la maternité et ses soucis quotidiens, en même temps que sa jeunesse avaient également effacé tous ses souvenirs. Quand Berta lui rappela une soirée d'étudiants où elles avaient été ensemble, quand elle reparla de jeunes gens qui avaient fait la cour à Agathe, d'une certaine gerbe de fleurs anonyme qui lui avait été envoyée, Agathe sourit d'abord, comme absente ; puis, regardant Berta, elle dit : « Comment te rappelles-tu encore toutes ces bêtises ? »

Le mari d'Agathe rentra de son bureau. Il avait fortement grisonné. Il ne sembla tout d'abord pas reconnaître Berta, puis la confondit avec une autre dame ; enfin il s'excusa, alléguant sa mauvaise mémoire des physionomies. À table il joua l'homme du monde, la questionna d'un air supérieur sur les us et coutumes de sa petite ville et lui demanda en riant si elle ne comptait pas se remarier. Agathe prit part à ses taquineries tout en jetant de temps à autre un regard réprobateur à son mari qui essayait de donner un tour frivole à la conversation. Berta n'était pas à son aise. Plus tard, le mari d'Agathe fit une allusion discrète au nouvel espoir de maternité de sa femme. Berta qui, généralement, éprouvait de la sympathie pour les femmes enceintes eut cette fois une impression presque désagréable. Dans le ton du mari, il n'y avait pas trace d'amour, mais plutôt de la sotte et vaine gloriole d'un homme qui est fier d'avoir fait son devoir. Il semblait vouloir dire qu'occupé comme il l'était, il faisait preuve d'un bon vouloir extrême en consentant à partager encore le lit d'Agathe, qui n'était plus guère jolie. Berta avait la sensation d'être mêlée à une action malpropre, qui ne la regardait pas. Elle fut contente de voir le mari disparaître sitôt le repas terminé, pour aller, selon son habitude, s'adonner à « son seul vice quotidien » : jouer au billard, une heure, dans un café.

Berta resta seule avec Agathe.

« Oui, dit Agathe, voilà que ça recommence. » Et elle se mit à raconter par le menu ses précédents accouchements, avec une précision technique, une franchise et un manque de pudeur qui frappèrent d'autant plus Berta qu'elles étaient devenues si étrangères l'une à l'autre. Mais tandis que sa cousine parlait, Berta pensa tout à coup au bonheur d'avoir un enfant d'un homme qu'on aimerait. Elle n'écoutait plus les répugnants discours d'Agathe, elle pensait seulement à l'indicible désir d'être mère qu'elle avait eu dans sa jeunesse, et elle se souvint d'un instant de sa vie où ce désir avait été plus vivace que jamais. C'était un soir où Emil Lindbach l'avait ramenée du Conservatoire, tenant sa main dans la sienne. Oui, elle se souvenait du vertige qui l'avait prise, et elle savait que ce jour-là, pour la première fois, elle avait compris cette phrase, rencontrée parfois dans les romans : « Il aurait pu faire d'elle ce qu'il voulait. »

Elle s'aperçut alors qu'il faisait sombre et qu'Agathe, dans le coin de son canapé, semblait dormir. La pendule marquait trois heures. Quel ennui que Mme Rupius tarde encore ! Berta s'approcha de la fenêtre pour regarder la rue. Puis elle se retourna vers Agathe qui avait rouvert les yeux. Elle chercha vite un nouveau sujet de conversation et parla de la toilette qu'elle venait de commander, mais Agathe avait trop sommeil, elle ne répondait même plus. Berta, ne voulant pas l'importuner, prit congé. Elle décida d'attendre Mme Rupius dans la rue. Agathe sembla ravie et, tandis que Berta s'habillait, elle devenait nettement plus cordiale qu'avant, et près de la porte, elle lui dit comme cédant à une inspiration subite : « Ce que le temps passe ; j'espère qu'on te reverra bientôt ! »

Quand Berta se retrouva devant la porte cochère, elle comprit qu'elle attendrait en vain Mme Rupius. Certainement celle-ci n'avait jamais songé à passer l'après-midi avec elle ; il n'y avait rien à redire ; et cela s'expliquait sans aucune malice. Mais Berta fut cependant peinée du peu de confiance qu'Anna lui témoignait. Elle erra dans la ville sans but aucun ; plus de trois heures encore la séparaient du moment où elle devait se rendre à la gare. Elle commença par retourner dans les rues du centre. Qu'il était agréable de flâner ainsi en étrangère, sans que personne ne vous observe ! Elle avait été longtemps privée de ce plaisir. Plusieurs messieurs la regardèrent avec intérêt ; quelques-uns même s'arrêtèrent pour la suivre des yeux. Elle regretta d'être si mal habillée et, d'avance, se fit une joie du jour où elle aurait sa jolie robe venant de chez une couturière de Vienne. Elle aurait désiré être suivie par quelqu'un. Soudain, comme un éclair, la pensée de rencontrer Emil Lindbach traversa son esprit. La reconnaîtrait-il seulement ? Quelle question ! Mais de pareils hasards ne se produisent pas… elle était sûre de pouvoir arpenter Vienne pendant des journées entières sans jamais le rencontrer. Depuis combien de temps ne l'avait-elle pas vu ? Depuis sept ans, huit ans… Oui, leur dernière entrevue avait eu lieu deux ans avant son mariage. Par une chaude soirée d'été, elle avait été dîner dans le Prater, au *Schweizerhaus*[1] avec ses parents, il avait passé près d'eux avec un ami et s'était arrêté quelques minutes près de leur table. Ah oui, elle se rappelait maintenant qu'elle se trouvait avec le jeune médecin qui désirait l'épouser et qu'Emil s'était tenu devant elle, le chapeau à la main — détail qui l'avait charmée — pendant toute la durée de l'entretien dont elle avait oublié le sujet. Ferait-il de même si elle le rencontrait maintenant ? Où donc pouvait-il habiter à présent ? Autrefois il louait une chambre près de la *Paulanerkirche*[2]… un jour il lui en avait même montré la fenêtre et avait risqué une remarque… elle ne se rappelait pas ses paroles, mais il l'avait certainement invitée à monter avec lui ! Elle l'avait vertement tancé et l'avait même menacé de ne plus le revoir, s'il avait de pareilles intentions… Et jamais il n'en avait reparlé. Retrouverait-elle, reconnaîtrait-elle cette fenêtre ? Elle pouvait effectivement se promener par là... ici ou ailleurs, c'était indifférent. Elle se dépêchait maintenant, dans la direction de *Wieden*[1] comme si subitement elle avait trouvé son but. Mais combien ces quartiers avaient changé ! Du haut de l'*Elisabethbrücke*[2] elle voyait les murs à l'abri desquels coulait maintenant la rivière *Wien*, des voies ferrées en chantier, des petits wagons qui circulaient et des ouvriers qui s'activaient. Par le chemin que si souvent elle avait parcouru jadis, elle était arrivée près de la *Paulanerkirche*. Elle s'arrêta, ne sachant plus du tout où avait logé Emil... Était-ce à droite ou à gauche qu'il fallait prendre ? Bizarre, comme sa mémoire lui faisait défaut ! Rebroussant chemin, elle se dirigea lentement vers le Conservatoire. Elle s'arrêta devant. Là-haut étaient les fenêtres d'où elle avait souvent regardé la coupole de la *Karlskirche*[3], attendant fébrilement la fin de sa leçon pour retrouver Emil. Comme elle l'avait aimé ! et qu'il était étrange que cela ait pu se terminer tout à fait ! Elle revenait à Vienne, veuve depuis des années, mère d'un petit garçon qui grandissait... et même si elle était morte, Emil ne l'aurait pas su, ne l'aurait peut-être appris que bien plus tard... Ses yeux s'arrêtèrent sur une affiche près de la porte d'entrée. C'était l'annonce d'un concert où il devait jouer et son nom y figurait parmi ceux de grands artistes que Berta vénérait respectueusement depuis longtemps. « Brahms, concerto pour violon, joué par le virtuose de la cour de Bavière, Emil Lindbach »... Virtuose de la cour de Bavière, elle ignorait ce détail. Il lui semblait que celui dont le nom rayonnait sur cette affiche allait d'un instant à l'autre apparaître sur le perron, portant sa boîte à violon et une cigarette aux lèvres. Tout cela lui était si présent maintenant, et le devint encore davantage à l'instant où, de là-haut, elle entendit le son filé d'un violon, comme elle l'avait si souvent entendu jadis. Elle décida d'assister à ce concert, de revenir à Vienne... même si elle devait passer la nuit à l'hôtel. Elle prendrait une place dans les premiers rangs pour l'observer de près. Peut-être aussi la verrait-il et la reconnaîtrait-il ? Elle resta là, devant cette affiche jaune, perdue dans ses pensées jusqu'au moment où elle sentit se fixer sur elle les regards de quelques jeunes gens qui sortaient par le perron ; elle se rendit compte alors qu'elle avait souri pendant tout ce temps, comme dans un beau rêve. Elle poursuivit son chemin. Les alentours du *Stadtpark* avaient, eux aussi, beaucoup changé, et en cherchant les endroits familiers où elle se promenait avec lui, elle ne trouva que des terrains en chantier où les arbres avaient été coupés et où des clôtures de planches barraient le passage. Elle ne put retrouver le banc où ils avaient échangé des mots d'amour dont l'accent lui était resté en mémoire, alors qu'elle en avait oublié le détail. Elle arrivait maintenant dans la partie intacte et bien soignée du jardin, qui était pleine de monde. Mais encore une fois, elle eut l'impression qu'on la regardait, que quelques dames se moquaient d'elle et elle se sentit à la fois gênée de son air provincial et furieuse de cette gêne. Autrefois elle parcourait ces allées, fière et insouciante, en jolie jeune fille qu'elle était ! Elle se sentit bien diminuée et pitoyable. L'idée de se mettre au premier rang de la grande salle de concerts lui parut téméraire, presque irréalisable. Elle jugea peu probable qu'Emil Lindbach la reconnût, impossible qu'il se souvînt encore de son existence. Qu'avait-il vécu depuis leur aventure ? Combien de femmes, combien de jeunes filles devaient l'avoir aimé, et autrement qu'elle ! Tandis qu'elle regagnait le *Ring* par des allées moins fréquentées, elle imaginait toutes sortes d'aventures dont son amour de jeunesse était le héros ; à sa conception de la vie d'artiste, avec les tournées à l'étranger, se mêlaient confusément des histoires qu'elle avait lues dans les romans. Elle le vit à Venise dans une gondole, avec une grande-duchesse russe, et à la cour de Bavière où des duchesses l'écoutaient et s'éprenaient de lui ; ensuite, il lui apparaissait dans le boudoir d'une cantatrice de l'Opéra et à un bal masqué en Espagne, galamment entouré de masques séducteurs. Et plus son image semblait disparaître dans les sphères auxquelles elle ne pouvait atteindre, plus Berta se sentait minable, et moins elle comprenait tout à coup qu'elle ait pu renoncer jadis à ses propres espoirs, à ses ambitions d'artiste, à l'ami tant aimé, pour vivre cette existence terne et se perdre dans la foule. Un frisson la parcourut, tandis qu'elle comprenait qu'elle n'était rien de plus que la veuve d'un homme quelconque, pauvre veuve qui vivait dans une petite ville où elle se débrouillait en donnant des leçons de piano et en vieillissant lentement. Jamais sur sa route elle n'avait trouvé fût-ce un reflet de la splendeur dans laquelle il vivait, lui, depuis le début de sa carrière. Et un nouveau frisson la secoua lorsqu'elle songea à l'inertie avec laquelle elle avait accepté son sort, sans autre espoir, sans autre attente, et sa morne indifférence lui parut subitement inexplicable.

Elle était arrivée à l'*Aspernbrücke*[1] sans se rendre compte du chemin parcouru. Une file de voitures la força d'attendre avant de traverser. Elle vit des hommes qui, pour la plupart, portaient des jumelles ; elle comprit qu'ils revenaient des courses du *Prater*[2]. Un homme, en compagnie d'une jeune femme habillée d'une toilette printanière blanche, passa dans un élégant équipage ; ensuite vint une voiture où se trouvaient deux dames en tenues voyantes. Berta les suivit longtemps des yeux : l'une se retourna pour regarder un joli jeune homme à pardessus gris, nonchalamment appuyé dans le coin de sa voiture, juste derrière la leur. Berta éprouva une impression douloureuse, une sourde irritation. Elle eût voulu être la dame que ce jeune homme suivait ; elle eût voulu être jeune, belle, indépendante, être une femme... mon Dieu ! qui peut faire ce qu'elle veut et se retourner sur les hommes qui lui plaisent. Et subitement, elle eut la certitude que Mme Rupius se trouvait en ce moment avec quelqu'un qu'elle devait aimer. Pourquoi pas, du reste ? N'était-elle pas libre de disposer de son temps, du moins à Vienne ? Et n'était-elle pas très jolie, dans sa robe mauve vaporeuse, avec sur les lèvres ce sourire que peut seulement donner le bonheur... et le bonheur, elle ne pouvait pas le trouver chez elle. Berta eut alors la vision de M. Rupius chez lui, s'occupant de ses gravures anciennes. Il ne les regarde certainement pas aujourd'hui, non, car il tremble, agité d'une inquiétude immense, que quelqu'un, dans la grande ville ne lui prenne sa femme, et qu'elle ne revienne jamais, il a peur de rester seul dans sa détresse. Et Berta éprouve soudain pour lui une pitié si grande, si nouvelle qu'elle voudrait être auprès de lui pour le consoler et l'apaiser.

Elle sentit qu'on lui touchait le bras ; elle tressaillit et leva les yeux. Un jeune homme, à ses côtés, la regarda insolemment. Comme elle le fixait d'un œil distrait, il fit : « Eh bien ! » et se mit à rire ; Berta eut peur et elle traversa la rue presque en courant, malgré une voiture qui arrivait. Elle avait honte maintenant de son désir de tout à l'heure d'être la dame dans la voiture, elle songea que l'impudence du jeune homme en était le châtiment. Non, évidemment, elle est une femme honnête, elle a une profonde horreur de ce genre d'audace... non, pour rien au monde elle ne pourrait plus vivre à Vienne où l'on est exposé à de pareilles choses ! Une envie profonde de retrouver la paix de sa petite maison, une joie immense à l'idée de revoir son enfant l'émeuvent comme ce qu'il y a de plus beau... Quelle heure peut-il bien être ? Sept heures mois le quart ! Seigneur, il va falloir qu'elle prenne une voiture. Tant pis ! Mme Rupius a payé la course de ce matin, la voiture qu'elle va prendre ne lui coûtera donc pour ainsi dire que la moitié du prix. Elle s'installe dans un fiacre sans capote où elle se rejette en arrière, une pose élégante presque semblable à celle de la dame à la robe blanche. Les gens la regardent. Elle sait qu'ainsi elle doit avoir l'air jeune et jolie et elle se sent à l'abri de tout. Elle éprouve un plaisir infini à cette course rapide sur les roues caoutchoutées. Ce sera parfait, la prochaine fois, quand elle aura sa robe neuve et son petit chapeau de paille qui la rajeunit. Elle est contente de constater que Mme Rupius l'attend à l'entrée de la gare et la voit arriver, mais elle ne trahit pas sa fierté et fait comme s'il était tout naturel d'arriver ainsi en fiacre à la gare.

« Nous avons encore dix minutes, dit Mme Rupius. M'en voulez-vous beaucoup de vous avoir fait attendre ? Les enfants de mon frère avaient invité des amis à goûter et ne voulaient absolument pas me laisser partir. J'ai pensé trop tard à vous faire chercher : les enfants vous auraient amusée et j'ai dit à mon frère que la prochaine fois je vous emmènerai chez lui avec votre fils. »

Berta eut honte ; comme elle avait mal jugé cette jeune femme ! Elle ne put que lui serrer la main en murmurant : « Je vous remercie, vous êtes tellement gentille. »

Elles gagnèrent le quai et montèrent dans un compartiment vide. Mme Rupius, qui tenait à la main un petit sac de cerises, les mangeait une à une en jetant les noyaux par la fenêtre. Quand le train se mit en marche, elle s'adossa confortablement et ferma les yeux tandis que Berta regardait par la fenêtre ; elle était fatiguée par ces heures de marche et se sentait plutôt mal à l'aise en songeant à cette journée qu'elle aurait pu passer autrement, avec joie et sérénité ! Elle repensa d'abord à l'accueil froid et au déjeuner ennuyeux chez sa cousine ! Qu'il était triste de n'avoir plus d'autres relations à Vienne ! Elle avait erré comme une étrangère dans cette ville où elle avait vécu vingt-six ans de sa vie. Pourquoi ? Et pourquoi n'avait-elle pas fait arrêter la voiture ce matin, quand elle avait aperçu cette silhouette qui rappelait celle d'Emil Lindbach ? Évidemment elle n'aurait pas pu courir après lui, l'appeler… mais si cela avait été lui tout de même, s'il l'avait reconnue, tout heureux de la revoir ? Ils se seraient promenés ensemble, ils se seraient raconté tout ce qui avait pu se passer depuis si longtemps qu'ils ne savaient plus rien l'un de l'autre. Ensemble encore, ils auraient déjeuné dans un restaurant élégant. Quelques personnes, naturellement, l'auraient reconnu — et elle croyait entendre les chuchotements des gens qui se demandaient qui « elle » était. Elle se voyait, jolie dans sa robe neuve déjà faite, les garçons la servaient avec déférence, surtout le petit qui apportait les vins… mais en réalité, c'était son neveu qui, tout naturellement, était devenu sommelier et non pas étudiant. Soudain M. et Mme Martin entraient dans la salle, se tenant tendrement enlacés comme s'ils étaient seuls au monde ; aussitôt Emil se levait et brandissait l'archet de son violon d'un geste impérieux ; ce que voyant, le garçon faisait repasser la porte au couple Martin. Berta ne pouvait pas s'empêcher de rire, mais beaucoup trop fort, elle ne savait plus du tout se conduire dans un restaurant chic. Mais ce n'est absolument pas un restaurant chic... c'est l'auberge de *La Pomme rouge*, et l'orchestre militaire joue dans un coin sans qu'on le voie. C'est M. Rupius qui connaît le truc pour faire jouer la musique militaire sans qu'on voie les exécutants. Mais maintenant cela va être son tour à elle, voici le piano... elle ne sait certainement plus jouer, non, elle aime mieux se sauver pour qu'on ne la force pas! Et aussitôt elle se retrouve à la gare, Mme Rupius l'attend et lui dit : Il est grand temps... et elle lui remet un gros livre qui n'est autre que son billet de chemin de fer. Pourtant, Mme Rupius ne part pas, elle s'assied sur un banc, mange des cerises et crache les noyaux à la tête du chef de gare qui trouve ça charmant. Berta monte dans le compartiment : quelle chance, M. Klingemann s'y trouve déjà!... clignant des yeux, il lui demande : Savez-vous quel est cet enterrement? Et Berta voit sur les rails d'à côté un convoi funèbre. Elle se rappelle que le capitaine est mort, celui avec lequel la propriétaire du bureau de tabac trompait Klingemann... naturellement le concert militaire à *La Pomme rouge*, c'était pour lui! Soudain M. Klingemann lui souffle sur les yeux, il a un rire tonitruant... Berta ouvre les yeux, un train passe à toute allure, rasant la portière. Berta se secoue... Quels rêves incohérents!... Mais ils commençaient bien. Elle essaye de se souvenir... Elle a rêvé d'Emil... mais elle ne se rappelle rien de précis.

Voici venir le crépuscule. Le train longe le Danube. Mme Rupius dort et sourit, peut-être fait-elle simplement semblant de dormir... Berta sent renaître un léger soupçon et elle est jalouse de l'inconnu, du mystère qu'a vécu Mme Rupius. Elle aussi voudrait vivre une aventure. Comme elle souhaiterait maintenant que quelqu'un fût assis à côté d'elle, serrant son bras contre le sien... elle voudrait vivre encore une fois la sensation qu'elle a éprouvée autrefois avec Emil au bord de la *Wien*[1], quand elle s'était sentie défaillir et qu'elle n'avait plus eu qu'un désir : avoir un enfant... Ah! pourquoi est-elle si seule, si misérable, si obscure? Elle voudrait implorer l'ami de sa jeunesse : Embrasse-moi encore une fois comme jadis, je veux être heureuse!

Il fait nuit; les regards de Berta plongent dans l'obscurité.

Ce soir même, avant d'aller se coucher, elle ira au grenier chercher la petite valise dans laquelle elle a serré les lettres de ses parents et celles d'Emil. Elle voudrait être déjà rentrée, comme si elle allait trouver chez elle une réponse à la question qu'elle croit sentir obscurément surgir dans son âme.

Berta regagna sa chambre tard dans la soirée et son projet d'aller au grenier pour en descendre la valise lui parut presque aventureux. Elle eut peur que dans la maison on ne s'aperçût de cette promenade nocturne et qu'on ne la crût folle. Le lendemain, elle pourrait mettre à exécution son projet plus commodément, sans se faire remarquer. Aussi s'endormit-elle heureuse comme un enfant à qui l'on a promis une promenade à la campagne pour le lendemain.

Dans la matinée, elle eut beaucoup à faire et fut complètement absorbée par les soucis du ménage et les leçons de piano. Elle dut satisfaire la curiosité de sa belle-sœur et lui parler en détail de son voyage à Vienne. Elle raconta qu'elle s'était promenée tout l'après-midi avec sa cousine, et présenta les choses comme si cette dernière l'avait priée de se décommander auprès de Mme Rupius.

Enfin, dans l'après-midi, elle monta au grenier pour y chercher la valise poussiéreuse qui s'y trouvait entre une malle et deux caisses... le tout recouvert d'une vieille nappe élimée à fleurettes rouges. Berta se souvenait qu'elle n'avait plus touché à cette valise depuis qu'elle y avait serré la correspondance de ses parents. Quand elle l'ouvrit dans sa chambre, la première chose qu'elle vit fut une masse de lettres, les unes de ses frères, les autres d'une écriture inconnue ; puis elle trouva le paquet bien rangé des rares lettres que ses parents lui avaient envoyées, deux livres de comptes de sa mère, un de ses cahiers, où elle avait noté son emploi du temps et ses devoirs, quelques souvenirs de bals où, jeune fille, elle avait été, et enfin, enveloppées dans un papier de soie bleu déchiré par endroits, les lettres d'Emil. Elle ne les avait pas regardées depuis la longue maladie de son père qui l'avait retenue à la maison durant tant de jours, et même alors elle les avait eues en main sans les lire, elle s'en souvenait parfaitement. Elle mit de côté ce petit paquet et voulut regarder d'abord les autres souvenirs qui excitaient sa curiosité. Au fond de la valise il y avait quantité de lettres éparses avec ou sans enveloppe ; au hasard, elle parcourut l'une ou l'autre. C'étaient des lettres d'anciennes amies, quelques-unes de sa cousine, et une de ce jeune médecin qui avait voulu l'épouser ; il lui demandait la faveur de la première valse au bal des étudiants en médecine. Et là... qu'était-ce donc ? Ah oui, la lettre anonyme qu'elle avait reçue au Conservatoire ! Elle s'en saisit : « Mademoiselle, une fois de plus j'ai eu le bonheur de pouvoir vous admirer hier sur votre trajet quotidien, je ne sais si j'ai eu moi-même la chance d'être remarqué par vous… » Non, il n'avait pas eu cette chance. Suivaient trois pages de déclarations enflammées, le tout sans la moindre demande, sans qu'un désir fût exprimé ; pas trace d'un mot hardi… Jamais elle n'avait entendu reparler de l'auteur de cette missive. Elle prit une autre lettre, signée de deux initiales : M.G… C'était cet impudent personnage qui l'avait accostée dans la rue et lui avait écrit une lettre contenant des propositions. Mais de quoi, au juste ? Elle trouva le passage qui lui avait fait monter le sang au visage : « Depuis que je vous ai vue, depuis que votre œil sévère et cependant chargé de promesses s'est posé sur moi, je n'ai plus qu'un rêve, qu'un désir, celui d'embrasser vos yeux ! »… Elle n'avait pas répondu, bien sûr ; cela se passait au temps où elle aimait Emil. Elle avait même pensé à lui montrer cette lettre, mais la crainte de sa jalousie l'en avait empêchée. Emil avait continué à tout ignorer de M.G… Et ce ruban moelleux qu'elle sentait sous les doigts ? C'était un nœud… mais elle ne savait plus ce qu'il devait lui rappeler. Tiens, un carnet de bal où elle avait inscrit le nom de ses danseurs. Elle essaya de se souvenir d'eux, en vain. Pourtant ce fut à ce bal-là qu'un homme lui avait dit des paroles ardentes comme elle n'en avait jamais entendu depuis. Elle eut la sensation de le voir apparaître en vainqueur parmi toutes les ombres qui l'environnaient. Oui, c'était du temps où elle ne voyait déjà plus Emil que rarement. Que c'était étrange !… mais peut-être avait-elle seulement rêvé tout cela ? Cet amoureux ardent l'avait serrée contre lui en dansant… sans qu'elle se défendît ; elle avait senti ses lèvres sur ses cheveux et c'était merveilleux… Oui, et après ?… Elle ne l'avait jamais revu. Il lui sembla soudain que cette époque, riche en événements, lui avait fait vivre d'étranges choses et elle était comme frappée d'étonnement à l'idée que tout cela avait dormi pendant si longtemps dans la vieille valise et dans son âme… Mais non ! Parfois elle avait bien repensé à tout cela : à ses anciens amoureux, à la lettre anonyme, au danseur enflammé et aux promenades avec Emil… mais comme à quelque chose de normal, à un passé tout simple, une jeunesse comme en vivent toutes les jeunes filles avant d'accéder à la paisible existence de la femme mariée. Alors qu'aujourd'hui, ces souvenirs lui apparurent comme des promesses qui n'avaient pas été tenues, comme si chacune de ses aventures lointaines devait avoir contenu le germe d'un destin resté inaccompli ; il lui sembla même qu'on l'avait trompée depuis le jour de son mariage jusqu'à cette heure et qu'elle s'en apercevait trop tard pour pouvoir réagir… Qu'était-ce donc ?… Elle pensait à ces futilités alors qu'à côté d'elle reposait dans son papier de soie le trésor pour lequel elle avait fouillé la vieille valise, les lettres du seul homme qu'elle eût aimé, les lettres qui dataient du temps où elle était heureuse. Combien de femmes devaient l'envier d'avoir été aimée par cet homme!... mieux, et d'un amour plus chaste que toutes celles qui étaient venues après elle. Et elle se sentait particulièrement frustrée par le sort, car elle aurait pu être sa femme, si... si... Elle n'alla pas au bout de sa pensée.

Vite, comme pour se débarrasser d'un doute, ou d'une crainte, elle déchira le papier de soie et s'empara de ses lettres. Elle les lut toutes, toutes les unes après les autres. Les longues, les courtes et les petits billets griffonnés à la hâte : «Demain soir, à sept heures, mon trésor!» ou encore : «Chérie, juste un baiser avant de m'endormir.» Elle lut les récits qu'il lui faisait de ses randonnées à pied en compagnie de ses amis, et ses comptes rendus de concerts, quand il ressentait le besoin de lui confier ses impressions, à peine rentré chez lui; puis les missives interminables où il lui parlait de l'avenir : il se voyait avec elle, traverser l'Espagne et l'Amérique, heureux et célèbre... elle les relut toutes, les unes après les autres comme pour étancher une soif ardente... depuis la première qui avait accompagné l'envoi d'un cahier de musique jusqu'à la dernière, de Salzbourg... deux ans et demi plus tard, lui disant simplement bonjour... et quand elle eut fini, ses mains retombèrent, tandis qu'elle fixait des yeux les feuillets épars. Pourquoi cette lettre avait-elle été la dernière? Comment cela avait-il fini? Comment cela avait-il pu finir? Était-il possible que ce grand amour ait pu s'éteindre? Il n'y avait eu ni rupture ni explication, mais un jour cela s'était terminé. Quand?... elle ne le savait pas. Car lorsque la carte de Salzbourg était arrivée, elle l'aimait encore; à l'automne suivant elle l'avait revu... et durant l'hiver ils avaient éprouvé comme un renouveau d'amour. Elle se souvenait de certaines promenades autour de la *Karlskirche* où, bras dessus, bras dessous, ils marchaient sur la neige crissante... quelle avait été la dernière de ces promenades? Jamais ils ne s'étaient dit adieu... Elle ne comprenait pas. Comment avait-elle pu renoncer aussi facilement à un bonheur qu'il aurait été en son pouvoir de retenir? Comment avait-elle cessé de l'aimer? La banalité pesante de la vie chez elle avait-elle assoupi ce sentiment comme elle avait anéanti ses ambitions, du jour où elle avait dû quitter le Conservatoire? Ou encore les sarcasmes de ses parents au sujet de ses vaines rencontres avec le tout jeune violoniste l'avaient-ils désillusionnée? Elle se rappela qu'il était encore venu les voir plus tard, après des mois d'absence, et que dans l'entrée il l'avait brusquement embrassée. Cette fois-là fut la dernière. Elle se souvint qu'elle avait senti alors que sa manière d'être avec les femmes avait changé, qu'il devait avoir vécu des choses qu'il lui laissait ignorer… mais elle n'en avait pas éprouvé de chagrin… Et elle se demanda ce qui serait advenu si elle n'avait pas été aussi rigoureusement vertueuse, si comme tant d'autres, elle avait pris la vie plus à la légère. Elle pensa à une compagne avec qui elle avait rompu, parce que celle-ci avait une liaison avec un élève du Conservatoire. Elle se souvint de ces paroles risquées par Emil en passant sous sa fenêtre et du désir d'avoir un enfant qui l'avait assaillie sur les rives de la *Wien*. Elle trouvait incompréhensible que les paroles d'Emil n'eussent pas éveillé un écho plus vivant en son âme et que son désir de maternité eût été si éphémère. Étonnée et déconcertée, elle revivait en pensée cette époque de virginité sereine, et un sentiment de honte lui fit monter le rouge au front lorsqu'elle songea à la passivité presque indifférente avec laquelle elle s'était donnée à un homme qu'elle n'avait jamais aimé. Pour la première fois elle se rendit compte de la misère de son bonheur de jeune femme, qui avait seulement consisté pour elle en l'étreinte d'un mari qu'elle n'avait jamais aimé. Était-ce là ce qu'on appelait la vie, le mystérieux bonheur tant désiré?… Et une sourde irritation se mit à la miner, une rancune qui embrassait beaucoup de choses et beaucoup de gens, morts ou vivants. Elle en voulait à son mari défunt et à feu ses parents, elle s'irritait contre les gens parmi lesquels elle vivait et sous les yeux de qui elle n'aurait rien pu se permettre ; elle se chagrinait de la froideur de Mme Rupius, cette femme qui aurait pu lui être un appui ; elle haïssait Klingemann parce qu'il la désirait, quoiqu'il fût laid et répugnant ; la colère la saisit en songeant à son amour de jeunesse qui n'avait pas su être plus entreprenant, qui l'avait privée de l'ultime bonheur, ne lui laissant en partage qu'un souvenir embaumé, mais douloureux. Et la voilà dans sa chambre, solitaire au milieu des reliques jaunies de sa jeunesse inutile et privée de bonheur ; elle avait déjà presque l'âge où il n'y a plus d'espoir, plus de désirs… et l'existence lui avait filé entre les mains et elle se retrouvait assoiffée et démunie.

Elle ramassa les lettres chiffonnées, les fourra avec tout le reste dans la valise, la ferma à clef et s'approcha de la fenêtre… Le soir tombait. Une brise légère venant des coteaux plantés de vignes la rafraîchissait ; ses yeux étaient embués par les larmes qu'elle n'avait pu verser, larmes de dépit plutôt que de douleur. Que faire à présent ? Elle qui avait vécu des jours, des nuits, des mois, des années sans espérance et sans crainte, frissonnait en songeant au néant de la soirée qui se préparait.

C'était l'heure à laquelle habituellement elle rentrait de promenade ; ce jour-là elle avait envoyé la bonne se promener avec le petit… durant une minute, une pointe de la rancune qu'elle nourrissait contre le monde entier et son destin se tourna même contre cet enfant ; dans son immense désillusion, elle envia des gens qu'elle n'avait jamais songé à jalouser plus tôt. Elle enviait à Mme Martin la tendresse de son mari ; à la propriétaire du bureau de tabac l'amour de Klingemann et du capitaine ; elle fut jalouse de sa belle-sœur parce qu'elle était déjà vieille et de sa nièce Elly parce qu'elle était encore jeune ; elle enviait jusqu'à la petite bonne assise là-bas dans la rue, sur un madrier avec un soldat, et qu'elle entendait rire. Elle n'y tint plus, mit son chapeau de paille, prit son ombrelle et sortit. Aussitôt, elle se trouva un peu mieux. Dans sa chambre elle s'était sentie malheureuse, maintenant elle n'était plus que contrariée.

Dans la grand-rue, elle rencontra M. et Mme Mahlmann aux enfants desquels elle donnait des leçons de piano. Mme Mahlmann savait déjà que Berta avait commandé la veille une robe chez une couturière à Vienne, et elle parla de cet événement en y attachant une grande importance. Plus tard Berta rencontra son beau-frère dans l'allée des marronniers, qui lui dit : « Eh bien, tu es allée à Vienne, qu'est-ce que tu y as fait ? C'était pour une aventure ?

— Comment ? dit Berta, le regardant avec effroi, comme s'il l'avait prise en faute.

— Non, vraiment pas ? Cependant tu étais avec Madame Rupius ; vous avez sûrement été suivies par tous les hommes…

— Mais à quoi penses-tu, mon beau-frère ? Madame Rupius est irréprochable, c'est une des femmes les plus distinguées que je connaisse.

— C'est bon, c'est bon, je n'ai rien dit contre Madame Rupius et je ne dis rien contre toi. »

Elle le dévisagea ; ses yeux luisaient comme lorsqu'il avait un peu trop bu. Elle pensa que quelqu'un avait prédit un jour que Garlan mourrait d'une attaque d'apoplexie.

« Moi aussi je dois aller en ville un de ces jours, dit-il, car je ne m'y suis pas rendu depuis le mercredi des Cendres et il faut que j'aille voir quelques clients. Vous pourriez m'emmener, Madame Rupius et toi, une prochaine fois ?

— Avec plaisir, fit Berta, j'y retourne bientôt pour essayer ma robe. »

Garlan se mit à rire. « Je veux bien assister à cet essayage ! » Il marchait plus près d'elle qu'il n'eût fallu. Elle connaissait sa manière d'être, cette façon de s'approcher le plus possible, et elle avait l'habitude de ses plaisanteries ; mais ce jour-là elle en fut horripilée. Elle était surtout irritée de l'espèce de soupçon qu'elle découvrait dans les paroles de cet homme chaque fois qu'il s'agissait de Mme Rupius.

« Asseyons-nous, veux-tu », dit M. Garlan. Tous deux s'installèrent sur un banc, Garlan prit son journal dans sa poche.

« Ah ! s'exclama Berta sans réfléchir.

— Le veux-tu ? demanda Garlan.

— Est-ce que ta femme l'a lu ?

— Peu importe, reprit Garlan, dédaigneux. Le veux-tu ?

— Tu peux me le laisser ?

— À toi, avec plaisir. Du reste, nous pouvons le lire ensemble. » Il se rapprocha de Berta et ouvrit son journal.

M. et Mme Martin arrivaient bras dessus, bras dessous et s'arrêtèrent.

« Vous voilà revenue de votre grand voyage ? questionna M. Martin.

— C'est vrai, n'est-ce pas, que vous avez été à Vienne ! dit Mme Martin en se serrant contre son mari. Et avec Madame Rupius », ajouta-t-elle, comme s'il se fût agi d'une circonstance aggravante.

Encore une fois, Berta dut décrire sa nouvelle toilette. Elle en arrivait à le faire machinalement, mais elle sentait qu'elle n'avait pas été aussi intéressante depuis longtemps. Klingemann passa, les salua avec une politesse ironique et, se retournant, jeta sur Berta un regard qui semblait exprimer son regret de la voir en pareille compagnie. Berta croyait ce jour-là avoir la faculté de lire dans les regards.

L'obscurité venait. Tous ensemble ils prirent le chemin du retour. Berta était subitement inquiète parce qu'elle n'avait pas rencontré son petit garçon. Elle marchait en tête avec Mme Martin. Celle-ci amena la conversation sur Mme Rupius. Elle voulait absolument savoir si Berta n'avait rien remarqué.

« Mais quoi, madame Martin ? J'ai accompagné Madame Rupius chez son frère et j'ai été l'y reprendre.

— Et vous êtes persuadée que pendant tout ce temps-là elle est restée chez son frère ?

— Je ne sais vraiment pas de quels méfaits on charge Madame Rupius. Où voulez-vous qu'elle ait été ?

— Mon Dieu, reprit Mme Martin, vous êtes vraiment… naïve, ou bien faites-vous semblant de l'être ? Oubliez-vous que… ? » Elle murmura quelque chose à l'oreille de Berta qui devint toute rouge. Jamais elle n'avait entendu une expression pareille dans la bouche d'une femme. Elle fut indignée. « Madame Martin, dit-elle, moi non plus je ne suis pas une vieille femme, et vous voyez bien que l'on peut vivre ainsi. »

Mme Martin sembla embarrassée. «Évidemment, évidemment, dit-elle, mais n'oubliez pas que je suis trop gâtée.»

Berta craignait d'autres révélations intimes et fut contente d'être arrivée à un carrefour où décemment elle pouvait prendre congé des autres.

«Berta, lui cria son beau-frère, ton journal!» Berta se retourna, le prit et se hâta de rentrer. Son petit garçon la guettait à la fenêtre. Elle monta rapidement. Elle le caressa et l'embrassa comme si elle ne l'avait pas vu depuis des semaines. Pleine de fierté, elle constata que l'amour de son enfant l'emplissait tout entière. Elle lui fit raconter ce qu'il avait fait tout l'après-midi, où il avait été, avec qui il avait joué; elle lui servit elle-même son dîner, le déshabilla, le coucha et fut contente d'elle-même. La crise dont elle avait souffert dans l'après-midi, quand, après avoir fouillé dans ses anciennes lettres, elle avait maudit son destin et envié le sort de la propriétaire du bureau de tabac, lui apparaissait comme un accès de fièvre. Elle mangea de bon appétit et se coucha de bonne heure. Mais avant de s'endormir, elle prit le journal. Elle s'étendit, tapa son oreiller de plume pour avoir la tête plus haute et approcha la feuille autant que possible de la bougie. Comme d'habitude, elle commença par la rubrique des théâtres. Pourtant les «échos» ainsi que les entrefilets avaient pris de l'intérêt pour elle depuis son excursion à Vienne. Déjà ses paupières s'alourdissaient, quand elle découvrit le nom d'Emil Lindbach dans le «Carnet Mondain». Elle ouvrit les yeux tout grands, s'assit dans son lit et lut: «Le virtuose de la cour de Bavière, Emil Lindbach dont nous évoquions récemment ici les grands succès à la cour d'Espagne, a été décoré par la reine d'Espagne de l'Ordre du Saint-Sauveur.»

Un sourire détendit son visage. Elle était contente. Emil Lindbach avait reçu l'ordre du Saint-Sauveur... l'homme dont elle avait relu les lettres aujourd'hui... le même qui l'avait embrassée... le même qui lui avait écrit naguère que jamais il n'aimerait personne sauf elle... oui, Emil — le seul être au monde qui lui fût encore quelque chose — excepté son petit garçon. Il lui sembla que cet entrefilet n'avait été mis dans le journal que pour elle, qu'Emil lui-même avait choisi ce moyen de communiquer avec elle. N'était-ce pas lui, tout de même, que la veille elle avait aperçu de dos? Subitement elle se sentit tout près de lui, et, souriant toujours, elle murmura: «Monsieur Emil Lindbach, virtuose de la cour de Bavière... je vous félicite...» Ses lèvres restaient entrouvertes. Une idée lui était venue. Vite elle se leva, passa sa robe de chambre, prit la bougie sur la table de chevet et l'emporta dans la pièce voisine; elle s'assit à la table et écrivit les lignes suivantes, sans aucune hésitation, comme si quelqu'un à côté d'elle les lui eût dictées.

« Mon cher Emil,

« Je viens de lire dans le journal que tu as été décoré par la reine d'Espagne de l'Ordre du Saint-Sauveur. Je ne sais pas si tu te souviens encore de moi — elle sourit en écrivant ces mots — mais je ne veux pas manquer cette occasion de te féliciter de tous tes succès que je suis avec intérêt dans les journaux. Je vis très satisfaite dans la petite ville où le hasard m'a conduite et je m'y trouve bien ; quelques lignes de réponse me rendraient très heureuse.

« Ta vieille amie Berta. »

« P.-S. — Bien des choses aussi de la part de mon petit Fritz (cinq ans). »

Elle avait fini ; un instant elle se demanda si elle devait mentionner qu'elle était veuve. Mais cela ressortait clairement de sa lettre pour le cas où il ne le saurait pas. Elle la relut, hocha la tête d'un air satisfait et mit l'adresse : « Monsieur Emil Lindbach, virtuose de la cour de Bavière, chevalier de l'Ordre du Saint-Sauveur... » Fallait-il mettre cela ? Il avait certainement d'autres décorations. « Vienne... » Mais où habitait-il maintenant ? C'était indifférent puisqu'il s'agissait d'un nom illustre. Et puis, cette adresse incomplète montrerait qu'elle n'attachait qu'une importance secondaire à toute cette affaire ; tant mieux si la lettre arrivait. C'était une manière comme une autre d'interroger le sort... mais comment saurait-elle si la lettre lui était parvenue ? Il se pourrait aussi qu'il ne réponde pas... Non, non, il ne manquera pas de la remercier... À présent, au lit ! Elle tenait sa lettre à la main. Non, elle ne pouvait pas aller se coucher, elle était complètement réveillée ; du reste, si elle ne mettait la lettre à la poste que le lendemain, celle-ci ne partirait que par le train de midi et Emil ne la recevrait que le surlendemain. C'était bien trop long. Elle venait de lui parler et lui ne l'entendrait que trente-six heures plus tard ?... Si elle allait à la poste tout de suite... ou plutôt à la gare ? Il aurait alors la lettre dès le lendemain à dix heures. Il se réveille sûrement très tard, on la lui apporterait avec son petit déjeuner... demain matin... oui, voilà la chose à faire ! Vivement elle se rhabilla. Elle descendit l'escalier — il n'était pas encore tard —, elle enfila la grand-rue jusqu'à la gare, jeta précipitamment la lettre dans la boîte jaune et revint chez elle. En voyant dans la chambre son lit défait, le journal par terre, la flamme vacillante de la bougie, il lui sembla revenir d'une aventure extraordinaire ; longtemps encore, elle resta assise sur le bord de son lit, regardant par la fenêtre la nuit étoilée, toute pénétrée d'une attente indéfinissable et joyeuse.

« Ma chère Berta,

« Je ne saurais te dire à quel point ta lettre m'a fait plaisir. Penses-tu vraiment encore à moi ? Il est drôle de constater qu'une décoration m'ait donné l'occasion d'entendre parler de toi. Pour une fois, une telle distinction aura eu un sens. Merci de tout cœur de tes félicitations. Au fait, ne viens-tu jamais à Vienne ? Ce n'est pas si loin. Je me réjouirais énormément de te revoir. Donc viens bientôt. De tout cœur, ton vieil

« Emil. »

Berta déjeunait avec son petit, n'écoutant pas le bavardage de l'enfant ; car cette lettre était posée sur la table devant elle. C'était comme un miracle. L'avant-veille au soir elle avait mis la sienne à la poste, et la réponse arrivait ce matin. Emil n'avait pas perdu un jour, pas même une heure ! Et il lui avait écrit avec autant de cordialité que s'ils s'étaient quittés la veille. Elle regarda par la fenêtre. Quelle splendide matinée ! Les oiseaux chantaient et depuis les collines voisines lui arrivaient les senteurs de l'été qui commençait. Berta lut et relut cette lettre. Puis elle saisit son petit garçon, le souleva et l'embrassa à plusieurs reprises. Elle était heureuse comme elle ne l'avait pas été depuis longtemps. En s'habillant, elle réfléchissait. On était jeudi ; lundi elle devait aller essayer sa robe à Vienne ; quatre longues journées encore ; autant que depuis le déjeuner chez son beau-frère... et depuis, que de choses ! Non, elle voulait revoir Emil plus tôt. Elle pouvait aller à Vienne le lendemain et y rester quelques jours. Mais que dirait-elle aux gens d'ici ?... Bah ! elle trouvera un prétexte... Ce qui lui semble le plus important, c'est de savoir comment elle va lui répondre et où elle le reverra... Elle ne peut pourtant pas lui écrire : J'arrive et je te demande de me fixer un rendez-vous... Il n'aurait qu'à répondre : Viens chez moi... Non, non, non ! Il faut qu'elle lui fasse connaître ses intentions à l'avance. Elle lui écrira : Je viens tel jour à Vienne et tu me trouveras à tel endroit... Oh ! si elle pouvait parler de tout cela avec quelqu'un... Elle pensa à Mme Rupius... elle serait tellement heureuse de se confier à elle. En même temps, elle aurait l'impression de se rapprocher d'elle et de pouvoir gagner son estime. Cette lettre, elle le sent, lui donne de l'importance. Elle se rend compte de toute l'appréhension qu'elle éprouvait ; Emil aurait pu être devenu un autre, être imbu de lui-même, manquer de naturel, être gâté... comme le sont, paraît-il, si souvent les hommes célèbres. Mais il n'y avait pas trace de tout cela ; c'était la même écriture rapide, aux caractères décidés, le même ton cordial qu'autrefois. Quoi qu'il pût avoir vécu depuis... n'avait-elle pas, elle aussi, vécu bien des choses et tout n'était-il pas comme effacé ?... Avant de s'en aller, elle relut encore une fois la lettre d'Emil qui lui parut de plus en plus vivante ; elle croyait entendre l'intonation qui accompagnait les mots ; et la formule finale « Viens bientôt. » était comme un tendre appel. Elle glissa le papier dans son corset et se rappela qu'elle avait souvent fait de même, jeune fille, avec ses petits billets et que leur frôlement lui donnait alors un délicieux frisson.

Elle alla d'abord chez les Mahlmann donner leur leçon aux jumelles. Souvent, les exercices des petites lui écorchaient les oreilles et bien des fois, dans son énervement, elle leur tapait sur les doigts quand elles jouaient faux. Ce jour-là elle manqua totalement de sévérité. Quand Mme Mahlmann fit son entrée, grasse et aimable comme toujours, pour savoir ce que Berta pensait de ses élèves, celle-ci en fit grand éloge et ajouta sans transition : « Elles vont du reste avoir quelques jours de congé.

— De congé ? Comment cela, chère madame Garlan ?

— Voyez-vous, madame Mahlmann, je ne peux guère faire autrement. Car l'autre jour, à Vienne, ma cousine a beaucoup insisté pour que je revienne passer quelques jours chez elle.

— Bien sûr... bien sûr... » dit Mme Mahlmann.

Berta s'enhardissait, prenant un certain plaisir à l'audace de ce mensonge. « Je voulais remettre cela au mois de juin, mais j'ai reçu aujourd'hui une lettre de ma cousine qui me dit que son mari part en voyage, qu'elle est seule ; et... » Berta sentit frémir contre sa chair la lettre d'Emil ; elle eut une indicible envie de la sortir, mais n'en fit rien. « Je pense donc que je vais profiter de l'occasion...

— Certainement, dit Mme Mahlmann en lui prenant les deux mains. Si j'avais une cousine à Vienne moi, j'irais tous les quinze jours passer huit jours chez elle ! »

Berta rayonnait. Une main invisible semblait aplanir tous les obstacles ; comme tout était facile ! Et en somme elle ne devait de comptes à personne... Mais subitement la crainte de voir son beau-frère l'accompagner à Vienne traversa son esprit. Tout se compliquait. Des dangers nouveaux surgissaient, et même derrière le sourire bienveillant de Mme Mahlmann, elle croyait voir un soupçon... Ah ! mieux valait mettre Mme Rupius dans la confidence ! Aussitôt la leçon terminée, elle se rendit chez elle.

En trouvant Mme Rupius dans un déshabillé blanc, assise sur le canapé, et surtout en voyant le regard étonné avec lequel elle la reçut, Berta se rendit compte de ce que sa visite matinale avait d'extraordinaire, et elle dit avec un accent de gaieté forcée : « Bonjour, je viens un peu trop de bonne heure, n'est-ce pas ? »

Mme Rupius demeura sérieuse, elle n'avait pas son sourire habituel. « Je suis contente de vous voir. Quelle que soit l'heure. » Puis elle interrogea Berta du regard et celle-ci ne sut que dire, agacée de cette timidité enfantine dont elle ne pouvait se défaire vis-à-vis de cette femme. « Je voulais vous demander, dit-elle enfin, si vous aviez été contente de notre excursion.

— Très contente, fit Mme Rupius un peu sèchement. » Mais tout à coup l'expression de son visage changea et elle ajouta avec une amabilité extrême : « C'eût été à moi de vous poser cette question ; moi j'ai l'habitude de ces petites promenades. » Tandis qu'elle parlait ses yeux ne se détachaient pas de la fenêtre et Berta, en suivant machinalement la direction de son regard, vit qu'elle fixait de l'autre côté de la place du Marché une fenêtre ouverte où il y avait quelques pots de fleurs. Tout était silencieux : la paix d'une journée d'été sur une ville endormie. Berta aurait voulu s'asseoir auprès de Mme Rupius, et que celle-ci lui baisât le front et la bénît ; mais en même temps elle ressentait une pitié infinie pour elle. Tout cela lui était très mystérieux. Pourquoi, en fin de compte, était-elle venue ici ? Qu'allait-elle lui dire ? « Je vais à Vienne demain pour y revoir l'amour de ma jeunesse... » ? En quoi cela regardait-il Mme Rupius ? Cela l'intéressait-il le moins du monde ? Elle se tenait là, comme entourée par quelque chose d'infranchissable... pas moyen d'arriver jusqu'à elle... Berta du moins ne le pouvait pas. Il y avait peut-être un mot de passe, mais ce mot, Berta l'ignorait.

« Et que fait votre petit ? questionna Mme Rupius sans détacher son regard des pots de fleurs d'en face.

— Il va très bien comme toujours et il est très sage ! C'est un excellent enfant. Elle mit une tendresse particulière dans ces paroles, comme si elle eût espéré toucher Mme Rupius.

— Oui, oui », dit celle-ci d'un ton qui signifiait à peu près : « C'est bon, je ne vous en demande pas tant. » Puis elle ajouta : « Avez-vous une personne de confiance auprès de lui ? » Berta fut légèrement surprise par cette question et répondit : « Ma bonne a toutes sortes de choses à faire, mais je n'ai pas à me plaindre d'elle ; elle est aussi une bonne cuisinière. »

Après un court silence, Mme Rupius reprit sèchement : « Ce doit être un grand bonheur que d'avoir un petit garçon comme ça.

— C'est ma seule joie », s'écria Berta avec une certaine emphase. Cette réponse, elle l'avait faite souvent, mais elle se rendait compte qu'aujourd'hui elle n'était pas entièrement sincère. Elle sentait contre sa peau le contact de la feuille de papier et s'aperçut, comme effrayée, qu'elle considérait aussi comme un bonheur d'avoir reçu cette lettre. En même temps elle songeait que la femme en face d'elle n'avait pas d'enfant et aucun espoir d'en avoir jamais, et elle eût volontiers rattrapé ses paroles. Elle cherchait une phrase qui pût en atténuer le sens, mais Mme Rupius, qui semblait lire dans les âmes et ne pas tolérer le moindre mensonge, enchaîna aussitôt : « Votre seule joie ?... Dites une grande joie et ce sera déjà beaucoup. Je vous l'envie quelquefois ; pourtant, je me dis aussi que la vie même est pour vous une source de plaisir.

— Mais je suis si seule, si... »

Anna sourit. « Oui, oui, ce n'est pas de cela que je parle ; je voulais dire que tout vous réjouit... le soleil et le beau temps...

— C'est vrai, confirma Berta avec ardeur. Mon humeur dépend généralement du temps. L'autre jour, pendant l'orage, j'étais accablée et aussitôt que ce fut fini, je... »

Mme Rupius l'interrompit : « Mais il en est de même pour tout le monde. »

Berta perdit contenance ; décidément elle n'était pas à la hauteur de cette femme ; elle ne savait que papoter comme toutes les autres femmes de la petite ville. Elle eut l'impression d'avoir subi un examen et d'avoir été refusée par Mme Rupius ; et soudain une immense crainte l'envahit en songeant à sa rencontre prochaine avec Emil. Quelle figure ferait-elle ? Ces six années de vie étroite avaient vraiment fait d'elle un être effarouché et sans défense !

Mme Rupius se leva. Son déshabillé blanc flottait autour d'elle ; elle semblait plus grande et plus belle que de coutume ; ainsi, elle ressemblait à une actrice que Berta avait vue jouer quelques années auparavant. Berta pensa : Si j'étais comme elle, je n'aurais pas peur ; elle songea encore que cette femme splendide était mariée à un homme malade... Les médisants n'auraient-ils pas raison ? Là s'arrêtèrent ses pensées ; elle ne pouvait imaginer de quelle façon ces gens avaient raison. Mais en cet instant, elle pressentit obscurément ce qu'avait d'écrasant le destin de cette femme — qu'elle l'acceptât vaillamment ou bien qu'elle voulût s'y dérober. Encore une fois, comme si Anna avait pu lire dans les pensées de Berta et n'eût pas toléré que celle-ci s'insinuât de cette façon dans son intimité, elle dit d'un ton insouciant, tandis que son visage perdait sa gravité singulière :

« Imaginez-vous que mon mari dort encore. Il a pris l'habitude de veiller très tard : il lit, il regarde ses gravures, et puis il dort jusque vers midi. Du reste, c'est une affaire d'habitude ; quand je vivais encore à Vienne, je dormais jusqu'à des heures indues. » Et elle se mit à évoquer sa jeunesse, avec un entrain et un abandon que Berta ne lui avait jamais connus. Elle parla de son père, ancien officier d'état-major, de sa mère qui était morte toute jeune, de la petite maison avec un jardin où elle avait joué, enfant. Berta apprit ainsi qu'Anna avait connu son mari petit garçon, qu'il habitait la maison voisine de la sienne avec ses parents et qu'ils s'étaient fiancés dès l'enfance. Toute la jeunesse ensoleillée de Mme Rupius surgissait devant Berta, une jeunesse pleine de bonheur et d'espérance, et elle crut lui entendre un timbre de voix encore plus joyeux lorsqu'elle se mit à parler des voyages entrepris jadis avec son mari. Berta la laissait raconter, se gardant de l'interrompre, aussi prudente que s'il se fût agi d'une somnambule en équilibre sur l'arête d'un toit. Mais tandis que Mme Rupius parlait du passé où transparaissaient la splendeur et la félicité d'être aimée, l'âme de Berta s'émut à l'unisson dans l'espoir pour elle aussi d'un bonheur qu'elle n'avait pas encore connu. Et comme Mme Rupius évoquait ses randonnées à pied avec son mari, en Suisse et au Tyrol, Berta se voyait dans les mêmes sentiers aux côtés d'Emil ; elle eut soudain une envie folle de se lever, d'aller immédiatement à Vienne, de chercher son ami, et de se jeter dans ses bras avec un désir immense de connaître une ivresse qui jusque-là lui avait été refusée.

Ses pensées l'emportèrent si loin qu'elle ne s'aperçut pas que Mme Rupius s'était tue ; immobile sur le canapé, elle fixait de nouveau les pots de fleurs de la maison d'en face. Le profond silence réveilla Berta ; toute la pièce lui semblait imprégnée d'une atmosphère mystérieuse où le passé et l'avenir s'interpénétraient étrangement. Elle sentait une corrélation incompréhensible entre son destin et celui de cette femme. Elle se leva, lui tendit la main ; et, comme si c'était une chose toute naturelle, les deux femmes s'embrassèrent comme deux vieilles amies en se quittant. « Je retourne à Vienne demain pour quelques jours », dit Berta en gagnant la porte… Elle souriait comme une fiancée.

En quittant Mme Rupius, elle se rendit chez sa belle-sœur. Son neveu, assis au piano, improvisait fougueusement ; il fit semblant de ne pas la voir entrer et passa à ses exercices qu'il exécuta avec une raideur exagérée.

« Nous allons jouer à quatre mains », dit Berta en cherchant la partition des *Marches* de Schubert. Elle ne s'écoutait pas jouer et remarqua à peine que son neveu frôlait son pied en appuyant sur la pédale. Elly survint et embrassa sa tante. « C'est vrai, dit l'adolescent, voilà une chose que j'ai oublié de faire. » Et, tout en continuant à jouer, il approcha sa bouche de la joue de Berta.

Sa belle-sœur entra, un trousseau de clefs cliquetant dans sa main ; et sa figure pâle et bouffie était empreinte d'une profonde mélancolie. « J'ai mis Brigitta à la porte, dit-elle d'une voix blanche. C'était intenable…

— Dois-je m'occuper de te chercher une bonne à Vienne ? » dit Berta avec une facilité dont elle fut surprise elle-même. Et elle se mit à raconter une seconde fois le mensonge de l'invitation de sa cousine, avec une assurance croissante et des détails nouveaux. La joie secrète qu'elle ressentait en parlant exaltait son courage. Même la possibilité de voir son beau-frère l'accompagner ne l'effrayait plus. Elle sentait que ses manières caressantes lui donnaient un avantage sur lui.

« Combien de temps comptes-tu donc rester absente ? demanda sa belle-sœur.

— Deux ou trois jours, au plus. Et tu sais que lundi, de toute façon, je devais aller chez la couturière. »

Richard pianotait, mais Elly qui avait appuyé ses deux bras sur le piano, dévisageait sa tante d'un air un peu inquiet. Machinalement Berta lui demanda : « Qu'as-tu donc ?

— Pourquoi ? » fit Elly.

Berta répondit : « Tu me regardes si drôlement… comme si… comme si tu n'étais pas satisfaite de manquer des leçons de piano pendant deux jours.

— Non, reprit Elly en souriant, ce n'est pas cela, mais… non, je ne peux pas le dire.

— Mais quoi ? fit Berta.

— Non, je t'en prie, je ne peux vraiment pas le dire. Suppliante, elle se jeta au cou de Berta.

— Elly, dit sa mère, je n'admets pas que tu aies des secrets. Elle s'assit, comme offensée et fatiguée à l'extrême.

— Voyons, Elly, dit Berta avec une vague appréhension, puisque je te le demande…

— Mais tu ne te moqueras pas de moi, ma tante ?

— Certainement pas.

— Vois-tu, ma tante, la dernière fois déjà, quand tu es partie, j'avais très peur… je sais que c'est bête… à cause de… à cause des nombreuses voitures dans les rues… »

Berta respira, soulagée, et caressa les joues d'Elly : «Sois tranquille, je ferai attention.»

Sa mère secoua la tête. «Je crains, dit-elle, qu'Elly ne devienne très exaltée.»

Avant que Berta s'en allât, il fut convenu qu'elle viendrait dîner le soir même et que durant son absence elle enverrait son fils chez sa belle-sœur.

Après le déjeuner Berta s'installa à son bureau, relut plusieurs fois la lettre d'Emil et rédigea sa réponse :

«Mon cher Emil,

«Tu es bien aimable de m'avoir répondu aussi vite. J'ai été tout heureuse» (elle biffa «tout heureuse» et mit «très contente») «de recevoir ton gentil mot. Que de choses ont changé depuis que nous ne nous sommes vus! Tu es devenu un violoniste célèbre, ce dont je n'ai jamais douté.» (Elle s'arrêta et biffa toute la phrase.) «Moi aussi je partage ton désir de me revoir...» Non, quelle sottise! Plutôt : «Il me serait très agréable aussi de pouvoir te revoir, te parler.» ... Quelque chose de parfait lui vint à l'esprit et elle écrivit avec un plaisir immense : «Il est vraiment curieux que nous ne nous soyons pas rencontrés plus tôt, mes voyages à Vienne ne sont pas rares. J'y vais par exemple à la fin de cette semaine...» Elle posa la plume et réfléchit. Elle était décidée à partir pour Vienne le lendemain après-midi, à descendre à l'hôtel pour être fraîche le surlendemain et avoir déjà respiré l'air viennois pendant quelques heures, avant de le revoir. Il ne s'agissait plus maintenant que de fixer l'endroit; il fut vite trouvé. «Conformément au désir que tu m'exprimes, je te fais savoir que je serai samedi matin à onze heures»... Non, ce n'était pas ce qu'il fallait! C'était à la fois le style d'un homme d'affaires et le ton d'une femme trop empressée. Elle écrivit : «Si tu tiens à revoir ta vieille amie cette fois-ci, sois samedi à onze heures au Musée des Beaux-Arts [1], dans la salle des vieux maîtres flamands.» Ayant écrit cela, elle se trouva grandiose et eut l'impression que toute équivoque était désormais exclue. Elle relut son brouillon. Il était bien un peu sec, mais il contenait l'essentiel sans qu'elle se soit compromise; quant au reste, on en parlerait au musée auprès des vieux maîtres flamands. Elle recopia son brouillon, signa, mit sa lettre dans une enveloppe et partit dans la rue ensoleillée pour la jeter à la boîte. Rentrée chez elle, elle quitta sa robe, enfila un peignoir, s'installa sur sa chaise longue et feuilleta un roman de Gerstäcker [2] qu'elle avait lu déjà dix fois. Mais elle n'en comprenait pas le premier mot. Elle essaya bien d'écarter les images qui l'assaillaient, mais ce fut peine perdue. Honteuse, elle constata que ses pensées et ses rêves n'avaient qu'un objet : être dans les bras d'Emil. Pourquoi ? Elle n'y avait jamais pensé, avant ! Non… et elle ne va plus jamais y penser… elle n'est pas ce genre de femme !… Non, elle ne peut pas être la maîtresse de quelqu'un ; et surtout pas cette fois-ci… Peut-être en allant à Vienne plus souvent, en y retournant… beaucoup plus tard évidemment, peut-être. Et puis c'est lui tout d'abord qui n'osera jamais en parler ou même y faire allusion… Mais ces raisonnements étaient vains ; elle ne pouvait plus penser à autre chose. Ces rêveries devenaient de plus en plus obsédantes et, abandonnant la lutte, elle se carra commodément dans le coin de sa chaise longue, laissa par terre son livre qui avait glissé, et ferma les yeux.

Quand elle se releva au bout d'une heure, il lui sembla qu'une nuit entière avait passé et que surtout sa visite chez Mme Rupius datait de très loin. Elle s'étonna encore une fois du dérèglement des heures ; elles devenaient véritablement longues ou brèves, tout à leur guise. Elle s'habilla pour sortir avec Fritz. Lasse et indifférente à tout comme on l'est après une sieste l'après-midi quand on n'en est pas coutumier, elle était incapable de se retrouver et les choses les plus habituelles lui paraissaient extraordinaires, étrangères à sa propre vie. Il lui sembla curieux, pour la première fois, que le petit garçon qu'elle était en train d'habiller fût son fils, enfanté dans la douleur et conçu avec un homme enterré depuis longtemps. Quelque chose en elle la poussait à retourner au cimetière. Non pas qu'elle eût l'impression d'avoir à réparer un tort, mais plutôt par désir de faire une visite de politesse à quelqu'un qu'elle avait négligé sans raison valable. Elle choisit pour s'y rendre l'allée des marronniers. La chaleur y était ce jour-là particulièrement accablante. Quand elle fut de nouveau au soleil, elle sentit une légère brise ; de loin elle vit le feuillage des arbres du cimetière s'incliner comme pour l'accueillir. Elle franchit la porte du cimetière avec son petit garçon et ressentit une fraîcheur bienfaisante. Pénétrée d'une fatigue douce, presque suave, elle marchait dans l'allée principale en laissant vagabonder l'enfant ; elle ne s'inquiétait même pas qu'il disparût par moments derrière les pierres tombales, ce dont elle avait horreur en général. Elle s'arrêta près de la tombe de son mari, mais n'examina pas les fleurs comme à son habitude ; son œil, par-delà le marbre, au-dessus du mur, cherchait le ciel bleu. Elle ne sentait ni larmes, ni attendrissement, ni épouvante ; elle ne pensait même pas qu'elle marchait sur des morts et que là, sous ses pieds, devenait poussière celui qui l'avait jadis tenue dans ses bras.

Subitement, sur le gravier derrière elle, des pas précipités se firent entendre, inhabituels en ce lieu... elle se retourna, comme blessée. Klingemann était devant elle, tenant galamment à la main un canotier qu'un mince cordonnet noir rattachait au bouton de son veston. Il s'inclina devant Berta.

« Quel curieux hasard ! dit celle-ci.

— Non, pas exactement, madame ; je vous ai aperçue de la route et je vous ai reconnue tout de suite à votre démarche. » Il parlait très fort et Berta instinctivement fit : « Chut ! » Un sourire narquois apparut aussitôt sur la figure de Klingemann qui murmura entre ses dents : « Il ne se réveillera pas... » Berta fut tellement indignée de cette remarque que sans chercher à répondre, elle se retourna vers Fritz, l'appela et voulut s'en aller. Mais Klingemann s'empara de sa main et, fixant le sol, il murmura : « Restez. » Les yeux de Berta s'agrandirent ; elle ne comprenait pas. Soudain Klingemann releva la tête et regarda droit dans les yeux de Berta. Il dit : « C'est que je vous aime ! » Berta poussa un léger cri. Klingemann, abandonnant sa main, poursuivit sur le ton d'une conversation ordinaire : « Cela doit vous paraître bien étonnant.

— C'est inouï, c'est inouï... » Encore une fois elle voulut s'en aller et appela : « Fritz ! »

Klingemann se mit à l'implorer : « Restez ! Si vous me laissez seul en cet instant, Berta... »

Berta, qui avait repris contenance, repartit avec violence : « Ne m'appelez pas Berta ! Qui vous en a donné le droit ? Je n'ai pas envie de continuer cette conversation avec vous... et surtout en ce lieu ! » ajouta-t-elle en jetant vers le sol un regard qui semblait implorer le pardon du défunt. Pendant ce temps, Fritz s'était approché ; Klingemann semblait très déçu. « Madame, dit-il en suivant Berta qui se dirigeait vers la sortie, tenant son petit garçon par la main, je sens que j'ai eu tort ; j'aurais dû m'y prendre autrement et ne dire qu'à la fin d'un discours en trois points ce qui semble vous avoir tant effrayée. »

Berta ne le regarda même pas ; elle dit comme si elle se parlait à elle-même : « Je n'aurais jamais cru cela possible, je pensais qu'un homme cultivé... » Ils étaient arrivés près de la porte du cimetière. Klingemann se retourna encore une fois ; son regard disait clairement le regret qu'il avait de n'avoir pu jouer jusqu'au bout la scène du cimetière ; il ne quittait pas Berta cependant et, roulant autour de son doigt le cordonnet de son chapeau qu'il tenait toujours à la main, il reprit : « Je ne puis faire autrement que de vous répéter que je vous aime, que vous me poursuivez jusque dans mes rêves… en un mot encore il faut que vous soyez mienne. » Berta s'arrêta encore, horrifiée.

« Vous me trouvez peut-être insolent, mais prenons les choses comme elles sont : vous… (il fit une longue pause)… vous êtes seule, moi aussi… »

Berta le dévisageait.

« Je sais à quoi vous pensez, dit Klingemann, tout cela n'a aucune importance, tout cela cessera le jour où vous le déciderez. Un vague pressentiment me dit que nous sommes faits l'un pour l'autre, et si je me trompe, le sang qui bouillonne dans vos veines, madame, n'est pas moins impétueux que… » Le regard plein de colère et de dégoût dont Berta le foudroya empêcha Klingemann de finir sa phrase. Il en commença une autre : « Ah ! quelle vie que la mienne ! Il y a vraiment trop longtemps que je n'ai été aimé par une femme noble comme vous. Je comprends vos hésitations, votre refus. Il faut un peu de courage, tudieu ! pour s'occuper d'un individu aussi dévergondé que moi… Bien qu'à vrai dire, ce ne soit peut-être pas aussi terrible… Ah ! si je trouvais une âme humaine, une douce âme de femme — il appuyait sur « âme » — …oui, madame, pas plus que vous, je n'étais créé pour dépérir, pour m'encroûter dans un petit trou de province. Il ne faut donc pas m'en vouloir si je… si je… » Les mots lui manquaient, depuis qu'il disait presque la vérité. Berta le regarda. Elle le voyait maintenant, un peu ridicule, presque pitoyable et plutôt vieux ; elle s'étonnait que cet homme eût l'outrecuidance, non de demander sa main… mais de vouloir tout simplement briguer ses faveurs.

Et pourtant, à son étonnement, à sa propre honte, les paroles malséantes de cet individu qui lui paraissait ridicule soulevaient en elle une vague de désir ; car longtemps après, elle croyait entendre encore les mêmes paroles… mais prononcées par un autre, un autre qui l'attendait à Vienne ; et elle sentit qu'à celui-là, elle ne pourrait pas résister. Klingemann ne s'arrêtait pas ; son existence ratée méritait encore d'être sauvée ; les femmes étaient responsables de sa perte et une femme devait donc l'aider à se relever. Jeune étudiant déjà, il s'était enfui avec une femme et c'est alors que ses misères avaient commencé. Il parlait de ses sens indomptés et Berta ne put s'empêcher de sourire ; quoiqu'elle eût honte de ce sourire qui exprimait peut-être une compréhension avertie. Près de la porte de chez elle, Klingemann lui dit : « Je me promènerai devant vos fenêtres, ce soir. Jouerez-vous du piano ?

— Je ne sais pas.

— Ce sera un signe pour moi. » Sur quoi, il s'en alla.

Le soir, elle se trouvait comme bien souvent à table avec son beau-frère et sa belle-sœur, assise entre Richard et Elly. On parla de son prochain voyage à Vienne comme s'il ne s'agissait vraiment que d'une visite chez sa cousine, d'un essayage chez la couturière et de quelques courses qu'elle avait promis de faire pour sa belle-sœur. Vers la fin du dîner, tandis que son beau-frère fumait sa pipe, que Richard lisait le journal à haute voix, que la mère tricotait et qu'Elly, à côté d'elle, appuyait tendrement sa petite tête contre elle, Berta eut l'impression d'être une menteuse consommée. Elle était la veuve d'un homme de bien ; elle se trouvait au milieu d'une famille qui l'avait adoptée, aux côtés d'une jeune fille qui la vénérait comme une amie plus âgée. Elle qui, sage et prudente jusque-là, avait travaillé honorablement et vécu uniquement pour son enfant... n'était-elle pas en train de gâcher tout cela, de tromper ces excellentes gens et de se jeter dans une aventure dont elle ne pouvait prévoir le dénouement ? Qu'était-il advenu d'elle durant ces derniers jours, de quels rêves était-elle hantée ? Tout son être ne semblait-il pas aspirer à ce moment où elle se retrouverait dans les bras d'un homme ? Cette seule pensée lui causait un étrange frisson qui la privait de toute volonté et semblait la livrer sans défense à une puissance inconnue. Et tandis que la lecture de Richard frappait ses oreilles d'un bruit monotone et que ses doigts jouaient avec les boucles d'Elly, elle se révolta une dernière fois contre elle-même ; elle se jura qu'elle ne voulait que revoir Emil, qu'elle serait forte comme toutes les femmes honnêtes qu'elle connaissait, comme sa mère défunte, comme sa cousine à Vienne, comme Mme Mahlmann, comme Mme Martin, comme sa belle-sœur et comme... certainement aussi comme Mme Rupius — pour n'appartenir qu'à celui qui ferait d'elle son épouse. L'éclair d'une pensée lui traversa l'esprit : si lui cependant... si Emil... Mais elle eut peur de cette idée, elle tâcha de la rejeter. Il ne fallait pas qu'elle allât à ce rendez-vous l'imagination montée par des rêves ambitieux. Lui, le grand artiste, et elle, la pauvre veuve avec son enfant... Non, non !... Elle le reverrait une fois... au musée, dans la salle des vieux maîtres flamands... une fois qui serait la dernière... et elle lui dirait qu'elle n'avait rien souhaité de plus que de le revoir une fois encore. Avec un sourire de satisfaction elle imagine d'avance sa figure déçue et, comme pour s'entraîner, elle plisse le front d'un air grave tout en préparant son discours : Oh ! non, Emil, il ne faut pas que tu croies... Seulement elle ne dira pas cela d'un ton trop sévère pour qu'il n'abandonne pas après sa première tentative, comme jadis… il y a douze ans. Elle veut qu'il insiste, deux fois, trois fois, mon Dieu ! jusqu'à ce qu'elle cède. Car, même au milieu de ces gens vertueux, honnêtes et bons, dont elle ne fera évidemment plus partie… elle sent qu'elle cédera, pour peu qu'il le lui demande. Elle ne va à Vienne que pour devenir sa maîtresse, et s'il le faut, pour mourir après.

L'après-midi du lendemain, Berta se mit en route. Il faisait très chaud, le soleil tapait sur les banquettes de cuir ; Berta avait ouvert la fenêtre et tiré le rideau jaune qui s'agitait au vent. Elle était seule. Mais elle pensait à peine à l'endroit où elle se rendait, à l'homme qu'elle voulait revoir, à tout ce qui pouvait l'attendre… non, elle songeait seulement aux paroles étranges qui lui avaient été dites une heure avant son départ. Elle eût aimé pouvoir les oublier pour quelques jours au moins. Pourquoi n'avait-elle pas pu rester chez elle après le déjeuner, durant les quelques heures qui la séparaient de son départ ? Quelle était donc l'inquiétude qui l'avait poussée à quitter sa chambre par ce brûlant après-midi, à descendre dans la rue, à traverser la place du Marché, à passer devant l'appartement des Rupius ? Elle avait aperçu Rupius sur son balcon, fixant le sol blanc étincelant avec son éternel plaid gris sur ses genoux, et dont les bouts pendaient entre les barreaux de la balustrade ; devant lui, une petite table avec une carafe et un verre d'eau. Aussitôt qu'il vit Berta, il ne la quitta plus des yeux, comme s'il attendait quelque chose d'elle, et elle comprit qu'il l'appelait par un léger signe de tête. Pourquoi avait-elle obéi ? Pourquoi n'avait-elle pas simplement considéré ce signe de tête comme un salut ? Pourquoi n'avait-elle pas répondu par un salut poli tout en continuant sa route ? Tandis qu'elle s'approchait de la porte d'entrée pour se rendre à son appel, elle avait vu un sourire reconnaissant sur les lèvres du malade, et il y flottait encore lorsque Berta, après avoir traversé la pièce fraîche plongée dans la pénombre, sortit sur le balcon, prit dans les siennes la main qu'il lui tendait et s'assit en face de lui, à l'autre côté de la petite table.

« Comment allez-vous ? » dit-elle.

Il ne répondit pas tout d'abord ; puis aux contractions de son visage Berta vit qu'il voulait parler ; mais on eût dit qu'il ne pouvait pas prononcer un seul mot ; enfin il articula d'une voix d'abord trop aiguë : « Elle veut me… » puis, comme effrayé du diapason de sa propre voix, il ajouta en sourdine : « … me quitter… Ma femme veut me quitter. »

Berta instinctivement regarda autour d'elle.

Rupius leva les mains comme pour la tranquilliser : « Elle ne nous entend pas, elle est dans sa chambre ; elle dort. »

Berta, gênée, balbutia : « Comment le savez-vous ?... Cela n'est pas possible !

— Elle veut partir, partir en voyage pour quelque temps, dit-elle... pour quelque temps... me comprenez-vous ?

— Mais oui, probablement chez son frère.

— C'est pour toujours qu'elle veut partir... pour toujours ! Évidemment elle ne me dira pas : "Adieu, tu ne me reverras jamais." Alors elle dit : "Je voudrais faire un petit voyage, j'ai besoin de souffler, je vais aller au bord d'un lac pendant quelques semaines nager, changer d'air." Bien sûr, elle ne dira jamais : "Je n'en puis plus, je suis jeune, épanouie, en bonne santé, et toi, tu es perclus, condamné à mort et j'appréhende ta maladie, avec l'horreur de tout ce qui viendra avant la fin." Voilà pourquoi elle me dit : "Je ne veux partir que pour quelques semaines, et puis je reviendrai auprès de toi." »

Le trouble douloureux de Berta se manifestait par la gêne qu'elle éprouvait ; elle ne put que répondre : « Vous vous trompez, sûrement. »

Rupius ramena d'un geste sec sur ses genoux le plaid qui menaçait de tomber ; il semblait frissonner. Tout en parlant, il remontait son plaid de plus en plus haut et finit par le serrer sur sa poitrine avec ses deux mains. « J'ai vu venir cette minute : pendant des années je l'ai vue venir. Pensez un peu, quelle existence !... attendre l'instant inexorable, être sans défense, devoir se taire !... Pourquoi me regardez-vous ainsi ?

— Mais non, dit Berta en fixant la place du Marché.

— Je vous demande pardon de vous parler de tout cela... je n'en avais pas l'intention, mais quand je vous ai vue passer... enfin, je vous remercie de m'écouter.

— Oh ! de rien », dit Berta en lui tendant tout naturellement la main. Comme il n'eut pas l'air de s'en apercevoir, elle posa sa main sur la table.

« C'est fini, maintenant, dit Rupius, voilà la solitude qui vient et toute l'horreur.

— Mais est-ce que votre femme... voyons, elle vous aime !... Je suis persuadée que vous vous alarmez à tort. Et monsieur Rupius, ne serait-ce pas plus simple après tout que vous priiez votre femme de renoncer à ce voyage ?

— Prier... ? dit Rupius avec une certaine majesté, en ai-je seulement le droit ? Ces six ou sept années sont une grâce de sa part. Réfléchissez un peu. Durant toutes ces années, jamais une plainte, jamais un mot sur sa jeunesse perdue.

— Elle vous aime, dit Berta d'un ton décidé, et voilà l'essentiel. »

Rupius la regarda longuement. « Je sais ce que vous pensez sans oser le dire. Mais votre mari est au fond de la tombe, madame, il ne couche pas près de vous toutes les nuits. » Il leva vers le ciel un regard semblable à une imprécation.

Le temps passait ; Berta songea à son train. « Quand est-ce que votre femme doit partir ?

— Nous n'en avons pas encore parlé... Mais je vous retiens, sans doute ?

— Non, non, monsieur Rupius, seulement... Anna ne vous l'a pas dit ?... je vais à Vienne aujourd'hui. » Elle devint écarlate. Lui la regarda à nouveau longuement et elle eut l'impression qu'il savait tout.

« Quand revenez-vous ? demanda-t-il sèchement.

— Dans deux ou trois jours. » Elle eût voulu lui dire qu'il se trompait, qu'elle ne se rendait pas à Vienne auprès d'un homme qu'elle aimait... et aussi... que ce qui le chagrinait tant était une chose malpropre et basse à laquelle les femmes ne tiennent pas tellement... mais il ne lui était pas donné de trouver les mots justes.

« Si vous revenez dans deux ou trois jours, vous trouverez sans doute ma femme encore là. Adieu donc, et amusez-vous bien. »

Elle avait senti son regard la suivre tandis qu'elle s'en allait par la pièce sombre, aux rideaux tirés, et qu'elle traversait la place du Marché. Et dans le compartiment du train, elle le sentait encore ce regard sur elle, tandis que ces paroles lui apparaissaient empreintes de la conscience d'un immense malheur, qu'elle n'avait pas compris jusqu'ici. Ce pénible souvenir semblait plus fort que la joie de l'attente et, plus elle approchait de la capitale, plus son cœur était lourd. Tandis qu'elle pensait à la soirée solitaire qui l'attendait, elle eut le sentiment de voyager vers un pays inconnu, incertain et sans espoir. La lettre qu'elle portait encore dans son corset avait perdu son charme et n'était plus qu'un morceau de papier bruissant dont les coins s'écornaient. Elle essaya de se représenter Emil. Surgirent des visages qui offraient une légère ressemblance avec le sien ; parfois elle croyait avoir trouvé le bon, mais il s'effaçait aussitôt. Elle commençait à se demander si elle avait bien fait de partir dès ce jour-là. Pourquoi n'avait-elle pas attendu au moins jusqu'à lundi ? Elle ne pouvait pas se dissimuler qu'elle se rendait à Vienne à un rendez-vous avec un jeune homme qu'elle n'avait pas vu depuis dix ans, et qui s'attendait peut-être à voir une tout autre femme que celle qui viendrait à sa rencontre le lendemain. Oui, c'était cela qui l'agitait, elle s'en rendait compte maintenant. Cette lettre qui commençait à blesser sa peau délicate était adressée à une Berta de vingt ans, car Emil ne connaissait que celle-là. Et même en admettant que les traits de son visage n'eussent pas changé, que les contours de sa silhouette, tout en s'arrondissant, eussent gardé la ligne de sa jeunesse, n'allait-il pas découvrir en elle les lents ravages opérés sans qu'elle s'en rendît compte par ces dix années?

Klosterneuburg[1]. Des voix claires, des bruits de gens courant sur le quai frappèrent ses oreilles. Elle regarda par la fenêtre. Une foule d'écoliers se pressait autour des wagons et y montait au milieu de rires et de cris. Berta pensa à ses frères lorsqu'ils revenaient d'excursions et elle revit aussitôt la chambre badigeonnée de bleu où les garçons couchaient. Elle sentit comme un frisson en songeant combien tout ce passé était dispersé aux quatre vents; les êtres auxquels elle devait la vie étaient morts, ceux qui avaient vécu sous le même toit qu'elle pendant des années avaient disparu; rompus les liens qui semblaient devoir durer toujours. Comme tout ici-bas était incertain et périssable! Et lui?... il lui avait écrit comme si ces dix années n'avaient rien changé, comme s'il n'y avait pas eu, depuis lors, des enterrements, des naissances, des douleurs, des maladies, des soucis, et — pour lui du moins — le bonheur et la gloire. Sans le vouloir, elle hocha la tête, déconcertée par tant de choses incompréhensibles. Le mugissement du train qui l'emportait vers des aventures inconnues lui semblait un chant d'une singulière tristesse. Elle pensa au temps dont quelques jours seulement la séparaient, au temps tout proche encore où elle acceptait son existence, tranquille et satisfaite, sans désirs, sans regrets, sans étonnement aucun. Comment tout cela avait-il fondu sur elle? Elle ne le concevait pas.

La vitesse du train semblait croître à mesure qu'on approchait du but. L'air était déjà embué des vapeurs qu'exhale la grande ville. Le cœur de Berta battait. Elle avait l'impression d'être attendue par quelque chose d'indéfinissable qu'elle n'aurait su désigner, par un être à cent bras prêt à l'étreindre; les maisons qu'elle longeait savaient qu'elle devait venir, le soleil couchant sur les toits lui envoyait ses rayons et, quand le train entra en gare, elle se sentit soudain en sécurité. Elle comprit seulement alors qu'elle était à Vienne, sa Vienne, la ville de sa jeunesse, de ses rêves, sa patrie! N'y avait-elle donc pas pensé plus tôt? Ce n'est pas de chez elle qu'elle venait... c'est maintenant qu'elle arrivait chez elle. Le vacarme ambiant la remplit de bien-être, la cohue des voitures et des piétons la mit en joie, toute tristesse l'avait quittée... C'était elle, Berta Garlan, jeune, jolie et indépendante, qui débarquait à la gare François-Joseph[2] par une tiède soirée de mai; elle qui ne devait de comptes à personne et demain elle reverra le seul homme qu'elle eût jamais aimé... l'ami qui lui avait fait signe.

Elle descendit dans un petit hôtel près de la gare. Elle l'avait choisi modeste par économie autant que pour échapper aux garçons et aux grooms des hôtels élégants. On lui donna une chambre au troisième étage ; la fenêtre ouverte qui donnait sur la rue fut fermée par la femme de chambre qui l'y conduisait et qui apporta de l'eau fraîche ; l'homme de peine déposa sa valise près du poêle, et le garçon lui présenta la fiche d'identité, que Berta remplit aussitôt avec la fierté d'une conscience nette.

Un sentiment de liberté qu'elle n'avait pas connu depuis longtemps la remplissait : plus rien des soucis mesquins de la vie quotidienne, nulle obligation de parler à des parents ou à des connaissances ; ce soir elle aurait pu faire ce qu'elle voulait. Quand elle eut changé de toilette, elle ouvrit la fenêtre. Elle avait déjà dû allumer les bougies, mais l'obscurité dehors n'était pas complète. Elle s'accouda au rebord de la fenêtre et regarda. Elle se souvint à nouveau de son enfance où souvent elle s'était attardée à la fenêtre le soir, quelquefois aux côtés de l'un de ses frères qui enlaçait ses épaules. Elle songea à ses parents, avec un si vif attendrissement qu'elle se sentit au bord des larmes. En bas, les réverbères étaient allumés. Qu'allait-elle entreprendre ? Demain à cette heure... songea-t-elle. Elle n'arrivait pas à se l'imaginer. Un fiacre passa devant l'hôtel ; un monsieur et une dame y étaient assis. Si tout marchait à son gré, ils iraient sans doute demain dîner ensemble à la campagne. Oui, ce serait parfait. N'importe où, dans un petit restaurant en plein air, une lanterne de jardin serait posée sur la table, et ils seraient là, la main dans la main... comme un jeune couple d'amoureux... puis ils rentreraient ; et puis... Elle préféra ne pas achever sa pensée. Où peut-il être maintenant ? songea-t-elle. Est-il seul ? Ou parle-t-il à quelqu'un ? Et à qui ? À un homme... à une femme ? À une jeune fille ? Mais de quoi va-t-elle se mêler ! Cela ne la regarde pas pour le moment. Est-ce qu'Emil s'inquiète de savoir si M. Klingemann lui a fait des déclarations, si son neveu, cet impertinent, se permet parfois de l'embrasser, et si elle-même admire et respecte M. Rupius ? Demain, elle l'interrogera... c'est sûr. Il faut qu'elle soit fixée sur une foule de choses avant de... avant d'aller à la campagne avec lui, le soir.

Allons, en route !... mais où aller ? Indécise, elle s'arrêta devant la porte. Elle ne pouvait que se promener et puis aller dîner... mais où ? Une dame seule... Non, elle dînera dans sa chambre et se couchera tôt pour être reposée, fraîche, jeune et jolie demain. Elle ferma sa chambre à clef, descendit dans la rue.

Elle se dirigea vers le centre. Elle marchait vite car il lui était désagréable d'être seule le soir. Elle se trouva bientôt sur le Ring, passa devant l'Université jusqu'à l'Hôtel de Ville. Mais déambuler sans but aucun n'était pas un plaisir. Elle sentit l'ennui puis la faim ; elle prit l'omnibus hippomobile et rentra. Elle n'avait pourtant décidément pas envie de remonter dans sa chambre tout de suite. De la rue déjà elle avait vu que la salle à manger de l'hôtel n'était que faiblement éclairée, qu'il n'y avait presque personne par conséquent. C'est là qu'elle dîna et aussitôt après elle se sentit fatiguée, prête à s'endormir ; elle monta péniblement les trois étages jusqu'à sa chambre et, tandis qu'assise sur son lit elle défaisait les lacets de ses bottines, elle entendit l'horloge du clocher voisin sonner dix heures.

Quand elle se réveilla le lendemain matin, elle se précipita vers le fenêtre, releva les stores, impatiente de voir la lumière du jour et la ville. C'était une matinée ensoleillée, et l'air était frais comme s'il avait jailli de mille sources, depuis les monts et les coteaux jusque dans les rues de la ville. Berta interpréta ce temps radieux comme un présage heureux ; elle s'étonna de sa curieuse apathie de la veille et de la façon dont elle avait passé sa soirée... comme si elle avait oublié le but de son voyage. Elle sentit que ce qui la rendait si heureuse était la certitude de ne plus être séparée de l'instant tant attendu par le sommeil de toute une nuit. Soudain elle ne comprenait plus comment elle avait pu venir à Vienne dernièrement sans même essayer de voir Emil. Elle finit même par s'étonner d'avoir différé sans raison cette possibilité pendant des semaines, des mois, peut-être des années. Le fait qu'elle n'avait presque pas pensé à lui durant tout ce temps-là ne se présenta pas tout d'abord à son esprit, mais lorsqu'elle s'en rendit compte, elle en fut plus surprise encore que du reste.

Il ne restait plus que quatre heures à faire passer, puis elle le reverrait. Elle se recoucha et, étendue dans son lit, les yeux grands ouverts, elle murmurait toute seule, comme si elle eût voulu s'enivrer de cette parole : Viens bientôt ! Emil l'appelait, lui semblait-il ; il était là... tout près d'elle, dans la même pièce, et ses lèvres lui chuchotaient : Viens bientôt ! mais cela signifiait : Sois à moi, sois à moi ! Elle ouvrit les bras tout grands, comme si elle avait voulu s'essayer à étreindre un amant, et elle murmura : Je t'aime, en esquissant des lèvres un baiser.

Enfin, elle se leva et s'habilla. Elle avait emporté cette fois-ci une simple robe grise coupée à l'anglaise, qui, au jugement de tous, lui allait fort bien ; et en terminant sa toilette, elle se trouva satisfaite d'elle-même. Elle n'avait évidemment pas l'air d'une élégante Viennoise, mais pas non plus d'une élégante provinciale ; elle donnait plutôt l'impression, à son avis, d'une institutrice de bonne famille placée chez un comte ou chez un prince. En effet, elle n'avait rien d'une femme mariée ; personne ne l'eût crue mère d'un enfant de cinq ans. Avec un léger soupir elle songea qu'il ne pouvait en être autrement, puisqu'elle avait toujours, à peu de chose près, vécu comme une jeune fille. Mais c'était aussi pour cela qu'elle se sentait aujourd'hui l'âme d'une fiancée.

Neuf heures. Deux longues heures encore. Que faire d'ici là ? Elle se fit apporter du café, s'assit près de la table et le but à petites gorgées. Il était absurde de rester plus longtemps enfermée dans cette chambre. Plutôt aller prendre l'air tout de suite !

Elle se promena quelque temps dans les faubourgs, prenant un plaisir particulier à la caresse de l'air sur ses joues. Que faisait son petit garçon en ce moment ? Sans doute Elly jouait-elle avec lui. Berta prit le chemin du *Volksgarten*[1], contente de se promener dans les allées où elle avait joué autrefois, enfant. Elle entra par le portail situé en face du *Burgtheater*[2]. Le jardin était presque désert à cette heure matinale. Quelques enfants jouaient sur le gravier ; leurs bonnes et leurs gouvernantes étaient assises sur les bancs ; de toutes petites filles montaient et descendaient les marches du *Temple de Thésée*[3] ou couraient à l'intérieur du péristyle. Dans les allées ombreuses se promenaient surtout de vieilles gens ; des dames qui lisaient, des jeunes gens qui semblaient étudier, plongés dans d'énormes cahiers, étaient installés à l'ombre de grands arbres. Berta s'assit sur un banc et observa deux petites filles qui sautaient à la corde, à l'endroit même, lui semblait-il, où elle avait si souvent sauté naguère. Une légère brise agitait les feuilles ; de loin elle entendait le rire et les cris des enfants qui jouaient à chat ; ce bruit se rapprocha et soudain les enfants passèrent en courant devant elle. Un jeune homme en longue redingote passa et, arrivé au bout de l'allée, se retourna sur elle, ce qui lui fit plaisir. Puis elle vit un très jeune couple : elle, tenant à la main une partition roulée, gentille, mais habillée d'une façon trop voyante ; lui, rasé de près, en costume d'été clair avec un chapeau haut de forme. Berta, fière de son expérience, décida que c'étaient deux élèves du Conservatoire : la jeune fille étudiait la musique, le jeune homme était un futur acteur. Comme il était agréable d'être assise là, toute seule, de n'avoir rien à faire qu'à voir défiler, courir et jouer les autres. Et comme il serait bon de vivre à Vienne, et d'avoir des loisirs ! Qui sait, après tout, ce qui peut advenir, ce que réserve l'heure qui suit et la tournure qu'auront prise les choses d'ici le soir… Qui la force à vivre dans son horrible petite ville ? Elle peut gagner ici comme là-bas de quoi compléter ses revenus. Oui, pourquoi pas ? Les leçons doivent être mieux payées ici et… Ah ! quelle bonne idée !… S'il venait à son aide, lui, le musicien illustre, s'il la recommandait ? Il suffirait certainement d'un mot de lui. Si elle lui en parlait ? Et pour son petit garçon, Vienne serait infiniment préférable à la province. D'ici quelques années il ira au lycée, et il y en a certainement de meilleurs ici que chez elle… Non, il n'est vraiment pas possible qu'elle passe toute sa vie dans cette petite ville… il faut qu'elle retourne à Vienne dans un avenir plus ou moins proche ! Elle le fera certainement, même si elle doit restreindre son train de vie, et… et… Elle essaye en vain de refouler les pensées audacieuses qui s'emparent d'elle… Si elle plaît à Emil, s'il l'aime à nouveau… s'il l'aime encore… s'il lui demande d'être sa femme ? Il lui faut seulement être habile, avoir de la retenue, savoir le captiver… Elle a bien un peu honte de son calcul… mais après tout quel mal y a-t-il à cela, puisqu'elle l'aime, puisqu'elle n'a jamais aimé que lui ? Et le ton de sa lettre ne lui donne-t-il pas le droit d'y penser ? Et en songeant qu'elle est près de le revoir, lui vers qui s'envolent ses espérances, elle en a le vertige. Elle se lève, elle chancelle presque. À la sortie du jardin elle voit disparaître dans la direction du *Burgplatz*[1] le jeune couple qui a passé devant elle tout à l'heure ; elle prend le même chemin. En face d'elle s'élèvent les coupoles du musée qui étincellent. Elle s'astreint à marcher lentement pour ne pas arriver devant lui l'air ému ou, pire encore, essoufflée. Une dernière fois la peur l'étreint : s'il n'allait pas venir ? Qu'importe ! Quoi qu'il en soit, elle ne quittera pas Vienne cette fois-ci sans l'avoir revu. Et même, ne serait-il pas préférable qu'il ne vienne pas au rendez-vous aujourd'hui ? Elle est tellement troublée… elle pourrait bien dire une bêtise ou quelque chose de maladroit… Tant de choses dépendent de la minute qui vient, tout son avenir peut-être… Le musée est devant elle. Elle gravit les marches, traverse l'entrée, se trouve dans le grand vestibule frais, voit l'escalier majestueux devant elle et, plus haut, à la naissance de la double révolution, elle aperçoit la gigantesque statue de Thésée abattant le Minotaure[2]. Elle monte lentement, jette un regard autour d'elle, puis se calme. La magnificence de tout ce qui l'entoure la captive. Elle lève les yeux vers les galeries à rampes dorées qui se trouvent à l'intérieur de la coupole… elle s'arrête. Voici une porte, surmontée de cette inscription en lettres d'or : « École flamande. » Elle ressent un coup au cœur. L'enfilade des salles est devant elle. Çà et là, elle discerne quelques personnes arrêtées devant les tableaux. Elle entre dans la première salle et contemple avec attention le premier tableau suspendu près de la porte. Elle pense au carton de M. Rupius. Et puis elle entend ces mots : — Bonjour, Berta.

C'est sa voix. Elle se retourne. Il est devant elle, jeune, mince, élégant, un peu pâle, avec un sourire qui n'est pas sans une légère ironie ; il lui fait un signe amical de la tête et prend sa main qu'il garde un instant dans la sienne. C'est lui ! Et tout semble être comme s'ils s'étaient vus encore la veille. « Bonjour, Emil », dit-elle — et ils se regardent tous les deux. Son regard à lui exprime un mélange de plaisir, d'amabilité et de curiosité aiguë. Elle sent tout cela, tandis que ses yeux à elle ne reflètent qu'un parfait bonheur.

« Eh bien ! comment vas-tu ? dit-il.

— Je vais bien.

— C'est une drôle de question que je te pose au bout de huit ou neuf ans. Tu as dû avoir des hauts et des bas.

— C'est vrai : tu sais que mon mari est mort il y a trois ans. » Elle se croit obligée de prendre une figure de circonstance.

— Oui, je le sais ; et je sais aussi que tu as un petit garçon. Qui me l'a donc raconté ?

— Oui, qui ?

— Cela me reviendra bien. Mais j'ignorais que tu t'intéressais à la peinture ! »

Elle sourit. « En fait, ce n'était pas seulement à cause des tableaux... Mais ne me crois pas plus bête que je ne suis, la peinture m'intéresse tout de même !

— Moi aussi. D'ailleurs, au fond je voudrais plus que tout autre chose être peintre.

— Pourtant, tu pourrais te contenter de ce que tu es !

— Cela ne s'explique pas en quelques mots. Je suis content, naturellement, de bien jouer du violon, mais qu'en restera-t-il ? Je veux dire quand je serai mort... tout au plus mon nom, et pour peu de temps. Ceci... ses yeux désignèrent le tableau devant lequel ils s'étaient arrêtés... ceci est d'un autre ordre.

— Tu es terriblement ambitieux. »

Il la regarda encore, mais sans lui prêter d'attention. « De l'ambition ?

Non, ce n'est pas si simple… Mais laissons cela. C'est une drôle d'idée que de parler art quand on ne s'est pas vus depuis cent ans ! Dis-moi un peu quelque chose, Berta. À quoi t'occupes-tu ? Comment vis-tu en réalité ? Et quelle idée t'a prise de me féliciter pour cette stupide décoration ? »

Elle sourit à nouveau. « J'ai toujours voulu t'écrire, et d'ailleurs je voulais avoir de tes nouvelles. C'est vraiment bien gentil de m'avoir répondu tout de suite.

— Gentil ? Pas du tout, mon petit. J'ai été si content quand ta lettre… J'ai tout de suite reconnu ton écriture. Tu as encore ton écriture d'écolière comme… disons : naguère, quoique j'aie horreur de ce genre de mots.

— Pourquoi donc ? demanda-t-elle, un peu étonnée.

Il la regarda, puis il dit vivement : « Alors, comment vis-tu ? Est-ce que tu ne t'ennuies pas le plus souvent ?

— Je n'en ai guère le temps, répondit-elle, gravement. Je donne des leçons.

— Oh ! fit-il avec une telle commisération qu'elle s'empressa d'ajouter :

— Non pas que j'en aie vraiment besoin ; néanmoins cela ne me fait pas de mal, car… » Elle sent qu'il vaut mieux être tout à fait sincère. « Je ne pourrais pas vivre du peu que j'ai.

— Et qu'enseignes-tu donc ?

— Ce que j'enseigne ? Ne t'ai-je pas dit que je donnais des leçons de piano ?

— De piano… vraiment ? Mais oui… tu avais beaucoup de talent. Si tu n'avais pas abandonné… Vois-tu, tu n'aurais jamais été une grande pianiste, mais tu avais un don indiscutable pour certaines choses. Tu jouais très bien Chopin par exemple, et les petites pièces de Schumann.

— Tu t'en souviens encore ?

— D'ailleurs, tu as choisi la meilleure part.

— Comment cela ?

— Eh bien ! Quand on n'est pas sûr d'être un maître, on fait mieux de prendre un mari et d'avoir des enfants.

— Je n'en ai qu'un. »

Il se mit à rire. « Eh bien, parle-moi de cet enfant, de ta vie… » Ils s'assirent sur une banquette dans la petite salle, devant les Rembrandt. « Que te dire de moi ? Ce n'est pas intéressant. C'est ta vie que je voudrais connaître ! » Elle jeta sur lui un regard plein d'admiration. « Tu as rudement bien fait ton chemin! Tu es devenu si célèbre...» Il fit une légère moue de la lèvre inférieure, comme mécontent.

— D'ailleurs, poursuivit-elle sans se dérouter, j'ai vu encore récemment ta photographie dans un magazine.

— Oui, oui, fit-il, impatienté.

— Mais j'en ai toujours été persuadée, dit-elle. Te souviens-tu quand tu as joué le *Concerto* de Mendelssohn à l'examen final? Tout le monde te le prédisait.

— Voyons, mon petit, nous n'allons pas passer notre temps à nous faire des compliments!... Quel genre d'homme était ton mari?

— Un homme bon, un noble cœur.

— Au fait, as-tu su que j'ai rencontré ton père environ huit jours avant sa mort?

— Vraiment?

— Tu ne le sais pas?

— Il ne m'en a jamais parlé.

— Nous nous sommes arrêtés pendant un quart d'heure au moins à causer dans la rue. Je rentrais justement de ma première tournée de concerts.

— Il ne m'en a pas dit un mot. Pas un seul mot...!»

Elle dit cela avec une certaine colère, comme si son père avait omis quelque chose qui eût pu influencer le cours de sa destinée. «Mais pourquoi n'es-tu pas venu nous voir alors? Comment se fait-il d'ailleurs que tu aies soudain cessé tes visites, longtemps avant cela?

— Soudain? Non, peu à peu.» Il la regarda longuement et ses yeux cette fois-ci glissèrent le long de son corps, si bien qu'instinctivement elle ramena ses pieds sous sa jupe et serra les bras contre sa poitrine comme pour se défendre.

— Et dis-moi comment s'est fait ton mariage.»

Elle raconta toute l'histoire. Emil semblait l'écouter attentivement, mais tandis qu'elle parlait, toujours assise, il se leva et regarda par la fenêtre. Quand elle termina par une phrase sur la bonté de sa belle-famille, il lui dit: «Puisque nous sommes là, regardons tout de même quelques tableaux.»

Ils parcoururent lentement les salles du musée, s'arrêtant çà et là devant une toile. Berta disait quelquefois: «C'est beau, c'est superbe.» Il acquiesçait d'un signe de tête. Il semblait avoir complètement oublié sa présence. Elle fut jalouse de l'intérêt que lui inspiraient les tableaux. Soudain elle se trouva devant une des peintures qu'elle connaissait par les cartons de M. Rupius. Tandis qu'Emil allait passer, elle s'arrêta et salua ce tableau comme un vieil ami. « Que c'est beau ! Emil, s'écria-t-elle, n'est-ce pas que c'est beau ? J'aime tant les œuvres de Falkenborgh. »

Il la regarda, quelque peu surpris.

Elle se troubla et essaya de continuer : « Parce qu'il y a tant..., parce que le monde entier... » Elle sentit qu'elle n'était pas sincère, qu'elle volait quelqu'un qui ne pouvait se défendre et, saisie d'un remords, elle ajouta : « Tu comprends, il y a chez nous un monsieur qui a un album ou plutôt des cartons pleins de gravures et voilà comment je connais ce tableau. C'est un certain Rupius ; il est très malade, figure-toi qu'il est paralysé ! » Elle se sentait obligée de dire tout cela à Emil, car ses yeux semblaient l'interroger sans cesse.

Il dit en souriant : « Voilà un autre chapitre, c'est vrai. Il doit y avoir aussi chez vous — il baissa la voix, comme un peu honteux de sa plaisanterie peu délicate — des messieurs qui ne sont pas paralysés.

Elle eut l'impression d'avoir à défendre ce pauvre M. Rupius et elle reprit : « C'est un homme très malheureux. » Elle se souvint de sa visite sur le balcon et fut prise d'une immense pitié.

Emil cependant poursuivit sa pensée : « Oui, voilà, je voudrais savoir tout ce que tu as vécu.

— Mais tu le sais.

— J'entends : depuis la mort de ton mari.

Elle comprit ce qu'il voulait dire, et fut un peu blessée : « Je ne vis que pour mon petit garçon, dit-elle avec conviction, je ne me laisse pas faire la cour, je suis très comme il faut. »

La gravité comique avec laquelle elle avait affirmé sa vertu le fit rire. Elle sentit immédiatement qu'elle aurait dû s'exprimer autrement et se mit à rire aussi.

— Combien de temps restes-tu à Vienne ? demanda Emil.

— Jusqu'à demain ou après-demain.

— Si peu ? Et où habites-tu ?

— Chez ma cousine », répondit-elle. Quelque chose l'empêcha d'avouer qu'elle était descendue à l'hôtel. Elle fut aussitôt irritée de son mensonge et essaya de rectifier. Mais Emil dit vivement :

« Il te restera bien un peu de temps pour moi, j'espère ?

— Certainement.

— Eh bien, nous allons fixer un rendez-vous. »

Il regarda l'heure. « Oh !

— Tu es pressé ? demanda-t-elle.

— Oui, en fait il faut qu'à midi je sois… »

Un immense malaise l'envahit à l'idée qu'elle allait se retrouver seule ; elle reprit : « J'ai tout le temps que tu voudras, mais… pas trop tard dans la soirée…

— Ta cousine est donc bien sévère ?

— Mais, dit-elle, je n'habite pas chez ma cousine cette fois-ci. »

Il la regarda, étonné.

Elle rougit : « Tu comprends… quelquefois… avec sa nombreuse famille…

— Donc, tu es à l'hôtel, dit-il, légèrement impatienté. Alors tu ne dois de comptes à personne et nous pouvons passer la soirée agréablement ensemble.

— Très volontiers, mais de toute façon je ne voudrais pas… même à l'hôtel je ne voudrais pas rentrer trop tard.

— Mais non, nous dînerons simplement ensemble et tu seras couchée à dix heures si tu veux. »

Ils descendirent lentement le grand escalier. « Donc, si cela te convient, dit Emil, retrouvons-nous à sept heures ce soir. »

Elle fut sur le point de s'écrier : « Si tard ? » mais elle se ravisa en songeant à sa résolution de ne pas se trahir, et dit simplement : « Bon, à sept heures.

— Et… où ça ?… En plein air, je pense ? Nous déciderons où aller ensuite, nous aurons pour ainsi dire toute la vie devant nous… oui. » Il lui parut particulièrement distrait. Ils traversèrent le vestibule et s'arrêtèrent à la sortie. — Disons à sept heures… près de l'*Elisabethbrücke*[1].

— Très bien, à sept heures à l'*Elisabethbrücke.* »

Devant eux, la grande place, avec le monument à Marie-Thérèse[2] se trouvait en plein soleil. Il faisait chaud, mais un vent violent s'était levé. Berta eut l'impression que le regard d'Emil la scrutait. Il lui paraissait froid et lointain, tout autre que devant les tableaux. Il parla enfin : « Nous allons nous dire au revoir… »

Elle se sentit triste, comme abandonnée. « Ne voudrais-tu pas… ne pourrais-je pas t'accompagner un peu ?

— Oh ! non, répondit-il. Et puis, par ce vent marcher, côte à côte en tenant son chapeau pour qu'il ne s'envole pas, quel plaisir ! Du reste, on ne peut guère parler dans la rue et je suis très pressé… Mais veux-tu que je t'accompagne jusqu'à un fiacre ?

— Non, non, j'aime mieux marcher.

— Comme tu voudras. Donc au revoir, Berta, et à ce soir. » Il lui tendit la main et traversa rapidement la place. Elle le suivit longtemps des yeux. Il avait retiré son chapeau et le tenait à la main tandis que le vent s'engouffrait dans ses cheveux.

Il traversa le *Ring*, s'engagea sous le *Burgtor*[1], et disparut à ses yeux.

Sans l'avoir décidé, elle était partie lentement dans la même direction. Pourquoi cette froideur subite ? Pourquoi ce départ précipité ? Pourquoi cette peur d'être accompagné ? Avait-il honte d'elle ? Elle se regarda de la tête aux pieds pour voir si, malgré tout, sa robe n'était pas provinciale. Mais non ! Au surplus les regards des passants lui faisaient comprendre que, loin d'être ridicule, elle était très jolie. Mais alors, pourquoi cet adieu subit ? Elle se souvint du temps jadis : n'avait-il pas eu déjà cette étrange façon de briser tout net une conversation, visiblement absent, et incapable de maîtriser l'impatience qui s'emparait de tout son être ? Oui, il était ainsi jadis, mais c'était moins frappant, peut-être, qu'aujourd'hui. Elle se souvenait cependant de l'avoir souvent plaisanté sur ses brusques sautes d'humeur, et d'avoir mis cela sur le compte de sa « nature d'artiste ». Depuis lors, il en était devenu un vrai, et certainement plus distrait, plus imprévisible encore.

Les cloches des églises sonnèrent midi, toutes à la fois. Le vent redoubla, et lui envoya de la poussière dans les yeux. Une éternité s'étendait devant elle… dont elle ne savait que faire. Pourquoi ne voulait-il la voir qu'à sept heures ? Sans se l'avouer, elle avait espéré passer toute la journée avec lui. Qu'avait-il donc à faire ? Se préparait-il à un concert ? Et aussitôt elle le vit, son violon à la main, adossé à une armoire ou au piano, comme il le faisait chez elle autrefois quand il lui jouait quelque chose. Comme ce serait bon d'être auprès de lui, de l'écouter, assise sur la chaise longue de sa chambre, ou de l'accompagner au piano ! Serait-elle allée chez lui s'il le lui avait demandé ? Pourquoi ne l'avait-il pas fait ? Non, il ne pouvait pas, à l'instant même où il venait de la revoir… Mais ce soir… le lui demandera-t-il ce soir ? Et acceptera-t-elle ? Et si elle accepte, pourra-t-elle lui refuser quelque chose, alors qu'il a une façon si ingénue de demander ? Comme il a su escamoter les dix années qui ont passé !… Ne lui a-t-il pas parlé comme s'ils s'étaient vus tous les jours depuis cette époque !… « Bonjour, Berta, comment vas-tu ? » La question qu'on pose quand la veille au soir on s'est dit « bonne nuit, à bientôt ». Et pourtant, il a vécu tellement de choses depuis !… Et comment savoir qui s'assiéra sur son canapé dans l'après-midi tandis qu'il jouera du violon, appuyé au piano ?… Non, elle ne veut pas y penser, car si elle continue, il ne lui restera plus qu'à rentrer chez elle…

Elle longea la grille du *Volksgarten*, et put voir l'allée où elle se trouvait une heure plus tôt et où le vent soulevait des nuages de poussière. Donc ce qu'elle avait appelé de tous ses vœux était arrivé… elle l'avait revu. En avait-elle eu le plaisir escompté ? A-t-elle ressenti quelque chose de particulier, tandis qu'elle se trouvait à côté de lui et que leurs bras se frôlaient ?… Non. A-t-elle été contrariée par son adieu ?… Peut-être. Voudrait-elle repartir sans le revoir ?… Ô ciel, non ! Elle est comme paniquée à cette idée. Depuis quelques jours, sa vie n'est-elle pas remplie de lui ? Et toutes les années passées n'ont-elles eu d'autre but que de la ramener à lui en temps voulu ?… Ah, si seulement elle avait un peu plus d'expérience, un peu plus de sagesse, elle serait capable de se tracer une ligne de conduite. Elle se demande ce qui serait le plus judicieux : la réserve ou l'abandon ? Elle voudrait savoir ce qu'elle doit faire ou ne pas faire ce soir pour lui plaire plus sûrement. Elle sent qu'elle est en mesure de le conquérir, mais aussi de le perdre. Seulement, voilà, elle sait que réfléchir ne sert de rien, et qu'elle fera ce qu'il voudra.

Elle se trouve près de la *Votivkirche*[1], au carrefour de plusieurs rues. Le vent y est intolérable. Il est temps de déjeuner. Mais aujourd'hui elle ne veut pas rentrer dans son petit hôtel. Elle se dirige vers le centre. Elle pense brusquement qu'elle pourrait rencontrer sa cousine, mais cela lui est indifférent. Peut-être que son beau-frère l'a suivie à Vienne ? Cette éventualité aussi la laisse froide. Elle se sent très positivement le droit de disposer d'elle et de son temps, plus que jamais. Elle flâne dans les rues et s'amuse à regarder les étalages. Place Saint-Étienne, l'envie la prend d'entrer un instant dans la cathédrale. Un bien-être indicible l'envahit, dans la pénombre de cette voûte gigantesque. Elle n'a jamais été pieuse, mais jamais non plus elle n'entre dans la maison de Dieu sans un certain recueillement ; sans vraiment formuler de prières, elle a toujours cherché à faire monter ses vœux vers le Ciel. Elle se promène dans l'église d'abord comme une étrangère qui en explore les beautés. Puis elle s'assit sur un banc en face du petit autel d'une chapelle latérale.

Elle évoqua le jour de son mariage et se vit devant le prêtre avec son défunt mari… Ce souvenir pourtant était terriblement lointain et laissait son âme insensible comme s'il se fût agi d'étrangers. Mais soudain l'image changea comme dans une lanterne magique et ce fut Emil qui se trouvait à côté d'elle sans que sa volonté y fût pour quelque chose. Était-ce une prémonition, une prédiction du Ciel ? Sans le vouloir encore, elle joignit les mains et dit à voix basse : « Qu'il en soit ainsi ! » et comme pour donner plus de force à son vœu elle demeura un moment sur le banc, essayant de retenir l'image. Au bout de quelques minutes elle ressortit dans la rue et perçut le bruit et la lumière du jour qui l'assaillaient comme si c'était quelque chose de nouveau et qu'elle eût passé des heures à l'église. Elle se sentait calme et nimbée d'espérances.

Elle déjeuna dans un restaurant élégant de la *Kärntnerstrasse*[1]. Elle n'était pas intimidée du tout et trouva puéril de n'avoir pas voulu descendre dans un hôtel de premier ordre. Rentrée chez elle, dans sa chambre, elle se déshabilla ; le repas riche et le vin, inhabituels pour elle, l'avaient si bien fatiguée qu'elle s'étendit sur sa chaise longue et s'endormit.

Il était cinq heures quand elle se réveilla. Et sans avoir vraiment envie de se lever. D'habitude à cette heure... Que ferait-elle si elle n'était pas venue à Vienne ? S'il ne lui avait pas répondu... si elle ne lui avait pas écrit ? S'il n'avait pas été décoré ? Si elle n'avait pas vu son portrait dans un magazine ? Si rien ne lui avait rappelé son existence ? S'il était devenu un petit artiste inconnu dans un orchestre de banlieue ? En voilà des idées... L'aime-t-elle donc parce qu'il est célèbre ? Qu'est-ce que cela lui fait ? S'intéresse-t-elle seulement à son jeu ?... N'aimerait-elle pas mieux qu'il fût moins connu, moins fêté ?... Certainement, elle se sentirait plus proche de lui, de la même famille, elle n'éprouverait pas cette gêne vis-à-vis de lui et il serait différent avec elle... Il ne manque pas de gentillesse, bien sûr, néanmoins... elle prend conscience maintenant tout à coup... que quelque chose aujourd'hui les a séparés. Oui, et c'est tout simplement qu'il est un homme que le monde entier connaît, tandis qu'elle n'est qu'une petite sotte de province ! Elle le revoit dans la salle devant les Rembrandt, regardant par la fenêtre alors qu'elle lui parle ; elle entend son adieu hâtif précédant un départ semblable à une fuite. Mais elle-même, a-t-elle ressenti quelque chose comme de l'amour ? A-t-elle été heureuse d'écouter ses paroles ? A-t-elle eu le désir de l'embrasser quand il se tenait à côté d'elle ?... Rien de tout cela. Et maintenant... attend-elle avec impatience la soirée promise, se réjouit-elle à l'idée de le revoir dans deux heures ? Et si, en prononçant un vœu, elle pouvait être transportée où bon lui semblerait, ne choisirait-elle pas, peut-être, de se trouver chez elle avec son enfant, de se promener avec lui dans les vignes, sans peur, sans émotion, avec la bonne conscience d'une mère accomplie, d'une honnête femme — au lieu de se trouver dans cette chambre d'hôtel sans âme, étendue sur un mauvais divan, et d'attendre avec inquiétude et pourtant sans joie les heures qui vont venir? Elle pense au temps proche encore où elle ne s'occupait que de son fils, de sa maison, de ses leçons. N'était-elle pas satisfaite, presque heureuse alors?… Elle jette un regard autour d'elle. Les murs nus de la chambre d'hôtel, leur vilaine peinture bleue et blanche, les taches de poussière et de saleté au plafond, l'armoire avec sa porte éternellement entrouverte, tout cela l'horripile. Non vraiment, elle n'est pas dans son élément! Son déjeuner à l'élégant restaurant, ses flâneries à travers la ville, sa fatigue, le grand vent, la poussière sont pour elle des réminiscences désagréables; elle a l'impression d'avoir vagabondé. Puis une autre pensée l'inquiète : s'il arrivait quelque chose chez elle!… Si l'enfant allait avoir la fièvre et qu'on télégraphiât chez sa cousine, à Vienne, ou encore qu'on vînt l'y chercher sans la trouver… tout serait découvert, on saurait qu'elle a menti, comme une femme de mauvaise vie qui a ses raisons de… Horrible!… Dans quelle situation se trouverait-elle vis-à-vis de son beau-frère, de sa belle-sœur, d'Elly, de son grand neveu… de la ville entière qui l'apprendrait aussitôt… et de M. Rupius! Non, décidément, elle n'est pas faite pour ce genre de choses! Qu'elle a été enfant, qu'elle a été maladroite, le moindre hasard peut la trahir! N'avait-elle pas songé à tout cela? N'était-elle possédée que d'une pensée, celle de le revoir, et avait-elle tout risqué pour cela… sa bonne réputation, tout son avenir?… Sa famille l'abandonnera peut-être, et elle perdra ses leçons si tout est découvert!… Tout… Mais qu'est-ce qu'ils peuvent apprendre? Est-il arrivé quelque chose? A-t-elle quelque chose à se reprocher?… Et avec le bonheur que procure une conscience nette, elle peut répondre : Rien! Si elle le veut, aujourd'hui même… par le train de sept heures, elle peut quitter Vienne, et être à dix heures chez elle, dans son appartement, dans sa chambre douillette auprès de son enfant chéri… Oui, elle le peut; le petit évidemment ne serait pas là… mais elle n'aurait qu'à le faire chercher… Non, cependant elle ne rentrera pas… non, il n'y a pas de raison… demain matin, il sera temps encore. Elle va prendre congé d'Emil ce soir… Elle le préviendra tout de suite qu'elle est décidée à rentrer chez elle le lendemain matin, et que du reste elle n'est venue que pour lui serrer la main… oui, voilà ce qui est le mieux. Oh, il peut bien l'accompagner jusqu'à son hôtel, et mon Dieu! il peut aussi dîner avec elle dans le jardin d'un restaurant s'il y tient… et elle s'en retournera comme elle est venue… Du reste, la manière d'être d'Emil la fixera sur ses intentions à son égard; elle sera très réservée, distante même, et elle n'aura pas de mal à cela, car elle est absolument calme. Tous ses désirs semblent de nouveau éteints, et elle sent qu'elle est prédestinée à rester une femme honnête. Elle a résisté à la tentation étant jeune fille, elle a été fidèle à son mari, son veuvage a été celui d'une femme irréprochable... en un mot, s'il veut l'épouser, elle en sera heureuse, mais elle repoussera toutes avances audacieuses avec la même rigueur que... que... douze ans plus tôt quand, derrière la *Paulanerkirche*, il lui a montré sa fenêtre.

Elle se lève, s'étire, fait jouer ses doigts et s'approche de la fenêtre. Le ciel est obscurci par quelques nuages venus des montagnes, mais le vent s'est apaisé. Elle s'apprête à partir.

À peine Berta se fut-elle éloignée de quelques pas que la pluie se mit à tomber. Sous son parapluie ouvert, elle crut être à l'abri de mauvaises rencontres. L'air était imprégné d'une odeur agréable, comme si la pluie apportait à la ville les parfums des forêts voisines. Berta, tout au plaisir de se promener, ne pensait plus que vaguement à sa destination. Le flot tumultueux de ses états d'âme l'avait fatiguée : elle n'éprouvait plus rien. Elle allait sans crainte, sans espoir, sans résolution aucune. Elle longea de nouveau les jardins bordant le *Ring*[1] et prit plaisir à respirer les senteurs du lilas mouillé. Le matin, elle n'avait pas remarqué cette splendide floraison mauve. Une idée soudain la fit sourire ; elle entra chez un fleuriste et acheta un bouquet de violettes. Tandis qu'elle approchait les violettes de son visage, elle se sentit très émue, et elle songea : le train de sept heures va partir pour chez moi ; et elle se réjouit comme si elle venait d'être plus maligne que quelqu'un. Elle traversa lentement le pont, pensant à son dernier voyage à Vienne où elle avait passé là pour voir la fenêtre de l'ancienne chambre d'Emil. Une foule compacte se bouscule, ici. Deux flux s'interpénètrent : l'un vers la banlieue, l'autre vers la ville. Des voitures de toutes sortes se croisent ; on entend des sonneries, des sifflements, les cris des cochers ; Berta essaye en vain de s'arrêter, elle se sent entraînée. Subitement, un coup de sifflet strident. Une voiture s'arrête, une tête se penche à la portière... c'est lui. Des yeux, il lui fait signe d'approcher ; quelques personnes s'arrêtent et veulent savoir ce que le jeune homme va dire à cette jeune dame qui s'avance vers sa voiture. Il dit, très doucement : « Veux-tu monter... ?

— Monter... ?

— Mais oui, il pleut !

— J'aimerais mieux marcher.

— À ta guise. » Emil descend de voiture, paye le cocher et Berta s'aperçoit, un peu effrayée, qu'une demi-douzaine de badauds attendent avec curiosité la suite de cette aventure. Emil se tourne vers Berta. « Viens. »

Ils traversent rapidement la chaussée et se mettent à l'abri des indiscrets. Ils s'en vont maintenant le long de la *Wien*, dans une rue un peu moins animée.

« Mais tu n'as même pas de parapluie, Emil !

— Ne veux-tu pas m'abriter sous le tien ?... Attends, non, pas comme ça ! » Il lui prend le parapluie des mains, passe son bras sous le sien et s'abrite en même temps qu'elle. Elle sent maintenant que c'est *son* bras, et elle est contente.

« Il n'y aura pas moyen d'aller à la campagne, dit-il.

— Dommage !

— Qu'as-tu fait de toute la journée ?

Elle raconte son déjeuner dans un élégant restaurant.

— Mais pourquoi ne m'as-tu pas dit cela ? Je pensais que tu étais invitée chez ta cousine ; nous aurions aussi bien pu déjeuner ensemble...

— Tu avais tant à faire, dit-elle, fière de son ton dégagé et un peu ironique.

— Oui, évidemment ; cet après-midi, j'ai dû écouter la moitié d'un opéra !

— Comment ça ?

— Un jeune compositeur est venu me voir... un homme très doué du reste. »

Elle est très contente ; voilà donc comment il occupe ses après-midi.

Il s'arrêta tout à coup et sans avoir quitté son bras, lui dit après l'avoir longuement regardée : « Tu sais que tu as beaucoup embelli ? Oui, sérieusement ! Et maintenant dis-moi franchement comment t'est venue l'idée de m'écrire ?

— Mais je te l'ai dit.

— Tu as pensé à moi pendant toutes ces années ?

— Beaucoup.

— Durant les années de ton mariage aussi ?

— Certainement, j'ai toujours pensé à toi. Et toi ?

— Souvent, très souvent.

— Mais...

— Mais quoi ?

— Tu es un homme, voilà.

— Oui... mais comment l'entends-tu ?

— Tu as sûrement aimé beaucoup de femmes !

— Aimé… aimé… oui, c'est vrai.

— Tandis que moi, dit-elle vivement, comme si la vérité longtemps réprimée voulait se faire jour, je n'ai jamais aimé que toi. »

Il prit sa main, la porta à ses lèvres. Puis il dit : « Laissons plutôt cela en pointillé, veux-tu?

— D'ailleurs, je t'ai apporté des violettes. »

Cette fois-ci, il sourit. « Et elles en sont la preuve? Tu viens de dire cela comme si tu n'avais cessé d'en cueillir ou du moins d'en acheter depuis que nous nous sommes quittés! Merci tout de même! Et pourquoi n'as-tu pas voulu monter en voiture?

— C'est tellement agréable de marcher.

— Oui, mais à la longue… Nous dînons ensemble, n'est-ce pas?

— Avec plaisir… Tiens, voilà un restaurant… » ajouta-t-elle vivement.

Ils s'étaient engagés dans des rues plus calmes, le soir tombait.

« Ah! non, fit-il en riant, nous passerons notre soirée plus agréablement que cela. »

Elle baissa les yeux. « Pourquoi pas ici? Nous aurions eu une petite table dans un coin tranquille.

— Je sais, mais je voudrais aller quelque part où nous soyons seuls.

— À quoi penses-tu? s'écria-t-elle. Ce n'est pas dans mes habitudes. »

Il haussa les épaules. « Comme tu voudras. As-tu déjà faim?

— Non, pas du tout. »

Ils se turent tous les deux. Puis il dit : « Et quand verrai-je ton petit garçon?

— Quand tu voudras », répondit-elle, ravie. Elle se mit à parler de Fritz, puis elle évoqua sa famille. Emil posait une question de temps en temps et fut bientôt au courant de tout ce qui se passait dans la petite ville, y compris les manœuvres de Klingemann, dont Berta lui parla en riant, mais avec une certaine satisfaction.

Les réverbères s'étaient allumés; leurs lueurs se reflétaient sur le pavé humide.

« Écoute, mon petit, nous ne pouvons pas nous promener ainsi toute la nuit, dit subitement Emil.

— Mais je ne peux pas non plus aller au restaurant avec toi… Pense donc, si je rencontrais ma cousine ou n'importe qui…

— Il n'y a pas de danger, personne ne nous verra. » Il entra sous une porte cochère et ferma le parapluie.

« Que fais-tu? » Elle vit un grand jardin avec des marquises qui protégeaient le long des murs les tables alignées avec leurs dîneurs.

« C'est là que tu veux dîner ?

— Non, non, suis-moi. » À droite de l'entrée était une petite porte entrouverte : « Par ici. »

Ils se retrouvèrent dans un étroit couloir éclairé, entre deux rangées de portes. Un serveur les salua, les précéda, ouvrit la dernière porte, les fit entrer et referma derrière eux. Dans le milieu de cette petite pièce se trouvait une table mise avec trois couverts ; contre le mur, un canapé de velours bleu ; en face, une glace ovale dans un cadre doré où Berta en enlevant son chapeau put lire ces deux noms gravés dans le verre : « Irma » et « Rudi ». Elle vit en même temps dans le miroir qu'Emil s'approchait d'elle. Il posa sa main sur sa joue et, renversant la tête de Berta, l'embrassa sur les lèvres. Puis il se détourna sans parler et sonna. Un très jeune maître d'hôtel entra immédiatement comme s'il avait été posté devant la porte. Quand il eut reçu quelques instructions, il s'en alla et Emil s'assit. « Eh bien, Berta ? » Elle fit volte-face, il prit doucement sa main et ne la quitta plus, même lorsque Berta se fut assise dans le coin du canapé à côté de lui. De sa main restée libre, elle lui caressait distraitement les cheveux.

Un garçon plus âgé entra et Emil composa le menu. Berta approuvait. Quand le garçon eut disparu, Emil reprit : « Pourquoi avons-nous tant attendu ?

— Que veux-tu dire ?

— Pourquoi ne m'as-tu écrit que maintenant ?

— Et toi… pourquoi n'as-tu pas été décoré plus tôt ?! »

Il tenait sa main dans la sienne et la baisa.

— Mais puisque tu viens si souvent à Vienne.

— Moi… ? »

Il la regarda. « Ne m'as-tu pas écrit quelque chose d'approchant ? »

Elle se souvint et rougit. « Ah oui… quelquefois… Tiens, je suis venue lundi dernier. »

Le garçon apporta des sardines et du caviar, puis disparut.

« Eh bien, dit Emil, il faut croire que c'était le moment.

— Quel moment ?

— Celui de nous revoir !

— Ah ! si tu savais comme je l'ai attendu ! »

Il sembla réfléchir et poursuivit : « Et tu sais, je suis content que cela se soit passé, autrefois… comme cela s'est passé. Je crois que c'est pour cela que le souvenir en est resté si beau.

— Oui, merveilleux. »

Ils se turent tous les deux. Elle rompit le silence : « Te souviens-tu ?… » Et elle parla de ce temps lointain, de leurs promenades au *Stadtpark*, de la première audition du jeune musicien au Conservatoire. Il approuvait de la tête et, le bras sur le dossier du canapé, il effleurait de sa main les petits cheveux qui frisaient sur la nuque de Berta. De temps à autre il lançait un mot. Oui, il se rappelait tout cela, il avait même souvenance d'une excursion un dimanche matin, dans les prairies au bord du Danube, qu'elle-même avait oubliée.

« Et te rappelles-tu aussi le jour, dit Berta, où nous… elle hésitait à poursuivre… où nous nous sommes presque fiancés ?

— Oui, fit-il, et qui sait… » Il allait peut-être dire : j'aurais mieux fait de t'épouser… mais il ne le dit point.

Emil commanda du champagne.

« Il n'y a pas longtemps que j'ai bu du champagne, dit Berta, il y a six mois exactement, quand nous avons fêté le cinquantième anniversaire de mon beau-frère. » Elle pensa aux réceptions chez son beau-frère et fut surprise de constater avec quel recul lui apparaissaient la petite ville et tous ceux qui y habitaient. Le jeune serveur apporta une bouteille de champagne frappé. Berta songea subitement qu'Emil devait être venu ici avec d'autres femmes. Mais cette pensée la laissa indifférente.

Ils trinquèrent et vidèrent leurs verres. Emil enlaça Berta et l'embrassa. Ce baiser lui rappela quelque chose… Quoi donc ?… Les baisers d'autrefois quand elle était jeune fille ?… Les baisers de son mari ?… Non… soudain elle se souvint : c'était comme cela que son jeune neveu l'avait embrassée l'autre jour.

Le serveur apporta des fruits et des petits fours. Emil posa quelques dattes et un peu de raisin sur une assiette, pour Berta.

« Pourquoi ne dis-tu rien ? demanda-t-elle. Pourquoi me laisses-tu toujours parler ? Alors que toi, tu aurais tant de choses à dire !

— Moi… ? Il buvait lentement son champagne.

— Mais oui, raconte-moi tes voyages.

— Mon Dieu… une ville ressemble à l'autre. N'oublie pas que je voyage rarement pour mon plaisir.

— Oui, c'est vrai ! » Elle n'avait plus songé du tout qu'elle se trouvait avec le célèbre violoniste Emil Lindbach et elle se crut obligée de dire : « D'ailleurs, tu vas donner un concert ici. Comme j'aimerais t'entendre à nouveau ! »

Il répondit sèchement : « Personne au monde ne t'en empêchera. »

Elle pensa qu'elle aimerait beaucoup mieux l'entendre jouer pour elle toute seule, pas en concert, mais sur le point de le dire, elle s'arrêta en pensant que c'était comme si elle lui déclarait tout de suite : Je veux aller chez toi. Et qui sait, peut-être sera-t-elle chez lui tout à l'heure… Elle se sent toute légère comme chaque fois qu'elle a bu du vin… Mais non, c'est différent… ce n'est pas la douce griserie habituelle qui l'émoustille un peu, c'est davantage, c'est mieux. Et ce ne sont pas les quelques gouttes de champagne qui l'enivrent, mais le contact de cette chère main qui caresse son front, ses cheveux. Il s'est assis à côté d'elle en attirant sa tête sur son épaule. Elle voudrait dormir ainsi… non, vraiment, elle n'en demande pas davantage… Elle l'entend murmurer « Chérie… » et elle tressaille. Pourquoi seulement aujourd'hui… n'aurait-elle pu connaître tout cela plus tôt ? Quel sens y avait-il à vivre comme elle a vécu ?… Il n'y avait pourtant rien de mal à ce qu'elle faisait maintenant… et comme il était doux de sentir le léger souffle d'un jeune homme sur ses paupières… Mais non… pas celui d'un jeune homme… celui d'un amant… Elle tenait les yeux clos. Elle n'essayait même pas de les rouvrir, elle ne voulait pas savoir où elle était, ni avec qui… Mais qui est donc là ?… Richard ? Non… Est-elle donc en train de s'endormir ? Elle est ici avec Emil… Avec qui ?… Mais qui est cet Emil ?… Comme il est difficile de s'y retrouver ! Ce souffle sur ses paupières est celui de l'homme qu'elle a aimé jadis… et aussi celui d'un artiste célèbre qui va donner un concert prochainement… et celui d'un être qu'elle n'a pas vu depuis des milliers de jours… d'un homme avec qui elle est seule dans un restaurant et qui maintenant peut faire d'elle ce qu'il veut… Elle sent un baiser sur ses yeux… Comme il est tendre… et qu'il est beau… mais au fond à quoi ressemble-t-il ?… Si elle ouvrait les yeux, elle le verrait très bien… Mais elle aime mieux essayer de le voir en pensée, sans le regarder… Quelle drôle de chose tout de même… ce n'est pas son visage !… C'est celui du premier garçon, qui vient de sortir… Mais Emil, comment est-il ?… Non, ce n'est pas lui, c'est à nouveau Richard… Assez… assez… c'est ignoble ! Elle ne fait que penser à d'autres hommes pendant qu'elle… avec lui… Ah ! si seulement elle pouvait ouvrir les yeux !… Elle fait un geste si vif que pour un peu elle repousserait Emil… puis elle ouvre les yeux, enfin.

Emil la regarde en souriant et lui demande : « M'aimes-tu ? »

Elle l'attire plus près et l'embrasse, oui, elle l'embrasse pour la première fois depuis qu'ils se sont revus ; elle sent bien qu'elle fait quelque chose qui est contraire à ses résolutions de ce matin… Mais qu'avait-elle décidé ?… De ne pas faire d'avances, de se refuser… Oui, c'est vrai qu'à un certain moment elle l'avait résolu, mais pourquoi ?

Puisqu'elle l'aime et que l'instant est venu, celui qu'elle attend depuis des jours, non, des années... Leurs lèvres restent unies... Ah, comme elle voudrait être dans ses bras... elle voudrait être toute à lui!... S'il pouvait ne pas parler... l'emmener simplement... il sentirait alors que personne au monde ne l'aimera jamais comme elle...

Emil se lève, il se promène de long en large dans la petite pièce. Elle porte son verre à ses lèvres. « Non, Berta, dit-il tout bas, assez. » Il a raison... que fait-elle donc? Va-t-elle s'enivrer? A-t-elle besoin de cela? Non, elle ne doit de comptes à personne, elle est libre, elle est jeune, elle veut enfin être heureuse, elle aussi!

« Si nous nous en allions? » dit Emil. Berta acquiesce d'un signe de tête. Il l'aide à passer sa veste; debout devant le miroir elle pique l'épingle dans son chapeau. Ils sortent. Le jeune serveur, à la porte, les salue. Une voiture les attend devant le portail. Berta y monte; elle n'entend pas l'adresse qu'Emil donne au cocher. Emil vient s'asseoir auprès d'elle. Ils sont silencieux pendant que la voiture roule et les emporte, serrés l'un contre l'autre, loin, très loin... Où peut bien habiter Emil? Peut-être a-t-il demandé au cocher de faire un détour, en sachant combien il est agréable de rouler ainsi, ensemble dans la nuit... La voiture s'arrête. Emil descend. « Passe-moi ton parapluie », dit-il. Elle le lui tend, il l'ouvre sous la pluie battante. Elle descend à son tour; les voilà tous deux qui s'abritent ensemble... Est-ce la rue où il habite?... La porte cochère s'ouvre; ils entrent, Emil prend la bougie des mains du concierge. Un bel escalier, très large. Au premier étage Emil sort une clef et ouvre une porte. Par un petit vestibule, ils pénètrent dans un salon. Emil allume les deux bougies qui se trouvent sur la table avec celle qu'il tient à la main, puis il s'approche de Berta qui attend près de la porte, la fait entrer, lui enlève doucement l'épingle qui retient son chapeau qu'il pose sur la table. À la lueur incertaine des deux bougies, Berta aperçoit des gravures en couleur : les portraits de l'Empereur et de l'Impératrice, lui semble-t-il... puis contre le mur, un large divan couvert d'un tapis persan; près de la fenêtre, un petit piano droit, et posées dessus, quelques photographies encadrées... Plus haut sur le mur, est accroché un tableau qu'elle ne distingue pas bien. De l'autre côté, des portières rouges drapées cachent à moitié une porte entrouverte... assez largement pour laisser apercevoir quelque chose de très clair. Elle ne peut alors s'empêcher de lui demander : « Tu habites ici?

— Comme tu vois. »

Berta regarde devant elle, sur la table, et aperçoit un carafon de liqueur, deux verres, un compotier chargé de fruits et de gâteaux.

« Est-ce la pièce où tu travailles ? » Ses yeux cherchent instinctivement le pupitre indispensable à un violoniste. Il l'enlace, la mène tout près du piano ; puis il s'assied et la prend sur ses genoux. « J'aime mieux te l'avouer, dit-il simplement, sur un ton presque sec, je n'habite pas vraiment ici. Je n'ai loué ceci... que pour nous... pour quelque temps... je trouvais que c'était plus raisonnable... Tu sais, Vienne est une petite ville, et je ne voudrais pas t'emmener chez moi la nuit ! »

Elle comprend, et cependant, elle n'est pas contente. En levant les yeux, elle distingue très bien maintenant le sujet du tableau qui se trouve au-dessus du piano : c'est une femme nue. Berta a bizarrement envie de voir cette peinture de près. « Qu'est-ce que c'est que cela ? dit-elle.

— Ce n'est pas un chef-d'œuvre », répond Emil. Elle s'approche, tandis qu'il éclaire la toile avec une allumette et elle a l'impression que du haut de cette croûte, la femme la nargue, la bouche et les yeux insolents, si bien qu'elle est heureuse que l'allumette s'éteigne.

« Au fond, dit alors Emil, tu pourrais me jouer quelque chose au piano ? » Elle s'étonne de le trouver si calme... A-t-il donc oublié qu'elle est là, tout près de lui... ?... Mais au fait, éprouve-t-elle de son côté beaucoup d'émotion ?... non... une sorte de tristesse semble monter des quatre coins de cette pièce... Pourquoi donc ne l'a-t-il pas plutôt emmenée chez lui ?... Quelle est cette maison ?... Elle regrette à présent de n'avoir pas bu davantage... Elle est restée trop lucide...

« Eh bien, tu ne veux pas me jouer quelque chose ? dit Emil. Il y a une éternité que je ne t'ai entendue. »

Elle s'assied et essaye un accord. « Mais j'ai tout oublié.

— Essaye tout de même ! » Elle joue doucement une des *Feuilles d'Album*[1] de Schumann et elle se revoit l'autre soir chez elle, très tard, improvisant tandis que Klingemann déambulait devant ses fenêtres ; et sans le vouloir, elle se souvient de ce tableau lascif qu'il a, paraît-il, chez lui. Puis elle regarde à nouveau la femme nue au-dessus du piano, qui a les yeux dans le vague.

Emil a approché sa chaise de la sienne. Il l'attire vers lui et l'embrasse tandis que ses mains continuent à jouer et finissent par s'immobiliser sur le clavier. Berta entend la pluie qui fouette les vitres, et elle se sent soudain comme chez elle.

Subitement, il lui semble qu'Emil la soulève ; sans dénouer ses bras qui l'enlacent, il s'est levé doucement et la guide... Elle sent que son bras droit frôle la porte… elle garde les yeux fermés… et sur ses cheveux elle sent le souffle frais d'Emil…

Quand ils se retrouvèrent dans la rue, la pluie avait cessé, mais l'air était imprégné d'une douce et délicieuse humidité. La plupart des réverbères étaient déjà éteints, un seul bec de gaz brûlait au coin de la rue. Et comme le ciel était encore couvert de nuages, une profonde obscurité pesait sur la ville. Emil avait offert le bras à Berta, et ils marchèrent sans parler. Une heure sonna à un clocher. Berta fut étonnée. Elle avait cru le matin tout proche ; mais elle était heureuse de marcher ainsi, appuyée au bras d'Emil et d'aller calmement dans l'air doux de la nuit, avec cet homme qu'elle aimait si fort.

Ils débouchèrent sur une grande place : la *Karlskirche*[1] se dressait devant eux.

Emil héla un cocher qui s'était endormi sur le marchepied de son fiacre, resté ouvert.

« Il fait si beau, dit Emil, nous pourrions faire un petit tour en voiture avant que je te ramène à ton hôtel, si cela te va ? »

Le fiacre démarra. Emil avait enlevé son chapeau, Berta le mit sur ses genoux ; ce geste familier lui fit plaisir. Elle observa Emil du coin de l'œil : son regard était vague, absent. « À quoi penses-tu ?

— Moi… ? À vrai dire, je pense à une mélodie de l'opéra que mon jeune compositeur m'a joué tantôt. Mais je ne la retrouve pas.

— Tu penses à des mélodies en ce moment ?… » dit-elle en souriant, mais avec un léger reproche dans la voix…

Nouveau silence. La voiture traversa lentement le Ring désert, passa devant l'Opéra, le Musée et le Volksgarten.

« Emil ?

— Que veux-tu, ma chérie ?

— Quand pourrai-je enfin t'entendre jouer ?

— Mais je donne un concert ces jours-ci. » Il le dit comme s'il s'agissait d'une bonne farce.

« Non, Emil… pour moi toute seule… Dis-moi que tu joueras… Je t'en supplie !

— Entendu.

— Cela me ferait si plaisir ! Je voudrais tellement que tu saches alors que personne ne t'écoute en dehors de moi.

— Bon, d'accord, mais ne parlons pas de cela en ce moment. » Il le dit fermement comme s'il voulait vis-à-vis d'elle mettre quelque chose à l'abri. Elle ne comprit pas que ce qu'elle lui demandait pourrait lui être désagréable et elle poursuivit :

— C'est donc d'accord alors, pour demain à cinq heures chez toi?

— Oui. Je suis curieux de voir si mon appartement te plaira.

— Oh, sûrement! Ce doit être plus beau que l'endroit où nous avons été. Et nous passerons la soirée ensemble?... Vois-tu... c'est que... pour ma cousine...

— Mais, mon trésor, ne faisons pas de programme. »

Il lui passa le bras autour du cou, comme s'il voulait par ce geste lui prodiguer une tendresse qui faisait totalement défaut à ses paroles.

— Emil?

— Eh bien?

— Demain, nous jouerons ensemble la *Sonate à Kreutzer*... l'andante au moins?

— Mon cher petit, cessons de parler musique. Je sais bien que cela t'intéresse énormément... » Il avait dit cela de ce ton indéfinissable qui flottait entre la sincérité et l'ironie; Berta n'osa pas insister. Et pourtant, son envie de l'entendre jouer du violon était aiguë, comme une douleur physique.

« Tiens, nous voilà tout près de chez toi! s'exclama Emil, et comme s'il avait oublié la promenade promise, il cria au cocher l'adresse de l'hôtel de Berta.

— Emil...?

— Eh bien, mon trésor?

— Tu m'aimes encore?

Pour toute réponse, il l'attira à lui et l'embrassa sur les lèvres.

— Dis-moi, Emil...

— Que faut-il te dire?

— Mais tu n'aimes pas qu'on t'interroge...

— Demande quand même, mon petit.

— Qu'est-ce que tu feras?... Qu'as-tu l'habitude de faire dans la matinée?

— Oh! cela varie beaucoup. Demain, par exemple, je jouerai le solo de violon d'une messe de Haydn dans la *Lerchenfelder Kirche*[1].

— Vraiment? Mais alors, je pourrai t'entendre dès demain matin?

— Si cela te fait plaisir. Mais ce n'est vraiment pas la peine... Je veux dire... la messe est très belle, bien sûr...

— Comment se fait-il que tu joues dans cette petite église-là?

— C'est... c'est une amabilité de ma part.

— Envers qui?

— Envers… envers Haydn naturellement!»

Quelque part Berta eut mal. Elle se sentait certaine, à cet instant, qu'il avait une raison particulière de jouer dans l'église de Lerchenfeld. Peut-être une femme chantait-elle aussi, une femme qu'il connaissait… Car au fond, elle en savait si peu… mais elle s'y rendra de toute façon… Elle est décidée… elle ne le laissera pas à une autre!… C'est à elle qu'il appartient, à elle seule… d'ailleurs, il le lui a dit… et elle saura bien le garder… Elle a tant de tendresse en attente… qui est toute pour lui… elle l'enveloppera de son amour… il ne pourra plus penser à une autre… Elle viendra habiter Vienne, elle sera auprès de lui sans cesse, toujours.

«Emil…

— Qu'as-tu, mon trésor?» Il se tourna vers elle et la regarda, comme s'il était inquiet.

«M'aimes-tu?… O mon Dieu!… nous voilà déjà arrivés!

— Vraiment? dit Emil tout étonné.

— Oui… là, vois-tu… c'est là que j'habite. Allons, Emil, dis-moi encore…

— Oui, demain, à cinq heures, ma chérie, je m'en fais une fête.

— Non pas… si tu…»

La voiture s'arrêta; Emil attendit aux côtés de Berta que le portier vînt ouvrir, puis il lui baisa la main très formellement, dit «Au revoir, chère madame…» et la voiture l'emporta.

Cette nuit-là elle dormit profondément.

Elle s'éveilla dans la clarté du grand jour. La soirée de la veille lui revint tout de suite à l'esprit, et elle fut contente de constater que ce qu'elle avait appréhendé comme une chose difficile, presque ténébreuse, lui laissait un souvenir charmant, une joie délicieuse. Elle était fière que ses baisers n'eussent pas trahi la novice. Elle ne sentait pas le moindre remords comme il aurait été de mise, lui semblait-il, après ce qu'elle avait vécu. Et des mots comme «le péché» ou «avoir une liaison» ne lui passèrent que fugitivement par l'esprit, car ils lui paraissaient dépourvus de tout sens. Elle était sûre d'avoir répondu aux ardeurs d'Emil comme une femme qui savait aimer, et elle se réjouissait à l'idée que ses sentiments passionnés lui avaient inspiré tout ce qui, chez beaucoup de femmes, n'est que le fruit des nuits d'ivresse. Il lui apparut qu'elle s'était découvert la veille au soir un talent spontané et elle faillit regretter de n'en avoir pas usé plus tôt. Elle se souvint qu'Emil l'avait interrogée sur son passé — sans du reste qu'elle s'en offusquât comme elle aurait dû —, et elle souriait en pensant qu'elle lui avait dit une vérité à laquelle il avait refusé de croire. Puis elle pensa à leur prochaine rencontre, et se vit chez lui, inspectant son appartement. Une idée lui vint : elle se conduirait comme si rien ne s'était encore passé. Ses yeux mêmes ne refléteraient pas le souvenir de la nuit précédente ; il devrait la désirer, la conquérir à nouveau... non seulement par ses paroles, mais aussi par sa musique... c'est cela ! Et n'avait-elle pas l'intention d'aller l'entendre dès ce matin ?... Mais oui ! à l'église... Et elle se souvint du mouvement de jalousie qu'elle avait ressenti la veille... Pourquoi donc ?... Cela lui sembla assez drôle d'être jalouse d'une cantatrice qui peut-être chanterait cette messe, jalouse de n'importe quelle inconnue. Mais elle irait tout de même... Ah, comme ce sera beau d'écouter sans être vue ni sans le voir, dans la pénombre de l'église, les sons du violon qui, du haut de la tribune, descendront vers elle. Il lui semble qu'elle va connaître une caresse nouvelle, qu'Emil lui prodiguera sans le soupçonner.

Elle se lève tranquillement, s'habille. Le souvenir de chez elle l'effleure, mais il est sans force. Elle a même du mal à y penser. Et loin d'en avoir du remords, elle en est plutôt fière. Elle n'est plus que la chose d'Emil ; tout ce qui fut avant lui semble effacé. S'il lui disait : tu vas vivre un an, un été seulement avec moi et tu mourras ensuite... elle accepterait.

Ses cheveux dénoués tombent sur ses épaules. Les souvenirs qui l'assaillent la font presque chanceler... O Dieu, pourquoi si tard, si tard ?... Mais il lui reste encore beaucoup de temps... elle peut rester jolie encore longtemps, pendant cinq ans, pendant dix ans... peut-être pendant plus longtemps encore, et pour lui, puisqu'ils vivront ensemble, puisqu'il vieillira avec elle. Une fois de plus, l'espoir la soulève : s'il l'épousait, s'ils habitaient ensemble, s'ils voyageaient, s'ils dormaient ensemble nuit après nuit... Mais quelque chose la gêne un peu, soudain. Pourquoi toujours agiter ces pensées ? Vivre ensemble, c'est bien davantage : c'est aussi partager des soucis et pouvoir parler de tous les sujets ! Être une amie pour lui, surtout, voilà ce qu'elle veut ! Voilà ce qu'elle lui dira tout à l'heure. Et il faudra enfin qu'il parle de lui, qu'il se confie un peu, qu'il raconte en détail quelle sorte de vie il a menée depuis leur séparation, douze ans plus tôt... et jusqu'à... jusqu'à hier soir... où elle l'a revu pour la première fois et où elle est devenue tout à fait sienne... puisque voilà qu'elle ne pense plus qu'à lui... à peine se sent-elle encore une mère... non, rien que sa bien-aimée !

Quand elle sortit, le soleil d'une journée d'été brillait. Elle se dit qu'il y avait plus de monde que de coutume dans les rues et remarqua que la plupart des magasins étaient fermés... Mais c'est vrai, c'était dimanche, elle n'y avait pas songé ! Et elle s'en réjouit. Elle rencontra un monsieur très svelte, qui portait son pardessus ouvert et qui se promenait avec une jeune fille aux yeux très noirs et rieurs. Berta ne put s'empêcher de penser : Nous devons être un couple comme celui-là... Et elle songea encore comme il serait bon de se promener au bras d'Emil, pas la nuit mais en plein jour, comme ces deux-là, les yeux riant de bonheur. Tandis que quelques messieurs la dévisageaient en passant, elle se sentit posséder un nouveau talent : celui de lire dans les yeux. L'un d'eux, qui la regardait gravement, avait l'air de dire : Oh ! toi, tu n'es pas meilleure que les autres ! Puis deux jeunes gens la croisèrent, qui cessèrent de parler en la voyant. Elle eut l'impression qu'ils devinaient ce qui s'était passé la nuit dernière. Un autre, qui semblait très pressé, lui jeta un rapide regard de côté et ses yeux disaient : De quel droit te promènes-tu fièrement comme une honnête femme ? Cette nuit tu as couché avec l'un de nous. Ce « l'un de nous » s'imposait à elle car, pour la première fois de sa vie, elle ne pouvait s'empêcher, à chaque passant, de se dire que c'était un homme — ou que c'était une femme, et que tous, ils se désiraient, ils se cherchaient et ils se trouvaient autant qu'ils le voulaient. Et il lui semblait qu'hier encore elle était hors circuit, écartée des secrets dont aujourd'hui elle pouvait parler en connaissance de cause. Elle tenta d'évoquer les premiers temps qui suivirent son mariage, mais se souvint qu'elle n'avait éprouvé que déception et honte. Très confusément lui revint une formule dont elle ne savait pas si elle l'avait lue un jour, ou bien entendu dire : malgré tout, c'est toujours la même chose. Et elle eut l'impression d'être de beaucoup supérieure à l'auteur d'une pareille sentence.

Elle s'aperçut qu'elle avait pris le même chemin que la veille. Ses yeux s'arrêtèrent sur le panneau annonçant le concert auquel participait Emil. Elle éprouva de l'agrément à rester devant. Un monsieur se tenait à côté d'elle. Et elle sourit en pensant : s'il savait que mes yeux sont fixés sur le nom de l'homme qui a été mon amant cette nuit... Elle se sentait soudain très fière. Ce qu'elle avait fait lui paraissait une rareté. Et elle avait peine à s'imaginer que d'autres femmes soient aussi hardies. Elle traversa encore une fois le *Volksgarten* où il y avait plus de monde que la veille. Elle vit à nouveau des enfants qui jouaient, ainsi que les gouvernantes et les bonnes occupées à causer, à lire, à tricoter. Elle remarqua un très vieux monsieur assis sur un banc au soleil, qui, l'ayant regardée, hocha la tête et lui lança des regards durs et intraitables. Elle trouva cela très désagréable et eut l'impression d'une vague injustice commise envers lui. Mais en se retournant malgré elle, elle observa qu'il considérait le sable inondé de soleil et hochait toujours la tête. Comprenant que c'était dû à son âge, elle se demanda si Emil aussi serait un jour un très vieux monsieur qui va s'asseoir au soleil pour hocher la tête.... Elle se vit soudain dans l'allée des marronniers de sa petite ville, toute jeune encore, accompagnant la voiture d'infirme dans laquelle on poussait Emil. Elle tressaillit. Si M. Rupius savait... Non, jamais de la vie il ne la croirait capable d'une chose pareille. S'il avait pu supposer cela, il ne l'aurait pas appelée près de lui, il ne lui aurait pas dit que sa femme voulait le quitter... Comme tout ce qui remplissait sa vie désormais était étrange! Elle eut l'impression d'être enveloppée d'un réseau d'inextricables complications, comme aucune autre femme. Ce qui n'était pas sans renforcer sa fierté. En passant près d'un groupe d'enfants dont quatre portaient le même uniforme, elle s'étonna de n'avoir pas songé une minute aux suites possibles de son aventure de la veille... mais qu'il put y avoir une relation entre ses étreintes folles dans un lit étranger et un enfant qui lui dirait «mère» lui sembla impossible.

Elle quitta le jardin et se dirigea vers la *Lerchenfelderstrasse.* Sentait-il en ce moment qu'elle marchait à sa rencontre? Sa première pensée, ce matin, avait-elle été pour elle? Et elle se dit alors qu'elle s'était représenté tout autrement le matin suivant une nuit d'amour... plutôt comme un éveil ensemble, cœur contre cœur, dans un baiser.

Elle croisa des soldats; les officiers la laissèrent passer poliment. L'un en la frôlant lui dit: «pardon, excusez-moi!» C'était un fort bel homme, et elle fut agacée qu'il ne lui prêtât pas autrement attention. Elle ne put s'empêcher de penser: a-t-il lui aussi une maîtresse? Et eut aussitôt l'intuition qu'il avait passé la nuit avec elle et que, comme Emil, il n'avait pas d'autre amour et ne s'intéressait à personne sauf à elle.

Bientôt elle fut devant l'église. Le son de l'orgue se faisait entendre jusque dans la rue. Un équipage attendait avec un domestique en livrée sur le siège. D'où venait cette voiture? Berta eut la brusque intuition qu'il devait y avoir une relation secrète entre cette voiture et la présence d'Emil, et elle se proposa de quitter l'église avant la fin de la messe pour voir qui pouvait bien y monter. Elle entra dans l'église bondée et s'avança dans l'allée centrale jusqu'auprès du maître-autel où le prêtre officiait. L'orgue se tut et les instruments à cordes se firent entendre. Elle se retourna vers la tribune. Il était tout de même curieux qu'Emil jouât le solo d'une messe de Haydn pour ainsi dire incognito dans la *Lerchenfelderkirche*... Elle regarda attentivement les silhouettes des femmes dans les premiers rangs. Elle remarqua deux… trois… quatre jeunes femmes, et plusieurs vieilles dames ; deux d'entre elles étaient au premier rang, l'une très élégante, habillée de soie noire ; l'autre paraissait être sa caméristе. Berta pensa que l'équipage était certainement à l'élégante vieille dame et se sentit tranquillisée. Elle rebroussa chemin et, sans trop s'en rendre compte, chercha des yeux les jolies femmes qui pouvaient se trouver à l'église. Il y en avait quelques-unes, mais toutes semblaient profondément recueillies et Berta fut honteuse d'être la seule à se promener en ce lieu avec des pensées profanes. Elle s'aperçut que le solo de violon avait commencé. C'était lui qui jouait, lui, lui!… Pour la première fois depuis plus de dix ans, elle l'entendait jouer, et il lui sembla retrouver la même suavité, qu'elle reconnaissait comme on reconnaît le son d'une voix humaine. L'air de soprano commença. Ah ! si elle avait pu voir la cantatrice ! C'était une voix claire et fraîche, pas très travaillée ; et Berta sentit qu'un lien singulier unissait le violon à cette voix. Emil devait évidemment connaître la jeune fille qui chantait… mais n'y avait-il pas quelque chose de plus, un mystère entre eux?… Le chant se tut tandis que le violon continuait, lui parlant maintenant à elle toute seule comme pour l'apaiser. L'orchestre reprit, et le violon solo planait au-dessus des autres instruments, ne semblant avoir qu'un seul désir, celui de s'expliquer avec elle. Il disait : Je sais que tu es là et je ne joue que pour toi… L'orgue entra, mais le violon dominait toujours. Berta était émue aux larmes. Enfin le violon se tut, comme englouti par le flot d'harmonie des instruments divers, et ne ressurgit pas. Berta n'écoutait presque plus, mais cette musique l'enveloppait de sa douceur consolante. Parfois elle croyait même distinguer le violon d'Emil dans l'orchestre et tout ce qu'elle avait vécu lui paraissait invraisemblable comme un conte… d'être ici, en bas, appuyée contre un pilier, et lui, assis parmi les choristes, devant son pupitre… eux qui avaient passé la nuit dans les bras l'un de l'autre, et tous les gens dans cette église ne s'en doutaient pas… Elle voulait le voir… sans tarder ! Elle décida de l'attendre en bas de l'escalier… elle ne lui parlerait pas… non, mais elle le verrait, descendant parmi les autres… ainsi que la cantatrice dont elle avait été jalouse. Mais à présent, elle ne l'était plus, elle avait compris qu'il ne pouvait lui mentir… La musique s'était tue. Berta voulut chercher l'escalier, mais elle fut poussée vers la sortie. Cela valait mieux… Elle ne pouvait pas se poster là et attendre… Que dirait-il? Il en serait certainement mécontent ! Non, elle allait disparaître avec les autres, et c'est ce soir seulement qu'elle lui dirait qu'elle l'avait entendu. Elle avait peur maintenant qu'il ne la vît. Arrivée à la sortie, elle descendit quelques marches et passa près de l'élégante voiture à l'instant même où la vieille dame et sa camériste y montaient. Elle sourit, se souvenant de la crainte que lui avait inspirée cette voiture, et sentit comme par enchantement se dissiper tous ses autres soupçons. Elle avait l'impression d'avoir vécu une étrange aventure et d'être au seuil d'une vie entièrement nouvelle. Mais pour la première fois, elle y découvrait un sens ; tout le reste n'avait été qu'imaginaire et s'anéantissait, comparé au bonheur qui faisait battre son pouls, tandis qu'elle traversait en flânant les rues du faubourg pour rentrer à l'hôtel. Quand elle fut presque arrivée, elle se rendit compte qu'elle avait parcouru la ville comme dans un rêve et elle n'arriva même pas à se souvenir de son chemin ou si elle avait croisé des gens.

Quand elle demanda la clef de sa chambre, le portier lui remit une lettre et un bouquet de violettes et de lilas... Oh, pourquoi n'avait-elle pas pensé, elle aussi, à lui envoyer des fleurs ?... Mais qu'avait-il à lui dire ? Légèrement anxieuse, elle décacheta la lettre et lut :

« Mon aimée,

« Je veux te remercier encore de la douce soirée d'hier. Nous ne pourrons malheureusement pas nous voir aujourd'hui. Il ne faut pas m'en vouloir, ma chère Berta, je t'en prie, et je te demande aussi de me prévenir à temps la prochaine fois que tu reviendras à Vienne.

« Je suis tout à toi.

« Emil. »

Elle monta en courant jusqu'à sa chambre... Pourquoi ne pouvait-il pas la voir ? Pourquoi n'en disait-il pas même la raison ?... Que pouvait-elle savoir après tout de ses obligations professionnelles ou mondaines ?... Il avait craint sans doute que ce ne fût trop long à expliquer, il avait senti qu'en insistant sur la cause de son empêchement, il aurait l'air de chercher un prétexte. Et cependant... Pourquoi écrivait-il « la prochaine fois que tu reviendras à Vienne » ?... Ne lui avait-elle pas dit qu'elle restait quelques jours ? Il l'avait oublié, certainement. Sans plus tarder, elle s'assit pour écrire :

« Mon Emil chéri,

« Je suis désolée de ce contretemps, mais je ne pars pas encore, heureusement. Écris-moi tout de suite, mon aimé, et dis-moi quand tu auras le temps de me voir demain ou après-demain. Mille tendres baisers.

« Berta. »

« P.-S. — La date de mon prochain voyage à Vienne est très incertaine et je ne voudrais pas partir sans t'avoir revu. »

Elle relut sa lettre et ajouta : « Il faut absolument que je te revoie ! »

Elle descendit en hâte dans la rue, remit cette lettre à un commissionnaire et lui recommanda de ne pas revenir sans réponse. Puis elle remonta chez elle et s'installa près de la fenêtre. Elle ne voulait pas réfléchir, elle voulait simplement regarder dans la rue, se distraire. Elle s'obligea à concentrer son attention sur les passants, se souvenant du jeu qu'elle avait souvent pratiqué avec ses frères et qui consistait à trouver à qui ressemblaient les personnes qu'on voyait. Il était assez difficile de trouver de ces ressemblances, car sa chambre était au troisième étage, mais d'un autre côté, l'éloignement facilitait une interprétation arbitraire. Vint d'abord une femme qui ressemblait à sa cousine Agathe, puis quelqu'un qui lui rappela son professeur de piano, au Conservatoire ; il donnait le bras à une femme qui avait le même air que la cuisinière de sa belle-sœur. Un jeune garçon avait l'allure de son frère, le comédien et juste derrière lui arrivait son père défunt, dans un uniforme de commandant ; il s'arrêta devant l'hôtel, leva les yeux comme s'il la cherchait et disparut sous la porte cochère. Pendant une minute, elle eut peur comme si c'eût été réellement le fantôme de son père, ressurgi de la tombe. Puis, éclatant d'un rire forcé, elle essaya de poursuivre son jeu, mais ce fut en vain. Elle guettait toujours le commissionnaire. Elle décida de déjeuner pour faire passer le temps. Quand elle eut commandé son repas, elle s'approcha encore une fois de la fenêtre. Elle ne regardait plus maintenant dans la direction d'où devait venir le commissionnaire, mais elle observait les omnibus et les tramways hippomobiles qui transportaient une foule de gens qui se rendaient dans les environs de Vienne. Elle revit le commandant de tout à l'heure et qui, un cigare à la bouche, sautait sur le marchepied d'un tramway. Il ne ressemblait plus du tout à son père. Un léger bruit derrière elle la fit se retourner : c'était le garçon d'hôtel. Berta mangea peu et but rapidement le vin. Sitôt après, elle eut sommeil et s'installa dans le coin du divan. Ses pensées devinrent vagues tandis qu'elle percevait, comme un écho lointain, les sons de l'orgue qu'elle avait entendus à l'église. Elle ferma les yeux et revit soudain, comme dans un mirage, la pièce où elle avait été la veille, les rideaux rouges et le lit blanc. Elle-même se trouvait assise près du piano, mais un autre l'enlaçait de ses bras… et c'était son neveu Richard. Elle ouvrit les yeux avec effort, se trouva affreusement dépravée et eut peur soudain de devoir expier ce rêve dévergondé. Elle retourna près de la fenêtre. Il lui semblait qu'une éternité s'était écoulée depuis que le commissionnaire était parti. Elle relut la lettre d'Emil. Son regard s'arrêta sur les derniers mots : « Je suis tout à toi. » Elle les prononça avec beaucoup de tendresse et songea à des mots semblables qu'il lui avait dits durant cette nuit. Elle inventa le texte de la lettre qui allait arriver tout à l'heure et qui serait ainsi conçue : « Ma Berta bien-aimée, quelle chance que tu sois là demain ! Je t'attends sans faute à trois heures chez moi », ou encore : « Nous passerons toute la journée de demain ensemble », ou peut-être même : « J'ai pu me libérer pour cet après-midi ; nous nous reverrons aujourd'hui, viens tout de suite, je t'attends impatiemment. »

Enfin, quoi qu'il arrive, que ce soit aujourd'hui ou demain, elle le reverra avant de quitter Vienne. Le contraire serait inconcevable. Pourquoi, alors, cet état de nervosité fébrile, comme si tout était fini ? Mais pourquoi aussi la réponse tarde-t-elle tant ?... Il a sans doute déjeuné en ville... naturellement, puisqu'il n'a personne pour tenir son ménage ! Il rentrera à trois heures au plus tôt... Cependant, s'il ne rentrait pas chez lui, avant ce soir ?... Le commissionnaire, évidemment, a reçu l'ordre d'attendre de toute façon... et même jusqu'à la nuit... mais elle, à quoi va-t-elle passer son temps ? Elle ne peut pas rester près de cette fenêtre à regarder dans la rue. Les heures sont interminables ! Elle pourrait en pleurer d'énervement, de désespoir... Elle se promène de long en large dans sa chambre, s'arrête encore un moment près de la fenêtre, puis s'assied, prend un roman qu'elle a emporté dans son sac... mais elle le repose au bout de quelques secondes ; elle essaye même de dormir, mais en vain. Quatre heures sonnent enfin, elle attend depuis bientôt trois heures. On frappe à la porte, le commissionnaire entre et lui remet une lettre. Elle déchire l'enveloppe et d'un mouvement machinal, se retournant vers la fenêtre pour cacher l'expression de son visage à l'homme qui attend, elle se met à lire :

« Ma chère Berta,

« Tu es bien aimable de me dire que je pourrais te revoir demain ou après-demain à mon choix ; hélas ! je ne puis absolument pas disposer de ces jours-ci, ce que du reste j'avais essayé de te faire comprendre dans ma première lettre. Je le regrette autant que toi assurément. Mille bonnes choses et à un heureux revoir la prochaine fois. Ne m'oublie pas tout à fait...

« Ton Emil. »

Quand elle eut terminé la lecture de cette lettre, Berta se trouva parfaitement calme ; elle paya le commissionnaire, constata même que ce qu'il réclamait constituait une sérieuse dépense pour elle. Puis elle s'assit à sa table et essaya de réfléchir. Elle se dit tout de suite qu'elle ne pouvait rester plus longtemps à Vienne, et elle regretta même de n'avoir pas de train immédiatement. Sur la table elle apercevait la bouteille de vin à moitié vide, des miettes de pain autour de son assiette, et sur le lit sa jaquette à côté des fleurs que ce matin encore il lui avait envoyées. Que signifiait tout cela ? Était-ce fini ?... Confusément, mais avec l'impression que cela avait un lien avec ce qui venait de lui arriver, une phrase lui revint à l'esprit, qu'elle avait lue naguère sur les hommes qui ne demandent qu'une chose : « arriver à leur but... » Elle avait pris cela pour de la littérature... Du reste, la lettre qu'elle tient à la main n'est pas une lettre d'adieu, n'est-ce pas ?... Mais en est-elle sûre ?... Ces mots courtois ne sont-ils pas autant de mensonges ?... Oui, le mensonge... c'est cela !... Pour la première fois, ce mot se présente nettement à son esprit : ... mensonge... Car elle en est sûre, sa décision était prise cette nuit tandis qu'il la raccompagnait, et le rendez-vous d'aujourd'hui, le désir de la voir chez lui, tout cela n'était que mensonge... Elle essaye de se souvenir de la soirée de la veille ; elle cherche à comprendre comment elle peut l'avoir contrarié ou déçu... C'était un bonheur parfait, cependant, et il avait semblé tout heureux, aussi heureux qu'elle... Mensonge aussi que ce bonheur-là ?... Qu'en savait-elle ?... Peut-être l'avait-elle blessé sans s'en douter ?... Toute sa vie avait été celle d'une femme honnête... se doutait-elle seulement des maladresses, des sottises qu'elle avait pu commettre ?... peut-être qu'à un moment où elle avait cru, dans l'abandon de sa tendresse, le combler lui aussi de joie dans son propre ravissement, il l'avait trouvée ridicule et désagréable... Que sait-elle au fond de tout cela ?... Et soudain elle a comme un regret, un remords presque d'avoir vécu si chastement et sagement jusqu'à la veille, de n'avoir pas eu d'autre amant avant lui... Elle se souvient aussi de ses questions et comment, la veille déjà, il avait éludé ses timides allusions à sa carrière d'artiste et sa demande de l'entendre jouer pour elle seule, comme s'il n'entendait pas qu'elle entrât dans cette sphère. Il lui avait donc caché ce qui était l'essence de sa vie, et sur ce point-là surtout, il lui était demeuré étranger, comme à dessein ; elle se rendit compte que rien ne les unissait, sinon la volupté d'une nuit, et que l'aube les avait trouvés totalement étrangers l'un à l'autre, autant qu'ils avaient pu l'être durant ces dernières années... Encore une fois, sa jalousie l'embrase... Mais il lui semble qu'elle a toujours connu cela... Amour et méfiance et espoir et remords et désir et jalousie... et pour la première fois de sa vie, elle a l'âme bouleversée au point de comprendre le désespoir des malheureux qui se jettent par la fenêtre... Elle comprend qu'elle ne peut supporter cette incertitude... il lui faut se rendre chez lui et lui poser une question... mais lui poser une question comme on presse un couteau sur la gorge d'un homme...

Elle s'en va précipitamment à travers les rues désertes, comme si toute la population de Vienne était à la campagne… Le trouvera-t-elle seulement chez lui?… Ne se doutera-t-il pas qu'elle veut venir le voir, lui demander des explications, et n'aura-t-il pas pris les précautions nécessaires pour éviter cet entretien?… Elle a honte de cette pensée… mais pourtant… s'il était là, serait-il seul?… Et s'il n'est pas seul, la laissera-t-on entrer?

Et même si elle le trouve dans les bras d'une autre, qu'aurait-elle à dire?… Lui a-t-il promis quelque chose? Lui a-t-il juré de lui être fidèle? Et le lui a-t-elle même demandé? Avait-elle pu croire une minute que vivant à Vienne, il avait attendu qu'elle eût l'idée de le féliciter de sa décoration espagnole?… N'avait-il pas le droit de lui dire : C'est toi qui es venue te jeter à mon cou et t'offrir à moi? Et en toute conscience… n'aurait-il pas raison? N'est-elle pas venue ici pour devenir sa maîtresse… rien que pour cela… sans s'arrêter au passé, sans aucune assurance pour l'avenir… rien que pour cela! D'autres désirs, d'autres espoirs n'avaient été que vagues et pâles face à ce désir-là… Elle a mérité ce qui lui arrive et si elle est honnête, elle doit constater que c'est encore le meilleur souvenir de sa vie…

Elle s'est arrêtée au coin d'une rue; tout est silencieux autour d'elle, en cette journée estivale où l'air est devenu lourd et accablant. Fatiguée, elle reprend le chemin de l'hôtel, et une nouvelle pensée traverse son esprit : ne serait-il pas fatigué, lui aussi, et n'est-ce pas à cause de cela qu'il l'a décommandée?… Elle se juge bien experte d'avoir cette idée… et elle songe qu'il est incapable d'aimer autrement, qui que ce soit… et soudain la voilà qui se demande si elle vivra d'autres nuits semblables… et si elle n'aura pas elle-même un autre amant… Et elle se réjouit d'oser une pareille question, comme si elle se vengeait par là de son regard protecteur et de son sourire un peu ironique!

Elle est remontée au troisième étage, dans cette chambre d'hôtel si peu confortable. Le déjeuner n'a pas encore été desservi, sa jaquette et les fleurs sont toujours sur le lit. Elle prend ces fleurs et les approche de ses lèvres, comme pour les embrasser. Mais soudain, comme si toute sa colère éclatait, elle les lance par terre d'un geste violent. Puis elle se jette sur son lit en couvrant sa figure de ses mains.

Au bout de quelques minutes, elle se calma. C'était peut-être très bien qu'elle puisse rentrer chez elle le soir même. Elle songea à son petit garçon et à son joli sourire, tous les soirs, quand sa Maman se penche sur son lit. Elle eut grande envie de le revoir; elle voulait aussi revoir Elly et

Mme Rupius. Ah oui... c'est elle qui voulait quitter son mari... Quel mystère cela pouvait-il cacher?... Un drame d'amour?... Non, même maintenant elle n'arrivait décidément pas à y croire...

Il est tard, il est temps de se préparer pour le départ... Elle sera donc rentrée dès dimanche soir.

La voilà dans le compartiment; sur ses genoux, les fleurs qu'elle a ramassées... Elle rentre chez elle, elle quitte la ville où... elle a eu une aventure... c'est bien ainsi que l'on dit, n'est-ce pas?... Sa tête bourdonne et des mots, qu'elle a lus sans doute ou bien entendu prononcer dans pareils contextes, lui reviennent en mémoire... des mots comme : «Bonheur parfait... ivresse amoureuse... transports...» ... et elle se sent presque fière maintenant d'en connaître la signification. Puis une autre idée lui vient qui, bizarrement, la calme : s'il se trouvait qu'il entretînt une liaison avec une autre femme... c'est à *celle-ci* qu'elle l'aurait enlevé... oh! pas pour longtemps, bien sûr, mais aussi entièrement qu'une femme peut prendre possession d'un homme... Et elle se sentit de plus en plus calme, presque sereine.

Il était évident que la petite femme inexpérimentée qu'elle était, que cette Berta n'avait pu s'emparer de son amant dès le premier assaut... Mais ne pourrait-elle pas réussir une autre fois?... Elle était très contente maintenant de n'avoir pas cédé à sa première impulsion d'aller chez lui, et elle décida même de lui écrire une lettre tellement froide qu'il en serait un peu irrité, une lettre où elle se montrerait à la fois coquette et pleine d'astuce... Mais il lui fallait surtout le reconquérir... bientôt... et si possible pour toujours!... Et tandis que le train la ramenait chez elle, ses rêveries continuaient... toujours plus hardies au fur et à mesure que le bourdonnement cadencé des roues l'endormait peu à peu...

Quand Berta arriva, la petite ville était plongée dans le sommeil... En rentrant elle donna l'ordre à sa bonne d'aller dès le matin chercher le petit, chez sa belle-sœur. Puis elle se déshabilla lentement. Ses yeux se fixèrent sur le portrait de son mari défunt, au-dessus de son lit. Elle se demanda si elle ne devait pas l'enlever. La pensée que certaines femmes pouvaient, en quittant leur amant, revenir coucher auprès de leur époux, la fit frissonner... Jamais elle n'aurait osé une chose pareille du temps où son mari vivait!... Et si malgré tout elle l'avait faite, elle ne serait jamais, jamais revenue.

Le lendemain matin, son petit garçon la réveilla. Il avait sauté sur son lit et soufflait doucement sur ses paupières. Berta s'assit, caressa et embrassa l'enfant qui se mit aussitôt à bavarder. Il avait été très heureux chez son oncle et sa tante ; Elly avait joué avec lui et Richard lui-même avait lutté une fois avec lui sans pouvoir le vaincre. La veille, il avait pris une leçon de piano, de sorte que bientôt il saurait jouer aussi bien que Maman. Berta l'écoutait. Elle se disait : si seulement Emil pouvait entendre ce gai babil d'enfant !... et elle se demandait si elle ne ferait pas bien d'emmener le petit à Vienne chez Emil, la prochaine fois... ce qui, de plus, enlèverait tout caractère équivoque à cette visite. Elle ne pensait plus qu'au côté agréable de ses deux jours à Vienne, et des lettres d'Emil, elle ne retenait finalement que cette phrase qui parlait d'une nouvelle rencontre. Elle se leva, presque sereine et satisfaite, et tout en s'habillant elle sentit une tendresse nouvelle pour son corps qui lui semblait encore embaumé des baisers de son amant.

Elle alla voir sa famille dans le courant de la matinée. Devant la maison des Rupius, elle hésita, se demandant si elle devait y monter. Mais elle eut une sorte de peur d'être reprise par l'atmosphère tendue de ce foyer et remit sa visite à l'après-midi. Chez son beau-frère, ce fut Elly qui la reçut, et avec de tels transports de joie qu'on eût pu croire que Berta revenait d'un long voyage. Son beau-frère, qui s'apprêtait à sortir, la menaça plaisamment du doigt en lui disant : « Alors, t'es-tu bien amusée ? » Berta devint cramoisie. « Oui, poursuivit-il, on en entend de bien belles à ton sujet ! » Il ne s'aperçut pas de la gêne de Berta et, près de la porte, lui jeta un dernier regard qui signifiait clairement : On ne peut rien me cacher, à moi !

« Papa a l'habitude de ce genre de plaisanterie, dit Elly, mais moi j'ai horreur de cela. »

Berta savait que son beau-frère parlait en l'air, comme toujours, et aussi qu'il ne l'aurait pas crue, même si elle lui avait dit la vérité.

Sa belle-sœur entra et lui demanda des détails sur son voyage. À son propre étonnement, elle réussit parfaitement à combiner la vérité et le mensonge. Elle prétendit avoir été au *Volksgarten* et au Musée avec sa cousine, à une messe matinale le dimanche à Saint-Étienne, avoir rencontré dans la rue un de ses anciens professeurs au Conservatoire et, finalement, elle inventa de toutes pièces un couple ridicule qui avait dîné chez sa cousine un soir. Plus elle mentait, plus elle avait envie de parler d'Emil, de dire qu'elle avait rencontré dans la rue le célèbre violoniste Lindbach qui avait été son camarade au Conservatoire, et qu'elle lui avait parlé. Mais une vague crainte de ne pas savoir s'arrêter à temps la retint. Albertine Garlan, accablée de fatigue, restait assise sur le sofa, l'écoutait en approuvant de la tête, tandis qu'Elly, accoudée au piano, selon son habitude, appuyait sa tête sur sa main et dévorait sa tante du regard. En quittant sa belle-sœur, Berta se rendit chez les Mahlmann pour donner leur leçon aux jumelles. Les exercices et les gammes qu'elle dut écouter lui semblèrent tout d'abord insupportables; mais elle finit pas ne plus les entendre, donnant libre cours à ses rêveries. Sa bonne humeur de ce matin avait disparu. Vienne lui semblait infiniment loin, elle était étrangement agitée, et une crainte soudaine l'envahit : si Emil allait repartir sitôt après son concert, sans l'avoir revue, sans qu'elle ait pu même essayer de le revoir… sans qu'elle sache quand il reviendrait, ce serait épouvantable ! Ne devait-elle pas s'arranger de façon à être à Vienne le jour de ce concert? Non qu'elle eût grande envie de l'entendre jouer; et à être franche, il lui semblait même qu'elle eût préféré qu'il ne soit pas violoniste, qu'il ne soit pas artiste, qu'il eût un métier quelconque… qu'il fût comptable par exemple… Elle ne désirait qu'une chose, le posséder à elle seule… Les jumelles, pendant ce temps, exécutaient consciencieusement leurs gammes; quelle existence que de donner des leçons de piano à tous ces gamins plus ou moins doués ! Pourquoi avait-elle été de si bonne humeur, ce matin?… Ah, les belles journées de Vienne ! Même sans songer à Emil… cette entière liberté, les flâneries dans les rues, les promenades dans le *Volksgarten*… Elle avait évidemment beaucoup dépensé pendant ces deux jours, plus qu'il eût été raisonnable, elle savait bien qu'une vingtaine de leçons chez les Mahlmann ne suffiraient pas à compenser ces folies… Il s'agissait maintenant de recommencer les leçons chez ses parents et amis, et même de chercher de nouvelles élèves car elle n'arriverait pas à joindre les deux bouts, cette année !… Ah, quelle existence !

Dans la rue, Berta rencontra Mme Martin, et celle-ci lui demanda si elle s'était amusée à Vienne, avec un regard qui disait clairement : tu ne t'amuseras jamais autant que moi avec mon mari ! Berta eut une indicible envie de crier au visage de cette créature : J'ai été bien plus gâtée que tu ne pourrais le croire. J'ai couché dans un bon lit moelleux avec un charmant jeune homme, mille fois plus séduisant que monsieur ton époux. Et je m'y entends aussi bien que toi. Toi, du reste, tu n'as qu'un mari, tandis que moi, j'ai un amant, un amant, un amant !… Mais bien sûr elle ne prononça rien de tout cela et raconta simplement qu'elle avait été se promener avec sa cousine et les enfants de celle-ci au *Volksgarten*.

Elle rencontra quelques autres dames, qu'elle connaissait vaguement. Et elle se sentit toute changée vis-à-vis d'elles : plus libre, supérieure; elle était la seule femme dans cette ville à avoir eu une aventure, et pour un peu, elle eût regretté que personne ne le sût ; car même si on l'avait ouvertement méprisée, toutes ces femmes l'auraient enviée, dans leur for intérieur. Et si elles avaient appris qui… Bien que, dans ce trou perdu, beaucoup de gens dussent ignorer jusqu'à son nom… Si seulement elle pouvait parler à cœur ouvert avec quelqu'un!… C'est vrai qu'il y a Mme Rupius… mais elle va s'en aller, partir en voyage… Au fond, cela lui importait peu. Ce qu'elle voudrait savoir, c'est ce qui adviendra d'elle et d'Emil, et ce que finalement ils ont été l'un pour l'autre… la source de son inquiétude est là… a-t-elle une « liaison » avec lui ?… Pourquoi au fond n'a-t-elle pas tenté d'aller le voir ?… Mais non, c'était impossible !… il lui avait bien envoyé des fleurs, mais… sa lettre… la priait de ne pas venir…

La voilà revenue chez sa belle-sœur. Richard s'avance vers elle et fait mine, par plaisanterie, de vouloir l'embrasser ; elle le repousse. Effronté, pense-t-elle, je sais ce qui se passe dans ta tête, même si tu l'ignores encore ; je connais bien ces choses-là, moi qui ai un amant à Vienne !… La leçon se passe sans autre incident ; avant de finir, Richard et Elly jouent à quatre mains l'*Ouverture pour une Fête* de Beethoven[1] qu'ils étudiaient pour faire une surprise à leur père, le jour de son anniversaire.

Berta ne pensait qu'à Emil et croyait devenir folle en écoutant ce misérable pianotage… Non, elle ne pouvait plus vivre ainsi, en aucune façon !… Elle est toute jeune encore… Oui, c'est cela surtout… elle ne pourra pas continuer à mener ce genre de vie… et elle ne peut pas non plus choisir n'importe qui… Mais quelle idée, vraiment !… elle doit être une « pas grand-chose » !… Et si Emil, avec sa grande expérience, s'en était aperçu… n'était-ce pas pour cela qu'il avait refusé de la revoir ?… Ah, qu'elles sont donc heureuses, ces femmes qui prennent tout à la légère, aussitôt capables, lorsqu'un homme les a lâchées… de… Mais voilà encore des idées ! Emil ne l'avait pas « lâchée », elle… D'ici trois ou quatre jours, elle sera de nouveau à Vienne, chez lui, dans ses bras… Et dire qu'elle a pu vivre ainsi pendant trois ans !… Trois ans ?… Non, six ans… pendant toute sa vie… Si seulement Emil le savait, s'il pouvait le croire !…

Sa belle-sœur entra et demanda à Berta de dîner avec eux… Bien sûr, voilà sa seule distraction : pour une fois, ne pas dîner comme tous les jours, chez elle !… Ah ! si elle pouvait parler, se confier à quelqu'un… ! Et justement Mme Rupius s'en va, elle quitte son mari… N'est-ce pas tout de même pour une histoire d'amour ?… Mais la leçon est terminée, Berta prend congé. Vis-à-vis de sa belle-sœur aussi, elle éprouve un sentiment de supériorité, de pitié presque. Pour tout l'or du monde, elle n'échangerait pas les instants qu'elle a vécus contre la vie entière de cette femme. Et, tout en rentrant chez elle, elle pense qu'elle n'a pas eu le temps de bien comprendre son bonheur, que tout s'est passé trop vite. Et puis cette chambre, cet appartement, cet horrible tableau… Non, tout cela était plutôt laid. Elle n'avait été vraiment heureuse qu'au retour, dans la voiture, lorsqu'elle avait doucement posé sa tête sur la poitrine d'Emil… Il l'aimait certainement… non pas comme elle, bien sûr, mais quoi d'étonnant à cela, avec la vie qu'il avait menée jusqu'ici? … Elle arrivait à y penser sans jalousie, avec un sentiment tout proche de la pitié pour cet homme dont la mémoire était chargée de tant de souvenirs. Car on lisait sur son visage qu'il ne prenait pas la vie à la légère… ce n'était pas un homme gai… Les heures qu'elle avait passées avec lui gardaient à distance comme un étrange goût de mélancolie. Elle aurait tant voulu connaître toute sa vie! Mais il ne lui avait rien dit… rien ou presque rien!… Il ne le pouvait pas, sans doute, dès le premier jour… Ah, s'il la connaissait davantage! Si seulement elle n'était pas si timide, si incapable de s'exprimer… Elle ferait peut-être mieux de lui écrire avant de le revoir… C'est cela, elle va lui écrire aujourd'hui même; sa lettre de la veille était trop stupide! Elle n'avait pas mérité d'autre réponse que celle qu'il avait faite! Elle devait lui écrire sur un ton qui ne serait ni provocant ni humble… en effet… puisqu'elle était sa maîtresse, n'est-ce pas? Tandis que tous ces gens qu'elle rencontrait dans les rues la considéraient comme leur égale… elle était la maîtresse de cet homme admirable qu'elle adorait depuis toujours. Elle s'était donnée à lui sans simagrées, sans réserve… totalement, avec un abandon dont aucune des femmes qu'elle connaissait n'aurait eu le courage!… Ah, et elle était prête à faire bien davantage! Oh oui, elle aurait accepté de vivre avec lui sans être son épouse, à vivre avec lui au mépris du qu'en-dira-t-on… elle en serait même fière! Et plus tard il l'épouserait… c'était certain. Elle était si bonne ménagère, en plus… Comme il serait heureux d'avoir une maison bien tenue, après tant d'années de vagabondage, et de vivre aux côtés d'une femme honnête qui n'avait jamais aimé que lui.

Elle était arrivée chez elle et prépara tout ce qu'il lui fallait pour écrire avant que le repas ne fût servi. Elle mangea avec une fiévreuse impatience, prenant à peine le temps de servir l'enfant et de lui couper sa viande; puis elle sonna la bonne afin qu'elle le déshabillât et le couchât pour sa sieste, ce qu'habituellement elle ne manquait jamais de faire elle-même; elle s'assit à son bureau et écrivit d'un trait la lettre qu'elle méditait d'envoyer, comme si tous les mots en eussent déjà été prêts.

« Mon Emil, mon Bien-aimé, mon Tout,

« Depuis mon retour l'envie de t'écrire me tourmente, tant j'ai besoin de te dire combien tu m'as rendue infiniment heureuse. Dimanche, je t'en ai voulu tout d'abord d'avoir décommandé ; je te l'avoue parce que j'ai besoin de te dire tout ce qui se passe en moi. J'en ai été incapable malheureusement, lorsque j'étais auprès de toi, mais je trouve les mots maintenant et il te faut supporter l'ennui de mes écrivasseries. Mon amour, mon seul amour… oui, tu es le seul amour de ma vie quoique tu aies paru ne pas en être aussi convaincu que tu le devrais. Crois-moi, Emil, je n'ai jamais aimé que toi, et je n'ai que ces pauvres mots pour te dire aussi… que je n'en aimerai jamais un autre ! Fais de moi ce que tu voudras… rien ne me retient ici… parfois même, la vie m'est odieuse dans cette petite ville. Je veux venir à Vienne pour être plus près de toi. Oh, n'aie pas peur, je ne te dérangerai pas ! Je ne suis pas seule, j'ai mon enfant que j'aime *à la folie*. Je restreindrai mon train de vie, et je réussirai sûrement, à Vienne mieux qu'ici, à trouver des leçons bien payées, qui compléteront suffisamment mes revenus. Mais là n'est pas la question, car depuis longtemps j'envisage de déménager à Vienne, ne serait-ce que pour mon enfant adoré qui commence à grandir. Tu ne sais pas combien les gens sont bêtes ici ! Et il me semble impossible de rester parmi eux depuis que j'ai eu le bonheur de te revoir. Conseille-moi, mon chéri ! Mais ne prends pas la peine de m'écrire longuement ; je suis décidée de toute façon à aller à Vienne cette semaine, car je dois y faire quelques courses urgentes. Tu pourras me dire alors ce que tu penses de mes projets et ce qui te semblerait bien. Quand j'habiterai Vienne, tu me promettras seulement de venir me voir de temps en temps ; si cela t'ennuie, personne n'aura besoin de le savoir. Mais ce qui est certain, c'est que les jours où il me sera donné de te voir seront pour moi des jours de fête et qu'il n'y a au monde aucun être qui t'aime plus fidèlement que moi, jusqu'à la mort.

« Au revoir, mon aimé.

Ta Berta. »

Elle n'osa pas relire sa lettre et sortit rapidement pour la porter elle-même à la gare. Elle aperçut, à quelques pas d'elle, Mme Rupius qui s'y rendait également, accompagnée d'une bonne qui portait un petit sac de voyage. Que signifiait cela ? À l'instant où Mme Rupius entrait dans la salle d'attente, elle la rejoignit. La bonne posa le sac sur la grande table du milieu, et fit ses adieux à sa maîtresse en lui baisant la main.

« Madame Rupius ! » s'écria Berta sur un ton qui cachait une question.

Mme Rupius lui tendit la main d'un geste avenant : « On m'a dit que vous étiez revenue, avez-vous été satisfaite de votre voyage ?

— Oh oui ! très contente, mais…

— Vous me regardez d'un air bien effrayé, ma chère Berta... mais je vais revenir, vous savez, je reviendrai... dès demain! Je ne pars pas en voyage, j'ai dû... me décider à autre chose.

— À autre chose?

— Oui, à rester... Je serai rentrée demain. Mais comment s'est donc passé votre voyage?

— Très bien, je vous l'ai dit.

— C'est vrai, pardon! Eh bien, n'aviez-vous pas l'intention de jeter cette lettre à la boîte?»

Alors seulement Berta s'aperçut qu'elle tenait encore à la main sa lettre pour Emile. Elle considérait cette lettre avec des yeux si extasiés que Mme Rupius sourit.

«Voulez-vous que je l'emporte? Je suppose que vous l'envoyez à Vienne...

— Oui, dit Berta», et comme heureuse de pouvoir enfin parler, elle ajouta d'un ton décidé : «C'est pour *lui.*»

Mme Rupius acquiesça de la tête, comme satisfaite mais sans répondre et sans regarder Berta.

«Que je suis heureuse, poursuivit Berta, de vous avoir rencontrée. Vous êtes la seule personne en qui j'ai confiance ici, la seule qui puisse me comprendre.

— Oh! non, dit Mme Rupius comme en rêve.

— Combien je vous envie en pensant que vous serez à Vienne dans quelques heures... Vous êtes bien heureuse!»

Mme Rupius s'était assise dans l'un des fauteuils de cuir près de la table et, le menton appuyé dans sa main, leva les yeux vers Berta et dit : «Il me semble que c'est plutôt vous qui l'êtes!

— Non, ce n'est pas moi, puisque je reste ici.

— Pourquoi? fit Mme Rupius, vous êtes libre. Mais jetez donc votre lettre à la boîte, autrement je finirais par voir l'adresse et j'en saurais plus long que vous ne voulez m'en dire.

— Non, ce n'est pas cela, mais... comme je voudrais qu'elle parte par ce train...» Elle traversa rapidement l'entrée, se dirigea vers la boîte, y jeta sa lettre, revint vers Anna dont l'attitude calme n'avait pas changé, et reprit : «Je pourrais tout vous dire, à vous... J'avais même envie de vous parler de tout cela avant d'aller à Vienne... Mais c'est curieux, je n'en ai pas eu le courage.

— Il ne devait pas y avoir grand-chose à raconter à ce moment-là», dit Mme Rupius sans regarder Berta.

Celle-ci fut surprise. Que cette femme était intelligente ! Comme elle savait lire dans les âmes ! « Non, il n'y avait encore rien à raconter, répéta-t-elle en regardant Mme Rupius avec une sorte d'admiration. Écoutez, ce que je vais vous dire vous semblera peut-être invraisemblable, mais j'aurais l'impression d'être une menteuse, si je vous le cachais.

— Eh bien ? »

Berta avait pris une chaise et s'était assise à côté de Mme Rupius. Elle baissa la voix, la porte de la salle d'attente étant restée ouverte. « Je voulais vous dire, Anna, que je n'avais pas l'impression d'avoir fait quelque chose de mal... même pas quelque chose de défendu !

— Le contraire ne serait pas très raisonnable.

— Oui, vous avez raison... mais j'irais plus loin. J'ai l'impression d'avoir fait une bonne action, d'avoir accompli une prouesse. Oui, madame Rupius, je vous assure que je suis fière de moi !

— Écoutez, il n'y a pas de raison non plus d'être fière, dit Mme Rupius en caressant comme distraitement la main que Berta avait posée sur la table.

— Je le sais, mais je ne puis m'empêcher d'être fière ; j'ai l'impression d'être différente de toutes les femmes que je connais. Voyez-vous, il faudrait que vous sachiez... que vous le connaissiez... c'est vraiment une drôle d'histoire ! Parce que ce n'est pas quelqu'un que j'ai rencontré récemment, ne croyez surtout pas cela... au contraire, je l'ai aimé étant jeune fille, il y a douze ans. Nous nous étions complètement perdus de vue, et maintenant... n'est-ce pas merveilleux ? — il est mon... mon... mon amant ! » Elle avait enfin prononcé le mot, et toute sa figure rayonnait.

Mme Rupius posa sur elle un regard un peu moqueur mais très bienveillant. « Je suis contente de vous voir heureuse, dit-elle.

— Oh ! vous êtes gentille ! Mais voyez-vous, d'un autre côté, c'est affreux de vivre ainsi séparés. Lui à Vienne, moi ici... je crois vraiment que je n'y tiendrai pas. Je n'ai plus du tout l'impression que ma place soit ici, et encore moins au milieu de ma famille. S'ils se doutaient... s'ils pouvaient se douter !... Du reste, ils ne le croiraient pas. Une femme comme ma belle-sœur, par exemple... eh bien, je suis persuadée qu'elle ne croit pas qu'une chose pareille soit possible.

— Mais vous êtes vraiment bien naïve », dit Mme Rupius, comme irritée soudain. Elle prêta l'oreille. « Il m'avait semblé entendre siffler le train. » Elle se leva, se dirigea vers la grande porte vitrée donnant accès au quai et regarda. L'employé s'approcha et demanda les billets pour le contrôle. En même temps il annonça : « Le train pour Vienne a vingt minutes de retard. »

Berta s'était levée et s'approcha de Mme Rupius. « Pourquoi disiez-vous que j'étais naïve ? demanda-t-elle timidement.

— Mais vous n'avez aucune expérience de la vie répondit Mme Rupius, l'air contrarié. Vous ne vous doutez absolument pas de ce que sont les gens qui vous entourent. Je vous assure que vous n'avez aucune raison d'être fière.

— Je sais bien que c'est très sot de ma part.

— Votre belle-sœur — non, c'est trop drôle — votre belle-sœur... !

— Mais pourquoi dites-vous cela ?

— Sachez que votre belle-sœur aussi a eu un amant !

— Qu'est-ce qui vous fait croire cela ?

— Mon Dieu, elle n'est pas la seule de son espèce ici !

— Oui, certainement, il y a des femmes qui... mais Albertine...

— Et savez-vous qui était son amant ? C'est encore plus drôle... monsieur Klingemann !

— Non, ce n'est pas possible !

— C'est vrai qu'il y a longtemps ; dix ou douze ans au moins.

— Mais à ce moment-là vous ne viviez pas encore ici, madame Rupius.

— Oui, mais je tiens cela de bonne source... Monsieur Klingemann en personne me l'a raconté.

— Monsieur Klingemann en personne ?... Est-il possible qu'un homme puisse être aussi vil... ?

— Cela ne fait pas l'ombre d'un doute. » Elle s'assit dans un fauteuil près de la porte, tandis que Berta, restée debout à côté d'elle, l'écoutait avec stupéfaction. « Oui, monsieur Klingemann... car sachez qu'il m'a fait l'honneur d'une cour assidue lors de mon arrivée ici. Vous savez, n'est-ce pas, quel être abject il est. Je me suis moquée de lui, ce qui l'a sans doute beaucoup vexé, et il m'a fait l'énumération de ses conquêtes pour mieux me faire comprendre qu'il était irrésistible.

— Mais peut-être vous a-t-il raconté des mensonges !

— Il m'en a certainement raconté... mais il se trouve que cette histoire-là est vraie... Ah ! quelle racaille que les hommes ! » Elle dit cela d'une voix profondément haineuse. Berta en fut très effrayée. Jamais elle n'aurait cru que Mme Rupius pût prononcer de telles paroles. « Oui, pourquoi devriez-vous ignorer de quelle espèce sont les gens parmi lesquels vous vivez ?

— Non, je n'aurais jamais cru une chose pareille. Si mon beau-frère savait...

— S'il le savait? Mais il le sait comme vous et moi.

— Comment? Non… non!

— Mais oui, puisqu'il les a surpris… vous saisissez!… monsieur Klingemann et Albertine! De sorte qu'avec la meilleure volonté, aucun doute ne pouvait subsister.

— Et qu'a-t-il fait, au nom du ciel?

— Il ne l'a pas chassée, vous le voyez bien.

— Oui, les enfants… je comprends…

— Allons donc, les enfants! Il lui a pardonné par pure paresse… et surtout parce que, ensuite, il était libre de faire ce qu'il voulait. Vous voyez bien comment il la traite : à peu près comme une domestique. Vous voyez bien toujours son air de chien battu? Il s'est débrouillé pour que depuis ce jour-là, elle redoute sans cesse le châtiment dont il lui a fait grâce sur le moment, mais dont il pourrait encore l'accabler. Du reste, cette peur n'est pas fondée, car jamais il ne songerait à changer de gouvernante… Ah! ma pauvre Berta, nous ne sommes pas des anges, vous avez pu vous en rendre compte, mais les hommes sont infâmes, du moins… » ajouta-t-elle avec une imperceptible hésitation à terminer sa phrase, « tant qu'ils sont des hommes ».

Berta était comme anéantie. Moins encore de ce qu'elle venait d'entendre que de la façon dont Mme Rupius lui avait dit tout cela. Car elle était littéralement métamorphosée, et Berta en fut bouleversée…

La porte du quai fut ouverte, on entendit de loin la sonnerie ininterrompue du télégraphe. Mme Rupius se leva posément, son visage s'adoucit, elle tendit la main à Berta et dit : « Ne m'en veuillez pas, je suis un peu contrariée. Oui, cela peut être magnifique, il y a sûrement des gens bien… oh, certainement, c'est parfois magnifique! » Des yeux, elle suivit dans le lointain la ligne rigide des rails. Puis reprenant sa voix habituelle au timbre grave et agréable que Berta aimait tant, elle poursuivit : « Je reviendrai demain soir… Ah! j'oubliais ma trousse… » Elle alla vers la table et y prit son nécessaire. « C'eût été un malheur irréparable, je ne peux pas voyager sans mes trente-six flacons! Allons, au revoir, et n'oubliez pas que tout ce dont nous avons parlé s'est passé il y a dix ans. »

Le train entrait en gare; elle se dirigea rapidement vers un compartiment, y monta et, s'approchant de la fenêtre, fit de la tête un signe d'adieu amical. Berta eût voulu répondre aussi gaiement, mais elle se rendit compte que le mouvement de sa main était gauche et emprunté.

Elle rentra doucement chez elle. En vain essaya-t-elle de se convaincre que tout cela ne la regardait pas, ni la liaison passée de sa belle-sœur, ni la bassesse de son beau-frère, ni la vilenie de Klingemann ou les humeurs bizarres de l'indéchiffrable Mme Rupius. Mais sans savoir pourquoi, elle avait l'impression que ce qu'elle venait d'entendre était étrangement en relation avec sa propre aventure. Tous ses doutes la rongeaient à nouveau... Pourquoi n'avait-il pas voulu la revoir ? Ni le lendemain, ni le surlendemain, ni les jours suivants ? Pourquoi ?... Il avait atteint son but, il n'en voulait pas davantage... Comment avait-elle pu lui écrire cette lettre folle et indécente ? Et elle eut peur à l'idée qu'Emil... serait capable de peut-être montrer sa lettre à une autre femme... pour en rire à deux... ! Non, c'était absurde ! Comment pouvait-elle imaginer une chose pareille... ! Il était possible qu'il ne répondît pas, qu'il jetât sa lettre au panier... mais c'était tout... jamais... Allons, un peu de patience, dans deux ou trois jours le sort en serait jeté. Elle ne savait pas au juste comment, mais elle sentait confusément que cet insupportable état de choses ne pouvait durer et que la lumière se ferait en elle.

Vers la fin de l'après-midi, elle refit avec son petit garçon une promenade au milieu des vignobles, mais elle n'alla pas au cimetière. Puis elle redescendit lentement pour marcher à l'ombre des grands marronniers. Elle bavardait avec Fritz, lui posait quelques questions, écoutait ses histoires et finalement, comme elle le faisait souvent, elle essaya de lui expliquer la distance qui sépare le soleil de la terre, la cause et les effets de la pluie, la façon dont mûrit le raisin et dont on en tire le vin. Elle ne s'irritait pas, comme parfois quand elle sentait que l'enfant ne l'écoutait qu'à moitié, car en réalité, elle savait bien qu'elle ne parlait que pour se distraire. Puis elle redescendit vers la ville en longeant l'allée des marronniers. De loin, elle vit Klingemann qui s'approchait, mais cela lui fut indifférent ; il lui adressa la parole avec une politesse et une réserve exagérées, tenant son canotier à la main et affectant une gravité qui était presque lugubre. Il semblait vieilli, et elle remarqua que ses vêtements, loin d'être élégants, offraient plutôt un aspect négligé. Elle ne put s'empêcher de l'imaginer soudain enlaçant tendrement sa belle-sœur et elle en fut écœurée. Un peu plus tard elle s'assit sur un banc, observa Fritz qui jouait avec d'autres enfants et se força à ne penser à rien d'autre.

Le soir, elle dîna dans sa famille. Elle eut l'impression de s'être toujours doutée de ce qui s'était passé ; autrement, comment ne se serait-elle pas étonnée de la manière d'être de son beau-frère à l'égard de sa femme ? Garlan recommença ses plaisanteries sur le voyage de Berta, lui demandant quand elle retournerait à Vienne, et si l'on n'apprendrait pas bientôt ses fiançailles ; Berta répondit sur le même ton qu'une douzaine de prétendants, parmi lesquels un ministre, se disputaient sa main ; mais elle sentait que ses lèvres seules souriaient, tandis que son âme demeurait grave et silencieuse. Richard, placé à côté d'elle, frôla incidemment son genou, ensuite il voulut lui verser du vin ; Berta saisit sa main pour l'en empêcher et sentit une douce chaleur la pénétrer jusqu'à l'épaule. Elle eut l'impression d'être infidèle, et en fut tout heureuse. Oui, vraiment : elle aurait voulu qu'Emil sût que ses sens éveillés à présent la rendaient semblable à tant d'autres femmes, qu'elle pouvait céder au désir de son jeune neveu comme à ses caresses à lui… Ah, il aurait fallu qu'il le sache !… Voilà ce qu'elle aurait dû lui écrire ! Au lieu de cette lettre qui était à la fois humble et lubrique… Mais au milieu du flot tumultueux de ces pensées, son âme restait grave, elle se sentait abandonnée de tous, parce que chacun ignorait son trouble profond.

En rentrant chez elle par les rues désertes, elle rencontra un jeune officier qu'elle connaissait de vue, en compagnie d'une jolie petite personne qu'elle n'avait jamais aperçue. Elle pensa : En voilà sûrement une qui arrive de Vienne ! Car elle savait que les officiers recevaient parfois des visites de ce genre. Elle fut jalouse de cette femme, elle aurait voulu être, elle aussi, accompagnée par un officier, un joli garçon… Et pourquoi pas ?… Puisque toutes les femmes en étaient là… puisqu'à présent elle-même n'était plus une honnête femme… puisque Emil ne l'avait pas crue, que lui importait le reste !

Arrivée chez elle, elle se déshabille et se couche. Mais l'air est trop lourd. Elle se relève, s'approche de la fenêtre et l'ouvre ; il fait sombre dehors. Peut-être quelqu'un la voit-il près de la fenêtre, peut-être quelqu'un voit-il l'éclat de sa peau à travers l'obscurité… Tant mieux, elle ne demande que cela… ! Puis elle regagne son lit… Non, elle ne vaut pas mieux que les autres ! Et elle ne tient plus guère à valoir mieux… Ses pensées s'estompent… Oui, c'est lui le fautif… C'est lui qui a fait d'elle ce qu'elle est à présent… Il l'a prise comme on ramasse une fille dans la rue… et puis ouste, dehors !… Pouah ! que les hommes sont infâmes… ! Et pourtant… ce fut beau…

Elle s'endort…

Une pluie tiède, fine et serrée tombait le lendemain matin. Berta arriva mieux à maîtriser son impatience que par un radieux soleil. Il lui sembla que bien des difficultés s'étaient aplanies durant son sommeil. La tiédeur brumeuse de cette matinée faisait tout paraître naturel, sans plus rien d'étrange. Demain arrivera sûrement la lettre qu'elle attend, et la journée qui commence n'a rien de différent des autres. Elle donna ses leçons. Et fut particulièrement sévère avec son neveu, lui tapant sur les doigts quand il jouait faux. Il n'était qu'un mauvais élève, et rien de plus.

Dans l'après-midi, elle eut une pensée qu'elle trouva des plus louables. Il y avait longtemps qu'elle avait décidé d'apprendre à lire à son petit garçon ; eh bien, elle allait commencer… et elle s'employa pendant une grande heure à lui faire retenir quelques lettres.

Il pleuvait toujours ; dommage qu'on ne puisse pas aller se promener… Comme l'après-midi allait être long ! Si elle allait tout de même voir Rupius ? Ce n'est pas gentil, de ne pas y être allée déjà, dès son retour. N'éprouvera-t-il pas un peu de gêne à cause des grandes phrases qu'il lui avait servies… alors que maintenant Anna restait auprès de lui ?

Elle sortit. Malgré la pluie, elle partit se promener. Le calme qu'elle avait reconquis était merveilleux, et elle savoura cette journée sans émotion, sans crainte ni attente. Ah ! s'il pouvait toujours en être ainsi ! Si elle avait pu continuer à penser à Emil avec cette merveilleuse indifférence ! Si elle avait pu ne plus jamais entendre parler de lui, garder pour toujours sa tranquillité… Oui, ainsi tout était bien : sa vie dans cette petite ville, les quelques leçons qu'elle donnait et qui ne la fatiguaient pas, et surtout élever son enfant et l'instruire, lui apprendre à lire, à écrire, à compter !… Ce qu'elle venait de vivre valait-il vraiment tous les chagrins, toutes les humiliations auxquelles elle s'était exposée ? Non, elle n'était pas faite pour ces choses. Il lui semblait que le vacarme de la grande ville qui à Vienne ne l'avait pas gênée résonnait comme à retardement à ses oreilles ; elle goûta d'autant plus le calme bienfaisant qui l'environnait ici.

Ainsi, la lassitude profonde qui s'était emparée de son âme après ces émotions inhabituelles lui apparaissait comme une sorte d'apaisement définitif… Mais, à l'instant même où elle retournait vers la ville, ce calme intérieur fut troublé par le pressentiment de nouvelles émotions, de nouveaux chagrins qui allaient surgir. Comme elle croisait un jeune couple tendrement enlacé, à l'abri d'un parapluie, l'image d'Emil surgit devant elle, avec le désir de le revoir ; elle ne s'en défendit pas : bouleversée comme elle l'était, le moindre souffle faisait remonter à la surface de son âme les sentiments les plus inattendus.

Le soir tombait quand Berta pénétra dans la pièce où se trouvait M. Rupius ; il était près de sa table, un carton contenant des gravures posé devant lui. La suspension était éclairée. Il leva la tête pour accueillir

Berta et lui rendre son salut. Puis il dit : « Il paraît que vous êtes revenue depuis avant-hier soir ? » Sa voix semblait contenir un reproche et Berta se sentit fautive. « Asseyez-vous, poursuivit-il, et racontez-moi ce que vous avez fait à Vienne.

— Je n'ai rien fait de bien sensationnel, j'ai été au Musée et j'y ai retrouvé quelques-uns des tableaux de votre collection. »

Rupius ne répondit pas.

« Votre femme revient dès ce soir ?

— Je ne le crois pas. » Il se tut, puis dit avec une sécheresse voulue : « Je vous demande pardon de vous avoir dit l'autre jour des choses qui ne pouvaient pas vous intéresser. Au demeurant, je ne pense pas que ma femme revienne ce soir.

— Mais… elle me l'a dit elle-même…

— Oui, à moi aussi. Elle voulait m'épargner l'adieu, ou plutôt la comédie de l'adieu. Je ne veux pas dire que ce soit par hypocrisie, mais je fais allusion à ces choses inévitables en de telles occasions : paroles émues, larmes… Mais n'en parlons plus. Viendrez-vous me tenir compagnie de temps en temps ? Car je serai assez seul quand ma femme ne sera plus auprès de moi. » Le ton tranchant dont tout cela avait été dit était si peu en accord avec les paroles prononcées que Berta ne trouva rien à répliquer. Rupius, du reste, poursuivit aussitôt : « Et à part le musée, qu'avez-vous vu ? »

Berta se mit à parler avec volubilité de toutes sortes de choses qu'elle avait faites à Vienne ; elle raconta aussi qu'elle avait revu un ami de jeunesse et que, par un hasard curieux, elle l'avait rencontré devant le tableau de Falckenborgh. Tandis qu'elle parlait d'Emil sans dire son nom, elle eut à nouveau un désir si démesuré de le revoir, qu'elle songea à lui écrire encore une fois le jour même.

Au même instant, elle s'aperçut que Rupius regardait fixement la porte. Sa femme venait d'entrer, elle s'approchait de lui en souriant, elle le baisa au front et dit : « Me voilà revenue » ; puis elle tendit la main à Berta. « Bonsoir, madame Rupius », dit Berta avec une joie sincère. Rupius, lui, n'avait rien dit, mais son visage trahissait une profonde émotion. Mme Rupius, qui n'avait pas encore quitté son chapeau, se détourna pour l'enlever et, à cette minute précise, Berta vit que Rupius se mettait à sangloter silencieusement en se tenant le visage à deux mains.

Berta partit. Elle était contente que Mme Rupius fût revenue ; cela lui paraissait de bon augure. La lettre qui déciderait peut-être de son sort pouvait être là le lendemain matin. De nouveau, tout son calme l'avait quittée, mais ses désirs avaient changé de nature. Au fond, elle n'aurait demandé qu'une seule chose : sentir Emil à ses côtés, le voir, marcher avec lui. Le soir, quand elle eut couché le petit, elle resta quelque temps à veiller dans la salle à manger. Elle plaqua quelques accords sur le piano, puis s'approchant de la fenêtre, regarda dehors dans le noir. La pluie avait cessé, le sol buvait l'humidité et de gros nuages surplombaient la campagne. Alors Berta aspira de toute son âme à revoir Emil. Tout en elle l'appelait, ses yeux scrutaient l'obscurité pour essayer de retrouver son image, ses lèvres esquissaient dans l'air un baiser, cherchant les siennes, et instinctivement son esprit se détachant de tout ce qui l'entourait, se tourna vers le ciel en disant : «Rends-le-moi»... Jamais elle n'avait été plus à lui qu'en cet instant. Il lui semblait que son amour venait de naître. Rien ne subsistait de tout ce qui avait pu altérer ses sentiments, ni doute ni crainte; tout en elle était pure tendresse, et la légère brise qui soulevait ses cheveux lui parut être le souffle de celui qu'elle aimait.

Aucune lettre ne vint le lendemain matin. Berta fut un peu déçue, mais nullement inquiète. Bientôt arriva Elly qui voulait soudain jouer avec le petit garçon. La bonne revenant du marché raconta que les Rupius avaient demandé d'urgence le médecin, mais qu'on ne savait pas si c'était Monsieur ou Madame Rupius qui était malade. Berta décida d'aller elle-même aux nouvelles avant le déjeuner. Nerveuse et préoccupée, elle s'en fut donner leur leçon de piano aux petites Mahlmann, puis directement chez les Rupius. La bonne lui dit que Madame était malade, que ce n'était pas grave mais que le docteur Friedrich avait strictement interdit les visites. Berta était inquiète. Elle aurait voulu parler à M. Rupius mais elle eut peur d'être importune.

Dans l'après-midi, elle essaya de faire lire son fils, mais sans succès. La maladie d'Anna influait sur ses espoirs; cette fois encore, il lui semblait qu'autrement la lettre serait déjà arrivée. Elle savait qu'elle déraisonnait, mais ne pouvait pas s'en défendre.

Après cinq heures, elle retourna chez les Rupius. La bonne la fit entrer. M. Rupius voulait lui parler. Il était assis sur une chaise tout près de la table. «Eh bien? demanda Berta.

— Le médecin est auprès d'elle; voulez-vous patienter un peu...»

Berta n'osant pas le questionner, ils se turent tous deux. Au bout de quelques secondes apparut le docteur Friedrich. «Eh bien, je ne puis rien affirmer, dit-il posément; puis prenant une décision soudaine, il ajouta :

Excusez-moi, madame, il faut que je dise un mot en particulier à M. Rupius.

Rupius tressaillit. Berta dit machinalement : « Je ne veux pas vous déranger » et elle s'en alla. Mais son inquiétude était si grande qu'elle fut incapable de rentrer chez elle et elle se dirigea vers le cimetière, par le chemin dans les vignobles. Elle sentait que quelque chose de mystérieux se passait dans cette maison ; elle se demanda si Anna n'avait pas pu faire une tentative de suicide. Pourvu qu'elle ne meure pas, pensait-elle ; et c'était inséparable d'une autre pensée : pourvu que je reçoive bientôt une bonne lettre d'Emil. Elle se sentit entourée de mille dangers. Elle franchit la porte du cimetière. Cette journée d'été était belle et chaude, les fleurs et les bourgeons imprégnés de l'humidité de la veille embaumaient à nouveau. Berta suivit le chemin familier qui menait à la tombe de son mari. Mais elle sentait que sa place n'était pas là. Il lui fut presque pénible de lire sur la pierre tombale ces mots qui avaient perdu toute signification pour elle : Victor Mathias Garlan, mort le 6 juin 1895. Une promenade faite avec Emil dix ans auparavant lui semblait plus près d'elle que les années vécues avec son mari. Ce souvenir n'était plus rien pour elle… et, sans l'existence de Fritz, elle n'y aurait pas cru… Soudain elle pensa : Fritz n'est pas du tout le fils de Garlan… mais peut-être le fils d'Emil… Des choses pareilles ne sauraient-elles arriver ?… À cet instant précis, elle crut comprendre l'existence du Saint-Esprit… Puis l'égarement de ses propres pensées l'effraya. Elle jeta un regard sur la large allée qui partait de la porte du cimetière et gagnait en ligne droite le mur d'en face ; et tout à coup elle sut avec certitude que dans quelques jours on transporterait sur ce chemin le corps de Mme Rupius dans son cercueil. Elle voulut chasser cette intuition, mais l'image ne s'effaçait pas : le convoi funèbre stationnait devant la porte ; la tombe que deux hommes creusaient était pour Mme Rupius, et M. Rupius attendait devant la fosse ouverte. Il était dans sa voiture d'infirme, son plaid sur les genoux, fixant avec égarement les hommes habillés de noir qui portaient le cercueil de sa femme… Et il ne s'agissait pas d'un pressentiment, c'était une évidence… Mais comment l'expliquer ?… Elle perçut soudain un bruit de voix derrière elle ; deux femmes passèrent ; l'une était veuve, l'autre la fille d'un officier supérieur, décédé récemment ; toutes deux la saluèrent en passant lentement. Berta pensa que ces femmes devaient la prendre pour une veuve fidèle et inconsolable ; elle eut l'impression d'être une menteuse et quitta précipitamment le cimetière. Peut-être trouverait-elle des nouvelles d'Emil en rentrant ; un télégramme, qui sait ?… cela n'aurait rien d'étonnant… ils étaient assez intimes pour cela... Mme Rupius se souvenait-elle encore de ce que Berta lui avait dit à la gare, et en parlait-elle dans son délire... qu'importe, du reste? L'essentiel est qu'Emil écrive et que Mme Rupius guérisse... Il faut qu'elle y retourne et parle à M. Rupius, il lui répétera ce que le médecin a dit... Et elle presse le pas à travers les vignobles, descendant la colline vers chez elle... Rien n'est arrivé, ni lettre ni télégramme... Fritz est sorti avec sa bonne... Mon Dieu, qu'elle se sent abandonnée! Elle se hâte d'aller chez les Rupius, la bonne lui ouvre. Les nouvelles sont très mauvaises, M. Rupius n'est pas visible...

« Qu'a-t-elle donc, ne savez-vous pas ce qu'a dit le médecin?

— Le docteur a parlé d'une inflammation.

— Quel genre d'inflammation?

— Il a peut-être même dit empoisonnement du sang. Une infirmière de l'hôpital ne va pas tarder. »

Berta s'en alla. Quelques personnes étaient assises devant le café de la place, quelques officiers aussi, comme d'habitude à cette heure. Ils ne savent certainement pas ce qui se passe là-haut, se dit Berta, sans quoi ils ne seraient pas si gais et insouciants... Un empoisonnement du sang... comment expliquer cela?... Ce devait être une tentative de suicide!... Mais pourquoi?... Parce qu'elle n'avait pas obtenu de partir en voyage... ou... parce qu'elle n'avait plus voulu? Mais elle ne va pas mourir... non, il ne faut pas qu'elle meure!

Pour passer le temps, Berta va voir sa famille. Elle ne trouve que sa belle-sœur qui est au courant de la maladie de Mme Rupius, mais que cela n'émeut pas autrement. Albertine se met bientôt à parler de choses et d'autres. Berta trouve cela insupportable et la quitte.

Le soir, elle essaie de raconter des histoires à son petit garçon, puis elle lit le journal où elle découvre à nouveau une annonce du concert d'Emil. Elle trouve très curieux que ce concert n'ait pas encore eu lieu, qu'il ne soit pas déjà passé.

Elle ne peut pas aller se coucher sans avoir pris d'autres nouvelles de Mme Rupius. Elle trouve dans l'entrée la garde au visage souriant et aux yeux consolants. C'est elle que le docteur Friedrich envoie toujours chez ses clients personnels.

« Notre bon docteur saura bien tirer madame Rupius de là », dit-elle. Cette garde a l'habitude de faire des observations de ce genre, Berta le sait parfaitement, et cependant son angoisse se dissipe. Elle rentre chez elle, se couche, et s'endort paisiblement.

Le lendemain matin elle se réveille tard. Elle se sent reposée et fraîche. Une lettre se trouve sur sa table de chevet. Elle fait un effort pour se souvenir : Mme Rupius est très malade et voilà sans doute une lettre d'Emil. Elle se saisit du courrier d'un geste si brusque qu'elle fait basculer le petit chandelier, elle arrache l'enveloppe et lit :

« Ma chère Berta !

« Merci mille fois de ta bonne lettre ; elle m'a fait grand plaisir. Quant à ton idée de venir habiter Vienne, je te conseille d'y réfléchir à deux fois. Les choses ne se présentent pas du tout ici comme tu sembles le croire. Il est très difficile, même pour les artistes connus et cotés, d'obtenir des leçons à peu près bien payées, juge un peu de ce qu'il en serait pour toi, du moins pour commencer… Il me semble que tu te heurterais à des obstacles presque insurmontables. Tu as chez toi une existence assurée, ton cercle de parents et d'amis, ta maison, sans compter que c'est la ville où tu as vécu avec ton mari, où tu as mis ton enfant au monde, et ta place est là. Abandonner tout cela et te précipiter dans l'impitoyable mêlée de la grande ville, serait absolument insensé. Je ne veux pas parler du rôle que ta sympathie pour moi (tu sais que je te la rends de tout cœur) pourrait jouer dans tes décisions, car cela mettrait la discussion sur un autre terrain et il ne le faut pas. Je n'accepte pas de sacrifice de ta part, à aucun prix. Je n'ai pas besoin de te dire que j'ai le désir de te revoir le plus tôt possible, car je n'aspire qu'à revivre avec toi une heure de bonheur pareille à celle que tu m'as donnée (et dont je te remercie encore). Ne peux-tu pas t'arranger, mon petit, pour passer un jour et une nuit à Vienne toutes les quatre ou six semaines à peu près ? J'espère que nous serons encore heureux bien souvent. Je ne pourrai malheureusement pas te revoir ces jours-ci, car aussitôt après mon concert, je partirai pour Londres *(season)* ; j'irai ensuite en Écosse. Je remets à cet automne le plaisir de te revoir. Adieu donc, ma chérie, j'embrasse derrière ton oreille la jolie petite place que je préfère [1].

« Ton Emil. »

Quand Berta eut lu cette lettre, elle resta pendant quelques secondes immobile dans son lit. Un frisson la secoua. Elle n'était pas surprise, elle savait qu'elle n'avait jamais compté sur autre chose. Elle se reprit… Toutes les quatre ou six semaines… charmant… Oui, pour un jour et une nuit… quelle horreur !… Et la peur qu'il avait de la voir venir à Vienne… Et cette phrase à la fin qui semblait vouloir fouetter ses sens à distance comme si c'était la seule chose qu'il y eût entre eux... Ah ! quelle horreur... quelle... quelle honte... jusqu'où était-elle allée ?... Elle se sent écœurée... écœurée... ! Elle se lève d'un bond et s'habille... Eh bien quoi, après tout ?... C'était fini, fini, fini !... Il n'avait pas le temps... pas une minute à lui consacrer... Un jour et une nuit toutes les six semaines, à partir de l'automne... Mais comment donc, monsieur, j'accepte avec joie votre offre honorifique... je ne demande que cela ! Je continuerai à m'abêtir, à m'aigrir dans ce trou en donnant des leçons... Vous jouerez du violon, vous tournerez la tête aux femmes, vous voyagerez, vous serez heureux et célèbre... riche... et toutes les quatre ou six semaines vous m'accorderez une nuit dans une chambre minable où vous amenez des filles de la rue, dans un lit où beaucoup d'entre elles ont couché avant moi... Quelle horreur... Pouah... Pouah... ! Allons, vite, se préparer... partir chez les Rupius... Anna est malade, gravement malade... que m'importe le reste ?

Avant de quitter la maison, elle caressa et embrassa tendrement son petit garçon ; et se souvint soudain de ce que lui avait écrit Emil : rester et vivre à l'endroit où elle avait mis son enfant au monde... Il avait raison, même s'il ne l'avait pas écrit parce que c'était vrai, mais seulement pour ne pas risquer de la voir plus souvent qu'une fois toutes les six semaines.

Allez, en route !... Pourquoi ne s'inquiétait-elle donc pas du tout pour Mme Rupius ?... Mais oui, elle allait mieux hier soir... Et où était la lettre ?... Elle l'avait machinalement glissée dans son corset.

Les officiers installés devant le café déjeunaient ; ils étaient couverts de poussière et revenaient de manœuvres. L'un d'eux, très jeune encore, sans doute un nouveau venu, suivit Berta du regard... Ne vous gênez pas, monsieur..., je suis à votre disposition, car je ne suis occupée que toutes les quatre ou six semaines à Vienne... je vous en prie, vous n'avez qu'à me dire vos heures...

La porte du balcon était ouverte, le dessus du piano en velours rouge était suspendu à la balustrade. Allons, tout semblait rentré dans l'ordre... le dessus du piano ne serait pas sur le balcon, sinon... Donc allons-y, il n'y avait plus qu'à monter sans hésitation !...

La bonne vient ouvrir. Berta juge toute question superflue, en voyant dans les yeux écarquillés de la servante cette expression de stupeur horrifiée que fait naître l'approche d'une mort atroce. Berta entre, d'abord au salon ; la porte donnant accès à la chambre est ouverte à deux battants.

Le lit poussé au milieu de la pièce est accessible de tous les côtés. À un bout est assise l'infirmière, épuisée, la tête inclinée sur sa poitrine ; à la tête du lit, M. Rupius, dans sa voiture d'infirme. La chambre est obscure et Berta ne peut distinguer la figure d'Anna que lorsqu'elle se trouve tout près. Elle semble dormir. Berta s'approche encore. Elle entend la respiration d'Anna, régulière mais affreusement précipitée, jamais elle n'a entendu un être humain respirer de la sorte. Berta sent sur elle le regard des deux autres. Un instant, elle s'étonne qu'on l'ait laissée entrer, puis elle comprend qu'il n'y a plus de mesures de prudence à observer, que le dernier mot est dit.

Subitement, deux yeux se portèrent sur Berta. Mme Rupius venait d'ouvrir les yeux et fixait son amie avec intérêt. L'infirmière partit discrètement dans la pièce à côté, et Berta prit sa place, s'approcha du lit. Elle prit dans les siennes la main qu'Anna lui tendait, et lui dit doucement : « Chère madame Rupius, n'est-ce pas que vous allez déjà beaucoup mieux ? » Elle se rendit compte qu'elle venait encore de dire quelque chose de maladroit, mais elle en prit son parti ; vis-à-vis de cette jeune femme, c'était décidément son lot et apparemment jusqu'à la dernière heure.

Anna sourit ; elle était pâle et avait vraiment l'air d'une jeune fille. « Chère Berta, je vous remercie, dit-elle.

— Mais de quoi, Anna, de quoi, ma chérie ? » Elle avait beaucoup de mal à ne pas pleurer. En même temps, elle se demandait avec curiosité ce qui avait pu arriver.

Un long silence s'installa... Anna fermait les yeux et semblait dormir. M. Rupius demeurait immobile ; Berta interrogea du regard tantôt la malade, tantôt le mari. Elle pensa qu'en tout cas, il fallait attendre. Que dirait Emil si c'était *moi* qui mourais ? Ah, il aurait tout de même un peu de chagrin en pensant que celle qu'il a tenue dans ses bras, quelques jours plus tôt, se décompose. Il pleurerait même, peut-être... Oui, dans un cas pareil, il pleurerait... tout misérable égoïste qu'il est... Mais où s'égarent à nouveau ses pensées tandis qu'elle tient toujours la main de son amie dans la sienne ? Si seulement elle pouvait la sauver... ! Laquelle d'entre elles deux est le plus à plaindre ? Celle qui va mourir ou celle qu'on a honteusement bafouée ? Fallait-il vraiment, pour une nuit ?... non, c'eût été encore trop beau !... même pas pour une heure... l'avilir, ruiner sa vie à ce point ? Quel manque de scrupules, quelle insolence... ! Et comme elle le détestait ! comme elle le haïssait... Elle voudrait qu'il rate son prochain concert, qu'il s'arrête net, que le public se moque de lui, qu'il soit honteux et ridicule, que le lendemain matin on lise dans tous les journaux : M. Emil Lindbach est fini, complètement fini... Et toutes ses maîtresses diraient : un violoniste qui rate son concert, merci du peu... Alors il viendrait, repentant, la retrouver elle, la seule qui l'aimât depuis sa jeunesse, d'un amour inaltérable... elle qu'il a tellement méconnue !... Il saurait bien se souvenir et implorer son pardon... Tu vois... lui dirait-elle alors, tu vois, Emil... car elle sait d'avance qu'elle ne trouvera pas autre chose à lui dire... Mais la voilà qui pense encore à lui, sans cesse... et n'est-elle pas auprès d'une mourante, avec cet homme silencieux là-bas, qui est le mari... Le calme règne ; même les bruits de la rue, qui pénètrent par la porte ouverte du balcon, sont lointains et indécis... voix humaines, grincements de roues, une sonnerie de cycliste, cliquetis d'un sabre qu'on traîne sur le pavé, gazouillis des oiseaux par instants... mais tout cela est si lointain et appartient à un monde différent.

Anna s'agite, elle jette la tête de droite à gauche... plusieurs fois de suite, toujours plus vite... Berta entend derrière elle une voix qui dit doucement : « Cela commence. » Elle se retourne ; c'était l'infirmière au visage souriant ; mais Berta se rendit compte à présent que l'expression de cette figure, loin d'être souriante était un masque figé pour essayer toujours de dissimuler la douleur, et elle trouva ce visage incroyablement effrayant... Qu'a-t-elle dit ?... Cela commence... comme au théâtre, ou pour un concert... Et elle se souvint d'avoir entendu les mêmes paroles prononcées à son chevet, quand elle avait mis son enfant au monde...

Soudain Anna ouvrit les yeux... des yeux démesurément agrandis ; elle les fixa sur son mari et, essayant en vain de se redresser, elle articula très distinctement : « C'est toi seul, toi seul... crois-moi, c'est toi seul que j'ai... » Le dernier mot s'éteignit sur ses lèvres, mais Berta le devina.

« Je sais », dit Rupius, et, se penchant sur la moribonde, il la baisa au front. Anna l'entoura de ses bras tandis que les lèvres de son époux se posaient sur ses yeux. La garde s'était à nouveau éloignée. Soudain Anna repoussa son mari ; elle ne le reconnaissait plus, elle avait perdu conscience. Berta, tout effrayée, se leva mais demeura au pied du lit. « Allez-vous-en, maintenant », lui dit M. Rupius. Elle hésita.

« Allez », répéta-t-il d'un ton sévère.

Berta comprit qu'elle devait obéir. Elle s'éloigna sur la pointe des pieds, comme si le bruit de ses pas avait pu encore déranger Anna. Arrivée dans l'entrée, elle vit le docteur Friedrich qui enlevait son pardessus, tout en causant avec son assistant. Il n'eut pas l'air de remarquer Berta et elle l'entendit qui disait : « Si les choses avaient été autrement, j'aurais fait la déclaration, bien sûr, mais devant cette issue...

De plus, il y aurait eu un scandale affreux, et ce pauvre Rupius serait le seul à en souffrir… Bonjour, madame, dit-il en apercevant Berta.

— Mais enfin, docteur, que se passe-t-il?»

Le médecin lança un coup d'œil significatif à son assistant, puis s'adressant à Berta : «Septicémie, dit-il. Vous savez ce que c'est, madame, une petite blessure au doigt avec un canif peut devenir mortelle, parfois même on n'arrive pas à découvrir la plaie. C'est un affreux malheur… oui… oui.» Il pénétra dans la chambre, son assistant le suivit.

Berta se retrouva dans la rue, comme étourdie. Que signifiaient les mots qu'elle venait d'entendre?… Faire la déclaration… scandale? Serait-ce donc Rupius qui aurait assassiné sa femme?… Non, quelle aberration!… mais il fallait qu'Anna ait été victime d'un crime quelconque… et ce qui s'était passé avait un rapport indéniable avec son dernier voyage à Vienne. Car elle était tombée malade la nuit de son retour… Et les paroles de la mourante lui revinrent à l'esprit : Toi seul, toi seul, je n'ai aimé que toi… N'avait-elle pas semblé implorer son pardon?… elle n'avait aimé que lui… et cependant un autre… Il était certain qu'elle avait un amant à Vienne… oui, mais cette explication était encore insuffisante… Elle avait voulu partir en voyage et elle ne l'avait pas fait… Quelles avaient donc été ses paroles à la gare… Je me suis décidée à autre chose… Elle avait peut-être rompu avec son amant à Vienne et en rentrant… s'était empoisonnée… Mais pourquoi, puisque c'était son mari qu'elle aimait?… Et elle n'avait pas menti… Oh, non!… Berta n'arrivait pas à comprendre…

Elle regretta de s'en être allée… que devait-elle faire, à présent?… Elle était par trop troublée. Elle ne pouvait ni rentrer chez elle ni se rendre chez sa belle-sœur; il lui fallait retourner là-bas… Anna serait-elle morte aussi si Emil lui avait écrit une lettre différente?… Vraiment, elle déraisonnait… Car c'étaient là des faits totalement indépendants — et pourtant… pourquoi n'arrivait-elle pas à les dissocier?…

Elle monta de nouveau l'escalier en courant et pénétra dans cet appartement qu'elle avait quitté à peine un quart d'heure plus tôt. La porte sur le palier était grande ouverte. La garde la reçut dans l'entrée. «Tout est fini dit-elle.» Berta entra au salon. M. Rupius y était seul, assis à la table, la porte de la chambre mortuaire était close. Il laissa Berta approcher tout près, saisit la main qu'elle lui tendait et lui dit : Mais pourquoi a-t-elle fait cela?… pourquoi *une chose pareille*?

Berta se taisait.

Rupius poursuivit : « Ce n'était pas nécessaire… Grand Dieu, ce n'était pas nécessaire ! Que m'importe l'opinion du monde… N'est-ce pas ? »

Berta acquiesça d'un signe de tête.

« L'important est de vivre… c'est vivre qui compte. Pourquoi a-t-elle fait cela ? » Il semblait parler calmement, bien que chacun de ses mots sonnât comme un sourd gémissement. Berta pleurait.

« Non, ce n'était pas nécessaire… Je l'aurais élevé, élevé comme mon enfant à moi… »

Alors Berta leva brusquement les yeux. D'un seul coup, elle comprit tout et une crainte atroce s'empara de son être… Si elle-même… si elle aussi, au cours de cette nuit… durant cette heure… ?! Elle se sentit défaillir d'angoisse… Cette possibilité qu'elle avait à peine envisagée jusque-là lui semblait subitement une indiscutable certitude… C'était inévitable, la mort d'Anna en était le présage certain : un avertissement du ciel. Et en même temps revint en elle encore une fois le souvenir de la promenade que douze ans auparavant elle avait faite avec Emil au bord de la *Wien*, quand Emil l'avait embrassée et qu'elle avait pour la première fois éprouvé un brûlant désir de maternité. Pourquoi n'avait-elle pas éprouvé ce même désir, l'autre nuit dans ses bras ?… Elle était forcée de se l'avouer maintenant : elle n'avait cherché que le plaisir d'un instant ; elle n'avait pas agi mieux qu'une fille et ce serait un juste châtiment du ciel, si elle succombait à sa honte comme la malheureuse qui gisait à côté.

« Je voudrais la revoir », dit-elle.

Rupius indiqua la porte. Berta l'ouvrit, s'approcha doucement du lit où reposait la morte, la contempla longuement et la baisa sur les deux yeux. Un calme sans pareil l'envahit. Elle eût voulu rester pendant des heures auprès de ce corps devant lequel ses propres déceptions, ses souffrances perdaient de leur importance. Elle s'agenouilla près du lit et joignit les mains, mais sans pourtant prier.

Sa vue se troubla subitement, elle fut en proie à une faiblesse soudaine et familière, à un vertige passager. D'abord frémissante d'angoisse, elle respira bientôt, soulagée, car l'apparition de cette fatigue lui révélait qu'en cet instant non seulement ses craintes d'avant, mais aussi toute la folie de ces troubles journées, les derniers frissons d'une féminité frustrée, tout cela qu'elle avait pris pour de l'amour commençait à se volatiliser. Et, agenouillée près de la couche funèbre, elle comprit qu'elle n'était pas de ces inconscientes qui peuvent vider d'un trait la coupe du plaisir. Elle pensa avec écœurement à cette seule heure de volupté qu'il lui avait été donné de vivre, et les joies impudiques qu'elle avait alors goûtées lui apparurent comme un monstrueux mensonge, comparées à l'innocence de ce baiser ardent et pur dont le souvenir avait illuminé sa vie entière. Elle comprit toute la magnifique pureté du sentiment qui avait uni cet infirme assis à côté, et cette femme, que sa tromperie avait précipitée dans la mort. Et tandis qu'elle contemplait le front pâle de la morte, elle pensa à l'inconnu qui avait causé sa perte à elle et qui pourrait jouir de la vie, sans châtiment et probablement aussi sans remords, allant et venant dans la grande ville — comme du reste aussi… un autre, non, comme tous ces milliers d'autres qui avaient frôlé sa robe l'autre jour, qui avaient fixé sur elle un regard concupiscent. Et un soupçon de l'injustice monstrueuse qui régente le monde l'effleura : l'injustice que la femme ait été créée avec les mêmes appétits, le même désir de bonheur que l'homme ; puisque pour elle ce plaisir devient péché, la rançon de la volupté expiation, quand son désir charnel n'est pas en même temps le désir d'être mère.

Elle se releva, jeta un dernier regard d'adieu à l'amie si chère et quitta la chambre mortuaire. M. Rupius, immobile, l'attendait à côté, exactement dans l'attitude où elle l'avait quitté. Du fond de son âme, Berta eût voulu trouver des paroles consolantes à lui dire. Durant un instant il lui sembla n'avoir vécu son propre destin que pour pouvoir mieux mesurer l'immense détresse de cet homme. Elle aurait voulu lui dire tout cela, mais elle sentit qu'il était de ces êtres qui désirent rester seuls avec leur douleur. Et sans un mot elle s'assit en face de lui…

Traduction révisée par Brigitte Vergne-Cain et Gérard Rudent.

UN SUCCÈS

Plus d'une fois, l'humour de Schnitzler peut faire penser à celui d'Alphonse Allais. Avec Ein Erfolg, *nous sommes en présence d'un apologue viennois très drôle : «Pourquoi il ne faut pas cocufier en public un brave sergent de ville.» Mais Schnitzler ne publia jamais cette «novelette», bien qu'il y eût songé à plusieurs reprises.*

Il avait noté dans son Journal, *le 24 mai 1900, que ce récit était «provisoirement terminé»; il l'appelait «Le sergent de ville ambitieux». En le reprenant, le 29 septembre 1904, il l'intitule* Un succès, *ce qui est plus ambigu. En décembre 1905, il envisage manifestement de le publier dans un numéro spécial de Noël; mais Olga, son épouse, juge que c'est désormais indigne de lui. En juillet 1912, il découpe un entrefilet dans un journal de Hambourg, relatant un fait divers comparable, survenu dans une île au nord du Schleswig-Holstein : «Pourquoi le gendarme a dressé procès-verbal à sa propre épouse». Et Schnitzler a dû juger qu'il avait bien prophétisé...*

Il tient sans doute à son historiette, car elle s'accorde à l'orientation nouvelle de son inspiration : son héros, Engelbert Friedmaier, ancien sergent-chef de l'armée, passé dans la police, est un être médiocre qui réussit, en se déshumanisant toujours davantage — c'est une question préoccupante si l'on songe à l'agitation sociale de l'époque, et aux succès du «Beau Karl», Karl Lueger, devenu le maire «effectif» de *Vienne en 1897, et qui le restera jusqu'à sa mort en 1910 !*

Notons surtout que, deux jours après avoir terminé l'histoire du sergent de police, Schnitzler esquissait la nouvelle du Lieutenant Gustl. *Décidément, en ce printemps 1900, l'écrivain semblait très inspiré par certains types de sous-humanité viriloïde...*

Engelbert Friedmaier, sergent de ville nº 17 912, était de faction entre la *Kaiser-Josef-strasse*[1] et la *Taborstrasse*[2], et il réfléchissait à sa vie manquée. Il avait quitté l'armée trois ans plus tôt, avec le grade de sergent-chef, pour entrer dans le corps de la police, animé du plus noble enthousiasme pour sa nouvelle profession et d'un zèle ardent à l'idée de veiller à l'ordre et à la sécurité dans la capitale ; il était amoureux, et sa promise, la fille de l'épicier Anton Wessely, attendait avec impatience qu'il la prît pour épouse ; mais les perspectives d'avancement d'Engelbert étaient sombres, voire désespérées. Car il n'avait eu, en trois ans de métier, aucun succès à son actif. Un cas pareil était unique dans les annales de la police viennoise. Et les supérieurs d'Engelbert n'avaient que méfiance à l'égard de sa bonne volonté, ses camarades avaient cessé de le respecter et Kathi, qui était autrefois sa consolation aux heures de mélancolie, commençait à le railler de la manière la plus cruelle. Cependant, il ne se sentait pas coupable. Il n'avait simplement pas de chance. Dans son secteur, à mille pas à la ronde, tous les mauvais instincts se taisaient. Il avait été placé à des carrefours très fréquentés, où les cochers de fiacre se faisaient d'habitude arrêter par douzaines pour excès de vitesse, voire, dans les cas les plus favorables, pour avoir écrasé quelqu'un ; il avait été de service, au cours de nuits de fête, devant des tavernes mal famées d'où on avait vu plus d'un client surgir en criant : « On m'a poignardé ! »... Oui, on l'avait même affecté une fois à la surveillance d'une rue interdite aux cyclistes, où son prédécesseur avait réussi, au cours d'une journée restée célèbre, à en conduire soixante-sept au poste — mais dès qu'Engelbert Friedmaier était placé à un point aussi névralgique, tout changeait. Les fanatiques du galop de course adoptaient une allure pleine de sagesse, les apaches les plus redoutés vaquaient paisiblement à leurs occupations et les cyclistes les plus déchaînés, qu'Engelbert voyait de loin, le cœur battant, s'approcher à fond de train de la rue interdite, mettaient prudemment pied à terre et poussaient leur machine à la main jusqu'au prochain coin de rue. Engelbert ne pouvait que constater en silence que le règlement n'était enfreint ni la sécurité mise en danger. Même les autres légères satisfactions parfois accordées à ses collègues lui étaient toujours refusées : ainsi n'avait-il jamais pu découvrir une jeune dame à sa fenêtre dans un déshabillé par trop matinal, jamais il n'était venu à l'idée d'une arpenteuse de bitume de se comporter de manière inconvenante à proximité de lui, jamais un fiacre à l'allure suspecte, avec ses rideaux tirés, ne passait devant lui et jamais il ne lui avait été donné de surprendre, au cours d'une ronde nocturne dans les jardins publics, un couple trop visiblement amoureux. Les grands jours eux-mêmes, qui avaient valu d'impérissables lauriers à de si nombreux collègues, s'écoulaient sans lui donner l'occasion de se distinguer. Il avait fait partie des heureux élus déployés devant le Parlement, lorsque les hordes socialistes avaient défilé en vociférant, et, l'oreille tendue, il avait guetté le manifestant qui oserait lancer un cri attentatoire à la sûreté de l'État, voire proférer une insulte à un bourgmestre estimé de tous[1]... Arrivés à sa hauteur, tous se taisaient, comme prévenus par un bon ou un mauvais génie!... Une autre fois, il faisait partie de la haie d'honneur accueillant sur le *Ring*[2] une tête couronnée. Il put voir, à dix pas de lui, un jeune collègue arrêter pour résistance à l'autorité un promeneur inoffensif et sourd, qui n'avait pas la moindre idée de ce qu'on lui voulait... tandis que, derrière Engelbert, les gens restaient pendant des heures alignés comme un mur, nul ne poussant ou ne sortant des rangs.

Il devait toutefois connaître sa pire humiliation le jour où il se crut près du but; car c'est alors que le succès dont il avait longtemps rêvé s'était changé en la plus amère des déceptions. C'était par un aussi bel après-midi qu'aujourd'hui et Engelbert était de faction dans la *Rotenturm-strasse*[3], lorsqu'il vit de loin s'avancer un élégant monsieur tenant une petite fille par la main. L'enfant paraissait fatiguée et l'élégant monsieur avait du mal à la faire avancer. Elle s'effondra tout d'un coup; l'élégant monsieur la releva avec rudesse; la petite se mit à crier et à pleurer, l'élégant monsieur lui lança à haute voix des injures dont la grossièreté sembla tout à fait prometteuse à Engelbert. La fillette suppliait : « Papa, mon cher petit papa, je suis si fatiguée !... » et elle s'écroula sur ses genoux ; mais l'élégant monsieur, levant sa canne, lui porta un coup si violent sur la tête qu'elle s'écroula, comme morte. Des gens accoururent et Engelbert se précipita, les yeux rayonnants. Le cas était particulièrement heureux, car les mauvais traitements infligés aux enfants préoccupaient alors beaucoup l'opinion — il pouvait devenir d'un seul coup l'homme du jour. Foin des tarifs illicites et des petits coups de couteau, c'est un meurtre, espérait-il, qui venait d'être commis, sur la personne d'un enfant sans défense, et il était en mesure d'intervenir. Digne et conscient du poids de son autorité, il se fraya un chemin à travers la foule amassée... Mais quel fut le spectacle qui s'offrait à ses yeux ? Les gens, qu'il croyait trouver bouleversés, riaient et l'élégant monsieur disait : « Je me permets d'inviter ces messieurs dames à mes débuts, ce soir, dans la grande salle aux fleurs !... » quant au corps étendu par terre... c'était une poupée de bois. Engelbert ne voulut pas considérer tout de suite la partie comme perdue : peut-être s'agissait-il d'un crime particulièrement raffiné, le meurtrier se présentant comme un ventriloque et l'enfant mort comme une poupée. Pourtant, lorsque les gens virent Engelbert mettre un genou en terre et plonger ses regards dans les yeux de verre d'un mannequin en bois, l'hilarité ne connut plus de bornes. Il était sans doute encore possible de conduire le ventriloque au poste pour extravagances et provocation sur la voie publique, mais deux officiers de cavalerie qui venaient d'arriver entamèrent avec le saltimbanque une conversation pleine de bonne humeur... Engelbert, reconnaissant avec effroi en l'un d'eux un archiduc, sentit alors qu'il n'avait plus rien à espérer et s'éclipsa.

À partir de ce jour, Engelbert Friedmaier n'eut plus de doutes : un sort perfide et malin s'acharnait contre lui. Ce n'est pas sans envie qu'il regarda maint camarade plus sévère que les règlements et plus pointilleux que les lois, et il sentit naître en lui la sourde tentation d'imiter ces collègues ambitieux qui prenaient leur carrière au sérieux. De plus en plus il ressentit l'ordre et l'honnêteté des mœurs exemplaires qui régnaient autour de lui comme des affronts personnels, destinés à le tourner en dérision, et tous les gens de son secteur lui parurent s'être conjurés dans le seul but de le ruiner par leur bonne conduite.

Ce jour-là comme tous les jours, Engelbert était donc de faction, l'esprit chagrin et conscient de son inutilité, de son ridicule... À l'approche du soir, des promeneurs attardés prenaient le chemin du *Prater*[1], d'où lui parvenaient confusément les bruits du dimanche. Engelbert faisait inlassablement les cent pas dans un sens, puis dans l'autre. De temps à autre, il s'arrêtait pour laisser son regard parcourir les rues, de la gare du Nord-Ouest[2]… jusqu'à l'*Etoile du Prater*[3]… puis il reprenait ses allées et venues, dans un sens puis dans l'autre. Soudain, il avisa une silhouette qu'il connaissait bien, débouchant de la *Taborstrasse* et venant dans sa direction. C'était Katharina, vêtue d'une robe de foulard bleue à pois blancs, coiffée d'un petit canotier blanc sous son ombrelle rouge ; elle se rapprocha et Engelbert vit qu'elle souriait. Elle savait qu'il était de garde ici… venait-elle le voir ? Il osait à peine l'espérer, car elle ne se montrait guère aimable avec lui depuis quelque temps, se plaisant même à l'abreuver de moqueries. Elle continuait d'avancer. Alors il remarqua aussi, à environ dix pas derrière elle, un jeune homme en complet gris clair, une cigarette à la bouche, qui la suivait en faisant tourner sa canne entre ses doigts, d'un geste plein d'élégance, ce qui du reste pouvait fort bien être un effet du hasard.

Engelbert, qui se trouvait sur la chaussée, s'approcha du trottoir et Katharina, s'arrêtant devant lui, demanda, toujours souriante : — S'il vous plaît, monsieur le sergent de ville, pouvez-vous me dire où est le Prater ?

— Kathi, s'écria-t-il, Kathi, c'est vrai que tu viens me voir ?

— Mais à quoi songez-vous, monsieur le sergent de ville ?… Vous savez bien que c'est pas permis ! Pendant le service ! Je voulais seulement vous demander le chemin le plus court pour aller au Prater.

Le jeune homme à la canne et au complet gris s'était arrêté sur le trottoir d'en face. Il n'était pas impossible qu'il attendît le tramway.

— Kathi, dit Engelbert, écoute, tu es vraiment gentille d'être…

— Pourquoi gentille ? J'aurais pu demander à un autre, mais comme je passais par hasard… et puis, je respecte tellement les sergents de ville, et puis vous avez l'air si aimable… Oui, vraiment, on voit tout de suite à votre tête que vous avez jamais fait d'mal à personne !

Engelbert sentit un léger tremblement agiter le coin de sa bouche. Que lui voulait-elle ? N'était-elle encore une fois venue que pour le tourmenter ?… Un tramway à chevaux passa, le jeune homme au complet gris ne bougea pas. Mais peut-être avait-il à faire dans la direction opposée.

— Pourquoi ne dites-vous rien, monsieur le commissaire ? continuait Katharina. Je croyais que le règlement vous faisait une obligation de répondre poliment à toute demande de renseignement que vous adressent les particuliers ?

— Kathi, je t'en prie, ne me taquine pas ! Tu sais, je ne le supporte plus !

— Bon, dit Katharina en se haussant un instant sur la pointe des pieds, il va falloir que je demande à quelqu'un d'autre. J'ai bien l'honneur, monsieur… — Kathi !

— Qu'y a-t-il ? Ne me regardez pas d'un air aussi méchant, vous allez m'faire peur pour de bon !

Un autre tram passa… dans la direction opposée ; le jeune homme ne bougea pas. Il était toujours là-bas sur le trottoir, comme s'il avait pris racine, faisant des moulinets avec sa canne… — Kathi, il y en a un qui te suit !

— Pas possible ? Et tournant la tête, elle considéra le jeune homme d'un regard qui n'avait rien de désobligeant. Celui-ci suivait manifestement des yeux quelque chose qui s'élevait lentement dans les airs : était-ce une hirondelle, était-ce une mouche ou un ballon… Engelbert, en tout cas, n'y découvrit rien de semblable.

— Arrêtez-le donc, monsieur le sergent de ville… pour… attendez ! Si seulement nous avions un peu plus d'expérience, nous saurions tout de suite pourquoi… Ah, ça y est, je sais !… pour atteinte à la propriété d'autrui dans des intentions immorales !… Eh bien, je vous salue, monsieur le commissaire, j'trouverai bien le Prater toute seule ! — Kathi ! — Qu'y a-t-il ? — Tu t'en vas ?

— Bien sûr, vous croyez tout de même pas que je suis venue pour vous distraire de votre service ? Il manquerait plus que ça ! Adieu ! »

Et elle s'éloigna. Il la suivit en criant : « Kathi, reste ici ! Reste ici !… » Elle se retourna et le dévisagea avec de grands yeux.

« Je t'en prie, Kathi, reste ! Tu ne vas pas partir comme ça ! Dis-moi au moins… — Quoi donc ?

— Que tu m'aimes encore… je t'en prie, Kathi !

— Ah mais non ! J'ai beaucoup trop d'respect pour le service… Allons, au revoir… j'vais au Prater ! — Kathi, tu parles sérieusement ?

— Je me permettrais pas de plaisanter avec un sergent d'ville en service ! Bien sûr que je parle sérieusement ! Je vais faire un tour de manège, puis j'irai chez P*räuscher* [1], puis je m'paierai le toboggan et la balançoire magique et, pour finir, j'irai voir Guignol… un autre Guignol, vous voyez, monsieur le commissaire… — Kathi ! »

Il tremblait de tous ses membres. En face, le jeune homme, appuyé à un réverbère, fixait la pointe de ses souliers. Kathi fit quelques petits signes de la tête comme pour prendre congé et voulut s'éloigner. Engelbert la saisit par la main. Kathi le fixa du regard.

— Qu'est-ce qui te prend ? lui dit-elle, soudain sérieuse.

— Kathi, je te l'interdis ! Compris... ? Je t'interdis d'aller au Prater ! Je suis libre dimanche prochain, et nous irons ensemble.

— Oui, c'est ça, ils te donneront ton dimanche ! Comme s'ils pouvaient se passer d'toi un seul jour !... mais ça serait la pagaille à Vienne, l'anarchie, les gens s'mettraient à faire les quatre cents coups, s'ils savaient qu'Engelbert Friedmaier n'est pas de service... ! Au revoir, Engelbert ! En rentrant, j'passerai voir si tu es encore là... tu auras peut-être eu de l'avancement entre-temps ! Salut.

— Kathi, si tu vas au Prater, il y aura un malheur !

— Mais lâche-moi donc ! — Kathi, dit-il d'une voix rauque, si tu vas au Prater, c'est fini, nous deux... tu comprends ?

— C'est vrai, tu me le promets ? Alors, j'y vais tout droit !

Et elle partit. Engelbert resta immobile un instant, comme paralysé. Alors il vit le jeune homme, en face, sortir de sa rêverie et prendre la même direction que Kathi, en balançant sa canne d'un air tout à fait innocent. Aussitôt, Engelbert ne fit qu'un bond, rejoignit Kathi et la saisit par le bras... Elle poussa un petit cri : — Non mais, dis-moi, c'est-y que tu aurais bu ?

— Reste ici ! lui intima-t-il d'une voix blanche, tandis que ses yeux devenaient tout rouges. — Laisse-moi, dit Kathi, vas-tu me lâcher ? C'est la première fois que j'vois ça !

Il lui lâcha le bras : — Je t'en prie, une dernière fois...

— Fiche-moi la paix ! Ça suffit... j'vais au Prater ! — Kathi ! — Tu n'es qu'un singe ! — Kathi... Qu'est-ce que t'as dit ?

Elle le regarda, l'œil insolent, et répéta : — Qu'tu n'es qu'un singe !

Engelbert regarda fixement les lèvres entrouvertes qui venaient de laisser échapper ces mots. Il fut un instant sur le point de riposter, sa main le démangeait ; puis tout se brouilla devant ses yeux, la silhouette de Kathi lui sembla se dissoudre dans un étrange brouillard et le jeune homme flotter dans l'air. L'instant d'après, pourtant, il voyait à nouveau les choses très clairement, plus clairement que jamais, et il sentit un calme incompréhensible l'envahir. Il n'était plus Engelbert l'amoureux. Il était un sergent de ville en service et devant lui, ce n'était plus sa fiancée bien-aimée, mais une femme qui l'avait outragé. Un sourire égaré, mais significatif, éclaira son visage et c'est d'une voix entièrement changée, ferme et forte, que personne ne lui avait jamais connue, qu'il déclara en posant une main sur l'épaule de la jeune fille : — Au nom de la loi, je vous arrête !

Kathi le regardait avec de grands yeux, ne sachant si elle devait rire ou se fâcher ; mais il avait un regard et un ton si décidés qu'elle ne put douter de son sérieux.

— Engelbert, es-tu… ? — Il n'y a plus d'Engelbert… je suis monsieur le sergent de ville !… Quelques passants s'étaient arrêtés.

— Engelbert ! répéta Kathi à voix basse, en lui jetant un regard suppliant.

— Que Mademoiselle veuille bien me suivre immédiatement au poste, où on lui apprendra qu'un sergent de ville n'est pas un singe !

D'autres promeneurs s'arrêtèrent. L'un d'entre eux, qui avait entendu les paroles d'Engelbert, les redit autour de lui ; chez tous l'étonnement était sans borne.

— Pas d'attroupement ! ordonna Engelbert, en se tournant d'un air plein de majesté vers les gens qui faisaient cercle. Veuillez circuler tout de suite ! Et vous, Mademoiselle, suivez-moi, s'il vous plaît !

L'œil rivé sur lui… Kathi ne savait toujours pas où elle en était.

— Eh bien, Mademoiselle ? dit Engelbert. En avant !

Et, d'un geste de la main qui n'admettait aucune contestation, il ordonna de se mettre en route. Les gens s'étaient écartés et observaient de loin avec un timide respect l'arrestation de cette jolie fille.

— Pourquoi arrêtez-vous cette dame ? dit soudain quelqu'un derrière Engelbert. Il se retourna, extrêmement surpris. Naturellement celui qui avait dit ces mots était le jeune homme au complet gris.

— Quoi ? demanda Engelbert, sur un ton qui trahissait un doute justifié quant à la raison de son interlocuteur.

— Pourquoi arrêtez-vous cette dame ? répéta le jeune homme, en regardant Engelbert d'un air incroyablement effronté. Le visage de Kathi se mit alors à exprimer tout au moins une certaine reconnaissance. Engelbert sentit qu'il ne pouvait pas se contenter de demi-mesures :

— Suivez-moi vous aussi ! s'écria-t-il. Je vous arrête au nom de la loi !
— Avec grand plaisir, cher monsieur le sergent de ville ! répondit le jeune homme en souriant.

— Je ne suis pas votre cher monsieur le sergent de ville ! En avant !

— Excusez, dit le jeune homme, mais vous ne pouvez pas en juger… moi, je vous trouve très aimable comme sergent de ville !

— Taisez-vous et suivez-moi ! puis, se retournant vers la foule qui s'était à nouveau approchée : Et vous, circulez, s'il vous plaît ! On n'est pas au théâtre, ici !

Il marchait au milieu de la chaussée, entre Kathi à sa droite et le jeune homme à sa gauche... Oui, ça y était maintenant, il n'aurait plus à subir désormais les moqueries de ses collègues, la méfiance de ses supérieurs et les railleries de sa fiancée... ça aussi, ça aussi, c'était fini ! Et, bien sûr, tout le reste du même coup... mais c'était égal, cela ne le concernait en rien, ne devait le concerner en rien.

Les deux individus appréhendés, à ses côtés, avaient lié conversation ; il s'efforçait de ne pas écouter leurs propos, mais n'y parvenait pas. « Je regrette beaucoup, mademoiselle, disait le jeune homme, que votre promenade ait été interrompue de si désagréable façon !

— Oh, je vous en prie, monsieur, répondait Kathi, je suis désolée qu'à cause de moi, d'une personne que vous n'connaissez pas, vous...

— Oh, mademoiselle, croyez bien que même une condamnation à plusieurs années de cachot à cause de vous me serait un plaisir ! »

Contraint d'entendre tout cela, Engelbert continuait d'aller en silence entre eux deux. Sans avoir besoin de regarder ses prisonniers, il sentait bien que les yeux du jeune homme et de la jeune fille se disaient encore plus de choses que leurs lèvres ; il sentait qu'entre ces deux êtres, rivés l'un à l'autre par un destin commun, une relation de plus en plus étroite était en train de s'établir, contre laquelle il ne pouvait rien. Kathi marchait si près de lui que sa robe le frôlait. Cependant, ils approchaient du commissariat. Lorsqu'il vit de loin le bâtiment familier, une idée lui traversa l'esprit, tentatrice : et s'il mettait un terme à toute cette affaire ? s'il relâchait ces deux-là et demandait pardon à Kathi... ?

Il repoussa néanmoins sur-le-champ cette tentation indigne de lui et franchit d'un pas assuré le seuil du commissariat de police avec les deux contrevenants.

Sans lever les yeux, le commissaire demanda : — De quoi s'agit-il ?

— Outrage à agent de la force publique et ingérence non qualifiée dans une affaire de service, monsieur le commissaire ! répondit Engelbert.

Le commissaire leva la tête et en voyant Engelbert devant lui, son visage trahit une légère surprise. Puis il déclara d'un ton aimable : — Eh bien, dites donc !

Conscient que cette exclamation représentait à elle seule une sorte de reconnaissance, Engelbert ne ressentit cependant nulle trace du bonheur qu'il s'était attendu à éprouver au premier signe de satisfaction d'un de ses supérieurs. Le commissaire se mit alors en devoir de relever les identités. « S'il vous plaît... Mademoiselle... ?

— Katharina Wessely, fille d'épicier, vingt-deux ans...

— Et vous ?

— Albert Meierling, étudiant en médecine.

— Bon... Donc, outrage à agent de la force publique... En quoi l'outrage a-t-il consisté ?

— Monsieur le commissaire, répondit l'agent, mademoiselle m'a traité de singe...

— Bon ! Très bien ! dit le commissaire. Et ce jeune homme ?

— S'est permis des remarques sur l'arrestation de la jeune dame.

— Bon, très bien ! répéta le commissaire. Alors nous ne pouvons pas faire plus ici, l'affaire est du ressort du tribunal d'arrondissement. Et, se tournant vers les deux jeunes gens interpellés : — Je vous remercie. Vous recevrez une convocation.

— Alors, nous pouvons nous en aller ? demanda le jeune homme, et ce « nous » fit passer des éclairs rouges dans les yeux d'Engelbert.

— Je vous en prie, où bon vous semble ! répondit aimablement le commissaire.

Kathi regarda Engelbert comme s'il eût été un étranger. Le jeune homme ouvrit la porte et sortit avec elle. Engelbert s'apprêtait à les suivre, lorsque le commissaire l'appela : — Dites, Friedmaier !

— Monsieur le commissaire... ?

— Je vous félicite... il était grand temps. Mais, dites-moi, comment cette jeune fille a-t-elle été amenée à vous traiter de singe ?

— Monsieur le commissaire, répondit Engelbert en se mettant au garde-à-vous, c'est ma fiancée, vous savez ! »

Le commissaire se leva : — Comment ? puis il regarda un long moment Engelbert et dit en lui frappant amicalement l'épaule : — Très bien, Friedmaier ! Voilà qui me plaît !

— Ou plutôt, c'était ma fiancée, monsieur le commissaire ! ajouta Engelbert sans pouvoir retenir ses larmes.

Le commissaire le regarda avec bienveillance. Puis il dit : — Bon, retournez maintenant à votre poste ! Je ferai mon rapport et je vous recommanderai pour une citation spéciale. »

Engelbert partit en hâte. Il arriva dans la rue juste à temps pour voir Kathi et le jeune homme monter dans un fiacre et entendre ce dernier dire au cocher : — Au Prater. Grande allée ! »

Le procès eut lieu quelques semaines plus tard. Le fonctionnaire du ministère public célébra la dignité et le sens du devoir du sergent de ville, qu'aucune considération d'ordre personnel n'avait retenu de laisser la justice suivre son cours. Le défenseur stigmatisa pour sa part le procédé révoltant d'un amant qui, las de sa fiancée, tentait de s'en débarrasser par la voie officielle ; il espérait qu'un tel cas de machiavélisme restait isolé dans le valeureux corps des sergents de ville de la capitale. Sans se laisser troubler, le fonctionnaire du ministère public affirma dans sa réplique que c'est l'État lui-même qui commencerait à trembler sur ses bases, si l'on ne faisait pas un exemple. Ainsi fut fait ; on condamna Kathi à vingt-cinq gulden d'amende, et l'étudiant en médecine Albert Meierling à dix gulden ; il paya immédiatement pour les deux. C'était une belle journée de juillet ; le même soir, ils retournèrent ensemble au Prater.

Détail remarquable, pourtant : le sort malin, qui s'était acharné sur Engelbert Friedmaier[1], n'agit plus depuis lors. Autour de lui, les mauvais instincts se sont réveillés ; l'ordre et les bonnes mœurs ont cessé de régner dans son voisinage ; il conduit quotidiennement des délinquants au poste et ses camarades le respectent et l'admirent. Ils le reconnaissent à peine. C'est maintenant un personnage dur et violent, dont le serment professionnel, devant lequel s'inclinent juges et commissaires, a le ténébreux pouvoir de faire passer pour d'infâmes mensonges les affirmations des gens les plus intègres et vierges de tout passé judiciaire.

Traduction révisée par Brigitte Vergne-Cain et Gérard Rudent.

LE SOUS-LIEUTENANT GUSTEL

En juillet 1900, Schnitzler est de nouveau en villégiature dans le Salzkammergut, cher à son cœur depuis les années 70 et où il ressentit pour la première fois devant la nature quelque chose comme une «horreur» (voir Une jeunesse viennoise, *chapitre premier). Il est à Bad Reichenau, à une centaine de kilomètres au sud de Vienne, dans la vallée de la Schwarza, au pied du Schneeberg. C'est là qu'il écrit en six jours «l'histoire du sous-lieutenant». C'est très rare chez Schnitzler, mais il est dans son ambiance : «L'artiste est entouré d'un élément mystérieux qui lui permet de saisir le monde avec plus de force qu'aucun autre individu, mais qui en même temps l'en sépare plus impitoyablement que la plus épaisse des murailles»* (Aphorisme). *Sitôt terminé, il note dans son* Journal *: «Impression que c'est un chef-d'œuvre».*

Cette impression ne s'est jamais démentie. Et comme très souvent, ce chef-d'œuvre est l'aboutissement d'une logique de création artistique, conjuguée à des circonstances sociales et historiques. Leutnant Gustl *se retrouve aujourd'hui au centre d'une polémique esthétique concernant le «monologue intérieur», et par ailleurs comme un document des plus précieux sur la fin de l'empire austro-hongrois.*

Les faits sont incontestables. Convaincu d'avoir réalisé une œuvre puissante, Schnitzler cherche aussitôt à la faire connaître. Dès le 3 septembre, il commence à la dicter à sa secrétaire ; il la lit à son épouse Olga (le 23 septembre) ; il la lit à ses amis (le 28 octobre) ; il pense à la faire lire par le grand comédien Kainz (le 10 novembre) ; il s'entraîne lui-

même à la lire à haute voix, en prévision d'une lecture publique à Breslau (aujourd'hui Wroclaw), le 23 novembre. Mais avant de partir, il s'empresse d'écrire à Theodor Herzl pour qu'il publie Lieutenant Gustl *(avec l'orthographe à la française, N.B.) dans le supplément de Noël de la* Neue Freie Presse, *en exigeant très nettement que son récit « soit publié en une seule fois, pour des raisons artistiques ». Il se déclare cependant disposé à faire des coupures, si nécessaire. À chaque fois, l'accueil reçu par la nouvelle avait été enthousiaste. Le 25 décembre 1900, le grand quotidien libéral viennois la publie donc effectivement. (Mais dans la moitié des exemplaires il manque les trois dernières colonnes !!!)*

Du côté de l'armée, les réactions sont immédiates. Gustav Davis, rédacteur en chef du journal conservateur Die Reichswehr *(deux éditions par jour) et lu principalement dans les milieux militaires, publie le 28 décembre un article qui prend à partie le Docteur Schnitzler, officier de réserve (Oberarzt : médecin militaire ayant grade de capitaine). L'éditorialiste affirme que dans l'armée de la Double-Monarchie il n'y a pas d'officier ressemblant à Gustl, que tous ont choisi l'armée uniquement pour défendre leur patrie ; et il renvoie l'auteur « au pays des süsse Mädel, pour qu'il s'y drape du voile de Béatrice ». Dès le 3 janvier, les autorités militaires dont relève Schnitzler lui demandent par écrit de préciser s'il est bien l'auteur de* Lieutenant Gustl. *Une commission émanant du « Jury d'Honneur des Armées » se constitue. Arthur Schnitzler est sommé à plusieurs reprises d'y comparaître pour répondre de deux chefs d'accusation : d'avoir injurié l'Armée en publiant* Lieutenant Gustl *dans un journal de réputation internationale, et de n'avoir pas provoqué en duel Gustav Davis. Schnitzler répond avec la plus grande fermeté qu'en tant qu'artiste il n'a aucun compte à rendre à l'Armée sur ce qu'il publie. On voit ici comment l'autonomie de l'Art peut garantir l'indépendance politique et sociale d'un véritable artiste ! Pourtant, le 14 juin 1901, Arthur Schnitzler est déchu de son grade d'officier. La sanction est publiée dans la* Neue Freie Presse.

Quant au monologue intérieur, même si l'expression peut paraître discutable, c'en est au moins le premier exemple accompli de toute la littérature allemande. (Pour « l'inspiration » qu'a trouvée Schnitzler dans le court récit français d'Edouard Dujardin, intitulé Les lauriers sont coupés, *nous renvoyons le lecteur à la Préface, p. 35). Le 24 juin 1901, Rainer Maria Rilke, qui connaît bien l'armée austro-hongroise, envoie à Schnitzler une lettre de soutien, qui dispense d'autres commentaires. « La forme est supérieurement bien choisie, ou plutôt elle n'est pas choisie, mais liée au sujet qui, vu d'un autre côté, c'est-à-dire sous divers angles extérieurs à lui, aurait nécessairement beaucoup perdu de sa force et de son unité* [...]. Lieutenant Gustl *offre l'intérêt d'apparaître comme le lieu où opère un destin que l'on sent bien supérieur au sien* [...]. *Le flot de la vie a été détourné et contraint de couler dans ce lit étroit où il mène grand tapage... »*

Le mot de « monologue » nous semble intéressant, parce qu'il relie le récit au théâtre — et que ce lien est particulièrement substantiel dans l'œuvre de Schnitzler. Rappelons-nous aussi que dans la cabane du forestier, à Puchberg-am-Schneeberg, il avait, très peu de temps avant, « terminé provisoirement » l'histoire comique du « sergent de ville ambitieux » (Un succès). *On peut donc entendre aussi l'histoire du sous-lieutenant comme une scène fantaisiste dite par un seul personnage, comme un monologue drolatique à dire en société ou sur une scène — selon un genre théâtral bien connu, à l'instar du* Monologue du Franc-Archer de Bagnolet, *cet autre « miles gloriosus » de 1468, descendant du* Soldat fanfaron *de Plaute... Et s'il fallait trouver une autre appellation, nous préférerions, en accord avec le vitalisme de Schnitzler, parler de « discours vécu »* (erlebte Rede), *comme le propose Harald Weinrich (in* Le Temps, *1973).*

En tout cas, sur les Diagrammes *de Schnitzler (voir p. 41), Gustl comme « type » de personnage devrait figurer, du côté de l'action, dans le triangle inférieur et à proximité du dictateur, car on peut prévoir malheureusement que, comme le sergent de ville matricule 17 912, le sous-lieutenant risque fort de devenir bientôt l'auxiliaire trop zélé des tyrans. Quant à l'écrivain Arthur Schnitzler, dégradé sur le front des troupes, il est devenu un « frondeur » comme il se désigne lui-même un peu plus tard, quand il reçoit le Prix Grillparzer (*Journal, *le 16 janvier 1908).*

La nouvelle ne tarda pas à être imprimée chez Samuel Fischer, avec des illustrations de Moritz Coschell : la page de titre représente, affalé sur un banc public, son képi de travers, le sabre entre les jambes, la poignée très visible... le Lieutenant Gustl *(toujours avec l'orthographe française, attestée en allemand depuis la fin du XVIIe siècle). Jusqu'en 1919, il y aura vingt et une réimpressions de cet ouvrage*[1] *!*

Combien de temps ça va encore durer?... Il faut que je regarde ma montre... probable que ça n'se fait pas dans un concert aussi sérieux [1]. Mais qui donc le verra? Si quelqu'un le voit, c'est qu'il ne fait pas plus attention que moi, et alors y a pas de raison que je me gêne pour lui... Neuf heures un quart, seulement? J'ai l'impression d'être à ce concert depuis au moins trois heures. Faut dire que j'ai pas l'habitude... Qu'est-ce que c'est, au fait? Il faut que je regarde le programme... Ah, voilà : oratorio? J'aurais plutôt dit une messe. C'est bon pour l'église, ces choses-là. Et puis l'avantage de l'église, c'est qu'on peut filer quand on veut. — Si au moins j'avais une place en bout de rangée! — Patience, patience! Tout a une fin, même les oratorios! Peut-être que c'est très beau et que c'est moi qui ne suis pas d'humeur? Et pourquoi il faudrait que je sois d'humeur? Quand je pense que je suis venu ici pour me distraire... J'aurais dû donner le billet à Benedek, il aime ces choses-là lui; il joue du violon. Mais alors c'est Kopetzky qui aurait été vexé. C'était vraiment très gentil de sa part, en tout cas l'intention y était. Un brave type, ce Kopetzky [2]. Le seul sur qui on peut compter... C'est parce que sa sœur chante là-haut avec les autres. Au moins cent jeunes filles, et toutes habillées en noir; comment est-ce que je pourrais la repérer?! C'est parce qu'elle chante ici qu'il a eu le billet, Kopetzky... Pourquoi donc il n'y est pas allé lui-même? — Elles chantent très bien, d'ailleurs. C'est très émouvant — mais oui, bravo, bravo! C'est ça, applaudissons aussi. Le bonhomme à côté de moi tape dans ses mains comme un fou. Ça lui plaît vraiment tant que ça? — La fille dans la loge de l'autre côté est très jolie. C'est moi qu'elle regarde, ou c'est le monsieur là-bas avec la barbe blonde? Ah, un solo. Qui c'est? Alto : Mademoiselle Walker[1], soprano : Mademoiselle Michalek[2]… c'est sûrement la soprano… Ça fait un bail que j'ai pas été à l'Opéra. À l'Opéra, je trouve toujours à me divertir, même quand c'est ennuyeux. Je pourrais d'ailleurs y retourner après-demain, pour la Traviata[3]. Oui, mais après-demain, je ne serai peut-être plus qu'un cadavre bien mort! Mais non, n'importe quoi, j'y crois pas moi-même! Attendez un peu, mon cher Docteur, je vais vous faire passer l'envie de faire des remarques de ce genre! Je m'en vais vous trancher le bout du nez…

Si seulement je pouvais mieux voir cette fille, dans la loge! J'emprunterais bien les jumelles du monsieur à côté de moi, mais il est capable de me bouffer tout cru si je le dérange dans son recueillement… Dans quel coin se trouve la sœur de Kopetzky? Est-ce que je la reconnaîtrais? Mais je ne l'ai vue que deux ou trois fois, la dernière, c'était au cercle des officiers… Est-ce que ce sont toutes des jeunes filles convenables, toutes les cent? Hoho, s'il vous plaît… «Avec la participation de la chorale.[4]» Chorale… C'est drôle, je m'étais toujours imaginé que c'était les chanteuses du Ballet de Vienne, enfin, je veux dire, bien sûr, je savais que c'était autre chose!… Ah, quels souvenirs! C'était *Zum Grünen Tor*[5]… Comme s'appelait-elle donc? Et puis un jour elle m'a envoyé une carte postale de Belgrade… un beau coin ça aussi! — Quel veinard, ce Kopetzky, dire que ça fait longtemps qu'il est au café à fumer son Virginia[6]!…

Qu'est-ce qu'il a donc à me regarder comme ça, ce type? J'ai l'impression qu'il voit que je m'ennuie et que je n'ai rien à faire ici… Je vous conseille de prendre un air un peu moins insolent, sinon, on s'expliquera tout à l'heure au Foyer[7]! — Il détourne déjà la tête!… Pas un qui ait le courage de soutenir mon regard! «Tu as les plus beaux yeux que j'aie jamais vus!» C'est Steffi qui m'a dit ça, l'autre jour… O Steffi, Steffi, Steffi! — En fait, c'est la faute de Steffi si je suis ici à supporter ces jérémiades pendant des heures. — Ah, ça commence vraiment à me taper sur les nerfs, cette façon qu'elle a de m'envoyer promener tout le temps! Ça aurait pu être une si belle soirée! J'aurais bien envie de lire la petite lettre de Steffi. Je l'ai sur moi. Mais si je sors mon portefeuille, le type à côté de moi va me bouffer tout cru! — Je sais bien ce qu'il y a dedans… elle ne peut pas venir parce qu'elle doit aller dîner avec «lui»… Ah, c'était comique, il y a huit jours, elle avec lui à la *Gartenbaugesellschaft*[8], et moi en face d'eux avec Kopetzky; et elle n'a pas cessé de me faire des signes avec ses petits yeux, ceux qu'on avait convenus. Il n'a rien remarqué — incroyable ! Sûrement un Juif, d'ailleurs ! Dame, il est dans une banque, et puis, cette moustache noire… Paraît qu'il est aussi sous-lieutenant de réserve ! Eh bien, qu'il ne s'avise pas de venir faire sa période dans mon régiment ! Et puis qu'est-ce qu'ils ont à continuer de nommer tant de Juifs officiers — pourtant, j'en ai rien à faire, de l'antisémitisme ! L'autre jour, à la soirée où j'ai eu cette histoire avec le Docteur, chez les Mannheimer… paraît qu'eux aussi ce sont des Juifs, les Mannheimer, baptisés, naturellement… mais chez eux, ça ne se voit pas du tout — surtout la femme… jolie blonde, et drôlement bien faite ! C'était très plaisant, dans l'ensemble… Cuisine de grand chef, cigares excellents… Eh parbleu, qui est-ce qui a l'argent ?!

Bravo, bravo ! Ça va bientôt se terminer, maintenant ? — Oui, tous ceux qui sont assis là-haut se lèvent… rien que du gratin, impressionnant ! — De l'orgue aussi ?… J'aime beaucoup l'orgue… Bon, ça, je veux bien — très beau ! C'est bien vrai, il faudrait aller plus souvent au concert… C'était merveilleux, que je vais dire à Kopetzky… Est-ce que je vais le voir au café aujourd'hui ? — Ah, je n'ai pas du tout envie d'aller au café ; je me suis assez empoisonné hier… Cent soixante gulden[1] perdus en une seule fois… c'est trop bête ! Et qui est-ce qui a tout ramassé ? Ballert, justement celui qui n'en a pas besoin… En fait, c'est sa faute à Ballert si j'ai dû aller à ce concert idiot… Ben oui, sinon j'aurais pu rejouer aujourd'hui, et peut-être même me refaire un peu. Mais c'est très bien que je me sois promis sur mon propre honneur de ne pas toucher une seule carte pendant un mois… C'est maman qui va encore faire une de ces têtes, quand elle recevra ma lettre ! — Bah, qu'elle aille voir mon oncle, il a de l'argent à la pelle, lui ; il n'est pas à quelques centaines de gulden près. Si seulement je pouvais le persuader de me verser une rente régulière… mais non, il faut aller mendier chaque kreuzer[2]. Et toujours le même refrain : la récolte a été mauvaise l'an dernier !… Est-ce qu'il faut que je retourne cette année encore quinze jours chez mon oncle[3] ? Au vrai, on s'y ennuie à mourir… S'il n'y avait pas eu… comment s'appelait-elle donc ? C'est bizarre, je n'arrive pas à retenir les noms !… Ah oui, Etelka !… Elle comprenait pas un traître mot d'allemand, mais aussi on lui demandait pas… j'ai pas eu un mot à dire !… Oui, ce sera très bien, quinze jours d'air pur et quinze nuits d'Etelka ou d'une autre… Mais il faudrait aussi que je passe huit jours chez papa et maman… Elle n'avait pas l'air bien cette année à Noël… Et puis, elle aura surmonté sa blessure d'amour propre maintenant. Moi, à sa place, je serais content que papa ait pris sa retraite. — Et Clara finira bien par se trouver un mari… L'oncle peut donner un petit coup de pouce… Vingt-huit ans, ce n'est pas encore si vieux… Steffi est sûrement pas plus jeune… Mais c'est étrange : ce sont justement *ces* femmes-*là* qui restent jeunes le plus longtemps. Si on y pense : la Maretti, l'autre jour dans «Madame Sans-Gêne»[1] — sûr qu'elle a trente-sept ans, et elle en paraît… Ah ça, j'aurais pas dit non! — Dommage qu'elle m'ait pas demandé…

Il commence à faire chaud! C'est toujours pas fini? Ah, vivement un peu d'air frais! J'irai faire un petit tour derrière le *Ring*[2]… Au programme d'aujourd'hui : se coucher tôt, pour être frais demain après-midi! C'est bizarre comme j'y pense peu, je m'en fiche complètement! La première fois, ça m'a quand même un peu excité. Pas que j'aie eu peur, mais j'étais nerveux la nuit d'avant… Dame, le lieutenant Bisanz, c'était un rude adversaire. — Et pourtant, il ne m'est rien arrivé!… Ça fait déjà un an et demi. Comme le temps passe! Et si Bisanz ne m'a pas eu, ce n'est sûrement pas le Docteur qui m'aura! Encore que, ce sont parfois les ferrailleurs inexpérimentés qui sont les plus dangereux. Doschintzky m'a raconté qu'il a manqué d'un cheveu se faire éventrer par un type qui n'avait jamais tenu un sabre de sa vie; et à l'heure qu'il est, Doschintzky est maître d'armes à la *Landwehr*[3]. Certes — peut-être qu'à l'époque, il n'en savait pas autant… Le plus important, c'est de garder son sang-froid. Il ne m'en reste même plus de vraie colère et pourtant, c'était d'une insolence — incroyable! Sûr qu'il n'aurait pas osé, s'il n'avait pas bu du champagne avant… Quelle insolence! Certainement un socialiste! De nos jours, tous ceux qui se moquent des lois sont des socialistes… Une pègre… s'ils le pouvaient, ils supprimeraient l'armée tout de suite; mais qui est-ce qui viendra les aider quand les Chinois leur tomberont dessus[4], ça, ils n'y pensent pas — les crétins! Il faut faire un exemple de temps en temps. J'ai eu bien raison. Je suis content de ne pas l'avoir lâché après sa remarque. Rien que d'y penser, la fureur me reprend! Mais je me suis comporté comme un chef; le colonel aussi dit que c'était absolument correct. Ça me servira de toute façon, cette affaire. J'en connais plus d'un qui aurait laissé filer le gars. Müller, sûrement, il aurait retrouvé son objectivité ou quelque chose du genre. L'objectivité, ça ne sert qu'à se ridiculiser… «Mon lieutenant!»… Rien que sa façon de dire «Mon lieutenant», c'était d'un toupet!… «Vous voudrez bien reconnaître…» — Mais comment est-ce que nous avons pu en arriver là? Comment ai-je pu me laisser embarquer dans une discussion avec ce socialo? Comment est-ce que ça a pu commencer? Il me semble que cette femme très brune que j'ai conduite au buffet était là aussi... et puis ce jeune homme qui peint des scènes de chasse — comment s'appelle-t-il donc?... Ma parole, c'est sa faute, toute cette histoire! C'est lui qui a parlé des manœuvres; et ce Docteur n'a rappliqué qu'après, et il a dit quelque chose qui ne m'a pas plu sur ces gens qui «jouent à la guerre», ou quelque chose de ce genre — mais je ne pouvais encore rien dire... C'est ça, et puis on a parlé du Prytanée[1]... oui, ça s'est passé comme ça... et j'ai raconté une fête patriotique... et le Docteur a dit — pas tout de suite, mais c'est parti de la fête — «mon lieutenant, vous voudrez bien reconnaître que tous vos camarades ne sont pas entrés dans l'Armée exclusivement pour défendre la patrie!» Quelle insolence! Voilà ce qu'un homme comme ça ose dire à la face d'un officier! Si seulement je pouvais me souvenir de ce que j'ai répondu à ça... Ah oui, quelque chose sur les gens qui se mêlent des choses auxquelles ils ne comprennent goutte... Oui, c'est ça... et puis il y en a un qui a voulu régler l'affaire à l'amiable, un monsieur un peu âgé et bougrement enrhumé... Mais j'étais trop furieux! Si le docteur avait voulu parler de moi, son ton n'aurait pas été différent. Y aurait plus manqué qu'il ajoute que j'ai été foutu à la porte du Lycée et que c'est pour ça qu'on m'a mis au Prytanée... Ces gens-là ne peuvent pas nous comprendre, nous autres, ils sont trop bêtes pour ça... Quand je pense à la première fois où j'ai mis l'uniforme, c'est que ça n'est pas donné à tout le monde de vivre ça... L'an dernier aux manœuvres — j'aurais donné gros pour qu'on puisse aller vraiment au casse-pipe... Et Micovic m'a dit que ça avait été pareil pour lui. Et puis, quand Sa Majesté a passé les troupes en revue sur son cheval, et l'allocution du colonel — il faut déjà être un beau salaud pour ne pas sentir son cœur tressaillir... Et voilà ce chancre qui s'amène, lui qui n'a jamais rien fait de sa vie que d'avoir le nez dans les livres, et qui se permet cette insolence!... Ah, attends un peu, mon cher — je vais te mettre hors d'état de te battre... parfaitement, tu vas voir...

Quoi, qu'est-ce que c'est? Ça doit être bientôt la fin, maintenant?... «Anges du Seigneur, louez le Très-Haut[2]!»... — Dame, c'est le chœur final... Admirable, y a pas à dire. Admirable! — Voilà que j'ai complètement oublié la fille de la loge, celle qui avait commencé à faire la coquette. Où est-elle donc?... Déjà partie... Celle-là, là-bas a l'air très gentille aussi... C'est trop bête que je n'aie pas de jumelles sur moi! Il est futé, Brunnthaler, il a toujours les siennes au café près de la caisse, comme ça il est toujours tranquille... Si la petite là devant moi voulait bien se retourner rien qu'une fois! Elle a l'air si sage... Sûr que c'est sa maman à côté d'elle. — Est-ce qu'il n'est pas temps que je pense sérieusement au mariage? Willy n'était pas plus âgé que moi quand il a fait le saut. C'est pas désagréable d'avoir une jolie petite femme toujours sous la main à la maison... C'est trop bête que Steffi n'ait justement pas eu le temps aujourd'hui. Si seulement je savais où elle est, j'irais de nouveau m'asseoir en face d'elle... Ça en ferait une histoire s'il se rendait compte de quelque chose, alors c'est *moi* qui l'aurais sur les bras... Quand je pense à ce que sa liaison avec la Winterfeld coûte à Fliess! Et avec ça, elle le trompe de tous les côtés. Un jour, y aura des pleurs et des grincements de dents... Bravo, bravo! Ah, c'est fini!... Bon sang, ça fait du bien de pouvoir se lever et bouger un peu... Mince alors, il va mettre combien de temps celui-là, à remettre ses jumelles dans leur étui?

«Pardon, pardon, vous voulez bien me laisser sortir?»

Quelle cohue! Laissons plutôt passer les gens... Élégante personne... est-ce que ce sont de vrais brillants?... Celle-là est gentille... Comme elle me regarde! — Oh oui, mademoiselle, si ça ne tenait qu'à moi... Oh, le nez! Une Juive... Encore une. C'est tout de même fabuleux, même ici la moitié des gens sont juifs... on ne peut même plus écouter un oratorio en paix... Bon, maintenant, allons-y aussi... Pourquoi cet idiot derrière moi pousse-t-il comme ça? Je vais lui en faire passer l'habitude... Ah, un monsieur un peu âgé!... Qui est-ce qui me salue donc là-bas?... J'ai bien l'honneur, j'ai bien l'honneur! Aucune idée de qui ça peut être... Le plus simple serait d'aller dîner en face, chez *Leidinger*... ou est-ce que je devrais aller à la *Gartenbaugesellschaft*? Peut-être Steffi y est-elle... Au fait, pourquoi ne m'a-t-elle pas écrit où ils allaient? Elle ne l'aura pas encore su elle-même. En fait, c'est horrible, une existence aussi dépendante... La pauvre! — Bon, voilà la sortie... Ah, elle est à croquer, celle-là! Toute seule? Comme elle rit en me regardant! Ça, c'est une idée, je vais la suivre!... Bon, maintenant on descend les escaliers... Oh, un major du quatre-vingt-quinzième... Il m'a rendu mon salut de façon très aimable... Au moins, je n'étais pas le seul officier... Où est donc passée la jolie fille? Ah, là-bas... contre la rampe... Bon, maintenant, il faut encore passer au vestiaire... Que la petite ne m'échappe pas... Ah zut! Sale petite rosse... Elle a un monsieur qui vient la chercher, et elle rit en se retournant vers moi! — Décidément, pas une pour racheter l'autre... Mon Dieu, quelle cohue devant le vestiaire!... Attendons encore un p'tit peu... Bon! Est-ce que ce crétin va se décider à prendre mon numéro?...

«Eh, le 224! Il est là! Mais vous avez des yeux ou non? Là, je vous dis! Eh bien, Dieu soit loué!... S'il vous plaît!» Ce gros-là vous empêche carrément de sortir du vestiaire... «S'il vous plaît!»

« Un peu de patience ! »

Que dit ce type ?

« Juste un peu de patience ! »

Il faut que je lui réponde à celui-là... « Laissez-moi donc passer ! »

« Eh, y a pas le feu ! »

Qu'est-ce qu'il dit ? Et c'est à moi qu'il s'adresse ? C'est un peu fort ! Je ne peux pas accepter ça. « Du calme ! »

« Qu'est-ce que vous dites ? »

Ah, il le prend sur ce ton ? C'est vraiment trop !

« Mais ne poussez pas !

— Vous, fermez votre gueule ! » J'aurais pas dû dire ça, j'ai été trop grossier... Mais maintenant, c'est fait.

« Vous dites ? »

Voilà qu'il se retourne... Mais je le connais ! — Sapristi, c'est le boulanger qui vient toujours au café... Qu'est-ce qu'il fabrique ici ? Sûrement qu'il a lui aussi une fille ou quelque chose comme ça dans la chorale... Eh, mais qu'est-ce que c'est que ça ? qu'est-ce qu'il fait ? On dirait que... mais ma parole, il a la poignée de mon sabre dans la main... Mais il est fou, ce type... « Monsieur...

— Mon lieutenant, vous allez vous écraser un peu, maintenant. »

Qu'est-ce qu'il dit ? Mon Dieu, j'espère que personne ne l'a entendu ? Non, il parle tout bas... Eh, pourquoi est-ce qu'il ne veut pas lâcher mon sabre ?... Nom de Dieu de nom de Dieu. Ah, c'est à se mettre en rage... pas moyen de lui faire ôter la main de la poignée... surtout pas de scandale maintenant... Le major n'est pas derrière moi, au moins ? Pourvu que personne ne remarque qu'il tient la poignée de mon sabre ! Et il me dit quelque chose ! Qu'est-ce qu'il me dit ?

« Mon lieutenant, si vous vous faites remarquer le moins du monde, je tire votre sabre de son fourreau, je le casse et j'envoie les morceaux au commandement de votre régiment ; vous m'avez bien compris, jeune imbécile ? »

Qu'est-ce qu'il a dit ? mais je rêve ou quoi ? C'est vraiment à moi qu'il parle ? Il faudrait que je réponde quelque chose... Mais c'est que ce type est sérieux — il est bien capable de dégainer mon sabre. Seigneur — mais c'est qu'il le fait !... Je sens qu'il tire déjà dessus. Et qu'est-ce qu'il dit ?... Mon Dieu, surtout pas de scandale — — Qu'est-ce qu'il dit encore ?

« Mais je ne veux pas briser votre carrière... Alors tout doux !... Bon, n'ayez pas peur, personne n'a rien entendu... il ne s'est rien passé... bon ! Et pour que personne ne croie que nous nous sommes disputés, je vais être très aimable avec vous, maintenant. J'ai bien l'honneur, mon lieutenant, j'ai eu grand plaisir... J'ai bien l'honneur.»

Mon Dieu, j'ai rêvé?... Il a vraiment dit ça?... Où est-il donc?... Le voilà qui s'en va... Il faudrait que je tire mon sabre et que je le mette en pièces — — Mon Dieu, j'espère que personne n'a entendu?... Mais non, il a parlé tout bas, juste à mon oreille... Et pourquoi est-ce que je ne vais pas lui fendre le crâne?... Non, ça c'est pas possible, c'est vraiment pas possible... j'aurais dû le faire tout de suite... Pourquoi donc est-ce que je ne l'ai pas fait tout de suite?... C'est que je pouvais pas... il ne lâchait pas la poignée, et il est dix fois plus fort que moi... si j'avais dit encore un mot, il aurait vraiment brisé mon sabre... Encore heureux qu'il ait pas parlé à voix haute! Si quelqu'un l'avait entendu, il ne me resterait plus qu'à me tirer une balle *illico presto*... Mais peut-être que ce n'était qu'un rêve, tout de même...? Pourquoi cet homme appuyé contre la colonne me regarde-t-il comme ça? — Est-ce qu'il aurait entendu quelque chose?... Je vais lui demander... Lui demander? — Mais je suis fou! — Quel air ai-je donc? Est-ce qu'on voit quelque chose sur ma figure? — Je dois être tout pâle... Où est ce chien?... Il faut que je le tue!... Parti... Ça s'est déjà vidé, d'ailleurs... Où est donc mon manteau?... Mais je l'ai déjà mis... Je ne m'en suis même pas rendu compte... Qui donc m'a aidé?... Ah, c'est lui là... il faut que je lui donne une pièce[1]... Voilà!... Mais qu'est-ce que tout ça veut dire? Est-ce que ça s'est réellement passé? Est-ce que quelqu'un m'a réellement parlé comme ça? Est-ce que quelqu'un m'a réellement dit : «jeune imbécile»? Et je ne l'ai pas mis en pièces sur-le-champ?... Mais c'est que je ne pouvais pas... il avait une de ces poignes, de fer... et moi, j'étais comme cloué sur place... Non, il faut que j'aie eu perdu l'esprit, sans quoi j'aurais, de l'autre main... Mais là, il aurait tiré mon sabre et il l'aurait brisé, et c'en aurait été fini — tout aurait été fini! Et après, quand il est parti, c'était trop tard... je ne pouvais tout de même pas lui enfoncer mon sabre dans le dos...

Quoi, je suis déjà dans la rue? Comment donc est-ce que je suis sorti? — Il fait si frais... ah, ce vent, ça fait du bien... Qui est-ce donc, là, de l'autre côté? Pourquoi donc est-ce qu'ils regardent dans ma direction? Peut-être qu'ils ont entendu quelque chose... Non, personne ne peut avoir entendu quelque chose... je le sais bien, j'ai regardé autour de moi juste après! Personne n'a fait attention à moi, personne n'a rien entendu... Mais n'empêche qu'il l'a dit, même si personne n'a rien entendu. Et moi je suis resté planté là et j'ai encaissé sans broncher, comme si on m'avait foudroyé... Mais enfin, je ne pouvais ni dire ni faire quoi que ce soit, c'était bien la seule chose que je pouvais encore faire : m'écraser, c'est ça, m'écraser!... c'est horrible, c'est insupportable ; il faut que je l'abatte, où que j'le trouve!... Me dire ça à moi ! Un type pareil, un chien pareil ! Et il me connaît... Nom de Dieu de nom de Dieu, il me connaît, il sait qui je suis!... Il peut raconter à tout le monde qu'il m'a dit ça!... Non, non, ça, il le fera pas, sinon il aurait pas parlé si bas... il tenait à ce que je sois seul à l'entendre!... Mais qu'est-ce qui peut me garantir qu'il ne va pas quand même le raconter, aujourd'hui ou demain, à sa femme, à sa fille, à ses amis au café. — — Mon Dieu, c'est que je le revois demain ! Quand j'arriverai demain au café, il y sera comme tous les jours à faire sa partie de *Tapper*[1] avec Monsieur Schlesinger et le marchand de fleurs artificielles... Non, non, ça n'est pas possible, ça n'est pas possible... Quand je le verrai, je le mettrai en pièces... Non, ça j'ai pas le droit... c'est tout de suite que j'aurais dû le faire, tout de suite!... Si seulement j'avais pu... Je vais aller voir le colonel et lui déclarer la chose... oui, le colonel... Le colonel est toujours très cordial — et je lui dirai : Mon colonel, à vos ordres ! je déclare qu'il tenait la poignée de mon sabre, il ne voulait pas le lâcher, c'était exactement comme si j'avais été désarmé... — Que dira le colonel ? — Ce qu'il dira ? — Comme s'il y avait le choix : Démissionner, dans la honte et l'opprobre — Démissionner!... Est-ce que ce sont des élèves-officiers[2] là-bas?... C'est écœurant, de nuit ils ressemblent à des officiers... ils saluent ! — S'ils savaient — mais s'ils savaient!... — Voilà le Café Hochleitner... À l'heure qu'il est, il y a sûrement quelques camarades qui y sont... peut-être aussi une ou deux connaissances... Et si je le racontais au premier que je rencontre, mais en faisant comme si c'était arrivé à un autre?... — Je deviens complètement fou... Qu'est-ce que j'ai donc à courir comme ça dans tous les sens ? Qu'est-ce que je fais donc dans la rue ? — Oui, mais où faut-il donc que j'aille ? Est-ce que je ne voulais pas aller chez *Leidinger*? Ah, m'asseoir parmi des gens... je crois que tout le monde le verrait... Cela dit, il faut bien faire quelque chose... Oui, mais faire quoi?... Rien, rien — puisque personne n'a rien entendu... puisque personne ne sait rien... pour le moment personne ne sait rien... Et si j'allais le trouver chez lui pour le conjurer de ne rien raconter à personne?... — Ah, plutôt se tirer tout de suite une balle dans la tête... C'est ce qu'il y aurait de mieux à faire... De mieux?... De mieux ? — Mais y a aucune autre solution... aucune autre... Si je demandais au colonel, ou à Kopetzky — ou à Blany — ou à Friedmair : — ils diraient tous : tu n'as pas d'autre solution!... Et si j'allais parler à Kopetzky?... Oui, ce serait le plus raisonnable... rien qu'à cause de demain... Oui, naturellement — à cause de demain... à quatre heures à la caserne de cavalerie... c'est vrai que je suis censé me battre demain à quatre heures... et je n'en ai plus le droit, je ne suis plus digne de me battre en duel!... Bah, n'importe quoi, n'importe quoi! Personne ne sait rien, personne ne sait rien! — Il y en a beaucoup, à qui sont arrivées des choses plus graves qu'à moi, ça ne les empêche pas de courir... Qu'est-ce qu'on n'a pas raconté sur Deckener, quand il s'est battu au pistolet avec Rederow... et le Jury d'Honneur a décidé que le duel pouvait avoir lieu... Mais quelle sera la décision du Jury pour moi? — Jeune imbécile — jeune imbécile... et moi qui suis resté planté là! — Dieu du ciel, ça n'a aucune importance, si un autre sait quelque chose! *moi* je le sais, il n'y a que ça qui compte! *Moi*, je sens que je ne suis pas le même qu'il y a une heure — *Moi* je sais que je suis indigne de me battre en duel et que je n'ai plus qu'à me brûler la cervelle... Je n'aurais plus une minute de repos dans ma vie... la peur que quelqu'un pourrait finir par l'apprendre ne me lâcherait plus... et que quelqu'un me dise un jour en face ce qui s'est passé ce soir! — Quel homme heureux j'étais, il y a une heure... Il a fallu que Kopetzky me donne son billet — et que Steffi me laisse en plan, la garce! — De quoi on dépend, quand même... Cet après-midi, tout allait encore pour le mieux, et maintenant je suis un homme perdu et il faut que je me brûle la cervelle... Pourquoi est-ce que je cours comme ça? Pourtant, plus rien ne presse maintenant... C'est quelle heure qui sonne?... 1, 2, 3, 4, 5, 6, 7, 8, 9, 10, 11... onze heures, onze heures... il faudrait tout de même que j'aille dîner! Il faut bien que j'aille quelque part, après tout... je pourrais aller dans un troquet quelconque, où personne ne me connaît — après tout, c'est humain non, faut bien manger, même si on doit se faire sauter la cervelle juste après... Ha ha, c'est que la mort n'est pas un jeu d'enfants... qui est-ce qui a dit ça tantôt?... Bah, ça n'a aucune importance...

Je voudrais bien savoir qui serait la plus affectée... Maman, ou Steffi? Steffi... Mon Dieu, Steffi... elle ne pourrait même pas se permettre de laisser paraître quoi que ce soit, sinon «il» lui signifiera son congé... La pauvre fille! — Au régiment — personne ne soupçonnerait pourquoi j'ai fait ça... ils se casseraient tous la tête pour savoir... pourquoi donc Gustl s'est-il tué? — Il ne viendrait à l'idée de personne que j'ai dû me faire sauter la cervelle parce qu'un misérable boulanger, un ignoble individu que le hasard a simplement doté d'une poigne plus forte... c'est vraiment trop bête, trop bête! — Et c'est pour ça qu'un type comme moi, jeune et fringant, doit… Oui, après ils iraient tous sûrement dire : il n'aurait quand même pas dû faire ça, pour une telle bêtise; c'est vraiment trop dommage!… Mais si j'allais leur poser la question maintenant, tout le monde me donnerait la même réponse… et moi-même, si je me pose la question… c'est quand même scandaleux… nous sommes absolument sans défense devant les civils… Les gens pensent que nous sommes avantagés parce que nous avons un sabre… et si par hasard l'un de nous fait usage de son arme, ça nous retombe dessus comme si nous étions tous des assassins en puissance… Ça paraîtrait aussi dans le journal : «Suicide d'un jeune officier»… Quelle est leur formule, déjà?… «Les raisons restent obscures»… Ha ha!… «Devant son cercueil pleurent»… — Mais c'est pourtant vrai… j'ai toujours l'impression de me raconter une histoire… mais c'est vrai… il faut que je me tue, il ne me reste rien d'autre à faire — je ne peux tout de même pas attendre que Kopetzky et Blany me rendent leur mandat demain matin en me disant : nous ne pouvons pas être tes seconds!… Je serais une belle fripouille si je leur demandais ça… Un type comme moi qui reste planté là, à se laisser traiter de jeune imbécile… demain, tout le monde le saura… c'est trop bête de m'être imaginé un moment qu'un homme comme ça n'irait pas le raconter… il va le raconter partout… à l'heure qu'il est, sa femme le sait déjà… demain, le café tout entier le saura… les serveurs le sauront… monsieur Schlesinger — la caissière — — Et même s'il s'est promis de ne pas en parler, il le dira après-demain… et si ce n'est pas après-demain, ce sera dans une semaine… Et même s'il fait une attaque cette nuit, moi je le sais… je le sais… et je ne suis pas homme à continuer à porter l'uniforme et le sabre, alors qu'un tel opprobre pèse sur moi!… Bon, il faut que je le fasse, point final! — Qu'est-ce que ça change? — Demain après-midi, le Docteur pourrait m'abattre d'un coup de sabre… ça s'est déjà vu… et Bauer, le pauvre bougre, il a fait une encéphalite et en trois jours, il était mort… et Brenitsch qui est tombé de cheval et s'est rompu le cou… et puis à la fin, il n'y a pas d'autre solution — pas pour moi, pas pour moi! — Y a bien des gens qui ne s'en feraient pas autant… Mon Dieu, faut dire qu'il y a des gens!… Un charcutier a giflé Ringeimer parce qu'il l'a surpris avec sa femme, Ringeimer a démissionné, et maintenant il est quelque part à la campagne et il s'est marié… Dire qu'il y a des femmes pour épouser un homme pareil!… — Ma parole, je ne lui serrerais pas la main, s'il revenait à Vienne… Allons, tu as entendu, Gustl : — finis-en avec la vie! Point final et basta!… Bon, maintenant, je le sais, l'histoire est toute simple… Bon, en fait, je suis très calme…

D'ailleurs, je l'ai toujours su : si je dois un jour en arriver là, je resterai calme, très calme… mais que j'en arrive là comme ça, ça je n'y avais pas pensé… que je doive me tuer parce qu'un vulgaire… Après tout, peut-être que je n'ai pas bien compris ce qu'il a dit… peut-être bien qu'il a dit quelque chose de tout à fait différent… Tous ces chants et cette chaleur, ça m'avait complètement abruti… peut-être que je suis devenu fou et qu'il n'y a rien de vrai dans tout ça?… Rien de vrai, ha ha, rien de vrai! — Mais je l'entends encore… j'en ai encore les oreilles qui bourdonnent… et je sens dans mes doigts que j'ai voulu ôter sa main de la poignée de mon sabre… C'est un hercule, un vrai Jagendorfer[1]… Pourtant, je suis pas un gringalet… dans le régiment, il n'y a que Franziski pour être plus fort que moi…

L'Aspernbrücke[2]… Je vais courir encore longtemps comme ça? — Si je continue, à minuit je serai à Kagran[3]… Ha ha! — Seigneur, comme nous étions heureux quand nous y sommes entrés, en septembre dernier. Encore deux heures, et puis c'est Vienne… j'étais mort de fatigue quand nous sommes arrivés… tout l'après-midi, j'ai dormi comme une masse, et le soir même nous étions chez *Ronacher*[4]… Kopetzky, Ladinser et… qui donc était encore avec nous? — Ah oui, l'élève-officier qui nous a raconté des histoires juives pendant la marche… Parfois, ce sont des gars très sympa, ces élèves-officiers… mais ils devraient rester aspirants — parce que ça veut dire quoi? Nous, on doit trimer des années, alors qu'un type comme ça fait ses douze mois et il a le même grade que nous… quelle injustice! — Mais qu'est-ce que tout ça peut me faire? — Pourquoi est-ce que je me préoccupe de telles choses? — Un simple soldat de l'Intendance est plus que moi, à présent… j'ai complètement cessé d'exister… c'en est fini de moi… Quand l'honneur est perdu, tout est perdu!… Je n'ai plus rien d'autre à faire qu'à charger mon revolver et… Gustl, Gustl, j'ai l'impression que tu n'y crois pas encore vraiment? Raisonne-toi donc un peu… il n'y a pas d'autre solution… tu peux bien te triturer les méninges, il n'y a pas d'autre solution! — La seule chose qui compte maintenant, c'est de se comporter comme il faut au moment fatidique, d'être un homme, d'être un officier, de sorte que le colonel puisse dire : C'était un chic type, nous resterons fidèles à sa mémoire… Combien de compagnies se déplacent-elles pour l'enterrement d'un sous-lieutenant?… Je devrais quand même savoir ça… Ha ha, même si tout le bataillon se déplace, ou toute la garnison, et qu'ils font tirer vingt coups de canon, ça ne me réveillera pas pour autant! — Ce café, j'y ai été une fois l'été dernier avec monsieur von Engel, après le Steeple Chase de l'Armée... Bizarre, je ne l'ai jamais revu depuis... Pourquoi donc avait-il un bandeau sur l'œil gauche? J'ai toujours eu envie de lui demander, mais ça ne se fait pas... Tiens, voilà deux artilleurs... ils pensent sûrement que je vais monter avec cette créature... Faut d'ailleurs que je la regarde... Oh, l'horreur! — Je voudrais bien savoir comment une fille comme ça peut gagner sa vie... j'aimerais mieux... Encore que, faute de grives, on mange des merles... à Przemysl[1] — j'ai eu tellement peur, après, que j'ai pensé, plus jamais je retoucherai une femme... Un vrai martyre, là-haut, en Galicie... en fait, une chance, du diable que nous soyons venus à Vienne... Bokorny, lui, est toujours à Sambor[2], et il peut encore y rester dix ans, y vieillir et attraper des cheveux blancs... Mais si j'étais resté là-bas, ce qui m'est arrivé aujourd'hui ne me serait pas arrivé... et je préférerais encore vieillir et attraper des cheveux blancs en Galicie plutôt que... que quoi? que quoi? — Hé, qu'est-ce qu'il y a? qu'est-ce qu'il y a? — Est-ce que c'est parce que je deviens fou, que j'oublie toujours? — Mais ma parole, j'oublie à chaque instant... est-ce qu'on a déjà vu ça, un homme qui doit se mettre une balle dans la tête et qui pense à toutes les choses possibles et imaginables qui ne le concernent plus en rien? Ma parole, c'est comme si j'avais pris une cuite! Ha ha! une bonne cuite! une cuite d'enfer! une cuite à s'expédier en enfer! — Ha, voilà que je blague, c'est très bon signe! — Oui, je suis de fort bonne humeur — je dois avoir ça dans le sang... Bien vrai, si je le racontais à quelqu'un, il ne le croirait pas — Il me semble que si j'avais l'engin là, sur moi... maintenant j'appuierais sur la détente — en une seconde tout est fini... Tout le monde n'a pas cette chance — il y en a d'autres qui souffrent pendant des mois... ma pauvre cousine, deux ans elle est restée couchée; elle pouvait pas bouger, elle a souffert le martyre — quelle tristesse!... N'est-ce pas mieux de s'en occuper soi-même? Il s'agit seulement de faire attention, de bien viser, qu'il ne risque pas de vous arriver ce qui est arrivé l'an dernier à ce malheureux aspirant... Le pauvre diable, il n'est pas mort, mais il y a laissé la vue... Qu'est-ce qu'il est devenu? Où est-ce qu'il vit à présent? — C'est horrible de se promener comme ça — c'est-à-dire: il se promène pas, faut qu'on le guide — un garçon si jeune, qui doit pas encore avoir vingt ans à l'heure qu'il est... sa maîtresse, il l'a pas ratée, elle... morte sur le coup... Incroyable de voir pourquoi les gens se brûlent la cervelle! Et d'abord, comment peut-on être jaloux?... De ma vie j'ai jamais connu ça... Steffi est en train d'en prendre à son aise à la *Gartenbaugesellschaft*; après quoi elle rentre à la maison avec «lui»... Et ça ne me fait rien, absolument rien ! Elle est joliment installée — la petite salle de bains avec la lanterne rouge. — Quand elle m'y a rejoint l'autre fois, dans son peignoir en soie verte… jamais je ne le reverrai, son peignoir de soie verte — pas plus que Steffi elle-même… et je ne monterai plus jamais le bel escalier de la *Gusshausstrasse*[1]… Mademoiselle Steffi continuera de s'amuser comme si de rien n'était… elle ne pourra même pas le raconter à qui que ce soit, que son cher Gustl s'est tué… Mais pour ce qui est de pleurer — ça oui, elle pleurera… Et d'ailleurs, beaucoup de gens vont pleurer… Mon Dieu, Maman ! — Non, non, il ne faut pas que j'y pense. — Ah ça non, interdiction formelle d'y penser… Plus question de penser à la maison, Gustl, compris ? — pas la plus petite pensée…

Ça c'est pas mal, voilà que je suis au Prater maintenant… au beau milieu de la nuit… si j'avais pensé ce matin que j'irais me promener au Prater cette nuit… Qu'est-ce que le sergent de ville là-bas peut bien penser ?… Bah, continuons à marcher… c'est fort beau… De toute façon, pour le dîner, c'est plus la peine, et idem pour le café ; l'air est agréable, et quel silence… c'est fou… Dame, pour le silence, je vais bientôt être servi. Ha ha ! Mais c'est que je suis complètement hors d'haleine… c'est pas raisonnable comme j'ai couru… moins vite, Gustl, moins vite, y a plus le feu, maintenant, tu n'as plus rien à faire — plus rien, ab-so-lument plus rien ! — J'ai même l'impression que je frissonne — Bah, sans doute l'excitation… sans compter que j'ai rien mangé… Qu'est-ce que c'est que cette odeur si particulière ?… ça ne peut quand même pas être les arbres en fleurs ?… Quel jour sommes-nous donc ? — le 4 avril[2]… d'accord, il a beaucoup plu ces derniers jours… mais les arbres n'ont encore presque pas de feuilles… et quelle obscurité, hou la la, il y aurait de quoi avoir peur… En fait, c'est la seule fois de ma vie que j'ai eu peur, j'étais tout petit garçon, c'était dans la forêt… mais je n'étais pas si petit que ça… quatorze ou quinze ans… Ça fait combien de temps, ça ? — neuf ans… dame — à dix-huit ans, j'étais aspirant, à vingt ans sous-lieutenant… et l'an prochain, je serai… Qu'est-ce que je serai l'an prochain ? Mais ça rime à quoi, l'an prochain ? Qu'est-ce que ça veut dire, la semaine prochaine ? Qu'est-ce que ça veut dire, après-demain ?… Comment ? Je claque des dents ? Ho ho ! — Eh bien, laissons-les claquer un p'tit peu… Mon lieutenant, vous êtes tout seul maintenant, plus besoin de faire de l'esbroufe devant quelqu'un… c'est bien triste, allez, c'est bien triste…

Je vais m'asseoir sur ce banc… Ah ! — j'ai dû faire un sacré bout de chemin ! — Quelle obscurité ! Ce bâtiment derrière moi, ce doit être le deuxième café[3]… J'y suis allé aussi l'été dernier, quand notre fanfare a donné un concert… avec Kopetzky et Rüttner — et puis quelques autres encore… — Qu'est-ce que je suis fatigué !… non, je suis fatigué comme si j'avais fait une marche de dix heures… Tiens, ça serait bien, s'endormir ici. — Ha, un sous-lieutenant sans abri… Bon, il faudrait quand même que je rentre à la maison… mais qu'est-ce que je ferai à la maison ? qu'est-ce que je fais donc au Prater, aussi ? — Ah, ne pas avoir à me lever, voilà ce que je préférerais — m'endormir ici et ne plus me réveiller… oui, voilà qui serait facile ! — Non, mon lieutenant, on ne vous rendra pas les choses si faciles… Mais comment, et quand ? — Il serait tout de même temps que je réfléchisse sérieusement à cette histoire… tout demande réflexion… c'est la vie… Alors réfléchissons… Quoi donc ?… — Qu'est-ce que l'air est bon, quand même… on devrait aller plus souvent se promener la nuit au Prater… Vrai, j'avais qu'à y penser plus tôt, maintenant c'est fini le Prater, le bon air et les promenades… Bon, alors, où en étions-nous ? — Ha, je vais enlever ce képi, j'ai l'impression qu'il me comprime le cerveau… je ne peux pas penser sérieusement comme ça… Ha… voilà !… maintenant rassemble tes esprits, Gustl… on prend ses dernières dispositions ! Donc, demain matin, on en finit… demain matin à sept heures… sept heures, c'est une belle heure. Ha ha ! — et donc à huit heures, quand commence l'instruction, tout sera fini… Kopetzky ne pourra pas faire l'instruction, tellement il sera secoué… Mais peut-être qu'il ne le saura pas encore… c'est pas dit qu'on entende quelque chose… Max Lippay, ils ne l'ont trouvé que dans l'après-midi, pourtant il s'était flingué le matin, et personne n'avait rien entendu… Mais qu'est-ce que ça peut me faire, que Kopetzky fasse l'instruction ou non ?… Ha ! — donc à sept heures ! — Bon… quoi d'autre encore ?… Ben rien, c'est tout réfléchi. Je me tire une balle dans ma chambre, et basta ! L'enterrement sera lundi… J'en connais un à qui ça va faire plaisir, c'est le Docteur… Le duel ne peut avoir lieu pour cause de suicide d'un des adversaires… Qu'est-ce qu'ils vont dire chez les Mannheimer ? — Bah, il va pas en faire tout un foin… mais la femme, la jolie blonde… avec elle, y avait quelque chose à faire… Oh oui, j'ai l'impression que j'aurais eu ma chance avec elle, si j'avais fait un p'tit effort… oui, ç'aurait été autre chose que cette garce de Steffi… Mais là, pas question de rester les bras croisés… là, il faut faire la cour, envoyer des fleurs, dire des choses raisonnables… c'est pas le genre à qui on peut dire : Viens me voir demain après-midi à la caserne !… Oui, une femme convenable comme ça, ç'aurait été quelque chose… La femme de mon capitaine à Przemysl, c'était pas vraiment une femme convenable… je suis prêt à jurer que Libitzky et Wermutek l'ont eue aussi, et même cet aspirant minable… Mais madame Mannheimer… oui, ç'aurait été autre chose, ça, ç'aurait été une fréquentation, pour un peu ça aurait fait de vous un autre homme — ça vous aurait donné une autre trempe — on aurait été en droit de se respecter soi-même. — — Mais toujours ces créatures… et j'ai commencé si jeune — j'étais encore un gamin, quand j'ai eu ma première permission et que j'habitais à Graz[1], chez mes parents… Riedl y était, lui aussi — elle venait de Bohême… elle devait avoir le double de mon âge — je ne suis rentré à la maison qu'au matin… Comment mon père m'a regardé… et Clara… C'est devant Clara que j'ai eu le plus honte… Elle était fiancée à l'époque… pourquoi est-ce que ça n'a rien donné? Faut dire que ça m'a pas beaucoup préoccupé… Pauvre petiote, elle a jamais eu de chance, aussi — et voilà que maintenant, elle perd son unique frère… Et oui, tu me reverras plus, Clara — c'est fini! Hein, petite sœur, tu pensais pas, en m'accompagnant à la gare le jour de l'an, que tu ne me reverrais plus jamais? — et Maman… Seigneur, Maman… non, il ne faut pas que j'y pense… si j'y pense, je suis capable de commettre une lâcheté… Ah… et si je retournais d'abord à la maison… en disant que c'est une permission d'un jour… revoir Papa, Maman et Clara avant d'en finir… Oui, avec le premier train, celui de sept heures, je peux aller à Graz, j'y serai à une heure… Bonjour, Maman… salut, Clara! Eh bien, comment allez-vous donc?… Hein, si c'est pas une surprise!… Mais ils pourraient remarquer quelque chose… si quelqu'un doit… ce sera Clara… Clara sûrement… C'est une fille si intelligente… Comme elle m'a écrit gentiment l'autre jour, et je ne lui ai pas encore répondu — et toujours de bon conseil pour moi… vraiment une chic fille… Est-ce que tout n'aurait pas tourné autrement, si j'étais resté à la maison? J'aurais fait des études d'économie, je serais allé chez mon oncle… ils voulaient tous que je fasse ça, j'étais encore un gamin… Peut-être qu'à l'heure qu'il est, je serais marié, avec une brave et bonne fille… peut-être Anna, elle avait le béguin pour moi… ça m'a encore frappé, la dernière fois que j'étais à la maison, bien qu'elle ait déjà un mari et deux enfants… j'ai bien vu quand elle m'a regardé… Et elle continue de me dire «Gustl[2]», comme autrefois… Ça va lui faire un sérieux coup quand elle apprendra quelle fin j'ai eue — mais son mari dira : Je l'avais bien dit — un pauvre type comme lui! — Ils croiront tous que c'est une histoire de dettes… mais c'est même pas vrai, tout est payé… reste plus que ces cent soixante gulden — et qui seront là demain… Oui, il faut que je fasse en sorte que Ballert touche ses cent soixante gulden… il faut que je le consigne par écrit, avant de me tirer une balle… C'est horrible, horrible !… Si je pouvais prendre mes guêtres et partir — pour l'Amérique, là personne ne me connaît… En Amérique, personne ne sait ce qui s'est passé ici ce soir… ça ne remue personne, là-bas… L'autre jour, on parlait dans le journal d'un comte Runge qui a dû prendre le large à cause d'une sale histoire, et maintenant il a un hôtel là-bas et il se moque bien de tout ce qui s'est passé… Et rien ne m'empêcherait de revenir dans quelques années… pas à Vienne, naturellement… pas à Graz non plus… mais au domaine[1], je pourrais… et Maman, Papa et Clara préféreraient mille fois que je reste en vie !… Et qu'est-ce que j'en ai donc à faire, des autres gens ? Qui donc d'autre me veut du bien ? — À part Kopetzky, ils n'en ont rien à faire, de moi… Kopetzky est bien le seul… Et il a fallu que ce soit lui qui me donne son billet aujourd'hui… et tout ça, c'est la faute du billet… sans ce billet, je ne serais pas allé au concert, et tout ça ne serait pas arrivé… Qu'est-il donc arrivé, au fait ?… C'est comme si un siècle avait passé depuis, alors que ça fait même pas deux heures… Il y a deux heures, on m'a traité de « jeune imbécile » et on a voulu briser mon sabre… Nom de Dieu, si ça continue, je vais me mettre à crier au beau milieu de la nuit ! Pourquoi tout cela est-il donc arrivé ? Est-ce que je n'aurais pas pu attendre un peu, que le vestiaire soit entièrement vide ? Et pourquoi donc est-ce que je lui ai dit « Fermez votre gueule ! » Comment donc est-ce que ça a pu m'échapper ? Pourtant, d'habitude, je suis quelqu'un de poli… même avec mon ordonnance, je ne suis jamais aussi grossier… mais bien sûr, j'étais nerveux — avec toutes ces choses qui se sont accumulées… la poisse au jeu, et Steffi qui n'arrête pas de me laisser en plan — et ce duel, demain après-midi — et j'ai trop peu dormi ces derniers temps — la caserne, quelle corvée ! — à la longue, on n'y résiste pas… Oui, tôt ou tard, je serais tombé malade — j'aurais dû demander un congé… Maintenant, ce n'est plus nécessaire — c'est un grand congé qui arrive — sans solde — ha ha !…

Combien de temps est-ce que je vais encore rester assis comme ça ? Il doit être minuit passé… je ne l'ai pas entendu sonner, tout à l'heure ? — Qu'est-ce que c'est… une voiture qui passe ici ? À cette heure ? Une calèche à pneus — je vois… Ils ont plus de chance que moi, ceux-là — c'est peut-être Ballert, avec sa Berta… Et pourquoi faudrait-il que ce soit justement Ballert ? — Vas-y donc ! — Une bien jolie p'tite voiture qu'elle avait à Przemysl, Son Altesse… il la prenait toujours quand il descendait en ville voir la Rosenberg… Très affable, Son Altesse — un vrai camarade, tutoyait tout le monde… C'était le bon temps… encore que… la région était désolée, et en été on y mourait de soif… y en a trois qui ont pris une insolation, en un seul après-midi… même le caporal de mon unité — un homme si valable… L'après-midi, nous nous sommes étendus tout nus sur nos lits. — Et tout d'un coup, Wiesner est entré dans ma chambre ; je devais être juste en train de rêver, je me lève, je tire mon sabre, que j'ai toujours à côté de moi… — je devais avoir l'air fin… Wiesner était à moitié mort de rire — il est capitaine de cavalerie, maintenant… — Dommage que je sois pas entré dans la Cavalerie… mais c'est mon vieux qui a pas voulu — on n'avait pas les moyens — bah, tout ça n'a plus aucune importance… Pourquoi donc ? — Oui, oui, je sais : il faut que je meure, voilà pourquoi ça n'a plus d'importance — il faut que je meure… Oui, mais comment ? — Regarde, Gustl, tu es descendu exprès au Prater, au milieu de la nuit, il y a personne pour t'embêter — maintenant tu peux réfléchir en paix… C'est vraiment n'importe quoi, cette histoire d'Amérique et de démission, et de toute façon tu es bien trop bête pour commencer autre chose — et si un jour tu as cent ans et que tu penses qu'on a voulu briser ton sabre et qu'on t'a traité de jeune imbécile, et que toi tu es resté planté là sans rien pouvoir faire — non, c'est tout réfléchi — ce qui est fait est fait — l'histoire avec Maman et Clara, ça aussi, c'est n'importe quoi — elles s'en remettront bien — on se remet de tout… Qu'est-ce que Maman a pu pleurer quand son frère est mort — et un mois après, elle n'y pensait déjà presque plus… elle est allée sur sa tombe… d'abord toutes les semaines, et puis tous les mois — et maintenant seulement pour l'anniversaire de sa mort. — — Et moi, c'est demain, le jour de ma mort — le cinq avril. — — Est-ce qu'ils vont me transporter à Graz ? Ha ha ! c'est les vers de terre, à Graz, qui vont être contents ! — Mais ça n'est plus mon affaire — aux autres de se casser la tête là-dessus… Bon, qu'est-ce qui est mon affaire, au juste ?… Ah oui, les cent soixante gulden de Ballert — c'est tout — je n'ai pas d'autres dispositions à prendre. — Écrire des lettres ? Pourquoi donc ? À qui donc ?… Faire des adieux ? — Mais par tous les diables, c'est pourtant assez clair, non, quand on se tire une balle ! — Avec ça les autres le remarquent bien, qu'on a fait ses adieux… Si les gens savaient à quel point toute cette histoire m'est égale, ils ne me regretteraient même pas — de toute façon, ils perdent pas grand-chose… Et qu'est-ce que j'aurai eu de la vie ? — Il y a tout de même une chose que j'aurais aimé faire : c'est une guerre — mais pour ça, j'aurais pu attendre longtemps… Tout le reste, je connais… Que la fille s'appelle Steffi ou Cunégonde, c'est bien du pareil au même — — Et les plus belles opérettes, je les connais aussi — et *Lohengrin*[1], j'y suis allé douze fois — et ce soir, j'étais même à un oratorio — et un boulanger m'a traité de jeune imbécile — ma parole, c'est vraiment complet ! — Et je ne suis plus curieux de rien… — Allons, rentrons à la maison, doucement, tout doucement… Y a vraiment rien qui presse pour moi. — Me reposer encore quelques minutes ici, au Prater, sur un banc — sans abri. — C'est que je ne coucherai plus jamais dans un lit — j'aurai bien le temps de dormir tout mon saoul. — — Ah, cet air ! — Il va bien me manquer…

Qu'y a-t-il ? — Eh, Johann, apportez-moi un verre d'eau fraîche… Qu'est-ce que ?… Où… Eh, est-ce que je rêve ?… Mon crâne… O, tonnerre de Dieu… Fischamend[1]… J'arrive pas à ouvrir les yeux ! — Mais je suis tout habillé ! — Où est-ce que je suis donc ? — Saints du ciel, je me suis endormi ! Comment est-ce que j'ai bien pu dormir ? et déjà le jour qui se lève ! — Combien de temps est-ce que j'ai donc dormi ? — Il faut que je regarde l'heure… Mais je vois rien… Où sont passées mes allumettes ?… Ah ça, y en a une qui va marcher, oui ?… Trois heures… et j'ai un duel à quatre heures — non, pas un duel — il faut que je me tire une balle ! — Je peux faire une croix sur mon duel ; il faut que je me tire une balle parce qu'un boulanger m'a traité de jeune imbécile… Mais, c'est réellement arrivé ? — J'ai la tête dans un drôle d'état… la gorge dans un étau — je n'arrive pas à bouger — ma jambe droite est tout engourdie. — Debout, debout !… Ah, comme ça, c'est mieux ! — Il y a déjà plus de lumière… Et l'air… exactement comme autrefois, au petit matin, quand j'étais en avant-poste et que j'ai bivouaqué dans la forêt… C'était autre chose comme réveil — et c'était un autre jour qui m'attendait… J'ai l'impression que je n'y crois pas encore vraiment. — Voilà la rue, grise, déserte — sûr que je suis tout seul au Prater, maintenant. — Je suis déjà venu une fois ici à quatre heures du matin, avec Pausinger — on était à cheval — moi j'avais celui du capitaine Mirovic, et Pausinger montait son propre canasson — c'était en mai, l'an dernier — tout était déjà en fleurs — tout était vert. Aujourd'hui, il n'y a encore rien de tout ça — mais le printemps ne va pas tarder — dans quelques jours, il sera là. — Le muguet, les violettes — dommage, je serai plus là pour en profiter — le dernier des miteux peut en profiter, et moi, il faut que je meure ! Quelle misère ! Et les autres, ils dîneront sous les tonnelles, chez le vigneron[2], comme si de rien n'était — exactement comme nous nous y sommes tous retrouvés, le soir même où ils ont emporté Lippay… Et pourtant, tout le monde l'aimait bien, Lippay… ils l'aimaient mieux que moi, au régiment — pourquoi est-ce qu'ils ne pourraient pas se retrouver chez le vigneron, quand je crèverai? — Il fait bien chaud — beaucoup plus chaud qu'hier — et puis ce parfum — sûr que ça commence quand même à fleurir... Est-ce que Steffi m'apportera des fleurs? — Allez, ça lui traversera même pas l'esprit! Elle ira faire une virée... Ah, si encore c'était Adèle... Bon sang, Adèle! Ça fait bien deux ans que j'ai pas pensé à elle, il me semble... de ma vie, j'ai jamais vu une femme pleurer comme ça... Finalement, c'est la plus belle chose qui me soit arrivée... Modeste et simple comme elle était — elle avait un vrai faible pour moi, j'en jurerais. — C'était quand même autre chose que Steffi... Je voudrais bien savoir pourquoi je l'ai laissée tomber... quelle ânerie! C'était devenu lassant, voilà tout... Sortir comme ça tous les soirs avec la même fille... Et puis après, j'ai eu peur de plus pouvoir m'en débarrasser — une sangsue comme elle — — Eh, Gustl, t'aurais quand même pu attendre un peu — c'était la seule qui avait un faible pour toi... Ce qu'elle fait maintenant? Bah, qu'est-ce qu'elle peut bien faire? — Elle en aura pris un autre, maintenant... Sûr, l'histoire avec Steffi, c'est plus commode — quand on n'est engagé que de temps en temps et que c'est un autre qui a tous les désagréments, tandis que moi je n'ai que le plaisir... Bon, dans ces conditions, on peut pas lui demander de venir au cimetière... Qui donc y viendrait, d'ailleurs, s'il n'y était pas obligé! — Peut-être Kopetzky, un point c'est tout! — C'est quand même triste de se retrouver tout seul comme ça...

Mais j'dis n'importe quoi! Et Papa, et Maman, et Clara... Bien sûr, je suis leur fils, son frère... mais qu'y a-t-il d'autre entre nous? d'accord, ils m'aiment bien — mais qu'est-ce qu'ils savent donc de moi? — Que je suis dans l'armée, que je joue aux cartes et que je fréquente des créatures... mais après? — Qu'il m'arrive de me faire horreur à moi-même, j'ai quand même pas osé le leur écrire — ben, il me semble que je le savais pas vraiment moi-même. — Oh oh, qu'est-ce que tu racontes comme histoires, Gustl? Il manquerait plus que tu te mettes à pleurer... pouah, dégoûtant! — En avant, marche... voilà! Qu'on aille à un rendez-vous ou prendre son poste ou à la bataille... qui peut bien avoir dit ça? ah oui, le major Lederer au mess, quand on a parlé de Wingleder, qui est devenu tellement blême avant son premier duel — même qu'il a dégueulé... Oui, qu'il aille à un rendez-vous ou à une mort certaine, un véritable officier n'en laisse rien voir ni dans sa démarche ni sur son visage! — Allez, Gustl — c'est le major Lederer qui l'a dit! Ah mais!

De plus en plus de lumière... on pourrait déjà lire... Qu'est-ce qui siffle là-bas?... Ah, de l'autre côté, c'est la gare du Nord[1]... La colonne de Tegetthoff[2]... elle ne m'a encore jamais paru si grande... Là-bas, de l'autre côté, des voitures... Mais rien que des balayeurs dans la rue... mes derniers balayeurs — ah, je ne peux pas m'empêcher de rire, quand j'y pense... j'y comprends rien... Est-ce que c'est pareil pour tout le monde, quand on est absolument sûr?... Trois heures et demie à l'horloge de la gare... la seule question maintenant, c'est de savoir si je me flingue à sept heures d'après l'heure de la gare ou d'après celle de Vienne[1]?... Sept heures... eh, pourquoi justement sept heures?... Comme s'il n'y avait pas d'autre solution... J'ai faim — ma parole, j'ai une de ces faims — pas étonnant... ça fait combien de temps que j'ai rien mangé?... Ça fait — depuis hier soir six heures, au café... c'est ça! Quand Kopetzky m'a donné son billet — un grand crème et deux croissants. — Qu'est-ce qu'il va dire, le boulanger, quand il l'apprendra?... le chien! — Ah, il saura pourquoi — il pigera tout de suite, lui — il va comprendre ce que c'est qu'un officier! — Un type comme ça peut se faire tabasser en pleine rue sans que ça change quelque chose pour lui, alors que nous autres, on se fait injurier sans témoin, et on est un homme mort... Si au moins ce faux-jeton pouvait se battre — mais non, là il serait plus prudent, il prendrait pas ce risque... Et ce type continue à vivre, à vivre en paix, alors que moi — il faut que je crève! — C'est quand même lui qui m'a tué... Eh, Gustl, tu t'rends compte? — c'est lui qui te tue! Mais il faut pas qu'il s'en tire comme ça! — Non, non, et non! Je vais écrire une lettre à Kopetzky, je vais lui déballer toute l'histoire par écrit... ou encore mieux : je vais écrire au colonel, je vais faire un rapport au commandement du régiment... exactement comme pour un rapport de service... Mais, attends, tu crois que ça peut rester secret, une chose pareille? — Tu te trompes — ce qui est écrit l'est pour l'éternité, et après, je voudrais bien voir si tu oses encore te montrer au café — Ah! — «je voudrais bien voir!», elle est bonne, celle-là... Y a encore beaucoup d'autres choses que j'aimerais bien voir, malheureusement, ce sera pas possible — c'est fini! —

À l'heure qu'il est, Johann entre dans ma chambre et il se rend compte que son lieutenant n'a pas dormi chez lui. — Bah, il va imaginer toutes sortes de choses; mais que son lieutenant a passé toute la nuit au Prater, ça, ma parole, il y pensera pas... Ah, le 44e[2]! Ils vont au champ de tir — laissons-les passer... voilà, reculons-nous... — Là-haut, une fenêtre s'ouvre — jolie personne — eh là, je pourrais quand même me mettre un petit châle sur les épaules, quand je me montre à la fenêtre... Dimanche dernier, ça aura été la dernière fois... J'aurais jamais imaginé que ce serait avec Steffi. — Ah, nom de Dieu, c'est bien le seul vrai plaisir...

Bon, eh bien, dans deux heures, le colonel rejoindra dignement ses troupes, à cheval… ces messieurs se la coulent douce — oui, oui, on regarde à droite ! — C'est bon… Si vous saviez comme j'en ai rien à faire, de vous ! — Ha, ça c'est pas mal : Katzer!… depuis quand il est passé au 44e, celui-là ? — Salut, salut ! — Il en fait une mine !… Mais pourquoi est-ce qu'il me montre sa tête du doigt ? — Mon cher, pour ce qu'il m'intéresse, ton crâne… Ah, c'est donc ça ! Non mon cher, tu te trompes : j'ai passé la nuit au Prater… tu liras ça dans le journal du soir. — « Pas possible ! » il va dire, « ce matin, quand nous sommes sortis pour aller au champ de tir, je l'ai rencontré dans la *Praterstrasse* ! » — À qui on va bien pouvoir donner mon unité ? — À Walterer, peut-être ? — Eh bien, ça va être du joli ! — un type sans aucun cran, qui aurait mieux fait de devenir cordonnier… Quoi, le soleil se lève déjà ? — Belle journée en perspective — une vraie journée de printemps… Par tous les diables, c'est quand même fort ! — ce cocher de fiacre là-bas sera encore en vie à huit heures, et moi… mais qu'est-ce que ça veut dire ? Eh bien, ce serait pas mal — au dernier moment, se laisser démonter à cause d'un cocher de fiacre… Mais qu'est-ce que ça veut dire, ce cœur stupide qui se met à battre la chamade ? — C'est quand même pas à cause de… Mais non… c'est parce que j'ai rien mangé depuis si longtemps. — — Allons, Gustl, sois donc honnête avec toi-même : — Peur — tu as peur, parce que tu n'as encore jamais essayé… Mais ça ne sert à rien, ça n'a encore jamais servi à personne d'avoir peur, tout le monde doit y passer, tôt ou tard, et pour toi, c'est juste un peu plus tôt… Tu n'as jamais valu grand-chose, alors essaye au moins de finir en beauté, c'est un ordre que je te donne ! — Bon, maintenant, il reste plus qu'à réfléchir — mais à quoi donc ?… Il faut toujours que je réfléchisse à quelque chose… c'est pourtant bien simple : — il est dans le tiroir de ma table de nuit, il est chargé, il s'agit simplement d'appuyer sur la détente — c'est quand même pas sorcier ! —

Celle-là va déjà à son magasin… les pauvres filles ! Adèle aussi travaillait dans un magasin — je suis allé la chercher plusieurs fois, le soir… Quand elles sont dans un magasin, ça leur évite de devenir des créatures… Si Steffi pouvait être à moi tout seul, je ferais en sorte qu'elle devienne modiste, ou quelque chose comme ça… Comment est-ce qu'elle va l'apprendre ? — Par le journal !… Elle va m'en vouloir de ne pas le lui avoir écrit… J'ai l'impression que je finis par débloquer… Qu'est-ce que ça peut faire, qu'elle m'en veuille… Combien de temps toute cette histoire a-t-elle duré ?… Depuis janvier ?… Non, ça a dû commencer avant Noël… puisque je lui ai rapporté des friandises de

Graz, et puis elle m'a envoyé un petit mot pour le nouvel an… Au fait, les lettres que j'ai à la maison — y en a pas là-dedans qu'il faudrait brûler?… Hmm, celle de Fallsteiner si on la trouvait… le gaillard pourrait avoir des désagréments… Quels problèmes je me crée ! — Bah, ça me demandera pas un bien gros effort… mais je ne pourrai pas retrouver ce papelard… Le mieux, c'est de tout brûler ensemble… à qui ça peut bien servir? Tout ça, c'est bon à jeter. — — Et le peu de livres que j'ai, je pourrais les léguer à Blany. — *À travers la nuit et la glace*[1]… dommage que j'aie pas le temps de le finir… j'ai pas eu beaucoup l'occasion de lire ces derniers temps… De l'orgue — ah, ça vient de l'église[2]… La messe du matin — ça fait longtemps que je ne suis pas allé à la messe… la dernière fois c'était en février, quand mon unité a été choisie pour y assister… Mais ça ne comptait pas — je faisais attention à ce que mes hommes soient bien recueillis et se tiennent correctement… — Si j'entrais dans l'église… après tout, y a peut-être quelque chose de vrai, là-dedans… — Eh bien, je serai tout à fait fixé après le petit déjeuner !… Ah ! «après le petit déjeuner», elle est bien bonne !… Alors, j'entre ou quoi? — Je crois que ça serait une consolation pour Maman, si elle l'apprenait !… Clara y attache moins d'importance… Allez, entrons — ça peut pas faire de mal !

De l'orgue ! — des chants ! — hm ! — qu'est-ce que c'est que ça? — J'ai la tête qui tourne… O mon Dieu, mon Dieu, mon Dieu, je voudrais bien parler une dernière fois avec quelqu'un, avant ! — Tiens, pourquoi pas — me confesser ! Il en fera des yeux, le cureton, quand je lui dirai pour finir : j'ai bien l'honneur, mon père, maintenant je vais me tuer !… — Si je pouvais être étendu là sur le sol de pierre, et hurler… Ah non, ça on n'a pas le droit ! Mais pleurer, ça fait tellement de bien, parfois… Asseyons-nous un moment — mais sans s'endormir, pas comme au Prater !… — Les gens qui ont une religion, c'est quand même plus facile pour eux… Eh bien, voilà que j'ai les mains qui se mettent à trembler, maintenant !… Si ça continue, je vais finir par tellement me dégoûter moi-même que je me tuerai de honte ! — La vieille là-bas — pourquoi est-ce qu'elle peut bien encore prier?… Tiens, ça serait une idée, d'aller la trouver et lui dire : priez aussi pour moi… j'ai pas vraiment appris comment on fait… Ah ! Il me semble que ça rend idiot de mourir ! — Allons, debout ! — Qu'est-ce qu'elle me rappelle donc, cette mélodie? — Doux Jésus ! hier soir ! — Sortons, sortons ! je ne peux pas supporter ça !… Chut, ne fais pas tant de bruit, ne laisse pas traîner ton sabre — ne dérange pas les gens dans leur recueillement — ouf ! — on est quand même mieux à l'air libre!... De la lumière... Ah, ça se rapproche de plus en plus — j'aimerais mieux que ce soit déjà passé! — J'aurais dû le faire tout de suite — au Prater... on ne devrait jamais sortir sans son revolver... Si j'en avais eu un hier soir... Nom de Dieu de nom de Dieu! — Je pourrais aller prendre mon p'tit déjeuner au café... J'ai faim... Autrefois, ça m'a toujours paru bizarre, que les condamnés boivent encore un café et fument un petit cigare à l'aube... Tonnerre de Dieu, j'ai rien fumé du tout! aucune envie de fumer! — C'est drôle : j'aurais envie d'aller à mon café... Oui, c'est déjà ouvert, et aucun ne s'y trouve encore — et quand bien même... c'est tout au plus un signe de sang-froid. «À six heures, il prenait encore son petit déjeuner au café, et à sept heures, il s'est tiré une balle dans la tête»... — Je suis redevenu très calme... c'est si agréable de marcher — et le plus beau, c'est que personne ne me force. — Si je voulais, je pourrais encore envoyer balader tout ce bazar... L'Amérique... Qu'est-ce que ça veut dire, «bazar»? *Qu'est-ce* qui est un «bazar»? Je crois que je suis resté un peu trop longtemps au soleil!... Oh, oh! Et si par hasard j'étais si calme seulement parce que je continue à m'imaginer que je ne suis pas obligé?... Mais je suis obligé! Je suis obligé! Non : c'est moi qui le veux! — Est-ce que tu te vois vraiment, Gustl, quitter l'uniforme et déserter? Et ce maudit chien qui se tordrait de rire — et Kopetzky lui-même qui ne voudrait plus te serrer la main... J'ai l'impression que je suis devenu tout rouge. — — Un sergent de ville qui me salue... il faut que je réponde... «Salut!» — Voilà que j'ai dit «salut» maintenant!... Ça leur fait toujours plaisir, à ces pauvres diables... Bon, personne n'a eu à se plaindre de moi — en dehors du service, j'ai toujours été réglo. — Quand nous étions en manœuvres, j'ai offert des *Britannikas*[1] aux gradés de la compagnie; — une fois, pendant les exercices au fusil, j'ai entendu derrière moi un homme parler de «maudite corvée», et pourtant, je ne l'ai pas envoyé au rapport — je lui ai seulement dit : «Vous, faites attention, ça pourrait être un autre qui l'entende — et alors, ça irait mal pour vous!»... Le Burghof[2]... Qui est-ce qui est donc de garde, aujourd'hui? — Les Bosniaques — belle allure — le lieutenant-colonel a dit l'autre jour : Quand nous étions là-bas en 78[3], personne aurait cru qu'ils finiraient par nous obéir comme ça!... Nom de Dieu, que j'aurais aimé en être! — Les voilà qui se lèvent tous de leur banc. — Salut, salut! — C'est vraiment écœurant que nous autres, on n'y ait pas droit. — Ça aurait quand même été plus beau, au champ d'honneur, pour la patrie, alors que là... Oui, Monsieur le Docteur, on peut dire que vous vous en tirez bien!... Est-ce que quelqu'un ne pourrait pas s'en charger pour moi? —

Ma parole, faudrait que je laisse une lettre, pour que Kopetzky ou Wymetal se batte contre ce type à ma place… C'est qu'il ne faudrait quand même pas qu'il s'en tire si facilement! — Bah, finalement! N'est-ce pas égal, ce qui arrive après? De toute façon je ne serai plus là pour le savoir! — Voilà les arbres qui bourgeonnent… Un jour, j'en ai abordé une au *Volksgarten*[1] — elle avait une robe rouge —, elle habitait dans la *Strozzigasse*[2] — après, c'est Rochlitz qui s'est chargé d'elle… Je crois bien qu'il est encore avec, mais il n'en parle plus — peut-être qu'il a honte… Steffi dort encore en ce moment… elle est tellement mignonne quand elle dort… on lui donnerait le bon Dieu sans confession! — Bah, quand elles dorment, elles ont toutes cet air-là! — Faudrait quand même que je lui écrive un mot… pourquoi pas? Tous ceux qui font ça écrivent des lettres avant, non? — Faudrait aussi que j'écrive à Clara, qu'elle console Papa et Maman — et tout ce qu'on écrit dans ces cas-là! — et à Kopetzky aussi, quand même… Ma parole, j'ai l'impression que ce serait beaucoup plus facile après avoir dit adieu à quelques personnes… Et le rapport au commandement du régiment — et les cent soixante gulden pour Ballert… ça fait encore pas mal de choses… Après tout, personne ne m'oblige à le faire à sept heures… j'aurai bien le temps d'être mort à partir de huit heures!… Être mort, oui — c'est comme ça qu'on dit — on n'y peut rien…

Ringstrasse[3] — je serai bientôt à mon café… Il me semble que je me réjouis de prendre un petit déjeuner… c'est pas croyable. — — Oui, c'est ça, après le petit déjeuner je m'allume un cigare, et puis je rentre à la maison, et j'écris… En commençant par le rapport au commandement; ensuite, la lettre à Clara — puis à Kopetzky — puis à Steffi… Qu'est-ce que je pourrais bien lui écrire, à la pauvre chérie?… «Ma chère enfant, tu ne pensais sans doute pas»… — Bah, n'importe quoi! — «Ma chère enfant, je te remercie beaucoup»… — «Ma chère enfant, avant de passer de vie à trépas, je ne veux pas manquer de»… — c'est vrai que ça n'a jamais été mon fort, d'écrire des lettres… «Ma chère enfant, un dernier adieu de ton Gustl»… — Les yeux qu'elle va faire! Encore une chance que j'étais pas amoureux d'elle… ça doit être triste, quand on aime bien une fille et que… Allons, Gustl, un peu de bonté: c'est assez triste comme ça… Après Steffi, il y en aurait bien eu encore quelques autres, et peut-être une qui vaille quelque chose — une jeune fille de bonne famille, avec du répondant — ça aurait été bien beau… — À Clara, il faut que j'écrive en détail pourquoi je n'ai pas pu faire autrement… «Chère sœur, il faut que tu me pardonnes, et, s'il te plaît, console aussi nos chers parents… Je sais que je vous ai causé bien du souci à tous, et qu'il m'est arrivé de vous faire souffrir ; mais crois-moi, je vous aimais tous beaucoup et j'espère que tu finiras par trouver le bonheur, ma chère Clara, et que tu n'oublieras pas tout à fait ton malheureux frère »… — Ah, je préfère encore ne pas lui écrire du tout !… Non, ça me donne envie de pleurer… rien que d'y penser, j'ai déjà les yeux qui me piquent… Je vais écrire à Kopetzky, à la rigueur — un adieu de camarade, en lui demandant de le transmettre aux autres… — Il est déjà six heures ? — Ah non, la demie — moins le quart. — Oh, le gentil minois !… c'est cette frimousse aux yeux noirs que je rencontre si souvent dans la *Florianigasse*[1] ! — qu'est-ce qu'elle va dire ? — Mais elle ne sait même pas qui je suis — elle s'étonnera seulement de ne plus me voir… Avant-hier, je me suis promis de l'aborder à la prochaine occasion. — Elle a assez fait la coquette… elle était si jeune… peut-être qu'elle avait encore sa vertu !… Eh oui, Gustl ! Ce que tu peux faire le jour même, ne le remets pas au lendemain !… Celui-là aussi il n'a pas dû dormir de la nuit. — Mais lui, maintenant, il va rentrer bien gentiment à la maison se coucher — et moi donc ! — Ah ah, c'est que ça devient sérieux, Gustl !… Eh bien, s'il n'y avait pas ce petit pincement au cœur, ça ne serait pas grand-chose — et dans l'ensemble, je dois bien reconnaître que je reste très brave… Bon, où vais-je aller, maintenant ? Voilà déjà mon café… ils en sont encore à faire le ménage… Allez, entrons…

Là, dans le fond, c'est la table où ils font toujours leur tarot… Bizarre, j'arrive pas à m'imaginer que le type qui est toujours assis au fond contre le mur est le même qui m'a… — Il n'y a encore personne… Où est donc le garçon ?… Ah ! Le voilà qui sort des cuisines… il se dépêche d'enfiler sa veste… C'est vraiment plus la peine !… ah, mais pour lui, si… il aura d'autres clients à servir aujourd'hui ! —

« J'ai bien l'honneur, mon lieutenant !

— Bonjour.

— De si bonne heure, aujourd'hui, mon lieutenant ?

— Ah laissez — je n'ai pas beaucoup de temps, je peux garder mon manteau.

— Qu'est-ce que ce sera, mon lieutenant ?

— Un café au lait bien crémeux !

— Tout de suite, mon lieutenant ! »

Ah, voilà les journaux… déjà ceux d'aujourd'hui ?… Est-ce qu'ils disent déjà quelque chose ?… Mais quoi ? — C'est à croire que je veux vérifier si on annonce déjà que je me suis tué ! Ha ha ! — Qu'est-ce que je fais encore debout ?… Asseyons-nous là, près de la fenêtre… Il m'a déjà apporté mon café au lait... Tirons un peu le rideau ; j'ai horreur que les gens regardent à l'intérieur... Il est vrai qu'il n'y a encore personne qui passe... Ah, il est bon, ce café — c'est quand même pas une vaine illusion [1], le petit déjeuner !... Ah, ça vous change un homme — ce qui est bête, c'est que j'ai pas dîné... Pourquoi le garçon revient-il encore ? — Ah, il a apporté les petits pains...

« Est-ce qu'on vous a déjà dit, mon lieutenant ?

— Quoi donc ? » Bonté divine ! est-ce qu'il sait déjà quelque chose ?... Bah, absurde, ce n'est pas possible !

« Monsieur Habetswallner... »

Quoi ? Mais c'est le nom du boulanger... qu'est-ce qu'il va me sortir maintenant ?... Peut-être qu'il est déjà passé ? Peut-être qu'il est déjà passé hier, et qu'il a tout raconté ?... Pourquoi est-ce qu'il se tait maintenant ?... Non, le voilà qui reprend...

« ... il a fait une attaque cette nuit, à minuit.

— Quoi ? »... Il ne faut pas que je crie comme ça... non, je ne dois rien laisser paraître... mais je rêve peut-être... il faut que je lui redemande... « Qui a fait une attaque ? » — Je suis un vrai chef — j'ai dit ça d'un ton très détaché ! —

— Le boulanger, mon lieutenant !... Le lieutenant le connaît sûrement... vous savez, le gros qui vient faire sa partie de tarot tous les après-midi à côté de ces messieurs les officiers... avec Monsieur Schlesinger et Monsieur Wasner, qui tient le magasin de fleurs artificielles, en face ! »

Je suis bien réveillé — tout concorde — et pourtant, j'arrive pas à y croire vraiment — il faut que je lui demande encore une fois... mais d'un ton très détaché...

« Il a fait une attaque ?... Mais comment ça ? Et comment le savez-vous ?

— Mais mon lieutenant, qui pourrait bien le savoir avant nous autres — le petit pain que le lieutenant est en train de manger, il vient de chez Monsieur Habetswallner. Le petit mitron qui nous apporte la fournée à quatre heures et demie, le matin, c'est lui qui nous l'a raconté. »

Pour l'amour du ciel, faut pas que je me trahisse... j'ai une de ces envies de hurler... de rire... de serrer Rudolf dans mes bras... Mais j'ai encore quelque chose à lui demander !... Faire une attaque ne veut pas forcément dire être mort... il faut que je lui demande s'il est mort... mais avec calme, parce que le boulanger, en quoi ça me concerne — il faut que j'aie le nez dans le journal au moment où je pose la question au garçon...

« Il est mort ?

— Ça, pour sûr, mon lieutenant ; il est tombé raide. »

Oh, merveilleux, merveilleux! — P't-être bien que tout ça, c'est parce que j'ai été à l'église...

« Le soir, il était au théâtre ; il est tombé dans l'escalier — le concierge a entendu le bruit... et puis après, ils l'ont transporté chez lui, et quand le docteur est arrivé, c'était déjà fini depuis longtemps.

— C'est bien triste. Pourtant, il était encore dans la force de l'âge. »

— Quelle formule, je suis un vrai chef — personne ne pourrait se douter... et il faut vraiment que je me retienne pour ne pas hurler ou sauter sur le billard...

« Oui, mon lieutenant, très triste ; c'était un bien gentil monsieur, et ça faisait vingt ans qu'il venait chez nous — c'était un ami de notre patron. Et sa pauvre femme... »

Je crois que de ma vie, j'ai jamais été aussi heureux... Il est mort — il est mort! Personne ne sait rien, donc rien n'est arrivé![1] — Et cette chance d'enfer, que je sois allé au café... sinon, je me serais tiré une balle pour rien du tout — ça ressemble bien à un signe du destin... Où est donc passé Rudolf? — Ah, il parle avec le cuistot... — Ainsi donc, il est mort — il est mort — j'arrive toujours pas à y croire! Si je pouvais, j'irais vérifier moi-même. — — P't-être que c'est la rage, la colère contenue qui lui ont fait faire cette attaque... Bah, le pourquoi, ça m'est bien égal! L'essentiel, c'est qu'il est mort, et que moi j'ai le droit de vivre, et que tout m'appartient à nouveau!... C'est drôle tout de même, ce sont les petits pains que le sieur Habetswallner m'a fait cuire, que je trempe comme ça dans mon café! J'apprécie, monsieur von Habetswallner[2]! Digne d'un chef! — Bon, et maintenant, je fumerais bien un petit cigare...

« Rudolf! Eh Rudolf! Laissez-moi donc le cuistot en paix!

— Vous désirez, mon lieutenant?

— Un *Trabucco* »[3]... — Je suis si heureux, si heureux!... Mais qu'est-ce que je fais?... Qu'est-ce que je fais?... Si ça continue, moi aussi je vais faire une attaque, tellement je suis heureux!... Dans un quart d'heure, j'irai à la caserne et je me ferai frictionner à l'eau froide par Johann... à sept heures et demie, c'est le maniement du fusil, et à neuf heures et demie les exercices de tir. — Et je vais écrire à Steffi qu'elle se libère pour ce soir, même si ça doit nous coûter Graz[4]! Et cet après-midi à quatre heures... attends un peu, mon cher, attends un peu! Je tiens justement une de ces formes... Je m'en vais te hacher menu comme chair à pâté!

Traduction révisée par Brigitte Vergne-Cain et Gérard Rudent.

GÉRONIMO L'AVEUGLE ET SON FRÈRE

Cette nouvelle est ébauchée le 25 août 1900, alors que Schnitzler excursionne dans le Tyrol du Sud, vers Bormio et le col de Stelvio : ce sont les lieux mêmes de l'action dans son récit. Mais le travail proprement dit date du mois d'octobre ; il reprend sa nouvelle le 19 (à Baden, près de Vienne) et la termine le 27 (chez lui). Décidément, cette année 1900 correspond à une période de production rapide et brillante. En février, c'est La Dernière Lettre d'Andreas Thameyer ; Frau Berta Garlan *commencée en janvier, est achevée en mai ;* Lieutenant Gustl *est achevé en six jours, au mois de Juillet ;* Geronimo *est mené à bien en octobre. C'est la maturité de Schnitzler : il a trente-huit ans.*

Cette histoire quasi policière, Der Blinde Geronimo und sein Bruder, *fut publiée pour la première fois dans une revue viennoise :* Die Zeit *(en deux livraisons, le 22 décembre 1900 et le 12 janvier 1901). En 1904, elle est reprise dans le recueil intitulé* La Danseuse grecque, *au* Wiener Verlag, *chez Freund, l'éditeur de* La Ronde. *Le 9 juin 1905, Schnitzler note qu'il a reçu une édition de* Geronimo *en braille... Le 5 novembre suivant, il fait une lecture publique à Prague, alors que la ville est en pleine effervescence sociale. Cela lui rapporte trois cents marks (à comparer avec les cinquante marks que Fischer accepta difficilement de lui payer en 1895, pour* La Petite Comédie *!) Par la suite, la nouvelle figura dans de nombreuses anthologies, notamment à caractère scolaire ; c'est qu'elle pouvait apparaître comme plutôt édifiante...*

D'ailleurs Hofmannsthal, dans la lettre de janvier 1901 où il fait un vibrant éloge de Frau Berta Garlan *(voir cette notice, p. 515), insiste pour dire qu'il juge ratée la conclusion de* Geronimo. *Nous ne savons pas si Schnitzler a suivi son conseil par la suite.*

En tout cas, la nouvelle se clôt sur un «happy-end». Optimisme qui nous semble correspondre à l'évolution générale de Schnitzler, à ce que nous avons appelé son humanisation (à propos de Frau Berta Garlan*). Dans* Geronimo, *il mise d'une façon positive sur la possibilité d'une fraternité authentique, comme une victoire à remporter sur toutes les réticences, plus ou moins inconscientes.*

Il y a d'autres histoires de frères dans l'œuvre de Schnitzler : celle de Felician et de Georg von Wergenthin, dans Der Weg ins Freie (Vienne au crépuscule), *celle d'Otto et de Robert, dans* L'Appel des ténèbres (Flucht in die Finsternis, volume II). *Notons que dans* Geronimo *les rôles sont instables, peuvent alterner : le «criminel» devient la victime, et inversement. Cela fait partie des données très «accidentelles» de ce récit : comme si la fraternité devait se conquérir, en dépit des hasards, toujours menaçants. D'une certaine façon (et Hofmannsthal a dû y penser...), la fin de* Geronimo *aurait pu être aussi sobre que celle de* Frau Berta Garlan, *quand la jeune veuve désillusionnée et l'infirme devenu veuf se tiennent assis, l'un à côté de l'autre — silencieux, mais solidaires.*

Quittant le banc où il était assis, Géronimo l'aveugle s'approcha de la table, s'empara de sa guitare qu'on avait placée, toute prête, à côté d'un verre de vin. Il avait perçu le roulement encore lointain des premières voitures. En tâtonnant il se dirigea vers la porte, suivit le chemin qu'il connaissait bien et descendit les quelques marches de bois, qui le menaient directement dans la cour couverte. Son frère le suivit et tous deux se postèrent à côté de l'escalier, le dos tourné au mur, pour être à l'abri du vent froid et humide qui, balayant le sol détrempé, s'engouffrait par les portes restées ouvertes.

Toutes les voitures, qui prenaient le chemin du col du Stelvio[1], étaient forcées de passer par la morne voûte de cette vieille auberge. C'était le dernier relais pour les voyageurs qui, venant d'Italie, voulaient gravir les cimes du Tyrol. Mais les voitures n'y séjournaient guère, car sur cette route uniforme bordée de collines arides, le voyageur cherchait en vain à découvrir un beau panorama. L'aveugle et son frère Carlo, tous deux Italiens, passaient leurs étés dans ce pays où ils se sentaient comme chez eux.

La diligence apportant le courrier arriva, suivie de quelques autres voitures. La plupart des voyageurs restaient à leur place, bien enveloppés de leurs manteaux et de leurs couvertures ; quelques-uns descendaient, faisant les cent pas sous la voûte, visiblement impatients. Le temps s'obscurcissait, une pluie glacée fouettait le sol. Après une série de journées radieuses, l'automne semblait s'annoncer brusquement et beaucoup trop tôt.

L'aveugle chantait, s'accompagnant de sa guitare ; sa voix inégale devenait stridente par instants, comme toujours lorsqu'il avait bu. De temps à autre il levait la tête vers le ciel, qu'il paraissait vainement implorer. Mais son visage aux lèvres bleuâtres, sillonné de noir par une barbe de plusieurs jours, restait impassible. Son frère, qui était l'aîné, se tenait presque immobile auprès de lui. Quand quelqu'un faisait tomber une piécette dans le chapeau, il remerciait d'un signe de tête et lançait au donateur un coup d'œil rapide, comme égaré. Puis, soudain, l'air craintif, il détournait les yeux, fixant le vide comme son frère. On eût dit qu'il avait honte de jouir de la vue, de connaître une lumière dont aucun rayon ne pouvait être sensible à son frère, aveugle.

« Apporte-moi du vin », dit Géronimo et Carlo, qui avait l'habitude d'obéir, se précipita. Tandis qu'il montait les marches, Géronimo se remit à chanter. Il y avait longtemps qu'il n'écoutait plus le son de sa propre voix et il pouvait ainsi se rendre compte parfaitement de ce qui se passait autour de lui. Il perçut distinctement deux voix, celle d'un jeune homme et celle d'une jeune femme qui chuchotaient. Il se demanda combien de fois ces deux-là avaient passé et repassé par ici. Car aveugle et de surcroît ivre la plupart du temps, il s'imaginait souvent que les mêmes personnes passaient chaque jour par ce col de montagne, tantôt se dirigeant du nord au sud et tantôt du sud au nord. Aussi connaissait-il ce couple depuis longtemps.

Carlo, revenant, tendit un verre de vin à Géronimo. L'aveugle fit danser son verre dans la direction du couple et dit : « À votre santé, messieurs-dames !

— Merci », dit le jeune homme ; mais la jeune femme, qui trouvait l'aveugle effrayant, entraîna son compagnon un peu plus loin.

Une voiture qui amenait une famille assez bruyante s'arrêta ; il y avait le père, la mère, trois enfants et une gouvernante.

« Famille allemande », dit Géronimo à l'oreille de Carlo.

Le père donna une pièce à chacun des enfants qui allèrent, à tour de rôle, la déposer dans le chapeau du mendiant. À chaque fois, Géronimo inclinait la tête en signe de remerciement. L'aîné des garçons dévisagea l'aveugle avec une curiosité mêlée d'appréhension. Carlo observait le garçonnet. Comme toujours, quand il voyait des enfants, il se souvenait que Géronimo devait avoir à peu près leur âge lorsque était survenu le malheur qui lui avait coûté la vue. À vingt ans de distance, ce souvenir était resté pour lui parfaitement précis. Il entendait encore le cri strident qu'avait poussé le petit Géronimo s'affaissant dans l'herbe ; il voyait encore le soleil qui, jouant sur le mur blanc du jardin, y dessinait des taches scintillantes, et il entendait encore le son des cloches dominicales, qui avaient retenti juste à cet instant. Comme il faisait souvent, il avait joué près de sa fenêtre ce jour-là, et avait lancé sa flèche dans la direction du frêne qui se trouvait contre le mur opposé ; en entendant le cri, il avait compris aussitôt que son petit frère, qui venait de traverser le jardin en courant, avait dû être blessé. Abandonnant sa sarbacane, il avait sauté par la fenêtre, et s'était précipité vers le petit qui, étendu sur l'herbe et couvrant sa figure de ses deux mains, gémissait lamentablement. Un filet de sang coulait sur sa joue droite et sur son cou. La petite porte du jardin s'ouvrit au même instant et le père, qui revenait des champs, s'approcha ; tous deux, ne sachant que faire, s'agenouillèrent auprès de l'enfant qui ne cessait de gémir. Des voisins survinrent ; c'est la vieille Vanetti qui parvint enfin à découvrir le visage de l'enfant. Le forgeron, chez qui Carlo était en apprentissage, arriva à son tour ; il se piquait d'avoir quelques connaissances médicales et constata tout de suite que l'œil droit était perdu. Le médecin qui arriva le soir de Poschiavo [1] ne put rien faire de plus. Il laissa même entendre le danger dont était menacé l'œil gauche. Il ne se trompait pas. Un an plus tard le monde entier n'était plus que ténèbres pour Géronimo. On essaya d'abord de lui parler d'une guérison possible plus tard et il eut l'air d'y croire. Carlo, qui n'ignorait pas la vérité, avait erré durant des jours et des nuits sur la grand-route, à travers les vignobles et les forêts, avec l'idée fixe de se tuer. Mais le prêtre à qui il s'était confié, lui fit entendre que son devoir était de vivre, de mettre son existence entière à la disposition de son frère. Carlo le comprit. Une pitié atroce le tourmentait. Il ne trouvait un palliatif à son mal que lorsqu'il était auprès de son frère aveugle, qu'il caressait ses cheveux, qu'il baisait son front, qu'il lui racontait des histoires ; il se promenait aussi à travers champs avec lui, l'emmenait sur les coteaux parmi les vignes. Il avait aussitôt abandonné son apprentissage chez le forgeron pour ne pas quitter son frère un instant ; et bien que le père, inquiet pour l'avenir, ait fait quelques observations et lui ait conseillé de reprendre son métier, il ne l'avait pas écouté. Un jour Carlo se rendit compte que Géronimo avait cessé de parler de son infirmité. Il se l'expliqua bientôt : l'aveugle avait compris qu'il ne reverrait jamais plus le ciel, les collines, la route, les hommes, la lumière. Carlo n'en souffrit que davantage, bien qu'il essayât de s'apaiser en se répétant qu'il avait été cause de ce malheur sans qu'il y eût du tout de sa faute. Parfois, le matin, quand il considérait son frère qui dormait encore à côté de lui, il se levait et s'enfuyait dans le jardin, tant sa peur était grande de le voir s'éveiller, et pour ne pas être là quand ces yeux morts chercheraient, comme chaque jour une lumière éteinte à jamais pour eux. Ce fut à cette époque-là que Carlo eut l'idée de faire travailler la musique à Géronimo qui avait une voix agréable. Le maître d'école de Tola [1], qui venait parfois les voir le dimanche, lui apprit à jouer de la guitare. L'aveugle ne se doutait pas alors que l'art qu'on lui inculquait serait un jour son gagne-pain.

Le malheur semblait s'être fixé définitivement dans la maison du vieux Lagardi à dater de ce triste jour d'été. Chaque année la récolte fut mauvaise; un parent de mauvaise foi lui escroqua une petite somme d'argent qui constituait les seules économies du vieux père; enfin, quand par une chaude journée du mois d'août une attaque d'apoplexie le foudroya en plein champ, il mourut en ne laissant que des dettes. Le petit patrimoine fut vendu; les deux frères, sans gîte et sans fortune, quittèrent le village.

Carlo avait vingt ans, et Géronimo quinze. C'est alors que commença pour eux cette vie nomade de mendiants qu'ils menaient encore aujourd'hui. Carlo avait d'abord songé à trouver un gagne-pain suffisant pour lui et son frère; mais il n'y avait pas réussi. Car Géronimo n'était satisfait nulle part, et désirait avant tout vagabonder.

Il y avait vingt ans qu'ils cheminaient par monts et par vaux, à travers l'Italie du Nord et le Tyrol du Sud, se rapprochant autant que possible de l'endroit où la saison amenait le gros des voyageurs.

Après tant d'années, Carlo ne ressentait évidemment plus la même douleur cuisante qui s'emparait de lui jadis, à chaque fois que les rayons du soleil ou la vue d'un joli paysage l'enchantaient; mais une pitié incessante le rongeait à son insu, elle était inhérente à son être, comme la respiration même, ou les battements de son cœur. Et il était content quand Géronimo s'enivrait.

La voiture qui emportait la famille allemande, s'était éloignée. Carlo s'assit sur la dernière marche de l'escalier, comme il aimait à le faire; Géronimo resta debout, les bras ballants, le visage levé.

Maria, la servante, sortit de la salle d'auberge.

« Avez-vous fait une bonne recette? » leur cria-t-elle d'en haut.

Carlo ne se retourna même pas. L'aveugle se baissa, prit son verre, posé par terre, et esquissa vers Maria le geste de boire à sa santé. Le soir, elle était parfois assise à côté de lui dans la salle d'auberge ; il savait même qu'elle était jolie.

Carlo se pencha en avant et inspecta la route. Le vent soufflait, la pluie tombait bruyamment, de sorte que le roulement des voitures qui approchaient, se perdait dans ce vacarme. Il se leva et reprit sa place auprès de son frère.

Géronimo se remit à chanter, tandis qu'arrivait la voiture où ne se trouvait qu'un seul voyageur. Le cocher détela promptement et s'empressa de monter à l'auberge. Le voyageur, enveloppé d'un grand manteau imperméable gris, resta quelque temps sans bouger dans le fond de sa voiture ; il semblait ne pas entendre la chanson. Au bout d'un moment, il descendit et se promena vivement de long en large, sans s'éloigner du véhicule. Il frottait ses mains l'une contre l'autre pour se réchauffer. Alors seulement il sembla remarquer les mendiants. S'arrêtant en face d'eux, il les examina d'un œil inquisiteur. Carlo inclina légèrement la tête en manière de salut. Le voyageur était un homme très jeune, joli garçon, avec des yeux inquiets dans un visage imberbe. Après s'être arrêté pendant un bon moment auprès des mendiants, il se dirigea rapidement vers le porche par où il devait repartir, et secoua la tête d'un air désolé devant la pluie et la brume qui s'étendait à perte de vue.

« Eh bien ? demanda Géronimo.

— Rien encore, répondit Carlo, il donnera sans doute avant de partir. »

Le voyageur revint vers eux et s'appuya au timon de la voiture. L'aveugle recommença sa chanson. Le jeune homme semblait l'écouter soudain avec un grand intérêt. Le palefrenier survint et attela les chevaux. Le jeune homme, comme s'il venait seulement de comprendre, mit la main dans son gousset et donna un franc à Carlo.

« Oh ! merci, merci », dit celui-ci.

Le voyageur remonta en voiture et à nouveau s'enveloppa de son manteau. Carlo prit le verre, qui était par terre, et monta les marches de bois. Géronimo poursuivait son chant. Le jeune homme se pencha par la portière et secoua la tête avec une supériorité empreinte de mélancolie. Soudain une idée parut lui venir et il sourit. « Comment t'appelles-tu ? demanda-t-il à l'aveugle, qui se tenait à peine à deux pas de lui.

— Géronimo.

— Eh bien, Géronimo, ne te laisse pas duper. » À cet instant, le cocher apparut sur la marche supérieure de l'escalier.

« Comment me laisserais-je duper, monsieur ?

— J'ai donné une pièce de vingt francs à ton compagnon.

— Oh ! monsieur, merci, merci !

— Oui, seulement fais attention.

— C'est mon frère, monsieur, il ne me trompera pas. »

Le jeune homme hésita une seconde mais tandis qu'il réfléchissait encore, le cocher escalada le siège et prit les rênes en main. Il se carra simplement dans le fond de sa voiture avec un mouvement de tête, comme pour dire : Destin, suis ton cours ! et la voiture s'ébranla.

L'aveugle le remerciait encore de loin en agitant les deux mains. Il entendit Carlo qui revenait de la salle d'auberge. Celui-ci lui cria : « Monte vite, Géronimo, il fait bon là-haut, Maria a fait une flambée. »

Géronimo acquiesça de la tête, mit sa guitare sous son bras et monta en tâtonnant le long de la rampe. Encore sur les marches, il cria : « Laisse-moi la toucher, il y a si longtemps que je n'ai eu une pièce d'or en main.

— Qu'y a-t-il, de quoi parles-tu ? » demanda Carlo.

Géronimo, qui l'avait rejoint, lui prit la tête entre ses deux mains, geste qui lui était familier pour exprimer la joie ou la tendresse. « Carlo, mon cher frère, il y a quand même des gens généreux !

— Certainement, répondit Carlo, nous avons déjà récolté deux lires et trente centesimi, et puis voilà de l'argent autrichien, il y en a pour une demi-lire environ.

— Et vingt francs — et vingt francs, s'écria Géronimo. Je le sais déjà. » Il tituba en entrant dans la salle et s'assit lourdement sur le banc.

« Qu'est-ce que tu sais ? demanda Carlo.

— Assez plaisanté, passe-moi la pièce ! Il y a longtemps que je n'ai pas touché d'or.

— Mais que me veux-tu ? où veux-tu que j'aille prendre une pièce d'or ? Nous avons deux ou trois lires, c'est tout. »

L'aveugle frappa sur la table. « En voilà assez maintenant, entends-tu ? Aurais-tu décidé de me la cacher ? »

Carlo, inquiet, étonné, dévisageait son frère. Il s'assit tout près de lui et posa doucement la main sur son bras, comme pour le calmer : « Écoute, lui dit-il, je ne te cache rien. Comment peux-tu le croire ? Personne n'a songé à me donner une pièce d'or.

— Mais puisqu'il me l'a dit !

— Qui ?

— Le jeune homme qui courait de long en large.

— Comment ? Je ne comprends pas !

— Il m'a dit : "Comment t'appelles-tu?..." et puis il a ajouté : "Prends garde et ne te laisse pas duper!"

— Tu as rêvé, Géronimo... tout cela n'a pas le sens commun.

— Pas le sens commun? Mais je l'ai entendu, et j'entends bien. "Ne te laisse pas duper; je lui ai donné une pièce d'or..." non, il a dit : "Je lui ai donné une pièce de vingt francs!" »

L'aubergiste entra. « Eh bien, que faites-vous? Avez-vous abandonné le métier? Une voiture à quatre chevaux vient d'arriver.

— Vite, s'écria Carlo, descendons. »

Géronimo ne broncha pas. « Pourquoi? Pour quoi faire, et à quoi bon? Tu es à côté de moi et tu... »

Carlo toucha son bras. « Tais-toi et descendons. »

Géronimo ne dit plus rien et obéit à son frère. Mais il murmura tout en y allant : « Nous en reparlerons, tu sais, nous en reparlerons! »

Carlo ne comprenait rien à ce qui s'était passé. Géronimo était-il brusquement devenu fou? Il le connaissait colère et violent, mais il ne l'avait jamais entendu parler de la sorte.

La voiture qui venait d'arriver amenait deux Anglais. Carlo souleva son chapeau, l'aveugle se mit à chanter. L'un des Anglais descendit, jeta quelques piécettes dans le chapeau de Carlo. « Merci », dit Carlo, et il ajouta plus bas : « Vingt centesimi ». Géronimo ne sourcilla pas; il recommença une chanson. La voiture avec les Anglais démarra.

Les deux frères remontèrent en silence. Géronimo s'assit sur le banc; Carlo se plaça près du poêle.

« Pourquoi ne parles-tu pas? demanda Géronimo.

— Eh bien, répondit Carlo, je ne peux que répéter ce que je te t'ai dit. Sa voix tremblait un peu.

— Qu'as-tu dit? demanda Géronimo.

— Il doit s'agir d'un fou.

— D'un fou? Voilà qui ferait bien ton affaire! Si quelqu'un dit : "J'ai donné vingt francs à ton frère", c'est un fou!... Et pourquoi a-t-il ajouté : "Ne te laisse pas duper"... hein?

— Ce n'était peut-être pas un fou... mais il y a de mauvais plaisants qui se moquent des pauvres gens...

— Ah oui? s'écria Géronimo, une plaisanterie?... j'attendais cela... c'était inévitable! » Il vida le verre qui était devant lui.

« Mais, Géronimo! fit Carlo, la gorge serrée par l'émotion, pourquoi veux-tu que... comment peux-tu croire...

— Pourquoi ta voix tremble-t-elle... hein... pourquoi...?

— Géronimo, je t'assure, je…

— Hein… et moi je ne te crois pas. Tu ris en ce moment… je sais que tu ris ! »

La voix du palefrenier cria d'en bas : « Hé, l'aveugle, il y a du monde. »

Les deux frères se levèrent machinalement et descendirent les quelques marches. Deux voitures étaient arrivées en même temps, l'une avec trois messieurs, l'autre avec un vieux couple. Géronimo chantait, tandis que Carlo, qui se tenait auprès de lui, avait beaucoup de peine à reprendre contenance. Qu'allait-il faire ? Son frère ne le croyait pas ! Comment une chose pareille avait-elle pu arriver ?… Inquiet, il observait du coin de l'œil Géronimo qui chantait de sa voix fêlée. Il lui semblait deviner sous ce front des pensées qu'il n'y avait jamais pressenties.

Les voitures étaient reparties, Géronimo chantait toujours. Carlo n'avait garde de l'interrompre. Il ne savait que lui dire, il avait peur d'entendre sa propre voix trembler encore. Un éclat de rire retentit là-haut sur l'escalier, et Maria lui cria : « Pourquoi chantes-tu encore ? Ce n'est pas moi qui te donnerai quelque chose ! »

Géronimo s'arrêta court, sans finir son air ; on eût dit que sa voix avait été coupée net, en même temps que les cordes de sa guitare. Il monta encore une fois et Carlo le suivit. Il s'assit près de lui dans la salle d'auberge. Que devait-il faire ? Mais il n'avait pas le choix : il lui fallait encore une fois essayer de convaincre son frère.

« Géronimo, dit-il, je te le jure… réfléchis, Géronimo, tu ne peux pas croire que moi… »

Géronimo se taisait, ses yeux morts semblaient regarder par la fenêtre, dans le brouillard gris. Carlo poursuivit : « Non, ce n'était pas forcément un fou, en effet, mais il a dû se tromper… oui… il s'est trompé, c'est cela… » Mais il sentait bien qu'il n'arrivait même pas à se convaincre lui-même.

Géronimo s'éloigna de lui, l'air impatienté. Mais Carlo poursuivit avec une vivacité toute nouvelle : « Pourquoi ferais-je donc… ? tu sais bien que je ne bois ni ne mange plus que toi ; et quand je m'achète un nouveau veston, je te le dis… alors pour quoi prendrais-je tout cet argent ? Que veux-tu que j'en fasse ? »

Entre ses dents Géronimo murmura : « Ne mens pas… je l'entends, que tu mens.

— Je ne mens pas, Géronimo, non, je ne mens pas, repartit Carlo, démonté.

— L'as-tu payée d'avance, cette fille… hein… ou sera-ce pour après? cria Géronimo.

— Maria?

— Oui… qui veux-tu que cela soit? Hein… menteur, espèce de voleur!» Et il donna un coup de coude dans les côtes de son frère, comme s'il ne voulait plus désormais être assis à côté de lui.

Carlo se leva. Il regarda fixement son frère, puis s'éloigna par l'escalier et gagna la cour. Les yeux grands ouverts, il considéra la route qui se perdait dans un brouillard jaunâtre. La pluie tombait moins fort. Carlo enfonça ses mains dans ses poches et sortit pour prendre l'air. Il avait l'impression d'avoir été chassé par son frère. Mais que venait-il d'arriver?… Il ne pouvait pas se l'expliquer. Quelle sorte d'homme pouvait bien être celui qui lui avait remis un franc et qui prétendait lui en avoir donné vingt? Il ne pouvait pas avoir agi sans motif… Et Carlo chercha dans ses souvenirs s'il avait quelque part un ennemi capable d'avoir envoyé cet autre pour se venger… mais il avait beau chercher, il ne se rappelait pas avoir jamais offensé qui que ce fût, il n'avait pas souvenance de la moindre querelle. Car depuis vingt ans sa vie avait été celle d'un chemineau, d'un pauvre mendiant qui tend son chapeau sur le bord des routes ou dans les cours… Quelqu'un lui en voulait-il à cause d'une femme?… Mais il y avait si longtemps qu'il n'en avait approché aucune… la servante d'auberge à La Rosa avait été la dernière, au printemps de l'année passée… et personne au monde n'aurait songé à la lui envier… Non, c'était incompréhensible!… Quelle sorte d'homme pouvait-il y avoir dans ce grand monde qu'il ne connaissait pas?… Ces hommes venant de tous les pays… que savait-il d'eux?… Les paroles du voyageur, disant à son frère qu'il lui avait donné une pièce de vingt francs, cachaient sans doute un sens secret… sans doute… Mais que fallait-il faire à présent?… Un fait était brusquement devenu indéniable : Géronimo se méfiait de lui!… Cela lui était intolérable! Il ne pouvait laisser les choses aller ainsi… Il remonta vivement l'escalier jusqu'à la salle.

Géronimo, allongé sur un banc, ne fit pas mine de s'apercevoir de son retour. Maria leur apporta à manger et à boire. Pendant tout le repas, ils n'échangèrent pas un mot. Maria s'apprêtait à desservir lorsque Géronimo éclata d'un rire sonore et, s'adressant à elle : «Que vas-tu t'acheter avec cet argent? lui demanda-t-il.

— Quel argent?

— Eh bien! dis-le. Une jupe neuve, ou des boucles d'oreilles?

— Que me veut-il ?» demanda-t-elle en se tournant vers Carlo.

En bas, la cour résonnait du roulement sourd de carrioles chargées ; des voix sonores se faisaient entendre et Maria s'empressa de descendre. Trois rouliers entrèrent dans la salle quelques minutes plus tard et s'assirent à une table ; l'aubergiste vint les saluer. Ils se plaignirent du mauvais temps.

« Vous aurez de la neige cette nuit », dit l'un.

Le second raconta qu'il avait été bloqué par la neige au col en plein mois d'août, dix années plus tôt, et qu'il avait failli mourir de froid. Maria s'installa auprès d'eux. Le palefrenier arriva à son tour et demanda des nouvelles de ses parents qui habitaient dans la vallée, à Bormio[1].

Une autre voiture fut signalée. Géronimo et Carlo descendirent ; Géronimo chantait, Carlo tendait son chapeau et les voyageurs y mettaient leurs aumônes. Géronimo semblait calme. Il demandait parfois : « Combien ?» et faisait oui de la tête aux réponses que lui donnait Carlo. Celui-ci essayait en vain de se raisonner. Il était obnubilé par le sentiment qu'un affreux malheur s'était abattu sur lui, et qu'il était sans défense.

Lorsque les deux frères remontèrent, ils se retrouvèrent dans le vacarme des charretiers qui causaient et riaient. Le plus jeune cria à Géronimo :

« Chante-nous aussi quelque chose, à nous, nous te paierons !... N'est-ce pas ?» ajouta-t-il en s'adressant à ses compagnons.

Maria, qui s'approchait en apportant une bouteille de vin rouge, leur dit : « Laissez-le tranquille, il est de mauvaise humeur aujourd'hui. »

Pour toute réponse, Géronimo, debout au milieu de la pièce, se mit à chanter. Quand il eut fini, les rouliers applaudirent.

« Par ici, Carlo ! cria l'un d'eux, nous voulons jeter l'argent dans ton chapeau comme les voyageurs, en bas. » Et il prit une piécette et la tint au-dessus du chapeau que lui tendait Carlo. Mais l'aveugle prit le bras du charretier et lui dit vivement : « À moi, plutôt à moi, elle pourrait tomber ailleurs... oui, ailleurs.

— Comment, ailleurs?

— Eh bien ! Entre les jambes de Maria. »

Tout le monde se mit à rire, y compris l'aubergiste et Maria elle-même ; seul Carlo ne broncha pas. Jamais Géronimo n'avait fait de plaisanteries de ce genre !...

« Viens t'asseoir auprès de nous, s'écrièrent les charretiers, tu es un rigolo ! » Et ils se serrèrent pour lui faire de la place. Les voix s'enflaient en un vacarme considérable. Géronimo y participait, il était plus gai, plus animé que de coutume, il buvait tout le temps. Quand Maria revint une fois, il essaya de l'enlacer ; un des rouliers lui dit en riant : « Tu la crois belle, sans doute ? Eh bien, non, elle est laide et vieille. »

Mais l'aveugle attira Maria sur ses genoux : « Vous êtes des imbéciles, fit-il, je n'ai pas besoin de mes yeux pour voir. Ainsi je sais parfaitement où se trouve Carlo — hein ! Il est près du poêle là-bas, il a les mains dans les poches et il rit. »

Tous les yeux se fixèrent sur Carlo, qui était adossé au poêle, la bouche entrouverte, et dont les lèvres se détendirent alors en un sourire forcé comme s'il avait désiré avant tout ne pas faire mentir son frère.

Le palefrenier entra ; si les charretiers voulaient gagner Bormio avant la nuit, il fallait qu'ils se hâtent. Ils se levèrent et prirent bruyamment congé. Les deux frères se retrouvèrent seuls dans la salle. C'était l'heure où il leur arrivait de faire un petit somme. L'auberge entière paraissait plongée dans la sieste quotidienne qui suivait le repas de midi. Géronimo, la tête sur la table, semblait dormir. Carlo se promena de long en large pendant quelques minutes, puis il s'assit à son tour. Il se sentait extrêmement las. Il avait l'impression d'être terrassé par un cauchemar affreux. Ses pensées vagabondaient au hasard, il resongeait à la veille, à l'avant-veille et à tous les jours précédents… en particulier à de chaudes journées d'été où il avait cheminé avec son frère sur les routes poudreuses ; et tout cela lui semblait lointain et incompréhensible comme si jamais cela ne devait se reproduire.

Le courrier, venant du Tyrol, arriva vers la fin de l'après-midi, suivi de quelques voitures qui se succédaient à peu de distance ; tout le monde se dirigeait vers le sud. Les deux frères descendirent par quatre fois dans la cour. Lorsqu'ils remontèrent pour la dernière fois, le crépuscule était déjà là, et la petite lampe à huile, suspendue à une poutre du plafond crépitait doucement. Des ouvriers qui travaillaient dans une carrière peu éloignée et qui avaient dressé leurs cabanes à quelque cent pas de l'auberge, arrivèrent. Géronimo s'installa auprès d'eux ; Carlo resta seul devant sa table. Il lui semblait que sa solitude durait depuis très longtemps. De loin, il entendait Géronimo qui criait presque pour parler de son enfance. Il disait se souvenir encore de bien des gens et de bien des choses qu'il avait vus de ses yeux : son père qui travaillait aux champs, leur petit jardin avec le frêne près du mur, leur maison basse, les deux petites filles du cordonnier, les collines derrière l'église où poussaient les vignes, et même l'image de son propre visage d'enfant, tel qu'il l'avait vu dans une glace. Bien des fois déjà Carlo avait entendu ces phrases. Mais ce soir-là, il ne put les supporter, comme si elles avaient un sens nouveau, dirigé contre lui. Il se glissa furtivement vers la porte et gagna de nouveau la grand-route silencieuse dans la nuit. La pluie avait cessé ; l'air était très froid ; Carlo pensa au plaisir qu'il aurait de marcher à perte de vue, à s'enfoncer en quelque sorte dans l'obscurité bienfaisante et à s'endormir peut-être quelque part dans un fossé pour ne plus se réveiller… Soudain le roulement d'une voiture lui fit lever la tête : il aperçut la lueur de deux lanternes qui se rapprochaient lentement. Dans cette voiture se trouvaient deux messieurs. L'un d'eux, au visage émacié et imberbe, tressaillit en apercevant la silhouette de Carlo qui, sortant de l'ombre, se dressa dans la lumière des lanternes. Carlo s'était arrêté et souleva son chapeau. La voiture et les lumières disparurent. Carlo se retrouva dans l'obscurité. Brusquement il frissonna de peur. Pour la première fois de sa vie, l'obscurité l'effrayait. Il eut l'impression qu'il ne pourrait pas le supporter une minute de plus. Étrangement l'épouvante qu'il éprouvait pour lui-même s'associait dans son esprit à sa pitié intense pour son frère aveugle, et il fonça jusqu'à l'auberge.

Quand il ouvrit la porte de la salle, il vit les deux voyageurs qui l'avaient dépassé tout à l'heure, attablés devant une bouteille de vin rouge ; leur conversation semblait les captiver. Et ils ne s'aperçurent pour ainsi dire pas de son entrée.

L'autre table était encore occupée par Géronimo et les ouvriers.

« Où donc étais-tu fourré, Carlo ? lui cria l'aubergiste du plus loin qu'il le vit. Pourquoi laisses-tu ton frère tout seul ?

— Qu'y a-t-il ? demanda Carlo, inquiet.

— Géronimo régale tout le monde. Cela m'est indifférent, tu comprends, mais vous devriez penser un peu aux mauvais mois qui vont venir. »

Carlo s'approcha de Géronimo et lui prit le bras. « Viens ! dit-il.

— Que me veux-tu ? cria l'autre.

— Viens te coucher ! fit Carlo.

— Laisse-moi, laisse-moi donc ! C'est *moi* qui gagne l'argent… je peux en faire ce que je veux, hein !… tu ne réussiras pas à tout empocher ! Vous croyez sans doute qu'il me donne tout ? Eh bien non ! Je ne suis qu'un pauvre aveugle ! Mais il y a des personnes… des personnes généreuses, qui me disent : "J'ai donné vingt francs à ton frère." »

Les ouvriers éclatèrent de rire.

« Assez ! dit Carlo, suis-moi. » Et il entraîna de force son frère dans le petit escalier qui montait à la mansarde où ils couchaient. Tout en marchant, Géronimo ne cessait de crier : « Oui, maintenant tu es démasqué, je sais tout. Mais attends un peu, où est-elle, hein, où donc est Maria ? Tu as peut-être mis l'argent dans sa tirelire... hein ? C'est moi qui chante, qui joue de la guitare, c'est moi qui te fais vivre... et toi tu n'es qu'un voleur ! » Il se laissa tomber sur sa paillasse.

Une faible lueur, venant du couloir, filtrait dans le grenier ; la porte qui donnait accès à la seule chambre d'hôtes de l'auberge, était entrouverte ; Maria préparait les lits pour la nuit. Carlo, debout devant son frère, l'observait. Sa figure bouffie, ses lèvres bleuâtres, ses cheveux moites, collés sur son front, le faisaient paraître beaucoup plus vieux que son âge. Il commençait à comprendre, peu à peu. La méfiance de l'aveugle envers lui ne devait pas dater de ce jour ; elle avait sans doute sommeillé au fond de son âme et c'était seulement l'occasion, ou le courage, qui lui avaient manqué pour la manifester. Et tout ce que Carlo avait fait pour lui demeurait vain ; les remords, le sacrifice de sa vie entière, tout cela n'avait servi à rien. Qu'allait-il devenir ?... Fallait-il qu'il continuât à guider les pas de son frère, à mendier pour lui, à s'occuper de lui, tous les jours de sa vie, pour ne récolter que méfiance et insultes ? Si son frère le prenait pour un voleur, n'importe quel étranger pouvait le remplacer avantageusement auprès de Géronimo. En vérité la chose à faire serait de se séparer de lui, de le laisser seul pour toujours. Géronimo, alors, comprendrait son injustice, il saurait alors ce que c'est que d'être dupé, volé, abandonné et misérable. Et lui, qu'allait-il entreprendre ? Mon Dieu, il n'était pas encore vieux, il trouverait au moins à se placer quelque part comme valet de ferme. Mais tandis que ces pensées lui traversaient l'esprit, ses yeux restaient fixement attachés sur le visage de son frère. Et il le vit soudain devant lui, seul, assis sur une pierre au bord d'une route ensoleillée, ses grands yeux blancs levés vers le ciel, dont la lumière ne pouvait plus l'aveugler, tandis que ses mains sondaient vainement les ténèbres qui l'enveloppaient. Alors il sentit que non seulement l'aveugle n'avait que lui au monde, il comprit que lui-même ne saurait se passer de son frère, que l'amour qu'il lui portait avait été toute sa vie. Mais pour la première fois il se rendit compte aussi que seule la certitude de la réciprocité de cet amour, du pardon de l'aveugle, avait été capable de lui faire supporter sa misère avec autant de patience. Il ne pouvait pas d'un seul coup renoncer à cet espoir. Il avait besoin de son frère autant que son frère avait besoin de lui. Il ne voulait, il ne pouvait pas le quitter. Dès lors, il lui fallait supporter cette méfiance ou trouver le moyen de prouver l'insanité de son soupçon à l'aveugle... Ah! s'il pouvait se procurer une pièce d'or! Si le lendemain il pouvait dire à son frère : «Je l'ai gardée pour que tu ne la dépenses pas à boire avec ces gens-là, pour qu'on ne te la vole pas»... ou n'importe quoi de ce genre...

Des pas se rapprochèrent de l'escalier de bois; les voyageurs montaient se coucher. L'idée d'aller frapper à leur porte, de leur raconter les incidents de la journée en leur demandant vingt francs, traversa son esprit. Mais il y renonça aussitôt : cela ne servirait à rien! On ne le croirait même pas. Et il se souvint combien le jeune homme pâle avait eu l'air effrayé en voyant surgir sa silhouette devant la voiture dans l'obscurité.

Il s'étendit sur sa paillasse. La nuit était complète. Il entendit les pas lourds des ouvriers qui, descendant les marches de bois, s'éloignaient en causant. Peu après, les deux portes cochères furent fermées. Le palefrenier passa encore une fois dans l'escalier et le silence se fit. Carlo n'entendait plus que les ronflements de Géronimo. Bientôt ses pensées devinrent confuses et il se mit à rêver. Quand il se réveilla, les ténèbres de la nuit l'entouraient toujours. Des yeux il chercha l'endroit de la fenêtre; faisant un effort il distingua un carré gris foncé dans le noir uniforme. Géronimo dormait encore du sommeil lourd des ivrognes. Carlo pensa à la journée qui s'annonçait, et il frissonna. Il entrevit ce jour, la nuit qui suivrait, le surlendemain encore, et l'avenir qui était le sien, et l'épouvante le saisit en songeant à la solitude qui l'attendait. Pourquoi n'avait-il pas été plus courageux la veille au soir? Pourquoi n'avait-il pas été trouver ces étrangers pour leur demander vingt francs? Peut-être auraient-ils eu pitié de lui, malgré tout. Mais qui sait... d'un autre côté il valait mieux qu'il ne l'ait pas fait. Oui, mais pourquoi cela valait-il mieux?... Il s'assit d'un bond et sentit battre son cœur. Il savait pourquoi cela valait mieux : s'ils lui avaient refusé, il serait resté suspect à leurs yeux, tandis qu'ainsi... Il regarda fixement la tache grise qui commençait à blanchir... La pensée qui venait comme malgré lui de traverser son esprit, était une chose impraticable, complètement impossible!... La porte de la chambre était certainement verrouillée... et puis, ils se réveilleraient sans doute... Et la tache grise là-bas... qui progressivement devenait lumineuse, c'était le jour naissant — — —

Carlo, comme attiré vers la fenêtre, se leva et posa son front contre la vitre froide. Pourquoi s'était-il donc levé? Pour réfléchir?... Pour tenter l'aventure?... Mais quoi?... Il savait bien que c'était impossible... et, de plus, c'était un crime. Un crime? Que signifiaient vingt francs, après tout, pour des gens qui entreprennent des voyages aussi lointains, rien que pour le plaisir ? Ils ne s'apercevraient même pas de la disparition de cette somme... Il s'approcha de la porte et l'ouvrit doucement. À trois pas de lui se trouvait l'autre porte, fermée, naturellement. À un clou enfoncé dans le mur étaient suspendus des vêtements. Carlo les palpa... Ah ! si les gens avaient l'habitude de laisser leurs porte-monnaie dans leurs poches, la vie en serait simplifiée, personne n'aurait plus besoin d'aller mendier... Mais les poches étaient vides. Que faire ? Il n'avait plus qu'à retourner d'où il venait, à regagner sa paillasse. Peut-être y avait-il un meilleur moyen de se procurer vingt francs... un moyen moins dangereux et plus loyal... S'il essayait de mettre effectivement de côté quelques centesimi, chaque fois qu'on lui faisait l'aumône, jusqu'à ce qu'il ait réuni vingt francs, pour acheter un louis d'or... Mais que ce serait long... cela demanderait des mois... une année peut-être. Allons, du courage ! Il se tenait toujours dans le couloir. Il regardait la porte en face de lui... Quel était ce rai clair, qui semblait tomber verticalement du haut de la porte, sur le sol ? Serait-ce possible ? La porte était-elle seulement poussée, et non fermée ?... Et pourquoi donc s'en étonnerait-il ? Il y avait des mois que cette porte ne fermait plus. C'eût été inutile, d'ailleurs. La chambre n'avait été occupée qu'à trois reprises durant tout l'été, il s'en souvenait : deux fois par des compagnons de passage, et une fois par un touriste qui s'était démis le pied. La porte ne ferme pas... il ne lui faut qu'un peu de courage... et de la veine, oui ! Du courage ? Le pire qui puisse lui arriver, c'est que les dormeurs se réveillent, et il pourra toujours trouver une excuse ! Par l'entrebâillement, il glisse un regard dans la chambre. Dans la pénombre il distingue seulement les deux silhouettes des voyageurs étendus sur les lits. Il prête l'oreille : leur respiration à tous deux est régulière. Doucement Carlo pousse la porte et avance, pieds nus, sans le moindre bruit. Les deux lits sont alignés le long du mur qui fait face à la fenêtre ; Carlo se glisse vers la table, au milieu de la pièce ; à tâtons il reconnaît posés dessus un trousseau de clefs, un canif, un petit livre... rien de plus... Évidemment !... Comment avait-il pu penser qu'ils auraient mis leur argent sur cette table ?... Il n'a plus qu'à s'en retourner... il suffirait d'un geste adroit, et il aurait réussi... Il s'approche du lit près de la porte ; là, sur la chaise se trouve quelque chose — il avance la main — c'est un revolver... Carlo tressaille... Ne devrait-il pas s'en emparer ? Pourquoi cet homme a-t-il mis son arme en évidence ? S'il se réveille et le voit... Qu'importe ! Il dirait : Monsieur, levez-vous, il est trois heures du matin !... Et il laisse le revolver à sa place.

Il continue ses investigations dans la pièce. Sur l'autre chaise, voici… sous le linge… Seigneur!… le voilà!… un porte-monnaie… il le saisit, le tient dans sa main!… À cet instant, un craquement se fait entendre. Vivement Carlo s'étend au pied du lit par terre… Un second craquement… une respiration sonore… un léger toussotement — puis le silence à nouveau, un silence profond. Carlo, qui tient le porte-monnaie, reste étendu, immobile. Rien ne bouge plus. Déjà l'aube blanchit un peu la pièce. Carlo n'ose se lever, il avance en rampant vers la porte assez largement ouverte pour lui livrer passage, et se traîne jusque dans le couloir; alors il se relève lentement, reprend longuement haleine. Il ouvre le porte-monnaie; il y a trois compartiments : à droite et à gauche se trouvent quelques menues pièces d'argent. Puis Carlo ouvre celui du milieu, muni d'un petit fermoir et palpe trois pièces de vingt francs. Il songe bien d'abord à en prendre deux, mais il repousse la tentation, ne garde qu'une pièce d'or et referme le tout. À genoux maintenant, il regarde encore une fois à travers la porte entrouverte de la mansarde redevenue silencieuse, et d'un geste brusque, il envoie rouler la bourse jusque sous le second lit. Quand le voyageur se réveillera, il croira qu'elle est tombée de la chaise et qu'elle a glissé là. Lentement Carlo se relève. Soudain on entend un léger craquement et une voix dans la pièce demande aussitôt : « Qu'est-ce que c'est? Qu'y a-t-il?

Retenant son souffle, Carlo recule de quelques pas et se glisse dans sa propre mansarde. Il est en sûreté, il tend l'oreille… Encore une fois il entend craquer le lit, puis le silence se rétablit. Entre deux doigts il tient la pièce d'or. C'est gagné!… gagné! Il les a, ses vingt francs, et il pourra dire à son frère : « Tu vois que je ne suis pas un voleur! » Ils se mettront en route dès le jour même… ils se dirigeront vers le Sud, vers Bormio, puis à travers la Valteline… vers Tirano… vers Edole… vers Breno… jusqu'au lac d'Iseo[1], comme l'an dernier… Personne ne pourra prendre ombrage de ce brusque départ puisque l'avant-veille déjà il avait dit à l'aubergiste : « Nous allons redescendre dans quelques jours ».

La nuit se dissipe, la mansarde est baignée d'une lumière grise. Si seulement Géronimo pouvait bientôt se réveiller! On marche si bien, le matin de bonne heure! Ils se mettront en route dès l'aube. Partir, partir vite, après un bonjour rapide à l'aubergiste, au palefrenier, et aussi à Maria… Et c'est seulement quand ils auront bien marché pendant deux heures et qu'ils approcheront de la vallée, qu'il parlera à Géronimo.

Géronimo s'agite, s'étire. Carlo l'interpelle : « Géronimo!

— Qu'y a-t-il donc? » S'aidant de ses deux mains, il s'assied.

« Levons-nous, Géronimo !

— Pourquoi ? » Et il braque ses yeux morts sur le visage de son frère. Carlo sait que l'aveugle se souvient peu à peu des incidents de la veille, mais il sait aussi qu'il n'en reparlera que plus tard, lorsqu'il sera de nouveau gris.

« Il fait froid, Géronimo, nous allons nous mettre en route ; la belle saison est passée, partons ! Nous serons à Boladore[1] vers midi. »

Géronimo se leva. On entendait de toutes parts les rumeurs familières du réveil. En bas dans la cour, l'aubergiste parlait au palefrenier. Carlo s'habilla et descendit. Il était toujours éveillé dès l'aube, et se promenait souvent sur la route, avant que le soleil se levât. Il s'approcha de l'aubergiste et lui dit : « Nous allons vous dire au revoir.

— Ah, vous partez dès aujourd'hui ? demanda celui-ci.

— Oui, il fait trop froid dans votre cour, et le vent qui souffle nous transperce.

— Alors dis bien des choses de ma part à Baldetti, quand tu seras à Bormio, et qu'il n'oublie pas de m'envoyer l'huile promise.

— Je lui ferai la commission. D'ailleurs… voici le gîte de cette nuit. » Il chercha dans sa poche.

« Ça va, Carlo, reprit l'aubergiste. Ces vingt centesimi seront pour ton frère, je l'ai écouté chanter, moi aussi. Au revoir.

— Merci, dit Carlo ; du reste nous te reverrons tout à l'heure quand tu reviendras des cabanes. Nous ne sommes pas si pressés que ça et Bormio ne changera pas de place, pas vrai ? » Il éclata de rire et remonta l'escalier de bois.

Géronimo se tenait au milieu de la mansarde : « Eh bien, je suis prêt à partir, dit-il.

— Tout de suite ! » répliqua Carlo.

Il sortit leurs quelques effets d'une vieille commode, dans un coin de la pièce, et en fit bien vite un balluchon. Puis il dit : « C'est une belle journée, mais très froide. »

L'aveugle acquiesça : « Oui, je sais. » Tous deux quittèrent la mansarde. « Doucement, fit Carlo ; les deux voyageurs, arrivés d'hier soir, dorment encore. » Ils descendirent silencieusement. « L'aubergiste m'a chargé de te souhaiter le bonjour, reprit Carlo. Il nous a fait cadeau des vingt centesimi pour la nuit. Il est du côté des cabanes et ne reviendra que dans deux heures. On le reverra de toute façon l'année prochaine. »

Géronimo ne souffla mot. Ils prirent la grand-route qui s'étendait devant eux dans le jour naissant. Carlo prit le bras gauche de son frère, et tous deux descendirent silencieusement vers la vallée. Au bout de quelque temps de marche ils arrivèrent à l'endroit où la route se mettait à faire de grands lacets. Le brouillard s'élevait tout autour d'eux et les cimes des montagnes semblaient enserrées par les nuages. Je vais le lui dire maintenant, pensa Carlo.

Mais sans proférer une parole, il tira la pièce d'or de sa poche et la tendit à son frère ; celui-ci la prit entre deux doigts de la main droite, la porta à sa joue, à son front, puis il hocha la tête : « Je le savais bien, dit-il.

— Oui, oui, balbutia Carlo, regardant Géronimo avec surprise.

— Je l'aurais su, même si l'étranger ne m'avait rien dit.

— Oui, oui, répéta Carlo, interloqué. Mais tu comprends pourquoi je n'ai pas voulu, là-haut, devant tout le monde... j'avais peur que tu ne gaspilles le tout, d'un seul coup — — Et puis, Géronimo, je trouve qu'il serait temps de t'acheter un manteau neuf, une chemise et des bottines. Voilà pourquoi j'ai... »

L'aveugle secoua violemment la tête. « Pour quoi faire ? » Il passa la main sur son manteau : « Il est assez bon, il est bien assez chaud ; et nous allons dans le Midi, maintenant. »

Carlo ne comprenait pas que Géronimo ne paraisse pas content, qu'il ne s'excuse même pas. Il poursuivit : « Voyons, Géronimo, dis-moi que j'avais raison. Pourquoi cela ne te fait-il aucun plaisir ? Nous l'avons, ta pièce d'or, nous l'avons tout entière. Si je t'avais dit la vérité là-haut, qui sait... Non, il valait mieux que je ne te le dise pas... c'est certain !

— Cesse de mentir, Carlo, j'en ai assez », cria Géronimo.

Carlo s'arrêta et lâcha le bras de son frère : « Je ne mens pas.

— Mais je le sais que tu mens !... Tu mens toujours !... tu m'as menti cent fois, déjà !... Tu voulais tout garder pour toi, mais tu as eu peur, c'est tout ! »

Carlo baissa la tête sans répondre. Il reprit le bras de l'aveugle et se remit en route avec lui. Les paroles de Géronimo lui faisaient de la peine ; mais il s'étonnait de ne pas en être davantage bouleversé.

Le brouillard se dissipait. Ce fut Géronimo qui rompit le silence après quelque temps : « Il commence à faire chaud. » Ce fut dit avec la même indifférence, le même naturel que si rien ne s'était passé, et Carlo comprit que pour Géronimo, en effet, rien n'était changé. Géronimo l'avait toujours pris pour un voleur.

« As-tu déjà faim ? » demanda-t-il.

Géronimo fit oui de la tête, prit un morceau de pain et de fromage dans la poche de son veston, et se mit à manger. Ils marchaient toujours.

La diligence amenant le courrier de Bormio les croisa ; le cocher leur cria : « Vous redescendez déjà ? » Puis il y eut d'autres voitures, qui toutes montaient.

« Voici l'air de la vallée », dit Géronimo, et au même instant, à un brusque tournant de la route, la Valteline apparut à leur pieds.

Rien n'est changé… en vérité, pensa Carlo… Voilà que j'ai même volé pour lui… et c'est peine perdue, là aussi.

Le brouillard se dissipait en contrebas, les rayons du soleil y perçaient des trouées. Carlo continuait à réfléchir : “Au fond, avait-il été prudent de quitter l'auberge si vite ?… Le porte-monnaie sous le lit, voilà qui peut paraître suspect…” Mais comme tout cela était indifférent ! Que pouvait-il désormais lui arriver de pire ? Son frère, qui par sa faute avait perdu la vue, se croyait trompé par lui ; et en outre il le croyait depuis des années et il le croirait toujours… dès lors, que pouvait-il donc lui arriver de grave ?

À leurs pieds se trouvait l'hôtel, grande bâtisse blanche baignée par le soleil matinal, et un peu plus bas, dans le creux où la vallée commence à s'élargir, s'étend le village, tout en longueur. Ils marchaient, silencieux tous deux, sans que la main de Carlo ne quittât un instant le bras de l'aveugle. En passant à côté du parc de l'hôtel, Carlo vit sur la terrasse les voyageurs qui, vêtus de couleurs claires, prenaient leur petit déjeuner. « Où veux-tu faire halte ? demanda Carlo.

— Au bistro de l'Aigle, comme toujours. »

Arrivés au cabaret, à l'autre bout du village, ils y entrèrent et, après s'être installés, se firent apporter du vin.

« Que faites-vous si tôt chez nous ? » leur demanda l'aubergiste. Cette question parut un peu inquiétante à Carlo. « Mais la saison est déjà avancée, ne sommes-nous pas le dix ou le onze septembre ?

— L'année dernière, vous nous êtes arrivés bien plus tard, je suis sûr !

— Il faisait froid là-haut, répondit Carlo. Et cette nuit, nous avons gelé. À propos, je suis chargé de te rappeler l'huile que tu dois envoyer là-haut. »

L'air dans ce cabaret était lourd, irrespirable. Carlo fut pris d'une étrange inquiétude ; il eût voulu se retrouver en plein air, sur la grand-route qui menait à Tirano, à Edole, vers le lac d'Iseo, et plus loin encore ! Brusquement il se leva.

« Nous repartons déjà ? interrogea Géronimo.

— Oui, puisque nous voulons être à Boladore à midi. Nous

mangerons à l'auberge du Cerf, qui est aussi le relais des voitures ; c'est un bon endroit. »

Ils partirent. Le coiffeur Benozzi, fumant debout devant sa boutique, leur cria : « Hé bonjour ! Que se passe-t-il là-haut ? Il a dû neiger cette nuit !

— Oui, oui », répondit Carlo en accélérant le pas.

Laissant le village derrière eux, ils marchèrent sur la route qui s'étirait toute blanche le long du torrent, entre les prairies et les vignobles. Le ciel bleu était calme. "Pourquoi ai-je fait cela ?" songea Carlo. Il glissa un coup d'œil furtif vers l'aveugle. "Est-ce que son visage a changé, au fond ? Il a toujours cru ça… tous ces jours où j'ai été seul… puisqu'il n'a jamais cessé de me détester." Et il lui semblait qu'un lourd fardeau pesait sur ses épaules, qu'il ne pourrait jamais s'en débarrasser, et qu'il marchait dans la même nuit que Géronimo à côté de lui, tandis que le soleil brillait sur tous les chemins.

Ils allaient toujours, ils marchèrent sans arrêt pendant des heures. Géronimo, de temps en temps, s'asseyait sur une borne ; parfois ils s'appuyaient tous les deux au garde-fou d'un pont, pour se reposer. Ils traversèrent encore un village. Des voitures stationnaient devant une auberge, et les voyageurs, descendus, faisaient les cent pas ; mais les deux vagabonds ne s'arrêtèrent pas. Ils se retrouvèrent bientôt sur la grand-route. Le soleil montait dans le ciel ; midi ne devait pas être loin. C'était une journée comme tant d'autres !

« La tour de Boladore », dit Géronimo. Carlo leva les yeux. Il s'étonna de la précision avec laquelle Géronimo évaluait les distances : en effet, la tour de Boladore se dessinait à l'horizon. D'assez loin il vit quelqu'un qui se dirigeait vers eux. Carlo crut remarquer, qu'assise sur le bord de la route, cette personne s'était soudain levée en les apercevant. La silhouette se rapprochait et Carlo reconnut un gendarme comme ils en rencontraient souvent sur la route. Pourtant Carlo tressaillit légèrement. Mais son inquiétude se dissipa bientôt lorsqu'il reconnut Pietro Tenelli ; encore en mai dernier, les deux mendiants avaient bu un coup avec lui chez Ragazzi, l'aubergiste de Morignone, et le gendarme leur avait raconté l'histoire effrayante d'un bandit qui avait failli le poignarder.

« Il y a quelqu'un qui vient de s'arrêter, dit Géronimo.

— C'est Tenelli, le gendarme », répondit Carlo.

Maintenant, ils arrivaient juste à sa hauteur.

« Bonjour, monsieur Tenelli, dit Carlo en s'arrêtant devant celui-ci.

— Je ne puis faire autrement, dit le gendarme, que de vous emmener provisoirement tous les deux au poste de Boladore.

— Hein ? » cria l'aveugle.

Carlo pâlit : "Comment est-ce possible ? pensa-t-il. Mais non, il ne peut pas s'agir de cela, personne encore ne s'en doute ici."

« Boladore semble être sur votre route, poursuivit en riant le gendarme, et vous ne verrez pas d'objections à ce que je vous accompagne.

— Pourquoi ne dis-tu rien, Carlo ? demanda Géronimo.

— Mais si, attends un peu... Pardon, monsieur le gendarme, comment est-il possible... que nous veut-on... ou plutôt que me veut-on... vraiment, je ne comprends pas...

— Je n'y puis rien. Peut-être es-tu innocent. Moi je ne sais pas. La gendarmerie de Boladore a reçu ordre par dépêche de vous arrêter, parce que l'on vous soupçonne d'avoir dérobé de l'argent aux voyageurs là-haut... Après tout, il est possible aussi que vous soyez innocents. En route, maintenant !

— Pourquoi ne dis-tu rien, Carlo ? demanda Géronimo.

— Mais si, attends... je vais dire...

— Allons, avancez ! à quoi cela rime-t-il de s'arrêter ainsi sur la route ? Le soleil tape. Nous seront arrivés dans une heure. Allons, plus vite que cela ! »

Carlo mit sa main sur le bras de Géronimo, comme d'habitude, et ils poursuivirent lentement leur route, suivis du gendarme.

« Carlo, pourquoi ne dis-tu rien ? demanda de nouveau Géronimo.

— Mais que veux-tu, Géronimo, que veux-tu que je dise ? Tout cela s'expliquera... je ne sais pas, moi... »

Il pensa un instant : « Faut-il que je lui explique tout avant qu'on nous interroge ?... Pas facile... avec le gendarme qui nous écoute... Qu'importe, après tout ! Puisque je leur dirai la vérité... "Monsieur le juge, dirai-je, ce n'est pas un vol comme un autre. Voici la chose..." » Il chercha les mots qu'il dirait pour expliquer bien clairement la situation : « Un monsieur a passé en voiture hier par le col du Stelvio... un fou sans doute... ou peut-être s'est-il simplement trompé... Bref, cet homme... »

Mais quelle absurdité ! Qui donc le croirait ?... On ne le laissera même pas achever... Personne ne croira jamais cette histoire stupide... Géronimo lui-même ne la croit pas... Et il le regarda du coin de l'œil. Selon son habitude, l'aveugle rythmait son pas d'un mouvement cadencé de la tête, mais son visage était impassible et ses yeux vides erraient dans l'espace... Carlo crut soudain lire clairement les pensées qui s'agitaient derrière ce front... "Eh bien, voilà donc ce que c'est, devait se dire Géronimo... Carlo ne vole pas que moi, il vole aussi les autres... Eh bien, il a de la chance, il a de bons yeux, et il en profite"... Oui, voilà ce que Géronimo devait penser... Et aussi : le fait que l'on ne trouvera pas d'argent sur moi ne me disculpera pas... ni devant le juge, ni vis-à-vis de Géronimo. On va m'enfermer, et lui... On l'enfermera aussi, puisque c'est lui qui a la pièce d'or sur lui... Ses idées se brouillèrent, tant son trouble était grand. Il lui sembla qu'il ne comprenait plus rien à toute cette affaire ; il ne savait plus qu'une chose : il eût volontiers subi un an... ou même dix ans de prison, pourvu que Géronimo sût enfin qu'il n'avait volé que pour l'amour de lui.

Et soudain Géronimo fit halte, forçant ainsi Carlo à s'arrêter aussi.

« Qu'y a-t-il donc ? questionna le gendarme, mécontent. En avant, en avant ! » Mais il vit avec étonnement que l'aveugle, qui avait laissé choir sa guitare, levait les bras, cherchant son frère en tâtonnant. Avant que Carlo ait eu le temps de comprendre, il lui saisit la tête de ses deux mains, approcha sa bouche de la sienne et l'embrassa. « Ma parole, vous perdez la tête, cria le gendarme. Allons, dépêchons-nous ; je n'ai pas envie d'être grillé par le soleil. »

Géronimo ramassa sa guitare sans mot dire. Carlo respira profondément et posa sa main sur le bras de l'aveugle. Était-ce donc possible ? Son frère ne lui en voulait-il plus ? Avait-il peut-être compris... ? Il le regarda d'un air dubitatif.

« En avant ! » vociféra le gendarme. Ça y est-il à la fin ? » Et il allongea une bourrade dans le dos de Carlo.

Et Carlo, guidant l'aveugle d'une pression ferme de la main, repartit plus allégrement qu'auparavant. Il accélérait le pas. C'est qu'il avait vu sourire Géronimo, avec une expression de bonté, de bonheur, qu'il ne lui connaissait plus depuis sa tendre enfance. Et Carlo sourit à son tour. Que pouvait-il lui arriver de fâcheux à présent ?... Ni devant le tribunal, ni dans le monde entier. — Il avait retrouvé son frère... Non, il l'avait enfin trouvé...

Traduction révisée par Brigitte Vergne-Cain et Gérard Rudent.

LÉGENDE

Fragment

Ce récit est resté inachevé : c'est un vrai fragment ! On le publia cependant en 1932 dans le recueil posthume intitulé La Petite Comédie. *Le texte rédigé par Schnitzler était accompagné d'un plan pour des développements possibles.*

Comme son titre l'indique, Légende *peut être classé parmi les «paraboles». L'action se déroule dans une Inde intemporelle. C'est l'histoire de la détresse humaine. La première esquisse remonte au 9 novembre 1894. Elle est inspirée à Schnitzler par la ville montagnarde de Mariazell. Le premier titre était :* Vers Mariazell (Gegen Mariazell). *Il est peut-être né de la rêverie d'un excursionniste... Assez bizarrement, Schnitzler note que la petite église dévore la grosse ville toute-puissante, à moins que ce ne soit l'inverse ! C'est tout le ressort du récit : les temples noirs se multiplient autour du sanctuaire blanc ; les temples brûlent, les temples se font la guerre...*

Schnitzler mentionne à deux reprises dans son Journal *qu'il a relu son récit, le 3 novembre 1904 et le 2 mars 1907. Il le trouve lourd ; il n'en éprouve aucune satisfaction. C'est précisément à propos de* Légende, *de* La Suivante *(voir la notice, p. 484) et de* La Prédiction *qu'il exprime la crainte de n'être pas un artiste, mais seulement un témoin de son temps.*

Cela fournit une interprétation possible de ce texte avorté : s'y exprimerait au fond l'esprit juif libéral d'un médecin viennois, préoccupé par les superstitions populaires, grosses de désordres aussi stupides que cruels. Encore qu'inachevée, cette Légende *ne laisse pas d'être assez prenante par son témoignage pessimiste sur l'Autriche contemporaine : le Salzkammergut est une région délicieuse, mais où l'idolâtrie sévit toujours. Dans la suite envisagée par Schnitzler, les bûchers s'allumaient et s'éteignaient avec une régularité sinistre...*

Voici tantôt trois mille ans qu'aux Indes le jeune et bien-aimé Prince du pays fut un jour frappé d'un mal cruel, qui le rendit incapable de marcher, de remuer les mains et de faire un mouvement. Les plus célèbres médecins du pays furent appelés en consultation, mais leur art se révéla inutile. Des prières montèrent de tous les temples vers Brahma le très saint, mais la maladie du Prince refusa de céder. Il restait allongé, immobile sur son lit de repos, dans la haute salle du palais ou bien on le portait, par l'escalier aux degrés de marbre, dans le grand parc sous les arbres majestueux duquel on apprêtait sa couche. Et grande était sa tristesse.

Parvint alors au château la nouvelle qu'il existait, à l'extrême sud du pays, une miraculeuse image du très puissant Brahma ; malades et infirmes s'y rendaient en pèlerinage et l'on citait des cas de guérison certaine, même là où ni les médecins ni les prêtres ne pouvaient plus rien. La rumeur parlait ainsi d'aveugles qui avaient recouvré la vue, de sourds qui entendaient à nouveau, de muets qui parlaient, de paralytiques ayant retrouvé l'usage de leurs membres et même de vieillards dont une nouvelle jeunesse avait ranimé le corps décrépit. Aussi le Conseil du Prince, où siégeaient des ministres, des savants et des prêtres, décida-t-il de le supplier d'entreprendre ce pèlerinage. Le Prince accueillit la proposition de meilleure grâce que ses conseillers ne s'y attendaient et, dès le lendemain matin, avec une imposante suite, il se mit en route pour un long et fatigant voyage. Aussitôt, dans la résidence même, puis tout au long du chemin qui passait par de nombreuses villes, une foule de gens d'autres castes qui, déclarés incurables, cheminaient au-devant de cet ultime espoir, se joignirent au cortège princier. Un mois plus tard, le Prince voyait briller au loin le dôme argenté du temple abritant l'image miraculeuse ; le soleil couchant éclairait les tentes blanches dressées tout autour comme un grand campement militaire ; pourtant ce n'étaient que les abris éphémères et mobiles pour les pèlerins, édifiés un soir et démontés le lendemain. À la nuit tombante, le Prince se fit porter au temple à travers leurs longues rangées ; et lorsque sa litière, que l'on avait montée de marche en marche en haut de l'escalier, eut été posée devant l'image miraculeuse, un prêtre et un médecin lui tinrent la tête soulevée, afin qu'il pût tourner avec assurance ses regards fervents vers l'image sacrée. Elle représentait Brahma sous les traits d'un sage vieillard, d'aspect digne et grave, revêtu d'une simple tunique grise, tel que des humains imaginent que ce dieu tout-puissant dût se révéler à leurs yeux. Exécutée sans aucun art, personne ne l'aurait remarquée dans son cadre de bois, parmi les nombreux objets resplendissants et rares que contenait le temple, si, suspendue au-dessus de l'autel principal et comme planant entre ses deux colonnes, elle ne s'était imposée à l'attention du visiteur dès son entrée. Et le Prince dit : « Ô grand Brahma, toi qui as secouru tant d'infortunés, veuille me secourir aussi ! Je vois chacun se montrer ensuite reconnaissant à sa façon… je vois partout des offrandes à ta miséricorde : sous du verre, sur de petits autels, je vois des yeux en cire, des membres en pierre ou en bois, des figurines en métal précieux et enfin de simples feuilles de parchemin suspendues aux murs, sur lesquelles ceux que tu as guéris t'expriment leur gratitude. Chacun, selon sa fortune et son inspiration, t'apporte ainsi un témoignage de sa vénération. Moi, ô grand Brahma, qui suis le souverain de cet immense pays, je veux t'offrir plus que tous les autres. Si tu me rends la santé, je ferai édifier autour de ton temple de pierre à la coupole d'argent un autre temple, colossal et tout en or avec une coupole de pierres précieuses, de telle sorte que ton ancienne demeure ne sera plus qu'un second cadre pour ton image. Secours-moi, grand Brahma ! Rends-moi des membres agiles et forts, afin que je connaisse la joie de vivre et puisse me consacrer avec amour à mes peuples ! »

Sur les indications du grand-prêtre, le Prince répéta cette prière sept fois par jour pendant sept jours. Au soir du septième jour, il prit le chemin du retour. Un mois plus tard, on le ramenait en haut des marches de son palais ; et les jours et les nuits s'écoulèrent comme autrefois. Immobile sur son lit de repos, le Prince restait dans la haute salle ou bien dans son parc, sous les arbres majestueux, et tant qu'il n'ouvrait pas les lèvres pour parler ou qu'un éclair ne s'allumait pas dans ses yeux, il ressemblait à une statue de cire. Personne, dans son entourage, n'osait parler du pèlerinage et le Prince lui aussi semblait vouloir l'oublier, car jamais, depuis son retour, il n'avait proféré un seul mot au sujet de son voyage et de son séjour là-bas, de son espérance et de sa déception. Aussi grande fut la surprise de ses conseillers lorsque, un an exactement après son départ, il donna l'ordre de tout préparer une nouvelle fois. Le cortège se remit en marche dès le lendemain matin, et nombreux furent ceux qui s'y joignirent. Un mois plus tard, la coupole argentée du temple se dressait à nouveau devant leurs yeux au milieu des tentes blanches ; mais au-dessus brillait une lueur rouge, de plus en plus vive à mesure qu'ils approchaient. Ils distinguèrent bientôt une immense flamme s'élevant du sol, au-delà du camp de tentes ; entendirent des cris et des bruits confus, et virent enfin une grande foule qui dansait autour d'un feu. Des estropiés se faisaient porter par des gens aux membres valides, des aveugles sautillaient çà et là en donnant la main à des voyants ; le Prince s'aperçut alors que c'était un bûcher qui flamboyait ainsi et qu'une masse en fusion, ayant encore figure humaine, rougeoyait sombrement dans les flammes où, devenant de plus en plus informe, elle semblait se dissoudre entièrement. Il fit demander à qui était appliqué un si horrible châtiment, et ne tarda pas à apprendre que l'on avait livré aux flammes un malheureux pour avoir osé blasphémer Brahma qui ne l'avait pas secouru. La peine avait été prononcée par le grand-prêtre en personne et les plus infirmes, ceux qui étaient le plus durement atteints par la maladie, avaient eux-mêmes mis le feu aux bûches, croyant s'attirer ainsi la grâce du grand Brahma. Le Prince écouta sans mot dire le récit qu'on lui faisait, puis donna l'ordre de se remettre en route et se fit porter dans le temple devant l'image miraculeuse. Il y dit sa prière comme l'année précédente, sept fois par jour pendant sept jours, selon l'enseignement du grand-prêtre puis, le soir du septième jour, reprit le chemin du retour. Il croisa sur la route impériale beaucoup de pèlerins en marche vers le sanctuaire dont il revenait ; il fit souvent arrêter pour leur demander la raison de leur pèlerinage vers l'image miraculeuse, mais il dut en entendre mille lui répondre qu'ils allaient chercher la guérison, avant d'en trouver un qui était parti pour exprimer sa reconnaissance et y porter une offrande. Revenu dans son palais, le Prince commença de scruter les profondeurs de son âme, recherchant s'il avait jamais consciemment commis une injustice ou un péché dans sa vie. Mais il ne put se souvenir d'aucun. Cependant, ne faisant pas entière confiance à sa mémoire, il convoqua ses conseillers et demanda à chacun d'eux s'il avait connaissance qu'il eût un jour commis un péché ou une injustice ; ils ne purent lui en citer aucun. Se méfiant toutefois de leur sincérité, il annonça partout au sein de son peuple qu'il ferait à tous ceux qui seraient en mesure de se lever pour l'accuser d'une injustice un présent tel qu'ils n'auraient plus à se soucier d'assurer leur existence jusqu'à la fin de leurs jours. Or, nul ne se leva dans le pays, auquel le Prince eût fait la moindre injustice, car c'était le meilleur de tous ceux qui avaient régné jusque-là dans ce pays. Alors le Prince tomba dans une tristesse encore plus grande qu'avant. Il restait allongé jour et nuit, silencieux sur son lit de repos et n'eût été la lumière dans ses yeux, on aurait pu le croire mort, car il ne prononçait plus une parole. Cependant, quand fut proche l'anniversaire du jour où il s'était déjà par deux fois mis en route pour aller implorer sa guérison auprès de l'image miraculeuse, il envoya là-bas des messagers transmettre l'ordre de construire à côté du temple renfermant l'image sainte un autre édifice semblable et de même dimension, mais fait de marbre noir et sans autel, sans image ni ornement d'aucune sorte à l'intérieur. Puis au jour anniversaire de son premier voyage, il partit une troisième fois, et l'on eût dit que la moitié du royaume l'accompagnait. Le Prince s'étonna qu'il y eût tant de misère et tant d'espoir dans son pays. Un mois plus tard, approchant de sa destination, il vit se dresser au loin, à côté de la coupole d'argent, le sombre édifice du temple nouvellement bâti et le ciel, au-dessus d'eux, rougeoyer d'une lueur incandescente. Il aperçut bientôt des flammes, puis constata que de nombreux bûchers étaient allumés devant les tentes et qu'une foule déchaînée dansait et menait un furieux tapage autour de ces brasiers ardents, dans lesquels se consumaient des êtres humains. Le Prince ne posa pas de question, cette fois. Il se fit porter le long des bûchers et des tentes jusqu'au nouveau temple, qui s'élevait juste à côté de l'ancien. Et lorsque l'on eut déposé sa litière sur les dalles nues, entre les murs nus, il adressa au dieu la prière suivante : « Ô Brahma, moi aussi je t'ai imploré ! Pourquoi ne m'as-tu pas secouru ? J'ai été un bon Prince dans toute la mesure de mes forces et de mon savoir, pourquoi me laisses-tu misérablement dépérir, à la fleur de ma jeunesse ? Ô, Brahma, tu ne nous as jamais révélé ce que tu ferais de nous quand nous quitterons notre enveloppe terrestre, jamais non plus pourquoi tu permets si souvent que le juste vive dans la souffrance et l'injuste dans la félicité. Toutefois, puisque tu acceptes la reconnaissance de ceux qui sont heureux sur terre, tu ne peux vouloir que l'on brûle ceux qui doutent de toi. Ô Brahma, je me désespère et je meurs! »

Les yeux du Prince brillèrent encore une fois, puis il poussa un profond soupir et rendit l'âme. Cependant, à peine avait-il prononcé ces paroles, qu'au grand étonnement de l'assistance elles apparurent, inscrites en lettres énormes sur le mur de marbre, face à la grande porte d'entrée. La nouvelle de la mort du Prince et du miracle qui venait de se produire parvint aussitôt aux oreilles de la multitude devant le temple et le grand-prêtre fit son apparition. Debout sur les marches, il expliqua au peuple rassemblé que le Prince avait été un grand blasphémateur et que c'était la raison pour laquelle l'image sacrée ne l'avait pas secouru. Il ordonna que le cadavre du Prince fût emmené et brûlé et, comme les gens savaient qu'un grand-prêtre vivant a plus de pouvoir qu'un Prince mort, ils se turent et laissèrent les prêtres prendre la litière où le Prince était étendu et la déposer sur le parvis du temple. Cependant, ses fidèles serviteurs recueillirent son cadavre et prirent la nuit même le chemin du retour. Sur ces entrefaites, le grand-prêtre ordonna de détruire incontinent le nouveau temple. Mais lorsque les ouvriers chargés d'exécuter son ordre s'en approchèrent, la foule était si nombreuse tout autour, sur les marches et à l'intérieur, qu'ils ne purent se mettre à l'œuvre. Alors le grand-prêtre ordonna de faire évacuer par la force le parvis, les marches et l'intérieur du temple. Mais sa parole avait apparemment perdu de son pouvoir et la foule ne bougea pas. Parmi elle se trouvaient beaucoup de gens qui étaient là pour la deuxième fois au moins et qui avaient imploré en vain l'image sacrée. Et ils murmuraient, sans que personne sût qui avait murmuré le premier : « Nous aussi, nous désespérons et mourons! » Les murmures allèrent s'amplifiant, devinrent des cris et les cris des lamentations que l'on entendait s'élever de toute part, toujours plus loin, jusqu'aux tentes et aux bûchers, et plus loin encore sur la route, au-devant des nouveaux arrivants : « Nous désespérons et mourons! »

Et l'on vit d'un seul coup un grand nombre de malades se précipiter en haut de l'escalier, se frayer un chemin à travers la foule et fixer au mur, avec des pointes de fer, des feuilles de parchemin où étaient consignés l'histoire de leur mal, leurs plaintes et leur désespoir. Avant le lever du soleil, des centaines de ces feuilles étaient fixées au mur. Lorsque le soleil parut, tous les bûchers étaient éteints. Et les prêtres purent entendre les cris de colère et de désespoir recouvrir mille et mille fois les paroles d'humilité et d'imploration, ainsi que les rares expressions de reconnaissance. Avant que sept jours ne se fussent écoulés, il n'y avait plus de place libre dans le nouveau temple pour d'autres feuilles de parchemin. Mais dans ce temple aussi on trouvait des prêtres : c'étaient ceux qui étaient les plus sensibles au malheur d'autrui. Avec une incroyable rapidité et dans le même but, un deuxième temple fut édifié à côté du nouveau, puis trente autres au cours de la même année. En effet, une nouvelle dévotion était née dans le pays où l'on considérait presque comme une loi que non seulement ceux que Brahma avait secourus refissent le pèlerinage afin de le remercier, mais aussi les autres, tous ceux qui n'avaient pas été exaucés ; et s'ils ne pouvaient revenir, étant morts entre-temps, leur famille allait accomplir à leur place les dévotions du désespoir. Il arriva ainsi que chaque année vit de nouveaux temples s'édifier à l'entour et ce fut bientôt une immense cité de temples noirs au milieu de laquelle, comme englouti par cette masse sombre, le sanctuaire primitif continuait d'accueillir les fidèles avec son image miraculeuse de Brahma et son grand-prêtre. Et tandis que s'élèvent, dans les mille temples de marbre noir, les lamentations des humains perdus, abandonnés et désespérés, ceux qui ont été sauvés prient comme autrefois dans le vieux temple de la grâce, louant la bonté et la justice du grand Brahma qui les a secourus, et ignorant les millions de prières vainement adressées autour d'eux à ce même Brahma — ignorant tout de leurs innombrables frères qui se désespèrent et qui meurent…

PLAN DE LA SUITE

Description précise des bûchers.

Lutte entre le malade et le bien-portant.

Les parents des malades.

Le fils du Prince fixe une feuille au mur ou bien fait construire un temple, aux murs duquel ceux qui n'ont pas été exaucés accrochent leurs plaintes.

Meurtre du grand-prêtre. Révolte.

Les paroles du Roi, prononcées à très haute voix, ne s'inscrivent pas sur le mur.

On éteint les bûchers, après que l'on y a brûlé les prêtres.

Tout redevient calme au bout de quelque temps.

L'incendie du temple.

Une année plus tard, l'image miraculeuse est à nouveau là — une nouvelle image, qui opère elle aussi des miracles.

Traduction révisée par Brigitte Vergne-Cain et Gérard Rudent.

UN BIENFAIT N'EST JAMAIS PERDU

Cette nouvelle appartient à la catégorie des «paraboles», ces courts récits qui comportent un message plus ou moins clair. À la manière de Un succès, *l'action est située dans la Vienne de l'époque, et non pas dans un Orient de pure convention comme* Légende.

Le titre définitif fut trouvé par l'auteur en mars 1902, comme le montre clairement son Journal. *En effet, Schnitzler note, le 8 mars 1902 : «J'écris Bettler (Le Mendiant)». Le 22 mars, il désigne sans aucun doute la même nouvelle par un autre mot : «Wohltat» (Bienfait). Tel qu'il est, le titre dit exactement :* Les bienfaits d'un cœur pur et discret... *et pourrait être complété par le vers suivant : ... «sont des morts qui vivent dans leur tombe». Car ces mots sont empruntés à Matthias Claudius (1740-1815) qui avait adopté le pseudonyme de «Messager de Wandsbeck», du nom d'une petite bourgade près de Hambourg, aujourd'hui absorbée par la mégapole, et qui fut aussi le titre du journal qu'il fit paraître entre 1771 et 1775. Ce «Wandsbecker Bote», fils d'un pasteur de campagne, était un homme heureux, simple, modeste et pieux; il aimait les traditions et le solide christianisme de sa province; beaucoup de ses poèmes avaient été mis en chansons, et sa poésie demeurait très vivante dans le peuple.*

Si notre interprétation du récit Légende *est juste, ce titre inspiré par une chanson populaire serait évidemment ironique et ferait allusion aux redoutables progrès des Chrétiens-sociaux, le parti de Karl Lueger, maire de Vienne à partir de 1897. Par une intuition très vive de la situation, Arthur Schnitzler suggère dans ce récit comment le pauvre étudiant, nostalgique de sa paisible campagne, peut se retrouver au poste de police, avec un sourire sur les lèvres ; il est permis d'imaginer qu'il en ressortira bientôt, marchant au pas de l'oie, sous les ordres du sergent de ville cocufié, Engelbert Friedmaier, ce messager de la paix... (dans le récit intitulé* Un succès, *titre non moins ironique). La* vis comica *d'Arthur Schnitzler est toujours présente. Mais ici, le «frondeur» (cf. la notice du* Lieutenant Gustl, *p. 644) est dans une situation très délicate vis-à-vis des mouvements populaires de son temps. On voit bien comment l'écrivain libéral juif, grand-bourgeois, est pris en tenaille entre l'Armée, la Religion et le Peuple. Dans de telles contradictions, l'ironie fournit un refuge classique ; et l'on pourrait songer ici à cet autre «Mendiant», dans le poème en prose de Baudelaire, intitulé* Assommons les pauvres ! *et qui fut jugé impubliable en 1865 par la* Revue nationale. *«Qu'en dis-tu, citoyen Proudhon ?»*

Conformément à ses habitudes, Arthur Schnitzler retravailla plus d'une fois son petit récit. Mais il ne fut jamais publié de son vivant. Avant d'être reprise dans le recueil posthume de La Petite Comédie *en 1932, l'histoire de Franz parut pour la première fois dans le* Neues Wiener Tagblatt, *le 25 décembre 1931. Les temps étaient mûrs...*

Il allait le plus vite possible ; il courait même par moments. Mais c'était en vain — il avait de plus en plus froid. La neige s'était mise à tomber avec le soir, et les rues scintillaient sous les becs de gaz. Que faire ? Il ne pouvait même plus se risquer chez un marchand de gnôle, car il avait dépensé ses derniers sous dans l'après-midi pour boire un café. Et maintenant, après avoir passé la journée à monter et à descendre des escaliers, il avait faim. Une semaine plus tôt, trompé par les effluves d'un printemps prématuré, il avait vendu son gros pardessus et voici que, comme pour mettre un comble à ses misères, un second hiver semblait s'annoncer.

La rue s'élargissait. Franz se trouva bientôt en face d'un grand édifice éclairé par des lampes à arc et dont les immenses fenêtres ruisselaient de lumière. Des voitures s'approchaient lentement du portail en une file ininterrompue, tandis que des piétons arrivaient de tous les côtés, le col de leur manteau relevé, et disparaissaient dans le hall : Franz reconnut la *Sophiensaal*[1]. Un grand garçon dégingandé courait à droite et à gauche, ouvrant les portières et empochant les pourboires.

Franz sentit en lui monter l'envie. S'il avait seulement pu se décider à en faire autant ! Mais ce n'était pas autre chose que de la mendicité. Et il était étudiant… inscrit à l'université. Il songea avec amertume au jour où, il y a quelques mois, à deux doigts du désespoir comme aujourd'hui, il était allé demander de l'aide à l'association des étudiants ; après avoir attendu son tour avec trente ou quarante autres pauvres diables dans un grand vestibule, il avait reçu quelques gulden de la main d'un monsieur portant lunettes, assis derrière une table verte, et, lorsqu'il avait voulu remercier, celui-ci lui avait bel et bien montré la porte avec un : « Ça va, ça va… au suivant ! »

Un jeune homme et une dame passèrent à côté de lui ; ils mangeaient en riant des marrons grillés, comme s'ils trouvaient très drôle de pouvoir grignoter ainsi, alors que d'autres avaient faim. L'odeur monta aux narines de Franz, tentatrice. Il eut très envie de leur arracher tout simplement des mains, les marrons chauds et parfumés, pour les dévorer, et il sentit qu'il ne lui manquait que le courage de le faire. Il serra les dents de rage en pensant au lâche crève-la-faim que la misère avait fait du vaillant garçon qu'il était autrefois. Ah, que n'était-il resté au pays ! Un bon métier manuel ou n'importe quel travail champêtre aurait fait son affaire et il serait aujourd'hui aussi solide et bien portant qu'autrefois, quand il courait par monts et par vaux ou bien restait des heures étendu dans une prairie, à regarder les nuages. Au pays, il aurait gagné honnêtement son pain, d'une manière ou d'une autre, sans être obligé de s'humilier comme ici. Et voilà ce qu'il était devenu !

On dansait à l'intérieur et il lui sembla entendre la musique plus distinctement qu'avant, dans l'air immobile et froid. Il se tenait adossé à un réverbère, les mains dans les poches de son pantalon et claquant des dents, lorsqu'il s'aperçut que quelqu'un le regardait. Un homme en pelisse, jeune, avec une petite moustache, venait lentement vers lui en marchant à pas lourds dans la neige, et s'arrêta lorsqu'il fut à sa hauteur. Rabattant son col de fourrure, il plongea une main gantée de blanc dans sa poche et en sortit sa bourse. Sans le vouloir et même confusément surpris de son geste, Franz tendit la main droite comme pour recevoir l'aumône, en fixant sur le monsieur un regard presque suppliant. Celui-ci cherchait dans son porte-monnaie et, ne trouvant visiblement pas ce qu'il voulait, il hocha légèrement la tête, murmura un « Ah, bah » et tendit à Franz une pièce de dix couronnes. Malgré lui, Franz écarquilla les yeux et ouvrit tout grand la bouche. Une immense joie inonda son âme. Il sut que, dans une minute, il allait pouvoir manger. Et déjà il humait l'odeur du rôti et du pain chaud. Il saisit avec effusion la main du jeune homme… la serra et la porta à ses lèvres. Comme étonné, son bienfaiteur recula d'un pas, parut vouloir lui poser une question puis, se ravisant, traversa rapidement la chaussée, se faufila de l'autre côté entre deux voitures et disparut dans le hall. Franz le suivit des yeux aussi longtemps qu'il put, sentant confusément qu'il ne devait pas oublier la silhouette et l'allure de son sauveur. Puis, pris d'une peur soudaine, il examina de plus près la pièce d'or et poussa un soupir de soulagement en constatant qu'il ne s'était pas trompé. Il courut alors pendant un moment au hasard dans les rues sans penser à sa faim, à sa soif ni au froid. Soudain les fenêtres éclairées d'un modeste restaurant, à un coin de rue, le rappelèrent à la réalité, et il entra.

La salle était presque vide. Quelques personnes d'un certain âge, assises à une table rectangulaire, parlaient à voix haute et ne prêtèrent pas attention au nouvel arrivant. Franz s'assit à une grande table ronde dans le coin opposé, commanda son dîner et se mit à manger et à boire avec avidité et un sentiment de bien-être d'une amère douceur. Quand il eut fini, il repoussa son assiette et se renversa dans sa chaise. Il n'était pas pressé. Il serait toujours rentré assez tôt dans le logis sordide où il avait passé les dernières nuits. De plus, la perspective de devoir sortir et se retrouver dans la neige lui était de plus en plus désagréable.

Il lui sembla que les gens le regardaient. Il devint nerveux et s'agita sur sa chaise. Assis là, à l'abri et au chaud avec les autres, l'estomac satisfait comme eux tous, il avait presque l'impression de n'avoir pas eu toute sa raison au cours des dernières heures. Le souvenir de l'instant où il avait tendu la main d'un geste suppliant lui était pénible, et plus pénible encore celui du geste qui avait suivi… Il avait bien envie de retourner à la *Sophiensaal* et d'attendre la sortie du bal, pour expliquer à son bienfaiteur qu'il n'avait rien à voir avec un mendiant.

Franz paya et sortit. Dans la rue, il fut pris d'un léger vertige et, la pensée de son sinistre hôtel de la *Brigittenau*[1] lui faisant encore plus horreur qu'avant, il entra presque aussitôt dans un café pour boire encore un schnaps.

Ici, l'air de la grande salle basse et presque pleine était enfumé et suffocant, rempli du bruit des boules s'entrechoquant sur les billards, des voix et des rires. Franz avisa une petite table libre près de la dernière fenêtre au fond. Non loin étaient assis deux jeunes gens en habit, en compagnie d'une jolie jeune fille aux yeux foncés et inquiets. Le regard pénétrant que l'un d'eux posa un long moment sur Franz le fit tressaillir, car il avait cru reconnaître l'homme à la pelisse. Son mouvement de frayeur l'irrita. Comme s'il n'avait pas le droit de fréquenter les mêmes lieux que l'autre. Lui qui était sans doute en train de danser avec de belles dames, dans la grande salle brillamment éclairée, tout fier d'avoir fait le bonheur d'un pauvre diable, l'obligeant à une reconnaissance éternelle ! Franz se mordit les lèvres… Ah, s'il lui avait donné dix fois…

cent fois plus!... Alors, oui, il eût été naturel qu'il lui baisât la main! Il aurait pu changer radicalement d'existence, commencer une nouvelle vie et devenir un homme... un homme comme les autres!... Mais une malheureuse pièce d'or!... Il y avait juste de quoi lui faire sentir encore plus amèrement sa misère, l'humilier plus profondément qu'il ne l'avait jamais été... Et le souvenir de la scène de tout à l'heure lui fit monter le rouge de la honte aux joues... Il souhaita voir son bienfaiteur apparaître — il se lèverait, irait se planter devant lui et lui jetterait par terre le reste de son argent...

Franz eut conscience d'avoir attiré sur lui l'attention des trois jeunes gens en face... peut-être, dans son excitation, avait-il parlé à mi-voix. La jeune fille lui tournait le dos, il voyait sa coiffure, un peu en désordre et les fins cheveux fous qui frisaient sur sa nuque. Franz songea à un soir d'été au pays : assis sur un banc sur le chemin du moulin, il avait vu la servante de l'auberge *Zur Grünen Traube*[1] accourir vers lui à travers la prairie, les joues empourprées; à la lumière de la lune, il lui avait semblé qu'elle volait au-dessus de l'herbe haute. C'était la veille de son départ pour la grande ville et, depuis, il n'avait plus tenu de femme dans ses bras. Envahi par une ardente nostalgie au souvenir de cette fille blonde aux joues humides et brûlantes, à laquelle il n'avait plus pensé depuis si longtemps, il eut soudain une envie folle de repartir chez lui à pied, tôt le lendemain matin, par les routes et les collines enneigées.

Brusquement, il vit devant lui une jeune fille pâle et silencieuse portant une corbeille de fleurs : sans le regarder vraiment, elle lui tendit un petit bouquet d'œillets rouges et de résédas. Pris au dépourvu, il saisit machinalement les fleurs et les posa devant lui; pendant qu'il cherchait vingt sous, la jeune fille reprit le bouquet sur la table et le lui passa à la boutonnière, toujours silencieuse et l'air inexpressif, comme si elle pensait à tout autre chose. Franz avait enfin sorti une pièce de son porte-monnaie; c'était une couronne, mais il n'osa pas se remettre à chercher et il la donna à la petite fleuriste. Elle eut un faible sourire et Franz se rendit compte quelle devait être beaucoup plus âgée qu'il ne l'avait cru. «Grand merci, monsieur!» lui dit-elle en s'éloignant. Le son de cette voix le fit tressaillir... Et quand il jeta un coup d'œil aux autres tables, il lui sembla que tous le regardaient maintenant avec une certaine considération évidente et tranquille. Alors, prenant involontairement une allure plus dégagée, il fit signe au garçon, commanda des cigarettes. Puis il en alluma une et sortit.

Il neigeait toujours et les rues par lesquelles il allait maintenant étaient désertes. Il ne sentait plus le froid, mais le sol vacillait un peu sous ses pieds.

Une idée séduisante lui traversa l'esprit. Il frissonna… s'arrêta un instant. Puis il se remit en marche, avançant d'un pas lourd dans la neige comme l'homme à la pelisse, dont il paraissait prendre un certain plaisir à imiter la démarche…

Deux femmes venaient à sa rencontre dans une rue très étroite ; l'une d'entre elles se cachait le visage derrière un manchon. Lorsqu'elle fut en face de Franz, elle baissa le bras, découvrant un visage rieur. Franz la fixa du regard. L'autre continuait son chemin comme si elle avait renoncé dès le début. La femme au manchon, s'emparant de son petit bouquet, se pressa contre Franz. «Je n'ai pas le temps», fit-il, très gêné. «Qu'as-tu d'autre à faire, à cette heure de la nuit ? Allons, viens, j'habite tout de suite là !» Et elle tira résolument la sonnette, tout en fredonnant une rengaine à la mode et en regardant Franz d'un air réjoui. Lui, ne bougeait pas… La porte s'ouvrit et se referma aussitôt sur eux.

Petite et basse, la chambre où il pénétra avec elle sentait le pétrole : une lampe, posée sur le rebord de la fenêtre, jetait une faible lueur. Franz pensa derechef à cette dernière nuit au pays, l'été précédent, toute baignée des frais parfums des prairies et des bois, et il eut envie de s'enfuir. Mais il resta.

Quelque temps plus tard, il sommeillait à son côté…

Il gravissait en rêve le grand escalier d'une somptueuse maison où, dans les premières semaines de son séjour à Vienne, il allait donner des leçons. Deux hommes sur le palier, en haut, ne lui prêtaient pas attention. Soudain une voix stridente retentit derrière eux, comme pour donner un ordre — se tournant alors vers lui, les deux hommes le chassèrent à coups de pied au bas de l'escalier. Mais en bas, assis sur une banquette en velours, le monsieur de la *Sophiensaal* tenait sur ses genoux la petite fleuriste ; ils mangeaient des marrons grillés, et ne reconnurent pas Franz, ce qui le rendit furieux. Il les interpella en criant — mais ils ne l'entendirent pas. Et tous ceux qui passaient par là, des centaines, des milliers de gens, s'esclaffaient et se moquaient de lui. Il voulut alors distribuer des coups autour de lui, mais il était incapable de faire le moindre mouvement…

Il se réveilla en sursaut et se leva. Visiblement tirée d'un profond sommeil, la femme se dressa dans le lit, très mécontente. Elle s'habilla sommairement, enfilant des pantoufles déchirées. Franz dut lui donner presque tout le reste de son argent et partit en hâte.

Trois heures sonnaient à un clocher proche, lorsque la porte cochère se referma bruyamment derrière lui. Franz se rendit tout droit à la *Sophiensaal*. Il fallait qu'il trouve l'homme à la pelisse ; s'il n'y parvenait pas maintenant, il parcourrait la ville en tous sens, jusqu'à ce qu'il le rencontre. Cette affaire n'était pas en ordre, il fallait la régler. Il se sentait aux lèvres comme une douloureuse brûlure. Il avait maintenant l'impression de ne pas avoir baisé la main de ce monsieur en remerciement de ses dix couronnes, mais de tous les misérables et vains plaisirs dans lesquels cet argent s'était dissipé… Les événements de la nuit se brouillaient dans sa tête. D'un seul coup, il comprit de manière parfaitement claire, qu'il se trouvait à nouveau dans un complet dénuement et qu'il ne savait pas, une fois de plus, comment il mangerait le lendemain.

La rue était déserte, et le vent froid du petit matin balayait la neige. Un bistrot ouvrait lorsqu'il passa ; à l'intérieur, une jeune Juive grasse, mal réveillée et pas encore peignée, essuyait le comptoir. Franz entra et, comme par défi envers lui-même et le monde entier, avala un autre verre d'eau-de-vie. Puis il repartit rapidement et, quelques minutes après, il était arrivé. Il se posta tout près du portail et attendit. On dansait toujours à l'intérieur, et les échos de la musique lui parvenaient à travers les vitres qu'ils faisaient doucement vibrer. Ne s'était-il vraiment écoulé qu'une nuit à peine, depuis que… ?

Des voitures vides arrivaient. Des messieurs et des dames, sortant du hall, y montèrent, tandis que d'autres partaient à pied d'un pas pressé. Franz s'étonna lui-même de l'assurance avec laquelle il avait laissé passer certains messieurs, dont les pelisses ressemblaient pourtant à celle de son bienfaiteur. Il était décidé à ne pas quitter la place avant que le dernier invité fût sorti du bâtiment. —

Il attendit.

Soudain, son cœur s'arrêta de battre… C'était Lui… Il franchissait le portail, boutonnait sa pelisse et relevait son col. Fort heureusement, Franz l'avait reconnu à travers la porte vitrée, car ainsi emmitouflé, il était presque méconnaissable ! Les deux mains dans les poches, Franz ne bougeait pas, et l'homme partit de son pas lourd dans la neige, ce qui exaspéra Franz. Il lui barra le passage. « Pardon… ? » fit l'autre en levant les yeux. Puis il parut le reconnaître et sourit.

« Monsieur… », commença Franz, mais sa gorge se noua et il ne put prononcer un mot de plus. Le regard hautain du jeune homme, dans lequel se lisait à la fois le souvenir de son extraordinaire générosité de la veille et un mépris inconscient pour le mendiant qui se tenait devant lui, rendit Franz fou de colère, et ses yeux se mirent à flamboyer. Il sentit une haine indescriptible monter en lui — prenant son élan, il leva la main et donna alors à son bienfaiteur une forte gifle qui fit rouler à terre son haut-de-forme. Épouvanté, le jeune homme resta d'abord la bouche grande ouverte puis, saisissant le bras levé du mendiant, il commença d'appeler les gendarmes. Quelques personnes, qui sortaient du hall, s'arrêtèrent, des cochers accoururent et un sergent de ville arriva tout de suite. «Cet individu est-il fou? criait le bienfaiteur en ramassant son chapeau. Je ferai remarquer — criait-il, tout excité, sans parvenir à conserver la distinction dont il avait fait preuve jusque-là — que j'ai donné hier à ce gaillard une somme énorme... dix couronnes!... oui, dix couronnes!... s'il vous plaît, monsieur l'agent... — puis, remettant son chapeau sur sa tête : ... c'est la première fois qu'il m'arrive une chose pareille!»

Franz le laissait crier, il se sentait très bien et ne disait rien. L'affaire était réglée. Il s'était acquitté de sa dette de reconnaissance. Et, comme délivré d'un poids, un sourire serein aux lèvres, il se laissa conduire au poste.

Traduction révisée par Brigitte Vergne-Cain et Gérard Rudent.

LA CRAVATE VERTE

« Nous qualifions de désagréables les choses tristes auxquelles il n'est pas donné de pouvoir s'abolir dans la beauté. » (Aphorisme). Die grüne Krawatte, *le plus court de tous les récits composés par Schnitzler, fut publié le 25 octobre 1903 dans le* Neues Wiener Journal. *C'est une protestation, enjouée mais très ferme, contre l'intolérance, l'envie, la calomnie...*

Le récit a été écrit le 7 juillet 1901. Cet été-là, Arthur Schnitzler peut paraître aussi heureux de vivre qu'à son ordinaire. Il est dans le Tyrol du Sud, à faire de la bicyclette autour de Welsberg. Depuis le mois de novembre précédent, il est passionnément épris d'Olga Gussmann (qu'il épousera en 1903) ; quant à l'intelligence et au caractère, c'est sans doute la femme la plus remarquable que l'écrivain ait rencontrée ; mais elle est possédée par l'idée de faire carrière comme comédienne, et les relations avec Schnitzler sont déjà très conflictuelles (ils divorceront en 1921). Par ailleurs, l'écrivain est préoccupé par les développements de son « affaire militaire », comme il le note aussi dans son Journal *à la date du 7 août (il s'agit bien sûr des suites de la publication du* Lieutenant Gustl*).*

Cléophas, l'homme à la cravate verte, c'est donc à l'évidence Arthur Schnitzler soi-même, l'homme dont on parle trop ! Il ne supporte plus d'être étiqueté abusivement par des minus : « tous ceux qui ne peuvent se nouer que du fil à coudre autour du cou » ! Nous avons là-dessus des témoignages très éclairants : outre les aphorismes cinglants contre les critiques, toutes sortes de lettres. Par exemple celle qu'il écrit le 7 novembre 1903 à Félix Salten pour protester contre l'article qu'il a signé sur lui — Arthur Schnitzler et La Ronde *— dans l'hebdomadaire viennois* Die Zeit. *L'écrivain ne comprend pas comment son vieil ami Salten a pu le présenter comme un « miniaturiste », voué aux viveurs et aux grisettes, les* süsse Mädel. *Ou bien encore la lettre du 17 avril 1907 au journaliste Hermann Kienzl : « J'ai été successivement étiqueté comme le spécialiste du dialogue, de la süsses Mädel, du duel, de la Renaissance, de la psychologie des profondeurs, du bavardage feuilletonnistique, de la pornographie, du cas médical, des marionnettes, de la mort, du mystère* [...]. *Mais aucun critique ne vous apprendra rien d'essentiel sur moi, que vous ne puissiez trouver dans mes livres. »*

Pourtant, quoi qu'il fît, il était désormais également impossible pour Arthur Schnitzler de ne pas porter de cravate et de ne pas écrire... avec la verte parure du scandale.

Un homme, jeune encore, du nom de Cléophas, vivait retiré dans une maison proche de la ville. L'envie lui vint un beau matin d'aller parmi les hommes. Il se vêtit très correctement selon son habitude, il mit une cravate neuve, de couleur verte, et partit faire un tour au parc. Les gens le saluèrent poliment, en trouvant que sa cravate verte lui allait fort bien et, pendant plusieurs jours, ils parlèrent en termes élogieux de la cravate verte de M. Cléophas. D'aucuns, voulant l'imiter, se mirent à porter comme lui des cravates vertes — elles étaient cependant de moins bonne qualité et nouées avec moins de grâce.

Quand, peu après, M. Cléophas revint se promener dans le parc, il portait un nouveau costume, mais toujours la même cravate verte. Quelques-uns dirent alors, hochant la tête d'un air soucieux : «Encore cette cravate verte!... N'a-t-il donc que celle-là...» D'autres, un peu plus nerveux, s'écrièrent : «Il va faire notre désespoir, avec sa cravate verte!»

Quand M. Cléophas se rendit à nouveau parmi les hommes, il arborait une cravate bleue. Quelques-uns se récrièrent : «Quelle idée l'a pris soudain de venir ici avec une cravate bleue?» Mais les plus nerveux criaient très fort : «Nous avons l'habitude de le voir avec une cravate verte! Allons-nous supporter qu'il en ait aujourd'hui une bleue?» Plus d'un cependant, très malin, déclara : «Oh, il ne nous fera pas croire que cette cravate est bleue! Monsieur Cléophas la porte, donc elle est verte!»

La fois suivante, M. Cléophas, très correctement vêtu selon son habitude, avait une cravate d'un très beau violet. Du plus loin qu'ils le virent, les gens s'exclamèrent, sarcastiques : « Voici l'homme à la cravate verte ! »

Or, il y avait un groupe de gens dont les moyens étaient insuffisants pour leur permettre de se nouer autour du cou autre chose que du fil à coudre. Ils expliquaient que le fil à coudre est la chose du monde la plus élégante et la plus distinguée, et détestaient sans exception tous ceux qui portaient des cravates — et en particulier M. Cléophas, qui était toujours très correctement vêtu et portait des cravates plus belles et mieux nouées que quiconque. Rencontrant un jour M. Cléophas sur son chemin, celui d'entre eux qui parlait le plus fort se mit à crier : « Les gens qui portent une cravate verte sont des débauchés ! » M. Cléophas continua son chemin sans se soucier de lui.

Quand M. Cléophas retourna se promener dans le parc, le bruyant personnage au fil à coudre autour du cou s'écria : « Les gens qui portent une cravate verte sont des voleurs ! » Et beaucoup d'autres crièrent avec lui. Cléophas haussa les épaules et se dit que ceux qui portaient maintenant une cravate verte devaient être tombés bien bas. Lorsqu'il les rencontra pour la troisième fois, la foule tout entière, entraînée par le bruyant personnage avec du fil à coudre autour du cou, cria : « Les gens qui portent une cravate verte sont des assassins ! » Alors Cléophas remarqua que de nombreux regards étaient tournés vers lui. S'étant rappelé avoir également porté à plusieurs reprises des cravates vertes, il s'approcha de l'homme au fil à coudre et lui demanda : « De qui parlez-vous donc ? Serait-ce aussi de moi ?

— Mais, monsieur Cléophas, répondit l'autre, comment pouvez-vous croire... ? Vous ne portez pas de cravate verte, voyons ! » Et il lui serra la main en l'assurant de sa grande considération.

Cléophas salua et s'en alla. Mais lorsqu'il fut à une distance suffisante, l'homme au fil à coudre autour du cou s'écria en battant des mains : « Vous voyez comme il se sent touché ? Qui pourrait encore douter maintenant que Cléophas est un débauché, un voleur et un assassin ?! »

Traduction révisée par Brigitte Vergne-Cain et Gérard Rudent.

L'ÉTRANGÈRE

Cette nouvelle est écrite en mars 1902. Après la fronde sociale, à caractère satirique, Schnitzler revient à la psychologie des profondeurs. Il faut noter encore une fois son acharnement à développer son œuvre, par la pensée, par le travail, par le style, à travers tout son être. Devant cette évidence, on ne dénoncera jamais assez la paresse du public viennois, amis compris, tous ceux qui, dès Anatol *et* Liebelei, *ont étiqueté une fois pour toutes Arthur Schnitzler comme un écrivain-médecin, blasé et sceptique, scandaleux et quelque peu morbide. Schnitzler se sent de plus en plus seul dans son travail d'écrivain, mais profondément attaché à le poursuivre.*

Le 6 mars 1902, il note dans son Journal : *«J'écris Theoderich». Le récit est par là relié à l'Histoire, à l'Art... et au Tourisme. La grande statue de bronze dont il s'agit ici est en effet l'une des plus belles, parmi les vingt-huit qui montent la garde autour du tombeau de l'empereur Maximilien Ier, dans la Hofkirche, la grande église d'Innsbruck. Théodoric le Grand, le Prince de Ravenne, l'Ostrogoth qui épousa l'une des sœurs de Clovis, attire les touristes en foule, «leur guide rouge à la main» (Nagel ou Baedecker?). Mais l'héroïne ne remarque rien, «comme fascinée». On peut donc supposer au départ, chez l'écrivain, un question-*

nement sur cette espèce d'hypnose qui est liée à la contemplation prolongée d'une œuvre d'art. Cela ne peut surprendre de la part de Schnitzler que l'hypnose intéresse très sérieusement depuis 1888. De fait, la suggestion, l'autosuggestion sont des phénomènes mystérieux qui s'observent, hors de l'hypnose médicale, dans les relations amoureuses, dans l'émotion esthétique, et sans doute dans beaucoup de domaines où s'exerce l'influence très forte d'une personne sur une autre…

*En tout cas l'hypnose, le « médio-conscient », le plaisir des rencontres amoureuses, l'attraction ravageuse (sinon toujours fatale) apparaissent très souvent liés dans la vie de Schnitzler… et la « normalité » s'évanouit alors si facilement ! Rien n'est clair là-dedans ; tout est crépusculaire : incertain, redoutable et très excitant. C'est donc sous le titre d'*Âme crépusculaire (Dämmerseele) *que Schnitzler publie sa nouvelle pour la première fois dans la* Neue Freie Presse, *le 18 mai 1902.*

Ce titre est une invention véritable. Sans doute comporte-t-il une coloration néo-romantique ; mais il nous semble qu'il est surtout étroitement lié aux conceptions psychologiques de Schnitzler. Il sera repris, mais au pluriel, pour le recueil de nouvelles édité chez Fischer en 1907 (Le Destin du Baron de Leisenbogh, La Prédiction, La Nouvelle Chanson, L'Étrangère, La Dernière Lettre d'Andreas Thameyer, *dans cet ordre). Cette publication amène l'auteur à rebaptiser sa nouvelle comme* Die Fremde (L'Étrangère, *au sens de « La différente »). Les* Âmes crépusculaires (Dämmerseelen) *connaissent tout de suite un très grand succès : trois tirages se succèdent durant les trois premières semaines. Mais une fois de plus, on va chercher à étiqueter Schnitzler : dans un « prière d'insérer », on présente ces cinq récits comme des variations nouvelles sur des thèmes inspirés par Edgar Poe. L'éditeur Fischer en est responsable ; Schnitzler proteste fermement : il lui demande de renoncer à ces pratiques commerciales qui, en réalité, desservent l'œuvre ; qu'on laisse les lecteurs lire effectivement ; que les critiques professionnels se méprennent comme à leur ordinaire, mais que les éditeurs fassent leur métier ! Schnitzler souhaite qu'un lecteur de bonne foi puisse le lire sans préjugé… et que ses dents claquent vraiment en découvrant que ni lui ni personne n'est jamais maître chez soi…*

Stefan Zweig, entre autres, semble avoir entendu la leçon quand il publie dès le 19 mai 1908, dans la revue Die Neue Rundschau *(Berlin) son* Conte crépusculaire (Geschichte in der Dämmerung). *Mais cette fois, la scène est en Écosse, dans un château… quelque peu hanté. Il est notable cependant que Stefan Zweig tienne à développer la métaphore du crépuscule : « l'ombre s'y infiltre peu à peu, et tous les mots brillants et colorés que ces histoires renferment prennent alors une sonorité pleine et grave, comme s'ils venaient des profondeurs de notre vie. »* (Romans et nouvelles, *La Pochothèque 1991, p. 79). Chez Schnitzler, au contraire, le titre d'*Âmes crépusculaires *nous semble moins métaphorique, et désigner proprement un espace psychique : celui du « médio-conscient ». Mais dans les cinq récits de 1907, ce sont les sujets, plutôt que la forme narrative, qui sont renouvelés.*

Quand Albert se réveilla, à six heures du matin, le lit à côté de lui était vide et sa femme partie. Elle avait placé un billet sur sa table de nuit. Albert tendit le bras pour l'attraper et lut ces mots : « Mon cher ami, je me suis réveillée avant toi. Adieu. Je pars. Je ne sais si je reviendrai. Porte-toi bien. Katharina. »

Laissant retomber la feuille sur la couverture blanche, Albert secoua la tête. Qu'elle revînt aujourd'hui ou non… cela n'avait pas grande importance. Ni le contenu ni le ton du billet ne l'étonnèrent. C'était seulement arrivé un peu plus tôt qu'il ne s'y attendait. En tout, son bonheur avait duré quinze jours. Mais qu'importait ? Il était prêt.

Il se leva lentement, jeta sa robe de chambre sur ses épaules, fit les quelques pas qui le séparaient de la fenêtre et l'ouvrit. La ville d'Innsbruck s'étendait à ses pieds, dans l'air tranquille du matin, et les montagnes dressaient au loin leurs cimes tourmentées dans la lumière bleue. Albert se croisa les bras et considéra le paysage devant lui. Son cœur se serrait à la pensée que toute la prévoyance imaginable, voire une décision prise depuis longtemps, ne pouvaient rendre plus léger un destin accablant ; mais tout au plus permettre de le supporter plus dignement. Il hésita un moment. Que pouvait-il encore attendre, cependant ? Ne valait-il pas mieux en finir tout de suite ? Être ainsi tenaillé par la curiosité, n'était-ce pas déjà faillir à ses résolutions ? Son destin devait s'accomplir. Tout avait déjà été scellé lorsque, dansant avec elle, deux ans auparavant, il avait senti pour la première fois le souffle frais de cette bouche mystérieuse sur sa joue.

Il se rappela être rentré cette nuit-là avec son ami Vincenz. Il ne put s'empêcher de repenser à tout ce que celui-ci lui avait alors raconté ; et il crut entendre à nouveau son avertissement d'alors. Car Vincenz savait beaucoup de choses sur Katharina et sa famille. Le père, colonel d'un régiment d'artillerie élevé au titre de baron pendant la campagne de Bosnie[1], était tombé sous les balles d'un insurgé. Le frère, qui était lieutenant de cavalerie, avait rapidement mangé sa part d'héritage ; la mère avait plus tard sacrifié toute sa fortune pour préserver son fils du pire ; mais en vain, car le jeune officier s'était fait sauter la cervelle peu après. C'est alors que le baron Maassburg, qui passait pour être le fiancé de Katharina, avait cessé ses visites chez eux. On prétendit que cette rupture n'était pas uniquement due à la situation de la famille, dont la pauvreté était désormais déclarée ; il y avait eu cette bizarre scène qui avait eu lieu lors des obsèques. Katharina était tombée en sanglotant dans les bras d'un camarade de son frère, parfaitement inconnu d'elle jusqu'alors, comme s'il eût été son ami ou son fiancé. Un an plus tard, elle s'était prise d'un amour exalté pour le célèbre organiste Banetti. Il quitta Vienne sans qu'elle lui eût parlé une seule fois. Un matin elle raconta à sa mère avoir vu en rêve Banetti entrer dans leur salon, jouer une fugue de Bach au piano, puis tomber à la renverse de son tabouret, raide mort, tandis que le plafond s'ouvrait, livrant passage au piano qui s'envolait dans les airs. Le même jour, on apprenait que Banetti s'était précipité du haut du clocher d'un petit village de Lombardie, et qu'on l'avait retrouvé mort au pied d'une croix du cimetière. Les symptômes d'une neurasthénie, qui s'étaient bientôt manifestés chez Katharina, avaient peu à peu dégénéré en une mélancolie profonde ; seules la ferme opposition de sa mère et sa foi inébranlable dans la guérison de Katharina avaient retenu les médecins de la faire interner. Katharina avait alors passé toute une année, solitaire et muette dans la journée ; mais elle se relevait parfois la nuit pour chanter comme autrefois des chansons naïves. Cependant, au grand étonnement des médecins, son humeur sombre l'avait peu à peu quittée. Katharina paraissait avoir repris plaisir à la vie. Acceptant bientôt les invitations, elle fréquenta d'abord un cercle restreint ; puis le nombre de ses connaissances recommença à s'accroître et, quand Albert la rencontra au bal de la Croix blanche, elle lui parut si calme et si sereine qu'il eut du mal à ajouter foi au récit que lui fit son ami sur le chemin du retour.

Albert von Webeling, qui n'était guère allé dans le monde jusque-là, n'éprouva aucune difficulté, grâce à son nom et à sa situation de secrétaire-adjoint dans un ministère, à se faire inviter dans les milieux que fréquentait Katharina. Chaque nouvelle rencontre fortifia son sentiment pour elle. L'allure toujours simple de la jeune fille, sa grande taille et notamment cette façon incomparable, pour ainsi dire royale, qu'elle avait d'incliner la tête en écoutant son interlocuteur, lui donnaient une distinction toute particulière. Elle parlait peu, et quand elle se trouvait en société, ses yeux semblaient souvent regarder dans un lointain inaccessible aux autres. Elle manifestait assez peu d'intérêt pour les hommes jeunes et s'entretenait plus volontiers avec des messieurs d'âge mûr ayant un nom ou un rang. Un an après qu'Albert eut fait sa connaissance, on la dit une nouvelle fois fiancée, avec le comte Rummingshaus qui revenait d'un voyage d'exploration au Tibet et au Turkestan. Albert prit alors conscience que le jour où Katharina accorderait sa main à un autre serait pour lui le dernier de sa vie ; lui dont l'existence avait été jusqu'à sa trentième année paisible et rangée, comprit d'un seul coup toute la folie d'une violente passion et tous les dangers dans lesquels elle peut précipiter l'homme le plus réfléchi. Il était entièrement persuadé de sa totale insignifiance vis-à-vis de Katharina. Il avait certes des revenus corrects qui lui permettaient de mener une agréable vie de célibataire, mais aucune fortune à attendre de quelque côté que ce fût. Son avenir, s'il était assuré, ne serait certainement jamais brillant. Il était de ceux qui s'habillent avec beaucoup de soin, sans avoir jamais l'air véritablement élégants ; il parlait avec aisance mais sans avoir jamais quelque chose de particulier à dire, et on le voyait toujours avec plaisir, sans qu'il retînt jamais l'attention. Aussi sentait-il à quel point un être extraordinaire et mystérieux comme Katharina, qui lui semblait appartenir à un autre monde, devrait consentir à s'abaisser vers lui, s'il cherchait à obtenir sa main, et combien elle serait en tout cas en droit d'exiger de lui, en contrepartie d'un bonheur qu'il ne méritait pas. Conscient cependant d'être prêt à tous les sacrifices, il pensa devenir peu à peu digne d'elle. Ayant appris un matin que le comte était parti en Galicie sans s'être déclaré, il estima, avec une décision qui lui était inhabituelle, que le moment était venu et se rendit chez Katharina.

Que ce jour lui paraissait lointain, maintenant !

Il revoyait la grande pièce basse au plafond voûté, dans la vieille maison du *Schottenhof*[1], les meubles anciens et soigneusement entretenus, le fauteuil rouge sombre, comme esseulé près de la fenêtre, le piano et la partition ouverts et, sur la table ronde en acajou, l'album de photographies à la couverture de nacre et la coupe de porcelaine en vieux Saxe pour les cartes de visite. Il se souvint d'avoir regardé les gens qui traversaient la grande cour, en bas, sortant de la messe à la *Schottenkirche*[1], juste en face, en ce dimanche des Rameaux. Tandis que les cloches sonnaient, Katharina était entrée avec sa mère, venant de la pièce voisine, et ne s'était pas montrée aussi surprise de sa visite qu'il s'y était attendu. Elle l'avait écouté avec amabilité et avait accepté sa demande sans plus d'émotion que s'il l'eût invitée à un bal. La mère, tranquillement assise dans le coin du canapé, arborait le sourire affable des gens à moitié sourds et portait de temps à autre un petit éventail de soie noire à son oreille. Pendant toute la conversation, dans l'atmosphère de paix dominicale de cette pièce fraîche, Albert eut l'impression d'être survenu dans un endroit qui, longtemps balayé par la tourmente, aspirait à présent de toutes ses forces au calme. Et quand il descendit plus tard l'escalier gris, loin de ressentir la joie que procure un désir enfin exaucé, il avait seulement conscience d'être entré dans une période de sa vie sans doute merveilleuse, mais obscure et incertaine. Allant ensuite, sous le beau ciel de ce dimanche de printemps, par les rues, les jardins et les allées au milieu des passants gais et insouciants, il sentit qu'il ne serait désormais jamais plus comme eux et que son destin venait de prendre une tournure particulière, d'une nature différente.

Il passait maintenant toutes ses soirées dans la pièce au plafond voûté. De temps en temps, Katharina chantait d'une voix agréable mais presque sans aucune expression, des chansons populaires, généralement italiennes, et il l'accompagnait au piano. Puis il restait souvent auprès d'elle, à la fenêtre, s'attardant à regarder la cour silencieuse, où les arbres bourgeonnaient et verdissaient. Quand la journée était belle, ils se rencontraient parfois l'après-midi au jardin du *Belvédère*[2]; en général, elle arrivait longtemps avant lui, s'asseyait et regardait les enfants jouer. En l'apercevant, elle se levait et ils se promenaient au soleil, dans les allées couvertes de gravier. Au début, il lui parlait souvent de son passé, de son adolescence chez ses parents à Graz, de ses années d'études à Vienne et de ses voyages d'été; il s'étonnait alors de l'aspect fantomatique que sa vie prenait à ses propres yeux, chaque fois qu'il essayait de l'évoquer. Mais peut-être cela venait-il aussi du manque d'intérêt total de Katharina pour toutes ces choses. Puis d'étranges incidents se produisirent, sans doute insignifiants, mais qui restèrent toujours inexpliqués. Albert rencontra un jour sa fiancée vers midi, place Saint-Étienne, en compagnie d'un élégant monsieur en habits de deuil, qu'il n'avait jamais vu. Albert s'arrêta, mais Katharina passa en le saluant d'un petit signe de tête plein de froideur et continua son chemin sans se soucier de lui. Albert les suivit un moment, vit l'étranger monter dans une voiture qui l'attendait au coin d'une rue et partir. Katharina rentra chez elle. Quand Albert lui demanda, le soir, qui était cet homme, elle le regarda d'un air surpris, dit un nom polonais qu'il n'avait jamais entendu et se retira dans sa chambre pour le reste de la soirée. Une autre fois, il l'attendit en vain chez elle, toute une soirée. Sur le coup de dix heures, elle apparut enfin, un bouquet de fleurs des champs à la main, et raconta qu'elle avait été à la campagne et qu'elle s'était endormie dans un pré. Puis elle jeta les fleurs par la fenêtre. Un jour, lors d'une exposition à la *Maison des artistes*[1], ils s'arrêtèrent longuement devant un tableau représentant un paysage de montagne vert et désert sous un ciel de nuages blancs. Quelques jours après, elle lui en parla comme d'un endroit où elle était allée autrefois, étant enfant, en compagnie de son frère. Albert crut d'abord qu'elle plaisantait, puis il se rendit compte que ce paysage avait pour ainsi dire pris vie dans sa mémoire. Il sentit alors que son étonnement commençait de faire place à une douloureuse inquiétude. Cependant, plus cet être lui semblait échapper à sa compréhension, plus son amour et son désir se faisaient pressants et désespérés. Il parvenait de temps en temps à la faire parler de sa jeunesse. Mais tout ce qu'elle lui racontait, histoires vécues ou aveux de vagues rêveries, paraissait flotter et se dissoudre dans une clarté diffuse, si bien qu'Albert se demandait lequel de ces souvenirs était resté le plus vivant en elle : l'organiste qui s'était précipité du haut d'un clocher, le jeune duc de Modène qu'elle avait vu un jour passer devant elle à cheval, au Prater, ou l'adolescent peint par Van Dyck que, jeune fille, elle avait contemplé à la *Galerie Lichtenstein*[2]. Ainsi, l'âme occupée de rêveries crépusculaires, semblait-elle toujours glisser au-devant de buts mystérieux, inconnus ou incertains, et Albert pressentait qu'il n'était rien de plus pour elle qu'un danseur offrant son bras pour un tour de valse au cours d'une soirée. Entièrement dépourvu de la force nécessaire pour l'arracher à sa nébuleuse existence, il en sentit bientôt les troublantes émanations commencer à l'engourdir et sa propre manière de penser, voire d'agir, se détacher insensiblement de toutes les obligations de la vie quotidienne. Il fit pour commencer des achats largement au-dessus de ses moyens pour leur futur ménage. Puis il offrit à sa fiancée des bijoux de grande valeur. Et, la veille de leur mariage, il lui acheta la petite maison entourée d'un jardin qu'elle avait admirée au cours d'une promenade dans un faubourg, et lui remit le soir même l'acte de donation par lequel elle en devenait l'unique propriétaire. Elle acceptait tout avec le calme et la sérénité dont elle avait fait montre le jour où il avait demandé sa main. Sans doute le croyait-elle plus riche qu'il n'était. D'abord, il avait naturellement pensé parler avec elle de sa situation. Mais il avait repoussé cet entretien de jour en jour, ne trouvant pas les mots ; finalement toute explication sur le sujet lui était apparu comme inutile. Katharina, en effet, ne parlait jamais de son avenir comme si le chemin en eût été tout tracé devant elle : elle paraissait plutôt continuer à considérer toutes les possibilités ouvertes comme par le passé, et rien dans son comportement ne portait à croire qu'elle se sentît liée physiquement ou moralement. Et c'est ainsi qu'Albert prit un jour clairement conscience que son bonheur serait précaire et de courte durée, et aussi que sa vie perdrait toute signification lorsque Katharina en serait sortie. Ne pouvant plus s'imaginer l'existence sans elle, il était tout à fait résolu à quitter tout simplement ce monde dès qu'il aurait perdu Katharina. Cette certitude fut son unique, mais réel soutien pendant toute cette période de désirs confus et impatients.

Le matin où Albert vint chercher Katharina pour la conduire devant l'autel, elle lui était aussi étrangère que le soir où il l'avait rencontrée. Elle devint sienne sans passion ni répugnance. Ils voyagèrent ensemble, parcourant des montagnes. Ils traversèrent sous le soleil de l'été de larges vallées et des gorges étroites ; ils se promenèrent sur les jolies rives de lacs aux flots enjoués et sur des sentiers qui se perdaient dans les murmures des forêts. Debout l'un à côté de l'autre derrière des croisées, ils plongèrent leurs regards dans les rues paisibles de cités enchanteresses, suivirent des yeux le cours mystérieux de rivières glissant au loin vers les montagnes muettes, au-dessus desquelles se volatilisaient de pâles nuages. Et ils s'entretenaient, comme d'autres jeunes couples, des choses de la vie quotidienne, se promenaient bras dessus bras dessous en s'arrêtant devant les monuments et les devantures, discutaient, souriaient, entrechoquaient leurs verres remplis de vin, puis s'endormaient joue contre joue du sommeil des gens heureux. Pourtant, elle le laissait parfois seul dans le demi-jour blafard d'une chambre d'auberge, où somnolait toute la tristesse d'un univers étranger, sur le banc de pierre d'un jardin au milieu des promeneurs respirant avec délices l'air embaumé, ou dans la grande salle d'un musée, devant le portrait aux couleurs rembrunies d'un lansquenet ou d'une madone, sans qu'il pût jamais savoir dans ces moments-là si Katharina reviendrait ou non. Car, aussi sûr et familier que les battements de son cœur dans sa poitrine, le sentiment l'habitait que rien n'avait changé depuis le premier jour, qu'elle était aussi libre qu'elle l'avait toujours été, tandis qu'il était entièrement tombé sous sa dépendance.

Aussi sa disparition ce matin, après quinze jours de voyage de noces, et son étrange lettre l'avaient-elles ému sans le surprendre vraiment. Il eût pensé l'abaisser et s'abaisser lui-même en faisant des recherches. Qu'elle lui eût été ravie par un caprice, un rêve ou un homme vivant n'avait vraiment aucune importance ; il ne savait rien, mais il lui suffisait de savoir qu'elle n'était plus sienne. Peut-être même n'était-il pas mauvais que l'inévitable se fût aussi rapidement produit. L'achat de la petite maison avait fortement entamé sa fortune, et ils ne pouvaient vivre tous les deux de son modeste traitement. En aucune façon il n'aurait pu parler avec elle d'économies ni d'autres petits soucis quotidiens. L'idée lui vint un instant de prendre congé d'elle. Son regard tomba sur la feuille où elle avait griffonné son adieu, posée sur la couverture du lit. Il envisagea une seconde d'écrire quelques mots au verso. Mais, conscient que Katharina n'y prendrait pas le moindre intérêt, il décida aussitôt de n'en rien faire. Ouvrant alors son sac de voyage, il y prit son petit revolver et se dit qu'il allait sortir de la ville pour accomplir quelque part dans les environs, correctement et sans gêner personne, l'acte qu'il avait prémédité.

Un matin d'été bleu foncé, d'une intense clarté, faisait déjà peser sur la ville une chaleur accablante. Albert sortit de l'hôtel et marcha droit devant lui. À peine avait-il fait une centaine de mètres, qu'il aperçut Katharina. Elle allait à pas lents, son ombrelle de soie grise à la main. Le premier mouvement d'Albert fut de tourner dans une autre rue ; mais une force plus puissante que toutes ses intentions et ses réflexions le poussa à la suivre, afin d'acquérir une certitude à laquelle il avait cru être indifférent une minute plus tôt. Il avait même un peu peur qu'elle pût se retourner et le découvrir. Elle se dirigeait vers le *Hofgarten*[1], et il se tint à une certaine distance derrière elle. À présent, elle arrivait devant la *Hofkirche*[2], dont le portail était grand ouvert. Elle entra. Albert la suivit quelques instants après. Il resta près de l'entrée, là où l'obscurité était la plus profonde ; il vit Katharina s'avancer lentement dans la nef centrale, entre les sombres statues de héros et de reines. Brusquement elle s'arrêta. Albert quitta la place où il attendait, et se glissa, en faisant un grand détour, derrière *le tombeau de l'empereur Maximilien*[3], trônant au milieu de l'église. Katharina se tenait immobile devant *la statue de Théodoric*[4]. Le héros, la main gauche appuyée sur son glaive d'airain, regardait droit devant lui comme du fond de l'éternité. Dans son attitude empreinte d'une auguste lassitude, le héros de bronze semblait conscient de la grandeur aussi bien que de la vanité de ses hauts faits, comme si son orgueil s'abîmait dans la mélancolie. Debout devant le roi des Goths, Katharina contemplait fixement son visage. Au bout d'un moment, Albert se risqua hors de sa cachette. Elle aurait dû entendre ses pas ; mais elle ne se retourna pas, restant à la même place, comme fascinée. Des visiteurs étrangers entrèrent, leur guide rouge à la main, on parla tout à côté d'elle, derrière elle ; mais elle n'entendait pas. À un moment, le silence se rétablit ; Katharina était toujours là, aussi immobile que les statues qui l'entouraient. Un quart d'heure passa, puis un autre. Katharina ne bougeait pas.

Albert s'en alla. Sur le seuil de l'église, il se retourna une dernière fois et vit Katharina s'approcher de la statue et en baiser le pied de bronze. Albert s'éloigna rapidement, un sourire aux lèvres. La pensée qu'il venait d'avoir l'émouvait d'une certaine manière, tout en le réjouissant. Avant de disparaître, il lui restait encore quelque chose à faire pour celle qu'il aimait. Il se dirigea vers un magasin d'objets d'art de la rue de la gare ; il demanda si l'on pouvait lui procurer une reproduction en bronze, grandeur nature, de la statue de Théodoric. Le hasard voulut qu'on en eût une, commandée un mois plus tôt par un lord anglais mort depuis, et dont les héritiers ne voulaient pas. Albert s'enquit du prix. Cela correspondait à peu près au reste de sa fortune. Albert donna son adresse à Vienne et des indications précises sur la façon dont une personne de confiance du magasin devrait la faire placer dans le jardin de la petite maison. Puis il sortit, traversa rapidement la ville et le faubourg de *Wilten*[1] en direction d'*Igls*[2], et il se tira un coup de revolver dans un petit bois, au moment où le soleil, au plus haut de sa course, marquait midi.

Katharina ne revint à Vienne que quelques semaines plus tard. Albert avait déjà été enterré dans le caveau de famille à Graz. Le soir de son arrivée, elle demeura assez longtemps dans le jardin, devant la statue qui se découpait, à un endroit heureusement choisi, sur le fond sombre de grands arbres. Puis elle monta dans sa chambre et écrivit une longue lettre à M. Andrea Geraldini, Vérone, poste restante. C'est en effet sous ce nom que s'était présenté l'homme qui l'avait suivie quand, abandonnant enfin Théodoric le Grand, elle était sortie de la *Hofkirche*, et elle portait un enfant de lui dans son sein. Elle ne sut jamais s'il se nommait vraiment ainsi ; car elle ne reçut pas de réponse.

Traduction révisée par Brigitte Vergne-Cain et Gérard Rudent.

MUSIC-HALL

«Il était beau et élégant comme toujours. Il prit place à ma petite table, en face de moi, avec cette aisance merveilleuse que je lui ai toujours enviée en secret.» Il s'agit d'August von Witte, l'aristocrate noceur, le «Lebemann» si l'on veut, mais surtout un snob de l'espèce d'Anatol.

Von Witte est un personnage qui intéresse Schnitzler puisqu'il le fait apparaître trois fois dans l'ensemble de son œuvre : dans la pièce de théâtre Conte de fée (Das Märchen) *en 1891, dans le récit* L'Apothéose (Der Ehrentag, *1897, cf. la notice p. 434) et dans la présente «esquisse» composée en août et en septembre 1898.*

Cette scène de café viennois fut publiée pour la première fois en 1902 dans la revue Jugend (Jeunesse), *sous le titre d'*Excentric, *orthographié à l'anglaise, en accord avec le sabir des artistes de variétés internationales qui se succèdent auprès de «Mademoiselle Kitty de la Rosière». Ce petit récit fut publié à plusieurs reprises par Schnitzler, en particulier dans le recueil intitulé* La Danseuse grecque, *chez l'éditeur Freund, au* Wiener Verlag. *Mais il ne l'inclut pas dans le recueil du même nom que publia Fischer en 1914, et ne le jugea pas non plus digne de figurer dans ses œuvres complètes. Pourtant, Arthur Schnitzler le lisait volontiers en public, dans un programme qui comportait le plus souvent deux ou trois autres textes :* Le Triple Avertissement *(dans le second volume de cette édition),* Achats de Noël *(pièce de théâtre en un acte, de 1891) et* Les Derniers Masques *(pièce en un acte, de 1901).*

Cette méfiance relative vis-à-vis de son «esquisse» s'explique sans doute par le côté trop viennois, trop maniéré, trop «loustic» de ce récit. C'était d'ailleurs le premier titre auquel l'écrivain avait songé : «Tu es trop drôle pour moi» (Du bist mir zu lustig, *cf. le* Journal *à la date du 26 août 1898). Schnitzler est donc passé de* «lustig» *à* Exzentrik *pour essayer de donner un peu plus d'étrangeté à sa petite fantaisie érotique — car, somme toute, ce n'est qu'une histoire de «mélange» et de chapeau anglais... C'est aussi le côté Alphonse Allais d'Arthur Schnitzler (comme nous l'avons déjà signalé à propos de* Un succès, *p. 630).*

La nuit dernière, j'étais tranquillement assis au café, lorsque j'entendis derrière moi : « *Ah non… ça…* [1] plus jamais ! »

Je n'aurais même pas eu besoin de me retourner ; c'était *August*. Beau et élégant comme toujours. Il prit place à ma petite table, en face de moi, avec la merveilleuse aisance que je lui ai toujours enviée en secret et, sans enlever le manteau beige jeté sur ses épaules, il enfonça sur son front le petit melon noir dont nous aurons l'occasion de reparler, puis il appela un garçon qui lisait le journal, à moitié allongé sur le billard. Il faut dire qu'il était deux heures et demie du matin et que nous étions, en ce mois de mai, les derniers clients.

Le garçon vint tout de suite : « Bonsoir, Monsieur von Witte !

— Comment, bonsoir ?… *Nom d'un nom*… auriez-vous l'intention de vous moquer de moi ? Apportez-moi plutôt à manger et à boire !

— Tout de suite, monsieur von Witte !… un petit noir… un cognac… ? »

August regarda le garçon d'un air sombre. « Vous faites erreur… dit-il, apportez-moi deux sardines, deux œufs en gelée, bien mollets dans un verre bien dur, un sandwich au jambon et une bouteille de bière ! »

Le garçon s'éclipsa. August m'enleva mon journal des mains et, le lançant sur une table voisine : « Je suis là… tu m'entends ?

— On le voit bien, dis-je d'un ton serein. Et d'où viens-tu à cette heure tardive ?

— D'où… ? répéta August en me jetant un regard chargé d'une méphistophélique mélancolie. Voilà une question que, pour ma part, je ne poserais jamais à quelqu'un, à trois heures du matin, s'il ne se trouve par hasard être en habit! Mais tu es et tu restes un rustre — oui, continua-t-il en imitant avec un certain bonheur le pauvre Mitterwurzer [1], — un rustre, un rustre!»

Sans lui répondre, j'avais pris un autre journal et m'étais mis à le lire. Tout à coup je sentis une curieuse chaleur s'en dégager; je vis alors la notice sur la nouvelle opérette de Charles Weinberger [2] rougeoyer et se carboniser, puis l'extrémité d'une cigarette que l'on venait d'allumer apparaître au milieu. Cependant, cette plaisanterie ne me tira qu'un pâle sourire, tant August m'avait généreusement prodigué, depuis des années que nous étions bons amis, les facéties de cet acabit et de bien meilleures encore.

«Veux-tu que je te donne un conseil?» me demanda-t-il brusquement.

Sur quoi je répondis avec politesse : «Je t'en prie!»

August me regarda et déclara d'un ton précis et tranchant : «Tout, mon cher, tu m'entends, tout sauf une chanteuse de music-hall!

— Bien sûr, bien sûr! fis-je.

— Tout, répéta August... des petites fleuristes, des Roumaines voyageant seules, des joueuses de flûte, des femmes de ramoneur, des tragédiennes... *Les dernières des dernières*... tout ce que tu voudras, mon cher, mais pas le music-hall!»

Je hochai la tête avec à-propos. Le garçon apporta ce qu'August avait commandé et mon ami se mit à manger et à boire. Cependant, la première gorgée de bière avalée, il reprit : «Oui, ce qui est épouvantable avec ces créatures, c'est qu'on est sans défense... je vais t'expliquer! On peut se battre avec un vieil ami que l'on surprend chez sa maîtresse, on peut abattre sur place une simple connaissance; quant à un étranger, à supposer qu'il ne soit pas de la haute, on lui flanque tout simplement une raclée. On sait, dans tous les cas, comment se comporter, parce que l'on a affaire à des êtres normaux. En revanche, que ne m'est-il pas arrivé, que n'ai-je pas enduré, depuis l'instant où je me suis épris de *mademoiselle Kitty de la Rosière* jusqu'à...» Il tira sa montre de la poche de son veston et la posa devant lui... «jusqu'à voici une heure!

— Bonne nuit! dis-je en me levant.

— Oh! cria August, garçon, verrouillez la porte!

— Mais avec plaisir, tout de suite! répondit le garçon, qui était presque aussi spirituel qu'August; il courut à la porte et la verrouilla.

— Assieds-toi, mon cher, me dit alors ce dernier, je vais te raconter une histoire qui te...» et il s'amusa à imiter en roulant les yeux la voix de

Lewinsky[1]... «qui te fera frémir d'horreur : "*Les amours de monsieur August Witte et de la très jolie Kitty de la Rosière*"... Heinrich, un Virginia[2] ! »

Et, se reculant dans le coin, il s'appuya sur l'accoudoir rembourré de la fenêtre ; il avait toujours sur la tête le petit melon noir dont nous aurons l'occasion de reparler plus longuement, et son manteau sur les épaules... bref, l'air plus intéressant que jamais. Je mourais de sommeil, et seul l'espoir d'entendre, racontée par mon ami, l'histoire d'une déconfiture me tenait encore éveillé.

« Elle m'a trompé, commença-t-il.

— Ah ! fis-je, agréablement impressionné.

— Ne me crois pas assez dépourvu de goût pour vouloir te donner ce détail comme quelque chose d'original. Tu penses bien que je m'y attendais ! Seulement, j'espérais au début ne pas m'en apercevoir. Je suis en effet devenu un vrai virtuose en ce domaine : je ne vais jamais voir mes belles (August avait souvent de ces expressions de la vieille école) à une heure inhabituelle, je ne lis jamais les lettres qui traînent sur la table et je quitte toujours immédiatement l'établissement où je me trouve, quel qu'il soit, dès que j'entends un étranger prononcer leur nom à la table à côté ; et si, malgré toutes ces mesures de prudence, il m'arrive d'apprendre quelque chose, je ne le crois pas, tout simplement. Toutefois, avec Kitty, aucune de ces précautions n'a été efficace ! Te souviens-tu de Little Pluck ?

— Je crois bien, ce hideux petit monstre !

— Kitty ne semble pas avoir été de ton avis. Je dois faire remarquer au préalable que je venais d'être indiciblement heureux avec elle pendant près de quinze jours. J'allais lui présenter mes hommages tous les soirs après le spectacle : elle entrait en scène à onze heures, moi à une. Elle me réservait toujours un accueil très cordial. Ce soir-là aussi, nous n'étions pas convenus d'autre chose.

— Quel soir ?

— Le soir où débuta Little Pluck, le hideux petit monstre avec ses deux pieds un quart de haut et ses dix-huit... ou cinquante-neuf ans d'âge ! J'arrivai comme toujours chez elle à une heure précise, et je trouvai qui... ? Little Pluck, couché... comment dirais-je ?... à ses pieds ! La voix me manqua. Bien que tout malentendu fût à peu près exclu, j'attendais d'elle un mot libérateur... quelque chose comme : "Tu te trompes...", mais elle ne le dit pas. Elle se contenta de prononcer, en me regardant avec de grands yeux, ces paroles inoubliables : "*N'est-il pas drôle?*" Sur le moment, la main me démangea, tant les instincts sont solidement enracinés en nous; mais — comme je regardais Little Pluck, cet être parfaitement grotesque — et qui était à cet instant-là beaucoup plus grotesque que les mots ne sauraient le dire, ma colère s'évanouit; je pensai : "Tu ne vas pas te battre avec un nain, ni lui tirer dessus!" Je déclarai simplement, reprenant la remarque de Kitty : "*Bien drôle! Bien drôle!*" puis, saluant d'un signe de tête, je sortis en souriant.

— Voilà donc comment, ce soir…?

— Ce soir?… Non, c'était il y a deux mois. Je lui ai pardonné. Et nous avons été très heureux pendant quelques semaines…

— Et Little Pluck a eu un engagement fixe? demandai-je avec un sourire sardonique.

— Je comprends ton allusion blessante, répliqua August. Mais je puis t'assurer que Kitty n'a jamais plus reçu depuis lors Little Pluck en mon absence, bien qu'il se produisît un mois chez *Ronacher*[1]. Et le soir de sa dernière exhibition, j'ai même donné une petite *fête* en son honneur chez elle et, quoiqu'il ait été saoul comme un cochon, il s'est comporté si correctement que j'ai permis à Kitty de lui donner un baiser d'adieu. Il partait le lendemain matin pour Trieste; nous l'avons accompagné à la gare et Kitty pleurait. Moi, j'étais dans l'ensemble plutôt content de son départ… Seulement, comme tu sais, le programme change chez *Ronacher*.

— Ha ha! fis-je.»

L'expression de mon visage ne dut pas paraître très flatteuse à August en cet instant, car il prit un petit pain et me le lança à la tête, en manière de plaisanterie, s'entend, mais non sans une certaine irritation. Puis il reprit son récit, tandis que je remettais le projectile dans la corbeille.

«Little Pluck fut remplacé dans le programme par un numéro qui fit sensation, et à juste titre. L'entreprenante direction — que le diable l'emporte! — engagea "The Two Darlings", les deux géants tibétains, les deux frères les plus grands du monde.

— Deux!» m'écriai-je sans mettre aucune intention précise dans mon exclamation. August, toutefois, l'interpréta sans doute mal, puisqu'il me traita de polisson. «Quoi qu'il en soit, ajouta-t-il, tu es sur la bonne piste. Le soir où "The Two Darlings" firent leurs débuts, j'allai comme d'habitude chez Kitty… À quoi bon te donner plus de détails?… Je n'y trouvai que l'un des deux géants, mais cela me suffit.

— À toi, oui! dis-je», effrayé moi-même du cynisme de mon ton… August, médusé, me fixa un moment, puis se leva tout d'un coup et ses lèvres formaient déjà un horrible juron. Mais, étant un homme du meilleur monde, comme on l'aura sûrement remarqué, il se domina, se rassit et reprit son récit d'un ton en quelque sorte résigné : « Kitty, comme toujours, ne perdit pas contenance. Le géant, qui me regardait en grimaçant, parut d'abord légèrement gêné. Mais lorsqu'il eut constaté le calme de Kitty, il aperçut le côté comique de la situation et, partant d'un rire cordial semblable à un lointain roulement de tonnerre, me dit : "Good evening, Sir ! I am very glad to see you ! What can I do for you ?..." Je ne te cacherai pas que, dans un premier mouvement, je fus sur le point de m'emporter, mais je me souvins à temps du spectacle auquel j'avais assisté, rempli d'admiration, deux heures plus tôt à peine : ce Darling avait soulevé de terre sept hommes d'un seul bras, il avait brisé des barres de fer par le milieu et joué à la balle avec des boules de fonte de 150 kg ! Je surmontai donc mon mécontentement et lançai à Kitty un regard dont elle ne comprit vraisemblablement pas tout à fait la signification. Car, au lieu de s'excuser, elle me dit avec son calme indescriptible : "*Tu sais, mon chéri, je ne comprends pas un mot de ce qu'il dit !...*" Même quelqu'un de plus patient que moi, tu l'avoueras, aurait trouvé que c'était pousser la plaisanterie trop loin. Mon sang bouillait et, sentant que cette scène ne pouvait finir que d'une manière effroyable, je m'en allai sans dire au revoir.

— Grossier personnage ! fis-je.

— Lorsque je rendis visite à Kitty le lendemain, continua August sans tenir compte de mon reproche, elle me reçut avec sa gaieté habituelle. J'avais trop de tact pour évoquer le pénible incident de la veille, dont Kitty d'ailleurs semblait ne plus se souvenir. Peut-être même s'imaginait-elle avoir rêvé... que sais-je ? Ce qui est sûr — les femmes sont si mystérieuses ! —, c'est qu'elle fut ce jour-là plus amoureuse que jamais. J'étais derechef, le soir même, dans une loge chez *Ronacher*. Sur scène, "The Two Darlings" se ressemblaient tellement qu'il était impossible de les distinguer l'un de l'autre, si bien que je ne pus deviner lequel des deux j'avais rencontré chez Kitty. Je crois qu'elle-même ne l'a jamais su exactement. Mais qu'importe ! À partir de là, j'en suis sûr, elle n'eut plus avec les deux géants que des rapports de camaraderie vraiment innocents.

— Comment ? » m'écriai-je d'une voix qui fit trembler les vitres.

August continua sans se laisser troubler : « Je n'en ai plus jamais vu un, seul en sa compagnie. Ils avaient l'habitude de venir prendre le thé chez elle avant leur spectacle et je fus invité moi aussi plusieurs fois. Comme les deux géants ne comprenaient pas un mot de français et Kitty pas une syllabe d'anglais, je servais pour ainsi dire d'interprète.

— Et quand tu n'y étais pas, comment se comprenaient-ils? » demandai-je spontanément.

August me regarda un moment. Puis il répondit, d'un ton plein de dignité : « Tu as beau prendre ton air enfantin, je vois bien qu'en posant cette question tu cherches à faire planer des soupçons sur Kitty. Mais je t'assure que je n'eus plus jamais lieu de douter d'elle, après cette scène — du moins en ce qui concerne les deux géants. Elle avait eu un caprice... mon Dieu, j'ai moi aussi mes caprices ! Et qui sait comment je me conduirais vis-à-vis d'une dame géante ? Je t'assure, "The Two Darlings" étaient comme des enfants ! Un jour, je les ai surpris jouant à la balle avec Kitty... l'un d'eux était dans un coin de la pièce, l'autre dans l'autre... ou inversement, je n'ai jamais pu les distinguer !... Kitty volait au-dessus de la table à thé, tantôt à droite, tantôt à gauche ! » Au souvenir de cette amusante scène, August avait un sourire légèrement idiot. Mais brusquement son visage s'assombrit et il poursuivit : « Les deux géants ont donné hier leur dernière représentation. Nous les avons accompagnés à la gare, ce matin à six heures, Kitty et moi. Tu ne peux pas t'imaginer la sensation, sur le quai, en particulier lorsque "The Two Darlings" sont apparus à la fenêtre de leur compartiment en agitant deux draps en guise de mouchoirs ! J'ai raccompagné Kitty en fiacre jusque chez elle et j'ai dû la consoler, mais elle s'est montrée si reconnaissante que je ne suis arrivé à mon bureau qu'à midi. Quand je pense que c'était ce matin... comme tout a changé depuis !

— Et entre autres choses, le programme chez *Ronacher*, remarquai-je, plein d'intuition.

— Que veux-tu, dit August en me jetant un regard de chevreuil agonisant, le public veut du changement !

— Qui était-ce ? demandai-je simplement.

— The Osmond Troup, dit August en rougissant.

— Combien ? fis-je, la gorge serrée.

— Sept ! répondit August.

— Sept ! répétai-je, joyeusement ému.

— Ah, tais-toi ! reprit-il avec calme. Je ne te cacherai pas que j'avais déjà de désagréables pressentiments pendant leur spectacle. Ces Osmond sont des gens d'une agilité incroyable, ils ont beaucoup d'esprit et un fabuleux talent musical. Leur numéro n'est pas très original, mais d'une virtuosité supérieure à tout ce que j'ai pu voir jusqu'ici. Ce sont les tours généralement connus : l'épouvantable vacarme lors de l'entrée en scène, puis les culbutes, les contrebasses qu'on se fracasse sur le crâne, les pieds de table arrachés pour jouer la marche de Tannhäuser, puis "Ton amour me suffit..."[1] entonné par la bande au complet, assise dans des fauteuils de velours, et cetera. En voyant ces gaillards-là sauter dans tous les sens et se livrer à leurs clowneries, je sentis soudain naître en moi une sorte de jalousie *a conto* (je respecte scrupuleusement la manière de s'exprimer de mon ami, qui n'est pas sans trahir parfois sa profession). Je ne pouvais en effet douter, après mes précédentes expériences avec Kitty, que cette nuit ne me réservât encore une fois quelque pénible surprise. Pourtant, l'idée qui me vint alors brusquement me consola et m'apporta la paix, voire une sorte de satisfaction. Il s'agit cette fois, me dis-je, de gens normaux et bien proportionnés, ni de nains ni de géants, d'hommes comme toi et moi pour ainsi dire (je m'inclinai au passage devant ce compliment), dans ce cas, j'étais dispensé de tous égards. Je pouvais assommer chacun des sept, sans risquer le ridicule... La représentation finissait à minuit. J'allai me promener jusqu'à une heure, et pendant tout ce temps un nouvel espoir s'éveilla en moi, que peut-être elle fermerait cette fois sa porte. Ce fut un espoir trompeur ; la porte était entrebâillée, et j'entendis parler et rire dans la pièce. J'entrai et, comme tu le présumes, c'était l'un des sept !

— Le chef d'orchestre, sans doute, dis-je assez distraitement.

— Comment veux-tu que je le sache ! rétorqua August. Chez *Ronacher*, ils étaient tous maquillés et costumés, ce que l'on n'aurait pu précisément dire de l'individu que je trouvai chez cette misérable. C'était, comme je m'y attendais, un bel homme jeune comme moi (il ne fut plus question de ma personne cette fois). Kitty, l'incompréhensible Kitty, me regarda et me dit, avec un aimable sourire : "*Si je ne compte pas mal, c'est la troisième fois*" — "*Et la dernière, je t'assure !*", ajoutai-je sur un ton comme elle n'en avait certainement encore jamais entendu chez personne. Puis, me tournant vers l'Osmond, qui fumait tranquillement sa cigarette, toujours... disons : toujours assis, je le pris par le bras et lui dis : "Vous êtes un vaurien, monsieur, et je vais vous corriger ! Non que je sois jaloux d'une femme de cette espèce, mais parce que cela m'agace — un bon mot pour la circonstance, n'est-ce pas ? — parce que cela m'agace de vous trouver ici." Je levai la main pour le gifler. Mais, au même instant... je n'y vis plus rien ; je me trouvai, au sens le plus exact du mot, dans le noir le plus complet, car ce septième d'Osmond m'avait, d'un violent coup de poing, enfoncé mon haut-de-forme sur la tête ! J'entendis seulement ces mots, les mêmes qu'il avait dits sur scène, avec l'accent anglais : "Oh, mon ami, tu es vraiment trop drôle!" Lorsque j'eus enfin réussi à dégager ma tête, je vis Kitty, la douce créature, se rouler par terre dans un accès de fou rire, tandis que le clown, assis les jambes croisées sur le dossier du canapé comme si de rien n'était, continuait de tirer sur sa cigarette. Cette fois, me dis-je, c'est fini! Je ne ressentais plus rien, ni amour, ni jalousie, ni chagrin, ni fierté, ni haine... je dis : "Bonne nuit, Kitty!", et sans me soucier de l'autre, je quittai la pièce; dans l'entrée, je suspendis mon haut-de-forme amoché au portemanteau, je coiffai ce beau melon noir tout neuf appartenant au clown et me hâtai de venir ici pour te déconseiller d'avoir jamais la moindre affaire avec une chanteuse de music-hall.

— Mon cher August, lui dis-je, tu es injuste. À mon avis, toute cette aventure t'a été profitable. Sans même parler de ce melon, qui te va à merveille, songe à toutes les expériences que tu as faites. Qui d'entre nous a jamais l'occasion de se lier aussi intimement avec des nains et des géants?» (August secoua la tête comme pour repousser cette idée.) Mais j'insistai : «Et, à ta place, je ne manquerais pas de retourner prendre demain le thé chez Kitty, où tu aurais certainement l'occasion de faire connaissance avec toute la troupe.» August me regardait d'un air méfiant : «Mais oui, repris-je, j'imagine que la rencontre pourrait être très amusante. Après avoir été la balle des Darlings, elle servira peut-être de flûte aux Osmond!

— Espèce d'idiot!» répliqua August, tant il supportait mal qu'un autre que lui fît de bons mots.

Le garçon s'approcha. Nous payâmes et sortîmes dans une splendide matinée de printemps. «Ce qui me fait plaisir, dit August, c'est que ce type ne rira pas longtemps de sa plaisanterie quand, à la place de son chapeau neuf dans le vestibule...»

August se tut brusquement. Je m'aperçus que ses traits se pétrifiaient et que ses yeux s'agrandissaient démesurément. Suivant son regard, je vis venir à notre rencontre un jeune homme vêtu avec une parfaite élégance; seul le haut-de-forme sur sa tête était complètement écrabouillé. August s'arrêta et laissa le jeune homme s'approcher. Celui-ci souleva son chapeau et dit :

«Good morning, Sir!»

Imitant son geste, nous répondîmes tous deux : «Good morning!», puis voulûmes nous couvrir à nouveau, comme il est naturel. Pour moi, j'y parvins sans peine. Mais pas mon ami August. L'étranger, en effet, lui prit simplement le melon des mains, le mit sur sa propre tête et, avec un sourire obligeant, lui tendit ce qui avait été son haut-de-forme. Et, se tournant vers moi comme s'il ne devait d'explication à personne d'autre, il remarqua : «Vous voyez, je échangeai le petit chapeau, une petite heure avant, chez une petite amie. Good morning, Sir!» Et il s'en fut.

Je mentirais, si je prétendais avoir jamais vu sur un visage un air plus bête que celui de mon ami August à cet instant. Pâle comme la mort, il paraissait chercher ses mots, ou du moins son souffle. Il attendit que le gentleman fût à une distance convenable pour me demander, avec une sorte de sombre décision dans la voix : «Que doit-on faire dans un cas semblable? Poignarder ou éclater d'un rire retentissant?

— Poignarder», répondis-je très vite. Ce conseil ne m'était pas suggéré par la brutalité, mais plutôt par ma curiosité, parce que je n'ai encore jamais vu poignarder quelqu'un. Qu'August soit trop bon ou qu'il n'ait encore une fois pas eu de poignard sur lui, je ne sais… ce qui est sûr, c'est qu'il ne suivit pas mon conseil; il se contenta d'un rire très bref, et même pas particulièrement retentissant comme il en avait exprimé l'intention. Je le considérai avec quelque inquiétude, car je connais des gens que de tels incidents ont subitement rendus fous. Mais pas August. Un curieux tressaillement passa sur son visage, comme si une terrible émotion se dénouait d'un seul coup, et il déclara, l'air plutôt rêveur : «*Je vais simplement lui faire donner un bon coup!*»

Je suis convaincu qu'il parlait de son haut-de-forme.

Traduction révisée par Brigitte Vergne-Cain et Gérard Rudent.

LA DANSEUSE GRECQUE

Arthur Schnitzler s'est toujours senti très attaché à cette nouvelle, en dépit du fait qu'elle est relativement ratée.

Il en avait achevé une première version le 22 avril 1902. Il la désigne alors comme «La femme tolérante» (Duldende Frau). *Il la relit le 30 mai et il estime qu'elle est «impossible sous sa forme actuelle». Il la reprend le 7 juin. Le titre définitif apparaît dans son* Journal *à la date du 24 juin. Schnitzler part ensuite pour une longue randonnée à bicyclette avec Hofmannsthal, du 26 juin au 8 juillet, de Salzbourg à Innsbruck, puis au-delà du Brenner. À son retour, il se remet à son histoire, et la considère comme terminée, le 11 juillet. Il dicte cette nouvelle version le 13 septembre; le même jour, il en donne lecture à Felix Salten. Et dès le 28 septembre 1902, le récit est publié dans l'hebdomadaire viennois* Die Zeit. Die griechische Tänzerin *servira de nouvelle-titre pour deux recueils de composition différente: en 1905, au* Wiener Verlag *(comportant quatre récits:* Géronimo l'aveugle et son frère, La Dernière Lettre d'Andreas Thameyer, Music-Hall *et la présente nouvelle, dans cet ordre), et en 1914 chez Samuel Fischer (cinq récits:* Géronimo, Les morts se taisent, La Prédiction, La Nouvelle Chanson *et la présente nouvelle, dans cet ordre). La* Danseuse grecque *figurera aussi dans chaque édition des œuvres complètes.*

Cependant, si intéressante soit-elle, la nouvelle paraît plutôt ratée parce que l'auteur a voulu y inclure trop de choses sans que la forme du récit soit assez pure. Le récit de Mathilde reprend par exemple de nombreux souvenirs du séjour que fit Schnitzler à Paris, au printemps 1897, avec Marie Reinhard. Mais cette histoire n'a ni la force d'un monologue homogène, ni la simplicité efficace d'un récit-encadré. En revanche, la thématique est des plus passionnantes : la jalousie et le ressentiment d'un narrateur philistin ; l'égoïsme fondamental d'un artiste ; le dévouement douloureux, mais ambivalent d'une épouse. Ce sont des expériences qui font intrinsèquement partie de la vie de Schnitzler, et à cette époque en particulier. Rappelons que son fils Heinrich naît le 9 août 1902, et qu'il ne se décidera que difficilement à épouser Olga Gussmann, la mère, le 26 août 1903, un an plus tard.

Pour La Danseuse grecque, *on a le sentiment que Schnitzler est lui-même plus convaincu d'être un bon témoin de son temps qu'un artiste réellement innovateur. Le 7 décembre 1904, il note en effet dans son* Journal *qu'il a rendu visite au sculpteur Gustav Gurschner (1873-1970), sans doute pour une séance de pose, et que l'épouse de l'artiste, Alice Pollak, elle aussi écrivain (1869-1944) «se comporte exactement comme Madame Samodeski». On voit ici chez Schnitzler le même émerveillement que pour la nouvelle* Un succès : *il constate qu'il peut imaginer ses récits conformément aux réalités contemporaines. Mathilde Samodeski et le sergent de ville Engelbert Friedmaier sont des personnages vrais ; on peut les rencontrer dans la vie…*

Ajoutons enfin que l'écrivain exploite dans La Danseuse grecque *ses observations concernant les formes de la folie ordinaire et le développement des rumeurs dans la société. Il a lui-même souvent souffert d'insinuations cruelles, par exemple lorsque Marie Reinhard était morte subitement, le 18 mars 1899 : ne s'agissait-il pas des suites d'un avortement, plutôt que d'une septicémie à l'occasion d'une crise d'appendicite… ?! C'est pourquoi le narrateur médiocre de* La Danseuse grecque *n'est pas sans entretenir quelques rapports psychologiques avec le personnage d'*Andreas Thameyer *et avec tous les braves gens qui tout d'un coup deviennent bizarres et redoutables, comme dans* La Cravate verte.

La nouvelle de l'été 1902 est donc bien centrée sur les contradictions entre les artistes et la société, avec de la part de l'auteur une tendance à la psychologie, cette fois plus clinique que satirique.

Les gens diront ce qu'ils voudront, je ne crois pas que Mathilde Samodeski soit morte d'une crise cardiaque. J'en sais plus qu'eux là-dessus. Je n'entrerai pas non plus dans la maison qu'elle quitte aujourd'hui pour le lieu de repos auquel elle aspirait; je n'ai aucune envie de voir l'homme qui sait aussi bien que moi pourquoi elle est morte; ni de lui serrer la main et de me taire.

Je vais prendre un autre chemin; il est un peu long peut-être, mais cette calme journée d'automne est belle et la solitude me fera du bien. Je serai bientôt derrière la clôture du jardin où j'ai vu Mathilde pour la dernière fois, au printemps dernier. Les volets de la villa seront tous fermés, le gravier de l'allée jonché de feuilles rousses et, quelque part à travers les arbres, je verrai briller doucement le marbre blanc dans lequel est sculptée la danseuse grecque.

Le souvenir de cette soirée ne me quitte pas. Ce fut presque un effet du hasard, me semble-t-il aujourd'hui, si je me décidai à la dernière minute à accepter l'invitation des Warthenheimer, moi qui, avec les années, ai perdu tout goût pour les plaisirs de la société. Ce fut peut-être le vent tiède qui, descendant le soir des collines sur la ville, m'attira vers la campagne. De plus, la fête que donnaient les Warthenheimer pour l'inauguration de leur villa était une simple garden-party où ne régnerait aucune espèce de contrainte. Curieusement, je songeai à peine, en cours de route, à la possibilité d'y rencontrer Mathilde. Pourtant je savais que monsieur Warthenheimer avait acheté la danseuse grecque à Samodeski pour sa villa… et que madame von Warthenheimer fût, comme toutes les autres, amoureuse du sculpteur, je ne l'ignorais pas non plus. J'aurais eu toutefois d'autres raisons de penser à Mathilde, car nous avions connu ensemble plus d'un moment heureux, à l'époque où elle était encore jeune fille. Je ne suis pas près d'oublier, en particulier, cet été sur les bords du lac de Genève, il y a sept ans, un an exactement avant ses fiançailles. Je m'étais même, semble-t-il, imaginé alors bien des choses malgré mes cheveux grisonnants, puisque j'éprouvai quelque déception lorsqu'elle épousa l'année suivante Gregor Samodeski, et je me persuadai aussitôt — voire j'espérai — qu'elle ne pourrait pas être heureuse avec lui. Ensuite, ce ne fut qu'à l'occasion de cette fête donnée par le sculpteur dans son atelier de la *Gusshausstrasse*[1], peu après leur voyage de noces, à laquelle les invités étaient tenus de se présenter affublés de costumes chinois ou japonais, que je revis Mathilde. Elle m'avait accueilli avec naturel et sans aucune gêne ; tout son comportement donnait une impression de calme et de sérénité. Cependant, je compris bientôt, clairement et sans trop d'efforts, le sens de l'étrange regard que je rencontrai par moments dans ses yeux, tandis qu'elle s'entretenait avec d'autres convives. Il me disait : "Cher ami, vous croyez qu'il m'a épousée pour ma fortune ; vous croyez qu'il ne m'aime pas ; vous croyez que je ne suis pas heureuse… mais vous vous trompez… vous vous trompez vraiment ! Voyez comme je suis de bonne humeur et comme mes yeux brillent !"

Je la revis quelquefois par la suite, mais de façon toujours fugitive. Ainsi déjeunai-je avec elle et son mari au buffet d'une gare, un jour que nos trains s'étaient croisés… et il fit au cours du repas toutes sortes de mots d'esprit qui ne m'amusèrent pas particulièrement. Je m'entretins une autre fois avec elle au théâtre, où je la trouvai avec sa mère, qui est, aujourd'hui encore, plus jolie qu'elle, en réalité… le diable sait où était monsieur Samodeski ce soir-là. Puis je l'ai vue l'hiver dernier au Prater ; par une journée claire et froide. Elle marchait dans la neige avec sa petite fille sous les marronniers dénudés. La voiture les suivait lentement. J'étais de l'autre côté de la chaussée et je ne traversai même pas. Vraisemblablement j'étais préoccupé de tout autre chose et Mathilde, en fin de compte, ne m'intéressait plus particulièrement. Aussi ne m'inquiéterais-je peut-être pas aujourd'hui d'elle et de sa mort soudaine, s'il n'y avait pas eu cette dernière soirée chez les Warthenheimer. Je m'en souviens à présent avec une précision singulière, presque pénible, comme par exemple de telle ou telle journée au bord du lac de Genève. Lorsque j'arrivai, le crépuscule tombait déjà. Les invités déambulaient dans les allées du parc, j'allai saluer le maître de maison, ainsi que quelques connaissances. Un petit orchestre dissimulé dans un bosquet se faisait entendre. Je me trouvai bientôt près du petit étang, ombragé de grands arbres plantés en demi-cercle au milieu ; éclatante de blancheur sur son piédestal de couleur sombre se dressait la danseuse grecque, qui donnait l'impression de flotter au-dessus de l'eau ; les rayons de lumière, projetés de la maison, venaient l'éclairer d'une manière quelque peu théâtrale. Je me souviens qu'elle avait fait sensation, l'année précédente, à la *Secession*[1] ; je dois avouer qu'elle me fit aussi un certain effet, malgré la profonde antipathie que je ressens pour Samodeski, et bien que j'aie la curieuse sensation que ce n'est pas lui le créateur des belles œuvres qu'il lui arrive de réussir, mais quelque chose en lui, un je-ne-sais-quoi d'insaisissable, une sorte d'ardeur, quelque chose de démoniaque, je crois, qui s'éteindra sûrement le jour où il cessera d'être jeune et aimé. Une opinion qui, valable à mon avis pour nombre d'artistes, n'a jamais cessé d'être pour moi la source d'une certaine satisfaction.

Auprès de l'étang, je rencontrai Mathilde. Elle donnait le bras à un jeune homme qui ressemblait à un membre d'une corporation étudiante et qui se présenta comme étant un parent. Nous allions tous trois, en devisant joyeusement, dans les allées du jardin où des lumières s'étaient allumées un peu partout. La maîtresse de maison vint au-devant de nous en compagnie de Samodeski. Comme nous restions un moment ensemble, je m'entendis alors, à ma propre surprise, faire à ce dernier quelques remarques extrêmement flatteuses sur la danseuse grecque. Je n'y étais vraiment pour rien : il y avait manifestement dans l'air cette paix et cette sérénité propres à certains soirs de printemps, où des gens habituellement indifférents les uns aux autres se saluent avec cordialité, tandis que d'autres, que rapprochait déjà une certaine sympathie, se sentent portés à épancher leur cœur. C'est ainsi que, quelques instants plus tard, un monsieur que je ne connaissais que superficiellement me rejoignit, comme je fumais une cigarette, seul sur un banc, et il se prit à vanter ceux qui, tel notre hôte, savent employer leur fortune d'une manière aussi distinguée. J'abondai dans son sens, bien que je tienne ordinairement monsieur von Warthenheimer pour un snob des plus bêtes. Et à mon tour, je lui fis part, sans la moindre raison, de mes idées sur la sculpture moderne, à laquelle je ne comprends pas grand-chose ; il approuva avec enthousiasme sous l'influence de la magie de cette soirée printanière, une opinion qui n'eût pas manqué, en toute autre occasion, de lui paraître sans le moindre intérêt. Je rencontrai peu après les nièces du maître de maison, qui me dirent trouver la fête formidablement romantique, à cause de ces lumières filtrant à travers le feuillage et cette musique au loin. Et, bien que nous fussions alors à deux pas de l'orchestre, leur remarque ne me parut pas absurde. Tant j'étais moi aussi sous le charme de l'atmosphère générale.

On servit le dîner sur de petites tables disposées partie sur la grande terrasse et, la place y étant insuffisante, partie dans le salon attenant. On avait largement ouvert les trois grandes portes-fenêtres. Je me trouvais assis à l'extérieur, à côté de l'une des nièces ; de l'autre côté s'étaient installés Mathilde et le jeune homme qui ressemblait à un étudiant, mais qui était en fait employé de banque et officier de réserve. En face de nous, mais déjà à l'intérieur, Samodeski était placé entre la maîtresse de maison et je ne sais quelle autre belle dame. D'un geste de la main où il mit par plaisanterie quelque hardiesse, il envoya un baiser à sa femme ; elle lui répondit en souriant d'un signe de la tête. Sans intention précise, je l'observai assez attentivement. Il était vraiment beau, avec ses yeux d'un bleu d'acier et sa barbe noire taillée en pointe, qu'il lissait de temps à autre en portant à son menton deux doigts de la main gauche. Avant cette soirée, je n'avais, je crois, encore jamais vu un homme entouré comme lui de paroles, de regards et de gestes empreints d'une telle ferveur. Il me parut d'abord se contenter de les accepter avec nonchalance. Mais à sa façon de murmurer à l'oreille des femmes, à ses insupportables regards de conquérant et particulièrement à la gaieté émoustillée de ses voisines, je vis bientôt qu'un feu caché entretenait une conversation apparemment innocente. Naturellement, cela ne pouvait non plus échapper à Mathilde ; pourtant, extérieurement impassible, elle continuait de bavarder tantôt avec son voisin, tantôt avec moi. Se tournant alors de plus en plus souvent vers moi, elle me posa des questions sur différentes circonstances de ma vie, puis se fit raconter mon voyage de l'année précédente à Athènes. Elle me parla ensuite de sa petite fille qui — n'était-ce pas remarquable ? — était déjà capable de chanter des lieder de Schumann sans accompagnement… de ses parents qui venaient eux aussi, sur leurs vieux jours, d'acheter une petite maison à *Hietzing*[1]… d'ornements liturgiques anciens qu'elle avait trouvés l'année d'avant à Salzbourg et de cent autres menus événements. Cependant, sous cette banale conversation il se passait tout autre chose entre nous : une lutte muette mais acharnée ; son calme voulait me convaincre du bonheur sans mélange qui était le sien — et moi, je refusais de la croire. Je ne pus m'empêcher de repenser à la soirée sino-japonaise dans l'atelier de Samodeski où elle s'était également efforcée de me donner le change. Elle sentit probablement qu'elle ne réussissait guère, cette fois-ci, à entamer mes doutes, et qu'il lui fallait trouver quelque chose de tout à fait particulier pour les dissiper. Et il lui vint à l'idée d'attirer elle-même mon attention sur le comportement charmeur et empressé de ces deux belles femmes à l'égard de son mari ; elle se mit à évoquer ses succès auprès des femmes, comme si elle pouvait s'en réjouir en bonne camarade, autant que de sa beauté et de son génie, sans aucune inquiétude ni méfiance. Cependant, plus elle s'efforçait de paraître calme et heureuse, plus son front se rembrunissait. Lorsqu'elle leva son verre en direction de Samodeski, sa main tremblait. Elle voulut dissimuler ce tremblement et parvint à le dominer ; mais sa main, son bras et son corps tout entier se figèrent alors quelques secondes dans une rigidité telle que j'en fus presque effrayé. Elle se ressaisit, me jeta un rapide regard de côté puis, remarquant à l'évidence qu'elle était sur le point de perdre définitivement la partie, elle me lança soudain, dans une dernière tentative désespérée : « Je parie que vous me croyez jalouse ! » Et avant que j'aie eu le temps de répondre, elle ajouta en hâte : « Oh, bien des gens le croient… et Gregor lui-même l'a cru au début ! » Elle parlait à dessein très fort et l'on devait entendre chacune de ses paroles à l'intérieur. « Que voulez-vous, poursuivit-elle avec un regard en direction de l'autre table, quand on a un mari comme le mien, beau et célèbre… et que l'on n'a pas la réputation d'être soi-même une beauté… Oh, ne vous récriez pas !… oui, je sais, je suis devenue un peu plus jolie depuis la naissance de la petite… » Elle avait sans doute raison, mais son époux — j'en étais tout à fait persuadé — n'avait jamais attaché beaucoup d'importance à la noblesse de ses traits et vraisemblablement elle avait perdu pour lui, avec sa sveltesse de jeune fille, son seul attrait physique. L'exagération que je mis, bien sûr, à l'approuver parut toutefois la réjouir et elle continua avec un courage grandissant : « Mais je n'ai pas le moindre talent pour la jalousie ! Je ne m'en suis aperçue moi-même que peu à peu, principalement à Paris, il y a quelques années… Vous vous souvenez que nous avons habité là-bas ? »

Je m'en souvenais en effet.

« Gregor y a fait les bustes de la princesse La Hire et du ministre Choquet[1], entre autres. Ce fut un agréable séjour, nous vivions comme des jeunes gens… oh, bien sûr, nous sommes encore jeunes tous les deux… mais je voulais dire : comme deux amoureux, même si nous allions de temps à autre dans le grand monde… chez l'ambassadeur d'Autriche à plusieurs reprises, chez les La Hire et quelques autres. Cependant, nous n'avons pas fait grand cas, dans l'ensemble, des mondanités. Nous habitions à l'extérieur, à Montmartre, une maison assez miteuse où Gregor avait aussi installé son atelier, et plus d'un parmi les jeunes artistes que nous fréquentions ne se doutait pas du tout, croyez-moi, que nous étions mariés ! J'ai couru partout avec lui. Souvent nous restions tard le soir, par exemple, au *Café d'Athènes* avec Léandre [1], Carabin [2] et beaucoup d'autres. Il y avait aussi, de temps en temps, des femmes de toute sorte en notre compagnie, que je ne fréquenterais vraisemblablement pas à Vienne… bien que, finalement… » Elle jeta un prompt coup d'œil sur Mme Warthenheimer et reprit aussitôt son récit … « et il y en avait de très jolies. C'est ainsi que j'ai connu la dernière maîtresse d'Henri Chabran qui, toujours vêtue de noir de la tête aux pieds depuis sa mort, prenait chaque semaine un nouvel amant et l'obligeait à porter aussi le deuil… On rencontre toutes sortes de gens bizarres. Et vous pensez bien que les femmes ne couraient pas moins après mon mari à Paris qu'ailleurs, il y avait de quoi rire ! Cependant, comme j'étais toujours… ou presque toujours avec lui, elles n'osaient pas vraiment l'approcher, d'autant plus que je passais pour sa maîtresse… Oh, si elles avaient su que je n'étais que sa femme… ! C'est alors qu'il m'est venu une drôle d'idée, dont vous ne m'auriez certainement pas crue capable… et, pour parler franc, je m'étonne aujourd'hui encore de mon audace. » Elle regarda droit devant elle et, baissant la voix, elle continua : « Peut-être mon comportement avait-il d'ailleurs quelque rapport avec… bon, je vous laisse le soin d'imaginer ! Je savais depuis quelques semaines que j'attendais un enfant. Cela me remplissait de bonheur. Au début, j'étais non seulement plus gaie mais aussi, de manière curieuse, plus active que jamais… Figurez-vous donc qu'un beau soir j'ai revêtu des habits d'homme et suis partie, ainsi accoutrée, en quête d'aventure avec Gregor. Je lui avais bien sûr fait promettre de ne surtout pas se contraindre… sans quoi toute l'histoire eût été absurde. Mes vêtements d'homme m'allaient d'ailleurs fabuleusement bien — vous ne m'auriez pas reconnue… personne ne m'aurait reconnue ! Un ami de Gregor, un jeune peintre bossu du nom de Léonce Albert, vint nous prendre. C'était une magnifique soirée… de mai… déjà chaude… et moi, j'avais un toupet dont vous ne pouvez vous faire une idée ! Imaginez-vous que j'ai tout simplement enlevé mon pardessus — un pardessus beige très élégant — et je… l'ai porté sur le bras… exactement comme un homme… sans doute ne faisait-il déjà plus très clair ! Nous avons dîné dans un petit restaurant sur les boulevards extérieurs, puis nous sommes allés à *La Roulotte*[1] où chantaient alors Legay et Montoya… "*Tu t'en iras les pieds devant*…", vous avez sans doute entendu ça récemment ici, au *Wiedentheater*[2], n'est-ce pas?» À cet instant, Mathilde jeta un furtif coup d'œil vers son mari, de l'autre côté, qui n'y fit pas attention. Ce fut alors comme si elle prenait congé de lui pour un bon moment. Elle se lança derechef dans son récit, se mettant à raconter avec une précipitation et une impétuosité croissantes : «Il y avait à *La Roulotte*, assise juste devant nous, une dame très élégante; elle faisait du charme à Gregor, mais d'une manière… croyez-moi, on ne peut imaginer plus inconvenante! Je n'ai toujours pas compris comment son mari ne l'a pas étranglée sur-le-champ. Moi je l'aurais fait. C'était une duchesse, je crois… oui, ne riez pas, c'était certainement une dame du grand monde, malgré son comportement… ces choses-là se voient… Et j'aurais voulu que Gregor répondît à ses avances… bien sûr!… j'aurais aimé voir comment ces choses-là commencent… j'aurais voulu qu'il lui fît passer un mot… ou entreprît quelque chose d'autre… bref, voir ce qu'il aurait fait dans un cas semblable, quand il était garçon… Oui, voilà ce que je voulais, même si cela pouvait être dangereux pour lui. Nous avons manifestement, nous autres femmes, la curiosité un peu cruelle… Dieu soit loué, Gregor n'en avait aucune envie et nous partîmes très vite dans la belle nuit de mai, toujours en compagnie de Léonce. Celui-ci était d'ailleurs tombé amoureux de moi ce soir-là et contrairement à son habitude… son physique le rendant généralement très timide, il se montrait carrément galant. Je lui lançai : "Il faut donc porter un pardessus beige pour que vous vous décidiez à faire votre cour!" Nous continuâmes notre promenade comme trois joyeux étudiants. Et maintenant, voici l'épisode intéressant de l'histoire : nous nous rendîmes au *Moulin Rouge*. C'était dans le programme. Il fallait tout de même que quelque chose se passe enfin. Car il ne nous était vraiment rien arrivé jusque-là, si ce n'est qu'une femme m'avait abordée — oui, moi, imaginez-vous! — dans la rue. Mais cela ne correspondait pas du tout à mes intentions!… Nous arrivâmes au *Moulin Rouge* à une heure. Vous connaissez sans doute les us et coutumes de cet établissement, je m'étais attendue, pour ma part, à pire… Il ne se passa d'abord absolument rien et il semblait bien que notre petite plaisanterie fût manquée. J'en étais un peu contrariée. "Tu es une enfant, me dit Gregor, qu'imagines-tu donc? Que notre apparition suffirait pour qu'elles tombent toutes à nos pieds…?" Il disait "nous" par politesse; car il n'était pas question que quelqu'un pût tomber aux pieds de Léonce. Cependant, alors que nous envisagions déjà sérieusement de rentrer, les choses prirent une autre tournure. Je remarquai... oui, c'est moi, c'est bien moi qui la remarquai... une jeune femme qui avait déjà passé plusieurs fois auprès de nous tout à fait par hasard... Très sérieuse, elle paraissait différente de la plupart des autres dames qui nous entouraient. Elle n'était pas non plus habillée de façon voyante... mais en blanc, tout en blanc... J'avais pu voir qu'elle n'avait pas répondu aux deux ou trois messieurs qui lui avaient adressé la parole, ne daignant même pas les regarder en passant. Elle n'avait d'yeux que pour la danse, qu'elle observait très calmement, d'un air intéressé et je dirais même connaisseur... Je priai Léonce de demander à quelques connaissances qui se trouvaient là si elles avaient déjà rencontré quelque part cette jolie personne et quelqu'un se rappela l'avoir vue l'hiver précédent à un bal du jeudi au Quartier latin. Alors Léonce nous abandonna un instant, lui adressa la parole un peu plus loin et elle lui répondit. Il revint avec elle, nous nous assîmes tous à une petite table et commandâmes du champagne. Gregor ne s'occupait pas du tout d'elle... faisait comme si elle n'avait pas été là... Il bavardait avec moi, uniquement avec moi... cela parut tout particulièrement la piquer. Elle devint de plus en plus gaie et loquace et, se sentant à son aise, nous eut bientôt raconté, de fil en aiguille, toute sa vie... C'est fou, ce qu'une pauvre fille de son espèce peut vivre... ou doit vivre, probablement ! On a bien sûr lu cent fois de semblables histoires, mais les entendre, présentées dans toute leur réalité, par quelqu'un qui est là, assis à côté de vous, est une expérience tout à fait particulière. Je me souviens de maint détail : à l'âge de quinze ans, elle avait été séduite par un individu qui l'avait aussitôt laissée tomber. Ensuite, elle avait été modèle. Puis aussi figurante dans un petit théâtre... Si vous saviez ce qu'elle nous a raconté sur le directeur !... Sans le champagne qui m'avait rendue gaie, je me serais enfuie en courant... Elle était ensuite tombée amoureuse d'un étudiant en médecine qui travaillait à l'amphithéâtre d'anatomie et qu'elle allait souvent chercher à la morgue... ou plutôt elle y restait avec lui... non, je ne peux pas vous répéter tout ce qu'elle nous a raconté !... Naturellement, l'étudiant en question l'a aussi abandonnée. Et c'est à cela, oui à cela, qu'elle ne voulut pas survivre ! Elle se donna donc la mort, je veux dire qu'elle tenta de le faire. Et elle se moquait maintenant devant nous de sa tentative... je ne vous dis pas en quels termes ! J'entends encore sa voix... qui rendait ses propos moins vulgaires. Puis, faisant glisser sa robe, elle nous montra une petite cicatrice rougeâtre juste au-dessus de son sein gauche. Et, tandis que nous la considérions tous, l'air sérieux, elle dit... ou plutôt elle cria brusquement à mon mari : "Embrassez-la !" Comme je vous l'ai dit, Gregor ne s'occupait pas du tout d'elle ; même pendant son récit, il l'avait à peine écoutée, fumant et regardant ce qui se passait dans la salle. S'entendant interpeller de la sorte, il esquissa un léger sourire. Je le poussai du coude, le pinçai, j'étais certainement un peu ivre... en tout cas je ne m'étais encore jamais vue dans cet état. Bref, bon gré mal gré, il dut baiser la cicatrice... tout au moins faire semblant d'y poser ses lèvres. L'ambiance devint alors toujours plus gaie et plus folle. Jamais je n'ai autant ri que ce soir-là... et sans savoir pourquoi. Jamais non plus je n'aurais cru possible qu'une femme — et, qui plus est, une telle femme — tombe, en l'espace d'une heure, aussi follement amoureuse d'un homme que cette créature le fit de Gregor. Elle s'appelait Madeleine. »

Je ne sais si Mathilde fit exprès de prononcer ce nom plus fort... son mari me parut en tout cas l'avoir entendu, car il regarda dans notre direction ; curieusement, ce n'est pas sa femme qu'il regarda, et nos yeux, qui se rencontrèrent et se fixèrent un long moment, exprimèrent tout autre chose que de la sympathie. Puis il sourit brusquement à son épouse, qui lui répondit d'un petit signe de tête, et il reprit sa conversation avec ses voisines, tandis que Mathilde se tournait à nouveau vers moi.

« Naturellement, je ne me rappelle pas tout ce que Madeleine nous a raconté ensuite, dit-elle, car tout était extrêmement confus. Je vais cependant être franche : il y eut une seconde où je fus un peu contrariée. Ce fut lorsque Madeleine saisit la main de mon mari et l'embrassa. Mais cela disparut aussitôt. Car, voyez-vous, je pensai au même instant à notre enfant. Alors je sentis combien Gregor et moi étions indissolublement liés et combien tout le reste n'était que simulacre, futilité ou comédie, ce soir-là aussi, et je retrouvai ma bonne humeur. Nous sommes allés ensuite tous ensemble dans un café sur les boulevards, où nous sommes restés jusqu'à l'aube. J'entendis alors Madeleine demander à mon mari de la raccompagner chez elle. Il lui rit au nez. Mais, pour bien terminer notre jeu et lui donner un tour en quelque sorte profitable — vous savez quels grands égoïstes sont les artistes... notamment dès qu'il y va de leur art —, il lui dit qu'il était sculpteur et lui demanda de venir poser dans les prochains jours. Elle répondit : "Je veux bien être pendue si tu es sculpteur, mais je viendrai quand même !" »

Mathilde se tut. Mais jamais je n'ai vu les yeux d'une femme exprimer — ou dissimuler — autant de peine. Elle se ressaisit pourtant, car elle ne m'avait pas encore tout dit et poursuivit : « Gregor voulut absolument que je sois présente le jour suivant à l'atelier. Il me proposa même de me cacher derrière le rideau quand elle viendrait. Oh ! il y a des femmes, je sais, beaucoup de femmes, qui auraient accepté, mais je trouve quant à moi que la confiance en quelqu'un, on l'a ou on ne l'a pas, c'est tout... Et j'ai décidé de faire confiance... N'ai-je pas raison ? » Ses grands yeux m'interrogeaient. Je me contentai de hocher la tête et elle poursuivit : « Madeleine est venue le lendemain, bien sûr, puis très souvent par la suite... comme bien d'autres avant et après elle... et, croyez-moi, elle fut l'une des plus belles de toutes. Vous avez pu l'admirer vous-même pour la première fois aujourd'hui, là-bas, au bord de l'étang.

— La danseuse ?

— Oui, c'est Madeleine qui a posé pour cette statue. Et maintenant, imaginez que j'aie été méfiante, dans ce cas ou dans un autre ! Notre vie, la sienne comme la mienne, ne serait-elle pas devenue un enfer ? Je suis vraiment heureuse de ne pas être de nature jalouse. »

Quelqu'un s'était levé et, debout dans l'embrasure de la porte du milieu, portait un toast en l'honneur du maître de maison, sans doute très spirituel, car tout le monde riait de bon cœur. Je regardai Mathilde, qui écoutait aussi peu que moi. Je la vis lever les yeux en direction de son mari et lui lancer un regard qui, tout en reflétant un amour infini, affectait en même temps une inébranlable confiance, comme si son devoir le plus sacré avait véritablement été de ne jamais troubler en quoi que ce soit les jouissances de cet homme... Et il accepta ce regard... avec un sourire imperturbable, bien qu'il sût évidemment, comme moi, qu'elle souffrait et avait souffert toute sa vie comme une damnée.

Voilà pourquoi je ne crois pas à la fable de la crise cardiaque. J'ai trop bien appris à connaître Mathilde ce soir-là et pour moi il n'y a pas de doute : de même qu'elle a, du premier jour jusqu'au dernier, joué pour son mari la comédie de la femme heureuse, elle a su feindre pour lui une mort naturelle en rejetant une vie devenue insupportable. Et il a accepté cet ultime sacrifice comme les précédents, comme s'il lui avait été dû.

Me voilà debout devant le portail... Les volets sont bien clos. La petite villa est blanche et comme ensorcelée dans la pénombre du crépuscule, tandis que là-bas la statue de marbre brille à travers le feuillage rouge...

Du reste, peut-être suis-je injuste envers Samodeski. Il est, en fin de compte, assez bête pour ne vraiment pas soupçonner la vérité. C'est triste cependant de penser qu'il n'y aurait pas de plus grande félicité pour Mathilde que de savoir, dans sa tombe, que son dernier et sublime mensonge a réussi.

Ou me tromperais-je du tout au tout? Serait-ce une mort naturelle?… Non, je ne me laisserai pas ravir le droit de haïr l'homme que Mathilde a tant aimé. Car ce sera vraisemblablement pour longtemps mon seul plaisir…

Traduction révisée par Brigitte Vergne-Cain et Gérard Rudent.

LA PRÉDICTION

Au printemps 1902, Schnitzler est manifestement en train de renouveler ses sujets, mais toujours dans la même direction : il est attiré par l'étrangeté de certaines personnalités, qui se révèle au contact de l'art et des artistes, dans l'émotion qui naît de toutes sortes de spectacles et de théâtres, du cabaret à l'Opéra, sans oublier les expositions permanentes des musées. Le théâtre et l'hypnose ont au moins en commun que leur effet principal est produit par la vision ; et, apparenté au thème du regard, surgit immédiatement celui du double : dédoublements et redoublements, duplications et duplicités constituent de fait l'armature de cette nouvelle fantastique qu'est La Prédiction.

On ne sait pas trop bien dire quand Schnitzler en eut la première idée. Le 7 juin 1902, il note dans son Journal *qu'il «reprend* Hexerei*» (Sorcellerie). Le 6 juillet, il considère que son récit est achevé ; et il l'intitule encore de la même façon. Le 10 septembre, il le dicte à sa secrétaire, sous le titre* Die Weissagung *(La prédiction, l'oracle). Mais il hésitera encore longtemps avant de publier cette histoire. Le 3 novembre 1904, il la trouve «plutôt pesante». Le 6 février 1905, il la juge «meilleure qu'il ne pensait». Le 7 septembre, «elle lui plaît vraiment». Le 5 décembre, il en donne* *lecture chez l'écrivain Jakob Wassermann ; ses amis lui font des objections «quant à la fin».* La Prédiction *paraîtra peu après, dans la* Neue Freie Presse, *le 24 décembre 1905, dans le supplément de Noël — comme le* Lieutenant Gustl ! *Elle figurera dans deux recueils différents, publiés chez Samuel Fischer : en 1907, dans* Âmes crépusculaires (Dämmerseelen, *comprenant* Le Destin du Baron de Leisenbogh, La Prédiction, La Nouvelle Chanson, L'Étrangère, La Dernière Lettre d'Andreas Thameyer, *dans cet ordre), et en 1914 dans* La Danseuse grecque (Die griechische Tänzerin, *recueil composé de* Géronimo l'aveugle et son frère, Les morts se taisent, La Prédiction, La Nouvelle Chanson, La Danseuse grecque, *dans cet ordre).*

C'est une nouvelle très virtuose qui relève du «récit-encadré», avec un narrateur un peu mystérieux dont l'objectivité est plutôt suspecte. Freud détestera ce récit, particulièrement trompeur. Dans L'Inquiétante Étrangeté *(article publié dans la revue* Imago *en 1919), il dénonce explicitement l'auteur de* La Prédiction *comme «flirtant avec le merveilleux, et nous livrant par traîtrise à notre superstition». De fait, l'intention de Schnitzler n'est pas claire du tout. Si l'on se réfère à son Diagramme (reproduit p. 41), il est impossible de décider si l'écrivain présenté dans le récit est un* Literat *quasi*-Scélérat *ou un* Poète *proche du* Prophète. *Tout au plus peut-on faire valoir que cet écrivain est l'ami d'un médecin, et que tous les deux s'efforcent de développer la connaissance. Mais si l'écrivain était entièrement positif, on s'attendrait à ce qu'il aidât, ou sauvât Franz von Umprecht : le pacte poétique aurait dû l'emporter sur le pacte diabolique… C'est d'ailleurs le calcul explicite du malheureux protagoniste quand il accepte de jouer dans la pièce mise en scène chez son oncle, le Baron.*

Quoi qu'il en soit, dans toutes ses nouvelles crépusculaires, Schnitzler mise sur la possibilité de faire mieux connaître ces êtres «médiumniques» qui sont seulement considérés comme anormaux parce que tous les autres sont dans l'erreur. Mieux que quiconque, une «âme crépusculaire» sait en effet qu'elle n'est pas maîtresse chez elle, qu'il existe des forces obscures qui nous dépassent toujours — que nous menons à tout moment une double vie, avec et sans la mort. Freud a donc fait un procès d'intention à Schnitzler : «il nous trompe, écrivait-il, en nous promettant la réalité commune, et en allant nonobstant au-delà d'elle.» Mais c'est tout le contraire ! Avec la notion d'âme crépusculaire, et en utilisant des stratégies narratives renouvelées, Schnitzler cherchait à dévoiler que la réalité commune va toujours au-delà de nos prétentions sécuritaires.

Dans La Prédiction, *l'écrivain a su aller plus loin que le clinicien, qu'il était d'ailleurs aussi.*

La poétique du fantastique lui permet de présenter de façon très frappante une énigme inhérente à l'humanité : la peur de mourir est secrètement liée à la peur de vivre. Il y a peut-être aussi dans cette histoire, qu'Hofmannsthal jugeait « merveilleuse à lire à haute voix », une remontée obscure de l'oralité hassidique et d'un lointain Orient, en particulier à travers le personnage de ce magicien juif, nommé Marco Polo…

I

Sur une colline proche de Bolzano[1], à peine visible de la route et comme englouti par la forêt, s'étend le modeste domaine du baron de Schottenegg. Un ami exerçant depuis dix ans la médecine à Merano[2], où je l'avais retrouvé l'automne dernier, m'avait fait connaître le baron. Celui-ci, alors âgé de cinquante ans, s'adonnait aux arts, en dilettante. Il composait un peu, jouait fort bien du violon et du piano et dessinait avec un certain bonheur. C'est cependant l'art du comédien qu'il avait pratiqué le plus sérieusement. Autrefois, disait-on, il avait même joué quelques années sous un nom d'emprunt, tout jeune homme, sur différentes petites scènes, là-bas en Allemagne. Mais, que ce fût par suite de l'opposition persistante de son père, par insuffisance de talent ou par manque de chance, le baron avait renoncé à la carrière théâtrale avant qu'il fût trop tard pour entrer au service de l'État et, perpétuant une tradition ancestrale, il avait exercé son métier de fonctionnaire pendant vingt ans avec fidélité, mais sans enthousiasme. C'est seulement lorsque, à quarante ans à peine, il eut quitté le service aussitôt après la mort de son père, que se révéla la passion avec laquelle il tenait encore à son rêve de jeunesse. Ayant fait restaurer sa maison sur la pente du mont Guntschna, il prit l'habitude d'y réunir, principalement en été et en automne, et en nombre croissant avec les années, des dames et des messieurs pour représenter toutes sortes de pièces faciles à jouer ou des tableaux vivants. Sa femme, issue d'une vieille famille bourgeoise du Tyrol, n'éprouvait pas un véritable penchant pour les choses de l'art;

cependant intelligente et attachée à son mari par une sorte de tendre camaraderie, elle considérait sa distraction favorite d'un œil doucement moqueur, mais d'autant plus aimable que l'intérêt du baron allait au-devant de ses goûts mondains. Un juge sévère aurait peut-être trouvé la société rencontrée au château insuffisamment choisie, mais ceux de ses membres mêmes que leur naissance et leur éducation disposaient à des préjugés de caste ne prenaient nul ombrage de la liberté qui présidait à sa composition. D'ailleurs, l'art que l'on y pratiquait paraissait une justification suffisante et, de surcroît, le nom et la réputation des barons de Schottenegg mettaient leurs invités à l'abri de tout soupçon de libertinage. Je rencontrai là, parmi bien d'autres gens que j'ai oubliés depuis, un jeune comte de la préfecture d'Innsbruck, un officier du régiment des chasseurs de Riva [1], un capitaine de l'état-major avec sa femme et sa fille, une chanteuse d'opérette berlinoise, un fabricant de liqueurs de Bolzano et ses deux fils, le baron Meudolt, qui venait à cette époque de rentrer d'un voyage autour du monde, un ancien comédien du roi à la cour de Bückeburg [2], la comtesse douairière Saima, qui avait été actrice avant son mariage, sa fille et le peintre danois Petersen.

La plupart des invités ne résidaient pas dans le château. Quelques-uns descendaient à Bolzano, d'autres dans une modeste auberge au bas de la colline, à l'embranchement du chemin montant au domaine. Mais aux premières heures de l'après-midi tous s'y retrouvaient le plus souvent pour répéter, parfois sous la direction de l'ancien comédien et de temps à autre sous celle du baron, qui lui-même ne jouait jamais ; et cela se prolongeait jusqu'à une heure avancée de la soirée, d'abord dans les rires et les plaisanteries, puis avec un sérieux grandissant à mesure que le jour de la représentation approchait ; selon les conditions atmosphériques, l'humeur et la préparation, et en tenant compte le plus possible du décor requis par l'action, celle-ci avait lieu soit sur la vaste prairie attenante à la forêt, derrière le petit jardin du château, soit au rez-de-chaussée, dans la salle aux trois grandes fenêtres ogivales.

Lors de ma première visite chez le baron, je n'avais d'autre intention que de passer une agréable journée dans un lieu et parmi des gens nouveaux. Cependant, comme il advient quand on vagabonde librement, sans but déterminé et sans contrainte aucune, la jeunesse vous quittant peu à peu, rien ne vous pressant de rentrer au bercail, je me laissai persuader par le baron de prolonger mon séjour. Au lieu du seul jour prévu, je restai deux, puis trois jours et davantage, et j'en vins ainsi, à ma propre surprise, à demeurer une bonne partie de l'automne dans la

répondit à sa place, ajoutant avec un sourire qu'il n'avait découvert que récemment le nouveau talent de son neveu. Alors monsieur von Umprecht se mit à rire comme pour lui-même, de manière assez étrange, avant de me lancer un coup d'œil qui semblait exprimer une sorte de complicité entre nous et que je fus incapable de m'expliquer. Puis, détournant aussitôt les yeux, il évita dès lors de me regarder.

II

Peu après le repas, je me retirai dans ma chambre. Je me mis à la croisée, comme je l'avais souvent fait l'année précédente, et contemplai avec ravissement la charmante vallée qui étincelait sous le soleil et qui, encore étroite ici devant moi, s'élargissait peu à peu dans le lointain, absorbant la ville et les champs.

On frappa quelques minutes plus tard. C'était M. von Umprecht, il entra, resta debout près de la porte et dit l'air un peu gêné : «Je vous demande pardon de vous déranger!» puis, en s'approchant, il poursuivit :

«Je suis toutefois certain que vous estimerez ma visite justifiée, quand vous m'aurez accordé un quart d'heure d'attention.»

J'invitai monsieur von Umprecht à s'asseoir, mais il n'en fit rien et poursuivit avec feu : «Une très étrange coïncidence a fait de moi votre débiteur et je me sens tenu de vous remercier.»

Ne pouvant naturellement pas imaginer que von Umprecht parlât d'autre chose que de son rôle et trouvant ses paroles exagérément courtoises, je tentai de protester. Mais il m'interrompit aussitôt : «Non, il ne vous est pas possible de saisir le sens de mes paroles, aussi vous prierai-je de bien vouloir m'écouter!»

Il s'assit sur le rebord de la fenêtre, croisa les jambes et, s'efforçant manifestement de paraître aussi calme que possible, il commença : «Avant d'être, comme vous le savez peut-être, gentilhomme campagnard, j'étais officier. C'est à cette époque, il y a dix ans — il y a dix ans *aujourd'hui* — que m'est arrivée l'incompréhensible aventure qui a jeté son ombre sur ma vie jusqu'à ce jour et qui va trouver aujourd'hui sa conclusion grâce à vous, sans que vous vous en doutiez ou y preniez une part quelconque. Il y a en effet un rapport démoniaque entre nous, que vous saurez vraisemblablement aussi peu expliquer que moi ; mais il faut au moins que vous sachiez qu'il existe... À l'époque, mon régiment était en garnison dans un coin perdu de Pologne. Nos seules distractions, en dehors d'un service pas toujours assez astreignant, étaient la boisson et le jeu. Sachant en outre qu'il était possible que nous restions coincés là pendant des années, quelques-uns d'entre nous ne parvinrent pas à se résigner tranquillement à une vie offrant une aussi désolante perspective. Un de mes meilleurs amis se tira un coup de revolver au bout de trois mois de séjour là-bas. Un autre camarade, autrefois le plus aimable des officiers, se mit brusquement à boire sans aucune retenue, devint grossier, irascible et irresponsable ou peu s'en faut, eut une querelle avec un avocat et dut quitter l'armée. Le capitaine de ma compagnie était marié et furieusement jaloux ; j'ignore s'il avait de bonnes raisons de l'être, mais toujours est-il qu'il jeta un jour sa femme par la fenêtre. Elle s'en tira par miracle ; quant à lui, il mourut à l'asile. L'un de nos cadets, un garçon jusqu'alors aimable mais d'une rare bêtise, s'imagina tout à coup comprendre la philosophie et se mit à étudier Kant et Hegel, apprenant par cœur des chapitres entiers de leurs œuvres comme un enfant l'alphabet. Pour moi, je ne faisais rien d'autre que de m'ennuyer, mais si incommensurablement que certains après-midi, étendu sur mon lit, j'avais peur de devenir fou. Notre caserne était située en dehors du village, qui comptait tout au plus une trentaine de masures disséminées ; la ville la plus proche, à une bonne heure de cheval, était d'une saleté répugnante, puante et remplie de Juifs. Nous étions parfois obligés d'avoir affaire à eux… l'hôtelier était juif, le cabaretier était juif, et le cordonnier aussi. Vous imaginez sans peine que nous les traitions avec le plus grand mépris possible. Et nous étions d'autant plus irrités à leur égard que le prince du sang qui était affecté à notre régiment comme officier d'état-major répondait toujours à leurs salutations avec une exquise politesse — était-ce par jeu ou bien avait-il une prédilection pour ce peuple, je l'ignore ; de plus, il protégeait de manière ouverte et délibérée, notre médecin-chef qui était visiblement d'origine juive. Je ne vous raconterais pas tout cela bien sûr, si cette fantaisie du prince ne m'avait justement valu de rencontrer le personnage dont la mystérieuse prescience devait établir ce rapport entre vous et moi dont j'ai parlé. C'était un prestidigitateur, fils d'un débitant d'eau-de-vie juif de la petite ville polonaise voisine. Tout jeune, il avait travaillé dans un magasin à Lemberg[1], puis était venu à Vienne, où quelqu'un l'avait un jour initié aux tours de cartes. Il avait complété sa formation par ses propres moyens, s'assimilant toute sorte d'autres trucs de prestidigitation et faisant peu à peu si bien son chemin qu'il gagnait maintenant sa vie en exerçant ses talents à travers le monde dans des théâtres de variétés ou des clubs. Il revenait chaque été voir ses parents dans sa ville natale. Là, il ne se produisait jamais en public, et c'est ainsi que je le vis pour la première fois dans la rue où son allure me frappa instantanément. C'était un petit homme maigre et imberbe, âgé d'une trentaine d'années à l'époque, et qui allait vêtu avec une élégance parfaitement ridicule en cette saison : une redingote noire avec un gilet de somptueux brocart et haut-de-forme impeccable ; il arborait en outre, les jours de grand soleil, des lorgnons aux verres teintés.

» Un soir après le dîner, nous étions comme d'habitude assis tous les quinze ou seize autour de notre longue table au cercle des officiers. Les fenêtres étaient ouvertes sur la nuit lourde. Quelques-uns parmi nous s'étaient mis à jouer, d'autres bavardaient à une croisée ou buvaient et fumaient en silence. C'est alors que le caporal de jour entra et annonça le prestidigitateur. Nous fûmes d'abord quelque peu surpris. Mais sans attendre davantage, le petit homme entra et, plein de correction, remercia brièvement la compagnie en jargonnant un peu[1], de l'invitation qui lui avait été adressée. Le prince, vers lequel il s'était tourné ce faisant, s'avança vers lui et — bien sûr uniquement dans l'intention de nous contrarier — lui serra la main. L'autre, semblant trouver cela tout à fait naturel, déclara qu'il commencerait par quelques tours de cartes avant de passer au magnétisme et à la chiromancie.

» Il venait à peine de terminer sa phrase que ceux des nôtres qui jouaient aux cartes dans un coin, constatèrent la disparition dans leur jeu de tous les honneurs ; mais sur un geste du magicien, les cartes manquantes rentrèrent à la volée par la fenêtre. Les tours suivants, qui nous amusèrent beaucoup, étaient supérieurs à presque tout ce que j'avais vu jusque-là dans le genre. Pourtant, les expériences d'hypnotisme qui vinrent après me parurent encore plus étonnantes. Nous vîmes ainsi non sans effroi notre cadet philosophe, plongé dans le sommeil hypnotique, obéir aux ordres de l'illusionniste et sauter par la fenêtre ! Il grimpa ensuite le long du mur lisse jusqu'au toit, tout au bord duquel il fit rapidement le tour de l'immeuble avant de se laisser glisser à nouveau dans la cour. Lorsqu'il le vit redescendu, toujours endormi, le colonel dit au magicien : « Dites donc, si cet homme s'était cassé le cou, je vous assure que vous ne seriez pas sorti vivant de cette caserne ! » Je n'oublierai jamais le regard plein de mépris dont le Juif gratifia cette remarque, sans un mot. Puis il demanda lentement : « Voulez-vous, mon colonel, que je lise dans votre main à quel moment *vous*, mort ou vivant, vous quitterez cette caserne ? » Je ne sais ce que le colonel ou chacun de nous eût répondu en d'autres circonstances à cette insolente question… mais l'atmosphère était déjà si troublée et tendue à la fois que personne ne s'étonna de voir le colonel tendre sa main à l'illusionniste et lui dire en imitant son jargon : « Eh bien, lisez donc ! » Tout ceci se passait dans la cour, où notre cadet, toujours endormi, se tenait le dos au mur et les bras écartés, comme crucifié. Le magicien avait pris la main du colonel et l'examinait avec attention. Un lieutenant, qui avait bu plus que de raison, lui demanda : « Y vois-tu suffisamment, youpin ? » Jetant alors un bref regard autour de lui, l'autre répondit gravement : « Mon nom d'artiste est Marco Polo ! » Le prince posa la main sur son épaule et dit : « Mon ami Marco Polo a de bons yeux ! » — « Eh bien, que voyez-vous ? » demanda plus poliment le colonel. — « Je dois parler ? » hésita Marco Polo. — « Nous ne pouvons pas vous y contraindre », répondit le prince. — « Parlez ! » s'exclama le colonel. — « Je préférerais me taire », répondit Marco Polo. — « Allez donc, dit le colonel en éclatant de rire, cela ne doit pas être bien terrible. Et, en admettant que ce soit terrible, ça n'en est pas vrai pour autant ! » — « C'est terrible, répliqua le magicien, et c'est vrai aussi. » — « Eh bien ? » demanda le colonel dans le silence général. — « Vous n'aurez plus à souffrir du froid ! » dit Marco Polo. — « Quoi ? s'écria le colonel, notre régiment serait-il enfin transféré à Riva ? » — « Le régiment, je ne vois rien, seulement vous, mon colonel, vous serez en automne homme mort ! » Le colonel rit à nouveau, mais tous les autres étaient muets ; nous avions tous l'impression, je vous assure, que le colonel venait d'être marqué par la mort. Soudain, quelqu'un partit intentionnellement d'un grand rire, d'autres l'imitèrent et tous regagnèrent le cercle en plaisantant bruyamment. — « Bon, s'écria le colonel, me voilà servi… Aucun de vous, messieurs, n'est-il curieux ? » Quelqu'un répondit, comme par plaisanterie : « Non, nous ne voulons rien savoir ! » Un autre s'avisa brusquement que la religion prévenait contre ce genre de pratique et un jeune lieutenant déclara vivement que l'on devrait enfermer à vie des individus comme Marco Polo. Je vis le prince qui fumait dans un coin, en compagnie d'un de nos plus vieux officiers, et j'entendis qu'il disait : « … Où le miracle commence-t-il ? » Me dirigeant alors vers Marco Polo, qui se préparait à partir, je lui dis, assez bas pour ne pas être entendu : « Prédisez-moi l'avenir ! » Il prit presque distraitement ma main. Puis il déclara : « On voit mal ici ! » Je m'aperçus que les lampes à huile, dans la salle, s'étaient mises à vaciller et que les lignes de ma main paraissaient trembler. — « Venez, mon lieutenant, allons dans la cour ! Je préfère au clair de lune ! » Et, me tenant par la main, il m'entraîna dehors. —

«Écoutez, Marco Polo, lui dis-je, soudain pris d'une étrange idée, si vous ne pouvez pas en dire plus que ce que vous avez révélé à notre colonel, ce n'est pas la peine!» Lâchant aussitôt ma main, le magicien sourit : «Mon lieutenant a peur!» Je me retournai d'un mouvement rapide pour voir si personne ne nous avait écoutés; mais nous avions déjà franchi le portail de la caserne et nous trouvions sur la route qui menait à la ville. «Je voudrais savoir quelque chose de plus précis, rétorquai-je, voilà tout! On peut toujours interpréter les mots de façon différente.» Marco Polo me regarda : «Que désire mon lieutenant?... Peut-être le portrait de la future madame?» — «En seriez-vous capable?» Marco Polo haussa les épaules : «Peut-être... ça serait possible...» Je l'interrompis : «Non, ce n'est pas ce que je veux! Je voudrais savoir ce qui m'arrivera plus tard, dans dix ans par exemple.» Marco Polo secoua la tête : «Ça, je ne peux pas le dire —... mais je peux autre chose peut-être!» — «Quoi?» — «Je pourrais montrer, mon lieutenant, un moment de la vie future, montrer comme une image.» — «Que voulez-vous dire?» lui demandai-je, ne saisissant pas tout de suite. — «Je veux dire un moment de votre vie future, je peux le faire apparaître dans le monde, au milieu de l'endroit où nous sommes.» — «Comment cela?» — «Mon lieutenant me dit seulement lequel!» Je ne comprenais pas tout à fait, mais j'étais sur des charbons ardents : «Bien, dis-je, montrez-moi, si vous le pouvez, ce qui m'arrivera aujourd'hui dans dix ans, à la même heure et à la même seconde! Me comprenez-vous, Marco Polo?» — «Certainement, mon lieutenant!» dit-il en me regardant fixement et... il disparut... mais en même temps que lui disparurent la caserne que je voyais encore, l'instant d'avant, briller sous la lune... disparues les masures dispersées autour de nous dans la plaine... et je me vis comme on se voit parfois soi-même en rêve... je me vis vieilli de dix ans, avec une barbe brune, une cicatrice au front, et j'étais étendu sur une civière au milieu d'une prairie... une belle femme aux cheveux roux était agenouillée à mon côté, cachant son visage dans ses mains; un garçonnet et une fillette auprès de moi; à l'arrière-plan, une sombre forêt et, non loin de là, deux gardes-chasses avec des torches... Vous voilà surpris... bien surpris, n'est-ce pas?

Je l'étais en effet, car ce qu'il me décrivait là correspondait exactement au dernier tableau de ma pièce où, ce soir à dix heures, le personnage qu'il interprétait devait mourir sur scène. — Vous doutez de mes dires, reprit monsieur von Umprecht, et je ne saurais vous en vouloir. Mais voici qui va tout de suite dissiper vos doutes.

Monsieur von Umprecht tira de la poche de son veston une enveloppe fermée : Regardez, s'il vous plaît, ce qui est écrit au dos de cette enveloppe ! Je lus à haute voix : Clos par-devant notaire le 4 janvier 1859. À ouvrir le 9 septembre 1868. Suivait la signature de Maître Artiner, un notaire de Vienne que je connaissais bien.

« C'est aujourd'hui, dit M. von Umprecht. Il y a aujourd'hui dix ans exactement que j'eus avec Marco Polo cette mystérieuse entrevue, qui trouve ainsi son aboutissement, mais pas sa solution. D'année en année, en effet, comme si un destin capricieux s'était plu à jouer avec moi, les possibilités de réalisation de sa prédiction ont varié de manière très bizarre ; gagnant un jour en vraisemblance et se faisant apparemment menaçantes, elles étaient le lendemain réduites à néant ; devenues une fois impitoyable certitude, elles se perdaient ensuite avec le vent, puis réapparaissaient... Mais permettez-moi de revenir à mon récit ! La vision elle-même n'avait sans doute pu durer plus d'un instant ; car l'éclat de rire du lieutenant que j'avais entendu venant de la caserne juste avant que la vision ne surgisse résonnait encore à mes oreilles. Marco Polo était aussi à nouveau devant moi, avec un sourire dont je ne saurais dire s'il était douloureux ou moqueur ; il souleva son haut-de-forme et me dit : « Bonsoir, mon lieutenant, j'espère que vous avez été satisfait ! » puis fit demi-tour et s'en alla lentement sur la route en direction de la ville. Le lendemain, il avait du reste quitté le pays.

» Je pensai d'abord, en rentrant à la caserne, que j'avais sûrement été le jouet d'une mise en scène combinée par Marco Polo, peut-être avec l'aide d'un complice inconnu et au moyen de je ne sais quel jeu de miroirs magiques. À mon grand effroi, je vis en traversant la cour le cadet toujours adossé au mur, les bras en croix. Manifestement, on l'avait complètement oublié. J'entendais les autres qui discutaient et criaient à l'intérieur, en proie à la plus vive excitation. Je saisis le cadet par le bras et il se réveilla aussitôt ; nullement surpris en apparence, il fut seulement dans l'incapacité de s'expliquer l'extraordinaire agitation de tous ces messieurs du régiment. Je me jetai pour ma part avec une sorte de rage dans la discussion, vaine mais animée, qui s'était engagée sur toutes les bizarreries dont nous avions été témoins, et sans tenir, je suppose, des propos plus intelligents que les autres. Soudain, le colonel s'écria : « Eh bien, Messieurs, je suis prêt à parier que je verrai le printemps prochain ! Quarante-cinq contre un ! » Et, se tournant vers l'un de nous, un lieutenant qui jouissait d'une solide réputation de joueur et de parieur : « Qu'en dites-vous ? » Encore qu'il eût visiblement peine à résister à la tentation, celui-ci parut toutefois trouver indécent d'engager un pari avec son colonel sur sa propre mort et se contenta de sourire en silence. Sans doute l'aura-t-il regretté. Car, à peine deux semaines plus tard, au matin du deuxième jour des grandes manœuvres impériales, notre colonel fit une chute de cheval dont il mourut sur le coup. Nous constatâmes à cette occasion qu'aucun de nous ne s'était attendu à autre chose. Mais je commençai pour ma part à penser avec une certaine inquiétude à la prédiction de l'autre nuit, dont une étrange gêne m'avait empêché de parler à qui que ce fût. Je ne m'y décidai qu'à Noël : passant alors mon congé à Vienne, je m'en ouvris à un camarade, dont le nom vous dira peut-être quelque chose… un certain Friedrich von Gulant… Vous avez peut-être entendu parler de lui ; il mourut précocement après avoir écrit quelques jolis vers… Eh bien, c'est avec lui que j'ai ébauché le croquis que vous trouverez dans cette enveloppe, car il estimait que des cas de ce genre ne devaient pas être perdus pour la science, que leurs hypothèses soient confirmées ou non par la suite. Ainsi sommes-nous allés ensemble chez Maître Artiner, en présence de qui nous avons inséré notre esquisse dans une enveloppe que nous avons cachetée ; il l'a conservée jusqu'à hier matin dans son étude, date à laquelle il me la fit remettre, conformément à mon désir. J'avoue que le sérieux avec lequel Gulant mena l'affaire m'avait un peu contrarié ; cependant, lorsque je l'eus perdu de vue et surtout lorsque j'appris, peu après, la nouvelle de sa mort, cette histoire commença à me paraître bien ridicule. Je pris avant tout clairement conscience que mon destin était entièrement entre mes mains. Rien au monde ne pouvait m'obliger à me trouver étendu sur une civière, avec une barbe brune, le 9 septembre 1868 à dix heures du soir ; je pouvais éviter les prairies et les forêts, je n'avais pas besoin non plus d'épouser une femme rousse et d'avoir des enfants. La seule chose à laquelle je ne pouvais peut-être pas échapper était l'accident, un duel par exemple, dont il me resterait une cicatrice au front. Je fus donc tranquillisé… Un an après cette prédiction, j'épousai Mlle von Heimsal, mon épouse que vous connaissez ; puis je quittai bientôt l'armée pour me consacrer à l'agriculture. Je visitai alors différents petits domaines et aussi risible que cela puisse paraître, je pris garde que ne s'y trouvât rien de semblable à la pelouse du « rêve » (c'est ainsi que dans mon for intérieur je me plaisais à nommer ma vision). J'étais sur le point de conclure un achat, lorsque ma femme fit un héritage qui nous donna en partage une propriété avec un beau terrain de chasse en Carinthie. Parcourant mon nouveau domaine pour la première fois, j'y découvris une prairie légèrement en pente et entourée de bois, qui me parut ressembler étrangement au site dont j'avais peut-être toutes les raisons de me méfier ; j'en conçus quelque frayeur. Je n'avais pas parlé à ma femme de la prédiction ; elle est si superstitieuse que jusqu'à aujourd'hui — il eut ici comme un sourire de soulagement — je lui aurais sans aucun doute empoisonné la vie. Je ne pouvais pas lui faire part non plus de mes inquiétudes, bien sûr. Mais je me tranquillisai en me disant que rien ne m'obligeait à passer là le mois de septembre 1868... En 1860, ma femme donna le jour à un fils. Je crus lui trouver, dès les premières années, une ressemblance avec l'enfant du rêve ; tantôt cela s'accentuait, tantôt cela s'effaçait... mais je dois reconnaître aujourd'hui que le petit garçon qui se tiendra, ce soir à dix heures, auprès de ma civière ressemble à s'y méprendre au garçonnet de ma vision... Je n'ai pas de fille. Mais la sœur de ma femme mourut veuve, il y a trois ans, en Amérique où elle avait résidé jusque-là, laissant une petite fille. À la demande de mon épouse, je traversai l'océan et je la ramenai pour la prendre avec nous. Je crus remarquer en la voyant pour la première fois qu'elle ressemblait tout à fait à la fillette du rêve. Je songeai alors un instant à la placer là-bas dans une famille. Mais je repoussai bien sûr aussitôt cette idée peu généreuse et elle fut élevée chez nous. Je me tranquillisai une nouvelle fois, malgré la ressemblance croissante des deux enfants avec ceux de la vision prophétique, car je me disais que mon souvenir était sans doute trompeur. Je connus alors une période de paix complète. Oui, je ne pensais presque plus à l'étrange soirée que j'avais vécue dans ce coin perdu de Pologne quand, il y a deux ans, un nouvel avertissement du destin me bouleversa de façon bien compréhensible. J'avais dû partir en voyage pour quelques mois ; à mon retour, ma femme vint m'accueillir avec des cheveux roux, et sa ressemblance avec la femme de mon rêve me parut d'autant plus grande que je n'avais pas vu le visage de cette dernière. Je crus bon de cacher mon effroi sous un accès de colère ; je m'emportai même à dessein toujours plus, car une idée quasi démente m'était brusquement venue : me séparer d'elle et de mes enfants, afin d'écarter tout danger et de narguer le destin. Le cœur brisé, ma femme éclata en sanglots et tomba à mes genoux en me suppliant de lui pardonner, puis m'expliqua la raison de cette transformation. Dans un musée de Munich, l'année précédente, elle m'avait vu contempler avec une telle admiration le portrait d'une femme aux cheveux roux qu'elle avait aussitôt formé le projet de se faire teindre les cheveux quand elle en aurait l'occasion, de façon à lui ressembler. Je la conjurai bien sûr de revenir le plus tôt possible à sa couleur brune naturelle et, lorsqu'elle l'eut fait, tout sembla redevenu normal. N'était-il pas évident que je restais maître de mon destin?... Ne pouvait-on pas expliquer tout ce qui s'était passé de façon naturelle?... Et n'existait-il pas des centaines d'autres propriétaires possédant prés et bois, ainsi que femme et enfants?... La seule chose susceptible d'effrayer un esprit superstitieux... la cicatrice que vous voyez à mon front, faisait encore défaut... jusqu'à cet hiver... Puis-je me permettre de vous dire ici que je ne manque pas de courage? Je me suis battu deux fois en duel lorsque j'étais officier, dans des conditions vraiment dangereuses... puis une autre fois il y a huit ans, peu après mon mariage, alors que j'avais déjà quitté le service. Cependant, lorsqu'un monsieur, l'année dernière, me demanda raison pour je ne sais quel motif ridicule — je ne l'aurais pas salué assez poliment —, je préférai — ici, monsieur von Umprecht rougit un peu — m'excuser. L'affaire fut, cela va sans dire, correctement réglée, mais je sais très bien que je me serais battu cette fois-là encore, si une peur irraisonnée ne m'avait soudain pris d'être blessé au front par mon adversaire et de donner ainsi un nouvel atout au destin... La précaution, comme vous voyez, fut inutile : la cicatrice est là. L'instant où je fus blessé a peut-être été celui où, au cours de ces dix années, j'ai le plus vivement pris conscience de mon impuissance. C'était un soir de l'hiver dernier : je me trouvais dans le train, avec deux ou trois autres personnes que je ne connaissais pas du tout, entre Klagenfurt et Villach[1], lorsque j'entends soudain le bruit d'une vitre brisée; je ressens au même instant une douleur au front, tandis que quelque chose de dur tombe sur le plancher; je porte aussitôt la main à l'endroit douloureux... il y a du sang; je me baisse vivement et je ramasse un caillou pointu. Mes compagnons de voyage s'alarment. «Que s'est-il passé?» s'écrie l'un d'eux. On s'aperçoit alors que je saigne et l'on s'empresse autour de moi; seul, un monsieur — je le remarque bien — reste comme effondré dans son coin. À l'arrêt suivant, on m'apporte de l'eau, le médecin de la gare me fait un pansement provisoire, mais bien sûr je ne m'effraie pas : je sais que ma blessure n'est pas mortelle et même qu'elle me laissera une cicatrice. Dans le compartiment, la conversation s'engage, on se demande s'il s'agit d'un attentat ou d'une simple polissonnerie de gamin; cependant l'homme dans le coin reste muet, le regard fixe. À Villach je descends. Il me rejoint et me dit : «C'est moi qui étais visé!» Avant que je puisse répondre ou seulement rassembler mes esprits, il disparaît. Je n'ai jamais su qui c'était. Un dément peut-être, atteint de la folie de la persécution... ou peut-être quelqu'un qui avait de bonnes raisons de se croire poursuivi par un époux ou par un frère outragé et que j'avais probablement sauvé, puisque la cicatrice m'était destinée... qui peut le savoir?... Quelques semaines plus tard, en tout cas, elle ornait mon front, exactement à la place où je l'avais vue dans le rêve. Et, comprenant de plus en plus clairement que j'étais engagé dans un combat inégal avec je ne sais quelle puissance inconnue et maligne, j'attendis dans une inquiétude croissante le jour où le dernier acte s'accomplirait.

» Au printemps, nous reçûmes l'invitation de mon oncle. J'étais fermement décidé à ne pas y répondre car, sans me rappeler exactement les lieux, je considérais comme possible que l'endroit maudit puisse se trouver sur ses terres. Ma femme n'aurait toutefois pas compris que je refuse, aussi décidai-je de venir avec elle et les enfants dès le début du mois de juillet, dans l'intention bien établie de quitter le château le plus tôt possible pour aller vers le sud, à Venise ou au Lido. L'un des premiers jours après notre arrivée, la conversation tomba sur votre pièce; mon oncle parla des petits rôles qui y étaient prévus pour des enfants et me demanda de permettre aux miens de jouer, je ne fis pas d'objection. Il était alors prévu que le rôle principal serait tenu par un acteur professionnel. Quelques jours après, la peur de tomber gravement malade et de ne pas pouvoir m'en aller s'empara de moi. Et le soir, je déclarai que j'avais l'intention de partir pour quelque temps, le lendemain, aux bains de mer. On me fit promettre d'être rentré au début de septembre. Le même soir arriva pour le baron une lettre de l'acteur qui sous un prétexte quelconque rendait son rôle. Mon oncle fut très contrarié. Il me pria de lire la pièce — peut-être pourrais-je lui indiquer, parmi nos connaissances, la personne susceptible de tenir ce rôle. J'emportai donc le manuscrit dans ma chambre et me mis à le lire. Imaginez mon état d'esprit quand, arrivé au dénouement, j'y trouvai décrite mot pour mot la scène qui m'avait été prophétisée pour le 9 septembre de cette année. Je ne pus attendre le matin pour dire à mon oncle que je voulais jouer le rôle. Je craignais qu'il ne fît des objections; car depuis que j'avais lu votre pièce, j'avais l'impression d'y être en quelque sorte en lieu sûr, alors que je retomberais au pouvoir de la puissance inconnue, si je perdais la possibilité d'y jouer. Mon oncle accepta sur-le-champ, et tout se passa ensuite le plus simplement et le plus naturellement du monde. Nous répétons tous les jours depuis quelques semaines et je me suis donc trouvé quinze ou vingt fois déjà dans la situation où je serai ce soir: étendu sur la civière, la fille de la comtesse Saima avec sa magnifique chevelure rousse à genoux devant moi, le visage caché dans ses mains, et mes enfants à mon côté.

Tandis que monsieur von Umprecht me parlait, mes yeux étaient à nouveau tombés sur l'enveloppe encore scellée, déposée sur la table. Monsieur von Umprecht sourit. Et, brisant le cachet, il me dit : « Oui, c'est vrai, je vous dois une preuve ! » Une feuille de papier pliée apparut. Von Umprecht la déplia et la posa sur la table ; c'était un plan complet du décor de ma scène finale, aussi précis que si je l'avais dessiné moi-même : le fond et les côtés, sommairement esquissés, portaient l'inscription « Forêt » ; au milieu, au-dessous du mot « Civière », une ligne horizontale évoquait grossièrement une figure masculine... Les autres personnages, à peine esquissés eux aussi, étaient désignés par des inscriptions en petits caractères tracés à l'encre rouge : « Femme rousse », « Garçonnet », « Fillette », « Porteurs de torche », « Homme aux bras levés ». Je me tournai vers monsieur von Umprecht : « Que signifie cela, "Homme aux bras levés" ?

— Ah, j'ai failli l'oublier ! répondit-il non sans quelque hésitation. Il y avait en effet encore un autre personnage dans ma vision : un vieil homme, violemment éclairé par les torches, entièrement chauve et rasé de près, avec des lunettes et une écharpe vert foncé autour du cou, les bras levés au ciel et les yeux écarquillés. »

Ce fut à mon tour d'être interloqué.

Nous restâmes un moment sans rien dire, puis je demandai, d'une voix étrangement inquiète :

« Qu'en pensez-vous ? Qui peut bien être ce personnage ?

— Je suppose, répondit calmement Umprecht, un spectateur ou peut-être l'un des domestiques de mon oncle qui, ne pouvant maîtriser son émotion, se précipiterait sur la scène... mais peut-être le destin veut-il que, par un de ces hasards qui ne sauraient vraiment plus m'étonner, un fou, échappé d'un asile, vienne traverser la scène en courant juste au moment où je serai étendu sur la civière. »

Je secouai la tête.

« Comment disiez-vous ?... Chauve... des lunettes... une écharpe verte ?... Eh bien, cela me paraît encore plus curieux qu'auparavant. Car j'ai effectivement eu l'intention de mettre dans ma pièce le personnage de l'homme que vous avez vu jadis, puis j'y ai renoncé. C'était un fou, le père de la jeune femme dont il est question au premier acte, et il devait se précipiter sur la scène à la fin.

— Avec une écharpe et des lunettes ?

— L'acteur aurait pu ajouter ces détails de sa propre initiative… ne croyez-vous pas ?

— Oui, c'est possible.»

Nous fûmes interrompus. Mme von Umprecht faisait demander son mari pour lui parler avant la représentation, et il prit congé. Je restai encore un moment seul, examinant avec soin le plan que monsieur von Umprecht avait laissé sur la table.

III

Je ressentis bientôt le besoin d'aller voir le lieu prévu pour la représentation. Il se trouvait derrière le manoir, au-delà d'un charmant jardin. Là où il se terminait par une haie d'arbustes, on avait disposé une dizaine de rangées de simples bancs en bois ; les premiers rangs étaient recouverts d'une tapisserie rouge sombre. Juste devant, quelques pupitres et quelques chaises ; pas de rideau : deux grands sapins, à droite et à gauche, marquaient la séparation entre la scène et le public ; sur la droite, derrière un fourré qui commençait tout de suite, on avait dissimulé le confortable fauteuil du souffleur, ainsi invisible pour les spectateurs. À gauche, en revanche, la vue s'étendait librement sur le vaste panorama de la vallée. Le fond de la scène était formé par de grands arbres, serrés les uns contre les autres au milieu et troués sur la gauche de sentiers dont on distinguait les étroites coulées sortant de l'ombre. Un peu plus loin dans la forêt, dans une petite clairière artificielle, une table et des chaises avaient été placées pour les acteurs attendant leur entrée en scène. L'éclairage était assuré par de très vieux candélabres comme on en voit dans les églises, avec d'immenses bougies, disposés des deux côtés de la scène, en guise de coulisses. Derrière le fourré à droite, il y avait une sorte de magasin des accessoires à ciel ouvert ; j'y aperçus, à côté d'autres objets de moindre dimension, la civière sur laquelle monsieur von Umprecht devait mourir à la fin de la pièce… Et comme je traversai la prairie, elle baignait dans la douce lumière du soleil couchant.

… J'avais bien sûr réfléchi au récit de monsieur von Umprecht. Au début je n'écartai pas l'idée qu'il fût un de ces menteurs extravagants qui préparent leur mystification de longue main et en dépit des difficultés, pour se rendre intéressants. Je ne considérai même pas comme impensable que la signature du notaire fût fausse et que monsieur von Umprecht, voulant mener son affaire avec conséquence, eût des complices. Je trouvais particulièrement suspect cet inconnu aux bras levés, qui devait surgir à la fin et pouvait éventuellement être de connivence avec lui. Cependant, le rôle que ce personnage avait joué dans le plan primitif de la pièce, dont personne n'avait pu avoir connaissance, contredisait mes doutes — ainsi que, avant tout, l'impression favorable que la personne de monsieur von Umprecht m'avait faite. Et, si invraisemblable, voire si monstrueux que m'apparût son récit... quelque chose en moi me poussait à y ajouter foi — peut-être la sotte vanité de me sentir l'exécuteur d'une volonté supérieure régissant le destin des hommes... Entre-temps, on commençait à s'agiter autour de moi : des domestiques venus du château allumaient les bougies, tandis que des gens des environs, dont beaucoup de paysans en costume, gravissaient lentement la colline et se groupaient modestement à côté des bancs. La maîtresse de maison apparut à son tour avec quelques messieurs et dames qui prirent place sans cérémonies. Je les rejoignis et bavardai avec des connaissances de l'année précédente. Les musiciens arrivaient aussi et occupaient peu à peu leurs places ; cet orchestre était assez inhabituel : il comprenait deux violons, un violoncelle, un alto, une contrebasse, une flûte et un hautbois. Ils se mirent tout de suite à jouer, manifestement trop tôt, une ouverture de Weber. Devant, tout près d'eux, se tenait un vieux paysan qui était chauve et portait autour du cou une sorte de cache-nez de couleur sombre. Peut-être était-ce lui, me dis-je, que le destin avait choisi pour sortir ultérieurement une paire de lunettes et, soudain devenu fou, se précipiter sur la scène. Le jour avait rapidement baissé et une légère brise s'était levée, qui faisait vaciller les flammes des grandes bougies. Des bruits dans le fourré révélèrent que les acteurs étaient arrivés à proximité de la scène sans être vus. Je pensai alors pour la première fois à tous les autres, me rappelant que je n'en avais encore vu aucun, à l'exception de monsieur von Umprecht, de ses enfants et de la fille du garde forestier. J'entendis la voix forte du régisseur et le rire de la jeune comtesse Saima. Tous les bancs étaient maintenant occupés, le baron avait pris place dans une des premières rangées et s'entretenait avec la comtesse Saima. L'orchestre attaqua et la fille du garde forestier s'avança pour dire le prologue. La pièce racontait l'histoire d'un homme qu'un brusque et ardent désir d'aventure et de voyage pousse à quitter les siens sans leur dire adieu ; il vit, en une journée, des expériences si malheureuses et si douloureuses à la fois qu'il décide de rentrer chez lui avant que sa femme et ses enfants n'aient remarqué son absence ; mais une ultime aventure sur le chemin du retour, presque à la porte de sa maison, s'achève par son meurtre ; ses dernières paroles sont alors pour ceux qu'il a quittés et qui se retrouvent confrontés à sa fuite et à sa mort comme aux plus insolubles des énigmes.

La pièce avait commencé ; tous, actrices et acteurs, jouaient de manière agréable ; je pris plaisir à cette représentation simple d'événements simples, j'oubliai d'abord le récit de monsieur von Umprecht. L'orchestre se remit à jouer après le premier acte, mais personne n'écoutait, tant les conversations étaient animées sur tous les bancs. Pour moi, je me tenais à un endroit d'où je ne pouvais être vu, un peu à l'écart de la scène sur le côté gauche, là où prenait le chemin descendant vers la vallée. Le second acte commença ; le vent était un peu plus fort maintenant, et l'éclairage vacillant ne contribuait pas peu à l'effet de la pièce. Une nouvelle fois, les acteurs disparurent dans la forêt et l'orchestre se fit entendre. Tout à fait par hasard, mon regard tomba sur le flûtiste, un homme à lunettes et au visage glabre ; mais il avait de longs cheveux blancs et pas d'écharpe autour du cou. Puis la musique se tut et les acteurs réapparurent. C'est alors que le flûtiste, qui avait posé son instrument devant lui sur son pupitre, sortit de sa poche une grande écharpe verte qu'il s'enroula autour du cou. J'en fus tout à fait abasourdi. La seconde d'après, monsieur von Umprecht entra en scène ; je vis que son regard se fixait brusquement sur le musicien dont il remarqua l'écharpe verte ; il eut un instant d'hésitation, mais se ressaisit aussitôt et continua de jouer sans se troubler. Je demandai à un jeune garçon du pays, à côté de moi, s'il connaissait le flûtiste, et il me dit que c'était le maître d'école du village de Kaltern. Le spectacle continuait et maintenant la fin approchait : tandis que les deux enfants, conformément à leur rôle, déambulaient sur la scène, un brouhaha se fit entendre, venant de la forêt, se rapprocha et l'on distingua des cris et des appels ; le vent de plus en plus fort et l'agitation des branches étaient du meilleur effet. On amena enfin monsieur von Umprecht, l'aventurier agonisant, sur sa civière. Les deux enfants se précipitèrent, les porteurs de torches s'immobilisèrent à côté. Peu après surgit la femme rousse et, le visage convulsé, elle s'affaisse près de la victime ; celui-ci veut encore une fois parler, essaie de se soulever mais — comme il est prescrit dans son rôle — n'y arrive plus. Alors un formidable coup de vent menace tout d'un coup les torches, je vois, dans l'orchestre, quelqu'un se lever d'un bond — c'est le flûtiste — à mon grand étonnement, il est chauve, le vent a emporté sa perruque ; les bras levés au ciel, son écharpe verte flottant autour du cou, il se précipite sur la scène. Instinctivement, mes yeux cherchent Umprecht : le regard fixe, comme extasié, il contemple cet homme ; il veut dire quelque chose… n'y parvient manifestement pas… et retombe sur sa civière… Bien des gens croient encore que tout cela fait partie de la pièce ; je ne sais pas moi-même que penser de ce nouvel évanouissement ; entre-temps, l'homme à l'écharpe verte a dépassé la civière et disparaît dans la forêt, toujours à la poursuite de sa perruque. Umprecht ne se relève pas ; un nouveau coup de vent éteint l'une des deux torches ; quelques personnes, aux premiers rangs, commencent à s'agiter. J'entends la voix du baron : « Silence ! Silence ! » et le silence se rétablit… le vent lui-même se tait… mais Umprecht reste allongé, immobile, et ses lèvres ne bougent pas. La jeune comtesse Saima pousse un cri et bien sûr le public croit qu'il fait aussi partie du spectacle. Fendant alors la foule, je me précipite sur la scène, tandis que, derrière moi, l'agitation devient générale… certains se lèvent, d'autres me suivent, on entoure la civière… Qu'y a-t-il, que s'est-il passé ?… Arrachant sa torche à l'un des porteurs, j'éclaire le visage de l'homme étendu… Je le secoue, j'ouvre fébrilement son pourpoint ; le médecin, parvenu à mon côté, se penche sur la poitrine d'Umprecht, lui prend le pouls et, demandant que l'on veuille bien s'écarter, murmure quelques mots à l'oreille du baron… l'épouse de l'homme sur la civière, qui s'est frayé un chemin jusqu'à la scène, se jette sur le corps de son mari en poussant un grand cri, cependant que les enfants restent là, anéantis et ne comprenant pas… Personne ne veut croire à ce qui est arrivé, mais chacun en fait part à son voisin… et, une minute plus tard, tous savent à la ronde que monsieur von Umprecht qui était entré en scène sur une civière vient de mourir subitement…

Tremblant d'épouvante, je suis redescendu en toute hâte, le soir même, dans la vallée. En proie à un étrange sentiment d'horreur, je n'ai pu me décider à retourner au château. Le lendemain, je vis le baron à Bolzano ; je lui rapportai le récit d'Umprecht tel que je l'avais entendu moi-même de sa bouche. Comme il restait incrédule, je tirai le mystérieux papier de ma poche et le lui tendis ; il me regarda d'un air étonné, presque effrayé, et me rendit la feuille… elle était blanche, sans le moindre mot ni dessin…

J'ai tenté à plusieurs reprises de retrouver Marco Polo ; mais la seule chose que je pus apprendre à son sujet fut qu'il s'était produit pour la dernière fois, trois ans plus tôt, à Hambourg, dans un cabaret de bas étage.

Le plus incompréhensible pourtant, dans toute cette histoire incompréhensible, c'est que l'on n'a jamais revu le maître d'école qui était parti en courant, les bras levés, à la poursuite de sa perruque, avant de disparaître dans la forêt ; on n'a même pas retrouvé son cadavre.

POSTFACE DE L'ÉDITEUR

Je n'ai pas connu personnellement l'auteur du récit que l'on vient de lire. Après avoir joui d'une certaine célébrité de son vivant, cet écrivain devait mourir pour ainsi dire oublié à l'âge de soixante ans à peine, il y a une dizaine d'années. Tous ses biens allèrent, sans dispositions particulières, à son ami de jeunesse, le médecin de Merano dont il a été question dans ces pages. Séjournant à Merano l'hiver dernier, comme je m'étais entretenu de temps à autre avec lui de toutes sortes de questions mystérieuses, et en particulier de visions, de télépathie, et de divination, il m'a remis le manuscrit que je publie aujourd'hui. J'aimerais pouvoir considérer ce récit comme une histoire relevant de la pure imagination, si ce médecin — comme on l'aura lu — n'avait lui-même assisté à cette représentation et à son étrange dénouement, et connu personnellement le maître d'école disparu de si mystérieuse façon. Quant au magicien Marco Polo, je me rappelle encore très bien avoir vu, étant adolescent, son nom sur une affiche, au bord du *Wörthersee*[1] où je passais mes vacances d'été ; il m'avait frappé et je m'en suis souvenu, car je m'apprêtais justement à lire les mémoires de son homonyme, le célèbre explorateur.

Traduction révisée par Brigitte Vergne-Cain et Gérard Rudent.

LE DESTIN DU BARON DE LEISENBOHG

Das Schicksal des Freiherrn von Leisenbohg *est la première nouvelle du recueil de 1907, intitulé* Âmes crépusculaires (Dämmerseelen). *Elle est suivie, dans cet ordre, de* La Prédiction, La Nouvelle Chanson, L'Étrangère *et* La Dernière Lettre d'Andreas Thameyer. *De tous les recueils de Schnitzler, c'est sans doute celui qui présente l'unité d'inspiration la plus forte : Vienne, le monde du spectacle, les regards, les voix sont constamment au rendez-vous pour former un espace très prenant et très ambigu. Dans l'histoire de Leisenbohg, il s'agit du théâtre le plus brillant, le plus huppé : l'Opéra, et de ses vedettes, de leurs carrières internationales, leurs amours, leurs admirateurs fascinés, leurs superstitions, tout un réseau de désirs et d'affrontements multiformes. Dans cette nouvelle, achevée le 4 septembre 1903, un certain plaid vert joue un rôle discret, mais tout à fait symbolique : il est suspendu à une balustrade, et le vent le gonfle comme une voile… Le vert, cette couleur si présente dans l'œuvre de Schnitzler (les prairies, les cravates, les abat-jour, les perroquets…), intervient comme un signal récurrent ; or, c'est la couleur de Lucifer et du blason des fous — couleur maléfique pour les gens de théâtre. Schnitzler ne pouvait pas l'ignorer.*

D'ordinaire, on considère l'histoire de Leisenbohg comme entièrement ironique, car on prête volontiers à l'écrivain-médecin sceptique l'intention de dénoncer certaines superstitions et la croyance naïve au fantastique. En réalité, c'est sans doute un peu plus compliqué. Schnitzler, en effet, associe dans son récit la description enjouée du monde du théâtre et ses propres observations psychologiques les plus profondes. Il s'agit pour lui de suggérer quel peut être le développement redoutable de nos pulsions quand elles se trouvent intensifiées par des émotions esthétiques. C'est une conception qui diffère beaucoup de ce qu'il est convenu de penser de la « sublimation » ! Les références à de très grands rôles comme ceux de Tristan, de Siegfried ou de Lohengrin, mais aussi à ceux de la Reine de la Nuit, de Mignon ou de Philine, ne nous semblent pas être vulgairement anecdotiques. La carrière artistique et amoureuse de l'héroïne Kläre Hell n'est pas séparable d'un ensemble narratif très complexe. Le récit de Schnitzler se déroule sur une dizaine d'années et retrace l'évolution d'un petit groupe de personnages : Kläre, Fanny, Leisenbohg, Sigurd, sans oublier l'ombre du prince Richard Bedenbruck. C'est ce groupe tout entier qui vit dans une ambiance psychologique crépusculaire. Mais Schnitzler parvient à suggérer que la société en général ne fonctionne pas autrement…

Le Destin du baron de Leisenbohg *était sans doute la nouvelle préférée de Schnitzler. Le 29 mars 1912, alors qu'il revoit tous ses récits en vue de la publication de ses œuvres complètes, il note dans son* Journal *: « Leisenbohg, ma meilleure nouvelle. » Et il la choisira très souvent pour ses lectures publiques. Pourtant elle n'était pas bien comprise, même de ses amis les plus qualifiés. Hugo von Hofmannsthal lui écrit par exemple, le 2 juillet 1904 : « Leisenbohg est bien, tout à fait agréable et très fin, mais il faudrait un peu plus de grotesque. » Manifestement Loris, qui publiera bientôt le* Conte de la 672e nuit, *juge la nouvelle de son ami comme néo-romantique, dans un courant d'inspiration qui viendrait d'E.T.A. Hoffmann, sinon d'Edgar Poe… Mais en réalité, Arthur Schnitzler nous semble dans* Leisenbohg *beaucoup plus proche d'Achim von Arnim : comme le flegmatique hobereau de Wiepersdorf, le laryngologue viennois ne croit pas aux démons, mais en la croyance aux démons ! Il constate combien les superstitions sont présentes dans le « médio-conscient » des individus, et combien leurs pulsions s'y nourrissent d'aliments redoutables. Le ton de ce récit peut paraître badin et entièrement satirique ; cependant, sa signification demeure que le crépuscule dans les âmes favorise tel passage à l'acte qui, au grand jour de la raison, est jugé impossible et totalement invraisemblable.*

C'est au printemps 1902 que Schnitzler se met à composer l'histoire de Leisenbohg. *Sous le titre provisoire de « La malédiction » (Fluch). Dans le même temps, il travaille aussi d'autres récits* — L'Étrangère, La Prédiction, La Danseuse grecque — *qui tous baignent dans la même ambiance d'amour et de mort, sous le signe du mystère ; et il faut bien admettre que pour Schnitzler l'opposition entre réel et irréel n'est plus irréductible. À ses yeux, et comme pour d'autres novateurs du début de ce siècle, la littérature fantastique a cessé d'être la mauvaise conscience de l'époque positiviste ; plus qu'un genre littéraire paradoxal, elle est devenue un champ d'exploration psychologique. Au reste, Schnitzler travaille beaucoup sa nouvelle tout au long de 1903, et jusqu'au printemps de 1904 ; beaucoup plus que ne le demanderait une fantaisie, ou une simple pochade...*

Le Destin du baron de Leisenbohg *est publié pour la première fois, le 30 juin 1904, dans la* Neue Deutsche Rundschau *(à Berlin). L'écrivain note à la même date dans son* Journal : *« Leisenbohg est paru ce jour. N. D. R. Ne semble pas plaire. »*

C'est par une tiède soirée de mai que Kläre Hell[1] fit sa rentrée à l'Opéra dans le rôle de la «Reine de la nuit[2]». Personne n'ignorait la raison pour laquelle la cantatrice avait abandonné la scène pendant deux mois. Le quinze mars, le prince Richard Bedenbruck avait été victime d'un accident de cheval et, au bout de quelques heures de souffrances pendant lesquelles Kläre ne l'avait pas quitté, il avait expiré dans ses bras. Le désespoir de Kläre fut tel qu'on craignit pour sa vie d'abord, pour sa raison ensuite, et pendant longtemps pour sa voix. Cette dernière crainte cependant se révéla aussi peu fondée que les premières. Lorsqu'elle reparut en scène, le public se montra aimable quoique réservé ; mais à peine eut-elle chanté son premier grand air que ses amis proches purent recueillir les félicitations chaleureuses des personnes de connaissance. À la quatrième galerie, la figure pouponne et rouge de la petite Fanny Ringeiser rayonnait de joie en réponse aux sourires approbateurs et compréhensifs que les habitués du poulailler adressaient à leur camarade. Ils savaient tous que Fanny, quoique la fille d'un passementier du quartier de *Mariahilf*[3], faisait partie des proches de la cantatrice tant appréciée, qu'elle était parfois invitée à prendre le thé chez elle et qu'elle avait aimé le prince en secret. Pendant l'entracte Fanny raconta à ses amis que le baron[4] de Leisenbohg avait conseillé à Kläre de choisir le rôle de «Reine de la nuit» pour reparaître en scène… pensant que le costume sombre s'harmoniserait le mieux avec son état d'âme.

Quant au baron, il occupait au premier rang son fauteuil d'orchestre habituel, au coin de l'allée du milieu, et remerciait les amis qui le saluaient, d'un sourire aimable mais presque douloureux. Que de souvenirs l'assaillaient aujourd'hui ! Il avait fait la connaissance de Kläre dix ans auparavant. Il s'occupait alors de l'éducation artistique d'une jeune personne très svelte à chevelure rousse, et assistait à une soirée théâtrale à l'école de chant Eisenstein, où sa jeune protégée débutait dans le rôle de Mignon [1]. Ce fut ce soir-là qu'il vit et entendit Kläre qui chantait dans la même scène le rôle de Philine [2]. Il avait alors vingt-cinq ans, était indépendant et ne s'embarrassait pas de scrupules. Il ne s'occupa plus de Mignon ; à la fin de la représentation, il pria Mme Nathalie Eisenstein de le présenter à Philine et lui déclara vouloir mettre entre ses mains tant son cœur que sa fortune et ses relations dans le monde du spectacle. Kläre habitait alors chez sa mère, veuve d'un haut fonctionnaire de l'administration des postes, et elle était éprise d'un jeune étudiant en médecine, elle allait parfois prendre une tasse de thé chez lui ou faire un brin de causette dans sa petite chambre près de l'*Alserstraße*[3]. Elle repoussa les fougueuses avances du baron, mais, attendrie par les hommages de Leisenbohg, elle devint clémente au jeune étudiant dont elle fut bientôt la maîtresse. Le baron, qu'elle en avertit, s'en fut retrouver sa protégée rousse sans renoncer toutefois à faire la cour à Kläre. Toute occasion de fête lui semblait bonne pour envoyer des fleurs ou des bonbons, et de temps en temps il faisait une visite de politesse à la veuve du fonctionnaire des postes.

À l'automne, Kläre obtint son premier engagement à Detmold. Le baron de Leisenbohg — alors simple attaché de ministère — profita de ses premiers jours de congé à Noël pour aller retrouver Kläre dans sa nouvelle résidence. Son espoir renaissait, car il avait appris que l'étudiant, devenu médecin, s'était marié en septembre. Mais Kläre, toujours franche, avertit Leisenbohg dès son arrivée qu'elle avait noué des liens très tendres avec le ténor du théâtre, et le baron dut quitter Detmold sans autre souvenir que celui, tout platonique, d'une promenade en voiture à travers bois et d'un dîner avec elle au restaurant en compagnie de quelques-uns de ses camarades. Cela ne l'empêcha pas de revenir à Detmold [4] et son attachement pour Kläre lui permit d'apprécier en amateur de théâtre les considérables progrès qu'elle faisait ; quant au reste, il mettait tout son espoir dans la saison prochaine pour laquelle le ténor avait signé un contrat à Hambourg. Mais cette année-là, il eut encore une déception, car Kläre s'était avisée de céder aux instances de Louis Verhajen, un riche négociant d'origine hollandaise.

Lorsque pour la troisième saison Kläre accepta l'engagement du Théâtre de la Cour de Dresde, le baron, malgré sa jeunesse, quitta une carrière pleine d'avenir et vint s'installer dans cette ville. Il passa toutes ses soirées avec Kläre et sa mère qui affectait à merveille d'ignorer tout des diverses liaisons de sa fille, et encore une fois il espéra. Malheureusement le Hollandais avait l'insupportable manie d'annoncer dans chacune de ses lettres sa visite pour le lendemain, d'insinuer qu'il faisait surveiller sa maîtresse par une armée d'espions et de la menacer d'une mort des plus cruelles au cas où elle le trahirait. Mais comme il ne venait pas pour autant et que la nervosité de Kläre allait croissant, Leisenbohg décida d'en finir coûte que coûte et il partit pour Detmold afin d'engager des pourparlers. À son plus grand étonnement, le Hollandais lui confia qu'il avait cru de son devoir de galant homme d'écrire à Kläre ces lettres d'amour et de menace, mais qu'en réalité il serait ravi d'être libéré désormais de toute obligation. Leisenbohg rentra à Dresde dans un état de félicité parfaite et, sitôt arrivé, il fit part à Kläre de l'heureuse issue de son entretien. Elle le remercia cordialement, mais au premier geste de tendresse, elle remit si vertement le baron à sa place qu'il en fut tout décontenancé. Pressée de questions, elle lui avoua enfin qu'en son absence le prince Kajetan en personne s'était pris pour elle d'une vive passion, jurant de se suicider si elle ne consentait à l'aimer. Elle n'avait pu faire autrement, bien sûr, que de céder à ses instances pour ne pas plonger dans le deuil la famille régnante et le pays.

Leisenbohg repartit pour Vienne le cœur à peu près brisé. Il fit aussitôt jouer toutes ses relations, ne ménageant pas ses efforts et c'est grâce à lui que l'Opéra de Vienne fit à Kläre des propositions pour la saison suivante. Après un beau succès comme cantatrice invitée, elle fut engagée en octobre, et la magnifique corbeille de fleurs envoyée par le baron qu'elle trouva dans sa loge dès la première soirée semblait exprimer à la fois tout son amour et tout son espoir. Mais le donateur enthousiaste dut apprendre à la sortie qu'une fois de plus il arrivait trop tard ! Un blond répétiteur de chant — avec qui elle avait travaillé ces dernières semaines et dont les lieder eux aussi n'étaient pas sans valeur — avait acquis des droits sur Kläre que, pour rien au monde, elle n'eût voulu léser.

Sept années avaient passé depuis. Le répétiteur de chant s'était trouvé remplacé par monsieur Klemens von Rhodewyl, parfait gentilhomme et cavalier intrépide ; von Rhodewyl par Vincenz Claudi, chef d'orchestre, qui, en dirigeant un opéra, chantait parfois si fort que l'on n'entendait plus les artistes ; au chef d'orchestre avait succédé le comte von Alban-Rattony, un homme connu pour avoir perdu toutes ses propriétés de Hongrie au jeu et pour avoir acquis plus tard par le même moyen un château en Basse-Autriche[1] ; après le comte, vint monsieur Edgar Wilhelm, auteur d'arguments chorégraphiques dont la musique lui coûtait cher, de drames pour lesquels il louait le *Jantschtheater*[2] et de vers qu'on imprimait en très beaux caractères dans le journal le plus insipide de la capitale ; à monsieur Edgar Wilhelm succéda un monsieur dénommé Amandus Meier, qui n'avait pour lui que sa jolie figure, ses dix-neuf ans… et un fox-terrier qui n'avait pas son pareil pour faire le poirier ; et au sieur Meier succéda enfin le prince Richard Bedenbruck, le seigneur le plus élégant de l'Empire.

Jamais Kläre n'avait fait un mystère de ses liaisons. Son train de vie était celui d'une bourgeoise, seule la personne du maître de maison variait. Le public l'aimait à la folie. En haut lieu, on trouvait de bon ton qu'elle allât chaque dimanche à la messe, qu'elle se confessât tous les quinze jours, qu'elle portât toujours à son cou une médaille de la Vierge bénie par le pape et qu'elle ne se couchât jamais sans faire sa prière. Elle était de toutes les ventes de charité et les dames du monde viennoises, qu'elles soient de l'aristocratie ou de la finance juive, étaient fières et heureuses de se trouver à tenir un stand sous le même pavillon que Kläre. Quand la jeunesse enthousiaste l'attendait à la sortie du théâtre, elle saluait cette foule d'un sourire séduisant. Elle distribuait à ses patients admirateurs toutes les fleurs qu'elle avait reçues ; une fois elle les oublia dans sa loge et, s'en apercevant à la sortie, elle s'écria dans ce charmant parler viennois qui lui allait si bien au teint : « Bon sang ! voilà que j'ai laissé ma salade là-haut dans ma chambrette… Mes enfants, je vous invite à venir me voir demain après-midi, il en restera bien un peu ! » Puis elle monta dans sa voiture et, se penchant par la fenêtre, elle ajouta : « On vous fera un bon café ! »

Fanny Ringeiser avait été l'une des rares personnes qui avaient eu le cran de se rendre à cette invitation. Kläre s'amusa de sa conversation animée, de son jeune enthousiasme. Elle la plaisanta un peu, la questionna sur sa famille, d'un air bienveillant comme une grande duchesse et fut si enchantée par ses propos qu'elle l'invita à revenir sans tarder. Fanny revint, elle revint même souvent, et bientôt elle fit partie de la maison de l'actrice, y jouit d'une certaine considération et sut en particulier se maintenir dans son rôle de confidente sans jamais se permettre la moindre intimité vis-à-vis de Kläre. Durant quelques années, Fanny fut l'objet de plusieurs demandes en mariage provenant de jeunes gens, pour la plupart des fils de fabricants de *Mariahilf* et avec qui elle allait au bal. Mais elle les repoussa toutes, toujours et irrévocablement éprise de chaque nouvel amant de Kläre.

Pendant plus de trois ans, Kläre, avec sa fidélité habituelle, avait aimé le prince Bedenbruck d'une passion encore plus profonde que ses prédécesseurs ; et Leisenbohg qui, malgré ses nombreuses déceptions, n'avait pas abdiqué tout espoir, conçut des craintes sérieuses et des doutes sur la réalisation d'un bonheur qu'il attendait depuis dix ans. Chaque fois qu'il voyait le favori du moment vaciller sur son piédestal, il congédiait sa propre maîtresse sans nul retard, pour être prêt le cas échéant. Il fit donc de même après la mort subite du prince Richard ; mais pour la première fois ce fut plus par habitude que par conviction. Car la douleur de Kläre semblait infinie et chacun la crut dégoûtée à jamais des plaisirs de la vie. Elle se rendait au cimetière tous les jours pour déposer des fleurs sur la tombe du défunt ; elle fit monter au grenier ses robes claires et enferma ses bijoux dans le tiroir le plus caché de son secrétaire. Il fallut même toute la force de persuasion de ses amis pour la dissuader de quitter le théâtre pour toujours.

Après cette première reprise dont le succès avait été si vif, la vie de Kläre sembla, extérieurement du moins, reprendre son cours habituel. Le cercle de ses amis se retrouva chez elle. On y revit le critique musical Bernhard Feuerstein qui, selon le menu du jour, arrivait avec une jaquette maculée d'épinards ou de tomates, pour éreinter le directeur de l'Opéra et les camarades de Kläre, à la grande joie de celle-ci. Les deux cousins du prince Richard, Christian et Lucius, fils d'une autre lignée Bedenbruck, se mirent à lui faire comme jadis une cour polie et fort respectueuse ; elle reçut un attaché de l'ambassade de France, un jeune pianiste virtuose, tchèque, et le dix juin pour la première fois on la revit aux courses. Pourtant, comme le dit le prince Lucius, qui n'était pas sans talent poétique, son âme seule s'était réveillée, mais son cœur dormait toujours. En effet, lorsque, au cours d'une conversation, un ami jeune ou vieux risquait la moindre allusion à la passion ou à la tendresse, le sourire s'éteignait sur ses lèvres, ses yeux s'obscurcissaient et parfois sa main esquissait un étrange geste de protestation qui semblait devoir la préserver à tout jamais du contact des humains.

Il advint que, dans la seconde moitié du mois de juin, un artiste scandinave nommé Sigurd Ölse [1] vint chanter le rôle de Tristan à Vienne.

Sa voix était claire et puissante quoiqu'elle manquât de pureté ; sa taille gigantesque avait une légère tendance à l'embonpoint, et au repos son visage manquait même parfois totalement d'expressivité ; mais quand il chantait, ses yeux gris acier s'allumaient d'une étincelle mystérieuse et son regard, sa voix savaient enivrer tous les cœurs, ceux des femmes en particulier.

Kläre était placée dans la loge réservée aux artistes avec quelques camarades, qui comme elle, ne chantaient pas ce soir-là. Seul son visage à elle n'exprimait aucune émotion. Le lendemain matin Sigurd Ölse lui fut présenté dans le bureau du directeur. Elle lui parla aimablement, mais avec réserve, de son succès de la veille. Dans l'après-midi il vint lui rendre visite sans en avoir été prié. Le baron Leisenbohg et Fanny Ringeiser se trouvaient présents. Sigurd prit avec eux une tasse de thé. Il parla de ses parents, pêcheurs dans un petit port de Norvège ; de la miraculeuse découverte de sa voix par un Anglais de passage, dont le yacht blanc avait jeté l'ancre dans ce fjord lointain ; et de sa femme, une Italienne qui était morte en plein océan Atlantique, pendant leur voyage de noces, et qui avait trouvé sa sépulture dans les flots. Quand il eut pris congé, un long silence plana. Fanny plongeait un regard obstiné dans sa tasse de thé vide, Kläre appuyait pensivement ses deux bras sur le couvercle du piano auprès duquel elle s'était installée, et le baron réfléchissait, anxieux et muet : pourquoi Kläre, en écoutant l'histoire du voyage de noces de Sigurd, n'avait-elle pas eu l'étrange geste familier depuis la mort du prince, avec lequel elle semblait vouloir bannir jusqu'au souvenir de l'amour qui continuait à exister sur terre, tendre ou passionné ?

Sigurd Ölse chanta encore plusieurs fois le rôle de Siegfried, comme artiste invité, et celui de Lohengrin. Dans la loge, Kläre, impassible, l'écouta chaque fois. Le chanteur, cependant, qui n'avait à Vienne d'autres relations que l'ambassadeur de Norvège, venait tous les jours prendre le thé chez elle, non sans y rencontrer très souvent Fanny Ringeiser et toujours le baron de Leisenbohg.

Le vingt-sept juin, il chanta pour la dernière fois dans *Tristan*. Kläre, dans la loge, ne semblait pas plus émue que de coutume. Le lendemain, elle emmena Fanny au cimetière, elle déposa une gigantesque couronne sur la tombe du prince. Le même soir, elle organisa une fête d'adieu en l'honneur du chanteur, qui devait quitter Vienne le lendemain.

Tous ses amis étaient venus au grand complet. Et chacun se rendit compte de la profonde passion que Kläre avait inspirée à Sigurd. Il parla beaucoup et avec agitation, selon son habitude. Il raconta entre autres choses, que, sur le bateau qui l'avait amené, il avait fait la connaissance d'une Arabe mariée à un grand-duc russe, et que celle-ci, qui était chiromancienne, lui avait prédit pour un proche avenir l'époque la plus néfaste de sa vie. Il croyait fermement à cette prophétie, et de fait la superstition ne semblait pas être chez lui une simple pose pour se rendre intéressant. Il rappela aussi l'épisode, d'ailleurs bien connu, de sa tournée en Amérique l'année précédente lorsque, à peine débarqué à New York et risquant un dédit formidable, il s'était rembarqué aussitôt pour l'Europe, simplement parce que, sur la passerelle, un chat noir s'était faufilé entre ses jambes. Ce n'était du reste pas sans raison qu'il croyait à ce rapport mystérieux entre d'incompréhensibles signes et la destinée humaine. Sa voix ne lui avait-elle pas fait défaut, avant d'entrer en scène à Londres, au théâtre de Covent-Garden, un soir qu'il avait oublié de murmurer une incantation qu'il tenait de sa grand-mère ? Une nuit, dans un rêve, un génie ailé en maillot rose était venu lui annoncer la mort de son coiffeur préféré, et le lendemain matin on avait effectivement trouvé le malheureux, pendu. De plus, il avait toujours sur lui une courte mais précieuse lettre de la défunte cantatrice Cornelia Lujan, lettre qui lui avait été remise au cours d'une séance spirite à Bruxelles et qui lui prédisait en excellent portugais qu'il deviendrait un jour le chanteur le plus célèbre de l'ancien et du nouveau monde. Il racontait tout cela spontanément, et, lorsqu'il fit circuler la lettre d'outre-tombe écrite sur papier rose à en-tête de la maison Glienwood, l'émotion fut profonde et générale. Kläre seule, ostensiblement distraite, approuvait de temps à autre d'un mouvement de tête indifférent. Malgré cela l'inquiétude de Leisenbohg allait croissant. Son œil exercé discernait déjà les signes avant-coureurs d'un danger imminent. Pendant le dîner d'abord, Sigurd, pris pour lui d'une violente sympathie comme tous les précédents amants de Kläre, l'invita à venir le voir dans sa propriété au bord du fjord de *Molde*[1] et finalement lui proposa de le tutoyer. En outre, Fanny Ringeiser tremblait de tout son corps chaque fois que Sigurd lui adressait la parole, elle rougissait et pâlissait tour à tour quand il la fixait de ses grands yeux gris acier et, lorsqu'il parla de son départ prochain, elle éclata en sanglots. Cette fois encore pourtant, Kläre resta sérieuse, comme figée. Elle répondait à peine aux regards ardents de Sigurd, elle lui parlait comme à tous les autres, sans vivacité particulière ; et quand enfin il lui baisa la main pour ensuite lever vers elle des yeux qui semblaient à la fois implorer, promettre et désespérer, les siens restèrent impénétrables, et sa figure impassible. Leisenbohg observait tout cela plein de méfiance et de crainte. Cependant à la fin de la soirée, lorsque l'un après l'autre les invités prirent congé, il arriva au baron quelque chose d'inattendu. Ayant tendu la main à Kläre le dernier, il s'apprêtait à s'en aller. Mais il sentit qu'elle le retenait : « revenez », murmura-t-elle. Il crut avoir mal entendu mais encore une fois, elle pressa sa main et, les lèvres tout près de son oreille, elle répéta : « Revenez, je vous attends dans une heure. »

Il s'en alla avec les autres, presque titubant. Avec Fanny il accompagna Sigurd à l'hôtel et l'entendit, comme de très loin, chanter les louanges de Kläre. Puis, enveloppé de la douce fraîcheur de cette nuit, il ramena Fanny Ringeiser chez elle à *Mariahilf*, observant comme à travers un brouillard les grosses larmes bêtes qui coulaient sur son visage enfantin et un peu rougeaud. Puis il prit une voiture et se fit arrêter devant la maison de Kläre. Il vit la lumière filtrer à travers les rideaux de sa chambre à coucher ; son ombre glissa près de la fenêtre et, d'un signe de tête, elle l'invita à monter. Il n'avait pas rêvé, elle l'attendait.

Le lendemain matin, le baron de Leisenbohg fit une promenade à cheval au Prater. Il se sentait jeune et heureux. La tardive réalisation de ses désirs lui semblait cacher un sens secret. Ce qu'il avait vécu cette nuit, tout en ayant été pour lui la plus merveilleuse des surprises... lui apparaissait cependant comme la conséquence naturelle et le couronnement de ses relations avec Kläre. Il se rendait compte que ce moment avait dû nécessairement arriver et il faisait des projets pour l'avenir. « Pendant combien de temps encore fera-t-elle du théâtre ? » pensa-t-il... « Peut-être pendant quatre ou cinq ans. C'est à ce moment-là et pas une minute avant que je l'épouserai. Nous habiterons la campagne, tout près de Vienne... à *St. Veit* peut-être ou bien à *Lainz*[1]. J'achèterai une petite maison ou encore j'en ferai bâtir une à son goût. Nous vivrons assez retirés du monde, mais nous ferons souvent de grands voyages... en Espagne, en Égypte, aux Indes... » Tel était le cours de sa rêverie tandis qu'il accélérait le pas de son cheval à travers les prairies du *Heustadl*[2]. Il revint au trot par la Grande Allée du Prater et, arrivé au *Praterstern*, il reprit sa voiture. Dans le centre de la ville il se fit arrêter chez Fossati, la grande fleuriste près de l'Opéra, et envoya une superbe gerbe de roses rouges à Kläre. Il rentra déjeuner chez lui sur la *Schwarzenbergplatz*[3], seul comme de coutume, et en sortant de table, s'étendit sur sa chaise longue. De toute la force de son être il désirait Kläre. Que lui avaient importé toutes les autres femmes?... Une distraction — rien de plus. Et il sentait que le moment viendrait où Kläre à son tour lui avouerait : que m'ont importé tous les autres?... Tu es le seul et le premier que j'aie jamais aimé... Étendu, les yeux fermés, il passa en revue la série complète... Non, certes, elle n'en avait aimé aucun avant lui, peut-être même était-ce lui qu'elle avait cherché, toujours et dans chacun d'eux!...

Le baron s'habilla et lentement, comme pour jouir de cette attente quelques minutes de plus, il prit le chemin qu'il connaissait si bien, vers chez elle. Il y avait encore beaucoup de promeneurs sur le Ring, mais on sentait déjà la fin de la saison. Leisenbohg se réjouit que l'été fût là, où il pourrait voyager avec Kläre, où ensemble ils verraient la mer et les montagnes, et il dut se retenir pour ne pas crier sa joie aux passants.

Il était arrivé devant chez elle et leva les yeux vers ses fenêtres. La lumière du soleil de l'après-midi, en s'y reflétant, l'aveuglait presque. Il monta les deux étages et sonna à sa porte. Personne ne vint ouvrir. Il sonna encore. Personne n'ouvrit. Soudain Leisenbohg s'aperçut qu'une chaîne de sûreté avait été mise à la porte... Qu'est-ce que cela signifiait? S'était-il trompé?... Le nom de l'actrice n'était pas gravé sur sa porte, mais en face il put lire comme toujours : « Lieutenant-colonel von Jeleskowits »... Aucun doute : il se trouvait devant son appartement, et son appartement était fermé!... Il descendit l'escalier en courant et ouvrit précipitamment la loge de la concierge. Une demi-obscurité y régnait, la concierge était assise sur son lit, un enfant s'amusait à regarder la rue à travers le petit soupirail, l'autre sifflotait une sorte de chanson sur un vieux peigne. « Mademoiselle Hell est-elle absente? » demanda le baron. La femme se leva. « Non, monsieur le baron, mademoiselle Hell est partie en voyage...

— Comment? s'écria le baron, et il ajouta tout aussitôt : Oui, naturellement... à trois heures, n'est-ce pas?

— Non, monsieur le baron, mademoiselle est partie à huit heures, ce matin.

— Et pour où?... Je veux dire, est-elle partie directement pour... Dresde... » Il disait n'importe quoi, au hasard.

« Non, monsieur le baron, elle n'a pas laissé d'adresse, elle a dit qu'elle écrirait pour la donner.

— Ah... oui... bon... naturellement... je vous remercie. » Il lui tourna le dos et se retrouva dans la rue. Sans le vouloir, il regarda encore une fois cette maison. Comme le reflet du soleil dans les fenêtres était changé! Quelle triste et lourde soirée d'été planait sur la ville! Kläre était partie?!... pourquoi?... Elle l'avait fui?... Qu'est-ce que cela signifiait?...

Il songea d'abord à se faire déposer à l'Opéra, mais il se rappela que les vacances commençaient dès le surlendemain et que Kläre n'avait plus à paraître durant ces deux derniers jours.

Il se fit donc conduire dans la *Mariahilferstrasse*[1], au numéro 76, où habitaient les Ringeiser. Une vieille cuisinière vint ouvrir et contempla, non sans méfiance, ce visiteur élégant. Il demanda madame Ringeiser et, avec une émotion qu'il ne pouvait plus contenir, il balbutia : « Mademoiselle Fanny est-elle là ?

— Comment ? » fit sèchement Mme Ringeiser.

Le monsieur se présenta.

« Pardon, dit-elle alors ; monsieur le baron, voulez-vous vous donner la peine d'entrer ? »

Il restait dans le vestibule et réitéra sa question : « Mademoiselle Fanny n'est-elle pas là ?

— Veuillez donc entrer, monsieur le baron. » Leisenbohg dut la suivre et se trouva dans une pièce basse à demi obscure avec des fauteuils de velours bleu et des rideaux de reps assorti. « Non, dit Mme Ringeiser, Fanny n'est pas là, mademoiselle Hell l'a emmenée avec elle pour les vacances.

— Où cela ? s'écria le baron qui fixait obstinément une photographie de Kläre dans un mince cadre doré sur le piano.

— Où ça... je ne sais pas, repartit Mme Ringeiser. Mademoiselle Hell est venue ce matin à huit heures et m'a demandé de lui confier Fanny... et elle l'a fait si gentiment que je n'ai pu refuser.

— Mais pour où... pour où ? demanda Leisenbohg d'une voix pressante.

— Je ne puis vous le dire... Fanny doit me télégraphier aussitôt que mademoiselle Hell aura décidé de s'arrêter quelque part. Peut-être même dès demain ou après-demain.

— Vraiment ? » dit Leisenbohg en se laissant tomber sur une petite chaise de rotin près du piano. Il se tut pendant quelques secondes, puis se levant soudain, il tendit la main à Mme Ringeiser, s'excusa de l'avoir dérangée et descendit lentement l'escalier mal éclairé de la vieille maison.

Il hochait la tête. Elle avait été prudente... vraiment bien plus prudente qu'il ne le fallait !... Pourtant elle connaissait bien sa discrétion.

« Où faut-il aller, monsieur le baron ? » demanda le cocher, et Leisenbohg s'aperçut qu'il était depuis un bon moment assis dans sa voiture décapotée, les yeux dans le vague. Cédant à une inspiration soudaine, il répondit : « À l'hôtel Bristol[2]. »

Sigurd Ölse n'était pas encore parti. Il reçut le baron dans sa chambre et, plein d'une joie exubérante, lui demanda de bien vouloir passer avec lui cette dernière soirée de son séjour viennois. Leisenbohg, ému déjà de voir que Sigurd Ölse n'avait pas quitté Vienne, fut touché aux larmes de son amabilité. Sigurd se mit immédiatement à parler de Kläre, il demanda à Leisenbohg de lui dire tout ce qu'il savait d'elle puisque le baron était son plus ancien et son plus fidèle ami. Installé sur la grande malle, Leisenbohg évoqua Kläre ; cela le soulageait de pouvoir parler d'elle... Il raconta presque tout au chanteur — en exceptant simplement ce qu'il croyait de son devoir de galant homme de lui cacher. Sigurd l'écoutait et semblait ravi.

Pendant le dîner le chanteur invita son ami à quitter Vienne le soir même et à l'accompagner dans sa propriété de Molde. Le baron se sentit merveilleusement tranquillisé. Il refusa pour le moment, mais promit à Ölse de venir le voir au cours de l'été.

Puis ils allèrent ensemble à la gare. « Tu vas peut-être me prendre pour un fou, fit Sigurd, mais je voudrais passer devant sa fenêtre encore une fois. » Leisenbohg lui jeta discrètement un coup d'œil. Était-ce un essai de mystification? Ou plutôt une dernière preuve de l'innocence du chanteur?... Arrivé devant la maison de Kläre, Sigurd envoya un baiser vers ses fenêtres fermées. Puis il dit : « Rappelle-moi à son souvenir. »

Leisenbohg acquiesça. « Je le ferai quand elle reviendra. »

Sigurd le regarda, interdit.

« Car elle est partie », ajouta Leisenbohg, puis, mentant à bon escient : « elle est partie ce matin très tôt — sans adieu... selon son habitude.

— Partie ! » répéta Sigurd qui tomba dans de profondes réflexions. Et ils restèrent muets tous les deux.

Au départ du train ils s'embrassèrent comme de vieux amis.

Durant la nuit qui suivit, le baron couché dans son lit, pleura comme au temps de son enfance. De l'heure de volupté qu'il avait goûtée avec Kläre, il ne lui restait maintenant qu'un souvenir épouvanté. Il lui semblait qu'elle avait eu, la nuit dernière, un éclat de folie dans les yeux. À présent, il comprenait tout ! Il avait répondu trop vite à son appel. L'ombre du prince Bedenbruck gardait encore tout pouvoir sur elle, et Leisenbohg sentit qu'il n'avait possédé Kläre que pour la perdre à tout jamais.

Il erra quelques jours dans Vienne sans savoir que faire de ses journées et de ses nuits ; tout ce qui le distrayait jusque-là — son journal, le whist, les promenades à cheval — lui était devenu complètement indifférent.

Kläre avait été son unique raison d'être et il sentait que même ses liaisons avec d'autres femmes n'avaient vécu que du reflet de sa passion pour elle. Une sorte de brume grise planait sans cesse sur la ville ; les gens qui lui parlaient avaient des voix bizarres, ils le fixaient avec d'étranges yeux de traîtres. Un soir, il se rendit à la gare et sans réfléchir, il prit un billet pour *Ischl*[1]. Arrivé là-bas, il rencontra des personnes de connaissance qui, sans malice, lui demandèrent des nouvelles de Kläre ; ses réponses hargneuses et impolies lui attirèrent un duel avec un monsieur dont il ne se souciait pas le moins du monde. Il se présenta sans aucune émotion, entendit la balle de l'autre siffler à ses oreilles, tira en l'air et quitta Ischl une demi-heure après le duel. Il alla au Tyrol, dans l'Engadine, dans l'Oberland bernois, au bord du lac de Genève ; il rama, franchit des cols de montagne, gravit de hautes cimes, passa la nuit dans des refuges, et se retrouvait en général ignorant ce qu'il avait fait la veille autant que ce qu'il ferait le lendemain.

Un jour il reçut une dépêche qu'on lui avait renvoyée de Vienne. Il l'ouvrit, la main tremblante, et lut : « Si tu es mon ami, tiens ta parole et accours ; car j'ai besoin d'un ami. Sigurd Ölse. » Leisenbohg ne douta pas un instant du rapport qu'il devait y avoir entre cette dépêche et Kläre. Il fit ses malles le plus vite possible et quitta Aix, où il se trouvait, par le premier train. Il gagna Munich, Hambourg et, sans s'arrêter, prit le bateau qui, passant par *Stavanger*[2], devait le conduire à Molde ; il y débarqua par une radieuse soirée d'été. Le voyage lui avait paru interminable. Son âme était restée insensible aux charmes du paysage. Et depuis quelques jours, il cherchait en vain à se souvenir du son de la voix et du visage de Kläre. Il lui semblait avoir quitté Vienne depuis des années… depuis des dizaines d'années ! Mais quand sur la rive il vit Sigurd en complet de flanelle blanche, avec sa casquette blanche sur la tête, il lui sembla qu'il l'avait quitté seulement la veille. Du haut du pont et tout bouleversé qu'il était, il répondit par un sourire aux saluts de bienvenue que lui adressait Sigurd et réussit à franchir la passerelle sans se départir de son calme.

« Je te remercie mille fois de t'être rendu à mon appel, dit le chanteur, et il ajouta simplement : C'en est fini de moi. »

Le baron le regarda. Sigurd était très pâle, sur les tempes ses cheveux avaient fortement grisonné. Il portait sur son bras un plaid d'un vert soyeux.

« Qu'est-ce qu'il y a ? Que t'est-il arrivé ? demanda Leisenbohg avec un sourire crispé.

— Tu vas tout savoir », fit Sigurd Ölse. Le baron remarqua que sa voix était moins sonore qu'autrefois… Une voiture étroite les mena par une délicieuse avenue qui longeait la mer bleue. Tous deux se taisaient. Leisenbohg n'osait pas questionner. Son regard fixait l'eau presque immobile. Il eut l'étrange idée de vouloir compter les vagues, mais elle s'avéra irréalisable ; levant les yeux, il crut voir les étoiles tomber lentement du ciel, goutte à goutte. Tout à coup il se rappela qu'il existait une cantatrice nommée Kläre Hell qui vagabondait de par le vaste monde… mais ce détail lui parut d'une importance secondaire. La voiture s'arrêta brusquement devant une simple maison blanche dans un enclos de verdure. Ils dînèrent dans une véranda d'où l'on découvrait la mer. Ils furent servis par un domestique à figure sévère et presque menaçante par moments quand il leur versait le vin. La lumineuse nuit du Nord s'étendait au loin.

« Eh bien ? demanda Leisenbohg qui se sentit envahi soudain par une vague d'impatience.

— Je suis un homme perdu, dit Sigurd Ölse sans lever les yeux.

— Que veux-tu dire ? demanda Leisenbohg d'une voix blanche. Puis il ajouta machinalement : En quoi puis-je t'être utile ?

— Tu ne peux pas faire grand-chose. Je ne sais pas encore. »

Son œil effleura la nappe, le parapet et la terrasse, le jardin, la grille, la route et la mer puis se fixa sur l'horizon.

Leisenbohg se sentit pétrifié… Toutes sortes d'idées se présentèrent à son esprit… Que pouvait-il être arrivé ?… Kläre était-elle morte ?… Sigurd l'avait-il tuée… ? — … jetée à la mer ?… — Ou était-ce Sigurd qui était mort ? — … Mais non, c'était impossible… puisqu'il était là devant lui… Mais pourquoi ne parlait-il pas ?… Pris subitement d'une peur affreuse, Leisenbohg demanda sans transition : « Où est Kläre ? »

Le chanteur se tourna lentement vers lui. Sa large figure était comme éclairée par une lumière intérieure et semblait sourire… à moins que ce ne fût la lune dont les rayons jouaient sur son visage. Leisenbohg eut en tout cas l'impression, en cet instant, que cet homme au regard voilé qui était assis à côté de lui, les mains dans les poches, allongeant sous la table des jambes démesurées, offrait une ressemblance unique et frappante avec un pierrot. Le plaid vert suspendu à la balustrade apparut à ce moment au baron comme un vieil ami… Mais que lui importait ce plaid ridicule ? Peut-être rêvait-il ?… Il était à Molde. Bizarre, vraiment… S'il avait été raisonnable, d'Aix il aurait bien pu télégraphier au chanteur : « Qu'y a-t-il ? Que me veux-tu, Pierrot ? » Et soudain il posa la même question que tout à l'heure, toutefois avec plus de calme et de politesse : «Où est Kläre?»

Le chanteur fit «oui» plusieurs fois de la tête. «C'est d'elle en effet qu'il s'agit... Es-tu mon ami?»

Leisenbohg acquiesça. Il sentit un léger frisson. Une brise tiède venait du large. «Je suis ton ami, que veux-tu de moi?

— Te souviens-tu du soir où nous prîmes congé l'un de l'autre, baron? Nous avions dîné ensemble au Bristol, et tu m'avais accompagné à la gare?»

Encore une fois Leisenbohg acquiesça.

«Tu ne te doutais pas alors que Kläre Hell quittait Vienne par le même train que moi?»

La tête de Leisenbohg tomba lourdement sur sa poitrine...

«Je ne m'en doutais pas plus que toi, poursuivit Sigurd. Je ne vis Kläre que le lendemain matin quand je descendis déjeuner. Elle était assise au buffet avec Fanny Ringeiser et prenait son café. Sa conduite me fit croire que notre rencontre était simplement due au hasard. Cela n'était pas.

— Continue, dit le baron, fixant le plaid vert qui s'agitait doucement.

— Elle m'a avoué plus tard que le hasard n'y était pour rien. Dès ce moment-là nous ne nous quittâmes plus, Kläre, Fanny et moi. Nous nous installâmes au bord d'un de vos ravissants petits lacs autrichiens. Nous habitions une charmante maison entre l'eau et la forêt, sans personne. Nous étions très heureux.»

Il parlait si lentement que Leisenbohg crut devenir fou.

Pourquoi m'a-t-il fait venir? pensait-il. Que veut-il de moi?... Lui a-t-elle avoué?... Cela ne le regarde pas... Pourquoi me regarde-t-il d'un air si crispé?... Pourquoi suis-je à Molde sur cette véranda avec un pierrot?... Ne serait-ce pas tout de même un rêve?... Suis-je encore dans les bras de Kläre et cette nuit dure-t-elle toujours?... — Et il écarquilla les yeux comme malgré lui.

«Me vengeras-tu? demanda brusquement Sigurd.

— Te venger?... Mais pourquoi? que s'est-il passé? reprit le baron qui entendait ses propres paroles résonner à ses oreilles, comme au loin.

— Parce qu'elle a ruiné ma vie, parce que je suis perdu.

— Décide-toi à parler, fit Leisenbohg d'une voix âpre et dure.

— Fanny Ringeiser était avec nous, poursuivit Sigurd. C'est une bonne fille, n'est-ce pas?

— Oui, c'est une bonne fille, repartit Leisenbohg et il revit soudain la pièce mi-obscure avec ses meubles de velours bleu et ses rideaux de reps où il avait parlé à la mère de Fanny, des siècles auparavant.

— C'est une jeune fille un peu bête, n'est-ce pas?

— Je crois, répondit le baron.

— Moi, je le sais, fit Sigurd. Elle ne se doutait pas de notre grand bonheur.» Et il se tut un bon moment.

«Continue», insista Leisenbohg qui attendait.

«Un matin, Kläre dormait encore, reprit Sigurd. Elle dormait en général bien avant dans la matinée, tandis que je me promenais dans la forêt. Soudain derrière moi j'entendis Fanny qui arrivait en courant: "Fuyez, monsieur Ölse, avant qu'il soit trop tard; partez, car vous êtes en grand danger!..." D'abord, chose étrange, elle ne voulut pas m'en dire davantage. Mais j'insistai et j'appris quel était le danger dont elle me croyait menacé. Ah! elle pensait pouvoir me sauver encore, sans quoi elle ne m'aurait certainement rien dit!»

Le plaid vert, sur la balustrade, se gonflait comme une voile, la flamme de la lampe vacillait.

«Qu'est-ce que Fanny t'a raconté? demanda Leisenbohg sur un ton sévère.

— Te souvient-il du soir où nous étions tous invités chez Kläre? demanda Sigurd. Eh bien, le matin du même jour Kläre avait été au cimetière avec Fanny, et sur la tombe du prince, avait confié à son amie l'atroce vérité.

— L'atroce vérité?...» Le baron frémit.

«Oui... Tu sais comment est mort le prince, n'est-ce pas? Il est tombé de cheval et il a vécu encore pendant une heure.

— Je sais.

— Kläre seule était auprès de lui.

— Je sais.

— Il ne voulait voir qu'elle. Et sur son lit de mort il formula une malédiction.

— Une malédiction?

— Oui, une malédiction... "Kläre, dit le prince, ne m'oublie pas. Je ne trouverais pas le repos dans ma tombe si tu m'oubliais." "Je ne t'oublierai jamais", répondit Kläre. "Jure-moi de ne jamais m'oublier." "Je le jure." "Kläre, je t'aime et je vais mourir."

— Qui parle? s'écria le baron.

— Moi, dit Sigurd. Je fais parler Fanny qui fait parler Kläre qui fait parler le prince. Tu ne saisis pas?»

Leisenbohg écoutait péniblement. Il lui semblait entendre la voix du prince qui, au travers de son triple cercueil, résonnait dans la nuit.

« Kläre, je t'aime et je dois mourir ! Tu es si jeune encore et moi je m'en vais… Et un autre viendra après moi… Je le sais, cela sera… Un autre t'enlacera de ses bras et il sera heureux avec toi… Il ne le faut pas… je ne le veux pas… Je le maudis… Tu entends, Kläre, je le maudis !… Que le premier qui après moi touchera tes lèvres, le premier qui étreindra ton corps aille en enfer !… Kläre, le ciel entend les malédictions des mourants… Prends garde à toi… prends garde à lui… Qu'il aille en enfer ! Que la misère et la folie l'assaillent. Malheur à lui ! malheur ! malheur !… »

Sigurd dont la bouche avait fait retentir la voix du prince défunt, s'était levé ; grand et plutôt gros dans son complet de flanelle blanche, il embrassait du regard la nuit lumineuse. De la balustrade le plaid vert glissa dans le jardin. Le baron avait affreusement froid. Tout son corps lui semblait glacé. Il aurait voulu crier, mais il ne réussit qu'à ouvrir très grand la bouche… Il se trouvait en ce moment dans la petite salle de l'école de Mme Eisenstein où il avait vu Kläre pour la première fois. Sur la scène un pierrot récitait : « Le prince est mort, cette malédiction à la bouche et… écoute encore… le malheureux qui étreignit Kläre de ses bras, l'infortuné sur lequel retombe cette malédiction, c'est moi !… moi !… moi !… »

À cet instant précis la scène s'effondra avec un craquement sinistre et Leisenbohg la vit disparaître dans les flots. Sa chaise se renversa en arrière et il tomba par terre comme un mannequin.

Sigurd bondit et appela au secours. Deux domestiques accoururent, le relevèrent évanoui et l'étendirent dans une chaise longue à côté de la table ; l'un s'en fut chercher un médecin, l'autre apporta de l'eau et du vinaigre. Sigurd frictionna le front et les tempes du baron, mais celui-ci ne bougeait pas. Arriva alors le médecin qui fit son examen. Ce fut très court. Puis il dit simplement : « Ce monsieur est mort. »

Sigurd Ölse se trouva très ému, et priant le médecin de faire le nécessaire il quitta la terrasse. Il traversa le salon, monta au premier, entra dans sa chambre, alluma et écrivit en toute hâte les mots suivants : « Kläre, j'ai trouvé ta dépêche à Molde où j'avais fui sans retard. Je t'avoue que je ne t'avais pas crue, je pensais que tu voulais me tranquilliser par un mensonge. Pardonne-moi… je ne doute plus. Le baron de Leisenbohg est venu me voir. Je l'avais appelé. Je ne lui ai pas posé de questions ; car en gentleman il se serait cru obligé de mentir. Mon idée fut ingénieuse. Je lui communiquai la malédiction du prince… Le résultat fut surprenant : le baron bascula vers l'arrière, avec sa chaise et tomba raide mort. »

Sigurd s'arrêta, très sérieux, et sembla réfléchir. Se plaçant au milieu de la pièce, il éleva la voix pour chanter. Comme voilée et craintive d'abord, sa voix se gonfla peu à peu et, grandissant à travers la nuit, devint puissante et sonore comme si les flots en avaient renvoyé l'écho… Un sourire rassuré détendit le visage de Sigurd. Il respira profondément. Puis s'approchant de son bureau, il compléta sa dépêche par les mots suivants : « Kläre bien-aimée ! pardonne-moi… tout va pour le mieux. Attends-moi dans trois jours… »

Traduction révisée par Brigitte Vergne-Cain et Gérard Rudent.

LA NOUVELLE CHANSON

Ce récit se présente comme une pure chronique viennoise. Monsieur von Breiteneder est un viveur (Lebemann), mais il est rien moins qu'un aristocratique personnage : c'est le fils d'un honorable artisan de l'Alserstrasse, l'artère principale du IXe arrondissement de Vienne, au-delà du Ring, dans les faubourgs où l'on donne très facilement du « von » à n'importe quel client…

C'est d'ailleurs après s'être promené par un beau matin de juillet au bois de Pötzleinsdorf (XVIIIe arrondissement), dans le prolongement du même faubourg, qu'Arthur Schnitzler écrit d'un trait cette nouvelle, le 3 juillet 1904. Il l'appelle alors d'un nom collectif : « Les chanteurs populaires » (Die Volkssänger). Ce n'est qu'en novembre qu'il adopte le titre définitif, Das neue Lied. *Ce récit sera publié une première fois dans le supplément de Pâques de la* Neue Freie Presse, *le 23 avril 1905. Il sera repris dans plusieurs livres publiés par Samuel Fischer : en 1907, dans le recueil intitulé* Âmes crépusculaires ; *en 1912 dans les œuvres complètes ; en 1914 dans* La Danseuse grecque. *Et Schnitzler en donnera souvent lecture en public, avec un vif succès.*

Mais il éprouve des sentiment mitigés à l'égard de cette nouvelle. Il y tient sans doute beaucoup : dans une lettre du 5 août 1904, il déclare à Hofmannsthal que l'idée du récit est très ancienne. Cependant, dix ans plus tard, le 18 décembre 1914, il note dans son Journal *qu'elle ne lui plaît plus ; que c'est « écrit d'une façon trop négligée » (« wie schlampig geschrieben »). « Schlampig », c'est-à-dire bâclé. Au demeurant, c'était déjà le mot que Bettina von Arnim employait pour juger le style d'Achim, son époux... (voir la notice du* Destin du Baron de Leisenbohg, *p. 789). Deux jours après, le 20 décembre 1914, Schnitzler note : « La lecture de* La Nouvelle Chanson *m'apporte beaucoup d'enseignements. Combien je ressens mon manque de talent, dans l'ensemble comme dans les détails* [...]. *Mes intuitions sont de plus en plus pures et inaccessibles. » Dans cet aveu s'exprime une contradiction douloureuse entre la force de l'inspiration et la faiblesse relative de l'expression.*

La Nouvelle Chanson *appartient en effet à l'un des thèmes majeurs de la modernité, celui que l'on pourrait désigner comme « carnavalesque ». Il est lié au cabaret, au music-hall, aux divertissements populaires comme fournissant des lieux magiques pour les tragédies humaines. Par là, Schnitzler rejoint un puissant courant de création artistique : de Tchekhov à Céline, de James Ensor à Federico Fellini, pour ne citer que quelques grands artistes parmi bien d'autres. La parade des masques dans les faubourgs, après que Dieu est mort et que l'horreur physique ne peut plus être transcendée... C'est le retour du tragique au milieu des tours de prestidigitation. Marie, la Merlette blanche (« die weisse Amsel ») est digne de Christine, l'héroïne de* Liebelei ; *ce sont les petites-filles de la Gretchen de Goethe — mais elles annoncent aussi Gelsomina et Cabiria, qui surgiront dans « l'écriture » en noir et blanc de Fellini...*

«Ce n'est pas ma faute, monsieur von Breiteneder… non vraiment, on ne peut pas dire ça!…» Bien que ces paroles lui semblent venir de loin, Karl Breiteneder savait fort bien que celui qui les prononçait marchait à côté de lui — il sentait même la légère odeur de vin sur laquelle elles flottaient. Toutefois, hors d'état d'entamer une discussion, il ne répondit pas : épuisé et bouleversé par les effroyables événements de cette nuit, il n'éprouvait plus qu'un grand besoin de solitude et d'air pur. C'est pourquoi, évitant aussi de rentrer chez lui, il avait continué d'aller sur la route déserte, dans la brise matinale, sortant de la ville en direction des collines boisées qu'il voyait émerger là-bas des légères brumes de mai. Parcouru de la tête aux pieds par d'incessants frissons, il restait insensible à l'agréable fraîcheur qu'il sentait habituellement le pénétrer, chaque fois qu'il sortait à l'aube, après une nuit d'insomnie. Car il avait toujours devant les yeux l'affreux spectacle qui l'avait fait s'enfuir.

L'homme à côté de lui venait sans doute juste de le rejoindre. Que lui voulait-il donc?… pourquoi se défendait-il?… et pourquoi précisément devant lui? Il n'avait jamais songé à faire des reproches au vieux Rebay, encore qu'il sût parfaitement que la responsabilité du drame retombait en grande partie sur lui. Il le regarda de biais : quelle allure il avait! Un bouton manquait à sa redingote noire, fripée et tachée, les autres étaient tout effrangés; la boutonnière du haut retenait une fleur fanée. Karl se souvint de l'y avoir vue la veille, fraîche encore. Paré de cet œillet et assis devant son piano délabré, le vieux chef d'orchestre avait accompagné tous les numéros de la troupe Ladenbauer comme il le faisait depuis près de trente ans. Le petit cabaret était plein à craquer, on avait dû mettre des tables et des chaises dans le jardin, car c'était ce soir-là, comme l'annonçaient en lettres rouges et noires de grandes pancartes jaunes, « La Rentrée de Mlle Maria Ladenbauer, dite la *Merlette blanche,* après une grave maladie ».

Karl respira profondément. Il faisait maintenant tout à fait jour et le chef d'orchestre et lui n'étaient plus seuls tous les deux sur la route. Derrière eux, sur les chemins de traverse, et même en face, venant de la forêt, les promeneurs arrivaient de partout. Karl se rappela seulement alors que c'était dimanche. Il se réjouit à la pensée qu'aucune obligation ne l'appelait en ville, bien qu'il sût que son père lui aurait une fois de plus pardonné son absence un jour de semaine. L'atelier du vieux tourneur, dans l'*Alserstrasse*[1], pouvait momentanément se passer de lui et son père savait d'expérience que, jusqu'ici, les Breiteneder avaient toujours pris en temps opportun la décision de se ranger. Son histoire avec Marie Ladenbauer ne lui avait d'ailleurs jamais beaucoup plu. Un jour, il avait déclaré calmement à Karl : Tu peux bien sûr faire ce que tu veux... j'ai été jeune moi aussi, mais jamais je n'ai fréquenté la famille de mes petites amies... j'avais bien trop le sentiment de ma dignité pour ça !

Si seulement il avait écouté son père, se disait à présent Karl, que d'ennuis il se serait épargnés ! Mais il avait tellement aimé Marie ! Elle, en bonne fille qu'elle était, tenait à lui, sincèrement et sans grandes phrases, et quand elle se promenait à son bras, personne ne l'aurait prise pour quelqu'un qui a déjà vécu beaucoup de choses. Tout se passait d'ailleurs convenablement chez ses parents, comme dans n'importe quelle maison bourgeoise. Le ménage était fait avec soin et il y avait des livres sur une étagère ; le frère du vieux Ladenbauer, qui était fonctionnaire municipal, venait souvent en visite et la conversation portait alors sur des sujets très sérieux tels que politique, élections et administration communale. Le dimanche, Karl montait parfois pour une partie de tarots avec le vieux Ladenbauer et ce fou de Jedek, le même qui le soir, dans son costume de clown, jouait des valses et des marches sur des assiettes et des verres ; et quand il gagnait, on lui donnait tout de suite son argent sans histoires, ce qui n'était pas aussi régulièrement le cas dans son café habituel. Assise, pâle et droite, dans la niche près de la fenêtre ornée d'épreuves sur verre représentant des paysages suisses, Mme Jedek, qui, le soir, récitait au cours du spectacle d'ennuyeuses poésies, bavardait avec Marie en hochant la tête presque sans arrêt. Marie lançait un coup d'œil à Karl, lui faisait un petit signe taquin de la main ou venait s'asseoir à côté de lui et regardait son jeu. Son frère, employé dans un grand magasin, n'acceptait jamais un cigare de Karl sans lui en offrir un aussitôt après. Il apportait souvent à sa sœur, pour laquelle il avait une sorte de vénération, des douceurs achetées chez un confiseur de la ville. Et, lorsqu'il prenait congé, il fermait les yeux à demi et disait : « Désolé, mais je suis engagé ailleurs... ! »

Bien sûr, Karl préférait être seul avec Marie. Il repensa à ce matin d'été où il avait pris avec elle le même chemin qu'aujourd'hui, montant vers la forêt qui bruissait doucement tout en haut de la colline. Fatigués tous les deux, car ils sortaient tout droit du café où ils étaient restés jusqu'à l'aube avec la troupe des chanteurs populaires, ils s'étaient étendus sous un hêtre au bord d'une prairie en pente douce, puis endormis. Ils ne s'étaient éveillés qu'à midi, dans la chaleur silencieuse, et ils avaient grimpé plus haut dans la forêt où ils avaient passé la journée à deviser et à rire sans savoir pourquoi, jusqu'à ce qu'il la ramène en ville, juste pour l'heure de la représentation... Il avait ainsi maints autres beaux souvenirs, car ils avaient été très heureux tous les deux, et insouciants de l'avenir. Puis, au début de l'hiver, Marie était brusquement tombée malade. Le docteur avait strictement interdit les visites, car elle souffrait d'une encéphalite ou de quelque chose d'approchant, et il fallait lui éviter toute émotion. Au début, Karl vint chaque jour prendre des nouvelles chez les Ladenbauer ; puis, la maladie traînant en longueur, il espaça ses visites. Un jour, Mme Ladenbauer lui avait dit en lui ouvrant la porte : « Aujourd'hui, vous pouvez aller la voir, monsieur von Breiteneder. Mais faites attention, s'il vous plaît, de ne pas vous trahir !
— De ne pas me trahir ? Mais comment, demanda Karl, que s'est-il passé ?
— Hélas, ses yeux... il n'y a rien à faire ! — Comment ? — Oui, elle a perdu la vue... hélas, mon Dieu, c'est une suite de sa maladie. Mais elle ne sait pas que c'est incurable... Ressaisissez-vous, s'il vous plaît, et veillez à ce qu'elle ne se doute de rien ! » Alors Karl balbutia quelques mots, puis partit. Il était soudain saisi de peur à l'idée de revoir Marie. Il eut l'impression d'avoir surtout aimé ses yeux, ses yeux si clairs et toujours rieurs. Il résolut de revenir le lendemain. Mais il ne le fit ni le lendemain ni le surlendemain. Il repoussait toujours sa visite. Il ne voulait la revoir, s'était-il dit, que lorsqu'elle se serait résignée à sa destinée. Alors il se trouva qu'il dut partir pour un voyage d'affaires que son père le pressait depuis longtemps d'entreprendre. Il resta longtemps absent, allant à Berlin, Dresde, Cologne, Leipzig et Prague. Un jour, il

envoya une carte à Mme Ladenbauer, où il annonçait sa visite dès son retour et envoyait ses amitiés à Marie... Il rentra au printemps; mais il n'alla pas chez les Ladenbauer. Il ne pouvait se décider... Naturellement, il pensait aussi de moins en moins à Marie et il décida même de l'oublier. Après tout, il n'avait été ni le premier ni le seul! N'entendant plus du tout parler d'elle, il se tranquillisa de plus en plus et en vint à s'imaginer parfois, pour une raison quelconque, que Marie était allée vivre à la campagne, chez des parents dont il l'avait quelquefois entendue parler.

Et voici que, hier soir, — où il s'était mis en route pour se rendre chez des amis dans les environs —, le hasard l'avait conduit devant le cabaret où se produisait la compagnie Ladenbauer. Il allait poursuivre son chemin, absorbé dans ses pensées, quand il aperçut la pancarte jaune et il sut tout de suite où il se trouvait. Il ressentit un coup au cœur, avant d'avoir lu un seul mot. Mais ensuite, en voyant les grandes lettres rouges et noires, il resta comme frappé de paralysie : «Rentrée de Marie Ladenbauer, dite la *Merlette blanche*, après sa maladie»... Au même instant, semblant jaillir de terre, Rebay fut près de lui, avec ses cheveux blancs ébouriffés, son miteux haut-de-forme noir à la main et une fleur à la boutonnière, et il lui lança : «Mais c'est monsieur Breiteneder... quelle surprise! Vous nous faites aujourd'hui l'honneur, n'est-ce pas? C'est mad'moiselle Marie qui va être folle de joie, quand elle saura que les amis d'autrefois pensent encore à elle. La pauv' petite! Elle nous a donné beaucoup d'souci, monsieur von Breiteneder, mais maint'nant elle s'est tirée d'affaire!» Il raconta encore quantité d'autres choses, que Karl écouta sans bouger, bien qu'il eût préféré être à cent lieues de là. Concevant tout à coup quelque espoir, il demanda à Rebay si Marie n'y voyait vraiment plus... s'il n'y avait pas au moins une lueur dans ses yeux. «Une lueur? répliqua l'autre. À quoi pensez-vous, monsieur von Breiteneder?...» cria-t-il d'une voix forte. Le ton était étrangement joyeux. «Devant elle, c'est la nuit noire, vous comprenez?... Mais comme vous pourrez vous en convaincre, monsieur von Breiteneder, à quelque chose malheur est bon, si l'on peut dire... elle a maintenant une voix, ah, une voix plus belle que jamais!... Mais vous verrez bien, monsieur von Breiteneder... Et bonne, avec ça... un cœur d'or! Et encor' plus gentille qu'autrefois. Vous la connaissez, bien sûr... ha ha!... Oh, il y en a d'aut' maintenant, qui viennent, et qui la connaissent... naturell'ment pas aussi bien qu'vous, monsieur von Breiteneder, parce que, maint'nant bien sûr, c'est fini, ces histoires-là... Mais ça reviendra bien, oh oui! J'en ai connu une, elle était aveugle et elle a eu des jumeaux... ha ha!... Tenez, dit-il tout à coup, r'gardez qui est là…!» Levant les yeux, Karl s'aperçut alors qu'il était devant la caisse où était assise Mme Ladenbauer. Pâle, le visage bouffi, elle le regarda sans mot dire. Puis elle lui tendit un billet. Il paya sans bien comprendre ce qui lui arrivait. Et il s'écria brusquement : «Ne dites pas à Marie, au nom du ciel, madame Ladenbauer… ne dites pas à Marie que je suis là!… Et vous non plus, monsieur Rebay, ne lui dites rien!

— C'est bon, c'est bon! dit Mme Ladenbauer, et elle s'occupa des autres qui voulaient leurs billets.

— Je ne dirai pas le moindre mot! dit Rebay. Mais après ce sera une fameuse surprise! Vous viendrez avec nous, pas vrai? Y aura une grande fête, ho ho!… À tout à l'heure, monsieur von Breiteneder!» Et il disparut.

Karl traversa la salle pleine et alla s'asseoir tout au fond du jardin sur lequel elle ouvrait directement, à une table où se trouvaient déjà deux vieilles personnes, un homme et une femme. Ils considérèrent le nouvel arrivant sans rien dire, puis se regardèrent en hochant la tête tristement. Karl, assis là, attendit. La représentation commença. Et il reconnut tous les vieux numéros. Pourtant ils lui parurent curieusement différents, car il n'avait jamais été installé si loin de la scène. Rebay lui-même dirigea d'abord ce qu'il appelait une ouverture et dont Karl ne perçut que quelques accords rauques et hachés, puis la Hongroise Ilka, en costume rouge clair et bottes à éperons, chanta des airs magyars et dansa quelques czardas[1]. Suivit une conférence humoristique de Wiegel-Wagel[2], le comique de la troupe; il se présenta au public en habit vert pomme, déclara arriver tout droit d'Afrique et raconta toute une série d'aventures burlesques se terminant par son mariage avec une vieille veuve. Il y eut ensuite un duo entre M. et Mme Ladenbauer, tous deux en costume tyrolien. Puis ce fut le tour de ce petit fou de Jedek, dans son habit de clown d'un blanc douteux qui, après quelques jongleries, laissa errer ses grands yeux effarés sur le public comme s'il cherchait quelqu'un; alors il aligna plusieurs rangées d'assiettes devant lui, et y tapa une marche avec une baguette; puis il tira un air de valse mélancolique de quelques verres posés devant lui, dont il caressait le bord de ses doigts mouillés. Ce faisant, il fixait le plafond avec un sourire béat. Lorsqu'il fut sorti, Rebay plaqua quelques accords solennels. Un murmure partit de la salle, gagna le jardin et brusquement, au milieu des chuchotements, tandis que les gens se dévissaient le cou, Marie apparut sur la scène. Son père, qui l'avait guidée, s'était aussitôt dérobé aux regards; elle était là, toute seule. Karl la vit debout sur l'estrade, avec des yeux éteints dans le charmant visage pâle, il vit très distinctement les lèvres remuer et esquisser un sourire. Il s'était levé d'un bond sans même s'en apercevoir et, appuyé contre la lanterne verte, avait failli crier de peur et de pitié… Elle se mit alors à chanter. D'une voix qu'il ne connaissait pas, doucement, beaucoup plus doucement qu'autrefois. C'était une de ses premières chansons, que Karl avait entendue au moins cinquante fois, mais sa voix lui restait curieusement étrangère ; il ne lui sembla la reconnaître que lorsqu'elle arriva au refrain : « Tout l'monde, au boulot comm' à la maison — M'appell' la merlette blanche… » Elle chanta les trois strophes, accompagnée par Rebay, qui lui jetait de temps en temps un coup d'œil sévère, comme il l'avait toujours fait. À la fin, Marie fut frénétiquement applaudie, et s'inclina en souriant. Sa mère monta les trois marches qui menaient à la scène et Marie tendit les bras, cherchant ses mains dans le vide ; mais le public continuait d'applaudir si fort qu'elle dut donner aussitôt sa deuxième chanson ; celle-là aussi, Karl l'avait bien entendue une cinquantaine de fois : « Aujourd'hui j'suis partie — À la campagne avec mon chéri… » Et Marie la chantait, la tête rejetée en arrière, avec un tel air de contentement et un si léger balancement de tout le corps qu'on eût dit qu'elle allait vraiment partir avec son chéri, contempler avec lui les vertes prairies et danser sous le ciel bleu, comme le disait sa chanson. Puis ce fut la troisième — la nouvelle chanson…

« Que diriez-vous de ce petit jardin ? » C'était M. Rebay, dont la voix fit sursauter Karl. La route s'étendait devant eux, brillante sous le soleil clair, et la nature, tout autour, rayonnait de lumière et de vie. « On pourrait s'asseoir et boire un verre de vin, j'ai déjà une sacrée soif… et il va faire chaud aujourd'hui !

— Et comment ! » dit quelqu'un derrière eux. Breiteneder se retourna… Comment, celui-là aussi l'avait suivi ?… Que lui voulait-il donc ?… C'était Jedek le fou, on l'avait toujours appelé ainsi et il ne faisait guère de doute qu'il le deviendrait très bientôt pour de bon. Il avait déjà menacé l'autre jour de tuer la longue et pâle Mme Jedek, et personne ne comprenait pourquoi on le laissait en liberté. À présent ce petit bonhomme quasi nain se faufila auprès de Karl ; dans son visage jaunâtre brillaient deux grands yeux en boule de loto, d'une inexplicable gaieté ; il avait une canne légère à la main et, sur la tête, le couvre-chef bien connu de toute la ville, un feutre gris surmonté d'un plumet tout abîmé. Puis, précédant les deux autres de son pas sautillant, il s'en fut dans le petit jardin de l'auberge, s'installa sur le banc de bois adossé au mur bas, et frappa de sa canne sur la table verte en appelant le garçon. Les deux autres le rejoignirent. La route blanche montait le long de la clôture en bois verte, puis entre des petites villas tristes, vers l'orée de la forêt où elle se perdait.

Le garçon apporta du vin. Posant son haut-de-forme sur la table, Rebay passa les doigts dans sa chevelure blanche, frotta ses joues glabres de ses deux mains d'un geste qui lui était familier et, repoussant le verre de Jedek, se pencha vers Karl par-dessus la table : «J'suis pas tombé sur la tête, moi, monsieur von Breiteneder ! J'sais ce que j'fais !... Pourquoi est-ce que ça serait ma faute... ? Savez-vous pour qui j'faisais des couplets dans mon jeune temps ?... Pour Matras[1] ! C'est pas rien, non ? Et l'succès ! Oui, les paroles, la musique, tout était de moi ! Et beaucoup ont été réutilisés plus tard, dans d'aut' pièces !

— Laissez donc mon verre ! dit Jedek en ricanant doucement.

— S'il vous plaît, monsieur von Breiteneder, dit Rebay en repoussant à nouveau le verre, vous m'connaissez et vous savez que je suis quelqu'un de bien ! Qu'il y a jamais un mot inconvenant, jamais une grivoiserie dans mes couplets... ! Et çui-là qui a fait jadis condamner le vieux Ladenbauer n'était pas d'moi !... Aujourd'hui, j'ai soixante-huit ans, monsieur von Breiteneder... c'est un chiffre qui compte, pas vrai ? Et savez-vous d'puis quand j'suis de la compagnie Ladenbauer ?... Eduard Ladenbauer, son fondateur, était encor' en vie. Et j'ai vu naître la p'tite Marie... Vingt-neuf ans que j'suis chez les Ladenbauer... au mois d'mars prochain, ça sera l'trentième... Et j'ai pas volé mes mélodies... elles sont de moi, tout est d'moi !... Et savez-vous combien on en a joué, dans l'temps, à l'orgue de Barbarie ?... Dix-huit ! Pas vrai, Jedek ?...»

Jedek continuait à rire silencieusement, les yeux écarquillés. Il avait ramené les trois verres devant lui et commença d'en caresser doucement les bords. Une délicate petite musique, douce et touchante, s'éleva, comme le son lointain de hautbois et de clarinettes. Mais Breiteneder, qui avait toujours beaucoup admiré son adresse, trouva ce matin-là sa musique tout à fait insupportable. Aux autres tables, on écoutait ; certains hochaient la tête d'un air satisfait, et un gros monsieur applaudit en claquant des mains. Brusquement, Jedek repoussa les trois verres, croisa les bras et regarda fixement la route blanche sur laquelle les gens de plus en plus nombreux se dirigeaient vers la forêt. Karl sentit sa vue se troubler, il avait l'impression que les gens flottaient et sautillaient derrière de fines toiles d'araignée. Il se frotta le front et les paupières pour se rappeler à la réalité. Non, il n'y pouvait rien ! C'était un affreux malheur... mais ce n'était pas sa faute ! Et, comme il sentait son cœur se serrer en songeant à la fin tragique des événements de la nuit, il se leva d'un bond et dit : « Partons !

— Oui, le plus important, c'est de prendre l'air ! » dit Rebay.

Jedek semblait soudain furieux, nul ne savait pourquoi. Se plantant devant une table occupée par un couple à l'air pacifique, il se mit à gesticuler avec sa canne en criant : « Que le diable remporte les verres... nom de Dieu ! » Gêné, le couple paisible essaya de le calmer ; les autres riaient, le croyant ivre.

Breiteneder et Rebay étaient déjà sur la route, lorsque Jedek, rasséréné, les rejoignit en sautillant. Il enleva son petit feutre gris, le suspendit au bout de sa canne et mit celle-ci sur son épaule à la manière d'un fusil, tout en faisant au ciel, de l'autre main, de grands gestes de salutation.

« N'allez pas croire que je veuille m'excuser, reprit alors Rebay en claquant des dents. Oh, j'ai aucune raison ! Absolument aucune ! J'avais les meilleures intentions, tout l'monde me l'accordera. Est-ce que j'ai pas travaillé cette chanson avec elle ?... Oui, parfaitement !... Même qu'elle avait encor' les yeux bandés, dans sa chambre, et j'la lui ai fait travailler... Vous savez ce qui m'a donné l'idée ? J'me disais : C'est un malheur, bien sûr, mais tout n'est pas perdu. Elle a encore sa voix, et ce joli minois !... J'l'ai dit aussi à sa mère, qui était complètement désespérée : Madame Ladenbauer, j'lui ai dit, rien n'est perdu... écoutez-moi ! Surtout aujourd'hui, où il y a ces instituts pour aveugles [1] où ils réapprennent même, petit à petit, à lire et à écrire... J'en ai même connu un... un jeune homme, qui est devenu aveugle à vingt ans. Toutes les nuits, il voyait en rêve des magnifiques feux d'artifice et toutes sortes d'illuminations... »

Breiteneder éclata de rire : « Êtes-vous sérieux ? demanda-t-il.

— Ben quoi, répondit Rebay grossièrement, qu'est-ce que vous voulez ? Que je me tue, moi... ? Et pourquoi ?... Mon Dieu, j'ai eu ma part de malheur en ce monde... ! Vous croyez que c'est une vie, monsieur von Breiteneder, quand on a écrit des pièces de théâtre dans sa jeunesse, comme moi, et qu'on en est où j'en suis à soixante-huit ans, de devoir accompagner, sur une véritable casserole et pour quelques misérables kreuzer, des garces enrouées, et en plus, leur écrire des couplets... Et vous savez ce que je touche pour un couplet ?... Vous le croiriez pas, monsieur von Breiteneder !

— Mais les orgues de Barbarie vous jouent », dit Jedek, qui marchait maintenant posément à côté d'eux et se montrait plein de civilité, voire distingué.

« Mais qu'est-ce que vous me voulez ? » demanda Breiteneder. Il avait soudain l'impression que les deux autres le poursuivaient, et il ne savait pas pourquoi. Qu'avait-il à faire avec ces gens-là?... Cependant, Rebay continua : «J'ai voulu que la p'tite puisse faire sa vie!... Vous comprenez, une nouvelle vie!... Avec ma nouvelle chanson... oui, justement!... Est-ce qu'elle est pas belle?... pas émouvante?...»

Le petit Jedek, saisissant soudain Breiteneder par la manche, leva l'index de la main gauche comme pour demander son attention, arrondit les lèvres et se mit à siffler. Il sifflota l'air de la nouvelle chanson, que Marie Ladenbauer, dite *la Merlette blanche*, avait chantée cette nuit. Il la siffla à la perfection, car c'était encore un de ses talents.

«Ce n'est pas à cause de la mélodie, dit Breiteneder.

— Comment?» cria Rebay... Ils marchaient vite tous les trois, courant presque, bien que la pente fût raide. «Comment donc, monsieur von Breiteneder?... C'est la faute du texte, vous croyez?... Mais, au nom du ciel, y a-t-il quelque chose de plus dans le texte que ce que Marie savait déjà?... Et dans sa chambre, quand j'ai répété avec elle, elle a pas pleuré une seule fois. Elle m'disait : "C'est une bien triste chanson, monsieur Rebay, mais qu'elle est belle!... Qu'elle est belle!" voilà ce qu'elle me disait... Oui, bien sûr, c'est une chanson triste, monsieur von Breiteneder... mais ce qui lui est arrivé, c'est bien triste aussi! Je pouvais tout de même pas lui écrire une chanson gaie?...»

La route s'enfonçait dans la forêt. Le soleil filtrait à travers les branches et les taillis résonnaient de rires et de cris. Ils marchaient toujours tous les trois de front, et vite, comme si chacun d'eux avait voulu fuir l'autre. Rebay reprit alors brusquement : «Et les gens... sacré bon sang!... vous les avez bien entendus, ils applaudissaient comme des fous... Je l'savais, qu'elle aurait un succès monstre avec cette chanson!... Et l'plaisir... que ça lui a fait... elle était littéralement radieuse et elle a dû bisser la dernière strophe. Ah, une strophe bien émouvante! J'en ai eu les larm' aux yeux, quand l'idée m'en est venue... vous savez, à cause de l'allusion à l'autre chanson, celle qu'elle chante toujours...»

Et il se mit à chanter ou plutôt à réciter, en appuyant bien sur les rimes, comme à l'harmonium : «Que le monde était beau, que le monde était *grand*, — Et le soleil brillant sur les bois et les *champs* — Quand le dimanche, heureuse, je m'y prome*nais* — Et que mon cher trésor par la main je te*nais*! — Mais plus d'étoiles au ciel, plus de soleil qui *luit* — Le bonheur et l'amour loin de moi sont en*fuis*! —»

«Assez, cria Breiteneder, je l'ai entendue moi aussi!

— Et vous ne trouvez pas ça beau? demanda Rebay en brandissant son haut-de-forme. Les gens capables de faire des couplets pareils courent pas les rues aujourd'hui ! Le vieux Ladenbauer m'a payé cinq gulden… voilà mes honoraires, monsieur von Breiteneder. Et il m'a encor' fallu répéter avec elle ! »

Et Jedek, levant derechef l'index, chanta tout doucement le refrain : « Quelle tristesse ô mon Dieu, quel tourment — Jamais ne voir renaître le printemps !… »

« Mais alors *pourquoi* !… cria Rebay, je te demande : Pourquoi ?… J'ai été la rejoindre tout d'suite après… pas vrai, Jedek ?… Elle était assise, un sourire bienheureux sur le visage, en train de boire son pichet d'vin, et j'lui ai dit, en lui caressant les cheveux : "Eh bien, tu vois, Marie, comme ils ont aimé ça ! Maintenant, on va certainement avoir aussi des gens d'la haute ; la chanson va faire du bruit… Et c'est merveilleux, comme tu la chantes…" et ainsi de suite, bref, tout c'qu'on dit dans ces cas-là… Le cabaretier est venu lui aussi et l'a félicitée. On lui a apporté des fleurs… pas de vous, monsieur von Breiteneder, évidemment… Mais tout allait très bien… Alors, pourquoi voulez-vous que ce soit mon couplet ? Non, c'est idiot ! »

Breiteneder s'arrêta brusquement et, saisissant Rebay aux épaules : « Mais pourquoi lui avez-vous dit que j'étais là ?… Pourquoi ?… Ne vous ai-je pas demandé de ne pas lui dire ?

— Lâchez-moi ! Ce n'est pas moi qui lui ai dit ! C'est sans doute la vieille qui l'a prévenue !

— Non, dit Jedek avec une révérence polie, c'est moi qui ai pris cette liberté, monsieur von Breiteneder… c'est moi ! J'savais que vous étiez là, alors j'lui ai dit que vous étiez là. Et puis, comm' elle d'mandait si souvent après vous, pendant sa maladie, j'lui ai dit : "Monsieur Breiteneder est là… au fond, près d'la lanterne", que j'lui ai dit, "et il a trouvé ça fameux !" »

« Ah oui ? » fit Karl et, la gorge serrée, il détourna les yeux, ne pouvant supporter le regard que Jedek braquait sur lui. Apercevant un banc, il s'y laissa tomber, brisé, et ferma les yeux. Il se revit alors, assis dans le jardin du cabaret, et entendit la vieille Ladenbauer lui dire : « Marie vous fait ses amitiés et demande si vous ne viendrez pas avec nous, après la représentation ? » Et il se rappela le merveilleux bien-être qui l'avait soudain envahi, comme si Marie lui avait tout pardonné. Il avait fini son verre de vin, en avait commandé du meilleur… et, vidant un verre après l'autre, la vie lui parut facile. Il s'amusa beaucoup aux numéros suivants, applaudit de bon cœur avec les autres, et c'est d'excellente humeur qu'à la fin il traversa le jardin et la salle en direction de la pièce où la troupe avait l'habitude de se réunir après le spectacle, à la table ronde dans un coin. Quelques-uns s'y trouvaient déjà : Wiegel-Wagel, Jedek et sa femme ainsi qu'un monsieur à lunettes que Karl ne connaissait pas... tous le saluèrent sans avoir l'air particulièrement étonnés de le revoir. Tout à coup, il entendit la voix de Marie derrière lui : « Je trouverai toute seule, mère, je connais le chemin ! » Il n'osa pas se retourner, mais déjà elle était assise à côté de lui et disait : « Bonsoir, monsieur Breiteneder... comment allez-vous ? » Il se rappela aussi, au même instant, qu'elle avait toujours dit « vous » et « monsieur » à ses anciens amants. Puis elle dîna ; on lui avait tout préparé sur une assiette, et la compagnie se montra aussi gaie et sereine qu'autrefois, comme si rien n'avait changé. « Ça a bien marché, dit le vieux Ladenbauer. Nous allons à nouveau connaître des temps meilleurs ! » Mme Jedek raconta que tout le monde avait trouvé la voix de Marie beaucoup plus belle qu'avant et M. Wiegel-Wagel s'écria en levant son verre : « À la santé de notre chanteuse rétablie ! » Marie leva aussi le sien, chacun trinqua. Karl aussi choqua son verre contre le sien, et il eut alors l'impression que ses yeux morts cherchaient à plonger dans les siens et qu'elle pouvait lire dans son âme. Son frère, qui était là aussi, très élégant, offrit un cigare à Karl. La plus gaie de tous était Ilka, dont le soupirant, un gros jeune homme au front soucieux assis en face d'elle, entretenait une conversation animée avec M. Ladenbauer. Mais Mme Jedek, qui avait gardé son imperméable jaune, fixait du regard un coin de la salle où il n'y avait rien à voir. Des étrangers vinrent deux ou trois fois d'une table voisine féliciter Marie ; elle répondit avec sa douceur coutumière, comme s'il n'y avait pas eu le moindre changement. Et, brusquement, elle demanda à Karl : « Pourquoi donc ce silence ? » Il s'aperçut qu'en effet il était resté là sans desserrer les dents. Il se mit alors à parler, se mêlant à la conversation avec encore plus d'entrain que les autres ; sans adresser pourtant une seule fois la parole à Marie. Rebay parla du bon vieux temps où il écrivait des couplets pour Matras et raconta le sujet d'une farce qu'il avait composée il y a trente-cinq ans, jouant tel ou tel de ses personnages. Il se tailla surtout un franc succès avec le musicien tchèque. On se sépara à une heure. Mme Ladenbauer prit le bras de sa fille, tous riaient et criaient... et personne, dans cette très curieuse atmosphère, ne paraissait trouver étrange que le monde ne fût plus que ténèbres pour Marie. Karl marchait à côté d'elle. La mère lui posa tranquillement toutes sortes de questions sur la santé des siens et si son voyage lui avait plu ; Karl parla alors avec empressement des choses qu'il avait vues, en particulier des théâtres où il était allé et des opérettes qu'il avait entendues, s'étonnant sans cesse de voir Marie marcher d'un pas si sûr au bras de sa mère et l'écouter avec tant de calme et de sérénité. Ils se retrouvèrent tous dans un vieux café enfumé, mais complètement vide à cette heure tardive ; le gros soupirant d'Ilka la Hongroise invita tout le monde. Marie, au milieu de l'agitation et du bruit, s'était rapprochée de Karl, comme elle le faisait souvent autrefois, si près qu'il sentait contre lui la chaleur de son corps. Et soudain, il sentit qu'elle touchait sa main et la caressait silencieusement. Il eût tant aimé lui dire quelque chose... quelque chose d'aimable et de consolant... mais il n'y parvint pas... L'observant de côté, il crut voir à nouveau dans ses yeux quelque chose qui le regardait ; mais ce n'était pas un regard humain, c'était quelque chose de mystérieux et d'étranger, qu'il n'y avait jamais vu... et un frisson le parcourut, comme si un fantôme était assis à côté de lui... La main tressaillit et s'éloigna doucement de la sienne, tandis que Marie lui disait tout bas : « Pourquoi as-tu peur ? Je suis toujours la même ! » Incapable encore de lui répondre, il se mêla à la conversation générale. Peu après, quelqu'un s'écria brusquement : « Mais où est Marie ? » C'était Mme Ladenbauer. Et tous s'aperçurent qu'elle avait disparu. D'autres voix s'élevèrent alors, lui faisant écho : « Où est Marie ? » On se leva, le vieux Ladenbauer alla à la porte du café et appela dans la rue : « Marie ! »

Ce fut alors l'agitation générale, tout le monde parlait à la fois. Un homme dit : « Mais comment peut-on laisser quelqu'un comme elle se lever toute seule et s'en aller ? » Soudain, un appel retentit dans la cour : « Apportez des bougies !... Apportez des lanternes ! » et quelqu'un cria : « Doux Jésus ! » C'était à nouveau la voix de Mme Ladenbauer, et tout le monde se précipita dans la cour par la petite cuisine. Dehors, l'aube glissait déjà sur les toits. Au-dessus de la balustrade de la galerie de bois qui, à l'unique étage de la vieille maison, courait tout autour de la cour, un homme en manches de chemise se penchait, un bougeoir à la main, scrutant l'obscurité. Deux femmes en chemise de nuit apparurent derrière lui, tandis qu'un autre homme descendait bruyamment l'escalier. Karl ne vit d'abord rien d'autre. Puis il y eut une lueur devant ses yeux : quelqu'un soulevait et laissait retomber un châle de dentelle blanche. Il entendit alors dire près de lui : « Il n'y a plus rien à faire... elle ne réagit plus... Appelez un médecin !... Mais que fait donc la Société de secours[1]?... Il faut un agent! Un agent!...» Les chuchotements s'entrecroisaient; certains se précipitèrent dans la rue et Karl suivit machinalement des yeux la longue silhouette de Mme Jedek dans son manteau jaune qui, après avoir porté les deux mains à son front dans un geste de désespoir, s'enfuit pour ne plus revenir... On se bousculait derrière Karl. Il dut repousser les gens à coups de coude pour ne pas tomber sur Mme Ladenbauer qui, à genoux par terre, tenait les mains de Marie dans l'une des siennes et criait, en les agitant dans un sens puis dans l'autre : «Mais dis quelque chose!... dis-moi quelque chose!...» Il y eut enfin de la lumière : c'était le concierge qui arrivait, vêtu d'une robe de chambre marron et en savates, avec une lanterne; il éclaira le visage de Marie. Puis s'écria : «Ah, quel malheur! Sa tête a dû cogner juste contre le puits!» Karl vit alors que Marie était étendue à côté de la margelle en pierre. Depuis la galerie, l'homme en manches de chemise déclara : «J'ai entendu un grand fracas, il y a cinq minutes à peine...» Tout le monde leva la tête, mais il se contenta de répéter à plusieurs reprises : «Il y a cinq minutes à peine, j'ai entendu un grand fracas... — Mais comment a-t-elle bien pu monter là-haut? murmura quelqu'un derrière Karl. — Vous savez, répondit un autre, elle connaissait bien la maison : elle a dû traverser la cuisine à tâtons, monter l'escalier et puis passer par-dessus la balustrade... c'est pas si difficile!» Environné de chuchotements, Karl ne reconnaissait même pas les voix, alors qu'il connaissait certainement tous ceux qui parlaient; et il ne se retourna pas. Quelque part dans le voisinage, un coq chanta. Karl avait la sensation de rêver. Le concierge posa sa lanterne sur le rebord du puits; la mère cria : «Et quand est-ce que le docteur va arriver?» Le vieux Ladenbauer souleva la tête de Marie, de façon que la lumière de la lanterne éclaire son visage et alors Karl vit distinctement les narines palpiter, les lèvres tressaillir et les yeux morts le regarder comme tout à l'heure. Il vit aussi la tache rouge et humide sur le sol, à l'endroit où la tête de Marie avait reposé. Il cria : «Marie! Marie!» mais personne ne l'entendit, et lui-même ne s'entendit pas crier. En haut, l'homme était toujours là, penché sur la balustrade avec les deux femmes à côté de lui comme au spectacle. La bougie était éteinte, une lueur violette colorait le ciel. Mme Ladenbauer avait posé la tête de sa fille sur le châle de dentelle blanche soigneusement plié; Karl restait là, figé, le regard fixe. Puis il fit clair d'un seul coup. Il put voir que le visage de Marie respirait une profonde paix et que plus rien n'y bougeait, sauf quelques gouttes de sang, tombant du front, qui tachaient ses cheveux et ses joues et glissaient lentement de son cou sur le pavé mouillé ; et il sut que Marie était morte…

Karl ouvrit les yeux, comme pour chasser un mauvais rêve. Il était seul sur le banc au bord du chemin ; alors il vit Rebay le chef d'orchestre et Jedek le fou descendre à vive allure la route qu'ils venaient de gravir tous les trois. Ils paraissaient avoir une conversation très animée, agitant les mains et gesticulant avec violence, et la canne de Jedek dessinait sur l'horizon une ligne fine. Ils allaient de plus en plus vite, soulevant un léger nuage de poussière qui les accompagnait tandis que leurs paroles se perdaient dans le vent. La campagne alentour étincelait et, tout en bas, plongée dans la fournaise de midi, la ville palpitait.

Traduction révisée par Brigitte Vergne-Cain et Gérard Rudent.

L’OMBRE DE GABRIEL

Le 25 octobre 1905, quand Schnitzler s'attelle vraiment à cette histoire inspirée par le monde des arts et du théâtre, il reprend une esquisse vieille de quinze ans. Comme bien souvent, il a hésité beaucoup entre composer une pièce de théâtre en un acte ou une nouvelle. D'une façon générale, l'écrivain traverse une période de désarroi ; il ne sait comment organiser son travail, il a trop de projets en tête. Le même jour, il note en effet dans son Journal *qu'il mène « une vie trop dispersée, qu'il ne sait s'il doit continuer son roman ou écrire une nouvelle pièce. Trois projets ont autant d'importance les uns que les autres : Les Journalistes, les Médecins et Altenberg ». « Les Journalistes » désignent* Fink et Fliederbusch, *comédie en trois actes créée en 1917 ; « Les Médecins » deviendront* Professeur Bernhardi, *comédie en cinq actes créée en 1912, et « Altenberg » désigne* Das Wort (La Parole), *tragi-comédie en cinq actes, inachevée. Le personnage principal, nommé Anastasius Treuenhof, est inspiré par le poète Peter Altenberg : on le retrouve dans* L'Ombre de Gabriel *où il tient le rôle de l'étrange confesseur qui regrette « que nous manquions absolument d'enfants de la haine ».*

Tous ces projets donnent à penser que durant cette période, les nouvelles ne sont que des ébauches où Schnitzler déploie et affine son inspiration. Der tote Gabriel *est composé dans le même temps que* La Mort du vieux garçon (Der Tod des Junggesellen). *Ce sont des histoires de séduction, des tromperies multipliées et qui n'en finissent pas, qui se prolongent même par-delà la mort...*

Pendant plus d'une année, Schnitzler reprend son récit ; ce n'est que le 9 avril 1907 qu'il le considère comme achevé. Mais il n'en est pas content ; quelquefois il le juge complètement raté. Et quand Der tote Gabriel *paraît pour la première fois, le 19 mai 1907, dans le supplément de la* Neue Freie Presse *pour la Pentecôte, l'écrivain n'a que la médiocre satisfaction de constater que « les autres contributions sont encore plus insignifiantes ». Pourtant il n'ira pas jusqu'à renier cette nouvelle. Il la recommandera même à Adèle Sandrock pour une lecture publique (lettre du 7 janvier 1913)... et cela laisse un peu songeur quant à l'intention réelle de Schnitzler, si l'on se souvient de ses amours tapageuses avec cette diva du théâtre, qui à l'évidence lui a inspiré le personnage de Wilhelmine Bischof ! (Voir la notice p. 350 pour* Les Comédiennes*).*

L'Ombre de Gabriel *figure dans les œuvres complètes de 1912 et, la même année, dans le recueil intitulé* Masken und Wunder (Masques et Prodiges). *Sous ce beau titre un peu énigmatique, Schnitzler a regroupé cinq nouvelles, dans l'ordre suivant :* La Flûte de Pan, La Mort du vieux garçon, L'Assassin, L'Ombre de Gabriel, Le Journal de Rédégonde. *Dans toutes ces intrigues liées à des amours un peu perverses, on voit assez bien où se trouvent les masques, mais on cherche un peu les prodiges ; car il s'agit d'aventures plutôt sinistres où les « viveurs » sont tout près de devenir des « roués ».*

Ainsi, durant cette période, l'inspiration de Schnitzler, toujours très riche, tourne autour des thèmes de l'horreur, de l'abjection et du désir mimétique ; mais trop d'idées se bousculent : manifestement l'écrivain n'a pas le temps de chercher les formes qui conviendraient le mieux à ces motifs nouveaux ; il reste donc, dans ces nouvelles du moins, un écrivain un peu trop spirituel, ironique et mondain.

Elle passa en dansant à côté de lui, dans les bras d'un monsieur qu'il n'avait jamais vu, et elle le salua d'un sourire et d'un léger mouvement de tête. Ferdinand Neumann s'inclina plus profondément qu'à son habitude. Elle est là, elle aussi, pensa-t-il non sans quelque étonnement, et il se sentit soudain comme soulagé. Puisque Irène avait eu le cœur de se rendre à ce bal, en robe blanche, et de danser dans cette salle illuminée avec un inconnu, quatre semaines après la mort de Gabriel, il se sentit lui-même débarrassé de tout scrupule d'être venu à cette fête bruyante. Après quatre semaines de réclusion, il avait, pour la première fois ce soir-là, désiré retourner dans le monde. Ses parents, qui n'avaient rien compris au morne abattement qui s'était emparé de leur fils après la mort d'un vague ami, furent agréablement surpris en le voyant apparaître en habit au dîner familial, où il déclara vouloir se rendre au bal des étudiants en droit; il partit bientôt avec la sensation agréable d'avoir procuré sans beaucoup d'effort un plaisir à ses bons vieux parents.

Cependant, dans le fiacre qui le menait aux *Sophiensäle*[1], son cœur se serra un peu. Le souvenir lui revint d'une nuit où, de la fenêtre de Wilhelmine, il avait observé une silhouette sombre qui glissait le long de la grille du *Stadtpark*[2]; et du lendemain matin où, lisant son journal au lit, il avait trouvé la nouvelle du suicide de Gabriel; et du moment où Wilhelmine lui avait fait lire la bouleversante lettre d'adieu de Gabriel, qui ne contenait pas l'ombre d'un reproche. Encore en montant les larges escaliers et même une fois dans la salle résonnante de musique, il n'avait pu secouer sa tristesse ; seule la vue d'Irène l'avait enfin déridé.

Il connaissait la jeune fille depuis quelques années déjà, sans s'être jamais autrement occupé d'elle, mais il n'ignorait pas, comme tous les amis de la maison, l'affection qu'elle avait portée à Gabriel. Quand Ferdinand avait dîné chez ses parents quelques jours avant Noël, Irène, accompagnée au piano par Gabriel, avait chanté quelques *lieder* de sa voix grave et bien posée ; et Ferdinand se souvenait nettement qu'il s'était demandé ce soir-là pourquoi ce brave Gabriel n'épousait pas la charmante et simple jeune fille qui l'aimait, au lieu de s'accrocher à cette grandiose Wilhelmine qui le tromperait certainement un de ces jours. Ferdinand ne se doutait pas alors que le destin avait jeté son dévolu sur lui, pour mettre à exécution ce pressentiment. Quant à sa vraie part de responsabilité dans la mort de Gabriel, Anastasius Treuenhof, qui tranchait de tous les problèmes humains et divins, avait aussitôt établi que le rôle de Ferdinand dans cette affaire n'avait pas été celui d'un individu, mais plutôt celui d'un principe ; et que si une certaine mélancolie de sa part était très admissible, tout remords, par contre, était superflu. Malgré cela, lorsqu'il s'était trouvé avec Wilhelmine devant la tombe de Gabriel où se fanaient peu à peu les couronnes et les gerbes, il avait vécu un moment très pénible, car à Ferdinand qui laissait couler ses larmes sur ses joues, sa compagne avait dit soudain, d'une voix qu'il connaissait pour l'avoir entendue bien des fois au théâtre : « Oui, misérable ! tu peux pleurer à présent. » Une heure plus tard, cependant, elle jurait qu'il valait tous les sacrifices, et que des hommes de plus grande valeur que Gabriel pouvaient bien mourir à cause de lui ; et, depuis quelques jours surtout, Ferdinand avait l'impression qu'elle avait purement et simplement oublié toutes les tristesses des dernières semaines. Treuenhof savait expliquer cet étrange phénomène, comme tant d'autres, et déclarait que la femme, se trouvant liée plus intimement que l'homme aux éléments primitifs de la vie, avait le don naturel d'accepter l'irréparable avec sérénité.

De nouveau, Irène passa en dansant à côté de Ferdinand et, cette fois-ci encore, elle lui sourit. Mais ce sourire lui parut différent du premier : plus cordial, plus complice ; et de loin encore ses yeux restèrent fixés sur Ferdinand tandis qu'elle tourbillonnait et disparaissait dans la foule, avec son cavalier. Quand la valse fut terminée, Ferdinand se promena dans la salle, se demandant pour quel motif il était venu, et s'il avait bien fait de perturber par la banalité bruyante de ce bal la noble mélancolie de son existence, dont le sombre charme avait été encore renforcé par les heures passionnées qu'il avait vécues dans les bras de Wilhelmine. Il ressentit un brusque et violent désir de quitter le bal, et même de quitter la ville un de ces jours prochains, peut-être demain, pour partir vers le sud, en Sicile ou en Égypte. Comme il réfléchissait s'il devait prendre congé de Wilhelmine avant de partir... Irène surgit devant lui. Elle inclina légèrement la tête en réponse à son salut; et s'étant emparée du bras qu'il lui offrait, se laissa guider à travers la bousculade ambiante jusqu'aux quelques marches menant à un large balcon qui courait autour de la salle et où des tables étaient dressées en vue du souper; ils y montèrent tandis que l'orchestre recommençait à jouer, et au rythme berçant des premières mesures, Irène murmura : «Il est mort, lui... et nous sommes là tous les deux!» Ferdinand tressaillit, pressa instinctivement le pas et observa enfin : «C'est la première fois, ce soir, que je vais dans le monde.

— Moi j'y ai été deux fois déjà, repartit Irène de sa voix calme. J'ai été au théâtre une fois et à une soirée une autre fois.

— C'était amusant? demanda Ferdinand.

— Je ne sais pas. Quelqu'un a joué du piano, un autre a dit des pitreries, puis nous avons dansé.

— Oui, c'est toujours la même chose», conclut Ferdinand.

Une porte leur barrait le passage. «J'ai promis ce quadrille à quelqu'un, dit Irène, mais je n'ai pas envie de danser. Sauvons-nous vers le balcon.»

Ferdinand la fit monter par l'escalier en colimaçon. Il faisait frais. Sur les épaules d'Irène il aperçut quelques grains de poudre. Ses épais cheveux noirs étaient relevés en chignon sur la nuque. Son bras reposait mollement sur le sien. La porte donnant sur le balcon était ouverte; un serveur installé dans la première loge se leva précipitamment.

«Je voudrais boire une coupe de champagne», dit Irène.

Oh! pensa Ferdinand... serait-elle plus intéressante que je ne le supposais? Ou bien est-ce de la pose?

Il commanda le champagne et disposa une chaise de façon à ce qu'Irène ne puisse pas être vue d'en bas.

«Vous étiez son ami? demanda Irène en le regardant droit dans les yeux.

— Son ami? Ce serait trop dire. Nous ne nous voyions que rarement, surtout depuis quelques années.» Elle me regarde d'une façon étrange, pensa-t-il. Se douterait-elle que c'est moi... Mais il poursuivit : «Il y a cinq ou six ans, nous suivions parfois les mêmes cours à l'Université. Car nous faisions notre droit lui et moi, sans beaucoup d'intérêt. Puis, à l'automne il y a trois ans, nous nous sommes rencontrés à Innsbruck tout à fait par hasard, et nous avons entrepris ensemble une randonnée à bicyclette, en passant par le col du Brenner. Nous avons été jusqu'à Vérone, où nous nous sommes séparés. Je rentrai à la maison, tandis qu'il continuait sur Rome. »

Irène acquiesçait d'un mouvement de tête, comme si tous ces détails lui avaient été familiers. Ferdinand reprit : « C'est à Rome, du reste, qu'il a écrit sa première pièce, ou plutôt la première qui a été jouée.

— Oui, dit Irène.

— Il n'a vraiment pas eu de chance », observa Ferdinand. Le champagne était sur la table. Ferdinand remplit leurs coupes. Ils trinquèrent et burent lentement, sans se quitter du regard, graves comme si cette première coupe avait été vidée à la mémoire du disparu. Puis Irène posa sa coupe et dit simplement : « C'est à cause de la Bischof qu'il s'est tué.

— On le dit », répliqua Ferdinand sans sourciller, et il se sentit fier de pouvoir répondre sans rien laisser paraître.

Les premières mesures du quadrille éclatèrent si fort que les coupes de champagne tintèrent légèrement.

« Connaissez-vous personnellement mademoiselle Bischof? questionna Irène.

— Oui », répondit Ferdinand. Donc, elle n'a pas le moindre soupçon, pensa-t-il. Naturellement! Si elle se doutait de quelque chose, elle ne serait pas là en train de boire du champagne avec moi… Ou bien serait-ce justement…

« J'ai vu mademoiselle Bischof dans le rôle de Médée[1] l'autre jour, dit Irène; d'ailleurs, c'est seulement pour elle que j'ai été au théâtre. Je ne l'avais pas revue en scène depuis la première de la pièce de Gabriel, l'hiver dernier. C'est alors que cette histoire a commencé, n'est-ce pas? »

Ferdinand haussa les épaules, il n'en savait vraiment rien. Et il se contenta d'observer : « C'est une grande artiste.

— C'est possible, répondit Irène, mais je ne crois pas que cela lui donne le droit…

— Quel droit? demanda Ferdinand, tandis qu'il remplissait les coupes.

— Le droit de pousser quelqu'un au suicide, précisa Irène, les yeux dans le vague.

« Vraiment, mademoiselle, reprit Ferdinand d'un air compassé, il est difficile de délimiter ici jusqu'où va le droit et où commencent les responsabilités. Et sans connaître les détails, comment peut-on… Ce qui est sûr c'est que mademoiselle Bischof appartient à ces êtres qui… comment dirais-je… qui se trouvent plus près de la puissance primitive des esprits que nous autres, et que sans doute on ne peut évaluer pareille créature à la même aune que le commun des mortels. »

Irène, qui avait posé sur la table son petit éventail d'ivoire démodé, le prit et le porta à son front et à ses joues, comme pour se rafraîchir. Puis elle vida sa coupe d'un trait et dit : « Qu'elle l'ait trompé, mon Dieu… on le comprendrait à la rigueur. Mais pourquoi lui a-t-elle menti ? Pourquoi ne lui a-t-elle pas dit : C'est fini. J'en aime un autre, séparons-nous ! Il en aurait eu beaucoup de chagrin, c'est entendu, mais il ne se serait pas tué pour cela.

— Qui sait ? fit doucement Ferdinand.

— Certainement pas, insista Irène avec dureté. C'est par dégoût qu'il en est arrivé là. Par dégoût. À force de se répéter : les paroles qu'elle m'a dites aujourd'hui, les mêmes caresses qu'elle m'a prodiguées… » Un frémissement agita son corps ; son regard se perdit dans la salle par-dessus la balustrade ; et elle se tut.

Ferdinand l'observait sans arriver à comprendre qu'un homme qui se savait aimé par cette jeune fille ait pu se suicider pour Wilhelmine. Au même instant il douta plus fort que jamais du talent qu'avait eu Gabriel. Il ne se souvenait que très vaguement du spectacle où Wilhelmine avait joué le rôle principal l'hiver dernier, mais il savait qu'après ce jour, elle était devenue la maîtresse de Gabriel, comme pour le consoler de cet échec. Irène, sans le regarder, reprit à voix basse : « Vous ne le voyiez donc plus du tout ces derniers temps ?

— Très peu, répondit Ferdinand. L'automne dernier, cependant, nous avons passé quelques soirées ensemble. Je l'ai rencontré par hasard sur le Ring. Il était justement avec mademoiselle Bischof et nous avons dîné tous les trois au *Volksgarten*[1]. Ce fut une très bonne soirée. Il faisait si beau que nous avons pu manger en plein air, bien que ce fût déjà la fin octobre. Par la suite, nous nous sommes revus à différentes reprises… et même une ou deux fois nous avons passé la soirée chez mademoiselle Bischof ; quelquefois j'ai eu l'impression que nous nous étions retrouvés après si longtemps. Mais il n'en était rien. » Ferdinand souriait, évitant le regard d'Irène.

« À présent, je vais vous raconter quelque chose, dit la jeune fille. J'avais l'intention d'aller voir mademoiselle Bischof.

— Comment ?» s'exclama Ferdinand, tout en considérant le front d'Irène qui était très pâle, et plus grand que chez la plupart des jeunes filles.

Le quadrille était terminé, l'orchestre se tut. On entendait en bas la rumeur confuse des voix. Quelques mots indifférents leur parvinrent distinctement comme s'ils eussent eu le pouvoir de se détacher des autres pour monter jusqu'à eux.

« J'étais même fermement décidée, dit Irène, qui ouvrait et fermait son petit éventail d'ivoire. Mais... voyez quelle enfant je suis... à chaque fois j'ai manqué de courage au dernier moment.

— Pourquoi vouliez-vous donc lui rendre visite ? demanda Ferdinand.

— Pourquoi ? C'est très simple, pourtant ! Je voulais me trouver face à face avec elle, entendre sa voix, observer sa façon de parler, ses mouvements en dehors de la scène, et puis lui poser des questions banales se rapportant à sa vie quotidienne. Vous ne comprenez pas cela ? ajouta-t-elle brusquement, avec un bref éclat de rire ; elle but une gorgée de champagne et poursuivit : Voyons, il serait tout de même intéressant de savoir comment elles sont réellement, ces femmes mystérieuses que, selon vous, il ne nous appartient pas de juger ; elles pour qui des hommes de valeur se tuent, et qui reparaissent en scène trois jours plus tard, aussi superbes et impressionnantes que si rien n'avait changé sur terre. »

Deux messieurs qui passaient s'arrêtèrent et, se retournant, regardèrent Irène avec insistance.

Ferdinand fut irrité et se sentit prêt à se lever pour leur demander des explications, si cette inconvenance se prolongeait une seconde de plus. Et il se vit aussitôt échangeant sa carte avec ces deux messieurs, recevant leurs témoins, traversant le Prater dès l'aube du surlendemain ; puis s'effondrant sur la terre humide, la poitrine transpercée d'une balle, et enfin Wilhelmine, debout devant sa tombe, en compagnie d'un cabotin quelconque. Mais avant que la seconde de répit qu'il leur avait accordée fût écoulée, les deux messieurs détournèrent les yeux et s'en allèrent. Et Ferdinand entendit de nouveau la voix d'Irène : « J'aurais le courage, à présent, disait-elle avec un sourire étrange, qui semblait désespéré.

— Le courage de quoi ? demanda Ferdinand.

— Le courage d'aller voir mademoiselle Bischof.

— Aller voir mademoiselle Bischof... maintenant ?

— Oui, précisément maintenant. Qu'en pensez-vous ? » Elle accompagnait la musique d'un mouvement de ses épaules. « À moins que vous préfériez danser une valse ?

— Cela me semblerait plus normal, constata Ferdinand.

— C'est tout de même singulier, dit Irène, les yeux illuminés de gaieté. Qu'est-ce qui a donc changé, depuis que nous buvons du champagne, installés dans cette loge? Rien. Absolument rien. Et soudain nous avons l'impression que la mort n'est pas aussi terrible qu'on le croit. Voyez-vous, je n'hésiterais pas du tout à me précipiter dans le vide, ici même… ou à sauter du haut d'un clocher. Cela ne me fait ni chaud ni froid. Une simple plaisanterie. Et comme nous nous connaissons bien tout à coup, vous et moi! Vous ne devez cela qu'à Gabriel, vous savez?

— Je n'ai jamais imaginé… », dit Ferdinand avec un sourire aimable, tout en s'apercevant que son cœur battait précipitamment.

Toute gaieté avait disparu des yeux d'Irène; ils étaient grands, graves et noirs. « Et savez-vous quel était mon projet? dit-elle, sans prêter attention à sa réponse. Je voulais me faire passer pour une jeune artiste ou simplement pour une de ses ferventes admiratrices. Il y a longtemps que j'aspire au bonheur… il y a une éternité que je brûle du désir… c'est à peu près ainsi que je pensais commencer. Car elles ont toutes une bonne dose de vanité, ces femmes-là, n'est-ce pas?

— Ça fait partie de leur métier, répliqua Ferdinand.

— Ah! je l'aurais flattée et si bien enjôlée qu'elle m'aurait sûrement invitée à revenir… Et je serais revenue, j'y serais retournée très souvent : nous serions vite devenues une paire d'amies, très proches… et alors… un beau jour… serait venu le moment où je lui aurais crié au visage : "Et savez-vous ce que vous avez fait?… Savez-vous ce que vous êtes? Une meurtrière! Voilà ce que vous êtes, mademoiselle Bischof!" »

Ferdinand, qui l'observait avec étonnement, pensa, une fois de plus : Quel fou que ce Gabriel!

Le quadrille était fini, en bas dans la salle où le bruissement des voix semblait confus et plus lointain qu'avant. Deux couples passèrent et s'installèrent non loin, à des tables le long du mur, en riant bruyamment. Puis la musique reprit, remplissant tout l'espace de ses amples vibrations.

« Et si j'y allais maintenant? demanda Irène.

— À l'heure qu'il est?

— Croyez-vous qu'elle me recevrait?

— Ce serait une heure bien insolite, dit Ferdinand en souriant.

— Oh! il ne doit pas être minuit encore, et elle a joué ce soir.

— Vous savez cela?

— Qu'y trouvez-vous d'étonnant? C'est dans tous les journaux. Elle vient certainement de rentrer. Ne serait-ce pas la chose la plus simple du monde? On se fait annoncer, on invente un prétexte quelconque, ou bien on dit la vérité, tout simplement. Voilà. Je viens tout droit du bal, je n'ai pas pu résister à mon immense désir de vous connaître ; je voulais, rien qu'une fois, baiser cette main... etc. ... La voiture reste en bas et attend, on est revenu avant la fin du souper. Personne ne s'est aperçu de rien.

— Si vous êtes décidée, mademoiselle, dit Ferdinand, vous me permettrez de vous accompagner. »

Irène le regarda. Il avait l'air ému, mais prêt à tout. « Vous ne croyez pas sérieusement que je vais...

— Mais vous disiez avoir le courage de vous précipiter, mademoiselle, du haut d'un clocher ? »

Irène planta son regard droit dans les yeux de Ferdinand et se leva vivement.

« Alors allons-y, et sans perdre une seconde ! » dit-elle, et une ombre obscurcit son front.

Ferdinand appela le garçon, paya, offrit le bras à Irène et descendit les deux étages avec elle. Arrivés dans le grand vestibule, il l'aida à enfiler sa sortie de bal gris clair ; elle releva son col de fourrure, couvrit sa tête d'une dentelle. Sans échanger un mot, ils se dirigèrent tous deux vers la sortie. Ils se taisaient, une voiture approcha et, à travers les rues silencieuses, couvertes de neige, les emporta bientôt vers leur destination.

De temps en temps, Ferdinand observait Irène du coin de l'œil. Elle était immobile ; et son visage sous la dentelle ne laissait paraître que deux yeux qui regardaient dans le noir. Quand la voiture s'arrêta quelques minutes plus tard devant une maison du *Parkring*[1], Irène attendit que Ferdinand eût sonné et que la porte fût ouverte. Alors seulement elle descendit et ils montèrent sans hâte l'escalier. Quand Ferdinand aperçut la femme de chambre qu'il connaissait bien, quand il vit le regard étonné dont elle le dévisageait, lui et sa compagne, il eut le sentiment de sortir d'un rêve.

« Demandez à Mademoiselle, dit-il, si elle aurait l'obligeance de nous recevoir. »

La servante sourit d'un air niais et introduisit le couple au salon. Une lumière éblouissante jaillit du lustre suspendu au plafond et dans le miroir vénitien, accroché un peu en biais au-dessus du piano à queue, noir et brillant, Ferdinand aperçut sa propre silhouette et celle d'Irène, comme deux étrangers. Soudain une pensée traversa son esprit. Peut-être

Irène s'était-elle fait conduire ici pour assassiner Wilhelmine. Cette idée s'évanouit aussi vite qu'elle lui était venue ; mais tandis que la jeune fille faisait glisser sur ses épaules la dentelle qui enveloppait sa tête, il eut l'impression qu'elle était toute changée, qu'il se trouvait avec un être étranger dont la voix même lui était inconnue.

Une porte s'ouvrit et Wilhelmine entra, vêtue d'un déshabillé de velours dont la coupe élégante dégageait son cou. Elle tendit la main à Ferdinand et dévisagea ses deux visiteurs d'un air plus amusé que surpris. Ferdinand essaya de donner un tour plaisant au discours qu'il fit pour expliquer leur venue si tardive. Il raconta que sa compagne n'avait su parler d'autre chose en dansant que de son admiration pour mademoiselle Bischof, et que, grisé par l'atmosphère du carnaval il avait donc proposé de l'accompagner à cette heure nocturne jusque dans les appartements de cette femme extraordinaire… au risque d'avoir à descendre les escaliers plus vite qu'ils ne les avaient montés.

« À quoi pensez-vous ? s'écria Wilhelmine. Je suis ravie, au contraire ! » Et elle tendit la main à Irène. « Mais vous voudrez bien m'excuser et assister à mon dîner, car je viens de rentrer du théâtre. » Ils passèrent dans la pièce voisine où trois ampoules électriques logées dans une vasque de cristal vert pâle éclairaient une table qui ne portait qu'un seul couvert. Tandis que Ferdinand enlevait sa pelisse et la jetait sur le canapé, Wilhelmine aida Irène à se débarrasser de son manteau et le posa sur le dossier d'une chaise. Elle se dirigea vers le buffet, y prit des verres, les remplit de vin blanc, les plaça devant Ferdinand et Irène ; alors elle s'assit enfin, se servit tranquillement une tranche de viande froide qu'elle découpa en leur disant : « Vous permettez ? » et se mit à manger. De temps à autre, elle posait sur Ferdinand et Irène un regard bienveillant accompagné d'un sourire comme absent.

C'est bien cela, pensa Ferdinand, un peu déçu. Car même si j'étais venu avec l'impératrice de Chine lui annoncer qu'on m'avait nommé mandarin, elle n'en aurait pas été étonnée non plus. C'est dommage, au fond. « Car les femmes que rien ne surprend ne se donnent jamais entièrement… » Cette maxime était de Treuenhof, et il s'en souvenait de manière assez approximative.

« C'était amusant, le bal ? » demanda Wilhelmine. Ferdinand raconta que la salle était bondée, et de personnes très laides pour la plupart, que la musique n'était pas fameuse non plus. Il disait tout ce qui lui passait par la tête. Wilhelmine, qui paraissait d'excellente humeur, le regardait, puis elle s'adressa à Irène, lui demandant si le jeune homme était un bon danseur.

Irène acquiesça de la tête et sourit. Elle murmura un «oui» à peine perceptible.

«Vous avez joué aujourd'hui Feodora[1], mademoiselle? demanda Ferdinand, pour animer la conversation. La salle était-elle pleine?

— Comble», répondit Wilhelmine.

Irène parla à son tour. «Je ne vous ai malheureusement pas encore vue dans le rôle de Feodora, mademoiselle Bischof. Mais dans Médée l'autre jour, c'était admirable!

— Mille mercis», répliqua Wilhelmine.

Irène lui fit encore quelques compliments puis elle demanda à Wilhelmine quels étaient ses rôles préférés et sembla écouter les réponses de l'actrice avec grand intérêt; la conversation finit par s'animer, bien que restant toute conventionnelle, sur la question de savoir lequel était le plus grand comédien, celui qui vivait son rôle et toutes les émotions qu'il comportait, ou celui qui le jouait tout en restant maître de lui. Ferdinand raconta incidemment qu'un ami à lui, jeune comique au théâtre, lui avait raconté avoir joué son rôle avec une verve inaccoutumée le soir même de l'enterrement de son père.

«Vous avez des amis charmants», observa Wilhelmine en mordant dans une tranche d'orange.

Que se passe-t-il, au fond? pensa Ferdinand. Irène a-t-elle oublié qu'elle voulait traiter Wilhelmine de meurtrière?... et Wilhelmine se souvient-elle encore que je suis son amant, moi qui suis venu la voir en pleine nuit avec une jeune personne qu'elle ne connaît pas?

«Vous semblez vous intéresser vivement au théâtre, mademoiselle, dit Wilhelmine, auriez-vous jamais songé à embrasser cette carrière, vous aussi?»

Irène secoua la tête : «Je n'ai malheureusement aucun talent.

— Eh bien, tant mieux pour vous, dit Wilhelmine, car c'est un vrai bourbier!»

Et tandis qu'elle parlait des infamies auxquelles une artiste est exposée de tous les côtés, Ferdinand suivait le regard d'Irène qui semblait fasciné par la lueur bleuâtre filtrant à travers la porte entrouverte de la chambre voisine. Et il vit le pâle visage d'Irène, impassible jusque-là, commencer à frémir, et ses lèvres trembler bizarrement, sans mot dire. Il crut lire dans ses yeux écarquillés un désir sacrilège de pénétrer dans cette chambre bleuâtre et de cacher son visage dans l'oreiller où la tête de Gabriel avait quelquefois reposé. Puis il songea que l'absence d'Irène ne pourrait pas passer inaperçue si elle se prolongeait davantage et que cela pouvait tout de même leur causer quelques désagréments, à elle et peut-être aussi à lui ; c'est pourquoi il s'agita ostensiblement sur sa chaise.

Irène se tourna vers lui comme au sortir d'un rêve. Les dernières paroles de Wilhelmine, que nul n'avait écoutées, vibraient encore dans l'air.

« Il est sans doute temps de partir, dit Irène en se levant.

— Je regrette, répondit Wilhelmine, de n'avoir pas le plaisir de vous garder plus longtemps. »

Irène la scrutait tranquillement d'un œil inquisiteur.

« Eh bien, ma chère petite ? questionna Wilhelmine.

— C'est curieux, mademoiselle, fit Irène, vous me rappelez un tableau que nous avons à la maison. Il montre une paysanne croate ou slovène qui prie devant une image sainte, sur la grande route neigeuse. »

Wilhelmine fit « oui » de la tête, l'air songeur, comme si elle se fût parfaitement souvenue du jour où, devant l'image sainte, elle s'était agenouillée dans la neige, au fin fond de la Croatie. Puis elle insista pour aider elle-même Irène à remettre son manteau, et accompagna ses hôtes jusque dans le vestibule.

« Amusez-vous, et dansez bien, leur dit-elle. Je veux dire, si vous comptez vraiment retourner au bal. »

Irène devint livide, mais garda le sourire.

« Ce monsieur est dangereux », ajouta Wilhelmine en jetant un coup d'œil à Ferdinand, le premier où flottait quelque chose comme un souvenir de la nuit précédente. Ferdinand se tut, mais il sentit le regard sombre d'Irène se poser à la fois sur Wilhelmine et sur lui.

La femme de chambre apparut ; Wilhelmine tendit encore une fois la main à ses hôtes, exprima son désir de revoir bientôt la jeune fille chez elle et sourit à Ferdinand comme si elle venait de gagner contre lui dans un jeu convenu à l'avance.

Éclairés par une bougie que tenait la servante, Irène et Ferdinand descendirent l'escalier sans mot dire. Le portail se referma bientôt sur eux. Le cocher aida Irène à monter ; Ferdinand s'assit à côté d'elle. Sur la neige on entendit le trot sourd des chevaux. Un bec de gaz projeta en passant un rai lumineux sur le visage d'Irène. Ferdinand vit qu'elle le dévisageait, les lèvres entrouvertes.

« C'est donc vous », murmura-t-elle.

L'étonnement, l'horreur et la haine lui semblèrent trembler dans sa voix. L'obscurité était complète. Si elle avait un poignard, pensa Ferdinand, serait-elle capable de me le plonger en plein cœur...? C'est égal, ce châtiment serait assez immérité. N'étais-je pas avant tout un principe plutôt que... Et il songea sérieusement à lui expliquer toute l'affaire. Non pas pour se disculper, mais plutôt parce que cette jeune fille intelligente méritait de comprendre l'enchaînement des choses, de tout ce qui, au fond, avait interféré dans cette histoire.

Soudain, deux bras l'enlacèrent, et sur sa bouche il sentit les lèvres d'Irène, brûlantes, passionnées et adorables. Il pensa n'avoir jamais connu baiser plus parfumé, plus mystérieux et plus délicieusement long. Leurs lèvres ne se séparèrent que lorsque la voiture s'arrêta.

Ferdinand sortit le premier et aida Irène à descendre.

« Vous ne me suivrez pas », déclara-t-elle d'un ton sec, et elle disparut aussitôt dans le vestibule. Ferdinand resta dehors, immobile. Pas une minute il ne songea à enfreindre cette défense. Avec une irrévocable netteté et une douleur brutale, il se rendit compte que c'était fini, que ce baiser ne pouvait pas avoir de suite...

Trois jours plus tard il racontait son aventure à Anastasius Treuenhof, l'homme à qui l'on pouvait tout dire, car vis-à-vis de lui, la discrétion eût été aussi puérile que vis-à-vis du bon Dieu.

« Dommage, déclara Anastasius après un moment de réflexion, qu'elle ne soit pas devenue votre maîtresse ! Un enfant de vous deux m'aurait intéressé. Les enfants de l'amour, nous en avons suffisamment. Les enfants de l'indifférence sont surabondants ; mais nous manquons sensiblement d'enfants de la haine. Et qui sait si ce ne serait pas ceux-là qui nous apporteraient le salut ?

— Vous supposez donc, demanda Ferdinand...

— Bien sûr... qu'avez-vous pu croire ? » riposta sévèrement Anastasius. Ferdinand baissa la tête et garda le silence.

Dans son portefeuille se trouvait déjà le billet de sleeping pour Trieste ; et de là il continuerait vers Le Caire, Alexandrie, Assouan... Mais depuis trois jours il comprenait qu'un amour sans espoir pût acculer quelqu'un au suicide... d'autres que lui, naturellement... d'autres que lui.

Traduction révisée par Brigitte Vergne-Cain et Gérard Rudent.

HISTOIRE D'UN GÉNIE

Cette très courte histoire est évidemment une «parabole», forme que Schnitzler n'a jamais méprisée. Cette fantaisie peut être rapprochée de La Cravate verte, *de* Mon ami Upsilon *ou de* Ah, quelle mélodie!

Entre le 26 avril 1904, où il la mentionne pour la première fois dans son Journal, *et le 9 mars 1907, date à laquelle elle est publiée dans une revue intitulée* Arena, *Schnitzler la désigne toujours comme «Le papillon» («Der Schmetterling»). Il s'agit de dénoncer une fois de plus le* Literat (L'Homme de lettres), *et tous ceux que Schnitzler place, sur son* Diagramme *(voir p. 41), en dessous des* Journalistes, *tout près du* Diable. Le Literat *est le type symétriquement opposé à celui du* Dichter *: c'est l'anti-poète, celui qui n'écrit que pour lui, qui n'est jamais que le «génie» de la* *tuité.*

Du vivant de l'auteur, Geschichte eines Genies *ne fut publiée qu'une dans cette revue qui semble mal connue, malgré son beau titre latin; comme si Schnitzler n'avait pas hésité, comme le dit Ovide, à «semer le sable»: arenae semina mandare... Et cette petite fable ne réapparaît que dans le recueil posthume de 1932,* La Petite comédie.

doptant, plutôt que «Le papillon», un titre aussi boursouflé que p d'un génie, *Schnitzler accentue encore l'effet ironique de son* s t *: car le caractère éphémère de ce papillonnement outrecuidant* D ainsi *dès le titre comme la plus hyberbolique des fatuités.* sem *le mot «génie» appartient à un écheveau lexical merveilleu-* de C *brouillé dans les lettres allemandes : à côté du mot germanique* geniu *sprit), se trouvent, chronologiquement échelonnés, le latin* conce *le français* génie, *puis le grec* daimôn... *c'est à croire que ce* monun *un peu incertain pour la culture allemande! Dans le* Dictionnaire *de Grimm, l'article* Génie *s'étale sur cinquante* et une c *s! À titre de comparaison, l'article* Gott (Dieu) *occupe cent* vingt-six *es, celui de* Geist (esprit) *cent dix-huit, celui de* Volk *(peuple)* *te-huit; mais celui de* Heimat *(terre natale) se concentre* sur deux c *s, de même que* Vaterland *(patrie).*

La parab Schnitzler présente donc, sans contestation possible, un caractère s et culturel. Mais il faut sans doute l'entendre aussi comme de l rision, comme l'expression d'une inquiétude intime, toujours tend Du reste, au music-hall viennois (et comme c'est le cas dans La N *Chanson), il y avait souvent un comique que l'on appelait «* Wiege *l» : «p'têt' ben qu'oui - p'têt' ben qu'non!»...*

« Me voici donc au monde ! » dit le papillon, qui contemplait le paysage en se balançant doucement au-dessus d'une branche brune. Le soleil de mars luisait, pâle au-dessus du parc, on voyait encore au loin un peu de neige sur les pentes des montagnes et, scintillante d'humidité, la route s'étirait en direction de la vallée. Passant alors entre deux barreaux de la grille, le papillon prit le large. « Voici donc l'univers », se dit-il et, l'ayant trouvé dans l'ensemble digne d'attention, il se mit en route. Il avait un peu froid, mais comme il volait aussi vite qu'il le pouvait et que le soleil montait toujours plus haut dans le ciel, il se réchauffa peu à peu.

Il ne rencontra au début âme qui vive. Plus tard, deux petites filles vinrent au-devant de lui et, dans leur surprise, se mirent à battre des mains en l'apercevant.

Ah ! pensa le papillon, on m'applaudit ! C'est sans doute que j'ai belle apparence ! Il croisa ensuite des cavaliers, des compagnons maçons, des ramoneurs, un troupeau de moutons, des écoliers, des flâneurs, des chiens, des bonnes d'enfant, des officiers et de jeunes dames, tandis que toutes sortes d'oiseaux tournoyaient au-dessus de lui dans les airs.

Je soupçonnais bien, pensa le papillon, que mes pareils étaient peu nombreux, mais être le seul de mon espèce, voilà qui dépasse vraiment mon attente !

Poursuivant son vol, il ressentit quelque fatigue ; l'appétit lui vint et il se laissa tomber au sol ; mais nulle part il ne trouva de nourriture.

Oui, c'est vrai, pensa-t-il, le destin du génie est de souffrir du froid et des privations ; mais patience, je me tirerai d'affaire !

Cependant, le soleil continuant son ascension, le papillon se réchauffait et il reprit bientôt son vol avec de nouvelles forces. Une ville se dressa devant lui, il en franchit la porte et voltigea au-dessus de places et de rues pleines de promeneurs ; et tous ceux qui l'apercevaient s'étonnaient et, se regardant d'un air joyeux, disaient : « Le printemps n'est vraiment plus loin ! » Le papillon se posa sur le chapeau d'une jeune fille, dont la rose de velours l'avait attiré, mais les étamines de soie ne furent pas du tout à son goût. « Que d'autres s'en contentent, se dit-il, je préfère pour ma part continuer d'avoir faim jusqu'à ce que je trouve un mets digne de mon palais ! »

Il quitta le calice où il s'était introduit, et par une fenêtre ouverte il entra dans une pièce où trois enfants étaient assis autour d'une table avec leurs parents.

Les enfants se levèrent d'un bond lorsque le papillon vint voleter au-dessus de la soupière et le plus grand, d'un geste rapide, réussit à l'attraper par les ailes.

— Il va falloir que j'apprenne aussi à mes dépens, se dit le papillon non sans quelque amère fierté, que le génie est exposé aux persécutions.

Il n'ignorait pas plus ce fait que tous les autres, car en sa qualité de génie, il connaissait le monde par anticipation.

Le garçon à qui son père avait donné une tape sur la main, lâcha le papillon et celui-ci s'envola du plus vite qu'il put vers le large, en se promettant de récompenser royalement son sauveur dès que l'occasion s'en présenterait.

Ayant franchi en sens inverse la porte de la ville, il s'éloigna en voltigeant sur la grand-route. « En voilà sans doute assez pour aujourd'hui, pensa-t-il. Après une jeunesse si riche en événements, il faut que je songe à dicter mes mémoires. »

Là-bas, très loin, les arbres de son jardin natal lui faisaient signe. Le papillon sentait croître toujours davantage son désir de pollen et d'une petite place chaude au soleil. Tout à coup, il aperçut quelque chose qui venait à sa rencontre en voletant et présentait exactement le même aspect que lui. Il fut un instant déconcerté, mais reprit aussitôt ses esprits et dit : « Un autre ne se serait sans doute pas préoccupé de cette rencontre extrêmement curieuse. Mais pour moi, elle est l'occasion d'une découverte, à savoir que dans certains états d'excitation provoqués par le froid et la faim, on voit sa propre image reflétée dans l'air comme dans un miroir. »

Un gamin, qui passait par là en courant, captura le nouveau papillon. Le premier alors de penser, avec un sourire : « Que les hommes sont bêtes ! Celui-ci s'imagine maintenant m'avoir attrapé, alors qu'il ne tient dans sa main que mon reflet ! »

Cependant, pris d'éblouissements, il se sentit devenir de plus en plus faible. Lorsqu'il lui fut impossible de voler plus loin, il se posa au bord du chemin pour faire un somme. La fraîcheur vint, puis le soir, et le papillon s'endormit. La nuit s'étendit au-dessus de lui, la gelée l'enveloppa. Au premier rayon du soleil, il s'éveilla encore une fois. Il vit alors, venant du jardin natal, voltiger vers lui, une... deux... trois créatures ailées... puis d'autres en toujours plus grand nombre, qui lui ressemblaient toutes et qui passèrent au-dessus de lui sans lui prêter la moindre attention. Fatigué, le papillon leva les yeux vers elles, puis sombra dans une profonde méditation. « Je suis assez grand, finit-il par se dire, pour m'apercevoir de mon erreur. Eh bien, soit, il y a dans l'univers des êtres qui me ressemblent, du moins extérieurement. »

Les papillons se posèrent sur la prairie couverte de fleurs aux calices accueillants, où ils prirent un délicieux repas, puis repartirent en voletant.

Le vieux papillon restait sur le sol. Il sentit monter en lui une certaine amertume. « Vous avez la besogne facile, pensait-il. Il n'est pas besoin d'être grand clerc pour voler jusqu'à la ville, maintenant que je vous ai ouvert la voie et que mon odeur vous précède sur la route. Mais qu'importe ! Si je n'ai pas été unique, je n'en fus pas moins le premier. Et demain, vous serez couchés au bord de la route, comme moi. »

Une brise passa au-dessus de lui et ses pauvres ailes battirent encore une fois doucement. « Oh ! je commence à me rétablir, se dit-il, réjoui. Attendez seulement demain et je volerai au-dessus de vos têtes, comme vous l'avez fait aujourd'hui au-dessus de la mienne ! » C'est alors qu'il vit s'avancer vers lui, toujours plus près, une énorme masse sombre. « Qu'est-ce que cela ? se demanda-t-il avec effroi. Oh, je le pressens. C'est ainsi que ma destinée va s'accomplir. Un monstrueux destin s'apprête à me broyer ! » Et, tandis que la roue d'un haquet de brasseurs lui passait sur le corps, il pensa, en exhalant son âme dans un dernier soupir : « Où donc m'érigeront-ils un monument ? »

Traduction révisée par Brigitte Vergne-Cain et Gérard Rudent.

LA MORT DU VIEUX GARÇON

Schnitzler faisait déjà dire à Paracelsus en 1898, à la fin de la pièce du même nom : «Nous ne savons rien des autres, rien de nous-mêmes; nous jouons toujours, sage est celui qui le sait. [...] *Qu'est-ce qui n'est point jeu, de nos actions en ce monde, si grandes et si profondes qu'elles paraissent!» C'était aussi la conviction de Schnitzler qui a, depuis son plus jeune âge, nourri une réelle passion pour toutes les sortes de jeu : il était vraiment de l'espèce* homo ludens*! Cela s'accordait bien avec son agnosticisme général et avec sa conception de l'art, où il exigeait de trouver une nécessité qui puisse soulager de tous les hasards du monde.*

La Mort du célibataire*, comme il serait préférable de traduire ce titre,* Der Tod des Junggesellen *(car le personnage n'est pas désigné d'un mot aussi «négatif» que* vieux garçon*), fut commencée le 6 mars 1907, et peaufiné tout au long du mois d'avril. C'est une nouvelle qui est composée de façon entièrement ludique : les quatre personnages principaux ne portent pas de nom, ce sont des figures emblématiques de la bonne société; ce sont quatre marionnettes qui jouent à qui perd gagne. L'atout, c'est la lettre posthume qu'il faut abattre au bon moment pour prendre la Mort en défaut. Dans cette partie de menteurs, c'est le poète qui triomphe, car il entendait d'avance sa femme murmurer sur sa tombe : «Être sublime... Oh! noble ami...»*

C'est parce qu'il est un joueur invétéré que Schnitzler en arrive quelquefois à composer des œuvre très symétriques, ce qui jure un peu avec son goût pour les nuances et pour la psychologie des profondeurs. En effet, La Mort du célibataire *est d'une certaine façon le récit qui répond à* La Nouvelle Chanson. *Côté faubourg, le tragique éclate dans les coulisses d'un cabaret; mais de l'autre côté du Ring, dans la société viennoise élégante, les bourgeois ne peuvent jouer que des tragi-comédies : l'authenticité est dans le Carnaval; et dans les maisons respectables règne l'hypocrisie. C'est sans doute l'un des sens possibles pour* Masques et Prodiges, *le titre du recueil de 1912 où se retrouve* La Mort du célibataire, *entre* La Flûte de Pan *et* L'Assassin.

Au demeurant, la «petite nouvelle», comme Schnitzler l'appelait parce qu'il l'aimait bien, fut publiée la première fois, le 1er avril 1908, dans l'Österreichische Rundschau, *un bimensuel plutôt élégant, dirigé par le baron Felix von Oppenheimer, un ami de Hugo von Hofmannsthal.*

Un coup discret retentit à la porte, le médecin se réveilla aussitôt, alluma et se leva. Il jeta un regard sur sa femme, qui sommeillait paisiblement, enfila sa robe de chambre et quitta la pièce. Il ne reconnut pas tout d'abord la vieille femme qui, la tête enveloppée d'un châle gris, se tenait dans l'entrée.

« Notre maître vient d'avoir un grave malaise, dit-elle. Est-ce que monsieur le docteur aurait la bonté de venir tout de suite ? »

Le médecin reconnut cette voix. C'était celle de la femme de charge de son ami, le célibataire. Sa première pensée fut celle-ci : Mon ami a cinquante-cinq ans, il souffre du cœur depuis deux ans, il pourrait bien s'agir de quelque chose de grave.

Et il répondit : « Je vais venir, m'attendez-vous ?

— Excusez-moi, docteur, mais je dois aller voir deux autres messieurs. » Et elle indiqua le nom du financier et celui du poète.

« Qu'allez-vous faire là-bas ?

— Monsieur désire les revoir une dernière fois.

— Les revoir… une dernière fois ?

— Oui, docteur. »

Il fait appeler ses amis, pensa le médecin, il se sent donc bien bas… Et il questionna : « Y a-t-il quelqu'un auprès de votre maître ?

— Bien sûr, docteur, reprit la vieille ; Johann ne le quitte pas » ; et elle s'en alla.

Le docteur rentra dans sa chambre, et tandis qu'il s'habillait en faisant le moins de bruit possible, une pensée amère germa dans son esprit. Ce n'était pas tout à fait la douleur de devoir peut-être perdre un vieil ami, mais plutôt l'impression pénible de constater qu'ils en étaient arrivés à ce tournant, lui et les autres, eux qui, quelques années plus tôt, se sentaient jeunes encore.

Par cette nuit de printemps lourde et tiède, le médecin prit une voiture découverte et se fit conduire chez le célibataire, qui habitait la cité-jardin toute proche de la ville. Il leva les yeux vers la fenêtre grande ouverte de la chambre à coucher par laquelle filtrait un pâle rais de lumière.

Le médecin gravit l'escalier, le domestique vint ouvrir, salua gravement et, de la main gauche, fit un geste découragé.

« Comment, balbutia le médecin haletant, j'arrive trop tard ?

— Oui, docteur, répondit le domestique, Monsieur est mort il y a un quart d'heure. »

Le médecin reprit haleine, respira longuement et pénétra dans la chambre. Le corps de son ami était allongé sur le lit, ses lèvres minces, entrouvertes, étaient bleuâtres, ses bras étaient étendus sur la couverture blanche, sa barbe clairsemée était ébouriffée et sur son front moite et blême pendaient quelques mèches grisonnantes. L'abat-jour en soie de la lampe électrique qui se trouvait sur la table de nuit, jetait un reflet rouge sur les oreillers. Le médecin considéra le mort. Quand est-il venu chez nous pour la dernière fois ? se demanda-t-il. Je me souviens qu'il neigeait ce soir-là. L'hiver dernier, par conséquent — on ne se voyait plus guère depuis quelque temps.

Dans la rue on entendait piaffer des chevaux. Le médecin s'éloigna du mort et, regardant au-dehors, aperçut les fines branches dont le dessin se perdait dans la nuit.

Le domestique entra, et le médecin demanda des détails sur ce qui s'était passé.

Le domestique lui raconta alors une trop banale histoire : malaise subit, difficile respiration, impossibilité de tenir le malade au lit, mouvements désordonnés, les cent pas dans la chambre de long en large, puis vers le bureau précipitamment, retour vacillant jusqu'au lit, soif, gémissements, puis effondrement dans les oreillers. Le médecin acquiesçait de la tête durant ce rapport, la main droite posée sur le front du défunt.

Une voiture s'arrêta. Le médecin s'approcha de la fenêtre. Il vit le financier descendre de voiture et lever vers lui un regard interrogateur. Machinalement le médecin esquissa le geste avec lequel l'avait reçu le domestique. Le financier fit un mouvement de la tête : il semblait incrédule ; le médecin haussa les épaules, quitta la fenêtre et, fatigué soudain, s'assit sur une chaise au pied du lit.

Le financier entra, son pardessus beige ouvert ; il posa son chapeau sur un guéridon près de la porte et serra la main du médecin. « C'est affreux, dit-il. Comment est-ce donc arrivé ? » Et il fixait le mort d'un œil méfiant.

Le médecin rapporta brièvement ce qu'il savait et ajouta : « Je n'aurais pas pu le sauver, même si j'étais venu plus tôt. — Imaginez-vous, dit le financier, que je l'ai encore vu au théâtre il y a huit jours exactement aujourd'hui. Je l'ai invité à venir souper avec moi, mais il avait ce soir-là un de ses rendez-vous mystérieux. — Il les avait toujours ? » demanda le médecin avec un sourire fatigué.

De nouveau une voiture s'arrêta, le financier se mit à la fenêtre. Quand il vit le poète en descendre, il se retira, ne voulant pas, par la simple expression de son visage, lui signifier la triste nouvelle. Le médecin avait pris une cigarette dans son étui, et la roula entre ses doigts d'un air embarrassé. « C'est une habitude que j'ai prise du temps de mon internat, fit-il comme pour s'excuser. Que j'aie fait une piqûre de morphine ou constaté un décès, je commençais toujours par allumer une cigarette aussitôt que j'avais quitté la chambre d'un malade. » Le financier reprit : « Savez-vous depuis quand je n'ai pas vu un mort ? Quatorze ans... depuis le jour où l'on a mis mon père en bière. — Et... votre femme ? — Oui, j'ai été auprès de ma femme jusqu'au dernier moment, mais après... je ne l'ai pas revue. »

Le poète ouvrit la porte, tendit la main aux deux autres et posa un regard mal assuré sur le lit. Puis il s'approcha d'un pas décidé et contempla gravement le corps ; ses lèvres tremblèrent, un pli de supériorité méprisante les figea. Ce devait donc être lui, pensa-t-il. Que de fois s'était-il fait un jeu de se demander lequel d'entre eux serait le premier à partir pour ce dernier voyage.

La femme de charge entra. Les yeux remplis de larmes, elle tomba à genoux auprès du lit, sanglota et joignit les mains. Le poète posa doucement la main sur son épaule, d'un geste consolant.

Le financier et le médecin se tenaient près de la fenêtre, présentant leur front à la fraîcheur nocturne de l'air printanier.

« N'est-ce pas curieux, suggéra le financier, qu'il nous ait fait chercher tous les trois ? Voulait-il nous voir réunis autour de son lit avant de mourir ? Avait-il quelque chose d'important à nous confier ?

— Quant à moi, dit le docteur avec un sourire résigné, je ne m'étonne pas d'avoir été appelé en ma qualité de médecin. Et vous, ajouta-t-il en se tournant vers le financier, ne le conseilliez-vous pas parfois pour ses affaires? Peut-être s'agissait-il de ses dernières volontés dont il voulait vous entretenir.

— Ce n'est pas impossible», dit le financier.

La femme de charge s'était éloignée et les trois amis l'entendaient conférer dans l'entrée avec le domestique. Le poète se tenait toujours près du lit et semblait avoir engagé un dialogue mystérieux avec le mort. Le financier, s'adressant au médecin, murmura : «C'est lui, à mon avis, qui pourra peut-être nous renseigner. Il le voyait beaucoup ces derniers temps.» Le poète, immobile, plongeait son regard dans les yeux clos du mort. Ses mains, qui tenaient son chapeau gris à large bord, étaient croisées derrière son dos. Les deux messieurs s'impatientaient. Le financier s'approcha en toussotant. «Il y a trois jours, déclama alors le poète, j'ai fait une promenade de deux heures avec lui, bien loin, par les coteaux plantés de vignes. Et savez-vous de quoi il m'a entretenu? De son projet d'aller en Suède cet été, d'une nouvelle collection de gravures de Rembrandt qu'a éditée Watson à Londres, et de Santos-Dumont[1]. Il m'a fait une dissertation mathématique et physique sur le ballon dirigeable; je vous avoue que je ne suis pas arrivé à le suivre complètement. Il ne pensait assurément pas à la mort. Sans nul doute, du reste, il arrive un moment de la vie où l'on n'y pense plus.»

Le médecin était allé dans la pièce voisine où il pouvait décemment allumer sa cigarette. La cendre blanche qui se trouvait dans le cendrier de bronze sur le bureau lui fit une impression curieuse, spectrale. Pourquoi suis-je encore ici? pensa-t-il, tandis qu'il s'asseyait confortablement sur la chaise devant le bureau. J'aurais, moi le premier, le droit de m'en aller, puisque selon toute évidence je n'ai été appelé qu'en ma qualité de médecin. Quant à notre amitié, elle n'était pas très sérieuse. À mon âge et pour un homme comme moi, se dit-il encore, il est difficile d'être lié avec un autre homme qui ne travaille pas, qui n'a jamais eu de métier. Qu'aurait-il fait dans la vie s'il n'avait pas eu de fortune? Sans doute de la littérature; il était plein d'esprit… Et il se souvint de certaines remarques cinglantes mais justes du célibataire, surtout à propos des œuvres de leur ami commun, le poète.

Le financier et le poète entrèrent. Celui-ci parut blessé de voir le médecin sur la chaise abandonnée du bureau, tenant entre ses mains une cigarette qu'il n'avait pas encore allumée, du reste, et il ferma ostensiblement la porte. Ainsi pensait-il se trouver en quelque sorte dans un monde différent. « Formez-vous une quelconque hypothèse ? questionna le financier. — Sur quoi ? demanda distraitement le poète. — Sur le mobile qui peut l'avoir incité à nous faire appeler, vous et moi. » Le poète trouva superflu de chercher une raison spéciale. « Notre ami, déclara-t-il, a senti la mort venir, et à cet instant, malgré la vie assez solitaire qu'il menait, du moins ces derniers temps… eh bien la nature de cet homme, qui était né sociable, a sans doute réclamé ses droits, et il a voulu être entouré d'amis qui lui étaient chers. — Il devait avoir une maîtresse, en tout cas, hasarda le financier. — Une maîtresse ? » répéta le poète, dont les sourcils s'arquèrent en un mouvement dédaigneux.

Le médecin, regardant le bureau, constata tout à coup que le tiroir du milieu était entrouvert. « Il pourrait bien y avoir là un testament, dit-il. — Que nous importe, pour le moment du moins, répondit le financier. Du reste une sœur à lui, mariée, vit à Londres. »

Le domestique entra. Il se permettait de demander quelques conseils pour la mise en bière, l'enterrement, les lettres de faire-part. Il savait que le testament de Monsieur se trouvait chez le notaire, mais il ignorait si ce testament contenait des dispositions quant à cela. Le poète, trouvant l'air irrespirable, écarta le pesant rideau rouge de l'une des fenêtres et ouvrit à deux battants. Un grand pan de cette nuit printanière toute bleutée se glissa dans la pièce. Le médecin interrogea le domestique pour savoir s'il ne connaissait pas la raison qui avait poussé le défunt à les appeler tous les trois, car il y avait des années que lui-même n'avait pas été demandé en sa qualité de médecin. Le domestique, qui semblait s'attendre à cette question, tira de sa poche un portefeuille démesurément grand, en sortit un feuillet de papier, et déclara que Monsieur lui avait remis sept ans plus tôt la liste des amis qu'il désirait voir réunis autour de son lit de mort. Même si Monsieur n'avait plus eu toute sa connaissance, il se serait donc permis, de son propre chef, de faire chercher les messieurs en question.

Le médecin, ayant pris le papier des mains du domestique, put y lire cinq noms : le sien, celui de ses compagnons, celui d'un ami décédé deux ans plus tôt, et enfin celui d'un inconnu. Le domestique expliqua que ce dernier était un industriel qui était beaucoup venu chez le célibataire il y avait neuf ou dix ans de cela, mais qu'on l'avait perdu de vue, sans même avoir conservé son adresse. Les trois hommes se regardèrent, gênés et nerveux. « Que faut-il penser de cela ? demanda le financier. Avait-il l'intention de faire un discours en son heure dernière ? — Sa propre oraison funèbre ? » ajouta le poète.

Le médecin, qui avait plongé son regard dans le tiroir entrouvert du bureau, y vit soudain une enveloppe sur laquelle trois mots tracés en grands caractères romains[1] le frappèrent : *À mes amis.* « Oh ! s'écria-t-il, et, s'emparant de l'enveloppe, il la présenta aux autres intéressés. Puis s'adressant au domestique : « Ceci est pour nous », dit-il, et d'un signe de tête il lui signifia de se retirer. Le domestique disparut. « Pour nous ? dit le poète, dont les yeux s'agrandissaient. — Je crois qu'il ne peut subsister aucun doute sur le droit que nous avons à décacheter cette enveloppe, reprit le médecin. — C'est un devoir », renchérit le financier en boutonnant son pardessus.

Le médecin prit un coupe-papier dans une coupe de cristal, ouvrit l'enveloppe, posa la lettre et ajusta son lorgnon. Le poète profita de cette minute pour s'emparer du papier et le déplier. « Puisque c'est pour nous tous... » fit-il d'un air dégagé, et il se plaça de façon que la lumière de la suspension éclairât la lettre. Le financier se posta à côté de lui. Le médecin resta assis. « Vous pourriez lire à haute voix », dit le financier. Le poète commença :

« À mes amis. » Il s'interrompit en souriant. « Oui, messieurs, il le met encore une fois ! » Puis il poursuivit sa lecture avec une remarquable confiance. « Il y a un quart d'heure environ que j'ai exhalé mon âme. Vous êtes réunis autour de ma couche funèbre et vous vous apprêtez ensemble à prendre connaissance de cette lettre... à supposer qu'elle existe encore au moment de ma mort. J'ajoute cela, car il pourrait se faire que d'ici là, je me ravise en ayant un bon mouvement. »

« Comment cela ? » interrompit le médecin.

Le poète répéta : « Il pourrait se faire que d'ici là je me ravise, en ayant un bon mouvement et que je décide de détruire cette lettre, car elle ne m'est d'aucune utilité, à moi, tandis qu'elle vous occasionnera pour le moins quelques heures pénibles, et qu'elle empoisonnera peut-être même la vie à l'un ou à l'autre d'entre vous. »

« Empoisonner la vie ? demanda le médecin en essuyant les verres de son lorgnon. — Plus vite ! » dit le financier d'une voix altérée.

Le poète reprit : « Je me demande vraiment quel est l'étrange caprice qui me pousse à vous écrire aujourd'hui des paroles dont l'effet sera perdu pour moi, puisque je ne verrai pas l'expression de vos visages. En admettant même que cela me fût possible, le plaisir que j'en retirerais serait trop infime pour servir d'excuse à l'invraisemblable infamie dont je me rends coupable sciemment et avec une immense satisfaction intime. »

« Ho ! » cria le médecin d'une voix qu'il ne se connaissait pas. Le poète l'effleura d'un regard venimeux et continua sa lecture plus vite et d'une voix encore plus blanche qu'auparavant : « Oui, c'est un caprice et rien de plus, car au fond, je n'ai rien à vous reprocher. Je vous aime tous à ma façon, comme vous m'aimez à la vôtre. J'ai même une certaine considération pour vous, et si je vous ai raillés parfois, ma moquerie n'a jamais eu un caractère blessant. Jamais, je le répète, et moins que jamais à ces heures surtout dont l'évocation des plus vivantes sera bientôt pour vous une chose affreusement pénible. Pourquoi ce caprice, alors ? S'inspire-t-il du noble désir de ne pas quitter ce monde, la conscience chargée de trop de mensonges ? Je pourrais me leurrer de ce prétexte si j'avais eu dans ma vie la moindre notion de ce que le commun des mortels appelle le remords. »

« Lisez donc tout de suite la fin ! » ordonna le médecin de sa voix toute changée. Le financier prit tout simplement la lettre des mains du poète dont les doigts comme paralysés se raidissaient peu à peu, chercha rapidement des yeux la fin de cette missive et lut les mots suivants : « C'était une fatalité, mes amis, je n'y puis rien. J'ai possédé vos épouses, elles ont toutes été à moi. Toutes. »

Le financier s'arrêta soudain et retourna quelques feuillets en arrière. « Qu'avez-vous ? demanda le médecin. Cette lettre est vieille de neuf ans. … Continuez ! » ordonna le poète. Le financier lut : « Ces relations ont bien sûr beaucoup varié selon les cas. J'ai vécu quasi maritalement avec l'une pendant des mois. La seconde a été pour moi ce que l'on nomme une folle aventure. L'amour qui m'a uni à la troisième était tel que nous avons pensé à un double suicide. J'ai brutalement mis à la porte la quatrième parce qu'elle m'avait trompé avec un autre. Et l'une d'entre elles n'a été ma maîtresse qu'une seule fois. Je vous vois tous pousser un soupir de soulagement. N'en faites rien, mes très chers. Ce fut le moment le plus heureux de ma vie… et de la sienne. Voilà, mes amis. Je n'ai rien à ajouter à cela. Je plie ce papier et le serre dans mon tiroir jusqu'à ce que le hasard d'une humeur différente me le fasse détruire, ou jusqu'à ce qu'il vous soit remis à l'instant même où je serai couché sur mon lit de mort. Adieu. »

Le médecin prit la lettre des mains du financier et sembla la lire attentivement d'un bout à l'autre. Puis il leva les yeux vers ce dernier qui, les bras croisés, semblait l'observer d'un air narquois. « Bien que votre femme soit morte l'année dernière, dit le médecin, cela n'en reste pas moins vrai. » Le poète arpentait la pièce, agitant sa tête par saccades convulsives. « Canaille ! » siffla-t-il soudain, les dents serrées et il sembla suivre des yeux quelque chose comme la trajectoire de ses propres paroles dans l'air. Il essaya de reconstituer l'image de la jeune créature qu'avait été son épouse dans ses bras, jadis. Il revit en pensée bien des femmes, celles à qui il avait gardé un souvenir fidèle, celles qu'il croyait avoir oubliées ; la seule qu'il eût désiré voir ne lui apparut point, car sa femme, dont le corps était flétri et sans attrait pour lui, avait cessé depuis trop longtemps de lui être une amante. Pourtant elle était devenue davantage pour lui, quelque chose de plus noble ; une amie, une compagne remplie de fierté pour ses succès, souffrant de ses déboires, pleine de compréhension pour son être le plus profond. Il ne lui parut pas impossible, en y réfléchissant, que le célibataire qui l'enviait dans le secret de son âme, eût essayé de lui dérober cette compagne d'élite. Car au fond... que signifiait le reste, après tout ? Il pensa à certaines aventures plus ou moins anciennes qui avaient abondé dans sa carrière d'artiste, et sur lesquelles sa femme avait passé avec un sourire ou avec une larme. Quelle importance tout cela avait-il gardé dans sa vie ? Le souvenir en était estompé, pâli, tout comme celui de l'instant où son épouse, d'un geste irréfléchi et peut-être inconscient, s'était jetée dans les bras de cet homme insignifiant ; peut-être même était-il disparu de sa mémoire, comme il était anéanti pour le mort, dont la tête reposait au milieu d'oreillers, qui gardaient l'empreinte douloureuse de l'agonie. N'était-il pas possible, après tout, que ce testament contînt un mensonge, vengeance triviale d'un esprit médiocre qui, se sachant voué à un oubli éternel, jalouse l'homme exceptionnel dont les œuvres résisteront à la mort ? Cette hypothèse était vraisemblable. Mais en admettant même que le contraire fût vrai... cette vengeance n'en demeurait pas moins mesquine, et, en tout cas piteusement avortée.

Le médecin fixait obstinément le feuillet déplié devant lui, et songeait à celle qu'il avait quittée sommeillant paisiblement, à cette femme sur le déclin, douce, tendre et bonne. Il pensait aussi à ses trois enfants ; à son fils aîné, qui faisait son année de volontariat[1], à sa grande fille fiancée à un avocat, et à la cadette, charmante et si gracieuse qu'un artiste célèbre qui l'avait récemment rencontrée à un bal avait aussitôt demandé la permission de faire son portrait. Il songeait à sa maison si confortable, et tout ce qui ressortait de la lettre du mort lui semblait moins invraisemblable que d'une curieuse et sublime insignifiance. Il avait à peine l'impression que ces pages lui eussent révélé quelque chose. Une époque étrange de sa vie lui revint en mémoire : quatorze ou quinze ans plus tôt il avait eu de graves ennuis dans sa carrière de médecin, et son dégoût, son trouble avaient été tels, qu'il avait songé à quitter la ville, à abandonner sa femme et toute sa famille. C'était alors qu'il s'était mis à vivre une existence désordonnée et frivole dans laquelle avait joué un grand rôle une jeune femme étrange et hystérique qui s'était tuée plus tard, à cause d'un autre amant. Il n'arrivait plus du tout à se souvenir comment sa vie avait peu à peu repris son cours normal. Mais c'était durant cette pénible crise qui, telle une maladie, s'était soudain dissipée, que sa femme avait dû le tromper. Oui, il tenait là sans doute le mot de l'énigme, et il eut l'impression, au fond, de l'avoir toujours su. N'avait-elle pas été tout près de le lui avouer, un jour? N'avait-elle pas tenté une allusion à la chose? Treize ou quatorze ans plus tôt?... Mais à quelle occasion?... N'était-ce pas un soir d'été, au cours d'un voyage... très tard sur la terrasse d'un hôtel?... Il essaya en vain de faire revivre des paroles évanouies.

Le financier, près de la fenêtre, plongeait son regard dans la nuit qui commençait à blanchir. Il faisait un effort sincère pour se souvenir de sa défunte épouse. Mais, quoi qu'il fît, il n'arrivait qu'à se voir lui-même habillé de noir, par la lumière blafarde d'une matinée lugubre, sur le seuil d'une porte dont on avait dégondé les battants, recevant de toute part des témoignages de sympathie, tandis qu'une fade odeur, mélange de phénol et de fleurs, se répandait autour de lui. Peu à peu seulement il parvint à se souvenir de son épouse. Mais cette image ne fut d'abord que la réplique d'un tableau. Il avait devant les yeux le grand portrait accroché dans son salon, au-dessus du piano dans un cadre doré et qui représentait une femme de trente ans, pimpante dans sa robe de bal. Puis il la vit telle qu'elle avait été vingt-cinq ans plus tôt, pâle jeune fille, recevant timidement sa demande. Surgit ensuite la vision d'une femme épanouie, qui, trônant à ses côtés dans une loge de théâtre, fixait attentivement la scène, l'esprit à mille lieues de lui. Puis il se souvint d'une femme ardente qui l'avait reçu avec des transports inattendus au retour d'un long voyage. Aussitôt après, apparut un être nerveux et larmoyant, aux yeux verts sans éclat, qui, par ses humeurs inexplicables, avait gâché bien des jours de leur vie commune. Ensuite il vit une femme, en peignoir clair, pauvre mère douloureusement inquiète, assise au bord du lit d'un enfant malade, qui bientôt serait mort, lui aussi. Enfin il se souvint d'un être blême, dans une chambre dont l'air était imprégné d'éther, où il l'avait vue étendue, la bouche douloureusement contractée, la sueur froide au front, ce qui l'avait rempli d'une torturante pitié pour elle. Il savait que toutes ces images et des centaines d'autres encore, qui défilaient devant lui à une vitesse vertigineuse, se rapportaient à cette pauvre créature, qu'on avait enterrée deux ans auparavant, qu'il avait sincèrement pleurée et dont, pourtant, la mort l'avait soulagé. Il cherchait sur laquelle de ces visions il devait arrêter ses soupçons ; car pour l'instant sa honte, sa colère cherchaient dans le vide. Indécis cependant, il restait auprès de la fenêtre, observant dans le jardin d'en face les maisons ocres et jaunes que leurs contours, baignés par le pâle reflet de la lune, faisaient apparaître comme de simples écrans tendus dans l'air.

« Bonne nuit ! » dit le médecin en se levant. Le financier fit volte-face. « Moi non plus, je n'ai plus rien à faire ici. » Le poète s'était emparé de la lettre, l'avait glissée dans sa poche sans que personne s'en aperçût, et il ouvrit la porte de la chambre. Il s'approcha lentement de la couche funèbre, et les autres le virent, les mains derrière le dos, contempler silencieusement le mort. Puis ils s'éloignèrent.

Dans l'entrée le financier dit au domestique : « Pour ce qui est de l'enterrement, il se pourrait malgré tout que le testament chez le notaire contînt des instructions précises. — Et n'oubliez pas, ajouta le médecin, de télégraphier à la sœur de Monsieur, qui habite Londres. — Certainement ! » répondit le domestique en ouvrant la porte à ces messieurs.

Le poète les rejoignit dans l'escalier. « Je puis vous emmener tous les deux, dit le médecin, que sa voiture attendait. — Merci, dit le financier, je rentre à pied. » Il serra la main aux deux autres et s'en alla par l'avenue qui ramenait vers le centre, laissant agir sur lui la tiédeur de la nuit.

Le poète et le médecin montèrent en voiture. Les oiseaux commençaient à chanter dans les jardins. Ils dépassèrent le financier, tous trois soulevèrent leurs chapeaux avec la même expression polie et ironique. Le médecin, qui avait retrouvé sa voix habituelle, se tourna vers le poète : « Et quand verrons-nous votre prochaine première ? » Le poète expliqua que d'innombrables difficultés s'opposaient à la mise en scène de son dernier drame qui, il fallait l'avouer, contenait des attaques inouïes contre tout ce que l'homme considère, paraît-il, comme sacré. Le médecin acquiesçait sans écouter. Le poète aussi avait l'esprit ailleurs, car ces phrases souvent redites s'énonçaient comme apprise par cœur.

Les deux hommes descendirent devant la maison du médecin, et la voiture s'éloigna.

Le médecin sonna. Tous deux attendaient silencieusement. Quand on entendit les pas du concierge, le poète dit : « Bonne nuit, cher docteur ! » puis il ajouta, avec un imperceptible frémissement dans les narines : « Du reste je n'en dirai rien à ma femme, moi non plus. » Le médecin évita son regard et eut un sourire doucereux. La porte s'ouvrit, ils échangèrent une poignée de main ; le médecin disparut sous le porche, la porte se referma. Le poète s'en fut.

Il glissa deux doigts dans la poche intérieure de son veston. Le papier s'y trouvait toujours. Bien et dûment cacheté, son épouse le retrouverait dans ses papiers, après sa mort. Aussi, servi par sa prodigieuse imagination, l'entendait-il d'avance murmurer sur sa tombe : « Être sublime… oh ! noble ami… »

Traduction révisée par Brigitte Vergne-Cain et Gérard Rudent.

VIENNE AU CRÉPUSCULE

ROMAN

Traduction de Robert Dumont
révisée par B. VERGNE-CAIN et G. RUDENT

Ce titre n'est pas une traduction de l'allemand. C'est une transposition intéressante, mais très tardive et un peu tendancieuse. Qu'on y songe un peu : la première traduction dans notre langue date de 1985, alors que Schnitzler avait reçu dès le 5 juillet 1908 (comme il le note dans son Journal*), une traduction de son livre, en russe, un mois à peine après sa parution chez Fischer...*

Le titre original, Der Weg ins Freie, *signifie exactement «La Route du large»; car c'est plus concret que conceptuel : il ne faudrait pas loucher du côté des* Chemins de la liberté *de Sartre. En un sens,* Der Weg ins Freie *exprime sans doute le goût d'Arthur Schnitzler pour les randonnées à bicyclette, en liberté, au grand air!*

Der Weg *(comme il le désigne souvent) est le grand roman d'Arthur Schnitzler. Il est moitié plus long que* Thérèse, *publié en 1928, vingt ans plus tard. Sa genèse fut très lente, et son sujet est d'abord inspiré par le beau et malheureux amour de Marie Reinhard. Le 24 mars 1895, Schnitzler note en effet dans son* Journal *une conversation avec Marie, où elle lui dit que ses parents ne seraient pas seulement furieux (s'ils «savaient»), mais qu'ils en seraient malheureux, et que c'est ce qui la tourmente. «Il y a toute une pièce là-dedans», remarque l'écrivain. Car, une fois de plus, il hésita très longtemps entre composer une pièce ou un récit; il choisit même un titre pour la pièce éventuelle : «Les scandalisés»* (Die Entrüsteten). *Il y revient encore dans la lettre, capitale pour éclairer la genèse de son roman, qu'il écrit à son ami, l'écrivain danois Georg*

Brandes, le 4 juillet 1908 : la pièce eût comporté « une scène où le frère téméraire aurait demandé raison à l'amant de sa sœur, le « séducteur », et se serait fait prestement remettre à sa place par lui ; c'était alors une comédie que j'avais dans la tête [...] *Il n'en reste plus dans le roman qu'une petite phrase, presque superflue, au cinquième chapitre. » (p. 991) La voici : « Il ne manque plus maintenant que le frère, pensa-t-il, agacé, et sans le vouloir, il se représenta une discussion au cours de laquelle le jeune homme cherchait à se donner le beau rôle de vengeur de l'honneur familial, et où lui, Georg, le remettait à sa place avec des paroles bien senties. » Comme on le voit, l'inspiration première de Schnitzler était nettement comique et satirique.*

Mais l'élaboration du roman va s'étendre sur plus de dix ans, et le sujet se transformera beaucoup, comme Schnitzler le constate lui-même dans son Journal, *rétrospectivement, le 14 octobre 1907.*

Le 6 juin 1902, il note qu'il a arrêté le plan, et qu'il en est « enchanté ». Autre date marquante : le 9 août 1902, où il peut écrire avec bonheur : « À quatre heures, le bébé est venu au monde [...] *À cinq heures, j'ai commencé le Roman, et après le dîner j'ai écrit pour la pièce des* Égoïstes. *» Il tient aussi à indiquer, le même jour, qu'il évoque des souvenirs de 1897 avec son cousin Louis Mandl, gynécologue ; que sur l'appui de fenêtre de la chambre d'Olga, il a aperçu* Le Père Goriot, Anatole, Monna Vanna, *et qu'il a lu un peu des* Mémoires *de Lauzun dans l'Almanach de Vienne pour 1809 : tout cela est manifestement destiné à désigner une riche ambiance symbolique, propice à la composition du chef-d'œuvre de sa maturité. — Le bébé, c'est Heinrich Schnitzler, né à Brühl, près de Vienne ; « Les Égoïstes » deviendront* Le Chemin solitaire (Der einsame Weg), *pièce en cinq actes, créée à Berlin le 13 février 1904 : drame de famille chez le Professeur Wegrat, directeur de l'Académie des Beaux-Arts ; la scène est à Vienne, au début du siècle.*

À partir de l'été 1902, le Journal *conserve fidèlement la trace du travail de l'écrivain : Schnitzler ne parle jamais que de son* Roman, *sans faire allusion à un titre quelconque. Le 24 mars 1903, il le reprend ; il termine le premier chapitre le 4 avril 1904 ; et le 22 juillet, c'est le tour du deuxième. Le travail avance donc lentement. Le 6 janvier 1906 (de neuf heures à une heure du matin), il lit les trois premiers chapitres à son épouse Olga ; il est tellement ému par la scène où les deux frères von Wergenthin pensent à leur père récemment décédé qu'il doit interrompre sa lecture ; il pense que son roman va s'inscrire dans la grande lignée des romans allemands, de Goethe à Thomas Mann : « Meister, Heinrich,*

Buddenbrooks, Assy »; il prévoit douze chapitres ; le titre apparaît ce jour-là pour la première fois, en tant que tel (« Weg ins Freie »), comme s'il venait de le trouver, et sans aucun commentaire ; il espère avoir terminé dans un an. Le 23 septembre 1906, l'écrivain note que les trois premiers chapitres sont achevés, que les trois suivants sont bien avancés, et que quatre autres sont à prévoir. Il n'envisage donc plus que dix chapitres ; la version définitive n'en comportera que neuf. Le 20 janvier 1907, il considère que son roman est provisoirement terminé ; il a donc respecté les délais qu'il s'était fixés. Mais il récrit l'ensemble pendant l'été 1907. À cette époque, Schnitzler se déclare « grisé par la richesse de son sujet » ; du reste il ne manque pas d'éditeurs intéressés. À ses yeux, les trois premiers chapitres constituent la première partie du livre ; et manifestement il a toujours eu cette idée. Le 23 octobre, il les lit encore une fois à Olga ; il note dans son Journal qu'elle est charmée, et qu'elle déclare que les passages sur les Juifs vont faire l'effet d'une bombe. Elle n'avait que trop raison, puisque ces « passages » feront trop souvent oublier le reste et considérer Der Weg ins Freie comme un « roman à thèse », centré sur la question juive.

La publication par Fischer aura d'abord lieu en revue, dans la Neue Rundschau, en six livraisons, de janvier à juin 1908 ; puis dès juin 1908 en livre. Il y aura cent trente-six réimpressions entre 1908 et 1929. La critique fut unanime à saluer le premier « grand roman viennois contemporain » (par exemple Raoul Auernheimer dans la Neue Freie Presse du 3 juin 1908), où les personnages nombreux, aristocrates ou juifs, artistes ou critiques, journalistes, politiciens de tous bords ou hauts fonctionnaires, étaient particulièrement bien dessinés, et croqués sur le vif.

On ne manqua pas de désigner les originaux, en déclarant que c'était un roman à clefs. Ce devait être aussi l'opinion de Hugo von Hofmannsthal, d'où son silence désapprobateur à la parution de ce livre qui perturba durablement les relations des deux amis. Au demeurant, Schnitzler ne contestait pas qu'il y eût des modèles (« Urbild ») : notamment pour le vieil Eissler (Gustav Pick, compositeur et cousin de Luise Schnitzler), pour Else Ehrenberg (Minnie Benedict, grande dame juive de la meilleure société viennoise), ou encore pour Leo Golowski et Edmund Nürnberger, personnages qui lui furent inspirés par ses amis de toujours, Leo Vanjung et Gustav Schwarzkopf ; d'autres se reconnaissaient avec plus ou moins de plaisir, comme l'écrivain Jakob Wassermann (dans Heinrich Bermann) ou le baron Clemens Franckenstein (dans Georg von Wergenthin). Mais Schnitzler attirait l'attention de tous ses *proches sur la composition très raffinée, bien qu'« impressionniste », et sur la technique très particulière de son roman, où le narrateur, souvent omniscient, n'adopte pas dans toutes les scènes la même perspective. Plus d'une fois dans les années suivantes, le romancier s'émerveilla d'ailleurs que la réalité des conversations rencontrât si bien ce qu'il avait imaginé dans son livre (voir le* Journal, *le 13 janvier 1910, ou le 27 juillet 1914).*

Cependant, Schnitzler ne convainquit pas vraiment : la critique eut toujours tendance à considérer que ce livre était supérieurement intelligent, mais raté, d'un point de vue artistique, parce qu'il comportait en fait deux romans, mal reliés ensemble : l'histoire des amours de Georg et d'Anna ; et la chronique du salon des Ehrenberg. Dans la lettre de juillet 1908 à Georg Brandes, Schnitzler l'admet en partie. Mais il insiste sur une nécessité supérieure et organique de son roman : « Je n'y ai rien fait entrer de force [...] *chaque personnage s'est imposé à moi, avec ses opinions* [...] *J'ai simplement décrit une année de la vie de Georg ; il devient lucide sur toutes sortes de gens et de problèmes, ainsi que sur lui-même. Certains de ses problèmes ne me sont devenus importants qu'au cours du travail* [...] *: notamment la question de la faute et de la responsabilité. J'avais d'abord songé à un titre comme « Les meurtriers », ou — par plaisanterie — « Les coupables-innocents »... N'avez-vous pas remarqué en effet que trois des personnages ont la vie de quelqu'un sur la conscience : Georg, Heinrich Bermann et Leo Golowski ? » Il indique encore qu'il n'a pu imaginer Anna autrement que catholique — alors que Marie Reinhard était juive. Comme on le voit, l'inspiration du roman a cessé d'être comique, au cours de l'élaboration. Selon une belle formule, rappelée par Carl Busse dans son compte rendu du 23 octobre 1908, Arthur Schnitzler s'était mis à « souffrir de l'Autriche » — car ce thème du rapport à sa patrie court aussi dans tout le livre — et cette interrogation personnelle lui aurait « gâté son chef-d'œuvre ». Cela dit, l'article publié le 13 novembre 1908 dans l'hebdomadaire berlinois* Der Morgen *par Hermann Bahr, figure capitale du mouvement Jeune-Vienne, écrivain et critique renommé, commence d'une façon tout à fait juste : « Il est très beau, le calme mouvement circulaire du roman de Schnitzler. Lentement il s'élève, et semble alors planer dans les airs, sur de grandes ailes. »*

En effet, Der Weg ins Freie *n'est ni un roman d'éducation désabusé, ni un roman historique pessimiste ; c'est, paradoxalement, un chant d'espoir, qui s'affirme dans la dernière phrase : « Il* [Georg] *adressa son salut aux lendemains mystérieux qui par le vaste monde accueilleraient de leurs fanfares sa jeunesse. » Pour Schnitzler, il ne s'agissait pas de* retracer toute la carrière du jeune baron musicien, menacé par le dilettantisme, ni d'articuler son destin individuel à l'histoire de son pays ; l'écrivain compose un récit à la fois satirique (par exemple dans l'évocation du salon Ehrenberg ou du cercle familial petit-bourgeois des Rosner) et lyrique (par le choix d'un temps cyclique plutôt que linéaire, par la forte présence des paysages autour et très loin de Vienne). Il s'agissait de suggérer qu'un essor était possible, même pour un tel héros (et au-delà de lui, pour toute sa génération), à travers l'Art et la Vie : c'est cela le chemin du grand large, au rythme des moments forts, des saisons et des journées — chacun pour soi, et en toute responsabilité. Et la justification la plus développée de ce titre vient, bien sûr, de Heinrich Bermann, l'intellectuel juif torturé : « Il y aura plutôt cent mille solutions différentes. Car il s'agit justement d'une affaire que, jusqu'à nouvel ordre, chacun doit régler avec soi-même, comme il peut [...] Je ne crois pas du tout que ce genre de marches vers la liberté puisse s'entreprendre en groupe, [...] car les routes qui y conduisent ne courent pas dehors, dans la campagne, mais au-dedans de nous. Et c'est à chacun de trouver en soi-même son propre chemin. » (p. 1053). Ce discours est inspiré sans doute par le problème de l'assimilation des Juifs, mais il est adressé à Georg, et l'enjeu en est évidemment de savoir comment l'humanité tout entière « fermente » et se développe.

Dans ces conditions, la question juive ou l'émancipation des femmes n'apparaissent que comme des aspects particuliers de cette nécessité fondamentale et universelle. Sans autre programme que de « rester fidèle à soi-même », Arthur Schnitzler s'est appliqué dans *Der Weg ins Freie* à nous faire entendre et voir une foule de personnages — féminins et juifs, notamment — tels qu'il les a côtoyés et ressentis, en Autriche et à Vienne, au tournant du siècle. Le résultat est une fresque plutôt sereine : comme s'il n'y avait que la psychologie, associée au grand art, pour rendre compte vraiment du tissu social dans sa vie la plus palpitante.

1

Georg von Wergenthin se trouvait, ce jour-là, seul à table. Felician, son frère aîné, avait préféré, après une assez longue interruption, recommencer à prendre ses repas avec des amis. Georg, par contre, ne ressentait aucune envie particulière de revoir Ralph Skelton, le comte Schönstein ou quelques autres des jeunes gens avec qui d'habitude il aimait bavarder; il se sentait pour le moment peu disposé à la vie en société.

Le domestique desservit la table, puis se retira. Georg alluma une cigarette, puis, comme à l'accoutumée, fit quelques pas dans la grande pièce un peu basse aux trois larges fenêtres, et s'étonna de constater que cet endroit, qui lui avait paru lugubre pendant des semaines, commençait à reprendre progressivement son ancien aspect accueillant. Machinalement, son regard se posa sur le fauteuil vide à l'extrémité de la table sur lequel le soleil de septembre, pénétrant par la fenêtre centrale ouverte, versait sa lumière; il lui sembla que son père, mort depuis deux mois, y était encore assis, il y a une heure — tant il se représentait avec netteté le moindre geste du défunt, jusqu'à sa façon de repousser sa tasse à café, de chausser son pince-nez, de feuilleter une brochure.

Georg songeait à l'un de leurs derniers entretiens à la fin du printemps, peu avant leur installation dans la villa du *Veldeser See*[1]. Georg venait de rentrer de Sicile où il avait passé le mois d'avril avec Grace, voyage mélancolique et un peu ennuyeux avant leur séparation et le retour définitif de son amie en Amérique. Cela faisait de nouveau six mois, sinon plus, qu'il n'avait fourni aucun travail sérieux; il n'avait même pas transcrit l'adagio nostalgique qu'il avait entendu monter des flots lors d'une promenade matinale émouvante à Palerme. Il en avait alors exposé le thème à son père, puis improvisé à partir de celui-ci avec une richesse surabondante d'harmonies qui engloutissait presque la discrète mélodie ; et, comme il se lançait dans une variation éperdue, son père, de l'autre côté du piano, lui avait demandé en souriant : Jusqu'où, jusqu'où ? Comme honteux, Georg avait mis fin au flot de notes, et alors, avec sa cordialité coutumière mais sans son ton dégagé habituel, le père avait entamé avec son fils une conversation sur son avenir, conversation qui maintenant lui revenait à l'esprit comme prémonitoire à bien des égards.

Il restait debout près de la fenêtre et regardait au-dehors. Le parc[1] là-bas était passablement désert. Une vieille femme portant une mantille démodée avec une bordure de perles noires était assise sur un banc. Une bonne passait, tenant par la main un garçonnet, tandis qu'un autre, tout petit, en uniforme de hussard, sabre au côté, pistolet à la ceinture, les précédait en courant ; il regardait fièrement autour de lui, et salua un invalide qui passait, fumant sa pipe. Plus au fond du jardin, des gens étaient installés autour du kiosque, buvaient un café ou lisaient des journaux. Le feuillage était encore assez épais, et le parc, dans la lourdeur de l'air et la poussière, prenait un aspect beaucoup plus estival qu'il n'est normal dans les derniers jours de septembre. Georg posa les bras sur l'appui de la fenêtre, se pencha et observa le ciel. Depuis la mort de son père, il n'avait pas quitté Vienne, en dépit des nombreuses occasions qui s'offraient à lui. Il aurait pu partir avec Felician dans la propriété des Schönstein ; une lettre aimable de Mme Ehrenberg l'avait invité à *Auhof* ; et, pour le tour à bicyclette à travers la Carinthie et le Tyrol qu'il projetait depuis longtemps sans se décider à l'entreprendre tout seul, il eût facilement trouvé un compagnon. Cependant il préférait rester à Vienne et passait son temps à revoir et à classer de vieux papiers de famille. Des souvenirs qui remontaient jusqu'à son arrière-grand-père, Anastasius von Wergenthin, originaire de la vallée du Rhin, qui, par son mariage avec une demoiselle Recco, était devenu propriétaire d'un petit château ancien, depuis longtemps inhabitable, dans la région de *Bozen*[2]. Il y avait aussi des documents sur l'histoire de son grand-père, un colonel d'artillerie qui, en l'an 1866, était tombé devant *Chlum*[3]. Le fils de ce dernier, donc le père de Felician et de Georg, s'était consacré à des études scientifiques, principalement en botanique, et avait soutenu à Innsbruck un doctorat de philosophie. À vingt-quatre ans, il avait fait la connaissance de la fille d'une vieille famille de fonctionnaires autrichiens qui, beaucoup plus pour échapper à la condition matérielle médiocre, presque pauvre, de la maison, que par vocation profonde, avait embrassé une carrière de chanteuse. Le baron de Wergenthin l'entendit pour la première fois, pendant l'hiver, à une exécution de la *Missa Solemnis*[1], et dès le mois de mai suivant, elle devint sa femme. Felician naquit la deuxième année de leur mariage, puis Georg la troisième année. Trois ans plus tard, la santé de la baronne déclina, et les médecins l'envoyèrent dans le Midi. Comme la guérison se faisait attendre, on liquida la maison de Vienne, et c'est ainsi que le baron et les siens durent mener pendant de nombreuses années une sorte de vie errante, d'hôtel en hôtel. Si lui-même était appelé par ses affaires ou ses recherches à se rendre parfois à Vienne, ses fils ne quittaient presque jamais leur mère. On vécut en Sicile, à Rome, à Tunis, à Corfou, à Athènes, à Malte, à Merano, sur la Riviera, finalement à Florence ; pas du tout sur un grand pied, mais cependant sans manquer à son rang, sans trop économiser, si bien que peu à peu une bonne partie de l'héritage fut dépensée.

Georg avait dix-huit ans lorsque sa mère mourut. Depuis cet événement, neuf années s'étaient écoulées, mais il avait conservé intact le souvenir de cette soirée printanière où, en l'absence fortuite de son père et de son frère, il s'était trouvé seul, désemparé, au chevet de sa mère mourante tandis que, par les fenêtres ouvertes en hâte, parvenaient, portés par le souffle du printemps, la rumeur des conversations et les rires indécents des passants.

La famille rentra à Vienne, avec la dépouille. Le baron se consacra de nouveau à ses études avec une ardeur renouvelée par le désespoir. Alors qu'auparavant il n'était considéré que comme un amateur distingué, on commença désormais à le prendre au sérieux dans les milieux scientifiques, et, élu président d'honneur de la Société de botanique, il ne dut pas cette distinction à son titre de noblesse. Felician et Georg s'inscrivirent comme auditeurs à la faculté de droit. Cependant, ce fut le père lui-même qui proposa au bout d'un certain temps au cadet d'abandonner les études universitaires pour cultiver ses dispositions musicales — ce que Georg accepta avec gratitude et soulagement. Mais, même dans ce domaine de prédilection, il ne faisait pas particulièrement preuve d'esprit de suite, et pouvait souvent pendant des semaines s'adonner à toutes sortes de choses n'ayant qu'un rapport lointain avec sa carrière. Ce côté fantaisiste l'avait conduit à feuilleter ces vieux papiers de famille aussi sérieusement que s'il s'agissait de rechercher des secrets importants du passé. Il passa de nombreuses heures à lire avec émotion des lettres que ses parents avaient échangées autrefois, lettres mélancoliques ou insignifiantes, nostalgiques ou apaisées qui ressuscitaient non seulement les disparus eux-mêmes mais aussi d'autres personnes à demi oubliées. Par exemple, son professeur de lettres au front triste et blême qui, au cours de longues promenades, lui déclamait des vers d'Horace ; ou encore le visage juvénile bruni et farouche du prince Alexander von Mazedonien en compagnie duquel il avait pris à Rome ses premières leçons d'équitation et, comme dans un rêve, dessinée en traits noirs sur l'horizon bleu pâle, la pyramide de Cestius [1] surgissait comme Georg l'avait aperçue à la lueur du couchant au retour de sa première chevauchée dans la Campagna [2]. Et quand il s'abandonnait à ces rêveries, voilà qu'apparaissaient des rives, des jardins, des rues dont il ne pouvait dire de quel paysage, de quelle ville sa mémoire les avait conservés ; des silhouettes passaient, certaines parfaitement nettes, celles d'êtres qu'il avait un jour rencontrés à une heure indifférente, d'autres, celles de personnes qu'il avait dû à une époque quelconque fréquenter plusieurs jours, indécises, lointaines. Comme Georg, après avoir examiné ces lettres anciennes, mettait de l'ordre dans ses propres papiers, il trouva dans un vieux carton vert des esquisses musicales datant de son enfance dont il avait oublié jusqu'à l'existence et qu'on aurait pu lui présenter aussi bien comme les notes d'un autre [3]. Certaines lui causèrent une surprise agréable mais douloureuse, car elles semblaient contenir des promesses qu'il ne pourrait peut-être jamais tenir. Cependant il avait, justement ces derniers temps, le sentiment que quelque chose germait en lui. Il voyait comme une ligne mystérieuse mais précise qui, partant de ses essais encourageants du carton vert, conduisait à de nouvelles sources d'inspiration, et il savait lesquelles : les deux lieder tirés du *Divan ouest-oriental* [4], qu'il avait composés cet été par un lourd après-midi tandis que Felician était allongé dans le hamac et que son père, sur la terrasse bien fraîche, travaillait dans son fauteuil, n'étaient pas l'œuvre du premier venu.

Comme saisi par une pensée tout à fait inattendue, Georg s'écarta de la fenêtre. Il n'avait jamais réalisé avec une telle netteté que, depuis la mort de son père et jusqu'à ce jour, son existence s'était pour ainsi dire interrompue. Pendant tout ce temps il n'avait jamais songé à Anna Rosner à qui il avait adressé l'original de ces deux lieder. Et la pensée de pouvoir entendre à nouveau sa voix chaude, harmonieuse, de pouvoir accompagner son chant sur le piano au son un peu sourd, dès qu'il le voudrait, suscitait en lui une émotion agréable. Il se souvenait de la vieille maison dans la *Paulanergasse* [5], le portail bas, l'escalier mal éclairé, qu'il n'avait pas gravi plus de trois ou quatre fois, comme on se remémore des objets chers depuis longtemps familiers.

Là-bas, dans le parc, un souffle léger passa sur le feuillage. Au-dessus de la flèche de la cathédrale Saint-Étienne, qui se profilait juste en face, par-delà le parc et une bonne partie de la ville, de légers nuages apparaissaient. Un long après-midi, libre de toute obligation, s'offrait à Georg. Au cours de ces deux mois de deuil, il avait négligé ou abandonné ses anciennes relations, lui semblait-il. Il pensa à l'hiver écoulé, au printemps, fertiles en événements enchevêtrés et confus ; des images surgissaient dans sa mémoire : le trajet en fiacre fermé avec Marianne dans la forêt enneigée ; la soirée costumée chez les Ehrenberg et les réflexions à la fois enfantines et pertinentes de Else sur *Hedda Gabler*[1] avec laquelle elle prétendait avoir des affinités, et le baiser rapide de Sissy sous la dentelle noire du masque. Une randonnée en montagne dans la neige depuis Edlach jusqu'au sommet de la *Rax*[2] avec le comte Schönstein et Oskar Ehrenberg qui — sans engouement particulier pour la montagne — avait volontiers saisi l'occasion de se joindre à deux aristocrates. La soirée chez *Ronacher*[3] avec Grace et le jeune Labinski qui s'était tiré une balle quatre jours plus tard, sans que l'on ne sût jamais vraiment si la cause en était Grace, des dettes, le dégoût de l'existence ou uniquement le goût du théâtre. Au cimetière, dans la neige fondante de février, deux jours après l'enterrement de Labinski, l'étrange conversation avec Grace où se mêlaient passion et insensibilité. La soirée dans la chaleur étouffante de la salle d'armes voûtée, où l'épée de Felician croisait la lame dangereuse du maître italien. La promenade nocturne après le concert de Paderewski[4] au cours de laquelle son père, se confiant à lui comme jamais auparavant, avait évoqué ce soir lointain où, dans la salle même d'où ils venaient de sortir, sa défunte mère avait chanté la *Missa Solemnis.* Et finalement Anna Rosner lui apparut, élancée et tranquille, appuyée au piano, la partition à la main, ses yeux bleus souriants fixant le clavier ; il entendit même au fond de lui vibrer sa voix.

Tandis qu'il restait ainsi à la fenêtre et promenait ses regards sur le parc qui peu à peu s'animait, un sentiment de quiétude l'envahit à la pensée de n'être étroitement lié à personne, alors qu'il s'en trouvait plus d'une avec laquelle il pouvait renouer, dès que l'envie l'en prendrait. En même temps il se sentait remarquablement reposé, dispos pour le travail et le bonheur comme jamais auparavant. Il débordait de résolutions sages et hardies, joyeusement conscient de sa jeunesse et de son indépendance. Il se rendait compte, non sans une certaine honte, que, au moins en cet instant, la douleur causée par la perte de son père s'était beaucoup atténuée ; il trouvait pourtant à son indifférence une excuse dans le souvenir de la fin paisible qu'avait connue cet être cher. Alors qu'il arpentait le jardin en bavardant gaiement avec ses deux fils, son père avait soudain regardé autour de lui comme s'il entendait des voix lointaines, levé les yeux vers le ciel, puis s'était affaissé mort sur la pelouse, sans un cri de douleur, sans un frémissement des lèvres.

Georg s'écarta de la fenêtre, s'habilla pour sortir. Il avait l'intention de se promener au hasard quelques heures et, le soir, de se remettre enfin à travailler son quintette pour lequel il se sentait maintenant dans une disposition favorable. Il traversa la rue et pénétra dans le parc. La chaleur accablante avait décru. La vieille femme à la mantille était toujours assise sur le banc, le regard dans le vague. Dans un bac à sable en rond, des enfants jouaient. Autour du kiosque, toutes les chaises étaient occupées. Dans l'abri était assis un homme au visage glabre que Georg connaissait de vue et qui l'avait frappé par sa ressemblance avec Grillparzer[1] dans sa vieillesse. Au bord de l'étang, une gouvernante accompagnant deux enfants bien habillés le croisa et l'observa d'un regard brillant. Parvenant sur le *Ring*[2] au sortir du parc, il rencontra dans un long manteau d'automne à rayures sombres Willy Eissler qui l'aborda :

« Bonjour, baron, vous voici déjà de retour ?

— Je suis revenu depuis longtemps, répondit Georg ; après les obsèques de mon père, je n'ai plus quitté Vienne.

— Oui, oui, bien sûr... Me permettez-vous de renouveler... » Et Willy serra la main de Georg.

« Et qu'avez-vous fait cet été ? demanda Georg.

— Toutes sortes de choses. J'ai joué au tennis, peint, perdu mon temps, connu quelques heures amusantes et beaucoup d'ennuyeuses... »

Willy parlait extrêmement vite, d'une voix à dessein un peu voilée, pointue, vulgaire, aux intonations tour à tour hongroises, françaises, viennoises, juives. « Au reste, tel que vous me voyez, continua-t-il, je suis arrivé ce matin de *Przemysl*[3].

— Une période militaire ?

— Oui, la dernière. Je le dis avec mélancolie. Bien que j'approche de la vieillesse, cela m'a tout de même amusé de déambuler avec des épaulettes jaunes en faisant claquer mes éperons, en traînant un grand sabre évocateur de tous les périls, et d'être pris par de minables émules de Lavater[4] pour un comte distingué. » Ils marchaient le long de la grille du parc.

« Vous alliez peut-être chez les Ehrenberg ? demanda Willy.

— Non, je n'en ai pas l'intention.

— Parce que vous êtes sur le chemin. Au reste, avez-vous entendu dire que Mlle Else serait fiancée ?

— Tiens ? dit Georg d'un ton traînant. Avec qui donc ?

— Devinez, baron.

— Disons, le conseiller Wilt ?

— Oh ! délicieux ! s'exclama Willy. Celui-là n'y pense pas du tout. S'allier avec S. Ehrenberg lui rendrait difficile une carrière de ministre… de nos jours.

— Le capitaine Ladisc ? proposa Georg.

— Ah ! Mlle Else est trop intelligente pour se prendre à son jeu. »

Maintenant, Georg se souvenait que, quelques années auparavant, Willy s'était battu en duel avec Ladisc. Willy remarqua le regard de Georg, il lissa sa moustache blonde, tombante à la mode polonaise, d'un doigt un peu nerveux, et dit rapidement, comme incidemment : « Le fait que j'aie eu un jour un différend avec le capitaine Ladisc ne peut m'empêcher de déclarer en toute loyauté qu'il a toujours été un cochon d'ivrogne. Il faut dire que j'ai une antipathie insurmontable, que même le sang ne peut laver, envers les gens qui se gavent chez les Juifs et commencent déjà à déblatérer contre eux dans l'escalier. On attend au moins d'être dans un café. Mais ne vous fatiguez pas davantage à deviner, Heinrich Bermann doit être cet heureux homme.

— Pas possible ! s'exclama Georg.

— Pourquoi ? demanda Eissler. Il fallait bien que ce soit quelqu'un. Bermann n'est certainement pas un Adonis, mais il est sur le chemin de la gloire, et l'alliance dans sa perfection suprême du cavalier et de l'esthète dont Else rêve visiblement sera difficile à trouver. La voilà âgée de vingt-quatre ans, elle devrait avoir assez souffert du manque de tact et des plaisanteries de Salomon… donc…

— Salomon ?… Ah ! oui… Ehrenberg.

— Vous aussi ne le connaissez que sous le nom de S. ? S. signifie naturellement Salomon, et le fait qu'il n'y ait que S. sur la plaque à la porte est une concession qu'il a faite aux siens. Si cela dépendait de lui, il aimerait par-dessus tout apparaître aux réunions de Madame Ehrenberg en cafetan et avec les papillotes requises.

— Vous croyez ?… Pourtant, il n'est pas si pieux ?

— Pieux… Ô délicieux ! Cela n'a vraiment rien à voir avec la piété, c'est par méchanceté, principalement contre son fils Oskar avec ses aspirations à l'aristocratie.

— Ah ! c'est cela, dit Georg en souriant. Oskar n'est-il pas baptisé depuis longtemps déjà ? Puisqu'il est officier de réserve aux dragons.

— Ah ! à cause de cela... Eh bien, moi non plus je ne suis pas baptisé et cependant..., oui, il y a toujours quelques exceptions... Avec un peu de bonne volonté... » Il rit et continua : « Du reste, en ce qui concerne Oskar, il préférerait certainement être catholique. Mais le plaisir de pouvoir se confesser lui paraîtrait pour le moment trop coûteux. En outre, il sera certainement prévu dans le testament qu'Oskar ne fasse pas le saut. »

Ils étaient arrivés devant le Café Imperial[1]. Willy s'arrêta.

« J'ai ici rendez-vous avec Demeter Stanzides.

— Saluez-le de ma part, je vous prie.

— Je n'y manquerai pas. N'entrez-vous pas prendre une glace ?

— Merci, je me promène encore un peu.

— Vous aimez la solitude ?

— Il est difficile de répondre à une question aussi générale.

— Sans doute », dit Willy. Et, devenu soudain sérieux, il leva son chapeau : « J'ai bien l'honneur, monsieur le baron. »

Georg lui tendit la main. Il sentait que Willy était un homme qui, constamment, défendait une position même sans aucune nécessité. « Au revoir », dit-il avec une cordialité soudaine. Comme souvent dans le passé, il lui semblait presque étrange que Willy fût juif. Déjà son père, qui composait d'aimables valses viennoises et des lieder, connaisseur éclairé d'art ancien, collectionnait les antiquités et en faisait parfois le commerce ; en son temps, il était réputé comme étant le plus célèbre boxeur de Vienne, et, avec sa stature imposante, sa longue barbe grise et son monocle, il avait plutôt l'allure d'un magnat hongrois que d'un patriarche juif ; de même, des dispositions naturelles et un certain amateurisme uni à une volonté de fer faisaient de Willy à s'y méprendre le type accompli du gentleman. Ce qui le distinguait pourtant des autres jeunes gens de sa race partageant la même ambition, c'était son habitude de ne jamais renier son ascendance et d'exiger des explications ou de demander raison pour tout sourire équivoque, en se moquant lui-même à l'occasion de tous les préjugés et des manifestations de vanité à quoi il semblait parfois enclin.

Georg prolongeait sa flânerie. La dernière question de Willy résonnait encore à ses oreilles. Aimait-il la solitude ?... Il se souvenait s'être promené seul à Palerme des matinées entières tandis que Grace, selon son habitude, restait couchée jusqu'à midi. Grace... Où pouvait-elle se trouver maintenant?... Depuis qu'elle l'avait quitté à Naples, elle n'avait plus donné de ses nouvelles, conformément à leur accord, du reste. Il pensait à la nuit d'un bleu profond qui s'étendait sur l'eau quand, après cette séparation, il était parti seul pour Gênes; et au chant mystérieux, doux et étrange de deux enfants assis sur le pont à côté de leur mère endormie, blottis ensemble sous la même couverture.

Il éprouvait un bien-être croissant à poursuivre son chemin, à croiser de nonchalants promeneurs dominicaux. Parfois, le regard aimable d'une femme rencontrait le sien et semblait vouloir le consoler de déambuler par ce bel après-midi de fête, seul, portant les marques extérieures d'un deuil. De nouveau, une image surgissait dans sa tête. Il était étendu dans une prairie en pente, tard le soir, à la fin d'une journée de juin torride. L'obscurité l'entourait. D'en bas lui parvenaient les rires et les bruits de la foule, les lumières des lampions. Toutes proches dans la nuit noire des voix féminines jeunes... Il allume la petite pipe qu'il ne fume qu'à la campagne; à la lueur de la flamme il voit deux charmantes petites paysannes, très jeunes, presque encore des enfants. Il bavarde avec elles. Elles ont peur dans l'obscurité, se pressent contre lui. Soudain un crépitement, des fusées montent dans le ciel. D'en bas retentit un «ah!» sonore. Des feux de Bengale violets et rouges brûlent au-dessus du lac invisible. Les fillettes dégringolent la colline, disparaissent. L'obscurité règne de nouveau, il reste là, étendu, solitaire, lève les yeux vers la voûte sombre du ciel qui semble s'abîmer lourdement sur lui. C'était la nuit précédant le jour où son père devait mourir. Et il y pensait aujourd'hui pour la première fois.

Il avait quitté le Ring et se dirigeait vers *Wieden*[1]. Par une si belle journée, les Rosner seraient-ils chez eux? De toute façon, cela valait la peine de faire cette petite marche; et, en tout cas, il était plus attiré par eux que par les Ehrenberg. Il n'avait aucune envie de voir Else. Qu'elle fût ou non la fiancée d'Heinrich Bermann lui était presque indifférent. Il la connaissait depuis longtemps. Elle avait onze ans et lui quatorze quand ils jouaient ensemble au tennis sur la Riviera. À cette époque, on eût dit une petite bohémienne. Des boucles bleu-noir couvraient son front et ses joues, et elle était aussi délurée qu'un garçon. Déjà, en ce temps-là, le frère d'Else jouait au lord, et Georg riait encore aujourd'hui au souvenir du garçon de quinze ans apparu un jour sur la promenade en redingote gris perle et gants blancs bordés de noir, le monocle à l'œil. Âgée alors de trente-quatre ans, la grande, imposante Mme Ehrenberg était encore belle, elle avait des yeux voilés et donnait une impression de grande lassitude. L'arrivée un jour, de son époux laissa à Georg un souvenir inoubliable ; le fabricant de cartouches, riche à millions, venu surprendre les siens, détruisit d'un coup par sa seule apparition toute la distinction des Ehrenberg. Georg le voyait encore surgissant pendant le petit déjeuner sur la terrasse de l'hôtel ; un petit homme maigre, à la barbe poivre et sel, les yeux bridés, dans un complet de flanelle blanche mal repassé, sur sa tête ronde un chapeau de paille foncé, avec un ruban rayé blanc et rouge, et aux pieds des chaussures noires, poussiéreuses. Il parlait d'un ton traînant à l'intonation toujours moqueuse, même des choses les plus insignifiantes ; et, dès qu'il ouvrait la bouche, on percevait derrière un calme apparent une peur secrète sur le visage de son épouse. Elle tentait de se venger en se gaussant de lui, mais elle n'était pas à la hauteur de sa muflerie. Oskar, lui, affectait dans la mesure du possible d'être étranger à tout cela. Sur ses traits se lisait le mépris un peu vague de descendre d'un être si peu digne de lui, et il souriait aux jeunes aristocrates, quêtant leur compréhension. Else seule se montrait, à cette époque, affectueuse envers son père. Elle lui donnait volontiers le bras à la promenade, et parfois lui sautait au cou en public.

À Florence, un an avant la mort de sa mère, Georg avait revu Else. Elle prenait alors des leçons de dessin auprès d'un vieil Allemand à la chevelure grisonnante, ébouriffée, dont on prétendait qu'il avait été célèbre. Lui-même faisait courir le bruit qu'il avait renoncé à son nom ancien très connu quand il avait senti son génie l'abandonner, et qu'il avait alors quitté le lieu de son activité, lieu qu'il ne nommait jamais. À l'en croire, la responsabilité de son déclin incombait à une femme démoniaque qu'il avait épousée et qui, dans une crise de jalousie, avait détruit son tableau le plus important, puis avait mis fin à ses jours en se jetant par la fenêtre. Cet imposteur excentrique que même Georg, à dix-sept ans, perçait à jour, avait été l'objet du premier engouement sentimental d'Else. Elle venait alors d'avoir quatorze ans et perdait déjà la fougue et l'ingénuité de l'enfance. À la galerie des Offices, devant la *Vénus* de Titien, ses joues brûlaient de curiosité, de nostalgie, d'admiration, et dans ses yeux passaient les rêves confus d'aventures futures. Avec sa mère elle venait assez fréquemment dans la maison que les Wergenthin avaient louée à Lugano ; et tandis que Mme Ehrenberg s'efforçait avec esprit malgré sa lassitude de distraire la baronne malade, Else restait avec Georg à la fenêtre et tenait des discours de grande personne sur l'art des préraphaélites, et se moquait de leurs anciens jeux enfantins. Felician aussi se montrait parfois, svelte et beau ; il promenait ses yeux gris, froids, sur les choses et les gens, prononçait à mi-voix d'un air presque dédaigneux quelques paroles aimables, puis s'asseyait au chevet de sa mère, caressait et embrassait tendrement sa main. Habituellement, il repartait bientôt, laissant derrière lui, pensait Else, un air âpre de distinction ancestrale, de froide séduction et d'un mépris aristocratique de la mort. Elle avait toujours l'impression qu'il se rendait à une table de jeu où l'on misait des fortunes, ou à un duel à mort, ou chez une princesse aux cheveux flamboyants qui avait sur la table de nuit un poignard. Georg se souvenait qu'il avait été un peu jaloux, autant du professeur de dessin imposteur que de son frère. Le professeur fut soudain congédié, pour des raisons qui ne furent jamais ébruitées, et, peu de temps après, Felician partit pour Vienne avec le baron de Wergenthin. Georg alors, plus souvent qu'auparavant, jouait du piano pour les dames, interprétait parmi d'autres œuvres les siennes propres, et Else déchiffrait de sa petite voix légèrement aiguë des lieder assez faciles de Schubert et de Schumann. Avec Georg et sa mère elle visitait les musées, les églises ; lorsque le printemps revint, ce furent des excursions ensemble sur les collines ou à Fiesole ; Georg et Else échangeaient des clins d'œil souriants qui semblaient trahir une complicité beaucoup plus grande qu'elle ne l'était en réalité. Leurs relations se poursuivirent sur ce mode un peu équivoque quand ils se virent de nouveau à Vienne, assez fréquemment. À chaque rencontre, Else semblait agréablement touchée par l'amabilité toujours égale que lui témoignait Georg, même lorsqu'ils ne s'étaient pas vus depuis des mois. Quant à elle, elle était devenue d'année en année plus instable intérieurement, sous des dehors plus assurés. Elle avait de bonne heure renoncé à ses ambitions artistiques et, au fil des jours, se jugeait prédestinée aux carrières les plus diverses. Elle se voyait parfois femme du monde, organisatrice de fêtes des fleurs ou de grands bals, ou de représentations théâtrales de bienfaisance dans les cercles aristocratiques ; plus souvent encore, elle se sentait élue pour trôner dans un salon parmi des peintres, des musiciens, des poètes, en admiratrice éclairée. Puis elle se mettait à rêver d'une vie plus aventureuse : un mariage sensationnel avec un millionnaire américain, une fugue avec un violoniste virtuose ou un officier espagnol, femme fatale qui détruirait tous les hommes qui l'approcheraient. Mais à d'autres moments, le but le plus désirable lui paraissait être une existence paisible à la campagne aux côtés d'un laborieux propriétaire terrien, et alors elle s'imaginait, avec, pourquoi pas, une chevelure tôt grisonnante, entourée de nombreux enfants, assise à la table rustique ; avec un sourire doux et résigné sur les lèvres, elle effacerait d'une caresse les rides sur le front de son austère époux. Georg pourtant se rendait compte que sa tendance au confort, plus profonde qu'elle ne s'en doutait elle-même, la garderait toujours d'une entreprise irréfléchie. Elle se confiait à Georg sur maints sujets sans être jamais tout à fait sincère ; car son vœu le plus constant et le plus sérieux était de devenir sa femme. Georg le savait bien, mais ce n'était pas seulement pour cette raison qu'il ajoutait peu de foi à la rumeur récente de ses fiançailles avec Heinrich Bermann. Ce Bermann était un homme maigre, imberbe, aux cheveux plats un peu trop longs, aux yeux sombres, qui s'était fait connaître récemment comme écrivain, et dont le comportement et l'apparence rappelaient à Georg, il ne savait pas lui-même pourquoi, ceux d'un Juif très pieux, professeur en province. Rien dans tout cela pour séduire particulièrement Else, ou seulement émouvoir agréablement sa sensibilité. À vrai dire, quand on s'entretenait plus longtemps avec lui, cette première impression se modifiait. Un soir du printemps dernier, Georg avait quitté avec lui les Ehrenberg, et ils s'étaient plongés dans une conversation si passionnante sur des sujets musicaux qu'ils l'avaient continuée sur un banc du Ring jusqu'à trois heures du matin.

Étrange, se disait Georg, tout ce qui me passe aujourd'hui par la tête, des choses auxquelles j'avais à peine repensé. Par cette soirée d'automne, il lui semblait émerger progressivement d'une songerie confuse, pénible, qui l'oppressait depuis de nombreuses semaines.

Il était arrivé devant l'immeuble de la *Paulanergasse* où les Rosner habitaient. Il leva les yeux vers le second étage. Une fenêtre était ouverte, des rideaux de tulle blanc flottaient au souffle léger du vent.

Les Rosner étaient chez eux. La bonne fit entrer Georg. Anna était assise en face de la porte ; elle tenait à la main une tasse de café et fixait des yeux le visiteur. Son père, à sa droite, lisait le journal et fumait sa pipe. Son visage était glabre, à l'exception de deux longs favoris grisonnants. Sa chevelure clairsemée, d'une étrange couleur olivâtre, était coiffée en avant sur les tempes, et donnait l'impression d'une mauvaise perruque. Il avait des yeux d'un bleu délavé aux paupières rougies.

La mère, une personne replète, avec au front comme le souvenir d'années plus belles, regardait dans le vague, les mains jointes sur la table, dans une attitude contemplative.

Anna reposa lentement sa tasse, salua de la tête en souriant doucement. Les deux vieilles personnes firent mine de se lever quand Georg entra.

«Je vous en prie, ne vous dérangez surtout pas», dit Georg.

Dans un coin de la pièce, un craquement se fit entendre. Josef, le fils de la maison, se leva du canapé sur lequel il était étendu.

«J'ai bien l'honneur, monsieur le baron», dit-il d'une forte voix de basse, et il réajusta sa veste à carreaux jaunes un peu tachée qui avait remonté sur son cou.

«Comment vous portez-vous, monsieur le baron?» demanda le vieux Rosner. Il restait là, maigre, un peu courbé, ne voulant pas reprendre sa place avant que Georg ne se fût assis. Josef avança une chaise entre son père et sa sœur. Anna tendit la main au visiteur.

«Il y a longtemps que nous ne nous sommes vus», dit-elle, en buvant une gorgée.

«Vous avez traversé une période pénible, monsieur le baron, remarqua Mme Rosner d'un ton compatissant.

— Certainement, ajouta M. Rosner. C'est avec grande tristesse que nous avons appris la perte cruelle... À notre connaissance, monsieur votre père avait pourtant toujours joui d'une excellente santé.» Il parlait toujours très lentement, comme si d'autres paroles allaient suivre, se passant parfois la main gauche sur le front et hochant la tête quand il écoutait.

«Oui, ce fut tout à fait inattendu, dit Georg doucement, fixant à ses pieds le tapis d'un rouge foncé un peu pâli.

— Pour ainsi dire, une mort subite», remarqua M. Rosner, et tous se turent.

Georg tira une cigarette de son étui, en offrit une à Josef.

«Grand merci», dit celui-ci, et il s'inclina en faisant, sans raison apparente, claquer ses talons. Tandis qu'il donnait du feu au baron, il crut voir son regard fixé sur sa veste et déclara, comme une excuse, d'une voix encore plus profonde que d'habitude : «Tenue de bureau.

— Tenue de bureau vient de bureau, dit Anna simplement, sans regarder son frère.

— Mademoiselle se complaît dans l'ironie», répliqua Josef l'air enjoué, mais au ton contenu de ses paroles il était clair qu'en d'autres circonstances il se serait exprimé moins aimablement.

«L'émotion a été unanime, reprit le vieux Rosner. J'ai lu l'article nécrologique sur monsieur votre Père dans la *Neue Freie Presse*[1]... de

M. le conseiller Kerner, si ma mémoire est bonne ; l'article était extrêmement élogieux. La science aussi a subi une perte sensible. »

Georg, embarrassé, hocha la tête et fixa ses mains.

Anna parla de leur dernier séjour d'été. « À Weissenfeld, ce fut merveilleux, dit-elle. La forêt commençait juste derrière notre maison avec de très bons chemins faciles… N'est-ce pas, papa ? On pouvait s'y promener pendant des heures sans rencontrer âme qui vive.

— Et aviez-vous là-bas un piano ? demanda Georg.

— Oui, bien sûr.

— Une effroyable casserole, remarqua M. Rosner, une chose à attendrir les pierres et à rendre fous les humains.

— Ce n'était pas si terrible, dit Anna.

— Bien assez bon pour la petite Graubinger, ajouta Mme Rosner.

— La petite Graubinger est la fille de l'épicier de l'endroit, expliqua Anna ; je lui ai inculqué des notions élémentaires de piano. Une jolie fillette aux longues tresses blondes.

— Par amabilité envers le commerçant, dit Mme Rosner.

— Oui, mais il faut mentionner, compléta Anna, qu'outre cela j'ai donné une leçon véritable, c'est-à-dire payée.

— Comment, à Weissenfeld également ? demanda Georg.

— À des enfants d'une famille d'estivants, monsieur le baron, c'est d'ailleurs dommage que vous ne nous ayez pas rendu visite une seule fois à la campagne. Vous vous y seriez certainement plu. »

Georg se rappelait seulement maintenant qu'il avait déclaré incidemment à Anna qu'il viendrait peut-être les voir à l'occasion d'une randonnée à bicyclette.

« Monsieur le baron n'aurait sans doute pas trouvé dans ce lieu de vacances de quoi le satisfaire pleinement, commença M. Rosner.

— Pourquoi donc ? demanda Georg.

— Ce n'est pas tout à fait adapté aux besoins de citadins exigeants.

— Mais je ne suis pas exigeant », dit Georg.

Anna se tourna vers lui. « N'êtes-vous pas allé jusqu'à *Auhof*[1] ?

— Oh ! non, répondit Georg rapidement. Non, je n'y suis pas allé, ajouta-t-il d'un ton plus mesuré. Sans doute, on m'en avait prié… Mme Ehrenberg est si aimable… J'ai eu diverses invitations pour cet été, mais j'ai préféré rester seul à Vienne avec moi-même.

— Je regrette vivement, dit Anna, de ne presque plus voir Else. Vous savez que nous étions dans la même école. Il y a bien sûr fort longtemps.

Je l'aimais vraiment beaucoup. Il est dommage qu'avec le temps on s'éloigne de plus en plus l'une de l'autre.

— Comment se fait-il? dit Georg.

— Eh bien, c'est sans doute que tout son entourage ne m'est pas particulièrement sympathique.

— À moi non plus, dit Josef en faisant des ronds de fumée avec sa cigarette. Je ne vais plus chez eux depuis des années. Pour être franc… je ne sais pas quelle est la position de monsieur le baron sur cette question… Je n'ai pas d'affection particulière pour les israélites. »

Rosner père leva les yeux vers son fils. « M. le baron est un familier de cette maison, cela lui paraîtra certainement assez étrange, cher Josef…

— Étrange, à moi? dit Georg d'un ton courtois. Mais je n'ai aucun lien particulier avec les Ehrenberg, bien que j'aime m'entretenir avec les deux dames. » Il ajouta, interrogatif : « N'avez-vous pas, mademoiselle Anna, donné l'année dernière des leçons de chant à Else?

— Oui. Plus exactement… j'étais une simple répétitrice de chant.

— Le ferez-vous encore cette année?

— Je ne sais pas. Elle n'a pas jusqu'à présent donné de ses nouvelles. Peut-être va-t-elle abandonner.

— Croyez-vous?

— Ce serait presque à souhaiter, ajouta Anna doucement, car, à vrai dire, elle a toujours plus pépié que chanté. À propos », elle regarda Georg comme pour le saluer une nouvelle fois, « les lieder que vous m'avez adressés sont si beaux. Voulez-vous les entendre?

— Vous les avez déjà étudiés? C'est gentil. »

Anna s'était levée, elle porta les deux mains à ses tempes, les passa légèrement dans ses cheveux ondulés comme pour rectifier leur tenue. Elle les portait coiffés un peu en hauteur, ce qui la faisait paraître encore plus grande qu'elle n'était. Une mince chaîne de montre en or sur son cou dégagé descendait en double sur sa poitrine et se perdait dans une ceinture de cuir grise. D'un mouvement de tête imperceptible, elle invita Georg à la suivre.

Il se leva et dit : « Si vous me permettez…

— Je vous en prie, je vous en prie, cela va de soi, dit M. Rosner. Monsieur le baron est assez aimable de faire un peu de musique avec ma fille, c'est très bien, très bien. » Anna était passée dans la pièce voisine. Georg la suivit et laissa la porte ouverte. Les rideaux de tulle blanc devant la fenêtre entrebâillée ondulaient légèrement.

Georg s'assit au piano droit et plaqua quelques accords. Pendant ce temps, Anna, agenouillée devant une vieille étagère noire, ornée de dorures, cherchait les partitions.

Georg exécuta des variations sur les premiers accords de son lied.

Anna commença et se mit alors à chanter sur la mélodie de Georg les vers de Goethe [1].

«Être le reflet de ton regard,
L'empreinte de ta bouche, de ton sein,
Percevoir le son de ta voix
Fut ma première et dernière joie.»

Elle se tenait derrière lui et regardait les notes par-dessus son épaule; parfois, elle se penchait un peu, il sentait alors sur sa tempe le souffle de ses lèvres. Sa voix était beaucoup plus belle qu'il n'en avait gardé le souvenir.

À côté, on parlait un peu trop fort. Sans interrompre son chant, Anna alla pousser la porte.

C'était Josef qui n'avait pas pu modérer sa voix plus longtemps. «Je fais encore un saut jusqu'au café», dit-il.

On ne répondit rien. Rosner père tambourinait doucement sur la table, et son épouse hocha la tête d'un air indifférent.

«Adieu donc.» Arrivé à la porte, Josef se retourna et, d'un ton plus modéré : «Maman, si tu as une minute...

— Je t'écoute, dit Mme Rosner, ce ne doit pas être un secret.

— Non. Seulement voilà, je suis déjà en compte avec toi.

— Est-on obligé d'aller au café? demanda le père sans lever les yeux.

— Il n'est pas question du café. D'ailleurs, c'est... Vous pouvez me croire, j'aimerais mieux ne pas avoir à vous taper. Mais je suis un homme, non...?

— Un homme doit travailler», dit Rosner père d'une voix faible et douloureuse, et ses yeux s'injectèrent de sang. Son épouse jeta à son fils un regard triste de reproche.

«Bon, dit Josef, déboutonnant et reboutonnant sa veste, si vraiment... pour le moindre gulden...

— Chut!» dit Mme Rosner désignant du regard la porte simplement poussée, par où maintenant, Anna ayant cessé de chanter, seule la mélodie du piano résonnait assourdie.

Josef répondit d'un geste dédaigneux au regard de sa mère. «Je dois travailler, selon Papa. Comme si je n'avais pas déjà prouvé que je peux le faire.» Il vit deux visages interrogatifs tournés vers lui. «Parfaitement, je l'ai prouvé, et si cela ne dépendait que de ma bonne volonté, je pourrais n'importe où assurer ma subsistance. Mais je n'ai pas un tempérament à tout supporter, et je ne me laisse pas accabler de remontrances par mes chefs, si j'ai un jour un quart d'heure de retard… ou quelque chose de ce genre.

— Nous connaissons la chanson, l'interrompit monsieur Rosner d'un ton fatigué, mais finalement, puisque nous en parlons, il faudra bien que tu essaies de retrouver quelque chose.

— Essayer…, d'accord… rétorqua Josef, mais personne ne me fera plus travailler chez un Juif. Car, auprès de mes relations… dans tout mon milieu cela me rendrait ridicule.

— Ton milieu… dit Mme Rosner. Qui constitue ton milieu ? Tes camarades du café ?

— Justement, puisque nous en parlons, cela a aussi à voir avec les gulden. J'ai maintenant un rendez-vous au café avec le jeune Jalaudek. J'aurais préféré vous le dire quand l'affaire aurait réussi… mais je vois bien qu'il me faut déjà abattre mes cartes. Donc, ce Jalaudek est le fils du conseiller municipal Jalaudek[1], le célèbre négociant en papier. Et Jalaudek père, on le sait, est une personnalité influente du parti… ami personnel du directeur du *Messager chrétien*[2], un certain Zelltinkel. Et, au *Messager*, ils cherchent en ce moment des jeunes gens distingués — chrétiens naturellement — pour leurs petites annonces. J'ai justement aujourd'hui au café un rendez-vous avec Jalaudek, car il m'a promis que son vieux me recommanderait auprès de Zelltinkel. Ce serait formidable… je serais tiré d'affaire. Là, dans un court délai, je puis gagner par mois cent ou cent cinquante gulden.

— Mon Dieu », soupira Rosner père.

À l'extérieur, la cloche retentit.

Rosner leva les yeux.

« Ce doit être le jeune docteur Stauber », dit Mme Rosner, et elle jeta un regard inquiet vers la porte d'où le son du piano s'échappait encore plus doucement qu'avant.

« Alors, Maman, tu te décides ? » dit Josef.

Mme Rosner prit sa bourse et, dans un soupir, tendit à son fils un gulden d'argent.

« Salut, dit Josef, se détournant pour partir.

— Josef, cria son père, n'est-ce pas un peu impoli juste au moment où nous avons une visite…

— Ah ! tant pis, je ne peux pas profiter de tout. »

On frappa. Berthold Stauber entra.

« Toutes mes excuses, cher monsieur, dit Josef, j'allais justement sortir.

— Je vous en prie », répliqua Stauber froidement, et Josef disparut.

Mme Rosner invita le jeune médecin à prendre place. Il s'assit sur le canapé et tourna la tête dans la direction de la musique.

« Le baron Wergenthin, expliqua Mme Rosner un peu gênée, le compositeur. Anna vient de chanter. » Et elle se disposa à appeler sa fille.

Berthold la retint doucement par le bras et dit aimablement : « Non, ne dérangez pas Mlle Anna, je vous prie, surtout pas, je ne suis pas pressé du tout. Il s'agit d'ailleurs d'une visite d'adieu. » La dernière phrase jaillit pour ainsi dire de sa gorge ; cependant, Berthold sourit en même temps avec courtoisie et s'assit confortablement dans l'angle du canapé, lissant sa courte barbe de la main droite.

Le regard de Mme Rosner exprima une réelle frayeur.

M. Rosner demanda : « Une visite d'adieu, docteur ? Avez-vous pris un congé ? La session du Parlement vient pourtant juste de reprendre, à ce qu'on peut lire dans les journaux.

— J'ai donné ma démission, dit Berthold.

— Comment ! s'exclama M. Rosner.

— Parfaitement, ma démission », répéta Berthold, et il sourit d'un air absent.

Le piano s'était subitement tu, la porte s'ouvrit, Georg et Anna apparurent.

« Oh ! docteur Berthold, dit Anna, tendant la main au visiteur qui s'était rapidement levé, étiez-vous là depuis longtemps ? M'avez-vous par hasard entendu chanter ?

— Non, mademoiselle Anna, j'ai malheureusement manqué cela. Je n'ai perçu que quelques sons du piano.

— Le baron Wergenthin, dit Anna, comme pour une présentation. Mais ces messieurs se connaissent, n'est-ce pas ?

— Certainement », dit Georg, et il tendit la main à Berthold.

« Le docteur vient nous faire une visite d'adieu, dit Mme Rosner.

— Comment ? s'écria Anna étonnée.

— C'est que je pars en voyage », dit Berthold, sérieux, impénétrable ; il regardait Anna dans les yeux. « J'abandonne ma carrière politique, ajouta-t-il d'un ton persifleur… plus exactement je l'interromps pour un certain temps. »

Georg s'était adossé à la fenêtre, les bras croisés, et observait de côté Anna. Elle s'était assise et levait calmement les yeux vers Berthold qui, debout, une main appuyée sur le bras du canapé, semblait prêt à faire un discours.

« Et où partez-vous ? demanda Anna.

— À Paris, je vais travailler à l'Institut Pasteur. Je reviens à mes premières amours, à la bactériologie. C'est une occupation plus propre que la politique. »

Le soir tombait, les visages s'estompaient, seul le front de Berthold, placé face à la fenêtre, était encore éclairé. Il fronçait les sourcils. Il a sans doute une certaine beauté, pensa Georg, qui, accoté immobile dans l'angle de la croisée, se sentait envahi par une agréable quiétude.

La bonne apporta la lampe allumée et la suspendit au-dessus de la table.

« Mais les journaux n'ont pas encore signalé que vous avez renoncé à votre mandat, docteur, dit M. Rosner.

— Ce serait prématuré, répondit Berthold. Les membres de mon parti connaissent déjà mon intention, mais la chose n'est pas encore officielle.

— Cette nouvelle, dit M. Rosner, ne manquera pas d'avoir un grand retentissement dans les milieux intéressés. Surtout après le récent débat au cours duquel vous êtes intervenu, docteur, avec une telle autorité... Monsieur le baron l'aura certainement lu, ajouta-t-il en se tournant vers Georg.

« Je dois avouer, dit ce dernier, que je ne suis pas les comptes rendus du Parlement aussi régulièrement qu'il le faudrait.

— Qu'il le faudrait? répéta Berthold conciliant, il ne le faut pas du tout, quoique dernièrement la séance n'ait pas manqué d'intérêt. Tout au moins pour montrer jusqu'où peut tomber le niveau d'une assemblée publique.

— Les débats furent passionnés, dit M. Rosner.

— Passionnés ?... Oui, ce qu'on appelle passionnés chez nous, en Autriche. Intérieurement c'était l'indifférence, extérieurement la grossièreté.

— De quoi s'agissait-il ? demanda Georg.

— C'était un débat provoqué par une interpellation au sujet du procès Golowski... Therese Golowski.

— Therese Golowski... répéta Georg, ce nom ne m'est pas inconnu.

— Naturellement, vous le connaissez, dit Anna, vous connaissez même Therese en personne... La dernière fois que vous nous avez rendu visite, elle nous quittait.

— Ah ! oui, dit Georg, c'est une de vos amies.

— Je ne dirais pas une "amie" ; car cela suppose un certain accord intime qui n'existe pas vraiment.

— Vous n'allez pourtant pas renier Therese, dit Berthold avec un sourire caustique.

— Oh ! non, répliqua vivement Anna. Il n'en est pas question. Je l'admire même. J'admire en général tous les gens qui sont capables de risquer autant pour une cause qui, au fond, ne les concerne pas. Et si, en plus de cela, il s'agit d'une jeune fille, d'une belle jeune fille comme Therese… », elle s'adressait à Georg qui l'écoutait attentivement, « cela m'impressionne encore davantage. Il faut que vous sachiez que Therese est une des têtes du parti social-démocrate.

— Et savez-vous pour qui je la prenais ? dit Georg, pour une actrice débutante !

— Monsieur le baron, vous êtes un psychologue, dit Berthold.

— Elle a effectivement voulu faire carrière au théâtre, confirma Mme Rosner sans chaleur.

— Je vous en prie, chère madame, dit Berthold, quelle jeune fille douée d'un peu d'imagination et, de plus, menant une existence étriquée, n'a-t-elle pas au moins caressé cette idée à une période quelconque de sa vie ?

— C'est gentil de l'excuser », dit Anna en souriant.

Berthold se rendit compte trop tard que sa remarque pouvait avoir touché un point encore sensible dans le cœur d'Anna. Mais il poursuivit d'autant plus catégoriquement. « Je vous assure, mademoiselle Anna, cela aurait été dommage pour Therese. On ne peut pas évaluer les services qu'elle est capable encore de rendre au parti, si quelque chose ne la fait pas dévier de sa voie.

— Le croyez-vous possible ? demanda Anna.

— Certainement, répliqua Berthold. Pour Therese, il y a même deux dangers, ou bien ses paroles peuvent la perdre…

— Ou bien ? demanda Georg, à présent curieux de la suite.

— Ou bien elle épousera un baron, conclut brièvement Berthold.

— Je ne comprends pas très bien, dit Georg, piqué.

— Si j'ai dit un baron, c'était naturellement pour plaisanter. Mettons un prince, et la chose sera plus claire.

— Ah ! bon… comme cela je puis interpréter à peu près votre pensée, docteur… Mais quel motif avait le Parlement pour s'occuper d'elle ?

— Eh bien voilà. L'année dernière, au moment de la grande grève des mineurs [1], Therese Golowski, dans une bourgade au fin fond de la Bohême, fit un discours qui, paraît-il, contenait une expression blessante à l'égard d'un membre de la maison impériale. On lui intenta un procès, elle fut acquittée. On pourrait peut-être en conclure que l'accusation n'était pas bien solide. Cependant, le procureur fit appel, on désigna un autre tribunal qui condamna Therese à deux mois de prison qu'elle purge en ce moment. Et comme cela ne suffisait pas, le juge qui l'avait acquittée en première instance fut muté... quelque part du côté de la frontière russe, un endroit d'où l'on ne revient pas. C'est sur ce cas que nous avons déposé une interpellation, très modérée à mon avis. Le ministre répondit assez hypocritement, à la satisfaction bruyante des partis soi-disant soutiens de l'État. Je me suis permis de répliquer sur un ton peut-être un peu plus énergique que celui qui est habituellement le nôtre; et, comme des bancs adverses on ne pouvait rien répondre de valable, on a essayé de me contraindre au silence par des cris et des injures. Ce que fut l'argument le plus fort d'une certaine catégorie de défenseurs de l'État contre mes déclarations, vous pouvez vous l'imaginer, monsieur le baron.

— Eh bien? demanda Georg.

— Youpin, ferme ta gueule! répondit Berthold, les lèvres serrées.

— Oh! fit Georg gêné, et il secoua la tête.

— Du calme, youpin! La ferme, youpin! Youpin! Couchez!» continua Berthold semblant éprouver à ce souvenir une sorte de délectation.

Anna regardait ailleurs, Georg pensait intérieurement que cela suffisait. Un moment de silence pénible suivit.

«C'est donc pour cela? demanda Anna lentement.

— Que voulez-vous dire? s'enquit Berthold.

— C'est pour cela que vous démissionnez?»

Berthold secoua la tête et sourit. «Non, pas pour cela.

— Un homme comme vous, docteur, est certainement au-dessus de ces grossièretés, dit M. Rosner.

— Je n'irai pas jusqu'à l'affirmer, répliqua Berthold, mais, de toute façon, il faut s'attendre à des choses pareilles. La raison de ma démission est autre.

— Et peut-on vous demander...?» questionna Georg.

Berthold le fixa des yeux, mais d'un regard comme absent. Puis il répondit aimablement: «Bien sûr que l'on peut. Après mon intervention, je me suis rendu à la buvette. Là, j'ai rencontré parmi d'autres un des plus bêtes et des plus insolents de nos représentants, celui qui, comme de coutume, s'était montré le plus bruyant pendant mon discours... le négociant en papier Jalaudek. Je l'ignore, naturellement. Il venait de reposer son verre vide. Il me voit, sourit, me fait signe et me salue tout enjoué comme si rien ne s'était passé. “J'ai bien l'honneur, cher monsieur, désirez-vous un rafraîchissement?”

— Incroyable! s'exclama Georg.

— Incroyable?… Non, autrichien. Chez nous, l'indignation est aussi peu authentique que l'enthousiasme. Les seules choses authentiques chez nous, ce sont la joie maligne et la haine envers le talent.

— Et alors, qu'avez-vous répondu à cet homme? demanda Anna.

— Ce que j'ai répondu? Rien, évidemment.

— Et vous avez démissionné», compléta Anna, une nuance moqueuse dans la voix.

Berthold sourit, mais, en même temps, ses sourcils se fronçaient comme lorsqu'il était désagréablement ou douloureusement ému. Il était trop tard pour dire à Anna qu'il était venu en vérité pour lui demander conseil comme autrefois. Et cependant, il le sentait, il avait bien fait de se couper dès l'entrée toute retraite en annonçant sa démission comme déjà formulée, et son voyage à Paris comme imminent. Car maintenant, il savait bien qu'Anna lui avait échappé à nouveau, et peut-être pour longtemps. Qu'un homme puisse vraiment la lui prendre, et à jamais, il ne le croyait pas vraiment, et il n'envisageait en aucun cas de jalouser cet élégant et jeune artiste qui restait là tranquillement, les bras croisés, près de la fenêtre. Il lui était déjà arrivé parfois que, pour quelque temps, Anna se dérobe, comme subissant le charme de quelque chose qu'il ne comprenait pas. Il y a deux ans, alors qu'elle pensait sérieusement se consacrer à la scène et avait commencé à étudier ses rôles, il l'avait, un court moment, jugée définitivement perdue pour lui. Plus tard, forcée par les défaillances de sa voix d'abandonner ses projets artistiques, elle avait paru lui revenir; mais il avait volontairement laissé passer cette période sans la mettre à profit. Car, avant d'en faire sa femme, il voulait avoir remporté un succès quelconque dans le domaine scientifique ou politique, pour être sans réserve admiré d'elle. Il avait progressé dans cette voie. À la place même où elle était assise aujourd'hui, le fixant d'un regard clair mais indifférent, elle avait tenu les épreuves de son dernier travail philosophico-médical qui portait le titre : *Remarques provisoires pour une physiognomonie des maladies.* Et puis, quand advint son passage à la politique, à l'époque où il faisait des discours dans les réunions électorales, et se préparait par de sérieuses études d'histoire et d'économie politique à cette nouvelle profession, elle s'était sincèrement réjouie de ses dons multiples et de son énergie. Mais tout cela était fini. Elle semblait progressivement, d'un regard plus aigu qu'auparavant, découvrir des défauts que lui-même ne pouvait se dissimuler, en particulier son inclination à se griser de ses propres paroles ; et, par là, il commençait à perdre de plus en plus son assurance en face d'elle. Il n'était pas entièrement lui-même quand il s'adressait à elle ou qu'il parlait en sa présence. Aujourd'hui également il n'était pas content de lui. Avec une irritation qui lui paraissait à lui-même mesquine, il se rendait compte qu'il n'avait pas évoqué de façon suffisamment frappante sa rencontre à la buvette avec Jalaudek, et qu'il aurait dû être beaucoup plus persuasif en expliquant son dégoût de la politique. « Vous avez probablement raison, mademoiselle Anna, dit-il, de sourire à la pensée que j'aurais démissionné à la suite de cet incident stupide. Une vie parlementaire n'est absolument pas possible sans une part de comédie. J'aurais dû y réfléchir, et moi-même participer au jeu, et, pourquoi pas, boire à la santé de ce type qui m'avait publiquement insulté. Cela aurait été commode, très autrichien... et peut-être même l'attitude la plus raisonnable. » Il se sentait de nouveau en train et continuait à parler avec vivacité : « Dans la pratique, il n'y a vraiment que deux méthodes pour arriver à un résultat en politique : ou bien faire preuve d'une grande légèreté et considérer toute la vie publique comme un jeu amusant, jeu dans lequel en vérité on ne s'enthousiasme pour rien, ni ne s'indigne de rien, et où l'on considère avec une indifférence totale les individus dont il s'agit en dernier ressort d'assurer le bonheur ou le malheur. Je n'en suis pas encore là, et je ne sais si j'y parviendrai un jour. Pour être honnête, je dirai que je l'ai souhaité parfois. L'autre méthode, c'est : pour ce qu'on croit être juste, se tenir prêt à mettre toute son existence, toute sa vie au sens propre du terme... »

Berthold se tut soudain. Son père, le vieux docteur Stauber, était entré, et il reçut un accueil chaleureux. Il serra la main de Georg que Mme Rosner lui présenta, et il le regarda si aimablement que Georg se sentit aussitôt attiré par lui. Il paraissait plus jeune qu'il ne devait l'être. Sa barbe abondante, d'un blond-roux, était parsemée de quelques fils gris, et ses longs cheveux sobrement coiffés tombaient en mèches épaisses sur sa large nuque. Le front, d'une hauteur étonnante, donnait à toute sa personne un peu trapue, aux fortes épaules, une certaine dignité. Ses yeux, lorsqu'ils ne cherchaient pas à exprimer la bonté ou la sagesse, semblaient se reposer derrière les paupières fatiguées pour se préparer au regard suivant.

« J'ai connu votre mère, monsieur le baron, dit-il à Georg, discrètement.

— Ma mère, docteur... ?

— Vous devez à peine vous en souvenir. Vous étiez alors un petit garçon de trois ou quatre ans.

— Vous étiez son médecin? demanda Georg.

— Je la voyais parfois comme remplaçant du professeur Duchegg dont j'étais l'assistant. Vous habitiez alors dans la *Habsburgergasse*[1] une vieille maison qui a été démolie, il y a longtemps. Je pourrais, aujourd'hui encore, vous décrire la pièce dans laquelle votre père me recevait... votre père qui hélas! a lui aussi disparu beaucoup trop tôt... Sur le bureau se trouvait un petit bronze qui représentait un chevalier en armure tenant un drapeau. Au mur il y avait la copie d'un Van Dyck de la *Galerie Liechtenstein*[2].

— Oui, dit Georg, étonné de la bonne mémoire du médecin. Très exact.

— Mais j'ai interrompu ces dames et ces messieurs dans leur conversation », poursuivait Stauber sur le ton chantant, un peu mélancolique et pourtant hautain qui lui était propre, et il s'installa dans un coin du canapé.

« À notre grand étonnement, le docteur Berthold vient de nous apprendre qu'il est décidé à renoncer à son mandat », dit M. Rosner.

Stauber père adressa à son fils un regard tranquille que ce dernier lui rendit. Georg, qui avait observé la scène, eut l'impression qu'il y avait entre eux un accord intime qui n'avait pas besoin de paroles.

« Oui, dit le vieux médecin, pour moi, je n'en ai pas été du tout surpris. J'ai toujours eu le sentiment que Berthold siégeait au Parlement en hôte de passage, et je suis à vrai dire heureux qu'il ait éprouvé une sorte de nostalgie de sa véritable vocation. Oui, oui, ta véritable, répéta-t-il comme en réponse à un froncement du front de son fils, et cela sans préjuger en rien de ton avenir. Rien ne nous complique tant l'existence que de croire si souvent à des choses définitives... et de perdre du temps à nous reprocher une erreur, au lieu d'en convenir et de repartir simplement pour une nouvelle vie. »

Berthold expliqua qu'il voulait s'en aller au plus tard dans huit jours, tout ajournement n'aurait aucun sens. Il était possible qu'il ne reste pas à Paris. Ses études pouvaient rendre indispensable un autre voyage. En outre, il était résolu à s'abstenir des visites protocolaires à l'occasion de son départ ; d'ailleurs, ajouta-t-il, il avait déjà mis totalement fin à ses relations antérieures dans certains milieux bourgeois, relations qui dataient du temps où le cabinet médical de son père possédait une clientèle étendue.

« Ne nous sommes-nous pas déjà rencontrés cet hiver chez les Ehrenberg? demanda Georg non sans une certaine satisfaction.

— C'est exact, répondit Berthold. Il faut dire que nous sommes des parents éloignés des Ehrenberg. Le lien familial est constitué, chose étrange, par la maison Golowski. Toute tentative de vous l'expliquer, monsieur le baron, serait vaine. Il me faudrait vous inviter à une promenade dans les bureaux d'état civil et les communautés religieuses de Temesvar[1], Tarnopol[2] et autres localités aussi agréables... choses que je ne peux décemment pas vous imposer.

— Au reste, ajouta le vieux Stauber d'un ton résigné, monsieur le baron sait bien que tous les Juifs sont apparentés. »

Georg sourit aimablement. Mais, en vérité, il était plutôt agacé. À son sentiment, il n'y avait aucune nécessité à ce que Stauber père lui fasse part, lui aussi, de son appartenance à la race juive. Il le savait et n'en était pas pour cela mal disposé à son égard, il ne l'était d'ailleurs pas non plus envers aucun des leurs; mais pourquoi commençaient-ils tous d'eux-mêmes à en parler? Partout où il allait, les Juifs qu'il rencontrait ou bien avaient honte de l'être, ou bien en étaient fiers, mais craignaient alors qu'on puisse croire qu'ils en avaient honte.

« Hier, j'ai parlé du reste à la vieille Mme Golowski, continua Stauber père.

— La pauvre femme, dit M. Rosner.

— Comment va-t-elle? demanda Anna.

— Comment elle va?... Vous pouvez vous l'imaginer... la fille en prison, le fils à la caserne pour son année de volontariat aux frais de l'État... Représentez-vous cela, Leo Golowski en patriote... Et le père reste au café et regarde les autres clients jouer aux échecs, il n'a plus les dix kreutzers[3] nécessaires pour participer au jeu.

— L'emprisonnement de Therese doit bientôt se terminer, dit Berthold.

— Elle en a encore pour douze à quinze jours, répondit son père... Eh bien, ma petite Anna, ce serait vraiment gentil de votre part de faire une visite dans la *Rembrandtstrasse*[4], la vieille femme éprouve pour vous une profonde affection, quasi touchante. Je ne comprends vraiment pas pourquoi », ajouta-t-il en souriant et en contemplant Anna presque tendrement. Mais elle regardait dans le vague et ne répondit rien.

Au mur, l'horloge sonna sept coups. Georg se leva, comme s'il n'avait attendu que ce signal.

« Monsieur le baron nous quitte déjà », dit M. Rosner en se levant lui aussi.

Georg pria tout le monde de ne pas se déranger et serra la main à chacun.

« C'est curieux, dit le vieux médecin, comme votre voix rappelle celle de monsieur votre père.

— Oui, on me l'a souvent dit, répondit Georg. Personnellement, cela ne m'a jamais frappé.

— Pas un homme sur cette terre ne connaît sa propre voix », remarqua Stauber, et on aurait dit le début d'un exposé de vulgarisation.

Georg prit congé. En dépit de son signe de dénégation, Anna l'accompagna jusque dans l'entrée, et laissa — à dessein, pensa Georg — la porte entrouverte. « C'est dommage que nous n'ayons pu continuer notre séance de musique, dit-elle.

— Je le regrette aussi, mademoiselle Anna.

— Aujourd'hui, le lied m'a plu encore davantage que la première fois quand j'ai dû m'accompagner moi-même. Seulement, vers la fin, cela se dilue un peu… je ne sais comment m'exprimer.

— Je vois ce que vous pensez. La fin est conventionnelle, je l'ai senti tout de suite. J'espère vous apporter bientôt quelque chose de mieux, mademoiselle Anna.

— Mais ne me faites pas trop attendre !

— Certainement pas. Au revoir donc, mademoiselle Anna. »

Ils se tendirent la main et sourirent tous les deux.

« Pourquoi n'êtes-vous pas venu à Weissenfeld ? demanda Anna d'un ton enjoué.

— Je regrette beaucoup, mais voyez-vous, mademoiselle Anna, je n'aurais certainement pas été d'un commerce très agréable. Vous pouvez le comprendre. »

Anna le regarda, sérieuse. « Ne croyez-vous pas qu'on aurait pu peut-être vous apporter une aide, un soutien ?

— Il y a un courant d'air, Anna, cria Mme Rosner de l'intérieur.

— Je viens tout de suite », répliqua Anna, un peu impatientée. Mais Mme Rosner avait déjà fermé la porte.

« Quand puis-je revenir ? demanda Georg.

— Quand cela vous sera agréable. Sans doute… il faudrait que je vous donne mon emploi du temps par écrit, afin que vous sachiez quand je suis à la maison, et ce ne serait pas encore suffisant. Je me promène souvent, je fais des courses en ville, je visite des galeries de peinture, des expositions…

— Nous pourrions le faire ensemble, un jour.

— Oh ! oui », répondit Anna. Elle sortit son porte-monnaie de son sac et en tira un minuscule carnet.

« Qu'avez-vous là ? »

Anna, en souriant, feuilletait le carnet. « Attendez donc… Jeudi, à onze heures, je voulais visiter l'exposition des miniatures dans la *Bibliothèque de la Hofburg*[1]. Si cela vous intéresse, nous pouvons nous y rencontrer.

— Mais très volontiers.

— Parfait. Là, nous conviendrons du jour où vous reviendrez m'accompagner au piano.

— Entendu », dit Georg. Il lui tendit la main. Il lui vint à l'esprit que, certainement, pendant qu'il bavardait ici avec Anna, le jeune docteur Stauber devait s'irriter et même s'offusquer, dans le salon. Et il s'étonna que cette situation lui fût visiblement plus désagréable qu'à Anna, qui semblait pourtant en général une personne bienveillante. Il dégagea sa main, prit congé et sortit.

Quand il se trouva dans la rue, le soir était tombé. Il marcha lentement en flâneur. Franchissant le *pont Elisabeth*[2], puis longeant l'Opéra, il se dirigea vers le centre, attentif au lied qui chantait dans sa tête en dépit des bruits et de l'agitation qui l'entouraient. Il trouvait étrange qu'il fût interdit à la voix d'Anna, qui dans un petit espace sonnait si pure, si juste, de réussir sur la scène ou au concert ; et, encore plus étrange, le fait qu'Anna parût à peine souffrir de cette infortune. À vrai dire, il n'était pas sûr que le calme d'Anna reflétât vraiment sa pensée intime.

Il la connaissait vaguement depuis déjà plusieurs années ; mais c'est seulement un soir du printemps dernier qu'ils s'étaient rapprochés. Une assez nombreuse société se trouvait réunie au jardin Waldstein. Enjoués, excités, séduits par la tiédeur surprenante de cette première belle soirée de mai, tous avaient dîné en plein air sous de grands châtaigniers. Georg se souvenait de chaque convive. Mme Ehrenberg, l'organisatrice de la réunion posant à la dame mûre, respectable, dans une ample robe foncée de foulard ; le conseiller Wilt, par sa distinction négligée et son ton supérieur un peu désinvolte vis-à-vis des choses et des gens, semblait porter le masque d'un homme d'État anglais ; Mme Oberberger qui, avec ses cheveux poudrés de gris, ses yeux étincelants, sa mouche au menton, ressemblait à une marquise de l'époque rococo ; Demeter Stanzides aux dents éclatantes de blancheur, portant sur son front pâle la fatigue d'une héroïque ascendance ; Oskar Ehrenberg dont l'élégance tenait beaucoup du calicot, assez du chanteur comique débutant, et un peu du jeune homme de bonne famille ; Sissy Wyner qui gratifiait chacun tour à tour d'un regard de ses yeux sombres, rieurs, comme si elle était liée à chaque personne par un joyeux secret différent ; Willy Eissler qui, bruyant et jovial, racontait de plaisantes histoires du temps de son service militaire et des blagues juives ; Else Ehrenberg, dans une robe blanche de drap anglais, baignée de la mélancolie délicate du printemps, avec les attitudes d'une grande dame qui contrastaient d'une façon gracieuse, presque touchante, avec son visage juvénile et sa silhouette fragile ; Felician, réservé et aimable, au regard fier qui, par-delà les invités, par-delà les tables, fixait les lointains ; la mère de Sissy, jeune, au teint coloré, qui papotait et aurait voulu participer à toutes les conversations et en même temps les entendre toutes ; Edmund Nürnberger dont les yeux perçants et les lèvres minces affichaient, presque comme un masque, le sourire du mépris envers cette agitation qu'il perçait à jour, et dans laquelle, à son propre étonnement, il jouait parfois lui-même un rôle ; enfin Heinrich Bermann, dans un costume d'été trop large, avec un chapeau de paille trop bon marché et une cravate trop claire, qui tantôt parlait plus fort, tantôt se taisait plus intensément que les autres. Et en dernier était apparue Anna Rosner, non accompagnée, sûre de soi ; d'un léger signe de tête elle avait salué la société, et avait pris place sans façon entre Mme Ehrenberg et Georg. « C'est pour vous que je l'ai invitée », murmura Mme Ehrenberg à Georg qui, jusqu'à ce soir, avait à peine accordé à Anna une place dans ses pensées. Ces paroles, venues peut-être à Mme Ehrenberg dans une inspiration subite, devaient se révéler exactes au cours de la soirée. À partir du moment où la société s'ébranla pour entreprendre une joyeuse promenade à travers le *Volksprater*[1], partout, que ce fût dans les baraques foraines, aux manèges, devant les tréteaux des paillasses ou sur le chemin du retour en ville qui, pour s'amuser, fut effectué à pied, Georg et Anna s'étaient retrouvés ensemble, et, dans le tourbillon des propos joyeux et fous, ils s'étaient lancés dans une grande conversation très raisonnable.

Quelques jours plus tard, il se rendait chez elle et lui apportait, comme promis, la transcription pour piano d'*Eugène Onéguine* et quelques-uns de ses propres lieder ; à sa visite suivante, elle lui en chanta certains, et d'autres de Schubert ; sa voix lui plut beaucoup. Peu après, l'été les sépara sans la moindre trace de mélancolie ou de tendresse ; l'invitation d'Anna à venir à Weissenfeld avait été interprétée par Georg comme un simple geste de politesse, son acceptation devait, elle aussi, être comprise ainsi ; et, par comparaison avec la banalité de leurs relations antérieures, l'atmosphère de la visite de ce jour devait paraître étrange à Georg.

Sur la place Saint-Étienne, il fut salué par quelqu'un qui se tenait sur la plate-forme d'un omnibus. Georg, qui était un peu myope, ne reconnut pas immédiatement la personne.

« C'est moi, dit le monsieur de la plate-forme.

— Oh ! monsieur Bermann ! bonsoir. » Georg éleva la main jusqu'à lui. « Où allez-vous ?

— Je vais au Prater, j'ai l'intention d'y dîner ce soir. Vous avez des projets, monsieur le baron ?

— Pas le moindre.

— Venez donc dîner avec moi. »

Georg grimpa dans l'omnibus qui repartit en cahotant. Ils se racontèrent entre autres comment ils avaient passé l'été. Heinrich était allé dans le Salzkammergut[1], puis en Allemagne d'où il venait de rentrer.

« Ah ! à Berlin, dit Georg.

— Non.

— Je pensais que peut-être, à l'occasion d'une nouvelle pièce…

— Je n'ai pas écrit de nouvelle pièce, l'interrompit Heinrich assez impoliment. J'étais dans le Taunus et au bord du Rhin, à différents endroits. »

Qu'avait-il à faire au bord du Rhin ? pensa Georg, bien que cela ne l'intéressât pas particulièrement. Il fut frappé de l'aspect distrait, presque sombre, du regard de Bermann.

« Et où en êtes-vous de vos travaux, cher baron ? demanda Heinrich avec une vivacité soudaine tandis qu'il s'enveloppait plus étroitement dans le manteau gris foncé jeté sur ses épaules. Votre quintette est-il terminé ?

— Mon quintette ? répéta Georg, étonné. Vous ai-je donc parlé de mon quintette ?

— Non, pas vous mais Mlle Else m'a dit que vous travailliez à un quintette.

— Ah ! bon, Mlle Else. Non, je n'ai pas beaucoup avancé. Je n'avais pas le cœur à cela, comme vous vous en doutez.

— Ah ! oui », dit Heinrich. Il se tut un moment. « Votre père était encore si jeune », ajouta-t-il lentement.

Georg, sans un mot, approuva de la tête.

« Comment va votre frère ? » demanda Heinrich soudain.

— Merci, très bien », répondit Georg un peu déconcerté. Heinrich jeta son cigare par-dessus la rambarde et en alluma immédiatement un autre. Puis il dit : « Vous vous étonnez que je vous demande des nouvelles de votre frère à qui j'ai à peine parlé. Mais il m'intéresse. Il représente pour moi à sa façon un type d'individu vraiment achevé, et je le tiens pour un des êtres les plus heureux qu'il y ait au monde.

— C'est possible, répliqua Georg après une petite hésitation. Mais comment en arrivez-vous à ce point de vue alors que vous le connaissiez à peine ?

— Premièrement, il s'appelle Felician baron de Wergenthin-Recco», dit Heinrich, très sérieux, et il souffla un nuage de fumée.

Georg dressa la tête, assez surpris.

« Vous vous appelez naturellement aussi Wergenthin-Recco, poursuivit Heinrich, mais seulement Georg..., et ce n'est pas du tout la même chose, n'est-ce pas ? De plus, votre frère est très beau. Vous n'êtes sans doute pas mal non plus. Mais les individus dont la propriété principale est d'être beaux sont bien mieux lotis que ceux dont la propriété principale est d'être doués. Car quand on est beau, on l'est toujours, tandis que les gens doués passent au moins les neuf dixièmes de leur existence sans la moindre trace de talent. Parfaitement, c'est comme cela, la ligne de vie est pour ainsi dire plus pure lorsqu'on est beau que lorsqu'on est un génie. Au reste, on pourrait exprimer tout cela beaucoup mieux. »

Qu'est-ce qui lui prend ? pensa Georg, désagréablement troublé. Serait-il par hasard jaloux de Felician... à cause d'Else Ehrenberg ?

Ils descendirent au *Praterstern*[1]. Le grand courant de la foule du dimanche refluait à leur rencontre. Ils s'engagèrent dans la Grande Allée où l'animation était tombée, et continuèrent lentement leur marche. La fraîcheur se faisait maintenant sentir. Georg émit des remarques sur l'atmosphère automnale le soir, sur les gens attablés dans les restaurants, sur les musiques militaires qui jouaient dans les kiosques. Au commencement, Heinrich lui répondait distraitement, par la suite, plus du tout ; il semblait finalement à peine écouter, ce que Georg jugea mal élevé. Il regretta presque de s'être joint à Heinrich, d'autant plus qu'il n'était pas dans ses habitudes d'accepter sans réfléchir de vagues propositions ; il se trouva comme excuse d'avoir agi cette fois par pure distraction. Heinrich marchait à côté de lui, ou même le précédait de quelques pas, comme s'il avait totalement oublié sa présence. Il tenait toujours des deux mains son manteau jeté sur ses épaules, et, avec son chapeau mou gris sombre enfoncé sur le front, il manquait au plus haut point d'élégance, ce qui soudain agaça prodigieusement Georg. Les remarques précédentes de Heinrich Bermann sur Felician lui parurent maintenant absurdes et parfaitement déplacées, et il se rappela à point nommé que presque tout ce qu'il connaissait des productions littéraires de Bermann lui avait déplu. Il avait vu deux pièces de lui, une qui se déroulait dans le peuple, chez des artisans ou des ouvriers, et qui se terminait par des meurtres et des assassinats ; l'autre, sorte de comédie, une satire de la bonne société, avait provoqué un scandale à la première représentation et avait bientôt disparu du répertoire. À cette époque, Georg ne connaissait pas l'auteur personnellement, et il n'avait pas accordé beaucoup d'intérêt à l'affaire. Il se rappelait seulement que Felician avait trouvé la pièce totalement ridicule, et que le comte Schönstein avait déclaré que si cela ne tenait qu'à lui, les œuvres théâtrales des Juifs ne devraient plus être représentées que par la *Comédie Musicale de Budapest*[1]. Mais c'était particulièrement M. von Breitner qui, avec l'objectivité d'un chrétien, avait donné libre cours à son indignation ; comment un jeune homme venu d'on ne sait où pouvait-il oser représenter sur la scène un monde qui lui était naturellement fermé, et dont il lui était impossible pour cette raison de comprendre la moindre chose ? Tandis que Georg se remémorait tous ces faits, l'irritation de voir son compagnon poursuivre sa marche dans un silence obstiné se mua en une véritable hostilité, et, sans bien s'en rendre compte, il commença à trouver justifiées toutes les insultes qui avaient été alors proférées contre Bermann. Il se rappela aussi que dès l'abord Heinrich lui avait été personnellement antipathique, et qu'il avait raillé Mme Ehrenberg pour l'habileté avec laquelle elle avait su immédiatement incorporer à son salon cette jeune gloire. Else, par contre, avait pris d'emblée le parti d'Heinrich, déclarant qu'il était intéressant et parfois même délicieux, et prophétisant que Georg deviendrait tôt ou tard un de ses amis. Et en effet Georg avait conservé au moins de leur conversation du printemps dernier sur un banc du Ring une certaine sympathie pour Bermann, sympathie qui s'était maintenue jusqu'à ce soir.

Ils étaient passés depuis longtemps devant les derniers restaurants. À côté d'eux, la chaussée luisante et déserte s'enfonçait entre les arbres, droit dans la nuit ; seuls leur parvenaient par moments les flonflons d'une musique très lointaine.

« Allons-nous longtemps continuer ainsi ? » s'écria soudain Heinrich comme si on l'avait traîné de force jusqu'ici, et il s'arrêta.

« Je n'y suis pour rien, remarqua simplement Georg.

— Excusez-moi, dit Heinrich.

— Vous étiez tout à fait plongé dans vos pensées, répondit Georg sèchement.

— Plongé n'est pas le mot. Mais il arrive parfois que l'on se perde en soi-même.

— Je connais cela, dit Georg, un peu radouci.

— Au fait, on vous attendait ce mois d'août à *Auhof*, dit Heinrich soudain.

— On m'attendait? Madame Ehrenberg avait eu l'amabilité de m'inviter, mais je n'avais rien promis. Y êtes-vous demeuré quelque temps, monsieur Bermann?

— Quelque temps, non. J'y suis monté plusieurs fois, mais seulement pour quelques heures.

— Je pensais que vous y aviez logé.

— Absolument pas. J'étais descendu à l'hôtel. Je n'allais là-haut qu'occasionnellement. L'atmosphère était trop bruyante, trop agitée… la maison fourmille de visiteurs. Et je ne peux pas souffrir la plupart des gens qui la fréquentent. »

Un fiacre découvert, occupé par un monsieur et une dame, passa près d'eux.

« Mais c'était Oskar Ehrenberg, dit Heinrich.

— Et la dame? demanda Georg, suivant des yeux une tache claire qui se détachait dans l'obscurité.

— Je ne la connais pas. »

Ils s'engagèrent dans une allée latérale obscure. De nouveau leur conversation s'interrompit. Enfin Heinrich reprit : « Mademoiselle Else a chanté pour moi à Auhof quelques-uns de vos lieder. J'en avais déjà entendu certains, interprétés par la Bellini, je crois.

— Oui, la Bellini les a chantés l'hiver dernier au cours d'un concert.

— Eh bien, ceux-là et d'autres le furent par Mademoiselle Else.

— Qui l'a accompagnée?

— Moi-même, aussi bien que je pouvais. Il faut d'ailleurs que je vous dise, cher baron, que ces lieder m'ont produit une impression encore plus forte que la première fois au concert bien que Mademoiselle Else possède une voix et une technique sensiblement plus faibles que Mademoiselle Bellini. D'un autre côté, on doit tenir compte que Mademoiselle Else a chanté vos lieder par un splendide après-midi d'été. La fenêtre était ouverte, on apercevait les montagnes et le ciel d'un bleu profond… Mais il vous en revient quand même une assez bonne part.

— Très flatteur, dit Georg, désagréablement affecté par le ton moqueur d'Heinrich.

— Savez-vous, continua Heinrich, et il parlait comme il le faisait parfois, les dents serrées, en accentuant inutilement les mots, savez-vous qu'en général je n'ai pas l'habitude de prier de monter dans l'omnibus les gens que je rencontre par hasard dans la rue, et je préfère vous avouer tout de suite que j'ai… comment dit-on déjà?… que j'ai considéré cela comme un signe du destin quand je vous ai soudain aperçu sur la place Saint-Étienne.»

Georg l'écoutait, étonné.

«Vous ne vous rappelez peut-être pas si bien que moi, poursuivit Heinrich, notre conversation sur un banc du Ring.»

Georg se souvint seulement à ce moment qu'Heinrich lui avait vaguement parlé alors d'un sujet d'opéra qui l'occupait, sur quoi Georg, non moins évasivement, plutôt en manière de plaisanterie, s'était proposé comme compositeur. Aussi sa réponse fut-elle volontairement réservée: «Oui, oui, je me rappelle.

— Évidemment, cela ne vous engage en rien, répliqua Heinrich d'un ton encore plus froid, d'autant moins que, pour être franc, je n'avais même plus pensé à ce sujet d'opéra jusqu'à ce bel après-midi d'été où Mademoiselle Else chanta vos lieder. Dites, et si nous nous asseyions ici?»

Le jardin de l'établissement dans lequel ils pénétrèrent était assez vide. Heinrich et Georg s'installèrent sous une petite tonnelle près d'une clôture verte et commandèrent à dîner.

Heinrich se cala au fond de son siège et allongea ses jambes, observant d'un regard inquisiteur, presque ironique, Georg qui se taisait obstinément, et il dit soudain: «Je ne crois pas me tromper si je présume que les choses que j'ai faites jusqu'à présent n'ont pas l'heur de vous plaire.

— Oh! répondit Georg en rougissant légèrement, qu'est-ce qui vous le fait penser?

— Eh bien, je connais mes pièces… et je vous connais.

— Moi? demanda Georg, presque blessé.

— Certainement, répliqua Heinrich d'un air supérieur. D'ailleurs, j'ai cette impression vis-à-vis de la plupart des gens, et je considère cette capacité comme la seule que je possède absolument. Toutes les autres sont, à mon avis, assez problématiques. En particulier, mes dons artistiques sont tout à fait moyens, et il y aurait beaucoup à objecter à mon caractère. La seule chose qui me donne une certaine assurance est de connaître mon pouvoir de pénétrer dans les âmes… d'y pénétrer profondément et dans toutes, dans celles des crapules et dans celles des honnêtes gens, dans celles des femmes, des hommes et des enfants, dans celles des païens, des

Juifs, des protestants, et même dans celles des catholiques, des nobles et des Allemands, quoique j'aie entendu dire que ce serait infiniment difficile pour les gens comme nous, et même impossible. »

Georg eut un léger sursaut. Il savait qu'Heinrich, en particulier à l'occasion de sa dernière pièce, avait subi des attaques personnelles des plus virulentes de la part des journaux conservateurs et cléricaux. Mais en quoi cela me concerne-t-il ? pensait Georg. Encore un qu'on a offensé ! Il est vraiment absolument exclu de fréquenter ces gens-là innocemment. Poli, distant, dans un rappel à peine conscient de la réplique de M. Rosner au jeune docteur Stauber, il déclara : « Je pensais que des hommes tels que vous… étaient au-dessus des attaques du genre auquel vous faites visiblement allusion.

— Ah !… vous pensiez cela, demanda Heinrich sur le ton glacial et presque hargneux qu'il prenait parfois. Eh bien, continua-t-il radouci, quelquefois c'est bien cela, mais malheureusement pas toujours. Il suffit de peu de chose pour réveiller le mépris de nous-mêmes qui continuellement sommeille en nous, et quand cela se produit, il n'est pas de crétin, de crapule avec qui nous ne contractions dans notre for intérieur une alliance contre nous-mêmes. Excusez-moi, si je dis “nous”…

— Oh ! j'ai déjà éprouvé des sentiments tout à fait semblables. Bien que je n'aie pas eu encore l'occasion d'être exposé aussi souvent et au même degré que vous au jugement public.

— Eh bien, même… vous n'aurez jamais à subir ce que je supporte.

— Pourquoi donc ? » demanda Georg. Il était un peu vexé.

Heinrich le regarda droit dans les yeux. « Vous êtes le baron de Wergenthin-Recco.

— Oh ! à cause de cela ! Croyez-moi, il y a de nos jours une foule de gens qui, justement pour cette raison, sont prévenus contre vous… et qui, à l'occasion, savent vous faire grief d'être baron.

— Oui, oui, mais le ton n'est pas le même, vous me l'accorderez, et cela signifie autre chose de jeter à la figure de quelqu'un sa qualité de baron ou celle de Juif, quoique parfois ce dernier reproche… vous me pardonnerez… peut être le gage d'une noblesse supérieure. Allons, vous n'avez pas besoin de me regarder avec tant de compassion, ajouta-t-il soudain brutalement, je ne suis pas toujours aussi sensible. Il est d'autres heures pendant lesquelles rien ni personne ne peut m'atteindre. Les moments où m'habite un unique sentiment : que savez-vous donc tous, que savez-vous de moi ?… »

Il se tut fièrement ; par-delà le feuillage de la tonnelle, son regard méprisant fixait l'ombre. Puis il tourna la tête, observa autour de lui et dit simplement à Georg d'un ton changé : « Regardez donc, il n'y aura bientôt plus que nous.

— Il commence à faire vraiment frais, dit Georg.

— Et si nous allions nous promener encore un peu dans le Prater ?

— Volontiers. »

Ils se levèrent et partirent. Sur une prairie qu'ils longèrent flottait un léger brouillard gris.

« Ce faux été ne peut faire illusion pendant la nuit. Tout cela sera bientôt définitivement passé », dit Heinrich dans un accès de mélancolie disproportionné, puis il ajouta comme pour se consoler : « Eh bien, on travaillera. »

Ils arrivaient dans le *Wurstelprater*[1]. On entendait la musique des guinguettes ; un peu de cette ambiance bruyante et joyeuse se communiqua à Georg l'arrachant d'un coup à cette tristesse où l'avait plongé une conversation plutôt pénible sous une tonnelle, en automne.

Devant un manège dont l'orgue mécanique géant répandait alentour un ahurissant pot-pourri du *Trouvère*, et devant lequel un bonimenteur conviait le public à un voyage à Londres, à *Atzgersdorf*[2] et en Australie, Georg se souvint de nouveau de cette soirée printanière avec les invités des Ehrenberg. Mme Oberberger était assise vers le centre sur cette banquette étroite, avec, à son côté, comme cavalier pour la soirée, Demeter Stanzides, et elle lui avait probablement raconté une de ses histoires invraisemblables : que sa mère avait été la maîtresse d'un grand-duc de Russie ; qu'elle-même était restée une nuit avec un admirateur dans le cimetière de *Hallstadt*[3], et qu'il ne s'était naturellement rien passé ; ou bien que son mari, le célèbre voyageur, avait à Smyrne en une semaine fait dans un harem la conquête de dix-sept femmes. Dans la petite voiture tapissée de velours rouge, avec le conseiller Wilt pour vis-à-vis, Else s'était installée avec l'aisance gracieuse d'une grande dame, comme dans un fiacre le jour du derby, tout en donnant à comprendre par sa tenue et l'expression de son visage que, s'il le fallait, elle pouvait se montrer aussi mutine que d'autres personnes simples et naïvement heureuses. Anna Rosner, qui chevauchait un pur-sang arabe blanc, tenait les rênes d'une main négligente, l'air digne bien qu'un peu malicieux ; Sissy se balançait sur un cheval noir qui non seulement tournait avec les autres animaux et les autres voitures, mais de plus oscillait d'avant en arrière. Sous une coiffure hardie surmontée d'un énorme chapeau noir à plumes, étincelaient, riaient les yeux les plus effrontés du monde, et sur ses chaussures vernies échancrées et ses bas de dentelle la robe blanche voletait, voltigeait. L'apparition de Sissy avait produit une impression si profonde sur deux inconnus qu'ils lui lancèrent une invitation sans équivoque ; il s'ensuivit un court et mystérieux entretien entre Willy, tout de suite accouru, et les deux messieurs, qui, passablement gênés, cherchèrent d'abord en allumant nonchalamment des cigarettes à sauver la face, mais qui, par la suite, se perdirent rapidement dans la foule.

La baraque aux mirages et aux ombres chinoises évoquait également pour Georg un souvenir particulier. Ici, tandis que Daphné [1] se changeait en arbre, Sissy avait murmuré à l'oreille de Georg un discret « remember », lui rappelant ainsi le bal masqué chez les Ehrenberg au cours duquel elle avait pour lui, et probablement pas pour lui seul, soulevé son voile de dentelle pour un baiser rapide. Puis la chaumine où le groupe entier s'était fait photographier : les trois jeunes filles, Anna, Else et Sissy dans une pose inspirée, les messieurs à leurs pieds levant des yeux extasiés, si bien qu'on aurait dit le tableau final d'un vaudeville. Et tandis que Georg repensait à ce petit épisode, la façon dont tout à l'heure il avait pris congé d'Anna flottait dans son souvenir et lui semblait remplie des plus riantes promesses.

Devant un stand de tir, il y avait foule. Tantôt le tambour était atteint au cœur et faisait tourbillonner ses baguettes à coups rapides sur la peau de son instrument, tantôt une boule de verre qui dansait sur un jet d'eau volait en éclats dans un tintement sonore, tantôt une cantinière portait rapidement à sa bouche sa trompette et, menaçante, sonnait l'appel, tantôt d'une porte brusquement ouverte un petit chemin de fer surgissait dans un bruit de tonnerre, franchissait en trombe le pont suspendu et disparaissait par une autre porte. Comme des spectateurs peu à peu s'écartaient, Georg et Heinrich se rapprochèrent et reconnurent dans les habiles tireurs Oskar Ehrenberg et sa compagne. Oskar pointait justement son fusil sur un aigle qui, les ailes déployées, se déplaçait au plafond de la baraque ; il manqua le but pour la première fois. Furieux, il reposa l'arme, aperçut les deux messieurs derrière lui et les salua.

La jeune femme, la crosse plaquée contre la joue, jeta un coup d'œil rapide aux nouveaux arrivants, visa de nouveau et appuya sur la détente. Touché à l'aile, l'aigle la laissa pendre et ne bougea plus.

« Bravo ! » cria Oskar.

La dame reposa devant elle le fusil sur la table.

« Ça suffit, dit-elle au jeune garçon qui s'apprêtait à le recharger. J'ai gagné.

— Combien de coups ? demanda Oskar.

— Quarante, dit le garçon, ça fait quatre-vingts kreutzers. » Oskar mit la main à son gilet et jeta un gulden d'argent, acceptant avec condescendance les remerciements de l'employé.

« Permets-moi, dit-il, tandis que les deux mains sur les hanches il inclinait le corps légèrement en avançant le pied gauche, permets-moi, Amy, de te présenter ces deux messieurs, témoins de ton triomphe. Baron Wergenthin, Monsieur von Bermann[1]... Mademoiselle Amélie Reiter. »

Ces messieurs soulevèrent leurs chapeaux, en réponse Amélie salua plusieurs fois de la tête. Elle portait une robe simple de foulard à motifs blancs, avec par-dessus une mince cape jaune clair bordée de dentelle, et était coiffée d'un chapeau noir, mais un peu coquin. « Je connais déjà monsieur von Bermann, dit-elle en se tournant vers lui ; je vous ai vu à la première de votre pièce l'hiver dernier quand vous êtes venu saluer. J'ai passé une très bonne soirée, et je ne le dis pas par pure politesse. »

Heinrich remercia avec gravité.

Ils reprirent leur promenade à travers les baraques, de moins en moins fréquentées, passant devant des établissements qui, peu à peu, se vidaient de leur clientèle.

Oskar passa son bras, sous celui de sa compagne, puis il se tourna vers Georg. « Pourquoi n'êtes-vous pas venu cette année à Auhof ? Nous l'avons tous beaucoup regretté.

— Je n'étais malheureusement pas d'humeur à me trouver en société.

— Naturellement, je peux me l'imaginer, dit Oskar du ton sérieux qui s'imposait. Je n'y suis d'ailleurs resté que quelques semaines. Au mois d'août, j'ai fortifié mes membres fatigués dans les vagues de la Manche, j'étais dans l'île de Wight.

— Il paraît que c'est très joli, dit Georg. Qui y va donc habituellement ?

— C'est aux Wyner que vous pensez, répondit Oskar. Tout au moins lorsqu'ils vivaient à Londres, ils s'y rendaient régulièrement. Ils n'y vont plus maintenant que tous les deux, trois ans.

— Mais ils ont conservé l'*y* même en Autriche », dit Georg en souriant.

Oskar restait sérieux. « Le vieux M. Wyner, reprit-il, a honnêtement gagné le droit d'écrire son nom avec un *y*. Dès sa treizième année il s'est rendu en Angleterre, il s'y est fait naturaliser, et, encore tout jeune homme, est devenu l'associé de l'importante aciérie qui s'appelle toujours Black et Wyner[2].

— Mais n'est-ce pas à Vienne qu'il s'est cherché une épouse ?

— Oui, et quand il est décédé, il y sept ou huit ans, elle s'y est installée avec ses deux enfants. Mais James ne s'habituera jamais ici... Lord Antinoüs[1], c'est, vous le savez, le nom que lui donne Madame Oberberger. Il est reparti à Cambridge où il étudie, chose curieuse, la philologie grecque. D'ailleurs, Demeter lui aussi a passé quelques jours à Ventnor.

— Stanzides? compléta Georg.

— Connaissez-vous M. von Stanzides, monsieur le baron? demanda Amy.

— Certainement.

— Il existe donc vraiment! s'écria-t-elle.

— Tu vois bien, dit Oskar. Au printemps de cette année, elle avait parié sur lui à la *Freudenau*[2] et gagné une jolie somme, et maintenant elle demande s'il existe.

— Pourquoi doutez-vous de l'existence de Stanzides, mademoiselle? demanda Georg.

— Voyez-vous, chaque fois que je ne sais pas où peut bien se trouver Oskar, c'est : J'ai rendez-vous avec Stanzides, ou je monte au Prater avec Stanzides. Stanzides par-ci, Stanzides par-là, on dirait plutôt un prétexte qu'un nom.

— Maintenant, veux-tu bien te taire, dit Oskar doucement.

— Non seulement Stanzides existe, expliqua Georg, mais il a la plus belle moustache noire et les yeux noirs les plus brillants qui soient.

— Ça se peut bien, mais quand je l'ai vu il avait l'air d'un clown. Une tunique jaune, une casquette verte, des rubans violets.

— Et il lui a fait gagner quarante gulden! compléta Oskar avec humour.

— Où sont les quarante gulden?» soupira Amélie... Soudain, elle s'arrêta et s'écria : «Mais je ne suis jamais montée là-dedans.

— On peut y remédier», dit simplement Oskar.

C'était la *Grande Roue*[3] qui tournait devant eux, lente, majestueuse, avec ses nacelles éclairées. Les jeunes gens franchirent le tourniquet, montèrent dans une cabine vide et s'envolèrent.

«Savez-vous, Georg, de qui j'ai fait la connaissance cet été? dit Oskar. Le prince de Guastalla.

— Lequel? demanda Georg.

— Le plus jeune, naturellement, Karl Friedrich. Il était là incognito. Il est en excellents termes avec Stanzides, un homme hors du commun. Je puis vous assurer, ajouta-t-il à voix basse, que si l'un d'entre nous se permettait le centième de ce que déclare le prince, il serait bon pour un emprisonnement à vie.

— Regarde, Oskar, s'exclama Amy, regarde les gens et les tables en bas ! Comme sortis d'une boîte de jouets, pas vrai ? Et cette foule de lumières tout au loin, certainement en direction de Prague. Ne croyez-vous pas, monsieur Bermann ?

— C'est possible », répondit Heinrich qui, une ride au front, fixait la nuit à travers la paroi de verre.

Lorsqu'ils quittèrent la cabine et se retrouvèrent dehors, le brouhaha dominical se calmait.

« Cette petite, dit Oskar Ehrenberg à Georg, tandis qu'Amy marchait devant avec Heinrich, ne se doute pas que nous nous promenons ensemble au Prater aujourd'hui pour la dernière fois.

— Pourquoi la dernière fois ? demanda Georg, médiocrement intéressé.

— Il le faut, déclara Oskar, de telles affaires ne doivent pas durer plus d'une année. Vous pourrez d'ailleurs, à partir de décembre, acheter vos gants chez elle, ajouta-t-il d'un ton dégagé malgré un soupçon de mélancolie. Je lui achète un petit commerce. Je lui dois bien cela, car je l'ai détournée d'une situation passablement plus sûre.

— Une situation plus sûre ?

— Oui, elle était fiancée. Avec un fabricant d'étuis. Saviez-vous que cela existait ? »

Pendant ce temps, Amy et Heinrich s'étaient arrêtés devant un escalier en colimaçon qui grimpait hardiment jusqu'à une plate-forme et ils y attendaient les deux autres. Tous étaient d'accord qu'on ne pouvait quitter le Prater sans être monté sur le Grand Huit.

Dans l'obscurité, avec un vacarme assourdissant, leur cabine dévalait la pente, puis remontait sous les cimes noires des arbres ; et, dans ce bruit sourd, rythmé, Georg découvrait peu à peu un motif musical burlesque à trois temps. Redescendant l'escalier avec les autres, il savait déjà que cette mélodie devrait être exposée par le hautbois et la clarinette, accompagnés du violoncelle et de la contrebasse. C'était de toute évidence un scherzo, peut-être pour une symphonie.

« Si j'étais un entrepreneur, déclara Heinrich résolument, je ferais construire une telle piste sur des lieues de distance, à travers prairies, collines, forêts, à travers des salles de bal, sans oublier des surprises en cours de route. » En tout cas, déclarait-il encore en poursuivant son idée, le temps était venu d'exploiter en grand dans le *Wurstelprater* l'élément fantastique. Il avait lui-même déjà songé à un manège qui grâce à un mécanisme spécial s'élèverait, tournant en spirale pour atteindre le sommet d'une tour. Il lui manquait malheureusement les bases techniques nécessaires pour préciser le projet. Tout en marchant, il imaginait des mannequins et des groupes grotesques pour le stand de tir, et il finit par proclamer la nécessité urgente d'un grand théâtre de marionnettes pour lequel des poètes originaux écriraient des pièces à la fois gaies et profondes[1].

On était ainsi parvenu à la sortie du Prater où la voiture d'Oskar attendait. De bonne humeur, bien qu'à l'étroit, ils gagnèrent un restaurant en ville, réputé pour sa cave. Dans un cabinet particulier, Oskar fit servir du champagne. Georg se mit au piano et improvisa sur le thème qu'il avait découvert dans le Grand Huit. Amy s'était installée dans l'angle du canapé, et Oskar lui murmurait à l'oreille des bêtises qui la faisaient rire. Heinrich était de nouveau silencieux et tournait lentement son verre entre ses doigts. Soudain Georg cessa de jouer, laissant ses mains posées sur le clavier. Comme parfois lorsqu'il avait bu du vin, le sentiment de l'irréalité et de la vanité de l'existence l'envahit. De nombreux jours s'étaient écoulés depuis qu'il avait descendu un escalier mal éclairé de la *Paulanergasse*, et la promenade avec Heinrich dans la sombre allée automnale reculait dans un passé des plus lointains. Par contre, il se souvenait, aussi nettement que si cela datait d'hier, d'une personne très jeune et très corrompue avec laquelle, plusieurs années auparavant, il avait eu pendant quelques semaines le même genre de relations joyeuses et absurdes qu'Oskar Ehrenberg avec Amy. Un soir, elle l'avait fait attendre trop longtemps dans la rue ; impatient, il était parti et n'avait plus jamais entendu parler d'elle, ni ne l'avait revue. Comme parfois la vie s'arrange facilement… Il entendit le rire léger d'Amy, se retourna et rencontra les yeux d'Oskar qui, par-dessus cette tête blonde, cherchaient les siens. Ce regard lui déplut, il l'évita et plaqua de nouveau quelques accords d'un tour populaire, mélancolique. Il ressentit l'envie de noter toutes ses trouvailles du jour et regarda l'horloge au-dessus de la porte. Il était une heure passée. D'un coup d'œil il s'entendit avec Heinrich, et tous deux se levèrent. Oskar montra Amy qui s'était endormie sur son épaule, et fit comprendre d'un geste en souriant que, dans ces circonstances, il n'était pas question pour lui de partir. Les deux autres lui serrèrent la main, lui souhaitèrent à voix basse une bonne nuit et s'éloignèrent.

« Savez-vous ce que j'ai fait, dit Heinrich, pendant que vous improvisiez si joliment sur cet affreux piano ? J'ai essayé de mettre au net le sujet dont je vous ai parlé au printemps.

— Ah ! le sujet d'opéra ? C'est intéressant, voulez-vous me l'exposer ? »

Heinrich secoua la tête. « Je le voudrais bien, mais le malheur est, comme je viens de m'en apercevoir, qu'il n'existe pas encore. Comme la plupart de mes prétendus sujets. »

Georg le regarda, interrogatif. « Pourtant, au printemps, quand nous nous sommes vus la dernière fois, vous en aviez en quantité.

— Oui, j'avais noté pas mal de choses. Mais il n'en reste aujourd'hui que des phrases… non, des mots ! Même pas, des lettres sur du papier blanc. Il semble qu'un souffle de mort soit passé dessus. Je crains, si j'y touche, de voir tout tomber en poussière. Oui, je traverse une mauvaise période, et qui sait s'il en viendra jamais une meilleure. »

Georg se tut. Puis il se rappela soudain avoir lu un entrefilet dans le journal concernant le père d'Heinrich, l'ancien député Bermann ; il pressentit quelque rapport et demanda : « Monsieur votre père n'est-il pas souffrant ? »

Sans le regarder, Heinrich répondit : « Si. Mon père est dans une maison de santé, depuis le mois de juin déjà. »

D'un hochement de tête, Georg exprima sa sympathie.

Heinrich continua : « Oui, c'est une chose épouvantable. Même si, ces derniers temps, je n'étais plus très proche de lui, cela n'en demeure pas moins épouvantable, au-delà de toute expression.

— Dans de telles circonstances, remarqua Georg, on conçoit que le travail ne puisse avancer.

— Oui, répondit Heinrich après une hésitation, mais ce n'est pas la seule raison. Pour dire la vérité, ce fait joue un rôle relativement modeste dans ma disposition d'esprit actuelle. Je ne veux pas me faire meilleur que je ne suis. Meilleur… ! Serais-je du reste meilleur… ? » Il eut un rire bref, puis il poursuivit : « Voyez-vous, hier je pensais encore que ma dépression résultait de tout un ensemble, mais aujourd'hui j'ai eu de nouveau la preuve irréfutable que des choses insignifiantes, voire ridicules, me touchent plus profondément que des choses essentielles, comme, par exemple, la maladie de mon père. Scandaleux, n'est-ce pas ? »

Georg regardait dans le vague. Pourquoi est-ce que je l'accompagne, pensait-il, et pourquoi trouve-t-il cela tout naturel ?

Heinrich reprit, les dents serrées, d'un ton inutilement violent :

« Cet après-midi, j'ai reçu deux lettres. Deux lettres, oui… une écrite par ma mère qui est allée hier voir mon père à la clinique. Cette lettre m'annonce qu'il va mal, très mal, en un mot, qu'il n'en a plus pour longtemps. » Il respira profondément. « Et naturellement des tas de choses en dépendent, comme vous pouvez le penser. Des difficultés de toutes sortes, des soucis pour ma mère, pour ma sœur, pour moi. Et maintenant, figurez-vous qu'avec cette lettre en est arrivée une autre qui ne renfermait, pour ainsi dire, rien de bien important. Une lettre d'une personne qui, pendant deux ans, me fut très proche. Et dans cette lettre se trouvait un passage qui m'a paru un peu suspect. Un unique passage... À part cela, cette lettre, comme toutes celles de cette personne, est très affectueuse, très gentille... Et maintenant, rendez-vous compte, le souvenir de ce passage suspect qu'un autre n'aurait même pas remarqué me poursuit, me tourmente tout le jour. Je ne pense pas à mon père dans cet établissement pour aliénés, pas à ma mère, à ma sœur qui se désespèrent, je ne pense qu'à ce passage insignifiant d'une lettre stupide, écrite par une femme qui n'a absolument rien de remarquable. Cela me ronge profondément, me rend incapable de sentir en fils, en être humain... N'est-ce pas horrible ? »

Georg l'écoutait, stupéfait. Il trouvait étrange que cet homme taciturne, sombre, lui ouvrît ainsi son cœur, à lui, une vague relation, et il ne pouvait se défendre d'un pénible sentiment de gêne devant cette franchise inattendue. De plus, il n'avait pas l'impression de devoir cette confession à une sympathie particulière d'Heinrich à son égard, il la ressentait plutôt comme preuve d'un manque de tact, d'une maîtrise de soi défaillante, une attitude relevant d'une « mauvaise éducation », un mot qu'il avait déjà entendu appliquer à Heinrich — était-ce de la bouche du conseiller Wilt ? — et qui lui paraissait parfaitement adéquat. Ils venaient de passer devant le *Burgtor*[1]. Un ciel sans étoiles recouvrait la ville silencieuse. Les arbres du *Volksgarten* bruissaient légèrement, on entendit le roulement d'une voiture qui s'éloignait.

Comme Heinrich de nouveau se taisait, Georg s'arrêta et dit du ton le plus aimable possible : « Il faut maintenant que je vous quitte, cher monsieur Bermann.

— Oh ! s'exclama Heinrich, je m'aperçois seulement maintenant que vous m'avez accompagné un bon bout de chemin... et que je vous ai raconté, ou plutôt que je me suis raconté en votre présence, quel manque de tact, une foule d'histoires qui ne pouvaient vous intéresser le moins du monde... excusez-moi.

— Qu'y a-t-il à excuser ? » répondit doucement Georg qui, devant cette auto-accusation d'Heinrich, se sentait un peu percé à jour. Il lui tendit la main, Heinrich la prit en lui disant : « Au revoir, cher baron », et comme si soudain toute autre parole lui eût paru importune, il s'éloigna rapidement.

Georg le suivit des yeux, éprouvant à son égard à la fois sympathie et aversion ; il se sentit soudain d'humeur libre, presque joyeuse, jeune et sans souci, destiné au plus bel avenir. La venue imminente de l'hiver le réjouissait. De multiples perspectives se présentaient : du travail, des distractions, de la tendresse, et il lui était au fond indifférent de savoir d'où ces joies pouvaient venir. Près de l'Opéra, il hésita un instant. Rentrer chez lui par la *Paulanergasse* ne représentait pas un grand détour. Il sourit au souvenir de ses allées et venues d'autrefois sous une fenêtre. À peu de distance se trouvait la rue où mainte nuit il avait guetté une croisée : derrière ses rideaux Marianne avait coutume d'apparaître quand son mari s'était endormi. Cette femme qui aimait jouer avec le danger, sans trop le prendre elle-même au sérieux, n'avait jamais été très chère à Georg… Un autre souvenir plus ancien lui était beaucoup plus délicieux. À Florence, à dix-sept ans, il était passé et repassé de nombreuses nuits devant la fenêtre d'une belle jeune fille, la première qui s'était donnée, innocente et pure comme lui. Et il évoquait l'heure où il l'avait vue marcher à l'autel au bras de son fiancé ; au moment où le prêtre allait bénir ce mariage, il se souvenait du regard qu'elle lui avait adressé sous son voile blanc, message d'un éternel adieu… Il était arrivé. Les réverbères ne brûlaient plus qu'aux deux extrémités de la petite rue, si bien que, face à la maison, il se trouvait entièrement dans l'ombre. La fenêtre de la chambre d'Anna était ouverte et, comme dans l'après-midi, les rideaux de tulle flottaient légèrement dans le vent. À l'intérieur, l'obscurité régnait. Un doux sentiment de tendresse s'éveilla en Georg. De tous les êtres qui lui avaient témoigné de l'inclination, Anna lui semblait le meilleur, le plus pur. N'avait-elle pas été la première à montrer de l'intérêt pour ses essais artistiques, un intérêt plus authentique que celui de Marianne qui avait toujours les larmes aux yeux quel que fût le morceau que lui jouait Georg ; plus profond que celui d'Else Ehrenberg qui ne songeait qu'à affirmer hautement son privilège d'avoir été la première à reconnaître son talent ? Si une personne était capable de combattre sa tendance à la dispersion, à la nonchalance, de le contraindre à une activité précise et fructueuse, c'était bien Anna. Déjà, l'hiver dernier, il avait songé à chercher un poste de chef d'orchestre ou de chef de chœurs dans un opéra allemand ; chez les Ehrenberg il avait vaguement parlé de ses projets qui n'avaient pas été pris très au sérieux, et Mme Ehrenberg, toujours maternelle et pratique, lui avait conseillé d'entreprendre plutôt une tournée de compositeur et de chef d'orchestre aux États-Unis, sur quoi Else, l'impertinente, avait ajouté : « Et une héritière américaine ne serait pas à dédaigner.» Tandis qu'il se rappelait cette conversation, l'idée de vagabonder un peu à travers le monde n'était pas pour lui déplaire; il souhaitait découvrir des villes et des gens étrangers, conquérir quelque part au loin l'amour et la gloire, et jugeait finalement que jusqu'ici son existence s'était écoulée par trop paisible et monotone.

Depuis longtemps, sans avoir en pensée pris congé d'Anna, il avait quitté la *Paulanergasse* et il se retrouva bientôt à son domicile. Entrant dans la salle à manger, il vit de la lumière briller dans la chambre de Felician.

«Bonsoir, Felician», lui cria-t-il.

La porte s'ouvrit, et Felician apparut encore tout habillé.

Les deux frères se serrèrent la main.

«Toi aussi, tu rentres seulement maintenant? dit Felician. Je pensais que tu dormais déjà depuis longtemps.» Selon son habitude, il portait en parlant son regard au loin, et inclinait la tête sur la droite. «Qu'est-ce que tu as donc fait?

— J'étais au Prater, répondit Georg.

— Seul?

— Non, j'ai rencontré des gens, Oskar Ehrenberg et son amie, et l'écrivain Bermann. Nous avons fait des cartons, nous sommes montés sur le Grand Huit. C'était très amusant... Qu'est-ce que tu tiens là? dit-il en s'interrompant. C'est ainsi que tu es allé te promener?» ajouta-t-il en plaisantant.

À la lueur de la lampe, Felician fit briller le fleuret qu'il tenait de la main droite. «Je viens de le décrocher du mur. Demain, je m'y remets sérieusement. Le tournoi a lieu dès la mi-novembre. Et cette année, je veux affronter Forestier.

— Tudieu! s'exclama Georg.

— C'est culotté, penses-tu? Mais la mi-novembre est encore loin et, chose étrange, j'ai l'impression d'avoir progressé pendant les six semaines d'été où je n'ai pas touché à cette lame. Comme si mon bras avait découvert de nouvelles idées. Je ne peux pas bien te l'expliquer.

— Je crois comprendre ce que tu veux dire.»

Felician tenait le fleuret tendu devant lui et le considérait avec tendresse. Puis il dit : «Ralph a demandé de tes nouvelles, Guido aussi... dommage que tu n'étais pas avec nous.

— As-tu passé tout l'après-midi avec eux?

— Oh non! Après le repas je suis resté à la maison. Tu as dû juste partir à ce moment-là. Puis j'ai travaillé.

— Travaillé?

— Oui, je dois m'y mettre sérieusement. Je veux passer au plus tard en mai l'examen pour entrer dans la diplomatie.

— Tu es donc fermement décidé?

— Absolument. Rester dans un ministère ne m'intéresse pas du tout. Plus j'y demeure et plus je m'en rends compte. Ce n'est d'ailleurs pas du temps perdu. Ils voient d'un œil tout à fait favorable celui qui a déjà travaillé dans l'administration.

— Tu vas donc probablement quitter Vienne à l'automne prochain?

— On peut l'envisager.

— Où vont-ils t'envoyer?

— Ah! si on pouvait le savoir déjà.»

Georg restait rêveur. La séparation était donc si proche! Mais pourquoi cela le touchait-il subitement à ce point?... Lui-même était décidé à partir et, encore récemment, il s'était entretenu avec son frère de ses projets pour l'année suivante. Mais au fond, les avait-il pris au sérieux? Si seulement l'on pouvait discuter avec lui, en frère, avec affection comme au soir de l'enterrement de leur père. Vraiment, il n'y avait qu'aux heures sombres de la vie qu'ils se retrouvaient unis. Autrement, une gêne étrange persistait toujours entre eux. Cela, c'était trop clair, ne changerait pas. Il fallait se contenter de bavarder ensemble comme de bons amis. Résigné, Georg demanda : «Qu'as-tu donc fait de ta soirée?

— J'ai soupé avec Guido et une jeune femme intéressante.

— Tiens!

— Le voilà de nouveau tendrement épris.

— Quel genre?

— Le Conservatoire, Juive, joue du violon. Mais elle n'avait pas apporté son instrument. Pas particulièrement jolie, mais intelligente. Elle fait son éducation et il la respecte. Il veut qu'elle se fasse baptiser. De drôles de rapports, crois-moi; tu ne te serais pas ennuyé.»

Georg regardait le fleuret que Felician tenait toujours à la main. «Aurais-tu envie de faire un petit assaut?

— Pourquoi pas», répondit Felician. Il alla chercher dans sa chambre un second fleuret. Pendant ce temps, Georg avait poussé la grande table contre le mur.

«Depuis le mois de mai je n'en ai pas tenu en main», dit-il en saisissant l'arme. Ils retirèrent leurs vestes et se mirent en garde. Une seconde plus tard Georg était touché.

«On continue!» cria Georg, tout joyeux de pouvoir, dans une pose audacieuse, la lame fine, étincelante à la main, affronter son frère.

Felician le toucha autant qu'il voulut, sans lui-même être atteint une seule fois. Il abaissa son fleuret et dit : «À quoi bon, tu es trop fatigué aujourd'hui. Mais tu devrais fréquenter la salle plus assidûment. Je t'assure, c'est dommage, avec tes dispositions.»

L'éloge fraternel réjouit Georg. Il posa le fleuret sur la table, respira à fond et alla à la grande fenêtre du milieu, restée ouverte. «Quel air délicieux!» dit-il. Du parc parvenait la lueur d'un unique réverbère, le silence était total.

Felician s'approcha de Georg, et comme celui-ci s'appuyait des deux mains sur la barre de la fenêtre, l'aîné resta debout derrière lui, et laissa son regard calme et fier, errer sur la rue, le parc et la ville. Ils se turent un long moment. Chacun d'eux savait à quoi l'autre pensait : à une nuit de mai du printemps dernier où ils étaient rentrés ensemble à la maison en traversant le parc, au salut muet que leur avait adressé leur père de la même fenêtre où ils se trouvaient à présent. Et ils frissonnèrent un peu tous deux à la pensée de la joyeuse journée qu'ils venaient de passer sans une pensée émue pour l'être cher qui reposait maintenant sous la terre.

«Allons, bonne nuit», dit Felician, plus tendrement que d'habitude, et il tendit la main à son frère. Celui-ci la serra sans un mot, et chacun regagna sa chambre.

Georg alluma sa lampe de bureau, prit du papier à musique et commença à noter. Pas le scherzo que lui avait inspiré, trois heures plus tôt, la course dans la nuit avec les autres sous les arbres noirs, ni la mélodie populaire mélancolique esquissée au restaurant, mais un motif tout nouveau, comme surgi lentement, irrésistiblement, de profondeurs secrètes. Il lui semblait qu'il devait simplement laisser agir une force mystérieuse. Il écrivit la mélodie qu'il imaginait chantée par une voix de contralto ou jouée au violon alto, il entendait dans sa tête un accompagnement étrange dont il savait qu'il ne sortirait jamais de sa mémoire.

À quatre heures du matin, il se coucha ; apaisé comme quelqu'un qui serait à l'abri pour toujours des vicissitudes de l'existence, et à qui solitude, pauvreté, mort n'inspiraient plus la moindre crainte.

2

Assise sur le sofa de velours vert dans l'encorbellement de la fenêtre, Mme Ehrenberg brodait ; en face d'elle, Else lisait. Au fond de la pièce dans la pénombre, derrière le piano, la tête en marbre blanc d'Isis brillait et, venant de la porte ouverte sur la pièce voisine, un rai de lumière se dessinait sur le tapis gris. Else leva la tête de son livre et regarda par la fenêtre les hautes cimes des arbres du *Parc Schwarzenberg*[1] qui s'agitaient dans le vent, et dit incidemment : « On pourrait peut-être téléphoner à Georg Wergenthin pour qu'il vienne ce soir. »

Mme Ehrenberg reposa sur ses genoux sa broderie. « Je ne sais pas, dit-elle. Tu te rappelles la lettre de condoléances vraiment délicate que je lui avais adressée, et mon invitation pressante à nous rendre visite à Auhof. Il n'est pas venu, et sa réponse a été particulièrement froide. Je ne lui téléphonerais pas.

— On ne peut le traiter comme les autres, répliqua Else. Il fait partie des gens auxquels il faut rappeler à l'occasion son existence. Qu'on le lui rappelle, et il s'en réjouit. »

Mme Ehrenberg avait repris sa broderie. « Cela ne donnera rien, dit-elle tranquillement.

— Mais il n'y a rien à attendre, répondit Else. Ne le sais-tu pas encore, Maman? C'est pour moi un bon ami, rien de plus — et seulement par intermittence. Ou crois-tu vraiment que je sois amoureuse de lui? Bien sûr, quand j'étais petite, à Nice, et que nous jouions ensemble au tennis, mais c'est du passé.

— Ah!... et à Florence?

— À Florence... je pensais plutôt à Felician.

— Et maintenant? dit Mme Ehrenberg lentement.

— Maintenant?... Tu songes probablement à Heinrich Bermann... Eh bien, tu te trompes, Maman.

— J'aimerais bien me tromper. En tout cas, cet été, j'ai vraiment eu l'impression que...

— Je te l'ai déjà dit, l'interrompit Else, un peu impatientée, il n'en est rien, il n'en a rien été. Une unique fois, comme nous étions en barque, par un après-midi étouffant — tu nous as vus du balcon avec tes jumelles d'opéra —, cela a pris un tour dangereux. Mais même si nous étions tombés dans les bras l'un de l'autre, ce qui d'ailleurs n'est jamais arrivé, cela n'aurait rien signifié. Rien de plus qu'une passade d'été.

— Il paraît même qu'il aurait une liaison très sérieuse, dit Mme Ehrenberg.

— Tu penses… à cette actrice, Maman?»

Mme Ehrenberg releva la tête. «T'en a-t-il parlé?

— Parlé?… Pas directement. Mais quand nous nous promenions dans le parc, ou le soir au bord du lac, il n'était pour ainsi dire question que d'elle. Sans prononcer son nom, naturellement… Et, plus je lui plaisais, quelle drôle d'espèce que les hommes, plus il était jaloux au sujet de l'autre… Au reste, quelle importance! Chaque jeune homme n'a-t-il pas une liaison sérieuse? Crois-tu peut-être qu'il en est autrement pour Georg Wergenthin?

— Une liaison sérieuse?… Non, celui-là n'en connaîtra jamais. Il est beaucoup trop froid, trop supérieur… et il manque de tempérament.

— Justement pour cette raison, déclara Else en psychologue avertie. Il se laissera embarquer dans quelque affaire, à son insu, et se retrouvera submergé. Et un beau jour, il se mariera… par simple lassitude… avec une personne qui lui sera probablement parfaitement indifférente.

— Tu dois soupçonner quelqu'un en particulier, dit Mme Ehrenberg.

— Exactement.

— Marianne?

— Marianne! Mais, Maman, c'est terminé depuis longtemps. De plus, ça n'a jamais été sérieux.

— Alors, ce serait qui?

— À ton avis, Maman?

— Pas la moindre idée.

— C'est Anna, dit Else brièvement.

— Quelle Anna?

— Anna Rosner, évidemment.

— Par exemple!

— Tu peux bien dire “par exemple”… mais c'est ainsi.

— Tu ne crois pas sérieusement qu'Anna, une nature si réservée, puisse s'oublier au point…!

— S'oublier… Vraiment, Maman, tu as parfois de ces expressions… D'ailleurs, je trouve qu'en l'occurrence l'oubli ne doit pas être si grand.»

Mme Ehrenberg sourit non sans une certaine fierté.

La sonnette de la porte d'entrée retentit. «C'est peut-être bien lui, dit Else.

— Ce pourrait être aussi Demeter Stanzides, remarqua Mme Ehrenberg.

— Stanzides devait un jour nous amener le prince, dit Else négligemment.

— Crois-tu que ce soit possible? demanda Mme Ehrenberg, et elle reposa sa broderie.

— Pourquoi ne serait-ce pas possible, ils sont très proches.»

La porte s'ouvrit, mais au lieu des visiteurs envisagés, ce fut Edmund Nürnberger qui entra. Il était comme toujours vêtu avec le plus grand soin mais pas à la dernière mode. Sa jaquette était un peu trop courte, et dans son ample cravate foncée en satin était piquée une épingle surmontée d'une émeraude. Dès la porte, il s'inclina, un salut accompagné d'une mimique qui semblait railler sa propre politesse. «Suis-je le premier? demanda-t-il. Personne n'est encore là?... Ni un conseiller... ni un comte... ni un poète... ni une femme démoniaque?

— Seulement une femme qui ne le fut malheureusement jamais, répondit Mme Ehrenberg en lui tendant la main, et une... qui un jour peut-être le deviendra.

— Oh! je suis persuadé, dit Nürnberger, que mademoiselle Else y parviendra si elle s'y applique sérieusement.» Et il passa lentement sa main gauche dans sa chevelure noire, lisse, un peu luisante.

Mme Ehrenberg exprima ses regrets, on l'avait attendu en vain à Auhof. Avait-il vraiment passé tout l'été à Vienne?

«Pourquoi vous en étonner, chère madame? Que j'arpente les sites montagneux, les bords de mer ou l'espace de mes quatre murs, tout cela est au fond assez indifférent.

— Mais vous avez dû vous sentir très seul, dit Mme Ehrenberg.

— On prend sans doute conscience un peu plus nettement de la solitude quand il ne se trouve personne à proximité pour exprimer le besoin de vouloir converser avec vous... Mais parlons plutôt de personnes plus intéressantes et plus prometteuses que moi. Comment se portent les nombreux amis de votre maison si appréciée?

— Les amis! répéta Else. Il faudrait d'abord savoir ce que vous entendez par là.

— Eh bien, tous les gens qui, à l'occasion, vous disent des choses agréables et en qui vous avez confiance.»

La porte de la chambre s'ouvrit, M. Ehrenberg apparut et salua Nürnberger.

«Tu as déjà fini tes bagages? demanda Else.

— Vite fait, bien fait», répondit Ehrenberg qui portait un complet gris beaucoup trop large et mâchonnait un gros cigare. Se tournant vers

Nürnberger, il expliqua : « Tel que vous me voyez, je pars aujourd'hui pour Corfou… provisoirement. La saison commence, je me sens mal à l'aise à la pensée des réceptions de la maison Ehrenberg.

— Personne ne te demande, dit Mme Ehrenberg doucement, de les honorer de ta présence.

— Encore heureux, dit Ehrenberg en s'échauffant. Je pourrais naturellement me passer de tes réceptions. Mais si je veux dîner tranquillement un jeudi à la maison, et qu'un attaché d'ambassade est assis dans un coin, un hussard dans l'autre, tandis qu'un individu nous régale de ses compositions musicales, et qu'un bel esprit pérore sur le canapé, et que devant la fenêtre madame Oberberger fixe un rendez-vous au gré des circonstances… cela me rend nerveux. Une fois, on le supporte, une autre fois, non.

— Pensez-vous rester absent tout l'hiver ? demanda Nürnberger.

— C'est bien possible. J'ai l'intention de pousser plus loin, vers l'Égypte, la Syrie, probablement aussi vers la Palestine. Peut-être seulement parce qu'on vieillit ou parce qu'on lit trop de choses sur le sionisme[1] et ses problèmes, mais, c'est plus fort que moi, je voudrais avoir vu Jérusalem avant de mourir. »

Mme Ehrenberg haussa les épaules.

« Voilà des choses, dit Ehrenberg, que ma femme ne comprend pas… et mes enfants encore moins. Oui, toi non plus, Else ! Mais quand on lit ce qui se passe dans le monde, on est tenté de croire qu'il n'y a pas d'autre solution pour nous.

— Pour nous ? répéta Nürnberger. Je n'ai pas remarqué jusqu'à présent que vous ayez eu particulièrement à souffrir de l'antisémitisme.

— Vous le pensez, parce que je suis devenu un homme riche ? Si je vous disais que je me moque de l'argent, vous ne me croiriez naturellement pas, et vous auriez raison. Mais, tel que vous me voyez, je vous jure que je donnerais la moitié de ma fortune pour voir les pires de nos ennemis pendus à la potence.

— Je crains seulement, remarqua Nürnberger, que vous vous trompiez de coupables.

— Le danger n'est pas grand, répliqua Ehrenberg, vous en prendrez toujours un dans le tas.

— Ce n'est pas la première fois que je remarque, cher monsieur Ehrenberg, que vous manquez de l'objectivité souhaitable en la matière. »

Ehrenberg écrasa soudain son cigare entre ses dents et le déposa d'une main tremblante de colère dans le cendrier. « Que quelqu'un vienne m'entreprendre là-dessus... et justement... vous m'excuserez... ou bien êtes-vous par hasard baptisé? De nos jours, on ne peut plus savoir.

— Je ne suis pas baptisé, répliqua Nürnberger tranquillement, mais, à vrai dire, je ne suis pas juif non plus. Je me tiens depuis longtemps en dehors de toute confession; pour la simple raison que je n'ai jamais eu le sentiment d'être juif[1].

— Quand dans la *Ringstrasse* on vous enfoncera votre haut-de-forme sur la tête parce que, permettez-moi de vous le dire, vous avez le nez un peu juif, vous vous sentirez atteint comme Juif, vous pouvez y compter.

— Mais, Papa, pourquoi t'excites-tu ainsi?» dit Else, en passant la main sur sa tête chauve congestionnée.

Le vieux Ehrenberg prit sa main, la caressa, et demanda soudain inopinément : «Aurai-je du reste le plaisir de voir monsieur mon fils avant mon départ?»

Mme Ehrenberg répondit : «Oskar doit de toute façon rentrer bientôt.

— Vous serez certainement heureux d'apprendre, dit Ehrenberg en se tournant vers Nürnberger, que mon fils, Oskar, est lui aussi un antisémite.»

Mme Ehrenberg eut un léger soupir. «C'est une idée fixe chez lui, dit-elle à Nürnberger. Il voit des antisémites partout, et jusque dans sa propre famille.

— Voilà la toute dernière maladie nationale des Juifs, dit Nürnberger. Pour ma part, je n'ai réussi jusqu'à présent qu'à rencontrer un seul antisémite authentique. Je ne peux malheureusement pas vous cacher, cher monsieur Ehrenberg, que c'est un leader sioniste connu.»

Ehrenberg se contenta d'un geste de la main très évocateur. Demeter Stanzides et Willy Eissler entrèrent, répandant aussitôt un vif éclat autour d'eux. Demeter portait son uniforme avec une aisance et une allure qui en faisait plutôt un costume de ville qu'une tenue militaire; Willy, en smoking, resta longtemps debout; la mine pâle, manquant visiblement de sommeil, il avait tout de suite pris en main la direction de la conversation, et sa voix enrouée mais agréable résonnait, à la fois impérieuse et charmante. Il racontait les préparatifs d'une représentation dans un cercle aristocratique, dans laquelle comme l'année précédente il tenait les rôles de conseiller artistique, de metteur en scène et de comédien; il décrivit une réunion de ces jeunes messieurs, laquelle, à l'en croire, s'était déroulée à la manière d'une assemblée de faibles d'esprit; il égaya l'assistance par l'imitation réussie d'une conversation ridicule entre deux comtesses. Ehrenberg se divertissait toujours aux récits de Willy Eissler.

Son impression confuse que ce Juif hongrois d'une façon ou d'une autre dupait, ridiculisait cette clique aristocratique qui lui était personnellement odieuse, lui inspirait pour le jeune homme une grande considération.

À une petite table dans un coin, Else était assise en compagnie de Demeter et se documentait sur l'île de Wight.

« Vous y étiez avec votre ami ? demanda-t-elle, avec le prince Karl Friedrich, n'est-ce pas ?

— Mon ami le prince ?... Ce n'est pas tout à fait exact, mademoiselle Else. Le prince n'a pas d'amis et je n'en ai pas. Ce n'est pas dans nos tempéraments, ni à lui ni à moi.

— Ce doit être quelqu'un d'intéressant, à ce qu'on dit.

— Intéressant, je ne sais pas. C'est un fait qu'il a réfléchi à pas mal de problèmes qui n'ont pas coutume de préoccuper beaucoup ceux de son rang. Peut-être aurait-il pu, si on lui avait laissé les mains libres, accomplir de grandes choses. Ah ! qui sait, ce fut peut-être préférable pour lui... pour lui et pour le pays, d'être tenu en lisière. Une personne seule ne peut rien faire. En aucun lieu et à aucune époque. Le mieux est encore de laisser aller, et de se tenir à l'écart, comme il l'a fait. »

Else le regarda, un peu étonnée. « Voilà des propos bien philosophiques, qu'est-ce qui vous arrive ? Il me semble que Willy Eissler vous a perverti.

— Willy, moi ?

— Oui, savez-vous, vous ne devriez pas fréquenter des gens aussi intelligents.

— Pourquoi pas ?

— Contentez-vous d'être jeune, de briller, de vivre, et puis finalement, faites ce qui vous plaît... sans méditer sur vous et sur le monde.

— Il aurait fallu me le dire plus tôt, mademoiselle Else ; quand on a commencé à devenir intelligent... »

Else secoua la tête. « Eh bien, pour vous, c'était peut-être à éviter », dit-elle très sérieusement. Et tous deux ne purent s'empêcher de rire.

Les flammes du lustre brillaient. Georg von Wergenthin et Heinrich Bermann étaient entrés. Invité par un sourire d'Else, Georg prit place auprès d'elle.

« Je savais que vous viendriez », dit-elle, peu sincère mais cordiale, et elle lui serra la main. Après tant de temps, le voir de nouveau en face d'elle, pouvoir contempler son visage à la grâce altière, entendre sa voix, un peu faible mais chaude, la réjouissait plus qu'elle ne l'avait soupçonné.

Mme Wyner apparut, petite, congestionnée, joyeuse et embarrassée. Sa fille Sissy l'accompagnait. Dans le va-et-vient des salutations, les groupes se disloquèrent.

« Alors, est-ce que vous m'avez déjà composé mon lied? » demanda Sissy à Georg. Ses yeux, ses lèvres riaient, elle jouait avec un de ses gants et, dans sa robe chatoyante vert sombre, elle ondulait comme un serpent.

« Un lied? » demanda Georg. Il ne s'en souvenait vraiment pas.

« Ou une valse, ou quelque chose de ce genre. Vous m'aviez promis de me dédier un morceau. » Tandis qu'elle parlait, son regard faisait le tour de l'assistance. Ses yeux jetaient des flammes dans ceux de Willy, se glissaient, enjôleurs, vers Demeter, interrogeaient, énigmatiques, Heinrich Bermann. On avait l'impression que des feux follets dansaient dans le salon.

Mme Wyner, toute rougissante, apparut soudain près de sa fille. « Sissy est vraiment trop stupide… que crois-tu donc, Sissy, le baron Georg a en ce moment des choses plus importantes à faire que de composer pour toi.

— Oh! certainement pas, dit Georg poliment.

— Vous venez d'enterrer votre père, ce n'est pas une petite affaire. »

Georg regardait au loin. Mais Mme Wyner continuait, imperturbable. « Votre père n'était pas très âgé, n'est-ce pas?… Un si bel homme… est-ce exact qu'il était chimiste?

— Non, répliqua Georg se dominant, il était président de la Société de botanique. »

Heinrich, une main sur le couvercle fermé du piano, bavardait avec Else.

« Vous êtes donc allé en Allemagne? demanda-t-elle.

— Oui, répondit Heinrich, il y a assez longtemps voilà quatre ou cinq semaines.

— Quand y retournez-vous?

— Je ne sais pas, peut-être jamais.

— Voyons! vous n'y croyez pas vous-même… À quoi travaillez-vous? ajouta-t-elle rapidement.

— À des choses diverses, répliqua-t-il. Je suis dans une période assez agitée. J'entame de nombreux projets, mais je ne termine rien. En général, l'achèvement m'intéresse rarement. Il faut croire que, par nature, j'en ai trop vite terminé avec les choses.

— Et avec les gens, ajouta Else.

— Possible. Le malheur est qu'on reste parfois sentimentalement attaché à des êtres, alors que depuis longtemps déjà la raison n'attend plus rien d'eux. Un poète, si vous me permettez ce mot, devrait s'éloigner de toute personne qui n'a plus de mystère pour lui… particulièrement d'une personne qu'il aime.

— On dit pourtant, objecta Else, que les gens que nous aimons sont ceux que nous connaissons le moins.

— Nürnberger le prétend, mais ce n'est pas tout à fait exact. S'il en était ainsi, ma chère Else, la vie serait probablement plus belle qu'elle n'est. Non, les êtres que nous aimons, nous les connaissons mieux que les autres, seulement cette connaissance est à base de honte et d'irritation, mêlées à la crainte que d'autres les connaissent aussi bien que nous. Aimer, c'est avoir peur que se révèlent à d'autres les défauts que nous avons découverts chez l'être aimé. Aimer, c'est pouvoir lire dans l'avenir et maudire ce don… aimer, c'est connaître quelqu'un au point de se détruire. »

Else, appuyée au piano, à sa façon juvénile mais digne, prêtait à ses propos une curiosité tranquille. Comme il lui plaisait en de tels instants ! Elle aurait voulu le consoler en lui caressant les cheveux, comme naguère sur le lac, lorsqu'il était déchiré par son amour pour l'autre. Mais, quand il se rétractait soudain et apparaissait froid, dur, comme éteint, elle sentait qu'elle ne pourrait jamais vivre avec lui, qu'il lui faudrait s'enfuir après quelques semaines… avec un officier espagnol ou un violoniste virtuose.

« C'est une bonne chose pour vous, dit-elle d'un ton un peu protecteur, de fréquenter Georg Wergenthin. Il aura sur vous une influence bénéfique. Il est plus calme. Mais je ne crois pas qu'il soit aussi doué, et certainement pas aussi intelligent…

— Que savez-vous de ses dons ! » L'interruption était presque grossière.

Georg s'approcha et demanda à Else si elle leur ferait le plaisir de chanter un lied. Elle répondit qu'elle n'en avait pas envie, que d'ailleurs, ces derniers temps, elle étudiait principalement des airs d'opéra. Cela l'intéressait davantage. Au reste, elle n'avait pas un tempérament lyrique. Georg lui demanda en plaisantant si elle ne nourrissait pas l'espoir secret de se produire sur une scène.

« Avec mon filet de voix ! » dit Else.

Nürnberger se tenait près d'eux. « Ce ne serait pas un obstacle, remarqua-t-il. Je suis même persuadé qu'il se trouverait bientôt un critique moderne pour vous proclamer, mademoiselle Else, une grande cantatrice, justement parce que vous n'avez pas de voix, mais parce qu'il découvrirait chez vous en compensation quelque autre don, par exemple, le tempérament. De même que de nos jours des peintres réputés remplacent le sens des couleurs par l'esprit, et que les poètes en renom pallient leur manque total d'inspiration en réussissant à découvrir pour chaque mot l'épithète la plus fausse. »

Else remarqua que le discours de Nürnberger agaçait Georg, et elle se tourna vers ce dernier. « Je voulais vous montrer quelque chose », dit-elle, et elle se dirigea vers l'étagère aux partitions.

Georg la suivit.

« Voici le recueil de vieilles chansons populaires italiennes. J'aimerais que vous me désigniez les plus intéressantes. Je ne m'y entends pas suffisamment.

— Je ne comprends vraiment pas, dit Georg à voix basse, que vous supportiez auprès de vous des gens comme ce Nürnberger. Il répand autour de lui une atmosphère de méfiance et de malveillance.

— Je vous ai dit plus d'une fois, Georg, que vous manquiez de psychologie. Que savez-vous de lui ? Il est tout autre que vous le pensez. Questionnez donc votre ami Heinrich Bermann.

— Oui, je sais bien qu'il s'est également entiché de lui, répondit Georg.

— Vous parlez de Nürnberger ? demanda Mme Ehrenberg qui justement s'approchait.

— Georg ne peut pas le souffrir, dit Else d'un ton détaché.

— Vous êtes très injuste, avez-vous seulement lu quelque chose de lui ? »

Georg secoua la tête.

« Même pas son roman qui connut, il y quinze ou seize ans, un si grand retentissement ? C'est presque une honte ! Dernièrement, nous l'avons prêté au conseiller Wilt. Je vous assure qu'il est resté stupéfait de voir déjà dans ce livre une préfiguration complète de l'Autriche actuelle.

— Tiens, tiens, fit Georg sans conviction.

— Vous ne pouvez pas vous représenter, continua Mme Ehrenberg, quel accueil enthousiaste Nürnberger reçut alors. On peut dire que toutes les portes s'ouvrirent d'un coup devant lui.

— Peut-être cela lui suffisait-il », remarqua Else d'un air silencieux.

Heinrich se tenait près du piano, en conversation avec Nürnberger, et s'efforçait, comme il s'y employait souvent, de le décider à composer une nouvelle œuvre ou à publier des textes déjà écrits.

Nürnberger s'y refusait. La pensée de voir son nom de nouveau livré en pâture au public, de participer à la foire littéraire qui lui semblait à la fois odieuse et absurde, lui faisait horreur. Il n'avait pas envie de se joindre à la compétition. À quoi bon? Les manigances d'une coterie qui ne se cachait même plus sévissaient partout. Un homme de talent, travailleur, honnête, ne devait-il pas s'attendre, à tout moment, à être traîné dans la boue, tandis qu'un imbécile parfaitement anonyme pouvait se targuer d'avoir été proclamé un génie dans quelque feuille de chou? Est-ce que, en ce temps, la gloire avait le moindre rapport avec l'honneur? Être dédaigné, oublié, cela méritait-il davantage qu'un haussement d'épaules? Enfin, qui pouvait savoir quels jugements se révéleraient exacts dans l'avenir? Les sots n'étaient-ils pas en réalité des génies, et les génies des sots? Il était ridicule de mettre en jeu sa tranquillité, sa propre considération, dans une partie où même le gain le plus élevé possible ne promettait aucune satisfaction.

«Vraiment aucune? demanda Heinrich. Je veux bien vous suivre dans votre refus de la gloire, de la richesse, de la notoriété… mais que tous ces biens soient aléatoires n'impose pas de renoncer à quelque chose d'aussi indéniable que sont les instants où nous prenons conscience de notre énergie intérieure…

— Énergie intérieure! Pourquoi ne pas dire tout de suite ivresse de la création?…

— Cela existe, Nürnberger!

— Possible. Je crois même avoir éprouvé à l'occasion quelque chose de ce genre, il y a fort longtemps… Seulement, vous le savez, j'ai totalement perdu au cours des années la capacité de me leurrer moi-même.

— Vous vous l'imaginez peut-être simplement, répliqua Heinrich. Qui sait si ce n'est pas justement cette capacité de se leurrer soi-même qui s'est fortifiée en vous avec le temps!»

Nürnberger se mit à rire. «Savez-vous quelle impression j'éprouve à vous entendre parler ainsi? À peu près celle du maître d'armes touché en plein cœur par son propre élève.

— Et même pas le plus doué», dit Heinrich.

Soudain, M. Ehrenberg apparut à la porte, à la surprise de son épouse qui le croyait déjà en route pour la gare. Il conduisait par la main une jeune femme sobrement habillée de noir, à la coiffure surprenante, toute en hauteur, selon une ancienne mode. Elle avait les lèvres rouges et charnues. Dans son visage animé bien qu'un peu pâle, le regard était direct et dur.

« Entrez donc, dit Ehrenberg, dont les petits yeux brillaient d'une certaine malice, et il conduisit l'invitée tout droit vers Else qui était en train de bavarder avec Stanzides. Je t'amène une visite. »

Else lui tendit la main. « C'est très aimable. » Elle présenta : « Monsieur Demeter Stanzides, mademoiselle Therese Golowski. »

Therese salua brièvement de la tête, arrêta un certain temps, calmement, son regard sur lui comme si elle contemplait un bel animal. Puis elle se tourna vers Else : « Si j'avais su que vous donniez une grande réception… »

« Savez-vous à quoi elle ressemble, dit discrètement Stanzides à Georg. À une étudiante russe, n'est-ce pas ? »

Georg hocha la tête. « À peu près. Je la connais. C'est une camarade d'études de mademoiselle Else, et maintenant, rendez-vous compte, elle joue un rôle important chez les socialistes. Elle a même récemment fait de la prison pour crime de lèse-majesté, je crois.

— En effet, il me semble avoir lu quelque chose de ce genre, répondit Demeter. On devrait faire plus ample connaissance avec une telle personne. Elle est jolie. Son visage rappelle l'ivoire.

— Et il y a beaucoup d'énergie dans ses traits, ajouta Georg. Son frère est lui aussi quelqu'un de remarquable. Pianiste et mathématicien. J'ai fait récemment sa connaissance. On dit que le père est un fourreur juif ruiné.

— C'est déjà une race spéciale », remarqua Demeter.

Dans l'intervalle, Mme Ehrenberg était allée au-devant de Therese ; elle avait choisi de ne pas manifester la moindre surprise. « Prenez donc place, Therese, dit-elle, que devenez-vous ? Depuis que vous vous adonnez à la politique, vous ne vous souciez plus de vos anciennes fréquentations.

— Oui, malheureusement mon activité me laisse peu le temps de cultiver les relations de famille », répondit Therese en avançant le menton, ce qui rendit soudain son visage viril et presque laid. Mme Ehrenberg hésitait, devait-elle ou non mentionner la détention de Therese ? Ne fallait-il pas considérer qu'il n'y avait guère d'autre maison à Vienne fréquentée par des dames sortant tout juste de prison !

« Comment va ton frère ? demanda Else.

— Il fait son service militaire, répondit Therese. Tu peux à peu près t'imaginer comment il va… » et elle jeta un regard ironique sur l'uniforme de hussard de Demeter.

« Il n'a probablement pas l'occasion de jouer souvent du piano, dit Mme Ehrenberg.

— Mais il ne pense plus du tout à devenir pianiste, répliqua Therese, il est jusqu'au cou dans la politique.» Elle ajouta, se tournant en souriant vers Demeter : «Vous ne le dénoncerez pas, lieutenant.»

Stanzides rit, un peu gêné.

«Qu'est-ce que ça signifie : la politique? demanda M. Ehrenberg. Veut-il devenir ministre?

— Certainement pas en Autriche, répondit Therese. Il faut dire qu'il est sioniste.

— Comment?» s'exclama Ehrenberg. Son visage rayonnait.

«C'est, à vrai dire, un domaine où nos opinions divergent plutôt, ajouta Therese.

— Chère Therese..., commença Ehrenberg.

— Tu vas manquer ton train, l'interrompit Mme Ehrenberg.

— Je ne manquerai pas mon train. Et il en part un autre demain. Chère Therese, je dis seulement : chacun doit faire son salut à sa façon [1]. Mais, en l'occurrence, votre frère est le plus avisé et pas vous. Excusez-moi, je suis peut-être dans le domaine politique un profane, mais je vous assure, Therese, que vos sociaux-démocrates juifs connaîtront le même sort que les libéraux et les nationalistes allemands juifs.

— De quelle façon? demanda Therese avec hauteur. De quelle façon connaîtrons-nous le même sort?

— De quelle façon?... Je vais vous le dire immédiatement. Qui a créé le mouvement libéral en Autriche [2]?... Les Juifs... Par qui les Juifs ont-ils été trahis et abandonnés? Par les libéraux. Qui a créé le mouvement nationaliste allemand en Autriche? Les Juifs. Par qui ont-ils été lâchés... que dis-je lâchés... couverts de crachats comme des chiens?... Par les nationaux-allemands! Et il leur arrivera la même aventure avec le socialisme et le communisme. Quand la soupe est servie, on vous chasse de la table. il en a toujours été ainsi et il en sera toujours ainsi.

— Nous verrons bien», répliqua Therese posément.

Georg et Demeter se regardèrent comme deux amis naufragés sur une île. Oskar, qui était entré pendant le discours de son père, pinçait les lèvres, très mal à l'aise. Ils éprouvèrent tous un sentiment de délivrance quand Ehrenberg, après un coup d'œil à sa montre, prit brusquement congé.

«Nous ne pourrions plus nous mettre d'accord aujourd'hui», dit-il à Therese.

Therese sourit. «Il y a peu de chances. Bon voyage, et encore une fois au nom...

— Chut!» dit Ehrenberg, et il disparut.

«De quoi donc remercies-tu Papa? demanda Else discrètement.

— D'une contribution que j'ai eu l'audace de venir lui demander. Il n'y a pas d'autre homme fortuné dans mes relations. Quant à la destination, je ne suis pas autorisée à la révéler.»

Mme Ehrenberg s'approcha de Bermann et de Nürnberger qui bavardaient en s'appuyant chacun d'un côté du couvercle du piano à queue et dit à mi-voix : «Vous savez, n'est-ce pas, qu'elle...», elle désigna Therese du regard, «vient d'être libérée de prison?

— Je l'ai lu quelque part», répondit Heinrich...

Nürnberger plissa les yeux et jeta un regard sur le groupe formé dans un coin par les trois jeunes filles en conversation avec Stanzides et Willy Eissler. Il secoua la tête.

«Quelle rosserie vous brûle la langue? demanda Mme Ehrenberg.

— Je pense qu'il aurait fallu peu de chose pour que le destin envoie mademoiselle Else croupir pendant deux mois en prison, tandis que mademoiselle Therese, la fille de la maison, recevrait ses hôtes dans un élégant salon.

— Peu de chose?...

— Monsieur Ehrenberg a eu de la chance, monsieur Golowski de la guigne... C'est peut-être toute la différence.

— Écoutez, Nürnberger, dit Heinrich, vous ne prétendez pas nier totalement l'élément individuel dans le monde... Else et Therese sont deux natures assez différentes.

— Je le pense aussi», dit Mme Ehrenberg.

Nürnberger haussa les épaules. «Toutes deux sont des jeunes filles très douées, très jolies... tout le reste, chez elles comme chez la plupart des jeunes femmes... et probablement chez la plupart des êtres humains, est plus ou moins ajouté de l'extérieur.»

Heinrich secoua la tête avec force. «Non, non, dit-il, la vie n'est pas si simple.

— Cela ne la rend pas plus simple, cher Heinrich.»

Le regard de Mme Ehrenberg s'était dirigé vers la porte, ses yeux brillaient. Felician venait d'entrer. Avec une assurance de somnambule il marcha vers la maîtresse de maison, lui baisa la main. «J'ai eu à l'instant le plaisir de rencontrer monsieur Ehrenberg dans l'escalier... Il part pour Corfou à ce qu'il m'a dit. Il doit y faire très beau en ce moment.

— Vous connaissez Corfou?

— Oui, chère madame, un souvenir d'enfance.» Il salua Nürnberger et

Bermann, et tous parlèrent de ces contrées du Sud que Bermann aspirait à connaître et dont Nürnberger niait l'attrait.

Georg serra la main de son frère à la fois en guise d'accueil et d'adieu. Comme il disparaissait discrètement par la porte ouverte de la salle à manger, il jeta un dernier coup d'œil derrière lui et remarqua Marianne, assise dans le coin le plus éloigné du salon, qui le suivait d'un regard ironique derrière son face-à-main. Cette femme avait toujours eu le don mystérieux d'être soudain présente, sans que l'on sût d'où elle arrivait. Dans l'escalier, une dame qui portait une voilette lui barra le chemin. « Ne vous hâtez pas ainsi, elle peut encore attendre un moment, dit-elle. Il ne faut pas trop gâter les femmes... Seriez-vous si pressé si vous aviez rendez-vous avec moi?... Mais vous ne voulez pas en entendre parler. Probablement parce que vous avez peur que mon mari vous tue à son retour de Stockholm, ou plutôt de Copenhague, où il doit se trouver déjà aujourd'hui. Il a en moi une confiance aveugle, au reste justifiée. Car je puis vous jurer que personne n'est allé plus loin qu'un baiser sur ma main... non, pour ne pas mentir, sur ce cou. Vous êtes persuadé aussi que j'ai eu une liaison avec Stanzides. Non, très peu pour moi! J'ai horreur de la beauté chez les hommes. De même, je ne trouve rien de particulier à votre frère Felician. »

On ne pouvait prévoir quand la dame à la voilette cesserait de discourir, car c'était Mme Oberberger. Chez d'autres femmes une attitude semblable aurait paru un rien provocante, pas chez elle, et malgré le caractère équivoque de son comportement, on n'avait jamais pu lui attribuer un amant. Sa vie de femme mariée sans enfants quoique peu banale, la rendait apparemment heureuse. Son bel et brillant époux, géologue de profession, avait entrepris autrefois des voyages d'exploration au cours desquels, à en croire le conseiller Wilt, il attachait moins d'importance au caractère inexploré des contrées visitées qu'aux possibilités de voyager confortablement et de se nourrir sans aucun risque. Mais, depuis quelque temps, il ne se déplaçait plus que pour faire des conférences et des conquêtes féminines. De retour chez lui, il vivait avec son épouse en parfaite camaraderie. Déjà, à plusieurs reprises, mais sans s'y arrêter, Georg avait envisagé la possibilité d'une liaison avec Mme Oberberger. Il était même un de ceux qui l'avaient embrassée dans le cou, ce dont elle ne se souvenait probablement plus. Et lorsqu'elle releva sa voilette, Georg fut de nouveau agréablement troublé par le charme de ce visage qui, bien qu'il ne fût plus tout jeune, respirait la grâce. Il voulut l'interrompre, mais elle continua : « Savez-vous que vous êtes très pâle? Il vous faut mener une vie rangée. Qu'est-ce que c'est d'ailleurs que cette femme qui vous enlève à moi ces temps-ci?»

Sans faire de bruit, selon son habitude, le conseiller Wilt surgit soudain près d'eux. Il leur lança, altier et galant: «Je vous baise la main, belle dame, bien le bonjour, baron…» et voulut poursuivre son chemin.

Mais Mme Oberberger jugea indiqué de lui apprendre encore que le baron Georg se rendait à une orgie selon son habitude… puis elle suivit le conseiller jusqu'au deuxième étage, au risque, comme elle en fit la remarque, qu'en le voyant pénétrer avec elle chez les Ehrenberg, on le tînt pour son quatre-vingt-quinzième amant.

Il était sept heures quand Georg put enfin prendre une voiture pour se rendre à *Mariahilf*[1]. Les deux heures passées chez les Ehrenberg l'avaient vraiment épuisé. Aussi se réjouissait-il plus que d'habitude à la pensée qu'il allait retrouver Anna. Depuis cette matinée à l'exposition des miniatures, ils s'étaient vus presque tous les jours, dans des jardins, dans des galeries de tableaux, chez elle. La plupart du temps, ils s'entretenaient des petits événements de leur existence, ou discutaient livres, musique. Ils ne parlaient pas souvent du passé, et quand c'était le cas, sans méfiance ni suspicion. Car les aventures dont Georg sortait n'exhalaient pas pour Anna le parfum inquiétant du mystère; et le fait qu'elle-même avait éprouvé plusieurs penchants amoureux, Georg l'apprit calmement, sans inquiétude, par des allusions faites sur le ton de la plaisanterie; il ne la questionna pas davantage. Dans une salle déserte de la galerie Liechtenstein, il y avait huit jours, ils s'étaient embrassés pour la première fois, et, à partir de cet instant, Anna le tutoya, comme si une appellation plus distante lui eût semblé désormais mensongère.

La voiture s'arrêta à l'angle d'une rue. Georg descendit, alluma une cigarette et fit les cent pas devant la maison d'où devait sortir Anna.

Au bout de quelques minutes, elle franchit le portail. Il traversa la rue, courut à sa rencontre, et lui baisa la main avec effusion. Comme chaque fois, elle avait apporté un livre dans une liseuse en cuir gaufré, car la plupart du temps elle avait coutume de lire pendant ses trajets.

«Il fait vraiment frais, Anna, dit Georg qui lui prit le livre et l'aida à enfiler la jaquette qu'elle portait sur le bras.

— Je suis un peu en retard, dit-elle, pourtant j'étais très impatiente de te voir. Eh oui, ajouta-t-elle en souriant, on a aussi son tempérament! Que dis-tu donc de mon nouveau tailleur? demanda-t-elle tout en marchant.

— Il te va très bien.

— Pendant la leçon, on a trouvé que j'avais l'allure d'une dame de la cour.

— Qui a trouvé cela ?

— Madame Bittner elle-même et ses deux filles, mes élèves.

— Je dirais plutôt d'une archiduchesse. »

D'un signe de tête, Anna marqua sa satisfaction.

« Et maintenant Anna, raconte-moi tout ce que tu as fait depuis hier. »

Elle commença, très sérieuse : « À midi, après t'avoir quitté à la porte, repas de famille. Après-midi, un peu de repos et pensé à toi. De quatre heures à six heures et demie, des élèves, puis lecture, *Henri le Vert*[1] et le journal du soir. Trop paresseuse pour sortir, musardé à la maison. Dîner. Dispute familiale habituelle.

— Ton frère ? » demanda Georg.

Elle répondit d'un « oui » qui interdisait d'autres questions.

« Après le dîner, un peu de musique... même essayé de chanter.

— Tu as été satisfaite ?

— Pour moi, c'est toujours bien suffisant », dit-elle, et Georg crut percevoir dans l'intonation une légère tristesse. Elle reprit rapidement son rapport : « Couchée à dix heures et demie, bien dormi, debout à huit heures... On ne peut pas chez nous rester plus longtemps au lit... Toilette jusqu'à neuf heures et demie, jusqu'à onze heures...

— ... musardé, compléta Georg.

— Exact. Puis chez les Weil pour la leçon du petit garçon.

— Quel âge a-t-il donc ?

— Treize ans, répondit Anna avec une gravité comique.

— Ce n'est plus si jeune.

— Certainement pas, dit Anna, mais apprends pour te rassurer qu'il aime sa tante Adele, une frêle blondine de trente-trois ans, et qu'il ne songe pas pour le moment à lui être infidèle... Suite de la chronique : Rentrée à la maison à une heure et demie ; déjeuné seule, Dieu merci ; Papa déjà au bureau, Maman faisant la sieste ; de nouveau, repos de trois à quatre, pensé davantage à toi et avec plus d'intensité qu'hier, puis des courses en ville, des gants, des épingles de sûreté, quelque chose pour Maman, enfin lecture dans le tramway pour rejoindre Mariahilf et les deux gamines Bittner... Maintenant, tu sais tout, satisfait ?

— Mis à part le jeune homme de treize ans.

— Je t'accorde que cela peut paraître inquiétant, mais maintenant écoutons si tu n'as pas à me faire des confessions plus sombres. » Ils étaient arrivés dans une petite rue tranquille, tout à fait inconnue de Georg, et Anna prit son bras.

« Je viens de chez les Ehrenberg, commença-t-il.

— Eh bien, demanda Anna, n'a-t-on pas trop essayé de te séduire ?

— Pas précisément… On a même semblé un peu vexé que je ne sois pas venu, cet été, à Auhof, ajouta-t-il.

— Est-ce que Petite-Else a montré ses talents ?

— Non. Quant à ce qui a pu se passer après mon départ, je ne le sais naturellement pas.

— Cela n'en aura plus valu la peine, dit Anna, débordante d'ironie.

— Tu te trompes, Anna. Il y avait là des gens devant qui elle n'aurait pas chanté en pure perte.

— Qui donc ?

— Heinrich Bermann, Willy Eissler, Demeter Stanzides…

— Oh ! Stanzides ! s'exclama Anna. Maintenant, je regrette vraiment de n'avoir pas été là aussi.

— Il me semble, dit Georg, que tu ne le penses pas aussi légèrement que tu le dis.

— Certainement pas, répliqua Anna. Je trouve ce Demeter terriblement beau. »

Georg se tut quelques secondes, et soudain, avec une émotion qui ne lui était pas habituelle, il demanda : « Ce serait donc lui ?…

— Lui qui ?

— Lui que tu… as plus aimé que moi. »

Elle sourit, se blottit étroitement contre lui, et répondit simplement, mais d'un ton un peu moqueur : « Est-ce que j'aurais vraiment aimé quelqu'un plus que toi ?

— Tu me l'as avoué toi-même ! répliqua Georg.

— Je t'ai aussi "avoué" qu'avec le temps je t'aimerai davantage que j'ai jamais aimé ou pourrais aimer quelqu'un d'autre.

— Tu en es vraiment sûre, Anna ?

— Oui, Georg, j'en suis sûre. »

Ils se trouvaient de nouveau dans une rue plus animée, et, spontanément, ils cessèrent de se donner le bras. Ils s'arrêtèrent devant diverses boutiques, découvrirent sous un portail la vitrine d'un photographe, et se divertirent beaucoup à voir sur les photos exposées l'attitude faussement détachée de vieux couples à l'occasion d'un anniversaire, d'élèves-officiers des Cadets, de cuisinières en toilette du dimanche, de dames déguisées pour un bal masqué.

Georg, d'un ton plus dégagé, demanda : « C'était donc Stanzides ?

— Mais, qu'est-ce qui te prend ? De ma vie, j'ai à peine échangé cent mots avec lui. »

Ils continuèrent leur promenade.

« Alors c'était Leo Golowski ?

Elle secoua la tête et sourit. « C'était un amour de jeunesse, répondit-elle. Cela ne compte absolument pas. D'ailleurs, je voudrais bien connaître une jeune fille de seize ans qui, à la campagne, ne tomberait pas amoureuse d'un beau jeune homme qui se bat avec un comte authentique et se promène ensuite huit jours avec le bras en écharpe.

— Mais il ne l'a pas fait pour toi, ce fut, pour ainsi dire, pour l'honneur de sa sœur.

— Pour l'honneur de Therese ? Qu'est-ce qui te fait penser ça ?

— Tu m'as bien raconté que le jeune homme avait abordé Therese dans la forêt, comme elle lisait *Emilia Galotti*[1].

— C'est vrai, mais elle s'est volontiers laissé aborder. Ce qui a mécontenté Leo, c'est l'appartenance du comte à un cercle de jeunes gens qui se comportaient de façon assez insolente avec un soupçon d'antisémitisme. Et voilà que Therese, en promenade avec son frère au bord du lac, rencontre le comte qui lui adresse la parole comme à une vieille connaissance, tandis qu'il se tourne distraitement vers Leo, articulant à peine son nom. Alors Leo s'est incliné et s'est présenté ainsi : "Leo Golowski, youpin de Cracovie". Je ne connais pas le détail de la suite. Il y a eu une altercation, et, le jour suivant, un duel à Klagenfurt dans la caserne de la cavalerie.

— J'avais donc raison, insista Georg, ironique, il s'est battu pour l'honneur de sa sœur.

— Non, te dis-je. J'étais présente quand il a discuté, plus tard, de cette histoire avec Therese. Il lui a dit : "Quant à moi, tu peux bien agir à ta guise, te laisser faire la cour par qui tu veux"...

— ... Mais seulement par un Juif... », compléta Georg.

Anna secoua la tête. « Il n'est vraiment pas comme cela.

— Je sais, répondit Georg doucement. Nous sommes devenus ces derniers temps de très bons amis, ton cher Leo et moi. Hier soir nous étions de nouveau ensemble au café, il a fait preuve envers moi de beaucoup de condescendance. Je crois même qu'il me pardonne mon origine. Au fait, je ne t'ai pas raconté qu'aujourd'hui Therese aussi était chez les Ehrenberg. » Il décrivit l'apparition de la jeune fille dans le salon et l'impression qu'elle avait produite sur Demeter.

Amusée, Anna souriait.

Plus tard, dans une rue moins fréquentée, comme ils se promenaient bras dessus, bras dessous, Georg reprit : « Je ne sais toujours pas qui fut ton grand amour. »

Anna se taisait, les yeux dans le vague.

« Eh bien, Anna ! Tu m'as promis, n'est-ce pas ? »

Sans le regarder, elle répondit : « Si tu te doutais à quel point cette histoire me semble étrange aujourd'hui.

— Pourquoi étrange ?

— Parce que celui qui t'intrigue était un homme âgé.

— Trente-cinq ans, n'est-ce pas ? » plaisanta Georg.

Sérieuse, elle secoua la tête. « Il en avait cinquante-huit ou soixante.

— Et toi ? » Georg posa lentement la question.

« Il y a deux ans cet été. J'en avais alors vingt et un. »

Georg s'arrêta soudain. « Maintenant, je sais. C'était ton professeur de chant. N'est-ce pas ? »

Anna ne répondit pas.

« C'était donc ça, dit Georg sans trop s'étonner, car il n'ignorait pas que, malgré ses cheveux blancs, toutes les élèves étaient amoureuses du célèbre maître.

Et c'est lui, demanda Georg, que tu as le plus aimé de tous ceux que tu as rencontrés ?

— Étrange, n'est-ce pas, mais c'est ainsi…

— L'a-t-il su ?

— Je pense. »

Ils étaient arrivés sur une vaste place avec un petit square faiblement éclairé. Derrière, dans une lueur rougeâtre, se dressait une église. Comme attirés par ce havre de paix, ils s'y rendirent, marchant dans la pénombre et le bruissement des branches.

« Que s'est-il vraiment passé entre vous deux, si on peut poser la question ? »

Anna se taisait, et, en ce moment, Georg envisagea le pire. Même qu'Anna eût été la maîtresse de cet homme. Mais en dépit du malaise que lui causait cette pensée, il ressentait le vague désir, à peine conscient, d'entendre confirmer ses craintes. Car s'engager dans une aventure était facile et sans aucune responsabilité si Anna avait déjà appartenu à un autre avant d'être à lui.

« Je vais te raconter toute l'histoire, dit finalement Anna. Elle n'est vraiment pas si terrible.

— Eh bien, dit Georg, étrangement tendu.

— Une fois, après la leçon, commença Anna d'une voix hésitante, il m'a galamment aidée à enfiler ma jaquette. Soudain, il m'a serrée contre lui et m'a embrassée.

— Et toi… ?

— Moi… j'étais totalement grisée.

— Grisée…

— Oui, c'était quelque chose d'indescriptible. Il m'a embrassée sur le front, sur la bouche, dans les cheveux… puis il a pris ma main et a balbutié toutes sortes de paroles que je n'ai pas bien entendues…

— Et…

— Et alors… il y a eu des bruits de voix à côté… il a lâché ma main… et ce fut fini.

— Fini ?

— Oui, fini. Évidemment, ce fut fini.

— Je ne trouve pas cela du tout si évident. Tu l'as bien revu ?

— Certainement, j'ai poursuivi mes leçons.

— Et… ?

— Je te le dis, c'était fini… complètement, comme si cela n'avait jamais existé. »

Georg s'étonna de se sentir apaisé. « Il n'a jamais renouvelé sa tentative ? demanda-t-il.

— Jamais. Ç'aurait été si ridicule. Comme il était très intelligent, il s'en est parfaitement rendu compte. Auparavant, c'est vrai, je l'avais beaucoup aimé. Mais, après cet incident, il n'était plus rien d'autre pour moi que mon vieux professeur. Et, d'une certaine façon, plus vieux même qu'il ne l'était en réalité. Je ne sais pas si tu peux bien comprendre cela, l'impression qu'il avait consumé tout le reste de sa jeunesse en cet instant.

— Je comprends fort bien », dit Georg. Il la croyait, il l'aimait d'un amour plus grand qu'auparavant. Ils entrèrent dans l'église. Il faisait presque noir dans le vaste édifice. Seuls, quelques cierges brûlaient devant un autel latéral, et de l'autre côté, derrière une petite statue de saint brillait une pauvre lumière. Entre la voûte et le sol dallé de pierre circulaient de lourds effluves d'encens. Le sacristain allait et venait, faisant légèrement tinter ses clefs. En arrière, dans les bancs, on distinguait à peine des silhouettes immobiles. Lentement Georg s'avança avec Anna, il se sentait comme un jeune époux en voyage qui avec sa jeune femme visite une église. Il le dit à Anna. Elle se contenta d'approuver de la tête. « Mais ce serait beaucoup plus beau, lui murmura-t-il, tandis qu'ils se tenaient devant la chaire étroitement enlacés, si nous étions réellement tous les deux ensemble quelque part à l'étranger... »

Elle le fixa d'un regard à la fois ravi et interrogatif, et il s'effraya de ses propres paroles. Anna allait-elle les prendre pour une proposition sérieuse ou même pour une sorte de déclaration? N'était-il pas tenu de lui expliquer que leur signification était autre?... Un entretien lui revint à l'esprit qu'ils avaient eu récemment alors que par une journée venteuse, pluvieuse, se donnant le bras sous un parapluie, ils marchaient par-delà la voie ferrée en direction de *Schönbrunn*[1]. Il avait proposé à Anna de retourner dans le centre et de souper ensemble dans le salon tranquille d'un restaurant... elle, avec cet air glacial qu'elle prenait parfois, avait répondu : « Je ne suis pas pour ce genre de choses. » Il n'avait pas insisté. Cependant, un quart d'heure plus tard, et au cours d'une conversation sur la façon de vivre de Georg, elle lui avait dit avec un sourire équivoque : « Tu ne sais pas prendre d'initiative, Georg. » En cet instant, il avait eu soudain l'impression de découvrir dans l'âme d'Anna des abîmes dangereux, jusqu'alors insoupçonnés, auxquels il était sage de prendre garde. Il y repensait maintenant. Que se passait-il en elle?... Que souhaitait-elle et à quoi s'attendait-elle?... Et que souhaitait-il, que pressentait-il lui-même? La vie était si imprévisible. N'était-il pas très possible qu'il voyage un jour avec elle par le monde, qu'il connaisse en sa compagnie une période de bonheur... pour finalement se séparer d'elle comme il s'était séparé de bien d'autres?... Mais quand il songeait à cette fin inéluctable, qu'elle fût apportée par la mort, ou par la vie elle-même, il ressentait au cœur une légère souffrance... Elle se taisait toujours. Trouvait-elle à nouveau qu'il manquait d'initiative?... Ou peut-être pensait-elle : j'y parviendrai, je serai sa femme?...

C'est alors qu'il sentit sa main caresser très doucement la sienne avec une tendresse nouvelle pour lui, bienfaisante. « Sais-tu, Georg?

— Quoi donc? demanda-t-il.

— Si j'étais pieuse, dit Anna, je ferais bien une prière, maintenant.

— Laquelle? demanda Georg, presque inquiet.

— Que tu deviennes quelqu'un, Georg. Quelqu'un de très important, un grand, un véritable artiste. »

Il dut baisser les yeux, confus de constater que ses pensées à elle suivaient des voies beaucoup plus pures que les siennes.

Un mendiant soulevait l'épais rideau vert; Georg lui donna une pièce; ils se retrouvèrent dehors. Les lumières de la rue brillaient, on entendait les bruits des voitures, des rideaux de fer. Georg sentit se déchirer le voile délicat que la pénombre de l'église avait tissé autour d'eux ; d'un ton dégagé, il proposa une petite promenade en fiacre. Anna fut aussitôt d'accord. Dans une voiture dont ils firent déployer la capote, ils descendirent la rue, parcoururent le Ring sans bien regarder bâtiments et jardins ; ils n'échangèrent pas une parole, restant étroitement blottis l'un contre l'autre. Chacun percevait l'impatience de l'autre et savait qu'il n'était plus question de revenir en arrière.

À proximité du domicile d'Anna, Georg dit : « Quel dommage que tu doives déjà rentrer. »

Anna haussa les épaules et eut un sourire étrange. Les abîmes, pensa Georg de nouveau, mais sans crainte, presque joyeux. Avant que la voiture ne s'arrêtât à l'angle de la rue, ils convinrent d'un rendez-vous pour la matinée suivante dans le *Schwarzenberggarten*, puis ils descendirent. Anna regagna rapidement sa maison, et Georg repartit lentement, en flâneur, vers le centre.

Il se demanda s'il devait se rendre au café [1]. Il n'en avait pas très envie. Aujourd'hui, Bermann restait probablement à souper chez les Ehrenberg, et il fallait peu compter sur la venue de Leo Golowski ; quant aux autres jeunes écrivains, juifs pour la plupart, dont Georg avait fait superficiellement la connaissance ces derniers temps, ils ne l'attiraient guère, même s'il reconnaissait à plusieurs d'entre eux un caractère intéressant. En général, il trouvait le ton qu'ils employaient ensemble tour à tour trop familier, trop distant, trop ironique, trop pathétique ; ils avaient tous de l'affectation, y compris vis-à-vis de soi-même. D'ailleurs, Heinrich lui avait récemment déclaré ne plus vouloir avoir affaire avec tout le groupe qui, depuis ses succès, montrait à son égard une attitude haineuse. À vrai dire, Georg jugeait possible qu'Heinrich, vu son caractère vaniteux et hypocondriaque, subodorât hostilité et persécution où il n'y avait peut-être qu'indifférence et antipathie. Lui, pour sa part, savait que c'était plutôt la curiosité que l'amitié qui l'attirait vers ce jeune écrivain, curiosité de connaître de plus près une personnalité étrange, peut-être aussi de découvrir un monde qui lui était resté jusque-là assez étranger. Car, tandis que lui-même conservait une attitude assez réservée et, principalement sur ses rapports avec les femmes, évitait la moindre allusion, Heinrich lui avait parlé non seulement de cette bien-aimée lointaine, au sujet de qui il prétendait souffrir les affres de la jalousie, mais aussi d'une charmante blonde avec laquelle, ces derniers temps, il passait ses soirées… pour s'étourdir, comme il ajoutait en se moquant de soi-même ; et aussi de ses années d'études et de journalisme qui ne se situaient pas trop loin dans le temps ; et de la période de son enfance dans une petite ville provinciale de Bohême où il était venu au monde, il y avait trente ans. Bizarre et parfois presque pénible paraissait à Georg le ton mêlé de tendresse et d'aversion, d'attachement et de désintérêt qu'employait Heinrich pour parler des siens, en particulier de son père malade qui avait été avocat dans sa petite ville et, pendant un certain temps, député au Parlement[1]. Il semblait même tirer fierté d'avoir, à vingt ans, prédit son futur destin à son père par trop confiant, exactement comme il devait s'accomplir : après une courte période de popularité et de succès, la montée du mouvement antisémite[2] l'avait chassé du parti libéral-allemand, la plupart de ses amis l'avaient abandonné et trahi, si bien qu'un étudiant peu recommandable, mais membre actif d'une association universitaire, qui au cours des réunions publiques dénonçait Tchèques et Juifs comme les pires ennemis de la discipline et de la morale allemandes, et qui chez lui battait sa femme et engrossait les servantes, devint par la grâce des électeurs son successeur au Parlement. Heinrich qui, en dépit de leur sincérité, avait toujours trouvé horripilantes les grandes déclarations de son père sur la germanité, la liberté, le progrès, avait observé au début avec une joie maligne la déchéance de l'homme vieillissant ; puis, progressivement lorsque l'avocat autrefois recherché commença à perdre sa clientèle et que la situation de la famille empira de jour en jour, une compassion tardive gagna son fils. Il avait abandonné de bonne heure ses études juridiques et dû par une activité de journaliste aider les siens. Ses premiers succès littéraires n'éveillèrent aucun écho dans la demeure familiale assombrie. Chez son père, des signes inquiétants annonçaient l'approche de la folie, et sa mère pour qui l'État, la Patrie avaient apparemment cessé d'exister quand son mari ne fut plus réélu au Parlement, se ferma au monde à l'heure où l'esprit du père s'enfonça dans la nuit. La sœur unique d'Heinrich, autrefois un être actif, rayonnant, devint neurasthénique à la suite d'une passion malheureuse pour une sorte de don Juan de province, et, avec une obstination maladive, accusa son frère, avec qui elle s'était entendue parfaitement pendant sa jeunesse, d'être responsable du malheur familial. Heinrich lui parlait aussi d'autres parents dont il avait depuis un temps lointain gardé le souvenir, et Georg voyait défiler dans la brume un cortège mi-ridicule, mi-touchant de Juifs et de Juives, gens âgés, pieux et bornés. Il finissait par se rendre compte qu'Heinrich n'éprouvait pas la moindre nostalgie de cette petite ville déchirée par de lamentables conflits politiques, ni de l'atmosphère étouffante et confinée du foyer familial, et il comprenait que l'égoïsme d'Heinrich signifiait pour lui à la fois salut et délivrance.

Neuf heures sonnèrent au clocher de la *Michaelerkirche*[1] quand Georg s'arrêta devant le café. À une fenêtre que le rideau ne masquait pas, il vit installé le critique Rapp, une pile de journaux devant lui. Il venait de retirer son pince-nez, l'essuyait, et son visage blême à l'expression habituellement fine et sarcastique paraissait avec ses yeux éteints comme mort. En face de lui, gesticulant dans le vide, le poète Gleissner était assis dans l'éclat d'une fausse élégance, avec une énorme cravate noire sur laquelle étincelait une pierre rouge. Georg qui, sans les entendre, voyait seulement les lèvres des deux personnages se mouvoir et leurs regards se croiser, concevait à peine comment ils pouvaient rester un quart d'heure, l'un en face de l'autre, dans ce nuage de haine. Il sentait tout d'un coup que c'était là l'atmosphère dans laquelle se déroulait la vie de tout ce milieu et que traversaient par moments des éclairs salubres d'esprit et de lucidité. Qu'avait-il à faire avec ces gens ? Une sorte d'épouvante le saisit, et il se détourna, décidant au lieu d'entrer dans le café de se rendre enfin de nouveau au club dont il n'avait pas fréquenté les salles depuis des mois. Georg grimpa bientôt le large escalier de marbre, entra dans la petite salle à manger aux rideaux vert clair et fut salué par Ralph Skelton, l'attaché d'ambassade anglais, et le docteur von Breitner, qui soupaient dans un coin, avec la cordialité contenue due à un ami longtemps attendu. On parla du tournoi imminent, du banquet qui devait être organisé en l'honneur des escrimeurs étrangers ; on commenta la nouvelle opérette du *Wiedner Theater*[2] dans laquelle Mlle Lovan en bayadère s'était montrée presque nue, et le duel de l'industriel Heidenfeld avec le lieutenant Novotny, dans lequel le mari offensé avait trouvé la mort. Après le repas, Georg joua avec Skelton au billard et gagna. Il se sentait de plus en plus en forme et se promit, à partir de ce jour, de fréquenter plus assidûment ces salles aérées au décor soigné où se réunissaient des jeunes gens sympathiques, élégamment vêtus, avec lesquels on pouvait s'entretenir de façon agréable et enjouée. Felician arriva et raconta à son frère que la soirée chez les Ehrenberg avait pris un tour très gai, il lui transmit le bonjour de Marianne. Breitner, fumant un de ses célèbres cigares d'une dimension impressionnante, se joignit aux deux frères et rapporta que, sous peu, on allait accrocher dans la salle à manger les portraits de quelques membres méritants du club, en premier celui du jeune Labinski qui s'était suicidé l'année passée. Et Georg ne put s'empêcher de penser à Grace, à leur étrange conversation froide et brûlante dans le cimetière sous la neige fondante de février, ainsi qu'à la nuit merveilleuse sur le pont, brillant sous la lune, du vapeur qui les avait amenés de Palerme à Naples. Il savait à peine quelle femme il désirait le plus en cet instant : Marianne, l'abandonnée ; Grace, la disparue, ou bien la charmante et jolie personne avec qui, il y a quelques heures, il s'était promené dans la pénombre de l'église, comme des jeunes mariés dans une ville étrangère, elle qui avait voulu demander au Ciel de faire de lui un grand artiste. À ce souvenir, il éprouvait une tendre émotion. Ne semblait-il pas que son avenir d'artiste importât presque plus à elle qu'à lui ?... Non... pas davantage, elle n'avait fait qu'exprimer ce qu'il ressentait au tréfonds de son âme. Il lui arrivait seulement parfois d'oublier qu'il était un artiste. Mais cela allait changer. Il avait tant de projets en chantier. Il ne fallait qu'un peu d'acharnement et le succès ne pouvait manquer. L'année prochaine, il partirait. Un poste de chef d'orchestre serait bientôt trouvé, et avec un peu d'énergie on serait au cœur d'une profession qui apportait argent et honneurs. Il nouerait des relations avec des gens nouveaux, un ciel différent resplendirait au-dessus de sa tête, et, mystérieusement, émergeant d'une brume lointaine, des bras blancs se tendaient vers lui. Et tandis qu'à ses côtés les jeunes gens supputaient très sérieusement les chances des participants au tournoi prochain, Georg rêvait dans son coin d'un avenir consacré au travail, à la gloire et à l'amour.

À la même heure, Anna reposait dans sa chambre obscure, sans dormir, les yeux grands ouverts fixant le plafond ; pour la première fois dans sa vie, elle avait le sentiment infaillible qu'il se trouvait en ce monde un homme qui pourrait faire d'elle ce qu'il voudrait ; et en même temps la ferme résolution d'accepter toutes les délices et toutes les souffrances qui pouvaient l'attendre ; avec en outre le léger espoir, plus beau que tous ceux qu'elle avait connus, d'un bonheur durable et paisible.

3

Georg et Heinrich descendirent de bicyclette. Ils avaient laissé derrière eux les dernières villas, et la route bien large montait en pente régulière, vers la forêt. Un feuillage encore assez dense recouvrait les arbres, mais le plus léger souffle de vent emportait les feuilles qui tombaient lentement. L'automne parait les collines d'un éclat jaune et roux. La route continuait à monter et passait près du vaste jardin d'une auberge auquel on accédait par un escalier de pierre. Peu de gens étaient assis dehors, la plupart des clients se tenaient dans la véranda vitrée comme s'ils ne se fiaient pas à la chaleur de cette séduisante journée de la fin octobre, traversée par intervalles d'un souffle frais redoutable. Georg se remémorait la morne soirée d'hiver où ils étaient, lui et Marianne, les seuls à s'y être arrêtés. Assis près d'elle, il se morfondait, l'écoutait avec impatience discourir sur le concert de la veille au cours duquel Mlle Bellini avait chanté quelques-uns de ses lieder ; et quand, sur le chemin du retour, il avait dû déjà quitter la voiture dès les faubourgs pour apaiser les craintes de Marianne, il avait poussé un soupir de soulagement. Un sentiment semblable de délivrance l'envahissait, à vrai dire, presque chaque fois quand, après un moment d'intimité, si beau fût-il, il prenait congé d'une femme aimée. Même lorsqu'il avait laissé Anna à sa porte, il y a trois jours, après la première soirée de bonheur complet, il avait éprouvé, avant toute autre émotion, la joie de se retrouver seul. Et, tout de suite après, avant même d'avoir pu se sentir profondément reconnaissant et conscient d'une réelle communauté d'esprit avec cet être tendre qui se vouait de tout son cœur à sa personne, il fut emporté dans un rêve nostalgique de voyages sur une mer étincelante, de rivages se dévoilant pour le séduire, de promenades sur des plages évanouies le matin suivant, de lointains bleutés, par une vision d'indépendance et de solitude.

Le lendemain matin au réveil, encore baigné du parfum de la soirée précédente, lourd de souvenirs et de promesses, le voyage fut naturellement remis à une date ultérieure, peut-être pas très éloignée, mais plus favorable. Car aussi sérieux et charmant qu'avait été le début de cette aventure, Georg savait à cette heure même, mais sans aucune angoisse, qu'elle était également destinée à finir. Anna s'était donnée à lui sans laisser entendre par une parole, un regard, un geste que commençait pour elle un nouveau chapitre de sa vie. Aussi leur séparation, Georg en était persuadé, devait s'accomplir sans tristesse, sans difficulté ; une poignée de main, un sourire, un discret « ce fut beau ». Et il s'était senti encore plus rasséréné lorsqu'elle l'accueillit à leur rencontre suivante d'un simple mais chaleureux bonjour, sans les accents embarrassés du mélancolique abandon ou du destin accompli, comme il les avait entendus dans la bouche de plus d'une autre qui pourtant avait connu déjà plus d'un matin comparable.

Une ligne de crêtes imprécise apparut dans le lointain et disparut lorsque la route s'éleva à travers une forêt plus épaisse. Des feuillus et des conifères croissaient en paix côte à côte, et, à travers la teinte plus unie des sapins, le feuillage des hêtres et des bouleaux étincelait dans ses couleurs d'automne. Des promeneurs surgirent, quelques-uns, sac au dos, munis de cannes et de chaussures cloutées, équipés comme pour des courses importantes en montagne. Parfois, des cyclistes, grisés par la vitesse, dévalaient la route à toute allure.

Heinrich fit à son compagnon le récit d'une randonnée à bicyclette qu'il avait entreprise, début septembre, le long du Rhin.

« N'est-ce pas étrange, dit Georg, que moi, qui ai déjà tant voyagé par le monde, je ne connaisse pas encore la contrée dont mes aïeux sont issus ?

— Comment ? demanda Heinrich, et vous n'éprouvez rien quand vous entendez prononcer le mot Rhin ? »

Georg sourit. « Il faut dire que cela fera bientôt cent ans que mes arrière-grands-parents ont quitté *Biebrich*[1].

— Pourquoi souriez-vous, Georg ? Il y a beaucoup plus longtemps que mes ancêtres ont dû émigrer de Palestine, et cependant certains, des gens ordinairement logiques, exigent que le mal du pays fasse battre mon cœur. »

Irrité, Georg secoua la tête. « Pourquoi vous soucier toujours de ces gens-là ? C'est devenu chez vous une idée fixe.

— Ah ! vous croyez que je pense aux antisémites ? Absolument pas. De ceux-là je ne m'en formalise plus, tout au moins par moments. Mais demandez plutôt à notre ami Leo ce qu'il pense de la question.

— Ah ! c'est à lui que vous songez. Voyons, il ne le prend pas au pied de la lettre, mais pour ainsi dire, sur un plan symbolique… ou politique », ajouta-t-il après une hésitation.

Heinrich approuva de la tête. « Ces deux conceptions sont peut-être étroitement liées dans des cerveaux semblables. » Pendant un moment, il resta plongé dans ses pensées et propulsa sa bicyclette par petits coups de pédales rageurs, si bien qu'il se retrouva en tête de quelques longueurs. Puis il recommença à parler de son voyage de septembre. Il l'évoquait presque avec émotion. La solitude, le dépaysement, l'errance, n'avait-il pas connu là un triple bonheur ? « Je peux à peine vous décrire, disait-il, le profond sentiment de liberté intérieure qui me saisissait. Connaissez-vous ces états d'âme où tous les souvenirs, lointains et proches, ont, pour ainsi dire, perdu toute pesanteur terrestre ? où tous les êtres auxquels nous sommes habituellement liés d'une façon ou d'une autre, par la souffrance, les soucis, la tendresse, ne nous sont plus que des ombres flottantes, ou, plus exactement, des figures nées de notre imagination? Et ces figures imaginées se présentent naturellement à nous, elles nous sont au moins aussi vivantes que les êtres dont nous gardons le souvenir réel. C'est alors que se développent les plus curieux rapports entre les figures réelles et imaginaires. Je pourrais vous relater une conversation qui eut lieu entre mon grand-oncle défunt, un rabbin, et le duc Héliodore, vous savez, celui qui hante mon projet d'opéra... une conversation si divertissante, si profonde comme on n'a pas coutume d'en trouver dans la vie, ni dans les livrets d'opéra... Vraiment, de tels voyages sont merveilleux! On traverse des villes qu'on n'a jamais vues, que l'on ne reverra peut-être jamais, on ne rencontre que des visages inconnus qui disparaissent aussitôt pour l'éternité... et puis on file de nouveau sur une route claire entre le fleuve et les vignobles. De telles impressions sont vraiment purificatrices. Dommage qu'elles ne nous soient accordées que rarement.»

Georg éprouvait toujours un certain embarras quand Heinrich devenait emphatique. «Maintenant, nous pourrions peut-être continuer», dit-il, et ils sautèrent en selle. Un chemin latéral étroit, assez caillouteux, entre prairie et forêt, les conduisit bientôt à une maison à deux étages d'une nudité peu engageante qui, par une enseigne d'un brun maussade, prétendait à la qualité d'auberge. Sur la prairie, séparée de la maison par la route, se trouvait une grande quantité de tables recouvertes de nappes, certaines à fleurs, d'autres unies qui avaient un jour été blanches. Tout au bord de la route, autour de quelques tables regroupées, dix ou douze jeunes gens, membres d'un club cycliste, étaient installés. Plusieurs avaient retiré leur veste, d'autres la portaient négligemment jetée sur les épaules; sur leur sweater bleu ciel à bordure jaune resplendissait, brodé en relief, leur emblème rouge et vert. Un chœur puissant mais pas très juste montait au ciel: «Le Dieu qui créa le fer ne voulait pas d'esclaves [1].»

Heinrich parcourut d'un coup d'œil rapide le groupe, plissa les yeux et dit à Georg, les dents serrées, en accentuant les mots: «Je ne sais pas si ces jeunes gens sont honnêtes, fidèles et courageux comme ils pensent l'être, mais il est certain qu'ils répandent une odeur de laine mouillée par la sueur; c'est pourquoi je suis d'avis que nous prenions place à une certaine distance.»

Que veut-il donc? pensa Georg à part soi. Trouverait-il plus sympathique de rencontrer ici une réunion de Juifs polonais chantant des psaumes?

Tous deux poussèrent leurs bicyclettes jusqu'à une table éloignée et s'assirent. Un serveur se présenta, son habit noir constellé de taches de graisse ou de légumes, il essuya énergiquement la table avec une serviette sale, prit les commandes et disparut.

« N'est-il pas lamentable, dit Heinrich, que dans les environs immédiats de Vienne on ne trouve presque partout que des auberges aussi mal tenues ? Cela vous donne des idées noires. »

Georg estima déplacée cette humeur excessive. « Mon Dieu, à la campagne, lança-t-il, on s'en accommode. Cela fait presque partie du décor. »

Heinrich n'admit pas ce point de vue, et commença à envisager la création de sept hôtels à la périphérie de la *Forêt viennoise*[1], et était en train de calculer que cela demanderait tout au plus trois ou quatre millions lorsque Leo Golowski se dressa devant eux. Il était en civil, mais comme souvent, sa tenue avait quelque chose d'excentrique. Aujourd'hui, il portait sous une veste sport gris clair un gilet de velours bleu, assorti d'une cravate de soie jaunâtre serrée dans un anneau de métal poli. Les deux autres l'accueillirent avec plaisir, tout en exprimant une certaine surprise.

Leo s'assit près d'eux. « Je vous ai entendu hier soir projeter cette excursion, et, comme aujourd'hui nous avons pu sortir de la caserne à neuf heures, j'ai aussitôt pensé qu'il serait agréable de passer une heure à bavarder dans la nature avec deux personnes intelligentes et sympathiques. Je suis donc rentré à la maison, j'ai sauté dans mes vêtements civils, et en route. » Il dit cela de son ton habituel, aimable, presque naïf, qui séduisait toujours Georg bien qu'avec le recul il se demandât le plus souvent s'il n'y avait pas là une nuance d'ironie, voire de dissimulation. Cependant cette intonation, pour ainsi dire chatoyante, n'était propre à Leo que dans les conversations insignifiantes ; il savait conduire un entretien sérieux avec une précision qui en imposait à Georg. Il avait eu, ces derniers temps, plusieurs fois l'occasion d'entendre au café des discussions entre Heinrich et Leo sur des questions relatives aux théories artistiques, en particulier sur les rapports entre les lois de la musique et celles des mathématiques. Leo se croyait sur le point de découvrir pourquoi les tonalités majeures et mineures touchaient l'âme humaine de manière si différente. Georg suivait volontiers ses explications claires et pénétrantes, quoique quelque chose en lui se rebellât contre cette tentative audacieuse qui prétendait réduire tout le charme, tout le mystère de la musique à des lois qui, aussi inexorables que celles qui régissent le mouvement de la terre et des étoiles, devaient avoir la même origine que ces normes éternelles. C'est seulement quand Heinrich voulait prolonger les théories de Leo et cherchait, à l'occasion, à les appliquer aux créations de la poésie, que Georg perdait patience et se sentait aussitôt l'allié tacite de Leo qui réservait un doux sourire aux démonstrations fantastiques et confuses d'Heinrich.

Le repas fut servi et les jeunes gens lui firent honneur; Heinrich pas moins que les autres bien qu'il exprimât des critiques sévères sur la médiocrité de la cuisine, et se déclarât enclin à considérer l'attitude de l'aubergiste non seulement comme l'expression de sa mentalité méprisable, mais comme un élément caractéristique du déclin de l'Autriche dans beaucoup d'autres domaines. Ils en vinrent à parler de la situation militaire du pays, et Leo les régala de descriptions de ses camarades et de ses supérieurs, pour leur plus grand amusement. Un lieutenant, en particulier, provoqua leur hilarité; il s'était présenté devant le détachement des volontaires en prononçant ces mots lourds de menace: «Avec moi, pas question de rire, je suis une bête à figure humaine.»

Tandis qu'ils continuaient leur repas, quelqu'un vint à leur table, claqua les talons, et salua en portant la main à sa casquette de cycliste, le tout accompagné d'un plaisant: «Heil à tous!» Il ajouta encore, en camarade, à l'adresse de Leo: «Salut!» et se présenta à Heinrich: «Je m'appelle Josef Rosner.» Là-dessus, d'un ton jovial, il entama la conversation par ces mots: «Ces messieurs font aussi un tour à bicyclette...» Comme personne ne le contredisait, il continua: «Il faut profiter des derniers beaux jours, ce temps superbe ne durera pas.»

Courtois, Georg proposa: «Voulez-vous prendre place, monsieur Rosner?

— Merci beaucoup, mais...», il désigna l'autre groupe... «nous sommes sur le point de partir, une longue route, nous nous proposons de descendre jusqu'à *Tulln*, puis de regagner Vienne par *Stockerau*[1]. Vous permettez...» Il prit une allumette sur la table et alluma sa cigarette avec élégance.

«De quel club fais-tu donc partie?» demanda Leo, et Georg fut étonné du tutoiement, puis il se rappela que tous deux se connaissaient du temps de leur jeunesse.

«C'est le club cycliste de *Sechshaus*[2]», expliqua Josef. Bien que personne ne manifestât de l'étonnement, il ajouta: «Vous êtes surpris que, originaire de *Margareten*[3], j'appartienne à ce club de banlieue. C'est seulement parce qu'un de mes bons amis en est le président. Vous voyez le gros là-bas, qui est en train d'enfiler sa veste. C'est le jeune Jalaudek, le fils du conseiller municipal et député.

— Jalaudek… », répéta Heinrich d'un ton manifestement dégoûté, et il se tut.

« Ah ! déclara Leo, c'est celui qui récemment, dans un débat sur la *Société d'Éducation Populaire*[1], a donné cette magnifique définition de la science. Vous ne l'avez pas lue ? » dit-il en se tournant vers les autres.

Ceux-ci ne se souvenaient pas.

« La science, cita Leo, la science est ce qu'un Juif copie sur son voisin. »

Tous rirent. Josef également, qui précisa aussitôt : « En vérité, il n'est pas comme ça, je le connais bien. Il ne se comporte si grossièrement qu'en politique… car là, dans notre chère Autriche, les antagonismes se déchaînent. En temps normal, il a d'excellentes manières. Son fils est plus entier.

— Est-ce que votre club est chrétien-social ou national-allemand ? fit préciser aimablement Leo.

— Oh ! chez nous on ne fait pas de différence, mais naturellement, vu la situation… Il s'interrompit soudain, l'air gêné.

— Voyons, l'encouragea Leo, que votre club soit fermé aux Juifs, cela va de soi. On le remarque déjà à distance. »

Josef estima que le mieux était de rire, puis il dit : « Oh ! s'il vous plaît, dans la montagne la politique se tait ; au reste, si nous abordons ce sujet, vous vous faites là-dessus, messieurs, des idées fausses. Par exemple, un membre de notre club est fiancé à une israélite. Mais mes amis m'appellent. Messieurs, j'ai bien l'honneur, salut Leo, Heil à tous ! » Après avoir salué, il s'éloigna d'un pas souple. Les autres, souriant malgré eux, le suivirent du regard.

Alors Leo se tourna soudain vers Georg. « Où sa sœur en est-elle donc de ses études de chant ?

— Comment ? » Georg sursauta et rougit légèrement.

« Therese m'a raconté, continua posément Leo, que vous faites parfois de la musique avec Anna. Est-ce que sa voix va tout à fait bien ?

— Oui, répondit Georg en hésitant, je le pense ; en tout cas, je la trouve très agréable, très harmonieuse, particulièrement dans les graves. Dommage qu'elle ne soit pas assez puissante pour chanter dans des grandes salles.

— Pas assez puissante, répéta Leo, songeur, on peut le dire ainsi.

— Comment voudriez-vous dire ? »

Leo haussa les épaules et regarda Georg calmement. « Voyez-vous, dit-il, moi aussi j'ai trouvé sa voix tout à fait charmante, mais même à l'époque où Anna songeait à la scène… honnêtement, je n'ai jamais cru que cela aboutirait.

— Vous avez probablement su, dit Georg d'un air qui se voulait détaché, que mademoiselle Anna souffre d'une faiblesse particulière des cordes vocales.

— Certainement, je le savais, mais si elle avait été destinée à une carrière artistique, je veux dire, si elle avait eu une vocation profonde, elle aurait surmonté cette faiblesse.

— Croyez-vous ?

— Oui, je le crois, je le crois absolument. Et c'est pour cela que je trouve que des mots comme "faiblesse particulière" ou bien "pas assez puissante" ne sont que des circonlocutions pour désigner une cause plus profonde, une cause spirituelle. Manifestement, il n'est pas inscrit dans son destin de devenir une artiste. Voilà ce que c'est. Elle était destinée pour ainsi dire dès sa naissance à finir bourgeoisement. »

Heinrich était tout à fait d'accord avec la théorie du destin, et, à sa manière contournée, la développa par des idées ingénieuses, puis baroques et finalement insensées. Puis il proposa de s'étendre une demi-heure sur la prairie en plein soleil, un soleil dont les rayons auraient de moins en moins souvent cette année une telle chaleur. Les autres l'approuvèrent.

À cent pas de l'auberge, Georg et Leo s'allongèrent sur leurs manteaux. Heinrich s'assit dans l'herbe, les bras croisés sur les genoux, regardant devant lui. À ses pieds, la prairie descendait jusqu'à la forêt. Plus bas, au milieu d'arbres clairsemés, on apercevait les paisibles maisons de *Neuwaldegg*[1]. Les clochers et les fenêtres, étincelant dans le soleil, émergeaient d'un brouillard gris bleuté, et, tout au loin, la plaine flottait, s'estompait comme soulevée par les vagues de brume.

Des promeneurs traversaient la prairie pour se rendre à l'auberge. Quelques-uns saluèrent en passant, et l'un d'eux, tenant un enfant par la main, dit à Heinrich : « Voilà une belle journée, on se croirait en mai. »

Heinrich sentit d'abord, malgré lui, comme parfois devant une amabilité banale mais inattendue, son cœur se dilater. Mais il se reprit, car il savait bien que cet homme jeune était seulement grisé par la douceur du jour, la sérénité du paysage ; dans son for intérieur, il lui était aussi hostile que tous les autres qui passaient si innocemment près de lui. Il n'arrivait pas à s'expliquer pourquoi la vue de ces paisibles collines, de cette bourgade dans la brume lui causait une si vive émotion d'une douceur presque douloureuse, alors que les gens qui y demeuraient signifiaient si peu pour lui et rarement quelque chose de bon.

Le club cycliste filait sur la route voisine, les capes volaient au vent, les emblèmes brillaient, un gros rire résonna à travers la prairie.

« Des gens odieux », remarqua Leo sans changer de position.

Heinrich désigna d'un mouvement de tête le fond de la vallée. « Et de tels types, dit-il, serrant les dents, s'imaginent être plus à leur place ici que nous.

— Eh oui. » Leo gardait son calme. « Sur ce point, ils n'ont peut-être pas tort, ces types. »

Heinrich se tourna vers lui avec mépris. « Excusez-moi, Leo, j'oubliais un instant que vous-même souhaitiez être seulement toléré.

— Je ne le souhaite pas le moins du monde, répliqua Leo en souriant, et vous n'avez pas besoin de mal interpréter mes paroles, si méchamment. Mais on ne peut en vouloir à ces gens de se considérer comme des autochtones, et vous et moi comme des étrangers. C'est seulement l'expression de leur instinct assuré d'un fait fondé sur l'anthropologie et l'histoire. Contre cela et tout ce qui en résulte, la sentimentalité juive ou chrétienne est sans pouvoir. » Et, se tournant vers Georg, il lui demanda d'un ton exagérément courtois : « Ne trouvez-vous pas ? »

Georg rougit, toussa pour éclaircir sa voix, mais ne trouva rien à répondre, tandis qu'Heinrich, dont le front s'était creusé de deux rides profondes, prit avec irritation la parole : « Mon instinct est pour moi aussi déterminant que celui de messieurs Jalaudek senior et junior, et cet instinct m'assure sans risque d'erreur que c'est ici, justement ici, mon pays, et non dans je ne sais quelle contrée, qui m'est inconnue et qui, à en croire ses descriptions, ne me dit absolument rien, une contrée que certains veulent me persuader de considérer maintenant comme ma patrie, sous prétexte que mes ancêtres, il y a près de deux mille ans, durent la quitter et se disperser dans le monde. Et il faudrait de plus faire remarquer que les ancêtres de monsieur Jalaudek, et même ceux de notre ami, le baron de Wergenthin, ne sont pas plus ici chez eux que les miens et les vôtres.

— Ne m'en veuillez pas, répondit Leo, mais, dans ce domaine, votre point de vue est tout de même un peu étroit. Vous pensez toujours à vous et à la circonstance accessoire… pardon pour cette circonstance accessoire, que vous êtes un poète que le hasard a fait naître dans un pays allemand, qui écrit en langue allemande et qui, vivant en Autriche, parle dans son œuvre des Autrichiens et de leurs problèmes. Mais il ne s'agit pas en premier lieu de vous ou de moi, ni des quelques fonctionnaires juifs privés d'avancement, ni des quelques volontaires juifs qui ne peuvent devenir officiers, ni des assistants de faculté juifs jamais promus professeurs sinon très tard... ce ne sont là pour ainsi dire que désagréments de second ordre, il s'agit ici de tout autres personnes que vous ne connaissez pas bien ou pas du tout, sur le sort desquelles, je vous assure, mon cher Heinrich, en dépit de l'obligation que vous en auriez, vous n'avez pas assez profondément médité. Certainement pas... sinon vous ne pourriez parler de ces choses d'une façon aussi superficielle et aussi... égoïste que vous le faites.» Il leur raconta alors ses impressions du congrès sioniste de Bâle [1] auquel il avait participé l'année précédente et où il avait acquis, comme jamais auparavant, une connaissance profonde de l'essence et de la mentalité du peuple juif. Chez ces hommes qu'il avait vus de près pour la première fois, la nostalgie de la Palestine, il le savait maintenant, n'était pas un apport artificiel; elle agissait en eux comme un élément authentique jamais éteint, dont la nécessité avait ravivé la flamme. Cela, personne ne pouvait en douter, qui avait vu comme lui briller dans les regards une sainte colère quand un orateur déclara qu'il fallait provisoirement abandonner l'espoir de la Palestine et se contenter de colonies en Afrique et en Argentine. Oui, il avait vu pleurer des hommes âgés, et pas des gens incultes, non, des savants, des sages, par crainte que le pays de leurs pères qu'ils n'auraient jamais pu fouler eux-mêmes — fût-ce par la réalisation des plans sionistes les plus audacieux —, n'accueillerait peut-être jamais leurs enfants et petits-enfants.

Georg l'avait écouté, surpris, même un peu ému. Mais Heinrich qui, pendant le récit de Leo, avait arpenté à petits pas la prairie, déclara que le sionisme lui semblait la pire épreuve jamais imposée aux Juifs, et que justement les paroles de Leo l'en avaient convaincu plus fortement que toute réflexion ou toute expérience précédentes. Le sentiment national, la religion étaient, depuis toujours, des mots qui par leur superficielle, voire sournoise ambiguïté l'irritaient. La patrie... n'était-ce pas une fiction, un concept politique vague, changeant, insaisissable? La seule réalité était le pays natal, pas la patrie... et ainsi le sentiment du pays natal se confondait avec le droit d'y vivre. Quant aux religions, il goûtait les légendes chrétiennes et juives comme celles de la Grèce et de l'Inde; mais chaque religion lui devenait également insupportable et odieuse lorsqu'elle cherchait à lui imposer ses dogmes. Il ne se sentait solidaire de personne, non, de personne sur terre. Aussi peu des Juifs pleureurs de Bâle que des braillards pro-allemands du Parlement autrichien; aussi peu des usuriers juifs que des chevaliers brigands de l'aristocratie ; aussi peu d'un cabaretier sioniste que d'un épicier chrétien-social. Et le sentiment de la persécution subie en commun, de la haine recuite en commun était le moins fait pour l'unir à des hommes dont il se sentait intimement éloigné. Il voulait bien accepter le sionisme comme principe moral, comme œuvre de bienfaisance, s'il se donnait sincèrement pour tel ; l'idée de la création d'un État juif sur une base religieuse et nationale lui semblait une révolte insensée contre l'esprit de toute l'évolution historique. « Et dans le tréfonds de votre âme, cria-t-il, s'arrêtant devant Leo, vous-même ne croyez pas que ce but soit atteint un jour, et même vous ne le souhaitez pas, même si l'idée de marcher dans cette direction vous séduit pour telle ou telle raison. Que signifie pour vous cette “patrie”, la Palestine ? Une notion géographique. Que signifie pour vous “la foi de vos pères” ? Un ensemble de coutumes que vous n'observez plus depuis longtemps, dont la plupart vous semblent aussi ridicules et absurdes qu'à moi. »

Ils discutèrent encore longtemps avec violence et même par instants avec agressivité, puis se calmèrent dans le désir sincère de se convaincre l'un l'autre ; étonnés parfois de voir leurs points de vue converger pour retomber l'instant suivant dans une nouvelle contradiction. Étendu sur son manteau, Georg les écoutait. Tantôt gagné à la cause de Leo qui exprimait, d'une voix tremblante d'émotion, la compassion ardente pour ses malheureux frères de race, et qui se détournait fièrement de ceux qui ne voulaient pas l'admettre comme un des leurs. Tantôt il se sentait plus proche d'Heinrich qui, dans sa colère, rejetait une entreprise à la fois utopique et bornée qui prétendait rassembler aux quatre coins du monde, pour les regrouper sur une terre étrangère dont ils ne ressentaient aucun désir, les membres d'une race dont les meilleurs, en tout lieu, s'étaient épanouis dans la culture du pays d'accueil, ou tout au moins y participaient. Georg commençait à pressentir combien il serait difficile de prendre une telle décision, justement pour les meilleurs d'entre eux dont parlait Heinrich, ceux qui dans leur âme préparaient l'avenir de l'humanité ; pour eux, justement, qui étaient ballottés entre la crainte de paraître importuns et l'exaspération d'être accusés de devoir céder à une majorité arrogante, — entre la conscience innée d'être chez eux là où ils vivaient et œuvraient, et l'indignation de se voir précisément là persécutés, injuriés ; comment, pris entre l'obstination et le découragement, le sentiment de leur existence, de leur valeur et de leurs droits, ne serait-il pas désorienté ? Pour la première fois la qualification de Juif, qu'il avait lui-même souvent employée sur un ton léger, ironique ou méprisant, commençait à lui apparaître dans un éclairage tout nouveau, plus sombre. Une intuition du sort mystérieux de ce peuple se fit jour dans son esprit, sort que l'on pressentait d'une manière ou d'une autre chez tous ceux qui appartenaient à ce peuple ; tout autant chez ceux qui aspiraient à échapper à cette origine comme à une honte, une souffrance ou une fable qui ne les concernait plus en rien, — que chez ceux qui, obstinément, se référaient à lui comme à un destin, à un honneur ou à une donnée intangible de l'Histoire.

Quand il s'oubliait dans la contemplation des deux antagonistes et observait leurs silhouettes dont les lignes nettement marquées, violemment agitées, se détachaient sur un ciel d'un violet rougeâtre, il était frappé, ce n'était pas la première fois, par le fait qu'Heinrich, qui ne démordait pas d'être ici chez lui, ressemblait dans son allure et dans ses gestes à un prédicateur juif fanatique, tandis que Leo, qui voulait partir avec son peuple en Palestine, par les traits du visage et par son maintien lui rappelait la statue d'un éphèbe grec qu'il avait vue un jour au Vatican ou au musée de Naples. Et, de nouveau, tandis qu'il suivait des yeux avec plaisir les mouvements vifs et harmonieux de Leo, il comprenait fort bien qu'Anna ait éprouvé, il y avait des années, lors de cet été au bord de la mer, une inclination passionnée pour le frère de son amie.

Heinrich et Leo se faisaient toujours face sur la prairie, et leur conversation se perdait en considérations inextricables. Les phrases s'affrontaient, s'empoignaient, se manquaient, se perdaient dans le vide… et, à un certain moment, Georg s'aperçut qu'il n'entendait plus que le son des paroles sans pouvoir en suivre le sens.

Un vent frais soufflait de la plaine et Georg se releva, frissonnant légèrement. Du coup, les deux autres, qui avaient presque oublié sa présence, furent rappelés à la réalité, et on décida de partir. Il faisait encore plein jour sur la campagne, mais le soleil reposait rouge sombre et blafard sur un long banc de nuages vespéraux.

Heinrich, qui attachait son manteau sur sa bicyclette, dit : « Après de telles discussions, il subsiste toujours en moi une insatisfaction qui va jusqu'à provoquer une sensation douloureuse dans l'estomac. Vraiment, c'est ainsi. Elles ne mènent à rien. Et d'ailleurs, à quoi riment des opinions politiques chez des individus qui n'en font pas par profession ou par intérêt ? Exercent-elles la moindre influence sur la conduite de la vie, sur la construction d'une existence ? Vous, Leo, aussi bien que moi, tous deux nous ne ferons jamais rien d'autre, nous ne pourrons jamais rien faire d'autre qu'exécuter ce qui, dans le domaine de notre être et de nos possibilités, nous est donné d'exécuter. De votre vie, vous n'émigrerez en Palestine, même si l'État juif était fondé, et si l'on vous y proposait immédiatement un poste de Premier ministre ou, tout au moins, une place de pianiste officiel... »

Leo l'interrompit : « Oh ! vous ne pouvez pas le savoir.

— J'en suis absolument sûr, dit Heinrich, et, en contrepartie, je vous avouerai qu'en dépit de mon indifférence totale en matière de religion, je ne me ferai jamais baptiser, même s'il était possible — ce qui est de moins en moins le cas aujourd'hui —, d'échapper à tout jamais par une telle supercherie à l'antisémitisme borné et crapuleux.

— Hum ! dit Leo, même si l'on rallumait les bûchers... ?

— Dans ce cas, repartit Heinrich, je m'engage ici solennellement à régler mon attitude sur la vôtre. »

— Voyons, remarqua Georg, ces temps ne reviendront plus.

Les deux autres ne purent s'empêcher de rire à l'idée, comme Heinrich le fit remarquer, que Georg, au nom de toute la chrétienté, était assez aimable pour les rassurer sur leur avenir.

Ils avaient entre-temps traversé la prairie. Georg et Heinrich poussaient leurs bicyclettes sur le chemin de terre raboteux ; Leo, à côté d'eux, son manteau flottant au vent, marchait sur l'herbe. Comme sous l'effet de la fatigue, ils se turent tous un long moment. À l'endroit où le mauvais chemin débouchait sur la grand-route, Leo s'arrêta et dit : « Malheureusement, il nous faut nous séparer ici. » Il tendit la main à Georg et dit en souriant : « Vous avez dû pas mal vous ennuyer aujourd'hui. »

Georg rougit. « Dites donc, est-ce que vous me prenez pour... ? »

Leo garda sa main serrée dans la sienne. « Je vous prends pour quelqu'un de très intelligent et de très bon. Me croyez-vous ? »

Georg garda le silence.

« Je voudrais savoir, Georg, si vous me croyez, j'y attache de l'importance, insista Leo, dont le ton avait quelque chose de vraiment chaleureux.

— Bien sûr, je vous crois, répondit Georg non sans quelque impatience.

— J'en suis heureux, dit Leo, car vous m'êtes très sympathique, Georg. »

Il le regarda droit dans les yeux, puis lui tendit encore une fois la main, ainsi qu'à Heinrich, et partit.

Cependant Georg eut soudain le sentiment que ce jeune homme qui, la tête légèrement inclinée, le manteau flottant, marchait en plein milieu de cette chaussée en pente, ne s'en allait pas vers un « chez-soi », mais quelque part dans une contrée étrangère où l'on ne pourrait le suivre. Sentiment qui lui était d'autant moins compréhensible qu'il avait, ces derniers temps, passé plusieurs heures au café à bavarder avec Leo, et qu'il avait aussi appris par Anna sur lui, sur sa famille, sur ses conditions d'existence, des renseignements révélateurs. Il savait que ce fameux été au bord du lac qui remontait à six ans, comme la passion juvénile d'Anna, avait signifié pour la famille Golowski la dernière période heureuse, et que le commerce du père avait périclité l'hiver suivant. D'après le récit d'Anna, il avait été tout à fait remarquable de voir les membres de la famille s'adapter si facilement au changement des circonstances, comme s'ils s'attendaient depuis longtemps à ce renversement de fortune. On quitta l'appartement confortable à proximité de l'Hôtel de Ville pour une petite rue sombre près de l'*Augarten*[1]. M. Golowski se livra à une activité de courtier pour toutes sortes d'affaires ; Mme Golowski exécuta et vendit des travaux de couture ; Therese donna des leçons de français et d'anglais, et continua, les premiers temps, à fréquenter le cours d'art dramatique. Un jeune violoniste d'une aristocratique famille russe tombée dans la misère éveilla son intérêt pour les questions politiques. Bientôt, elle renonça à l'art pour lequel elle avait toujours montré plus de penchant que de talent, et, peu de temps après, elle militait en organisant des actions et faisant des discours au parti social-démocrate. Leo, sans partager ses opinions, se réjouissait de la voir si active, si audacieuse. Parfois, il se rendait même avec elle aux réunions ; mais comme il ne se laissait pas facilement impressionner par les grands mots, ni par les promesses qui ne seraient jamais réalisées, ni par les menaces proférées dans le vide, il s'amusait le plus souvent sur le chemin du retour à lui démontrer avec une rigueur irréfutable les contradictions incluses dans ses discours et dans ceux de ses camarades du parti. En particulier, il s'efforçait inlassablement de lui faire comprendre qu'elle ne pourrait pas, souvent pendant des jours et des semaines, oublier complètement sa grande mission, si sa compassion pour les pauvres, les déshérités, était vraiment aussi profonde qu'elle se l'imaginait. Cependant, la vie de Leo lui-même manquait d'un but précis. Il écoutait des conférences techniques, donnait des leçons de piano, envisageait même parfois une carrière de virtuose et travaillait alors cinq à six heures par jour pendant quelques semaines. Mais on ne pouvait encore déterminer ce qu'il choisirait en définitive. Conformément à sa tendance d'attendre inconsciemment le miracle qui pourrait lui épargner des ennuis, il avait repoussé son année de service volontaire aussi longtemps que possible, et attendu le dernier délai, si bien qu'il était maintenant sous les drapeaux à vingt-quatre ans révolus. Les parents laissaient toute latitude à Leo et à Therese, et les nombreuses différences d'opinion ne provoquaient chez les Golowski que peu de conflits sérieux. La mère demeurait le plus souvent à la maison, cousait, tricotait, faisait du crochet ; le père vaquait à ses affaires de plus en plus négligemment, préférant passer ses journées au café à regarder les joueurs d'échecs, une distraction qui lui permettait d'oublier la ruine de son existence. Depuis sa faillite, il semblait ne pouvoir se départir d'une certaine gêne vis-à-vis de ses enfants, si bien qu'il était presque fier quand, Therese, à l'occasion, lui donnait à lire un article qu'elle avait rédigé ou quand Leo daignait, le dimanche, disputer avec lui une partie de ses chers échecs.

Il semblait parfois à Georg que sa propre sympathie pour Leo entretenait un mystérieux rapport avec l'inclination, depuis longtemps révolue, qu'Anna avait éprouvée pour lui. Car, ce n'était pas la première fois qu'il se sentait étrangement attiré par un homme vers qui, dans le passé, s'était tournée une âme qui maintenant lui était acquise.

Georg et Heinrich étaient remontés en selle et roulaient sur une route étroite à travers un bois épais et sombre. Plus tard, quand des deux côtés les arbres se furent espacés, ils eurent dans le dos le soleil couchant et leurs ombres très allongées couraient devant leurs bicyclettes. La route se mit à descendre plus rapidement et les conduisit bientôt à des maisons basses recouvertes de feuilles rousses. Un très vieil homme était assis sur un banc devant sa porte, un enfant pâle se penchait à une fenêtre ouverte. À part eux, on n'apercevait pas âme qui vive.

« On dirait un village ensorcelé », remarqua Georg.

D'un hochement de tête, Heinrich approuva. Il connaissait l'endroit. Il y était déjà venu cette année avec son amie par une splendide journée d'été. Il se le rappela, et une nostalgie ardente fit palpiter son cœur. Il se souvint des dernières heures passées avec elle, à Vienne, dans sa propre chambre ; les jalousies baissées gardaient la fraîcheur et laissaient filtrer par leurs fentes les rayons matinaux d'un soleil d'août brûlant ; puis la dernière promenade par les petites rues restées fraîches entre les murs de pierre, dans un calme dominical, et à travers de vieilles cours désertes… et lui qui ne se doutait pas qu'il vivait tout cela pour la dernière fois. Car, le jour suivant, l'affreuse lettre était arrivée qui disait qu'elle avait voulu lui épargner la douleur de la séparation, et que lorsqu'il lirait ces lignes elle aurait depuis longtemps franchi la frontière, en route pour une ville nouvelle, une ville étrangère.

La route s'anima. Des villas accueillantes, entourées de plaisants jardinets, apparurent ; derrière les maisons, des hauteurs boisées s'élevaient en pente douce. La vallée s'élargit de nouveau, et le jour sur son déclin caressait les prairies et les champs. Dans le grand jardin désert d'une auberge, des lampadaires étaient allumés. Les voiles du crépuscule semblaient monter de tous les côtés à la fois. On arrivait à un carrefour. Georg et Heinrich descendirent de bicyclette et allumèrent une cigarette.

« À droite ou à gauche ? » demanda Heinrich.

Georg regarda sa montre : « Six heures… et je dois être en ville à huit heures.

— Alors, nous ne pourrons pas dîner ensemble, dit Heinrich.

— Malheureusement pas.

— Dommage. Alors, prenons tout de suite le chemin le plus court par *Sievering*[1]. »

Ils allumèrent leurs lumières et poussèrent leurs bicyclettes sur la longue route en lacet à travers la forêt. L'un après l'autre, les arbres surgissaient de l'ombre, saisis par le faisceau lumineux, puis retombaient dans la nuit. Le vent sifflait plus fortement dans les branches, et on entendait le bruissement des feuilles qui tombaient. Heinrich éprouvait une légère anxiété, comme cela lui arrivait parfois dans l'obscurité en pleine nature. À la pensée de devoir passer la soirée seul, il ressentait une sorte de déception. Il en voulait à Georg, et s'irritait de son attitude renfermée. Il décida, et pas pour la première fois, qu'à partir de maintenant il ne parlerait plus à Georg de ses propres affaires intimes. Cela valait mieux. Il n'avait pas besoin de la confiance, de la sympathie de quiconque. Il s'était toujours senti plus à l'aise quand il suivait seul sa voie. Il en avait fait suffisamment l'expérience. Pourquoi ouvrir son cœur à un autre ? Bien sûr, avoir des relations pour participer à des promenades, des voyages, à des conversations objectives et intéressantes sur toutes sortes de choses de la vie et de l'art… avoir des femmes pour de brèves étreintes, mais pas besoin d'un ami ni d'une maîtresse. Ainsi l'existence s'écoulerait plus digne et exempte de soucis. Il s'exaltait à ces pensées, se sentait devenir dur, supérieur. L'ombre de la forêt cessait d'être menaçante, il marchait dans le léger murmure nocturne comme dans un élément allié.

Le haut de la côte fut bientôt atteint. Un ciel sombre, sans étoiles, surplombait la route grise et les prairies, baignées de brouillard, qui s'ouvraient de part et d'autre sur une étendue incertaine jusqu'aux collines boisées. De la petite maison de l'octroi, tout près, parvenait une faible lueur. Ils remontèrent sur leurs machines et descendirent la pente aussi vite que l'obscurité le permettait. Georg avait hâte d'être arrivé. Il lui paraissait curieusement invraisemblable qu'il pût déjà dans une heure et demie retrouver la chambre tranquille dont seuls Anna et lui connaissaient l'existence ; la pièce à la lumière tamisée avec les chromos au mur, le divan de velours bleu, le piano droit sur lequel se trouvaient des photographies de gens inconnus, et un buste de Schiller en plâtre, avec ses hautes fenêtres étroites en face de la vieille église sombre et grise.

Des réverbères brûlaient le long du chemin. La route se fit plus dégagée et offrit une dernière vue sur les hauteurs. Puis ils roulèrent plus rapidement tout d'abord entre des villas bien entretenues, enfin sur une grande artère, encombrée et bruyante, qui s'enfonçait dans la ville. Devant la *Votivkirche*[1], ils mirent pied à terre.

« Au revoir, dit Georg, et à demain, au café.

— Je ne sais pas… » répondit Heinrich et, devant le regard interrogateur de Georg, il ajouta : « Il se peut que je parte en voyage.

— Oh ! une décision si soudaine !

— Oui, on est parfois saisi…

— De nostalgie, compléta Georg en souriant.

— Ou de peur, dit Heinrich avec un rire bref.

— Mais il n'y a aucune raison pour cela, remarqua Georg.

— En êtes-vous bien sûr ? » Le ton d'Heinrich était hargneux.

« Vous m'avez dit vous-même…

— Quoi donc ?

— Que vous receviez de ses nouvelles chaque jour.

— Oui, c'est vrai, chaque jour. Je reçois des lettres tendres, enflammées. Chaque jour à la même heure. Mais qu'est-ce que ça prouve ? J'en écris bien de plus enflammées et de plus tendres, et pourtant…

— Ah ! bon », dit Georg qui le comprenait. Il risqua la question : « Pourquoi ne restez-vous pas auprès d'elle ? »

Heinrich haussa les épaules. « Reconnaissez vous-même, Georg, que cela vous paraîtrait un peu ridicule si, pour une telle amourette, on démontait sa tente pour parcourir le monde avec une petite actrice…

— Moi, personnellement, je le regretterais évidemment beaucoup… mais "ridicule"… qu'y aurait-il là de ridicule ?

— Non, je n'en ai pas envie, conclut Heinrich brutalement.

— Mais si vous… si vous y attachiez un grand prix… si vous le lui demandiez sans détour… la jeune femme n'abandonnerait-elle pas sa carrière ?

— C'est possible. Mais je ne le demande pas. Je ne veux pas le demander. Non. Plutôt souffrir qu'en porter la responsabilité.

— La responsabilité serait-elle si grande ? demanda Georg. Je veux dire… le talent de cette jeune personne est-il si exceptionnel, aime-t-elle d'ailleurs si fort son art que ce lui serait un sacrifice d'y renoncer ?

— Si elle a du talent ? dit Heinrich. Je n'en sais rien moi-même. Je crois bien qu'elle est la seule créature au monde dont je ne me risquerais pas à juger le talent. Chaque fois que je l'aie vue sur scène, le son de sa voix m'a paru celui d'une inconnue, pour ainsi dire plus étranger que celui de toutes les autres voix. C'est vraiment tout à fait étonnant… Mais vous aussi, vous l'avez vue jouer, Georg, quelle impression vous fait-elle ? Dites-le-moi sincèrement.

— Eh bien, pour être franc… je ne me la rappelle pas bien. Excusez-moi, mais je ne savais pas alors… Quand vous me parlez d'elle, je vois toujours une mèche de cheveux roux qui retombe un peu sur le front… et dans un petit visage clair de grands yeux noirs inquiets.

— Oui, des yeux inquiets », répéta Heinrich en se mordant les lèvres, et il se tut un instant. « Adieu, dit-il soudain.

— Vous m'écrirez, n'est-ce pas ? demanda Georg.

— Oui, certainement. Et d'ailleurs, je reviendrai bien un jour, ajouta-t-il avec un sourire crispé.

— Bon voyage », dit Georg qui lui tendit la main avec une cordialité marquée. Heinrich en fut réconforté. Cette poignée de main chaleureuse lui donnait soudain non seulement l'assurance que Georg ne le trouvait pas ridicule, mais aussi, chose étrange, que son amie lointaine lui était fidèle, et qu'il était lui-même un homme à qui il était plus permis qu'à d'autres.

Georg le suivit des yeux tandis qu'il s'éloignait au plus vite sur sa bicyclette. De nouveau, comme quelques heures auparavant, lors du départ de Leo, il avait l'impression que quelqu'un lui échappait en partant vers une contrée inconnue ; et à cet instant il savait que, malgré toute la sympathie qu'ils lui inspiraient, il ne connaîtrait jamais auprès d'aucun des deux une intimité sans réserve comme cela avait été le cas l'année précédente avec Guido Schönstein et auparavant avec le pauvre Labinski. Il se demandait si cela ne tenait pas à la différence de race entre lui et eux, et si, sans la discussion intervenue entre les deux hommes, il aurait pris lui-même conscience aussi nettement de cette distance. Il en doutait. Ne se sentait-il pas justement plus proche de ces deux êtres et de bien d'autres de leur race, et même plus en affinité avec eux qu'avec beaucoup d'autres personnes du même sang que lui ? N'éprouvait-il pas très fortement le sentiment que parfois, quelque part dans les profondeurs, il existait entre lui et ces deux-là des liens plus solides que ceux qui l'unissaient à Guido, voire à son propre frère ? Mais, s'il en était ainsi, n'aurait-il pas dû à un moment quelconque de l'après-midi le leur dire ? Leur crier : faites-moi confiance, ne m'excluez pas, essayez de me considérer comme un ami !... Et quand il se demandait pourquoi il ne l'avait pas fait et pourquoi il avait à peine participé à leur discussion, il s'apercevait avec étonnement qu'il n'avait pu se défendre pendant toute sa durée d'une sorte de sentiment de culpabilité, comme si lui-même, sa vie durant, n'avait pas été exempt d'une certaine hostilité inconsidérée envers ces « étrangers », comme Leo lui-même les appelait, hostilité qu'aucune expérience personnelle ne justifiait, et qu'il avait ainsi contribué pour sa part à la méfiance, à l'attitude de bravade que certains d'entre eux lui opposaient, se renfermant sur eux-mêmes alors qu'il ressentait l'opportunité et le désir d'aller lui-même à leur rencontre. Cette pensée suscitait en lui un malaise croissant qu'il n'arrivait pas à bien analyser, et qui n'était rien d'autre que l'intuition diffuse que même entre des individus sains d'esprit, des rapports sains ne peuvent se développer dans une atmosphère de folie, d'injustice et d'insincérité.

Comme pour fuir ce malaise, il accéléra de plus en plus sur le chemin du retour. Arrivé chez lui, il se changea en hâte pour ne pas faire attendre Anna. Il ne l'avait jamais aussi fortement désirée. Il lui semblait rentrer d'un long voyage pour retrouver le seul être qui lui appartînt tout entier.

.4

Georg se tenait à la fenêtre. Juste au-dessous se voûtaient les dos de pierre de géants barbus qui portaient de leurs bras puissants le blason rongé par les intempéries d'une noble race depuis longtemps disparue. Vis-à-vis, émergeant de la pénombre des très vieilles maisons, la montée serpentait jusqu'au porche gris de l'église[1] qui, dans le tourbillon des flocons de neige, s'estompait comme derrière un rideau flottant. Sur la place, la lumière d'un réverbère scintillait faiblement dans le jour déclinant. Par cet après-midi de jour férié, la rue en contrebas recouverte de neige était encore plus silencieuse que de coutume ; elle menait jusque dans le centre, mais en restant en dehors de toute agitation. Et, comme chaque fois qu'il avait gravi le large escalier de l'ancien palais, loué maintenant par appartements, et pénétré dans la pièce spacieuse à la voûte surbaissée, Georg, évadé de son monde habituel, comprenait qu'il était entré dans l'autre domaine de son étrange double vie.

Il entendit une clef grincer à la porte et se retourna. Anna entra. Georg, radieux, la prit dans ses bras, l'embrassa sur le front et sur la bouche. Sa jaquette bleu foncé, son chapeau à large bord, son boa de fourrure, tout était couvert de neige.

« Mais tu as travaillé », dit Anna en posant ses affaires, et elle désigna la table où près de l'abat-jour vert se trouvait du papier à musique couvert de notes.

« J'ai revu le quintette, le premier mouvement. Il y a là encore beaucoup à faire.

— Et ensuite ce sera magnifique.

— Espérons-le. Tu viens de chez toi, Anna ?

— Non, de chez les Bittner.

— Comment, aujourd'hui, un jour férié ?

— Oui. À la suite d'une rougeole, les deux fillettes ont perdu beaucoup de temps, il faut le rattraper. Cela d'ailleurs ne me déplaît pas, ne serait-ce que pour des raisons financières.

— Quelle somme énorme !

— Et puis cela me permet au moins d'échapper pour quelques heures au "cher foyer familial".

— Ah ! bon », dit Georg. Il posa le boa d'Anna sur le dossier d'un siège et, distraitement, passa ses doigts sur la fourrure. La remarque d'Anna où perçait, ce n'était pas nouveau, un léger reproche envers lui, l'avait un peu contrarié. Elle s'assit sur le canapé, porta les mains à ses tempes, lissa un peu en arrière sa chevelure ondulée châtain clair et regarda Georg en souriant. Lui, les deux mains dans les poches de sa veste, appuyé à la commode, commença à lui parler de la soirée précédente qu'il avait passée avec Guido et la violoniste. Cette jeune personne suivait depuis quelques semaines, à la demande du comte, une instruction religieuse catholique auprès du confesseur d'une grande-duchesse ; elle de son côté, incitait Guido à lire Nietzsche et Ibsen. Mais pour l'instant le seul résultat de cette étude, d'après le récit de Georg, était que le jeune comte avait pris l'habitude d'appeler en plaisantant son amie « Mlle Ratonne », d'après le personnage curieux du *Petit Eyolf*[1].

Anna, elle, n'avait rien de divertissant à raconter sur sa soirée. Ils avaient eu des visites. « Tout d'abord, les deux cousines de Maman, puis un collègue de bureau de Papa pour une partie de tarots. Josef également s'est consacré à la famille, il est resté sur le canapé de trois à cinq, puis son grand ami de fraîche date, monsieur Jalaudek, est arrivé, qui m'a fait outrageusement la cour.

— Tiens, tiens.

— Il était ravissant. Imagine, une cravate violette mouchetée de jaune, tu n'as aucune chance, à côté ! Il m'a transmis la proposition flatteuse de participer *Chez le Sauvage* à la réunion d'une prétendue académie au profit de l'Association des Bâtisseurs d'Églises de *Währing*[1].

— Tu as naturellement accepté.

— Je me suis excusée en arguant de l'insuffisance de ma voix et de ma piété.

— Pourtant, en ce qui concerne la voix…

— Non, dit-elle simplement, cet espoir-là, je l'ai abandonné définitivement. »

Il la considéra, observa son regard qui restait clair, sans le moindre trouble. De l'église voisine, le chant de l'orgue leur parvenait assourdi.

« Au fait, dit Georg, je t'ai apporté le billet pour la représentation de *Carmen*, demain.

— Merci beaucoup », dit-elle en prenant le billet. « Viendras-tu aussi ?

— Oui, j'ai une loge au troisième balcon, et j'ai invité Bermann. J'emporterai la partition, et, comme dernièrement pour *Lohengrin*, je m'entraînerai à la direction d'orchestre. Mais bien au fond, tu t'en doutes. Tu ne peux imaginer ce qu'on apprend ainsi. Je voudrais encore te proposer quelque chose, ajouta-t-il d'une voix hésitante. Veux-tu après le théâtre souper avec moi et Bermann ? »

Elle se tut.

Il continua : « Cela me ferait vraiment plaisir que tu le connaisses mieux. Avec tous ses défauts, c'est cependant une personnalité, et… »

Elle l'interrompit sèchement et reprit son visage de bourgeoise distinguée. « Je ne suis pas une "Mlle Ratonne". » Georg pinça les lèvres. « Cela ne m'atteint pas, ma chère petite, je me distingue de Guido sur pas mal de points. Mais, comme tu voudras. » Il marchait de long en large dans la pièce, elle restait assise sur le canapé. « Tu iras donc ce soir chez les Ehrenberg ? demanda-t-elle ensuite.

— Tu le sais, j'ai déjà refusé à deux reprises ces derniers temps. Il m'était difficile cette fois…

— Tu n'as pas à t'excuser, Georg, je suis moi aussi invitée.

— Où donc?

— Également chez les Ehrenberg.

— Vraiment! s'exclama-t-il malgré lui.

— Qu'est-ce qui t'étonne si fort? demanda-t-elle, sarcastique. Apparemment, ils ne savent pas encore que je ne suis plus une personne fréquentable.

— Voyons, Anna, qu'est-ce qui te prend aujourd'hui? Pourquoi es-tu si susceptible? Même si l'on savait… crois-tu que cela empêcherait les gens de t'inviter? Au contraire. Je suis convaincu que Mme Ehrenberg en concevrait du respect à ton égard.

— Et "Petite-Else" irait peut-être jusqu'à m'envier. Ne crois-tu pas? Elle m'a d'ailleurs écrit une lettre charmante. La voilà, veux-tu la lire?» Georg la parcourut et la trouva d'une amabilité un peu appuyée; il la rendit à Anna sans commentaire.

«En voici d'ailleurs une autre, au cas où elle t'intéresse.

— Du docteur Stauber? Ah bon? Cela lui plairait-il, de savoir qu'on me la donne à lire?

— Te voilà tout à coup bien scrupuleux!» D'un ton de reproche, elle ajouta : «Cela n'est sans doute pas la seule chose qui lui déplairait.»

Georg lut rapidement la lettre. D'une manière sèche, parfois légèrement humoristique, Berthold rendait compte de ses travaux à l'Institut Pasteur, de ses promenades, de ses excursions, de ses soirées au théâtre, sans oublier des remarques d'ordre général; cependant, dans ses huit pages, la lettre ne contenait aucune allusion au passé ou à l'avenir. Georg demanda négligemment : «Combien de temps reste-t-il encore à Paris?

— Comme tu vois, il n'y a pas un mot sur son retour.

— Ton amie Therese mentionnait récemment que les membres de son parti souhaiteraient le voir revenir parmi eux.

— Ah! elle est reparue au café?

— Oui, je lui ai parlé, il y a deux ou trois jours. Elle m'amuse chaque fois énormément.

— Vraiment?

— Au début, elle se comporte toujours de façon très hautaine, aussi avec moi. Visiblement, parce que je gaspille ma vie avec mes occupations artistiques et des bêtises semblables, alors qu'il existe au monde tant de choses plus importantes à faire. Mais quand elle s'échauffe un peu, on découvre qu'elle s'intéresse à toutes les bêtises possibles, comme nous autres, gens ordinaires.

— Elle s'échauffe facilement», remarqua Anna, imperturbable.

Georg marchait de long en large et continuait à parler. «Elle fut délicieuse, lors du dernier tournoi d'escrime, dans la salle du *Musikverein*[1]. À propos, qui était donc le monsieur assis près d'elle tout en haut de la galerie?»

Anna haussa les épaules. «Je n'ai pas eu le privilège d'assister au tournoi. De plus, je ne connais pas tous les chevaliers servants de Therese.

— Je suppose, dit Georg, qu'il s'agissait d'un camarade, sous tous les rapports. Une mine sombre, et assez mal habillé. Quand Therese a applaudi à la victoire de Felician, il s'est pour ainsi dire recroquevillé de jalousie.

— Que t'a dit au juste Therese au sujet de Berthold?

— Oh! répondit Georg sur le ton de la plaisanterie, on s'y intéresse encore énormément, à ce qu'il paraît.»

Anna ne répondit pas.

«Eh bien, poursuivit Georg, je peux t'annoncer qu'on veut le voir, cet automne, poser sa candidature au Parlement, ce que je trouve d'ailleurs très compréhensible vu ses remarquables dons d'orateur.

— Qu'en sais-tu, l'as-tu déjà entendu parler?

— Évidemment, tu ne te rappelles donc pas? C'était chez vous!

— Tu n'as vraiment pas besoin de te moquer de lui.

— Je n'en ai pas l'intention.

— J'ai remarqué d'emblée qu'il t'a semblé alors un peu ridicule. Lui et aussi son père. D'ailleurs tu as pris la fuite à leur arrivée.

— Pas du tout, Anna. Tu es injuste de m'imputer une attitude semblable.

— Tous les deux peuvent bien avoir leurs faiblesses mais ils font au moins partie des gens sur qui on peut compter. C'est quelque chose.

— L'ai-je nié, Anna? Vraiment, je ne t'ai jamais entendue t'exprimer d'une manière aussi illogique. Qu'attends-tu de moi? Aurais-je dû me montrer jaloux à cause de cette lettre?

— Jaloux? Il ne manquerait plus que ça, jaloux, toi, avec ton passé!»

Georg haussa les épaules. Des souvenirs surgissaient dans sa tête, de pareilles disputes au cours de liaisons précédentes, de ces désaccords, ce relâchement des liens, soudain, inexplicable, qui le plus souvent ne signifiait rien d'autre que le commencement de la fin. En était-il déjà aujourd'hui arrivé là avec Anna, si bonne et intelligente? De mauvaise humeur, presque triste, il arpentait la pièce. Par moments, il jetait un coup d'œil rapide sur son amie qui, assise silencieuse dans un coin du canapé, frottait doucement ses mains l'une contre l'autre, comme si elle avait froid. Dans le silence de la pièce subitement devenue lugubre, l'orgue résonna plus fort qu'auparavant, on entendit des chœurs, et les vitres vibrèrent légèrement. Le regard de Georg tomba sur le petit sapin de Noël dressé sur la commode dont les bougies avaient brûlée avant-hier soir pour lui et pour Anna. Mi ennuyé, mi distrait, il tira des allumettes de sa poche et commença à les allumer l'une après l'autre. Soudain, la voix d'Anna tinta à ses oreilles. «Dans un cas grave, dit-elle lentement, je ne ferais confiance à personne d'autre qu'au vieux docteur Stauber.»

Surpris, Georg se tourna vers elle et souffla sur l'allumette enflammée qu'il tenait encore à la main. Il sut tout de suite ce qu'Anna voulait dire, et s'étonna de n'y avoir lui-même plus pensé depuis leur dernière rencontre ; il alla à elle, lui prit la main. Elle releva alors les yeux, impénétrable, les traits figés.

«Voyons, Anna, dis-moi...»; il s'assit à côté d'elle sur le canapé, prenant ses deux mains dans les siennes.

Elle se tut.

«Pourquoi ne parles-tu pas?»

Elle haussa les épaules. «C'est qu'il n'y a justement rien de nouveau à ajouter, déclara-t-elle simplement.

— C'est cela», dit-il lentement. Il pensa brusquement que son irritabilité surprenante, aujourd'hui, devait être interprétée comme un signe de l'état auquel elle faisait allusion et un sentiment d'inquiétude l'envahit. «Mais nous n'en sommes sûrement pas encore là, dit-il d'un ton un peu plus froid qu'il l'aurait voulu. Et... quand bien même..., ajouta-t-il avec un entrain forcé.

— Tu me pardonnerais?» demanda-t-elle en souriant.

Il la serra contre lui et retrouva soudain sa bonne humeur. Son cœur fut embrasé d'une vive tendresse un peu émue pour cet être doux et bon qu'il tenait dans ses bras et qui, il le sentait profondément, ne lui causerait jamais une peine sérieuse. «Ce ne serait vraiment pas si terrible, dit-il gaiement, tu quitterais simplement Vienne pour quelque temps, et c'est tout.

— Pas aussi simple que tu sembles soudain le supposer.

— Pourquoi pas? Un prétexte est vite trouvé. Et d'ailleurs, ça regarde qui? Nous deux. Personne d'autre. En ce qui me concerne, tu sais que je peux partir n'importe quel jour, et rester absent aussi longtemps que je veux. Je n'ai même pas encore signé de contrat pour l'année prochaine», ajouta-t-il en souriant. Puis il se leva pour éteindre les bougies, presque entièrement consumées ; il reprit ensuite avec une animation grandissante : « Ce serait même magnifique. Pense donc, Anna ! Nous pourrions partir fin février ou début mars, dans le Midi naturellement, en Italie, peut-être au bord de la mer. Nous habiterions dans un endroit tranquille où personne ne nous connaîtrait, dans un bel hôtel avec un immense parc. Et là-bas on pourrait travailler, formidable !

— C'est donc pour cette raison ! » dit-elle, comprenant soudain. Il rit, la serra plus fort dans ses bras, elle se blottit contre sa poitrine. Aucun son ne parvenait plus du dehors. L'orgue et les chœurs s'étaient tus. Devant les fenêtres, le rideau des flocons de neige palpitait… Georg et Anna furent heureux, comme jamais auparavant.

Tandis qu'ils se reposaient dans la pénombre, il parla de ses projets musicaux pour le proche avenir, et lui raconta le livret d'opéra d'Heinrich, tout au moins ce qu'il en savait. La pièce se remplit d'ombres chatoyantes. Dans un palais royal féerique une cérémonie de mariage battait son plein. Un jeune homme exalté s'y glissait et brandissait un poignard contre le prince. Une sentence sinistre, plus mystérieuse que la mort, était prononcée. Sous une lumière crépusculaire, lentement, un bateau dérivait vers un but ignoré. Une princesse, autrefois fiancée à un duc, reposait aux pieds du jeune homme. Voguant sur un esquif scintillant, un inconnu apportait un étrange message ; des fous, des astrologues, des danseuses, des courtisans défilaient. Anna l'avait écouté en silence. Le récit terminé, Georg était curieux d'apprendre l'impression produite sur elle par ces tableaux imprécis.

« Je ne peux pas bien le dire, répondit-elle. En tout cas, pour l'instant, je ne vois pas bien comment quelque chose de solide pourrait naître de cette ébauche confuse.

— Bien sûr, tu ne peux pas encore te le représenter, surtout d'après mon récit… Mais tu es sensible cependant à l'ambiance musicale que dégage cette histoire, n'est-ce pas ? J'ai même déjà noté quelques thèmes… et je souhaiterais vivement que Bermann se mette bientôt sérieusement au travail.

— À ta place, Georg… Je peux te dire quelque chose ?

— Évidemment, dis-le-moi.

— Eh bien, moi, à ta place, je terminerais tout d'abord le quintette. Il doit, à l'heure actuelle, être presque achevé.

— Presque, et pourtant… Et puis, tu ne dois pas oublier que j'ai mis en chantier divers projets, ces derniers temps : les deux pièces pour piano, ensuite le scherzo pour orchestre… qui est même assez avancé. Mais sa place est obligatoirement à l'intérieur d'une symphonie.»

Anna ne répondit rien. Georg remarqua que ses pensées vagabondaient, et il lui demanda dans quelle contrée elle s'était évadée. «Pas très loin, répliqua-t-elle. Il m'est simplement passé par la tête tout ce qui peut se produire d'ici la réalisation définitive de cet opéra.

— Oui, dit lentement Georg, en proie à un léger trouble… si l'on pouvait lire dans l'avenir.»

Elle soupira très doucement, et il se serra plus étroitement contre elle, comme touché de compassion. «Sois tranquille, ma chérie, sois tranquille, dit-il, je suis là… et je serai toujours là.» Il crut deviner sa réflexion. Ne peut-il rien dire de mieux… de plus fort… quelque chose qui me délivrerait de toute inquiétude… et pour toujours? Dissimulant sa pensée, avec le sentiment de courir un danger, il lui demanda : «À quoi penses-tu?» et, comme elle gardait obstinément le silence, de nouveau : «À quoi penses-tu donc, Anna?

— À quelque chose d'étrange, dit-elle doucement.

— À quoi?

— Que la maison où il viendra au monde existe déjà… et que nous n'avons aucune idée où… voilà à quoi j'ai dû penser.

— À cela», dit-il, étrangement attendri. Et dans un nouvel accès de tendresse, il la pressa sur son cœur. «Je ne vous quitterai jamais… tous les deux.»

Quand la pièce fut de nouveau éclairée, ils étaient très gais, cueillirent sur les branches du petit sapin de Noël les dernières sucreries oubliées, se réjouirent à la pensée de se retrouver bientôt parmi des gens indifférents, comme à l'idée d'une plaisante aventure; ils rirent et débitèrent de joyeuses sottises.

Dès qu'Anna fut partie, Georg enferma ses partitions dans un tiroir, éteignit la lampe et ouvrit une fenêtre. La neige tombait, fine, légère. Émergeant de l'ombre, un vieil homme gravit la pente, et sa respiration pénible était perceptible dans l'air tranquille. En face, l'église muette dressait sa muraille grise… Georg demeura un moment à la fenêtre. En cet instant, il était presque convaincu que la supposition d'Anna n'était pas fondée. Il se rappela avec soulagement l'assertion de Leo Golowski selon laquelle Anna était vouée à un destin bourgeois. Cela ne pouvait vraiment pas correspondre à la «ligne de son destin» d'avoir un enfant d'un amant. Et ce n'était pas non plus dans la ligne du sien d'assumer des responsabilités aussi sérieuses, d'être lié dès aujourd'hui, et peut-être pour toujours, à une femme ; d'être père si jeune. Père !... Le mot le frappa au cœur, lourd, presque sinistre.

À huit heures du soir, il pénétra dans le salon des Ehrenberg. Des airs de valse retentirent à ses oreilles. Le vieil Eissler était au piano, sa longue barbe grise frôlant presque les touches. Georg, qui s'était arrêté sur le seuil pour ne pas déranger, fut salué par des regards, de tous les côtés. Avec un toucher délicat au rythme bien marqué, Eissler exécutait ses célèbres valses viennoises et ses chansons, et Georg prit comme d'habitude un vif plaisir à entendre ces mélodies langoureuses.

« Splendide ! dit Mme Ehrenberg quand le vieil homme se redressa.

— Gardez plutôt les grands mots pour de plus grandes occasions, Leonie », répliqua Eissler dont c'était le privilège bien connu, depuis toujours, d'appeler toutes les dames et les jeunes filles par leur prénom. Et chacune semblait savourer de l'entendre prononcé par la voix chaude et vibrante du beau vieillard, voix où vibrait parfois un écho sentimental, souvenir de ses fredaines de jeunesse. Georg lui demanda si toutes ses compositions avaient été publiées.

« Fort peu, cher baron ; je ne sais malheureusement pas écrire une partition.

— Pourtant ce serait vraiment dommage si ces mélodies charmantes devaient se perdre tout à fait.

— Justement, je le lui ai dit souvent, intervint Mme Ehrenberg, mais il fait partie, hélas ! des gens qui ne se sont jamais pris eux-mêmes au sérieux.

— Mais c'est une erreur, Leonie. Savez-vous comment j'ai commencé ma carrière musicale ? J'ai voulu composer un grand opéra. À vrai dire, j'avais alors dix-sept ans et j'étais follement épris d'une cantatrice. »

De la table, la voix de Mme Oberberger parvint jusqu'à leur coin. « C'était certainement une choriste.

— Vous vous trompez, Katharina, répliqua Eissler, je ne m'intéressais pas aux choristes. C'était même un amour platonique, comme la plupart des grandes passions de ma vie.

— Étiez-vous donc si maladroit ? demanda Mme Oberberger.

— Peut-être bien aussi parfois, répondit Eissler d'une voix sonore et digne, car j'aurais pu probablement avoir autant de succès qu'un capitaine de hussards. Mais je ne regrette pas ma maladresse. Nous ne gardons de vraiment bons souvenirs authentiques que des occasions manquées. »

Mme Ehrenberg approuva de la tête.

« On ne se tromperait donc pas, monsieur Eissler, remarqua Nürnberger, si l'on attribuait dans votre vie le rôle principal aux souvenirs mitigés.» De nouveau, Mme Ehrenberg opina. Elle était ravie quand on se montrait spirituel dans son salon.

«Pourquoi dites-vous, demanda Mme Oberberger, que vous auriez pu avoir autant de succès qu'un capitaine de hussards? Il n'est pas vrai du tout que les officiers aient particulièrement du succès auprès des dames. Ce n'est pas parce que ma belle-sœur a eu un jour une liaison avec un lieutenant...

— Je ne crois pas à l'amour platonique», dit Sissy, enveloppant la salle d'un regard brillant.

Mme Wyner poussa un cri.

«Mademoiselle Sissy a probablement raison, dit Nürnberger. Je suis au moins persuadé que la plupart des femmes considèrent l'amour platonique soit comme une offense, soit comme une excuse.

— Il y a de très jeunes filles ici, rappela Mme Ehrenberg doucement.

— Mais on le remarque déjà au fait qu'elles participent à la conversation, dit Nürnberger.

— Cependant, je voudrais me permettre d'ajouter au chapitre de l'amour platonique une petite anecdote, dit Heinrich.

— Pas une histoire juive, j'espère! intervint Else.

— Certainement pas. Écoutez donc. Une blondinette...

— Cela ne prouve rien, interrompit Else.

— Laisse-le donc terminer, supplia Mme Ehrenberg.

— Donc, une blondinette, reprit Heinrich, m'a un jour, contrairement à mademoiselle Sissy, exposé sa conviction que l'amour platonique existait vraiment. Et savez-vous ce qu'elle m'a fourni comme preuve?... Un témoignage personnel. Elle aurait, à ce qu'elle dit, passé une fois une heure entière, toute seule dans une pièce, avec un sous-lieutenant et...

— Cela suffit, s'exclama Mme Ehrenberg, inquiète.

— Et, termina Heinrich, imperturbable, d'un ton apaisant, il ne s'était pas passé la moindre chose pendant cette heure.

— ... Dit la blondinette», compléta Else.

La porte s'ouvrit; Georg vit entrer une dame inconnue vêtue d'une robe bleu clair au décolleté carré, une dame pâle, simple et distinguée. Ce ne fut qu'à son sourire qu'il reconnut que c'était Anna Rosner, et il en ressentit une sorte de fierté. Comme il tendait la main à son amie, il perçut dirigé sur lui le regard d'Else.

On se rendit dans la pièce voisine où la table d'un luxe sobre était dressée. Le fils de la maison était absent. Il se trouvait à *Neuhaus*[1] dans l'usine paternelle. M. Ehrenberg, lui-même, apparut soudain à table comme on commençait à servir. Il venait tout juste de rentrer de son voyage qui effectivement l'avait conduit jusqu'en Palestine. Quand le conseiller Wilt lui demanda ses impressions, il fut d'abord réticent. Finalement, il révéla que le paysage l'avait déçu, que les fatigues du voyage avaient affecté son humeur, et qu'il n'avait pratiquement rien vu des colonies juives en train de naître, ce qu'il savait pourtant de source sûre. « Ainsi donc nous avons bon espoir, observa Nürnberger, de vous conserver ici, même au cas où l'État juif serait fondé dans un avenir proche ? »

Ehrenberg répliqua d'un ton bourru : « Vous ai-je jamais dit que j'avais l'intention d'émigrer ? Je suis trop vieux pour cela.

— Ah bon ! dit Nürnberger, je ne savais pas que vous aviez visité cette contrée uniquement pour faire plaisir à mademoiselle Else et à monsieur Oskar.

— Mon cher Nürnberger, je ne discuterai pas de cette question avec vous. Le sionisme mérite mieux que des propos de table.

— S'il mérite mieux, dit le conseiller Wilt, laissons cela en suspens ; en tout cas, c'est trop compliqué, ne serait-ce que parce que chacun s'en fait une idée différente.

— Ou bien prétend le faire, ajouta Nürnberger, comme c'est au reste le cas pour la plupart des formules à la mode, et pas seulement en politique. Voilà l'origine de bien des bavardages sur cette terre. »

Heinrich déclara que, parmi toutes les créatures humaines, le politicien représentait pour lui en quelque sorte le phénomène le plus indéchiffrable. « Je comprends les voleurs, dit-il, les acrobates, les directeurs de banque, les hôteliers, les rois... je veux dire que je réussis sans peine à me mettre dans l'état d'esprit de tous ces gens. Il en résulte qu'il suffirait de certaines modifications quantitatives, importantes bien sûr, de ma personnalité pour me rendre capable de jouer dans le monde le rôle d'un acrobate, d'un roi, d'un directeur de banque. Par contre, je sens avec certitude que je pourrais bien grandir mon être à l'infini, cela ne donnerait jamais ce qu'on appelle un politicien : un chef de parti, un camarade, un ministre. »

Nürnberger sourit de cette conception d'Heinrich selon laquelle les politiciens représenteraient une espèce d'hommes particulière, alors que c'était seulement une obligation extérieure, même pas indispensable, pour cette profession de s'afficher pompeusement comme une espèce singulière, et de cacher sa grandeur ou son insignifiance, son énergie ou sa paresse derrière des titres, des abstractions, des symboles. Ce que représentaient parmi eux les gens insignifiants ou les illusionnistes était évident, c'étaient tout simplement des affairistes, des escrocs ou de beaux parleurs. Mais ceux qui comptaient, les hommes d'action… les personnalités géniales, n'étaient au fond d'eux-mêmes rien d'autre que des artistes[1]. Eux aussi essayaient de créer une œuvre, une œuvre qui prétendait à la même immortalité, à la même finalité que toute œuvre d'art. À la différence que la matière qu'ils formaient n'était pas chose inerte, ou toute relative comme les sons et les mots, mais une matière vivante perpétuellement en mouvement.

Willy Eissler apparut, s'excusa de son retard auprès de la maîtresse de maison, prit place entre Sissy et Mme Oberberger, salua son père comme on salue un vieil ami cher après une longue séparation. Il s'avéra que les deux hommes, bien qu'ils habitassent ensemble, ne s'étaient pas vus depuis plusieurs jours. On complimenta Willy de son succès lors d'une représentation théâtrale dans la haute société, où il avait joué le rôle d'un marquis au côté de la comtesse Liebenberg-Rathony dans un *proverbe* français. Mme Oberberger lui demanda, à voix suffisamment haute pour être comprise des personnes les plus proches, où avaient lieu ses rendez-vous avec la comtesse et s'il la recevait dans le même pied-à-terre que ses conquêtes bourgeoises. La conversation s'anima, les propos s'échangeaient d'un groupe à l'autre, dans tous les sens. Georg saisit des mots isolés d'une conversation entre Anna et Heinrich, où il était question de Therese Golowski. En même temps, il voyait comme Anna jetait parfois un regard sombre, curieux, vers Demeter Stanzides qui s'était présenté aujourd'hui en redingote avec un gardénia à la boutonnière ; et sans éprouver à proprement parler de la jalousie, il se sentait étrangement troublé. Pensait-elle en ce moment qu'elle portait peut-être un enfant de lui dans son sein? «Les abîmes…» Le mot lui revint à l'esprit. Soudain elle regarda dans sa direction, souriante comme si elle revenait de voyage. Il en fut profondément soulagé et prit conscience avec un léger effroi de l'intensité de son amour. Il porta alors son verre à ses lèvres et but à sa santé. Else, qui jusqu'à présent avait bavardé avec son autre voisin Demeter, se tourna vers Georg et, tout en jetant un coup d'œil vers Anna, elle remarqua comme incidemment : «Comme elle est jolie. Et si féminine. À vrai dire, elle l'a toujours été. Continuez-vous à faire de la musique avec elle?

— Parfois, répondit Georg, distant.

— Peut-être lui demanderai-je à partir du Nouvel An d'être de nouveau mon accompagnatrice. Je ne sais pas pourquoi nous n'avons pu le faire jusqu'à présent.»

Georg se tut.

«Et où en êtes-vous...» du regard elle désignait Heinrich, «... de votre opéra?

— De notre opéra? Rien n'est encore arrêté. Dieu sait s'il verra le jour.

— Naturellement, il ne le verra pas.»

Georg sourit. «Pourquoi êtes-vous aujourd'hui si sévère à mon égard?

— Je vous en veux, voilà.

— À moi? Pourquoi donc?...

— De toujours offrir aux gens des raisons de vous considérer comme un dilettante.»

Le coup porta, et Georg ressentit même une légère animosité envers Else; mais il se ressaisit rapidement et répliqua: «Je ne suis peut-être justement rien d'autre. Quand on n'est pas un génie, il vaut mieux être un honnête dilettante que... qu'un... artiste bouffi d'orgueil.

— Qui vous demande donc d'atteindre d'un coup les sommets? Mais il ne faut pas pour autant se laisser aller comme vous le faites, ni vis-à-vis des autres ni intérieurement.

— Je ne vous comprends vraiment pas, Else. Comment pouvez-vous affirmer?... Ne savez-vous pas que je vais partir pour l'Allemagne à l'automne prochain comme chef d'orchestre?

— Votre carrière échouera parce que vous ne pourrez être à dix heures du matin aux répétitions.»

Mais Georg ruminait encore le reproche précédent. «Au fait, qui m'a traité de dilettante, si je puis vous poser la question?

— Qui? Mon Dieu, c'était écrit dans le journal.

— Ah! oui», dit Georg rasséréné, car il se rappelait maintenant qu'après le concert au cours duquel Mlle Bellini avait chanté ses lieder, un critique l'avait traité d'«aristocrate dilettante». Les amis de Georg lui avaient alors expliqué que ce jugement fielleux tenait au fait qu'il n'avait pas fait de visite à ce monsieur, connu pour être particulièrement vaniteux.

C'était bien cela! Les gens formulaient toujours des jugements défavorables pour des raisons extérieures. Ainsi l'humeur orageuse d'Else aujourd'hui n'était rien d'autre, au fond, que de la jalousie...

On sortit de table. Les invités se rendirent au salon. Georg s'approcha d'Anna, appuyée contre le piano, et lui dit à voix basse: «Tu es belle.»

D'un mouvement de tête elle marqua son contentement.

Puis il demanda: «Intéressante, ta conversation avec Heinrich? De quoi avez-vous parlé? De Therese, n'est-ce pas?»

Elle ne répondit pas, et Georg remarqua avec inquiétude que ses paupières s'abaissaient soudain et qu'elle commençait à vaciller.

« Qu'est-ce… qu'est-ce que vous avez donc ? » demanda-t-il effrayé. Elle n'entendit pas et se serait effondrée s'il ne l'avait pas rapidement saisie par les poignets. Dans l'instant même Mme Ehrenberg et Else étaient auprès d'elle.

Nous ont-elles observés ? se demanda Georg.

Déjà Anna avait rouvert les yeux et s'efforçait de sourire ; elle murmura : « Oh ! ce n'est rien, je supporte parfois très mal la chaleur.

— Venez, dit Mme Ehrenberg, maternelle, venez vous allonger un moment. »

Anna semblait troublée, elle ne répondit rien, et les deux dames de la maison la conduisirent dans une pièce voisine.

Georg regarda autour de lui. Apparemment, les autres n'avaient rien remarqué. On servit le café. Georg prit une tasse, tourna distraitement sa cuillère. Malgré tout, pensa-t-il, elle ne fera peut-être pas une fin bourgeoise. Mais, en même temps, il se sentait intérieurement très loin d'elle, comme si l'affaire ne le concernait pas. Mme Oberberger se tenait près de lui. « Eh bien, que pensez-vous de l'amour platonique, n'êtes-vous pas orfèvre en la matière ? » Il répondit distraitement, elle continuait à parler selon son habitude ; sans se soucier s'il écoutait, s'il répondait. Soudain, Else réapparut. Georg s'enquit de la santé d'Anna en ami compatissant et poli.

« Cela ne devrait pas être une maladie sérieuse », dit Else en fixant sur lui un regard froid.

Demeter Stanzides s'approcha et la pria de chanter. « Voulez-vous m'accompagner ? » Elle s'adressait à Georg. Il s'inclina et se mit au piano.

« Eh bien, que choisirons-nous ? demanda Else.

— Ce que vous voulez, répliqua Wilt, mais pas du moderne. » Après le souper il aimait, tout au moins dans le domaine artistique, jouer les réactionnaires.

« Eh bien voici », dit Else, et elle tendit à Georg une partition. De sa petite voix bien placée, assez émouvante, elle chanta *Le Tableau ancien* de Hugo Wolf[1]. Georg l'accompagnait avec sensibilité bien qu'il fût un peu distrait. Malgré lui, il éprouvait une certaine irritation à l'égard d'Anna. Au reste, en vérité, personne ne semblait avoir remarqué l'incident, à part Mme Ehrenberg et Else. Après tout, qu'importait… Même si tous le savaient… Qui cela concernait-il… Vraiment qui s'en souciait… Pour le moment tous écoutent Else, pensa-t-il, et apprécient la beauté de ce lied.

Même Mme Oberberger, qui n'est pas musicienne, oublie pour quelques minutes qu'elle est une femme, son visage est calme, asexué. Heinrich aussi est sous le charme, il ne pense peut-être pas à l'heure actuelle à ses œuvres, ni au sort des Juifs ni à son amie lointaine, ni même à l'amie proche, la blondinette, pour l'amour de qui il est devenu ces derniers temps presque élégant. En vérité, l'habit ne lui sied pas mal et il ne porte pas comme d'habitude une cravate toute faite, mais une qu'il a nouée avec soin… Qui se tient donc là, tout près derrière moi, pensa encore Georg, au point que je perçois son souffle sur mes cheveux?… Sissy peut-être?… Si demain matin le monde devait s'anéantir, ce serait Sissy que je choisirais pour cette nuit. Oui, il n'y a pas de doute. Ah! voici Anna et Mme Ehrenberg… Il semble que je sois le seul à le remarquer bien que je doive surveiller en même temps mon jeu et le chant d'Else. Je la salue des yeux… Oui, je te salue, mère de mon enfant… Comme la vie est étrange…

Le lied était terminé. On applaudit, on en réclama d'autres. Georg accompagna Else dans des œuvres de Schumann, de Brahms, et finalement, à la demande générale, dans deux de ses propres compositions que personnellement il ne pouvait plus souffrir depuis que quelqu'un avait affirmé qu'elles rappelaient Mendelssohn. Tandis qu'il accompagnait, il avait l'impression de ne plus communiquer du tout avec Else, et il s'efforçait de la reconquérir par son jeu. Son accompagnement, qui soulignait avec emphase le côté sentimental, était une véritable déclaration d'amour, bien qu'il sentît que c'était en pure perte. Pour la première fois de sa vie il éprouvait pour elle une passion malheureuse. Ses lieder furent chaleureusement applaudis.

« C'était votre meilleure époque, lui confia Else tandis qu'elle rangeait les partitions. Il doit y avoir deux ou trois ans. »

Les autres lui dirent des choses aimables sans distinguer d'époques dans son évolution artistique.

Nürnberger déclara avoir été déçu par les lieder de Georg, mais de la façon la plus agréable. « Je ne vous cacherai pas, cher baron, remarqua-t-il, que, d'après les idées que je vous avais entendu parfois défendre, je m'attendais à les trouver beaucoup plus hermétiques.

— Vraiment charmant, dit Wilt, le tout si mélodieux, si simple, sans affectation, sans enflure. »

C'est lui, pensa Georg avec colère, qui m'a traité de dilettante.

Willy s'était approché. « Eh bien, vous n'avez qu'à dire, monsieur le conseiller, que vous pouvez les siffloter, et, si je m'y connais en physionomie, le baron vous enverra deux témoins demain matin.

— Oh ! non, dit Georg se reprenant et souriant, heureusement ces lieder datent d'une époque depuis longtemps révolue. Je ne suis donc sensible à aucune critique, ni à aucune louange. »

Un domestique apporta des glaces, les groupes se disloquèrent, et Anna se retrouva seule près du piano avec Georg. Il l'interrogea rapidement : « Qu'est-ce que tout cela signifie ?

— Eh bien, je ne sais pas », répondit-elle et elle le regarda avec de grands yeux.

« Es-tu tout à fait bien maintenant ?

— Parfaitement, répondit-elle.

— Et, est-ce la première fois que cela t'arrive ? » demanda Georg après une hésitation.

Elle reprit : « Hier soir, à la maison, j'ai éprouvé quelque chose de semblable. Une sorte de vertige. Cela a même duré un peu plus longtemps. Nous étions encore à table au dîner, et personne ne l'a remarqué.

— Pourquoi ne m'en as-tu pas parlé ? »

Elle haussa légèrement les épaules.

« Écoute, Anna, dit-il vivement, en proie à un certain sentiment de culpabilité, il faut encore que je te parle. Fais-moi signe quand tu voudras partir. Je disparaîtrai quelques minutes avant toi, et je t'attendrai place Schwarzenberg où tu arriveras en voiture [1]. Je monterai alors près de toi et nous nous promènerons encore un peu. Cela te va ? »

Elle fit oui de la tête.

Il dit : « Au revoir, mon trésor », et se rendit au fumoir. À une petite table recouverte d'un tapis vert le vieil Ehrenberg, Nürnberger et Wilt s'étaient installés pour un tarot. Dans deux énormes fauteuils de cuir vert, Eissler père et fils étaient assis l'un près de l'autre et mettaient à profit l'occasion de pouvoir enfin bavarder tout leur soûl. Georg prit un cigare dans un coffret, l'alluma et, sans intérêt particulier, examina les tableaux pendus aux murs. Sur une aquarelle au style satirique qui représentait une course de haies avec des cavaliers en tuniques rouges, il remarqua dans l'angle, en lettres roses, sur la prairie verte la signature de Willy. Machinalement, il se retourna vers le jeune homme et dit : « Celui-là, je ne le connaissais pas.

— Il est assez récent, déclara Willy négligemment.

— C'est bien enlevé, n'est-ce pas ? dit Eissler père.

— Ah ! c'est même plus que cela, répliqua Georg.

— Bon, espérons que je pourrai bientôt présenter quelque chose de mieux, dit Willy.

— Il va en Afrique pour la chasse aux lions, expliqua Eissler, avec le prince Wangenheim.

— Tiens ! dit Georg, Felician doit être aussi de la partie. Mais il ne s'est pas encore décidé.

— Pourquoi donc ? demanda Willy.

— Il veut passer au printemps le concours de la diplomatie.

— Il peut bien le remettre, dit Willy. Les lions sont en voie de disparition, on ne peut malheureusement pas en dire autant des diplômés.

— Je m'inscris pour un tableau, Willy, cria Ehrenberg depuis la table de jeu.

— Vous jouerez les mécènes plus tard, papa Ehrenberg, dit Wilt, j'ai annoncé une tierce.

— Une au-dessous, répliqua Ehrenberg et il continua : Si je dois vous acheter quelque chose, Willy, peignez-moi une vue du désert avec le prince Wangenheim dévoré par un lion... mais si possible d'après nature.

— Vous vous trompez de personne, monsieur Ehrenberg, dit Willy. Le célèbre antisémite à qui vous pensez est le cousin de mon Wangenheim.

— Autant pour moi, repartit Ehrenberg, les lions peuvent aussi se tromper, chaque antisémite ne peut pas être célèbre.

— Vous allez perdre la partie, si vous ne faites pas attention. » Nürnberger le rappelait à l'ordre.

« Vous auriez dû pourtant acheter un bien en Palestine, dit le conseiller Wilt.

— Dieu m'en préserve ! fut l'exclamation d'Ehrenberg.

— Pas de problème, puisqu'Il l'a toujours fait jusqu'à maintenant..., dit Nürnberger en abattant sa carte.

— Il me semble, Nürnberger, que vous me reprochez à nouveau de n'être pas un chiffonnier.

— Alors vous auriez au moins le droit de vous plaindre de l'antisémitisme, dit Nürnberger. Qui y est en butte en Autriche si ce ne sont les colporteurs... malheureusement eux seulement, pourrait-on dire.

— Et aussi quelques hommes d'honneur, rétorqua Ehrenberg. Vingt-sept... trente et un... trente-huit... eh bien, qui a gagné la partie ? »

Willy était retourné dans le salon. Georg qui fumait, assis sur le bras d'un fauteuil, perçut soudain le regard d'Eissler père fixé sur lui, un regard étrangement empreint de bienveillance qui lui rappelait quelque chose sans savoir quoi.

«Récemment, dit le vieux monsieur, j'ai parlé un peu avec votre frère Felician chez les Schönstein. Sa ressemblance avec votre défunt Papa est frappante, surtout quand on l'a connu, comme moi, tout jeune homme.»

Soudain, Georg comprit à qui le regard du vieil Eissler lui faisait penser : c'est avec une expression paternelle semblable que, chez les Rosner, les yeux du vieux docteur Stauber s'étaient posés sur lui. Ces vieux Juifs! pensa-t-il ironique, mais dans un coin reculé de son âme, il était un peu ému. Il se souvint que son père se promenait parfois le matin au Prater avec Eissler dont il estimait beaucoup le sens artistique.

Eissler continuait : «Vous, Georg, vous tenez plus de votre mère, il me semble.

— Certains le prétendent; moi-même je puis difficilement en juger.

— On dit que votre mère avait une si belle voix.

— Oui, dans sa prime jeunesse. Quant à moi, je ne l'ai pas vraiment entendue chanter. Parfois, elle a bien essayé. Trois ou quatre ans avant sa mort, un médecin de *Meran* lui avait même conseillé de cultiver sa voix. Ce devait être une sorte de gymnastique des poumons... Malheureusement cela n'a pas donné grand résultat.

Eissler hocha la tête, pensif. «Vous ne pouvez probablement pas vous souvenir que ma pauvre femme s'était trouvée à *Meran* en même temps que votre mère.»

Georg chercha dans ses souvenirs. Il l'avait oublié.

«Une fois, dit le vieux monsieur, je suis revenu avec votre père dans le même compartiment. La nuit, tous les deux nous n'avons pas pu dormir, il m'a beaucoup parlé de vous deux. Je veux dire, de vous et de Felician.

— Ah!...

— Par exemple que, étant enfant, vous aviez joué à Rome une de vos compositions devant quelque virtuose italien, et qu'il vous avait prédit un grand avenir.

— Un grand avenir... O mon Dieu! Ce n'était pas un virtuose, monsieur Eissler, c'était un prêtre avec qui par la suite j'appris à jouer de l'orgue.»

Eissler poursuivait : «Et, le soir, alors que votre mère était déjà couchée, vous improvisiez parfois, pendant des heures, dans la pièce voisine.»

Georg approuva de la tête, et soupira légèrement. Il lui semblait avoir eu à cette époque beaucoup plus de talent que maintenant. Travailler, pensa-t-il avec ferveur, travailler... Il releva les yeux. «Oui, dit-il sur le ton de l'humour, mais le malheur, c'est que les enfants prodiges tiennent rarement leurs promesses.

— J'ai entendu dire que vous souhaitiez devenir chef d'orchestre, baron?

— Oui, répondit Georg, sur un ton résolu, l'automne prochain j'irai en Allemagne, peut-être d'abord en qualité de répétiteur de chant au théâtre d'une petite ville, selon l'occasion qui se présentera.

— Vous n'auriez rien à objecter à un théâtre de cour?

— Certainement pas. Mais pourquoi cette question, monsieur Eissler, si je puis me permettre...

— Je sais très bien, dit Eissler en souriant et en laissant retomber son monocle, que vous n'avez pas besoin de ma protection ; mais, d'un autre côté, je peux penser que vous ne verriez pas d'inconvénient à vous passer des imprésarios et autres agréments de cette espèce... je ne dis pas cela à cause des pourcentages. »

Georg resta réservé. « Quand on a décidé de s'engager dans le spectacle, on sait bien tout ce qu'il faudra accepter.

— Peut-être connaissez-vous le comte Malnitz? demanda Eissler, peu impressionné par l'expérience de la vie affichée par Georg.

— Malnitz? S'agit-il du comte Eberhard Malnitz dont on a joué, il y a quelques années, une *Suite pour orchestre*?

— Oui, c'est celui-là.

— Personnellement, je ne le connais pas ; quant à la valeur de sa *Suite*... »

D'un geste de la main, Eissler sacrifia le compositeur Malnitz. « Depuis le début de cette saison, il est directeur à *Detmold*[1]. C'est pourquoi je vous ai demandé si vous le connaissiez. Un vieil et bon ami à moi. Il a vécu autrefois à Vienne. Depuis dix ou douze ans, nous nous rencontrons chaque année à *Karlsbad*[2] ou à *Ischl*[3]. Cette année, à Pâques nous devons entreprendre une petite croisière en Méditerranée. Permettez-moi, mon cher baron, d'user de cette opportunité pour mentionner votre nom et lui dire un mot de vos projets de chef d'orchestre. »

Georg hésitait à répondre, et souriait poliment.

— Oh ! ne vous méprenez pas sur ma proposition, je ne veux pas m'imposer, cher baron. Si vous ne le voulez pas, je tiendrai ma langue.

— Vous interprétez mal mon silence, répliqua cependant Georg, aimable mais un peu hautain, mais je ne sais vraiment pas...

— Un petit théâtre de cour comme celui-là, poursuivit Eissler, me paraît pour vos débuts le lieu tout indiqué. Vous êtes noble, cela ne vous fera certainement pas de tort, même auprès de mon ami Malnitz, quoiqu'il pose volontiers au démocrate, voire parfois à l'anarchiste… sans les bombes naturellement ! Mais c'est un homme charmant et vraiment très musicien… quand il ne compose pas.

— Eh bien, dit Georg embarrassé, si vous avez la bonté de lui parler… il faut aider la chance. En tout cas, je vous suis très reconnaissant.

— Cela n'en vaut pas la peine. Je ne vous garantis pas le succès. C'est une chance parmi d'autres. »

Mme Oberberger et Sissy entrèrent, accompagnées de Demeter Stanzides. « Quelle conversation intéressante avons-nous interrompue ? demanda Mme Oberberger. Le platonicien expérimenté et le débauché inexpérimenté ! On aurait aimé y assister.

— Rassurez-vous, Katharina », dit Eissler, dont la voix avait repris son vibrato grave, « nous parlons aussi parfois d'autre chose que de l'avenir de l'espèce humaine ».

Sissy prit une cigarette entre ses lèvres, se fit donner du feu par Georg et s'assit dans l'angle du canapé de cuir vert. « Vous ne vous souciez pas du tout de moi aujourd'hui, commença-t-elle avec cet accent anglais qui, chez elle, plaisait tant à Georg. Comme si l'on n'existait pas. Mais si ! Moi, je suis de nature plus fidèle que vous. N'est-ce pas vrai ?

— Vous, fidèle, Sissy… ? » Il poussa un fauteuil tout près d'elle. Ils parlèrent de l'été passé et de celui qui arrivait.

« L'année dernière, dit Sissy, vous m'aviez promis de venir où je serais. Vous ne l'avez pas fait. Mais cette année, il faudra tenir parole.

— Retournez-vous à l'île de Wight ?

— Non, nous irons cette fois à la montagne, au Tyrol ou dans le Salzkammergut. Je vous le dirai. Viendrez-vous ?

— De toute façon, vous ne manquerez pas de compagnie, je pense…

— Je ne m'occuperai de personne d'autre que de vous, Georg.

— Même si Willy Eissler devait, par hasard, se trouver dans votre voisinage ?

— Oh ! » fit-elle avec un sourire canaille, en écrasant brusquement le bout enflammé de sa cigarette dans le cendrier de verre.

Ils continuèrent leur bavardage. C'était une de ces conversations comme ils en avaient souvent tenu ces dernières années. Elles commençaient sur le ton léger de la plaisanterie pour s'embraser finalement de tendres mensonges qui, l'espace d'un instant, devenaient vérités. Georg, une fois de plus, était séduit par Sissy.

«Ce que j'aimerais par-dessus tout, c'est faire un voyage avec vous», lui murmura-t-il à l'oreille.

Elle fit juste un petit signe d'approbation, le bras gauche posé sur le large accoudoir du canapé. «Si l'on pouvait faire à sa guise», dit-elle, avec un regard qui rêvait de multiples amants.

Il se pencha sur son bras frémissant, continua à parler, se grisant de ses propres paroles. «Quelque part où personne ne nous connaîtrait, où l'on ne se soucierait de personne, voilà où je voudrais être avec vous, Sissy. De nombreux jours, de nombreuses nuits.»

Sissy frissonna. Le mot «nuits» faisait bouillir son sang.

Anna apparut à la porte, fit signe des yeux à Georg et disparut aussitôt. Il se rebella intérieurement, et pourtant il trouva bon de se séparer de Sissy juste à ce moment. À la porte, il rencontra Heinrich qui l'interpella : «Quand vous partirez, prévenez-moi, j'aimerais bavarder encore avec vous.

— Avec plaisir. Mais il me faut... c'est que j'ai promis à mademoiselle Rosner de la raccompagner chez elle. Je retournerai ensuite au café. À bientôt donc.»

Quelques minutes plus tard, il se trouvait sur le pont Schwarzenberg[1]. Le ciel était plein d'étoiles ; les rues s'étendaient argentées et silencieuses. Georg remonta son col bien que le froid eût cessé et fit les cent pas. Est-ce que l'histoire de Detmold aboutira ? pensa-t-il. Eh bien, si ce n'est pas Detmold, ce sera une autre ville. En tout cas, cela devient sérieux. Et beaucoup, beaucoup de choses devront être réglées d'ici là. Il s'efforçait de réfléchir posément... Qu'allait-il arriver maintenant ? Nous sommes fin décembre. Il nous faudra, au plus tard, partir en mars... On nous prendra pour un couple marié. Je me promènerai bras dessus, bras dessous avec elle dans Rome, au Pausilippe, à Venise... Il y a des femmes que cet état rend très laides... Pas elle, non, pas elle... Il y a toujours eu chez elle quelque chose de maternel... Cet été, elle s'installera dans un coin tranquille, où personne ne la connaîtra... Peut-être dans la forêt de Thuringe ou au bord du Rhin... Quelle étrange expression de sa part : la maison où l'enfant viendra au monde existe déjà. Oui !... elle se trouve peut-être très loin ou, peut-être, tout près d'ici, cette maison... et des gens y habitent que nous n'avons jamais vus. Comme c'est singulier !... Quand viendra-t-il au monde ? À la fin de l'été... À peu près début septembre. À cette époque, il se peut que je doive déjà m'en aller. Comment vais-je faire ?... Et, dans un an aujourd'hui, ce petit être aura déjà quatre mois. Il se développera... deviendra grand. Un beau jour, ce sera un jeune homme, mon fils. Ou une jeune fille, une belle jeune fille de dix-sept ans, ma fille… J'en aurai alors quarante-quatre… À quarante-six, je peux être grand-père… Peut-être aussi directeur d'un Opéra et compositeur célèbre, en dépit des prophéties d'Else. Mais pour cela, je dois travailler, c'est évident. Plus que je ne l'ai fait jusqu'à présent. Else a raison, je me laisse trop aller. Il faut que ça change… Ça changera. Je sens en moi une force naître. Oui… en moi aussi quelque chose bouge.

Une voiture arrivait par la *Heugasse*[1], quelqu'un se pencha à la vitre, Georg reconnut sous le châle blanc le visage d'Anna. Tout joyeux, il monta près d'elle et lui baisa la main. Ils bavardèrent gaiement, se moquèrent un peu des gens qu'ils venaient de rencontrer, et trouvèrent au fond ridicule de perdre ainsi une soirée. Il tenait ses mains dans les siennes, ému par sa présence. Devant la maison d'Anna, il descendit, sonna, revint à la portière ouverte, et ils convinrent d'un rendez-vous pour le jour suivant. «Je crois que nous avons à discuter de pas mal de choses», dit Anna. il approuva de la tête. On ouvrit le portail, elle descendit de la voiture, jeta à Georg un regard tendre et disparut dans l'entrée.

Ma chérie, pensa Georg, avec un sentiment de bonheur et de fierté. La vie se présentait à lui comme une aventure sérieuse, mystérieuse, pleine de missions et de merveilles.

Lorsqu'il pénétra dans le café, il vit Heinrich assis dans l'encoignure d'une fenêtre ; à côté de lui un très jeune homme imberbe, au teint pâle, olivâtre, avec qui Georg, à l'occasion, avait déjà échangé quelques paroles ; il portait un smoking à col de velours, mais le plastron était d'une propreté douteuse. Comme Georg s'approchait, le jeune homme releva ses yeux ardents d'un petit cahier qu'il tenait dans ses mains nerveuses, pas très soignées.

«Oh ! je vous dérange, dit Georg.

— Absolument pas, répliqua le jeune homme avec un sourire égaré, plus il y a de public, mieux ça vaut.

— Monsieur Winternitz, expliqua Heinrich en tendant la main à Georg, était en train de me lire un cycle de poèmes. Nous pourrons peut-être en rester là pour cette fois.»

Georg, un peu touché par le regard déçu du jeune homme, affirma que, si on le lui permettait, il serait heureux d'écouter.

«Je n'en ai plus pour longtemps, déclara Winternitz reconnaissant. Il est dommage que vous ayez manqué le début, je pourrais…

— Cela forme-t-il un tout ? demanda Heinrich avec étonnement.

— Comment, vous ne l'avez pas remarqué?» s'exclama Winternitz. Il eut à nouveau son rire égaré.

«Ah! bon, dit Heinrich, il s'agit toujours dans vos poèmes de la même dame? Je croyais que c'était à chaque fois une femme différente.

— Naturellement, c'est la même. L'originalité réside dans le fait qu'elle donne toujours l'impression d'être une autre.»

M. Winternitz lisait d'une voix faible, mais pénétrante, comme consumé par une flamme intérieure. Dans son cycle de poèmes, on apprenait qu'il avait été aimé comme jamais un homme au monde, mais aussi trompé au même degré, ce qu'il fallait attribuer dans une certaine mesure à des causes métaphysiques et en aucun cas à des défauts de son caractère. Mais dans le dernier poème, il apparaissait complètement libéré de sa passion, et se déclarait prêt à goûter dorénavant toutes les joies que le monde pouvait lui offrir. Ce poème se composait de quatre strophes, et le dernier vers de chacune commençait par un «Hardi!», et l'œuvre se terminait par l'exclamation : «Hardi! Tel l'ouragan, je traverse le monde.»

Georg dut reconnaître à part soi que la lecture lui avait produit une certaine impression, et quand Winternitz, les yeux écarquillés, reposa le cahier sur ses genoux et regarda à la ronde, Georg eut un hochement de tête approbateur et dit : «Très beau.»

Brûlant d'impatience, Winternitz observait Heinrich qui se tut pendant quelques secondes pour remarquer enfin : «Très intéressant dans l'ensemble... mais pourquoi dites-vous : "Hardi!", si je puis me permettre la question? Personne n'y croira.

— Comment cela? s'exclama Winternitz.

— Interrogez vous-même votre conscience, demandez-vous si ce "hardi!" vient du fond du cœur. Je vous accorde volontiers tout le reste. C'est-à-dire que j'y crois dans un sens particulier bien qu'aucun mot là-dedans ne soit vrai. Je veux croire que vous avez séduit une jeune fille de quinze ans, que vous vous êtes comporté en don juan insatiable, que vous avez corrompu la malheureuse le plus indignement du monde, qu'avec un... qui était-ce déjà?

— Un clown, naturellement.» Winternitz éclata d'un rire égaré.

«Qu'avec un clown elle vous a trompé, que par elle vous vous êtes engagé dans des aventures de plus en plus sinistres, que vous avez voulu tuer votre maîtresse et même vous suicider, que finalement toute cette histoire vous est devenue indifférente, que vous allez traverser le monde, vous élancer comme un ouragan et même, si ça vous chante, jusqu'en

Australie ; oui, je crois tout cela, mais que vous soyez homme à crier "hardi !", cela, mon cher Winternitz, c'est tout simplement du toc. »

Winternitz se défendit, et jura que ce « hardi ! » venait du tréfonds de son être, ou, tout au moins, qu'il en était un élément. Devant d'autres objections d'Heinrich, il céda progressivement du terrain pour enfin déclarer qu'il espérait parvenir un jour à cette liberté intérieure qui lui permettrait de crier « hardi ! »

« Ce jour ne viendra jamais, affirma Heinrich. Vous pourrez peut-être atteindre ce "hardi !" dans le domaine épique ou dramatique, mais dans le domaine lyrique, subjectif, cela vous restera refusé, et aussi à des gens comme nous, mon cher Winternitz, jusqu'à la fin des temps. »

Winternitz promit de modifier le dernier poème, de s'efforcer d'atteindre, en général, à plus de maturité, d'œuvrer à sa purification intérieure. Il se leva en faisant craquer son plastron amidonné dont un bouton sauta, tendit à Heinrich, puis à Georg une main un peu moite, et se retira dans le fond de la salle à la table des hommes de plume. Georg exprima devant Heinrich une approbation nuancée sur les poèmes qu'il avait entendus.

« De tout le groupe, il m'est encore le plus cher, tout au moins personnellement, dit Heinrich. Il sait en tout cas garder intérieurement une certaine distance. Mais oui. Vous n'avez pas besoin de me regarder comme si vous me surpreniez en pleine crise de mégalomanie. Mais je puis vous assurer, Georg, que cette espèce d'individus »... son regard passa rapidement en revue la table du fond... « qui ont toujours sur les lèvres un "Ah ! bon" [1], je ne peux plus les supporter.

— Quel mot ont-ils sur les lèvres ? »

Heinrich se mit à rire. « Vous connaissez bien l'histoire de ce Juif polonais qui est assis avec un inconnu dans un compartiment de chemin de fer et qui adopte une attitude très maniérée... jusqu'au moment où, à la suite d'une réflexion de son compagnon, il comprend que l'autre aussi est un Juif. Alors, poussant un "Ah ! bon" de soulagement, il allonge ses jambes sur le siège d'en face.

— Elle est très bonne, dit Georg.

— Mieux que cela, compléta Heinrich sévèrement, elle est profonde, profonde comme tant d'histoires juives. Elle ouvre une vue sur la tragicomédie du judaïsme actuel. Elle exprime cette vérité éternelle qu'un Juif n'éprouve jamais de véritable respect vis-à-vis d'un autre Juif. Jamais. Aussi peu qu'un prisonnier en pays ennemi n'a de véritable respect pour un autre prisonnier, surtout s'il n'a aucun espoir d'être libéré. L'envie, la haine, parfois même l'admiration, et pourquoi pas l'amour, peuvent exister entre eux, le respect jamais. Car tous les rapports sentimentaux se déroulent dans une atmosphère de promiscuité, pour ainsi dire, qui étouffe nécessairement le respect.

— Savez-vous ce que je trouve? remarqua Georg. Que vous êtes un antisémite plus virulent que la plupart des chrétiens que je connais.

— Croyez-vous?» Il rit. «Plus authentique, certainement pas. Un antisémite authentique, c'est celui qui, au fond de soi, enrage des qualités des Juifs, et met tout en œuvre pour développer leurs défauts. Cependant, dans un certain sens, vous avez raison. Je me permets bien en définitive d'être aussi antiaryen. Chaque race en tant que telle est par nature détestable. Seul l'individu isolé peut parfois par ses mérites personnels vous réconcilier avec les défauts odieux de sa race. Mais que je sois particulièrement sensible aux défauts des Juifs, je ne veux pas le nier. La cause en est probablement que moi comme nous tous, je veux dire nous les Juifs, avons été systématiquement éduqués pour développer cette sensibilité. Depuis notre enfance, on nous a incités sans trêve à ressentir justement les façons juives comme particulièrement ridicules et odieuses ce qui, vu le caractère également ridicule et odieux de ces façons chez les autres, n'est pas le cas. Je ne veux pas dissimuler que quand en ma présence un Juif se conduit de façon incorrecte ou ridicule, je suis saisi parfois d'un tel sentiment de gêne que je voudrais disparaître, m'enfoncer sous terre. C'est peut-être un peu comme le mouvement de honte du frère devant qui sa sœur se déshabille. Peut-être n'est-ce au fond que de l'égoïsme. On enrage d'être toujours tenu de partager la responsabilité des fautes des autres, de devoir payer pour chaque délit, pour chaque manque de tact, pour chaque imprudence dont se rend coupable n'importe quel Juif au monde. Dans ces conditions, on devient bien sûr facilement injuste. Cependant, ce ne sont que des accès de nervosité, de susceptibilité, rien de plus. On finit par se reprendre. On ne peut appeler cela de l'antisémitisme. Mais il existe des Juifs que je hais vraiment, que je hais en tant que Juifs. Ce sont ceux qui devant les autres, et parfois devant eux-mêmes, se comportent comme s'ils n'en faisaient pas partie. Ceux qui, de manière mesquine, servile, cherchent à se targuer de leur honnêteté auprès de leurs ennemis et de leurs contempteurs, et qui croient, de cette façon, se racheter et se délivrer de la malédiction éternelle qui pèse sur eux ou ce qu'ils s'imaginent être une malédiction. Ce sont, au reste, presque toujours ces Juifs-là qui traînent derrière eux le sentiment de leur propre médiocrité, tout à fait personnelle, et qui pour cette raison voudraient consciemment ou non en rendre leur race responsable. Bien entendu, cela ne leur sert à rien. Qu'est-ce qui a pu jamais servir aux Juifs? Aux bons comme aux mauvais... je veux dire naturellement, ajouta-t-il en hâte, à ceux qui ont besoin d'un soutien extérieur ou intérieur.» D'un ton volontairement léger, il conclut : «Oui, mon cher Georg, l'affaire est assez compliquée, et il est normal que tous ceux qui ne sont pas directement concernés par cette question n'en aient pas une compréhension exacte.

— Voyons, on n'a pas le droit...»

Heinrich l'interrompit immédiatement : «Si, mon cher Georg, on a le droit de le dire. Il en est ainsi. Vous ne nous comprenez pas. Certains peuvent en avoir quelque intuition, mais nous comprendre? Non. En tout cas, nous vous comprenons beaucoup mieux que vous ne nous comprenez. Vous pouvez toujours secouer la tête! Nous n'y avons d'ailleurs aucun mérite. Ce fut plus nécessaire pour nous d'apprendre à vous connaître que l'inverse. Il a fallu qu'au cours des temps notre don de compréhension se développe... selon la loi de la lutte pour la vie, si vous voulez. Car voyez-vous, pour se tirer d'affaire parmi des étrangers — ou, comme je l'ai déjà dit, en pays ennemi —, pour être armé contre tous les dangers, toutes les perfidies qui vous guettent, il importe naturellement avant tout de connaître les ennemis aussi bien que possible... avec leurs vertus et leurs faiblesses.

— Ainsi donc, vous vivez parmi des ennemis? Parmi des étrangers? Devant Leo Golowski, vous ne vouliez pas l'admettre. Je ne suis d'ailleurs pas de son avis, pas du tout. Mais quelle est cette étrange contradiction que vous venez aujourd'hui...»

Le visage ravagé par l'émotion, Heinrich l'interrompit : «Je vous l'ai déjà dit, la chose est beaucoup trop complexe pour pouvoir en somme être résolue une fois pour toutes. Il est déjà presque impossible d'y parvenir intérieurement. Alors, avec des mots! Parfois, on serait tenté de croire que cela ne va pas si mal. Parfois, on se sent vraiment dans son pays, malgré tout... on est ici chez soi... et même plus enraciné que n'importe lequel des soi-disant autochtones. Il apparaît que la conscience de comprendre l'autre élimine en quelque sorte la sensation d'être l'étranger. Elle est, pour ainsi dire, baignée de fierté, de condescendance, de tendresse... et il lui arrive même de se diluer en sentimentalité, ce qui est de nouveau nuisible.» Il restait assis, le front labouré de rides, les yeux dans le vague.

Me comprend-il vraiment mieux que moi je ne le comprends? pensa Georg, ou est-ce à nouveau de la mégalomanie…?

Heinrich sursauta soudain comme au sortir d'un rêve. Il regarda sa montre. «Deux heures et demie! Et demain matin mon train part à huit heures.

— Comment, vous partez en voyage?

— Oui, c'est pourquoi je tenais à vous parler. Il me faut vous dire adieu pour un temps assez long. Je pars pour Prague. Je sors mon père de la clinique pour le ramener dans sa maison, dans son pays.

— Il va donc mieux?

— Non, mais il a atteint le stade où il n'est plus dangereux pour son entourage… Tout cela a suivi un cours très rapide.

— Et quand pensez-vous approximativement être de retour?»

Heinrich haussa les épaules. «Aujourd'hui, on ne peut le dire. Mais, quelle que soit l'évolution ultérieure, je ne peux en aucun cas laisser ma mère et ma sœur seules.»

Georg ressentit un regret réel à la pensée d'être privé de la compagnie d'Heinrich pour la période à venir. «Il se pourrait que vous ne me trouviez plus à Vienne à votre retour. Je vais, moi aussi, partir probablement au printemps.» Il avait presque envie de se confier à Heinrich.

«Vous irez dans le Midi, je suppose? demanda Heinrich.

— Oui, je pense. Jouir encore une fois de la liberté. Pendant quelques mois. À l'automne prochain, les choses sérieuses commenceront. Je cherche un poste en Allemagne dans un théâtre.

— Vraiment?»

Le serveur s'approcha de leur table, ils payèrent et sortirent. À la porte, ils rencontrèrent Rapp et Gleissner. Ils échangèrent quelques politesses.

«Que devenez-vous, monsieur Rapp?» demanda Georg, affable.

Rapp essuya les verres de son pince-nez. «Toujours mon éternel et triste métier. Je suis occupé à démontrer l'insignifiance des productions insignifiantes.

— Tu pourrais bien t'accorder un peu de changement, Rapp, dit Heinrich. Tente ta chance, et célèbre la splendeur de productions splendides.

— À quoi bon? dit Rapp, et il remit son pince-nez. Elle s'affirme d'elle-même avec les années. La médiocrité, elle, acquiert le plus souvent gloire et célébrité, et quand le monde découvre enfin la supercherie, elle s'est réfugiée depuis longtemps dans la tombe… ou dans sa prétendue immortalité.»

Ils se retrouvaient dans la rue et remontèrent leurs cols, car la neige recommençait à tomber en flocons serrés. Gleissner, qui avait connu quelques semaines auparavant un premier grand succès à la scène, s'empressa de leur dire que pour la septième représentation d'aujourd'hui toutes les places étaient louées.

Rapp en profita pour placer des remarques perfides sur la bêtise du public. À quoi Gleissner répliqua par des plaisanteries sur l'impuissance de la critique face au génie authentique… et ils continuèrent ainsi à marcher sous la neige, le col relevé, bien emmitouflés dans l'agressivité brûlante de leur vieille amitié.

« Ce Rapp n'a pas de chance, dit Heinrich à Georg, tous les amis dont il avait prophétisé le succès, il y a dix ans, ont effectivement réussi. Il ne pardonnera pas à Gleissner non plus de ne l'avoir pas déçu.

— Le tenez-vous pour si envieux ?

— On ne peut même pas dire cela. Les choses sont rarement si simples qu'on puisse les régler d'un mot. Mais envisagez quel peut être le destin d'un homme qui vit dans la conviction de posséder la connaissance du monde la plus profonde, à l'instar d'un Shakespeare, et qui a conscience de ne même pas pouvoir en exprimer plus que… disons un monsieur Gleissner, quoique peut-être il le vaille bien… ou même davantage. »

Ils marchèrent côte à côte sans rien dire un moment. Sur le Ring, les arbres semblaient figés avec leurs ramures blanches. Trois heures sonnèrent à l'hôtel de ville. Ils traversèrent la rue déserte et s'engagèrent dans le parc silencieux. La neige qui tombait sans cesse répandait alentour une faible lueur.

« Tenez, je ne vous ai pas fait part de la dernière nouvelle. » Heinrich se décidait à parler d'un ton sec, regardant droit devant lui.

« Quoi donc ?

— Je reçois depuis quelque temps des lettres anonymes.

— Des lettres anonymes ? À quel sujet ?

— Vous pouvez bien le deviner.

— Ah ! bon. Georg comprenait qu'il ne pouvait s'agir que de l'actrice. Rentrant d'une ville où il était allé spécialement pour voir son amie jouer dans une pièce nouvelle, le rôle d'une fille perdue avec un réalisme qui lui avait été insupportable, Heinrich avait éprouvé des tourments plus poignants que jamais. Depuis lors, Georg savait qu'ils échangeaient des lettres pleines de tendresse et de mépris, de rancune et de pardon, des lettres tour à tour bouleversées par l'angoisse ou remplies d'une sérénité péniblement conquise.

« Cela fait environ huit jours, raconta Heinrich, que ces agréables messages me parviennent régulièrement tous les matins. Pas très plaisant, je vous l'assure.

— Mon Dieu, pourquoi y attacher de l'importance ? Vous savez bien que des lettres anonymes ne renferment jamais la vérité.

— Au contraire, mon cher Georg, elle s'y trouve toujours.

— Allons donc !

— De telles lettres contiennent, pour ainsi dire, une vérité supérieure. La grande vérité de tous les possibles. En règle générale, les gens n'ont pas assez d'imagination pour inventer à partir de rien.

— Voilà une jolie conception ! Où irait-on ? Vous facilitez par trop la tâche des calomniateurs de tout poil.

— Pourquoi dites-vous des calomniateurs ? Je tiens pour très invraisemblable que les lettres anonymes que je reçois renferment des calomnies. Peut-être des exagérations, des enjolivements, des inexactitudes...

— Des mensonges...

— Non, ce ne doit pas être des mensonges. Il y en a probablement. Mais comment, dans un tel cas, discerner la vérité du mensonge ?

— Il existe pour cela un moyen des plus simples. Faites le voyage.

— Je dois y aller ?

— Évidemment, vous le devez. Sur place, vous ne pourrez pas ne pas découvrir la vérité.

— Ce serait possible, en effet. »

Ils marchaient sous des arcades, sur des dalles humides. Leurs voix et leurs pas résonnaient. Georg reprit : « Au lieu de continuer à subir des désagréments aussi ravageurs, j'essaierais de me convaincre personnellement de la situation.

— Oui, ce serait probablement le mieux.

— Alors, pourquoi ne le faites-vous pas ? »

Heinrich s'arrêta, puis, les dents serrées, lança : « Dites-moi, mon cher Georg, est-ce que, par hasard, vous ne vous seriez pas encore rendu compte que je suis lâche ?

— On n'appelle pas cela de la lâcheté.

— Appelez-le comme vous voulez. Les mots, de toute façon, ne conviennent jamais parfaitement... plus ils prétendent à la précision, moins ils l'atteignent. Je me connais. Pour rien au monde, je ne ferai ce voyage. Être ridicule en plus ? Non, non et non...

— Alors, qu'allez-vous faire ? »

Heinrich haussa les épaules comme si l'affaire ne le concernait pas.

Un peu agacé, Georg reprit : « Si vous me permettez une remarque… Qu'en dit la… principale intéressée ?

— La principale intéressée, comme vous l'appelez d'un mot plaisant, mais inconsciemment diabolique, ignore pour l'instant que je reçois des lettres anonymes.

— Avez-vous interrompu votre correspondance ?

— Qu'allez-vous penser ? Nous nous écrivons journellement comme par le passé ; elle m'envoie les lettres les plus tendres et les plus mensongères, et moi, les plus ignobles que vous pouvez imaginer… hypocrites, sournoises, torturantes jusqu'au sang.

— Dites, Heinrich, vous n'êtes vraiment pas doté d'un noble caractère. »

Heinrich éclata de rire. « Non, je n'ai pas un noble caractère, je ne suis visiblement pas venu au monde pour ça.

— Et quand on pense que ce ne sont finalement que des calomnies ! » Georg pour sa part, ne doutait bien sûr pas que les lettres anonymes ne continssent la vérité. Cependant, il souhaitait sincèrement qu'Heinrich se rendît sur place pour se convaincre des faits, entreprendre quelque chose, que ce soit pour gifler quelqu'un ou le révolvériser. Il se représentait Felician dans une situation semblable, ou Stanzides, ou Willy Eissler. Tous se seraient mieux comportés, ou du moins différemment, d'une manière qui lui eût été plus sympathique. Soudain, la question lui traversa l'esprit, que ferait-il si Anna le trahissait. Anna, lui ?!… Était-ce seulement possible ? Il pensa au regard ténébreux, scrutateur qu'elle avait jeté le soir même sur Stanzides. Non, cela ne signifiait rien, c'était sûr. Et les vieilles histoires avec Leo et le professeur de chant, elles étaient innocentes, presque puériles. Mais un autre incident, peut-être plus lourd de sens, lui revint à l'esprit. Il se rappela une étrange question qu'elle lui avait posée quand récemment, elle s'était attardée en sa compagnie et avait dû regagner en hâte la maison et imaginer quelque excuse. Ne craignait-il pas, lui avait-elle demandé, de devoir regretter un jour de l'avoir incitée à mentir ? Une phrase à la résonance équivoque, mi-reproche, mi-avertissement. Si elle paraissait si peu sûre d'elle-même, devait-il lui faire confiance sans réserve ? Ne l'aimait-il pas… et malgré cela il la trompait… ou était prêt à le faire à tout moment, ce qui, peut-être, revenait au même. Dans la voiture, une heure auparavant, quand il la tenait dans ses bras et l'embrassait, elle n'avait certainement pas soupçonné qu'il pensait à autre chose. Et pourtant, à un certain moment, ses lèvres sur les siennes, il avait songé à Sissy avec nostalgie. Pourquoi ne pourrait-il pas arriver qu'Anna le trompe?... C'était peut-être déjà fait... sans qu'il s'en doute?... Mais toutes ces idées étaient pour ainsi dire inconsistantes. Elles flottaient dans sa tête comme des possibilités imaginaires et presque amusantes. Il se trouvait avec Heinrich devant le portail fermé de la *Florianigasse*[1] et il lui tendit la main. «Eh bien, adieu donc, dit-il. Quand nous nous reverrons, j'espère que vous serez guéri de vos doutes.

— Est-ce que ce serait un gain appréciable? demanda Heinrich. Des certitudes peuvent-elles procurer l'apaisement dans les affaires de cœur? Tout au plus si elles sont mauvaises, car celles-là durent. Mais une certitude favorable n'est dans le meilleur des cas qu'une ivresse passagère... Eh bien, adieu. Il faut espérer que nous nous reverrons en mai. À cette date, je reviendrai pour quelque temps quoi qu'il ait pu advenir; et alors nous pourrons reparler de notre fameux opéra.

— Oui, si je suis de retour à Vienne en mai. Il est possible que je ne rentre qu'à l'automne.

— Puis un départ séance tenante pour votre nouvelle activité?

— Ce ne serait pas impossible qu'il en soit ainsi.» Là-dessus, il fixa Heinrich avec, dans les yeux, un sourire de bravade juvénile : Non, je ne te dirai rien!

Heinrich parut contrarié. «Alors, écoutez. Georg, nous nous trouvons peut-être pour la dernière fois ensemble devant ce portail. Loin de moi l'idée de forcer votre confiance. Nous en resterons donc à cet échange sans grande réciprocité. D'ailleurs... ça ne fait rien.»

Georg regardait au loin.

«Que le Ciel vous protège, dit Heinrich lorsque le portail s'ouvrit. À l'occasion, donnez-moi de vos nouvelles.

— Certainement, dit Georg qui vit soudain les yeux d'Heinrich fixés sur lui avec une expression émue, inattendue. Certainement... et il vous faudra aussi m'écrire. En tout cas, tenez-moi au courant de votre situation familiale et de vos travaux. Du reste, ajouta-t-il avec cordialité, il n'est pas question que nous nous perdions de vue.»

Le concierge se tenait là, les cheveux ébouriffés, le regard endormi, malveillant, dans une robe de chambre d'un brun verdâtre, des mules à ses pieds nus.

Heinrich tendit une dernière fois la main à Georg. «Au revoir, mon cher ami», et d'une voix plus basse, avec un coup d'œil au concierge : «Je ne peux pas le faire attendre plus longtemps. Le nom dont il me gratifie en ce moment in petto, vous pouvez aisément le lire sur son visage noble, honnête et bien de chez nous… Adieu. »

Georg ne put s'empêcher de rire. Heinrich disparut, le portail fut refermé à toute volée.

Georg n'avait pas sommeil le moins du monde, et il décida de rentrer à pied en se promenant. Il se sentait stimulé et d'excellente humeur. La perspective des prochains jours provoquait en lui une excitation particulière. Il pensait à son rendez-vous du lendemain avec Anna, aux conversations qu'ils allaient avoir, à leur départ, à cette maison qui existait déjà quelque part dans le monde et qu'il se représentait maintenant à peu près comme sortie d'une boîte de jouets, pimpante, verte, avec un toit rouge vif et une cheminée noire. Et, comme l'image d'une lanterne magique sur un écran blanc, il découvrait sa propre silhouette : il se voyait assis sur une terrasse, dans une solitude heureuse, devant une table couverte de partitions ; des branches se balançaient devant la balustrade ; un ciel serein au-dessus de sa tête, et, tout en bas, à ses pieds, d'un bleu irréel, d'un bleu de rêve, la mer.

5

Georg ouvrit tout doucement la porte de la chambre d'Anna. Elle était encore couchée et dormait à poings fermés, respirant largement. Il sortit de la pièce plongée dans la pénombre, regagna sa chambre et ferma la porte. Il alla ensuite à la fenêtre ouverte et regarda au-dehors. Une brume qui tamisait les rayons du soleil flottait au-dessus de l'eau. De l'autre côté, les montagnes aux lignes nettement tracées étaient baignées de clarté, et, au-dessus des jardins et des maisons de Lugano, scintillait l'azur le plus clair. Par cette matinée de juin, Georg était encore une fois ravi d'aspirer à pleins poumons l'air qui lui apportait la fraîcheur humide du lac et le parfum des platanes, des magnolias et des roses du parc de l'hôtel ; ravi de contempler ce paysage dont le calme printanier l'accueillait depuis trois semaines chaque matin comme un nouveau bonheur. Il but rapidement son thé, et dévala l'escalier aussi vite et aussi plein d'espoir qu'autrefois, quand petit garçon, il se dépêchait d'aller jouer ; et dans la vapeur grise des ombres du matin, il prit le sentier familier le long de la rive. Alors il se rappela ses promenades matinales solitaires du printemps précédent à Palerme et à Taormina ; il les prolongeait souvent pendant des heures, tandis que Grace aimait rester au lit, les yeux ouverts, jusqu'à midi. Dans sa mémoire, cette période de sa vie lui paraissait presque sombre, car sur elle avait plané comme un gros nuage la perspective d'une séparation prochaine, bien que parfois souhaitée. Cette fois, tout sujet de douleur lui semblait relégué dans un lointain indéfini, et, de toute façon, il était en son pouvoir, si la fin n'en était pas déterminée par le destin lui-même, de la repousser aussi longtemps qu'il le voudrait.

Il avait quitté Vienne avec Anna au début mars, car on ne pouvait pas plus longtemps dissimuler son état. Dès janvier, Georg s'était décidé à parler à la mère de son amie. Il s'y était dans une certaine mesure préparé, et fut capable ainsi de formuler sa révélation en termes mesurés et bien appropriés. La mère l'écouta en silence, elle ouvrit de grands yeux, bientôt humides de larmes. Anna était assise sur le canapé avec un sourire emprunté, et observait Georg avec une sorte de curiosité, pendant qu'il parlait. On ébaucha un plan pour les mois suivants. Jusqu'au début de l'été, Georg séjournerait avec Anna à l'étranger, puis on louerait une maison de campagne aux environs de Vienne, de manière qu'aux heures cruciales la mère d'Anna ne soit pas loin et que l'enfant puisse sans difficulté être mis en nourrice à proximité de la capitale. À l'intention des indiscrets, on forgea une explication pour le départ et l'absence d'Anna, on dirait que sa voix s'était nettement améliorée ces derniers temps — ce qui correspondait presque à la vérité — et qu'elle s'était rendue à Dresde chez un célèbre professeur de chant, une femme, pour y achever sa formation. Mme Rosner opinait par moments de la tête, comme pour approuver toutes ces propositions. Cependant, les traits de son visage devenaient de plus en plus tristes. Ce n'était pas tellement ce qu'elle venait d'apprendre qui la consternait que la pensée de devoir tout subir sans pouvoir réagir, d'être une mère malheureuse, une petite-bourgeoise sans défense en face du séducteur de haut rang. Georg, qui le constatait à regret, s'efforçait à un ton toujours plus dégagé, toujours plus aimable. Il approcha son siège de la bonne dame, prit sa main, la garda plusieurs secondes dans la sienne. Anna avait à peine participé d'un mot à la conversation. Cependant, quand Georg se prépara à partir, elle se leva et, pour la première fois devant sa mère, elle lui offrit ses lèvres comme pour marquer solennellement leurs fiançailles. Georg redescendit l'escalier, l'humeur sereine, comme si maintenant le plus dur était surmonté. Il passa dès lors plus fréquemment qu'autrefois des heures entières chez les Rosner, faisant de la musique avec Anna dont la voix à cette époque gagnait en plénitude et en puissance. L'attitude de la mère vis-à-vis de Georg devint plus amicale, donnant parfois l'impression qu'elle devait presque se défendre d'une sympathie croissante à son égard. Puis il y eut une soirée où Georg resta dîner avec la famille; après quoi, le cigare aux lèvres, il improvisa sur des motifs des *Maîtres Chanteurs* et de *Lohengrin,* ce qui lui valut de vifs compliments, en particulier de la part de Josef; et sur le chemin du retour, il constata presque avec inquiétude qu'il s'était senti parfaitement à son aise comme s'il avait trouvé une nouvelle famille.

Quelques jours plus tard, comme il buvait une tasse de café avec Felician, le domestique lui apporta une carte dont la vue lui fit monter au visage une légère rougeur. Felician fit comme s'il n'avait pas remarqué l'embarras de son frère, lui dit au revoir et quitta le salon. À la porte, il rencontra le vieux M. Rosner, inclina légèrement la tête en réponse à son salut et regarda ailleurs. Georg invita M. Rosner, qui était entré en manteau d'hiver avec chapeau et parapluie, à s'asseoir, et lui offrit un cigare. Le vieux Rosner répondit qu'il venait de fumer, ce qui en quelque sorte réconforta Georg, puis il prit place tandis que Georg restait debout, appuyé à la table. Le vieil homme commença alors avec sa lenteur habituelle : « Monsieur le baron doit sans doute savoir pourquoi je prends la liberté de le déranger ainsi. À vrai dire, je voulais déjà me présenter dans la matinée, mais je n'ai pu malheureusement quitter le bureau.

— Ce matin, vous ne m'auriez pas trouvé chez moi, monsieur Rosner, répondit Georg aimablement.

— Eh bien, une chance que je n'aie pas fait le chemin pour rien. C'est que ma femme ce matin… m'a mis au courant… de ce qui s'est passé. » Il fixait le sol.

« Bien, dit Georg qui mordait sa lèvre supérieure, j'avais moi-même l'intention… Mais ne voulez-vous pas poser votre manteau, il fait très chaud dans le salon.

— Oh! merci, merci, je n'ai pas trop chaud du tout. Eh bien, je fus absolument épouvanté quand ma femme m'a fait cette révélation. Oui, monsieur le baron… Je n'aurais jamais pensé cela d'Anna… je ne l'aurais jamais cru possible… C'est terrible… » Il disait tout cela de sa façon monotone coutumière, mais en secouant la tête plus que d'habitude. Georg ne pouvait éviter de poser les yeux sur le crâne presque chauve aux rares cheveux gris-jaune, et ne ressentait que le vide de l'ennui. « Terrible, monsieur Rosner, la chose ne l'est vraiment pas, dit-il enfin. Si vous saviez combien… combien profonde est mon inclination pour Anna, vous seriez à cent lieues de trouver la chose terrible. Madame votre épouse vous a certainement fait part de nos intentions pour la période à venir… Ou bien suis-je dans l'erreur?

— Certainement pas, monsieur le baron, depuis ce matin je suis au courant de tout. Cependant, je ne vous cacherai pas que, depuis plusieurs semaines, j'avais remarqué que quelque chose allait de travers dans ma maison. J'avais surtout été frappé de voir ma femme très agitée, et souvent au bord des larmes.

— Au bord des larmes...? Il n'y a aucune raison pour cela, monsieur Rosner. Anna elle-même, qui est pourtant la première concernée, se porte bien, elle a sa gaieté habituelle...

— Oui, sans doute, Anna est de joyeuse humeur, et ceci, pour dire la vérité, m'apporte dans une certaine mesure une consolation. Mais, pour le reste, je ne sais comment vous décrire, monsieur le baron, quel coup ce fut... je voudrais dire quelle... quelle désillusion brutale... Jamais, jamais je ne l'aurais cru...» Il ne put continuer, sa voix tremblait.

«Je suis vraiment très chagriné, dit Georg, que vous preniez ainsi la chose après que madame votre épouse vous a tout expliqué, et alors que les mesures que nous avons prises pour la période à venir devraient rencontrer votre approbation. Quant à un temps plus éloigné, et pas trop éloigné, espérons-le, je ne veux pas encore vous en parler parce que les grandes phases creuses m'ont toujours rebuté. Mais vous pouvez être sûr, monsieur Rosner, que je n'oublierai jamais vis-à-vis d'un être comme Anna... et vis-à-vis de moi-même en quoi consiste mon devoir.» Il reprit son souffle.

Aussi loin que remontaient ses souvenirs, il n'y avait pas eu dans sa vie un moment où il s'était jugé aussi détestable. Et, comme il ne peut en être autrement dans des discussions totalement bloquées, chacun d'eux répéta plusieurs fois la même chose jusqu'au moment où, enfin, M. Rosner s'excusa d'avoir dérangé et prit congé de Georg qui le reconduisit jusqu'à l'escalier. Pendant plusieurs jours, cette visite laissa dans l'esprit de Georg un arrière-goût désagréable. Il ne manque plus maintenant que le frère, pensa-t-il agacé, et sans le vouloir il se représenta une discussion au cours de laquelle le jeune homme cherchait à se donner le beau rôle de vengeur de l'honneur familial, et où lui, Georg, le remettait à sa place avec des paroles bien senties. Cependant, une fois affrontée l'explication avec les parents d'Anna, Georg se sentit en quelque sorte libéré. Les heures qu'il passait avec son amie dans la pièce paisible en face de l'église s'écoulaient dans une ambiance particulière de bien-être et de sécurité. Par moments, il leur semblait à tous deux que le temps s'arrêtait. À ces rendez-vous Georg apportait sans doute des guides de voyages, le *Cicérone* de Burckhardt[1], et même des horaires de trains, et établissait en commun avec Anna toutes sortes d'itinéraires, mais au fond, il ne croyait pas sérieusement que tout cela puisse, un jour, devenir réalité. Quant à la maison où l'enfant devait naître, ils étaient tous deux convaincus de la nécessité de la trouver et de la louer avant leur départ de Vienne. Un jour, Anna vit dans le journal, qu'elle lisait en détail, dans cette intention, l'annonce d'une maison forestière en lisière de bois, non loin d'une gare qu'on pouvait atteindre de Vienne en une heure et demie. Un matin, ils se rendirent tous deux à l'endroit indiqué... et ils gardèrent le souvenir d'une construction en bois, un peu à l'écart, couverte de neige, avec des bois de cerfs à la porte ; d'un vieux garde forestier éméché et d'une jeune servante blonde, d'une grisante promenade en traîneau sur une route d'hiver ensoleillée, d'un repas inexplicablement joyeux dans la salle immense d'une auberge, et, dans le train du retour, d'un compartiment mal éclairé et surchauffé. Ce fut l'unique fois où Georg partit avec Anna à la recherche d'une maison qui devait pourtant se trouver quelque part dans le monde en attendant sa destination... Habituellement, il se rendait seul par le train ou le tramway prospecter dans les lieux de villégiature proches.

Par une journée printanière égarée au cœur de l'hiver, Georg se promenait un jour dans une de ces petites localités au voisinage de la ville et qu'il affectionnait particulièrement, où s'alignent côte à côte des constructions paysannes, des maisons de campagne modestes et d'élégantes villas ; comme cela lui arrivait parfois, il avait presque oublié le but de ce déplacement, et était en train de penser avec émotion que, il y a des années, Beethoven et Schubert avaient passé dans le même chemin, quand, à l'improviste, Nürnberger apparut. Ils se saluèrent, se félicitèrent de cette belle journée qui incitait à s'échapper dans la nature, et regrettèrent courtoisement de se rencontrer si rarement depuis que Bermann avait quitté Vienne.

« Il y a longtemps que vous n'avez pas eu de ses nouvelles ? demanda Georg.

— Depuis qu'il est parti, répondit Nürnberger, j'ai reçu seulement une carte de lui. On peut supposer qu'il entretient avec vous une correspondance plus abondante qu'avec moi.

— Pourquoi le supposer ? demanda Georg, un peu irrité par le ton de Nürnberger, comme cela lui arrivait parfois.

— Eh bien, vous avez au moins l'avantage sur moi de représenter pour lui une nouvelle connaissance, et d'offrir ainsi un problème plus excitant à ses spéculations psychologiques. »

Dans ces paroles prononcées avec l'ironie habituelle, Georg perçut comme une blessure d'amour-propre, qu'il comprit fort bien. En fait, Heinrich, ces derniers temps, s'était très peu soucié de Nürnberger avec qui il était très lié auparavant ; conformément à sa coutume d'attirer les gens à lui, puis de les laisser tomber avec la plus grande désinvolture, selon que leur manière d'être correspondait ou non à son humeur.

« Je ne suis pas beaucoup mieux loti que vous, dit Georg. Moi non plus je n'ai pas reçu de ses nouvelles depuis plusieurs semaines. D'après les plus récentes, il semble que son père aille très mal.

— La fin de ce vieil homme, bien à plaindre, est probablement proche.

— Qui sait ? D'après ce que m'écrit Bermann, cela peut encore durer des mois. »

L'air grave, Nürnberger hocha la tête.

« Oui, dit Georg, sans trop réfléchir, dans de tels cas les médecins devraient être autorisés... à hâter le dénouement.

— En cela vous avez peut-être raison, répondit Nürnberger. Mais qui sait si notre ami Heinrich, quel que soit le trouble qu'apporte dans ses travaux, et peut-être dans d'autres domaines, la vue du déclin irrémédiable de son père... qui sait s'il ne rejetterait pas la proposition de mettre fin à cette situation sans espoir par une piqûre de morphine. »

À nouveau, Georg fut choqué par le ton de raillerie amère de Nürnberger. Pourtant, se souvenant de l'heure où il avait vu Heinrich plus fortement bouleversé par quelques mots ambigus dans la lettre de son amie que par la folie de son père, Georg ne put se défendre de l'impression que Nürnberger jugeait lucidement leur ami commun... « Avez-vous connu le vieux Bermann ? demanda-t-il.

— Pas personnellement. Mais je me souviens encore de l'époque où son nom était souvent cité dans les journaux, et des discours d'une haute tenue qu'il a prononcés au Parlement. Mais je vous retiens, cher baron, au revoir. Nous nous rencontrerons sans doute un de ces jours au café, ou chez les Ehrenberg.

— Mais vous ne me retenez pas le moins du monde, répondit Georg avec une amabilité marquée. Je flâne, et je profite de l'occasion d'examiner les résidences d'été.

— Voulez-vous, cette année, habiter à la campagne aux environs de Vienne ?

— Pour quelque temps, oui, vraisemblablement. En outre, une famille de mes relations m'a demandé, au cas où le hasard me ferait découvrir... » Il rougit légèrement, comme toujours quand il s'écartait tant soit peu de la vérité.

Nürnberger le remarqua et dit négligemment : « Je viens de passer devant plusieurs villas qui sont à louer. Voyez-vous, par exemple, là-bas cette maison blanche avec une vaste terrasse ?

— Elle a l'air très bien, on pourrait y jeter un coup d'œil. Si cela ne vous ennuie pas trop de m'accompagner... puis nous rentrerons en ville ensemble. »

Ils pénétrèrent dans un jardin étroit, tout en longueur, qui montait jusqu'à la maison et qui rappela à Nürnberger celui où il avait joué, enfant. « Peut-être est-ce le même, dit-il. Il faut que vous sachiez que nous avons habité plusieurs années à la campagne à *Grinzing* et à *Heiligenstadt*[1]. »

Ce « nous » frappa Georg étrangement. Et il pouvait à peine se représenter que Nürnberger avait été tout jeune, et avait vécu en fils avec un père et une mère, en frère avec des sœurs, et tout d'un coup, l'existence de cet homme lui fit l'impression d'être bizarre et compliquée.

En haut du jardin, une tonnelle offrait une vue magnifique sur la ville qu'ils admirèrent un moment. Puis ils redescendirent lentement, accompagnés par la femme du gardien qui portait dans ses bras un petit enfant enveloppé dans un plaid gris. Ils visitèrent la maison, des pièces basses sentant le renfermé avec de mauvais tapis usés sur les planchers, des lits de bois étroits, des glaces cassées ou ternies. « Au printemps, tout sera rénové, expliqua le gardienne, l'aspect sera alors très agréable. » L'enfant tendit soudain ses petites mains à Georg comme s'il voulait être pris dans ses bras. Georg fut un peu ému et sourit, embarrassé.

Tandis que sur la plate-forme du tramway il roulait vers la ville en bavardant avec Nürnberger, Georg eut le sentiment que lors de toutes les occasions de rencontre précédentes, il n'avait jamais été aussi proche de lui que pendant cette heure ensoleillée d'hiver à la campagne. En se séparant ils convinrent tout naturellement d'une nouvelle promenade pour un des jours suivants, et c'est ainsi que Georg pendant ses recherches ultérieures fut, à plusieurs reprises, accompagné par Nürnberger. Ce faisant, la fiction de la recherche d'une maison pour une famille amie fut conservée comme si Nürnberger y croyait, et comme si Georg croyait que Nürnberger y croyait.

Au cours de ces promenades, Nürnberger en vint parfois à parler de sa jeunesse, de ses parents qu'il avait perdus de bonne heure, de sa sœur morte jeune et de son frère aîné, le seul de ses parents encore en vie.

Comme Edmund lui-même, c'était un vieux garçon qui ne vivait pas à Vienne mais était professeur de lycée dans une petite ville de la Basse-Autriche où il avait déjà été affecté, il y a quinze ans, comme remplaçant. Plus tard, il aurait pu sans grand-peine obtenir sa mutation dans la capitale mais après quelques années d'amertume et même de colère, il s'était si bien habitué aux conditions de vie modestes et paisibles de son lieu de résidence qu'un retour à Vienne aurait plutôt représenté pour lui un sacrifice. À présent, il vivait en se consacrant avec passion à son métier et à ses recherches de linguiste, sourd aux bruits du monde, solitaire, satisfait, sorte de philosophe provincial. Quand Nürnberger parlait de ce frère éloigné, Georg avait parfois l'impression qu'il s'agissait d'un mort, tellement la possibilité de retrouvailles durables paraissait exclue. Par contre, il parlait de sa sœur, disparue depuis des années, avec une nostalgie toujours en éveil, comme d'un être susceptible de revenir un jour.

Par un après-midi brumeux de février, comme ils attendaient dans une gare le train pour Vienne, marchant de long en large sur le quai, Nürnberger raconta à Georg l'histoire de cette sœur possédée dès l'enfance par une passion effrénée pour le théâtre ; à seize ans, dans une crise de romantisme puéril, elle avait quitté la maison sans adieu. Dix années durant, elle avait erré de ville en ville, de scène en scène, mais toujours dans de petits rôles, car ni son talent ni sa beauté ne semblaient suffisants pour une telle profession ; cependant toujours avec le même enthousiasme, la même confiance dans l'avenir en dépit des déceptions qu'elle éprouvait et de la misère qu'elle côtoyait. Pendant les vacances, pour quelques semaines ou seulement quelques jours, elle faisait parfois des apparitions chez ses frères qui, à l'époque, habitaient encore ensemble ; dans ses récits, les tréteaux minables sur lesquels elle avait joué devenaient de grands théâtres, leurs maigres succès, des triomphes, les piètres comédiens avec qui elle travaillait, de grands artistes, les petites intrigues dont elle avait été témoin, de sublimes tragédies de la passion. Si bien qu'au lieu de se rendre compte peu à peu qu'elle végétait dans un monde lamentable dont elle était une des figures les plus pitoyables, elle s'enfermait toujours davantage dans les rêves les plus séduisants. Cela dura jusqu'au jour où elle revint chez elle malade, rongée par la fièvre ; elle resta alors des mois au lit, les joues brûlantes, parlant dans son délire de la gloire et de la félicité qu'elle n'avait jamais connues ; elle parut, encore une fois, recouvrer la santé, s'en alla de nouveau, mais ce fut pour rentrer au bout de quelques semaines totalement épuisée, le signe de la mort au front. Son frère l'emmena alors en voyage dans le Sud, à Arco, à Merano, au bord des lacs italiens. C'est là seulement, allongée sous des arbres en fleurs dans des jardins méditerranéens, arrachée à l'agitation qui, pendant des années, l'avait grisée et perturbée, qu'elle comprit que sa vie, cette perpétuelle errance sous un ciel de toile peinte, entre des cloisons de papier… que tout le contenu de son existence n'avait été qu'illusion. Même les petites aventures sans lendemain dans des chambres meublées ou des hôtels sur les chemins des villes étrangères se présentaient à sa mémoire comme des scènes de théâtre qu'actrice elle aurait jouées sur les planches, et non comme des aventures vécues dans la réalité. Et tandis qu'elle glissait vers la tombe, s'éveillait en elle la nostalgie ardente de la vie authentique qu'elle avait manquée ; plus elle se sentait sûre de l'avoir perdue à jamais, plus son regard découvrait avec acuité la plénitude du monde. Le plus étrange fut que, dans les dernières semaines de sa vie, ce talent auquel elle avait tout sacrifié, sans vraiment le posséder, se révéla soudain comme une force mystérieuse, démoniaque. «Il me semble encore aujourd'hui, dit Nürnberger, que je n'ai jamais entendu, fût-ce par la plus grande comédienne, réciter des vers ou jouer des scènes entières, comme le fit ma sœur dans sa chambre d'hôtel de Cadenabbia avec la vue sur le lac de Côme, quelques jours avant sa mort. À vrai dire, ajouta-t-il, il se peut, il est même probable, que ma mémoire me trompe.

— Pourquoi donc ?» demanda Georg à qui ce dénouement plaisait tant qu'il ne voulait pas qu'on le lui gâche. Et il s'efforça de convaincre Nürnberger, qui l'écoutait en souriant, qu'il ne pouvait s'être trompé, et que, avec l'étrange jeune fille qui reposait dans le cimetière de Cadenabbia, une grande artiste s'était éteinte.

Georg ne trouva pas la maison de campagne qu'il cherchait lors de ses sorties avec Nürnberger ; d'une fois à l'autre, il semblait devenir plus ardu de la découvrir. Par moments, Nürnberger se moquait des exigences de Georg, difficiles à satisfaire, puisqu'il paraissait chercher une villa avec une façade sur une route bien entretenue, tandis que derrière, la porte du jardin s'ouvrirait sur la forêt vierge. À la fin, Georg lui-même ne croyait plus sérieusement qu'il réussirait maintenant à trouver le logis souhaité, et il repoussa au retour de leur voyage la contrainte de le dénicher. Il était sans doute plus urgent de prendre contact avec un médecin, mais cette démarche aussi Georg la remettait sans cesse. Cependant, Anna lui confia un soir que, soudain effrayée par un nouvel évanouissement, elle s'était rendue chez le docteur Stauber et lui avait confessé son état. Il avait été très cordial, n'avait manifesté aucune surprise, l'avait complètement rassurée à tous les points de vue ; il avait seulement souhaité voir Georg avant leur départ.

Peu après, Georg se rendit à l'invitation du médecin. Ses consultations venaient de se terminer. Le docteur Stauber le reçut aussi aimablement que prévu, parut considérer la chose comme toute naturelle, employant toujours le terme « la jeune femme » pour parler d'Anna, ce qui fit à Georg une impression bizarre mais pas désagréable. Lorsque les questions matérielles furent réglées, le médecin s'enquit de la destination du voyage. Georg n'avait encore rien arrêté, la seule chose sûre étant que l'on passerait probablement le printemps dans le Sud, en Italie. Stauber en profita pour évoquer son dernier séjour à Rome qui remontait à dix ans. À cette époque, comme une fois déjà auparavant, il entretenait des relations personnelles avec le directeur des fouilles ; il parla sur un ton proche de l'enthousiasme des nouvelles découvertes sur le Palatin, site qu'il avait étudié dans sa jeunesse, et dont il avait publié les résultats dans des cahiers d'archéologie. Puis il montra à Georg, non sans fierté, sa bibliothèque divisée en deux sections, l'une pour la médecine, l'autre pour l'histoire de l'art, et lui prêta quelques livres assez rares, dont l'un datait de 1834, sur les collections du Vatican, et les autres sur l'histoire de la Sicile. Georg fut excité au plus haut point en prenant ainsi conscience de toutes les richesses qui l'attendaient. Une sorte de nostalgie de ces contrées familières dont il était privé depuis longtemps s'empara de lui, des images à demi oubliées surgirent devant ses yeux : la pyramide de Cestius[1] dressait à l'horizon ses contours précis comme elle lui était apparue dans sa prime jeunesse, quand il regagnait le soir à cheval la ville, au côté du prince von Mazedonien ; émergeant des brumes du souvenir, les portes de l'église s'ouvraient, et il revoyait son premier amour marcher à l'autel ; sous un ciel sombre, une barque aux étranges voiles de couleur jaune soufre voguait en suivant la rive…

Il prit la parole à son tour, évoqua les multiples villes et paysages du Sud qu'il avait vus dans son enfance et sa jeunesse, exprima la nostalgie de ces lieux qui le saisissait parfois comme un véritable mal du pays, parla de sa joie de pouvoir embrasser d'un regard plus mûr tout ce qu'il avait désiré, conservé en mémoire ou oublié, et d'y ajouter de nouvelles découvertes ; et de le faire cette fois en compagnie d'un être capable de partager ses jugements et ses extases, un être qui lui était cher. Le docteur Stauber, en train de remettre un livre dans le rayon, se retourna brusquement vers Georg, le regarda avec bienveillance et dit : « Voilà qui me plaît. » Comme Georg le considérait un peu perplexe, Stauber ajouta : « Ce sont les premières paroles chaleureuses sur vos rapports avec ma petite Anna que j'ai entendues de votre bouche. Je sais, je sais, il n'est pas dans votre nature de dévoiler vos sentiments devant quelqu'un qui pour vous est presque un étranger, mais justement parce que je n'avais aucun droit à y prétendre, cela m'a touché. Ces mots vous sont venus vraiment du fond du cœur, c'était visible. J'aurais eu beaucoup de peine si j'avais dû penser que vous ne chérissiez pas ma petite Anna — excusez-moi de l'appeler encore ainsi — comme elle le mérite.

— Je ne vois vraiment pas, répliqua sèchement Georg, ce qui vous incite à en douter, docteur Stauber.

— Ai-je donc parlé de doutes? répondit Stauber bonhomme. Mais le cas s'est déjà produit qu'un jeune homme ayant beaucoup vécu ne sache apprécier à sa juste valeur un tel sacrifice, car cela reste un sacrifice, cher baron. Nous avons beau être au-dessus de tous les préjugés... Même de nos jours, ce n'est pas une mince affaire quand une jeune fille de bonne famille prend une telle décision. Je ne vous cacherai pas — naturellement je ne l'ai pas laissé voir à ma petite Anna — que cela m'a donné un certain choc quand elle est venue me trouver dernièrement et m'a raconté la chose.

— Excusez-moi, docteur, répliqua Georg irrité mais poli. Si cela vous a causé un choc, c'est la preuve que votre mépris des préjugés...

— Vous avez raison, dit Stauber en souriant, mais vous me pardonnerez peut-être ce point de vue rétrograde en considérant que je suis un peu plus âgé que vous et que je suis un homme d'un autre temps. Et, échapper à l'influence de son époque, même quelqu'un d'assez indépendant... ce que je me flatte d'être... ne peut y parvenir totalement. C'est vraiment une chose étrange. Mais, croyez-moi, il existe encore de nos jours, et jusque parmi les jeunes gens nourris de Nietzsche et d'Ibsen, autant de philistins qu'on en comptait il y a trente ans; mais ils ne se laissent pas reconnaître, à moins d'être eux-mêmes pris à la gorge, par exemple quand on séduit leur sœur ou quand il prend à madame leur épouse la fantaisie de vivre sa vie... Certains restent conséquents avec eux-mêmes et continuent à jouer leur rôle... mais c'est plus une question de maîtrise de soi que d'idéologie. Autrefois, de mon temps, lorsque les principes étaient fixés une fois pour toutes, et que chacun savait exactement à quoi s'en tenir, par exemple : il faut honorer ses parents, sinon on est un vaurien... ou bien : un amour véritable n'existe qu'une fois dans la vie... ou bien : on est heureux de mourir pour la patrie… à l'époque, chaque honnête homme brandissait quelque drapeau ou, tout au moins, avait une devise sur sa bannière… Croyez-moi, en ce temps-là déjà, les idées prétendument modernes avaient plus de partisans qu'on ne le suppose. Avec cette différence que ces partisans doutaient parfois, qu'ils se méfiaient de leurs idées, qu'ils se prenaient pour ainsi dire pour des êtres en marge, voire des criminels. Vais-je vous confier un secret, cher baron? Il n'y a absolument pas d'idées nouvelles. Des changements d'intensité de la pensée… cela oui. Croyez-vous sérieusement que Nietzsche ait inventé le surhomme, et Ibsen le mensonge vital, et Anzengruber la vérité selon laquelle les parents qui exigent de leurs enfants respect et amour « doivent se comporter de même »[1]? Pas du tout. Toutes les idées morales ont toujours existé, et l'on serait bien surpris si l'on savait quels sots ont pensé les prétendues grandes vérités nouvelles, et peut-être même les ont exprimées, bien avant les génies à qui nous en sommes redevables, ou plutôt à qui nous devons le courage de tenir ces vérités pour exactes. Mais me voilà très loin de notre sujet, pardonnez-moi. J'ai simplement voulu vous dire… et vous pouvez me croire… je sais aussi bien que vous qu'il arrive que des jeunes filles restées vierges soient mille fois plus corrompues que ce qu'on nomme une fille perdue, et que maint jeune homme de bonne réputation a sur la conscience des choses plus graves que d'entraîner dans une liaison une jeune fille pure. Et pourtant… c'est justement la malédiction de mon époque…, ajouta-t-il en souriant, que je n'ai pu m'empêcher au premier moment, quand Anna m'a raconté toute l'histoire, d'entendre résonner dans ma vieille tête comme une ancienne rengaine certains mots désagréables qui, en leur temps, avaient un sens très précis, des termes stupides, dépassés, comme… débauché… séduire… laisser tomber… et cetera. C'est de là, et je dois vous présenter une nouvelle fois mes excuses, puisque j'ai appris à mieux vous connaître… c'est de là qu'est venu le choc qu'un homme moderne n'aurait dû ni ressentir ni avouer. Mais, pour redevenir sérieux, examinez donc comment feu votre père aurait pris la chose, lui qui n'a pas connu ma petite Anna. Il était sans aucun doute un des hommes les plus dépourvus de préjugés et les plus avisés que l'on puisse imaginer… Pourtant, ne doutez pas que chez lui aussi cela ne se serait pas passé tout à fait sans un choc. » Spontanément, Georg tendit la main au médecin. L'aspect inattendu de cette référence au cher disparu suscita en lui une nostalgie si forte qu'il ne put la calmer qu'en se mettant à parler du défunt. Le médecin pouvait encore évoquer maintes rencontres avec le feu baron, fruits du hasard, et le plus souvent brèves, dans la rue, aux séances de l'Académie des sciences ou à des concerts. C'était à nouveau un de ces instants où Georg se sentait étrangement coupable envers le disparu, et se jurait intérieurement d'être digne de sa mémoire.

« Saluez ma petite Anna de ma part, lui dit le médecin quand Georg prit congé, mais il vaut mieux ne pas lui parler du "choc". C'est une créature très sensible, vous le savez, et il s'agit maintenant de lui épargner toute émotion désagréable. Gardez à l'esprit, cher baron, qu'une seule chose compte à l'heure actuelle, qu'un enfant bien portant vienne au monde, tout le reste... Redites-lui mon amitié, j'espère que nous nous retrouverons tous cet été en bonne forme. »

Georg s'éloigna, conscient au plus haut point de ses responsabilités envers l'être qui s'était donné à lui et envers cet autre qui dans quelques mois s'éveillerait à la vie. Il songea en premier lieu à rédiger un testament et à le déposer chez un notaire. Après plus ample réflexion, il lui parut plus indiqué de s'en ouvrir à son frère, le plus proche de lui parmi tous les êtres. Mais, par suite de la réserve particulière qui régissait leurs rapports pourtant si étroits, il laissa passer jour après jour jusqu'au moment où le départ de Felician pour des chasses en Afrique fut imminent. La nuit précédente, tandis qu'ils rentraient du club, Georg fit part à son frère de son intention d'entreprendre dans peu de temps un long voyage.

« Tiens ? Et combien de temps seras-tu absent ? » lui demanda Felician.

Georg sentit percer dans le ton une certaine inquiétude qui l'incita à ajouter : « Ce sera probablement, et pour des années, le dernier voyage assez important que je ferai. À l'automne, j'espère avoir une situation fixe.

— Tu es donc entièrement décidé ?

— Oui, évidemment.

— Je suis très heureux, Georg, pour différentes raisons comme tu peux le penser, de te voir enfin prendre de sérieuses résolutions. Au reste, il ne serait pas bon que l'un de nous doive partir dans le monde tandis que l'autre resterait seul ici. Ce serait un peu triste. »

Georg n'ignorait pas que Felician se verrait confier à l'automne suivant un poste diplomatique à l'étranger, mais il n'avait jamais réalisé aussi nettement que, dans quelques mois, ce serait la fin de leur longue communauté fraternelle, de la vie partagée dans la vieille maison face au parc, la fin irrémédiable de leur jeunesse, au fond. L'avenir se présentait à lui sévère, presque menaçant.

« As-tu déjà une idée, demanda-t-il, de l'endroit où ils t'enverront ?

— Il y a des chances que ce soit Athènes.

— Ça te plairait ?

— Pourquoi pas ? La société, paraît-il, n'y manque pas d'intérêt ; Bernburg, qui y est resté trois ans, en est parti à regret. Et pourtant, on l'a muté à Londres, ce qui n'est pas rien. »

Ils marchèrent ensemble un moment en silence, prirent comme d'habitude le chemin qui traversait le parc. L'air autour d'eux semblait un messager du printemps proche bien que sur les pelouses la neige étincelât en étroites taches blanches.

« Ainsi, tu pars pour l'Italie ? demanda Felician.

— Oui.

— Aussi loin dans le Sud qu'au printemps dernier ?

— Je ne sais pas encore. »

De nouveau un bref silence.

Soudain, dans l'ombre, la voix de Felician : « Au fait, as-tu reçu des nouvelles de Grace, depuis ?

— De Grace, répéta Georg quelque peu surpris, car il y avait longtemps que Felician n'avait plus prononcé ce nom. Je n'ai plus entendu parler de Grace. D'ailleurs, c'était convenu entre nous. À Gênes, nous nous sommes séparés définitivement[1]. Bientôt un an… »

Sur un banc, en pleine obscurité, un homme en manteau de fourrure avec un haut-de-forme et des gants blancs était assis. Ah ! Labinski, pensa Georg un moment ; puis il se rappela que celui-ci s'était suicidé… Ce n'était pas la première fois qu'il croyait le voir. Un jour, dans le jardin botanique de Palerme, en pleine lumière, il avait pris l'espace d'une seconde une personne assise sous un frêne du Japon pour Labinski. Et récemment, derrière les vitres fermées d'un fiacre, il avait cru reconnaître le visage de son père disparu.

Derrière les arbres dépouillés, on distinguait vaguement des maisons. Dans l'une d'elles habitaient les deux frères.

Il serait temps, pensa Georg que j'en vienne à parler de mon affaire. Pour trouver une transition rapide, il lança comme incidemment : « Au reste, cette année non plus, je ne pars pas seul pour l'Italie.

— Tiens, tiens », dit Felician sans le regarder.

Au même moment, Georg sentit qu'il n'avait pas trouvé le ton qu'il fallait. Il craignit que Felician pût penser : le voilà encore lancé dans une aventure avec une personne douteuse. Aussi ajouta-t-il, l'air grave : « Sais-tu, Felician, j'aurais quelque chose d'assez important à discuter avec toi.

— Quelque chose d'important ?

— Oui.

— Eh bien, Georg, dit Felician affectueusement, le regardant de côté. Qu'y a-t-il? Se pourrait-il que tu te maries?

— Oh! non, s'exclama Georg, et il s'en voulut aussitôt d'avoir rejeté si délibérément cette possibilité. Non, il ne s'agit pas de mariage, mais de quelque chose de beaucoup plus essentiel.»

Felician s'arrêta un court instant. «Tu as un enfant? demanda-t-il avec gravité.

— Non. Pas encore. Mais c'est bien le cas. C'est pour cela que nous partons en voyage.

— Bien», dit Felician.

Ils étaient sortis du parc. Tous deux levèrent spontanément les yeux vers la fenêtre de leur appartement d'où, il y a encore un an, leur père parfois leur faisait signe. Tous deux se rendaient compte avec tristesse que, depuis la mort de leur père, ils s'éloignaient insensiblement l'un de l'autre… et qu'ils n'envisageaient pas sans crainte de se voir encore bien davantage séparés par la vie.

«Viens dans ma chambre, dit Georg quand ils furent remontés à l'appartement. C'est l'endroit le plus agréable.»

Il s'assit à son bureau dans un fauteuil confortable. Felician s'installa dans l'angle du petit canapé de cuir vert rapproché du bureau et l'écouta calmement.

Georg lui raconta qui était son amie, parla d'elle en termes favorables, chaleureux, et pria Felician de lui promettre de s'occuper de la mère et de l'enfant au cas où il lui arriverait malheur à lui, Georg, un jour. Il léguait naturellement tout ce qu'il possédait à l'enfant, et la mère en aurait l'usufruit jusqu'à la majorité de l'enfant. Quand Georg eut terminé, Felician, après un court moment de silence, dit en souriant : «Tu peux à bon droit espérer revenir de ton voyage en aussi bonne santé que moi d'Afrique, et notre conversation n'a donc qu'une valeur théorique.

— Je l'espère aussi, bien entendu. Mais cela me rassure que tu sois au courant, Felician, je peux ainsi être tranquille à tous les points de vue.

— Tu le peux, naturellement.» Il tendit la main à son frère. Puis il se leva et fit les cent pas dans la pièce. Finalement, il demanda :

«Ne penses-tu pas régulariser votre situation?

— Pas pour le moment, mais on ne peut savoir ce que l'avenir nous apportera.»

Felician s'arrêta. «Bien sûr…

— Serais-tu d'avis que je me marie? s'exclama Georg assez étonné.

— Absolument pas.

— Je t'en prie, Felician, sois sincère.

— Vois-tu, dans des cas semblables, personne ne doit s'en mêler, pas même un frère.

— Mais si je t'en priais, Felician? J'ai l'impression que quelque chose dans cette histoire ne te plaît pas.

— Oui, vois-tu, Georg... mais n'interprète pas mal mes paroles... je sais bien que tu ne songes pas à l'abandonner, je suis même au contraire persuadé que tu te comporteras plus noblement que n'importe quel autre à ta place. Mais la question est pourtant celle-ci : te serais-tu engagé dans cette affaire si tu avais pesé toutes les conséquences possibles?

— Il est difficile de répondre à cela, dit Georg.

— Je veux dire tout simplement. As-tu eu l'intention... de ne pas en faire une compagne pour la vie, mais d'avoir un enfant d'elle?

— Mon Dieu, qui pense à cela? Si on avait voulu absolument l'éviter... »

Felician l'interrompit : « Sait-elle que tu n'as pas l'intention de l'épouser?

— Tu ne penses pourtant pas que je lui ai promis le mariage?

— Non, mais pas non plus de l'abandonner.

— Ç'aurait été un manque de sincérité, Felician. C'est arrivé comme ces choses-là ont coutume d'arriver, tout s'est déroulé sans aucun plan, jusqu'à aujourd'hui.

— Eh bien, c'est charmant. Reste la question : N'est-on pas tenu dans les choses importantes de la vie d'établir, pour ainsi dire, un plan?

— Possible... Mais ce ne fut jamais mon fort, malheureusement... »

Felician s'arrêta devant Georg, avec sur son visage une expression affectueuse, il hocha la tête à plusieurs reprises. « C'est vrai, Georg, tu ne m'en voudras pas... mais puisque nous venons à en parler... je ne m'arroge pas le droit de me mêler de la conduite de ta vie...

— Parle donc, Felician... vraiment... cela me fait du bien... » Il effleura la main de son frère qui était posée sur l'accoudoir du canapé.

« Eh bien, il n'y a presque rien à ajouter. Je veux dire simplement que tu te comportes ainsi en toutes choses... sans aucun plan. Vois-tu, pour parler d'un autre point important, je suis pour ma part convaincu de ton talent et je ne suis pas le seul. Cependant, tu travailles diablement peu, n'est-ce pas? Et la gloire ne vient pas toute seule, même si...

— Certainement pas. Mais je travaille beaucoup plus que tu le crois, Felician. Seulement, chez les gens comme nous, le travail a ses lois particulières. L'inspiration vient parfois en se promenant, quelquefois même en dormant... et puis en automne...

— Espérons-le, bien que je craigne que dans tes débuts tu ne puisses vivre de tes cachets. Étant donné ton style de vie, combien de temps ton petit capital subviendra-t-il à tes besoins, voilà la question. Je te le dis sincèrement, quand tu m'as indiqué tout à l'heure la somme que tu pourrais laisser à ton enfant, j'ai été absolument effaré.

— Sois patient, Felician. Dans trois ans, dans cinq ans, quand j'aurai terminé mon opéra... » Il dit cela d'un ton qui paraissait ironiser sur lui-même.

« Composes-tu donc un opéra, Georg ?

— Je le commencerai ces prochains jours.

— Qui écrit le livret ?

— Heinrich Bermann. Naturellement, tu prends ton air réprobateur.

— Mon cher Georg, en ce qui concerne tes relations je me suis toujours gardé d'intervenir. Il est tout à fait normal, étant donné ton domaine artistique, que tu fréquentes d'autres milieux que moi et que tu aies des contacts avec des gens qui ne trouvent peut-être pas grâce à mes yeux. Mais si le texte de monsieur Bermann est beau, mes vœux t'accompagnent... et évidemment monsieur Bermann aussi.

— Le livret n'est pas encore prêt, simplement un canevas. »

Felician ne put s'empêcher de rire. « Tu en es là de ton opéra ? Pourvu que le théâtre où l'on t'engage comme chef d'orchestre soit déjà construit !

— Écoute... dit Georg un peu vexé.

— Excuse-moi, reprit Felician. Je ne doute vraiment pas de ton avenir, mais je voudrais seulement que toi-même tu t'y emploies un peu plus. Je serais si... vraiment, Georg, je serais si fier si tu devenais quelqu'un. Et cela dépend uniquement de toi. Willy Eissler, un connaisseur en musique, m'a dit récemment qu'il fait plus cas de toi que de la plupart des jeunes compositeurs.

— À cause des quelques lieder de moi qu'il connaît ?

— Justement, il les trouve remarquables. Ce n'est pas une question de quantité.

— Tu es un chic type, Felician. Mais tu n'as pas besoin de m'encourager. Je sais bien ce que je vaux, il me faut simplement travailler davantage. Le voyage aura sur moi une influence bienfaisante. Sortir de son environnement habituel pour quelque temps fait beaucoup de bien. Il s'agit de tout autre chose que l'année passée. C'est la première fois, Felician, que je suis en compagnie d'un être qui se trouve parfaitement à mon niveau, et qui de plus... qui est pour moi véritablement une amie.

Et savoir que j'aurai un enfant, et justement avec elle m'est, en dépit des circonstances, plutôt agréable.

— Je peux l'imaginer», dit Felician en considérant Georg avec gravité et bonté.

La pendule sur le bureau sonna deux coups.

«Oh! déjà si tard! s'exclama Felician, et demain matin je dois boucler mes bagages. Demain, au déjeuner, nous pourrons encore aborder pas mal de questions. Donc, au revoir, Georg.

— Bonne nuit, Felician. Je te remercie, ajouta Georg ému.

— De quoi me remercies-tu… tu es un drôle d'oiseau, Georg.» Ils se serrèrent la main, puis s'embrassèrent, ce qui ne leur était pas arrivé depuis longtemps. Georg décida, si son enfant était un garçon, de l'appeler Felician, et il se réjouit de l'heureux présage de bonheur attaché à ce prénom.

Après le départ de son frère, Georg se sentit aussi abandonné que s'il n'avait jamais eu un autre ami. Le séjour dans le grand appartement désert, où semblait peser la même atmosphère que dans les premiers temps suivant le décès de son père, le rendait presque triste. Les jours qui le séparaient encore de son propre départ lui semblaient une période de transition qui ne permettait pas d'entreprendre grand-chose. Les heures passées avec son amie dans la chambre en face de l'église devinrent insipides et vides. On percevait maintenant chez Anna un changement d'humeur. Elle était parfois irritable, puis silencieuse, presque mélancolique, et souvent, Georg était saisi en sa présence d'un tel sentiment d'ennui qu'il se mettait à appréhender presque les prochains mois où ils en seraient réduits à un tête-à-tête. Le voyage par lui-même promettait bien des dérivatifs, mais que serait-ce les derniers mois que l'on serait forcé de passer au calme quelque part à proximité de Vienne? Il lui fallait songer à procurer de la compagnie à Anna. Il hésitait encore à lui en parler lorsque Anna le précéda avec une nouvelle qui était propre à lever cette difficulté, ainsi qu'une autre, de la manière la plus simple. Ces derniers temps, en particulier depuis qu'Anna avait peu à peu abandonné ses leçons, elle s'était rapprochée de Therese, s'était entièrement confiée à elle; si bien que la mère de Therese était aussi dans le secret. Celle-ci se montra plus humaine envers Anna que sa propre mère qui, humiliée, neurasthénique, après une courte flambée de compréhension, s'était détournée de sa fille coupable. Mme Golowski non seulement se déclara prête à habiter avec Anna à la campagne, mais promit de rechercher pendant l'absence du jeune couple la petite maison que Georg n'avait pu découvrir. Bien que cette serviabilité répondît au désir de tranquillité de Georg, il lui était cependant un peu pénible d'être l'obligé de cette vieille femme qu'il connaissait mal ; et que justement la mère de Leo et le père de Berthold fussent destinés à jouer un rôle important dans un événement capital de la vie d'Anna lui paraissait dans ses moments de mauvaise humeur presque ridicule.

Trois jours avant le départ, par un bel après-midi de mars, Georg rendit une visite d'adieu aux Ehrenberg. Depuis la fameuse soirée de Noël, il n'avait fait là-haut que de rares apparitions, et ses entretiens avec Else étaient restés depuis cette date tout à fait anodins. Comme à un ami qui ne peut plus se méprendre sur la signification de telles remarques, elle lui confessa qu'elle se sentait de moins en moins à l'aise à la maison. En particulier, ce que Georg avait déjà observé à plusieurs reprises, l'atmosphère familiale était constamment troublée par les rapports déplorables entre le père et le fils. Quand Oskar se présentait à la porte avec son allure nonchalante, avec une distinction étudiée, et qu'il commençait à discourir dans un viennois aristocratique, son père se détournait avec mépris, ou bien ne pouvait s'empêcher de faire allusion au fait qu'il ne tenait qu'à lui de mettre fin du jour au lendemain à toute cette distinction en supprimant ou en diminuant le prétendu traitement qui n'était en fait que de l'argent de poche. Par contre, si le père, comme il se plaisait à le faire, commençait en public et de propos délibéré à parler yiddish, Oskar se mordait les lèvres, et parfois même quittait la pièce. Cependant, il était plus rare ces derniers temps que père et fils se trouvent ensemble à Vienne ou à Neuhaus. Chacun ne supportait plus la proximité de l'autre.

Quand Georg entra chez les Ehrenberg, le salon était presque plongé dans la pénombre. Derrière le piano se détachait luisante l'Isis de marbre, et dans l'encorbellement où la mère et la fille étaient assises, l'une en face de l'autre, tombait la lumière voilée d'une fin d'après-midi. Pour la première fois l'apparition de ces deux femmes éveilla en Georg comme une étrange émotion. Il pressentit soudain que ce tableau s'offrait peut-être à ses yeux pour la dernière fois, et Else lui adressa l'éclair d'un sourire à la fois si tendre et si douloureux qu'il songea un moment : finalement, le bonheur aurait peut-être été ici…

Il était assis maintenant à côté de Mme Ehrenberg qui continuait tranquillement à broder en face d'Else ; il fumait une cigarette, se sentait comme chez lui. Il raconta que, séduit par le temps printanier, il entreprendrait le voyage projeté plus tôt que prévu, et qu'il le prolongerait vraisemblablement jusque dans l'été.

« Et nous cette fois, nous irons à Auhof dès la mi-mai, dit Mme Ehrenberg ; mais cette année, nous comptons bien vous y voir.

— Si vous n'êtes pas trop occupé d'un autre côté », dit Else impassible.

Georg promit de venir en août, au moins pour quelques jours.

Puis l'on parla de Felician et de Willy, qui, avec leurs amis, avaient quitté Biskra quelques jours auparavant pour aller chasser dans le désert... de Demeter Stanzides qui devait sous peu quitter l'armée et se retirer dans une propriété en Hongrie... et enfin d'Heinrich Bermann dont personne n'avait de nouvelles depuis des semaines.

« Qui sait s'il reviendra seulement à Vienne, dit Else.

— Pourquoi pas... D'où vous vient cette idée, mademoiselle Else ?

— Mon Dieu, peut-être épousera-t-il cette actrice et parcourra-t-il le monde à son côté. »

Georg haussa les épaules... Il prétendit ne connaître aucune actrice avec qui Heinrich serait lié, et il se permit d'exprimer ses doutes quant à un quelconque mariage d'Heinrich, que ce soit avec une princesse ou avec une écuyère de cirque.

« Ce serait dommage pour Bermann, dit Mme Ehrenberg, en ne tenant aucun compte de la discrétion de Georg. Je trouve qu'en général les jeunes gens prennent ces choses soit trop à la légère soit trop au sérieux. » Else compléta : « Oui, c'est curieux. Vous êtes tous dans ce domaine beaucoup plus avisés ou beaucoup plus bêtes que dans tous les autres, bien que justement dans des questions aussi vitales on devrait, autant que possible, rester celui qu'on est habituellement.

— Chère Else, dit Georg, s'il arrive que des passions soient en jeu...

— Oui, *si* elles sont en jeu, souligna Mme Ehrenberg.

— Des passions ! s'exclama Else. Je crois qu'elles sont rares, comme tout ce qui est grand en ce monde.

— Qu'en sais-tu, mon enfant ? dit Mme Ehrenberg.

— Dans mon entourage, je n'ai encore constaté rien de semblable, répliqua Else.

— Qui sait si vous le découvririez, dit Georg, même si cela survenait près de vous. Vus de l'extérieur, un flirt et une tragédie de la passion peuvent présenter tout à fait le même aspect.

— C'est certainement faux, dit Else. La passion est quelque chose qui doit immanquablement se trahir.

— D'où peux-tu le savoir, Else ? » intervint Mme Ehrenberg. « Justement, une passion peut parfois se dissimuler plus profondément que quelque passade, simplement parce que l'enjeu est beaucoup plus important.

— Je crois, chère madame, répliqua Georg, que c'est individuel ; il y a, en fait, des gens sur le front desquels tout est inscrit, et d'autres qui sont impénétrables. Rester impénétrable est d'ailleurs, pour ainsi dire, un talent parmi d'autres.

— On peut aussi le développer, tout comme un autre », dit Else.

Un ange passa, comme cela arrive facilement quand soudain derrière une remarque d'ordre général l'application personnelle apparaît trop voyante.

Mme Ehrenberg reprit : « Avez-vous, ces derniers temps, composé une belle œuvre, Georg ?

— De petites choses pour le piano. Mon quintette lui aussi sera bientôt terminé.

— Ce quintette commence à ressembler à un mythe, dit Else mécontente.

— Else, dit Mme Ehrenberg sur un ton de réprimande.

— Tout de même, il serait vraiment souhaitable qu'il travaille davantage.

— Sur ce point vous avez raison, répliqua Georg.

— Je crois qu'autrefois les artistes travaillaient plus qu'à présent.

— Les grands, précisa Georg.

— Non, tous. » Else n'en démordait pas.

« C'est peut-être un bien que vous partiez en voyage, dit Mme Ehrenberg pour élargir la discussion. Vous avez ici trop de sujets de distraction.

— Il en trouvera partout, dit Else sévère. Même à *Iglau*[1], et quel que soit l'endroit où il se trouvera l'année prochaine.

— Je n'avais pas encore pensé que vous nous quittiez, dit Mme Ehrenberg en secouant la tête, et votre frère part l'année prochaine pour Sofia ou Athènes, et Stanzides pour la Hongrie… c'est vraiment triste de voir les gens les plus sympathiques se disperser dans toutes les directions.

— Si j'étais un homme, dit Else, j'en ferais autant. »

Georg rit. « Vous rêvez d'un voyage autour du monde dans un yacht blanc… Madère, Ceylan, San Francisco.

— Oh ! non, je ne voudrais pas être sans profession, mais je serais devenue probablement officier de marine. »

Mme Ehrenberg se tourna vers Georg. « Seriez-vous assez aimable de nous jouer un peu de vos dernières compositions ?

— Très volontiers. » Il descendit de l'encorbellement et se retrouva dans la pénombre de la pièce. Else se leva et brancha la lampe du piano. Georg ouvrit l'instrument, s'assit et joua sa ballade. Else avait pris place dans un fauteuil, et en la voyant, la tête soutenue par son bras qui reposait sur l'accoudoir, avec l'attitude d'une grande dame et le visage soucieux d'un enfant trop précoce, Georg une fois encore fut étrangement troublé. Il n'était pas aujourd'hui très satisfait de sa ballade et se rendait compte qu'il s'efforçait par une exécution par trop sentimentale d'en renforcer l'effet.

Le conseiller Wilt entra sans bruit et fit signe qu'on ne se dérangeât pas pour lui. Il resta près de la porte, appuyé au mur, avec ses cheveux gris taillés en brosse, grande silhouette svelte à l'air supérieur et bienveillant, jusqu'à ce que Georg eût terminé par des accords plaqués trop énergiquement. On se salua. Wilt félicita Georg d'être un homme indépendant qui pouvait se permettre de voyager dans le Sud. « Je ne le peux malheureusement pas, ajouta-t-il, et en même temps il vous prend parfois le sombre sentiment que l'Autriche ne connaîtrait pas le plus petit changement, même si pendant une année on ne mettait pas les pieds au bureau. » Selon son habitude, il discourut avec ironie sur sa profession, sa patrie. Mme Ehrenberg lui rétorqua qu'il n'y avait pourtant personne pour aimer plus que lui sa patrie et prendre sa profession plus au sérieux. Il le lui accorda. Mais il considérait l'Autriche comme un instrument de musique infiniment délicat dont seul un maître pouvait jouer, et qui rendait souvent des sons si faux parce que chaque bousilleur s'y exerçait. « Ils taperont dessus, dit-il tristement, jusqu'à ce que toutes les cordes claquent et la caisse avec. »

Lorsque Georg se retira, Else l'accompagna dans l'antichambre. Elle avait encore quelques mots à lui dire au sujet de sa ballade. Le motif central lui avait particulièrement plu. Elle l'avait trouvé brûlant de passion contenue. Puis elle lui souhaita bon voyage. Il la remercia. « Eh bien, dit-elle soudain tandis qu'il tenait déjà son chapeau à la main, le moment semble venu de dire un adieu définitif à certains rêves.

— À quels rêves ? demanda-t-il, déconcerté.

— Aux miens, naturellement, qui ne devraient pas être restés ignorés de vous. »

Georg fut très surpris, elle n'avait jamais été aussi directe. Il sourit, gêné, cherchant une réponse. « Que sait-on de l'avenir », dit-il finalement d'une voix sourde.

Elle fronça les sourcils. « Pourquoi n'êtes-vous pas au moins honnête avec moi, comme je le suis envers vous ? Je sais bien que vous ne partez pas là-bas seul... Je sais aussi qui vous accompagne... Je sais tout. Mon Dieu, que n'ai-je pas su depuis que nous nous connaissons ! »

Georg entendait derrière ces paroles gronder la douleur et la colère. Et il comprit une chose : Si malgré tout un jour il la prenait pour femme, elle lui ferait sentir qu'elle avait dû l'attendre trop longtemps. Il ne la regardait pas, se taisait avec un sentiment mêlé de culpabilité et de défi. Alors Else rassérénée sourit, lui tendit la main et répéta : « Bon voyage. »

Il pressa cette main comme s'il devait lui demander pardon. Elle la dégagea, se détourna et rentra dans le salon. Il resta encore quelques secondes immobile à la porte, puis se précipita dans la rue.

Au soir de la même journée, Georg revit, pour la première fois après plusieurs semaines, Leo Golowski au café. Il avait appris par Anna que Leo pendant son volontariat avait subi récemment de sérieux désagréments et que, en particulier, cette « bête à figure humaine » le poursuivait de sa méchanceté, voire d'une véritable haine. Georg fut frappé de constater combien Leo avait changé pendant la courte période où il ne l'avait pas vu. Il paraissait avoir vieilli.

« Je suis heureux d'avoir l'occasion de vous rencontrer avant mon départ », dit Georg, et il s'assit à sa table en face de lui.

« *Vous,* vous êtes heureux de me rencontrer par hasard, alors que moi j'avais besoin de vous voir, c'est toute la différence. » Le son de sa voix était encore plus doux qu'à l'accoutumée. Il fixait Georg d'un regard bienveillant, presque paternel. À ce moment, Georg ne douta plus que Leo fût au courant de tout, et il resta quelques minutes confus comme s'il avait à se justifier devant lui, puis il s'en voulut de sa confusion et fut reconnaissant à Leo de ne pas paraître la remarquer. Ce soir-là, ils parlèrent presque exclusivement de musique. Leo s'enquit de l'avancement des travaux de Georg, qui en vint au cours de la conversation à proposer de lui jouer, l'après-midi du lendemain, qui était un dimanche, des passages de ses nouvelles compositions. Mais quand ils se séparèrent, Georg eut soudain le sentiment désagréable d'avoir passé sans brio les épreuves théoriques d'un examen dont il devait, le jour suivant, subir la partie pratique. Que lui voulait au juste ce garçon qui affichait une maturité bien au-dessus de son âge ? Georg devait-il lui démontrer que son talent l'autorisait à être l'ami d'Anna et à devenir le père de son enfant ? Il attendit avec appréhension la visite de Leo. Il songea même un moment à lui faire dire qu'il s'était absenté. Cependant, quand Leo se présenta, si ingénu et si affectueux comme il aimait parfois se montrer, l'humeur de Georg s'adoucit bientôt. Ils burent du thé, fumèrent des cigarettes, Georg lui montra sa bibliothèque, les tableaux qui décoraient l'appartement, des pièces de collection, des armes ; et l'impression de passer un examen disparut. Georg se mit au piano, interpréta quelques morceaux de sa première période, ensuite des œuvres récentes, entre autres la ballade qu'il joua beaucoup mieux que la veille, chez les Ehrenberg, puis quelques lieder dont Leo, sans beaucoup de voix, mais avec un sens musical très sûr, chantonna la mélodie. Pour finir, il commença à exposer la partie de piano du quintette, mais n'y parvint pas bien, et Leo alla à la fenêtre avec la partition et la lut attentivement. « On ne peut pas encore se faire une opinion, dit-il. Certains passages sont d'un dilettante au goût très sûr, d'autres d'un artiste manquant de rigueur. C'est dans les lieder que l'on sent surtout… quoi ?… du talent ?… je ne sais pas… on sent en tout cas une sensibilité musicale très raffinée.

— Ce ne serait pas grand-chose.

— En vérité, c'est assez peu. Mais comme vous avez si peu travaillé, cela ne prouve rien contre vous. Vous avez peu travaillé et éprouvé peu d'émotions intenses.

— Vous croyez… » Georg se contraignit à sourire ironiquement.

« Oh ! vous avez certainement derrière vous de nombreuses expériences, mais dans le domaine affectif… voyez-vous ce que je veux dire, Georg ?

— Je comprends parfaitement, mais vous vous trompez du tout au tout. Je trouverais même plutôt qu'il y a en moi une certaine tendance à la sentimentalité qu'il me faut combattre.

— C'est justement cela. La sentimentalité est directement opposée au sentiment, elle permet de se consoler d'une absence de sentiment, d'une froideur intérieure. La sentimentalité est, pour ainsi dire, du sentiment à bon marché. Je hais la sentimentalité.

— Hum ! Pourtant je crois que vous n'en êtes pas totalement dépourvu.

— Je suis juif, et c'est chez nous une maladie nationale. Les meilleurs d'entre nous s'efforcent de la transformer en ressentiment ou en colère. Chez les Allemands, c'est une mauvaise habitude, un laisser-aller intérieur en quelque sorte.

— Donc on doit l'excuser chez vous, pas chez nous ?

— Les maladies non plus n'ont pas d'excuses quand, en pleine conscience de son état, on a négligé de s'en défendre. Mais voilà que nous commençons à parler par aphorismes, nous sommes donc sur la voie des demis ou des quarts de vérité. Revenons à votre quintette. Le thème de l'adagio est ce que je préfère.»

Georg approuva de la tête. «Je l'ai entendu à Palerme.

— Comment, demanda Leo, ce serait une mélodie sicilienne?

— Non, il a surgi pour moi des vagues de la mer un matin où j'étais allé me promener seul sur la grève. Dans la solitude, je suis inspiré. Dans les contrées étrangères aussi. En ce sens je me promets beaucoup de mon voyage.» Il lui parla du projet d'opéra d'Heinrich Bermann qui lui fournissait de nombreux motifs d'inspiration. Il pria Leo d'inciter Heinrich, quand il reviendrait, à s'attaquer sérieusement au texte.

«Ne savez-vous pas, dit Leo, que son père est mort?

— Vraiment? Quand donc? D'où le tenez-vous?

— C'était ce matin dans le journal.»

Ils parlèrent des rapports d'Heinrich avec le disparu. Leo prétendit que le monde irait mieux si les parents tenaient compte plus souvent des expériences de leurs enfants, au lieu d'exiger que ceux-ci s'accommodent de leur sagesse vieillotte. Ils en vinrent à discuter des relations entre pères et fils, des manifestations sincères ou fausses de gratitude, de la mort des êtres aimés, de la distinction entre le deuil et la douleur, du danger des souvenirs et du devoir d'oublier. Georg sentait que Leo méditait sur les sujets les plus graves, qu'il était très seul, et s'accommodait très bien de cette solitude. Quand, tard dans la soirée, la porte se ferma derrière Leo, Georg ressentit presque de l'affection pour lui, et la pensée qu'il avait été l'objet du premier coup de cœur d'Anna lui fut agréable.

Quelques jours s'écoulèrent encore, plus vite qu'on ne l'aurait cru avec des courses, des emplettes, des préparatifs de toute sorte. Un soir, Georg et Anna partirent l'un après l'autre à la gare dans deux voitures, et s'amusèrent à se saluer dans le hall avec une grande politesse, comme des amis éloignés qui se rencontraient fortuitement. «Oh! mademoiselle, quel heureux hasard! peut-être vous rendez-vous aussi à Munich? — Justement, monsieur le baron. — Ah! quelle chance! et peut-être, mademoiselle, voyagez-vous en wagon-lit? — Oui, monsieur le baron, lit numéro cinq. — Non, comme c'est curieux, j'ai le numéro six.» Puis ils firent les cent pas sur le quai. Georg était d'excellente humeur, et il se réjouissait de voir qu'Anna, dans un ensemble de tweed avec un chapeau de voyage à bord étroit et une voilette bleue, avait l'allure d'une étrangère distinguée. Ils longèrent tout le train jusqu'à la locomotive qui, en dehors de la verrière, envoyait dans le ciel sombre des jets rageurs de fumée gris clair. Au-dehors, sur la voie dans le jour déclinant, des lanternes vertes et rouges brillaient. Des sifflets inquiets retentirent quelque part dans le lointain, et, surgissant lentement de la pénombre, un train entra lentement en gare, tel un serpent. Une lumière rouge se balançait comme par magie de-ci, de-là au-dessus du sol, semblait se trouver à des lieues de distance, et était soudain toute proche. Au-dehors, les rails luisants qui se perdaient dans un lointain invisible poursuivaient leur route vers des lieux proches ou éloignés, dans la nuit, dans le matin, dans le jour suivant, dans l'inconnu.

Anna monta dans le compartiment. Georg resta un moment encore à l'extérieur, s'amusant à observer les voyageurs, l'excitation fébrile des uns, le calme distingué des autres, et ceux qui feignaient d'être calmes… ainsi que les différentes catégories des accompagnateurs : les mélancoliques, les enjoués, les indifférents.

Anna se pencha à la fenêtre. Georg bavarda avec elle comme s'il ne songeait pas du tout à partir, puis monta au dernier moment. Le train s'ébranla. Des gens se tenaient sur le quai… des gens incompréhensibles qui restaient à Vienne et qui, eux, ne comprenaient pas ceux qui partaient pour de bon. Quelques mouchoirs furent agités, le chef de gare faisait l'important et suivait d'un regard sévère le train qui défilait ; un porteur, vêtu d'une blouse bleue rayée, tenait en l'air une mallette jaune et scrutait désespérément chaque fenêtre. Incroyable, pensa Georg un instant, que des gens partent et laissent derrière eux leurs mallettes jaunes à Vienne. Tout disparut, les mouchoirs, la mallette, le chef de gare, les bâtiments de la station, la cabine d'aiguillage vivement éclairée, la *Gloriette*[1], les lumières scintillantes de la ville, les petits jardins dénudés le long de la voie ferrée, et le train fonça dans la nuit. Georg s'écarta de la fenêtre. Anna était assise dans le coin du compartiment, son chapeau et sa voilette posés à côté d'elle, de petites larmes coulaient doucement sur ses joues. « Allons, dit Georg qui l'enlaça et l'embrassa sur les yeux, sur la bouche. Allons, Anna, répéta-t-il plus tendrement en l'embrassant de nouveau. Pourquoi donc pleures-tu ? Ce sera très bien.

— Pour toi, c'est facile », dit-elle, tandis que les larmes continuaient à couler sur son visage souriant…

Ce fut un beau voyage. Ils séjournèrent d'abord à Munich. Ils se promenèrent dans les hautes salles de la Pinacothèque, s'arrêtèrent éblouis devant de vieux tableaux sombres, parcoururent la Glyptothèque entre les statues de marbre des rois, des dieux, des héros ; et quand

Anna, soudain fatiguée, se laissait tomber sur une banquette, elle sentait sur sa tête le regard tendre de Georg. Ils traversèrent en voiture l'*Englischer Garten*[1] dans de larges allées sous des arbres encore dépouillés, serrés l'un contre l'autre, jeunes et heureux, pensant avec plaisir que les gens devaient les prendre pour de jeunes mariés en voyage de noces. Ils eurent leurs places, l'un près de l'autre, à l'Opéra pour *Les Noces de Figaro, Les Maîtres Chanteurs, Tristan*. Il leur semblait que leurs musiques favorites tressaient autour d'eux un voile sonore qui les isolait des autres auditeurs. Dans un parfait incognito, ils s'asseyaient à des tables de restaurant dressées avec goût, mangeaient, buvaient, bavardaient, d'excellente humeur. Par des rues pleines du charme merveilleux de l'inconnu, ils rentraient à l'hôtel où dans leur chambre commune la douce nuit les attendait ; s'endormaient apaisés joue contre joue, et, à leur réveil, une journée accueillante leur souriait à la fenêtre, journée dont ils pouvaient disposer à leur guise. Réunis, ils goûtaient une quiétude inconnue jusqu'alors et s'appartenaient enfin corps et âme. Puis ils partirent plus loin, à l'appel du printemps ; par de vastes vallées où la neige brillait et fondait ; puis, à travers un dernier songe blanc d'hiver, par le col du Brenner jusqu'à Bolzano, où, à midi, sur la place du marché étincelante de lumière, ils se dorèrent au soleil. Sur les marches usées par le temps du vaste amphithéâtre de Vérone, dans la fraîcheur d'un soir de Pâques, Georg se trouva enfin devant l'objet de sa nostalgie, un monde où il lui était accordé cette fois de guider une compagne bien-aimée. Émergeant de la lueur rougeâtre des lointains, unie à tous les souvenirs éternels communs aux autres hommes, sa propre enfance disparue le saluait ; bien plus, un souffle des jours d'autrefois, lorsque sa mère vivait encore, vibrait déjà ici dans l'air à la fois étranger et familier. L'accueil de Venise fut aimable, mais sans aucune magie, un lieu bien connu qu'il lui semblait avoir quitté hier. Sur la place Saint-Marc, ils furent salués par de vagues connaissances viennoises, et maint regard curieux s'attacha à la dame voilée marchant à son côté, dans un ample manteau. Une seule fois, tard le soir, lors d'une promenade en gondole dans les canaux étroits, les palais figés qui dans la lumière quotidienne étaient réduits à l'état de simple décor dressèrent pour lui, dans leur lourde magnificence, les ors ternis des siècles passés.

Puis ce furent quelques jours dans des villes qu'il connaissait à peine ou pas du tout, villes ignorées du jeune garçon de jadis, ou entrevues pendant un bref arrêt de quelques heures. À Padoue, fuyant la chaleur accablante de midi, ils pénétrèrent dans la pénombre d'une église, et, passant d'un autel à l'autre, ils contemplèrent les merveilleuses peintures naïves sur lesquelles des saints accomplissaient des miracles et subissaient le martyre. Par une journée triste, pluvieuse, une minable voiture cahotante les promena devant un château couleur rouge brique entouré d'un large fossé où stagnait une eau gris verdâtre, ensuite à travers une place du marché où, devant un café, des autochtones étaient assis en tenue négligée ; enfin par des rues plus calmes, tristes, où l'herbe poussait entre des pavés inégaux, et il leur fallut croire que cette petite ville qui déclinait lamentablement portait le nom éclatant de Ferrare. Mais à Bologne, où la ville en plein essor ne se contentait pas d'afficher la fierté des splendeurs d'antan, ils respirèrent. Pourtant ce ne fut qu'en apercevant les collines de Fiesole que Georg se sentit accueilli par une seconde patrie. C'était la ville où il avait cessé d'être un jeune garçon, où le fleuve de la vie avait commencé à couler dans ses veines. En maints endroits, des souvenirs surgissaient qu'il gardait pour lui ; et, dans la cathédrale où cette jeune Florentine lui avait adressé sous son voile de mariée un dernier regard, il ne parla à Anna que de l'heure où, par un soir d'automne dans l'église d'*Altlerchenfeld*[1], ils avaient, saisis tous deux d'un pressentiment, commencé à parler de ce voyage devenu incroyablement vite une réalité. Il montra à Anna la maison dans laquelle il avait habité il y avait neuf ans, elle abritait toujours au rez-de-chaussée les mêmes boutiques dans lesquelles on proposait à la clientèle des colliers de corail, des dentelles, des articles d'horlogerie. Comme le deuxième étage était à louer, Georg aurait pu sans difficulté revoir la chambre dans laquelle sa mère était morte. Mais il hésita longtemps avant de pénétrer dans le logement. Il ne le fit que la veille de son départ, comme s'il ne pouvait y manquer ; et seul, sans même en avoir auparavant parlé à Anna, il entra dans l'immeuble, retrouva l'escalier, l'appartement. Le concierge, maintenant âgé, qui le lui fit visiter, ne le reconnut pas. Partout les meubles étaient restés les mêmes, la chambre à coucher de sa mère avait le même aspect que dix ans plus tôt, et dans le même angle le même lit de bois sombre avec sa couverture de velours vert foncé aux broderies d'argent. Mais, contrairement à l'attente de Georg, aucune émotion ne le saisit. Jamais souvenir plus falot, plus fade, plus terne, n'avait traversé son âme. Il demeura longtemps devant le lit avec la volonté pleinement consciente de susciter en lui les émotions que le devoir lui commandait. « Mère », murmura-t-il, et il chercha à se la représenter couchée là dans ce lit, combien de jours, de nuits. Il se souvint des heures pendant lesquelles elle se sentait mieux, et alors il pouvait lui faire la lecture ou jouer avec elle du piano dans la pièce voisine ; il revit dans l'angle la petite table ronde près de laquelle son père et Felician avaient parlé à voix très basse parce que la mère venait de s'endormir ; et enfin, comme sur une scène de théâtre, aussi proche, aussi nette, la vision surgit de ce soir épouvantable où, resté seul au chevet de sa mère, sa main dans la sienne… il revoyait, réentendait tout : le malaise soudain après une journée des plus calmes, la fenêtre ouverte précipitamment, et, avec l'air tiède de mars, les rires et les bavardages des passants qui affluaient dans la pièce, il la revoyait enfin gisant sur le lit, les yeux ouverts et pourtant déjà éteints, les cheveux, dont les vagues quelques secondes plus tôt s'ordonnaient autour du front et des tempes… ébouriffés, raidis, tout secs sur l'oreiller, le bras gauche nu aux doigts écartés et crispés pendant hors du lit. Ce tableau apparut à ses yeux avec une netteté si prodigieuse qu'il revit en pensée son propre visage de jeune garçon et entendit ses propres sanglots depuis longtemps évanouis… mais il ne ressentait aucune douleur. Trop de temps s'était écoulé. Presque dix années.

« E bellissima la vista di questa finestra », dit soudain le concierge derrière lui en ouvrant la fenêtre… et brusquement, comme lors de cette soirée depuis longtemps passée, des voix montèrent jusqu'à eux. En même temps résonnait à son oreille la voix de sa mère telle qu'il l'avait entendue alors, suppliante, mourante… « Georg… Georg »… et du coin sombre à la place où autrefois était le lit, il vit luire une forme blême. Il alla à la fenêtre et approuva : *« Bellissima vista. »* Pourtant, un voile sombre masquait la belle vue. « Mère », murmura-t-il, « Mère »… mais à sa propre surprise ce mot ne s'adressait plus à celle qui l'avait enfanté et qui était ensevelie depuis des années ; c'était à celle qui ne mériterait ce nom que dans quelques mois… mère d'un enfant dont il était le père. Brusquement, ce mot prit une résonance jusqu'alors inconnue, incomprise, comme une volée de cloches tintant mystérieusement dans les brumes lointaines de l'avenir. Et Georg eut honte d'être monté ici seul, de s'y être glissé furtivement. Maintenant, il ne pouvait même plus en parler à Anna.

Le matin suivant, ils partirent pour Rome. Mais tandis que Georg se sentait de jour en jour plus dans son élément, plus réceptif, plus dynamique, Anna commençait de plus en plus fréquemment à souffrir d'une grande fatigue. Souvent elle restait seule à l'hôtel pendant qu'il vagabondait par les rues, parcourait le Vatican, goûtait le charme des promenades au Forum et sur le Palatin. Elle ne le retenait jamais, mais il jugeait de son devoir de la consoler avant chaque départ et avait coutume de dire : « Tu te réserveras cela pour une autre fois, j'espère que nous reviendrons bientôt. » Alors elle souriait, mutine, comme si elle ne doutait pas qu'elle serait un jour sa femme ; et lui-même devait s'avouer qu'il ne tenait plus cette conclusion comme impossible. Car l'idée qu'ils devraient se quitter à l'automne pour une séparation définitive lui était peu à peu devenue inconcevable. Cependant, à cette époque, ils n'évoquaient jamais en termes clairs un avenir plus lointain. Il l'appréhendait, et elle sentait qu'il était sage de sa part à elle de ne pas exciter cette appréhension. C'est justement pendant ces journées romaines, alors qu'il se promenait souvent seul des heures entières dans la ville étrangère, qu'il se rendait compte combien par moments il s'éloignait d'Anna de façon qui ne lui était pas désagréable. Un soir, il avait erré jusqu'à la tombée de la nuit parmi les ruines des palais impériaux, et avait vu, transporté par le ravissement orgueilleux du solitaire, du haut du Palatin le soleil décliner sur la Campagna. Puis il s'était promené en voiture le long de la muraille antique sur le Monte Pincio, et quand, bien calé dans le coin de la voiture, il avait aperçu par-delà les toits la coupole de Saint-Pierre, il avait pensé avec une profonde émotion connaître l'heure la plus sublime de tout le voyage. Il ne rentra que tard à l'hôtel pour trouver Anna debout à la fenêtre, les yeux gonflés de larmes, avec des taches rouges sur son visage blême. Depuis deux heures, elle était morte d'inquiétude, s'imaginant qu'il avait eu un accident, ou qu'il avait été attaqué et même tué. Il l'apaisa, mais ne trouva pas les mots venus du cœur qu'elle attendait, car il lui paraissait être dans une dépendance, une servitude indignes de lui. Elle perçut sa froideur et lui donna à entendre qu'il ne l'aimait pas assez ; il répondit d'un ton irrité, presque désespéré ; elle le traita d'être insensible, égoïste. Il se mordit les lèvres, ne répliqua plus rien, allant et venant dans la chambre. Ils se rendirent dans la salle à manger sans s'être réconciliés, et se couchèrent sans se souhaiter « bonne nuit ». L'ombre de cette dispute obscurcit les jours suivants. Ce n'est qu'en route pour Naples, seuls dans le compartiment, tout à la joie de traverser d'un coup d'aile un paysage nouveau, qu'ils se retrouvèrent. À partir de ce moment, il ne la quitta plus pour ainsi dire un seul instant, elle lui semblait désemparée et un peu touchante. Comme elle ne pouvait l'accompagner, il renonça à la visite des musées. Ils firent ensemble une promenade en voiture sur le Pausilippe et dans la *Villa Nationale*. Lors de l'excursion à Pompéi, tel un époux attentif et patient, il marcha à côté d'Anna que l'on portait sur un siège ; et tandis que le guide donnait en mauvais français ses explications, Georg prit la main d'Anna, la baisa, et tenta par des paroles enthousiastes de lui faire partager le ravissement qu'il éprouvait lui-même cette fois encore devant cette cité mystérieuse aux toits absents qui, après un ensevelissement de deux mille ans, revenait progressivement rue par rue, maison par maison, à la lumière de ce ciel bleu immuable. Et quand ils firent halte en un lieu où justement quelques ouvriers étaient occupés à dégager de la cendre à coups de pelle prudents une colonne brisée, il attira sur celle-ci l'attention d'Anna avec un regard extasié, comme si ce spectacle représentait un cadeau qu'il lui destinait depuis longtemps, et que tout ce qui avait précédé n'avait eu pour but que de la conduire à cette minute, à cette place, pour lui faire admirer cette merveille.

Par une nuit de mai d'un bleu profond, ils étaient étendus dans deux chaises longues de toile sur le pont du bateau qui les conduisait à Gênes. Un Français âgé aux yeux clairs, leur vis-à-vis pendant le dîner, demeura un moment auprès d'eux, et il leur fit observer les étoiles suspendues dans l'infini comme de lourdes gouttes d'argent. Il cita les noms de quelques-unes d'une manière courtoise, obligeante, comme s'il se croyait tenu de faire les présentations entre les étincelantes voyageuses du ciel et le jeune couple. Là-dessus il prit congé et descendit dans sa cabine. Georg, lui, pensait à son voyage solitaire sur le même trajet et sous le même ciel, le printemps précédent, après avoir quitté Grace. Il avait parlé d'elle à Anna, pas tant par nécessité intime que par besoin d'évoquer une figure précise et de citer un nom précis, pour libérer son passé de son aspect mystérieux, énigmatique, dans lequel pour Anna il semblait parfois se perdre. Anna était au courant de la mort de Labinski, de la conversation avec Grace sur sa tombe, du séjour de Georg avec elle en Sicile, il lui avait même montré un portrait de Grace. Il s'avouait cependant, avec un léger frisson, combien Anna elle-même connaissait peu de cet épisode de son existence sur lequel il s'était pourtant expliqué avec elle presque sans réserve ; et il ressentait l'impossibilité de donner à un autre être une idée d'une époque qu'il n'avait pas vécue, du contenu de tant de jours et de nuits dont chaque minute avait été remplie de vie. Il s'apercevait que les petites inexactitudes dont il se rendait parfois coupable dans ses récits comptaient peu en regard du halo de mensonge indestructible que chaque souvenir sécrète de lui-même pendant le court trajet des lèvres de l'un à l'oreille de l'autre. Si un jour Anna, aussi honnêtement qu'elle le pouvait, voulait rendre compte à un ami, à un nouvel amant du temps passé avec Georg, qu'en saurait-il au fond? Rien de plus qu'une histoire comme il en aurait lu des centaines : l'histoire d'une jeune personne qui avait aimé un homme jeune, avait voyagé avec lui, avait connu des moments délicieux et parfois des moments d'ennui, s'était sentie unie à lui et parfois solitaire pourtant; et même si elle avait voulu reprendre dans le détail chaque minute… il serait resté un élément du passé disparu à jamais, et, pour celui qui ne l'avait pas vécu, le passé ne pouvait jamais devenir vérité.

Les étoiles scintillaient au-dessus d'eux. Anna avait lentement laissé tomber sa tête sur la poitrine de Georg, et il la tenait doucement entre ses bras. Seul un léger grondement dans les profondeurs indiquait que le navire était toujours en mouvement. Maintenant on avançait vers le matin, vers le pays natal, vers l'avenir. Le temps resté pour eux si longtemps immobile recommençait à bruisser et à s'écouler. Georg sentit soudain que son destin lui échappait. Toutes les choses suivaient leur cours. Il sentait maintenant par tout le corps, pour ainsi dire jusqu'à la racine des cheveux, que le bateau sous ses pieds poursuivait irrésistiblement sa marche rapide.

Ils ne restèrent qu'une journée à Gênes. Tous deux aspiraient au calme, et Georg désirait reprendre son travail. Ils ne voulaient plus séjourner que quelques semaines au bord d'un lac italien, et rentrer au logis à la mi-juin. D'ici là, la maison dans laquelle Anna devait habiter serait certainement prête. Mme Golowski, qui en avait découvert une demi-douzaine de possibles, avait envoyé des comptes rendus détaillés à Anna et attendait sa décision, tout en continuant ses recherches à tout hasard. De Gênes, ils allèrent à Milan, mais ils ne supportaient plus la vie bruyante de la ville, et dès le lendemain partirent pour Lugano.

Ils y séjournaient maintenant depuis quatre semaines[1]. Chaque matin Georg prenait le chemin qui, ce jour-là aussi, longeant la rive riante, le conduisait au-delà de Paradiso à un coude de la route qui offrait une vue dont il ne se lassait pas. Seuls quelques jours le séparaient de la fin de leur villégiature. Bien que depuis le début Anna se fût très bien portée, il était temps de se rapprocher de Vienne pour pouvoir envisager calmement toutes les éventualités. Ces journées de Lugano parurent à Georg les meilleures qu'il eût connues depuis le départ de Vienne. Et, à des moments privilégiés, il se demandait s'il n'y avait peut-être pas passé la plus belle période de toute sa vie. Il ne s'était jamais senti aussi comblé, aussi apaisé quant au futur et au passé qu'ici, et il constatait avec joie qu'Anna, elle aussi, était parfaitement heureuse. Une expression d'attente sereine illuminait son front, son regard était gai et intelligent comme au temps où Georg la courtisait. Sans inquiétude, sans impatience, dans la conscience de sa maternité toujours plus épanouie, ayant laissé derrière elle le souvenir des préjugés familiaux et les soucis des complications futures, elle envisageait, heureuse, l'heure solennelle où elle donnerait l'existence à un être humain que son corps avait conçu dans un moment de félicité à peine consciente. Georg voyait avec bonheur mûrir en elle la compagne qu'il avait dès le début espéré trouver, mais qui parfois, certains jours, lui avait échappé. Dans des discussions sur ses compositions qu'elle avait étudiées soigneusement, sur la nature du chant, sur des questions musicales plus générales, elle lui découvrait plus de science et de sentiment qu'il n'en avait jamais soupçonné chez elle. Quant à lui, bien qu'il ne composât que peu de chose, il avait l'impression de progresser intérieurement. Des mélodies résonnaient dans sa tête, des harmonies s'annonçaient, il se rappela, en comprenant maintenant pleinement sa signification, une remarque de Felician qui, un jour, après avoir pendant des mois abandonné l'escrime, lui avait dit que pendant ce temps son bras avait eu d'heureuses intuitions. Pour cette raison, l'avenir ne lui suscitait aucun souci. Il savait que, dès son arrivée à Vienne, le travail sérieux commencerait et qu'alors la voie s'ouvrirait libre devant lui[1].

Georg s'arrêta longtemps au tournant du chemin, qui était le but de sa promenade ; une langue de terre assez large, recouverte d'une épaisse végétation de buissons, avançait dans le lac, et un étroit sentier en pente douce menait en quelques enjambées à un banc de bois, invisible de la route, sur lequel Georg avait l'habitude de s'asseoir quelques instants avant de regagner l'hôtel.

Combien de fois encore ! pensa-t-il ce jour-là involontairement. Cinq, six fois peut-être, puis le retour à Vienne. Et il se demanda ce qui pourrait bien advenir s'ils ne revenaient pas, s'ils se fixaient quelque part en Italie ou en Suisse, et, avec leur enfant, se bâtissaient une nouvelle vie dans la double paix de la nature et d'un autre pays. Qu'adviendrait-il ?... Rien. C'est à peine si quelqu'un s'étonnerait particulièrement. Les regretter, les regretter douloureusement comme des êtres irremplaçables, personne ne le ferait, ni pour lui, ni pour elle. Cette réflexion le rendit plutôt enjoué que triste ; cependant il était contrarié de ressentir parfois une sorte de mal du pays, voire la nostalgie de certaines personnes. Et même maintenant, alors qu'il respirait à pleins poumons l'air du lac et se laissait submerger de bleu par un ciel à la fois étranger et familier, alors qu'il savourait le plaisir de l'éloignement, de la solitude, le cœur lui battait quand il pensait aux forêts, aux collines ceinturant Vienne, au Ring, au Club, à sa grande chambre avec la vue sur le *Stadtpark*. Il aurait éprouvé un sentiment d'angoisse à la pensée que son enfant ne serait pas venu au monde à Vienne. Brusquement, il se rappela qu'il devait y avoir aujourd'hui des nouvelles de Mme Golowski, ainsi que d'autres messages de Vienne, aussi décida-t-il avant de rentrer à l'hôtel de faire un crochet par la poste. En effet, ici, comme pendant tout le voyage, il ne se faisait pas adresser son courrier à l'hôtel, se sentant ainsi plus libre face aux éventualités qui pouvaient survenir du dehors. On ne lui écrivait pas beaucoup de Vienne. Les lettres d'Heinrich, en dépit de leur brièveté, étaient les plus denses, ce qui, Georg s'en rendait bien compte, correspondait moins à un besoin du poète de s'épancher qu'à l'obligation où il était professionnellement de donner à ses phrases un souffle de vie. Les lettres de Felician étaient si froides qu'il semblait avoir oublié complètement cette dernière conversation si intime dans la chambre de Georg et le baiser fraternel échangé quand ils s'étaient quittés… Il devait supposer, pensa Georg, que ses lettres étaient également lues par Anna, et ne se sentait nulle inclination à permettre à cette dame étrangère d'être au courant de sa situation et de ses sentiments personnels. Nürnberger avait répondu plusieurs fois, brièvement, aux cartes de Georg, et, à propos d'une lettre de Rome où il évoquait chaleureusement leurs promenades communes du printemps, Nürnberger avait exprimé ses regrets, en s'excusant avec quelque ironie, d'avoir tant parlé au cours de ces excursions de sa propre situation de famille, ce qui ne devait absolument pas intéresser Georg. À Naples était parvenue une lettre du vieil Eissler qui lui apprenait qu'il ne fallait pas envisager pour l'année prochaine de poste libre au théâtre princier de Detmold, mais que Georg était invité par le comte Malnitz à assister en hôte privilégié aux répétitions et aux représentations, et qu'à cette occasion des contacts plus étroits pourraient être noués pour l'avenir. Georg avait remercié poliment, mais pour l'instant il se sentait peu disposé à séjourner quelque temps dans cette ville étrangère sur une perspective aussi vague, et il était décidé, dès son arrivée à Vienne, à chercher une situation plus sûre.

À part cela, aucune nouvelle du pays ne le touchait personnellement. Les aimables formules de politesse le concernant que Mme Rosner se sentait tenue d'ajouter dans les lettres à sa fille le laissaient de marbre, quoique, ces derniers temps, elles ne fussent plus adressées à « Monsieur le baron» mais à «Georg». Il savait bien que les parents d'Anna se contentaient d'accepter ce qu'ils ne pouvaient changer, mais qu'au fond d'eux-mêmes ils étaient restés accablés et refusaient de comprendre.

Comme à l'accoutumée, Georg ne revint pas en longeant la rive. Passant par des ruelles étroites entre des murs de jardins, puis sous des arcades, traversant enfin une grande place qui offrait de nouveau un point de vue sur le lac, il arriva devant le bureau de poste dont les murs peints en jaune clair reflétaient l'éblouissante lumière du soleil. Une jeune femme que Georg avait aperçue de loin, sur le trottoir faisant les cent pas, s'arrêta lorsqu'il approcha. Elle était vêtue de blanc, coiffée sous une ombrelle blanche d'un large chapeau de paille avec un ruban rouge. Quand Georg fut tout près, elle sourit, et il découvrit soudain un visage connu derrière la voilette de tulle blanc mouchetée. «Est-ce possible, mademoiselle Therese!» s'écria-t-il, et il prit la main qu'elle lui tendait.

«Bonjour, monsieur le baron, répondit-elle tranquillement, comme si cette rencontre était la chose la plus naturelle du monde. Comment va Anna?

— Merci, très bien. Vous lui ferez une petite visite, j'espère?

— Si c'est permis...

— Maintenant, dites-moi un peu, pourquoi êtes-vous ici? Auriez-vous entrepris... il hésita... un voyage de propagande?

— Ce n'est pas exactement le cas, répliqua-t-elle en pointant en avant son menton, sans que ce mouvement, cette fois, enlaidît comme d'habitude son visage. C'est plutôt une excursion... des vacances.» Un rire contenu illumina ses traits quand elle vit les yeux de Georg se diriger vers la porte d'où sortait à l'instant Demeter Stanzides dans un costume de flanelle rayée noir et blanc. Il salua en levant son feutre gris et tendit la main à Georg. «Bonjour, monsieur le baron. Je suis heureux de vous revoir.

— Très heureux, moi également, monsieur Stanzides.

— Pas de lettre pour moi?» demanda Therese à Stanzides.

«Non, Therese. Seulement quelques cartes pour moi», et il les mit dans sa poche.

«Depuis combien de temps êtes-vous ici? demanda Georg, s'efforçant de se montrer aussi peu surpris que possible.

— Nous sommes arrivés hier soir, répondit Stanzides.

— Tout droit de Vienne? demanda Georg.

— Non, de Milan. Nous voyageons depuis huit jours déjà.

— Nous avons d'abord été à Venise, comme il se doit», compléta Therese. Souriante, elle arrangea un peu sa voilette et se pendit au bras de Demeter.

«Vous êtes partis depuis beaucoup plus longtemps, dit Demeter. J'ai vu, il y a quelques semaines, chez les Ehrenberg, une carte que vous aviez envoyée. Maison des Vettii, Pompéi.

— Oui, je suis à la fin d'un superbe voyage.

— Nous allons maintenant nous promener un peu dans la localité, dit Therese, et d'ailleurs nous ne voulons pas retenir davantage monsieur le baron qui vient chercher son courrier.

— Oh! cela ne presse pas. Nous aurons bien l'occasion de nous revoir?

— Voulez-vous nous faire le plaisir, baron, dit Demeter, de prendre avec nous un lunch à l'hôtel de l'Europe où nous sommes descendus?

— Merci beaucoup. Cela n'est malheureusement pas possible. Mais... mais cela vous conviendrait peut-être de dîner avec... avec nous à l'Hôtel du Parc, n'est-ce pas? À six heures et demie, si cela vous va. Je ferai dresser la table dans le jardin, sous un magnifique platane où nous prenons habituellement nos repas.

— Oui, dit Therese, nous acceptons avec reconnaissance. Je viendrai peut-être une heure plus tôt pour bavarder en paix avec Anna.

— Parfait, dit Georg, cela lui fera plaisir.

— Eh bien, au revoir, baron», dit Demeter, et tandis qu'il lui serrait chaleureusement la main, il ajouta : «Mes hommages chez vous.»

Therese adressa à Georg un clin d'œil joyeux, puis elle partit avec Demeter en direction du rivage.

Georg les suivit du regard. Si je ne la connaissais pas, songea-t-il, Demeter aurait pu sans difficulté me la présenter comme son épouse, née princesse X... Que c'est curieux! ces deux-là!... Il entra alors dans la poste, se fit remettre au guichet son courrier, l'examina rapidement. Le premier pli qui lui tomba sous les yeux était une carte de Leo Golowski. Il n'y avait dessus que : «Portez-vous bien, cher Georg.» Puis une autre carte écrite au Prater dans le café-jardin Waldstein : «Venons de vider nos verres à la santé de l'honorable lâcheur. Guido Schönstein. Ralph Skelton. Mlle Ratonne.»

Les lettres de Felician, de Mme Rosner et d'Heinrich, Georg ne voulait les lire que rentré à l'hôtel, en compagnie d'Anna. En outre, il était impatient de lui communiquer la nouvelle, l'arrivée de ce curieux couple. Il n'était pas tout à fait sans inquiétude. Car les instincts bourgeois d'Anna se réveillaient parfois de façon absolument inattendue. Georg décida donc de lui apprendre comme allant de soi, qu'il avait invité Demeter et Therese, et était prêt au cas où elle se montrerait offusquée, irritée, ou même seulement mal à l'aise, à refuser avec énergie une telle réaction. Lui, personnellement, se réjouissait à la pensée de cette soirée qui l'attendait, après les nombreuses semaines passées exclusivement en compagnie d'Anna. Il enviait même un peu Demeter d'entreprendre un voyage d'agrément, exempt de soucis, comme il en avait fait un lui-même l'année précédente avec Grace. De surcroît, Therese ne lui avait jamais aussi plu qu'à présent. Bien qu'il eût rencontré au cours des derniers mois un grand nombre de jolies femmes, et même si Anna perdait de plus en plus son charme, il n'avait jamais encore été soumis à une sérieuse tentation. Aujourd'hui, pour la première fois, il ressentait le désir de nouvelles étreintes.

Il aperçut bientôt sur le balcon la tache claire du peignoir bleu d'Anna. Georg siffla les premières mesures de la *Cinquième Symphonie* de Beethoven, façon rituelle d'annoncer son arrivée ; immédiatement le visage pâle et doux de son amante se pencha par-dessus la rampe, et ses grands yeux le saluèrent d'un sourire. Il leva en l'air le petit paquet de lettres. D'un signe de tête elle marqua son contentement ; il grimpa alors rapidement dans sa chambre et passa sur le balcon. Elle se reposait dans un fauteuil de rotin devant la petite table recouverte d'un tapis vert pâle sur lequel était posé un travail de couture, comme c'était presque toujours le cas quand Georg rentrait de sa promenade du matin. Il l'embrassa sur le front et la bouche. « Qui crois-tu que j'ai rencontré ? demanda-t-il aussitôt.

— Else Ehrenberg, répondit Anna sans hésiter.

— Qu'est-ce qui te le fait penser ? Pourquoi débarquerait-elle ici ?

— Eh bien, dit Anna non sans malice, on aurait pu te suivre.

— On aurait pu, mais on ne l'a pas fait. Cherche encore, tu as droit à trois noms.

— Heinrich Bermann.

— Pas question. Voici d'ailleurs une lettre de lui. Allez, continue !

Elle réfléchit. « Demeter Stanzides, dit-elle alors.

— Comment, tu savais quelque chose ?

— Qu'est-ce que je peux savoir ? Il est vraiment là ?

— Sapristi, te voilà cramoisie, oh ! » Il n'ignorait pas que l'élégante et mélancolique beauté de Demeter ne la laissait pas insensible, il n'en éprouvait cependant nulle trace de jalousie.

« C'est donc Stanzides ? demanda-t-elle.

— Sans aucun doute, c'est Stanzides.

— Avec la meilleure volonté du monde, je ne vois là rien d'extraordinaire.

— Cela n'a en effet rien d'extraordinaire, mais si tu savais avec qui il est…

— Avec Sissy Wyner.

— Mais…

— Je voulais dire, marié… Ces choses-là arrivent.

— Non, ni avec Sissy, ni marié, mais avec ton amie Therese, et aussi peu marié que possible.

— Tu te moques de moi!

— Comme je te le dis, avec Therese. Ils sont en voyage depuis huit jours. Qu'est-ce que tu en dis? Ils sont allés à Venise, à Milan. Tu étais au courant?

— Non.

— Vraiment pas?

— Vraiment pas! Tu sais bien que Therese ne m'a écrit qu'une fois rapidement, tu as d'ailleurs lu sa lettre avec un vif intérêt.

— Tu ne me parais pas assez surprise…

— Mon Dieu, j'ai toujours su qu'elle avait bon goût.

— Demeter aussi! s'exclama Georg d'un ton convaincu.

— Affinités électives, remarqua Anna en relevant les sourcils, et elle continua à faire du crochet.

— Et voilà la mère de mon enfant!» dit Georg en secouant la tête, amusé.

Elle le regarda en souriant. «Quand vient-elle me voir?

— Cet après-midi vers six heures, je pense. Et… Stanzides sera là aussi… un peu plus tard. Ils dîneront avec nous. Tu n'as rien contre?

— Rien contre? Ça me fait grand plaisir», répondit simplement Anna. Georg fut agréablement touché. Si Anna, dans son état, avait rencontré Stanzides à Vienne!… pensa-t-il. Comme le fait d'échapper à son environnement habituel libère et purifie!

«Qu'ont-ils raconté de neuf? demanda Anna.

— Nous sommes restés à peine trois minutes ensemble près de la poste. D'ailleurs, il te présente ses hommages.»

Anna ne répondit rien, il sembla à Georg que les pensées de son amie parcouraient à nouveau des chemins très bourgeois.

«Es-tu levée depuis longtemps? demanda-t-il rapidement.

— Oui, il y a un bon moment que je suis sur le balcon, j'ai même un peu somnolé ; aujourd'hui l'air provoque une sorte de lassitude, d'ailleurs j'ai rêvé.

— De quoi donc as-tu rêvé ?

— De l'enfant, dit-elle.

— Encore une fois ? »

Elle fit oui de la tête. « La même chose que dernièrement. J'étais assise comme maintenant sur le balcon, et je le tenais dans mes bras contre ma poitrine...

— Et alors ? Était-ce un garçon ou une fille ?

— Je ne sais pas. C'était un enfant. Si petit, si gentil. Quel délice... Non, je ne m'en séparerai pas », dit-elle doucement en fermant les yeux.

Il s'appuyait à la rambarde et sentait passer dans ses cheveux le léger vent de midi. « Si tu ne veux pas t'en séparer, dit-il, tu n'auras pas à le faire. » Une pensée lui traversa l'esprit : le plus simple, peut-être, ne serait-ce pas de l'épouser ? Mais quelque chose le retint de l'exprimer. Ils se turent tous les deux. Il avait déposé les lettres sur la table. Il les prit, en ouvrit une. « Voyons d'abord ce que ta mère écrit. »

La lettre de Mme Rosner les informait qu'à la maison tous allaient bien, que l'on se réjouissait du retour proche d'Anna, que Josef avait été engagé par la rédaction du *Messager du peuple*[1], avec un salaire de cinquante gulden par mois. À part cela, Mme Bittner s'était inquiétée de savoir quand Anna rentrerait de Dresde, si elle serait là à l'automne, faute de quoi on devrait chercher un autre professeur... Anna restait immobile, elle ne fit aucune remarque.

Puis Georg lut à haute voix la lettre d'Heinrich. Elle disait : « Cher Georg, je suis heureux d'apprendre que vous serez bientôt de retour, et je préfère vous écrire aujourd'hui, car lorsque vous serez là, je ne vous dirai jamais combien grande est ma joie. Il y a quelques jours, en faisant tout seul un tour à bicyclette, le soir au bord du Danube, j'ai ardemment souhaité votre présence. Comme ces rives exhalent un parfum indélébile de solitude ! Je me rappelle l'avoir déjà éprouvé une fois, il y a cinq ou six ans, alors que je me trouvais, en joyeuse compagnie comme on dit, à l'auberge de *Klosterneuburg*[2], dans le grand jardin avec la vue sur les montagnes et les prairies. On eût dit qu'elle montait des profondeurs de l'eau, cette solitude, une solitude manifestement d'un tout autre ordre que ce qu'on entend habituellement par là. Pas du tout en opposition avec la vie en société. Oui, c'est peut-être même seulement parmi les hommes qu'on a le droit de se sentir seul. Prenez cela pour un petit aperçu aphoristique ridiculement inexact, ou mettez-le de côté comme tel. Pour en revenir à ma sortie au bord du Danube… c'est justement dans cette heure vespérale un peu étouffante que me sont venues toutes sortes d'inspirations heureuses, et j'espère pouvoir bientôt vous raconter des choses étranges sur Aegidius — c'est ainsi qu'est appelé définitivement ce sanguinaire et triste adolescent —, sur le prince à l'esprit profond et impénétrable, sur le ridicule duc Héliodore — j'ai l'honneur de vous présenter sous ce nom le fiancé de la princesse —, et tout particulièrement sur la princesse elle-même qui semble être une créature beaucoup plus remarquable que je l'ai de prime abord supposé.»

«C'est en rapport avec le livret d'opéra? demanda Anna en reposant son ouvrage.

— Évidemment», répondit Georg, et il poursuivit sa lecture.

«Il faut que vous sachiez tout de suite, cher Georg, que j'ai composé ces dernières semaines pour le premier acte quelques vers qui ne sont pas encore immortels, mais qui, en attendant mieux, c'est-à-dire votre musique, sautillent par le monde comme des anges dépourvus d'ailes. Le sujet me passionne étonnamment. Et je suis curieux de savoir jusqu'où je le conduirai. J'ai également commencé… esquissé… envisagé toutes sortes d'autres choses. Pour le dire brièvement et audacieusement, je crois que s'annonce une nouvelle période de ma création. Pourtant, l'audace est moins grande qu'il n'y paraît. Car les ramoneurs, les marchands de panini[1], les adjudants ont aussi leurs époques. Seulement, des gens comme nous s'en aperçoivent immédiatement. Ce que je considère comme très vraisemblable est que, abandonnant l'élément fantastique dans lequel je me complais maintenant, je vais bientôt m'élever ou m'abîmer dans un domaine au plus haut point réaliste. Que diriez-vous, par exemple, si je me mettais à une comédie à arrière-plan politique? Et déjà je sens que le terme réaliste n'est pas tout à fait exact. Car il me semble que la politique est l'élément le plus fantastique dans lequel les hommes peuvent se mouvoir, bien qu'ils ne le remarquent pas… Il faudrait partir de là. Cela m'est venu à l'esprit en assistant récemment à une réunion politique (c'est faux : ces pensées, je viens de les avoir), mais oui… à une réunion d'ouvriers et d'ouvrières à *Brigittenau*[2] à laquelle je m'étais rendu en compagnie de Mlle Therese Golowski, et où il me fallut subir sept discours sur le suffrage universel. Chacun des orateurs — Therese en faisait partie — s'exprimait à peu près comme s'il n'y avait rien de plus important pour lui personnellement que la solution de cette question, et je pense qu'aucun d'eux ne soupçonnait qu'au fond de lui-même toute la question lui était éperdument indifférente. Therese fut naturellement indignée quand je lui exposai mon point de vue, elle me déclara que j'étais contaminé par le scepticisme vénéneux de Nürnberger que je fréquentais beaucoup trop. Elle ne veut plus entendre parler de lui depuis qu'il lui a demandé au café, il y a quelques semaines, si lors de son prochain procès pour haute trahison, elle se ferait un vrai chignon, ou bien des nattes fixées avec des épingles? Du reste, il est exact que je suis très souvent avec Nürnberger. Aux heures d'épreuves, il n'est personne pour vous témoigner plus de bonté. Si ce n'est qu'il se trouve maintes heures dont il ne soupçonne pas ou ne veut pas connaître l'aspect éprouvant. Il existe de nombreuses souffrances que, je le sens bien, il sous-estime, et dont j'ai cessé de l'entretenir, pour cette raison.»

Anna l'interrompit : «Que veut-il dire par là?

— Visiblement, son histoire avec l'actrice», répondit Georg, et il continua la lecture : «Par contre, il a tendance à surestimer d'autres souffrances, mais c'est probablement ma faute, pas la sienne. Je dois reconnaître qu'il a pris part à la perte que représentait pour moi la mort de mon père d'une façon qui m'a fait honte. Car, aussi terrible qu'ait été le choc, nous étions tellement devenus des étrangers l'un pour l'autre, bien avant qu'il ne perde la raison, que sa mort ne signifiait plus pour moi qu'un éloignement renforcé, plus sinistre, et non une épreuve nouvelle.»

«Eh bien? demanda Anna, comme Georg s'interrompait.

— Il me vient brusquement une idée.

— Quoi donc?

— La sœur de Nürnberger repose dans le cimetière de Cadenabbia. Je t'ai déjà parlé d'elle. Il faudrait que j'y aille un de ces jours.» Anna approuva. «J'irai peut-être avec toi si je me sens bien. Après tout ce que j'ai entendu sur lui, je trouve Nürnberger beaucoup plus sympathique que ton ami Heinrich, cet affreux égoïste.

— Vraiment?

— Écoute, ce qu'il écrit sur son père est presque insupportable.

— Mon Dieu, quand on s'est éloigné à ce point l'un de l'autre!

— Tout de même. Moi non plus, je ne me sens plus très proche de mes parents. Et pourtant... si je... non, je préfère ne pas penser à des choses pareilles. Si tu continuais à lire?»

Georg lut : «Il y a des choses plus sérieuses que la mort, et certainement plus tristes parce qu'il leur manque ce caractère définitif qui, en un sens supérieur, abolit la tristesse de la mort. On rencontre par exemple des fantômes vivants qui circulent dans les rues en plein jour, les yeux ouverts et pourtant depuis longtemps éteints, de vrais fantômes qui s'assoient près de vous, et qui vous parlent avec une voix humaine qui semble provenir d'outre-tombe. Et l'on pourrait dire que, dans les instants où l'on fait cette expérience, l'essence de la mort se révèle d'une façon beaucoup plus inquiétante que lorsqu'on assiste à la mise en terre d'un être… fût-il le plus proche de vous.»

Sans le vouloir, Georg laissa tomber la lettre, et Anna dit, d'une voix décidée : «Tu peux bien te le garder… ton ami Heinrich.

— Oui, répondit Georg lentement, il y a parfois chez lui un peu d'affectation. Et pourtant… oh ! voici déjà la première sonnerie pour le lunch, terminons vite notre lecture… "Je dois encore vous raconter ce qui s'est passé ici hier, l'histoire la plus pénible et la plus ridicule dont j'aie eu connaissance depuis longtemps, et malheureusement les intéressés sont nos bons amis Ehrenberg père et fils."

— Oh !» laissa échapper Anna.

Georg avait parcouru pour lui les lignes suivantes, il secoua la tête.

«Qu'y a-t-il donc ? demanda Anna.

— Ça, c'est le comble !… écoute un peu.» Il continua : «Il ne vous a certainement pas échappé à quel point les rapports entre le vieil homme et Oskar se sont tendus au cours de l'année passée. Comme vous en connaissez aussi les véritables raisons, je puis vous raconter simplement l'incident sans m'étendre sur les motifs. Imaginez donc. Hier, vers midi, Oskar passe devant la *Michaelerkirche*[1] et soulève son chapeau. Vous savez que de nos jours il n'est pas qualité qui passe pour plus élégante que la piété. Aussi n'est-il pas besoin de chercher une autre explication ni de supposer, par exemple, qu'un groupe de jeunes aristocrates soit sorti à ce moment précis de l'église et qu'Oskar ait voulu devant eux se comporter en catholique. Dieu seul sait combien de fois déjà il s'était rendu coupable impunément de cette attitude fallacieuse. Hier, le malheur voulut qu'au même moment le vieil Ehrenberg passât par là. Il voit Oskar se découvrir devant le porche de l'église… et, saisi d'une fureur incontrôlable, il lève le bras et administre à son rejeton une magistrale gifle… Une gifle ! À Oskar, un lieutenant de réserve ! À midi, en plein centre de la ville ! Rien d'étonnant à ce que, le soir même, l'histoire ait fait le tour de Vienne. Aujourd'hui, on peut déjà la lire dans quelques journaux. Les feuilles juives la passent sous silence, exception faite de quelques quotidiens à sensation, mais la presse antisémite s'en donne bien sûr à cœur joie. La palme revient au *Messager chrétien* qui réclame la comparution devant un tribunal des deux Ehrenberg pour atteinte à la religion, et même pour attitude blasphématoire. Oskar aurait quitté la ville, on ne sait pas où il est.»

«Jolie famille!» dit Anna avec conviction.

Georg ne put s'empêcher de rire. «Dis donc, dans *cette histoire-là,* Else est vraiment parfaitement innocente.»

La cloche tinta pour la deuxième fois. Ils se rendirent dans la salle à manger et prirent place à leur petite table près de la fenêtre, toujours dressée pour eux seuls. À la longue table, au milieu de la salle, à peine une douzaine d'hôtes étaient assis, pour la plupart des Anglais et des Français. Il y avait aussi un homme assez jeune, arrivé seulement depuis deux jours, que Georg prenait pour un officier autrichien en civil. D'ailleurs il se souciait aussi peu de lui que des autres clients. Georg avait glissé dans sa poche la lettre d'Heinrich. Il se rappela tout d'un coup qu'il ne l'avait pas lue en entier. Au café, il la sortit et parcourut la fin.

«Qu'écrit-il encore? demanda Anna.

— Rien de spécial, répondit Georg. Il parle de gens qui ne devraient pas t'intéresser particulièrement. Il semble de nouveau être embrigadé dans le cercle des habitués de son café, plus qu'il ne le souhaite, et plus qu'il ne l'avoue, c'est manifeste.

— Il y est sans doute à sa place», dit Anna négligemment. Georg sourit avec indulgence. «C'est en tout cas une assemblée d'originaux.

— Qui sont donc ces gens-là?» demanda Anna.

Georg avait posé la lettre près de sa tasse, il y jeta un coup d'œil. «Le petit Winternitz... tu sais... celui qui cet hiver m'a lu un jour ses poèmes ainsi qu'à Heinrich... il part pour Berlin où il sera le conseiller littéraire d'un théâtre nouvellement fondé. Puis Gleissner, qui nous a un jour dévisagés au musée...

— Ah! oui, ce bonhomme écœurant avec un monocle...

— Celui-là donc déclare qu'il abandonne définitivement l'écriture pour se consacrer à un unique sport...

— À quel sport?

— Un sport très particulier. Il joue avec les âmes.

— Comment?

— Écoute ceci.» Il lut : «Ce polichinelle prétend maintenant être absorbé à la fois par la résolution des deux problèmes psychologiques suivants qui se complètent de la manière la plus ingénieuse. Selon ses propres termes, il s'agit de dépraver aussi épouvantablement que possible une jeune et pure créature, deuxièmement de faire d'une prostituée une sainte. Il promet de ne pas connaître le repos avant que la première finisse au bordel, et la seconde au couvent. »

« Joli monde ! remarqua Anna, et elle se leva.

— Comme toutes les choses ici prennent un autre aspect », dit Georg qui la suivit dans le parc. Au-dessus des cimes des arbres, dans la chaleur lourde du soleil, un ciel bleu foncé s'étendait. Ils restèrent un moment accoudés à la petite balustrade qui séparait le jardin de la route, regardant par-delà le lac en direction des montagnes qui s'estompaient dans la lumière du soleil derrière des brumes ondoyantes d'un gris argenté. Ensuite, ils s'enfoncèrent dans le parc où les ombres étaient plus fraîches, plus sombres, et, tandis qu'ils marchaient bras dessus, bras dessous, sur le gravier qui crissait légèrement sous leurs pas, le long d'un haut mur brun recouvert de lierre par-dessus lequel les fenêtres étroites de vieilles maisons les fixaient, ils commentèrent les nouvelles qui venaient d'arriver. Pour la première fois, une vague inquiétude les gagna à la pensée de quitter l'aimable refuge de la terre étrangère pour rentrer au pays où même la vie quotidienne semblait renfermer des périls mystérieux. Ils s'assirent sous le platane à la table laquée blanc. On eût dit que cette place leur était toujours réservée. À part hier après-midi où le nouveau client autrichien s'y était installé mais, chassé par le regard désapprobateur d'Anna, il s'était éloigné après un salut courtois.

Georg monta un instant dans la chambre chercher quelques livres pour Anna, et pour lui un volume des poésies de Goethe et le manuscrit de son quintette. Ils restèrent assis là, lisant, travaillant, levant parfois les yeux pour se sourire, échangeant quelques mots, se replongeant dans leur livre, regardant au loin par-delà la balustrade et sentant la paix dans leurs cœurs et l'été dans l'air. Ils entendaient derrière le buisson le murmure du jet d'eau proche, le bruissement des gouttelettes retombant dans le bassin. Parfois, les roues d'une charrette grinçaient de l'autre côté du grand mur, par moments des appels de sirène brefs, lointains, provenaient du lac ; plus rarement encore des voix humaines résonnaient depuis le chemin du bord de l'eau jusque dans le jardin. Gorgé de soleil, l'azur pesait sur les cimes des arbres. Plus tard, avec le vent léger qui, chaque après-midi, soufflait du lac, les bruits et les voix se renforcèrent, se multiplièrent. On entendait les vagues battre contre la grève, les cris des pêcheurs montaient jusqu'à eux ; de l'autre côté du mur des jeunes gens chantaient. Le jet d'eau projetait de minuscules gouttelettes. L'haleine du soir proche réveillait les hommes, la terre, et l'eau.

Des pas résonnèrent sur le gravier. Therese, svelte et tout de blanc vêtue, remontait rapidement l'allée. Georg se leva, alla quelques pas au-devant d'elle et lui tendit la main. Anna, elle aussi, voulut se lever ; Therese ne le permit pas, elle l'étreignit, lui donna un baiser sur la joue et s'assit près d'elle. « Comme c'est beau ici ! s'écria-t-elle. Mais ne suis-je pas venue trop tôt ?

— Quelle idée, je suis si contente », répondit Anna.

Souriante, Therese l'examina attentivement et saisit ses deux mains. « Eh bien, tu as une mine excellente, dit-elle.

— C'est que je vais très bien, répliqua Anna, et toi apparemment au moins aussi bien », ajouta-t-elle, gentiment moqueuse.

Georg considérait Therese, toujours en tenue blanche comme le matin, encore plus élégante cette fois dans une robe de lin à broderie anglaise, qui portait un fin collier de corail rose pâle qui se détachait sur son cou dégagé. Tandis que les deux jeunes femmes commentaient le curieux hasard de cette rencontre, Georg se leva pour passer la commande du dîner. Quand il revint dans le jardin, les deux autres n'étaient plus là. Il aperçut Therese sur le balcon, le dos appuyé à la balustrade, qui parlait avec Anna restée sans doute au fond de la pièce. De bonne humeur, il arpenta les allées ; des mélodies chantaient dans sa tête, il se sentait jeune et heureux ; il jetait parfois un regard sur le balcon ou vers la route, par-dessus la balustrade, et il vit enfin Demeter Stanzides arriver. Il alla au-devant de lui. À la porte du jardin, il l'accueillit d'un : « Soyez le bienvenu. Ces dames sont en haut dans la chambre, elles nous rejoindront dans quelques instants. Voulez-vous, en attendant, faire un tour dans le parc ?

— Volontiers. »

Ils marchèrent ensemble.

« Avez-vous l'intention de rester encore à Lugano ? demanda Georg.

— Non, nous partons demain pour Bellagio, puis de là pour le lac Majeur et Isola Bella. Cette période délicieuse ne durera pas longtemps. Dans deux semaines, nous devons être de retour.

— Des vacances si courtes ?

— Ah ! cela ne dépend pas de moi, mais Therese doit rentrer. Je suis un homme tout à fait libre, j'ai déjà mon congé définitif dans ma poche.

— Vous voulez donc sérieusement vous retirer dans votre domaine ?

— Mon domaine ?

— Oui, j'en ai entendu parler chez les Ehrenberg.

— Mais je ne possède pas encore de domaine. À vrai dire, je n'en suis qu'aux pourparlers.

— Et où allez-vous vous installer, si je puis me permettre ?

— À Trifouillis-les-oies[1]. C'est tout au moins ce que vous allez penser. À la frontière de la Hongrie et de la Croatie. Un coin désert, isolé, mais très original. J'éprouve une certaine attirance pour cette contrée. Des souvenirs de jeunesse. Trois années comme lieutenant. Visiblement, je m'imagine que j'y retrouverai ma jeunesse. Ah! qui sait.

— Une belle propriété?

— Pas mal. Je l'ai visitée à nouveau il y a deux mois. Il faut dire que je la connaissais déjà auparavant. Elle appartenait alors au comte Jaczewicz. Puis par la suite à un industriel. Il a perdu sa femme. Maintenant, il se sent isolé là-bas et veut s'en débarrasser.

— Je ne sais pas, dit Georg, mais je me représente cette contrée comme un tantinet mélancolique.

— Mélancolique? Non, il me semble qu'à une certaine époque de la vie toute contrée prend un aspect mélancolique.» Il regarda autour de lui comme pour trouver une preuve de la vérité de ses paroles.

«À quelle époque?

— Eh bien, quand on commence à vieillir.»

Georg sourit. Demeter lui semblait si beau et, en dépit de ses cheveux gris aux tempes, encore jeune. «Quel âge avez-vous donc, monsieur Stanzides, si je puis me permettre?

— Trente-sept ans. Je n'ai pas dit : être vieux, mais commencer à l'être. En général, les gens parlent seulement de l'approche de la vieillesse quand ils y sont déjà depuis longtemps.»

À l'extrémité du jardin tout contre le mur, ils s'assirent sur un banc. De là ils avaient sous les yeux l'hôtel et la grande terrasse-jardin. Les étages supérieurs et les balcons leur étaient cachés par la cime des arbres. Georg offrit à Demeter une cigarette et en prit une. Tous deux restèrent silencieux un moment.

«Vous quittez aussi Vienne, à ce que j'ai entendu dire? demanda Demeter.

— Oui, c'est très probable… si je suis engagé par un Opéra, quelque part. Et puis, si ce n'est pas cette année, ce sera l'an prochain.»

Demeter s'était assis en croisant les jambes et en tenant dans une main l'une de ses chevilles. Il approuva. «Oui, oui, dit-il en laissant échapper lentement une mince fumée de ses lèvres. Avoir un talent est déjà une bonne chose. Et la question des époques de la vie doit aussi se poser tout autrement. C'est vraiment la seule richesse que je pourrais envier à autrui.

— Vous n'en avez pourtant aucune raison. En général, les gens doués de talent ne sont absolument pas à envier. Tout au plus les génies. Et ceux-ci, je les envie probablement encore plus que vous. Mais je trouve que des talents comme le vôtre représentent, pour ainsi dire, quelque chose de beaucoup plus absolu, de beaucoup plus sûr. Un jour, on n'est pas en forme? Bon... mais si l'on est réellement doué, on accomplit encore quelque chose de très valable; tandis que quand l'un de nous n'est pas en forme, il devient aussitôt bon pour l'hospice.»

Demeter rit : «Oui, mais un talent artistique, cela *dure* plus longtemps, et il se développe avec les années. Par exemple, Beethoven : la *Neuvième Symphonie* est bien la plus belle, n'est-ce pas? Et la deuxième partie du *Faust*!... Tandis que nous, nous régressons immanquablement avec les années, il n'y a pas de remède. Même nos Beethoven! Et cela commence de bonne heure. À part de très rares exceptions. Moi, par exemple, j'étais au mieux de ma forme à vingt-cinq ans. Je n'ai plus jamais atteint ce qu'il y avait en moi à vingt-cinq ans. Oui, cher baron, ça c'était une époque!

— Oui, je me rappelle vous avoir vu gagner, il y a deux ans, une course contre Buzgo qui était alors le favori... j'avais même parié sur lui...»

Stanzides l'interrompit. «Cher baron, croyez-moi, je sais pourquoi j'ai renoncé. On ne peut sentir cela que soi-même. C'est pourquoi personne ne se rend aussi bien compte qu'un sportif du début de son vieillissement. Continuer l'entraînement ne sert à rien. Ce n'est qu'artifice. Et si quelqu'un vient vous dire qu'il en est autrement, c'est tout simplement un... Mais voici venir ces dames.»

Ils se levèrent tous les deux. Bras dessus, bras dessous, Therese et Anna s'approchaient, l'une tout en blanc, l'autre dans une robe noire qui tombait jusqu'à terre en larges plis dissimulant complètement ses formes. Les deux couples se rencontrèrent près du jet d'eau. Demeter baisa la main d'Anna.

«C'est vraiment dans un endroit délicieux que j'ai le bonheur de vous saluer, chère madame.

— C'est pour moi aussi une surprise agréable, répondit Anna, et je ne parle pas de l'endroit...

— Sais-tu, dit Georg à Anna, que ce monsieur et cette dame partiront déjà demain?

— Oui, Therese me l'a annoncé.

— Nous voulons voir le plus de choses possible, expliqua Demeter, et d'après mes souvenirs les autres lacs des Alpes italiennes sont encore plus grandioses que celui-ci.

— Je ne sais rien des autres, dit Anna, nous n'avons pas bougé d'ici.

— Eh bien, vous pourriez profiter de l'occasion, suggéra Demeter et vous joindre à nous pour une petite excursion : Bellagio, Pallanza, Isola Bella. »

Anna secoua la tête. « C'est certainement très beau, mais j'avoue que je ne me déplace guère. Oui, je suis incroyablement paresseuse. Il est des jours où je ne quitte pas le parc. Mais si Georg a envie de se libérer de moi pour un ou deux jours, je n'ai rien contre.

— Et moi, je n'ai aucune envie de me libérer de toi ! » dit Georg. Il jeta un regard rapide sur Therese dont les yeux brillaient, riaient. Ils flânèrent tous les quatre dans le jardin tandis que l'obscurité tombait progressivement, échangeant des propos sur les lieux qu'ils avaient vus récemment. Lorsqu'ils revinrent à la table sous le platane, celle-ci était dressée, et les lumières du jardin brillaient dans leurs corolles de verre. Le maître d'hôtel apportait justement l'asti dans le seau à glace. Anna s'assit sur le banc adossé au tronc du platane, Therese prit place en face d'elle, à leurs côtés Georg et Demeter.

On servit les plats, on versa du vin. Georg demanda des nouvelles de ses relations viennoises. Demeter raconta que Willy Eissler avait rapporté de son voyage quelques caricatures remarquables aussi bien des chasseurs que d'animaux. Le vieil Ehrenberg les avait achetées.

« À propos, connaissez-vous l'histoire d'Oskar ? dit Georg.

— Quelle histoire ?

— Eh bien, l'affaire avec son père devant la *Michaelerkirche.* » Il se souvint qu'il avait déjà voulu raconter l'histoire à Demeter avant l'apparition des dames, mais qu'il avait trouvé plus judicieux de se taire. Maintenant c'était probablement le vin qui, malgré lui, déliait sa langue. Il rapporta brièvement ce qu'Heinrich lui avait écrit.

« Voilà une histoire particulièrement triste, dit Demeter très contrarié, si bien que tous les autres se sentirent soudain devenir plus graves.

— Pourquoi triste ? demanda Therese. Je la trouve à mourir de rire.

— Ma chère Therese, tu n'envisages pas les suites qu'elle peut avoir pour ce jeune homme.

— Mon Dieu, je sais très bien qu'il lui sera impossible de fréquenter un certain milieu, ce qui tout au plus le conduira à juger sainement sa conduite et à comprendre quel imbécile il fut jusqu'à présent.

— Voire ! dit Georg. Oskar fait-il partie des gens capables de juger sainement… je ne le crois pas.

— Outre le fait, chère Therese, ajouta Demeter, que ce que toi tu appelles un jugement sain n'est pas forcément le plus juste. Tous les groupes humains ont leurs préjugés, vous non plus, vous n'en êtes pas exempts.

— Quels sont donc nos préjugés, je voudrais bien le savoir», s'exclama Therese, et, en colère, elle but son vin d'un trait. «Nous voulons simplement faire table rase de certains préjugés, en particulier de celui selon lequel il existe des castes privilégiées avec leur code d'honneur particulier…

— Je t'en prie, ma chère Therese, tu n'es pas ici dans une réunion politique. Il est à craindre que les applaudissements à la fin du discours soient plus faibles que d'habitude.»

«Tu vois, dit Therese en se tournant vers Anna, c'est ainsi qu'un officier de cavalerie mène une discussion.

— Excusez-moi, dit Georg, mais cette histoire a peu de chose à voir avec les préjugés. Une gifle en pleine rue, même de la main de son propre père… je crois qu'on n'a pas besoin d'être officier de réserve ou étudiant…

— Cette gifle, s'écria Therese, représente pour moi une sorte de délivrance. Elle met un point final à une existence ridicule et superflue!

— Un point final, espérons que non, dit Demeter.

— On m'écrit, remarqua Georg, qu'Oskar a quitté la ville pour une destination inconnue.

— Si je plains quelqu'un dans cette histoire, dit Therese, c'est en tout cas le vieil homme qui, dans sa bonté, regrette probablement aujourd'hui les ennuis qu'il a causés à son snob de fils.

— Sa bonté! s'exclama Demeter. Un millionnaire! Un patron d'usine!… Voyons, Therese…

— Oui, ça arrive. C'est par hasard un de ceux qui au fond d'eux-mêmes sont d'accord avec nous. Et le soir, Demeter, où tu as eu le plaisir de me voir pour la première fois, sais-tu pourquoi je suis allée chez les Ehrenberg?… Et sais-tu pourquoi ce soir-là il m'a donné mille gulden sans discuter?… parce que…» Elle se mordit les lèvres. «… Je n'ai pas l'autorisation de le dire, c'était la condition.»

Subitement, Demeter se leva et s'inclina devant un passant. C'était l'Autrichien arrivé la veille. Ce dernier salua et disparut dans l'obscurité du jardin.

«Vous connaissez cet homme? demanda Georg après quelques secondes. J'avais, moi aussi, l'impression de le connaître, qui est-ce donc?

— Le prince de Guastalla, dit Demeter.

— Comment? s'écria Therese surprise, et ses yeux cherchèrent à percer l'obscurité.

— Que crois-tu voir? dit Demeter. Un homme comme un autre.

— On dit qu'il a été banni de la cour, n'est-ce pas? dit Georg.

— Je n'en sais rien, répliqua Demeter, mais en tout cas, il n'y est pas bien vu. Il a publié récemment une brochure sur certaines particularités de notre armée, en particulier sur la vie des officiers dans les provinces, qui fut très mal reçue, quoique, à la vérité, elle ne renfermât rien de mal.

— À ce sujet, il aurait dû s'adresser à moi, dit Therese, j'aurais pu aussi lui communiquer certaines choses.

— Chère enfant, protesta Demeter, tu penses à ce qui est probablement un cas exceptionnel. On ne doit pas généraliser à partir de là.

— Je ne généralise pas, mais un cas semblable suffit pour démontrer que tout le système...

— Pas de *discours,* Therese... »

Elle se tourna vers Georg : « Je pense à Leo, ce qu'il subit cette année est véritablement monstrueux. »

Georg se souvint subitement que Therese était la sœur de Leo. Celui-ci savait-il qu'elle était ici, et avec qui?

Demeter passait un peu nerveusement ses doigts sur ses lèvres.

« Il y a là un lieutenant antisémite, dit Therese, qui le brime d'une manière particulièrement odieuse, parce qu'il sent que Leo le méprise. »

Georg hocha la tête. Il était déjà au courant.

« Chère enfant, dit Demeter, comme je l'ai déjà mentionné plusieurs fois, il y a dans cette affaire quelque chose qui ne me paraît pas clair. Je connais, par hasard, le lieutenant Sefranek, et je puis t'assurer qu'on peut s'en accommoder. Il n'est pas spécialement intelligent, et qu'il n'ait pas de sympathie pour les israélites peut être exact, mais il faut bien dire qu'il est des injures prétendument antisémites qui ne tirent pas à conséquence et qui, à ma connaissance, sont autant employées par les Juifs que par les chrétiens. Monsieur ton frère souffre sûrement d'une sensibilité maladive.

— Une sensibilité n'est jamais maladive, rétorqua Therese. Seule l'insensibilité est une maladie, et vraiment la plus répugnante que je connaisse. Vous êtes le mieux placé, Georg, pour savoir que je partage aussi peu que possible les conceptions politiques de mon frère ; les banquiers juifs me sont aussi odieux que les grands féodaux de nos campagnes, et les rabbins orthodoxes autant que les curés. Mais si quelqu'un pensait m'être supérieur par son appartenance à une autre confession ou à une autre race que la mienne, et si même, conscient de sa force plus considérable, il me faisait sentir cette supériorité, face à un tel homme… je ne sais pas ce que je lui ferais. En tout cas, je comprendrais Leo si, à la première occasion, il sautait à la figure de ce M. Sefranek.

— Ma chère enfant, dit Demeter, si tu as la moindre influence sur ton frère, il te faut empêcher à tout prix ce “saut à la figure”. À mon avis, le mieux, le plus raisonnable dans un tel cas, est de passer par la voie réglementaire. Car il n'est absolument pas vrai qu'on n'obtienne rien par là. Les cadres supérieurs sont le plus souvent des personnes calmes et, de toute façon, intègres, et…

— Mais Leo a fait cela depuis longtemps… déjà en février. Il s'est rendu chez son colonel, celui-ci fut même très aimable et, à en juger par certains indices, a certainement fait la leçon au lieutenant; mais cela n'a malheureusement pas servi le moins du monde, bien au contraire. À la première occasion, le lieutenant a recommencé de plus belle ses brimades et il les continue avec un esprit de suite raffiné. Je vous assure, baron, que je crains de jour en jour qu'il n'arrive quelque malheur. »

Demeter secoua la tête. « Nous vivons dans une époque insensée. Je vous assure, dit-il en s'adressant à Georg, que le lieutenant Sefranek est aussi peu antisémite que vous et moi. Il fréquente des familles juives, je sais même qu'il a été pendant des années le meilleur ami d'un médecin militaire juif. Vraiment, il semble que les gens deviennent fous.

— Sur ce point, tu pourrais avoir raison, estima Therese.

— Mais Leo est si raisonnable, dit Georg, si sage en dépit de son tempérament fougueux, que je suis persuadé qu'il ne se laissera pas entraîner à commettre une bêtise. Finalement, il sait bien que, dans quelques mois, tout sera terminé, il suffit de tenir jusque-là.

— À propos, baron », dit Therese, tandis qu'à l'exemple des messieurs elle prenait une cigarette d'un paquet apporté par le serveur, « savez-vous que Leo est enthousiasmé par vos compositions?

— Oh… enthousiasmé… dit Georg en lui donnant du feu, je n'en avais rien remarqué. »

Therese atténua la formule. « Disons que certains morceaux lui ont plu, mais c'est presque autant que l'enthousiasme chez d'autres.

— Avez-vous également composé pendant le voyage? demanda Demeter courtoisement.

— Seulement quelques lieder.

— Nous aurons sans doute l'occasion de les entendre cet automne, déclara Demeter.

— Mon Dieu, ne parlons pas de l'automne, dit Therese. D'ici là nous pouvons être morts ou emprisonnés.

— Cette dernière possibilité peut être évitée avec un rien de bonne volonté », s'écria Demeter.

Therese haussa les épaules. Georg était assis près d'elle, et croyait sentir la chaleur de son corps. Aux fenêtres de l'hôtel des lumières brillaient, et un long rayon rougeâtre tomba sur la table que les deux couples occupaient.

« Je propose, dit Georg, de profiter de cette belle soirée pour aller se promener sur la rive.

— Ou faire un tour en barque », s'exclama Therese.

Tous furent d'accord. Georg monta rapidement dans la chambre pour chercher des vêtements chauds. Lorsqu'il redescendit, il trouva les autres à la porte du parc, prêts au départ. Il aida Anna à passer son manteau gris clair, jeta sur les épaules de Therese son propre pardessus, et garda un plaid vert foncé sur le bras. Ils suivirent lentement l'allée jusqu'à l'endroit où étaient amarrées les barques. À coups de rames rapides deux bateliers les conduisirent hors de l'ombre du rivage vers des eaux d'un noir resplendissant. Les montagnes se dressaient devant le ciel comme des colosses fantastiques. Les étoiles n'étaient pas très nombreuses. De minuscules nuages gris bleuté flottaient dans l'air. Les rameurs étaient installés sur des planches transversales, et au milieu de la barque, sur deux bancs étroits face à face étaient assis les deux couples : Georg et Anna, Demeter et Therese. Au début, personne ne parla. Ce n'est qu'après quelques minutes que Georg rompit le silence. Il cita les noms des montagnes qui fermaient le lac au sud, attira l'attention sur un village perché sur une pente rocheuse, situé à une distance paraissant infinie, et qu'on pouvait pourtant atteindre en un quart d'heure ; il désigna une maison blanche étincelante dominant Lugano comme l'hôtel où Demeter et Therese habitaient, et il raconta une promenade qu'il avait faite récemment loin dans les terres entre des vignobles ensoleillés.

Pendant qu'il parlait, Anna tenait sa main sous le plaid. Demeter et Therese étaient assis côte à côte, sérieux, corrects, pas du tout comme des amants de fraîche date. Georg sentit renaître alors peu à peu son inclination pour Therese qui avait presque disparu pendant ses reparties bruyantes, véhémentes.

Combien de temps durera cette histoire avec Demeter? pensait-il. Sera-t-elle terminée à l'automne ou se prolongera-t-elle autant ou plus que la mienne avec Anna? Cette promenade en bateau sur le lac obscur sera-t-elle un jour le souvenir d'un passé totalement évanoui comme celle sur le *Veldeser See* avec une petite paysanne dont je me souviens soudain maintenant pour la première fois après des années... comme le voyage en mer avec Grace? Comme c'est étrange, Anna tient ma main, je la serre, et qui sait si à cet instant elle n'éprouve pas à l'égard de Demeter à peu près ce que je ressens pour Therese? Non, certainement pas... Elle porte en son sein un enfant qui bouge déjà... C'est pourquoi... grand Dieu... c'est aussi mon enfant... Voilà que notre enfant se promène en barque sur le lac de Lugano... Lui raconterai-je un jour qu'avant sa naissance il a navigué sur le lac de Lugano...? Qu'adviendra-t-il de tout cela? Dans quelques jours, nous retrouverons Vienne. Au fond, est-ce que cette ville existe? Elle se recompose lentement à mesure que nous rentrons... oui, c'est ainsi... Une fois au logis il s'agira de travailler sérieusement. Je resterai tranquillement dans mon appartement de Vienne, et je me contenterai de rendre visite à Anna, pas question d'habiter avec elle à la campagne... à la rigueur les tout derniers jours... Et à l'automne... serai-je à Detmold? Où sera Anna? Et l'enfant?... Chez des étrangers quelque part à la campagne?... Comme tout ceci paraît invraisemblable... Mais, il y a un an aujourd'hui, c'était également invraisemblable que je me promène en barque avec Mlle Anna Rosner, et Stanzides avec Mlle Therese Golowski sur le lac de Lugano... et c'est maintenant la chose la plus évidente du monde... Tout d'un coup, il entendit résonner comme au sortir d'un rêve la voix de Demeter. « À quelle heure part demain notre bateau?

— À neuf heures, répondit Therese.

— C'est elle qui tient le rôle de maréchal des logis, expliqua Demeter. Je n'ai à m'occuper de rien. »

Soudain, au-dessus du lac, la lune apparut.

Elle semblait avoir attendu derrière les montagnes et s'élever maintenant pour un salut d'adieu. Le village penché sur la pente rocheuse, tout à l'heure infiniment loin, dressait toute proche sa masse blanche. La barque accosta. Therese se leva et, sur le fond nocturne, sa silhouette parut d'une taille surprenante. Georg sauta hors de la barque et l'aida à descendre. Il sentit ses doigts frais qui ne tremblaient pas mais qui remuèrent un peu, comme à dessein, dans sa main, et il perçut, tout proche, le souffle de ses lèvres. Après elle Demeter descendit, puis Anna, lourde et fatiguée. Les bateliers remercièrent pour le généreux pourboire, et les deux couples rentrèrent à pied. Sur un banc du chemin qui longeait la rive, le prince était assis dans un long manteau sombre, il fumait un cigare, son regard semblait se perdre au loin sur le lac nocturne, il détourna la tête, visiblement pour ne pas être salué.

« Un tel homme pourrait raconter bien des choses », dit Therese à Georg avec qui elle restait toujours plus en arrière, tandis que Demeter et Anna marchaient devant.

« Vous rentrez donc déjà à Vienne ? demanda Georg.

— Dans deux semaines, trouvez-vous que cela soit si vite ? De toute façon, vous serez là-bas avant nous, n'est-ce pas ?

— Oui, nous partons dans quelques jours. On ne peut différer davantage. Et nous devons aussi faire plusieurs étapes, Anna supporte mal le voyage.

— Au fait, savez-vous que j'ai découvert juste avant mon départ la villa idéale pour Anna ?

— Vraiment ? Vous ? Vous la cherchiez aussi ?

— Oui, j'ai accompagné plusieurs fois ma mère à la campagne. C'est une petite maison assez ancienne à *Salmansdorf*[1] avec un beau jardin qui donne directement sur la prairie et la forêt ; par-devant, il disparaît sous la végétation... Anna vous donnera plus de détails. Je crois que c'est la dernière maison du village, après elle il n'y a plus qu'une auberge mais assez loin.

— Est-ce que je n'aurais pas remarqué cette maison lors de mes recherches au printemps ?

— Sans doute, sinon vous l'auriez louée. Sur le gazon, près de la clôture du jardin, il y a une statuette de terre cuite.

— Je ne me rappelle pas. Savez-vous, Therese, que c'est très aimable de votre part de vous être occupée de nous, plus qu'aimable. » Étant donné votre activité harassante, voulut-il ajouter, mais il se retint.

« Pourquoi vous étonner ? demanda Therese. J'aime beaucoup Anna.

— Savez-vous ce que j'ai entendu dire de vous un jour ? remarqua Georg après une courte pause.

— Eh bien, quoi !

— Que vous finiriez ou bien sur l'échafaud, ou bien princesse.

— C'est une formule du docteur Berthold Stauber, il me l'a dite lui-même un jour. Il en est très fier, mais c'est une absurdité.

— Maintenant, les chances sont sans doute plus du côté de la princesse.

— Qui vous dit cela ? Le rêve de la princesse se termine bientôt.

— Le rêve ?

— Oui, je commence même déjà à me réveiller. Un peu comme l'impression de sentir l'air matinal pénétrer dans la chambre.

— Et alors, à l'autre rêve de commencer?

— Comment, quel autre rêve?

— Voilà comment je me le représente pour vous. Quand vous vous retrouvez dans la vie publique, quand vous faites des discours, quand vous vous sacrifiez pour quelque cause, à un moment quelconque vous croyez vivre un rêve, n'est-ce pas? Et vous pensez que la vie authentique se trouve ailleurs.

— Ce n'est pas si bête, ce que vous dites là.»

À cet instant, Demeter et Anna, parvenus à la porte du jardin, se retournèrent vers eux et prirent aussitôt la large allée conduisant à l'hôtel. Georg et Therese continuèrent à marcher de l'autre côté de la grille, là où l'ombre portée des arbres était la plus épaisse. Soudain, Georg saisit la main de sa compagne. Celle-ci se tourna vers lui, surprise, et tous deux se retrouvèrent face à face dans l'obscurité, plus près l'un de l'autre qu'ils ne s'y attendaient. Sans savoir comment… sans qu'ils l'aient vraiment voulu… leurs lèvres se joignirent un court instant, qui fut plus rempli de l'ivresse douloureuse du mensonge que de toute autre joie. Ils repartirent ensuite en silence, insatisfaits, brûlants de désir, et ils franchirent la porte du jardin.

Les deux autres, arrêtés devant l'hôtel, se retournèrent alors et vinrent à leur rencontre. Therese dit très vite à Georg : «Bien entendu, vous ne venez pas avec nous.» Georg acquiesça d'un léger signe de tête. Ils se tenaient tous maintenant dans la vive clarté tranquille des lampadaires.

«Ce fut une merveilleuse soirée», dit Demeter, tout en baisant la main d'Anna.

«Eh bien, nous nous reverrons à Vienne», dit Therese en embrassant Anna.

Demeter se tourna vers Georg. «J'espère que nous vous verrons demain matin sur le bateau.

— C'est possible, mais je ne peux rien promettre.

— Adieu», dit Therese en tendant la main à Georg.

Puis elle se tourna vers Demeter et ils partirent.

«Iras-tu avec eux?» demanda Anna comme ils pénétraient dans le hall où des clients de l'hôtel, assis aux tables, fumaient, buvaient, bavardaient.

«Quelle idée! répliqua Georg. Je n'y songe pas.

— Monsieur le baron!» Derrière lui, quelqu'un l'appelait. C'était le portier qui tenait un télégramme.

«Qu'est-ce que c'est?» demanda Georg. Un peu inquiet, il l'ouvrit rapidement. «Oh! s'écria-t-il, c'est épouvantable.

— Quoi donc ?» fit Anna.

Il le lui lut tandis qu'elle y jetait un coup d'œil. «Oskar Ehrenberg a tenté de se suicider ce matin dans la forêt près de Neuhaus. Une balle dans la tempe. Peu d'espoir de le sauver. Heinrich.» Anna secoua la tête. Silencieux, ils montèrent l'escalier, gagnèrent la chambre d'Anna. La porte sur le balcon était grande ouverte. Georg sortit. De l'obscurité montait un lourd parfum de magnolias et de roses. On ne pouvait distinguer le lac. Les montagnes se dressaient comme surgies d'un abîme. Anna s'approcha de Georg. Il lui mit le bras autour du cou, il la chérissait profondément. Il semblait que le drame qu'il venait d'apprendre lui faisait mesurer ses propres expériences à leur vraie valeur. Il savait une nouvelle fois qu'il n'y avait rien pour lui de plus important au monde que le bonheur de cette femme bien-aimée avec qui il se tenait sur ce balcon, et qui allait lui donner un enfant.

6

Lorsque Georg sortit de la salle fraîche du restaurant dans lequel, depuis quelques semaines, il avait pris l'habitude de déjeuner à midi, et mit le pied sur le pavé brûlant pour se rendre au domicile d'Heinrich, sa décision était prise d'entreprendre dès les prochains jours un voyage en montagne. Anna y était préparée, et l'avait elle-même encouragé à partir quelques jours, depuis qu'elle sentait que le mode de vie monotone des derniers temps commençait à provoquer chez lui ennui et inquiétude intérieure.

Ils étaient revenus à Vienne depuis six semaines, par un soir doux et pluvieux ; Georg avait conduit Anna directement du train à la villa où, dans une grande pièce assez vide au papier jaunâtre en mauvais état, à la lueur blafarde d'une suspension, la mère d'Anna et Mme Golowski les attendaient depuis deux heures, car ils avaient pris du retard. La porte sur la véranda du jardin était ouverte, dehors la pluie tambourinait sur les lattes du plancher, et l'odeur tiède de feuilles et d'herbe mouillées pénétrait dans la pièce. À la lueur d'une bougie avec laquelle Mme Golowski l'éclairait, Georg examina la disposition des lieux tandis qu'Anna s'asseyait, épuisée, dans le coin d'un grand canapé tapissé d'une cotonnade à fleurs, et ne parvenait à répondre que péniblement aux questions de sa mère. Bientôt, Georg avait pris congé d'Anna, ému et soulagé, et il était monté avec Mme Rosner dans la voiture qui attendait dehors ; tandis qu'elle roulait vers la ville par des rues détrempées, il avait, avec un empressement factice, raconté à sa compagne intimidée les événements insignifiants des derniers jours du voyage. De retour chez lui, à une heure du matin, il renonça à réveiller Felician et avec une volupté imprévue, il s'allongea dans son propre lit dont il avait été privé si longtemps pour s'endormir de nouveau chez lui après tant de nuits au loin.

Depuis ce jour, il s'était rendu presque quotidiennement auprès d'Anna. Quand il n'était pas tenté de faire quelque détour par les lieux de villégiatures environnants, il pouvait facilement en une heure se rendre chez elle à bicyclette. Mais, assez souvent, il prenait le tramway à chevaux puis traversait en se promenant les petites localités jusqu'à retrouver la clôture de bois peinte en vert, derrière laquelle, dans le jardin étroit en pente douce, se dressait la modeste maison de campagne au pignon en bois triangulaire. Fréquemment, il choisissait un chemin qui courait au-dessus du village à travers jardins et prés, il grimpait avec plaisir la pente verdoyante jusqu'à un banc à la lisière de la forêt offrant une vue dégagée sur le petit bourg qui s'étirait tout au long de l'étroite vallée. De là, il apercevait le toit sous lequel habitait Anna et délibérément il se laissait envahir par un désir de plus en plus vif de cette femme aimée qui était là, tout près, jusqu'au moment où il dévalait la pente, ouvrait le petit portail et descendait vers la maison, marchant sur le gravier de l'allée. Souvent, aux heures chaudes de l'après-midi, quand Anna dormait encore, il s'installait sous la véranda de bois derrière la maison, s'asseyait dans un fauteuil confortable tapissé de cotonnade à fleurs, tirait de sa poche un livre qu'il avait emporté et lisait. Puis Mme Golowski sortait de la pénombre intérieure de la maison, portant une robe sombre, simple mais nette ; et, d'une voix douce un peu mélancolique, une expression de bonté maternelle sur les lèvres, elle lui donnait des nouvelles de la santé d'Anna, en particulier si elle avait mangé avec appétit et si elle s'était bien promenée dans le jardin. Dès qu'elle avait fait son rapport, elle disparaissait toujours pour vaquer à une occupation qui l'attendait dans la cuisine ou dans la maison. Alors, tandis que Georg continuait sa lecture, une chienne saint-bernard, grosse, qui appartenait à des gens du voisinage, venait saluer Georg de ses yeux graves, humides, laissait caresser sa fourrure à poil court et s'allongeait, reconnaissante, à ses pieds. Plus tard, à l'appel d'un coup de sifflet autoritaire et bien connu d'elle, la bête se levait péniblement, alourdie par son état, semblait par un regard mélancolique s'excuser de ne pouvoir rester plus longtemps et s'éloignait. Dans le jardin voisin, des enfants riaient, faisaient du tapage, de temps à autre une balle en caoutchouc rebondissait près de Georg, et une jeune bonne d'enfant, pâle, lui demandait timidement de bien vouloir la renvoyer. Enfin, quand la fraîcheur tombait, le visage d'Anna apparaissait à la fenêtre donnant sur la véranda, elle saluait Georg de ses yeux bleus tranquilles et sortait bientôt, vêtue d'une légère robe de chambre claire. Ils arpentaient alors le jardin le long des lilas défleuris et des groseilliers pleins de sève, le plus souvent du côté gauche qui jouxtait la prairie, et se reposaient sur le banc peint en blanc en haut du jardin, sous le poirier. Ce n'est qu'à l'heure du dîner que Mme Golowski réapparaissait ; elle prenait discrètement place à table et, si on la questionnait, donnait des nouvelles des siens : de Therese qui était maintenant entrée à la rédaction d'un journal socialiste ; de Leo qui, moins occupé qu'auparavant par son service, se passionnait pour des études de mathématiques ; de son époux qui, assis dans le coin d'une salle de café enfumée, suivait avec ferveur les parties d'échecs disputées par d'infatigables joueurs et se berçait d'espoirs toujours nouveaux de gains réguliers, espoirs vite évanouis. Mme Rosner ne faisait que de rares apparitions et s'éloignait la plupart du temps peu après l'arrivée de Georg. Une fois, un dimanche après-midi, le père lui aussi était venu, avait parlé avec Georg du temps, du paysage, comme lors d'une rencontre fortuite au chevet d'une amie malade. C'était uniquement pour l'amour de ses parents qu'Anna vivait sans recevoir personne dans cette villa. Car de son côté, ayant acquis une tranquillité d'esprit complète, elle se considérait comme l'épouse légitime de Georg ; et quand ce dernier, las des soirées monotones, lui avait demandé l'autorisation d'amener à l'occasion Heinrich avec lui, elle s'était déclarée d'accord sans aucune réticence à l'agréable surprise de Georg.

Heinrich était le seul parmi les plus proches relations de Georg qui séjournait encore en ville par ces étouffantes journées de juillet. Felician qui, au retour de son frère, s'était rapproché de lui en retrouvant la chaleureuse amitié de leur jeunesse, se trouvait, après avoir passé l'examen d'entrée dans la diplomatie, avec Ralph Skelton au bord de la mer du Nord. Else Ehrenberg avec qui Georg, peu après son retour, avait conversé une fois près du lit de son frère à l'hôpital, était retournée depuis longtemps avec sa mère à Auhof, au bord du lac. Même Oskar, à qui sa malheureuse tentative de suicide avait coûté l'œil droit, mais, à ce qu'on disait, avait sauvé son brevet de lieutenant, avait quitté Vienne, un bandeau noir sur son œil aveugle. Demeter Stanzides, Willy Eissler, Guido Schönstein, Breitner, tous étaient partis, et même Nürnberger, qui avait déclaré si solennellement ne pas vouloir cette année s'absenter de la ville, avait soudain disparu.

À son retour, Georg lui avait rendu visite avant tous les autres pour lui apporter des fleurs cueillies sur la tombe de sa sœur à Cadenabbia. Au cours du voyage, il avait lu enfin le roman de Nürnberger qui se passait à une époque maintenant à demi révolue, celle-là même dont, à ce qui lui sembla, le vieux docteur Stauber l'avait entretenu un jour. Il s'agissait de ce monde lourd de mensonges dans lequel les gens sortis de l'adolescence passaient pour des hommes mûrs, les gens âgés pour des hommes d'expérience, et les gens qui n'avaient violé aucune loi écrite pour d'honnêtes citoyens ; un monde où l'amour de la liberté, l'humanité, le patriotisme étaient tenus tout bonnement pour des vertus même s'ils avaient poussé dans le mauvais terreau de la sottise et du conformisme ; sur ce monde Nürnberger avait jeté un éclairage féroce ; il avait choisi pour héros de son livre un homme actif, consciencieux, porté par la phraséologie creuse de l'époque et qui, parvenu au sommet d'où il pouvait tout embrasser et juger, saisi d'épouvante devant cette ascension vertigineuse, s'abîmait dans le gouffre d'où il était sorti. Qu'un homme qui avait créé cette œuvre forte, au large retentissement, ne se fît plus entendre ultérieurement que par des remarques négligemment jetées, d'un ton railleur, sur la marche du temps, cela surprenait beaucoup Georg, et, seule une phrase d'Heinrich, disant que la colère pouvait bien être féconde mais pas le dégoût, lui permit de comprendre pourquoi l'œuvre de Nürnberger était achevée à jamais… Cette heure passée par une fin d'après-midi sous un ciel bleu sombre dans la solitude du cimetière de Cadenabbia avait curieusement produit sur Georg une impression profonde comme s'il avait connu, estimé, la personne qui reposait là, dans ce tombeau. Il avait été ému de voir ternies les lettres dorées sur la pierre grise, et les fleurs du parterre envahies par les mauvaises herbes ; et, après avoir cueilli quelques pensées violettes pour son ami, il était parti, bouleversé. Le portail franchi, il avait jeté un regard par la fenêtre ouverte de la chapelle funéraire, et vu dans l'ombre entre de hauts cierges allumés le corps d'une femme recouverte d'un drap noir jusqu'aux lèvres ; sur son visage mince, d'une pâleur de cire, les lumières des cierges et du jour se confondaient.

Nürnberger n'était pas resté insensible à la part prise par Georg à son deuil, et ce jour-là ils conversèrent plus intimement que jamais auparavant.

L'immeuble où vivait Nürnberger était situé dans une petite rue étroite et sombre qui descendait par des escaliers, de la vieille ville jusqu'au

Danube ; la maison était très ancienne, peu large mais haute. L'appartement de Nürnberger se trouvait au cinquième étage, le dernier, on y accédait par un escalier en colimaçon. Traversant une antichambre sombre, Georg pénétra dans une pièce basse mais spacieuse, avec des meubles anciens restés en bon état ; dans le fond, une alcôve fermée par un rideau vert pâle laissait échapper une odeur de camphre et de lavande. Des portraits des parents de Nürnberger dans leur jeunesse étaient accrochés au mur, ainsi que des gravures dans les tons bruns représentant des paysages à la manière des maîtres hollandais. Sur la commode, dans des cadres de bois sculpté, il y avait toutes sortes de vieilles photographies, et d'un tiroir, sous des lettres jaunies, Nürnberger sortit un portrait de sa sœur disparue où, jeune fille de dix-huit ans, elle était costumée en enfant du temps jadis et s'adossait, un ballon à la main, à une clôture derrière laquelle s'étageait un paysage rocheux. Tous ces inconnus, ces figures éloignées, disparues, Nürnberger les présenta à son ami, parlant d'eux sur un ton qui semblait élargir, approfondir la distance entre le passé et le présent.

Georg laissait de temps à autre errer son regard par-delà la petite rue sur les murs gris de maisons très anciennes. Il apercevait derrière des vitres étroites, poussiéreuses, toutes sortes d'ustensiles ménagers ; sur l'appui d'une fenêtre, se trouvaient des pots de fleurs avec des plantes étiques ; dans un chéneau entre deux maisons gisaient des tessons de bouteilles, des débris de poteries, des lambeaux de papier, des plantes pourries. Un vieux tuyau courait parmi ce capharnaüm et se perdait derrière une cheminée. D'autres cheminées se dressaient à droite, à gauche, la partie arrière d'un pignon de pierre jaunâtre apparaissait, des clochers s'élevaient jusqu'au ciel bleu pâle, et, à l'improviste surgissait, toute proche dans une lumière grise, la coupole de pierre ajourée [1] de l'un d'eux, bien connu de Georg. Machinalement, son regard chercha la direction où il supposait que se trouvait l'immeuble dont le porche s'ornait de deux géants de pierre supportant de leurs bras puissants le blason d'une race éteinte, et où avait été conçu cet enfant qui devait venir au monde dans quelques semaines.

Georg parla de son voyage, et dans l'ambiance de cette rencontre il lui aurait semblé mesquin de se contenter de demi-vérités. Mais Nürnberger savait tout depuis longtemps, et comme Georg s'en montrait un peu surpris, il sourit ironiquement. « Ne vous souvenez-vous donc plus, demanda-t-il, de cette matinée où nous avons visité ensemble une maison d'été à Grinzing ?

— Certainement.

— Et vous souvenez-vous aussi que c'était une femme avec un petit enfant dans les bras qui nous avait conduits dans le jardin et la maison?

— Oui.

— Avant notre départ, l'enfant a tendu les bras vers vous, et vous l'avez contemplé d'un regard un peu attendri.

— Et vous en avez déduit que je...

— Allons, vous n'êtes pas homme à vous attendrir à la vue d'un petit enfant, et de surcroît pas très propre, si vous n'y rattachiez pas des pensées très personnelles.

— Il faut se méfier de vous!» dit Georg en plaisantant, mais non sans quelque gêne.

La légère irritation qu'il ressentait toujours devant la supériorité de Nürnberger ne l'empêcha pas de poursuivre ses relations avec lui. Parfois, il allait le chercher à son domicile pour des promenades dans les rues et les parcs, et il éprouvait comme une satisfaction, et même comme une victoire personnelle quand il réussissait à lui faire délaisser les régions où l'on respirait l'air raréfié d'une sagesse un peu amère pour de plus douces contrées baignées par la conversation cordiale. Ces promenades étaient devenues pour Georg une si agréable habitude qu'il ressentit comme un appauvrissement de ses journées lorsque, un matin, il trouva l'appartement de Nürnberger fermé. Le lendemain, une carte d'adieu et d'excuse arriva de Salzbourg; elle portait également les signatures d'un couple, un industriel et sa femme, des gens aimables et gais que Nürnberger lui avait présentés un jour brièvement sur le *Graben*[1]. D'après la description maligne d'Heinrich, leur ami commun avait été traîné en bas de l'escalier malgré sa résistance désespérée, embarqué dans une voiture et transporté jusqu'à la gare comme un prisonnier. Selon Heinrich, Nürnberger avait quelques relations de cette espèce, gens sans malice qui éprouvaient le besoin de faire verser par ce contempteur célèbre quelques gouttes de méchanceté dans la liqueur savoureuse de leur existence, de même que Nürnberger de son côté aimait à se reposer en leur aimable compagnie, de ses relations fatigantes avec les cénacles des littéraires et des psychologues.

Retrouver Heinrich avait été pour Georg une déception. Le poète, après les premières paroles de bienvenue, n'avait, selon son habitude, parlé que de lui, et, à vrai dire, sur le ton de la plus dénigrante autocritique. Il avait finalement découvert qu'il ne possédait aucun talent, seulement de l'intelligence, mais celle-ci, sans doute, à haute dose. Ce qu'il condamnait chez lui le plus violemment étaient les contradictions de son être qui, il le savait bien, le faisaient non seulement souffrir lui-même, mais aussi tous ses proches. À la fois sans cœur et sentimental, léger et mélancolique, susceptible et brutal, insupportable en société et ne pouvant se passer de la compagnie d'autrui… tout au moins par moments. Un sujet avec de telles dispositions ne pouvait prouver son droit à l'existence que par une création exceptionnelle, et si ce chef-d'œuvre qui lui était ainsi imposé ne voyait pas le jour bientôt, très bientôt, son devoir en tant qu'homme d'honneur était de se tirer une balle dans la tête. Mais il n'était pas un homme d'honneur… c'était le problème. Georg pensait : Naturellement tu ne vas pas te tuer, ne serait-ce que parce que tu es trop lâche. Il n'exprima évidemment pas cette idée, fut au contraire des plus aimables, discourut sur les variations d'humeur auxquelles fatalement tout artiste était sujet, et s'enquit aimablement des circonstances extérieures de la vie d'Heinrich. Il apparut alors bientôt que celui-ci n'était pas si mal loti. Il menait même, à ce qu'il sembla à Georg, une vie plus exempte de soucis qu'auparavant. Un petit héritage avait assuré l'existence de sa mère et de sa sœur pour plusieurs années ; en dépit de toutes les manifestations d'hostilité envers sa personne, sa notoriété grandissait de jour en jour ; son histoire lamentable avec la comédienne semblait définitivement réglée, et des rapports tout nouveaux, tempérés à souhait, avec une jeune personne apportaient même quelque gaieté dans sa vie. Son travail aussi marchait bien. Le premier acte du livret d'opéra était pratiquement terminé, et pour la comédie à sujet politique il avait réuni de nombreuses notes. Il avait l'intention d'assister l'année prochaine aux séances du Parlement, de participer à des réunions, et caressait l'idée puérile et irréelle, il en convenait lui-même, de jouer au social-démocrate, de chercher à prendre contact avec les leaders du mouvement et, si possible, de se faire admettre comme membre actif dans une organisation quelconque, dans le simple but de s'initier parfaitement au fonctionnement d'un parti. Il lui suffisait de parler quelques minutes avec quelqu'un pour le percer à jour. Un simple mot, dont un autre n'aurait pas remarqué l'importance, arrachait pour lui comme un ouragan les voiles masquant les âmes. Son rêve était de s'affirmer comme le maître du fantastique dans le livret d'opéra, et le maître du réalisme dans la comédie, afin de prouver au monde qu'il était pour ainsi dire aussi à l'aise dans le ciel que sur la terre. Au cours d'une rencontre ultérieure, Georg se fit lire les parties achevées du premier acte ; il trouva les vers particulièrement adaptés au chant et demanda à Heinrich la permission d'apporter le manuscrit à Anna. Celle-ci ne goûta guère ce que Georg lui présenta ; sans être très convaincu, il affirma pourtant qu'elle ressentait sans doute comme une frustration l'absence de la musique à laquelle ces vers étaient destinés.

Quand Georg pénétra ce jour-là dans la chambre d'Heinrich, ce dernier était assis au milieu de la pièce à une grande table couverte de feuillets et de lettres. Sur le piano droit et sur le canapé se trouvaient également des écrits de toutes sortes. Heinrich tenait encore à la main une page jaunie lorsqu'il se leva et salua Georg en disant : « Comment ça va à la campagne ? » C'était sa façon de s'enquérir de la santé d'Anna que Georg, une fois encore, trouva fort familière. « Merci, très bien, répondit-il. Je venais justement vous demander si vous vouliez aujourd'hui venir avec moi.

— Oh ! très volontiers. La difficulté est que je suis en train de classer divers papiers. Je ne pourrai pas venir avant ce soir, vers sept heures, cela vous convient-il ?

— Certainement, dit Georg, mais je vous dérange à ce que je vois, ajouta-t-il en désignant la table jonchée de feuillets.

— Absolument pas, répliqua Heinrich. Je ne fais que ranger, comme je viens de vous le dire. Ce sont les écrits posthumes de mon père. Là, voici des lettres qu'on lui avait adressées. Ici, des notes en forme de journal, datant pour la plupart de son passage au Parlement. Émouvant, je vous le dis. Comme cet homme a aimé sa patrie ! Et comme il en a été remercié ! Vous n'avez pas idée de quelle manière raffinée on l'a évincé de son parti. Un mélange déconcertant de ruse, d'étroitesse d'esprit, de brutalité... en un mot, typiquement allemand. »

Georg bondit intérieurement. Et il ose, pensa-t-il, critiquer l'antisémitisme [1] ? Est-il meilleur ? Plus juste ? Oublie-t-il que, moi aussi, je suis un Allemand ?...

Heinrich continuait : « Je vais élever un monument à cet homme... C'est lui, et personne d'autre qui sera le héros de mon drame politique. C'est la figure centrale vraiment tragi-comique qui m'a manqué jusqu'à présent. »

Georg sentait croître son opposition. Il avait grande envie de prendre contre son fils la défense du vieux Bermann. « Une figure tragi-comique ? reprit-il d'un ton presque agressif.

— Oui, répliqua Heinrich avec force. Un Juif qui aime sa patrie... Je veux dire comme mon père l'a fait, avec un sentiment de totale solidarité, un enthousiasme dynastique, est forcément une figure tragi-comique. C'est-à-dire... il le fut dans la période d'ouverture libérale des années soixante-dix et quatre-vingt, où même des gens intelligents n'ont pu résister à la phraséologie étourdissante de cette époque. De nos jours, une telle personne serait sans doute exclusivement comique. Oui, même si, pour finir, elle allait se pendre au premier clou venu, je ne pourrais concevoir autrement son destin.

— C'est une obsession chez vous, répliqua Georg. On a vraiment parfois l'impression que vous n'êtes pas en mesure de voir autre chose dans le monde que toujours et partout la question juive. Si j'étais aussi discourtois qu'il vous arrive parfois de l'être, je dirais que vous avez… pardonnez-moi, la manie de la persécution.

— "La manie de la persécution", répéta Heinrich d'une voix sourde en fixant le mur. La manie de la persécution, c'est donc ainsi que vous appelez cela… Bon.» Et soudain, les dents serrées, il poursuivit avec violence : «Je vais vous poser une question, Georg, je m'adresse à votre conscience.

— J'écoute.»

Il se planta devant Georg, dardant ses yeux dans les siens. «Croyez-vous qu'il existe un chrétien sur terre, serait-ce le plus noble, le plus juste, le plus loyal, un seul chrétien qui dans quelque moment de rancœur, de mauvaise humeur, de colère, même envers son meilleur ami, son amante, sa femme, s'ils étaient juifs ou d'origine juive, n'a pas, au moins intérieurement, mis en cause leur origine juive?» Et, sans attendre la réponse de Georg : «Il n'y en a aucun, je vous l'assure. Vous pouvez aussi faire une autre expérience. Lisez, par exemple, les lettres de quelques hommes célèbres, d'excellentes personnes, d'ordinaire très intelligentes, et observez les endroits où ils s'expriment en termes hostiles et ironiques sur leurs contemporains. Quatre-vingt-dix neuf fois sur cent, l'individu est cité sans tenir compte de son ascendance ou de sa confession, dans le centième cas, si le bonhomme maltraité a le malheur d'être juif, l'auteur n'oubliera certainement pas de mentionner ce fait. C'est ainsi, je n'y peux rien. Ce qu'il vous plaît, mon cher Georg, d'appeler manie de la persécution, n'est en vérité rien d'autre que la conscience aiguë, toujours en éveil, d'un état dans lequel nous nous trouvons, nous autres Juifs, et, plutôt que de manie de la persécution, on pourrait parler de l'illusion maladive de se croire à l'abri, laissé en paix, ou d'une illusion obsédante de sécurité qui représente une sorte de maladie peut-être moins impressionnante mais beaucoup plus dangereuse pour celui qui en est atteint. Mon père en a souffert comme beaucoup d'autres de sa génération. Il en a sans doute été guéri, mais si radicalement qu'il en est devenu fou.»

Des rides profondes apparurent sur le front d'Heinrich, il fixa à nouveau le mur, ignorant Georg qui avait pris place sur l'inconfortable canapé de cuir noir.

« Si c'est votre conception, répliqua Georg... alors vous devez logiquement vous joindre à Leo Golowski...

— Et émigrer avec lui en Palestine... n'est-ce pas? Le faire d'une manière symbolique en politicien, ou même dans la réalité... c'est cela? » Il rit. « Ai-je affirmé vouloir partir d'ici? Que je préférerais vivre partout ailleurs plutôt qu'ici? En particulier que je souhaiterais passer mon existence uniquement parmi les Juifs? Ce serait là, pour moi du moins, une solution tout à fait extérieure pour une affaire essentiellement intérieure.

— Je le pense aussi. C'est pourquoi, en vérité, je comprends d'autant moins ce que vous voulez, Heinrich. L'automne dernier, sur la *Sophienalpe*[1], quand vous vous êtes querellé avec Golowski, j'avais pourtant l'impression que vous envisagiez la chose avec beaucoup plus d'espoir.

— Avec plus d'espoir? répéta Heinrich, vexé.

— Oui, on était alors amené à penser que vous croyiez à la possibilité d'une assimilation progressive. »

L'air méprisant, Heinrich plissa les coins de sa bouche. « Assimilation... un mot... Oui, elle viendra bien un jour dans un temps très, très lointain. Mais elle ne viendra pas comme beaucoup la souhaitent... ni comme certains la redoutent... ce ne sera pas exactement l'assimilation... mais peut-être quelque chose qui bat pour ainsi dire au cœur de ce mot. Savez-vous ce qui se révélera sans doute finalement? Que nous... nous les Juifs veux-je dire, aurons été en quelque sorte un ferment de l'humanité... oui, cela apparaîtra peut-être dans mille, deux mille ans. Une consolation, vous pensez! » Il rit de nouveau.

« Qui sait, dit Georg avec bienveillance, si vous n'aurez pas raison... dans mille ans. Mais d'ici là?

— Oui, mon cher Georg, il n'y aura probablement pas de solution avant. Pour notre époque, il n'y en a pas, c'est sûr. Tout au moins, pas de solution générale. Il y aura plutôt cent mille solutions différentes. Car il s'agit justement d'une affaire que, jusqu'à nouvel ordre, chacun doit régler avec soi-même, comme il peut. Chacun doit voir lui-même comment sortir de sa colère, ou de son désespoir, ou de son dégoût, pour gagner n'importe quel lieu où il puisse respirer librement. Peut-être y a-t-il des gens qui, pour cela, devront aller jusqu'à Jérusalem... Je crains seulement que beaucoup d'entre eux, une fois ce prétendu but atteint, ne se retrouvent alors complètement désemparés. Je ne crois pas du tout que de telles marches vers la liberté[1] puissent s'entreprendre en groupe… car les routes qui y conduisent ne courent pas dehors dans la campagne, mais au-dedans de nous. Et c'est à chacun de trouver en soi-même son propre chemin[2]. Pour cela, il est naturellement indispensable de voir le plus clair possible en soi-même, d'éclairer les recoins les plus cachés de son être! Avoir le courage de sa propre nature. Ne pas se laisser égarer. Oui, voilà ce qui devrait être la prière quotidienne de chaque honnête homme : La fidélité à soi-même. »

Georg pensait : Où en est-il maintenant? À sa façon, il est aussi malade que le fut son père. On ne peut pourtant pas dire qu'il soit passé personnellement par de tristes expériences. Et il a prétendu un jour qu'il ne se sentait solidaire de personne! Ce n'est pas vrai. Il se sent solidaire de tous les Juifs, et avec le dernier d'entre eux plus étroitement qu'avec moi. Tandis que ces pensées lui traversaient l'esprit, son regard tomba sur une grande enveloppe posée sur la table, et il y lut ces mots en lettres capitales : « Ne pas oublier, ne jamais oublier. »

Heinrich remarqua le regard de Georg; il prit l'enveloppe au dos de laquelle trois énormes cachets gris apparaissaient, la rejeta sur la table, laissa pendre dédaigneusement sa lèvre inférieure et dit : « J'ai mis cette chose en ordre aujourd'hui même. Il y a des jours de grande lessive. D'autres auraient brûlé le contenu. À quoi bon? Je le relirai peut-être un jour avec plaisir. Sachez que l'enveloppe contient les lettres anonymes dont je vous ai parlé une fois. »

Georg se tut. Jusqu'à présent, Heinrich avait gardé le silence sur les circonstances qui avaient mis fin à ses relations avec la comédienne; il y avait fait seulement allusion dans un passage d'une lettre envoyée à Lugano, disant qu'il n'avait pu revoir celle qu'il avait aimée autrefois sans frémir intérieurement.

Comme malgré lui, Georg se mit à parler. « Connaissez-vous l'histoire de la sœur de Nürnberger qui est enterrée à Cadenabbia? »

Heinrich répondit affirmativement. « Pourquoi y pensez-vous?

— Je suis allé sur sa tombe quelques jours avant mon départ. » Il hésitait. Heinrich le regarda fixement d'un œil inquisiteur qui contraignit Georg à poursuivre. « Et, figurez-vous, depuis ce moment deux êtres se confondent toujours dans ma mémoire, l'un que je n'ai jamais vu, l'autre que je n'ai, comme vous savez, qu'entr'aperçu au théâtre… la sœur de Nürnberger et… cette comédienne. »

Heinrich blêmit jusqu'aux lèvres. « Êtes-vous superstitieux ? demanda-t-il d'un ton railleur, mais la question paraissait adressée à lui-même.

— Absolument pas, répondit Georg. Mais quel rapport avec la superstition ?

— Je veux simplement vous dire que toutes les choses qui relèvent plus ou moins de la mystique me rebutent profondément. Discourir sur des choses dont on ne peut rien savoir, dont l'essence même est le fait que jamais, au grand jamais, on ne pourra acquérir la moindre connaissance sur elle, cela me semble, de tous les bavardages qui passent sur terre pour de la science, le plus insupportable. »

Serait-elle morte, cette actrice ? pensa Georg.

Soudain, Heinrich reprit l'enveloppe, et dit du ton sec qu'il avait justement coutume de prendre quand il était profondément bouleversé : « D'avoir écrit ces mots est de ma part un peu puéril... ou de l'affectation, si vous préférez. J'aurais bien pu aussi, comme Daudet en tête de *Sapho*[1], écrire les mots : Pour mes fils quand ils auront vingt ans... Au reste, c'est trop bête. Comme si un homme pouvait tirer la moindre chose des expériences d'autrui ! Les expériences de l'un peuvent être pour l'autre parfois amusantes, troublantes le plus souvent, mais jamais instructives... Et savez-vous pourquoi ces deux personnes se confondent dans votre tête ? Je vais vous le dire. Pour la simple raison que, dans une de mes lettres, j'ai employé pour désigner mon ancienne amie le terme de fantôme. Ainsi s'explique cette mystérieuse confusion.

— Ce ne serait pas impossible », répondit Georg.

On entendait vaguement quelque part un pianiste peu doué qui s'exerçait. Sur le mur jaune d'en face le soleil brillait. De nombreuses fenêtres étaient ouvertes. À l'une d'elles un jeune garçon était assis, les bras posés sur le rebord il lisait. À une autre, deux fillettes regardaient en bas dans la cour. On percevait des bruits de vaisselle. Georg ressentit le désir ardent de respirer le grand air, de retrouver son banc à l'orée de la forêt. Mais comme il s'apprêtait à partir, une idée lui revint. « Je voulais vous dire encore, Heinrich, que vos vers ont beaucoup plu à Anna. En avez-vous écrit d'autres ?

— Très peu.

— Ce serait bien si vous apportiez ce soir tout ce que vous avez achevé du texte, pour que nous le lisions ensemble. » Il se tenait près du piano et plaqua quelques accords.

« Qu'est-ce que c'est ? demanda Heinrich.

— Un motif qui m'est venu pour le second acte. Il accompagne le moment où l'inconnu mystérieux apparaît sur le bateau.»

Heinrich ferma la fenêtre, Georg s'assit au piano et commença à jouer la suite. À cet instant on frappa à la porte, et machinalement Heinrich cria : «Entrez!»

Une jeune dame entra, elle portait une jupe de drap claire, un corsage de soie rouge, et, autour du cou, un ruban de velours blanc avec une petite croix en or. Une capeline de paille garnie de roses ombrageait de ses larges bords un petit visage pâle où se détachaient deux grands yeux noirs.

«Bonjour, dit la dame inconnue, d'une voix sourde où perçaient à la fois le défi et l'embarras. Excusez-moi, monsieur Bermann, je ne savais pas que vous aviez une visite.» Et elle regarda avec curiosité Georg qui l'avait tout de suite reconnue.

Heinrich était blême, son front se plissa. «Je ne pouvais vraiment pas prévoir…», commença-t-il, puis il fit les présentations et dit à la dame : «Voulez-vous prendre place?

— Merci, répondit-elle un peu sèchement, et elle resta debout. Je reviendrai peut-être plus tard.»

Georg intervint : «Je vous en prie, j'étais sur le point de partir.» Il vit l'actrice parcourir des yeux la pièce et éprouva pour elle une étrange compassion, celle qu'on ressent parfois en rêve pour des disparus qui ne savent pas qu'ils sont morts. Il vit encore le regard d'Heinrich posé sur ce petit visage avec une dureté incroyable, et il sortit. Il se souvenait d'elle maintenant très nettement, telle qu'elle lui était apparue sur scène avec sa frange sur le front, d'un blond vénitien, et ses yeux papillotants. Les êtres destinés à appartenir à une seule personne n'ont pas cet aspect-là, pensa-t-il. Et Heinrich ne l'aurait pas senti, lui qui se vantait si fort de sa connaissance du cœur humain? Qu'attendait-il au juste d'elle? Au fond, c'était la vanité qui brûlait dans son âme, rien que la vanité.

Dans la rue, Georg crut traverser une fournaise. Les murs des maisons rejetaient dans l'air la chaleur de l'été qu'ils avaient absorbée. Georg s'en alla par le tramway à chevaux en direction des collines et des forêts; arrivé dans la campagne, il respira plus librement. Il marcha lentement entre les jardins et les villas, passa le long du cimetière, prit une route toute blanche qui montait doucement; elle portait un nom qui lui sourit : *Sommerhaidenweg*[1] et, par cette fin d'après-midi ensoleillée, elle était à peine fréquentée. La hauteur boisée sur la gauche ne faisait encore aucune ombre, seul venait un léger souffle d'air qui avait dormi dans les feuillages. À sa droite, la pente verdoyante descendait vers la vallée étendue toute en longueur où étincelaient des toits parmi les frondaisons. De l'autre côté, entourés de clôtures, des vignobles et des champs s'étageaient jusqu'à des prairies et des carrières, et plus haut, fourrés et broussailles étaient écrasés de soleil. Se perdant dans la campagne, une mince ligne indiquait le chemin que Georg avait l'habitude de prendre certains jours, et son regard cherchait la place, à l'orée du bois, où son banc favori devait se trouver. Plaines et hauteurs boisées accrochaient le regard à l'extrémité de la vallée, et, dans l'air miroitant, on devinait vers le couchant des lointains, avec de nouvelles vallées et de nouvelles collines.

Georg se sentait en merveilleuse harmonie avec ce paysage, mais à la pensée que sa carrière et ses choix l'appelaient à l'étranger, il se tissait déjà souvent, lors de ces journées où il se promenait seul, un voile d'impressions liées à ce départ, à vrai dire plus lourdes de nostalgie que de tristesse. Mais en même temps, le pressentiment d'une vie plus intense s'éveillait en lui. Il lui semblait qu'un travail s'accomplissait intérieurement, qu'il ne devait pas troubler par des réflexions inquiètes ; et, dans le tréfonds de son âme où il ne lui était pas encore donné de les entendre, les mélodies des jours futurs bruissaient. Aussi n'était-il pas resté inactif et avait-il tracé les grandes lignes de son avenir. Il avait envoyé à Detmold une lettre de remerciement courtoise, dans laquelle, avec quelque réserve, il se mettait à la disposition du directeur pour l'automne prochain ; il avait également rendu visite au vieux professeur Viebiger, lui avait révélé ses plans et l'avait prié, si l'occasion se présentait, de se souvenir de son ancien élève. Même si, contre toute attente, il ne se trouvait à l'automne nulle part une place pour lui, il était décidé à quitter Vienne et à se retirer provisoirement dans une petite ville ou à la campagne pour y poursuivre son travail dans le calme. Comment s'organiseraient dans ces conditions ses relations avec Anna, il ne s'en rendait pas clairement compte ; il savait seulement qu'elles ne devaient jamais finir. Il envisageait confusément la possibilité pour Anna et lui de se rendre mutuellement visite, et d'entreprendre, en temps approprié, des voyages en commun ; plus tard, elle viendrait probablement s'installer là où il exercerait son activité. Pourtant, il lui semblait inutile d'approfondir minutieusement toute la question avant que l'heure eût sonné qui déciderait de son propre destin au moins pour les quelques années à venir.

Le *Sommerhaidenweg* s'enfonçait dans le bois, et Georg prit la large voie bordée de villas qui, pour traverser à cet endroit la vallée, s'engageait dans la descente. En quelques minutes il se retrouva sur la route au bout de laquelle, près de la forêt, à côté de modestes maisons de plain-pied peintes en jaune, ne les dominant que par sa mansarde et son balconnet, la petite villa où habitait Anna dressait son pignon triangulaire. Il traversa le jardin en façade où le petit ange bleu, sur son socle carré au milieu du gazon parmi les parterres de fleurs, le salua ; passa par l'étroit couloir près de la cuisine, traversa la grande pièce toute simple où le soleil qui filtrait par les jalousies vertes en mauvais état dessinait des lignes sur le plancher et entra dans la véranda. Tournant sur sa gauche, par la fenêtre ouverte, il jeta un coup d'œil dans la chambre d'Anna qu'il trouva vide. Il remonta alors le jardin le long des lilas et des groseilliers, et aperçut de loin Anna assise sous le poirier sur le banc peint en blanc dans son ample robe bleue. Elle paraissait entièrement plongée dans ses pensées, et ne le vit pas venir. Il s'approcha lentement. Elle ne levait toujours pas les yeux. Il l'aimait beaucoup en de tels moments quand elle ne se croyait pas observée et que, sur son front serein, la bonté et la paix se manifestaient sans mélange. De petites taches de soleil tremblaient à ses pieds sur le gravier. En face d'elle, sur la pelouse, la chienne des voisins était allongée et dormait. Se réveillant, l'animal fut le premier à remarquer l'arrivée de Georg, il se leva et, lourdement, trottina à sa rencontre. À ce moment Anna leva les yeux et un sourire heureux passa sur son visage. Pourquoi suis-je si rarement ici ? pensa subitement Georg. Pourquoi ne pas habiter hors de la ville et travailler là-haut sur le balcon où l'on jouit de la jolie vue sur le *Sommerhaidenweg*? Son front était devenu moite tant le soleil était encore brûlant, en cette fin d'après-midi.

Il s'arrêta devant Anna, l'embrassa sur les yeux et sur la bouche, puis s'assit à côté d'elle. La chienne, qui l'avait suivi sans bruit, se coucha à ses pieds.

« Comment vas-tu, ma chérie ? » demanda-t-il en la prenant par le cou.

Elle allait très bien, comme d'habitude, et la journée d'aujourd'hui avait été particulièrement belle. Depuis le matin elle était livrée à elle-même, car Mme Golowski avait dû, une fois encore, partir en ville pour s'occuper des siens. Ce n'était vraiment pas désagréable de pouvoir parfois rester complètement seule avec soi-même. On pouvait alors se plonger dans ses rêves sans être dérangé. C'était, à vrai dire, toujours les mêmes, mais ils étaient si doux qu'on ne s'en lassait pas. Elle n'avait qu'à rêver de son enfant. Comme elle l'aimait déjà avant qu'il fût né ! Jamais elle n'aurait cru cela possible. Georg pouvait-il comprendre, lui aussi?… et comme il opinait, songeur, elle secoua la tête. Non, non… un homme ne pouvait pas comprendre, fût-il le meilleur, le plus affectueux. Elle sentait déjà le petit être remuer, discernait les battements de son cœur fragile, percevait en son sein la respiration d'une nouvelle âme mystérieuse, et aussi l'éveil, l'épanouissement en elle d'un jeune corps tout nouveau. Et Georg regardait devant lui, honteux de constater qu'elle accueillait cet événement tout proche avec un esprit beaucoup plus pur que le sien. Car ici, engendré par lui, naissait un être à son image, destiné à son tour à donner la vie; dans le corps béni de cette femme, qu'il ne désirait plus depuis déjà longtemps, une vie se développait selon des lois éternelles; une vie qui, il y a un an encore n'était ni soupçonnée ni voulue, perdue dans l'infini, et qui surgissait maintenant à la lumière comme déterminée depuis la nuit des temps… et lui-même se savait maintenant intégré, sans évasion possible, comme saisi aux deux mains, dans la chaîne ininterrompue des ancêtres lointains et des arrière-petits-enfants… mais il ne se sentait pas aussi concerné par ce miracle qu'il aurait dû l'être.

Ce jour-là, ils examinèrent plus sérieusement que de coutume ce qu'il y aurait lieu de faire après la naissance de l'enfant. Anna le garderait bien sûr avec elle dans les premières semaines, puis il faudrait bien le confier à des étrangers; mais dans le voisinage, de sorte qu'Anna puisse sans difficulté le voir à tout moment.

« Et toi, dit-elle soudain d'un ton léger, viendras-tu parfois nous rendre visite? »

Il fixa son visage qui souriait avec malice, prit ses deux mains et les embrassa. « Chérie, que dois-je faire? Dis-le toi-même. Tu peux bien penser combien ce me sera pénible. Mais me reste-t-il une autre solution? Il faut bien commencer. T'ai-je dit déjà, ajouta-t-il rapidement pour se couper toute retraite, que j'ai donné mon préavis pour l'appartement. Felician partira vraisemblablement pour Athènes. Bien sûr, si je pouvais tout de suite t'emmener avec moi, ce serait vraiment beau! Malheureusement, ce n'est pas possible. Il nous faut avant tout quelque certitude, je veux dire, tout au moins la certitude que je resterai assez longtemps au même endroit… »

Elle l'avait écouté sérieusement, tranquillement. Puis elle se mit à parler avec circonspection et gravité de la dernière idée qu'elle venait d'avoir. Il ne devait pas croire qu'elle songeait à l'accabler de tous les soucis. Elle était décidée, dès que la chose serait possible, à fonder une école de musique; à Vienne, s'il la laissait encore longtemps seule ici; et s'il venait bientôt la chercher, là où ils habiteraient ensemble. Et quand elle vivrait par ses propres moyens, elle reprendrait son enfant avec elle, qu'elle soit alors sa femme, ou non. Elle était bien loin d'avoir honte, il le savait. Elle était plutôt fière… oui, fière de devenir mère !

Il avait pris ses mains entre les siennes et les caressait. « Tout ira bien », dit-il un peu oppressé. Il se vit soudain dans un foyer très bourgeois sous la maigre lumière d'une suspension, assis pour le repas du soir entre femme et enfant. Et de cette scène de famille imaginée émanait un souffle d'ennui et de souci. Ah ! c'était encore trop tôt, il était encore trop jeune. Qu'adviendrait-il ? Était-ce possible qu'elle restât la dernière femme qu'il aurait prise dans ses bras ? Elle pourrait le devenir dans des années, dans quelques mois peut-être… mais pas encore aujourd'hui. Faire entrer la tromperie et le mensonge dans un foyer bien ordonné ne lui inspirait que du dégoût. Cependant, la pensée de voler vers une autre qu'il désirerait, avec la certitude de retrouver Anna à la maison comme il l'avait quittée, était à la fois séduisante et apaisante.

Le coup de sifflet familier retentit de l'autre côté. La chienne se leva, laissa encore une fois Georg caresser son échine tachetée de jaune, et s'éloigna tristement.

« Mon Dieu, dit Georg, pour un peu, j'allais l'oublier. Heinrich peut arriver d'un moment à l'autre. » Il raconta à Anna sa visite sans lui cacher qu'il avait fait sur le pas de la porte la connaissance de l'actrice infidèle.

« A-t-elle donc gagné ? s'écria Anna qui ressentait peu de sympathie pour les dames aux yeux papillotants.

— Je ne crois pas qu'elle ait gagné quelque chose, répondit Georg. Heinrich paraissait plutôt désagréablement surpris par son apparition.

— Eh bien, peut-être l'amènera-t-il, dit Anna ironique, et tu pourras de nouveau faire le joli cœur comme à Lugano avec la régicide.

— O mon Dieu », fit Georg d'un air ingénu, et il ajouta en passant : « Au fait, que devient Therese ? Pourquoi ne vient-elle plus jamais te voir ? Demeter n'est plus à Vienne. Elle ne devrait donc pas manquer de loisirs.

— Elle est venue ici encore il y a quelques jours. Je te l'ai dit, ne fais pas l'ignorant.

— Je l'avais vraiment oublié, répondit-il, sincère. Et que t'a-t-elle raconté ?

— Des tas de choses. L'histoire avec Demeter est terminée. Son cœur bat de nouveau exclusivement pour les pauvres et les déshérités… jusqu'à nouvel ordre. » Et, sous le sceau du secret le plus absolu, elle lui confia les projets de Therese pour l'hiver. Déguisée en pauvresse, elle voulait s'introduire dans les foyers, les soupes populaires, les asiles pour les sans-abri, les maisons de correction, pour jeter une lumière crue sur les recoins les plus cachés de ce que l'on appelle le très riche cœur de Vienne[1]. Visiblement elle s'attendait à découvrir des monstruosités, et peut-être même l'espérait-elle un peu.

Georg restait rêveur. Il se souvenait de la dame élégante en robe blanche, debout dans l'éclat du soleil devant la poste de Lugano, à cent lieues de toute la misère du monde. Étrange créature, pensa-t-il. « Elle veut naturellement en faire un livre, dit Anna, mais ne raconte cela à personne, même pas à ton ami Bermann.

— Je n'en ai pas l'intention. Mais, dis-moi, Anna, ne dois-tu pas préparer quelque chose pour ce soir ? »

Elle fit oui de la tête. « Eh bien, descends avec moi, je vais voir ce que nous avons, et en parler un peu avec Marie… pour voir ce qui est possible. »

Ils se levèrent. Les ombres s'allongeaient. Dans le jardin voisin, les enfants menaient grand bruit. Anna prit le bras de son ami et descendit lentement avec lui. Elle lui raconta les nouveaux exemples de l'incroyable bêtise de cette servante. Voilà, je suis le mari, pensa Georg, tout en l'écoutant patiemment. Arrivé à la maison, il exprima son intention d'aller au-devant d'Heinrich, il quitta Anna et partit sur la route. Juste à ce moment-là, un cabriolet arrivait en cahotant. Heinrich sauta à terre et renvoya le cocher. « Bonjour, dit-il à Georg. M'attendiez-vous déjà ? Il n'est pas encore si tard.

— Certainement pas, vous êtes juste à l'heure. Si cela vous convient, nous ferons d'abord une petite promenade.

— Volontiers. »

Ils partirent, passèrent devant l'auberge aux murs jaunes avec des parasols rouges sur la terrasse, et marchèrent vers la forêt.

« C'est vraiment merveilleux ici, dit Heinrich. Votre villa aussi a l'air charmante. Au fait, pourquoi ne venez-vous pas vous y installer ?

— Oui, c'est ridicule », admit Georg, sans autre explication. Ils se turent tous deux un moment.

Heinrich était en complet d'été gris clair, il portait sur le bras un manteau qu'il laissait un peu traîner. « L'avez-vous reconnue ? demanda-t-il à brûle-pourpoint sans lever les yeux.

— Oui, répondit Georg.

— Elle n'est venue que pour une journée, car elle a un engagement pour l'été. Elle repart cette nuit. C'est un raid, pour ainsi dire. Mais qui a échoué.» Il rit.

«Pourquoi êtes-vous si dur?» demanda Georg, et il pensait à la grande enveloppe aux sceaux gris et à l'inscription stupide. «Vous n'avez pas besoin de l'être. Ce n'est qu'un hasard si elle n'a pas reçu, elle aussi, des lettres anonymes, exactement comme vous, Heinrich. Et qui sait... si vous ne l'aviez pas laissée seule, pour Dieu sait quelles raisons...»

Heinrich secoua la tête, et considéra Georg presque avec commisération. «Pensez-vous par hasard que j'aie l'intention de la punir ou de me venger? Ou croyez-vous que je fasse partie des imbéciles qui désespèrent du monde parce qu'il leur est arrivé une chose dont ils savent bien qu'elle est arrivée à des milliers d'autres avant eux, et qu'elle arrivera à des milliers d'autres après eux? Pensez-vous que je méprise l'"infidèle" ou que je la haïsse? Cela ne me vient pas à l'idée! Ce qui ne veut pas dire que je ne me comporte pas parfois en homme haineux ou méprisant, rien que pour produire sur elle plus d'effet. En vérité, je comprends trop bien tout ce qui est arrivé pour que je puisse...» Il haussa les épaules.

«Eh bien, si vous le comprenez...

— Mon cher ami, comprendre n'est d'aucun secours. La compréhension est un sport comme un autre. Un sport très distingué et très coûteux. On peut y gaspiller toute son âme et se retrouver comme un pauvre diable. Mais la compréhension n'a absolument rien à voir avec nos sentiments... presque aussi peu qu'avec nos actions. Elle ne nous protège pas de la douleur ni du dégoût, ni de l'anéantissement. Elle ne conduit nulle part. C'est en quelque sorte une impasse. Une compréhension signifie toujours une fin.»

Marchant à pas lents en silence sur un chemin de traverse qui montait doucement, chacun plongé dans ses propres pensées, ils atteignirent au débouché du bois une vaste étendue de prairies d'où l'on découvrait la vallée. Ils aperçurent la ville et, dans le lointain, la plaine baignée de brume que traversait le fleuve étincelant, jusqu'à la ligne des crêtes, là-bas, s'étendant dans un léger brouillard. Ils continuèrent ensuite leur promenade dans la paix du soleil du soir jusqu'au banc favori de Georg, à l'orée du bois. Le soleil disparut. Georg voyait de l'autre côté de la vallée, au flanc de la colline boisée courir le *Sommerhaidenweg*, ruban sans éclat et comme refroidi. Puis il abaissa ses regards, et il se souvint qu'à ses pieds, dans le jardin se dressait un poirier sous lequel il était resté assis, quelques heures plus tôt avec une femme très aimée qui portait dans son sein un enfant de lui, et il fut ému. Pour les femmes qui peut-être l'attendaient quelque part, il éprouvait un léger mépris, mais le désir qu'elles lui inspiraient n'en était pas pour autant éteint. En bas, sur le sentier entre jardins et prairies, des estivants se promenaient. Une jeune fille leva les yeux vers eux et murmura quelques mots à une autre. « Vous êtes vraiment une personnalité du cru, remarqua Heinrich en plissant, railleur, les coins de sa bouche.

— Pas que je sache.

— Ces belles jeunes filles vous ont regardé avec beaucoup d'intérêt. Le célibat des autres est pour les gens une source d'émois inépuisable. Ces estivants, là en bas, vous considèrent sans aucun doute comme une sorte de don juan et... et votre amie comme une fille enlevée et séduite. Ne croyez-vous pas ?

— Je ne sais pas, dit Georg, refusant de poursuivre sur ce sujet.

— Et moi, continua Heinrich, imperturbable, qu'ai-je pu représenter pour le public du théâtre de cette petite ville ? Évidemment l'amoureux trompé, donc une figure essentiellement comique. Et elle ? Eh bien, on peut l'imaginer ! Les choses paraissent toujours d'une simplicité aveuglante à ceux qu'elles ne concernent pas. Vue de près, chaque histoire a une autre allure. Mais n'est-ce pas plutôt de loin qu'elle a son vrai visage ? Est-ce qu'on ne s'illusionne pas sur de nombreux points quand on doit jouer soi-même un rôle dans la comédie ? » Il aurait aussi bien pu rester chez lui, pensa Georg. Mais comme il ne pouvait pas l'y renvoyer, et pour trouver avec lui au moins un autre thème de conversation, il s'empressa de lui demander : « Avez-vous des nouvelles des Ehrenberg ?

— Il y a quelques jours, répondit Heinrich, j'ai reçu de mademoiselle Else une lettre un peu mélancolique.

— Vous êtes en correspondance avec elle ?

— Non, je ne suis pas en correspondance avec elle ; du reste, je ne lui ai pas encore répondu.

— Elle a pris l'histoire d'Oskar beaucoup plus à cœur qu'elle ne veut l'avouer, dit Georg. Je l'ai rencontrée une fois à l'hôpital. Nous sommes restés un bon moment dans le couloir près de la porte laquée blanc derrière laquelle reposait le malheureux Oskar. À cette époque, on craignait encore pour l'autre œil. C'est vraiment une histoire tragique.

— Tragi-comique, corrigea Heinrich sans pitié.

— Vous voyez partout du tragi-comique. Je vais vous dire pourquoi. Parce que vous manquez un peu de cœur. Dans le cas présent, l'aspect comique s'efface complètement.

— Vous vous trompez, répliqua Heinrich. La gifle du vieil Ehrenberg était une brutalité, le suicide d'Oskar une stupidité, et s'être manqué de façon si lamentable c'est une maladresse. De tous ces éléments, rien de tragique ne peut résulter. C'est une affaire un peu répugnante, et c'est tout.»

Mécontent, Georg secoua la tête. Depuis le malheureux événement, il avait ressenti une réelle sympathie pour Oskar. Et le vieil Ehrenberg, qui depuis lors n'habitait plus ici, mais à *Neuhaus*[1] et qui ne vivait plus que pour son travail, ne voulant voir personne, lui faisait également de la peine. Ils avaient tous deux expié, et plus durement qu'ils ne l'avaient mérité. Heinrich était-il incapable de comprendre cela et de le ressentir comme lui? Vraiment, ils vous rendaient parfois nerveux ces Juifs super-intelligents, ces psychologues impitoyables, les Bermann, les Nürnberger. Ne se laisser décontenancer par rien était pour eux l'essentiel. Il leur manquait la bonté, voilà. Ce n'était qu'avec l'âge qu'ils acquéraient une certaine bienveillance. Georg pensait au vieux docteur Stauber, à Mme Golowski, au vieil Eissler. Mais tant qu'ils étaient jeunes... ils se tenaient toujours sur le *qui-vive*[2]. Surtout ne pas se faire rouler. Une compagnie difficile. Il songea avec regret à Felician, à Skelton qui étaient pourtant passablement intelligents eux aussi... et même à Guido Schönstein.

«Malgré sa mélancolie, dit Heinrich après une pause, mademoiselle Else semble s'amuser comme il faut. Il y a de nouveau des visites à *Auhof*. Dernièrement les Wyner y étaient, Sissy et James. James a été nommé docteur à Cambridge. La grande classe, n'est-ce pas?»

Au nom de Sissy, Georg eut un coup au cœur, rapide comme l'éclair d'un poignard. Il sut brusquement qu'il serait près d'elle dans quelques jours. L'intensité de son désir fut telle qu'il put à peine se l'expliquer.

Le soir tombait, Georg et Heinrich se levèrent, descendirent la prairie, entrèrent dans le jardin. Ils virent alors Anna remonter l'allée centrale en compagnie d'un visiteur.

«Le vieux docteur Stauber, dit Georg. Vous devez le connaître?»

On se salua. «Cela me fait très grand plaisir de vous voir enfin chez nous», dit Anna à Heinrich.

Chez nous, se répéta intérieurement Georg, désagréablement surpris, impression qu'il surmonta vite. Il marcha devant avec le docteur Stauber. Heinrich et Anna suivaient lentement.

«Êtes-vous satisfait de l'état d'Anna? demanda Georg au docteur.

— Ça ne peut aller mieux, répondit Stauber. Elle doit juste continuer régulièrement et consciencieusement à prendre de l'exercice.»

Georg se rappela qu'il n'avait pas rendu au docteur qu'il revoyait pour la première fois depuis son retour les livres qu'il lui avait prêtés, et il lui présenta ses excuses.

« Ça ne presse pas, répondit Stauber. J'espère qu'ils ont pu vous rendre service. » Et il lui demanda quelles impressions il avait rapportées de Rome.

Georg raconta ses promenades parmi les vieux palais impériaux, ses tours en voiture dans la Campagna par des soirées splendides, l'heure passée dans le jardin d'Hadrien dans une atmosphère lourde d'orage. Le docteur le pria d'interrompre son récit, sinon il pourrait bien arriver qu'il abandonnât ses malades pour s'enfuir, séance tenante, dans la ville bien-aimée. Puis Georg demanda par politesse des nouvelles du docteur Berthold, s'enquérant s'il était exact qu'il reprendrait déjà l'hiver prochain son activité politique.

Le docteur Stauber haussa les épaules. « Il reviendra en septembre. Pour le moment, c'est la seule certitude. Il a bien travaillé à l'Institut Pasteur, et il veut continuer ici à l'institut de pathologie une grande étude sur les sérums commencée à Paris. S'il m'écoutait, il s'en tiendrait là. Ses recherches actuelles sont, à mon humble avis, plus importantes pour l'humanité que la plus belle révolution. Il est vrai qu'il faut des talents partout, et je n'ai rien à objecter à d'éventuels bouleversements. Mais, entre nous, le talent de mon fils réside plutôt dans le domaine scientifique. C'est son tempérament qui le pousse dans l'autre direction... peut-être uniquement sa bile. Bon, nous verrons bien. Mais où en sont vos projets pour l'automne ? ajouta-t-il brusquement en regardant Georg d'un air paternel et bienveillant. Où brandirez-vous votre baguette ?

— Ah, si seulement je le savais ! » répondit Georg. Et tandis qu'il parlait sur un ton important de ses démarches, de ses espoirs, au médecin qui marchait à côté de lui, les paupières à demi closes, le cigare à la bouche, il croyait deviner que le docteur Stauber interprétait ses paroles comme une tentative pour justifier le report de son mariage avec Anna. Une légère irritation naissait en lui envers celle qui marchait derrière eux et qui se réjouissait peut-être intérieurement de le voir sermonné, pour ainsi dire, par le vieux docteur. Il prit à dessein un ton de plus en plus dégagé, comme si ses projets d'avenir n'avaient aucun rapport avec Anna, et conclut, l'air joyeux : « Oui, qui sait où je serai l'année prochaine à cette époque ? Pourquoi pas en Amérique ?

— Ce ne serait pas le pire, répliqua Stauber d'une voix tranquille. J'ai un cousin qui est violoniste à Boston, un certain Schwarz, qui gagne là-bas au moins six fois ce qu'il aurait ici à l'Opéra. »

Georg n'apprécia pas d'être comparé à un violoniste du nom de Schwarz, il affirma donc avec une détermination qu'il jugea lui-même exagérée que, pour ses débuts, l'argent n'entrait pas du tout en ligne de compte pour lui. Soudain, il ne sut d'où venait cette idée surgie dans son esprit : Si Anna mourait!... Si l'enfant causait sa mort! Il en fut épouvanté, comme s'il se chargeait par cette pensée de quelque culpabilité. En imagination, il vit Anna gisant, le suaire remonté jusqu'au-dessus du menton, il vit la lumière du jour et celle des cierges baigner son visage d'albâtre. Presque inquiet, il se retourna pour s'assurer qu'elle était là, bien vivante. Dans la pénombre, le visage d'Anna lui parut flou, ce qui le fit frémir. Il s'arrêta avec le docteur jusqu'à ce qu'Anna et Heinrich les eussent rejoints. Il fut heureux de la voir de tout près. «Maintenant, tu dois être un peu fatiguée, lui dit-il du ton le plus tendre.

— C'est vrai qu'aujourd'hui, je me suis bien acquittée de ma petite tâche, non? répondit-elle. D'ailleurs, ajouta-t-elle désignant la véranda où la table était dressée, éclairée par la lampe à l'abat-jour de papier vert, le dîner sera tout de suite prêt. Ce serait gentil, docteur, que vous restiez avec nous, voulez-vous?

— Malheureusement, ma chère enfant, ce n'est pas possible. Je devrais être depuis déjà longtemps en ville. Saluez de ma part madame Golowski. À bientôt. Au revoir, monsieur Bermann. Au fait, ajouta-t-il, aurons-nous bientôt l'occasion d'entendre ou de lire une belle œuvre de vous?»

Heinrich haussa les épaules, eut un sourire de complaisance et se tut. Pourquoi, pensa-t-il, les gens les mieux élevés manquent-ils de tact le plus souvent dans le commerce avec nous autres? Est-ce que je le questionne sur ses affaires privées?

En quelques mots, le docteur dit aussi à Heinrich la part qu'il avait prise au décès de son père. Il se souvenait d'un discours célèbre du disparu contre l'introduction de la langue tchèque dans les tribunaux de certains districts de Bohême [1]. Il s'en était alors fallu d'un cheveu que cet avocat juif de province ne devienne ministre de la Justice. Oui, les temps avaient changé.

Heinrich dressa l'oreille. Voilà qui était peut-être à utiliser pour sa comédie politique.

Le docteur prit congé, Georg l'accompagna jusqu'à la voiture qui l'attendait dehors, et profita de l'occasion pour lui poser quelques questions d'ordre médical. Celui-ci pouvait le rassurer, à tous points de vue. «Il est seulement dommage, conclut-il, que les circonstances ne permettent pas à Anna d'allaiter son enfant.»

Georg resta songeur. Cela ne pouvait pourtant pas nuire à Anna? Tout au plus à l'enfant. Ou aussi à elle?... Il interrogea le médecin.

« Pourquoi en parler si cela n'est pas possible, cher baron. Allons, ne vous faites pas de soucis, ajouta-t-il, déjà sur le marchepied de la voiture ; s'agissant d'un enfant de vous deux, toute crainte est superflue. »

Georg le regarda droit dans les yeux et dit : « Je veillerai dans tous les cas à ce qu'il passe ses premières années au bon air.

— C'est très bien, dit Stauber doucement, mais un air meilleur pour les enfants que celui du foyer familial, on n'en trouve généralement nulle part au monde. » Il tendit la main à Georg, et la voiture s'ébranla.

Pendant un instant, Georg resta immobile, il éprouvait envers le docteur un vif ressentiment, et il se fit à lui-même la promesse de ne plus s'engager avec lui dans des conversations qui lui donnaient, jusqu'à un certain point, le droit de formuler des conseils malvenus, voire des reproches voilés. Que savait ce vieil homme? Qu'entendait-il au fond à leur histoire? Georg sentait son opposition grandir. Je l'épouserai quand il me plaira, se dit-il en lui-même. Et d'ailleurs, pourquoi ne pourrait-elle pas garder l'enfant auprès d'elle? N'avait-elle pas dit elle-même qu'elle serait fière d'avoir un enfant? Moi non plus, je ne veux pas le renier. Et je ferai tout ce qui est en mon pouvoir. Et plus tard, plus tard, un jour... Mais je commettrais un tort envers moi, envers elle et envers l'enfant si je me décidais dès aujourd'hui à un acte qui en tout cas est encore prématuré.

Longeant lentement le petit côté de la maison, il avait gagné le jardin. Dans la véranda, il vit Anna et Heinrich assis à table. La Marie sortait à ce moment de la maison, le visage cramoisi, et posait devant eux une soupière fumante. Comme Anna a l'air paisible! pensa Georg, restant dans l'ombre. Comme elle est de bonne humeur et sans souci, comme si elle pouvait me faire totalement confiance! Comme si la mort, la pauvreté, l'infidélité n'existaient pas! Comme si je l'aimais autant qu'elle le mérite! Et de nouveau il s'épouvanta. Est-ce que je l'aime donc moins? Ne peut-elle donc pas me faire confiance? Quand je suis assis sur le banc là-haut à l'orée du bois, je sens monter en moi une telle tendresse que je voudrais mourir. Comment se fait-il que j'en éprouve si peu maintenant? Il n'était éloigné que de quelques pas, la regarda servir, puis fixer l'obscurité d'où il devait surgir, et il vit comme ses yeux commencèrent à briller lorsqu'il apparut soudain dans la lumière. Mon unique amour! pensa-t-il. Quand il se fut joint aux autres, Anna lui dit : « Eh bien, tu as eu une longue conférence avec le docteur!

— Pas une conférence, nous avons bavardé. Il m'a parlé aussi de son fils qui doit revenir sous peu.»

Heinrich s'enquit de Berthold. Le jeune homme l'intéressait, et il espérait vivement faire sa connaissance l'hiver prochain. Le discours prononcé l'année précédente sur le cas de Therese Golowski et la lettre ouverte à ses électeurs dans laquelle il exposait les raisons de sa démission étaient d'une haute tenue… et même plus que cela… des documents sur notre temps.

Un léger sourire presque de fierté passa sur le visage d'Anna. Elle baissa les yeux dans son assiette, puis les releva rapidement vers Georg. Lui aussi souriait. Il ne ressentait pas la moindre trace de jalousie. Berthold se doutait-il…? Certainement. Souffrait-il?… Probablement. Pouvait-il pardonner à Anna? Comme s'il s'agissait d'abord de pardonner! Quelle bêtise!

On apporta un plat de champignons, et Heinrich ne put se retenir de demander s'ils n'étaient pas vénéneux. Georg rit.

«Vous n'avez pas besoin de vous moquer, dit Heinrich. Si je voulais en finir, je ne choisirais ni des champignons vénéneux ni de la saucisse avariée, mais un poison plus noble et plus expéditif. On est parfois las de vivre, mais jamais d'être en bonne santé, même pour le dernier quart d'heure de son existence. Au demeurant, l'anxiété trop souvent calomniée est une fille tout à fait légitime de la raison. En effet, qu'est-ce que l'anxiété? Le fait de considérer toutes les possibilités qui peuvent découler d'une action, les mauvaises aussi bien que les bonnes. Et qu'est-ce que le courage? Je veux dire naturellement le courage véritable, qui se manifeste beaucoup plus rarement qu'on ne le pense. Car le courage affecté, suggéré ou imposé ne compte pas. Souvent, le courage authentique n'est certainement rien d'autre que l'expression d'une conviction pour ainsi dire métaphysique de sa propre superfluité.»

Voilà bien le Juif, pensa Georg sans animosité, et après réflexion : il n'a peut-être pas tout à fait tort.

La bière, dont Anna ne buvait pas, était si bonne qu'on envoya la Marie à l'auberge en chercher un deuxième broc. Une ambiance chaleureuse s'établit. Georg parla à nouveau de son voyage, des journées torrides de Lugano, du passage du Brenner sous la neige, des promenades dans la ville aux maisons sans toit qui, après une nuit de deux mille ans, retrouvait la lumière; il évoqua encore une fois l'instant où Anna et lui avaient vu des ouvriers dégager de la cendre une colonne, à petits coups de pelle prudents. Heinrich ne connaissait pas encore l'Italie. Il voulait y aller au printemps suivant. Il déclara qu'il était parfois dévoré par le désir, non précisément de l'Italie, mais de l'étranger, des lointains, du vaste monde. Parfois, quand il entendait parler de voyages, il lui venait des battements de cœur comme un enfant la veille de son anniversaire. Il n'était pas sûr que son destin fût de terminer sa vie dans son pays. À moins qu'il ne dût revenir après des années de pérégrinations, et trouver une petite maison à la campagne pour y passer en paix les dernières années de son âge d'homme mûr. Qui sait, il y avait de si étranges hasards, s'il ne lui serait pas donné de terminer son existence dans cette maison dont, à cette heure-ci, il était l'hôte, une maison où il se sentait si bien, comme jamais depuis longtemps. Anna remercia comme si elle n'était pas seulement ici la maîtresse de maison, mais aussi celle de tout ce monde vespéral et paisible. Une douce lumière commençait à percer l'obscurité du jardin. Un parfum chaud, humide, émanait des herbes et des fleurs. L'étroite pelouse qui s'étendait jusqu'à la grille s'élevait dans le clair de lune et, sous le poirier, le banc peint en blanc luisait comme un objet très lointain. Anna dit à Heinrich des choses aimables sur les vers de son livret que Georg lui avait lus récemment.

« Exact, remarqua Georg qui, jambes croisées, le cigare à la bouche, avait pris ses aises. Nous avez-vous apporté quelque chose de neuf ? »

Heinrich secoua la tête. « Non, rien.

— Comme c'est dommage », dit Anna, et elle proposa que Heinrich raconte le déroulement de l'action dans l'ordre et en détail. Elle le souhaitait depuis longtemps. À partir du compte rendu de Georg, elle n'avait pas pu s'en faire une idée très claire.

Ils se regardèrent. Devant eux surgit l'heure exquise où ils se tenaient étroitement enlacés dans la pénombre d'une chambre dont les fenêtres laissaient distinguer derrière un rideau mouvant de neige les contours estompés d'une église grise, et pénétrer les sons étouffés de l'orgue. Oui, ils savaient maintenant où se trouvait la maison dans laquelle l'enfant devait naître. Il en existe peut-être une autre aussi quelque part, pensa Georg, où cet enfant à naître terminera sa vie… homme fait… ou vieillard, ou… ah ! au diable ces pensées !

Heinrich se déclara prêt à exaucer le souhait d'Anna et il se leva. « Cela me rendra peut-être service à moi-même, dit-il comme pour s'excuser. Je pourrai ici et là préciser ma pensée.

— Mais faites attention à ne pas retomber soudain dans votre tragi-comédie politique », lança Georg, puis en se tournant vers Anna : « Il faut te dire qu'il écrit une pièce avec pour héros un étudiant d'une corporation nationale-allemande[1], qui, désespéré par l'émancipation des Juifs, s'empoisonne avec des champignons. »

Heinrich eut un signe de protestation. « Avec un verre de bière en moins, vous n'auriez pas fait cette plaisanterie, je pense !

— Envieux ! » répliqua Georg. Il se sentait de très bonne humeur, surtout parce qu'il était maintenant résolu à partir le surlendemain. Il était assis tout contre Anna, tenait sa main dans la sienne, et écoutait les mélodies des jours futurs bruire au tréfonds de son âme.

Heinrich se dressa soudain dans le jardin dehors, devant la véranda, il saisit par-dessus la balustrade son manteau posé sur un siège et s'en drapa d'un geste romantique. « Je commence, dit-il, premier acte. »

Georg l'interrompit : « Tout d'abord, l'ouverture en *ré mineur*. » Il siffla une mélodie d'un style noble, seulement quelques notes, et termina par un « et cetera ».

« Le rideau se lève, dit Heinrich. Fête dans le jardin du roi, la nuit. Le lendemain, la princesse doit épouser le duc Héliodore. Je l'appelle provisoirement Héliodore, il portera probablement un autre nom. Le roi adore sa fille et ne peut souffrir Héliodore, une sorte de fat mégalomane. À cette fête que le roi donne dans le but principal d'irriter Héliodore, sont invités non seulement les nobles du pays, mais aussi la jeunesse de toutes conditions, pour peu que la beauté lui en confère le droit. Et la princesse peut ce soir-là danser avec qui bon lui semble. Il y a là, en particulier, un certain Aegidius par qui elle semble captivée. Personne ne s'en réjouit plus que le roi. Jalousie d'Héliodore. Satisfaction toujours plus grande du roi. Dispute entre Héliodore et le roi. Sarcasmes, menaces. C'est alors qu'un événement tout à fait inattendu se produit. Aegidius brandit un poignard contre le roi, il veut l'assassiner. Cet attentat devrait être soigneusement justifié, vous aurez la bonté, mon cher Georg, de le faire entendre par votre musique. Par conséquent, il suffira de suggérer que le jeune homme, ennemi juré des tyrans, membre d'une association secrète, est peut-être un fou ou qu'il est un héros spontané. Je ne le sais pas encore. L'attentat échoue. Aegidius est arrêté. Le roi désire rester seul avec lui. Duo. Le jeune homme est fier, résigné, digne ; le roi est supérieur, cruel, insondable. Je me le représente à peu près ainsi : il en a déjà envoyé beaucoup à la mort, il en a vu mourir beaucoup. Mais pour lui, dans sa vigilance extrême, tous les autres hommes paraissent végéter dans un état semi-conscient, si bien que leur disparition ne représente pour ainsi dire rien d'autre qu'un pas de la pénombre à la ténèbre. Une telle fin lui semble dans ce cas trop douce ou trop banale. Après une journée telle qu'aucun mortel n'en aura connu de semblable, il veut précipiter ce jeune homme dans la nuit la plus effroyable. Oui, voilà ce qu'il médite. Qu'en dévoile-t-il dans ses paroles ou son chant, je ne le sais pas encore, bien sûr. Aegidius, que tous considèrent comme promis à une mort immédiate, est transféré justement sur le navire où Héliodore et la princesse devraient s'embarquer le lendemain soir. Le rideau tombe. Le deuxième acte se déroule sur le pont du bateau. Le vaisseau fend les flots. Un chœur. Quelques personnages apparaissent. On comprendra plus tard leur signification. C'est l'aube. Aegidius est tiré du fond de la cale. Pour marcher à la mort comme il doit le penser. Mais il en est autrement. On lui ôte ses chaînes, tous s'inclinent devant lui. On l'accueille comme un prince. Le soleil se lève. Aegidius peut alors découvrir qu'il se trouve parmi la meilleure société. De belles dames, de nobles seigneurs. Un sage, un jongleur, un fou sont destinés à des rôles assez importants. Du chœur des femmes, nulle autre ne se détache que la princesse elle-même qui appartient à Aegidius comme tout ce qui est sur le bateau.

— Voilà un père et un roi fort généreux, dit Georg.

— Pour une idée ingénieuse, rien ne lui semble trop cher, expliqua Heinrich, c'est sa nature. Suit un magnifique duo entre Aegidius et la princesse, puis l'on passe à table. Après le repas, on danse. Chaude ambiance. Aegidius doit naturellement se croire sauvé. Il ne s'en étonne pas outre mesure, car une vive admiration était sous-jacente à sa haine contre le roi. Le soir tombe. Soudain, un inconnu apparaît au côté d'Aegidius. Peut-être se tenait-il là depuis longtemps. Un parmi d'autres, ignoré et muet. Il a un mot à dire à Aegidius. Pendant ce temps, la fête et la danse continuent. Aegidius et l'inconnu. Tout cela vous appartient, dit l'inconnu, vous pouvez en user à votre guise, vous pouvez vous en emparer, vous pouvez tuer autant qu'il vous plaira. Mais demain… ou dans deux jours ou dans sept, dans un an ou dans dix, ou plus tard encore, ce navire s'approchera d'une île ; là sur un rocher près du rivage, se dresse un portique de marbre. La mort vous y attend. La mort. Votre meurtrier est avec vous sur le bateau. Mais seul celui qui est destiné à devenir votre meurtrier le sait. Personne à bord ne le connaît. Bien plus, personne d'autre sur ce navire ne soupçonne que vous êtes voué à la mort. Ceci, gardez-le soigneusement pour vous ! Car si vous laissez paraître d'une façon quelconque que vous connaissez votre sort, vous serez mis à mort sur l'heure. »

Heinrich prononça ces paroles avec une emphase très affectée comme pour cacher son embarras. Il continua plus simplement. « L'inconnu disparaît. Peut-être le ferai-je débarquer à terre par deux personnages silencieux qui l'ont accompagné. Aegidius reste à bord, au milieu de centaines d'hommes et de femmes parmi lesquels l'un, ou l'une, sera son meurtrier. Qui? Le sage? Le fou? L'astrologue là-bas? L'un de ceux qui restent tapis dans l'ombre? Ou ceux-là qui se glissent le long du bastingage? Une des danseuses? La princesse elle-même? Elle revient vers lui très tendre et même brûlante de passion. Une hypocrite? Une meurtrière? Une amante? Une sibylle? En tout cas elle est à lui. Comme tout ce qui l'entoure aujourd'hui. Nuit sur la mer. Frissons. Délices. Le navire poursuit lentement sa course vers cette rive mystérieuse qui gît dans le brouillard à des heures ou des années de distance. La princesse repose à ses pieds; Aegidius fixe la nuit et attend.» Heinrich s'arrêta comme saisi lui-même par l'émotion. Georg entendait une musique accompagnant la scène où l'inconnu disparaît, suivi des deux personnages silencieux, puis à nouveau celle de la fête s'amplifiant progressivement au premier plan. Ce n'était pas une simple mélodie, mais déjà toute une symphonie. N'entendait-il pas la flûte, le hautbois, la clarinette? Le chant des violoncelles et des violons? Le grondement discret d'un tambour dans le coin de l'orchestre? Sans le vouloir, il leva le bras droit comme s'il tenait sa baguette à la main.

«Et le troisième acte? demanda Anna, comme Heinrich continuait à se taire.

— Le troisième acte, répéta Heinrich d'une voix tourmentée. le troisième acte se déroulera probablement dans l'îlot rocheux, qu'en pensez-vous? J'imagine qu'il devrait commencer par un dialogue entre le roi et l'inconnu. Ou par un chœur. Non, il n'y a pas de chœur sur les îles désertes. Le roi, en tout cas, s'y trouve, et le navire est en vue. D'ailleurs, pourquoi l'île doit-elle être déserte?» Il s'arrêta.

«Eh bien?» demanda Georg impatienté.

Heinrich posa ses deux bras sur la balustrade de la véranda. «Dois-je vous l'avouer?... ce n'est pas du tout un opéra...

— Que voulez-vous dire?

— Il y a de bonnes raisons si je n'ai pu progresser au-delà de cet épisode. Visiblement, c'est une tragédie. Et je n'ai pas le courage de l'écrire. Savez-vous ce qu'il faudrait représenter? La transformation intérieure d'Aegidius. C'est certainement la partie la plus difficile et la plus belle du sujet; et c'est aussi celle que je n'ose aborder. L'idée d'un opéra n'est qu'un faux-fuyant, et je ne sais pas si j'ai le droit de m'y tenir.» Il se tut.

«En tout cas, dit Anna, il faut nous raconter la fin comme vous l'envisagiez pour l'opéra. Je ne vous cacherai pas que cela me passionne.»

Heinrich haussa les épaules et répondit d'un ton las : «Donc le bateau accoste. Aegidius se rend à terre, et il sera précipité dans les flots.

— Par qui? demanda Anna.

— Mais je ne sais pas, répondit Heinrich d'un ton accablé. À partir de là, je ne sais absolument plus rien.

— J'avais pensé que ce serait la princesse qui…», dit Anna, et sa main décrivit dans l'air un geste meurtrier.

Heinrich souriait doucement. «Moi aussi, j'y ai pensé bien sûr, mais…» Il s'interrompit et fixa soudain avec attention le ciel nocturne.

«Dans la première version, remarqua Georg avec humeur, cela se terminait par une sorte de pardon. Mais c'était tout juste bon pour un opéra. Maintenant, héros de tragédie, votre Aegidius doit évidemment être précipité dans les flots.»

D'un geste mystérieux, Heinrich leva l'index et ses traits s'animèrent de nouveau : «Je crois que j'entrevois quelque chose. Mais, n'en parlons pas pour le moment, si vous le voulez bien. Cela n'aura peut-être pas été inutile que je vous aie raconté le début.

— Oui, mais si vous vous imaginez que je vais vous composer un intermède, vous vous trompez», dit Georg, sans hargne particulière.

Heinrich esquissa un sourire, d'un air à la fois coupable et indifférent et la bonne ambiance s'évanouit. Anna, contrariée, se rendait compte que toute l'affaire s'en allait en fumée. Georg ne savait pas s'il devait s'irriter de l'anéantissement de ce projet, ou se réjouir d'être débarrassé d'une sorte d'obligation. Heinrich avait l'impression que ses propres créatures se débattaient dans une confusion fantasmagorique et l'abandonnaient, méprisantes, sans adieu et sans promesse de retour. Il se trouvait seul, délaissé, dans un triste jardin, en compagnie d'un ami aimable et d'une jeune dame qui ne lui était rien. Il dut subitement penser à une personne désespérée qui, à cette même heure, les yeux rougis par les pleurs, roulait dans un compartiment de chemin de fer mal éclairé vers de sombres montagnes, se demandant avec inquiétude si elle arriverait à temps le lendemain matin pour la répétition. Il était de nouveau conscient qu'avec la fin de cette aventure son déclin commençait. Il n'avait plus rien ni personne. La seule chose qui lui appartînt était la souffrance de cette misérable, qu'il haïssait douloureusement. Et qui sait si demain déjà, avec ses yeux rougis de pleurs, elle ne sourirait pas à un autre, l'âme encore nostalgique et tourmentée, mais le sang bouillonnant d'une nouvelle joie de vivre?

Mme Golowski était apparue dans la véranda ; un peu en retard, elle se dépêchait et portait encore son chapeau et son parapluie. Elle rapportait de la ville le bonjour de Therese, qui avait l'intention de faire une nouvelle visite à Anna, ces jours prochains. Georg, appuyé à un des piliers de bois de la véranda, se tourna vers Mme Golowski avec la politesse marquée qu'il lui témoignait toujours. « Ne voulez-vous pas demander de notre part à mademoiselle Therese si elle n'aimerait pas passer quelques jours ici, au bon air? La chambre sous le toit est entièrement à sa disposition. Je vais m'en aller bientôt pour un court séjour à la montagne », ajouta-t-il, comme s'il habitait régulièrement dans la petite pièce du haut.

Mme Golowski remercia. Elle ferait la commission. Georg regarda l'heure et jugea qu'il était temps de s'en retourner. Heinrich et lui prirent congé. Anna les accompagna tous deux jusqu'à la porte du jardin, y resta un instant en les suivant des yeux jusqu'à ce qu'ils eussent atteint la hauteur où commençait le *Sommerhaidenweg*.

La petite localité au fond de la vallée s'étendait dans le clair de lune. Les collines blafardes ressemblaient à du carton pâte. L'obscurité montait de la forêt. Dans le lointain, mille lumières scintillaient à travers la brume de la nuit d'été, au-dessus de la ville. Heinrich et Georg marchaient côte à côte sans parler, et ils se sentaient devenir étrangers l'un à l'autre. Georg se souvenait de cette promenade à travers le Prater, l'automne précédent, lorsqu'une première conversation presque intime les avait rapprochés. Combien d'autres l'avaient suivie? N'avaient-elles pas toutes été emportées par le vent? Même aujourd'hui encore, Georg ne pouvait se promener avec Heinrich en silence comme jadis parfois avec Guido, ou avec Labinski, sans perdre intérieurement le contact. Ce mutisme lui devenait pesant. Il commença par parler de Stauber père, ce fut le premier sujet qui lui vint à l'esprit; il loua sa droiture et ses vastes connaissances. Heinrich était prévenu contre lui : il le trouvait un peu grisé de sa propre bonté, de sa sagesse, de ses capacités. Voilà encore une espèce de Juifs qu'il ne pouvait souffrir, ceux qui vivaient en accord avec eux-mêmes. Ils en vinrent à parler de Stauber fils dont l'attitude indécise entre la politique et la science semblait avoir pour Heinrich un aspect très séduisant. Partant de là, ils entreprirent une discussion sur la composition du Parlement, sur les querelles entre Allemands et Tchèques, sur les attaques des cléricaux contre le ministre de l'Éducation.

Ils discouraient avec une application laborieuse, comme on a seulement coutume de le faire sur des sujets qui vous sont au fond parfaitement indifférents. Ils finirent par débattre du retrait ou du maintien du ministre après le rôle ambigu qu'il avait joué dans la question du mariage civil, et ne savaient plus très bien en dernière analyse lequel d'entre eux s'était prononcé pour la démission, et lequel contre. Ils allaient le long du cimetière. Des croix et des monuments funéraires dépassaient du mur, formes vagues dans le clair de lune. Le chemin descendait pour rejoindre la route. Ils se hâtèrent pour attraper le dernier omnibus à chevaux, et, debout sur la plate-forme, ils roulèrent vers la ville dans l'air nocturne lourd et brumeux. Georg expliqua qu'il avait l'intention de faire à bicyclette la première partie de son voyage. Suivant une inspiration subite, il demanda à Heinrich s'il ne voulait pas être de la partie. Heinrich fut d'accord et se montra en quelques minutes enthousiasmé par cette idée. Ils descendirent à la *Schottentor*[1], cherchèrent un café dans le voisinage, et étudièrent dans le détail, à l'aide des cartes qu'ils trouvèrent dans le dictionnaire encyclopédique, tous les itinéraires possibles. Quand ils se séparèrent, leur plan n'était pas encore complètement arrêté, mais ils savaient déjà qu'ils quitteraient Vienne ensemble le surlendemain au matin et qu'ils enfourcheraient leurs bicyclettes à *Lambach*[2].

Georg resta encore un long moment à la fenêtre ouverte de sa chambre, il n'avait pas du tout sommeil. Il pensait à Anna qu'il devait abandonner pour quelques jours, et se la représentait sans doute endormie dans son lit, là-bas à la campagne à cette heure crépusculaire indécise entre le clair de lune et l'aube. Mais il avait le sentiment confus qu'il n'existait aucun lien entre cette vision et son propre destin, mais plutôt avec celui d'un inconnu dont il ne savait encore rien… Et que dans cet être endormi, un autre dormait encore plus profondément, plus mystérieusement, et que cet autre dût être son enfant, il n'arrivait pas à le comprendre. Maintenant que la lucidité froide de l'aube pénétrait ses sens presque douloureusement, toute cette aventure lui paraissait plus que jamais lointaine et invraisemblable. Une clarté toujours plus vive se montrait au-dessus des toits et des clochers, mais la ville était encore loin d'être réveillée. L'air était parfaitement immobile. Aucun souffle ne venait des arbres du parc, aucun parfum des parterres défleuris. Et Georg restait à sa fenêtre ; sans bonheur et ne comprenant rien.

7

Venant du fond de la cale, Georg gravissait un escalier étroit, recouvert d'un tapis, entre de hauts miroirs posés de biais ; il portait un long plaid vert foncé qui traînait sur ses talons ; sous le ciel étoilé, il arpenta le pont désert du navire. Immobile comme toujours, Labinski se tenait au gouvernail, il tournait la roue, les yeux fixés sur le large. Quelle carrière, pensa Georg, d'abord mort, puis ministre, puis petit garçon avec un manchon, et aujourd'hui déjà timonier. S'il savait que je suis sur ce bateau, il me ferait certainement appeler. « Faites attention », dirent, dans le dos de Georg, les deux fillettes en bleu dont il avait fait la connaissance au bord du lac, mais déjà il perdait l'équilibre, s'empêtrait dans son plaid, et entendait au-dessus de sa tête les battements d'ailes des mouettes blanches. Immédiatement après, il se trouvait assis à la table du salon, une table si longue que les gens à l'autre bout paraissaient minuscules. Près de lui, un monsieur qui ressemblait au vieux Grillparzer[1] remarqua, furieux : « Ce bateau a toujours du retard, il y a longtemps que nous devrions être à Boston. » Une profonde angoisse étreignit Georg ; car s'il ne pouvait présenter au débarquement les trois partitions dans leur reliure verte, il serait immanquablement arrêté sous l'inculpation de haute trahison. C'est pourquoi le prince qui, toute la journée, roulait à bicyclette sur le pont à vive allure, le regardait parfois de côté si bizarrement. Et, pour augmenter les soupçons, il devait être à table en manches de chemise tandis que les autres messieurs, comme toujours à bord des paquebots, portaient des uniformes de général, et toutes les dames des toilettes de velours rouge. « Nous allons arriver en Amérique, dit un steward enroué qui distribuait des asperges, plus qu'une station. » Les autres peuvent rester tranquillement assis, pensa Georg, ils n'ont rien à faire, mais moi, je dois tout de suite nager jusqu'au théâtre. Et dans le grand miroir en face de lui, la côte apparut : rien que des maisons sans toit qui s'élevaient très haut, en terrasses ; et au sommet, sous un kiosque blanc surmonté d'une coupole de pierre ajourée, l'orchestre attendait, impatient. Sur le pont la cloche sonna, Georg avec son plaid vert et ses deux valises escalada à grand-peine l'escalier du jardin. Mais il y avait eu erreur sur la personne ; on se trouvait dans le Stadtpark, Felician y était assis sur un banc avec, à côté de lui, une vieille dame coiffée d'une mantille ; elle porta les doigts à ses lèvres et siffla très fort, et Felician, d'une voix extraordinairement grave, dit : « *Kemmelbach-Ybs*[1]. » Non, pensa Georg, Felician ne dirait jamais une chose pareille… Il se frotta les yeux et se réveilla.

Le train se remit en marche. Devant la fenêtre fermée du compartiment, deux lanternes rouges brillèrent. Puis ce fut la nuit, calme et noire. Georg s'emmitoufla dans son plaid et fixa des yeux la veilleuse verte du plafond. Quel bonheur, pensa-t-il, d'être seul dans le compartiment ; j'ai dormi profondément pendant au moins quatre ou cinq heures. Mais quel était ce rêve confus et étrange ? Les mouettes blanches lui revinrent d'abord à l'esprit. Avaient-elles une signification quelconque ? Puis il repensa à la vieille femme avec la mantille, qui ne pouvait être personne d'autre que Mme Oberberger. Elle n'en aurait pas été très flattée. Mais avait-elle vraiment l'aspect d'une vieille dame lorsqu'il l'avait aperçue, quelques jours auparavant, au côté de son brillant époux dans la loge du petit théâtre au décor blanc et rouge ? Labinski aussi était apparu dans son rêve, de façon étonnante, en timonier. De même les fillettes en robes bleues qui, du jardin de l'hôtel, l'observaient par la fenêtre dès qu'elles l'entendaient jouer du piano dans le petit salon. Mais qu'y avait-il donc de fantomatique dans ce rêve ?

Ce n'étaient pas les fillettes en bleu, ni Labinski, ni le prince de Guastalla et ses courses sur le pont à bicyclette. Non, c'était sa propre silhouette se glissant à sa hauteur des deux côtés, et cent fois reflétée dans les hauts miroirs penchés, c'était elle, qui lui était apparue fantomatique.

Il se mit à frissonner. Par l'aération du haut le souffle frais de la nuit pénétrait dans le compartiment. Au-dehors, l'obscurité d'un noir d'encre passa progressivement au gris soutenu, et, tout à coup, des paroles qu'il avait entendues quelques heures auparavant, prononcées par une voix sourde de femme, résonnèrent aux oreilles de Georg, des paroles chuchotées, douloureuses : Comme tu m'auras vite oubliée…

Il ne voulait pas entendre ces mots. Il eût voulu qu'ils se fussent déjà réalisés, et il se replongeait désespérément dans le souvenir de son rêve. Il n'y avait pour lui aucun doute, le vapeur sur lequel il avait entrepris sa tournée de concerts en Amérique avait représenté le navire qui emportait Aegidius vers son sinistre destin. Et le kiosque avec l'orchestre était le portique où la mort attendait Aegidius. Un ciel étoilé splendide recouvrait toute la mer. Un air si bleu, des étoiles si argentées, il n'en avait encore jamais vu dans ses nuits de veille, même pas pendant celle du voyage avec Grace de Palerme à Naples. Soudain, dans l'obscurité, la voix de la femme aimée se fit de nouveau entendre, paroles chuchotées, douloureuses : Comme tu m'auras bientôt oubliée… Alors il la revit comme elle lui était apparue, il y avait à peine quelques heures, pâle et nue, la chevelure brune déployée sur les oreillers. Il ne voulut plus y penser, évoqua du fond de sa mémoire d'autres images, les fit défiler devant lui par un effort de volonté… Il se vit avec Grace déambuler dans un cimetière sous la neige de février ; il se vit avec Marianne rouler sur une route blanche vers la forêt hivernale ; il se vit se promener avec son père sur le Ring tard dans la soirée ; et finalement un manège tourbillonna devant lui, et Sissy avec ses lèvres et ses yeux rieurs se balançait sur un cheval de bois marron ; avec l'aisance gracieuse d'une grande dame, Else était assise dans une petite voiture tapissée de velours rouge, et Anna chevauchait un pur-sang arabe, tenant les rênes d'une main négligente. Anna… Comme elle était jeune et radieuse ! Était-ce vraiment la même qu'il devait revoir dans quelques heures… et n'avait-il vraiment passé que dix jours loin d'elle ?… Et devait-il maintenant revoir tout ce qu'il avait quitté dix jours auparavant : entre les parterres de fleurs le petit ange bleu en terre cuite, le balcon avec le pignon de bois, le jardin paisible avec ses groseilliers et ses lilas ? Cela lui semblait absolument inconcevable. Elle m'attendra sur le banc sous le poirier, pensa-t-il. Je lui baiserai les mains comme si rien ne s'était passé. « Comment vas-tu, Georg ? me demandera-t-elle, m'es-tu resté fidèle ? » Non… ce n'est pas son genre de poser de telles questions. Mais sans m'interroger et sans que je réponde, elle sentira que je ne suis pas le même qu'à mon départ. Si elle pouvait le sentir ! S'il m'était épargné de mentir ! Mais ne l'ai-je pas déjà fait ? Et il pensait aux lettres qu'il lui avait écrites du bord du lac, protestations de tendresse et de nostalgie, qui étaient déjà mensongères. Il pensait à son attente la nuit, le cœur battant, l'oreille collée à la porte, jusqu'à ce que le silence complet se fît dans l'hôtel ; il se glissait alors dans le couloir pour rejoindre cette autre qui l'attendait pâle et nue, ses yeux noirs grands ouverts, baignée dans le parfum et le reflet bleuté de sa chevelure. Il pensait à cette nuit où, comme ivres de volupté et d'audace, ils étaient sortis sur la terrasse au pied de laquelle, ensorceleuse, l'eau bruissait. Si quelqu'un dans l'obscurité profonde de cette heure s'était trouvé dehors sur le lac, il aurait vu briller dans la nuit les formes blanches de leurs corps. Georg frémit à ce souvenir. Nous étions fous, pensa-t-il. Comme il s'en était fallu d'un rien que je repose aujourd'hui à six pieds sous terre avec une balle en plein cœur. Cela peut encore arriver. Ils le savent tous. Else l'a su la première bien qu'elle n'ait presque jamais quitté *Auhof* pour descendre dans la localité. James Wyner le lui aura raconté, lui qui m'a vu le soir sur le ponton avec l'étrangère. Est-ce qu'Else l'épousera ? Qu'il lui plaise, je le comprends. Il est beau. Un visage sculptural, des yeux gris et froids qui regardent le monde sans ciller, avec intelligence. Un jeune Anglais. Qui sait si, à Vienne, il ne serait pas devenu une sorte d'Oskar Ehrenberg ? Georg se rappela ce qu'Else lui avait dit de son frère. Sur son lit d'hôpital il avait paru à Georg si posé, presque mûri. Et, maintenant, on racontait qu'il menait à Ostende une vie dissolue, qu'il s'adonnait au jeu, qu'il fréquentait la pire société, comme s'il voulait à tout prix se détruire. Est-ce qu'Heinrich trouverait toujours la chose aussi tragi-comique ? Mme Ehrenberg était devenue toute blanche de chagrin, et, un matin dans le parc, Else avait donné libre cours à ses larmes devant Georg. Aurait-elle pleuré seulement à cause d'Oskar ?

Derrière la fenêtre du compartiment, la zone grise s'éclairait lentement. Georg voyait au-dehors les fils télégraphiques onduler, défiler en vagues pressées, et il songeait que, hier après-midi, sur un de ces fils, ses paroles mensongères avaient été portées jusqu'à Anna : Demain matin je serai près de toi. Ton Georg... brûlant d'impatience... À peine quitté le bureau de poste, il s'était hâté de rejoindre l'autre pour une heure ardente, désespérée, avant la séparation. Et il pouvait à peine concevoir qu'à cette même heure, alors que déjà une éternité les séparait, elle devait reposer encore dans la même chambre aux volets bien clos, et dormir, et rêver. Ce soir, elle serait dans son foyer, près de son mari et de ses enfants, dans son foyer... comme lui. Il savait qu'il en était ainsi et il ne pouvait le comprendre. Pour la première fois de sa vie, il avait été sur le point de commettre ce que les gens auraient peut-être appelé une folie. Un seul mot de cette femme... et il serait parti avec elle par le monde, laissant tout derrière lui, ses amis, son amante et son enfant à naître. Et n'y était-il pas encore prêt ? Ne viendrait-il pas si elle l'appelait ? Et s'il le faisait, n'aurait-il pas raison ? N'était-il pas plutôt créé pour de telles aventures que pour la vie calme, exemplaire, qu'il avait choisie ? N'était-il pas destiné à parcourir le monde, en individu audacieux et résolu, plutôt que de se fixer quelque part avec femme et enfant, et le souci du pain quotidien, de la carrière, et de gagner tout au plus un peu de célébrité ? Pendant ces jours qu'il venait de passer, il s'était senti vivre peut-être pour la première fois. Chaque instant avait été si riche, si rempli, et pas seulement ceux où il était dans ses bras. Subitement, il était redevenu jeune. La campagne était plus épanouie, le ciel plus vaste, l'air qu'il respirait, plus épicé, plus fort. Et en lui des mélodies avaient chanté comme jamais auparavant. Avait-il déjà composé plus beau lied que cette sereine mélodie sans paroles au rythme berceur, « à chanter sur l'eau »[1] ? Chose étrange, l'œuvre avait jailli d'une profondeur insoupçonnée de son être, sur la rive du lac, une heure après qu'il eut aperçu pour la première fois cette femme merveilleuse. Maintenant, le conseiller Wilt ne le tiendrait plus longtemps pour un dilettante. Pourquoi pensait-il justement à celui-là ? Les autres savaient-ils mieux qui il était ? Ne lui semblait-il pas parfois qu'Heinrich lui-même, qui avait pourtant voulu lui écrire un livret d'opéra, ne lui accordait pas beaucoup plus de valeur ? Il réentendait les paroles que lui avait adressées le poète pendant le voyage de *Lambach* à *Gmunden*[2] alors qu'ils traversaient la forêt couverte de rosée : « Vous n'avez pas besoin de créer pour être ce que vous êtes... ! Ce qui vous est nécessaire n'est pas le travail... c'est seulement l'atmosphère de votre art... » Immédiatement après, il se souvint de la soirée dans la maison forestière de l'*Almsee*[3] où un chasseur de trente-sept ans avait chanté des airs joyeux, et où Heinrich s'était étonné que quelqu'un puisse être aussi gai à un âge où l'on devrait se sentir déjà si proche de la mort. Puis ils s'étaient mis au lit dans une salle immense où les paroles résonnaient ; ils avaient encore longuement philosophé sur la vie et la mort avant de sombrer soudain dans le sommeil. Le lendemain, ils s'étaient séparés sous les frais rayons d'un soleil de montagne.

Georg demeurait allongé, immobile, enveloppé dans son plaid, il se demandait s'il devait mentionner à Heinrich sa rencontre avec l'actrice. Comme elle avait blêmi en l'apercevant à l'improviste ! Les yeux toujours papillotants, elle avait écouté le récit de l'excursion à bicyclette, puis sans la moindre transition elle avait commencé à parler de sa mère et de son petit frère qui savait si bien dessiner. Depuis l'entrée des artistes, ses collègues ne cessaient de les observer, surtout l'un avec un chapeau en loden orné d'un plumet en poil de chamois. Le même soir, Georg l'avait vue jouer dans un vaudeville français, et s'était demandé si la charmante personne qui se démenait tant sur la scène du petit théâtre d'été pouvait être réellement aussi désespérée qu'Heinrich se l'imaginait. Non seulement elle lui avait plu, mais aussi à James et à Sissy. Quelle joyeuse soirée ils avaient passée ! Et le souper après le théâtre avec James, Sissy, Maman Wyner et Willy Eissler ! Et le lendemain matin, la promenade dans l'attelage à quatre du vieux baron Löwenstein qui conduisait en personne ! Ils avaient atteint le lac en moins d'une heure. Un canot voguait le long de la rive, dans le soleil du matin, et la femme aimée y était assise, son châle de soie verte sur les épaules. Comment se fit-il que Sissy ait immédiatement soupçonné quelque chose entre lui et elle ? Et le dîner plein d'entrain, en haut chez les Ehrenberg à *Auhof*! Georg avait pris place entre Else et Sissy, et Willy racontait une histoire drôle après l'autre. Puis, l'après-midi, tandis que tous leurs compagnons se reposaient, Georg et Sissy s'étaient retrouvés sans en être convenus, sous la verdure très sombre du parc inondé de chaleur et dans l'odeur tiède de la mousse et des sapins, pour une heure merveilleuse qui, sans serments de fidélité, sans le frisson de l'accomplissement et légère comme un rêve, avait traversé cette journée. Comme je voudrais l'évoquer, la goûter, instant par instant, cette journée radieuse... Je nous vois tous deux, Sissy et moi, gagner main dans la main le tennis en traversant la prairie. Je crois que je n'ai jamais aussi bien joué... Et je revois Sissy, allongée dans un fauteuil d'osier, la cigarette aux lèvres, le vieux baron Löwenstein à son côté, et les regards brûlants qu'elle lançait à Willy. Qu'étais-je déjà redevenu pour elle en ce moment? Et le soir! James, Willy et moi, nous avons nagé dans la pénombre, loin dans le lac, quelle caresse délicieuse que cette eau tiède! Quelle jouissance cela aussi! Ensuite la nuit... la nuit...

De nouveau, le train s'arrêta. Au-dehors, il faisait déjà tout à fait jour, mais Georg resta étendu, immobile comme auparavant. Il entendit crier le nom de la station, les voix des serveurs, des contrôleurs, des voyageurs, les pas sur le quai, toutes sortes de signaux, et il sut que dans une heure il serait à Vienne... Et si Anna avait appris des choses sur lui, comme Heinrich l'année dernière sur son amie?! Il ne pouvait s'imaginer qu'Anna fût bouleversée par une telle nouvelle, même si elle la tenait pour vraie. Peut-être pleurerait-elle, mais discrètement, en cachette. Il résolut de ne rien laisser paraître. N'était-ce pas même son devoir? Qu'est-ce qui comptait à présent? Une seule chose, qu'Anna passe les dernières semaines calmement, sans motif d'agitation, et qu'un enfant en bonne santé vienne au monde. Là était l'essentiel. Depuis combien de temps déjà avait-il entendu ces paroles du docteur Stauber? L'enfant!... Comme l'heure était proche! L'enfant... songea-t-il de nouveau, mais sa pensée ne pouvait aller plus loin que le mot. Il s'efforça pour finir de se représenter un petit être vivant. Mais de façon bouffonne, son imagination ne lui offrait que des bambins échappés d'un livre d'images, figures burlesques aux couleurs criardes. Où passera-t-il ses premières années? pensa-t-il. Chez des paysans à la campagne, dans une maison avec un petit jardin. Mais un jour nous irons le chercher pour l'installer chez nous. Il pourrait en être autrement... On reçoit une lettre: Monsieur, j'ai l'honneur de vous communiquer que l'enfant est tombé gravement malade... Ou même... Pourquoi penser à de telles choses?

Même si nous le gardions auprès de nous, il pourrait tomber malade et mourir.

En tout cas, il faut le confier à des gens sérieux. Je m'en occuperai moi-même. Il lui semblait avoir à faire face à de nouvelles responsabilités qu'il n'avait jamais vraiment envisagées, et qui, en fait, le dépassaient. Pour lui, toute l'histoire repartait pour ainsi dire du début. Il revenait d'un monde dans lequel tous ces problèmes ne l'avaient pas préoccupé, un monde où d'autres lois régnaient que celles auxquelles il devait se plier de nouveau maintenant. D'ailleurs, n'aurait-on pas dit que les autres aussi se rendaient compte qu'il n'était pas des leurs et qu'ils restaient comme pénétrés d'une certaine déférence, comme saisis de respect devant la puissance et le caractère sacré d'une grande passion qu'ils voyaient se déchaîner près d'eux? Il se souvenait d'une soirée pendant laquelle les clients de l'hôtel avaient disparu les uns après les autres du salon de musique, comme s'ils eussent été conscients qu'ils devaient le laisser seul avec elle. Il s'était assis au piano et avait commencé à improviser. Elle était restée dans son coin dans la pénombre, blottie dans un grand fauteuil. Au début, il avait encore vu son sourire, puis seulement l'éclat sombre de ses yeux, puis simplement sa silhouette, et puis plus rien; mais il savait qu'elle était toujours là. Sur l'autre rive, des lumières étaient apparues, au loin. Les deux fillettes en robes bleues avaient jeté un coup d'œil par la fenêtre, pour disparaître aussitôt. Enfin il s'était arrêté de jouer restant assis sans parler devant le piano. Telle une ombre, elle était alors sortie de son coin et avait posé ses mains sur sa tête. Quel instant indiciblement beau! Et tout lui revint en mémoire. Cette pause dans le canot au milieu du lac, rames relevées, sa tête reposant sur les genoux de sa compagne; leur promenade sur la rive opposée jusqu'au banc sous le chêne. C'est là qu'il lui avait tout raconté. Tout, comme à une amie. Et elle l'avait compris comme aucune autre ne l'avait fait. N'était-ce pas elle qu'il avait cherchée depuis toujours, à la fois amante et compagne, au regard sûr pour toutes les choses de ce monde, et cependant créée pour toutes les folies, pour toutes les délices? Et hier, la séparation… Le sombre éclat de ses yeux, le flot bleuté de ses cheveux noirs dénoués, le parfum de son corps nu et pâle… Était-ce possible que cela soit fini pour toujours, que tout cela ne doive jamais, jamais revenir…?

Devant son impuissance, Georg froissa le plaid entre ses doigts et ferma les yeux. Il ne vit plus les molles ondulations des collines qui défilaient au-dehors dans la lumière matinale, et pour en savourer le bonheur une dernière fois, il se plongea en rêve dans les sombres délices de l'heure de la séparation. Mais après une nuit passée à subir les cahots du train, la fatigue l'emporta, et, au lieu des images souhaitées, il fut emporté dans des rêves incohérents qu'il ne pouvait contrôler. Il marchait sur le *Sommerhaidenweg* dans une pénombre étrange qui l'emplissait d'une profonde tristesse. Était-ce le matin? Était-ce le soir? Était-ce un ciel couvert? Ou bien l'éclat mystérieux sur le monde de quelque astre qui n'avait encore brillé que pour lui? Subitement, il se retrouva sur une grande prairie dégagée, Heinrich Bermann y courait de-ci, de-là, qui lui demanda : Cherchez-vous aussi le château de la Dame? Je vous attends depuis déjà longtemps. Ils montèrent un escalier en colimaçon. Heinrich le précédait, si bien que Georg ne voyait qu'un pan de son manteau traînant sur ses talons. En haut, sur une terrasse gigantesque d'où on apercevait la ville et le lac, toute la compagnie était rassemblée. Leo avait commencé son exposé sur les accords en mineur; il s'arrêta à l'apparition de Georg, descendit de l'estrade et le conduisit jusqu'à une chaise libre du premier rang près d'Anna. Celle-ci sourit, radieuse à la vue de Georg. Elle était jeune, éblouissante, dans une magnifique toilette du soir, décolletée. Juste derrière elle, était assis un garçonnet aux boucles blondes en costume marin avec un grand col blanc, et Anna dit : « C'est lui. » Georg lui fit signe de se taire, car cela devait rester secret. Pendant ce temps, là-haut, Leo, pour illustrer sa théorie, jouait le Nocturne en *do mineur* de Chopin, et, derrière lui, appuyé contre le mur, grand, maigre, bienveillant, se tenait le vieux Bösendorfer[1] en pardessus jaune. Tous quittèrent en grand désordre la salle de concert. Georg glissa son étole de théâtre sur les épaules d'Anna et regarda d'un air sévère autour de lui. Puis il se retrouvait avec elle en voiture, il l'embrassait et pensait avec ravissement : s'il pouvait toujours en être ainsi! Soudain ils s'arrêtaient devant la maison de Mariahilf. En haut, à la fenêtre, de nombreux élèves attendaient déjà et leur faisaient signe. Anna descendait, prenait congé de Georg avec un visage malicieux et disparaissait sous le portail qui se refermait à grand bruit derrière elle.

« S'il vous plaît, dans dix minutes », dit quelqu'un. Georg se redressa. Le contrôleur était à la porte, il répéta : « Dans dix minutes, nous arrivons à Vienne.

— Merci », dit Georg, et il se leva, l'esprit assez confus. Il ouvrit la fenêtre et fut heureux que dehors, dans le vaste monde, il fît beau temps. L'air frais du matin le revigora complètement. Des murs jaunes, des guérites de gardes-barrière, des jardinets, des poteaux télégraphiques, des routes défilèrent à toute allure et enfin le train s'arrêta sous la verrière de la gare. Quelques minutes plus tard, en roulant vers chez lui dans un fiacre décapoté, Georg aperçut des ouvriers, des demoiselles de magasin, des employés de bureau se rendre à leur travail quotidien, il entendit grincer les volets roulants qu'on relevait; et au milieu de toute cette agitation qui l'attendait, au sein de sa nostalgie qui l'emportait vers d'autres lieux, il éprouvait la satisfaction profonde de se retrouver chez soi. Lorsqu'il pénétra dans sa chambre, il se sentit douillettement à l'abri. Son vieux bureau recouvert d'un tapis vert, le presse-papiers en malachite, le cendrier en verre où était gravé un cavalier, la lampe d'opaline élancée avec son vaste abat-jour vert, les portraits de son père et de sa mère dans les minces cadres d'acajou, dans l'angle la petite table ronde en marbre avec la cassette argentée pour les cigares, là, au mur, le prince du Palatinat d'après Van Dyck, la haute bibliothèque aux rideaux vert olive… tout cela l'accueillait cordialement. Et la vue aussi, cette belle vue familière par-delà les cimes des arbres du parc sur les clochers et les toits, quelle félicité! De tout ce qu'il retrouvait ici, émanait pour lui comme un bien-être à peine soupçonné, et il fut profondément affligé à l'idée de devoir quitter tout cela dans quelques semaines. Pour retrouver un foyer, un véritable foyer, combien de temps faudrait-il? Il serait volontiers demeuré quelques heures dans cette pièce qu'il aimait tant, mais il n'en avait pas le loisir, car il devait être à la campagne avant midi.

Il s'était débarrassé de ses vêtements, s'était plongé voluptueusement dans l'eau chaude de son étincelante baignoire. Pour ne pas s'endormir dans son bain, il eut recours à un moyen qui s'était déjà assez souvent révélé efficace : se remémorer une fugue de Bach note après note. Il pensa aussi à son piano, il lui fallait s'y remettre assidûment. Et à déchiffrer des partitions. Le plus sage ne serait-il pas de consacrer encore une année à l'étude? Ne pas commencer à prospecter; ni même accepter un poste que l'on ne serait peut-être pas capable d'assumer. Plutôt rester ici et travailler. Rester ici? Où donc? On avait donné congé de l'appartement. Un instant, il eut l'idée de louer quelque chose dans la vieille maison face à l'ancienne église où il avait passé avec Anna de si belles heures; il lui semblait se rappeler une histoire depuis longtemps révolue, une aventure de jeunesse, joyeuse et un peu mystérieuse, terminée depuis bien longtemps…

Revigoré, ayant passé un vêtement tout neuf, le premier complet clair qu'il portait depuis la mort de son père, il retourna dans sa chambre. Une lettre était sur le bureau que le courrier du matin venait d'apporter. Une lettre d'Anna. Il lut. Elle ne contenait que peu de mots : Te voici de retour, mon bien-aimé. Sois le bienvenu. Vers toi volent toutes mes pensées. Ne me fais pas attendre trop longtemps. Ton Anna…

Georg releva les yeux. Il ne savait pas lui-même ce qui le touchait si singulièrement dans cette courte missive. D'habitude les lettres d'Anna conservaient toujours, en dépit de leur tendresse, une certaine allure mesurée, presque conventionnelle, et, parfois, pour plaisanter, il les appelait des « décrets ». Celle-ci, par contre, était d'une tonalité qui lui rappelait la jeune fille passionnée du début, son amante qu'il avait presque oubliée ; et une inquiétude inattendue étreignit bizarrement son cœur. Il descendit l'escalier en courant, sauta dans le premier fiacre venu et se fit conduire à la campagne. Bientôt, il se sentit agréablement distrait par l'aspect des gens dans la rue, qui ne le concernaient en rien ; plus tard, au voisinage des forêts, l'agrément de cette journée d'été sous un ciel bleu l'apaisa. Tout d'un coup, plus tôt que Georg ne s'y attendait, la voiture s'arrêta devant la maison de campagne. Machinalement, Georg leva d'abord les yeux vers le balcon sous le pignon. Une petite table s'y trouvait, recouverte d'un napperon blanc où une corbeille à ouvrage était posée. C'est vrai, Therese y avait habité pendant quelques jours. La mémoire lui revint. Therese !… C'était si loin ! Il descendit de voiture, la renvoya, entra dans le jardin devant la maison où se tenait sur son socle le petit ange bleu au milieu des parterres défleuris. Il entra dans la maison. Dans la grande pièce centrale, Marie était en train de mettre la table.

« Madame est au bout du jardin », dit-elle.

La porte de la véranda était ouverte. Les lattes du plancher craquèrent sous les pas de Georg. Le parfum et la touffeur du jardin l'accueillirent. Rien n'avait changé. Pendant tous les jours de son absence il était resté là, paisible comme en cet instant, dans la lumière de l'aube, dans l'éclat du soleil, dans l'ombre du soir, dans l'obscurité de la nuit ; toujours le même… Montant droit vers le haut, le sentier de gravier divisait en deux la pelouse. De l'autre côté des buissons couverts de baies rouges, des voix d'enfants se faisaient entendre. Et là-bas sur le banc, le bras appuyé sur le dossier, très pâle, dans un ample peignoir bleu, c'était Anna. Oui, c'était bien elle. Maintenant elle l'avait aperçu. Elle voulut se lever. Il vit son mouvement, et vit en même temps que cela lui était pénible. Pourquoi donc ? Était-elle paralysée par l'émotion ? Ou l'heure grave était-elle si proche ? De la main, il lui fit signe de rester assise. Elle se rassit et tendit doucement les bras à sa rencontre. Ses yeux étincelaient de bonheur. Georg se hâta, son feutre gris à la main, et fut bientôt près d'elle.

« Enfin », dit-elle d'une voix qui semblait provenir d'aussi loin que les mots de sa lettre de ce matin. Il prit ses mains, les secoua maladroitement, sentit quelque chose monter dans sa gorge, mais il ne put prononcer un seul mot, il ne fit qu'incliner la tête et sourire. Et, brusquement, il s'agenouilla devant elle sur le gravier, ses mains dans les siennes, la tête blottie contre elle ; il la sentit retirer délicatement ses mains qu'elle posa sur sa tête… puis il s'entendit pleurer très doucement. Comme dans un rêve confus, délicieux, il se crut enfant aux pieds de sa mère, et cet instant se transmua en souvenir, un souvenir lointain, douloureux, au moment même où il le vivait.

8

Mme Golowski sortit de la maison. Depuis le haut du jardin, Georg la vit pénétrer dans la véranda. Pris d'inquiétude il courut au-devant d'elle, mais de loin, dès qu'elle l'aperçut, elle fit non de la tête.

« Pas encore ? demanda Georg.

— Le professeur pense, répondit Mme Golowski, avant la tombée du jour.

— Avant la tombée du jour, répéta Georg, et il regarda l'heure. Mais il n'est que trois heures. »

Compatissante, elle lui tendit la main, et Georg vit ses bons yeux, un peu fatigués par les veilles. À ce moment, les rideaux blancs de la fenêtre d'Anna furent légèrement tirés. Le vieux docteur Stauber apparut dans l'ouverture et lança à Georg un regard amical, apaisant, puis il disparut et les rideaux retombèrent. Mme Rosner était assise à la table ronde de la grande pièce. De la véranda Georg n'apercevait que les contours de sa silhouette ; son visage disparaissait entièrement dans l'ombre. De nouveau, un gémissement suivi d'une plainte aiguë parvint de la chambre où se trouvait Anna. Georg regarda fixement la fenêtre, attendit un moment, puis il se détourna et, pour la centième fois de la journée, il remonta jusqu'en haut du jardin. Apparemment elle est déjà trop faible pour crier, pensa-t-il, et il ressentit un pincement au cœur. Depuis deux nuits et deux jours entiers, elle était dans les douleurs ; le troisième touchait à sa fin… et cela devait encore durer jusqu'au soir ! Dès la fin du premier jour, le docteur Stauber avait appelé un professeur en consultation qui était revenu deux fois hier, et qui était là aujourd'hui depuis midi. Quand Anna s'était assoupie pour quelques minutes, veillée par la garde, il avait arpenté le jardin de long en large avec Georg et avait essayé de lui expliquer toute la singularité du cas. Pour l'instant il n'y avait aucune raison de s'inquiéter, on entendait toujours très distinctement les battements du cœur de l'enfant. Le professeur était un homme encore assez jeune avec une longue barbe blonde, et ses paroles tombaient douces et affables comme les gouttes d'un remède calmant. Il parlait à la malade comme à une enfant, effleurait son front, ses cheveux, lui caressait les mains en lui prodiguant des paroles affectueuses. Georg avait appris par la garde qu'il témoignait le même dévouement, la même patience à chaque malade. Quelle profession, pensa Georg qui s'était échappé à Vienne pour quelques heures pendant ces trois journées terribles, et qui cette nuit, tandis qu'Anna se tordait de douleur, avait même pu dormir six heures pleines là-haut dans la mansarde, d'un sommeil profond, sans rêves.

Il marchait le long des lilas défleuris, arrachait des feuilles, les triturait dans sa main et les jetait à terre. De l'autre côté des buissons, dans le jardin voisin, une dame passa dans un peignoir à rayures noires et blanches. Elle regarda Georg d'un air grave, compatissant. C'est vrai, pensa Georg, elle a bien sûr entendu crier Anna avant-hier, hier et aujourd'hui. Le village entier était au courant, même les jeunes filles de l'affreuse villa gothique qui l'avaient considéré un jour comme un séducteur digne d'intérêt ; c'était d'ailleurs trop drôle de se voir, hier au village, salué par un inconnu à la barbiche rousse qui habitait deux maisons plus loin, un salut plein de compréhension et de respect.

Curieux, pensa Georg, comme on peut devenir populaire. Seule, Mme Rosner laissait voir que, même si elle ne jugeait pas Georg le principal responsable de ce cas difficile, elle le considérait de toute façon comme assez insensible. Il n'en voulait pas à cette brave femme, accablée de chagrin. Elle ne pouvait évidemment pas se douter à quel point il aimait Anna. Il n'y avait pas si longtemps qu'il le savait lui-même.

Au matin de son retour, comme Georg, après de longs sanglots étouffés, avait relevé sa tête blottie contre Anna, elle ne lui avait adressé aucune question, mais il avait lu dans son regard douloureusement surpris qu'elle soupçonnait la vérité. Et, si elle ne l'interrogeait pas, il croyait en comprendre la raison. Elle devait sentir qu'elle l'avait tout à elle, qu'il lui appartenait maintenant plus complètement que jamais auparavant. Et quand, dans les heures et les jours suivants, il lui parla de la période qu'il avait passée loin d'elle, et que, parmi toutes les femmes qu'il citait, il mentionna rapidement mais inévitablement ce nom mystérieux, nouveau pour elle, Anna sourit à sa manière légèrement ironique, mais à peine différente de celle qu'elle avait quand il parlait d'Else ou de Sissy, ou des fillettes en bleu qui l'observaient quand il jouait dans le salon de musique.

Depuis deux semaines qu'il habitait la villa, il se sentait en bonne forme et d'humeur propre à un travail solide et sérieux. Sur la petite table où, il y a peu encore, était posé le nécessaire à couture de Therese, il disposait chaque matin des partitions, des ouvrages de théorie musicale, du papier à musique, et s'appliquait à résoudre des problèmes d'harmonie et de contrepoint. Souvent, étendu sur la prairie à la lisière du bois, il lisait un de ses livres préférés, écoutait bruire en lui des mélodies, s'abandonnait à la rêverie, ravi du murmure des arbres et de l'éclat du soleil. Les après-midi quand Anna se reposait, il lui faisait la lecture ou bavardait avec elle. Ils parlaient souvent aussi du petit être qui devait bientôt venir au monde, en parents tendres et prévoyants ; mais jamais de leur propre avenir, lointain ou proche. Cependant, assis à son chevet ou se promenant bras dessus, bras dessous avec elle de long en large dans le jardin, ou assis côte à côte sur le banc sous le poirier dans le calme lumineux des journées de fin d'été, Georg savait bien qu'ils étaient unis à jamais, et que même la séparation temporaire imminente ne pourrait entamer la certitude de ce lien.

Ce n'était que depuis le début des douleurs qu'il avait l'impression qu'elle lui échappait dans une sphère où il ne pouvait la suivre. Hier encore il était resté des heures près de son lit, lui avait tenu les mains. Elle s'était montrée patiente comme toujours, avait demandé avec sollicitude s'il était bien installé dans la maison, l'avait prié de travailler et de se promener comme d'habitude, puisqu'il ne pouvait rien pour elle ; et l'avait assuré qu'elle l'aimait encore plus depuis qu'elle souffrait. Cependant, Georg le sentait, pendant ces journées elle n'était plus la même. Particulièrement quand elle poussait des cris, comme ce matin au milieu des pires souffrances, son âme était si loin de lui qu'il s'en effrayait.

Il était revenu près de la villa. Aucun bruit ne parvenait de la chambre d'Anna dont les rideaux s'agitaient faiblement. Le vieux docteur Stauber se trouvait dans la véranda. La gorge sèche, Georg courut vers lui. « Que se passe-t-il ? » demanda-t-il fiévreusement. Le docteur posa sa main sur son épaule. « Cela va très bien. » Un gémissement se fit entendre, s'amplifia jusqu'à devenir un cri sauvage, forcené. Georg passa la main sur son front en sueur, et dit avec un sourire amer : « Vous appelez cela aller très bien ? »

Stauber haussa les épaules : « Il est écrit, tu enfanteras dans la douleur… »

En Georg quelque chose se révolta. Il n'avait jamais cru au dieu des croyants naïfs qui exauce les vœux des pauvres humains, qui venge, et qui pardonne les misérables péchés des hommes. Pour l'être innommé dont il pressentait la présence dans l'infini, inaccessible à ses sens et à sa raison, prières et blasphèmes n'étaient que de pauvres mots dans des bouches humaines. Ni à la mort de sa mère dans des douleurs atroces, insensées, ni à la disparition de son père, survenue, autant qu'il avait pu en juger, sans souffrance, il n'avait eu l'audace de penser que, dans le cours du monde, son malheur signifiait plus que la chute d'une feuille. Une lâche humilité ne l'avait pas fait s'incliner, respectueux d'une décision supérieure insondable, ni gronder stupidement contre un sort inclément qui l'aurait frappé. Aujourd'hui, pour la première fois, il lui sembla que, quelque part dans les nuages, sa personne était l'objet d'un jeu incompréhensible. À l'intérieur, le cri avait cessé, on n'entendait plus qu'un gémissement.

« Et les battements de cœur ? demanda Georg.

— Il y a dix minutes ils étaient encore nettement perceptibles », répondit Stauber en évitant son regard.

Georg se défendit d'une pensée terrible qui montait des profondeurs de son être. Il était en bonne santé, elle aussi, deux individus jeunes, vigoureux… est-ce qu'il était possible ?… Le docteur Stauber lui remit la main sur l'épaule. « Promenez-vous donc, dit-il, nous vous appellerons le moment venu. » Et il se détourna.

Georg demeura encore un moment dans la véranda. Dans la pièce principale qui commençait à sombrer dans la pénombre, il aperçut Mme Rosner prostrée sur le divan. Il s'éloigna, fit le tour de la maison, et grimpa par l'escalier de bois dans sa mansarde. Il se jeta sur le lit, ferma les yeux ; au bout de quelques minutes, il se releva et marcha de long en large dans la pièce, puis y renonça car le parquet craquait. Il sortit sur le balcon. Sur la table, la partition de *Tristan* était ouverte. Il jeta un coup d'œil sur les notes. C'était le prélude du troisième acte. Les sons résonnaient à son oreille. Les vagues de la mer s'abattaient avec un bruit sourd sur la rive rocheuse, et dans les lointains désolés retentissait la mélodie douloureuse du cor anglais. Par-dessus la partition, il contemplait la splendeur argentée du jour. Le soleil inondait toute chose, les toits, les chemins, les jardins, les collines, les bois. Le ciel déployait son bleu intense, et l'odeur des moissons montait des profondeurs. Où en étais-je, il y a un an aujourd'hui? pensa Georg. J'étais à Vienne, tout seul. Je ne me doutais de rien. Je lui avais envoyé un lied... «Être le reflet de ton regard...»[1] Pourtant, je songeais à peine à elle... Et maintenant, elle est ici en bas et elle se meurt... Il fut épouvanté. Il avait voulu penser... elle est dans les douleurs, et ces mots s'étaient glissés sur ses lèvres : elle se meurt. Mais pourquoi s'effrayer, c'était puéril. Comme si de tels pressentiments existaient! Et si le danger était réel, et si les médecins avaient à prendre une décision, ils devaient naturellement sauver d'abord la mère. Le docteur Stauber le lui avait appris depuis peu. Qu'est-ce qu'un enfant qui n'a pas encore vécu? Rien. À un moment quelconque il l'avait engendré sans le désirer, sans avoir seulement envisagé la possibilité de devenir père. Et savait-il même s'il ne l'était pas devenu, il y a quelques semaines, dans cette heure sombre d'ivresse derrière des volets clos... devenu père cette fois-là aussi sans l'avoir voulu, sans l'avoir même envisagé, et peut-être, si tel était le cas, sans jamais l'apprendre?

Il entendit des voix, regarda en bas. Le cocher du professeur avait saisi par le bras une bonne qui ne se défendait pas trop. Peut-être qu'ici encore les préliminaires d'une nouvelle vie humaine étaient ébauchés, se dit Georg; il se détourna écœuré et rentra dans la pièce. Dans un coffret de cigarettes qui était posé sur la table, il remplit minutieusement son étui, et tout d'un coup, son inquiétude lui parut injustifiée, voire puérile. Une idée subite lui vint : Avant que je vienne au monde, ma mère s'est trouvée dans la même situation qu'Anna aujourd'hui; est-ce que mon père tournait ainsi en rond, en proie à une panique semblable? Et s'il vivait encore, serait-il ici aujourd'hui? Le lui aurais-je dit? D'ailleurs, tout cela serait-il arrivé, s'il vivait encore? Il pensait à de belles journées d'été, sans aucun souci, au bord du *Veldeser See*. Il évoqua sa chambre confortable dans la villa paternelle, et, comme dans le flou d'un rêve, la mansarde nue et son parquet craquant où il se trouvait maintenant devint l'image de toute son existence présente comparée à l'insouciance de jadis, libre de responsabilités. Il se rappela un entretien sérieux concernant l'avenir qu'il avait eu avec Felician quelques jours plus tôt. Immédiatement après, il pensa à sa conversation avec une femme de la campagne qui s'était proposée pour garder l'enfant. Son mari et elle possédaient un petit bien près de la voie ferrée, à seulement une heure de Vienne ; elle avait perdu l'année passée sa propre petite fille. L'enfant serait bien chez eux, promettait-elle, aussi bien que dans une famille qui ne lui serait pas étrangère. Et en y pensant, Georg eut l'impression que son cœur s'arrêtait de battre. Avant la tombée du jour, il sera là… l'enfant. Son enfant qu'une personne étrangère attendait déjà pour s'en emparer. Les émotions des derniers jours l'avaient si fatigué que ses genoux étaient douloureux. Il se souvint de sensations physiques semblables éprouvées précédemment, le soir après l'examen du baccalauréat, au moment où il avait appris le suicide de Labinski. Il y a trois jours, lors des premières douleurs, son moral était tout autre, joyeux, optimiste ! Maintenant il ne ressentait plus qu'un abattement sans pareil et l'odeur de renfermé dans la mansarde lui était de plus en plus désagréable. Il alluma une cigarette, sortit de nouveau sur le balcon. L'air chaud, immobile, le réconforta. Sur le *Sommerhaidenweg* le soleil brillait encore, et, dépassant le mur du cimetière, une croix dorée étincelait.

Il entendit du bruit en bas. Des pas ? Oui, des pas et aussi des voix. Il quitta le balcon, dévala l'escalier de bois grinçant. Une porte s'ouvrit, des pas pressés dans le couloir. Au moment où il atteignait la dernière marche, il se trouva face à face avec Mme Golowski. Son cœur s'arrêta de battre. Il ouvrit la bouche sans émettre un son. « Oui, dit-elle, un garçon. »

Il saisit ses deux mains, sentit son visage s'illuminer, une onde de bonheur d'une puissance, d'une chaleur inattendues le parcourut. Soudain, il remarqua que les yeux de Mme Golowski ne brillaient pas comme ils auraient dû. L'onde de bonheur reflua. Quelque chose lui serra la gorge. « Eh bien ? demanda-t-il, et, d'un ton presque menaçant, vit-il ? — Il a respiré une fois… le professeur espère… » Georg écarta la femme, gagna en trois pas la pièce centrale et s'arrêta, frappé de stupeur. Le professeur, vêtu d'une longue blouse blanche, portait dans ses bras un petit être et le secouait énergiquement. Georg restait pétrifié. Le professeur le salua de la tête sans se laisser distraire. D'un regard attentif, il observait le petit corps qu'il tenait. Il le déposa sur la table recouverte d'un linge blanc, fit exécuter aux membres de l'enfant des mouvements violents, lui frictionna la poitrine et le visage, puis l'éleva en l'air à plusieurs reprises, et, à chaque fois, Georg remarquait que la tête du nouveau-né retombait lourdement sur la poitrine. Le médecin reposa alors l'enfant sur le linge, et il appliqua une oreille contre sa poitrine, puis il se redressa, une main reposant sur le petit corps, de l'autre il fit doucement signe à Georg de s'approcher.

Retenant involontairement son souffle, Georg vint tout près. Il regarda d'abord le docteur, puis le petit être étendu sur le drap blanc. L'enfant avait les yeux ouverts, des yeux bleus particulièrement grands comme ceux d'Anna. Son visage, contrairement à ce qu'attendait Georg, n'était pas fripé, laid comme celui d'un vieux nain; c'était vraiment un visage humain, un calme et beau visage d'enfant, et Georg savait que ses traits reproduisaient fidèlement les siens.

Le professeur dit à voix basse : «Cela fait une heure que je n'entendais plus les battements du cœur.»

Georg hocha la tête. D'une voix étranglée, il demanda : «Comment va-t-elle, *elle*? — Très bien, mais il ne faut pas entrer maintenant, monsieur le baron.

— Non», répondit Georg en secouant la tête. Il fixait le petit corps immobile au reflet bleuâtre, et savait qu'il se tenait devant le cadavre de son enfant. Cependant, il regarda à nouveau le médecin et interrogea : «Il n'y a plus rien à faire?»

Celui-ci haussa les épaules.

Georg respira profondément, puis il désigna la porte fermée de la chambre. «Sait-elle déjà...? demanda-t-il au médecin.

— Pas encore. Pour le moment, soyons soulagés que cette épreuve soit terminée. La pauvre a beaucoup souffert. Je suis navré que cela ait été en vain finalement.

— Vous vous y attendiez, monsieur le professeur?

— Je le craignais depuis ce matin.

— Et comment... comment?»

Doucement, à voix basse, le médecin répondit: «Un cas très rare, comme je vous l'ai déjà dit.

— Vous m'avez dit...?

— Oui, j'ai essayé de vous faire comprendre que cette possibilité... Il a été étranglé par le cordon ombilical. Cet accident survient à peine dans un ou deux pour cent des naissances.» Il se tut. Georg fixait l'enfant. C'était vrai, le professeur l'avait déjà préparé, mais il n'avait pas pris la remarque au sérieux. Mme Rosner se tenait près de lui, désemparée. Georg lui tendit la main, et ils se regardèrent comme deux êtres durement éprouvés et que le malheur unit. Puis Mme Rosner se laissa tomber sur un siège accoté au mur.

Le professeur dit à Georg : «Je vais aller encore une fois voir la mère.

— La mère...» répéta Georg en le fixant.

Le médecin évita son regard.

«Vous allez le lui dire? demanda Georg.

— Non, pas tout de suite. Elle doit d'ailleurs s'y attendre. Au cours de la journée, elle a demandé à plusieurs reprises s'il vivait encore. Le choc ne sera pas aussi terrible que vous le craignez, monsieur le baron… en tout cas pas dans les premières heures ni les premiers jours. Il ne faut pas oublier ce qu'elle a subi. »

Il serra la main que Georg laissait pendre inerte, et partit. Georg restait immobile et continuait à contempler le petit être qui lui semblait d'une beauté surprenante. Il toucha les joues, les épaules, les bras, les mains, les doigts. Quel mystère dans cette perfection ! Et il gisait maintenant, là, mort sans avoir vécu, destiné à passer d'une nuit à une autre à travers un néant absurde. Là reposait ce petit corps charmant, prêt pour l'existence et qui ne pouvait pas bouger. Là brillaient deux grands yeux bleus, aspirant avidement à absorber la lumière du jour, et rendus aveugles avant d'avoir perçu un seul rayon. Là s'ouvrait une petite bouche ronde, comme assoiffée qui jamais ne téterait le sein de sa mère. Là reposait tout raidi un visage blême d'enfant aux traits humains achevés qui ne recevrait jamais le baiser de sa mère ni de son père. Comme il l'aimait, cet enfant ! Comme il l'aimait, maintenant qu'il était trop tard ! La montée du désespoir serrait sa gorge comme un lacet. Il ne pouvait pas pleurer. Il regarda autour de lui. Il n'y avait personne ici, et dans la pièce voisine tout était silencieux. Il ne désirait pas se rendre dans cette chambre, et pourtant, il ne le craignait pas ; il sentait seulement que c'eût été une chose insensée. Son regard revint sur l'enfant mort, et, soudain, une question angoissante lui traversa l'esprit : est-ce que tout cela était bien réel ? Ne pouvaient-ils pas tous se tromper ? Aussi bien l'homme de l'art que le profane ? Il étendit la paume de ses mains devant les lèvres ouvertes de l'enfant, et eut l'impression de sentir un souffle frais. Puis il tint ses deux mains au-dessus de sa poitrine, et il lui sembla qu'une légère bouffée d'air soulevait le petit corps. Mais il sentait que ce n'était pas le souffle de la vie. Alors il se pencha, et ses lèvres touchèrent le front froid de l'enfant. Une sensation étrange, jamais encore éprouvée, le parcourut des pieds à la tête. Il en était sûr maintenant : Là-haut, la partie était perdue pour lui, son enfant était mort. Il releva lentement la tête et s'éloigna. La lumière du jardin l'attira au-dehors. Il pénétra dans la véranda, vit sur le banc adossé au mur le docteur Stauber et Mme Rosner, tous deux silencieux. Ils le regardèrent. Il tourna la tête comme s'il ne les connaissait pas, et alla dans le jardin. L'ombre de la maison se projetait en oblique sur le gazon ; le soleil était toujours là-haut, mais son éclat affaibli ne pouvait pas traverser l'atmosphère. Que voulait lui rappeler cette lumière, qui était du soleil et pourtant ne brillait pas, et cette voûte bleue très haut, qui était celle du ciel, et ne répandait pas sur lui sa grâce ? D'où provenait le mutisme de ce jardin familier qui aurait dû l'accueillir en ami secourable, et qui aujourd'hui lui opposait un visage étranger, inhospitalier ? Peu à peu, il se rappela que, quelque temps auparavant, en rêve, une pénombre semblable, pesante, inimaginable, l'avait enveloppé et avait rempli son âme d'une tristesse mystérieuse. Que faire ? murmura-t-il, sans chercher de réponse, tout en sachant que quelque chose d'imprévisible, d'inéluctable s'était produit qui devait pour sa vie entière modifier l'image du monde. Il pensa au jour de la mort de son père. Il avait éprouvé alors une douleur farouche ; et pourtant il avait pu pleurer et la terre n'en était pas devenue soudain sombre et vide. Car son père avait vécu, avait été jeune, avait travaillé, aimé, eu des enfants, connu des joies et des peines. Et sa propre mère, en lui donnant le jour, n'avait pas souffert en vain. Et si *lui-même* avait dû mourir aujourd'hui, si prématurée qu'eût été sa mort, il aurait eu une existence derrière lui, remplie de lumière et de sons, de bonheur et de souffrance, d'espoir et d'angoisse, une vie imprégnée de tout le contenu du monde. Et si Anna s'était éteinte aujourd'hui à l'heure où elle donnait la vie à un nouvel être, elle aurait en quelque sorte accompli sa destinée, et sa fin aurait eu un sens atroce mais profond. Mais ce qui était arrivé à son enfant était insensé, odieux, un acte de dérision venu d'on ne sait où, d'une sphère où question et réponse étaient vaines. Et pourquoi, pourquoi tout cela ? Que signifiaient ces mois écoulés avec tous leurs rêves, leurs soucis, leurs espoirs ? Car il comprenait soudain que l'attente de l'heure merveilleuse qui verrait naître son enfant était restée présente au fond de son être, continuellement, jour après jour, même dans les moments les plus ternes, les plus vides, les plus insignifiants, et il se sentait humilié, appauvri, misérable.

Il se tenait près de la grille en haut du jardin, regardait vers la lisière du bois en direction du banc où il s'était si souvent reposé, et il lui semblait qu'il devait maintenant abandonner, comme beaucoup d'autres choses, ce bois, cette prairie, ce banc qui lui appartenaient jusqu'ici. Dans un coin du jardin se dressait un petit pavillon à l'abandon, couleur gris sombre, avec trois petites ouvertures et une porte étroite. Il avait toujours déplu à Georg qui n'y avait pénétré qu'une seule fois pour quelques instants. Aujourd'hui, ce pavillon l'attirait. Il s'assit sur le banc vermoulu, et se sentit soudain à l'abri et comme apaisé, comme si tout ce qui était arrivé était devenu moins réel, et pouvait être effacé, d'une manière mystérieuse. Cependant cette illusion s'évanouit bientôt, il abandonna ce lieu inhospitalier et sortit à l'air libre. Fatigué, il pensa : je devrais maintenant rentrer dans la maison, sans bien réaliser que, dans la pièce sombre qu'il voyait d'ici derrière la véranda, comme plongée dans une obscurité insondable, le cadavre de son enfant reposait. Il descendit lentement le jardin. Dans la véranda, la mère d'Anna se trouvait avec un monsieur. Georg reconnut le vieux M. Rosner. Il était debout, encore en pardessus, il avait posé son chapeau devant lui sur la table, il passait un mouchoir sur son front, ses paupières aux bords rougis tressaillaient. Il marcha au-devant de Georg et lui serra la main.

« Il en est advenu tout autrement que nous l'attendions et l'espérions tous », dit-il.

Georg hocha la tête. Puis il se rappela que le vieux monsieur avait souffert de troubles cardiaques durant les dernières semaines, et il s'enquit de sa santé.

« Je vous remercie de votre attention, monsieur le baron, je vais un peu mieux. Il n'y a que la montée des escaliers qui me cause quelque difficulté. »

Georg remarqua que la porte vitrée de la pièce principale était fermée. « Excusez-moi », dit-il à M. Rosner ; il alla droit à la porte, l'ouvrit et la referma rapidement derrière lui. Mme Golowski et le docteur Stauber étaient en conversation près de la table. Comme il s'approchait d'eux, ils se turent tout à coup.

« Eh bien ? » demanda-t-il.

Le docteur dit : « Nous avons parlé des… des formalités. Mme Golowski a la bonté de s'occuper de tout.

— Je vous remercie… » dit Georg, et il tendit la main à Mme Golowski. Tout cela… pensa-t-il. Le cercueil, l'enterrement, la déclaration à l'état civil : naissance d'un fils d'Anna Rosner, célibataire ; décédé le jour même. Pas un mot du père, évidemment. Son rôle était terminé. À partir d'aujourd'hui seulement ? N'était-ce pas déjà le cas dans la seconde où le hasard fit de lui un père ?

Il regarda la table. Un linge recouvrait le petit cadavre. Comme cela va vite, pensa-t-il avec amertume. Ne vais-je plus jamais le revoir ? Une dernière fois au moins doit m'être accordée. Il tira un peu le linge et le souleva. Il retrouva le visage blême de l'enfant, déjà familier, si ce n'est que dans l'intervalle quelqu'un lui avait fermé les yeux. Dans l'angle de la pièce, le carillon d'une horloge retentit : six heures. Une heure ne s'était pas écoulée depuis que son enfant était né et mort ; et c'était déjà un fait absolument indiscutable comme s'il n'avait pu en être autrement.

Quelqu'un toucha légèrement son épaule.

« Elle a reçu la nouvelle avec calme », dit derrière lui le docteur Stauber.

Georg laissa retomber le linge sur le visage de l'enfant et se retourna. « Elle sait donc déjà ?... »

Le docteur Stauber fit « oui » de la tête. Mme Golowski avait détourné les yeux.

« Qui le lui a dit ? demanda Georg.

— On n'a pas eu besoin de le lui dire », répondit le docteur Stauber et, se tournant vers Mme Golowski : « N'est-ce pas ? »

Celle-ci expliqua : « Quand je suis allée auprès d'elle, elle m'a simplement regardée, et j'ai vu tout de suite qu'elle savait déjà.

— Et qu'a-t-elle dit ?

— Rien. Absolument rien. Elle a tourné ses yeux vers la fenêtre et est restée silencieuse, ensuite elle m'a demandé où vous étiez allé, monsieur le baron, et ce que vous faisiez. »

Georg respira profondément. La porte de la chambre d'Anna s'ouvrit. Le professeur, en redingote noire, sortit. « Elle est très calme, dit-il à Georg, vous pouvez aller la voir.

— En a-t-elle parlé avec vous ? » demanda Georg.

Le professeur fit non de la tête. Puis il dit : « Je dois malheureusement me rendre en ville. Vous m'excuserez, n'est-ce pas ? J'espère que tout ira bien. Je reviendrai de toute façon, demain matin. Au revoir, cher baron. » Sa poignée de main témoigna de sa sympathie. « Vous rentrez avec moi, docteur Stauber, n'est-ce pas ?

— Oui, dit le docteur, je veux seulement dire encore au revoir à Anna. » Il sortit.

Georg se tourna vers le professeur. « Puis-je vous poser une question ?

— Je vous en prie.

— Je voudrais bien savoir une chose, docteur. Est-ce le fruit de mon imagination, mais j'ai l'impression », il leva une fois encore le linge couvrant le petit corps, « que cet enfant ne ressemble pas à un nouveau-né. Il est pour ainsi dire plus beau. Je pense que les visages des nouveau-nés doivent être plus fripés, comme de petits vieux. Je ne sais plus si j'en ai vu moi-même ou si je l'ai seulement lu.

— Vous n'avez pas tort, dit le professeur ; précisément dans des cas de ce genre, mais aussi lors d'une issue plus heureuse, les traits des enfants ne sont pas altérés, et même parfois franchement beaux. » Il observa le petit visage avec une attention toute professionnelle, hocha plusieurs fois la tête : « Dommage... dommage », et il laissa retomber le linge ; Georg sut alors qu'il avait pour la dernière fois contemplé le visage de son enfant. Comment aurait-il dû s'appeler? Felician… Adieu, petit Felician.

Le docteur Stauber sortit de la chambre voisine, ferma doucement la porte. «Anna vous attend», dit-il à Georg. Ce dernier lui serra la main, la tendit une nouvelle fois au professeur, salua d'un signe de tête Mme Golowski et pénétra dans la chambre.

La garde assise au chevet d'Anna se leva et quitta la pièce. En face de la porte, dans une glace, Georg aperçut un jeune homme élégant qui était pâle et qui souriait. Anna reposait dans son lit, placé au centre de la chambre, elle accueillit Georg de ses grands yeux clairs. Quelle pénible situation, pensa-t-il. Un peu cérémonieusement, il approcha le fauteuil tout contre le lit, s'assit, saisit sa main, la porta à son front puis, longuement, avec une sorte de ferveur, il baisa ses doigts.

Anna parla la première : «Tu étais dans le jardin? demanda-t-elle.

— Oui, j'étais dans le jardin.

— Je t'ai vu descendre, il y a un moment.

— Tu ferais mieux de ne pas parler, Anna. Est-ce que cela ne te fatigue pas?

— Pour quelques mots, oh! non. Mais tu peux me raconter quelque chose, toi…»

Il gardait sa main dans la sienne et observait ses doigts. Puis il dit : «Au fait, sais-tu qu'il y a là-haut à l'extrémité du jardin un petit pavillon? Bien sûr, tu le sais… je veux dire que nous ne l'avons jamais beaucoup remarqué.

— Dans les premiers jours, j'y suis allée quelques fois, dit Anna. Il n'est pas beau.

— Non, certainement pas.

— As-tu un peu travaillé ce matin? demanda-t-elle ensuite.

— Comment peux-tu penser cela, Anna?»

Elle secoua doucement la tête. «Et dire que ces derniers temps ton travail avançait si bien.

— Oui, vraiment, Anna, tu as fait preuve d'un manque total d'égards.» Il sourit, elle resta sérieuse.

«Tu étais hier en ville? demanda-t-elle.

— Tu le sais bien.

— As-tu trouvé du courrier? Des choses importantes?

— Tu ne dois pas tant parler, Anna. Je vais tout te raconter. Donc : Je n'ai pas trouvé de lettres intéressantes. Rien non plus de Detmold. D'ailleurs, je retournerai ces jours-ci voir le professeur Viebiger. Mais ne pourrions-nous pas parler de ces choses une autre fois, ne crois-tu pas? Et pour mon travail… j'ai ce matin encore étudié un peu le *Tristan*. Je le connais maintenant sur le bout du doigt. Je me sentirais capable de le diriger aujourd'hui s'il le fallait. »

Elle se taisait et le regardait.

Il se souvint de la soirée passée avec elle à l'Opéra de Munich, tous deux comme enveloppés dans le voile léger des sons adorés. Mais il n'en dit rien.

Le soir tombait. Il commençait à ne plus distinguer les traits d'Anna.

« Retournes-tu aujourd'hui en ville? » demanda-t-elle.

Il n'y avait pas du tout pensé. Mais maintenant il y vit le signe d'une délivrance. Oui, il irait. Que pouvait-il faire encore ici? Cependant, il ne répondit pas tout de suite.

Anna reprit : « Je pense que tu voudras peut-être parler à ton frère.

— Oui, je le souhaite vivement. Toi, tu vas certainement t'endormir bientôt.

— Je l'espère.

— Comme tu dois être fatiguée, dit-il en caressant sa main.

— Non, c'est autre chose. Je suis très éveillée… je ne peux te dire à quel point je me sens réveillée. Il me semble que je n'ai jamais été aussi réveillée de ma vie. Et je sais en même temps que je vais dormir très profondément, comme jamais encore… dès que j'aurai fermé les yeux.

— Certainement, tu le feras. Mais puis-je rester encore un moment près de toi? J'aimerais demeurer ici jusqu'à ce que tu sois endormie.

— Non, Georg, aussi longtemps que tu seras là, je ne pourrai pas m'endormir. Mais reste encore un petit moment, ce sera bien. »

Il tenait toujours sa main, et regardait au-dehors le jardin qui était maintenant complètement dans l'ombre.

« Cette année, tu n'as pas été souvent à *Auhof*, en haut? demanda-t-elle d'une voix indifférente, comme s'il s'agissait d'alimenter la conversation.

— Mais si, presque tous les jours. Ne te l'ai-je donc pas dit?… Je crois qu'Else va épouser James Wyner, et partir avec lui pour l'Angleterre. » Il savait qu'elle ne pensait pas à Else, mais à une tout autre personne. Et il se demanda : peut-être croit-elle… que c'est à cause de cela?

Un souffle tiède vint du dehors. Des voix d'enfants retentirent jusqu'à eux. Georg regardait dans le jardin. Il voyait le banc tout blanc briller sous le poirier, et il se rappelait qu'Anna l'avait attendu là-haut dans sa robe aux larges plis, les branches lourdes de fruits au-dessus d'elle, auréolée du doux miracle de sa maternité. Il s'interrogea : était-il déjà écrit alors que cela devait finir ainsi? Ou peut-être dans le moment même de notre première étreinte? La remarque du professeur que seuls un ou deux pour cent de naissances se terminaient ainsi lui revint à l'esprit. Ainsi, depuis que des êtres humains naissaient, il fallait que parmi cent d'entre eux un ou deux périssent d'une manière si absurde au moment même où ils étaient amenés à la lumière! Et combien, combien devaient mourir dans les premières années, et dans la fleur de leur jeunesse, et combien à l'âge mûr, et penser qu'un certain nombre d'entre eux mettent fin à leurs jours comme Labinski, et que beaucoup le tentent sans y parvenir comme Oskar Ehrenberg! À quoi bon chercher des raisons? Une loi se manifeste, incompréhensible, inexorable, sur laquelle nous autres hommes, nous ne pouvons rien. Qui a le droit de se plaindre, de dire pourquoi moi? S'il n'est pas frappé, un autre le sera... innocent ou coupable comme lui. Un ou deux pour cent sont atteints, voilà la justice céleste. Les enfants qui riaient de l'autre côté du jardin avaient eu le droit de vivre. Le droit? Non : le *devoir* de vivre, alors que le sien avait dû mourir dès après son premier souffle, son destin étant de passer d'une nuit dans une autre à travers un néant absurde.

C'était l'heure crépusculaire, et dans la chambre il faisait déjà presque nuit. Anna reposait, calme, immobile. Sa main posée dans celle de Georg ne remuait pas. Mais quand il se leva, il vit que ses yeux étaient ouverts. Il se pencha, hésita un instant, puis il passa le bras autour de son cou et l'embrassa sur ses lèvres qui étaient brûlantes et sèches, et qui ne répondirent pas à son baiser. Puis il sortit. Dans la pièce voisine, la suspension était allumée au-dessus de la table sur laquelle auparavant gisait l'enfant mort. Elle était maintenant recouverte de son tapis vert, comme si rien ne s'était passé. La porte de la chambre qu'occupait Mme Golowski était ouverte. On apercevait la lueur d'un cierge, et Georg comprit que son enfant dormait de son premier et dernier sommeil.

Mme Golowski et Mme Rosner étaient assises côte à côte sur le sofa placé contre le mur, muettes, comme recroquevillées. Georg s'avança vers elle. «Monsieur votre époux est-il déjà parti? dit-il, s'adressant à Mme Rosner.

— Oui, il est rentré en ville avec les médecins, répondit-elle, et elle le fixa d'un air interrogatif.

— Elle est calme, dit Georg en réponse à son regard. Je pense qu'elle va dormir profondément.

— Ne voulez-vous pas prendre quelque chose? demanda Mme Golowski. Depuis ce midi, vous n'avez...

— Non, merci. Je pars maintenant en ville. Je voudrais parler à mon frère. J'attends aussi des lettres importantes. Je reviendrai demain matin. » Il prit congé, monta à la mansarde, alla chercher sur le balcon la partition du *Tristan*, la rangea, prit son manteau et sa canne, alluma une cigarette et quitta la maison. Une fois dans la rue, il se sentit plus libre. Il était au terme d'une émotion intense. La fin avait été malheureuse, mais c'était fini. Quant à Anna, tout devait bien se passer. Pour sûr, il y avait là aussi un certain pourcentage fatal. Mais justement, selon la loi des probabilités, il devait être beaucoup plus faible que si l'enfant était resté en vie.

À pas rapides, il traversa la localité, bâtie toute en longueur, s'interdit de réfléchir, et examina avec une attention volontaire chaque maison devant laquelle il passait. Elles étaient toutes basses, la plupart très sombres et très pauvres. Derrière elles, dans la brume du soir, s'étageaient de petits jardins montant jusqu'aux vignobles, aux champs et aux prairies. Dans le jardin presque désert d'une auberge, quelques musiciens étaient assis autour d'une longue table et violon, guitare, accordéon jouaient une valse triste. Plus tard il passa près de villas cossues et aperçut, dans des pièces convenablement éclairées, des tables dressées. Finalement, il prit place dans le jardin accueillant d'un restaurant, aussi loin que possible des autres clients, d'ailleurs peu nombreux ; il dîna et sentit bientôt une fatigue bienfaisante l'envahir. Dans l'omnibus, il s'endormit presque dans son coin. Il ne reprit ses esprits que lorsque la voiture parcourut des rues plus animées, et il se remémora les événements avec une netteté torturante, mais sans attendrissement. Il descendit, gagna son domicile en traversant le *Stadtpark* à l'atmosphère lourde et humide. Felician n'était pas là. Sur son bureau, Georg trouva un télégramme. Il venait de Detmold et disait : « Nous vous prions de nous informer s'il vous serait possible de vous présenter ici sous trois jours. Cette invitation doit être considérée comme ne comportant pour le moment aucune obligation pour chacune des deux parties en vue de décisions ultérieures. Les frais de voyage seront remboursés dans tous les cas. Salutations distinguées. La Direction du Théâtre de la Cour. » À côté, il y avait un papier rose, le formulaire pour la réponse.

Georg s'énerva. Que devait-il répondre ? Le télégramme indiquait visiblement qu'un poste de chef d'orchestre était vacant. Devait-il demander un délai ? Dans huit jours, il pourrait faire un aller et retour pour discuter la proposition. Cela le fatigua d'y réfléchir. L'affaire pouvait au moins attendre jusqu'à demain matin. Et même si c'était déjà trop tard, rien au fond n'était changé. En qualité d'invité il serait toujours le bienvenu, il le savait déjà. Il valait peut-être mieux ne pas se lier... s'installer quelque part sans obligation, sans responsabilité, et être ainsi parfaitement armé, prêt pour l'année prochaine. Mais que toutes ces considérations pesaient peu au regard de l'événement monstrueux survenu aujourd'hui dans sa vie! Il prit le presse-papiers en malachite et le posa sur le télégramme. Et maintenant?... se demanda-t-il. Aller au club et rencontrer Felician? Ce n'était vraiment pas l'endroit pour le mettre au courant. Rester à la maison et l'attendre était préférable. Il était même un peu tentant de se déshabiller tout de suite et de se coucher. Mais il n'aurait pas pu dormir. Il eut alors l'idée de mettre enfin un peu d'ordre dans ses papiers. Il ouvrit un tiroir, examina des factures, des lettres, nota diverses choses dans son carnet. Entrant par la fenêtre ouverte, les bruits de la rue semblaient venir de loin. Il se rappela que, l'été dernier, après la mort de son père, il avait lu à cette même place des lettres de ses défunts parents et qu'alors, comme aujourd'hui, les mêmes bruits de la ville, la même senteur du parc étaient montés jusqu'à lui. Dans son esprit fatigué, l'année écoulée s'allongeait à l'infini, puis se ramenait à une très courte période, et dans son âme une voix murmurait : à quoi bon... à quoi bon? Son enfant était mort. On l'inhumerait là-bas, dans le cimetière au bord du *Sommerhaidenweg*, là, en terre consacrée, il se reposera du dur chemin qui lui était destiné, d'une nuit dans une autre à travers un néant absurde. Il sera couché sous une petite croix comme s'il avait vécu et souffert un sort humain... Comme s'il avait vécu? Il avait vraiment vécu depuis l'instant où son cœur avait commencé à battre dans le corps de sa mère. Non, plus tôt encore... dès l'instant où le corps de sa mère l'avait conçu, il avait appartenu au royaume des vivants. Et Georg se demanda combien d'enfants étaient destinés à périr encore plus tôt que le sien, et combien, désirés ou non, mouraient dans les premiers jours de leur vie sans même que leurs propres mères s'en doutent. Tandis qu'il rêvassait ainsi à son bureau, les yeux fermés, mi-endormi, mi-éveillé, il voyait une foule de croix étincelantes se dresser sur de minuscules collines, comme un cimetière de poupées qu'un petit soleil aux rayons jaunes et rougeâtres éclairait. Mais soudain, cette vision représenta le cimetière de Cadenabbia. Georg, garçonnet, était assis sur le mur de pierre d'enceinte et il tourna brusquement les yeux vers la mer. Là, dans une barque très longue et très étroite aux voiles d'un jaune soufre, une femme avec un châle vert sur les épaules se tenait immobile sur le banc des rameurs, une femme dont il s'efforçait en vain, presque douloureusement, de reconnaître le visage.

La sonnette tinta. Georg sursauta. Qu'est-ce que c'était? Ah! c'est vrai, il n'y avait personne pour ouvrir. Le domestique avait été congédié le premier du mois, et la femme du portier chargée d'assurer le service des deux frères était absente à cette heure. Georg alla dans l'antichambre et ouvrit. Heinrich Bermann était sur le palier. « J'ai aperçu d'en bas de la lumière dans votre chambre, dit-il. C'était une heureuse inspiration de passer d'abord devant votre immeuble. À vrai dire, je voulais me rendre à votre maison de campagne. »

Sa voix est-elle réellement si agitée, pensa Georg, ou bien est-ce simplement une impression de ma part ? Il le pria d'entrer et de prendre place.

« Merci, merci, j'aime mieux aller et venir. Non, n'allumez pas le lustre, la lampe de bureau suffira… Au reste… Quelles nouvelles de là-bas ?

— L'enfant est venu au monde cet après-midi, répondit Georg calmement ; hélas, il était mort.

— Mort-né ?

— Je ne sais si l'on peut appeler cela ainsi, répliqua Georg avec un sourire amer, car selon le médecin, il aurait respiré une fois. Les douleurs ont duré trois jours. C'était épouvantable. Maintenant, c'est fini.

— Mort. Je regrette beaucoup, sincèrement. » Il tendit la main à Georg.

« C'était un garçon, dit Georg et chose étrange, très beau, pas du tout comme sont habituellement les nouveau-nés. » Il raconta aussi comment il s'était arrêté un moment dans un jardin d'auberge peu engageant où il n'avait jamais mis les pieds auparavant, et comment la luminosité dans la campagne s'était transformée tout d'un coup. « C'était une lumière comme celle que les paysages ont parfois dans les rêves, tout à fait floue… crépusculaire… mais plutôt triste. » Tandis qu'il parlait, il savait qu'il raconterait tout cela autrement à Felician.

Heinrich était assis dans un angle du canapé et le laissait parler. Puis il commença : « C'est étrange ; tout ceci me touche naturellement beaucoup, et pourtant… cela me rassérène en même temps.

— Vous rassérène ?

— Oui, comme si certaines choses que je dois malheureusement craindre étaient devenues soudain moins probables.

— Quelles choses ? »

Sans l'écouter, Heinrich poursuivait, les dents serrées : « Est-ce seulement le fait de me trouver devant la douleur d'un autre ? Ou bien est-ce parce que je suis ailleurs, dans une demeure étrangère ? Ce serait possible. N'avez-vous pas remarqué que même votre propre mort vous paraît quelque chose de particulièrement improbable, par exemple quand on est en voyage, et parfois durant une simple promenade même? L'homme est sujet à ce genre d'illusions, incompréhensibles.» Il s'était levé, était allé à la fenêtre, avait détourné son visage. Georg, appuyé au bureau, attendit la suite qu'il pressentait déjà. Après quelques secondes, comme s'il s'était repris, Heinrich se retourna, mais resta planté devant la fenêtre, les deux mains appuyées dans son dos à la balustrade; brièvement, durement, il déclara: «La possibilité existe que la jeune dame que vous avez entr'aperçue chez moi se soit suicidée. S'il vous plaît, ne prenez pas cet air épouvanté. Vous savez qu'on pouvait déchiffrer dans certaines de ses lettres son désir de le faire.

— Eh bien?» dit Georg.

Heinrich leva la main en signe de protestation. «Au reste, je n'avais jamais pris cela au sérieux. Mais ce matin une lettre est arrivée qui, comment dois-je dire? avait un accent inquiétant de vérité. Elle ne contenait à vrai dire rien d'autre que ce qu'elle m'avait déjà écrit dix ou vingt fois mais le ton... le ton... en un mot, je suis à peu près persuadé que, cette fois, c'est arrivé. Que peut-être dans cet instant même...» Il s'interrompit, le regard fixe.

«Non, Heinrich.» Georg alla vers lui, et lui posa la main sur l'épaule. «Non, ajouta-t-il avec plus de force, je n'y crois absolument pas. Je lui ai parlé, il y a quelques semaines. Vous le savez, d'ailleurs. Et je n'ai pas eu du tout l'impression... Je l'ai vue aussi jouer la comédie... si vous l'aviez vue jouer dans ce vaudeville osé, vous n'y croiriez pas non plus, Heinrich! Elle veut simplement se venger de vous, de votre cruauté. Peut-être inconsciemment. Il se peut qu'elle soit parfois elle-même convaincue de ne pas pouvoir continuer à vivre, mais puisqu'elle a tenu bon jusqu'à aujourd'hui... Évidemment, si elle l'avait fait tout de suite...»

Heinrich secoua la tête avec impatience. «Écoutez, Georg, j'ai télégraphié au théâtre. J'ai demandé si elle était encore là comme s'il s'agissait d'un rôle pour elle, de répéter une nouvelle pièce de moi, ou quelque chose de semblable. J'ai attendu chez moi — jusqu'à maintenant... je n'ai pas reçu de réponse. Si je n'ai aucune réponse ou aucune réponse convaincante, de toute façon je me rendrai là-bas.

— Mais pourquoi n'avoir pas simplement demandé si...?

— Si elle s'est suicidée? On ne tient quand même pas à se rendre ridicule, Georg! J'aurais pu poser la question à peu près tous les trois jours... Ça n'aurait pas manqué d'un certain humour noir.

— Vous voyez bien, vous n'y croyez pas vous-même.

— Je rentre chez moi, voir s'il n'y a pas un télégramme. Au revoir,

Georg. Excusez-moi, je ne pouvais plus tenir à la maison… Je regrette vraiment énormément de vous avoir importuné dans une telle heure avec mes problèmes personnels. Encore une fois, pardonnez-moi…

— Mais vous ne saviez pas… Et même si vous aviez su… Pour moi, c'est en quelque sorte… une histoire terminée. Dans ce qui m'est arrivé il n'y a hélas absolument plus rien à faire. » L'air tendu, il regarda par la fenêtre au-delà des cimes des arbres, jusqu'aux clochers et aux toits sombres qui surgissaient dans la lueur rougeâtre du couchant sur la ville. Ensuite il dit : « Je vous accompagne, Heinrich. Je ne puis rien entreprendre à la maison. C'est-à-dire… si ma compagnie ne vous est pas désagréable.

— Désagréable ?… Georg !… » Il lui serra la main.

Ils partirent. Ils marchèrent d'abord en silence le long du parc. Georg se souvint de sa promenade avec Heinrich dans l'allée du Prater, l'automne précédent, et immédiatement après, le soir de mai lui revint en mémoire où Anna Rosner était arrivée dans le jardin Waldstein, plus tard que les autres, et où Mme Ehrenberg lui avait confié à l'oreille : « Celle-ci, je l'ai invitée pour vous. » Oui, pour lui ! Sans cette soirée, Anna ne serait jamais devenue sa maîtresse, et rien de tout ce qu'il subissait aujourd'hui ne serait arrivé. Ou bien était-ce ici aussi l'action de quelque loi ? Certainement ! Chaque année, tant et tant d'enfants doivent venir au monde, et parmi eux un certain nombre hors mariage. Et la brave Mme Ehrenberg s'était imaginé qu'il dépendait d'elle d'inviter Mlle Anna Rosner pour M. le baron von Wergenthin !

« Mais Anna est hors de danger, n'est-ce pas ? demanda Heinrich.

— Je l'espère », répondit Georg. Puis il évoqua les souffrances qu'elle avait supportées, sa patience, sa bonté. Il éprouvait le besoin de la dépeindre comme une créature angélique ; comme s'il pouvait expier par là une faute dont il se serait rendu coupable envers elle.

Heinrich hocha la tête. « Elle semble vraiment faire partie des femmes peu nombreuses destinées à être mères. Car il n'est pas vrai qu'il y en ait beaucoup de cette espèce. Avoir des enfants… elles sont toutes là pour ça… mais être des mères ! Et il a fallu que cela lui arrive à elle ! Il ne m'est jamais venu à l'esprit que cela puisse se produire. »

Georg haussa les épaules. Il dit ensuite : « J'avais espéré vous voir encore à la campagne. Je crois que vous m'aviez promis quelque chose de ce genre lorsque nous avons dîné ensemble avec Therese, il y a huit jours.

— Ah ! oui, la fois où nous nous sommes si furieusement disputés,

Therese et moi. Sur le chemin du retour, ce fut encore pire. De quoi rire. Nous sommes rentrés à pied en ville, les gens qui nous rencontraient ont dû nous prendre pour un couple d'amoureux tant nous nous querellions.

— Et qui a eu le dernier mot?

— Le dernier mot? Est-ce que ça arrive jamais, que quelqu'un ait le dernier mot? On discute seulement pour soi-même, jamais pour convaincre autrui. Pouvez-vous croire que Therese eût admis finalement qu'un homme raisonnable ne puisse jamais, au grand jamais, adhérer à un parti! ou que j'aie dû lui accorder que ma neutralité en politique s'expliquait par l'absence chez moi d'une réelle vision du monde, comme elle le prétendait? Nous aurions été capables de nous tirer dessus tout de suite! Que dites-vous de tout le verbiage autour de cette expression de *Weltanschauung*? Comme si *Weltanschauung* signifiait autre chose que la capacité et la volonté de voir le monde dans sa réalité, c'est-à-dire de le contempler sans être troublé par une opinion préconçue, sans avoir le besoin de tirer de chaque expérience personnelle une nouvelle loi ou de la rattacher à une loi déjà existante. Mais pour les gens, une *Weltanschauung* n'est rien d'autre que la manifestation supérieure d'un tempérament énergique... pour ainsi dire une énergie branchée sur l'infini. Ils parlent d'une vision du monde plus sombre ou plus riante selon l'atmosphère dans laquelle le monde leur apparaît, au gré de leur caractère et des hasards de leur propre existence. Des hommes aux sens subtils possèdent une vision du monde, non pas les êtres bornés. Voilà ce qu'il en est. On n'a vraiment pas besoin d'être un philosophe pour avoir une *Weltanschauung*... peut-être même faut-il ne pas l'être. En tout cas, la philosophie n'a absolument rien à voir avec une conception du monde. Chaque philosophe a certainement su en son for intérieur qu'il n'était rien d'autre qu'une sorte de poète. Kant a cru à la chose en soi, et Schopenhauer au monde comme volonté et représentation, comme Shakespeare a cru en Hamlet, et Beethoven en la Neuvième Symphonie. Ils ont su qu'il y avait maintenant un chef-d'œuvre de plus au monde, mais ils ne se sont sûrement pas imaginé qu'ils avaient découvert une «vérité» définitive. Chaque système philosophique, s'il est doué de rythme et de profondeur, signifie que l'on possède quelque chose de plus sur cette terre. Mais en quoi peut-il modifier le rapport d'un homme avec le monde, même si cet homme est doué de sens subtils?» Il continuait à pérorer avec une animation croissante qui, sembla-t-il à Georg, se perdait dans des propos fébriles. Georg se rappela qu'Heinrich avait inventé un jour un manège qui devait s'élever en spirale et se terminer au sommet par une flèche de clocher.

Ils passaient par des rues peu animées et médiocrement éclairées en traversant le faubourg. Georg avait l'impression d'errer dans une ville inconnue. Soudain une maison lui sembla étrangement familière, et c'est alors seulement qu'il remarqua qu'ils longeaient la demeure des Rosner. La salle à manger était éclairée. Probablement le vieux monsieur s'y tenait seul, ou en compagnie de son fils. Est-ce possible, pensa Georg, que, dans quelques semaines, Anna se retrouve ici, assise à la même table que son père, sa mère, son frère, comme si rien ne s'était passé? Qu'elle dorme de nouveau, nuit après nuit, derrière cette fenêtre aux jalousies aujourd'hui closes? qu'elle quitte, jour après jour, cette maison pour aller donner ses pauvres leçons?... qu'elle reprenne cette vie lamentable, comme si rien, absolument rien, n'était changé? Non! Elle ne devait pas retourner chez les siens, ce serait de la folie. Il fallait qu'elle vienne chez lui, vivre avec lui, à qui elle appartenait. Le télégramme de Detmold! Pour un peu il l'aurait oublié. Il devait en discuter avec elle. Là était l'espoir, l'avenir! Dans une petite ville semblable, la vie était bon marché. De plus, les ressources personnelles de Georg étaient loin d'être épuisées. On pouvait le tenter. Au reste, ce poste ne représentait qu'un commencement. Bientôt peut-être il s'en découvrirait un meilleur dans une autre ville, une ville plus importante; du jour au lendemain, de façon inespérée, comme de telles choses ont coutume de se produire, le succès serait là, on se ferait un nom, en tant que chef d'orchestre, mais aussi en tant que compositeur, et à peine deux ou trois années écoulées, ils pourraient reprendre l'enfant avec eux... L'enfant!... Comme les pensées se bousculaient dans sa tête... On pouvait donc aussi oublier cela un instant?

Heinrich parlait toujours; il était visible qu'il cherchait à s'étourdir. Il continuait à pourfendre les philosophes. Il était sur le point de les ravaler du rang de poète à celui d'illusionniste. Tout système — qu'il vînt d'un philosophe ou d'un moraliste — n'était que jeu avec les mots. Une fuite hors de la plénitude changeante des phénomènes pour trouver refuge dans des catégories, rigides comme des marionnettes. Mais voilà justement ce que réclamaient les hommes. Voilà la source de toute philosophie, de toute religion, de toute éthique! Ils fuyaient toujours de cette façon. À peu d'individus, à très peu, il était donné la disponibilité intérieure formidable permettant de ressentir chaque expérience comme nouvelle et unique... et la force de supporter l'idée qu'ils se retrouvaient pour ainsi dire à chaque instant dans un monde nouveau. Et pourtant, à celui-là seul qui surmonte la tendance mesquine à enfermer chaque événement dans des mots, à celui-là seul la vie… la vie multiple, la vie merveilleuse, révèle son vrai visage.

Georg avait le sentiment que tous les discours d'Heinrich ne visaient qu'à une chose : dégager sa responsabilité vis-à-vis d'une loi supérieure, en n'en reconnaissant aucune. Dans une opposition croissante au comportement singulièrement verbeux d'Heinrich, il sentit que, dans sa propre âme, se reconstruisait peu à peu l'image d'un monde qui, quelques heures auparavant, menaçait de voler en éclats. Alors qu'il venait de se révolter contre l'absurdité du destin qui le frappait aujourd'hui, il commençait déjà à soupçonner vaguement que même ce qui lui avait paru un hasard sinistre ne s'était pas abattu sur lui à partir de rien, mais que cela lui était advenu par une voie obscure et pourtant prédéterminée, comme ce vers quoi il tendait sur une route bien tracée, et qu'il avait coutume d'appeler nécessité.

Ils étaient arrivés devant l'immeuble où habitait Heinrich. Le concierge qui se tenait sur le seuil lui annonça qu'il avait, peu auparavant, déposé une dépêche chez lui.

« Ah bon ? » dit Heinrich d'un air indifférent, et il monta lentement l'escalier. Georg suivait. Dans l'entrée, Heinrich alluma une bougie. La dépêche se trouvait sur un guéridon. Heinrich l'ouvrit, l'approcha de la lueur vacillante, lut en silence, puis se tourna vers Georg. « On l'a attendue ce matin pour la répétition, et elle n'est pas venue. » Il prit le bougeoir à la main et pénétra, suivi de Georg, dans la pièce suivante, posa la lumière sur le bureau et marcha de long en large. Par la fenêtre ouverte qui donnait sur une cour sombre, les sons d'un mauvais piano parvenaient jusqu'à Georg. « La dépêche ne contient rien d'autre ? demanda-t-il.

— Non. Visiblement elle n'est pas allée à la répétition, et on ne l'a pas non plus trouvée chez elle. Sinon on aurait télégraphié qu'elle était malade, ou donné un mot d'explication. Oui, mon cher Georg », il respira profondément, « cette fois, c'est arrivé.

— Pourquoi ? Il n'existe aucune preuve en ce sens, à peine une présomption. »

D'un geste bref de la main, Heinrich lui coupa la parole. Puis il regarda l'heure et dit : « Aujourd'hui, je n'ai plus de train… Que faut-il… que faut-il entreprendre ? » Il s'arrêta et dit soudain : « Je vais aller chez sa mère. Voilà. C'est le mieux… Peut-être, peut-être… »

Ils quittèrent l'appartement. Au coin de rue le plus proche, ils prirent une voiture.

« La mère était-elle tant soit peu au courant? demanda Georg.

— Mon Dieu, dit Heinrich, comme les mères ont coutume de l'être. Il est incroyable de voir combien les gens réfléchissent peu sur ce qui se passe dans leur voisinage immédiat, si une occasion extérieure ne les y force pas. Et la plupart des hommes ne se doutent même pas de tout ce qu'ils savent, de ce qu'ils savent au fond d'eux-mêmes sans vouloir se l'avouer. La brave femme sera certainement un peu étonnée de me voir surgir devant elle... Il y a longtemps que je ne l'aie vue.

— Que lui direz-vous?

— Oui, que vais-je lui dire? répéta Heinrich en mordillant son cigare. Écoutez, j'ai une idée splendide. Vous allez venir avec moi, Georg, et je vous présenterai comme le directeur, n'est-ce pas? Vous êtes ici de passage, et devez partir aujourd'hui même pour Saint-Pétersbourg à onze heures par train spécial; vous avez appris que la demoiselle se trouve à Vienne, et moi, en tant que vieil ami de la maison, j'ai eu l'amabilité de vous présenter.

— Avez-vous le cœur à jouer une telle comédie? demanda Georg.

— Ah! excusez-moi, Georg. Tout cela n'est pas nécessaire, c'est vrai. Je vais simplement demander à la vieille dame si elle a des nouvelles... Qu'en dites-vous?... Que cette nuit est étouffante, non? »

Leur voiture traversa le Ring, passa en résonnant par le *Burghof*, puis parcourut encore des rues. Georg était curieusement tendu. Et si l'actrice était en vérité tranquillement à la maison près de sa mère, pensa-t-il. Il sentit que cela lui causerait une sorte de déception. Puis il eut honte de ce mouvement. Toute cette histoire n'est-elle pour moi qu'un sujet de distraction, songea-t-il. Ce qu'il advient aux autres... n'est souvent rien de plus pour nous, déclarerait Nürnberger... Curieuse façon de se distraire pour oublier la mort de son enfant... Mais que faire?... Je n'y puis rien changer. Dans quelques jours je partirai en voyage. Dieu soit loué!

La voiture s'arrêta devant une maison près du *Praterstern.* Sur le viaduc d'en face, un train roulait dans un bruit de tonnerre; au-dessous, les allées du Prater s'enfonçaient dans l'ombre. Heinrich renvoya la voiture. « Je vous remercie beaucoup, dit-il à Georg. Au revoir.

— Je vous attends ici.

— Vraiment? Eh bien, je vous en suis très reconnaissant. »

Il disparut sous le porche. Georg fit les cent pas. En dépit de l'heure tardive, les rues environnantes étaient encore assez animées. Les accents d'une musique militaire provenaient du Prater. Un homme et une femme passèrent près de lui. L'homme portait un enfant endormi qui avait noué ses bras autour du cou de son père. Georg pensa au jardin de *Grinzing*, au petit bonhomme malpropre qui, dans les bras de sa mère, avait tendu vers lui ses menottes. Avait-il vraiment été ému, cette fois-là, comme Nürnberger l'avait prétendu? Non, ce n'était certainement pas de l'émotion. Peut-être quelque chose d'autre. La conscience obscure d'appartenir à la chaîne ininterrompue qui va des aïeux aux arrière-petits-enfants, d'être saisi par les deux mains pour participer au sort commun du genre humain. Et maintenant, tout d'un coup, il se trouvait détaché, seul... comme rejeté, indigne d'un miracle dont il n'avait pas écouté l'appel avec recueillement. Au clocher d'une église proche, dix coups retentirent. Seulement cinq heures d'écoulées, pensa Georg. Et comme tout cela est déjà loin! Maintenant, il pouvait à nouveau se permettre d'aller libre par le monde, comme autrefois... En avait-il vraiment le droit?

Heinrich sortit. Derrière lui le portail se referma. «Rien, dit-il, la mère ne se doute de rien. J'ai demandé son adresse, prétextant une nouvelle importante à lui transmettre. J'ai dit que je sortais du Prater quand soudain je m'étais rappelé... et cetera. Une bonne et brave femme. Le frère est assis à la table devant une planche à dessin, et d'après un journal illustré, il reproduit un château moyenâgeux aux multiples tours.

— Allons, soyez pour une fois sincère, dit Georg. Si vous pouviez la sauver de cette façon, ne lui pardonneriez-vous pas maintenant?

— Eh bien, Georg, ne comprenez-vous donc toujours pas qu'il ne s'agit pas ici de savoir si je veux pardonner ou non? Imaginez que j'aie simplement cessé de l'aimer, ce qui peut se produire, même si l'on n'a pas été «trahi». Représentez-vous une femme qui vous aime, qui vous poursuivrait, une femme dont le contact pour une raison quelconque vous ferait horreur, et qui vous jurerait de se tuer si vous la dédaignez. Seriez-vous tenu de céder? Pourriez-vous vous faire le plus léger reproche si elle se donnait réellement la mort à cause de ce prétendu amour dédaigné? Auriez-vous le sentiment d'être un meurtrier? Ce serait purement stupide, n'est-ce pas? Mais si vous croyez que je suis maintenant tourmenté par ce qu'on appelle la conscience, vous vous trompez. C'est simplement le souci du destin d'un être qui un jour me fut proche, et qui l'est aujourd'hui encore, dans une certaine mesure. L'incertitude...» Soudain, son regard se figea dans une direction.

«Qu'est-ce qui vous arrive? demanda Georg.

— Ne voyez-vous pas? Un télégraphiste. Il se dirige vers le portail.» Avant que l'homme ait eu le temps de sonner, Heinrich était près de lui, et lui dit quelques mots que Georg ne put comprendre. Le messager semblait faire des difficultés, et Georg qui s'était rapproché entendit Heinrich répondre : «Je vous ai attendu à la porte parce que le médecin m'en a instamment prié. Le télégramme contient... peut-être... une triste nouvelle... il pourrait causer la mort de ma mère... mais si vous ne me croyez pas, vous pouvez sonner, j'entrerai avec vous.» Mais il avait déjà la dépêche en main, il l'ouvrit en hâte et lut à la lumière d'un réverbère. Son visage était parfaitement immobile. Puis il replia la dépêche, la rendit au télégraphiste, lui glissa quelques pièces d'argent dans la main et lui dit : «Il faut malgré tout que vous la remettiez vous-même.»

Le messager resta stupéfait, mais le pourboire l'apaisa. Heinrich sonna, puis se détourna. «Venez», dit-il à Georg. Ils marchèrent en silence. Au bout de quelques minutes, Heinrich dit : «C'est arrivé.»

Georg sursauta plus violemment qu'il ne s'y serait attendu. «Est-ce possible...? s'exclama-t-il.

— Oui, dit Heinrich. Elle s'est noyée dans le lac. Dans le lac au bord duquel vous avez passé quelques jours cet été, ajouta-t-il d'un ton qui semblait attribuer à Georg une part de responsabilité dans cet événement.

— Que dit le télégramme? demanda Georg.

— Il est du directeur. Il vient d'apprendre qu'elle a été victime d'un accident mortel en canotant. Il demande des instructions à la mère.» Il parlait d'une voix froide, sèche, comme s'il lisait une annonce dans le journal.

«La malheureuse femme! Ne devriez-vous pas, Heinrich...?

— Quoi...? Aller chez elle? Que pourrais-je y faire?

— Qui d'autre que vous peut maintenant... et doit maintenant l'assister?

— Qui d'autre que moi?» Il s'arrêta. «Vous voulez dire parce que, en un certain sens, j'en suis responsable? Je vous déclare solennellement que je me sens innocent. Le canot d'où elle s'est laissée glisser, les vagues qui l'ont reçue ne peuvent se sentir moins coupables que moi. Que ce soit bien clair!... Mais que je doive me rendre chez sa mère... oui, sur ce point, vous avez parfaitement raison.» Il repartit en direction de la maison. «Si vous le voulez, dit Georg, je resterai près de vous. — Quelle idée, Georg! Rentrez tranquillement. Que vais-je encore exiger de vous? Saluez Anna de ma part, et dites-lui combien je regrette... vous le savez... Nous voici arrivés. Permettez que j'attende encore quelques secondes avant de...» Il s'arrêta et se tut. Puis il reprit la parole et ses traits se contractèrent : « Je vais vous dire quelque chose, Georg. À savoir : C'est une grande chance de ne pas se rendre compte en certains moments de ce qui vous est arrivé. Si on ressentait immédiatement avec trop de violence le caractère monstrueux de tels instants, comme on les ressentira plus tard dans le souvenir, ou comme on les a ressentis en les redoutant... on deviendrait fou. Vous aussi, Georg, vous aussi. Et certains en perdent vraiment la raison. Probablement des gens à qui le don fut accordé de ressentir immédiatement l'événement en toute lucidité... Mon amie s'est noyée, vous entendez? Cela ne peut se dire autrement. Est-ce que vraiment un événement semblable est déjà arrivé à d'autres ? Oh non. Vous croyez être sûr d'avoir lu ou entendu une histoire semblable. Ce n'est pas vrai. Aujourd'hui, pour la première fois... pour la première fois depuis que le monde existe, une telle chose est arrivée. »

Le portail s'ouvrit et se referma. Georg restait seul dans la rue ; la tête troublée, le cœur oppressé. Il fit quelques pas et prit une voiture pour rentrer chez lui. Il voyait devant lui la morte telle qu'elle se tenait par cette claire journée d'été devant l'entrée des artistes, dans son corsage rouge et sa courte jupe blanche, avec ses yeux papillotant sous sa chevelure rousse. Il aurait alors juré qu'elle avait une liaison avec le comédien qui ressemblait à Guido. Il en était peut-être ainsi. Cela pouvait avoir été *une* des formes de l'amour, et celle qu'elle éprouvait pour Heinrich en était une autre. Il y avait vraiment trop peu de mots. Pour l'un, on se tue ; on couche avec l'autre... peut-être dans la nuit même où l'on se suicidera pour le premier. Et finalement, que signifie un suicide ? Peut-être seulement qu'à un certain moment on n'a pas bien compris la mort. Peu nombreux sont ceux qui recommencent après s'être manqués. Il repensa à cette conversation avec Grace qui, sur la tombe de Labinski, avait mêlé passion et insensibilité par une journée de février ensoleillée où la neige fondait. À cette heure, elle lui avait avoué n'avoir ressenti aucune épouvante lorsqu'elle avait trouvé Labinski mort devant sa porte, une balle dans la tête. Et quand, il y avait de nombreuses années, sa petite sœur était morte, elle l'avait veillée toute une nuit sans ressentir la moindre trace de ce qu'on appelle l'épouvante. Mais, ainsi qu'elle le raconta à Georg, elle avait connu une sensation proche de ce sentiment dans l'étreinte amoureuse. Tout d'abord, cela lui avait paru inexplicable, plus tard elle crut le comprendre. Elle était selon les médecins condamnée à la stérilité, d'où il pouvait résulter que le moment de la jouissance la plus intense, rendu presque absurde par cette fatalité, ne provoquait plus en elle qu'un frisson d'horreur. À cette époque, ces propos avaient paru pleins d'affectation à Georg; aujourd'hui pour la première fois il y percevait une ombre de vérité. C'était une créature étrange. Rencontrerait-il une autre fois un être de cette nature? Pourquoi pas? Peut-être bientôt. Une nouvelle époque de sa vie ne commençait-elle pas? Et quelque part la prochaine aventure l'attendait peut-être déjà. Des aventures?... Avait-il le droit d'y penser encore? N'avait-il pas, à partir d'aujourd'hui, des obligations plus sérieuses que jamais? N'aimait-il donc pas Anna, comme jamais auparavant...? L'enfant était mort... Mais le prochain vivrait!... Heinrich avait raison : Anna était faite pour être mère. Mère... Mais, pensa-t-il en frissonnant, est-elle aussi destinée à être la mère de *mes* enfants?... La voiture s'arrêta. Georg descendit, monta les deux étages jusqu'à son appartement. Felician n'était pas encore rentré. Qui sait quand il reviendra, pensa Georg. Je ne peux pas l'attendre, je suis trop fatigué. Il se déshabilla rapidement, s'écroula dans son lit, et fut bientôt plongé dans un profond sommeil.

À son réveil, selon son habitude depuis des jours, il chercha des yeux par la fenêtre une ligne blanche entre bois et prairie : le *Sommerhaidenweg*. Mais il ne vit qu'un ciel vide, bleuâtre, dans lequel s'enfonçait la flèche d'un clocher; immédiatement, il comprit qu'il était chez lui, et tout ce qu'il avait vécu hier lui revint en mémoire. Cependant, il se sentait en forme, corps et âme, et il eut l'impression qu'en dehors du triste événement il devait se souvenir de quelque circonstance favorable. Ah! oui, le télégramme de Detmold... Était-ce donc quelque chose de si favorable? Hier soir, il n'en avait pas eu le sentiment.

On frappa à la porte. Felician entra dans la chambre, le chapeau et la canne à la main. «J'ignorais que tu couchais aujourd'hui à la maison, dit-il. Bonjour, alors quoi de neuf là-bas?»

Georg avait le bras appuyé sur l'oreiller, il leva les yeux vers son frère. «C'est terminé, dit-il, un garçon, mais mort.» Et il regarda dans le vague.

«Par exemple!» dit Felician, ému; il alla à son frère, et d'un geste instinctif, lui posa la main sur la tête. Puis il se débarrassa de sa canne et de son chapeau, et s'assit sur le lit; et Georg se remémora les matins de ses années d'enfance où, à son réveil, il trouvait parfois son père assis de cette façon au bord du lit. Il raconta à Felician tout ce qui était arrivé, souligna la patience et la douceur d'Anna, tout en constatant avec un certain malaise qu'il devait un peu se forcer pour conserver à ses déclarations le ton de sérieux et d'affliction qui s'imposait. Felician l'écouta avec intérêt, puis il se redressa et arpenta la chambre. Pendant ce temps, Georg se leva et commença sa toilette; il relata à son frère l'étrange déroulement de la fin de la soirée, parla des allées et venues d'Heinrich Bermann, et de quelle singulière façon ils avaient finalement appris le suicide de l'actrice.

« Ah ! c'est donc elle, dit Felician. C'est déjà dans le journal.

— Comment est-ce donc arrivé ? demanda Georg intrigué.

— Elle est partie sur le lac et s'est laissée glisser du canot dans l'eau… Mais tu liras toi-même… Tu retournes probablement tout de suite à la campagne ? ajouta-t-il.

— Naturellement, répliqua Georg, mais j'ai encore quelque chose à te dire, Felician, qui devrait t'intéresser. » Et il parla à son frère du télégramme de Detmold.

Felician sembla surpris. « Cela devient sérieux ! s'exclama-t-il.

— Oui, cela devient sérieux, répéta Georg.

— Tu n'as pas encore répondu ?

— Non, comment aurais-je pu ?

— Qu'as-tu l'intention de faire ?

— Honnêtement, je ne sais pas très bien. Tu comprends que je ne puisse pas partir sur-le-champ, étant donné les circonstances. »

Felician parut songeur. « Un petit délai ne devrait pas tout compromettre.

— Je le pense aussi. Avant tout, je dois savoir comment vont les choses là-bas. Et bien sûr j'aimerais m'en entretenir avec Anna.

— Où as-tu mis le télégramme, peut-on le lire ?

— Il est dans mon secrétaire », dit Georg, en train de lacer ses chaussures.

Felician se rendit dans la pièce voisine, prit la dépêche et la lut. « C'est beaucoup plus urgent que je ne le pensais, remarqua-t-il.

— Il me semble, Felician, que tu ne peux te faire à l'idée que je doive avoir bientôt une véritable profession. »

Felician était revenu près de son frère, il lui passa la main sur les cheveux et dit : « C'est peut-être une heureuse conjoncture que cette dépêche soit arrivée justement hier.

— Heureuse ? Dans quelle mesure ?

— Je veux dire qu'après un événement aussi triste, la perspective d'une occupation active devrait être doublement bénéfique… Mais il me faut malheureusement te quitter, j'ai encore une foule de choses à faire, entre autres des visites d'adieu.

— Quand pars-tu donc, Felician ?

— Aujourd'hui en huit. Dis, Georg, tu reviendras probablement aujourd'hui de ta campagne ?

— Si là-bas tout est en ordre, certainement.

— Nous pourrions peut-être nous retrouver ce soir?

— Avec grand plaisir, Felician.

— Eh bien, si tu es d'accord, je serai à la maison à partir de sept heures. Nous pourrons peut-être souper ensemble, mais seuls, pas au club.

— Volontiers.

— Je voudrais te demander quelque chose, reprit Felician après un court silence. Transmets là-bas mes salutations très cordiales… et dis-lui que je compatis très sincèrement.

— Je te remercie, Felician, je n'y manquerai pas.

— Vraiment, Georg, je ne puis te dire à quel point cela m'a ému, poursuivit Felician avec chaleur. J'espère qu'elle surmontera cela bientôt… Et toi aussi.»

Georg remercia d'un signe de tête. «Sais-tu, dit-il doucement, comment il aurait dû s'appeler? Felician!»

Felician regarda son frère droit dans les yeux, très gravement, puis il lui serra la main. «Ce sera pour la prochaine fois…» dit-il avec un bon sourire. Il lui serra encore une fois la main, et partit. Georg le suivit du regard, en proie à des sentiments contradictoires. Que cela se soit terminé ainsi ne doit pas lui être tout à fait désagréable, pensa-t-il… Il se prépara rapidement et décida de reprendre aujourd'hui sa bicyclette pour aller là-bas.

Ce ne fut qu'après avoir quitté les rues fréquentées qu'il se retrouva lui-même. Le ciel s'était un peu assombri, et un vent frais qui soufflait des collines semblait lui apporter le salut de l'automne. Il ne voulait rencontrer aucun habitant de la petite localité où l'événement d'hier devait être déjà connu, et il prit le chemin du haut entre prairies et jardins pour entrer par-derrière la maison. Plus le moment approchait où il devait revoir Anna, plus son cœur était lourd. À la grille il descendit de bicyclette, hésita un instant. Le jardin était vide; la maison se dressait en contrebas, plongée dans le silence. Georg respira profondément, douloureusement. Comme les choses auraient pu être différentes! pensa-t-il; il descendit l'allée, entendit le gravier crisser sous ses pas. Il alla à la véranda, appuya sa machine contre la balustrade, regarda dans la chambre par la fenêtre ouverte. Anna était couchée, les yeux ouverts.

«Bonjour», dit-il du ton le plus enjoué possible.

Mme Golowski, qui était assise au chevet du lit, se leva et déclara aussitôt : «Nous avons bien dormi, bien et profondément.

— Voilà une bonne nouvelle, dit Georg qui enjamba l'appui de fenêtre pour entrer dans la pièce.

— Tu es plein d'allant, aujourd'hui», dit Anna avec ce sourire malicieux qui rappelait à Georg des temps très éloignés. Mme Golowski lui apprit que le professeur était venu de bon matin et s'était montré entièrement satisfait, et qu'il avait ramené Mme Rosner en ville dans sa voiture. Là-dessus, elle s'éloigna en leur jetant un regard bienveillant.

Georg se pencha et embrassa longuement Anna sur les yeux et sur la bouche; puis il rapprocha la chaise, s'assit et dit : «Mon frère... te transmet ses amitiés.»

Elle eut un frémissement imperceptible des lèvres. «Merci, répondit-elle doucement; elle remarqua ensuite : Tu es venu à bicyclette?

— Oui, répondit-il, et il faut faire attention en cours de route, ce qui a parfois son bon côté.» Il lui raconta alors la fin de la journée d'hier sous la forme d'une histoire passionnante, et ce n'est qu'à son terme, comme il se doit, qu'Anna put apprendre comment l'amie d'Heinrich avait péri. Il s'attendait à la voir émue, mais elle garda au coin des lèvres un pli étrangement dur.

«C'est pourtant terrible, dit Georg, ne trouves-tu pas?

— Oui», répondit Anna brièvement, et Georg se rendit compte que dans cette circonstance elle ne manifestait aucune bonté. Il perçut la répulsion qui émanait d'elle, non comme une onde faible d'un être vis-à-vis d'un autre, mais violente, profonde comme un torrent de haine entre deux mondes. Il changea de sujet et reprit : «Et maintenant, une chose importante, mon petit.» Il souriait, mais son cœur battait quelque peu.

«Eh bien?» demanda-t-elle, intriguée.

Il tira de sa poche le télégramme de Detmold et le lui lut. «Qu'en dis-tu? demanda-t-il, sur un ton de fierté ironique.

— Et qu'as-tu répondu?

— Pour l'instant, rien du tout», répondit-il sur un ton badin, comme s'il avait décidé de ne pas prendre la chose très au sérieux. «Je voulais d'abord en parler avec toi, bien sûr.

— Mais qu'en penses-tu? demanda-t-elle sans broncher.

— Naturellement, je... refuse. Je répondrai par télégramme que... dans les jours prochains, il m'est impossible de venir.» Et il lui expliqua sérieusement que demander un délai ne compromettait rien, qu'il serait toujours le bienvenu comme invité, et qu'il ne devait qu'à un hasard cette offre insistante, un hasard que l'on n'aurait même pas eu le droit d'espérer.

Elle le laissa parler un moment, puis elle dit : « Une fois encore, tu te comportes très légèrement. Surtout, j'estime que tu aurais dû répondre. Et…

— Et quoi ?… Y partir dès ce matin, peut-être, au lieu de venir te voir… C'est ça ? » dit-il en plaisantant.

Elle ne se dérida pas. « Pourquoi pas ? » Et devant son sursaut d'étonnement : « Dieu soit loué, je vais très bien, Georg ; et même si cela allait un peu plus mal, tu ne pourrais rien faire pour moi, donc… »

Il l'interrompit. « Oui mais mon petit, il me semble que tu ne comprends pas bien de quoi il s'agit. Aller là-bas est naturellement chose assez simple, mais… y rester ! Y rester au moins jusqu'à Pâques… ! C'est la durée de la saison.

— Eh bien, que tu ne sois pas parti sans venir me dire au revoir, Georg, je trouve cela bien sûr tout à fait dans l'ordre. Mais vois-tu, de toute façon tu dois partir, n'est-ce pas ? Même si nous n'en avons pas parlé ces derniers temps, nous le savions tous deux. Donc, que tu partes dans quatre semaines ou après-demain… ou aujourd'hui… »

Georg se mit alors à protester énergiquement. Ce n'était pas du tout pareil que ce fût dans quatre semaines ou aujourd'hui. En l'espace de quatre semaines on pouvait se familiariser avec certaines idées, et aussi tout discuter dans le détail pour l'avenir…

« Qu'y a-t-il là à discuter ? répliqua-t-elle d'un ton las. Dans quatre semaines, tu ne m'emmèneras… tu ne pourras pas plus m'emmener qu'aujourd'hui. Je crois même que toute… discussion sérieuse entre nous n'aura de sens qu'à ton retour. D'ici là, maintes choses se seront clarifiées… Tout au moins en ce qui concerne tes perspectives d'avenir. »

Elle regarda par la fenêtre en direction du jardin. Georg manifesta une légère indignation devant sa froide objectivité qui ne l'abandonnait pas, même dans une pareille heure. « Oui, vraiment ! dit-il, quand on réfléchit à ce que cela signifie que toi, tu restes ici, et que moi… » Elle le regarda. « Je sais ce que cela signifie, dit-elle. »

Sans le vouloir, il évita son regard, prit ses mains, les embrassa, il était intimement bouleversé. Lorsqu'il releva les yeux, il vit les yeux d'Anna posés sur lui avec une expression maternelle. Et elle lui tint le langage d'une mère. Elle lui expliqua que, *précisément* en vue de l'avenir — elle mettait dans ce mot à peine un soupçon d'espoir personnel —, il ne devait pas manquer une telle occasion. Dans deux ou trois semaines il pourrait sans doute revenir de Detmold à Vienne pour quelques jours. Les gens là-bas comprendraient certainement qu'il devait ici mettre de l'ordre dans ses affaires. Mais avant tout, il était nécessaire de leur donner une preuve de sa volonté bien arrêtée. Et s'il faisait quelque cas de *son* conseil, il n'avait qu'une chose à faire : partir dès ce soir. Il n'avait pas besoin de se tourmenter à son sujet, elle sentait qu'elle était hors de danger, elle le sentait avec certitude. Naturellement, il recevrait quotidiennement des nouvelles, deux fois par jour s'il le voulait, matin et soir. Il ne céda pas tout de suite, revint à plusieurs reprises sur l'idée que le caractère inopiné de cette séparation le déprimerait sûrement. Elle répliqua qu'elle préférait un tel départ rapide à la perspective de passer quatre autres semaines dans la crainte, l'émotion, l'angoisse du départ. Et le fait essentiel demeurait qu'il ne s'agissait guère plus que de six mois. Après cela, on en aurait six autres pour soi, et, si tout allait bien, de telles périodes de séparation n'adviendraient peut-être plus guère à l'avenir.

Il reprit alors : « Et que feras-tu pendant les six mois où je serai absent? C'est pourtant… »

Elle l'interrompit. « Provisoirement, tout continuera comme cela a été pendant des années. Mais ce matin, j'ai réfléchi à beaucoup de choses.

— L'école de chant?

— À cela aussi. Quoique ce ne soit naturellement pas si facile, ni si simple… en outre, ajouta-t-elle avec son sourire malicieux, ce serait vraiment dommage si on devait la fermer trop tôt. Mais, de tout cela, nous reparlerons plus tard. Pour le moment, va télégraphier.

— Mais quoi? » s'écria-t-il avec une expression si désespérée qu'elle ne put s'empêcher de rire. Elle dit alors : « C'est très simple. Aurai l'honneur de me trouver demain midi à votre bureau, votre très respectueux, ou votre très dévoué… ou votre très orgueilleux… »

Il la regarda. Puis il lui baisa la main et dit : « Tu es certainement la plus avisée de nous deux. » Son ton suggérait aussi : et la plus froide, mais le regard qu'elle lui adressa, doux, tendre et un peu ironique, réfutait cette inflexion.

« Bon,. je reviens dans dix minutes. » Il la quitta, le front serein, entra dans la pièce voisine et ferma la porte. En face de lui, derrière une autre porte — le souvenir fondit sur lui… gisait dans un cercueil son enfant mort… car « le nécessaire », selon l'expression employée la veille par le docteur Stauber, avait certainement déjà été fait. De regret, son cœur se serra douloureusement. Mme Golowski arrivait dans l'entrée. Elle vint à lui, parla avec admiration de la résignation d'Anna, de son empire sur soi. Georg l'écoutait un peu distraitement. Ses yeux revenaient toujours sur cette porte, et à la fin, il dit doucement : « Je voudrais le voir encore une fois. »

Elle le regarda tout d'abord effrayée, puis compatissante.

« Déjà refermé ? demanda-t-il, angoissé.

— Déjà emporté, répondit Mme Golowski lentement.

— Emporté ?! » Son visage se tordit tout d'un coup si douloureusement que la vieille femme, dans un geste d'apaisement, posa les mains sur son bras. « J'ai été faire à la première heure la déclaration de décès, dit-elle, et le reste a suivi très vite. Il y a une heure, on l'a emporté à la morgue.

— A la morgue... » Georg frémit. Il resta longtemps muet comme s'il venait d'apprendre une nouvelle inattendue, épouvantable. Quand il eut repris ses esprits, il sentit encore la pression amicale de Mme Golowski sur son bras, et vit qu'elle le regardait de ses bons yeux battus par le manque de sommeil.

« C'est donc terminé », dit-il, jetant au ciel un regard courroucé, comme si un dernier espoir venait de lui être perfidement ravi. Il tendit ensuite la main à Mme Golowski. « Et vous avez pris tout cela sur vous, très chère madame Golowski... Je ne sais vraiment pas... comment je pourrai jamais... »

D'un geste, la vieille dame refusa tout autre remerciement.

Georg quitta la maison, jeta au petit ange bleu qui, comme apeuré, baissait les yeux sur les massifs défleuris, un regard dédaigneux, et gagna la rue. Sur le chemin de la poste, il pesa minutieusement les termes du télégramme qui devait annoncer son arrivée sur les lieux de sa nouvelle activité, pour un nouvel avenir.

9

Le vieux docteur Stauber et son fils buvaient leur café noir. Le père tenait en main un journal et semblait y chercher quelque chose. « La date du procès, dit-il, n'est pas encore fixée.

— Tiens, répondit Berthold, Leo Golowski croit qu'il aura lieu à la mi-novembre, donc dans trois semaines environ. Je le tiens de Therese qui lui a rendu visite en prison, il y a quelques jours. Il serait parfaitement calme, et même de bonne humeur.

— Qui sait ? Peut-être sera-t-il acquitté, dit le vieux docteur.

— C'est très peu probable, Père. Il peut déjà s'estimer heureux de ne pas être accusé de meurtre pur et simple. En tout cas, on a essayé.

— Tu ne peux pas dire que l'on a essayé sérieusement, Berthold. Tu vois bien que les magistrats n'ont accordé aucune importance à la calomnie à laquelle tu fais allusion.

— S'ils l'avaient tenue pour une calomnie, répondit durement Berthold, il aurait été de leur devoir de poursuivre le calomniateur. Nous vivons d'ailleurs, comme chacun sait, dans un État où un Juif n'est jamais assuré de ne pas être condamné à mort pour meurtre rituel ; pourquoi donc les autorités devraient-elles reculer devant l'hypothèse implicite que les Juifs, lors de duels au pistolet contre des chrétiens — peut-être pour des motifs religieux —, savent s'assurer un avantage criminel ? Que, cette fois encore, les autorités aient fait preuve de complaisance pour rendre service au parti dominant n'est-ce pas prouvé par le fait que la détention préventive n'ait pas été interrompue, en dépit de l'offre d'une caution importante ?

— Je ne crois pas à cette histoire de caution, dit le vieux docteur. Où Leo Golowski prendrait-il cinquante mille gulden ?

— Ce n'étaient pas cinquante mille... mais cent mille, et jusqu'à aujourd'hui, Leo Golowski n'en sait absolument rien. Je peux te dire en confidence, Père, que Salomon Ehrenberg a mis cette somme à la disposition de la défense.

— Tiens ? Eh bien, je vais aussi te confier quelque chose, Berthold.

— Quoi donc ?

— Il est possible qu'on n'en vienne pas au procès. L'avocat de Golowski a déposé une requête en non-lieu. »

Berthold éclata de rire. « À cause de cela ! Et tu crois, Père, qu'il y a la moindre chance d'un règlement favorable ? Bien sûr, si Leo était tombé, et si le lieutenant était resté en vie... alors peut-être. »

Le vieil homme secoua la tête avec impatience. « Il te faut à tout prix discourir en contestataire, mon fils.

— Excuse-moi, Père, dit Berthold en fronçant les sourcils, chacun de nous n'a pas le don enviable de pouvoir détourner les yeux de certains phénomènes de la vie publique quand on n'est pas personnellement atteint.

— Serait-ce mon habitude ? » rétorqua vivement le vieux docteur, et, sous son front haut, l'irritation lui fit écarquiller ses petits yeux. « C'est toi, Berthold, plutôt que moi, qui te bouches les yeux quand tu ne veux pas voir. Je trouve que tu commences à être prisonnier de tes idées. Ça devient maladif chez toi. J'avais espéré que le séjour dans une autre ville, dans un autre pays, te guérirait de certaines conceptions bornées, mesquines. Mais cela a plutôt empiré. Je le remarque bien. Que quelqu'un explose comme Leo Golowski l'a fait, je peux le comprendre, sans le moins du monde l'approuver. Mais rester là, en serrant pour ainsi dire les poings dans ses poches, ça sert à quoi? Reprends-toi donc! La personnalité et les œuvres finissent toujours par s'imposer. Que peut-il t'arriver de grave? Obtenir une chaire de professeur quelques années plus tard qu'un autre, je ne trouve pas le malheur si grand. On ne pourra pas faire le silence sur tes travaux s'ils sont de valeur...

— Mais il ne s'agit pas uniquement de moi! lança Berthold.

— Quoi qu'il en soit, cela ne concerne la plupart du temps que des intérêts de second ordre. Et pour revenir à notre premier sujet : si c'était le lieutenant qui avait abattu Leo Golowski, se serait-il aussi trouvé un Ehrenberg ou quelque autre homme d'honneur[1] avec cent mille gulden... voilà la vraie question. Libre à toi de me tenir pour un antisémite si ça t'amuse, bien que je me rende maintenant dans la *Rembrandtstrasse* pour voir le vieux Golowski. Au revoir, et sois enfin raisonnable. » Il tendit la main à son fils, celui-ci la prit sans sourciller. À la porte, le père se retourna : « Nous nous verrons probablement ce soir à la réunion avec nos confrères? »

Berthold secoua la tête. « Non, Père, je passe ma soirée dans un cercle moins cultivé, à *La Vigne d'argent,* où a lieu une réunion de la Ligue sociale.

— À laquelle tu ne peux pas manquer?

— Impossible.

— Allons, dis-moi plutôt la vérité, tu es candidat à la députation?

— Je... serai présenté comme candidat.

— Ah bon! tu te crois donc capable maintenant d'affronter les... désagréments devant lesquels tu as pris la fuite, l'an passé? » Berthold regarda par la fenêtre tomber la pluie d'automne. « Tu sais, Père, répondit-il, les sourcils frémissant, que je n'étais pas alors dans la disposition d'esprit qu'il fallait. Maintenant, je me sens fort et armé... en dépit de tes remarques précédentes qui ne sont pas toutes pertinentes. Et, avant tout, je sais exactement ce que je veux. »

Le vieux docteur haussa les épaules. « Je ne comprends pas bien comment on peut abandonner un travail positif... parfaitement, car tu seras forcé de l'abandonner, on ne peut servir deux maîtres... comment on peut donc tout rejeter pour... pour faire des discours devant des gens dont c'est, pour ainsi dire, le métier d'avoir des opinions préconçues... tout rejeter pour combattre des convictions auxquelles, la plupart du temps, celui-là même qui prétend les défendre ne croit pas. »

Berthold secoua la tête. « Cette fois, Père, je te l'assure, ce n'est pas l'ambition de briller comme orateur ou dialecticien qui m'attire. Cette fois, je me suis fixé un domaine où il me sera possible, je l'espère, d'accomplir un travail aussi positif que dans un laboratoire. J'ai l'intention, si cela marche, de ne m'occuper de rien d'autre que des questions de la santé publique. Pour cette sorte d'activité politique, je pense pouvoir compter, Père, sur ta bénédiction.

— Sur la mienne... oui. Mais sur la tienne... ?

— Que veux-tu dire ?

— Sur la bénédiction que l'on pourrait appeler une vocation intime.

— Tu en doutes aussi ? » répondit Berthold, interdit.

Le domestique entra et remit au vieux médecin une carte de visite. Il la lut. « Je serai à sa disposition dans un instant. » Le domestique s'éloigna. Berthold, assez ému, reprit : « Je peux tout de même dire que ma formation, mes connaissances... »

Jouant avec la carte de visite, son père l'interrompit :

« Je ne doute pas de tes connaissances, de ton énergie, de ton zèle. Mais il me semble que pour œuvrer utilement dans le domaine de la santé publique, il faut, en dehors de ces excellentes qualités, une autre encore que, à mon avis, tu possèdes très peu : la bonté, mon cher Berthold, et l'amour des hommes. »

Berthold secoua violemment la tête. « L'amour des hommes auquel tu penses, Père, je le tiens pour totalement superflu, et plutôt pour nuisible. La compassion — et l'amour pour des gens que l'on ne connaît pas personnellement peut-il être finalement autre chose — conduit fatalement à la sentimentalité et à la faiblesse. Et, justement, lorsqu'on veut venir en aide à des groupes humains entiers, il faut pouvoir, à l'occasion, être dur vis-à-vis de l'individu isolé, être en mesure de le sacrifier si l'intérêt général l'exige. Tu n'as qu'à considérer, Père, que l'hygiène sociale la plus honnête et la plus conséquente doit aboutir en droite ligne à supprimer les êtres malades, ou, tout au moins, à les exclure de toutes les jouissances de la vie. Je ne nie pas que j'ai sur ce point pas mal d'idées qui pourraient, de prime abord, paraître cruelles. Mais des idées, il me semble, qui ont de l'avenir. Tu n'as pas à craindre, Père, que je commence immédiatement à prêcher le meurtre des éléments nuisibles ou superflus. Mais, d'un point de vue philosophique, c'est à peu près à cela que tend mon programme. D'ailleurs, sais-tu avec qui j'ai eu récemment sur ce thème une conversation très intéressante ?

— De quel thème veux-tu parler ?

— Pour être précis : une conversation sur le droit de tuer. Avec Heinrich Bermann, l'écrivain, le fils du député décédé.

— Où as-tu eu l'occasion de le voir ?

— Dernièrement, dans une réunion. Therese Golowski l'avait amené. Tu le connais, n'est-ce pas, Père ?

— Oui, depuis longtemps, répondit celui-ci, et il ajouta : La dernière fois, je lui ai parlé chez Anna Rosner cet été. »

Une fois encore, Berthold eut un frémissement dans les sourcils. Il dit alors d'un ton moqueur : « Je me doutais de quelque chose de ce genre. Bermann avait mentionné t'avoir rencontré, il y a quelque temps, mais prétendait ne plus se rappeler où. J'en ai conclu qu'il devait s'agir... d'une circonstance discrète. Exactement. Ainsi il a plu à monsieur le baron d'introduire ses amis auprès d'elle.

— Ton intonation, mon cher Berthold, laisse supposer que, contrairement à ce que tu suggérais tout à l'heure, tu n'as pas complètement surmonté certaines choses. »

Berthold haussa les épaules. « Je n'ai jamais nié que le baron von Wergenthin m'était antipathique. C'est pourquoi toute cette affaire me fut d'emblée si pénible.

— Pour cette raison ?

— Oui.

— Je crois cependant, Berthold, que tu considérerais la chose autrement si un jour tu retrouvais Anna Rosner devenue veuve... et même si l'époux disparu t'était encore plus antipathique que le baron von Wergenthin.

— C'est possible. On pourrait alors admettre qu'elle a été aimée — ou tout au moins respectée — et non prise et... rejetée dès que le divertissement fut terminé. Je considère cela comme... bon, je préfère ne pas en dire davantage. »

Le vieux docteur regarda son fils en hochant la tête. « Il semble vraiment que toutes les idées avancées de vous autres, les jeunes, deviennent caduques dès que vos passions ou vos vanités entrent en jeu.

— À l'égard de certaines questions de pureté ou de propreté, Père, je ne me sens tenu par aucune des prétendues idées avancées. Et je crois que tu ne serais pas ravi si l'envie me prenait de devenir le successeur d'un baron von Wergenthin plus ou moins disparu.

— Certes non, Berthold. Et surtout *à cause d'elle*, car tu la torturerais à mort.

— Ne te fais pas de souci, répliqua Berthold. Anna ne court aucun danger de mon côté. C'est fini.

— Voilà une bonne raison. Mais heureusement, il y en a encore une meilleure. Le baron Wergenthin n'est ni mort ni en fuite…

— Peu importe ce qu'il est.

— Il a, comme tu dois le savoir, une situation en Allemagne comme chef d'orchestre…

— Cela tombait à point. Il a joué de bonheur dans toute l'affaire. Et même pas un enfant sur les bras !

— Tu as deux défauts, Berthold. Premièrement, tu manques vraiment de cœur, et deuxièmement, tu ne laisses pas les gens parler jusqu'au bout. Je voulais dire qu'entre le baron et Anna, rien ne semble définitivement terminé. Avant-hier encore, elle m'a transmis les amitiés du baron. »

Berthold haussa les épaules comme si ce sujet ne l'intéressait plus. « Comment va le vieux Rosner ? demanda-t-il alors.

— Il s'en sortira probablement cette fois encore, répondit le vieux docteur. Au reste j'espère, Berthold, que tu as conservé l'objectivité nécessaire pour savoir que ce n'est pas le chagrin causé par "une fille perdue", mais une athérosclérose, malheureusement assez avancée, qui est responsable de ses crises.

— Anna donne-t-elle à nouveau des leçons ? demanda Berthold après quelque hésitation.

— Oui, mais peut-être plus pour longtemps. » Il montra à son fils la carte de visite qu'il tenait toujours à la main.

Berthold pinça les lèvres. « Penses-tu, Père, demanda-t-il, ironique, qu'il vient pour célébrer la noce ?

— Je vais l'apprendre immédiatement. De toute façon, je me réjouis de le revoir… car je t'assure que c'est un des jeunes gens les plus sympathiques qu'il m'a été donné de connaître.

— Étonnant, dit Berthold. Un bourreau des cœurs sans égal. Therese aussi est folle de lui. Et, récemment, Heinrich Bermann également, c'en est presque comique… D'accord, un beau et svelte jeune homme blond, de race germanique, baron, chrétien… quel Juif pourrait résister à ce charme… Au revoir, Père !

— Berthold !

— Quoi donc ? » Il se mordit les lèvres.

« Reprends-toi. Rappelle-toi qui tu es.

— Moi… Je le sais.

— Non. Tu ne le sais pas. Sinon, tu n'oublierais pas aussi souvent qui sont les autres.»

Berthold releva la tête d'un air interrogatif.

«Tu devrais rendre une visite aux Rosner. Il n'est pas digne de toi de marquer à Anna ta désapprobation d'une manière... si puérile... Au revoir... Amuse-toi bien à *La Vigne d'argent.*» Il tendit la main à son fils, puis se rendit dans son cabinet de consultation. Il ouvrit la porte du salon d'attente et, s'inclinant courtoisement, invita Georg von Wergenthin, qui feuilletait un magazine, à entrer.

«Avant tout, docteur, dit Georg après avoir pris place, je dois vous présenter mes excuses. Mon départ si soudain... Je n'ai plus eu, hélas, l'occasion de prendre congé de vous, et de vous remercier personnellement pour votre grande...»

D'un geste, le docteur Stauber l'interrompit. «Je suis très heureux de vous revoir. Vous êtes sans doute en congé ici à Vienne?

— C'est cela, répondit Georg. Un congé de trois jours seulement. Ils ne peuvent pas se passer de moi là-bas», ajouta-t-il avec un sourire modeste. Le docteur, assis en face de lui dans son fauteuil de bureau, le contemplait d'un regard amical. «Vous êtes très satisfait de votre nouveau poste, à ce que m'a dit Anna.

— Oh! oui. Des difficultés, il y en a évidemment partout quand on est soudain plongé dans une situation nouvelle. Mais, dans l'ensemble, tout s'est passé beaucoup plus facilement que je ne m'y attendais.

— C'est ce que j'entends dire. Il paraît même que vous avez déjà réussi votre entrée à la cour!»

Georg sourit. «Anna accorde visiblement à cet événement beaucoup plus de signification qu'il n'en a. J'ai joué une fois chez le prince héritier; c'est tout, et une chanteuse du théâtre y a présenté deux de mes lieder; beaucoup plus important est le fait que j'ai la perspective d'être nommé chef d'orchestre cette saison même.

— Je pensais que vous l'étiez déjà.

— Non, docteur, pas encore en titre. J'ai, en vérité, déjà dirigé plusieurs fois en remplacement le *Freischütz* et *Undine*[1], mais je ne suis provisoirement que répétiteur de chant.»

En réponse à des questions du médecin, il fournit encore quelques détails sur son activité à l'Opéra de Detmold, puis il se leva et prit congé.

«Peut-être puis-je vous conduire un bout de chemin dans ma voiture, dit Stauber. Je vais *Rembrandtstrasse* chez les Golowski.

— Merci beaucoup, docteur, mais ce n'est pas dans ma direction. J'ai d'ailleurs l'intention de rendre visite demain à madame Golowski. Elle n'est pas malade?

— Non. À vrai dire, les émotions des dernières semaines n'ont pas été sans laisser de traces.»

Georg précisa qu'il lui avait écrit quelques mots immédiatement après le duel, ainsi qu'à Leo. «Quand on pense que l'issue aurait pu être tout autre...» ajouta-t-il.

Le docteur regardait dans le vague. «Avoir des enfants, dit-il, est un bonheur que l'on achète à tempérament... et on ne sait jamais à quel moment, là-haut, on sera satisfait des sommes versées.»

Arrivé à la porte, Georg, après quelque hésitation demanda: «Je voulais aussi... vous demander des nouvelles de monsieur Rosner... Je dois dire que je lui ai trouvé meilleure mine que les lettres d'Anna ne me le laissaient supposer.

— J'espère qu'il se rétablira, répondit Stauber, mais il faut considérer cependant... que c'est un vieil homme. Et même plus vieux que son âge.

— Mais il ne s'agit pas de quelque chose de grave?

— L'âge en soi est déjà une chose grave, repartit le docteur Stauber, surtout quand ce qui a précédé, jeunesse et âge mûr, n'a pas été précisément serein.»

Georg promenait ses regards dans la pièce; soudain il s'exclama: «Je repense aussi, docteur, que je ne vous ai toujours pas renvoyé les livres que vous aviez eu la bonté de me prêter au printemps. Et maintenant toutes nos affaires sont chez le déménageur: les livres aussi bien que les tableaux, les meubles et l'argenterie. Je dois donc vous prier, docteur, de patienter jusqu'au printemps.

— Si vous n'avez pas de soucis plus graves, cher baron...»

Ils descendirent ensemble l'escalier, et le docteur demanda des nouvelles de Felician.

«Il est à Athènes, répondit Georg, et je n'en ai eu qu'à deux reprises, et pas très détaillées... Quelle sensation bizarre, docteur, de revenir en étranger dans une ville qu'on habitait encore récemment, de descendre à l'hôtel et de s'y inscrire: venant de Detmold.»

Le docteur monta en voiture. Georg le pria de saluer de sa part Mme Golowski.

«Je n'y manquerai pas. Et à vous, cher baron, je souhaite encore beaucoup de bonheur. Au revoir!»

L'horloge de la cathédrale Saint-Étienne marquait cinq heures. Georg avait une heure à perdre. Il résolut de flâner jusqu'au faubourg sous une pluie d'automne fine et tiède, ce qui était aussi une manière de se délasser. La nuit, dans son compartiment, il n'avait presque pas dormi, et déjà, deux heures après son arrivée, il s'était présenté chez les Rosner. Anna elle-même lui avait ouvert la porte, l'accueillant d'un long baiser, mais elle l'avait conduit aussitôt dans la pièce où ses parents le saluèrent poliment, mais sans chaleur. La mère, gênée et un peu vexée, comme toujours, parla peu ; le père, assis dans un angle du canapé, un plaid couleur sable sur les genoux, se sentit tenu de s'informer des conditions de la vie mondaine et musicale dans la petite capitale d'où Georg arrivait. Il fut ensuite un moment seul avec Anna. Ils échangèrent d'abord rapidement questions et réponses, puis, avec embarras, quelques démonstrations de tendresse, frappés tous deux de ne pas savourer le bonheur des retrouvailles comme leur désir le leur avait promis. Bientôt une élève d'Anna se présenta ; Georg prit congé et, dans l'antichambre, il fixa rapidement un rendez-vous à son amie pour le soir même ; il irait la chercher chez les Bittner et de là ils se rendraient à l'Opéra pour une représentation de *Tristan* dans une nouvelle mise en scène[1] dont le directeur de Detmold l'avait prié de lui rendre compte. Après cela, il avait déjeuné dans un restaurant, près d'une large fenêtre donnant sur le Ring, fait des achats, passé des commandes chez ses fournisseurs, s'était présenté chez Heinrich qu'il n'avait pas trouvé chez lui, et c'est alors que, suivant une inspiration subite, il avait rendu sa visite de remerciement au docteur Stauber.

Maintenant, il continuait sa lente promenade par ces rues si familières, et qui avaient déjà pour lui un parfum d'étrangeté. Il pensait à la ville d'où il venait, dans laquelle il s'était acclimaté plus rapidement que prévu. Dès le premier instant, le comte Malnitz lui avait témoigné une grande amabilité ; il caressait le projet de moderniser l'Opéra, et voulait, comme il le sembla à Georg, se l'attacher comme collaborateur et ami pour réaliser ses vastes desseins. Car le premier chef d'orchestre était certainement un musicien capable, mais devenu, à l'heure actuelle, plus fonctionnaire de la cour qu'artiste. On l'avait fait venir à vingt-cinq ans, et il était installé dans la petite ville depuis maintenant trente ans, père de famille avec six enfants, considéré, satisfait, sans ambition. Peu après son arrivée, Georg avait entendu dans un concert chanter des lieder qui, il y a bien des années, avaient rendu célèbre presque dans le monde entier, le jeune chef d'orchestre d'alors ; Georg ne parvenait pas à comprendre ce succès aujourd'hui depuis longtemps oublié ; cependant, il réserva au compositeur un accueil chaleureux, car il ressentait une certaine sympathie envers cet homme âgé dont les yeux semblaient refléter l'éclat lointain d'un passé plus riche et plus prometteur. Georg se demandait parfois si le vieux chef d'orchestre se rappelait encore qu'il avait été considéré autrefois comme destiné au plus bel avenir. Ou bien si, à lui, comme à bien d'autres de ses habitants, la petite ville apparaissait comme un centre qui faisait rayonner partout à la ronde son activité et sa gloire. Georg avait trouvé chez très peu d'entre eux la nostalgie d'un cadre plus grand, plus vaste ; il lui semblait même parfois qu'on le considérait plutôt avec une compassion bonhomme parce qu'il venait d'une grande ville, particulièrement de Vienne. Car, lorsque le nom de cette ville était prononcé devant ces gens, Georg remarquait à leurs mines réjouies, un peu moqueuses, que, comme les notes supérieures par rapport à la tonique, d'autres mots commençaient immédiatement à vibrer, sans être exprimés : Valse… Café… Grisette… Poulet rôti… Fiacre… Scandale parlementaire. Georg s'en irritait parfois, il était conscient de faire de son mieux pour améliorer à Detmold la réputation de ses concitoyens. On l'avait engagé parce que le troisième chef d'orchestre, un homme encore jeune, était mort subitement, ainsi Georg avait dû dès le premier jour s'installer au piano dans la petite salle des répétitions et accompagner les chanteurs. Le résultat fut excellent ; il se réjouit de ses dons qui étaient plus sûrs, plus solides qu'il ne le présumait lui-même, et, avec le recul, il eut l'impression qu'Anna aussi avait un peu sous-estimé son talent. En outre, il s'attelait plus sérieusement que jamais à ses compositions. Il travaillait à une ouverture composée à partir de thèmes tirés de son opéra avec Bermann, et il avait commencé une sonate pour violon ; quant au quintette, l'œuvre mythique, comme Else l'avait appelé un jour, il était presque terminé. Il devait être exécuté dès cet hiver au cours d'une des soirées de musique de chambre qu'organisait le premier violon de l'orchestre de Detmold, un jeune homme doué, la seule personne de sa nouvelle résidence avec qui Georg avait noué des relations un peu personnelles, et qui avait coutume de déjeuner à *L'Éléphant*. Georg logeait encore dans cet hôtel, dans une belle chambre avec vue sur la grande place plantée de tilleuls, et remettait jour après jour la location d'un appartement. Il n'était pas certain qu'il serait encore à Detmold l'année prochaine, et de plus, il avait le sentiment qu'Anna serait forcément blessée de le voir s'installer à demeure, en célibataire, comme pour un séjour d'assez longue durée. Cependant, il ne faisait jamais mention dans ses lettres de perspectives d'avenir ; elle, de son côté, s'abstenait de manifester par des questions son impatience ou ses doutes. Ils se communiquaient presque uniquement des faits positifs ; elle parlait de son retour progressif à son mode de vie antérieur, et lui de tout cet environnement nouveau dans lequel il devait d'abord s'insérer. Mais bien qu'il n'eût, pour ainsi dire, rien à lui cacher, il passait rapidement, à dessein, sur des choses qui auraient pu facilement donner lieu à des malentendus. Comment exprimer par des mots l'ambiance étrange qui flottait dans la salle de spectacle à demi obscure, le matin, aux répétitions, quand l'odeur des fards, des parfums, des vêtements, du gaz, du vieux bois et de la peinture fraîche descendait de la scène sur l'orchestre?... quand des silhouettes en tenue de ville ou en costume, et qu'on ne reconnaissait pas sur-le-champ circulaient, rapides, parmi les fauteuils, et qu'on sentait sur sa nuque un souffle lourd et parfumé? Ou comment décrire le regard brillant d'une jeune chanteuse quand du clavier on levait les yeux vers elle?... Ou quand, dans la clarté de midi, par la place du Théâtre et la *Königstrasse*, on accompagnait cette jeune personne jusqu'à sa porte, et qu'à cette occasion on ne parlait pas seulement du rôle de *Micaëla*[1] qu'on venait d'étudier avec elle, mais aussi de tout autre sujets, assez innocents au demeurant? Pouvait-on raconter cela à son amie restée à Vienne sans qu'elle cherche des choses suspectes entre les lignes? Même si l'on avait insisté sur le fait que Micaëla était fiancée à un jeune médecin de Berlin qui l'adorait, et réciproquement, cela n'aurait rien arrangé; car on aurait donné l'impression de se croire obligé de faire diversion, de rassurer.

Comme c'est étrange, pensa Georg, qu'*elle* justement chante en effet ce soir le rôle de *Micaëla* que j'ai étudié avec elle, et que moi, ici, je parcoure le même chemin vers *Mariahilf* que j'aimais prendre si souvent l'année dernière. Il se souvenait très précisément d'un soir où il avait été chercher Anna là-bas, et avait déambulé avec elle par des rues tranquilles puis ils avaient regardé sous un porche des photographies satiriques, et il se rappelait la conversation sérieuse qu'ils avaient eue à voix basse, à propos d'un avenir inconnu, tout en marchant sur les dalles glaciales d'une vieille église... Maintenant, il en était advenu tout autrement qu'il l'avait rêvé. Autrement... Pourquoi avait-il cette impression?... Qu'attendait-il donc, alors?... L'année écoulée n'avait-elle pas été merveilleusement riche et belle, avec ses joies et ses peines? N'aimait-il pas aujourd'hui Anna mieux et plus fort que jamais? Dans sa nouvelle ville, ne l'avait-il pas parfois désirée aussi ardemment qu'une femme qui ne lui aurait encore jamais appartenu? Les retrouvailles de ce matin, dans l'humeur maussade d'une heure grise, et la gêne de leurs timides mouvements de tendresse ne devaient pas l'induire en erreur...

Il était arrivé. Comme il levait les yeux vers les fenêtres éclairées derrière lesquelles Anna donnait sa leçon, une légère émotion le saisit. Et quand, à la minute suivante, elle apparut à la porte dans un tailleur de tweed sobre, avec un feutre gris sur ses abondants cheveux châtains et un livre à la main, exactement comme un an auparavant, il fut inondé tout à coup d'un sentiment de bonheur inattendu. Elle ne le vit pas immédiatement, car il se tenait dans l'ombre d'une maison ; elle ouvrit son parapluie et alla jusqu'à l'angle de la rue où, l'année passée, il avait coutume de l'attendre. Il la suivit du regard un moment, heureux de contempler son allure distinguée et honnête. Puis il marcha rapidement vers elle et la rattrapa en quelques enjambées.

Elle commença par lui apprendre qu'elle ne pourrait pas l'accompagner à l'Opéra ; son père ne s'était pas senti bien cet après-midi.

Georg fut très déçu. « Ne peux-tu pas au moins rester avec moi au premier acte ? »

Elle secoua la tête : « Non, cela ne me dit rien, il vaut mieux que tu offres la place à un ami. Va chercher Nürnberger ou Bermann.

— Non, répondit-il. Si tu ne viens pas, je préfère y aller seul. Je m'en faisais une telle joie ! Je me moque un peu de la représentation, et j'aimerais mieux rester avec toi… même là-haut, chez tes parents, mais je dois y aller car il faut, comme tu sais, que j'en fasse un compte rendu.

— Naturellement, tu dois y aller, confirma Anna, elle ajouta : Je ne voudrais pas non plus t'imposer une soirée chez nous, car l'atmosphère n'y est pas particulièrement gaie. »

Il lui avait pris le parapluie et l'abritait, elle lui donna le bras.

« Vois-tu, Anna, je voudrais te faire une proposition. » Il s'étonnait de chercher une entrée en matière et commença, hésitant : « Mes quelques journées à Vienne vont être forcément agitées, émiettées… et il y a de surcroît cette atmosphère pesante chez vous… Nous ne profiterons pas du tout l'un de l'autre, tu ne crois pas ? »

Elle opina de la tête sans le regarder.

« N'aimerais-tu pas, Anna, m'accompagner un bout de chemin lors de mon voyage de retour ? »

Elle le regarda de côté de son air malicieux et ne répondit pas. Il poursuivit : « Je peux encore me procurer un jour de congé en télégraphiant au théâtre. Ce serait vraiment magnifique si nous disposions de quelques heures pour nous seuls. »

Elle acquiesça nettement, mais sans exubérance, et fit dépendre sa décision de l'état de son père. Puis elle le questionna sur l'emploi de sa journée. Il la raconta en détail, y ajoutant son programme pour le lendemain. « Nous ne pourrons donc nous revoir tous les deux que dans la soirée, conclut-il. Je monterai chez vous, si cela te convient, et nous discuterons de tout le reste.

— Oui », dit Anna, en regardant droit devant elle la rue grise, humide.

Il tenta encore une fois de la convaincre d'aller avec lui à l'Opéra, mais en vain. Il s'enquit alors de ses leçons de chant, et se mit aussitôt à parler de sa propre activité comme s'il voulait la persuader que son sort à lui n'était, en définitive, guère meilleur que le sien. Il fit allusion à ses lettres où il lui décrivait tout en détail.

« À ce sujet », dit-elle soudain d'une voix si dure qu'il en sursauta, frappé, et qu'il rejeta la tête en arrière, « que peuvent bien dire des lettres, si détaillées soient-elles ? »

Il savait à quoi elle pensait, et qu'elle n'exprimait pas plus aujourd'hui qu'elle ne l'avait fait auparavant... et il en eut soudain le cœur serré. Ce silence inflexible ne renfermait-il pas tout ce qu'elle taisait : question, reproche et colère ? Il l'avait déjà senti ce matin, et il sentait maintenant de nouveau que quelque chose se manifestait en elle qui lui était directement hostile, une impulsion contre laquelle elle semblait elle-même lutter en vain. Ce matin pour la première fois ?... Est-ce que cela ne remontait pas beaucoup plus loin ?... Cela n'avait-il pas toujours été là, dès le premier instant où ils s'étaient appartenu et même aux temps de leur plus grand bonheur ? Cet élément hostile n'était-il pas là quand, derrière de sombres rideaux, aux sons de l'orgue, il l'avait pressée contre sa poitrine ? quand elle l'attendait, les yeux rougis, dans la chambre d'hôtel de Rome, tandis qu'il contemplait, radieux, du haut du Monte Pincio, le soleil se coucher sur la Campagna, et avait pensé savourer en solitaire l'heure la plus merveilleuse de leur voyage ? N'était-ce pas là lorsque par un matin brûlant, il avait couru sur l'allée de gravier jusqu'à elle, pour tomber à ses pieds et pleurer dans son giron comme dans celui d'une mère... et quand, assis à son chevet, il avait porté son regard au-dehors vers le jardin plongé dans l'ombre, tandis qu'à l'intérieur de la maison, un enfant mort gisait sur un linge blanc, un enfant qu'elle avait mis au monde une heure plus tôt, n'était-ce pas là de nouveau, plus sombre que jamais et à peine supportable si l'on ne s'en était pas depuis longtemps accommodé, comme il en était de mainte insuffisance et de mainte souffrance qui montaient des profondeurs des relations humaines ? Et maintenant, comme il en souffrait de nouveau, tandis qu'il marchait dans cette rue humide en lui donnant le bras, tenant avec précaution le parapluie au-dessus d'elle ! C'était de nouveau là, menaçant et familier. Les mots qu'elle venait de prononcer résonnaient encore à ses oreilles : que peuvent bien dire des lettres, si détaillées soient-elles?... Mais d'autres mots plus graves résonnaient à l'unisson. Que signifie au fond le baiser le plus brûlant dans lequel le corps et l'âme semblent se fondre? Que signifient au fond notre voyage de plusieurs mois, tous les deux à l'étranger? Que signifie le fait que j'aie eu un enfant de toi? Que signifient les larmes versées sur mes genoux en repentir de ta trahison? Que signifie tout cela, puisque tu m'as toujours laissée seule... même au moment où mon corps a reçu la semence de l'être que je devais porter neuf mois, notre enfant qui était destiné à vivre parmi des étrangers et qui n'a pas voulu rester sur cette terre?

Le cœur lourd, oppressé par ces pensées, il trouva cependant des paroles légères pour lui accorder qu'elle n'avait vraiment pas tort et que ses lettres, auraient-elles eu vingt pages, ne pouvaient contenir grand-chose; en proie à un sentiment poignant de compassion, il exprima l'espoir de la venue d'un temps où tous deux n'en seraient plus réduits à s'écrire. Ensuite, avec des mots plus tendres, il évoqua ses promenades solitaires aux alentours de la ville étrangère où il pensait à elle; les heures dans la chambre anonyme de l'hôtel avec la vue sur la place plantée de tilleuls; sa nostalgie de la revoir, nostalgie qui ne le quittait pas, qu'il fût seul à son travail, ou devant son piano accompagnant des chanteurs, ou en conversation avec de nouvelles connaissances. Mais quand, arrivé avec elle devant le portail, la tenant toujours par la main, il lui dit « au revoir » d'un ton alerte, il demeura interdit en découvrant dans son regard une déception lassée, à peine douloureuse encore. Et il comprit que tous les mots qu'il lui avait dits avaient signifié pour elle moins que rien, car le seul qu'elle n'attendait plus et qu'elle désirait pourtant ardemment, celui-là n'était pas venu.

Un quart d'heure plus tard, Georg était assis dans son fauteuil d'orchestre à l'Opéra, au début encore un peu contrarié et sans entrain, mais bientôt, sous le charme de la musique, la joie l'inonda. Et quand Brangäne jeta sur les épaules de sa maîtresse le manteau royal, que Kurwenal[1] annonça l'approche du roi et que les matelots sur le pont, dans l'éclat d'un ciel resplendissant, saluèrent la terre de leurs cris d'allégresse, Georg n'eut plus aucun souvenir d'une mauvaise nuit passée dans un compartiment de chemin de fer, de courses ennuyeuses, d'une conversation un peu contrainte avec un vieux docteur juif, d'une promenade sur un pavé humide où se reflétait la lumière des réverbères, au bras d'une jeune femme d'aspect sympathique, distinguée et un peu mal à l'aise. Quand le rideau fut tombé pour la première fois et que la lumière inonda la salle aux tons rouge et or, il ne se sentit pas le moins du monde péniblement dégrisé, mais, au contraire, pensa plonger d'un rêve dans un autre; et une réalité faite de toutes sortes d'éléments pesants et lamentables se perdit quelque part à l'extérieur, impuissante. Jamais, lui semblait-il, l'atmosphère de ce lieu ne l'avait ravi autant qu'aujourd'hui; jamais il n'avait éprouvé aussi fortement la magie qui enveloppait chacun, tant qu'il était ici, et l'arrachait à toute la douleur et à toute la boue de l'existence. Il se leva de sa place au bout d'une des premières rangées, sur l'allée centrale, remarqua soudain que maint regard flatteur s'arrêtait sur sa personne et fut conscient de son allure charmante, élégante, même un peu originale. Il était aussi — autre motif sérieux de satisfaction — un homme possédant une situation et investi, même ici au théâtre, d'une mission et d'une responsabilité, puisqu'il représentait en quelque sorte, une scène officielle allemande. Avec ses jumelles de théâtre, il regarda autour de lui. Des derniers fauteuils d'orchestre, Gleissner le salua d'un signe de tête un peu trop familier et parut, immédiatement après, renseigner une jeune dame, sa voisine, sur l'identité de Georg. Qui pouvait-elle être? Était-ce la prostituée que le poète, manipulateur des âmes, voulait métamorphoser en sainte, ou la sainte promise à la prostitution? Difficile de se prononcer, pensa Georg. À mi-chemin toutes deux doivent à peu près se ressembler. Georg crut sentir des jumelles braquées sur sa tête. Il leva les yeux. C'était Else qui l'observait d'une loge au premier balcon. Mme Ehrenberg était assise près d'elle, et, entre elles deux, un jeune homme élancé qui n'était autre que James Wyner se penchait par-dessus la rampe. Georg s'inclina, et deux minutes plus tard, il entrait dans la loge où il fut salué aimablement, mais sans surprise. Else, dans une robe de velours noir décolletée, un mince collier de perles à son cou, coiffée de façon un peu inhabituelle mais originale, lui tendit la main. «Comment donc êtes-vous ici? En congé? Destitué? En fuite?»

Avec bonne humeur, Georg expliqua en quelques mots la situation.

«Ce fut très aimable de votre part, dit Mme Ehrenberg, de nous avoir envoyé un mot de Detmold.

— N'était-il pas obligé de le faire? remarqua Else, sinon on aurait pu croire qu'il avait filé en Amérique avec on ne sait qui.»

James se tenait au milieu de la loge, grand, maigre, le visage sculptural, sa chevelure châtain foncé bien plaquée avec une raie de côté. «Dites-nous donc, Georg, quels sont vos sentiments à Detmold?»

Else leva les yeux sur lui derrière ses paupières mi-closes. Elle semblait ravie de la façon qu'il avait gardée de parler l'allemand comme s'il traduisait toujours de l'anglais. Elle en profita pour plaisanter. « Quels sont les sentiments de Georg à Detmold ? Je crains, James, que ta question ne soit indiscrète. » Puis elle se tourna vers Georg. « Apprenez que nous sommes fiancés.

— Nous n'avons pas encore envoyé de faire-part », ajouta Mme Ehrenberg.

Georg présenta ses félicitations.

« Venez donc demain déjeuner chez nous, dit Mme Ehrenberg. Vous ne rencontrerez que quelques personnes qui seront certainement toutes très heureuses de vous revoir. Sissy, madame Oberberger, Willy Eissler. »

Georg s'excusa. Il ne pouvait s'engager pour une heure précise, mais si cela était possible, il viendrait volontiers au cours de l'après-midi.

« Ah oui, dit Else doucement sans le regarder, le bras dans un long gant blanc négligemment posé sur la rampe. Vous passez probablement l'heure de midi en famille. »

Georg feignit de n'avoir pas entendu et fit l'éloge du spectacle. James déclara qu'il préférait *Tristan* à tous les autres opéras de Wagner, y compris *Les Maîtres Chanteurs*.

Else remarqua simplement : « C'est vraiment magnifique, quoique je ne sois pas pour les philtres d'amour et les histoires de ce genre. »

Georg expliqua qu'il fallait ici interpréter symboliquement le philtre d'amour, sur quoi Else se prononça également contre les symboles. La première sonnerie annonçant le deuxième acte retentit. Georg prit congé, redescendit rapidement et eut juste le temps de reprendre sa place avant le lever du rideau. Il se souvint à nouveau de sa position semi-officielle, et décida de ne pas s'abandonner plus longtemps sans retenue à ses impressions. Bientôt, il parvint à découvrir que la scène d'amour pouvait être représentée tout autrement qu'il en était ici ; il n'approuvait pas que le rôle de Melot, par la main de qui Tristan devait mourir, fût tenu par un chanteur de deuxième ordre, comme c'était d'ailleurs le cas presque partout. Au second entracte, il se leva avec un sentiment accru de sa dignité et resta debout à sa place, jetant parfois un regard à la loge d'où Mme Ehrenberg lui adressait des signes amicaux, tandis qu'Else, qui parlait à James, restait derrière elle, immobile, les bras croisés. Georg se rappela soudain qu'il devait revoir le lendemain la sœur de James. Pensait-elle encore à ce merveilleux après-midi dans la verdure très sombre du parc, et à l'odeur tiède de la mousse et des sapins ? Comme c'était loin ! Puis il se souvint d'un baiser rapide échangé dans l'ombre nocturne du mur du jardin de Lugano. Cela aussi était bien loin! La soirée sous les platanes et la conversation à propos de Leo lui revinrent à la mémoire. On aurait pu, déjà à cette époque, prévoir pas mal de choses. En vérité, quel homme étrange que ce Leo! Comme il avait gardé secret son projet!... Car il devait être prévu depuis longtemps. Leo, c'était évident, avait attendu le jour où il quittait l'uniforme pour le mettre à exécution. La lettre que Georg lui avait écrite en apprenant le duel n'avait pas eu de réponse. Il se proposa d'aller voir Leo à la prison, si c'était possible.

Au premier rang, un monsieur le salua. C'était Ralph Skelton. Georg lui fit comprendre par signes qu'ils pourraient se rencontrer à la fin de la représentation.

Les lumières s'éteignirent, le prélude du troisième acte commença. Georg entendit les vagues lasses de la mer se briser sur une rive déserte, et les soupirs plaintifs d'un héros blessé à mort se perdre dans l'air bleu raréfié. Où l'avait-il entendu pour la dernière fois? N'était-ce pas à Munich?... Non, cela ne datait pas de si loin. Et, soudain, il revécut l'heure où sur un balcon, sous un pignon de bois, les pages de la partition du *Tristan* étaient ouvertes devant lui. Là-bas, entre bois et prairie, un chemin ensoleillé avait conduit au cimetière, une croix avait jeté des reflets dorés; en bas, dans la maison, une femme aimée gémissait de douleur tandis que lui restait là, le cœur serré. Et cependant, ce souvenir avait aussi une douceur mélancolique, comme tout ce qui s'était enfui à jamais. Le balcon, le petit ange bleu parmi les fleurs, le banc peint en blanc, sous le poirier... où était tout cela aujourd'hui? Il fallait qu'il revoie une fois cette maison, une fois encore avant de quitter Vienne.

Le rideau se leva. Le chant nostalgique de la flûte du pâtre retentit; sous un ciel blême, indifférent, dans l'ombre des branches du tilleul, le héros blessé sommeillait; à son chevet Kurwenal le fidèle veillait. La flûte se tut; le pâtre se pencha par-dessus le mur, et Kurwenal répondit à sa question. C'était vraiment une voix d'un timbre exceptionnel. Si nous avions un baryton semblable, pensa Georg. Et bien d'autres choses qui nous manquent! Si on lui accordait les moyens nécessaires, il se sentait d'étoffe à transformer peu à peu le modeste théâtre où il exerçait en une scène de tout premier plan. Il rêva de représentations exemplaires auxquelles, de tous côtés, on viendrait en foule; il n'était plus là seulement comme représentant d'un théâtre, mais comme quelqu'un dont le destin était peut-être d'en devenir le directeur, dans un avenir pas trop éloigné. Ses espoirs prirent un tour plus démesuré, plus hardi encore. Peut-être quelques années… et des harmonies de sa composition résonneraient dans une vaste et solennelle enceinte ; et les auditeurs seraient bouleversés comme ceux d'aujourd'hui, tandis que quelque part, au-dehors, une réalité insipide se déroulerait impuissante. Impuissante ? C'était la question… Savait-il donc s'il lui serait donné par son art de subjuguer les hommes comme le maître qui se faisait entendre ici aujourd'hui ? Triompher de ce quotidien trouble, pitoyable, misérable ? L'impatience et le doute se glissèrent un moment dans son âme ; mais rapidement sa volonté, son intelligence les chassèrent, et il ressentit de nouveau un bonheur parfait comme chaque fois qu'il écoutait de la belle musique sans être obnubilé par son désir, si souvent présent, de s'imposer lui-même comme créateur. En de tels instants, parmi toutes les façons qu'il avait de vivre avec son art bien-aimé, il ne restait que celle de pouvoir l'accueillir avec une compréhension plus profonde que quiconque. Il sentait qu'Heinrich avait dit la vérité alors qu'ils roulaient ensemble à travers une forêt humide de rosée matinale : non pas le travail créateur ; seule l'atmosphère de son art était nécessaire à sa vie… il n'était pas un damné comme Heinrich, toujours poussé à saisir, à modeler, à maintenir, et pour qui le monde tombait en pièces dès qu'il se dérobait à sa main créatrice.

Des bras de Brangäne, Isolde avait glissé, morte, sur le cadavre de Tristan ; les derniers accords retentirent, le rideau tomba. Georg jeta un coup d'œil vers la loge du premier étage. Else se tenait près de la rampe, le regard dirigé dans sa direction, tandis que James posait sur ses épaules son manteau rouge sombre ; et c'est seulement après un signe de tête — très rapide, comme si personne ne devait le voir — qu'elle se retourna pour sortir. Bizarre, pensa Georg, vus de loin son attitude, certains de ses mouvements ont quelque chose… de mélancolique, de romanesque. Elle me rappelle alors la bohémienne de Nice, ou l'étrange jeune fille avec qui je me suis trouvé à Florence devant la *Vénus* du Titien… M'a-t-elle jamais aimé ? Non. Pas plus qu'elle n'aime son James. Alors qui ?… Peut-être… était-ce finalement le professeur de dessin de Florence, ce fou ? Ou personne. Ou même Heinrich ?…

Au foyer, il rencontra Skelton. « Alors, déjà revenu ? demanda ce dernier.

— Seulement pour quelques jours », répondit Georg. Il apparut que Skelton n'était pas au courant de ce que Georg était devenu, et qu'il l'avait cru en voyage d'études musical dans des villes allemandes. Il fut assez surpris d'apprendre que Georg se trouvait ici en congé et qu'il assistait à la nouvelle mise en scène du *Tristan* sur la demande du directeur de Detmold.

«Si cela vous convient… dit Skelton, j'ai rendez-vous avec Breitner, à *L'Imperial*[1], dans la salle blanche.

— Formidable, répondit Georg, c'est là que je loge.»

Fidèle à sa réputation, von Breitner fumait déjà un de ses énormes cigares quand les deux hommes se présentèrent à sa table. «Quelle surprise!» s'exclama-t-il quand Georg le salua. À lui, on avait raconté que Georg était chef d'orchestre à Düsseldorf.

«À Detmold», dit Georg et il pensa : Curieux, comme les gens ici s'intéressent peu à moi… Mais qu'est-ce que ça fait?

Skelton parla de la représentation du *Tristan*, et Georg mentionna qu'il avait conversé avec les Ehrenberg.

«Savez-vous qu'Oskar Ehrenberg est en route pour l'Inde ou pour Ceylan? demanda von Breitner.

— Vraiment?

— Et avec qui croyez-vous?

— Sans doute en compagnie féminine.

— Naturellement. J'ai entendu dire que ces messieurs avaient cinq ou sept femmes avec eux.

— Ces messieurs?

— Oskar Ehrenberg et… devinez un peu… Eh bien, le prince de Guastalla.

— Pas possible!

— Comique, n'est-ce pas? Ils sont devenus de grands amis cette année à Ostende ou à Spa. *Cherchez*[2]… et cetera. Ainsi qu'il y a des femmes pour lesquelles on se bat, il y en a apparemment d'autres par-dessus lesquelles on fraternise. Et maintenant, ils ont quitté l'Europe ensemble. Peut-être fonderont-ils un empire dans quelque île, et Oskar Ehrenberg sera ministre.»

Willy Eissler avait fait son entrée, le visage cireux, la mine défaite, la voix enrouée. «Bonjour, baron, excusez-moi de ne pas rester pantois, mais j'avais déjà entendu dire que vous étiez là. Quelqu'un vous a aperçu dans la *Kärtnerstrasse.*»

Georg pria Willy de transmettre à son père les salutations du comte Malnitz… car lui-même n'aurait malheureusement pas le temps de rendre une visite au vieux monsieur, à qui — comme il le remarqua avec une affectation de modestie — il devait sa situation à Detmold.

«Pour votre avenir, cher baron, dit Willy, je ne me suis jamais fait de souci, surtout depuis que l'année dernière — ou y a-t-il plus longtemps? — j'ai entendu la Bellini chanter vos lieder. Mais votre décision de quitter Vienne était une bonne idée. Je connais cela. Quand les gens savent que vous êtes de bonne famille, avec du goût pour les belles cravates, les cigarettes fines et maints autres agréments de l'existence, ils vous refusent la qualité d'artiste. Sans des témoignages du dehors, vous ne serez jamais pris au sérieux ici... apportez-nous-en donc bientôt, baron, et des plus brillants.

— Je m'y efforcerai, dit Georg.

— Ces messieurs ont-ils appris la dernière nouvelle? reprit Willy. Leo Golowski, vous savez, l'engagé volontaire qui a abattu en duel le lieutenant Sefranek, Leo Golowski est libre.

— Il n'est plus en détention provisoire? demanda Georg.

— Non, entièrement libre. Son avocat a adressé à l'empereur une requête en non-lieu. Aujourd'hui, c'est définitivement réglé.

— Incroyable, s'exclama Breitner.

— Pourquoi marquez-vous un tel étonnement, Breitner? dit Willy.

— Il peut encore se passer parfois des choses raisonnables en Autriche.

— Un duel n'est jamais raisonnable, dit Skelton, par conséquent une grâce obtenue à propos d'un duel ne peut pas non plus être raisonnable.

— Un duel, cher Skelton, est quelque chose de bien pis ou de bien mieux que raisonnable, répliqua Willy. Ou bien c'est une stupidité monstrueuse, ou bien c'est une nécessité inexorable. C'est un crime ou une délivrance. Cela n'est pas raisonnable, et n'a pas besoin de l'être. Dans des cas d'exception, on ne peut rien entreprendre avec la raison. Et dans l'affaire en question, vous m'accorderez, même vous, Skelton, que le duel était inévitable.

— Absolument, dit Breitner.

— Je peux imaginer, répliqua Skelton, une société où même de semblables différends seraient réglés par des tribunaux.

— De tels différends devant les tribunaux! Ô délicieux!... Croyez-vous sérieusement, Skelton, que dans un cas où il ne s'agit pas de question de droit ou de propriété, mais où des hommes s'affrontent, mus par une haine farouche, croyez-vous vraiment que l'on puisse aboutir à un compromis avec des amendes ou des peines d'emprisonnement? Il est significatif, messieurs, que refuser un duel dans des cas semblables est toujours considéré comme une lâcheté par tous les gens ayant du caractère, de l'honneur, de la sincérité. Tout au moins chez les Juifs, ajouta-t-il. Car chez les catholiques, il est connu que seules leurs convictions religieuses les empêchent de se battre.

— Parfois, c'est le cas», dit simplement Breitner.

Georg voulut savoir comment s'était déroulée l'affaire entre Leo Golowski et le lieutenant.

«Ah! c'est vrai, dit Willy, vous avez été absent quelque temps. Donc, durant toute l'année, le lieutenant a sérieusement brimé Leo Golowski, de sorte que...»

Georg l'interrompit: «Je connais le prologue, et en partie par l'intéressé lui-même.

— Eh bien, le 1er octobre, le prologue, pour s'en tenir à ce mot, fut terminé; c'est-à-dire que Leo Golowski avait accompli son année de service. Le 2 au matin, il s'est posté devant la caserne, et a attendu tranquillement que le lieutenant franchisse la porte. À ce moment, il a marché vers lui; le lieutenant veut tirer son sabre, mais Leo Golowski lui saisit la main, ne la lâche pas, et lui colle son autre poing dans la figure... la suite allait de soi. En outre, on a raconté que Leo aurait jeté à la tête du lieutenant les mots suivants... mais je ne sais pas si c'est exact.

— Quels mots? demanda Georg avec curiosité.

— Hier, mon lieutenant, vous valiez plus que moi, maintenant nous sommes provisoirement égaux... mais demain, à la même heure, l'un de nous vaudra de nouveau plus que l'autre.

— On dirait le Talmud, remarqua Breitner.

— Là, vous êtes sans doute mieux à même de juger, Breitner, répliqua Willy, et il continua son récit : donc, le matin suivant le duel eut lieu dans une prairie au bord du Danube. Trois balles. À vingt pas, sans avancer. Si personne n'est touché, duel au sabre jusqu'à mise hors de combat... Le premier coup fut manqué de part et d'autre, et après le second... après le second Leo Golowski a valu considérablement plus que le lieutenant... car celui-ci ne valait plus rien, moins que rien, un homme mort.

— Pauvre diable», dit Breitner.

Willy haussa les épaules. «Il est tombé sur celui qu'il ne fallait pas. Je le regrette pour lui. Mais il faut bien dire que pas mal de changements se produiraient en Autriche si, dans des cas semblables, tous les Juifs savaient se comporter comme Leo Golowski. Malheureusement...»

Skelton sourit. «Vous ne l'ignorez pas, Willy, devant moi, il ne faut rien dire contre les Juifs, je les aime. Si l'on décidait de régler la question juive par une série de duels, je le déplorerais, car peut-être ne resterait-il plus un seul exemplaire masculin de cette excellente race.»

À la fin du débat, Skelton dut reconnaître qu'il n'était pas possible, à l'heure actuelle, d'abolir le duel en Autriche. Mais il se permit de demander si ce fait parlait en faveur du duel ou au contraire en défaveur de l'Autriche, étant donné que de nombreux autres pays, il ne voulait par discrétion en citer aucun, avaient banni le duel depuis des décennies. Et était-ce de sa part aller trop loin, s'il s'autorisait à décrire l'Autriche, où il se sentait d'ailleurs parfaitement chez lui depuis six ans, comme le pays de l'hypocrisie dans les rapports sociaux? Ici, comme nulle part ailleurs, on trouvait des querelles furieuses sans trace de haine, et une sorte d'amour tendre sans l'obligation de fidélité. Il y existait ou se développait entre les adversaires politiques des sympathies personnelles ridicules; par contre, les membres d'un même parti s'injuriaient, se calomniaient, se trahissaient. On ne rencontrait que chez peu de gens des idées déclarées sur les choses et les hommes, et même ce petit nombre était toujours par trop vite prêt à faire des réserves, à admettre des exceptions. Dans la lutte politique, on avait carrément l'impression que les adversaires les plus acharnés en apparence, tandis qu'ils échangeaient les paroles les plus dures, se lançaient des clins d'œil complices : « Ne prenez pas cela trop au sérieux. »

« Pensez-vous, Skelton, demanda Willy, qu'ils se lancent aussi des clins d'œil quand les balles sifflent?

— Ils le feraient certainement, Willy, si la mort ne les guettait pas. Mais à mon avis cette circonstance n'influe pas sur la mentalité, seulement sur l'attitude. »

Ils restèrent encore longtemps ensemble à bavarder. Georg apprit toutes sortes de nouveautés. Entre autres, que Demeter Stanzides avait conclu l'achat d'un domaine à la frontière hongro-croate, et que mademoiselle Ratonne attendait un heureux événement. Willy se déclara curieux de voir le résultat de ce croisement de races, et s'amusa à inventer des noms pour l'enfant à venir, comme Israël Pius ou Rebecca Portiuncula [1].

Plus tard, tout le groupe se rendit dans le café voisin; Georg joua une partie de billard avec Breitner, puis il rentra dans sa chambre. Au lit, il établit son emploi du temps pour le jour suivant et sombra finalement dans un sommeil profond, délicieux.

Le lendemain matin, avec le thé, on lui apporta le journal qu'il avait demandé la veille au soir, et un télégramme Son directeur le priait de donner son avis sur un chanteur. Justement, à la grande satisfaction de Georg, c'était celui qu'il avait entendu dans le rôle de Kurwenal. En outre, on lui laissait la possibilité, «pour mettre posément en ordre ses affaires», de prolonger son congé de trois jours, ce que permettait un changement imprévu dans le calendrier de la saison. Vraiment charmant, pensa Georg. Cela lui rappela qu'il avait complètement oublié de demander par dépêche une prolongation de son congé. Je vais avoir encore plus de temps que je l'aurais cru à consacrer à Anna, songea-t-il. On pourrait peut-être aller à la montagne. Les journées d'automne sont belles et douces. À cette époque on y serait à peu près seuls, à l'abri des importuns. Mais s'il arrivait de nouveau un accident! Si un... accident... arrivait!... Voilà exactement les mots qui lui étaient venus à l'esprit. Il se mordit les lèvres. Voilà donc comment les choses se présentaient à ses yeux? Un accident... Où étaient les jours où il se sentait, presque avec fierté, membre de la chaîne ininterrompue qui allait des aïeux aux arrière-petits-enfants? Pendant quelques instants, il se considéra comme un être indigne de l'amour, un être un peu douteux et assez pitoyable.

Il parcourut le journal. Par une mesure de grâce impériale, l'instruction concernant Leo Golowski était suspendue; il avait été libéré la veille au soir. Georg s'en réjouit fort et décida d'aller voir Leo le jour même. Puis il rédigea un télégramme pour le comte, lui donnant un aperçu aimablement détaillé de la représentation de la veille. Quand il sortit dans la rue, il était presque onze heures. L'air automnal était frais et lumineux. Georg se sentait reposé, alerte et de bonne humeur. La journée s'ouvrait devant lui riche d'espérances et promettait toutes sortes d'activités intéressantes. Quelque chose seulement le troublait, sans qu'il sût quoi. Ah oui... la visite dans la *Paulanergasse*; avec ces pièces tristes, le père malade, la mère offensée. J'irai simplement chercher Anna, se dit-il, nous nous promènerons et nous irons souper quelque part. Il passa devant une fleuriste, acheta de superbes roses rouges, les fit envoyer à Anna, avec une carte où il inscrivit: «Mille salutations matinales. À bientôt.» Après cela, il se sentit plus léger. Ensuite, par les rues du centre, il gagna la vieille maison dans laquelle Nürnberger habitait. Il monta les cinq étages. Une vieille servante, discrète, un fichu noir sur la tête, l'introduisit dans la chambre de son maître. Nürnberger se tenait à la fenêtre, la tête légèrement penchée, dans la vareuse brune boutonnée jusqu'au col qu'il aimait porter chez lui. Il n'était pas seul. Heinrich, installé au bureau dans un vieux fauteuil, se leva, un manuscrit à la main. Leur accueil fut cordial.

«Votre arrivée à Vienne aurait-elle un rapport avec la crise à la direction de l'Opéra[1]?» demanda Nürnberger. Son propos n'était pas qu'une simple plaisanterie. « Car, je vous assure, dit-il, lorsque de petits jeunes gens qui, encore récemment, ne pouvaient justifier leurs liens avec la littérature que par la fréquentation d'un café littéraire, sont nommés conseillers littéraires sur les scènes berlinoises, je ne verrais rien d'étonnant à ce que le baron Wergenthin, après une carrière de six semaines certainement périlleuse comme chef d'orchestre d'un théâtre de cour allemand, soit appelé en grande pompe à l'Opéra de Vienne. »

Par respect de la vérité, Georg expliqua qu'il s'agissait seulement d'un court congé pour régler ses affaires viennoises ; et il n'oublia pas de mentionner qu'il avait assisté à la nouvelle mise en scène du *Tristan*, pour ainsi dire sur ordre de son directeur ; mais il le dit avec un sourire ironique qui raillait son propos. Il donna ensuite un aperçu bref, assez humoristique, de ses expériences dans la petite capitale. Il évoqua d'un ton léger le concert à la cour comme s'il était loin d'attacher une importance particulière à sa situation, à ses récents succès, aux affaires du théâtre, et même à la vie en général. Il entendait ainsi, vis-à-vis de Nürnberger, mettre sa situation hors d'atteinte. Après cela, la conversation porta sur la libération de Leo Golowski. Nürnberger se réjouit de ce dénouement inespéré mais refusa de s'en étonner, disant qu'il est connu que dans le monde en général, et en Autriche en particulier, l'invraisemblable se produit toujours. Quant à la rumeur concernant Oskar Ehrenberg et sa croisière avec le prince, que Georg ne cita que pour confirmer la thèse, fort juste, de Nürnberger, ce dernier ne voulut d'abord pas y croire. Mais il finit par en envisager la possibilité, car, il le savait déjà depuis longtemps, son imagination était toujours dépassée par la réalité.

Heinrich regarda l'heure. Il était temps de prendre congé.

« N'ai-je pas dérangé ces messieurs ? demanda Georg. Je vois, Heinrich, que vous lisiez une de vos œuvres quand je suis arrivé.

— J'avais déjà fini, répondit Heinrich.

— Vous me lirez le dernier acte demain, Heinrich, dit Nürnberger.

— Je n'en ai pas l'intention, répliqua Heinrich en riant. Si au théâtre, mes deux premiers actes avaient fait un four, comme maintenant devant vous, cher Nürnberger, on ne pourrait non plus jouer la pièce jusqu'à la fin. Il faut supposer, Nürnberger, que vous avez quitté la salle, épouvanté, gagnant précipitamment la sortie. Je vous fais grâce des œufs pourris et des clefs[1]...

— Bon sang ! s'exclama Georg.

— Vous exagérez une fois de plus, Heinrich, dit Nürnberger. Je me suis simplement permis de présenter quelques objections, ajouta-t-il à l'adresse de Georg. Mais c'est un auteur !

— Tout dépend de la manière de voir, dit Heinrich. Après tout, si on fend le crâne d'un de ses concitoyens avec une pioche, ce n'est rien d'autre qu'une objection à sa vie, mais c'est plutôt efficace. » Se tournant vers Georg, il désigna son manuscrit. « Savez-vous ce que c'est ? Ma tragi-comédie politique. On est prié de n'envoyer ni fleurs ni couronnes. »

Nürnberger rit. « Je vous assure, Heinrich, qu'il y aurait encore quelque chose de formidable à faire avec ce sujet. Vous pourriez conserver toute l'architecture de la pièce, et un grand nombre de personnages. En reprenant votre plan, vous devriez simplement décider d'être moins équitable.

— Au fond, c'est pourtant beau, dit Georg, qu'il soit équitable. »

Nürnberger secoua la tête. « On peut l'être partout, mais pas dans un drame. » Il s'adressa de nouveau à Heinrich : « Dans une telle pièce, qui traite d'un problème actuel ou même de plusieurs, selon votre intention, vous n'arriverez à rien en restant objectif. Le public du théâtre réclame de l'auteur qui s'attaque à ce genre de question qu'il y donne une réponse claire ou tout au moins qu'il en donne l'impression. Car, naturellement, il n'existera jamais, au grand jamais, de solution définitive. Et seul celui qui a le courage, ou la naïveté, ou le tempérament de prendre parti peut sembler en proposer une. Vous y viendrez, mon cher Heinrich, vous reconnaîtrez que la justice dans le drame, ça ne marche pas.

— Savez-vous, Nürnberger, dit Heinrich, ça peut aussi marcher avec la justice. Simplement, je crois que je n'ai pas trouvé celle qu'il faut. En vérité, je n'ai aucune envie d'être juste, je m'imagine même que ce doit être merveilleux d'être injuste. Je pense que ce serait la plus saine gymnastique intellectuelle que l'on pourrait pratiquer. Quelle satisfaction ce doit être de pouvoir vraiment haïr les hommes dont on combat les idées ! Cela vous épargne certainement pas mal d'énergie qu'on peut beaucoup mieux utiliser dans la lutte. Ah, si l'on avait la justice du cœur… mais je ne l'ai que là. » Il désigna son front. « Je ne me place pas non plus au-dessus des partis, je suis, pour ainsi dire, avec tous et contre tous. Je ne détiens pas la justice selon Dieu, mais la justice selon la Raison. C'est pourquoi… », il brandit son manuscrit, « ceci a abouti à un bavardage ennuyeux et stérile.

— Malheur à l'homme, dit Nürnberger, qui oserait écrire cela à votre sujet.

— Eh oui, répondit Heinrich en souriant, si quelqu'un d'autre le dit, on ne peut jamais étouffer le léger soupçon qu'il pourrait avoir raison. Mais maintenant je dois vraiment partir. Au revoir, Georg, je regrette beaucoup que vous m'ayez manqué hier. Quand repartez-vous?

— Demain.

— Mais on vous verra bien encore avant votre départ? Je suis aujourd'hui chez moi tout l'après-midi et dans la soirée. Venez quand il vous plaira. Vous trouverez un homme qui s'est détourné résolument des questions contemporaines pour se consacrer de nouveau aux problèmes éternels : la mort, l'amour... Au fait, croyez-vous à la mort, Nürnberger? Pour l'amour, inutile de vous le demander.

— Cette plaisanterie beaucoup trop facile pour quelqu'un de votre niveau, dit Nürnberger, me laisse supposer que, en dépit de votre attitude très digne, ma critique vous a...

— Non, Nürnberger, je vous le jure, je ne suis pas blessé. J'éprouve même plutôt le sentiment agréable que l'affaire est liquidée.

— Liquidée? Pourquoi donc? Il est toujours possible que je me sois trompé, et que justement cette pièce que je tiens pour peu réussie obtienne au théâtre un succès qui fera de vous un millionnaire. Je serais désolé si, par ma critique, peut-être mal fondée, j'avais...

— Certainement, certainement, Nürnberger, il nous faut admettre une fois pour toutes, et dans chaque cas particulier, que nous pouvons nous être trompés. Sous peu, j'écrirai une nouvelle pièce avec le titre suivant : "Personne ne m'en remontrera, même pas moi-même"... et c'est vous qui en serez le héros. »

Nürnberger sourit. « Moi? Vous voulez donc prendre un homme que vous imaginez connaître, pour essayer de décrire les aspects de sa personnalité qui répondront à vos vues... et dissimuler ceux dont vous ne savez que faire, et à la fin... »

Heinrich l'interrompit : « À la fin, ce sera un portrait pris par un photographe dément à l'aide d'un appareil détraqué pendant un tremblement de terre, et une éclipse de soleil. C'est cela ou bien manque-t-il encore quelque chose?

— Une pareille scénographie devrait être adéquate », dit Nürnberger.

Affichant une gaieté trop bruyante, Heinrich prit congé et s'éloigna, son manuscrit roulé sous le bras.

Après son départ, Georg remarqua : « Sa bonne humeur me semble un peu artificielle.

— Croyez-vous? Je l'ai trouvé, tous ces derniers temps, particulièrement plein d'entrain.

— Réellement, plein d'entrain ? Le pensez-vous vraiment ? Après ce qu'il vient de subir ?

— Pourquoi pas ? Des gens qui, comme lui, se soucient presque exclusivement d'eux-mêmes, surmontent les douleurs morales singulièrement vite. Sur de telles natures, et sans doute pas seulement sur elles, la plus insignifiante gêne physique pèse plus lourd que toute peine du cœur, plus lourd même que l'infidélité ou la mort d'êtres chers. La raison en est que toute souffrance morale flatte en quelque sorte notre vanité, ce qu'on ne peut prétendre d'une typhoïde ou d'un ulcère à l'estomac. Il s'y ajoute peut-être, chez un artiste, qu'il n'y a absolument rien à tirer d'un ulcère à l'estomac... c'était du moins le cas encore récemment... Par contre, tout est possible avec les douleurs morales, du poème lyrique aux œuvres philosophiques.

— Il existe pourtant des douleurs morales d'espèces très variées, répliqua Georg. Si une femme aimée nous trompe ou nous abandonne... et même si elle meurt de mort naturelle, ou si elle se suicide à cause de nous, cela fait tout de même une différence.

— Êtes-vous sûr ? demanda Nürnberger, que l'amie d'Heinrich se soit suicidée à cause de lui ?

— Heinrich ne vous a-t-il pas raconté... ?

— Sans doute. Mais cela ne prouve pas grand-chose. Au regard de nos propres problèmes, nous sommes toujours des imbéciles, y compris les plus intelligents d'entre nous. »

De telles remarques dans la bouche de Nürnberger produisaient sur Georg un effet bizarrement inquiétant. Elles faisaient partie de celles que Nürnberger ne détestait pas de formuler et qui, comme Heinrich l'avait déclaré un jour, privaient de sens toute relation humaine, et même tous les rapports humains.

Nürnberger poursuivit : « Nous ne connaissons que deux faits : le premier est que notre ami a eu un jour une liaison avec une jeune dame, et le second que cette jeune dame s'est jetée à l'eau. Tout ce qui se situe dans l'intervalle nous reste pratiquement inconnu, et Heinrich n'en sait probablement guère davantage. Pourquoi s'est-elle suicidée, aucun de nous ne peut le savoir, et peut-être la malheureuse elle-même ne l'a-t-elle pas su. »

Georg regardait par la fenêtre ; il apercevait des toits, des cheminées, des gouttières rouillées et, relativement proche, le clocher gris clair avec sa flèche de pierre ajourée. Au-dessus, le ciel était blafard et vide. Une idée frappa Georg : pas une fois Nürnberger n'avait demandé des nouvelles d'Anna. Que pouvait-il bien supposer? Que Georg l'avait abandonnée, et qu'elle s'était déjà consolée avec un autre admirateur? Pourquoi suis-je venu à Vienne, se demanda-t-il soudain... comme si son voyage n'avait eu d'autre but que de se faire donner par Nürnberger des leçons sur l'existence dont les conclusions venaient d'être plutôt pessimistes! Midi sonna. Georg prit congé. Nürnberger l'accompagna jusqu'à la porte et le remercia de sa visite. Comme si la conversation précédente sur le lieu de résidence de Georg ne méritait aucunement d'être prise en considération, il s'enquit avec cordialité de son activité, de ses travaux, de ses nouvelles connaissances, et apprit seulement alors à quel hasard Georg devait sa nomination soudaine dans la petite ville.

«Je l'ai toujours dit, remarqua-t-il, ce n'est pas *nous* qui forgeons notre destin; la plupart du temps c'est une circonstance extérieure qui s'en charge, et sur laquelle nous n'étions pas en mesure d'exercer une influence quelconque, que nous ne pouvions même pas inclure dans les limites de nos calculs. Est-ce finalement... même si j'admire votre talent... est-ce votre mérite, ou celui du vieil Eissler dont vous m'avez raconté l'intervention en votre faveur, qui vous a fait convoquer par télégramme à Detmold et y trouver si vite un cadre pour votre activité? Non. Un homme innocent, inconnu de vous, devait mourir subitement pour que vous trouviez là-bas une place libre. Et combien d'autres choses sur lesquelles vous n'aviez pas plus d'influence et que vous n'avez pu prévoir, ont dû survenir pour vous faire quitter Vienne, vous faire partir d'ici d'un cœur léger?

— Comment, d'un cœur léger? demanda Georg, interloqué.

— D'un cœur plus léger que dans d'autres circonstances, veux-je dire. Si le petit être avait vécu, qui sait si vous...

— Vous pouvez être persuadé que, dans ce cas aussi, je serais parti. Et Anna l'aurait trouvé aussi naturel qu'elle le trouve à présent. Ne le croyez-vous pas? Peut-être m'en serais-je allé d'un cœur plus léger si l'affaire avait tourné autrement. C'est Anna qui m'a persuadé d'accepter. Je n'étais pas du tout décidé. Vous n'avez pas idée à quel point Anna est bonne et sage.

— Oh! je n'en doute pas. Après tout ce que vous m'avez incidemment raconté sur elle, elle s'est probablement comportée dans sa situation avec plus de dignité que des jeunes dames de son milieu en font habituellement preuve dans de semblables occasions.

— Cher monsieur Nürnberger, la situation n'était pas si terrible.

— Oh! ne dites pas cela. Même si elle fut adoucie par votre attitude noble et pleine d'égards, soyez persuadé que la jeune fille, durant toute cette période, a certainement maintes fois ressenti le caractère irrégulier de sa situation. Il n'existe pas une femme, si hardi et si supérieur que soit son esprit, qui dans un tel cas ne préférerait avoir la bague au doigt. Et ceci témoigne de l'intelligence et de la distinction de votre amie qu'elle ne vous l'ait jamais laissé voir, et qu'elle ait même accepté avec dignité et sérénité cette amère désillusion à la fin de ces neuf mois qui ne furent certainement pas toujours roses.

— Désillusion, le mot est faible. Douleur serait peut-être plus exact.

— Ce fut probablement les deux. Pourtant, comme la plupart du temps, la blessure aiguë de la douleur guérira plus vite que celle torturante et lancinante de la désillusion.

— Je ne vous comprends pas bien.

— Allons, cher Georg, vous ne doutez pas que vous auriez très vite été marié, ou même que vous le seriez déjà, si le petit être était resté en vie.

— Et vous croyez que maintenant, parce que nous n'avons pas d'enfant… oui, vous semblez être d'avis que… que… tout est fini ? Vous vous trompez totalement, mais totalement, cher ami.

— Cher Georg, répondit Nürnberger, il vaut mieux que nous ne parlions pas de l'avenir. Ni vous ni moi ne savons quel fil de notre destin se tisse en cet instant. Au moment où ce chef d'orchestre succomba à une embolie, vous n'avez pas perçu le moindre signe. Et si je vous souhaite maintenant bonne chance dans votre carrière, je ne sais pas sur qui ce vœu va peut-être attirer la mort. »

Ils se dirent au revoir sur le palier. Du haut de l'escalier, Nürnberger cria à Georg : « Donnez-moi de vos nouvelles à l'occasion. »

Georg se retourna encore une fois. « Et vous, faites de même… ! » Il aperçut encore le geste évasif et fataliste de Nürnberger et sourit malgré lui, descendant rapidement l'escalier. Au premier coin de rue, il prit une voiture. En allant chez les Golowski, il repensa à Nürnberger et à Bermann. Quelles curieuses relations entre eux ! Une image surgit devant Georg qu'il pensa avoir déjà vue en rêve. Les deux hommes étaient assis face à face ; chacun présentant à l'autre un miroir dans lequel celui-ci se reflétait, tenant lui-même un miroir, en un jeu de reflets se répétant à l'infini. Que savaient-ils l'un de l'autre ? Que savait chacun de soi-même au fond ? Georg se sentait pris de vertige. Il pensa ensuite à Anna. Nürnberger aurait-il raison, encore une fois ? Était-ce vraiment fini ? Cela pouvait-il jamais finir ? Jamais ?… La vie est longue ! Mais les prochains mois n'allaient-ils pas apporter des problèmes ? Peut-être Micaëla… Non. Rien de grave de ce côté, quelle qu'en soit l'issue. Et à Pâques il serait de nouveau à Vienne, puis viendrait l'été ; on resterait ensemble. Et puis ? Et puis quoi ? Le mariage ? Être le gendre de M. Rosner, de Mme Rosner, le beau-frère de Josef ! Mais qu'importait la famille. C'est Anna qui serait sa femme, un être bon, doux et sage.

La voiture s'arrêta devant une maison assez neuve, laide, peinte en jaune, dans une large rue. Georg dit au cocher de l'attendre et franchit le portail. À l'intérieur, la maison paraissait mal entretenue ; par endroits le crépi se détachait des murs, et les escaliers étaient sales. De quelques fenêtres de cuisine s'échappait une odeur de mauvaise graisse. Dans le couloir du premier étage, deux grosses Juives conversaient dans un jargon insupportable pour Georg, et l'une dit à un petit garçon qu'elle tenait par la main : « Moritz, laisse passer le monsieur. » Pourquoi dit-elle cela, pensa Georg. Il y a bien assez de place. Visiblement elle veut se mettre bien avec moi. Comme si je pouvais lui nuire ou lui être utile. Et un mot d'Heinrich lors d'une conversation ancienne lui revint en mémoire : « Territoire ennemi. »

Une domestique le fit entrer dans une pièce que Georg reconnut tout de suite comme étant celle de Leo. Des livres et des papiers sur le bureau, le piano ouvert, sur le canapé une valise au couvercle relevé qui n'était pas encore complètement vidée. Une minute après, la porte s'ouvrit. Leo entra, étreignit son hôte, l'embrassa si rapidement sur les deux joues que ce dernier n'eut pas le temps d'être gêné par la chaleur de l'accueil. « C'est gentil à vous », dit Leo en lui prenant cordialement les deux mains.

« Vous ne pouvez savoir quelle fut ma joie… commença Georg.

— Je vous crois… tenez, venez avec moi, nous sommes encore à table… mais ce sera bientôt fini. »

Il le conduisit dans la pièce voisine. La famille était rassemblée autour de la table. « Je crois que vous ne connaissez pas encore mon père », remarqua Leo, et il fit les présentations. Le vieux Golowski se leva, posa sa serviette qui était nouée autour de son cou, et tendit la main à Georg.

Celui-ci s'étonna de voir le vieil homme tout à fait autre qu'il se l'était imaginé ; pas un digne patriarche à la barbe grise, mais, avec son visage rasé de près et ses airs rusés, il ressemblait plutôt à un comique de province sur le retour. « Je suis heureux, monsieur le baron, de faire votre connaissance », dit-il, et dans ses yeux finauds on pouvait lire : « Je sais pourtant tout. »

Therese posa promptement à Georg les questions d'usage : Quand était-il arrivé ? Combien de temps restait-il ? Comment allait-il ? Patient, aimable, il répondait, tandis qu'elle le fixait avec curiosité. Puis il demanda à Leo ce qu'il comptait faire dans les semaines à venir.

« Avant tout, je dois travailler sérieusement mon piano pour ne pas avoir honte devant mes élèves. Les gens ont été très chics à mon égard. Des livres, j'en ai eu tant que je voulais. Mais ils n'ont pas mis un piano à ma disposition. » Il se tourna vers Therese. « Tu devrais absolument dénoncer cela dans un de tes prochains discours. Il faut mettre un terme à ce mauvais traitement des prisonniers en détention préventive.

— Hier, à la même heure, dit le vieux Golowski, il n'était pas encore d'humeur à rire.

— Si tu crois peut-être, déclara Therese, que le coup de chance que tu as eu, va modifier mes opinions, tu te trompes radicalement. Au contraire. » Elle poursuivit, tournée vers Georg : « En théorie, je suis absolument contre son élargissement. » Puis s'adressant de nouveau à Leo : « Si tu avais simplement abattu ce type, comme c'était ton bon droit, sans cette odieuse comédie de duel, tu n'aurais jamais été libéré, mais tu aurais purgé entre cinq et dix ans, j'en jurerais. Mais comme tu t'es conformé à ce sinistre jeu de hasard sur la vie et la mort, admis par l'État, comme tu t'es donc incliné honteusement devant le dogme militaire, tu as été gracié. N'ai-je pas raison ? » dit-elle, en s'adressant de nouveau à Georg.

Celui-ci acquiesça seulement d'un signe de tête. Il pensait au pauvre jeune homme que Leo avait abattu et qui en réalité n'avait rien à reprocher aux Juifs, si ce n'est qu'ils lui étaient antipathiques, comme à la plupart des gens… et dont la faute, au fond, n'était que d'être tombé sur celui qu'il ne fallait pas. Leo caressa les cheveux de sa sœur et dit : « Vois-tu, si tu déclarais prochainement en public ce que tu as dit ici entre quatre murs, alors tu m'en imposerais.

— Bon, et toi, répliqua Therese, tu m'impressionnerais si tu prenais demain avec M. Ehrenberg père un billet pour Jérusalem.

Ils se levèrent de table. Leo invita Georg à le suivre dans sa chambre. « Est-ce que je vous gêne ? demanda Therese. J'aimerais aussi profiter un peu de lui. »

Assis tous trois dans la chambre de Leo, ils bavardèrent. Leo semblait savourer, sans complexe et sans remords, la liberté retrouvée, ce qui impressionna étrangement Georg. Sur le canapé, Therese dans une robe sombre très ajustée ressemblait soudain de nouveau à la jeune dame qui, à Lugano, maîtresse d'un officier de cavalerie, avait bu de l'asti sous un platane et ensuite embrassé un autre homme. Elle pria Georg de jouer du piano. Elle ne l'avait encore jamais entendu. Il s'assit, joua quelques motifs du *Tristan*, puis improvisa avec bonheur. Leo exprima son admiration.

« Quel dommage qu'il ne reste pas ici, dit Therese, qui, appuyée contre le mur, avait croisé les mains au-dessus de ses cheveux en chignon.

— Je reviendrai à Pâques, dit Georg en la regardant.

— Mais seulement pour disparaître de nouveau, répliqua Therese.

— C'est vraisemblable », répondit Georg. Il comprit soudain, le cœur lourd, qu'il n'était plus chez lui ici, qu'il ne l'était d'ailleurs plus nulle part, et pour longtemps.

« Qu'en dites-vous ? dit Leo. Si nous entreprenions ensemble une excursion cet été ? Vous, Bermann et moi. Je vous promets de ne pas vous ennuyer avec mes discours théoriques comme l'autre fois, l'automne dernier… vous souvenez-vous ?

— Ah ! fit Therese en s'étirant, il n'en résulte jamais rien. Des actes, messieurs !

— Et que résulte-t-il des actes ? demanda Leo. Ce ne sont tout au plus que des solutions individuelles et à court terme.

— Oui, des actes que l'on commet pour soi, dit Therese. Seul ce dont on est capable en faveur des autres et que l'on exécute sans haine, sans vanité personnelle, si possible anonymement, est ce que j'appelle un acte. »

À présent il fallait que Georg s'en aille. Que de choses il avait encore à régler !

« Je vous accompagne un bout de chemin », lui dit Therese.

Leo l'étreignit encore une fois et dit : « C'était vraiment bien de votre part. »

Therese disparut pour aller chercher chapeau et jaquette. Georg se rendit dans la pièce voisine où la vieille Mme Golowski semblait l'avoir attendu. Elle vint à lui, le visage étrangement tourmenté, et lui remit une enveloppe.

« Qu'est-ce que c'est ?

— Le certificat, monsieur le baron ; je n'ai pas voulu le donner à Anna… cela l'aurait peut-être par trop bouleversée.

— Ah ! oui… » Il glissa l'enveloppe dans sa poche, et lui trouva au toucher quelque chose de spécial…

Therese apparut avec un petit chapeau à l'espagnole, prête à sortir. « Me voici. Au revoir, Maman, je ne rentrerai pas pour dîner. »

Elle descendit l'escalier avec Georg, le regardant de côté, l'air joyeux.

« Où dois-je vous conduire ? demanda-t-il.

— Emmenez-moi avec vous, je descendrai en cours de route. »

Ils montèrent dans la voiture, qui s'ébranla. Elle lui posa toutes sortes de questions auxquelles il avait déjà répondu dans l'appartement, comme si elle supposait que maintenant, seul avec elle, il serait plus sincère que devant les autres. Elle n'apprit rien de plus ; qu'il se plaisait dans son nouveau milieu, que son travail lui donnait pleine satisfaction. Anna avait-elle été étonnée de le revoir ? Non, il l'avait prévenue. Était-ce donc vrai qu'il reviendrait à Pâques ? Oui, c'était sa ferme intention...

Elle parut étonnée. « Savez-vous que je m'étais figuré, dur comme fer, que...

— Quoi donc ?

— Qu'on ne vous reverrait jamais. »

Il ne répondit pas, un peu déconcerté. Une réflexion subite lui vint : cela n'aurait-il pas été plus raisonnable... ? Il était assis tout contre Therese, sentait la chaleur de son corps comme autrefois à Lugano. Dans lequel de ses rêves était-elle plongée maintenant ? Dans celui, confus et sombre, d'assurer le bonheur de l'humanité, ou dans l'autre, gai et léger, d'une nouvelle aventure amoureuse ? Elle regardait obstinément au-dehors. Il saisit sa main, qu'elle ne lui refusa pas, et la porta à ses lèvres. Soudain, elle se tourna vers lui et dit simplement : « Maintenant, faites arrêter, il vaut mieux que je descende ici. »

Il lâcha sa main et regarda Therese.

« Mais oui, cher Georg, qu'adviendrait-il de nous... », un pli moqueur joua sur ses lèvres, « si l'on ne devait se dévouer pour l'humanité. Savez-vous ce que je pense parfois ?... Que tout cela n'est peut-être qu'une fuite devant moi-même.

— Et pourquoi... pourquoi fuyez-vous ?

— Adieu, Georg. » La voiture s'arrêta. Therese descendit. Un jeune homme s'immobilisa et la dévisagea ; elle disparut dans la foule. Je ne crois pas qu'elle finira sur l'échafaud, pensa Georg. Il regagna son hôtel, y déjeuna, alluma une cigarette, se changea et se rendit chez les Ehrenberg.

Dans la salle à manger, au moment du café, étaient présents, outre les dames de la maison, James, Sissy, Willy Eissler et Mme Oberberger. Georg prit place entre Else et Sissy, but un petit verre de Bénédictine, et répondit à toutes les questions sur sa nouvelle activité avec patience et humour. Bientôt on se rendit dans le salon, et il resta assis un moment dans le bow-window avec Mme Oberberger qui, ce jour-là, avait l'air très jeune et qui souhaitait par-dessus tout avoir de nombreux détails sur les expériences de Georg à Detmold. Malgré ses dénégations, elle resta persuadée qu'il avait eu des liaisons avec toutes les cantatrices, la vie au théâtre ne consistant apparemment à ses yeux qu'en occasions et prétextes pour des intrigues amoureuses ; de toute façon, elle insista pour qu'il lui racontât les choses scandaleuses qui devaient se passer derrière les coulisses, dans les loges et au bureau directorial. Comme Georg ne pouvait faire autrement que de la décevoir par son évocation du mode de vie bourgeois, convenable, presque philistin, des membres de la troupe, et par la description de sa propre existence vouée au travail, l'éclat de son visage commença visiblement à se faner, et bientôt il n'eut plus en face de lui qu'une femme vieillissante dans laquelle il reconnut celle qui lui était apparue l'été passé dans la loge du petit théâtre au décor rouge et blanc, et plus tard dans un rêve maintenant presque oublié. Puis il bavarda avec Sissy près de l'Isis de marbre, une conversation insignifiante pendant laquelle chacun cherchait dans les yeux de l'autre le souvenir d'une heure d'après-midi ardente dans l'ombre épaisse d'un parc au feuillage vert sombre. Mais elle semblait aujourd'hui pour tous deux engloutie dans des profondeurs inaccessibles. À la fin, il s'assit avec Else près d'un petit guéridon couvert de gravures et de livres. Elle aussi, comme les autres, lui posa d'abord des questions insignifiantes.

Puis brusquement, elle demanda, parlant plus bas : « Comment va donc votre enfant ?

— Mon enfant ?... » Il hésita. « Dites-moi, Else, pourquoi cette question ?... Simple curiosité de votre part ?

— Vous vous trompez, Georg », répondit-elle sur un ton calme et grave, « comme vous vous êtes trompé la plupart du temps à mon sujet. Vous me tenez pour extrêmement superficielle, ou Dieu sait quoi. Inutile de revenir là-dessus. Mais il n'y a rien d'extraordinaire à ce que je m'intéresse à l'enfant. Je désirerais le voir.

— Vous voudriez le voir ? » Il était ému.

« Oui, et j'aurais même une autre idée... que vous allez probablement juger complètement folle.

— Dites toujours, Else.

— Je pense que nous pourrions le prendre avec nous.

— Qui ça, nous ?

— James et moi.

— En Angleterre ?

— Qui vous dit que nous partirons pour l'Angleterre. Nous resterons ici. Nous avons déjà loué un appartement, dans le *Cottage*[1]. Personne n'aura besoin de savoir que c'est votre enfant.

— Quelle idée romanesque !

— Mon Dieu, pourquoi romanesque ? Anna ne peut le garder près d'elle, et vous encore moins. Où le mettrez-vous pendant les répétitions ? Dans le trou du souffleur, peut-être ?

Georg sourit. « Vous êtes très bonne, Else.

— Je ne suis pas bonne du tout. Je me dis seulement pourquoi un petit être innocent devrait-il payer et souffrir le fait que… eh bien, je veux dire qu'il n'y est pour rien… en définitive… Est-ce un garçon ?

— C'était un garçon. » Il fit une pause, puis il dit à voix basse, sans la regarder : « Il est mort.

— Quoi ? Ah ! oui, vous voulez vous protéger… de mon insistance.

— Else, comment pouvez-vous… ? Non, Else, dans des choses semblables, on ne ment pas.

— C'est donc vrai ? Comment est-ce… ?

— Il est mort à la naissance. »

Elle baissa les yeux. « Non, c'est affreux ! » Elle secoua la tête. « C'est affreux !… Alors tout à coup, elle n'a plus rien. »

Georg tressaillit légèrement, mais ne put rien répondre. Il semblait que, pour tous, son aventure avec Anna était considérée comme terminée. Et lui, Else ne le plaignait pas. Elle ne soupçonnait même pas le choc qu'avait été pour lui la mort de l'enfant. Mais comment pouvait-elle le soupçonner ? Que savait-elle de l'heure où pour lui le jardin avait perdu ses couleurs et le ciel, sa lumière, parce que son merveilleux enfant reposait mort dans la maison.

Mme Ehrenberg s'était approchée. Elle exprima à Georg sa satisfaction. Elle n'avait jamais douté qu'il ne se montre à la hauteur dès qu'il aurait un champ d'action. Aussi était-elle convaincue que, dans trois à cinq ans, on le retrouverait ici à Vienne comme chef d'orchestre. Georg la détrompa. Pour le moment, il ne pensait pas du tout revenir à Vienne. Il sentait que, là-bas en Allemagne, on travaillait davantage, et plus sérieusement. Ici, on courait le danger de se perdre.

Mme Ehrenberg approuva, et saisit l'occasion de se plaindre d'Heinrich Bermann, le poète dont la voix s'était tue, et qui, de surcroît, boudait la société.

Georg prit sa défense et se crut obligé d'affirmer que Heinrich n'avait jamais autant travaillé. Mais Mme Ehrenberg avait d'autres exemples de l'influence néfaste de l'air viennois. En premier lieu par exemple

Nürnberger qui semblait se couper complètement du monde. Quant à ce qui était arrivé à Oskar... est-ce que cela aurait pu se passer dans une autre ville que Vienne? Au reste, Georg savait-il qu'Oskar était en voyage avec le prince de Guastalla? Elle feignait de ne pas y attacher d'importance, mais Georg s'aperçut qu'elle en était un peu fière comme si, finalement, tout s'était terminé au mieux pour son fils...

Tandis que Georg parlait avec Mme Ehrenberg, il voyait par moments Else, qui s'était retirée avec James dans le bow-window... et qui jetait vers lui des regards avertis et mélancoliques, qui le glaçaient. Il prit bientôt congé. La poignée de main d'Else fut étonnamment distante, celle des autres d'une amabilité plutôt indifférente; sur quoi il partit.

Comme c'est étrange, pensait-il dans la voiture qui le conduisait chez Heinrich. Les gens savaient tout avant lui. Ils avaient connu son aventure avec Anna avant son commencement... et maintenant ils savaient avant lui qu'elle était finie. Il avait une furieuse envie de leur démontrer à tous qu'ils se trompaient. Bien que, dans une telle situation, on ne dût surtout pas se déterminer par bravade. Il était heureux que quelques mois s'écoulent pendant lesquels il pourrait se reprendre, tout peser mûrement. Pour Anna aussi, ce serait bénéfique; peut-être particulièrement pour elle. Il se rappela leur promenade d'hier sous la pluie, dans les rues sales, qui lui parut indiciblement triste. Ah! les heures dans la chambre voûtée tandis que, du dehors, à travers le rideau flottant des flocons de neige, le son de l'orgue montait. Où étaient-elles? Celles-ci et tant d'autres heures merveilleuses, où étaient-elles passées? Il se revoyait avec Anna, un jeune couple en voyage de noces, se promenant par des rues où passait le souffle magique d'un lieu inconnu; des chambres d'hôtel banales où il n'avait séjourné que de courtes journées avec elle surgissaient soudain devant ses yeux, comme sanctifiées par le parfum du souvenir... Puis son amie lui apparut sur le banc, sous les branches lourdes de fruits; son front haut resplendissait dans l'attente trompeuse d'une douce maternité... et enfin, une partition à la main, et des rideaux blancs se balançant légèrement dans le vent... Lorsqu'il prit conscience que c'était cette même chambre dans laquelle maintenant elle l'attendait... et qu'à peine plus d'une année s'était écoulée depuis cette heure du soir, à la fin de l'été où, tandis qu'il l'accompagnait, elle lui avait pour la première fois chanté son lied... assis dans le fond de la voiture, il eut un profond soupir, presque un soupir d'angoisse.

Quand il se retrouva quelques minutes plus tard dans la chambre d'Heinrich, il le pria de ne pas considérer sa venue comme une visite. Il voulait seulement lui serrer la main… demain matin, si cela lui convenait, il viendrait le chercher pour une promenade… oui, l'idée lui en était venue tandis qu'il parlait… pour une sorte de promenade d'adieu dans le bois de *Salmansdorf*[1].

Heinrich se déclara d'accord. Il le pria seulement de patienter quelques instants. Georg lui demanda en plaisantant s'il s'était remis de son échec du matin.

Heinrich désigna son bureau jonché de feuilles volantes remplies d'une grande écriture nerveuse. « Savez-vous ce que c'est ? J'ai repris mon Aegidius. Et juste avant votre arrivée, j'ai eu l'idée d'une fin acceptable. Si cela vous intéresse, je vous en dirai plus demain.

— Certainement, je brûle de la connaître. C'est très bien de vous être remis tout de suite au travail.

— Oh ! mon cher Georg, je n'aime pas rester complètement seul. Il me faut trouver rapidement de la compagnie, de la compagnie à mon goût… sinon n'importe qui se présente, et l'on ne tient pas à être à la disposition du premier fantôme venu !

Georg raconta qu'il avait rendu visite à Leo, et l'avait trouvé d'humeur beaucoup plus enjouée qu'il ne l'aurait supposé.

Heinrich s'appuya au bureau, les deux mains enfoncées dans ses poches de pantalon, la tête légèrement penchée ; à travers l'abat-jour la lumière venant d'en bas dessinait des ombres bizarres sur son visage. « Pourquoi ne vous attendiez-vous pas à le trouver de bonne humeur ? Nous… moi du moins, j'aurais probablement réagi de même. »

Georg était assis sur le bras d'un fauteuil de cuir noir, les jambes croisées, tenant toujours à la main son chapeau et sa canne. « Peut-être avez-vous raison, dit-il, mais je ne puis vous cacher que je ne cessais de songer avec gêne, en voyant son visage joyeux, qu'il avait la mort d'un homme sur la conscience.

— C'est-à-dire », reprit Heinrich, et il se mit à marcher de long en large, « voici un des cas où le rapport entre la cause et l'effet est si évident qu'on peut dire sans hésiter : “Il a tué” sans avoir l'air de jouer sur les mots… Ne trouvez-vous pas, Georg, que nous considérons en général ce genre de choses un peu superficiellement ? Il nous faut voir l'éclat d'un poignard, entendre siffler une balle, pour comprendre qu'un meurtre a eu lieu. Comme si celui qui donne la mort à autrui ne se distinguait pas souvent du meurtrier par rien d'autre qu'un degré plus élevé de commodité et de lâcheté…

— Vous faites-vous finalement des reproches, Heinrich ? Si vous aviez cru que cela devait arriver… vous ne l'auriez pourtant pas… laissée mourir.

— Peut-être. Je ne sais pas. Mais je puis vous dire une chose, Georg… si elle vivait encore… c'est-à-dire si je lui avais pardonné, pour reprendre votre expression, je me sentirais encore plus coupable que je crois l'être aujourd'hui. Oui, oui, c'est ainsi. Je ne veux pas vous le dissimuler, Georg, il y a eu une nuit… plusieurs nuits où je suis resté comme anéanti de douleur, de désespoir, de… sans doute, d'autres auraient pris cela pour des remords. Or, ce n'était pas du tout le cas. Car au sein de ma douleur, de mon désespoir, j'ai su que cette mort représentait une sorte de délivrance, de pardon, de pureté. Si j'avais été faible ou moins vaniteux… à vous de juger… elle serait redevenue ma maîtresse, et la suite aurait été pire que cette mort, pour elle également… le dégoût, le tourment, la fureur, la haine auraient rampé comme des reptiles autour de notre couche… nos souvenirs encore vivants seraient tombés en pourriture par lambeaux, notre amour se serait gangrené. Cela ne devait pas être. Il eût été criminel de prolonger cette liaison, moribonde, comme c'est un crime — et qui sera considéré comme tel dans l'avenir — de prolonger la vie d'un homme appelé à mourir dans d'atroces souffrances. Chaque médecin raisonnable vous le dira. C'est pourquoi je suis bien loin de me faire des reproches. Je n'ai pas l'intention de me justifier devant vous ou devant qui que ce soit au monde, c'est ainsi. Je ne *peux* pas me sentir coupable. Mon moral est parfois très bas, mais cela n'a rien à voir avec des sentiments de culpabilité[1].

— Êtes-vous allé là-bas ? demanda Georg.

— Oui, j'y suis allé. J'ai même assisté à la mise en terre. Oui, j'y suis allé avec sa mère. » Il était debout près de la fenêtre, plongé dans l'ombre, et il tressaillit. « Non, je ne l'oublierai jamais. Du reste, c'est un mensonge de prétendre qu'une douleur commune crée des liens. Elle n'en crée pas entre des êtres que rien ne rapproche. Et leur éloignement grandit aux heures de souffrance. Ce voyage ! Quand j'y pense ! J'ai lu presque tout le temps. M'entretenir avec cette vieille personne stupide m'était insupportable. On ne hait personne davantage qu'un être indifférent qui réclame votre pitié. Nous nous sommes tenus devant la tombe, sa mère et moi. Moi, sa mère et quelques comédiens de ce petit théâtre… Et après, après les obsèques, je suis allé, seul avec elle, dans une auberge. Repas d'enterrement à deux. Une histoire lamentable, je vous le dis. Et savez-vous où elle est inhumée ? Au bord de votre lac, Georg. Oui, j'ai dû souvent penser à vous. Vous connaissez l'emplacement du cimetière. À cent pas à peine de *Auhof.* On a une vue délicieuse sur notre lac, Georg ; mais seulement si on est vivant, évidemment. »

Un léger frisson d'horreur parcourut Georg. Il se leva. « Je dois malheureusement vous quitter, Heinrich. On m'attend, excusez-moi. »

Heinrich sortit du contre-jour à côté de la fenêtre et s'avança vers lui. « Je vous remercie beaucoup de votre visite. À demain donc, n'est-ce pas ? Vous vous rendez probablement chez Anna ? Faites-lui mes amitiés. J'ai appris qu'elle se portait bien. Je le tiens de Therese.

— Oui, elle a une mine superbe. Elle est parfaitement remise.

— J'en suis heureux. À demain donc, n'est-ce pas ? Je me réjouis de vous revoir une dernière fois avant votre départ. Vous avez encore des tas de choses à me raconter. Comme de coutume, je n'ai rien fait d'autre que parler de moi. »

Georg sourit. Avec Heinrich, il y était habitué depuis longtemps.

« Au revoir, dit-il avant de s'en aller.

Assis de nouveau dans sa voiture, Georg était poursuivi par certaines paroles d'Heinrich. « Il nous faut voir l'éclat d'un poignard, pour comprendre qu'un meurtre a eu lieu. » Il y découvrait une relation quasi souterraine, qu'il pressentait depuis longtemps, avec le sourd malaise qu'il éprouvait parfois. Il repensa à l'heure où il lui avait semblé que son enfant à naître était l'objet d'un jeu dans le ciel, et il trouva soudain étrange qu'Anna n'ait pas échangé avec lui un seul mot sur la mort de leur enfant, et qu'elle ait même soigneusement évité de parler dans ses lettres non seulement de l'issue malheureuse mais aussi de toute la période où elle avait porté l'enfant dans son sein. La voiture approchait du but. Qu'est-ce qui fait battre mon cœur ? se demanda Georg. La joie ?... La mauvaise conscience ?... Aujourd'hui, tout d'un coup ! Elle ne peut pourtant pas me rendre responsable ?... Quelle bêtise ! Je suis détendu et énervé en même temps, voilà tout. Je n'aurais pas dû revenir. Pourquoi ai-je revu tous ces gens ? Malgré toute ma nostalgie, n'étais-je pas mille fois mieux dans la petite ville où une vie nouvelle avait commencé pour moi ?... J'aurais dû retrouver Anna dans un autre endroit. Peut-être partira-t-elle avec moi... alors tout pourrait s'arranger. Est-ce donc que quelque chose ne va pas ?... Nos rapports sont-ils eux aussi malades, et est-ce un crime de les prolonger ?... Mais il se pourrait aussi que ce soit une échappatoire trop facile.

Quand il entra chez les Rosner, la mère était assise seule à la table, elle leva les yeux de son livre et le referma d'un coup sec. Il y avait au-dessus de la table une suspension éclairant toute la pièce et qui oscilla légèrement. D'un coin du canapé, Josef se redressa. Anna sortit à cet instant de sa chambre, passa ses deux mains dans sa chevelure ondulée, coiffée en hauteur, salua Georg d'une légère inclination de la tête ; et en cet instant elle lui parut tenir plus d'une apparition que d'une personne réelle. Georg serra toutes les mains, et s'enquit de la santé de M. Rosner.

« Il ne va pas très mal, dit Mme Rosner, mais il peut difficilement se lever. »

Josef s'excusa d'avoir été trouvé endormi sur le canapé. Il devait profiter du dimanche pour se reposer. Il occupait à son journal un poste qui le retenait parfois jusqu'à des trois heures du matin.

« Il travaille maintenant beaucoup, confirma la mère.

— Oui, dit Josef, l'air modeste, quand on a certaines responsabilités... » Il ajouta que *Le Messager chrétien* connaissait une diffusion toujours croissante, même au-dehors, en Allemagne. Puis il posa à Georg quelques questions sur sa nouvelle résidence et se montra notamment curieux du chiffre de la population, de l'état des routes, de la popularité du cyclisme [1], et de l'intérêt des environs.

De son côté, Mme Rosner l'interrogea courtoisement sur la composition du répertoire ; Georg donna des explications ; bientôt une conversation s'engagea à laquelle Anna prit part calmement, et Georg se vit soudain en visite dans une famille bourgeoise respectueuse des usages, et dont la fille était musicienne. La conclusion de l'entretien fut que Georg se trouva conduit à exprimer le vœu d'entendre de nouveau chanter la jeune dame... et il lui fallut un effort de réflexion pour comprendre soudain que c'était son Anna dont il avait souhaité entendre la voix.

Josef s'excusa ; un rendez-vous au café avec des membres de son club le réclamait... « Monsieur le baron se rappelle-t-il encore... la joyeuse compagnie sur la *Sophienalpe*?

— Certainement, dit Georg en souriant, et il cita : « Le Dieu qui créa le fer... » [2]

— « Ne voulait pas d'esclaves », compléta Josef. Mais nous ne chantons plus cela depuis longtemps. C'est trop proche de *La Garde sur le Rhin* [3], et on ne doit plus pouvoir nous reprocher de loucher en direction de la frontière. Il y a eu des luttes sérieuses chez nous au comité. Un membre a même démissionné. Il faut dire qu'il est le secrétaire et l'agent du docteur Fuchs, le député national-allemand. Tout ça, n'est-ce pas, c'est de la politique. » Il cligna de l'œil. On ne devait pas croire qu'il prenait encore tout ce cirque au sérieux maintenant qu'il était initié aux mécanismes de la vie publique. Sur la remarque, à peine plus surprenante, qu'il pourrait en raconter de belles, il prit congé. Mme Rosner jugea qu'il était temps de s'occuper de son époux.

Georg était assis en face d'Anna, seul avec elle à la table ronde sous la lumière de la suspension.

«Je te remercie pour les belles roses, dit Anna, elles sont dans ma chambre.» Elle se leva, Georg la suivit. Il avait totalement oublié qu'il lui avait envoyé des fleurs. Elles étaient là, d'un rouge très foncé, dans un grand vase de verre posé devant la glace, où leur reflet sombre était sans couleur. Le piano était ouvert; des partitions sur le pupitre, éclairées de part et d'autre par deux bougies. À part elles, la seule lumière de la chambre provenait de la pièce voisine par la porte entrouverte.

«Tu as joué, Anna?» Il s'approcha. «L'aria de la comtesse[1]? Et tu l'as chantée?

— Oui, j'ai essayé.

— Ça va?

— Ça commence... me semble-t-il. On verra bien. Mais raconte-moi d'abord ce que tu as fait de toute la journée.

— Plus tard. Nous ne nous sommes même pas dit bonjour.» Il l'étreignit et l'embrassa.

«Il y a bien longtemps, dit-elle, souriant dans le vague.

— Alors, demanda-t-il vivement, pars-tu avec moi?»

Anna hésita. «Mais comment te représentes-tu la chose exactement, Georg?

— C'est très simple. Nous pouvons partir demain après-midi. Je te laisse le choix du lieu. Reichenau, Semmering, Brühl[2], où tu voudras... Et après-demain matin je te raccompagnerais.» Quelque chose le retint de parler du télégramme qui mettait à sa disposition trois jours pleins.

Anna regardait droit devant elle. «Ce serait bien, dit-elle d'une voix sourde, mais ce n'est pas possible, Georg.

— A cause de ton père?»

Elle fit oui de la tête.

«Il va pourtant mieux?

— Non, il ne va pas bien du tout. Il est si faible. Bien sûr, on ne me le reprocherait pas directement. Mais je... je ne *peux* pas maintenant laisser ma mère seule pour une excursion de ce genre.»

Il haussa les épaules, un peu vexé du terme qu'elle avait choisi. «Et dis-moi sincèrement, fit-elle comme en plaisantant, y tiens-tu tant que ça?»

Il secoua la tête, et son visage prit une expression presque douloureuse. Mais il se rendait compte que ce geste manquait lui aussi de sincérité. «Je ne comprends pas, Anna, dit-il moins énergiquement qu'il l'eût souhaité, que d'avoir été quelques semaines éloignés l'un de l'autre, que... vraiment je ne sais comment dire... c'est comme si l'on s'était perdus. C'est pourtant *moi*, Anna, c'est *moi*...» répéta-t-il avec impatience, mais d'une voix lasse. Il était assis dans le fauteuil devant le piano. Il lui prit les mains et les porta à ses lèvres d'un geste distrait, un peu nerveux.

«Ce fut comment, le *Tristan*?» demanda-t-elle.

Il s'appliqua à lui donner un compte rendu fidèle de la représentation, ne lui cacha pas sa visite dans la loge des Ehrenberg, parla de toutes les personnes rencontrées, et lui transmit les amitiés de Heinrich Bermann. Puis il l'attira sur ses genoux et l'embrassa. Lorsqu'elle éloigna son visage du sien, il vit des larmes couler sur ses joues. Il fit l'étonné. «Qu'as-tu donc, mon petit?... dis pourquoi, pourquoi?...»

Elle se leva, alla à la fenêtre en détournant son visage. Il se leva aussi, un peu agacé, puis arpenta un moment la pièce, s'approcha tout près d'elle et reprit dans un élan inattendu : «Anna, réfléchis encore si tu ne pourrais pas partir avec moi! Tout serait tellement différent d'ici. Nous pourrions parler à cœur ouvert. Nous avons des choses très importantes à discuter. Et j'ai besoin aussi de tes conseils au sujet des décisions à prendre pour l'an prochain. Je te l'ai bien écrit, n'est-ce pas? Il est très vraisemblable que l'on va me proposer dans les jours qui viennent de signer un contrat de trois ans.

— Quel conseil peut-on te donner? dit-elle. C'est toi qui es le mieux placé pour savoir si tu te plais là-bas ou non.»

Il se mit à lui parler de ce directeur aimable et doué qui souhaitait visiblement l'avoir pour collaborateur, du vieux chef d'orchestre sympathique, autrefois si célèbre, d'un tout petit machiniste qu'on appelait Alexandre le Grand, d'une jeune dame avec qui il avait étudié le rôle de Micaëla et qui était fiancée à un médecin berlinois, d'un ténor en place depuis vingt-sept ans et qui détestait farouchement Wagner. Puis il commença à lui expliquer comment il voyait sa carrière du point de vue artistique et matériel. Il pouvait assurément accéder bientôt dans ce petit théâtre de cour à une situation stable et avantageuse. D'un autre côté, il fallait considérer qu'il était dangereux de se lier pour trop longtemps; une carrière comme celle du vieux chef d'orchestre ne serait pas à son goût. Sans doute... leurs tempéraments étaient-ils différents, et lui pour sa part se croyait à l'abri d'un destin semblable.

Elle le fixait toujours et, du ton mi-indulgent, mi-moqueur qu'elle aurait eu avec un enfant, elle dit enfin : « Voyez comme il se donne du mal ! »

Il resta stupéfait. « Comment, je me donne du mal ?

— Écoute, Georg, tu ne me dois aucune espèce d'explication.

— Des explications ? Tu es vraiment... Je ne te donne pas des explications, Anna, je te décris simplement ma vie, avec qui j'ai affaire... parce que je me flatte de croire que ces choses t'intéressent... exactement comme je t'ai raconté où j'avais été aujourd'hui et hier. »

Elle se tut. De nouveau, Georg sentit qu'elle ne le croyait pas, et qu'elle avait le droit de ne pas le croire... même si parfois, fortuitement, la vérité venait sur ses lèvres. Il avait sur le bout de la langue une foule de mots, des paroles d'indignation, des paroles de colère, des paroles de réconfort... mais chacune lui semblait également futile et vide. Il ne répliqua plus rien, s'assit au piano, frappa doucement quelques notes, quelques accords. Il avait maintenant l'impression de l'aimer très fort et de ne pouvoir le lui dire, convaincu que cette heure des retrouvailles eût été tout autre si on l'avait fêtée ailleurs. Pas dans cette chambre, pas dans cette ville, de préférence en un lieu inconnu d'eux, dans un environnement nouveau, étranger. Oui, dans ce cas, tout serait peut-être redevenu comme autrefois. Ils auraient pu se précipiter dans les bras l'un de l'autre... retrouver comme autrefois le désir, la volupté... et la paix. Une idée lui vint : Et si je lui disais maintenant : Anna ! Trois jours et trois nuits nous appartiennent ! Si je la priais... avec les mots qu'il faut... à ses pieds, si je la suppliais... viens avec moi ! viens... Elle ne résisterait pas longtemps ! Elle me suivrait certainement... Il le savait. Pourquoi ne prononçait-il pas les mots qu'il fallait ? Pourquoi ne la suppliait-il pas ? Pourquoi se taisait-il, pourquoi restait-il au piano sans la regarder en jouant doucement quelques notes, quelques accords ?... Pourquoi ?... Il sentit alors sur sa tête la douceur de ses mains. Il plaqua ses doigts sur les touches et un accord résonna. Il n'osait pas se retourner. Il devinait : Elle le sait aussi. Que sait-elle ?... Est-ce donc vrai ?... Oui... c'est vrai. Il se souvint de l'heure, après la naissance de l'enfant mort... où il s'était assis à son chevet tandis qu'elle gisait silencieuse, le regard fixé sur le jardin dans le crépuscule... Dès cette heure-là, elle avait su, su avant lui... que tout était fini.

Il leva ses mains du clavier, prit celles d'Anna qui reposaient toujours sur sa tête et, attirant son amie contre lui, la fit glisser lentement sur ses genoux. Il reprit timidement : « Anna... peut-être... pourrais-tu encore te décider... Il me serait peut-être possible en télégraphiant d'obtenir quelques jours de congé supplémentaire. Anna… m'entends-tu… ce serait pourtant merveilleux… » Des profondeurs de sa pensée un plan surgissait : S'il partait vraiment avec elle pour quelques jours. Et mettant à profit cette occasion, s'il lui disait loyalement : Il faut en finir, Anna. Mais la fin de notre amour doit être aussi belle que fut le commencement. Pas d'abattement et de tristesse comme pendant ces heures chez tes parents… Si je lui disais cela… loyalement, quelque part à la campagne… ne serait-ce pas plus digne d'elle et de moi… et de notre bonheur passé ?… Et ce projet le rendit plus pressant, plus audacieux, presque passionné… et ses paroles retrouvaient l'intonation d'autrefois, d'un temps lointain, très lointain.

Elle, sur ses genoux, les bras autour de son cou, répondit doucement : « Recommencer… Georg, je ne le supporterais pas. »

Il avait déjà un mot sur les lèvres, un mot qui aurait pu dissiper ses craintes. Mais il le retint. Car le dire ne pouvait avoir qu'une signification : qu'il envisageait bien de partager encore une fois avec elle quelques heures de plaisir, mais qu'il n'était pas disposé à assumer une obligation quelconque. Il le sentait bien, pour ne pas la blesser, il aurait suffi de dire une seule chose : Tu m'appartiens pour toujours ! Il faut que tu aies un enfant de moi ! À Noël, ou au plus tard à Pâques, je viendrai te chercher… et nous ne serons plus jamais séparés. Il sentait qu'elle attendait ce mot comme une dernière chance… un espoir qu'elle-même ne croyait plus réalisable. Mais il se tut. S'il avait exprimé ce qu'elle désirait ardemment, il se serait lié de nouveau, tandis que lui — il le savait maintenant plus fortement qu'il ne l'avait jamais su — il voulait être libre.

Elle était toujours assise sur ses genoux, la joue appuyée contre la sienne ; ils restèrent longtemps silencieux, et tous deux savaient que l'heure des adieux était venue.

Se décidant enfin, Georg déclara : « Si tu ne veux pas venir avec moi, Anna, je rentrerai directement… dès demain. Nous ne nous reverrons qu'au printemps ; jusque-là nous ne pourrons que nous écrire. À moins qu'à Noël, si c'est possible, je… »

Elle s'était relevée et s'appuyait au piano. « Le voilà redevenu peu raisonnable, dit-elle. N'est-ce pas finalement préférable de ne pas nous revoir avant Pâques ?

— Pourquoi préférable ?

— D'ici là… tout sera beaucoup plus clair. »

Il souhaitait ne pas la comprendre. « Tu veux dire, à cause du contrat ?

Oui… mais je dois déjà me décider dans les prochaines semaines. Les gens veulent savoir où ils en sont. D'un autre côté, même si je signe pour trois ans, et que d'autres occasions se présentent, ils ne me retiendront pas de force. Jusqu'à présent, il semble vraiment que le séjour dans cette petite ville me soit très profitable. Je n'ai jamais travaillé avec autant d'ardeur que là-bas. Ne t'ai-je pas écrit qu'il m'est arrivé de rester à mon bureau après la représentation jusqu'à trois heures du matin? Et à huit heures, j'étais frais et dispos!»

Elle continuait à le fixer d'un regard à la fois douloureux et indulgent qui lui parut lourd de doutes. N'avait-elle pas un jour cru en lui? Confiante et tendre, ne lui avait-elle pas dit dans la pénombre d'une église : «Je veux prier le Ciel pour que tu deviennes un grand artiste.» De nouveau il eut l'impression que, depuis longtemps, son estime n'était plus aussi grande qu'aux premiers jours. Une inquiétude le saisit, et d'une voix mal assurée il lui demanda : «Tu permets pourtant que je t'envoie ma sonate pour violon dès qu'elle sera terminée? Tu sais que c'est à ton jugement que j'attache le plus d'importance.» Et il pensait : si je pouvais la garder comme amie… ou, un jour, la reconquérir… comme amie… est-ce possible?

Elle dit : «Tu m'as aussi parlé dans tes lettres de quelques nouveaux morceaux pour piano seul.

— Tout à fait exact. Mais ils ne sont pas encore au point. Par contre, un autre que j'ai… que j'ai…» son hésitation lui parut à lui-même stupide «… composé cet été au bord d'un lac, là où cette pauvre fille, l'amie d'Heinrich, s'est noyée, celui-là non plus, tu ne le connais pas encore. Est-ce que je peux… je te le jouerai pianissimo, veux-tu?»

Elle approuva d'un signe de tête et ferma la porte. Là, derrière lui, elle resta debout, immobile, tandis qu'il commençait.

Il joua. C'était le petit morceau mélancolique et fervent qu'il avait composé au bord de son lac alors qu'il avait totalement oublié Anna et l'enfant. Cela le soulageait beaucoup de pouvoir le lui jouer. Elle devait comprendre le langage de ces sons. Il n'était pas possible qu'elle ne comprît pas. Il entendait sa voix s'exprimer à travers eux; il lui semblait atteindre, seulement maintenant, à la connaissance de soi-même. Adieu, bien-aimée, adieu… Ce fut beau. Et aujourd'hui c'est fini… Adieu, bien-aimée… Le temps qui nous était imparti de vivre ensemble, nous l'avons épuisé. Quoi qu'il puisse arriver maintenant à toi et à moi, chacun de nous deux restera gravé dans le souvenir de l'autre. À cette heure, ma vie prend un autre chemin… et la tienne aussi. Il faut en finir… Je t'ai aimée, je baise tes yeux… je te remercie de ta bonté, de ta douceur, de ton silence. Adieu, bien-aimée… adieu… Les sons s'éteignirent. Il avait joué sans lever les yeux du clavier; il se retourna alors lentement vers elle. Elle était toujours debout derrière lui, grave, les lèvres un peu tremblantes. Il saisit ses mains, les baisa. «Anna, Anna!…» s'écria-t-il. Son cœur battait à se rompre.

«Ne m'oublie pas tout à fait, dit-elle doucement.

— Je t'écrirai dès que je serai de retour là-bas.»

Elle hocha la tête.

«Et toi aussi, Anna… Et tout… tout… comprends-moi.»

Elle hocha de nouveau la tête.

«Et… et… demain matin, je te reverrai encore une fois.»

Elle secoua la tête. Dans son étonnement, il voulut insister d'un mot… n'allait-il pas de soi qu'il dût la revoir avant son départ? Elle leva légèrement la main comme pour le prier de se taire. Il se leva, l'étreignit, embrassa sa bouche qui resta froide, sans lui rendre son baiser, et il quitta la chambre. Elle demeurait là, debout, les bras ballants, les yeux fermés. Il descendit en hâte l'escalier. En bas, dans la rue, il crut qu'il allait remonter… pour lui dire : «Tout cela n'est pas vrai! Ce ne sont pas des adieux. Je t'aime. Je t'appartiens. Cela ne peut pas être fini.»

Mais il sentit qu'il ne devait pas le faire. Pas maintenant. Demain, peut-être. De ce soir à demain matin, elle ne serait pas perdue pour lui… Et il erra sans but par les rues désertes, comme un peu ivre de tristesse et de liberté. Il était heureux de n'avoir pris aucun rendez-vous et de pouvoir rester seul. Loin en dehors de la ville, il dîna dans la salle basse, enfumée d'une vieille auberge; les tables voisines étaient occupées par des gens d'un autre univers; à l'écart dans son coin, il avait l'impression de se trouver dans une cité étrangère : solitaire, un peu fier de sa solitude, et un peu inquiet de cette fierté.

Le jour suivant, vers midi, Georg se promena avec Heinrich par les allées du *Dornbacher Park*[1]. Un air lourd, traversé de minces bandes de brouillard, les enveloppait, les feuilles mortes humides crissaient et glissaient sous leurs pas, et, à travers les buissons, ils voyaient briller la route d'où ils étaient partis, cela faisait juste un an, en direction des collines teintées de rouille et d'or. Les branches immobiles s'étalaient comme écrasées par la chaleur accablante, lointaine, d'un soleil voilé.

Heinrich était en train de raconter la fin de son drame dont l'inspiration lui était venue la veille. Aegidius avait débarqué dans l'île. Résigné à subir le destin prédit après une navigation de sept jours vers la mort. Le prince lui fait grâce, Aegidius ne l'accepte pas et se jette d'un rocher dans la mer.

Georg n'était pas satisfait. «Pourquoi Aegidius doit-il mourir?» Il n'y croyait pas.

Heinrich était surpris qu'il faille l'expliquer. «Comment peut-il continuer à vivre! s'exclama-t-il. Il était condamné à mort. C'est toujours avec la mort en vue qu'il fut maître à bord, amant de la princesse, ami des sages, des trouvères, des astrologues, toujours avec la mort en vue qu'il a connu les journées les plus magnifiques qui aient été données à un homme. Toute cette richesse aurait pour ainsi dire perdu son sens, l'attente solennelle de l'instant suprême se serait transformée dans les souvenirs d'Aegidius en une frayeur risible et grotesque, si tout ce voyage funèbre s'était révélé n'être finalement qu'une fade plaisanterie. Voilà pourquoi il devait mourir.

— Et vous jugez cela vraisemblable? demanda Georg dont le doute grandissait. Je regrette, moi pas.

— Ça ne fait rien, répliqua Heinrich. Si cela vous semblait déjà vraisemblable, ma tâche serait trop facile. Quand la dernière syllabe de ma pièce sera écrite, elle deviendra vraisemblable. Ou bien...» Il s'interrompit. Ils montaient à travers une prairie, et bientôt la vallée familière s'étendit devant eux. À droite, sur le penchant de la colline, le *Sommerhaidenweg* étincelait au soleil; de l'autre côté, tout contre la forêt, on voyait l'auberge aux murs jaunes et aux terrasses en bois peintes en rouge, et non loin de là une petite maison au pignon gris foncé. On devinait la ville plongée dans un vague brouillard, et, plus au loin, la plaine ondulait vers les hauteurs, avec à l'horizon la ligne basse des montagnes qui s'estompait dans la brume. Ils durent franchir une large route, puis descendre par un chemin de terre à travers prairies et champs. Des deux côtés, à une large distance, la forêt s'étendait. Georg pressentait déjà que dans des années, peut-être dès demain, il se souviendrait avec nostalgie de ce paysage où il avait cessé d'être chez lui.

Au bout du chemin ils s'arrêtèrent devant la petite maison avec son pignon que Georg avait voulu voir une dernière fois. La porte et les fenêtres étaient barricadées avec des planches; battue par les pluies et comme vieillie prématurément, la maison paraissait fermée au monde extérieur.

«Voici le moment des adieux», dit Georg d'un ton qu'il voulait léger. Son regard tomba sur la statuette de terre cuite au milieu des parterres défleuris. «Curieux, dit-il à Heinrich, que j'aie toujours pris ce garçonnet bleu pour un angelot. Plus exactement, je l'ai toujours appelé ainsi, tout en sachant ce qu'il représentait : un gamin aux cheveux bouclés, pieds nus, avec une petite tunique retenue par une ceinture.

— Et il y a un an, dit Heinrich, vous auriez pourtant juré que ce garçonnet bleu avait des ailes. »

Georg jeta un coup d'œil là-haut, vers la mansarde. Il avait l'impression que quelqu'un pouvait soudain surgir sur le balcon. Peut-être Labinski, qui depuis un certain rêve ne s'était plus manifesté ? Ou lui-même, un Georg von Wergenthin d'une époque antérieure ? Le Georg de cet été qui avait habité là-haut ? Des idées stupides. Le balcon restait vide, la maison était muette, et le jardin plongé dans un profond sommeil. Déçu, Georg se détourna. « Venez », dit-il à Heinrich. Ils partirent par la route qui rejoignait le *Sommerhaidenweg*.

« Quelle chaleur tout d'un coup », fit Heinrich en retirant son pardessus et en le jetant selon son habitude sur ses épaules.

Il ne restait plus à Georg qu'un souvenir fade, privé de charme. Il se tourna vers Heinrich. « J'aime mieux vous le dire tout de suite. C'est une histoire terminée. »

Heinrich le regarda de côté, hocha la tête, sans avoir l'air particulièrement surpris.

« Mais, ajouta Georg essayant un peu de plaisanter, vous êtes instamment prié de ne pas penser à l'angelot. »

Heinrich secoua la tête gravement. « Merci bien. La fable de l'angelot bleu, vous pouvez la dédier à Nürnberger.

— Il a eu raison une fois de plus, dit Georg.

— Il a toujours raison, mon cher Georg. Car on ne peut jamais, au grand jamais, être trompé quand on se méfie de tout sur cette terre, y compris de sa propre méfiance. Même si vous aviez épousé Anna, il aurait eu raison… ou vous en auriez eu au moins l'impression. En tout cas, je pense… si vous me permettez de le dire… que tout est bien ainsi.

— Bien ainsi ? Pour moi, sûrement, répliqua Georg en accentuant à dessein ces mots pour montrer qu'il n'avait pas l'intention d'excuser sa conduite. Dans votre esprit, Heinrich, c'était peut-être mon devoir envers moi-même d'en finir.

— Alors, c'était aussi votre devoir envers Anna.

— Seule la suite le dira. Qui sait si je ne l'ai pas détournée de sa voie ?

— De sa voie ?

— Souvenez-vous de la réflexion de Leo Golowski, qu'elle était destinée à une fin bourgeoise.

— Pensez-vous, Georg, qu'un mariage avec vous eût été le gage d'une vie très bourgeoise? Anna était peut-être créée pour être votre amie... pas votre femme. Qui sait si celui qu'elle épousera un jour n'aura pas toutes les raisons de vous en être reconnaissant? Si les hommes n'étaient pas si désespérément bêtes. Seuls les gens qui ont eu des aventures possèdent des souvenirs authentiques. Les femmes aussi bien que nous.»

Ils poursuivaient leur chemin sur le *Sommerhaidenweg*, en direction de la ville qui émergeait d'une brume grise, et ils approchaient du cimetière.

«Est-ce raisonnable, demanda Georg en hésitant, d'aller sur la tombe d'un être qui n'a jamais vécu?

— C'est ici que votre enfant repose?»

Georg fit oui de la tête. Son enfant! Comme ce mot résonnait étrangement! Ils longèrent la palissade de bois marron d'où dépassaient des monuments et des croix, jusqu'à une murette de brique marquant l'entrée. Ils interrogèrent un gardien qui leur indiqua le chemin, par l'allée centrale bordée de saules. Sur une étendue de gazon, tout contre la palissade, des monticules s'alignaient comme pour un jeu; ils étaient surmontés de petites plaques ovales portées par de courts poteaux fichés en terre. Le monticule que Georg cherchait se trouvait au milieu du gazon. Des roses d'un rouge foncé y étaient posées. Georg les reconnut. Son cœur cessa de battre. Quelle chance, pensa-t-il, que nous ne nous soyons pas rencontrés. L'avait-elle espéré?

«Là où sont les roses?» demanda Heinrich.

Georg fit signe que oui.

Ils restèrent silencieux un moment. «Pendant tout ce temps, demanda ensuite Heinrich, vous n'avez jamais envisagé au fond de vous-même ce dénouement comme possible, n'est-ce pas?

— Jamais? Je ne sais pas exactement. Il vous passe toujours par la tête toutes sortes de possibilités. Mais je n'y ai jamais songé sérieusement, bien sûr. Comment le pourrait-on?» Il raconta une fois encore à Heinrich la réflexion du professeur à la mort de l'enfant. Il s'était agi d'un hasard malheureux qui frappait un à deux pour cent des nouveau-nés. Mais pourquoi ce hasard était-il survenu justement *ici*, cela le professeur n'avait su le dire. Mais le hasard n'était-il qu'un mot? Ce hasard-là ne devait-il pas avoir lui aussi, sa cause?...

Heinrich haussa les épaules. «Évidemment... une cause après l'autre, et la raison première au commencement de toutes les choses. Nous pourrions certainement prévenir la manifestation de certains prétendus hasards si nous avions une vue d'ensemble plus vaste, plus de science et plus de pouvoir. Peut-être la mort de votre enfant aurait-elle pu aussi être évitée, à un certain moment, qui sait?

— Et peut-être aurait-ce même été en mon pouvoir, dit Georg lentement.

— Je ne comprends pas. Y a-t-il donc eu des signes précurseurs ou...?»

Georg restait immobile, les yeux fixés sur le monticule.

«Je voudrais vous poser une question, Heinrich, mais ne vous moquez pas de moi. Tenez-vous pour possible qu'un enfant à naître puisse mourir parce qu'on ne le désire pas comme on devrait, mourir par manque d'amour en quelque sorte?»

Heinrich lui posa la main sur l'épaule. «Georg, vous qui êtes un homme toujours si sensé, comment pouvez-vous avoir des idées pareilles d'ordre métaphysique?

— Appelez-les comme vous voudrez, métaphysiques ou stupides; depuis quelque temps, je ne puis chasser de mon esprit la pensée que je suis responsable à un certain degré de ce dénouement.

— Vous?

— Si je viens de dire que je n'ai pas suffisamment désiré sa venue, je me suis mal exprimé. En vérité, je ne pensais pas du tout à ce petit être qui devait venir au monde. Et surtout dans les dernières semaines précédant sa naissance je l'avais complètement oublié. Je ne peux l'exprimer autrement. Bien sûr, je savais ce qui allait arriver, mais c'était comme si cela ne me concernait pas. J'ai continué à vivre sans y songer. Pas toujours mais souvent, en particulier pendant l'été au bord du lac, de mon lac comme vous l'appelez... Là, j'étais... oui, il m'était tout simplement sorti de la tête que je devais avoir un enfant.

— On m'a raconté toutes sortes de choses», dit Heinrich sans le regarder.

Georg le fixa des yeux. «Vous savez donc ce que je veux dire. Non seulement ma pensée était loin de l'enfant à naître, mais loin également de la mère, et d'une manière si inquiétante qu'avec la meilleure volonté je ne puis vous le décrire, et que j'ai moi-même de la peine à le comprendre aujourd'hui. Et il y a des moments où je ne puis chasser l'idée qu'il doit y avoir quelque rapport entre cet oubli et la mort de mon enfant. Tenez-vous cela pour totalement exclu?»

Heinrich fronçait le front. «Totalement exclu, on ne peut le dire. Il est certain que les racines s'enfoncent souvent à une telle profondeur qu'il nous est impossible de suivre leur cheminement. Oui, il existe peut-être de tels rapports. Mais même s'ils existent… certainement pas dans votre cas, Georg ! Pour vous, de tels rapports même réels n'auraient aucune valeur.

— Aucune valeur pour moi ?

— À mon avis, l'idée que vous avez exprimée ne vous correspond pas. Elle ne vient pas du fond de votre âme. Certainement pas. Jamais de votre vie vous n'auriez eu une pensée semblable si vous ne fréquentiez pas un individu de mon acabit, et si ce n'était parfois un trait de votre nature de ne pas suivre vos propres pensées, mais celles de personnalités plus fortes que la vôtre… ou plus faibles. Je vous assure que dans votre aventure au bord de votre… de notre… lac, aucune faute, comme on dit, ne vous incombe. Chez un autre peut-être, c'eût été une faute. Mais chez vous qui êtes par nature — vous me pardonnerez — assez léger et un peu indélicat, il n'y a certainement pas eu faute. Puis-je vous dire une chose ? Ce sentiment de culpabilité ne concerne pas l'enfant, votre malaise provient simplement de l'obligation que vous croyez avoir de vous sentir coupable. Voyez-vous, si j'avais vécu une aventure voisine de la vôtre, je serais peut-être devenu coupable parce qu'il eût été possible que je me sente coupable.

— Vous, Heinrich, à ma place vous vous seriez senti coupable ?

— Ou peut-être pas. Comment puis-je le savoir ? Je devine à quoi vous pensez, que j'ai récemment provoqué la mort d'un être sans pourtant me sentir coupable.

— Oui, j'y pense. Et c'est pourquoi je ne comprends pas… »

Heinrich haussa les épaules. « Parfaitement. Je ne me suis pas senti coupable. Quelque part au fond de mon âme. Et ailleurs, peut-être plus profondément, je me suis senti coupable… et, plus profondément encore, il n'en est plus rien resté. La question est toujours de savoir jusqu'où nous plongeons nos regards en nous-mêmes. Et quand à tous les étages les lumières sont allumées, nous sommes en même temps coupables et innocents, des lâches et des héros, des fous et des sages. “Nous”… le terme est probablement un peu trop général. Chez vous, mon cher Georg par exemple, toutes ces choses se présentent sans doute de façon beaucoup plus simple, du moins tant que vous n'êtes pas influencé par le climat que je répands parfois autour de vous. C'est pourquoi vous vous portez beaucoup mieux que moi. Beaucoup mieux. Car à l'intérieur de moi, ce n'est vraiment pas joli. Se pourrait-il que vous ne l'ayez pas remarqué ? À quoi me servent ces lumières qui brûlent à tous mes étages ? À quoi me sert ma science des hommes, et mon magnifique entendement ? À rien… à moins que rien. Au fond, je ne souhaiterais rien d'autre, Georg, que tous les événements effroyables de ces derniers temps n'aient pas eu lieu, n'aient été qu'un mauvais rêve. Je vous le jure, Georg, je donnerais tout mon avenir, et je ne sais quoi encore, pour abolir ce passé. Et s'il était aboli… je serais probablement aussi malheureux que maintenant. »

Son visage se crispa comme s'il allait crier. Mais le moment d'après il redevint froid, rigide, morne, comme éteint. Et il dit : « Croyez-moi, Georg, il y a des moments où j'envie les gens qui possèdent ce qu'on appelle une vision du monde. Moi, quand je veux vivre dans un monde structuré, il me faut d'abord m'en créer un. C'est épuisant pour quelqu'un qui n'est pas le Bon Dieu. »

Il poussa un profond soupir. Georg renonça à lui répondre. Passant sous les saules, il marcha avec lui jusqu'à la sortie. Il savait qu'on ne pouvait rien faire pour cet homme. Il était sans doute destiné à se jeter un jour dans le vide du haut d'un clocher dont il aurait gravi l'escalier en colimaçon ; et ce serait sa fin. Georg, quant à lui, se sentait frais et dispos. Il décida d'employer les trois jours qui lui appartenaient de la manière la plus raisonnable possible. Le mieux était d'aller se reposer dans la solitude d'une campagne belle et tranquille, et de se concentrer en vue d'une nouvelle œuvre. Il avait apporté à Vienne le manuscrit de la sonate pour violon. Il avait l'intention, en priorité, de le terminer.

Ils franchirent la porte et se retrouvèrent sur la route. Georg se retourna, mais le mur du cimetière bouchait la vue. Il dut faire quelques pas pour redécouvrir le coup d'œil sur la vallée. Mais il ne put que deviner l'emplacement de la petite maison au pignon gris ; d'ici elle n'était plus visible. Sur les collines teintées de rouille et d'or qui fermaient l'horizon, le ciel versait une pâle lueur d'automne. Dans le secret de son âme, Georg adressa un tendre adieu à tous ces jours de bonheur et de souffrance dont la rumeur lui semblait se perdre dans cette vallée qu'il quittait maintenant pour longtemps ; et d'un même mouvement, il adressa son salut aux lendemains mystérieux qui par le vaste monde accueilleraient de leurs fanfares sa jeunesse.

Notes

LA RONDE

Page 48 :

1. La traduction, signée M. Rémon, W. Bauer et S. Clauser, a été révisée pour cette édition ; elle a paru en 1929 aux éditions Stock, que nous remercions ici de nous avoir permis de consulter un exemplaire d'archive des plus rares : la première traduction en français de *La Ronde,* parue en 1912, signée Maurice Rémon et Wilhelm Bauer.

Page 49 :

1. *Le pont d'Augarten :* pont sur le canal du Danube, dans le IIe arrondissement de Vienne ; le parc d'Augarten fut planté en 1650 et ouvert au public en 1755 par l'empereur Joseph II ; aujourd'hui, le palais d'Augarten lui-même abrite les Petits Chanteurs de Vienne.

2. *À la caserne :* sans doute la Rossauerkaserne, dans le IXe arrondissement, juste en face du pont d'Augarten.

Page 50 :

1. *Dans la Schiffgasse :* plus exactement Grosse Schiffgasse (grande rue des bateaux) dans le IIe arrondissement, quartier de prostituées, peuplé surtout de Juifs pauvres venus de l'Est.

2. *Le Danube :* c'est en réalité le canal du Danube, aménagé entre 1885 et 1907, dont les berges sont très étroites et en pente.

Page 51 :

1. *Le Prater :* autrefois chasse impériale, ce grand parc de 5,5 km², situé au nord-est de la ville ancienne et conquis sur les rives inondables du Danube, fut ouvert au public par Joseph II en 1766.

2. *Le Wurstel-Prater* (aussi appelé *Volksprater*) : Prater « aux polichinelles » ou « populaire ». Sorte de Luna-park avec guinguettes et multiples attractions, dont la Grande Roue *(Riesenrad)* construite en 1887, réplique de celle de Paris.

3. *Fünfkreutzertanz :* danse à deux sous (littéralement : danse à cinq kreutzer).

Page 54 :

1. *Dans la Porzellangasse :* littéralement rue de la Porcelaine, dans le IXe arrondissement, non loin de la Rossauerkaserne ; il fallait environ quarante-cinq minutes à pied pour rejoindre le Prater.

Page 59 :

1. *Schwindgasse :* dans le IVe arrondissement résidentiel, proche du centre.

Page 65 :

1. *Madame Odilon :* Helene Odilon, née en 1834, célèbre comédienne. Cf. aussi note 1 de la page 324.

Page 66 :

1. *La Psychologie de l'amour :* curieuse contamination, semble-t-il, entre l'œuvre de Stendhal *De l'amour* (1822) et le livre de Paul Bourget, *La Physiologie de l'amour moderne,* fort célèbre à l'époque (1re édition en 1890).

Page 75 :

1. *Se lancer dans la mêlée, affronter la vie :* citation de Schiller, dans «L'Almanach des Muses pour l'année 1800» («Der Mann muss hinaus ins feindliche Leben» : L'homme doit s'élancer dans le combat de la vie).

Page 76 :

1. *Au Riedhof :* restaurant du IVe arrondissement, d'après le nom de son fondateur, Joseph Ried ; après 1850, Johann Benediktiner en fit un endroit distingué, connu pour ses cabinets particuliers ; Schnitzler s'y rendait volontiers dans les années 1885-1887, avec d'autres étudiants en médecine, puis avec son amie Jeanette Heeger.

Page 77 :

1. *Dans la Singerstrasse :* rue du Ier arrondissement, non loin de la cathédrale Saint-Étienne, le *Stefansdom.*

Page 80 :

1. *Dans la Strozzigasse :* dans le VIIIe arrondissement, quartier des faubourgs, habité par la petite bourgeoisie.

Page 84 :

1. *Graz :* effet comique, Graz, capitale de la Styrie, se trouvant à 200 km au sud de Vienne, à environ quatre heures de train.

Page 86 :

1. *À Weidling am Bach :* «Weidling au bord de l'eau», classique but d'excursion dans la Forêt viennoise.

2. *Docteur :* faut-il rappeler que l'usage du titre *Doktor* est très répandu dans les pays germaniques, pour désigner tout titulaire d'un doctorat? Il indique une qualité, et non une profession. — «Doctaires», dans la bouche de la grisette peu après est une déformation populaire (en allemand : *Dokters* au lieu de *Doktoren*).

Page 90 :

1. *Cavalleria : Cavalleria rusticana* (1890), opéra de Pietro Mascagni.

2. *Burgtheater :* équivalent viennois de la Comédie-Française à Paris. Cf. note 1 de la page 525.

Page 102 :

1. *Pétaouchnok :* dans le texte original, c'est *Steinamanger,* le nom allemand pour Szombathely, ville située à l'ouest de la Hongrie.

Page 107 :

1. *Sacher :* célèbre hôtel et restaurant situé tout près de l'Opéra, spécialement fameux pour son gâteau au chocolat (la Sachertorte).

2. *Comme sa grande sœur, c'est-à-dire la mort :* selon la formule de l'humoriste

Julius Stettenheim, «Je vais faire un long moment le frère de la mort», par allusion au dieu grec du sommeil, Hypnos, frère jumeau de Thanatos.

Page 108 :

1. *Dans la Spiegelgasse :* rue du Ier arrondissement, «dans un quartier chic», selon la traduction «parodique» de Suzanne Clauser (voir Préface, pp. 38 et suivantes).

AH, QUELLE MÉLODIE!

Page 116 :

1. *Ännchen :* sur le choix de ce prénom, de préférence à *Anni* (plus «viennois») et à *Annette* (plus «théâtral») ou à *Anna* (plus banal), on trouve des commentaires de Schnitzler dans son autobiographie *Une jeunesse viennoise, op. cit.*, p. 194.

UN HÉRITAGE

Page 135 :

1. *Café Imperial :* élégant établissement sur le Ring, jouxtant l'hôtel du même nom.

MON AMI UPSILON

Page 145 :

1. *Währinger Friedhof :* il s'agit du cimetière de Währing, faubourg devenu le XVIIIe arrondissement de Vienne.

Page 151 :

1. *Wienerwald :* la Forêt viennoise, à l'ouest de Vienne.

LA FORTUNE

Page 191 :

1. *L'Académie (des Beaux-Arts) :* fondée en 1692 et située dans le Ier arrondissement, Schillerplatz.

Page 201 :

1. *Le Pont aux Lions : Löwenbrücke* qui se trouve au début du canal du Danube (XIXe arrondissement).

MOURIR

Page 241 :

1. *Le Parc d'Augarten :* voir la note 1 de la page 49.

Page 242 :

1. *Aller au Prater :* voir la note 1 de la page 51. Ce parcours représente environ 2 km.

Page 245 :

1. *Mizzel :* diminutif tendre pour Marie, à côté de *Mizi,* que Schnitzler utilise beaucoup dans son *Journal* intime pour désigner Marie Glümer (Mizi I), Marie Reinhard (Mizi II) — entre autres…

Page 246 :

1. *Stadtpark :* parc municipal bordant la grande avenue circulaire du *Ring* (dans sa partie nommée *Parkring*), ouvert en 1862.

2. *Karlskirche :* l'église Saint-Charles, construite entre 1716 et 1739 par Fischer von Erlach (père et fils) sur la demande de l'empereur Charles VI pour célébrer la fin de la peste en 1713 ; c'est un chef-d'œuvre du baroque viennois.

Page 247 :

1. *Miez :* autre mot doux pour « Marie » ; proche de *Mieze*, qui se dit pour un chat : *minet/minette*.

Page 269 :

1. *Mönchsberg :* colline boisée située sur la rive gauche de la Salzach et portant des fortifications des XVIe-XVIIIe siècles.

Page 270 :

1. *Kurpark :* jardin derrière la Roseraie du château Mirabell (ancienne résidence d'été des archevêques). On y trouve aussi le Paracelsus-Kurhaus (établissement thermal), mentionné un peu plus loin. À noter : le Festival de Salzbourg commença en 1920, et en 1922 pour la musique.

Page 286 :

1. Le Ring : ou *Ringstrasse*, large avenue (longue de 4,5 km et large de 57 m) ceinturant le centre historique de Vienne. Construite sur l'ancien glacis et les enceintes fortifiées, entre 1858 et 1894, elle est jalonnée de quelque 25 édifices monumentaux témoignant de l'architecture historiciste de la fin du XIXe siècle. — Dans son fiacre, Marie le parcourt en direction du Burgtheater et de l'Université.

Page 289 :

1. Le *Volksgarten :* « jardin du peuple » ; après la destruction de cette partie des fortifications par les Français en 1809, on y aménagea un jardin (1821-1823), ouvert en 1823 et qui fut agrandi en 1862, les fossés ayant été comblés. Dans le *Kaffeesalon* jouaient souvent des orchestres, militaires en particulier, d'où la « musique martiale » qu'entend Marie.

2. *Rathauspark :* « parc de l'hôtel de ville », esplanade entre l'édifice et le Ring. *L'imposant théâtre* est évidemment le Burgtheater (cf. note 2 de la page 90).

3. *À la terrasse d'un café :* c'est le célèbre Café Landtmann qui existe toujours sur le Ring, à côté du Burgtheater.

Page 299 :

1. *Meran :* station climatique réputée dans le sud du Tyrol, où, à la suite d'un diagnostic de tuberculose, Schnitzler fit une cure au printemps de 1886 et où il rencontra Olga Waissnix, « l'aventure de sa vie ».

2. Le *Semmering :* col montagneux entre la Basse-Autriche et la Styrie, et station très fréquentée, car située à environ 80 km seulement au sud de Vienne (région du Salzkammergut).

LA PETITE COMÉDIE

Page 318 :

1. *Kahlenberg-Leopoldiberg :* « mont Chauve » (483 m) et « mont Leopold » (423 m), contreforts nord-ouest du *Wienerwald* (Forêt viennoise) appartenant encore à la ville de Vienne, XIXe arrondissement.

2. *Le retour du derby :* les deux hippodromes de Vienne, *Krieau* (réservé au trot) et *Freudenau* (réservé au galop) se trouvent dans le Prater.

3. *Konstantinhügel :* «colline de Constantin», éminence artificielle aménagée pour l'exposition universelle de 1873, avec un élégant restaurant au sommet.

Page 319 :

1. *Wurstlprater :* voir la note 2 de la page 51.

2. *Le Velocircus :* le «Velozipedzirkus», où l'on jouait toutes sortes de sketches grotesques sur des engins bizarres.

3. *Chez Präuscher :* exactement «Präuschers Panoptikum», cabinet de figures de cire, sorte de Musée Grévin viennois.

4. *Calafatti :* nom d'un célèbre manège tournant autour d'un vieux magot chinois en bois, haut de 9 m, que l'on installa en 1855 et qui sert toujours d'emblème au parc d'attractions du Prater.

Page 320 :

1. *Je descends au Stadtpark... :* une telle promenade le long du Ring (cf. note 1 sur la page 286), entre le parc municipal et le Musée des Beaux-Arts *(Kunsthistorisches Museum)*, prend une vingtaine de minutes.

2. *Pepi :* diminutif courant en allemand pour *Josefine,* comme «Fifi» en français.

Page 323 :

1. *À Wieden :* le nom de ce faubourg, devenu le IVe arrondissement, désigne ici familièrement le *Theater an der Wien* ou *Wiedentheater*, fondé en 1801 par Emmanuel Schikaneder, où furent créés notamment le *Fidelio* de Beethoven et la *Käthchen von Heilbronn* de Kleist. À l'époque de Schnitzler, on y donnait des opérettes (*La Veuve joyeuse* de Lehar y fut créée) ou des pièces de boulevard.

Page 324 :

1. *Alexander Girardi* (1850-1918) : célèbre acteur comique dont Helene Odilon (voir *La Ronde*, note 1 de la page 65) fut la première femme ; engagé au Burgtheater peu avant sa mort, il y joua le rôle de Hans Weiring dans *Liebelei*.

Page 325 :

1. *Lusthaus :* restaurant installé dans un ancien pavillon de chasse du XVIIIe siècle, à l'extrémité de la grande allée du Prater, longue de 4,5 km.

2. *Le cœur d'un vrai Viennois :* célèbre chanson de Johann Schrammel, sur un texte de Karl Lorens.

3. *Sacher :* voir la note 1 de la page 107.

4. *Luigia Cereale :* née en 1859, première ballerine et danseuse étoile depuis 1879 à l'Opéra de Vienne.

5. *Wilhelmine Rathner :* née en 1864, danseuse étoile à partir de 1878 à l'Opéra.

Page 326 :

1. *Mariahilf* (La Vierge du Bon Secours) et *Fünfhaus :* faubourgs de Vienne, devenus respectivement le VIe et le XVe arrondissement.

2. *Hietzing :* faubourg résidentiel, en bordure du parc de Schönbrunn, devenu le XIIIe arrondissement.

3. *Weidlingau :* lieu d'excursion dans la Forêt viennoise.

Page 327 :

1. *Faubourg de l'Alser :* c'est-à-dire *Alsergrund,* faubourg devenu le IXe arrondissement.

Page 329 :

1. *Les fortifications :* les anciens murs d'enceinte («die Linie») fortifiés par endroits, séparant la ville des anciennes localités environnantes.

Page 330 :

1. *Le Weltblatt :* ou *Neuigkeits-Weltblatt,* le «Journal des Nouveautés du Monde», quotidien populaire.

2. *La Währinger Hauptstrasse :* grande artère au-delà du faubourg de Währing, devenu le XVIIIe arrondissement.

Page 335 :

1. *Pötzleinsdorf :* faubourg, englobé par le XVIIIe arrondissement.

Page 339 :

1. *«Sous les arbres... comme le dit le poète de la comtesse Mélanie» :* citation de l'opérette *La Guerre joyeuse* (*Der lustige Krieg*) de Johann Strauss (livret de Zell et Genée), créée avec Girardi le 25 nov. 1881.

LES COMÉDIENNES

Page 359 :

1. *Währingerstrasse :* voir la note 2 de la page 330.

2. *Ringtheater :* le Théâtre du Ring, construit en 1874, sur le Ring, à proximité du *Schottentor* (porte des Écossais). Le 8 décembre 1881, il fut ravagé par un incendie qui se déclara juste avant une représentation de l'opérette d'Offenbach, *Les Contes d'Hoffmann,* et fit 386 victimes ; l'émotion fut considérable.

UN JEUNE HOMME SENSIBLE

Page 409 :

1. *Café Imperial :* voir la note 1 de la page 135. Pour le *Stadtpark* ci-dessous, cf. la note 1 de la page 246.

L'APOTHÉOSE

Page 439 :

1. Un *Melange :* ce mot français désigne en Autriche un «café-crème» parfois servi dans un verre.

2. *Monsieur von Witte :* l'emploi de *von* (M. de...) est ici une simple marque de déférence.

Page 451 :

1. *Le pont du Danube :* il s'agit en réalité du canal du Danube, voir la note 1 de la page 49 ; le théâtre est sans doute le *Carltheater,* voir la note 1 de la page 460 et *Une jeunesse viennoise,* p. 44 (Le Livre de Poche, Biblio, 1988).

LES MORTS SE TAISENT

Page 459 :

1. *Praterstrasse :* grande artère traversant des quartiers très anciens comme la *Leopoldstadt* (IIe arrondissement) et conduisant au grand carrefour (en «étoile») du *Praterstern.*

2. *Église Saint-Jean Népomucène : Nepomukkirche,* construite en 1846 dans le style néo-byzantin ; elle se trouve à mi-hauteur de la *Praterstrasse*.

Page 460 :

1. *Le Karltheater :* ou *Carltheater,* situé dans le IIe arrondissement, où se donnaient des pièces de boulevard, parfois en dialecte, et des opérettes. C'est là qu'est située l'action de *L'Apothéose*.

2. *Votre Grâce : Euer Gnaden,* ancienne formule conservée dans le petit peuple ; le cocher a du reste dans la suite un parler fortement « viennois », ce qui n'est pas si courant, en fait, dans les récits de Schnitzler.

3. *Lusthaus :* voir la note 1 de la page 325.

Page 461 :

1. *Le monument de Tegetthoff :* au centre du *Praterstern,* érigé en l'honneur de l'amiral Wilhelm Freiherr von Tegetthoff (1827-1871), vainqueur des Danois à Helgoland en 1864 et des Italiens à Lissa, en 1866.

2. *La Reichsbrücke :* le *Pont Impérial,* au nord-est de Vienne, et qui traverse le canal de dérivation appelé « Nouveau Danube » *(Neue Donau).* C'est le seul pont que les Allemands n'eurent pas le temps de faire sauter en 1945 ; mais il s'écroula en 1976, et fut reconstruit en 1980. On y accède par la *Reichsstrasse.*

Page 466 :

1. *La Terre de François-Joseph (Franzjosefsland) :* secteur inondable de l'autre côté du pont, qui tire son nom d'une auberge ainsi nommée en souvenir de l'expédition de Payer et Weybrecht au pôle Nord, en 1874. — L'humour très viennois de Schnitzler transparaît dans ces répliques.

2. *Les Premiers Secours :* allusion à la « Société Viennoise des Secouristes volontaires » *(Wiener Freiwillige Rettungsgesellschaft),* créée en 1888 après l'incendie du *Ringtheater,* évoqué dans *Les Comédiennes* (cf. note 2, page 359).

LA SUIVANTE

Page 485 :

1. *Stadtpark :* voir la note 1 de la page 246.

Page 488 :

1. *Parc de Dornbach :* au nord-ouest de Vienne, dans le XVIIe arrondissement, le faubourg de *Hernals.*

2. *La Sofienalpe :* le « mont Sophie », colline du Wienerwald (XVIIe arrondissement), nommée d'après la mère de l'empereur Franz-Josef.

Page 492 :

1. *Près du Volksgarten* : voir la note 1 de la page 289.

Page 494 :

1. *Dans la Wollzeile :* rue très commerçante du Ier arrondissement, qui part de la place de la cathédrale *(Stefansdom)* en direction du *Stadtpark.*

LA DERNIÈRE LETTRE D'ANDREAS THAMEYER

Page 507 :

1. *Malebranche :* philosophe français (1638-1715), auteur de *La Recherche de la*

Vérité — cité dans un ouvrage que possédait Schnitzler et qui aurait servi de source au présent récit : Gerhard von Welsenburg, *Das Versehen der Frauen in der Vergangenheit und Gegenwart und die Anschauungen der Aerzte, Naturforscher und Philosophen darüber,* Leipzig, 1899 («Le Regard des femmes hier et aujourd'hui, et les opinions des médecins, naturalistes et philosophes à ce sujet»).

Page 509 :

1. *Dornbach :* voir la note 1 de la page 488.

2. *Thameyer :* dans l'ouvrage de Welsenburg sont mentionnés deux médecins du XVIIe siècle qui s'intéressèrent à cette question du «regard des femmes», Teichmeyer et Thamm ; le nom du personnage de Schnitzler pourrait en être une combinaison (le mot «Biedermeier» n'est pas formé autrement).

Page 510 :

1. *Jardin Zoologique (Tiergarten) :* se trouve dans le Prater ; à l'occasion de l'Exposition Cynégétique, en 1897, on y avait reconstitué un campement d'Achantis, peuple noir du Ghana.

Page 512 :

1. *Preuss :* auteur cité par Welsenburg pour avoir publié en 1892 un «petit ouvrage incomplet et illisible», qui l'a incité à entreprendre ses propres recherches sur la question.

FRAU BERTA GARLAN

Page 518 :

1. *La Wachau :* pittoresque partie de la vallée du Danube entre Melk et Krems (environ 35 km), avec notamment Stein, Göttweig, Dürnstein.

Page 525 :

1. *Burgtheater :* «Théâtre de la Cour» (cf. le château de la *Hofburg*) ; il s'agit ici de l'ancien théâtre, situé sur la *Michaelerplatz,* qui fut fermé en octobre 1888.

2. *Le Conservatoire (de Musique) :* situé dans la Johannesgasse (Ier arrondissement), administré depuis 1822 par la «Gesellschaft der Musikfreunde» (Société des Amis de la Musique).

Page 526 :

1. *Kreisleriana :* opus 16 de Robert Schumann (1838), en hommage à l'écrivain-musicien Hoffmann, l'auteur des *Kreisleriana* (1814) et de la *Biographie fragmentaire du chef d'orchestre Kreisler* (1822).

Page 528 :

1. *Romances sans paroles :* allusion aux pièces pour piano de Mendelssohn, *Lieder ohne Worte,* publiées en huit fascicules entre 1834 et 1868, très appréciées et souvent jouées.

Page 529 :

1. *Stadtpark :* voir la note 1 de la page 246.

Page 531 :

1. *Téniers :* David Téniers le Jeune (1610-1690), peintre à la cour de Bruxelles, réputé pour ses scènes de genre à la flamande.

2. *À La Haye :* dans le musée du *Mauritshuis.*

3. *Van Ostade :* Adriaen van Ostade (1610-1684), peintre de Haarlem.

4. *Falckenborgh :* Frederik van Valckenborch (env. 1570-1623).

Page 536 :

1. *Le Salzkammergut :* région montagneuse au sud de Vienne, réputée pour son climat et ses paysages, entre la Basse-Autriche et la Styrie.

Page 538 :

1. *Le Ring :* voir la note 1 de la page 286.

2. *Le Kohlmarkt :* «Marché au charbon», aujourd'hui rue élégante du centre de Vienne *(die innere Stadt)* qui relie le *Graben* à la *Hofburg*.

Page 539 :

1. *Riemerstrasse :* plus exactement *Riemergasse* (Ier arrondissement).

Page 542 :

1. *Schweizerhaus :* Maison des Suisses.

2. *Paulanerkirche :* église Saint-Paul, achevée en 1651, dans le IVe arrondissement.

Page 543 :

1. *Wieden :* voir la note 1 de la page 323.

2. *Elisabethbrücke :* pont Élisabeth sur la rivière Wien, aujourd'hui souterraine ; recouverte à la fin des années 1890, elle rejoignait le Danube par le *Donaukanal* ; ce pont reliait la *Kärtnerstrasse* à la *Wiedner Hauptstrasse* (IVe arrondissement).

3. *Karlskirche :* voir la note 2 de la page 246.

Page 544 :

1. *L'Aspernbrücke :* pont d'Aspern sur le *Donaukanal,* il relie le Ring et la *Praterstrasse,* en direction d'Aspern, faubourg aujourd'hui englobé dans le XXIIe arrondissement.

2. *Les courses du Prater :* voir la note 2 de la page 318.

Page 547 :

1. *Au bord de la Wien :* l'ancienne rivière qui donne son nom à la ville (voir la note 2 de la page 543).

Page 562 :

1. *Au Musée des Beaux-Arts :* le *Kunsthistorisches Museum,* construit dans le style de la Renaissance italienne entre 1872 et 1881 sur le *Ring* et faisant face au *Naturhistorisches Museum ;* ils furent l'enjeu d'un concours architectural gagné en 1866 par Carl Hasenauer.

2. *Un roman de Gerstäcker :* Friedrich Gerstäcker (1816-1872), auteur de romans d'aventures et de récits de voyages.

Page 570 :

1. *Klosterneuburg :* abbaye située à 13 km de Vienne et fondée au XIIe siècle par Leopold III de Babensberg ; l'imposant palais-monastère (ordre des Augustins) fut reconstruit après l'incendie de 1730 comme «l'Escurial de l'Autriche».

2. *La gare François-Joseph : Franz-Josefs-Bahnhof,* dans le IXe arrondissement ; inaugurée en 1870 et desservant le Nord et l'Est.

Page 573 :

1. *Volksgarten :* voir la note 1 de la page 289.

2. *Burgtheater :* voir la note 1 de la page 525.

3. *Le Temple de Thésée : Theseus-Tempel,* construit entre 1820 et 1823 dans le Volksgarten à l'imitation du Theseion d'Athènes — tout à fait dans le goût historicisant des édifices du Ring.

Page 574 :

1. *Burgplatz :* c'est l'ancien nom de l'actuelle *Heldenplatz (place des Héros)* aménagée en 1933-1934 et complétée par un monument commémoratif de la Résistance autrichienne.

2. *Thésée abattant le Minotaure :* statue de Canova, achetée en 1819 à Rome par l'empereur François II et d'abord destinée au temple de Thésée.

Page 579 :

1. *Le monument à Marie-Thérèse : Maria-Theresia-Denkmal ;* groupe de statues d'environ 20 m de haut, construit entre 1874 et 1887 ; on y voit l'impératrice (qui régna entre 1740 et 1780) entourée de quatre généraux et de quatre diplomates.

Page 580 :

1. *Le Burgtor : Porte du Palais* fermant la place de la *Neue Burg* (construite en 1914).

Page 581 :

1. *La Votivkirche : Église votive,* pittoresque édifice néo-gothique (1856-1879) du Ier arrondissement, construit par l'un des principaux architectes du Ring, Heinrich Ferstel, à la suite d'un attentat commis en 1853 sur la personne du jeune empereur Franz-Josef.

Page 582 :

1. *Kärntnerstrasse :* littéralement « rue de Carinthie », élégante artère commerçante entre l'Opéra, au bord du Ring, et la cathédrale (*Stefansdom*).

Page 584 :

1. *Les jardins bordant le Ring :* c'est-à-dire le *Volksgarten* et le *Rathauspark.*

Page 591 :

1. *Feuilles d'Album :* 20 pièces pour piano, de Robert Schumann, op. 124 (1832-1845).

Page 592 :

1. *Karlskirche :* voir la note 2 de la page 246.

Page 593 :

1. *La Lerchenfelder Kirche :* exactement *Altlerchenfelder Kirche,* église de style néo-roman, consacrée en 1861, située dans le VIIe arrondissement, dans la rue du même nom — *rue du Champ-de-l'Alouette* (mentionnée p. 597).

Page 607 :

1. *L'Ouverture pour une Fête :* op. 115 (1815) en *ut* majeur ; il s'agit sans doute ici d'une transposition pour piano à quatre mains.

Page 621 :

1. *Derrière ton oreille la jolie petite place que je préfère :* dans le récit *L'Amérique,* on lisait « je pose mes lèvres là où la peau est blanche et tendre, derrière l'oreille » (p. 130).

UN SUCCÈS

Page 631 :

1. *Kaiser Josef-strasse : rue de l'empereur Joseph,* c'est-à-dire Joseph II, qui régna entre 1780 et 1790, fils de Marie-Thérèse (et non François-Joseph, empereur de 1848 à 1916) ; c'est aujourd'hui la *Heinestrasse,* dans le IIe arrondissement.

2. *Taborstrasse :* grande artère au nord du *Donaukanal,* prolongeant le *Schwedenbrücke* (pont des Suédois), dans la *Leopoldstadt,* IIe arrondissement.

Page 632 :

1. *Un bourgmestre estimé de tous :* ce fut, à partir de 1897 et jusqu'à sa mort, le très populaire, très catholique et très antisémite Karl Lueger (1844-1910).

2. *Le Ring :* voir la note 1 de la page 286.

3. *La Rotenturmstrasse :* dans le Ier arrondissement, longue rue qui relie la *Stefansplatz* (place Saint-Étienne) et le *Franz-Josefs-Kai* bordant le *Donaukanal.*

Page 634 :

1. *Le Prater :* voir la note 1 de la page 51.

2. *La gare du Nord-Ouest : Nordwestbahnhof,* dans le XXe arrondissement.

3. *L'Étoile du Prater : Praterstern,* voir la note 1 de la page 459.

Page 635 :

1. *Präuscher :* voir la note 3 de la page 319.

Page 640 :

1. *Engelbert Friedmeier :* signalons que ce nom, malgré sa « banalité », comporte ironiquement les mots ange *(Engel)* et paix *(Friede).*

LE LIEUTENANT GUSTEL

Page 644 :

1. La traduction qu'on va lire, inédite, est de Philippe Forget ; elle a été mise au point dans le cadre de la collection Bilingue du Livre de Poche (dirigée par B. Vergne-Cain et G. Rudent).

Page 645 :

1. *Un concert aussi sérieux :* on a pu reconstituer qu'il s'agit sans doute de l'oratorio de Mendelssohn *Paulus,* op. 36, composé en 1836.

2. *Kopetzky :* c'est aussi le nom d'un meurtrier d'enfant dont le procès se déroulait au début d'avril 1900 — or, on sait que Schnitzler s'est reporté aux journaux de cette période.

Page 646 :

1. *Mademoiselle (Edith) Walker :* contralto de renom, née en 1870 à New York, engagée en 1895 à l'Opéra de la Cour de Vienne.

2. *Mademoiselle (Margarete) Michalek :* soprano, née en 1875 à Vienne ; également attachée à l'opéra de la cour, elle chanta les rôles de soubrettes entre 1897 et 1910.

3. *Traviata :* opéra en quatre actes de Giuseppe Verdi (1853).

4. *La chorale :* plus précisément l'*Evangelischer Singverein,* « l'Ensemble Choral Évangélique », fondé en 1818 et qui exista jusque dans les années 1920.

5. *Zum Grünen Tor :* c'est le cabaret *(À la porte verte)* qui exista jusqu'en 1904 dans le VIIIe arrondissement, Lerchenfelderstrasse 14.

6. *Virginia :* long cigare fabriqué par la Régie Autrichienne des Tabacs.

7. *Foyer :* en français dans le texte.

8. *À la Gartenbaugesellschaft :* « La société d'horticulture » ; établissement fort chic existant depuis 1864, sur le *Parkring* (Ier arrondissement), où eurent lieu longtemps des réunions (privées) de la bonne société.

Page 647 :

1. *Cent soixante gulden :* cette somme correspond à l'époque au salaire mensuel moyen d'un ouvrier ou à la moitié de celui d'un petit fonctionnaire ; le florin (d'or ou d'argent) fut utilisé en Europe entre le XIVe et le XIXe siècle.

2. *Kreuzer :* monnaie de moindre valeur (car en vil métal) ; c'était la plus petite unité monétaire en Autriche-Hongrie (100 Kr. = 1 Gld.), jusqu'à la réforme monétaire de 1892, dont le sous-lieutenant Gustl ne tient pas compte ici : le *gulden* et le *kreuzer* furent remplacés par la couronne *(Krone)* et le sou *(Heller)*.

3. *Chez mon oncle :* qui est apparemment propriétaire terrien en Hongrie.

Page 648 :

1. *Madame Sans-Gêne :* cette comédie de Victorien Sardou et Émile Moreau (1893) fut jouée au *Deutsches Volkstheater* de Vienne dès janvier 1894, avec Helene Odilon dans le rôle-titre — actrice née en 1864 et qui en 1900 a donc 37 ans elle aussi, l'âge prêté par Gustl à la Maretti.

2. *Le Ring :* voir la note 1 de la page 286.

3. *Landwehr :* armée de réserve de l'Autriche-Hongrie (la Territoriale).

4. *Quand les Chinois leur tomberont dessus :* Gustl reprend sans esprit critique le spectre du « péril jaune », propagé notamment par l'empereur Guillaume II.

Page 649 :

1. *Au Prytanée :* plus exactement *Kadettenschule (École des Cadets)* fréquentée par des élèves qui deviendront des officiers de carrière. Cette institution disparaît après 1918 ; Rilke par exemple fréquenta celle de *Sankt Pölten*.

2. *Anges du Seigneur... :* citation de l'oratorio de Mendelssohn, cf. la note 1 de la page 645.

Page 652 :

1. *Une pièce :* le texte dit *ein Sechserl,* désignation courante pour une pièce de six *(sechs)* kreuzer ; même après 1892 (cf. note 2, page 647), on continua à désigner ainsi la pièce de vingt heller.

Page 653 :

1. *Sa partie de Tapper :* se joue à trois, avec 36 cartes, proche du Skat (mais qui se joue avec 32 cartes).

2. *Des élèves officiers :* désignés en allemand comme des « volontaires » *(Freiwillige),* car les bacheliers devenus étudiants avaient le privilège d'accomplir leur service militaire en une seule « année de volontariat » (au lieu de trois).

Page 656 :

1. *Jagendorfer :* nom d'un athlète alors renommé.

2. *L'Aspernbrücke :* voir note 1 de la page 544.

3. *Kagran :* faubourg auquel on accède par la *Reichsbrücke* (voir note 2 de la page 461) et qui s'étend au-delà du Danube, comme *Aspern,* mais plus vers le nord du XXIIe arrondissement.

4. *Chez Ronacher :* lieu de divertissement construit en 1887-1888 à la place du *Stadttheater,* ravagé par le feu ; on y trouvait un théâtre, une salle de bal, un hôtel, un restaurant (fréquenté par l'auteur) et un café.

Page 657 :

1. *Przemysl :* ville de garnison, en Galicie polonaise (territoire que les Autrichiens, les Polonais et les Russes se disputèrent sans cesse).

2. *Sambor :* autre ville de garnison à 50 km au sud-est de Przemysl et aujourd'hui en Ukraine, alors chef-lieu de canton en Galicie.

Page 658 :

1. *La Gusshausstrasse :* dans le IVe arrondissement, derrière la *Karlskirche*.

2. *Le 4 avril :* cette indication permet au commentateur Reinhard Urbach (in *Schnitzler-*

Kommentar, Winkler, 1974, p. 104) de situer l'action au mercredi précédant la semaine sainte (le dimanche de Pâques tombant le 15 avril 1900).

3. *Le deuxième café :* depuis le XVIIIe siècle, il y avait trois cafés dans la Grande Allée *(Hauptallee)* du Prater.

Page 660 :

1. *Graz :* ville du sud de l'Autriche, capitale de la Styrie *(Steiermark),* à 200 km au sud-ouest de Vienne.

2. *Gustl :* diminutif pour *Gustav* ou pour *August ;* alors que *Gusti* est pour *Augusta* ou *Auguste* (prénoms féminins).

Page 661 :

1. *Au domaine :* il s'agit des terres de son oncle, évoqué p. 647, note 3.

Page 662 :

1. *Lohengrin :* si cet opéra de Wagner (1850) fascine tant le sous-lieutenant, c'est qu'il s'identifie à ce héros courtois, le « Chevalier au Cygne » (cf. Heinz Politzer, in *Le Silence des sirènes,* 1968).

Page 663 :

1. *Fischamend :* localité au bord du Danube, en aval de Vienne, qui semble venir compléter le juron *Donnerwetter...*

2. *Chez le vigneron :* littéralement « dans le jardin des vignes » *(beim Weingartl* — diminutif autrichien pour *Weingarten) ;* on songe bien sûr aux faubourgs de Vienne comme *Grinzing* ou *Sievering,* où l'on déguste le vin nouveau, le *Heuriger.*

Page 664 :

1. *La gare du Nord : Nordbahnhof* ou *Kaiser-Ferdinands-Bahnhof,* située non loin du Prater (elle fut détruite en 1944-1945) ; les trains desservaient la région de Brünn, l'actuelle ville tchèque de Brno.

2. *La colonne de Tegetthoff :* déjà évoquée dans *Les morts se taisent,* p. 461 ; cette colonne de marbre, haute de 11 m, hérissée d'éperons de vaisseaux, était surmontée d'une statue de bronze de 3,50 m, d'où un surnom familier : « le portemanteau »...

Page 665 :

1. *Ou d'après celle de Vienne :* c'est-à-dire selon « l'heure locale » ; « l'heure de la gare » étant identique dans tout l'empire austro-hongrois, elle divergeait souvent notablement de l'heure locale. Ici, à Vienne, capitale de l'empire, les deux se confondent... et la formule est vidée de son sens !

2. *Le 44e :* c'était un régiment d'infanterie hongrois.

Page 667 :

1. *À travers la nuit et la glace (Durch Nacht und Eis) :* citation inexacte du livre de Fridtjof Nansen *In Nacht und Eis. Die norwegische Polarexpedition 1893-1896*, Leipzig, 1897 ; Gustl ferait-il une confusion avec le célèbre vers du *Roi des Aulnes (Erlkönig)* de Goethe : « Wer reitet so spät *durch Nacht und Wind ?* »...

2. *L'église :* Gustl arrivant de la Praterstrasse et traversant le centre de Vienne en direction du VIIIe arrondissement, il s'agit sans doute de la cathédrale Saint-Étienne *(Stefansdom).*

Page 668 :

1. *Des Brittanikas :* cigares assez ordinaires à quatorze sous *(Heller)* pièce.

2. *Le Burghof :* cour intérieure du palais impérial des Habsbourg, la *Hofburg.*

3. *En 78 :* suite aux décisions du Congrès de Berlin, les troupes austro-hongroises occupèrent la Bosnie et l'Herzégovine, qui passèrent sous l'administration impériale ; l'annexion eut lieu en 1908.

Page 669 :

1. *Au Volksgarten :* le long du *Ring;* voir la note 1 de la page 289.

2. *Dans la Strozzigasse :* rue du VIIIe arrondissement (Leopoldstadt).

3. *La Ringstrasse :* voir la note 1 de la page 286.

Page 670 :

1. *Florianigasse :* autre rue du VIIIe arrondissement.

Page 671 :

1. *Pas une vaine illusion :* effet grotesque ici de cette citation tirée du célèbre poème de Schiller *La Caution (Die Bürgschaft) :* «Und die Treue, sie ist doch kein leerer Wahn» : Et la fidélité, ce n'est pourtant pas une vaine illusion.

Page 672 :

1. *Personne ne sait rien, donc rien n'est arrivé :* variation sur l'expression populaire viennoise : *Gut is'gangen, nix is' g'scheh'n! :* «Ça s'est bien passé, y a pas eu d'problème!»

2. *Monsieur von Habetswallner :* voir la note 2 de la page 439.

3. *Un Trabucco :* autre cigare, «petit, clair, léger», selon la Régie Autrichienne des Tabacs, de meilleure qualité que les Brittanikas (p. 668) et coûtant 16 heller pièce…

4. *Même si ça doit nous coûter Graz :* «parole historique» de l'empereur Ferdinand II (1578-1637), pour dire : quoi qu'il nous en coûte.

GERONIMO L'AVEUGLE ET SON FRÈRE

Page 677 :

1. *Le col du Stelvio :* (en italien *Passo dello Stelvio,* en allemand *Stilfserjoch)* col situé à 2 757 m d'altitude, dans les Alpes italiennes (massif de l'Ortles), que l'on franchit par la route de Milan à Innsbruck.

Page 679 :

1. *Poschiavo :* localité appartenant au canton des Grisons (Suisse).

Page 680 :

1. *Tola :* bourgade de la Valteline, haute vallée de l'Adda (en amont du lac de Côme), qui appartient à l'Italie depuis 1859.

Page 686 :

1. *Bormio* (1 225 m) : première localité italienne que l'on trouve en redescendant du *Stelvio.*

Page 692 :

1. *Vers Tirano… Edole… Breno… jusqu'au lac d'Iseo :* cette pérégrination représente environ 180 kilomètres.

Page 693 :

1. *Boladore :* bourgade située à mi-chemin de la route jusqu'à Tirano.

UN BIENFAIT N'EST JAMAIS PERDU

Page 711 :

1. *Sophiensaal :* salle de bal située dans le IIIe arrondissement, nommée ainsi en l'honneur de l'archiduchesse Sophie de Bavière, mère de l'empereur Franz-Josef (1830-1916).

Page 713 :

1. *Brigittenau :* formant depuis 1900 le XXe arrondissement, ce faubourg occupe les terrains, longtemps inondables (« die Au », la prairie alluviale), entre le canal du Danube et le fleuve.

Page 714 :

1. *Zur Grüner Traube :* littéralement « Au Raisin vert ».

L'ÉTRANGÈRE

Page 728 :

1. *La campagne de Bosnie :* elle permit à l'Autriche d'occuper en 1878 la Bosnie, jusque-là sous domination turque.

Page 729 :

1. *Schottenhof :* littéralement *La cour des Écossais,* jouxtant la place de forme irrégulière nommée *Freyung,* dans la vieille ville (Ier arrondissement) ; ce nom rappelle le droit d'asile donné par le couvent des « Écossais » (en réalité des moines bénédictins irlandais, à Vienne depuis le XIIe siècle).

Page 730 :

1. *Schottenkirche :* littéralement église des Écossais, édifice roman, plusieurs fois remanié, et baroquisé en 1638-1648.

2. *Jardin du Belvédère :* jardin en terrasse, dessiné au début du XVIIIe siècle et orné de fontaines, de cascades et de statues ; il s'étend entre le *Belvédère inférieur* — superbe palais baroque et résidence d'été du prince Eugène de Savoie (construit en 1714-1716 par l'architecte Hildebrandt) — et le *Belvédère supérieur,* qui abrite la Galerie d'Art autrichien des XIXe et XXe siècles.

Page 731 :

1. *La Maison des Artistes (Künstlerhaus) :* situé en arrière de la *Karlsplatz,* dans le Ier arrondissement, ce bâtiment néo-Renaissance (façade de 1868) abritait l'Association des Artistes plasticiens ; c'est en réaction à leur traditionalisme que dix-neuf artistes rebelles fondèrent en 1897 la *Secession,* que Gustav Klimt dirigea jusqu'en 1905 (voir aussi la note 1 de la page 753).

2. *La Galerie Liechtenstein :* aujourd'hui Musée d'Art moderne (IXe arrondissement) ; ce palais construit entre 1698 et 1711 fut la résidence d'été des princes Liechtenstein ; la collection de peinture ancienne est aujourd'hui à Vaduz.

Page 733 :

1. *Hofgarten :* lit. *Jardin de la Cour,* dans la vieille ville d'Innsbruck, capitale du Tyrol.

2. *Hofkirche :* ou *Franziskanerkirche* (église des Franciscains), vaste édifice gothique construit entre 1553 et 1563.

3. *Tombeau de l'empereur Maximilien :* Maximilien Ier, qui régna de 1493 à 1519 et prépara la domination des Habsbourg sur l'Espagne. Il commanda lui-même ce monument à la gloire du Saint-Empire romain germanique. Le cénotaphe en marbre blanc est entouré de 24 bas-reliefs et de 28 statues de bronze (sauf deux en cuivre), plus grandes que nature et toutes en costume du XVIe siècle ; ce sont les ancêtres des Habsbourg, légendaires ou authentiques, que les Tyroliens surnomment « Les bonshommes noirs » *(die schwarzen Mannder).*

4. *La statue de Théodoric* (roi des Ostrogoths, mort en 526) : l'une des plus belles de

ce cortège funèbre ; comme celle du roi Arthur, elle fut fondue en 1513 à Nuremberg, par Peter Vischer et d'après des dessins d'Albrecht Dürer.

Page 734 :

1. *Wilten :* village au sud d'Innsbruck, appartenant aujourd'hui à la ville.
2. *Igls :* station située à 6 km au sud-est d'Innsbruck.

MUSIC-HALL

Page 737 :

1. *Ah non... ça :* en français dans le texte, ainsi que les autres mots en italique, parfois légèrement divergents de l'usage (cf. *Nom d'un nom,* sic, un peu plus loin), et trahissant l'affectation des personnages.

Page 738 :

1. *Friedrich Mitterwurzer* (1844-1897) : acteur renommé du *Burgtheater* de Vienne (Hofmannsthal composa un poème à sa mémoire).
2. *Charles (Karl Rudolf) Weinberger* (1861-1939) : célèbre depuis la fin des années 1890 pour ses opérettes et sa musique de danse.

Page 739 :

1. *Josef Lewinsky* (1835-1907) : autre comédien du *Burgtheater.*
2. *Virginia :* cigare apprécié par le sous-lieutenant Gustl, voir p. 646, note 6.

Page 740 :

1. *Ronacher :* établissement évoqué dans plusieurs récits, dont *Le Lieutenant Gustel,* voir note 4 de la page 656.

Page 743 :

1. *Ton amour me suffit :* lit. « Si j'ai seulement ton amour, peu m'importe ta fidélité » ; air tiré de l'opérette *Bocaccio* de Franz von Suppé (1819-1895).

LA DANSEUSE GRECQUE

Page 752 :

1. *Gusshausstrasse :* voir la note 1, p. 658.

Page 753 :

1. *La Secession :* ce bâtiment cubique, avec un dôme couvert de branches de laurier en fer forgé doré (d'où le surnom familier de « chou d'or »), fut construit en 1897-1898 par l'architecte Josef Olbrich pour les artistes « Sécessionnistes », désireux d'exposer en dehors des salons officiels (voir la note 1 de la page 731).

Page 754 :

1. *Hietzing :* XIIIe arrondissement de Vienne, quartier résidentiel proche du château de Schönbrunn.

Page 755 :

1. *Choquet :* ces deux noms sont sans doute de pure fantaisie, de même p. 756, Henri Chabran et Léonce Albert.

Page 756 :

1. *Charles Léandre* (1862-1930) : peintre et caricaturiste, notamment connu pour ses dessins dans *L'Assiette au beurre* et *Le Chat noir.*

2. *Rupert Carabin* (1862-1932) : alsacien, sculpteur sur bois qui, avec Seurat et Signac, fonda en 1884 la Société des Artistes indépendants. Durant son séjour à Paris en 1897, Schnitzler avait rencontré ces deux artistes grâce à son ami Paul Goldmann (cf. *Journal*, les 21 et 23 mai 1897).

Page 757 :

1. *La Roulotte :* cabaret existant depuis 1896 au 42, rue de Douai (Paris 9e) ; *Montoya*, parolier et célèbre chansonnier montmartrois, ainsi que *Marcel Legay*.

2. *Wiedentheater : Théâtre de la Vienne*, mentionné dans *La Petite Comédie*, cf. la note 1 de la page 323 et *Une jeunesse viennoise*, *op. cit.*, p. 45, note 8.

LA PRÉDICTION

Page 767 :

1. *Bolzano* (en allemand : *Bozen*) : ville italienne de la province du Trentin - Haut-Adige, région devenue italienne en 1919.

2. *Merano :* à 28 km au nord de Bolzano, voir note 1 de la page 299.

Page 768 :

1. *Riva (del Guarda)* : ville sur la rive septentrionale du lac de Garde.

2. *Bückeburg :* ville de Basse-Saxe, résidence des princes de Schaumburg-Lippe.

Page 772 :

1. *Lemberg :* aujourd'hui Lvov, en Ukraine.

Page 773 :

1. *En jargonnant un peu :* c'est-à-dire, ici, en employant des tournures yiddish.

Page 779 :

1. *Klagenfurt :* capitale du Land de Carinthie ; Villach est à 40 km, à l'ouest.

Page 786 :

1. *Wörthersee :* littéralement *lac de Wörth*, situé entre Klagenfurt et Villach.

LE DESTIN DU BARON DE LEISENBOHG

Page 791 :

1. *Kläre Hell :* signalons au lecteur français la redondance ironique de ce nom, puisque « hell » signifie littéralement « clair, lumineux ».

2. *La Reine de la Nuit :* rôle de soprano virtuose dans *La Flûte enchantée*, célèbre opéra de Mozart (1791).

3. *Mariahilf :* quartier désigné d'après l'église *Mariahilfer Kirche* (Notre-Dame-du-Bon-Secours), dans le VIe arrondissement, au sud-ouest du Ring.

4. *Baron* (en allemand *Freiherr*) : titre de noblesse conféré par l'empereur.

Page 792 :

1. *Mignon :* rôle-titre (mezzo-soprano) dans l'opéra d'Ambroise Thomas (1811-1896), livret en trois actes de Carré et Barbier (1866) d'après le roman de Goethe *Les Années d'apprentissage de Wilhelm Meister*.

2. *Philine :* rôle de soprano dans le même opéra, surtout connu pour la polonaise du second acte, air de bravoure soulignant la vanité de l'actrice médiocre.

3. *Près de l'Alserstrasse :* voir la note 1 de la page 327.

4. *Detmold :* ville de Rhénanie du Nord-Westphalie ; c'était la résidence des comtes de Lippe. Cf. *Vienne au crépuscule.*

Page 794 :

1. *Basse-Autriche (Nieder-Österreich) :* la plus grande des neuf provinces de l'actuelle République fédérale autrichienne, à l'est du pays.

2. *Jantschtheater :* appelé d'abord *Fürsttheater* et ouvert en 1862 dans le Volksprater par un chanteur, Johann Fürst, on y jouait des opérettes ; Heinrich Jantsch le reprit en 1892, pour y donner des pièces classiques (1898-1900) ; le répertoire populaire y revint quelques années sous la direction de Ranzenhofer, avant que l'acteur Josef Jarno, ami de Schnitzler, n'en fasse le *Lustspieltheater* en 1905 (comédies de boulevard) ; un cinéma s'y installa en 1927, et ce fut le seul bâtiment du Prater qui restât encore debout à la fin de la Seconde Guerre mondiale.

Page 795 :

1. *Sigurd :* nom scandinave (dans l'*Edda*) de Siegfried, le héros germanique de la *Chanson des Niebelung,* immortalisé par Wagner dans son opéra *Siegfried* (1876), troisième partie de la Tétralogie.

Page 797 :

1. *Molde :* sur la côte occidentale de la Norvège (à environ 300 km au nord de Bergen), aujourd'hui centre touristique.

Page 798 :

1. *À St. (Sankt) Veit... ou à Lainz :* faubourgs en bordure de la Forêt viennoise encore résidentiels à l'époque, au sud de Schönbrunn (aujourd'hui XIIIe arrondissement).

2. *Les prairies du Heustadl :* à l'ouest de la Grande Allée du *Prater* ; pour le *Praterstern,* voir la note 1 de la page 459.

3. *Schwarzenbergplatz :* place monumentale qui s'étend entre le *Belvedere* et le *Ring* (Ier arrondissement).

Page 800 :

1. *Mariahilferstrasse :* voir la note 3 de la page 791.

2. *Hôtel Bristol :* établissement fort sélect, sur le *Kärtnerring,* non loin de l'Opéra.

Page 802 :

1. *Ischl :* c'est la station thermale de *Bad Ischl* (Salzkammergut), mise à la mode par la famille impériale et dont Franz-Josef fit sa résidence d'été ; elle est réputée à la fois pour la musique (Johann Strauss vint y diriger *La Chauve-Souris* et Franz Lehar y vécut de 1912 à 1948) et pour les pâtisseries du Café Zauner.

2. *Stavanger :* ville norvégienne au sud de Bergen ; elle commande le *Fjord de Stavanger,* s'ouvrant sur la mer du Nord.

LA NOUVELLE CHANSON

Page 814 :

1. *Alserstrasse :* rue formant la limite entre le VIIIe et le IXe arrondissement.

Page 817 :

1. *Quelques czardas :* le folklore hongrois était très apprécié à Vienne, capitale de la « Double Monarchie », l'Autriche-Hongrie. Du reste, les divers patronymes, germanique, tchèque ou hongrois, des personnages de ce récit (Breiteneder et Ladenbauer, Jedek, Rebay) reflètent bien l'éventail des cultures constitutives de l'ancienne Europe centrale.

2. *Wiegel-Wagel :* désignation comique pour celui qui hésite sans fin ; l'expression déforme le mot *wackeln,* signifiant « osciller, être branlant », d'où « balancer, atermoyer ».

Page 819 :

1. *Josef Matras* (1852-1887) : chanteur d'opérette qui fit ensuite une carrière d'acteur comique au *Karltheater* (voir note 1 de la page 460), notamment dans les pièces de Nestroy.

Page 820 :

1. *Ces instituts pour aveugles :* créée dès 1804, cette fondation prit de l'importance après 1898, date où elle s'installa dans un grand immeuble du IIe arrondissement de Vienne.

Page 825 :

1. *La Société viennoise de Secours :* évoquée dans *Les morts se taisent,* cf. note 2 de la page 466.

L'OMBRE DE GABRIEL

Page 831 :

1. *Sophiensäle :* lieu évoqué dans le récit *Un bienfait n'est jamais perdu* (voir la note 1 de la page 711).
2. *Stadtpark :* voir la note 1 de la page 246.

Page 834 :

1. *Le rôle de Médée :* il s'agit probablement du rôle-titre du drame de Franz Grillparzer (1791-1872), troisième partie d'une trilogie intitulée *La Toison d'or* (1818-1824).

Page 835 :

1. *Volksgarten :* voir la note 1 de la page 289.

Page 838 :

1. *Parkring :* partie du Ring longeant le *Stadtpark.*

Page 840 :

1. *Feodora :* ce prénom associe sans doute les rôles-titres de deux drames de Victorien Sardou (1831-1908), fort apprécié et joué dans l'Autriche d'alors : *Fedora,* créé en 1882, dans lequel la comédienne Marie Glümer (« Mizi I ») jouait en février 1893 à Winterthur, et *Theodora* (1884).

LA MORT DU VIEUX GARÇON

Page 854 :

1. *Santos-Dumont* (1873-1932) : aéronaute brésilien et pionnier de l'aviation qui vécut longtemps en France ; il obtint en 1901 le Prix Deutsch de la Meurthe pour un vol réussi en dirigeable entre Saint-Cloud et la tour Eiffel.

Page 856 :

1. *En grands caractères romains :* c'est-à-dire en capitales, en lettres majuscules ; caractères ainsi nommés en typographie, car ils furent introduits par deux imprimeurs romains en 1466, pour remplacer les caractères gothiques.

Page 858 :

1. *Année de volontariat :* voir la note 2 de la page 653.

VIENNE AU CRÉPUSCULE

Page 869 :

1. *Veldeser See :* il s'agit du *lac de Bled, Veldes* étant le nom allemand de cette station thermale de Slovénie, à 500 m d'altitude (le maréchal Tito y avait sa résidence d'été).

Page 870 :

1. *Le parc :* c'est le *Stadtpark,* bordant la grande avenue du *Ring,* dans le centre de Vienne (cf. note 1 de la page 246).
2. *Bozen :* en italien *Bolsano,* voir la note 1 de la page 767.
3. *Chlum :* village de Bohême où l'armée autrichienne avait pris position contre les Prussiens lors de la bataille de *Sadowa-Königgrätz,* qu'elle perdit (1866); quelques mois plus tard fut conclu le Compromis austro-hongrois instituant la *Double Monarchie,* qui se retira de la Confédération germanique.

Page 871 :

1. *Missa solemnis :* opus 123, de Beethoven (1823).

Page 872 :

1. *Pyramide de Cestius :* cette construction en brique avec revêtement de marbre (haute de 37 m), reproduisant un tombeau égyptien, située sur la colline de l'Aventin près de la Porta San Paolo, est le tombeau de Caïus Cestius, préteur et tribun du peuple, mort en 12 av. J.-C.
2. *Campagna :* la région autour de Rome.
3. *... les notes d'un autre : Ah, quelle mélodie !* voir ce premier récit, page 113.
4. *Le Divan ouest-oriental :* ouvrage de Goethe (1819), dont les poèmes inspirèrent plusieurs musiciens, dont Schubert, Mendelssohn, Hugo Wolf.
5. *Paulanergasse :* rue du IVe arrondissement de Vienne, appelé *Wieden*.

Page 873 :

1. *Hedda Gabler :* célèbre drame de l'écrivain norvégien Henrik Ibsen (1828-1906) composé en 1890.
2. *Au sommet de la Rax :* massif de Basse-Autriche, la *Raxalpe,* culminant à 2 009 m, est un lieu fort fréquenté par les Viennois.
3. *Ronacher :* restaurant évoqué dans d'autres récits, voir la note 4 de la page 656.
4. *Ignacy Paderewski* (1860-1941) : pianiste virtuose et compositeur, il devint en 1919 le Président du Conseil de la République polonaise, et fut l'un des signataires du traité de Versailles; en 1940, il présida le gouvernement polonais en exil.

Page 874 :

1. *Grillparzer dans sa vieillesse :* Georg a pu connaître des photographies du grand dramaturge autrichien, mort en 1872.
2. *Le Ring :* voir note 1 de la page 286.
3. *Przemysl :* ville de garnison en Galicie, évoquée page 657, note 1.
4. *De minables émules de Lavater :* allusion ironique (visant ceux qui prétendent reconnaître les Juifs d'après leur physionomie) au Suisse Johann Caspar Lavater (1741-1801), dont les *Fragments physiognomoniques* (1772-1775) classent les caractères selon la constitution physique, et notamment faciale, des individus.

Page 876 :

1. *Café Imperial :* voir la note 1 de la page 135.

Page 877 :

1. *Wieden :* voir ci-dessus, note 1 de la page 323.

Page 881 :

1. *La Neue Freie Presse :* grand quotidien libéral viennois, fondé en 1864, dont Theodor Herzl dirigeait la rubrique culturelle (en allemand : *Feuilleton*) ; plusieurs récits de Schnitzler y furent publiés, notamment *Lieutenant Gustl,* le 25 décembre 1900 ; cf. Sigurd Scheichl : « La place des revues et journaux dans la vie littéraire à Vienne autour de 1900 », in *Vienne au tournant du siècle,* Albin Michel, 1988.

Page 882 :

1. *Auhof :* nom de localité banal ; il s'agit sans doute ici d'un lieu de villégiature à proximité de Gmunden (cf. p. 1079).

Page 884 :

1. *Les vers de Goethe :* extraits du *Livre de Suleika (Divan ouest-oriental)* ; cf. la note 4 de la page 872.

Page 885 :

1. *Le conseiller municipal Jalaudek :* allusion au député allemand antisémite Hermann Bielohlawek (1861-1918), qui en septembre 1899 tint à Vienne dans la *Musikvereinssaal* une réunion mémorable, évoquée par Schnitzler dans une lettre à Gustav Schwarzkopf (29 septembre 1899).

2. *Messager chrétien (Christlicher Bote) :* ce nom évoque le parti chrétien-social, qui conquiert la mairie de Vienne où siégera Karl Lueger entre 1897 et sa mort, en 1910.

Page 888 :

1. *La grande grève des mineurs :* dans la réalité, elle eut lieu en janvier-février 1901, dans le bassin houiller de *Mährisch-Ostrau,* en Moravie septentrionale (aujourd'hui la ville tchèque d'*Ostrava,* sur l'Oder). Suivie par 59 000 mineurs, cette grève conduisit à l'adoption, en 1901, de la journée de neuf heures, au lieu de douze.

Page 892 :

1. *Habsburgergasse :* toute proche du palais impérial de la Hofburg, cette rue mène de la Michaelerplatz au Graben (Ier arrondissement).

2. *Galerie Liechtenstein :* musée évoqué dans *L'Étrangère,* voir note 2 de la page 731.

Page 893 :

1. *Temesvar :* aujourd'hui en Roumanie.

2. *Tarnopol :* aujourd'hui en Ukraine.

3. *Kreutzer :* pièce de monnaie valant le dixième du gulden, voir la note 2 de la page 647.

4. *Rembrandtstrasse :* rue du Ier arrondissement de Vienne.

Page 895 :

1. *Bibliothèque de la Hofburg (Hofbibliothek) :* située sur la *Josefsplatz* dans le palais impérial, elle est aujourd'hui désignée comme *Nationalbibliothek.*

2. *Le pont Elisabeth (Elisabethbrücke) :* voir la note 2 de la page 543.

Page 896 :

1. *Volksprater :* voir la note 2 de la page 51 (*La Ronde*).

Page 897 :

1. *Le Salzkammergut :* région touristique renommée pour ses paysages de montagne et ses lacs, à environ 30 km à l'est de Salzbourg.

Page 898 :

1. *Praterstern :* lit. *l'étoile du Prater,* voir note 1 de la page 459.

Page 899 :

1. *Comédie Musicale de Budapest :* Budapester Orpheumsgesellschaft, troupe spécialisée dans un répertoire d'opérettes.

Page 903 :

1. *Wurstelprater :* lit. *Prater aux guignols, aux polichinelles,* voir la note 2 de la page 51.

2. *Atzgerdorf :* faubourg de Vienne, aujourd'hui dans le XXIIIe arrondissement, au sud-ouest du centre.

3. *Hallstadt :* station du Salzkammergut, réputée pour son lac et sa nécropole préhistorique dont l'exploration entre 1846 et 1863 permit de caractériser le premier âge du fer, dit « période de Hallstadt ».

Page 904 :

1. *Daphné :* nymphe vierge et chasseresse, fille de la Terre ; Ovide raconte dans ses *Métamorphoses* que sa mère la transforma en laurier pour la soustraire à la poursuite amoureuse d'Apollon.

Page 905 :

1. *Monsieur von Bermann :* la particule est ici une simple marque de politesse, autrefois courante à Vienne.

2. *Wyner :* on peut penser que ce nom s'écrivait d'abord *Wiener.*

Page 906 :

1. *Antinoüs :* jeune Bithynien d'une grande beauté, favori de l'empereur Hadrien, qui après sa mort le fit mettre au rang des dieux.

2. *Freudenau :* champ de courses (réservé au galop), situé dans les prairies du Prater.

3. *La Grande Roue :* construite en 1897 à l'image de celle de Paris, elle se trouve à l'entrée du *Wurstelprater,* voir note 2 de la page 51.

Page 908 :

1. *Des pièces à la fois gaies et profondes :* Schnitzler a tenté de le faire dans un cycle de trois pièces en un acte, intitulé *Marionetten* (1901-1904), cf. F. Derré, *L'œuvre d'A. Schnitzler,* Didier, 1966, p. 438.

Page 910 :

1. *Burgtor :* voir la note 1 de la page 580.

Page 915 :

1. *Schwarzenbergpark :* dans le faubourg de *Dornbach,* XVIIe arrondissement *(Hernals),* non loin de la Forêt viennoise — mais il s'agit ici sans doute du *Schwarzenberggarten,* dans un quartier central et beaucoup plus élégant, non loin du Stadtpark et de la demeure de Georg.

Page 918 :

1. *Le sionisme :* mouvement suscité notamment par Theodor Herzl (1860-1904) qui publia en 1896 *Der Judenstaat* (L'État juif) ; en 1897 eut lieu à Bâle le premier Congrès sioniste, dont l'objectif était de reconstituer un foyer juif en Palestine.

Page 919 :

1. *Le sentiment d'être juif :* sur cette question, voir l'article de V. Karady « Les Juifs, l'État et la Société dans la monarchie bicéphale », dans *Le Génie de l'Autriche-Hongrie*

(État, Société, Culture), publié par l'Institut Universitaire d'Études Européennes, Genève, PUF, 1989.

Page 926 :

1. *Chacun doit faire son salut à sa façon :* célèbre maxime du roi Frédéric II de Prusse, en faveur de la tolérance.

2. *Le mouvement libéral en Autriche :* il domina la vie politique dans les années 1860-1880; pour une analyse détaillée, voir Carl E. Schorske, *Vienne Fin-de-siècle, politique et culture,* chap. III, Seuil, 1983 (éd. originale : 1961).

Page 929 :

1. *Mariahilf :* faubourg de Vienne, voir note 3 de la page 791.

Page 930 :

1. *Henri le Vert* (1854, seconde version 1880) : célèbre *Bildungsroman* («roman d'éducation») de l'écrivain suisse Gottfried Keller. *Der grüne Heinrich* est un artiste rongé par le doute et qui ne parvient pas à vivre sa vocation.

Page 932 :

1. *Emilia Galotti* (1772) : tragédie de Gotthold E. Lessing (1728-1781); l'héroïne est une jeune bourgeoise courtisée par le Prince, et qui sauve son honneur en demandant à son propre père de la tuer.

Page 935 :

1. *Schönbrunn :* château baroque, résidence d'été de la famille impériale; la *voie ferrée* correspond à la deuxième *ceinture,* aujourd'hui les boulevards nommés *Gürtel.*

Page 936 :

1. *Au café :* c'est le *Café Griensteidl,* sur la *Michaelerplatz,* dans lequel se retrouvaient de nombreux écrivains; au début des années 1890 s'y constitua le groupe *Jung-Wien,* que l'intellectuel viennois Karl Kraus vise dans un essai satirique intitulé *Die demolierte Literatur,* publié en 1897, année où le célèbre café fut effectivement rasé. Il a été récemment rouvert.

Page 937 :

1. *Député au Parlement :* il s'agit du *Reichsrat* qui, entre 1861 et 1918, comportait le *Herrenhaus* (Chambre haute) et la Chambre des Députés *(Haus der Abgeordneten).*

2. *La montée du mouvement antisémite :* dont le leader, le furieux Georg von Schoenerer (1842-1921) fit adopter aux nationaux-allemands un pangermanisme raciste (qu'Hitler plus tard admirera); Karl Lueger s'y rallia peu à peu durant les années 1880, avant d'emporter la mairie de Vienne (cf. Schorske, *op. cit.*, pp. 126-150).

Page 938 :

1. *Michaelerkirche :* église du Ier arrondissement, proche de la *Hofburg* et en face du Café Griensteidl.

2. *Wiedner Theater :* voir note 1 de la page 323.

Page 941 :

1. *Biebrich :* faubourg de Wiesbaden, en Hesse (Allemagne).

Page 942 :

1. *Le dieu qui créa le fer ne voulait pas d'esclaves :* citation d'un célèbre poème patriotique d'Ernst Moritz Arndt (1813).

Page 943 :

1. *Forêt viennoise (Wienerwald) :* sur les premiers contreforts des Alpes, aux portes

de la ville, ce bel exemple de forêt d'Europe centrale est célèbre depuis des siècles pour ses vignobles et ses buts de randonnée.

Page 944 :

1. *Tulln... Stockerau :* villes de Basse-Autriche, Tulln étant située au nord-ouest de Vienne et sur la même rive du Danube, alors que Stockerau est plus au nord (dans la région vinicole du *Weinviertel)* et sur l'autre rive.

2. *Sechshaus :* faubourg qui fut intégré en 1892 au XIVe arrondissement de Vienne.

3. *Margareten :* faubourg (très proche du précédent!) qui constitue aujourd'hui le Ve arrondissement.

Page 945 :

1. *Société d'Éducation Populaire (de Vienne) : Wiener Volksbildungsverein,* créée en 1897, on y donnait chaque dimanche des conférences.

Page 946 :

1. *Neuwaldegg :* faubourg situé au nord-ouest de la vieille ville, à l'orée du Wienerwald.

Page 948 :

1. *Congrès sioniste de Bâle* (1897) : voir la note 1 de la page 918.

Page 952 :

1. *Augarten :* voir les notes 1 et 2 de la page 49.

Page 954 :

1. *Sievering :* faubourg de vignobles, formant le XIXe arrondissement, en bordure de la Forêt viennoise.

Page 955 :

1. *Votivkirche :* église néo-gothique, voir la note 1 de la page 581.

Page 957 :

1. *Jusqu'au porche gris de l'église :* on peut ici identifier Maria-am-Gestade (Notre-Dame-du-Rivage), Salvatorgasse, à 500 m au nord de la cathédrale Saint-Étienne. Voir p. 1047, note 1.

Page 958 :

1. *Petit Eyolf* (1894) : drame d'Henrik Ibsen (1828-1906).

Page 959 :

1. *Währing :* faubourg qui forme aujourd'hui le XVIIIe arrondissement.

Page 961 :

1. *La Salle du Musikverein, Musikvereinssaal :* dans la « Maison des Amis de la Musique », association fondée en 1812 ; la « Salle Dorée » est le cadre de prestigieux concerts.

Page 966 :

1. *Neuhaus :* ville du sud-ouest de la Carinthie, dans la vallée de la Drave, région limitrophe de la Yougoslavie et où cohabitent une population de langue allemande et une minorité slovène.

Page 968 :

1. *Rien d'autre que des artistes :* la pensée de Nürnberger s'accorde ici avec les *Diagrammes* (cf. p. 41) où le politicien n'apparaît pas en tant que *type.* Voir aussi p. 844 la notice pour *Histoire d'un génie.*

Page 970 :

1. *Tableau ancien (Altes Bild) :* du compositeur Hugo Wolf (1860-1903) sur un poème d'Eduard Mörike intitulé « Auf ein altes Bild » (Sur un ancien tableau).

Page 972 :

1. *Place Schwarzenberg :* jouxtant le Ring, au sud. Ce détail confirme que les Ehrenberg résident tout près du Schwarzenberggarten, cf. note 1 de la page 915.

Page 975 :

1. *Detmold :* cf. note 4 de la page 792. Il est sans doute significatif qu'au tournant du siècle, les perspectives de carrière artistique pour un baron germanique et chrétien soient meilleures dans le IIe Reich allemand que dans l'empire austro-hongrois, cf. Préface, pp. 14 et 23.

2. *Karlsbad :* célèbre ville thermale, aujourd'hui tchèque, *Karlovy Vary,* à 120 km à l'ouest de Prague.

3. *Ischl :* c'est-à-dire *Bad Ischl,* voir la note 1 de la page 802.

Page 977 :

1. *Pont Schwarzenberg :* pont qui enjambait la rivière Wien, avant qu'elle soit enterrée, cf. la note 2 de la page 543.

Page 978 :

1. *Heugasse :* littéralement *rue aux Foins*; Schnitzler évoque ici un quartier qui fut complètement transformé à la fin des années 1890. Cette rue devait être, au-delà du Pont Schwarzenberg, le début de l'actuel *Am Heumarkt.*

Page 980 :

1. *«Ah ! bon» :* dans le texte, cette exclamation est en yiddish (le dialecte allemand mâtiné de mots hébreux, parlé par les «Juifs de l'Est»), c'est *«ä soi»* (ou *«E'soi»*) pour *«Ach so»*; Sigmund Freud mentionne aussi cette «histoire juive» bien connue dans *Le Mot d'esprit et ses rapports avec l'inconscient* (1905).

Page 987 :

1. *Florianigasse :* rue de la Josefstadt, dans le VIIIe arrondissement.

Page 991 :

1. *Le Cicérone de Burckhardt :* ce guide artistique paru en 1855 était dû à l'historien bâlois Jakob Burckhardt (1818-1897).

Page 994 :

1. *Grinzing, Heiligenstadt :* à 7 km au nord de la vieille ville, faubourgs de guinguettes pittoresques, dans les vignes, où vécut notamment Beethoven.

Page 997 :

1. *La pyramide de Cestius :* déjà évoquée, voir page 872 (note 1).

Page 999 :

1. *Les parents... «doivent se comporter de même» :* citation de *Das vierte Gebot (Le quatrième commandement),* créé en 1877, pièce en quatre actes de Ludwig Anzengruber (1839-1889), dramaturge réaliste, très populaire à l'époque, mais peu apprécié de Schnitzler, cf. lettres du 16 sept. 1889 et du 15 sept. 1895 in *Briefe*, vol. 1 (1875-1912), Fischer Verlag, 1981.

Page 1001 :

1. *À Gênes, nous nous sommes séparés définitivement :* cette indication ne concorde pas avec ce qui est dit par ailleurs, pp. 877 ou 1018, ou encore 1076, où il n'est jamais question que de Naples.

Page 1008 :

1. *Iglau :* chef-lieu de canton en Moravie ; pour un effet analogue, cf. note 1 de la page 102.

Page 1013 :

1. *La Gloriette :* élégant monument à colonnades, dans le parc de Schönbrunn et surplombant le château ; construit en 1775 pour commémorer la victoire remportée en Bohême, à Kolin (1757), contre Frédéric de Prusse.

Page 1014 :

1. *Englischer Garten (le Jardin anglais) :* grand parc dans le centre de Munich.

Page 1015 :

1. *L'église d'Altlerchenfeld :* cf. la note 1 de la page 593 ; et, pour la scène évoquée, voir p. 935.

Page 1019 :

1. ... *depuis quatre semaines :* au début du chapitre (p. 988), il était question de trois semaines.

Page 1020 :

1. *La voie s'ouvrirait libre devant lui :* « und dann lag in freier Aussicht sein Weg vor ihm » — on trouve ici une justification particulièrement claire du titre original : « Der Weg ins Freie », cf. notice p. 864.

Page 1026 :

1. *Le Messager du peuple (Volksbote) :* journal chrétien-social (différent du *Messager chrétien*, mentionné p. 885) ; il pourrait désigner le *Deutsches Volksblatt,* qui exista entre 1888 et 1922.

2. *Klosterneuburg :* voir la note 1 de la page 570.

Page 1027 :

1. *Les marchands de panini* (« Salamutschmänner ») : ils passaient dans les cafés en vendant des petits pains au salami ou au fromage.

2. *Brigittenau :* faubourg situé en bordure du canal du Danube, aujourd'hui dans le XXe arrondissement.

Page 1029 :

1. *Michaelerkirche :* église proche de la Hofburg, mentionnée p. 938.

Page 1033 :

1. *Trifouillis-les-oies :* équivalent « parodique » (cf. Préface, p. 38) pour une tournure imagée en allemand, littéralement « là où les renards se disent bonsoir ».

Page 1041 :

1. *Salmansdorf :* petite localité en bordure de la Forêt viennoise, au nord-ouest du Ring, appartenant au XIXe arrondissement. Dans la réalité, c'est à *Mauer,* au sud-ouest du Ring, autre faubourg dans le XXIIIe (non loin de *Rodaun,* où vivait Hofmannsthal), que Schnitzler loua en juillet 1897 une maison pour y installer Marie Reinhard, enceinte, elle aussi.

Page 1047 :

1. *La coupole de pierre ajourée :* c'est la flèche, véritable « dentelle de pierre », de l'église Maria-am-Gestade, surnommée Maria Stiege (Notre-Dame-des-Marches), cf. la note 1 de la page 957.

Page 1048 :

1. *Le Graben* (lit. *le fossé*) : large rue proche de la cathédrale, bordée de maisons cossues et de magasins chics.

Page 1050 :

1. *Critiquer l'antisémitisme :* sur « les intellectuels juifs viennois assimilés », voir J. Le

Rider in *Modernité viennoise et crises de l'identité,* PUF, 1990, pp. 223-244, et pp. 216-219 : « Féminité, judéité, modernité ».

Page 1052 :

1. *L'automne dernier sur la Sophienalpe :* colline (477 m) dans le Wienerwald, au nord-ouest de la vieille ville, non loin de Salmansdorf. Cette indication est donnée *a posteriori,* comme c'est le cas pour l'*Altlerchenfelderkirche,* évoquée p. 935, mais nommée seulement à la page 1015.

Page 1053 :

1. *De telles marches vers la liberté (solche Wanderungen ins Freie) :* tout ce passage fait écho au titre du roman, *Der Weg ins Freie,* dont les connotations sont multiples ; *ins Freie* signifie de façon banale « vers l'extérieur », « au-dehors » (quand on y va) ; mais on y « entend » aussi *frei,* « libre » (cf. en français : « à l'air libre »).

2. *Trouver son propre chemin (seinen inneren Weg) :* autre écho, ici, dans cette phrase capitale pour l'interprétation du livre, et qui manquait jusqu'ici dans la traduction.

Page 1054 :

1. *Sapho :* roman d'Alphonse Daudet (1840-1897), paru en 1884.

Page 1055 :

1. *Sommerhaidenweg :* c'est-à-dire le « chemin de la lande d'été » ; c'était un itinéraire de promenade entre Pötzleinsdorf et Neustift-am-Walde, que Schnitzler aimait tout particulièrement, dans le XIXe arrondissement, en bordure de la Forêt viennoise.

Page 1060 :

1. *Ce qu'on appelle le très riche cœur de Vienne :* allusion à deux brochures publiées par Max Winter en 1905, l'une intitulée *Das Goldene Wiener Herz (Le Cœur doré de Vienne),* l'autre, *Das unterirdische Wien (La Vienne souterraine),* dans la collection *Grossstadt-Dokumente,* vol. 11 et 13 (Berlin et Leipzig).

Page 1063 :

1. *Neuhaus :* voir la note 1 de la page 966.

2. *Sur le qui-vive :* en français dans le texte.

Page 1065 :

1. *L'introduction de la langue tchèque dans les tribunaux... de Bohême :* allusion au « Décret sur les langues » *(Sprachenverordnung)* du 5 avril 1897, résultant d'un conflit national chronique, et plus aigu depuis l'instauration de la Double Monarchie en 1867, entre Tchèques et Allemands, cf. *Les Quatre Recensements en Autriche entre 1880 et 1910,* Z.A.B. Zeman in *Le Génie de l'Autriche-Hongrie* (pp. 43-51), PUF, 1989.

Page 1069 :

1. *Corporation nationale-allemande :* diverses associations d'étudiants (en allemand : *Couleurstudenten)* se distinguaient par leurs drapeaux respectifs, reflétant leur idéologie le plus souvent pangermaniste et militariste.

Page 1074 :

1. *Schottentor* (lit. *Porte des Écossais) :* sur la grande avenue du *Ring* devant la *Votivkirche,* c'est une gare circulaire, aujourd'hui surnommée « Jonas-Reindl » (la roue de Jonas, maire de Vienne jusqu'en 1965) d'où partent et où arrivent de nombreux trams, notamment vers les guinguettes de *Grinzing* et *Sievering.*

2. *Lambach :* station de Haute-Autriche, à 80 km au nord-est de Salzbourg, où se trouve une abbaye bénédictine baroque.

Page 1075 :

1. *Qui ressemblait au vieux Grillparzer :* même notation que page 874.

Page 1076 :

1. *Kemmelbach-Ybs* (sic) : station ferroviaire à une centaine de kilomètres à l'ouest de Vienne, l'Ybbs étant un affluent du Danube.

Page 1079 :

1. *«À chanter sur l'eau» :* Schnitzler se souvient sans doute du superbe lied de Franz Schubert, *Auf dem Wasser zu singen...*

2. *Gmunden :* pittoresque station du Salzkammergut, en vogue depuis le XIXe siècle, au bord du Traunsee.

3. *Almsee :* petit lac de montagne, près de Habernau, au sud-ouest du lac de Gmunden.

Page 1082 :

1. *Le vieux Bösendorfer :* facteur de piano viennois, qui avait ouvert en 1872 (jusqu'en 1913) dans la *Herrengasse* (Ier arrondissement) une salle de concert dont le rôle fut considérable pour la vie musicale.

Page 1089 :

1. *Être le reflet de ton regard :* voir p. 884.

Page 1119 :

1. *Quelque autre homme d'honneur (ein Ehrenberg oder Ehrenmann) :* jeu de mots, puisque *Ehrenberg* signifie *montagne d'honneur*.

Page 1123 :

1. *(Der) Freischütz* et *Undine :* deux opéras, dont le premier est le plus célèbre, de Weber (1821) ; d'après *Undine,* le bref récit féerique de La Motte Fouqué furent composés deux opéras : l'un par E.T.A. Hoffmann (1816), l'autre par Albert Lortzing (1845).

Page 1125 :

1. Tristan *dans une nouvelle mise en scène :* Schnitzler pourrait faire ici allusion à la représentation du grand opéra de Richard Wagner (créé en 1865) que Gustav Mahler dirigea en octobre 1898 ; mais l'évocation des effets de lumière et des décors (cf. p. 1130) conviendrait mieux à la mise en scène d'Alfred Roller en février 1903, qui fit sensation.

Page 1127 :

1. *Micaëla :* rôle de soprano dans *Carmen,* l'opéra de Georges Bizet (1875).

Page 1130 :

1. *Brangäne... Kurwenal :* personnages de *Tristan,* rôles d'alto et de basse ; ce sont les «confidents» respectivement d'Isolde et de Tristan.

Page 1135 :

1. *L'Imperial :* l'un des hôtels les plus luxueux de Vienne, sur le Ring (cf. p. 134).

2. *Cherchez... : (la femme qui est là-derrière)* — formule proverbiale, prêtée par Alexandre Dumas père à un fonctionnaire de police, dans *Les Mohicans de Paris* (1864), mais qui remonte sans doute à Juvénal, *Satires*, VI, v. 242.

Page 1138 :

1. *Rebecca Portiuncula :* comme *Israel Pius,* alliance cocasse de deux prénoms typiquement juif et chrétien ; *Portiuncula* désignant une chapelle particulièrement petite où François d'Assise aimait à se tenir.

Page 1139 :

1. *La crise à la direction de l'Opéra :* propos fort ironique, car ce genre de « crise » était chronique au début du siècle à l'Opéra de Vienne.

Page 1140 :

1. *Des œufs pourris et des clefs :* allusion à la pratique des Viennois de siffler dans leurs clefs, au théâtre ou au concert, pour manifester leur désapprobation (cela n'est possible qu'avec des clefs creuses, à l'ancienne).

Page 1150 :

1. Le *Cottage :* quartier résidentiel à proximité du *Türkenschanzpark* et de la *Sternwartestrasse*, où vécut Schnitzler ; ainsi nommé pour le style anglais de plusieurs grandes villas (XVIIIe arrondissement).

Page 1152 :

1. *Dans le bois de Salmansdorf :* le faubourg où Georg avait loué une villa pour Anna, voir p. 1041.

Page 1153 :

1. *Avec des sentiments de culpabilité :* cette thématique rappelle le titre que Schnitzler avait envisagé un temps pour son roman, *Les Innocents-Coupables* (voir la notice, p. 867).

Page 1155 :

1. *La popularité du cyclisme :* sport célébré aussi par Theodor Herzl dans la *Neue Freie Presse,* voir la Préface, p. 11.

2. *Le dieu qui créa le fer :* voir le chapitre III, p. 942.

3. *La Garde sur le Rhin :* poème patriotique de Max Schneckenburger, écrit pendant la crise franco-allemande de 1840-1841 et devenu très populaire en 1870.

Page 1156 :

1. *L'aria de la Comtesse :* dans *Les Noces de Figaro,* de Mozart (1786).

2. *Reichenau, Semmering, Brühl :* lieux d'excursion au sud-ouest de Vienne, fréquentés par Schnitzler sa vie durant.

Page 1161 :

1. *Dornbacher Park :* également appelé *Schwarzenberg Park,* voir la note 1 de la page 915 ; situé à 2 km de Salmansdorf.

Table

Préface 5

La Ronde 43
Ah, quelle mélodie ! 113
En attendant le dieu vaquant 119
L'Amérique 125
Un héritage 133
Mon ami Upsilon 141
Le prince est dans la salle 157
L'Autre 165
La Fortune 175
Le Fils 211
Les Trois Élixirs 221
La Fiancée 229
Mourir 237
La Petite Comédie 313
Les Comédiennes 349
Fleurs 363
Le Veuf 373
Le Dernier Adieu 385
Un jeune homme sensible 405
La Femme d'un sage 415
L'Apothéose 433
Les morts se taisent 455
Pour une heure 475
La Suivante 483
La Dernière Lettre d'Andreas Thameyer 503

Frau Berta Garlan 513
Un succès 629
Le Sous-Lieutenant Gustel 641
Géronimo l'aveugle et son frère 673
Légende 699
Un bienfait n'est jamais perdu 707
La Cravate verte 719
L'Étrangère 723
Music-hall 735
La Danseuse grecque 747
La Prédiction 763
Le Destin du baron de Leisenbohg 787
La Nouvelle Chanson 809
L'Ombre de Gabriel 827
Histoire d'un génie 843
La Mort du vieux garçon 849
Vienne au crépuscule 863

NOTES 1169

Composition réalisée par INTERLIGNE - Liège (Belgique)

Imprimé en Italie par

LTV
LA TIPOGRAFICA VARESE
Società per Azioni
Varese

Dépôt légal éditeur : 59121 - 10/2005
Édition 2
ISBN 2-253-06314-2

31/3211/5